Collected Stories

约翰·契弗短篇小说集

John Cheever

[美] 约翰·契弗 ——————著
冯涛　张坤——————译

译林出版社

图书在版编目（CIP）数据

约翰·契弗短篇小说集 /（美）约翰·契弗著；冯涛，张坤译．—南京：译林出版社，2020.8

（约翰·契弗作品）

书名原文：The Stories of John Cheever

ISBN 978-7-5447-7940-1

I. ①游… II. ①约… ②冯… III. ①短篇小说－小说集－美国－现代 IV. ①I712.45

中国版本图书馆 CIP 数据核字（2019）第 155802 号

约翰·契弗短篇小说集 ［美］约翰·契弗／著　冯涛　张坤／译

责任编辑　赵　奕
封面插画　Patrick Leger
版式设计　@broussaille私制
装帧设计　山川制本workshop
校　　对　孙玉兰
责任印制　颜　亮

原文出版　Vintage, 2010
出版发行　译林出版社
地　　址　南京市湖南路 1 号 A 楼
邮　　箱　yilin@yilin.com
网　　址　www.yilin.com
市场热线　025-86633278
排　　版　南京展望文化发展有限公司
印　　刷　恒美印务（广州）有限公司
开　　本　787 毫米 × 1092 毫米　1/32
印　　张　35.25
插　　页　4
版　　次　2020 年 8 月第 1 版　2020 年 8 月第 1 次印刷
书　　号　ISBN 978-7-5447-7940-1
定　　价　168.00 元

目录

导言

如果你一边读这些小说，一边参阅约翰·契弗的《日记》，同时获知他是个什么样的人以及他都写了些什么，你会体会到一种阴郁的忧虑不安。契弗的《日记》本身就是最伟大的自白类作品之一，我会将其与卢梭和佩皮斯[1]的作品并列为一种范例，它充分展示了一个无论对自己还是他人都从不满意的复杂之人的内心斗争。正如契弗本人所言："我一直对我从未曾见过的国家充满乡愁，渴望去往我无法前往的地方。"

《日记》中所呈现的契弗生性孤僻，脸皮极薄，既爱男人又爱女人。这让他备感困惑，跟他在一起有时候也会让人感觉受不了，因为在他的年轻时代，遵照习俗按照惯例是该做个明确选择的。不过对于一位作家而言，拥有范围如此广泛的同情心和感受力，反而只会成为一种优势。

---

1 佩皮斯（Samuel Pepys，1633—1703），英国文学家、海军行政长官，以所写日记（1660—1669）闻名，日记详细记述了王政复辟、鼠疫和伦敦大火等重要的历史事件以及他自己生活和感受的细节。

契弗写的都是那些最重要的事情。说到他的短篇小说，你可能会想，你很难从他的创作中了解到更广阔的美国社会，因为当中没有黑人和拉美族裔的生活，他没有反映后奴隶制的精神创伤，也没有反映社会不平等、政治斗争或是贫穷。但你确实感受到了电梯工、门房和正派的穷人那寒酸而又艰难的生活。

在《日记》中，契弗认为他的作品很有“局限”性，担心他的题材过于逼仄狭窄。然而，他绝非对于四季常青、富裕体面的城郊之外的生活知之甚少的那种精英主义的中上层白人作家，眼中只有周六夜派对上的一片狼藉和马提尼喝多了以后的绝望，男人都是通勤者而女人全都感觉浪费了自己的生命——与之后查尔斯·韦布[1]在《毕业生》中所讽刺的泳池世界不无相似之处——契弗的创作一直都正中世间万物的中心。他的主题不是怪胎、废柴或是各种的边缘人，而是孩子们、工作以及西方文学的中心观念——是契弗所谓的“婚姻那令人痛苦的秘密”，以及婚姻是如何使激情显得荒谬可笑的——如果并没有使得激情变得完全不可能的话。而且虽然他着迷于他有时候描述为“肉欲的无政府状态”的那种现象，他却有足够的明智，知道推动我们前进的更多的是社会地位、自尊自重和工作，而非情欲和性欲：我们依靠金钱生活，又梦想着完美的爱情。

我猜想，你也许想把这些短篇小说描述为契诃夫式的，即使仅仅因为契诃夫的天赋就在于能够以幽默的同情在日常生活中捕捉那些意味深长的时刻，并且毫无屈尊俯就的傲慢态度；因为契弗有能

1 韦布（Charles Webb，1939— ），美国作家，创作于一九六三年的小说《毕业生》于一九六七年改编为同名影片。

力写出令人屏息惊叹的挽歌式的那结尾的最后一段，既包容涵盖了整个故事同时又是一种超越和提升，就仿佛所有的一切最后被以一种酒神庆典式的方式整个儿抛向了空中。你也许还想说，相对于卡佛而言契弗没那么阴郁荒凉，相对于海明威而言他更加广阔、反讽，而且活泼俏皮。但归根结底，契弗一直都是完完全全的他自己，反反复复地斟酌、推敲和平衡，直到每个句子都恰如其分，而且经常还不止于此，能上升到使日常生活的火车通畅地奔驰在更宽阔的政治的铁轨之上。

契弗说起一种社会，在其中人们“联合在心照不宣的宣言当中：没有过去，没有战争——在这个世界上没有危险或是不幸”。那个时候的美国是何其广阔而又重要，他笔下的人物都共享着美国战后的那个对于繁荣与和平的普遍希望，而与此同时那个希望又总是因害怕它实在太新、怕它可能被收回而遭到损害。而说到政治局势，你在阅读这些小说时几乎不可能意识不到随之而来的到底是什么：这些浅薄的、逼仄的生活将被“六十年代”彻底粉碎——那改变了一切的兴奋、固执和反叛的风起云涌。契弗使我们看到了它的到来：他那些内心分裂的人物渴望得到安逸与安全，但他们也渴望爱情和解放；他们为一种非常迫切的欲望所吸引，而它会打破对心满意足的大部分尝试，经常还会导向灾难性的后果。

因此，你预期在这些城郊地区只能找到最干净和乏味的诚实和正直；这大概也正是人们选择住在那里的原因之所在。但在进一步的审视之下，你会发现那里也有非同寻常的人类激情和弱点，会发现一种可怕的喧嚣不宁。它以最稳健、最有节制的样态出现，这是合乎情理的。“为了能看到任何东西——一片树叶或是一枚草叶——我想你必须懂得爱的强烈。”

话说回来了，对任何人的爱又何曾简单容易过？正如《苹果世界》中那位睿智的诗人巴斯科姆所肯定的那样，在很多情况下，“猥亵——下流猥亵——似乎成了生活中唯一具有色彩、值得欢庆的因素”。

进一步推究下去，欲望会变成一种具有毁灭性的激情，甚至会成为一种变态，永远无法得到满足。这在《乡居丈夫》——契弗最优秀的，也是有史以来最优秀的短篇小说之一——当中展现得淋漓尽致：一个男人差一点在一次飞机迫降事故中丧命，回到家却发现他的妻子和孩子们非但对于他的死里逃生漠不关心，甚至对他的整个存在都毫不在意。他疯狂地在年轻的保姆身上寻找慰藉，最后只能求助于心理医生。一九五〇年代的很多美国人都是这么做的，在非常明确地向医生坦白“我恋爱了，赫尔措格医生”以后，他能找到的只有更多的失望，医生的推荐疗法也只是建议他干些木工活儿。如此说来，一个深受痛苦折磨的人如果不去酗酒的话，又能求助于什么呢？

契弗本人性格上的复杂性——今天会被描述为“挣扎于酒精与性爱之中”——使他能够看清，他笔下那些人物的不幸更多地应归因于他们自身的软弱和他们的过去，而非归咎于社会的因素或者他人的歹毒。人们为什么会做出不符合他们自身利益的事情？为什么会有一种本能的欲望，将对他们而言最为珍贵的东西弃之不顾呢？这个永恒的谜题使得契弗深深地着迷于人类那些最严重的自毁行径。

一个同性恋连续三次把脑袋伸进煤气炉里，只是为了能被一个怒不可遏的恐同的电梯工把他救下来，有时这是显得很好笑。而在《重聚》这个只有两三页篇幅的优秀短篇当中，那个父亲却只能反复不断地破坏他跟自己久已疏远的儿子那难得的聚会，使父子俩全都无法得到他们最希望能够建立起来的一点点亲情的联系和真正的交流。

约翰·契弗一九一二年生于马萨诸塞。参军服役之后，在一九五〇年代早期成为一位全职的作家。一九四八年他曾写道："我们仍旧跟以前一样穷。我一个礼拜能写一个短篇，也许能写得更多。"他成功了，他既写短篇又写长篇，直到他一九八二年去世。他曾在罗马住过，写过很多以意大利为背景的优秀短篇。在那个商业世界里工作，主要为《纽约客》供稿，契弗做到了用写作来养家糊口。身为一半艺术家、一半娱乐者，他跟莫泊桑、弗兰纳里·奥康纳[1]及其他伟大的美国作家一起，其作品居于最顶端的位置；他的作品丝毫不因袭陈腐，而是充满了实验性——最有趣的意味上的实验性。

在他的《日记》中，极少有对他实际写作过程的记述。当他实际上并没有正在做的时候，契弗很不愿意跟自己谈论他在做的事。也没有人强迫他这么做：他还不需要像现在的作家那样要去进行漫长的新书宣传、面对众多读者朗读自己的作品再继以签名售书，并

1 奥康纳（Mary Flannery O'Connor，1925—1964），美国女小说家，作品通常以美国南方的农村为背景，着重于描写人的异化，探讨个人与上帝之间的关系。主要作品有长篇小说《智血》《狂暴者得胜》和短篇小说集《好人难寻》等。

要不断地接受采访，直到他们都要被自己的声音给吓到为止。不过，他也确实给过我们重要的提示，那是在《巴黎评论》上："小说就是个实验的过程；当它不再是实验了，它也就不再成其为小说了。一个句子，直到你感觉在此之前从来就没有以这样的方式写下来过，这个句子才算是可以完成了。"

不过对于短篇小说家而言，特别是出版小说合集的时候，最大的问题就在于其多样性，尤其是如果读者希望一口气把这些小说读完的话；那就像是狼吞虎咽地吞下太多的牡蛎，而非以理想的方式间隔开来，一个一个地细细品味。但这部小说集却有着极为广阔的范围和无限的多样性：这是一个作家一生的创作成就，而且那又是充满了好奇与革新的一生。

奇怪的是，契弗从未创造过一个像他本人那样有天分、有智慧或者有文化的角色；他的角色全都是比他本人更为渺小的人物，但他们也都是他的一部分。角色的创造，对长篇小说家而言那最重要的工作，并非他的首要关切点，他的短篇都是一次性创造成型的。如他所言："我关注的不是情节。我关注的是直觉，是颖悟，是梦想，是观念。情节只关乎故事和一大堆废话。"

他洞察和描述的能力是惊人的，在一闪而过的一节卧铺车厢里，有"一位美得出奇的女人，没有穿衣服，正在梳理自己的金发"；一个邻居正在弹奏《月光奏鸣曲》："他全然不顾节拍，以自由速度从头弹到尾，全然是在宣泄那种眼泪汪汪的任性、孤寂和自怨自艾——凡是贝多芬的伟大所不曾包括的，无所不有。"

能够写下这么多其他人在五十年后仍读得兴味盎然的短篇小说，能够写下这么多充满智慧、引人共鸣、富有诗意而又不可言喻的语句，他的人生可算得绝没有虚度；而我们之阅读它们，一遍又一遍地反复阅读，是为了生活得更好，并且向契弗表达他当之无愧的尊敬和仰慕之情。

汉内夫·库瑞什[1]

二〇〇九年

---

1 库瑞什（Hanif Kureishi，1954— ），英国剧作家、编剧、电影制作人、小说家，巴基斯坦和英裔。《泰晤士报》在二〇〇八年将其列入“一九四五年以来最伟大的五十位英国作家”名单。

作者序

假如这些短篇小说出版的顺序能够倒转，假如我最先就是以一个成熟男性而非年轻人的面目出现，我会非常高兴的，因为当初发现就连那些真正正派得体的男男女女都老实承认他们的私人情事中充满了色情的苦痛甚至是贪婪时，我真是大吃了一惊。我想，一位作家的诞生是不同于画家的，跟他师法的那些大师之间并不会呈现出任何有趣的相似性。在一位作家的成长过程中，你不会发现任何类似早期的杰克逊·波洛克对于西斯廷礼拜堂天顶画的模仿，以及他跟托马斯·哈特·本顿之间构成的有趣参照[1]。而至于作家，你会看到他的蹒跚学步，看到他打起领带，看到他情窦初开，甚或看到他从叉子上吃他的青豆。他看起来形影相吊，茕茕孑立，决意要自己指导自己，独自成长起来。天真幼稚，在我还要加上乡里乡

---

1 以“滴画法”著称的美国抽象表现主义代表画家波洛克（Jackson Pollock，1912—1956）在其艺术生涯早期曾临摹过米开朗琪罗著名的西斯廷礼拜堂天顶画以及文艺复兴盛期和巴洛克的绘画大师如伦勃朗、丁托列托和格列柯等人的作品。波洛克在纽约的艺术学生联合会曾师从美国现实主义画家本顿（Thomas Hart Benton，1889—1975），他早期的素描作品明显可以看出本顿的影响，跟他后期的画风非常不同。

气，有时醉酒，有时迟钝，几乎总是拙手笨脚，即便是已经拣选过的早期作品也是他在经济上和情感上逐步接受教育的赤裸裸的历史。

这些小说是第二次世界大战结束，我从军中荣誉退伍后开始创作的。小说的先后次序是尽我记忆的可能，按时间顺序排列的，已经删汰了那些最让人难为情的不成熟作品。这些小说有时候看起来已经是属于那个早已失落的世界的故事了，那时候的纽约城还仍旧充满了河上的灯火，那时候你在街角文具店的收音机里听到的还是本尼·古德曼[1]的四重奏，而且几乎每个人都戴着顶帽子。这里有那一代人最后的余绪：老烟枪们一大早用咳嗽声唤醒这个世界，他们经常在鸡尾酒派对上酩酊大醉并且表演像是“克利夫兰小鸡”那样过时的舞步，要坐船才能漂洋过海去到欧洲，他们对于爱情和幸福还怀有真正的乡愁，而且他们的神祇就像是你的和我的一样古老，不论你是谁。我在这些有时被称为随身行头的东西中着力探寻的，恒久不变地总是对于光明的热爱，以及对于人之为人所具有的某种道德链条的追寻决心。加尔文[2]对于我的宗教信仰教育并未起到丝毫的作用，可是他的存在本身却似乎一直在我童年的谷仓中徘徊不去，而且留给我一些不应有的苦涩。

这些小说有很多都最先登在《纽约客》上，是哈罗德·罗斯、

---

1 本尼·古德曼（Benny Goodman，1909—1986），美国竖笛演奏家，他的乐队成立于一九三四年，创造了爵士乐之一种的摇摆舞音乐，在二十世纪三四十年代风靡一时，因此而被誉为“摇摆舞音乐之王”。

2 加尔文（John Calvin，1509—1564），法裔瑞士新教神学家，他摒弃了罗马天主教会并在《基督教要义》中提出了自己的神学主张，即今天众所周知的长老会教义。

古斯·洛布兰诺和威廉·马克斯韦尔[1]使我拥有了一大群有眼力、有共鸣的读者，使我有了足以养家糊口而且每隔一年还能置备一套新装的经济能力，这真是无价的礼物。“这可是本适合全家阅读的杂志，真他妈该死。”罗斯经常针对任何色情的暗示这么大喊大叫。他本人可并非什么谦谦君子，当他发现他只要在午餐桌上一说到“操”我就会跳起来以后，他就开始故意地“操”不离口，就为了看我不断地跳起来。事实上，他这种不管不顾的脾性真可谓毫不掩饰，比如说，如果他碰上了个乏味的牌搭子，他就明目张胆地跑到浴室里用卫生纸把耳朵塞起来再回来。这类行为当然从来都不会出现在杂志上。不过我愿意这样想，他借此告诉你的是，礼貌是一种说话的方式，就跟其他任何一种方式一样复杂而又含蓄，不但在内容，而且在措辞和寓意上都千差万别。有鉴于受到他鼓励的竟然涵盖了从欧文·肖一直到弗拉基米尔·纳博科夫这么广泛的作家类型，看来他已经做了最好的事。

任何对于个人青涩时期的精确记录都是很让人难为情的，而我时不时地就能在这些小说当中发现这一点，不过对于我来说，这种难为情却又因为这些小说为我留住了我曾爱过的那些男男女女，以及写这些小说时我曾待过的那些房间、走廊和海滩的记忆，而终于得以清偿。我最钟爱的是那些不到一周就一挥而就，而且经常是大声念诵着写成的小说。我记得曾大声喊叫：“我叫强尼·黑

1 哈罗德·罗斯（Harold Ross，1892—1951）于一九二五年创办《纽约客》杂志，直到去世一直担任杂志的主编。古斯塔夫·洛布兰诺（Gustave Lobrano，1902—1956，“古斯”是其昵称）是《纽约客》小说版的编辑，一九四〇年至一九五一年一直负责编辑契弗的小说，此后的编辑工作由威廉·马克斯韦尔（William Maxwell，1908—2000）继任。

克！”[1]当时是在楠塔基特[2]一幢房子的穿堂里，我们能很便宜地承租下来只是因为有份遗嘱的法律效力一直拖延未决。在另一幢房子的女仆房里，我曾冲着我妻子大喊：“那是个国王们身着黄金铠甲骑着大象翻越群山的夜晚！”[3]我这个家庭的忍耐性真是没有尽头。那是在五十九街一幢公寓房的遮篷底下，我大声念诵着写完了《再见了，我的兄弟》。“哦，你能拿这样的一个人怎么办？”我问，然后一边念诵一边写下了最后一句话：“我看着那两个赤身裸体的女人走出了大海！”“你在自言自语哪，契弗先生。”门卫颇有礼貌地说，而他本人——一点没错，非常友好，对于他在圣诞得到的十美元小费心满意足——也像是从那永久的过去走出来的一个人物。

---

1 参见《绿荫山盗贼》的开篇。

2 楠塔基特（Nantucket）为美国马萨诸塞东南一岛屿，位于科德角以南。直到十九世纪五十年代中期都是一个捕鲸业中心，现今是受人欢迎的游览胜地。

3 参见《乡居丈夫》的终句。不过小说原文中是“黄金礼服”（golden suits）而非“黄金铠甲”（golden mail）。

约翰·契弗短篇小说集

再见了，我的兄弟

我们这个家庭的成员在精神上一直都很亲近。我们小时候，父亲在一次航海事故中溺水身亡。我们的母亲一直都强调说我们的家庭关系具有一种永久性，这种永久性我们再也别想碰得上了。我对我们这个家平时想得并不多，不过每当我想起家庭的成员，想起这个家庭曾经居住的海岸以及我想一直都在我们的血液里流淌的海盐，我就会愉快地回想起我是波莫罗伊家的一员——回想起我拥有这个家族传统的鼻子、肤色和长寿的希望——回想起我们虽说算不上什么显赫的家族，可是当我们聚在一起以后，却都很享受这样的一个幻觉，即波莫罗伊家确是戛戛独造、与众不同的。我之所以说起这些，丝毫都不是因为我对家族史有多大的兴趣，或者这种与众不同的感觉在我心中有多么深厚或是多么重要，而是为了强调这一点：尽管我们各不相同，我们彼此之间却忠诚不贰，这种忠诚感无论发生何种破裂，都是产生纠纷与痛苦的根源。

我们兄弟姐妹四个：姐姐黛安娜和我们三兄弟——查迪、劳伦斯和我自己。就跟大多数孩子们已经年过三十的家庭一样，我们也都因为职业、婚姻和战争等等的原因而天各一方了。我和海伦如今住在长岛，有四个孩子。我在一家中学教书，已经过了有望当上校长的年纪，不过我尊重这份工作。查迪在我们这帮兄弟中最有出息，跟奥黛特和他们的孩子住在曼哈顿。妈妈住在费城，而黛安娜自从离婚以后就一直住在法国，不过每年夏天都回美国来在劳德岬住上一个月。劳德岬是马萨诸塞一个岛屿上的海边避暑地。我们曾在那里拥有一幢小型别墅，那幢大房子是我们的父亲在二十年代建的。房子矗立在俯瞰大海的一处峭壁上，除了圣特罗佩[1]和亚平宁山脉[2]的几个山村以外，这就是我在这个世界上最喜欢的地方了。我们每个人对这个地方都拥有同等的权利，各自拿出点钱来对它进行维护和修缮。

我们的幼弟劳伦斯是个律师，战后在克利夫兰的一家律师行供职，我们都有整整四年没见过他了。他决定离开克利夫兰到奥尔巴尼[3]的一家律师行工作时，曾写信给妈妈，说他打算乘改换工作的空当，带他的妻子和两个孩子来劳德岬住个十天左右。当时我正好也已经计划要休个假了——我一直在教暑期学校——而且海伦、查迪、奥黛特和黛安娜也都打算到那儿去，这么一来我们全家就可以团聚了。劳伦斯是这个家里跟我们大家共同之处最少的成员。我们从来都不大能见到他，我想这就是我们之所以仍旧叫他“踢夫踢”的原因吧——这还是他小时候的绰号，因为穿过走廊到餐厅来吃早饭的时候，他趿拉的拖鞋总是发出一种像是“踢夫踢、踢夫踢”的声音。一开始是父亲这么叫他，后来大家也都这么叫了。等他又长大些的时候，黛安娜有时候还叫他小耶稣，而妈妈则叫他丧门星。我们一向都不喜欢劳伦斯，不过都怀着一种忧虑中混杂着忠

1　圣特罗佩（St. Tropez），法国著名度假胜地，位于法国南部普罗旺斯—阿尔卑斯—蓝色海岸大区的瓦尔省，在马赛以东约一百公里处。

2　亚平宁山脉（Apennine），阿尔卑斯山脉主干的南伸部分，纵贯意大利全境。

3　奥尔巴尼（Albany），纽约州首府。

诚的心情盼着他归来，还带有几分一个兄弟终于浪子回头的欢欣和快慰。

夏末的一天午后，劳伦斯乘坐四点钟的船从大陆上过来，查迪和我前去接他。夏日渡船的抵达和离岸具有航海远行的一切外部架势——汽笛声、车钟[1]声、手推货车、亲人的团聚以及海水的咸味——可这却是种无关紧要的航行，当我眼看着渡船在那天下午驶入蓝色的海湾，暗想着它就要完成一次无关紧要的航行了，我意识到我的这番想法恰恰正是劳伦斯会得出的结论。汽车一辆辆驶下渡船，我们透过挡风玻璃寻找着他的脸，结果非常容易地就认出了他。我们跑上前去，跟他握手而且笨拙地亲吻他的妻子和孩子。“踢夫踢！”查迪喊道，“踢夫踢！”要从一个兄弟的外貌上看出变化来本就很难，不过在驶回劳德岬的路上，查迪和我都一致认为劳伦斯看起来仍旧非常年轻。他先进的屋，我们负责把行李箱从车里拎出来。我进门时，他正站在起居室里，跟妈妈和黛安娜说话。她们都穿上了最好的衣服，戴上了所有的首饰，正格外热切地对他表示欢迎，不过即便是当时，在每个人都尽力显得最为亲热、在这些努力都最为轻而易举的时刻，我仍旧感觉到房间里的气氛隐约有点紧张。一边琢磨着这个一边把劳伦斯沉重的行李箱拎上楼去的时候，我意识到我们的嫌恶就跟我们那些更正面的热情一样是根深蒂固的，我又想起有一次，那是二十五年前了，我拿石头砸了劳伦斯的头，他从地上爬起来径直就跑到

1 驾驶台发给机舱的信号钟。

父亲那儿告状去了。

我把行李箱拎到三楼，劳伦斯的妻子鲁思已经在安顿他们一家的住处。她是个瘦伶伶的姑娘，看着就像是旅途非常劳顿了，不过当我问她要不要给她拿杯喝的上来时，她又说并不需要。

我下楼来的时候，劳伦斯已经不在了，不过大家都已经准备好喝鸡尾酒了，我们就决定先进行起来再说。劳伦斯是全家唯一从来就不喜欢饮酒的人。我们把鸡尾酒拿到露台上去喝，这样就能看到东边的绝壁、大海和岛屿了，劳伦斯跟他妻子的归来，他们在家里的出现，似乎重新激发了我们对于这片熟悉景色的兴味；就仿佛在离开这么久之后，他们对于这片景色和海滨的色彩势必会产生的乐趣已经传染给了我们。我们聚集在露台上的时候，劳伦斯沿着小径从海滩上走了过来。

“这片海滩美极了吧，踢夫踢？”妈妈问道，“回到家里棒极了吧？要不要来杯马提尼？”

“无所谓，”劳伦斯道，“威士忌，金酒——喝什么都无所谓。给我点朗姆酒吧。”

“我们可没有什么朗姆酒。”妈妈道。这是态度粗暴的头一个音符。她一直教我们绝不要含糊其词，绝不要像劳伦斯这样回答问题。除此之外，她对于自己家里的规矩非常讲究，任何违背她的标准的行为，诸如喝纯朗姆酒或是把啤酒罐带上餐桌，都会让她怒不可遏，即便是像她这么富有幽默感的人也在所难免。她意识到了自己态度的粗暴，于是设法补救。“来一杯爱尔兰威士忌好吗，踢夫踢亲爱的？”她道，“你不是一直都喜欢爱尔兰威士忌吗？餐边柜里有几瓶。干吗不自己去倒一杯？”劳伦斯说他无所谓。他给自己倒了杯马提尼，等鲁思下来之后我们就进屋用晚餐了。

尽管我们在等劳伦斯的时候，饭前已经喝得太多了些，大家仍旧全力以赴，一心想把最好的状态表现出来，享受一段和睦的好时光。妈妈是个娇小的女人，风韵犹存，脸上仍旧看得出当年曾是个大美女，她平常的言谈通常也轻松愉快，可那天傍晚她谈到岛上正在进行的一项垦荒工程。黛安娜就跟当年的妈妈一样漂亮；她生性活泼可爱，喜欢谈论她在法国结识的那帮放荡不羁的朋友，可她那晚上谈到的却是瑞士的那所学校，她把自己的两个孩子留在了那里。我看得出来这顿晚餐原来是想讨劳伦斯的欢心的。并不过分丰盛，也没有任何会让他感到操心的铺张浪费。

晚餐后，我们又回到露台上的时候，云彩映衬之下的晚霞鲜红似血，我很高兴劳伦斯一回家就能碰上这么耀眼的落照。我们在露台上待了几分钟后，就有一个叫作爱德华·切斯特的男人来找黛安娜。她是在法国，要不然就是在回国的船上结识此人的，他要在村里的客栈里待个十天左右。他被介绍给了劳伦斯和鲁思，然后他就跟黛安娜离开了。

“这就是现在跟她睡觉的男人？”劳伦斯问。

“这话说得真难听！”海伦道。

“你该为这么说话道歉，踢夫踢。”查迪道。

“我不知道，”妈妈疲惫地道，“我不知道，踢夫踢。黛安娜现在想干吗就能干吗，我从来不问这种乌七八糟的问题。她是我的独生女儿。我又轻易见不到她。”

“她还打算回法国吗？”

“再下个礼拜就回去。”

劳伦斯和鲁思就坐在露台的边沿上，没坐椅子，没跟我们坐成一圈。我这个弟弟嘴巴紧闭，当时在我看来活像个清教牧师。有时候，当我试图理解他的思维框架时，我会想起我们这个家族在这个国家的起源，而他对黛安娜和她情人的非难又让我想起了这一点。我们所属的波莫罗伊家族的这一支就是由一位牧师建立的，他还曾经因为坚持不懈地誓与撒旦战斗到底而受到科顿·马瑟[1]的颂扬。迄至十九世纪中叶，波莫罗伊家族世代都是牧师，他们思想中的苛酷——人生充满苦难，一切尘世之美皆属贪欲堕落——一直都保留在他们的著作和布道当中。后来我们这个家族的脾性有所改变，变得轻快了不少，不过一直到我上学的年龄，我还记得我们的一房亲戚中有一对老夫妇似乎又折回了那个黑暗的牧师时代，兴致勃勃地投身于永恒的罪孽和神圣的天罚当中不能自拔。你要是在这样的气氛中长大成人——在某种意义上我们就是这样成长起来的——我想，要真正弃绝天生罪孽、自我牺牲、缄口苦修和悔过自谴的习惯，就真正是种精神上的考验了，而在我看来，劳伦斯就正是在这样的精神考验当中缴械屈服了。

“那是卡西俄珀亚吗？”奥黛特问道。

“不，亲爱的，”查迪道，“那不是卡西俄珀亚。”

“谁是卡西俄珀亚？”奥黛特道。

1 科顿·马瑟（Cotton Mather，1663—1728），新英格兰著名清教牧师、教育家英克里斯·马瑟（Increase Mather，1639—1723）之子，本人亦是新英格兰著名的牧师和著作家，代表作有《美洲志异》等。

“她是克甫斯的妻子，安德洛墨达的母亲。[1]”我说。

“厨娘是巨人队的球迷，”查迪道，“为了他们能赢得胜利的锦旗，她甚至会给你钱。”

天已经黑得够可以了，我们都能看到穿过天空从苍鹭岬的灯塔上射出的光线。悬崖下黑漆漆一片，不断传来浪涛拍岸的阵阵轰鸣。然后，就像平素天渐渐黑下来而她又在晚饭前多喝了几杯一样，妈妈又开始说起有朝一日会对这幢房子进行的改造和增建，厢房啦浴室啦花园啦分别该如何修缮。

“这幢房子不出五年就要没入大海了。”劳伦斯道。

“踢夫踢这个丧门星。”查迪道。

“别叫我踢夫踢。”劳伦斯说。

“小耶稣。”查迪道。

“防波墙裂得一塌糊涂了，”劳伦斯道，“今天下午我看得清清楚楚。你们四年前找人修过一次，花了八千块钱。你们可不能每四年就修一次吧。”

“行啦，踢夫踢。”妈妈道。

“事实就是事实，”劳伦斯道，“而且在一条正在下沉的海岸线的悬崖边上造房子，本来就是个该死的蠢主意。在我的有生之年，花园的一半已经被海水冲走了，咱们原本有个浴室的地方现在已经有四英尺深的海水啦。”

---

1 这几个人物都出自希腊神话，卡西俄珀亚是埃塞俄比亚王克甫斯之妻，安德洛墨达公主之母。卡西俄珀亚因夸其女貌美而得罪于海怪，致使全国遭扰，安德洛墨达为救国民毅然现身，被锁囚于大石之旁，后为珀耳修斯救出并娶为妻。这几个神话人物又同时是星座名：卡西俄珀亚即仙后座，克甫斯即仙王座，安德洛墨达即仙女座，而珀耳修斯即英仙座。

“咱们还是谈点一般性的话题吧，”妈妈恨恨地道，“咱们还是谈谈政治或是船只俱乐部的舞会吧。”

“事实上，”劳伦斯道，“这幢房子眼下可能已经处在一定的危险中了。如果海上起了不同寻常的大浪，如果刮起了飓风，防波墙就会倒塌，房子也就完蛋啦。我们可能都会被淹死的。”

“我真受不了啦。”妈妈道。她走进餐具室，倒了满满一杯金酒回来。

我已经实在太老了，早已过了自以为能对别人的情绪说三道四的年龄，不过我还是感受到了劳伦斯和妈妈之间关系的紧张，而且我还对这种紧张关系的由来略知一二。劳伦斯刚刚十六岁的时候，就已经认定妈妈是个轻浮、恶意、充满破坏性而且过分强硬的女人。他一旦认定了这一点，就决心要把自己跟她彻底分开。他当时上的是所寄宿学校，我记得他连圣诞节都不回家，而是跟一个朋友一起过的。自打他对妈妈做出那个不利的判断之后，就极少回家了，即便是回了家，他也总是竭力在言谈中提醒她，他跟她非常疏远。他跟鲁思结婚的时候，都没告诉妈妈一声，他的孩子出生的时候也没告诉她。可是尽管他有这些原则性的、持之以恒的坚持，他却又似乎从未像我们其他人那样享受到任何分离的乐趣，而一旦他们母子俩碰到一起，你立马会感到一种紧张和说不清道不明的情绪。

说起来了，妈妈偏偏挑那天晚上喝醉也真是挺不幸的。她有权喝醉，况且她喝醉的次数并不多。幸好她没有撒酒疯，不过我们都感觉到有点儿不妙了。当她安静地喝着她的金酒时，她像是悲哀地跟我们渐行渐远；她像是处在远行的剧痛当中。然后她的情绪就由远行变成了伤害，她极少的几句话也都任性而又前言不搭后语。当她的酒杯就要空了的时候，她怒冲冲地瞪着鼻子前方黑黢黢的一片，稍稍摆了摆头，就像个斗士似的。我知道，这时候她脑子里已经容不下那些蜂拥而至的伤害了。儿女是帮蠢材，丈夫淹死了，用人们是帮贼，就连她坐的椅子都不舒服。突然她放下空杯子，打断了查迪，他正在谈棒球。“我倒是清楚一件事，”她嗓音嘶哑地道，“我清楚要是真有来世的话，我想要一个截然不同的家庭。我不想要别的，只想要一帮非常富有、睿智而又迷人的儿女。”她站起身，朝门口走去，差点儿摔倒。查迪一把抓住她，扶她上楼。我能听到他们温柔地互道晚安，然后查迪就回来了。我本以为到了这时，劳伦斯因为旅途劳顿和重回老家也该累了，谁知他仍旧待在露台上，就仿佛要等着看最后我们还会闹出何等不堪的丑事来，我们大家就都把他留在那里，乘着夜色游泳去了。

第二天早上醒来，或者在半梦半醒的时候，我听到有人滚着碾子平整网球场的声音。这声音比海岬外头那成串的浮标铁铃更加微弱和低沉，铁铃那没有节奏却和谐悦耳的击打声在我脑海中一直是跟夏日一天的开始联系在一起的，是种很好的兆头。我下楼来的时候，发现劳伦斯的两个孩子正待在起居室里，都穿着身花哨的牛仔服。这是两个战战兢兢、皮包骨头的孩子。他们告诉我，他们的父亲正在平整网球场，可他们不想到外头去，因为在门口的台阶底下看见有一条蛇。我向他们解释说，他们的堂兄弟姐妹们——所有其他的孩子——都在厨房里吃早饭，他们最好也赶快跑过去。听我这么一说，男孩儿开始哭起来。接着女孩儿也加入进来。他们哭的样子就仿佛到厨房里去吃饭就会毁了他们最为宝贵的权利似的。我叫他们跟我一起坐下。这时劳伦斯进来了，我就问他想不想打几场网球。他说不想，多谢啦，不过他倒是想也许可以跟查迪打几场单打。他这么想也在理，因为他跟查迪的网球打得都比我好，早饭后他确实跟查迪打了几场单打，不过后来，当大家都下来打起家庭双打的时候，劳伦斯就消失不见了。这让我很生气——或许挺没道理的——不过我们的家庭双打确实玩得很开心，他哪怕出于礼貌也该打上一盘的吧。

快到晌午的时候，我独自离开网球场上楼来，发现踢夫踢在露台上，正用折刀从墙上撬起一块木瓦来。“怎么啦，劳伦斯？”我问，“有白蚁吗？”木头里生了白蚁，已经给我们带来不少麻烦了。

他指给我看，每排木瓦的底部都有一条木匠用粉笔画的模糊的蓝线。“这幢房子建成约有二十二年的时间，”他道，“这些木瓦却有大约两百年的历史啦。爸爸建这幢房子的时候肯定是从周边所有的农场买来这些木瓦的，为的是让它显得古色古香。你现在仍旧能看到木匠粉笔的痕迹，这就是当初为了把这些老古董钉到位特意做的记号。”

虽然我已经完全忘记了，不过关于木瓦的情况却是属实的。当初建这幢房子的时候，我们的父亲，或者就是他的建筑师，特意要求在外墙上覆以青苔遍布、风雨侵蚀的木瓦。可我并不认同劳伦斯的推理，没觉得这么做有什么丢人现眼的。

“再看看这些门扇，”劳伦斯道，“看看这些门扇和窗框。”我跟他走到通露台的那宽大的两截门前看了看。这道门相对还挺新的，不过有人却曾竭尽全力要把它的这种新给遮掩起来。门的表面特意用某种金属工具刻出深深的刻痕，刻痕里头还涂以斑驳的白漆，用以模拟海水、苔藓和风雨剥蚀的效果。“想想看，竟然特意花费几千美元把一幢好端端的房子弄成沉船残骸的模样，”劳伦斯道，“想想看这种思维模式意味着什么。想想看竟然这么一心想生活在过去，为此不惜花钱雇一帮木匠来把自家的大门弄得破破烂烂的。”于是我想起了劳伦斯对于时间的敏感，还有他对于我们眷恋过去的情感所持的观点和看法。我曾听他说起过，那是好多年前了，说我们和我们的朋友还有这整个国家的我们这部分人，因为我们自己没有能力应付现实的各种问题，于是就像个可怜虫一样，扭头折回到一个我们自以为更加幸福和单纯的时代，而且我们对于修复旧物和烛光的嗜好正足以说明，我们这种无可救药的失败已经达到了怎样的程度。那条模糊的蓝色粉笔线又使他想起了他的这些观点，这道伤痕累累的门扇更为他的观点提供了佐证，而眼下，一个接一个的线索清晰地呈现在他面前——门上挂的舰灯，巨大的烟囱，宽阔的地板以及嵌在里面冒充木钉的小木块。正当劳伦斯对我长篇大论地阐述这些罪过的时候，其他的人从网球场上进屋来了。妈妈一看到劳伦斯的样子，她就立刻做出了回击，我看得出来，在这位女族长和这个不肖子之间已经绝少有任何和睦相处的希望了。妈妈一把拉住查迪的胳膊。“咱们这就游泳去，而且就在海滩上喝咱们的马提尼，”她道，“咱们痛痛快快地玩它一个上午。”

那天早晨的大海一碧万顷，犹如古绿石一般。除了踢夫踢和鲁思，大家都到海滩上去了。“我才不理会他呢。”妈妈道。她情绪激动，把酒杯碰倒了，把一些金酒洒到了沙子里。“我才不理会他呢。不管他有多么粗鲁、可恶、阴郁，我统统不在乎，可我受不了的是他那两个可怜的小孩的小脸儿，那两个倒霉透顶的小孩。”隔着横亘在我们中间那高高的峭壁，每个人都怒不可遏地数落着劳伦斯；数落他如何一点都没长进反而变本加厉了，数落他如何跟我们所有的人都不相像，他如何成心故意地要毁了每一样乐趣。我们喝着金酒；我们的谩骂也似乎达到了高潮，然后，我们一个接一个地走进那碧绿的海水中去游泳。不过等我们上岸以后，就再没有人刻薄地提到劳伦斯了；肆意谩骂的话题已经被拦腰斩断，就仿佛游泳也具有洗礼所号称的那种净化的力量。我们擦干双手，点上香烟，即便是提到劳伦斯，也只限于好心地提议也许会让他高兴的事儿。他会不会喜欢乘船去巴林湾游览，还是乐意去钓鱼？

现在我想起来，在劳伦斯回家的这段时间里，我们去游泳的次数要比通常更多，我想这是有原因的。有他在身边我们总免不了心里窝火，当这种火气越积越高，使我们不但对于劳伦斯，而且我们相互之间都快失去耐性的时候，我们就都会跑去游泳，用冰冷的海水冲掉我们的恶感。我现在还能看到我们这一家人，坐在沙滩上对于劳伦斯的无端指责痛心疾首，我还看到大家蹚入、跳入、从水面潜入海中，听到大家的声音里又恢复了耐心，又重新发现了取之不竭的善意。如果劳伦斯注意到了这种变化——这种净化的幻景的话，我想他应该已经在精神病学的词汇或是大西洋的神话中为它找到了一个贴切的名称，不过我不认为他会注意到这种变化。他忽视了为开阔海域的疗救功效命名的时机，不过这种可以用来贬损他人的机会他是极少会错过的。

那年夏天我们雇用的厨师是个波兰女人，名叫安娜·奥斯特罗维克。她可真是呱呱叫的女人——高大、肥胖、热心而又勤劳，对自己的工作一丝不苟。她喜欢做饭，喜欢她亲手做出来的饭食受到赏识并被吃掉，我们无论什么时候见到她，她总是催促我们多吃。她每周要烤两三次热面包做早点，既有月牙形面包又有奶油鸡蛋卷，她会亲自把食物端进餐厅里并且说："吃，吃，吃呀！"当女仆把上菜的盘子拿回到餐具室，我们有时候能听到站在那儿的安娜说："太好了！他们都吃了。"她还紧着给垃圾工、送奶工和园丁吃的。"吃呀！"她对他们说，"吃，吃呀！"每周四下午，她都会跟女仆一起去看电影，可她根本就不喜欢那些电影，因为演员们都太瘦。她会在漆黑的电影院里坐上一个半钟头，焦急地盯着银幕，单等着某个喜欢吃喝、心宽体胖的人儿出现。贝蒂·戴维斯给安娜留下的印象只不过是个不好好吃饭的女人。"他们全都这么皮包骨的。"离开电影院的时候她总会这么说。每天傍晚，她把我们全都塞得饱饱的，洗完了盘盘罐罐以后，她就会把桌子上的残羹剩饭收集起来，拿到外面去喂上帝的造物。那年我们养了几只鸡，即使它们那时候已经进窝睡了，她也会把食物倒进它们的食槽里，催促着那几只睡着了的鸡快起来吃东西。果园里的燕雀和院子里的花栗鼠她都管喂。她出现在花园边上的身影以及她那急促的嗓音——我们能听到她叫着"吃呀，吃呀，吃呀"——已经像船只俱乐部日落时分的枪声和苍鹭岬灯塔的光束一样，成为那个时辰的标志。"吃呀，吃呀，吃呀，"我们会听到安娜说，"吃呀，吃呀……"然后，天就黑了。

劳伦斯在家待了有三天后，安娜把我叫进了厨房。"你告诉你妈，"她说，"叫他别再进我的厨房。他如果还是老往我的厨房里跑，我就走人。他总是跑到我的厨房里来，告诉我我是个多么可怜的女人。他总是告诉我我工作得太辛苦，又得不到应得的报酬，我还应该参加工会，享受假期。哈！就他这么个皮包骨，还总是在我忙活的时候跑到我的厨房里来可怜我，我可是并不比他差，我不比任何人差，我可不想让他这样的人总是跑了来碍我的事，还为我感到难过。我可是个有名的好厨子，到哪儿都能找到工作，今年夏天我到这儿来的唯一原因就是我还从来没在一个海岛上待过，只要愿意我明天就能找到别的工作，要是他总是跑到我的厨房里来可怜我，你跟你妈说我这就走人。我不比任何人差，我可用不着那个皮包骨整天价跟我叨咕我有多可怜。"

我很高兴发现厨娘是站在我们这一边的，不过我也觉得这种形势挺微妙的。如果妈妈要求劳伦斯离厨房远一点，他就会借着这个要求大发牢骚。他会借着任何由头发牢骚，当他黑着个脸在餐桌旁就座后，有时候真像是每一个表示贬损的字眼，不论是针对什么的，都会正中他的下怀。我没跟任何人提起厨娘的抱怨，不过不知怎的，那里倒是再也没出现更多的麻烦。

引起我跟劳伦斯争执的另一个由头来自我们玩的双陆棋[1]。

我们在劳德岬的时候经常玩双陆棋。一到八点钟，我们喝过咖啡以后，通常就会把棋盘给拿出来。在某种意义上，这算是我们最为快乐的时光之一。房间里的灯还没开，在黑暗的花园里还能看到安娜的身影，她头顶的空中有大片大片参差交错的天光云影。妈妈打开电灯，哗啦啦地摇响骰子作为信号。我们一般每人各玩三局，

1　双陆棋，又称十五子棋，是一种供两人对弈的版图游戏，有两套不同颜色各十五枚的棋子，每人各持一套，棋子的移动以掷骰子的点数决定，首位把所有棋子移离棋盘者为胜。

轮流地一对一。我们是有银钱输赢的，一局的输赢能有一百美金，不过赌注通常都要小得多。我想劳伦斯过去也玩过的——我记不清了——不过他现在是不再玩了。他不赌。这倒不是因为他穷或是他对于赌博持有什么道德准则，而是因为他认为这种游戏非常愚蠢，纯属浪费时间。可是他却很乐意把时间浪费在旁观我们玩上。夜复一夜，只要赌局一开始，他就拖着把椅子坐到棋盘边上，兴头十足地盯着棋子和骰子。他面上的表情是嘲弄的，可是他又看得非常仔细。我原本还纳闷儿他干吗要夜复一夜地看着我们赌钱，后来，通过观察他的表情，我想我也许已经悟出了其中的道理。

劳伦斯从来不赌，所以他无法理解输赢时的激动心情。我想他已经忘了怎么玩这种棋了，所以棋局当中那些复杂的算计无法引起他的兴趣。他的观察所得无非是：双陆棋是种无聊的游戏，纯粹是碰运气，而标着点数的棋盘就活脱脱是我们一文不值的表征。而既然他既不理解赌博又不懂得棋局的输赢，我想，引发他兴趣的就必定是他家庭的成员了。有天晚上我正跟奥黛特对局的时候——我已经从妈妈和查迪手里赢了三十七块钱——我想我已经看明白了他脑子里转的是什么念头。

奥黛特有一头黑发和一双黑眼睛。她很小心地从来不让自己的白皮肤长时间暴露在阳光下，所以她身上那种黑白分明的对比就是在夏天也同样惹人注目。她需要而且也值得引起他人的爱慕——这是最让她感到满意的一点——而且她会逢场作戏地跟任何男人卖弄风情。那天晚上她的肩膀整个儿都露在外面，裙子的开口很低，把乳沟分明地显露出来，她俯身在棋盘上走棋的时候乳房都隐约可见。她不断地输棋，不断地卖弄风情，弄得她的输钱都像是成了卖弄风情的一部分。查迪待在另一个房间。她输了三局，当第三局结束以后，她往后一靠躺在沙发上，直直地看着我，说什么要到外面的沙丘上去算账。劳伦斯听见了。我看了劳伦斯一眼。他像是大为震惊，与此同时又很满意，就好像他一直都在怀疑我们赌的并不是钱，而是更有实质性的内容。当然我也可能弄错了，不过我想劳伦斯在观看我们的双陆棋时感觉无异于在看一场尖刻的悲剧，这其中银钱的输赢不过是更为致命的损失的象征。劳伦斯就像是试图在我们的一举一动当中都解读出重要的意味和结论，当然了，只要劳伦斯从我们的行为中发现了他所认为的内在逻辑，那肯定是龌龊肮脏的。

这时查迪进来跟我下棋。查迪和我从来都不甘心输给对方。年轻的时候，我们都被明令禁止一起玩游戏，因为结果总会闹到非得打起来才作罢。我们觉得我们对彼此的内在气质都心知肚明。我认为他很精明，他觉得我很愚蠢。我们不管是玩什么——是网球、双陆、垒球还是桥牌——都像是仇敌一样，有时真像是要拼个你死我活才罢休。只要我输给了查迪，我就睡不着觉。不过所有这些都只不过是我们俩这种竞争关系中一半的真相，可劳伦斯能够觉察到的也就只有这一半的真相，而他的在场弄得我很不自在，结果我连输了两局。我从棋盘旁边起身离开的时候，尽力不显出生气的样子。劳伦斯正盯着我看呢。我走到外面的露台上，在黑暗中独自忍受我每次输给查迪后总会感到的怒火中烧。

我回到屋里的时候，查迪和妈妈正在对弈。劳伦斯仍旧在观看。照他看来，奥黛特已经把她的贞操输给了我，我又已经把我的自尊输给了查迪，我真想知道他对眼前的这场对决又会怎么看。他看得全神贯注，就仿佛看不透的棋子和泾渭分明的棋盘充当了决定性力量对决的战场。灯光映照下的棋盘、默不作声的棋手以及屋外大海的喧嚣，所有这些在他看来该是多么富有戏剧性！在这里，精神上的同类相残已经昭然若揭；在这里，在他鼻子底下，就是人类相互利用、互相残杀的活生生的象征。

妈妈是个精明、狂热、善于扰乱对方的棋手。两只手总是在对手的棋盘里忙活。查迪是她喜欢的对手，跟他过招的时候她总是专心致志。劳伦斯应该也注意到了这一点。妈妈是个好感情用事的女人。她心地善良，很容易被眼泪和软弱所打动，这个特点就像她挺秀的鼻子一样，丝毫没有因为上了年纪而改变。别人的痛苦会让她感同身受，有时候她似乎竭力想在查迪心中探测出某种痛苦、某种缺失，她能够予以消解和弥补，并借此重建查迪年幼多病时母子俩所共享的那种亲密关系。她喜欢护卫弱小和幼稚，而如今我们都大了，她反而若有所失。那个债务与生意、男人和战争、打猎和垂钓的世界只会使她激愤和气恼。（父亲淹死后，她把他的假蝇钓竿和猎枪统统扔掉了事。）她不断地教导我们要自立自强，可是当我们回到她身边来寻求安慰和帮助时——尤其是查迪——她似乎才最感舒畅自得。我猜劳伦斯肯定会觉得这个老女人跟她的儿子正在为赢取对方的灵魂而赌博吧。

她输了。“哦，*天哪*。”她叫道。她看起来痛苦不堪，如丧考妣，她只要是输了总是这副模样。“给我拿眼镜来，给我拿支票簿来，给我拿杯喝的来。”劳伦斯终于站起身来，伸展了一下腿脚。他冷冷地看着我们大家。外面起风了，海上波涛汹涌，我想如果他听到了海浪的咆哮，他肯定只会将它们当作对他所有那些阴暗问题的阴暗回答；他会认为汹涌的潮水已经浇熄了我们野餐篝火的所有余烬。有谎言为伴是无法忍受的，而他就像是个谎言的化身。我没办法向他解释赌钱给人带来的那种单纯而又强烈的快感，在我看来，他竟然就这么坐在棋盘旁边，得出结论认为我们都在赌各自的灵魂，实在是大错而特错，让人无法容忍。他烦躁地在房间里转了两三圈，然后照例给我们最后一击之后才离开。“我真觉得你们这样下去会发疯的，”他道，“像这样夜复一夜地相互把对方囚禁起来。走吧，鲁思。我要上床睡觉啦。”

那天夜里，我梦见了劳伦斯。我看到他那张普通的脸膨胀到丑陋的程度，我早上醒来的时候觉得很不舒服，仿佛在睡梦中遭受了巨大的精神损失，像是丧失了勇气和信心似的。我竟然任由自己被我弟弟搞得心神不宁，实在是愚蠢。我需要一个假期。我想要放松一下。在学校里，我们就住在教工宿舍里，我们每天都在家吃饭，从来都脱不开身。我不但在冬夏两季教英语，还在校长办公室工作，田径运动会上还要负责鸣枪发令。我想要从这里面以及所有形式的焦虑中解脱出来，于是我决定要躲着我这个兄弟。那天一大早，我就带海伦和孩子们去乘船出海，一直待到晚饭的时间才回来。第二天，我们又去野餐。然后我得到纽约去一天，我回来的时候，船只俱乐部就要举行化装舞会了。劳伦斯不打算去参加，而这正是我历来都能玩得很开心的一种派对。

那年的请柬上说，尽请化装成你希望的模样参加舞会。经过几次磋商后，海伦和我已经决定要如何穿扮。她最想重新做一次的，她说，就是新娘，于是她决定穿她的婚纱礼服。我觉得这是个很好的选择——情真意切、轻松愉快而又花费不多。她的选择也影响到我，于是我决定穿一身旧橄榄球球衣。妈妈决定扮成詹妮·林德[1]，因为阁楼上现成就有一套旧詹妮·林德式样的裙装。家里的其他人决定租用化装服，我去纽约的时候顺带把服装都搞定了。劳伦斯和鲁思丝毫都没有参与的意思。

海伦是舞会委员会的成员，礼拜五的大部分时间她都花在布置俱乐部上。黛安娜、查迪和我乘船出海了。如今我们大都在曼哈塞特一带游玩，我习惯于根据那艘运汽油的驳船和船棚的铁皮顶棚的相对位置来确定返航的路线，那天下午我们很高兴在返航的时候，把船头始终对着村里教堂的一个白色塔尖，而且发现就连近岸的海水都碧绿一片、清澈透明。最后，我们把船停在俱乐部旁边去接海伦。委员会一直努力想把舞厅装扮成潜水艇的样子，结果他们竟然基本上成功地实现了这一幻景，这让海伦非常开心。我们驱车返回劳德岬。那个下午一直都风和日丽，不过在回家的路上我们嗅到了东风——劳伦斯把它叫作阴风——正从海上刮来的苗头。

我妻子海伦三十八了，我想，她的头发要是不染的话就会显出灰白来了，不过染的是一种不显眼的黄色——一种褪色的黄——我觉得跟她很相称。那晚她穿戴打扮的时候，我在调制鸡尾酒，当我端着一杯上楼找她的时候，那是自打我们结婚以后我头一次看到她身着婚纱礼服。如果说在我看来她比我们新婚的那天还要美丽，那也没必要，不过因为我也上了年纪，我想情感也远比小年轻时更加深沉了，而且因为那晚我在她脸上既看到了青春又看到了岁月

1　詹妮·林德（Jenny Lind，1820—1887），瑞典著名女高音歌唱家，有“瑞典夜莺”的美誉，一八五〇年至一八五二年间曾在美国作巡回演出，轰动一时。

的痕迹，既看到了她对自己曾经的青春年少的热爱又看到了她如今对岁月的流逝做出的优雅礼让，我想我从未有过如此深切的感动。我已经穿上了那套橄榄球球衣，球衣沉甸甸的重量，那沉重的护膝和垫肩也使我有了不小的变化，仿佛穿上这些旧日服装的同时，也已经完全卸下了我生活中所有那些理所当然的焦虑和麻烦。那感觉就仿佛我们俩都重新回到了结婚前的岁月，回到了战前的时光。

舞会开始前，考拉德夫妇举行了一场盛大的晚宴，我们全家——除了劳伦斯和鲁思——都去了。我们驱车穿过雾气到达俱乐部的时候大约是九点半。乐队正在演奏一支华尔兹舞曲。我寄存雨衣的时候，有人拍了一下我的后背。原来是查基·尤因，滑稽的是查基也穿了身橄榄球球衣。我们俩都觉得真是好笑死了。我们沿着走廊走向舞池时还在哈哈大笑。我在门口停下来看了看舞会的场面，真是漂亮。委员会在墙上和高高的天花板上都挂满了渔网。天花板上的渔网里还缀满了五颜六色的气球。灯光柔和而又明暗错落，大家——都是我们的朋友和邻居——在柔和的灯光中和着《凌晨三点钟》的旋律舞动，构成了一幅美丽的图画。然后我注意到有好几位女性都一身纯白，我这才意识到她们就像海伦一样，也穿着婚纱礼服。从我面前翩然舞过的帕茜·休伊特、吉尔太太和拉克兰德家的姑娘都打扮成了新娘。后来派普·塔尔科特走到我和查基面前，他打扮成亨利八世[1]，不过他告诉我们奥尔巴赫孪生兄弟、亨

1　亨利八世（Henry VIII，1491—1547），英国国王（1509—1547），继承其父亨利七世的王位。他与第一位妻子阿拉贡的凯瑟琳的离婚案，迫使他通过《至尊法案》（1534）与罗马天主教会公开决裂

利·巴雷特以及德怀特·麦克格雷格也都穿的是橄榄球球衣，而且据最后的统计，舞池里总共有十位新娘。

这种巧合，这种滑稽的巧合，惹得大家都哈哈大笑，也使这个化装舞会成为我在俱乐部参加过的最为轻松愉快的派对。起先我还以为这几位女士是商量好了一起穿婚纱礼服的，可是跟我跳舞的那几位都说这纯属巧合，而我肯定海伦是独自做出这一决定的。对我来说一切都顺风顺水、轻松愉快，直到马上就要午夜的时候：我看到鲁思站在舞池边。她穿一袭红色长裙，这可是完全不对头，根本就跟这次舞会的精神背道而驰。我邀她跳了一支舞，可是没有一个男性插进来邀舞，要是后半夜我都得跟她一直跳下去，那可真要了我的命啦。于是我问她劳伦斯在哪儿，她说在后面的码头上，我就把她带到吧台边，留她在那儿，出去找劳伦斯。

东来的雾气浓厚而又潮湿，就他一个人站在码头上。他并没有穿戴什么行头，就连把自己打扮成个渔夫或是水手都懒得费心。他的表情异常忧郁。围绕着我们的雾气就像是种冰冷的烟雾。我真希望这是个天朗气清的夜晚，因为东风吹来的雾气似乎正好称了我这位厌世兄弟的心，为他所用了。而且我知道海上那些浮标——当时只听得阵阵吱嘎和丁零——在他听来就像一半是人一半是溺水者的呼号，虽说每个水手都知道浮标是必不可少、非常可靠的固定装置，我也知道对他而言灯塔上发出的雾角声就意味着迷航和溺亡，而且他会把舞曲的轻快误解为淫逸和轻佻。“进来吧，踢夫踢，”我说，“陪你妻子跳支舞，或者给她找几个舞伴儿。”

“我干吗要那么做？”他道，“干吗要那样？”他走到窗边，朝里面的舞会望了一眼。“你看看，”他道，“看看那个……”

查基·尤因已经抓到了一个气球，正试图在舞池中央组织一场争抢橄榄球的竞赛。别的人正在跳桑巴。我知道劳伦斯正冷眼旁观着这场舞会，就像他看待我们家那些风雨剥蚀的木瓦一样，仿佛他在这里看到的是一场时光错乱和扭曲的闹剧；仿佛我们想重新成为新娘和橄榄球员，正暴露了青春的光明已经在我们内心熄灭，除此之外我们已经找不到可以仰仗的其他的光明，我们极度缺乏信仰和原则，已经变得蠢不可及而又惨不可言。而他对于这么多善良、快乐而又慷慨大度的人们的这种想法让我很生气，让我对他产生了一种异常的憎恶，我自己都觉得有些惭愧了，因为他毕竟是我的兄弟，是波莫罗伊家的一员。我伸出胳膊搂住他的肩膀，想把他强拉进去，可他就是不肯。

我回去的时候正赶上全体列队绕场的高潮，在颁出最佳化装奖之后，大家把天花板上的气球都放了下来。房间里很热，有人就把通往码头的大门打开了，海上吹来的东风绕着房间一周之后又吹了出去，裹挟着大部分气球滚过码头，吹落到海里。查基·尤因追着气球跑出去，当他看到它们都滚过码头落到水面上以后，他就脱掉橄榄球球衣跳进了水中。然后埃里克·奥尔巴赫跳了进去，卢·菲利普斯跳了进去，我也跳了进去，你知道派对开到午夜之后，大家都开始往水里跳的时候是什么样子。我们把大部分气球都捞了上来，擦干身体继续跳舞，一直到天亮我们才回家。

第二天是举行花展的日子。妈妈、海伦和奥黛特都参加了比赛。我们吃了顿简便午餐，查迪开车送女眷和孩子们去花展。我补了个觉，三四点钟的时候我带了条泳裤和毛巾准备去海滩，经过洗衣房的时候发现鲁思在里面。她正在洗衣服。我不知道她为什么看起来总是要比别人多干那么多活儿，她总是在洗衣服、熨衣服或者是补衣服。也许她小时候受到的教育就是要这样过日子，要么就是处在一种赎罪狂热的支配下。她似乎怀着一种忏悔苦修的热忱一直在擦呀熨呀，不过我想象不出她到底认为自己做错了什么。她那一双儿女也跟她一起在洗衣房里。我主动提议带他们到海滩上去玩，可他们不想去。

时值八月末，岛上遍地丛生的野葡萄使陆上的风都带有了葡萄酒的香味。小径端头是一个小小的冬青树林，再过去就得爬过一座座沙丘，那里除了粗硬的野草什么都不长。我能听到海的声音，不禁想起查迪和我曾经是如何神秘地谈论大海的。我们小时候就已经决定，我们永远都不可能在西部生活，因为我们会想念大海。“这里是很不错，”我们拜访山区居民的时候经常这么客气地表示，“可我们想念大西洋。”我们曾经很瞧不起艾奥瓦和科罗拉多州的人，他们从来就没有得到过大海的启示，我们还鄙视太平洋。现在我能听到海浪声了，那千钧的重量听起来就像是空谷回音，就像是骚乱和暴动，听到那声音我仍旧像小时候一样欢喜开怀，它似乎拥有一种净化的力量，它仿佛已经将鲁思在洗衣房那种忏悔苦修的形象连同其他的林林总总，统统从我的记忆当中涤除干净了。

可劳伦斯正在沙滩上。他坐在那儿。我一声不响地走进海里。水很冷，我出来后穿了件衬衣。我跟他说我打算步行前往塔纳斯角，他说他想跟我一起去。我尽力跟他齐头并进。他的腿并不比我的长，可他总喜欢稍稍领先他的同伴一点。我跟在他后面朝前走，看着他那下垂的脑袋和肩膀，我真纳闷他对这一片景色会有什么样的感想。

先是沙丘和峭壁，然后，在它们的斜坡下面是几片田野，已经开始由绿色转变成褐色和黄色。这些田野是用来牧羊的，我猜劳伦斯应该注意到这里的土壤已经遭到侵蚀，而羊群只会加速这一衰退的进程。田野再过去就是几处滨海的农场，农场中矗立着不少漂亮的方形建筑，不过劳伦斯又会指出身为一个海岛农民的艰苦命运。在我们另一边的大海，就是公海了。我们总是告诉客人，在那边，一直往东，就是葡萄牙的海岸了，而对于劳伦斯来说，从葡萄牙的海岸到西班牙的暴政[1]也就一步之遥。海浪前赴后继地奔涌而来又一个个破碎，发出一阵阵像是“好哇，好哇，好哇”的叫声，但是在劳伦斯听来，他们说的可能就是“Vale, vale[2]”了。我猜想，他那恶毒而又敏锐的思维或许已经想到，这条海岸线正是冰碛层的尽头，是史前世界的边缘；他一定也会想到，我们不论是在精神还是在实际上都正沿着已知世界的边缘在行走。如果他竟然意外忽略了这一点的话，那几架正在轰炸一个无人岛屿的海军飞机也会提醒他的。

那片海滩幅员辽阔，而且出奇地洁净而又纯朴，就像是月球的一角。激浪已经把滩底夯实，所以很便于行走，留在沙面上的每样东西都已经被海浪冲刷得面目全非。这里那里散落着半片隆起的贝壳、一截扫帚柄，还有半截瓶子和半块砖头——两者都已经被碾磨、击打得几乎无法辨认了，我猜想劳伦斯那阴郁的心绪——因为

---

1 指弗朗西斯科·弗朗哥（Francisco Franco，1892—1975）自一九三九年一直延续至一九七五年的独裁专制。

2 拉丁语：再会，再会。

他一直低着头——肯定正从一样破碎的东西转向另一样。总是跟他的悲观主义做伴已经开始激怒我，我紧走几步赶上他，伸出一只手搭在他肩上。“这不过是个夏日，踢夫踢，”我说，“一个普通的夏日而已。到底怎么啦？你不喜欢这儿吗？”

“我不喜欢这儿，”他冷漠地道，连眼皮都没抬一下，“我打算把我拥有的那份房屋产权卖给查迪。我本来就没指望在这儿过得开心。我这次回来的唯一原因就是要道个别。”

我让他再度走到前面，我跟在他身后，望着他的肩膀，想着他已经做过的所有告别。父亲淹死以后，他来到教堂跟父亲道别。仅仅三年后，他断定母亲为人轻佻，又跟她道了别。他刚上大学一年级的时候，跟他的室友曾是非常要好的朋友，可是那人酒喝得太多，春季学期一开始劳伦斯就更换了室友，跟他的好朋友道了别。上了两年大学之后，他断定学校的气氛太与世隔绝，于是跟耶鲁道了别。他注册进了哥伦比亚并在那儿拿到了他的法学学位，可是他发现他的第一位雇主不诚实，于是只干了半年就跟一份好工作道了别。他在市政厅跟鲁思登记结婚，等于向圣公会道了别；他们特意住到塔卡霍的偏街陋巷，跟中产阶级道了别。一九三八年他前往华盛顿开始做政府律师，跟私营企业道了别，可是在华盛顿待了八个月后他就断定罗斯福政府太感情用事，于是又跟政府道了别。他们离开华盛顿搬到了芝加哥的一个郊区，在那儿他又跟他的邻居逐一道别，原因是他们酗酒、粗鄙和愚蠢。他跟芝加哥道别后去了堪萨斯；跟堪萨斯道别后又去了克利夫兰。现在他又已经跟克利夫兰道了别，重新回到了东部，他在劳德岬停留的时间也够久了，可以向大海道别了。

这是自怨自艾，这是偏执和狭隘，这是把谨小慎微错认为了有骨气，我真想帮帮他。“摆脱出来吧，”我说，“从里面摆脱出来吧，踢夫踢。”

“从什么里面摆脱出来？”

“从这种悲观和沮丧中摆脱出来。从里面摆脱出来。这不过是个夏日。你正在毁了你自己的快乐时光，同时也毁了所有人的快乐时光。我们需要一个假期，踢夫踢。我想要一个。我想要休息。我们都需要。而你却把一切都搞得紧张而又不愉快。我这一整年就只有这两个星期。两个星期而已。我需要好好地快活一下，其他所有人也都需要。我们需要休息。你觉得你的悲观主义是一种优势，使你高高在上，可这什么都不是，不过是不愿面对现实而已。”

“现实是什么？”他道，“现实就是黛安娜是个既愚蠢又乱搞的女人，奥黛特也一样。妈妈是个酒鬼。她要是再不学会自律的话，一两年后就得进医院。查迪不诚实，他一贯如此。我们那幢房子就要沉入大海了。”他看了我一眼，又补充了一句：“而你是个蠢货。”

“你是个婊子养的丧门星，”我说，“你是个婊子养的丧门星。”

“把你那张胖脸从我面前挪开。”他道。继续朝前走去。

然后我抄起了一块树根，冲到他背后——虽然我此前从来没有从背后袭击过一个人——我把树根抡到背后，树根因为浸透了海水而沉甸甸的，就势抡圆了胳膊给了他脑后，我的亲兄弟，狠狠一击，打得他一下子跪倒在沙滩上。我看到血涌出来，开始染黑他的头发。当时我真希望他已经死了，死了而且就要下葬了，不希望他已经下葬了而是就要下葬了，因为我并不想不经过适当的仪式和礼仪就把他给处理掉，把他从我的意识当中清除掉。我仿佛看到我们其余的人——查迪、妈妈、黛安娜和海伦——在二十年前已经拆毁的那幢贝尔韦代雷街上的房子里哀悼服丧，站在门口迎候前来吊唁的客人和亲戚，以端庄得体的哀伤答谢大家庄重得体的哀悼。丝毫不能缺少端庄得体的礼仪，这样一来，即使他是在海滩上被谋害的，每个人在烦琐累人的仪式结束前也就会感到他已经步入生命的冬季，而踢夫踢应该被埋葬到冰冷、冰冷的地下就是个自然法则，一个美丽的自然法则。

他仍旧跪在地上。我四下看了一下。没有一个人看到过我们。这个赤裸裸的海滩，就像是月球的一角，一直延伸下去，看不到尽头。一个海浪斜刺里涌上来，喷溅出来的水花一直泼洒到他跪着的地方。我仍旧巴不得就此结果了他，可现在我已经开始扮演起了两个角色：谋杀者和行善者。猛然一声咆哮，如同空谷回音，一道白色的巨浪奔涌而至，把他环绕起来，在他肩膀上飞溅开来，我紧紧抓住他，以免他被回头浪卷走。接着我把他领到一处较高的位置。血已经浸满了他的头发，所以看起来都成了黑色。我脱下衬衣，撕扯开把他的头包扎好。他神志一直都很清醒，我想他的伤势并不算重。他一声没吭。我也没说话。然后我就把他留在了那里。

我沿着海滩走了一小段路，转过身去观察他的动静，当时我考虑的是自己的安危。他已经站起身来，看起来挺稳当的。天光依旧很明亮，不过咸涩的水汽像轻雾般从海上吹将进来，在我已经走开一小段之后，在这一片朦胧当中就几乎看不到他黑色的身影了。沿着海滩一路下去，都能看到浓重的咸湿空气吹将进来。然后我转过身来，不再管他，等我快到家的时候，我又下海游了次泳，那年夏天在每一次跟劳伦斯发生冲突之后，我似乎都会去游泳。

回到家，我在露台上躺了下来。其他的人也都回来了。我能听到妈妈在诋毁那些得奖的插花设计。我们的花什么奖都没得。然后整幢房子就安静下来，就像平常这时候一样。孩子们去厨房里吃晚饭，其他人上楼去洗澡。然后我听见查迪在调制鸡尾酒，有关花展评委们的话题再次被捡起。然后妈妈叫道：“踢夫踢！踢夫踢！哦，踢夫踢！”

他站在门口，看起来已经半死了。他已经把浸满血的绷带解了下来，拿在手上。“我哥哥干的，”他道，“这是我亲哥哥干的。他在沙滩上用一块石头——之类的——打了我的头。”他的嗓音因为自哀自怜而语不成声。我想他就要哭了。别的人谁都没吭声。“鲁思在哪儿？”他叫道，“鲁思在哪儿？鲁思到底在哪儿？我要她这就开始收拾行李。我再也不想在这儿浪费更多的时间啦。我有重要的事情要做。我有重要的事情要做。”说着他就上了楼。

他们第二天一大早就乘六点钟的渡船离开海岛返回了大陆。妈妈起来跟他们道别，不过只有她一个人这么做，可以想见那肯定是个苦涩而又舒心的场面——女族长和不肖子，面带沮丧相互对望，就仿佛爱的力量又失而复得了。我听到孩子们的话音，听到汽车驶离车道，我起床来到窗前，一个多么美好的清晨！耶稣啊，多么美好的清晨！风从北方吹来。空气澄澈。在早上初起的热气中，花园里的玫瑰闻起来就像是草莓酱一样。我穿衣服的时候，听到渡船的汽笛声，先是警报信号，然后是两声吼叫，我能看到顶层甲板上那些好人们正从脆弱的纸杯子里喝着咖啡，而劳伦斯站在船头，对着大海说着："Thalassa, thalassa[1]。"他那两个胆怯而又不开心的孩子从母亲胳膊的环抱中望着世间的万物。浮标的响声在劳伦斯听来也许是悲哀的，而当光明的魅力使你几乎忍不住要张开你的怀抱狂喜地宣誓时，劳伦斯的目光却会追随着被渡船抛在后面的黑色大海；他会想到那黑暗而又陌生的海底，在那整整有五英寻的深处躺着我们的父亲[2]。

哦，对这样一个人你又能怎么办吧？你能怎么办？你怎么才能挡住他的目光，不让他在一大群人中单单挑出那张长满粉刺的脸，那只衰老颤抖的手呢？你怎么才能教会他去回应人类那无可估量的伟大、生活那绚烂夺目的容颜？你怎么才能把着他的手去面对那些颠扑不破的真理——在那些真理面前畏惧和恐怖丝毫都无能为力？那天早上的大海色彩斑斓而又黑沉沉一片。我妻子跟我姐姐都正在游泳——黛安娜和海伦——我看到她们那没戴泳帽的头顶，黑色和金色的头发浸在黑沉沉的水中。我看到她们俩走了出来，我看到她们俩赤身裸体，毫不羞怯，光彩夺目，充满了魅力和优雅，我看着那两个赤身裸体的女人走出了大海。

---

1 希腊神话中大海的女性精灵。

2 化用莎士比亚的诗句"Full fathom five thy father lies"（五英寻的水深处躺着你的父亲），见《暴风雨》第一幕第二场。

普通的一天

吉姆在早上七点醒来，他起床绕着卧室的几个窗户转了一圈。他是如此习惯于城市的喧嚣和拥挤，以至于在新罕布什尔已经待了六天了，他仍旧惊讶于乡村的清晨之美竟是这么强烈而又陌生。那一簇小山就像是从北边的天际拔地而起。透过西边的几扇窗，他看到强烈的阳光照亮了群山上的树林，将光明倾泻在一平如镜的湖面上，并且如同铁铃的鸣响般威风凛凛地敲打着这幢巨大的老式宅子的附属房屋。

他穿好衣服，轻轻地把百叶窗拉下来，以免阳光惊醒了他妻子。埃伦在乡间的日子并不像他那样有限。她已经在这儿过了整整一夏，还将一直待到九月一号。然后她才会带着厨娘、碎冰机和波斯地毯一起返回城里。

他下楼来的时候，他岳母这幢大宅子的一楼静寂而又干净。法国女仆艾玛·布朗热正在前厅里掸尘。他穿过阴暗的餐室，推开了餐具室的门，不过另外一个女仆阿格妮丝·谢伊正在里面，坚决不许他侵入她的专属领地。“布朗先生，您早餐想吃什么只需吩咐我一声就是了，”她令人不快地道，“格蕾塔会给您做的。”

他想在厨房跟他五岁的儿子一起吃早餐，可是阿格妮丝根本就无意让他从宅子的前部进入后面那些专为下人和孩子们保留的部分。他跟她说了他想吃什么，就穿过餐厅原路返回，来到了外面的露台上。那儿的阳光醺醺然让人陶醉，而空气闻起来就像是一大帮漂亮姑娘刚刚从草坪上闲逛过去。真是个美妙的夏日清晨，似乎什么都不可能出错。吉姆带着一种扬扬自得的占有感打量着露台和花园，打量着那幢大宅子。他能听到加里森太太——他寡居的岳母以及他眼前这一切真正合法的主人——在远处的裁剪台上语气激烈地自言自语。

吉姆吃早餐的时候，阿格妮丝告诉他尼尔斯·伦德想见他。这消息挺让吉姆感到自得的。他来到新罕布什尔才只有十天，而且他不过是个客人而已，可他挺高兴这位老园丁特特地赶来讨教他的意见。尼尔斯·伦德已经为加里森太太工作了多年。他住在这个庄园的一幢小村舍里，而且他妻子——现在已经过世了——也曾经在厨房里帮佣。尼尔斯对于加里森太太的儿子当中没有一个对这个庄园感兴趣很是愤恨，而且他经常告诉吉姆，身边终于有了个男人可以跟他讨论讨论他面对的种种难题，他有多高兴。

尼尔斯侍弄的园子跟庄园的用度需要之间已经没有任何关系了。每年春天他都种上好几英亩的蔬菜和花卉。芦笋一发出芽儿来，蔬菜的收成跟加里森太太的餐桌之间无望的竞赛就拉开了序幕。尼尔斯深为他本人就是始作俑者的浪费而痛苦不堪，他每天傍晚都会跑到厨房门前，告诉厨娘除非他们吃掉更多的豌豆、更多的草莓、更多的青豆、更多的莴苣、更多的甘蓝，他用汗水浇灌而成的那些上佳的蔬菜就会烂掉啦。

吉姆吃完早餐后，绕到了宅子后面，尼尔斯拉长了脸告诉他，不知道什么东西正在偷吃地里刚刚开始成熟的玉米。之前他们已经讨论过侵害玉米地的动物问题。起先他们想到的是鹿。那天早上尼尔斯已经改变主意开始猜是浣熊了。他想请吉姆跟他一起去地里看看已经造成的破坏。

“如果真是浣熊的话，工具房里的那些夹子应该有用的，”吉姆道，“而且我想我们还有支来复枪。我今晚上就把那些夹子布置好。”

他们沿着一条上山的车道走到了园子里。车道边上的田地已经遭到苔藓的侵蚀，还点缀着几株刺柏。地里传来一股子无可名状的香气，浓烈刺鼻又催人欲睡。“瞧瞧，”他们一到玉米地里尼尔斯就开始嘟囔，“瞧瞧，瞧瞧……”玉米叶、玉米须还有吃了一半的耳穗撒得遍地都是，还被踩到了泥里。“我亲手种的，”尼尔斯道，就像个悍妇的丈夫在一一细数他付出而毫无回报的种种耐心，“再往后又会有乌鸦来啄食玉米粒。我辛辛苦苦耕种的，现在却根本就结不出玉米来了。”

他们听到厨娘格蕾塔一边沿着车道上来一边唱歌的声音，她是把甘蓝拿来喂鸡的。他们转过身来看着她。她是个高大、健壮的女人，拥有华丽的嗓音和歌剧女低音的胸脯。他们刚听到格蕾塔的歌声，风也把加里森太太的声音从裁剪台上吹了过来。加里森太太不断地在那儿自言自语。她那高雅而又斩截的话语听起来就像小号的音符穿过清朗的早晨。“他为什么每年都种植这种可恶的紫色马鞭草？他明知我用不到紫色。他究竟为什么要种植这种讨厌的紫色马鞭草？……而且要让他把那些黑海芋全都挪走。我要让他在池塘边重新种上百合花……”

尼尔斯朝地上啐了口唾沫。“上帝责罚那个女人！”他道，“上帝责罚她！”格蕾塔让他想起了过世的妻子，而加里森太太丰润的嗓音又让他想起另一桩应该履行的婚姻，在女主人和园丁之间，这是一直到死亡才能解除的责任。他丝毫无意抑制他的怒火，而吉姆却正好处在了他岳母的独白以及她园丁的狂怒的交叉火力点上。他说他这就去看看那些夹子能不能用。

他在工具房找到了那些夹子，在地窖里也找到了那支来复枪。他穿过草坪的时候，正好迎面碰上了加里森太太。她是个满头白发的瘦削女人，穿了身破旧的女仆制服，戴了顶破烂的草帽。她怀里有满满一抱鲜花。她和她的女婿互道了晨安，惊叹了几句多美的天气，然后继续朝相反的方向走去。吉姆把那几个夹子和那支来复枪拿到了宅子后头。他儿子蒂米也在那儿，正跟英格丽玩医院的游戏，英格丽是厨娘的女儿，一个面色苍白、皮包骨头的十一岁女孩儿。两个孩子抬头瞄了他一眼，然后继续玩他们的游戏。

吉姆给夹子膏了油并且把机括都锉锃光，为的是稍微一碰就能啪地夹紧。他在调试夹子的时候，阿格妮丝·谢伊走了出来，领着加里森太太的外孙女卡洛塔·布朗森。卡洛塔四岁大，那年夏天她妈妈到西部办离婚去了，阿格妮丝就从女仆擢升到了保姆的位置。她快六十了，这个保姆做得真是尽心尽力，一天从早到晚都紧紧握着卡洛塔的手，唯恐她出什么意外。

她越过吉姆的肩膀仔细打量着那些夹子，说道："您知道要一直等到孩子们都上床了才能把那些夹子放到外头来，布朗先生……你可千万别靠近那些夹子，卡洛塔。快过来。"

"我要到晚上才会把夹子布置好。"吉姆道。

"哎哟，不定哪个小孩儿就会被那些夹子夹到，腿都会被夹折喽的，"阿格妮丝道，"而且您也得小心那杆枪，是不是，布朗先生？这些枪都是杀人利器。但凡碰到舞刀弄枪的，我还没见过不出意外的哪……咱们走，卡洛塔，快点走。我来给你围上干净的小围涎，然后你就可以在喝果汁、吃饼干前在沙地上玩一会儿啦。”

小姑娘跟着她进了屋，两个人一起从后楼梯来到育儿室。等到只有她们两个人的时候，阿格妮丝羞怯地亲了亲孩子的头顶，就仿佛她唯恐自己的一往情深会让卡洛塔感到厌烦。

“别碰我，阿格妮丝。”卡洛塔道。

“没，亲爱的，我不会的。”

阿格妮丝·谢伊具有真正的女仆精神。长期被洗碗水和古龙水所浸透，长期生活在逼仄阴暗的卧室，生活在后廊、后楼梯、洗衣房、存放床单桌布的衣橱，以及令人联想起监狱来的仆佣的前厅、过道里，她的灵魂已经变得驯良而又苍白。仆佣的等级在她眼里就跟地狱的层级一样不可动摇。她绝对不会把她在仆佣餐桌上的位置让给加里森太太，就如同反过来加里森太太也绝不会让她坐到阴暗的餐厅里一样。阿格妮丝热爱一幢大宅子里的那些礼仪和规矩。天一黑她就把起居室的窗帘全都拉好，她一丝不苟地点燃餐桌上的蜡烛，并且如同祭童一样热切虔诚地敲响晚餐的钟声。在天气晴好的傍晚，当她坐在垃圾桶和木柴箱之间的后门廊里时，她喜欢回想她认识的所有历任厨娘的面孔。这让她的人生似乎丰富了起来。

阿格妮丝此前从来没有像那个夏天那般快活。她热爱群山、湖水还有天空，而且她就像坠入爱河的年轻人那般爱上了卡洛塔。她担心着自己的外表。她担心着她的手指甲、她的书法、她的教养。我真配得上保姆的职位吗？她总是怀疑。那个性情暴躁、郁郁寡欢的孩子就是她跟清晨、跟阳光、跟所有一切美丽和令人兴奋的事物之间唯一的联系。抚摸一下卡洛塔，把她的面颊贴着孩子温暖的头发，就会使她全身都充满一种重获青春的感觉。卡洛塔的妈妈九月份将从里诺[1]回来，阿格妮丝已经准备好了一番正式的说辞："就让我来照顾卡洛塔吧，布朗森太太！您不在的这段时间，我已经读遍了《每日新闻》中跟照顾孩子有关的所有文章。我爱卡洛塔。她也习惯由我来照顾了。我知道她都需要什么……"

加里森太太对孩子们都漠不关心，布朗森太太又在里诺，阿格妮丝根本就没有竞争对手，不过她仍旧不断地提心吊胆，生怕卡洛塔有什么不测。她根本就不让她在脖子上围围巾，唯恐围巾会挂在钉子或是门上把孩子给勒死了。但凡陡一点的楼梯、深一点的水域，不论多远的看家狗叫上一声，阿格妮丝都会心惊肉跳。她夜里梦到房子着了火，没办法把卡洛塔给救出来，她就干脆自己也投身了火海。现在，除了这些惯常的焦心事之外，又平白添上了钢铁夹子和来复枪。透过育儿室的窗户她就能看到吉姆。夹子是没放出来，可这并不能降低它们自身的危险性，就这么扔在地上，谁不小心都可能踩到上头的。他把那支来复枪拆开了，正用块破布擦拭各个零件，可阿格妮丝却觉得那杆枪像是已经子弹上膛，而且正瞄着卡洛塔的心脏。

吉姆听到他妻子的声音，就拿着拆开的来复枪绕到露台这边来，埃伦正坐在一把折叠躺椅上吃盛在托盘里的早餐。他吻了吻

---

1 里诺（Reno），内华达州西部一城市，为美国著名的"离婚城市"，凡欲离婚者，只需在该市住满三个月，即可离婚。

她，心想她看起来多么年轻、苗条而又漂亮。他们婚后极少有在乡间度假的机会，而两个人双双待在这么一个明亮而又宁静的早上，使他们觉得仿佛又重新体验到他们刚刚开始约会时的兴奋和激动。暖融融的阳光就像是持续而又热切的欲望，蒙蔽了他们的眼睛，使对方显得分外完美。

他们原本就计划那天早上要开车到黑山上去看一下艾默生庄园。埃伦很喜欢去参观那些废弃的农庄，她一直想有朝一日能在乡间买幢房子。吉姆也就一直迁就她这种幻想，不过对此他并不真正感兴趣；她呢，反过来虽觉得自己一直在欺哄他，不过总认为终有一天他们会在某座凄凉的小山上找到一所农庄，让他一见倾心。

埃伦一吃完早餐他们就马上驱车前往黑山。这些前往废弃宅地的旅程已经带他们走过很多荒僻的偏远小路，不过这次前往黑山的路途还是有过之而无不及。道路在十月和五月间根本就无法通行。

他们到达艾默生庄园后，埃伦的目光从朴实无华、风雨剥蚀的房子转向吉姆的脸，看看他会有什么反应。两个人都没说话。她在其中看到的乡居魅力和安全无虞，他看到的则是坍塌倾圮和偏僻闭塞。

农场位于高高的山顶，不过依山势起伏而建，吉姆留意到山势虽然为房子挡住了湖上来风，不过也同时把水光山色的景观遮了个严严实实。他还注意到，花岗岩门阶一千码范围内每一棵比较高大的树木全都已经被砍伐了。火辣辣的阳光就这么毫无遮挡地径直照射在铁皮屋顶上。在一个前窗上，他觉得就像个他所憎恶的贫瘠的乡村生活的护身符般，还贴着个褪色的红十字招贴。

他们下了车，穿过前院。院子里的野草足有齐腰高，而且还长满了草木犀。欧石南撕扯着吉姆的裤子。他推门的时候那锈迹斑斑的门闩干脆落到了他手上。他不耐烦地跟着埃伦穿过一个个黑暗、发臭的房间，就如同他们在缅因、马萨诸塞、康涅狄格和马里兰已经打探过的那些荒废宅地的情形一样。埃伦是个有很多无以名状的恐惧的女人——交通、贫困，尤其是战争——而这些偏远、荒唐的住宅在她眼里就代表了安全和保障。

“当然，要是我们买下这幢宅子的话，”她道，“我们至少得投入一万美元。我们也得把这块地皮买下来。这一点我意识到了。”

“哦，我得承认这么大块地皮六千应该是个不错的价钱。”他很有策略地道。他点了根香烟，透过一扇破碎的窗户看着外头那一堆锈迹斑斑的农业机械。

“你看，我们可以把所有这些隔断统统拆掉。”她说。

“是呀。”他道。

“我越来越感觉到我们一定得在纽约以外另外备好一个基地，”她说，“要是发生了战争，我们就会像耗子一样无处可逃了。当然啦，如果我们俩一起离开了纽约，我也不确定我们靠什么谋生。我们也许可以开一间深冻冷库。”

“我对冷库什么的可知之不多。”他道。

他想，这类对话在他小住乡下期间已经成为日常生活的一部分，就像谈论游泳和喝酒一样频繁了；而且也会同样简短。“这么说来你不喜欢这个地方？”她问道。等他给出了肯定的答复后，她叹了口气，从黑暗的走廊来到外面明亮的阳光下。他跟着她，并把大门关上了。她回头看了一眼，就仿佛他已经关上了她通往救赎的大门，然后她挎起他的胳膊，跟他并肩走向汽车。

加里森太太、埃伦和吉姆那天在露台上吃的午餐。英格丽和蒂米在厨房吃，而阿格妮丝·谢伊则在育儿室喂卡洛塔。然后她给孩子脱掉衣服，拉下百叶窗帘，把她送上床。她挨着床边在地板上躺下，自己也沉沉入睡。三点钟，她醒过来，叫醒卡洛塔。那孩子汗津津的，大发脾气。

给卡洛塔穿好衣服以后，阿格妮丝就带她下楼来到起居室。加里森太太正等在那儿。这是那年夏天的规矩之一，就是她每天下午要跟卡洛塔共度一个小时。被单独留下来跟外婆待在一起，那孩子直僵僵地坐在一把椅子上。加里森太太跟这个小姑娘相互都让对方感到厌烦。

加里森太太一直过着一种非同寻常的舒适生活，身边一直都不缺少朋友和各种赏心乐事的陪伴，所以她保持了一种引人注目的轻快活力。她个性冲动、慷慨大度而又非常和蔼可亲。她同样也活泼好动，一点都闲不住。“咱们干点儿什么呢，卡洛塔？”她问。

“不知道。”那孩子道。

“我给你做一条雏菊的项链好不好，卡洛塔？”

“好吧。”

“那好，你就在这儿等着。别碰那些糖果或是我桌子上的东西，好不好？”

加里森太太走进前厅，拿了个篮子和几把剪刀。露台底下的草坪过去，紧接着的就是一块遍布白黄色雏菊的花圃。她装了一篮子的雏菊。她回到起居室的时候，卡洛塔仍旧直僵僵地坐在她的椅子上。加里森太太并不信任这孩子，在沙发上落座前仔细审视了一下桌子上的东西。她开始穿针引线，要把那些毛茸茸的小花穿成串。“我要给你做一条项链、一个手镯，还有一顶王冠。”她道。

“我不想要什么雏菊项链。”卡洛塔道。

“可你明明告诉我你想要来着。”

“我想要一条*真正的*项链，”卡洛塔道，“我想要一条埃伦姨妈那样的珍珠项链。”

“哦，天哪。”加里森太太感叹道。她把针线和雏菊放到一边。她想起了她的第一条珍珠项链。她曾戴着它参加过巴尔的摩的一个派对。那可真是一个奇妙的派对，对过去的记忆一时间令她激动不已。然后她感觉真是老了。

“你还没到可以戴珍珠的年纪呢，”她告诉卡洛塔，“你还只是个小姑娘。”她说话的语气很平静，因为对巴尔的摩的回忆又让她想起其他的很多派对；想起那次游艇俱乐部的派对，她在派对上扭伤了脚踝；还有她打扮成沃尔特·罗利爵士[1]参加的那次假面舞会。天已经很热了。热度使加里森太太昏昏欲睡，更促使她加倍地缅怀起往事来了。她想起了费城和百慕大，深深地沉浸于这些记忆中不能自拔，以至于卡洛塔再度开口说话的时候把她吓了一跳。

“我不是个小姑娘，”卡洛塔突然道，“我是个大姑娘啦！”她的声音哽咽起来，眼睛里盈满了泪水。“我比蒂米比英格丽比任何人都要大！”

“你该大的时候是会大的，”加里森太太道，“别淌眼抹泪的。”

“我想成为一个真正的女士。我想成为埃伦姨妈和妈咪那样真

1　沃尔特·罗利（Sir Walter Raleigh，1554？—1618），英国探险家、作家，女王伊丽莎白一世的宠臣，早期美洲殖民者，因被指控阴谋推翻詹姆斯一世而被监禁于伦敦塔，后被处决，著有《世界史》及散文、诗歌等作品。

正的女士。”

“等你跟你妈妈一样大的时候，你又会希望重新变成个小孩子啦！”加里森太太生气地道。

“我想成为一个女士，”那孩子哭喊道，“我不想当小孩子。我不想当小姑娘。”

“别哭，”加里森太太叫道，“别哭啦。天太热了。你都不知你想要什么。看看我。我把一半的时间都花在但愿自己能重新回到可以跳舞的年纪上。荒唐啊，真是彻头彻尾地……”她注意到有个影子掠过窗户上拉低了的遮阳篷。她走到窗前，看到尼尔斯·伦德正走过草坪。他没准儿已经偷听到了所有的一切。这让她感觉非常不舒服。卡洛塔还在哭。她最恨听到小孩子哭。就仿佛那个炎热午后的意义，甚至仿佛她人生的意义一度也全都取决于这个小姑娘的开心与否。

“你有什么想干的事儿吗，卡洛塔？”

“没有。”

“你想吃块糖吗？”

“不，谢谢。”

“你想戴一下我的珍珠项链吗？”

“不，谢谢。”

加里森太太决定缩短这次会面的时间，她开始摇铃召唤阿格妮丝。

在厨房里，格蕾塔和阿格妮丝正在喝咖啡。午餐的盘子已经洗干净，准备晚餐的忙乱还没开始。厨房里凉爽而又干净，这片场地一派安宁。她们俩每天午后都在这儿碰头，这是整个一天当中她们最为惬意的时刻。

“她在哪儿呢？”格蕾塔问。

“她跟卡洛塔在一道儿。”阿格妮丝道。

“今儿早上她又在花园里自言自语来着，”格蕾塔道，“尼尔斯听见了。现在她又让他挪走一些百合。他才不干哪。他连草都不修剪。”

“艾玛刚把起居室打扫干净，”阿格妮丝道，“她就带着所有那些花儿进来了。”

“明年夏天我就要回瑞典啦。”格蕾塔道。

“回去一趟还要花四百美元？”阿格妮丝问。

“是呀。”格蕾塔道。为了避免说 ja[1]，她把这个音发得咝咝有声。“明年也许花不了这么多。可我要是明年不走的话，英格丽就满十二岁了，她就要买全票啦。我想回去看看我妈妈。她年纪大啦。”

“你应该去。”阿格妮丝道。

“我一九二七、一九三五和一九三七年回去过。”格蕾塔道。

“我一九三七年也回了趟家，”阿格妮丝道，“那是最后一次。我父亲上了年纪。我在家待了一整夏。我原想三八年再回去一趟的，可她说我要是回去的话她就解雇我，所以我就没走成。而那年冬天我父亲就死了。我本想去看看他的。”

“我想回去看看我妈妈。”格蕾塔道。

---

1 德语：是的。

“他们还口口声声这儿的风景如何如何，”阿格妮丝道，“就这些小山包！爱尔兰就像个大花园。”

“我还能再回去一趟吗？我问问自个儿，”格蕾塔道，“我已经太老啦。看看我这两条腿。这些静脉曲张的血管。”她把一条腿从桌子底下挪出来让阿格妮丝看。

“我回去已经没有任何意义啦，”阿格妮丝道，“我哥哥没啦，两个都没啦。在那边我什么人都没有了。我本来想回去看看我父亲的。”

“哦，我刚来这儿的时候，”格蕾塔叫道，“就像是在那条船上开的一个派对。赚大钱。回家去。赚大钱。回家去。”

“我还不是一样。”阿格妮丝道。她们听到了雷声。加里森太太不耐烦地再次开始摇铃。

结果从北边来了场风暴。风刮到了八九级，一根绿树枝掉进了草坪里，房子里回响着喊叫声和关紧窗户的砰砰声。大雨和闪电过来的时候，加里森太太从她的卧室窗户看着它们。卡洛塔和阿格妮丝藏到了一个壁橱里。吉姆、埃伦和他们的儿子当时在海滩上，他们从船库的门里看着这场暴风雨。它肆虐了有半个小时，然后就往西边去了，风暴过后的空气冷冽、刺骨而又爽洁；不过下午也已经过去了。

孩子们吃完饭的当口，吉姆上山来到玉米地里，把夹子放好，装上饵。他从山上往下走的时候，闻到了厨房里烤蛋糕的香味。天空已经放晴，山上的光线非常柔和，整幢宅子像是把全副精力都扑在了晚餐上。他看到尼尔斯正在鸡舍旁边，就跟他道了声晚上好，可是尼尔斯没搭理他。

加里森太太、吉姆和埃伦在进去用晚餐前先喝了几杯鸡尾酒，然后是葡萄酒，当他们端着白兰地和咖啡来到露台上的时候，已经都有些微醺了。太阳正在落下去。

“我收到里诺来的一封信，”加里森太太道，“弗洛丽想让我十二号参加佩顿家的婚礼时顺道把卡洛塔带去纽约。”

“谢伊要伤心死了。”埃伦道。

“那就让她死好了。”加里森太太道。

天空中像是烧成了一片大火。他们能看到沙滩，晚霞透过松林照过来。就在天黑前山间刮起了怪风，从湖对岸带来了一阵歌声，那是在那儿宿营的孩子们唱的：

“贝洛斯湖上有
一个姑娘们的营地。
它的名字就叫
马萨索伊特夏令营。
从太阳东升起
一直到日落下西山，
在那儿都有呀
开心的事儿数不完
……”

歌声尖厉、嘹亮而又令人信赖。接着风向的改变就把歌声给带走了，从山上吹来了些烧柴火的烟，顺着板岩的屋顶带到了这三个人坐着的露台。又响起了隆隆的雷声。

“一听到打雷，”加里森太太道，“我就会想起被雷电劈死的那个伊妮德·克拉克。”

“她是谁？”埃伦道。

“她是个非常非常不讨人喜欢的女人，”加里森太太道，“有天午后她在敞开的窗前洗澡，被雷电给劈死了。她丈夫跟主教有过节，所以她就不能葬在教堂里。他们就把她给竖在游泳池边上，在那儿举行了葬礼，而且什么喝的都没有。完事后我们开车返回纽约，你父亲半道上在一个私酒贩子[1]那儿停下来，买了一箱苏格兰威士忌。那是个周六的下午，又赶上有一场橄榄球赛，普林斯顿外头的交通非常拥挤。当时我们的司机是那个法裔加拿大人，他开起车来总是让我提心吊胆的。我跟拉尔夫说起我的担心，他却说我是个傻瓜，而五分钟以后我们的车就底儿朝天啦。我从敞开的车窗里被甩到了一块满是石头的地里，可你父亲做的第一件事却是打开后备箱看看他那箱酒怎么样了。我躺在地上淌着血等死，而他却在数他的酒瓶子。”

加里森太太把一条船用毛毯盖在腿上，眯起眼来看了看湖面和群山。砾石车道上响起的脚步声吓了她一跳。有客人吗？她转过身，看到是尼尔斯·伦德。他离开车道，穿过草坪，朝露台走来，趿拉着一双太大的鞋子。他头上翘着的一撮头发，他那褪色的一头短发，他瘦削的身形，还有他肩膀的线条都让吉姆觉得像个毛头小伙子。就仿佛尼尔斯的成长，他的精神，一直就停留在他年轻时候

1　当时应该正是实行禁酒令期间，美国于一九一九年正式通过全国禁酒令，一九三三年方始撤销。

的某个夏天，可是他的步伐却非常疲累，毫无精神，就像个心碎的老年人。他来到露台脚下，跟加里森太太说话的时候眼睛根本不看她。“我没有挪那些百合，加里森太太。”

“你说什么，尼尔斯？”她问，朝前俯下身子。

“我没有挪那些百合。”

“为什么没挪？”

“我要做的事情实在太多啦。”他看着她生气地说，“整个冬天就我一个人在这儿。大雪一直埋到了我的脖子。狂风呼啸得我都睡不着觉。我为你工作了十七年啦，而你在那些坏天气里从来就没来过这儿一次。”

“冬天跟那些百合又有什么关系，尼尔斯？”她平静地道。

“我要做的事情实在太多啦。挪百合。挪玫瑰。修剪草坪。每天你都兴出不同的花样。这是为什么？为什么你就比我强？你除了毁掉那些花儿之外，什么事儿都不会做。花儿都是我种的。毁掉它们的却是你。保险丝烧坏了，你不知道该怎么办。有什么东西漏了，你不知道该怎么办。就知道毁花儿。你就只会干这一件事儿。这十七年来，我整个冬天都在这儿等着你，”他喊道，“你写信给我：‘天暖和了吧？花儿开得漂亮吧？’然后你就来了。你就知道坐在这儿，消消停停地喝酒。上帝不容你这样的人。你害死了我老婆。现在你又想把我也给害死。你这个——”

“住嘴，尼尔斯。”吉姆道。

尼尔斯飞快地转过身去，穿过草坪原路往回走，因为深受忸怩之苦，走起路来都一瘸一拐的了。三个人谁都没作声，因为他们都觉得，他隐没在树篱之后，有可能会藏在那儿，等着听他们会说些什么。这时，英格丽和格蕾塔在傍晚散完步后出现在草坪上，满载着从这些远足中带回来的石头和野花，用来装饰她们位于车库上头的房间。格蕾塔告诉吉姆，玉米地里有个夹子已经夹住了什么东西。她觉得是只猫。

吉姆拿了来复枪和手电朝山上的园子走去。当他走近玉米地的时候，他能听到野性而又尖细的喊叫。然后那只动物，不管它到底是什么，开始砰砰地撞击土地。撞击声很有力道，像心跳般有规律，还伴随着铁夹链子细碎的咔哒声。吉姆到达玉米地的时候，他打开手电，照向那些被扑倒的玉米秆。那只动物发出尖厉的嘶嘶声，朝着亮光的方向跳过来；可是它没办法挣脱链子。那是只肥胖、弓背的浣熊。现在它躲开亮光往毁掉的玉米堆里藏。吉姆以逸待劳地等着。衬着星光，他能看到参差不齐、高高耸立的玉米秆，一阵微风拂过叶间，它们就像枝条般哗哗作响。那只浣熊禁不住疼痛，开始痉挛地撞击着地面，吉姆把手电靠在枪筒上连开了两枪。浣熊死了以后，他把夹子解开，提着夹子和浣熊的尸体走出了玉米地。

那是个浩渺、静谧而又美丽的夜晚。他并没有返回车道，而是抄了个近道穿过园子，然后横穿过一块田地朝工具房走去。地面黑漆漆一片。他走得非常小心而又笨拙。那具沉重的尸体闻起来就像一条狗。“布朗先生，布朗先生，哦，布朗先生。”有人叫道。那是阿格妮丝。她的声音上气不接下气的，而且很焦躁。阿格妮丝和卡洛塔正站在那块地里。两个人都穿着睡衣。“我们听到有响声，”阿格妮丝叫道，“我们听到开枪的声音。我们怕是出了什么意外。当然我知道卡洛塔安然无恙。她就在我身边。是不是，亲爱的？

可我们睡不着。我们听到那响声之后就合不上眼了。没出什么事儿吧？”

“没有，”吉姆道，“园子里有只浣熊。”

“浣熊在哪儿呢？”卡洛塔问。

“浣熊已经踏上了一段很长、很长的旅程，亲爱的，”阿格妮丝道，“好啦，咱们走吧，小甜甜。我希望再没有别的什么把咱们给惊醒了，是不是？”她们俩转过身去，开始往家里走，相互提醒着对方留心田野里的枝条、沟坎以及其他的危险。她们的对话中充满了昵称、胆怯和含混暖昧。他想帮她们一把，他非常想能帮她们一把，他想把他的手电让给她们，可她们没有他的帮助也已经到了家，他听到后门砰地一响，也就此关住了她们的声音。

巨型收音机

吉姆和艾琳·韦斯科特夫妇无论是在收入、事业还是社会地位上，都恰好符合大学校友简报的统计报告所公布的那个令人满意的平均数。他们结婚已经九年，有一双年幼的儿女，他们住在萨顿广场附近一幢公寓大楼的十二楼，他们每年去剧院的平均次数是十点三次，他们希望有朝一日能住到维彻斯特[1]去。艾琳·韦斯科特是个讨人喜欢、相貌相当一般的姑娘，一头柔软的棕发，宽阔、漂亮的额头上空无一物，天冷的时候她穿一件染得很像貂皮的艾鼬皮大衣。你不能说吉姆·韦斯科特看起来比他实际的年龄要轻，不过你至少可以说他貌似感觉更年轻些。他把一头已显灰白的头发剪得很短，穿的仍旧是在安杜佛[2]读书时候的那种衣服，而且他的行为举止认真、激烈而又故作天真。韦斯科特夫妇跟他们的朋友、他们的同学和他们的邻居唯一的不同之处在于他们俩都喜欢严肃音乐。他们非常频繁地去听音乐会——虽说他们很少跟任何人提起——而且他们花大量的时间听收音机里播放的音乐。

他们的收音机是个老旧货色了，非常敏感，难以逆料，根本就

1　维彻斯特（Westchester），纽约州的一个县，位于哈得孙河东岸，南临纽约市布朗克斯区（Bronx），濒长岛湾。

2　安杜佛（Andover），美国马萨诸塞州东北劳伦斯以南的一个城镇，菲利普斯·安杜佛学院（始建于一七七八年）所在地。

修不好了。他们俩都不懂收音机的构造原理——对于周围其他的设备用具也同样一窍不通——当收音机的音效出问题的时候，吉姆就会用手拍打机壳的侧面。有时候还挺管用。有个礼拜天的下午，舒伯特的一个四重奏正播到一半的时候，音乐一下子完全消失了。吉姆不断地拍打机壳，可一点反应都没有；舒伯特的音乐就此一去不复返了。他保证一定给艾琳买台新收音机，星期一下班回家的时候他告诉她，他已经订购了一台。他拒不向她描述收音机的样子，只是说送到家里来的时候对她准是个惊喜。

第二天下午，收音机被送到了厨房门口，艾琳在女仆和勤杂工的帮助下拆掉包装，把它搬进了起居室。她立刻对这个巨大胶木匣子那外形的丑陋深感震惊。艾琳对她的起居室一直颇为自豪，她就像选择自己的衣服一样精心地挑选家具装饰、进行颜色搭配，眼下在她看来，这台新收音机跟她那些心爱的家具摆设站在一起活像是个刺眼的入侵者。收音机面板上那为数众多的调谐钮和开关也让她困惑难堪，她完全彻底地研究了一番之后才把插头插进了墙上的插座，打开了收音机。那些调谐钮马上亮起了恶狠狠的绿光，远处传来一首钢琴五重奏的音乐声。那首五重奏只远远地响了一下，然后就以迅雷不及掩耳之势扑面而来，马上充满了整个公寓，声音大到简直惊天动地，竟把桌上的一件瓷器摆设都给震到了地上。她冲上前去赶紧把音量调小。潜伏在这个丑陋的胶木匣子里的强暴的力量让她感觉很不自在。这时，她那两个孩子正好放学回到家里，她就带他们去了中央公园。一直到天快擦黑的时候她才又有机会去摆弄那台收音机。

在女仆伺候两个孩子吃过了晚饭，正监督他们洗澡的时候，艾琳打开了收音机，把音量调小，坐下来收听一首她熟悉而且喜欢的莫扎特的五重奏。音乐声非常清晰。她觉得这台新机子的音质比那台旧的要纯净得多。她决定音质毕竟是最重要的，至于外形的丑陋，她可以把它藏到一张沙发背后去。可是她刚刚才跟这台收音机讲了和，干扰就又开始了。一种像是点燃了火药引线的刺刺啦啦的声音开始伴随着弦乐响了起来。音乐以外还有一种令艾琳很不愉快地想起大海的瑟瑟沙沙的声音，而且随着五重奏的进行，又有很多其他的噪声掺杂了进来。她试过了所有的调谐钮和开关，却怎么也去不掉这些干扰，她只能失望而又困惑地坐下来，努力追踪着旋律的基本轨迹。他们这幢公寓楼的电梯井就紧挨着他们家起居室的外墙，正是电梯开动的声音使她想到了收音机之所以产生静电噪声的缘由。电梯缆绳的吱嘎声还有电梯门的开关全都在扬声器里重现了出来，而且，在意识到这台收音机对于各类电流的感应都异常敏感之后，她开始透过莫扎特的五重奏辨别出更多更杂的干扰：电话铃的震响、电话号码的拨号声，还有真空吸尘器的悲叹。更仔细地倾听之下，她还能听出门铃、电梯铃、电动剃须刀和韦林[1]搅拌器的声音，这些声音来自上下左右包围着她的众多人家，统统通过她的扬声器播放了出来。这台功能强大又丑陋不堪的仪器，对于接收嘈杂的噪声具有一种不该有的灵敏性，她实在没办法把它给调节好，所以她干脆把它给关掉，走进儿童室看她那两个孩子去了。

吉姆·韦斯科特当天晚上一回家，就信心满满地走向那台收音机开始调台。他跟艾琳早先的经历一模一样。在吉姆调到的那个台里有个男人在讲话，他的声音立马就从大老远一下子变得震耳欲

---

1 韦林（Waring），美国一个著名的厨房电器品牌。

聋，把整个公寓都震得直抖。吉姆转动音量旋钮把声音调小。然后，一两分钟以后，干扰就开始了。先是电话铃和门铃的响声插了进来，随后又继以电梯门刺耳的刮擦和电动炊具嗡嗡的转动。噪声的种类跟艾琳先前听到的已经有所不同了；到了这个时候，最后一把电动剃须刀的插头也已经被拔掉，所有的真空吸尘器都已经放回到壁橱里去，这时的静电噪声反映出来的已经是在太阳落山后充斥着这个城市的各种喧嚣了。他摆弄了半天控制旋钮，可根本就没办法消除这些噪声，于是他把收音机关掉，跟艾琳说他明天一早就给卖给他收音机的人打电话，把他们给臭骂一顿。

第二天下午，艾琳参加完一次午宴约会后回到家中，女仆告诉她已经有人来过，把收音机给修好了。艾琳走进起居室，帽子和毛皮大衣还没脱就先把收音机打开来试试。扬声器里传来《密苏里华尔兹》的录音。这让她想起在她夏季避暑的那个地方，她有时听到的湖对岸传来的老式留声机放出来的那种细弱而又沙沙的音乐声。她一直听到那首华尔兹奏完，等着想听听对这段演奏录音的介绍，却什么都没有。音乐之后是一阵沉寂，然后这段哀伤而又沙沙的录音又重复了一遍。她转动调谐钮，一段令人满意的高加索音乐突然迸发出来——赤足在地面上砰砰的跺脚声和铸币首饰铿锵的撞击声——可是在音乐背后她还能听到铃声和混杂的人声。这时候孩子放学回家了，她就把收音机关掉，去了儿童室。

那天晚上吉姆回家的时候已经很累了，他洗了个澡换了衣服就来到起居室跟艾琳一起待着。他刚刚把收音机打开，女仆就宣布开饭了，他就让收音机这么开着，跟艾琳一起上桌吃饭。

吉姆太累了，连一般的家常都懒得讲，晚餐的内容也没有什么能引起艾琳的兴致，所以她的注意力就开始涣散，从食物转到烛台上带有银色光泽的积尘，又从烛台溜到了隔壁房间正在播放的音乐上。她听了几分钟一首肖邦的序曲，然后非常意外地听到有个男人的声音插了进来。“看在耶稣的分上，凯茜，”他说，“我一到家你就非得要开始弹钢琴吗？”音乐声戛然而止。“这是我唯一的机会嘛，”一个女人道，“我整天都在办公室。”“我还不是一样。”那男人说。他还冲着那台立式钢琴骂了一句，用的字眼很难听，然后就把门给摔上了。那热烈而又感伤的音乐再度响起。

“你听到没有？”艾琳问。

“什么啊？”吉姆正在吃他的饭后甜点。

“收音机。音乐正在演奏的时候一个男人说了句什么——一句脏话。”

“可能是出戏吧。”

“我觉得不像是戏。”艾琳道。

他们俩离开餐桌，端着咖啡走进起居室。艾琳让吉姆换个台试试。他转动旋钮。“你看见我的袜带了吗？”一个男人问。“帮我把扣子扣上。”一个女人道。“我说你看见我的袜带了吗？”男的又说。“你先帮我把扣子扣好，我再给你找你的袜带。”女的道。吉姆又换了个台。“希望你别再把苹果核往烟灰缸里扔啦，”一个男的说，“我恨死那种气味了。”

“这可有点怪。”吉姆道。

“谁说不是？”艾琳道。

吉姆继续转动旋钮。“‘在克罗曼德尔海滩有一处地方，早开的南瓜花就像喇叭嘟嘟响，’”一个女人用显著的英国口音说，“‘在密林的深处就住着杨棒伯。两把旧椅子，半截蜡烛头，还有一个把儿全掉光了的破罐子……’[1]”

“我的上帝啊！”艾琳叫道，“这是斯维尼家的保姆。”

“‘这就是他在这个尘世间所有的财产。’”那个英国口音继续道。

“把那东西关掉，”艾琳道，“他们没准儿也能听得到咱们。”吉姆把收音机给关了。“那是阿姆斯特朗小姐，斯维尼家的保姆啊，”艾琳道，“她肯定是在给那个小姑娘念书呢。他们住在十七楼B户。我在公园里跟阿姆斯特朗小姐说过话。我很熟悉她的声音。我们肯定是进入人家的家里去了。”

“这不可能啊。”吉姆道。

“反正那肯定就是斯维尼家的保姆，”艾琳激烈地道，“我认得她的声音。我很熟悉。我怀疑她们是不是也能听得到咱们。”

吉姆打开了开关。先是很远，然后越来越近，越来越近，就像是被一阵风给吹了过来，再度响起了斯维尼家保姆那纯正的英音：“‘叮当姑娘！叮当姑娘！’”她念道，“‘坐在南瓜花吹喇叭的地方，你是否愿意过来做我的新娘？杨棒伯道……’”

吉姆走到收音机前，冲着扬声器大声“喂喂”了两次。

“‘我已经厌倦了独自一个人生活，’”保姆继续往下念，“‘在这个如此蛮荒的卵石滩，我对生活已经感到厌烦；你要是肯来做我的新娘，我的生活将重获安宁……’”

“我猜她听不到咱们，”艾琳道，“再试试别的台。”

1　这是英国作家、诗人兼画家爱德华·里尔（Edward Lear，1812—1888）的一首著名滑稽打油诗《杨棒伯的求婚》（The Courtship of the Yonghy-Bonghy-Bò）的选段，下面的引文同样出自本诗。

吉姆转到另一个台，起居室里一下子欢声笑语，充满了一个沸反盈天的鸡尾酒派对的喧嚣。有人一边弹钢琴一边唱着《怀芬普夫[1]之歌》，钢琴的周围人声鼎沸，气氛热烈。“再多吃点三明治吧。”一个女人尖叫道。还有一阵阵狂笑和盘子之类的东西掉到地板上摔碎的声音。

“这一定是福勒家，十一楼E户，”艾琳道，“我知道他们今天下午要搞个派对。我在卖酒的店里看见过她。这简直太神了吧？再试试别的台。看看你能不能调到十八楼C户。”

韦斯科特夫妇那天晚上偷听到很多内容：一段关于在加拿大钓鲑鱼的独白，一局桥牌，对于一段家庭影片七嘴八舌的议论（影片显然是全家在海洋岛两周度假期间拍摄的），还有一个家庭因为从银行透支钱款发生的一场激烈的口角。两个人在午夜时分关上收音机上床睡觉的时候，笑得都累了。夜里的某个时候，他们的儿子叫着要水喝，艾琳就起来倒了一杯给他拿到房间里。天还很早。周围邻居家的灯全都熄了，从儿子房间的窗户可以看到外面空荡荡的街道。她忍不住走进起居室，又打开收音机想试试看。先是有几声微弱的咳嗽，然后一个男人开口了。“你没什么不舒服吧，亲爱的？”他问。“嗯，”一个女人疲惫地说，“嗯，我没事儿，我想，”然后她

1　耶鲁大学的怀芬普夫（The Yale Whiffenpoffs）是美国最古老的大学无伴奏清唱团，成立于一九〇九年，其最广为人知的即《怀芬普夫之歌》（“The Whiffenpoff Song”）。这首歌以托德·盖洛韦（Tod Galloway）创作于一八九五年的曲调为基础，由米德·明尼格罗德（Meade Minnigerode）和乔治·波莫罗伊（George S. Pomeroy）于一九一〇年改编并填词（歌词事实上是对吉卜林的诗《绅士列兵》的戏仿）。“怀芬普夫”一词出自维克多·赫伯特（Victor Herbert）一九〇八年的歌剧《小尼莫》，而歌剧又是根据温莎·麦凯（Winsor McCay）的连环漫画《睡乡中的小尼莫》（*Little Nemo in Slumberland*）改编。

又语气激动地说，“可你知道，查理，我感觉已经挺不对劲儿的了。有时候一周里也就那么十五到二十分钟我觉得还算正常。我不想再换医生了，因为现在这个医生的账单已经很吓人啦，可我就是觉得不对劲儿，查理，我一直都觉得不对劲儿啊。”他们都不年轻了，艾琳心想。她从他们讲话的音质上听得出这是一对中年夫妇了。这段对话里克制的忧伤，再加上从卧室窗口吹来的一阵穿堂风让她禁不住打了个寒战，她随即回到了床上。

第二天一早，艾琳给全家做了早饭——女仆要到十点钟才会从地下室的房间里上楼来——给女儿扎好了辫子，在门口目送一双儿女跟她丈夫都进了电梯。然后她第一时间走进起居室，打开了收音机。“我不想去上学，”一个孩子尖叫道，“我讨厌学校。我不上学啦。我讨厌学校。”“你得给我上学去，”一个女人大怒道，“我们花了八百美金才把你弄进那个学校，你死活都得给我上学去。”调谐钮上的下一个台又传出那个《密苏里华尔兹》老旧的录音。艾琳转动旋钮，侵入了好几户人家早餐桌上的隐私。她偷听到五花八门的各色演出，有消化不良，有激情肉欲，有无边的虚荣，也有无限的信仰和绝望。一直以来，艾琳的生活就像表面看来的那样单纯而又安稳，那天早上扬声器里传来的那些直截了当、有时甚或粗鲁残忍的话语让她倍感震惊而又惶惑。她忍不住地继续听下去，一直到女仆进来才把收音机匆匆关掉，因为她也意识到这种侵入他人隐私的行为实在有点见不得人。

那天艾琳跟一个朋友有个午宴约会，十二点过一点儿的时候她离开公寓。电梯停在她这个楼层的时候里面有好几个女人。她注视着她们那端庄而又冷漠的脸、她们的毛皮大衣，还有她们戴的帽子上装饰用的布花。她们其中的哪一位曾去过海岛度假？她琢磨着。又是哪一位透支了银行的存款？电梯在十楼停下来，一个带着一对斯凯岛小猎狗[1]的女人走了进来。她的头发高高地盘在头顶，穿了件貂皮斗篷。她正哼着《密苏里华尔兹》的调子。

艾琳在午餐上喝了两杯马提尼，她探寻地盯着她的朋友，一心琢磨着她会有什么样的秘密。她们原本打算饭后去购物的，不过艾琳托故没有去，直接回了家。她告诉女仆不要打搅她；随即走进起居室，把门都关好，打开了收音机。她听了整整一个下午，听到一个女人招待她姑母的结结巴巴的谈话，听到一个午宴派对歇斯底里的终场，还有一个女主人事先吩咐女仆如何分别对待鸡尾酒派对的客人。“不要把最好的苏格兰威士忌端给任何头发没白的客人，”女主人道，“看看你能不能在上热菜前先把那些肝酱给处理掉，还有，你能借给我五美元吗？我想给开电梯的一点小费。”

随着下午渐近黄昏，扬声器里传来的各种谈话也因而陡增。从艾琳坐着的地方，可以看到东河[2]顶上开阔的天空。天空中层云密布，就好像南风已经把冬季撕成片片碎絮，正把它们一路向北吹去，而从她的收音机里，她能听到鸡尾酒派对客人的抵达以及大人下班、孩子们放学回家的声音。“今天早上我在浴室的地板上捡到了一颗不小的钻石呢，”一个女人道，“肯定是从昨晚唐斯顿太太戴的手镯上掉下来的。”“咱们把它给卖了，”一个男人道，“把它拿到

---

1 斯凯岛小猎狗（Skye terrier），一种苏格兰种的长毛短腿狗。

2 东河（East River），纽约市一条连接上纽约湾和长岛海峡的狭窄的海峡，有潮汐活动，并将曼哈顿区、布朗克斯区同布鲁克林区、皇后区隔开。

楼下麦迪逊大道上的珠宝店里去卖掉。唐斯顿太太根本就不会发觉有什么区别，而咱们也能白捡个一两百块的外快……”“‘圣克莱门特教堂的钟声说，橘子和柠檬，[1]’”斯维尼家的保姆唱道，“‘圣马丁教堂的钟声说，半个便士和几个法寻[2]。老贝利教堂的钟声说，你什么时候付给我呢……’”“那可不是一顶帽子，”一个女人叫道，她声音背后是一场鸡尾酒派对乱哄哄的混响，“那可不是一顶帽子，那是桩风流韵事呢。这可是沃尔特·弗劳雷尔亲口说的。他说那可不是一顶帽子，那是桩风流韵事，”然后，还是同一个女人压低了嗓音说，“随便跟什么人说说话呀，看在基督的分上，亲爱的，跟随便什么人说说话。要是她看到你傻站在这儿跟谁都不说话，她会把我们从她的客人单子上划掉的，我可是真心喜欢这些派对呢。”

那天晚上韦斯科特夫妇要出去吃饭，吉姆到家的时候，艾琳正在换衣服。她的神情悲哀而又茫然，他就倒了杯酒给她。他们跟几位朋友约好了就在附近用餐，于是就步行前往吃饭的地方。天空广阔而又明亮。正是那种最能激发回忆和欲望的一个春风沉醉的晚上，接触到双手和脸上的空气感觉格外轻柔。一个救世军[3]的乐队正在街角处演奏《耶稣更加甜美》。艾琳拽着丈夫的胳膊，拉他在那儿停留了一会儿，倾听那传道的音乐。“他们可真是些好人，是

1　这是英国一首广为流传的著名童谣，提到的都是伦敦金融区附近几个著名的教堂，下面的引文同样出自这首童谣。乔治·奥威尔的名著《一九八四》中也曾提到这首童谣，作为主角温斯顿早已逝去的温情童年的重要象征之一。

2　法寻（farthing），英国旧币制中最小的货币单位，只值四分之一个旧便士。

3　救世军（Salvation Army），国际基督教慈善组织，其缔造者为循道宗牧师威廉·布思（William Booth），他于一八六五年开始在伦敦东区进行福音传道，创立救济所，一八七八年正式将自己建立的组织易名为“救世军”。救世军的组织与活动方式类似军队，遍布八十多个国家。

不是？”她问，“他们的面容是这么善良。事实上，他们比我们认识的好多人都要好得多。”她从手袋里拿出一张钞票，走上前去，投进了那个小手鼓里。她转身回到她丈夫身边时，她的脸上露出了一种他很不熟悉的光彩照人的忧郁神情。而且那天晚上她在晚宴上的行为举止在他看来也很奇怪。她很粗鲁地打断女主人的话头，而且不错眼地直盯着桌子对面的人，平常她的孩子要是这么做的话她是会责罚他们的。

他们离开派对往家里走的时候，天气仍旧很温和，艾琳仰头望着春夜的繁星。“‘那支小小的蜡烛，它的光照耀得多么远，’”她朗声叫道，“‘一件善事也正像这支蜡烛一样，在这罪恶的世界上发出广大的光辉。’”[1] 那天夜里等到吉姆睡熟以后，她又走进起居室打开了收音机。

第二天晚上吉姆六点钟回到家。女仆艾玛给他开的门，他已经摘下帽子、正在脱大衣的当口，艾琳冲进了门厅。她脸上泪光闪烁，头发无比凌乱。“到十六楼C户去，吉姆！”她尖叫道，“别脱大衣了。快到十六楼C户去。奥斯本先生正在打他的妻子。他们从四点钟就开始争吵，而现在他正动手打她呢。你快上去阻止他。”

从起居室里的收音机里，吉姆听到尖叫声、辱骂声和殴打声。“你明知道你根本不必去听这些事儿的。”他道。他大踏步走进起居室，把收音机给关了。“这很不体面，”他说，“这就像趴在人家的窗户上往里偷窥一样。你明知道你根本不必去听这些事儿的。把它

---

1 出自莎士比亚的名剧《威尼斯商人》第五幕第一场，是鲍西娅的台词。

一关不就得了。”

“哦，真是太恐怖了，真是太可怕了，”艾琳呜咽不止，“我听了整整一天了，真是太让人难过啦。”

“好啦，既然这么让人难过，那你干吗还要听呢？我买这台倒霉的收音机来原是为了给你取乐的，”他道，“我为此可是花了一大笔钱呢。我原想它会让你开心的。我本来是想让你开心的。”

“别，别，别，千万别跟我争吵，”她呻吟道，把头靠在他的肩膀上，“所有那些人这一整天都在争吵。每个人都在争吵。他们都在为金钱发愁。哈钦森太太的妈妈在佛罗里达就要死于癌症了，可他们没有足够的钱送她去梅奥诊所[1]。至少，哈钦森先生说他们没这么多钱。而咱们这幢楼里就有一个女人跟那个勤杂工私通——跟那个可憎的勤杂工。太让人恶心了。还有，梅尔维尔太太心脏有问题，亨德里克斯先生到四月份就要被解雇了，亨德里克斯太太都快急死了；还有，那个播放《密苏里华尔兹》的姑娘是个婊子，一个卖淫的婊子；还有那个电梯工得了肺结核，而且奥斯本先生一直在打奥斯本太太。”她号啕大哭，她难过得浑身颤抖，用手掌根不断抹去那倾泻如注的泪水。

“好啦，你干吗一定要去听呢？”吉姆再度问道，“既然这让你这么痛苦不堪，你干吗一定要去听这些东西呢？”

“哦，别，别，别，”她叫道，“生活实在太可怕了，太肮脏太糟糕了。可我们从来都不是这样的，是不是，亲爱的，是不是？我是说，我们一直都很善良、很正派，彼此相爱，是不是？我们还有

1　梅奥诊所（Mayo Clinic），由美国名医世家梅奥家族创办的世界知名的医疗诊所，尤以擅长攻克和治愈疑难重症而著名。

两个孩子，两个美丽的孩子。我们的生活一点都不肮脏，是不是，亲爱的？是不是？”她张开双臂搂住他的脖子，把他的脸拉近自己的脸。“我们很幸福，是不是，亲爱的？我们很幸福，是不是？”

“我们当然很幸福。”他疲惫地道。他开始摆脱自己的怨恨心情。“我们当然很幸福了。我明天就找人把那台该死的收音机修好或者是搬走。”他抚摸着她柔软的发丝。“我可怜的小姑娘。”他道。

“你爱我的，是不是？”她问，“而且我们并不吹毛求疵，并不担心钱财或是不忠，是不是？”

“是的，亲爱的。”他说。

第二天一早有个人上门来把收音机修好了。艾琳小心翼翼地把收音机打开，很高兴地听到一则加利福尼亚葡萄酒的广告和贝多芬第九交响曲的录音，还包括席勒的《欢乐颂》。她一整天都开着收音机，并没有听到任何出乎意料的东西。

吉姆回到家的时候，正在演奏一套西班牙组曲。“一切都正常吧？”他问。她觉得他的脸色有些苍白。他们喝了点鸡尾酒，伴着《游吟诗人》中的“铁砧合唱”[1]走进餐厅去用餐。随后播的是德彪西的《大海》。

“今天我把收音机的账单付掉了，”吉姆道，“花了四百美金。我希望你能从中得到点享受。”

“哦，这还用说。”艾琳道。

“四百美金已经远远超过了我的承受能力，”他继续道，“我是

---

1 《游吟诗人》(*Il Trovatore*)，意大利作曲家威尔第创作的四幕歌剧，“铁砧合唱”又译“打铁大合唱”，为《游吟诗人》第二幕中著名的曲目。

想弄点你真正喜欢的东西。这可是今年咱们能纵容一下自己的最后一样奢侈品了。可我看到你还没有付清你衣服的账单。我是在你的梳妆台上看到的。”他直视着她，“你为什么告诉我已经付掉了呢？为什么要对我撒谎？”

“我只是不想让你担心，吉姆。”她道。她喝了口水。“我可以从这个月的用度中匀出点钱来付掉这些账单。上个月新买了沙发套，还有那次请客的钱。”

“你得学着把我给你的钱用得更明智一些，艾琳，”他道，“你得明白咱们今年可挣不到去年那么多钱了。我今天很冷静地跟米切尔谈过一次。现如今谁都不买进任何股票了。我们把所有的时间都花在了推销新股上，你也知道那得花多长时间。我已经不再年轻了，你知道。我三十七了。我的头发明年就该白了。我干得没有我希望的那么好。我预期今后也不会有任何改观了。”

“是的，亲爱的。”她道。

“我们得开始削减一些开支了，”吉姆道，“我们得为孩子们着想。我就跟你说实话吧，我真的很为金钱担心。我对未来一点儿把握都没有。现在谁都没有这个把握。要是我真有个三长两短，我们会拿到那笔保险金，可是放到现在也支撑不了多久。我一直以来都在拼命工作，为的就是让你和孩子们过上舒心日子，”他愤愤地道，“我可不想看到我全副的精力，我所有的青春都给浪费在毛皮大衣、收音机、沙发套还有——”

“求你了，吉姆，”她道，“求你了。他们会听到的。”

“谁会听到？艾玛又听不到。”

“收音机啊。”

“哦，我受够啦！”他叫道，“我真是烦死了你这些杞人忧天。收音机听不到我们说的话。谁都听不到。就算是他们能听到又能怎么着？谁操这个心？”

艾琳从餐桌前起身走进了起居室。吉姆跟到门边，继续站在那儿朝她喊叫。“你怎么突然之间跟个教友一样虔诚啦？什么玩意儿一夜之间把你给变成一个修女啦？你在你妈的遗嘱还没经过验证前就把她的首饰都偷了去。本来应该留给你妹妹的钱你却一分都不给——就连她急需钱用的时候也是一样。是你造成了格蕾丝·霍兰德悲惨的一生，还有当初你跑去打胎的时候你所有的那些虔诚和美德都哪儿去了？我永远都忘不了你当时是多么冷静。你打点起包裹就去把那个孩子给生生谋杀了，就像是去一趟拿骚[1]那么轻省。假如你有任何理由，假如你有任何说得过去的理由——”

艾琳在那台丑陋的收音机前站了一会儿，倍感屈辱和难受，但她在把里面的音乐和话语关掉前，手在开关上停留了片刻，希望那台机器能跟她说几句温柔的话语，希望她能再次听到斯维尼家保姆的声音。吉姆还站在门口继续冲着她嚷嚷。收音机里的声音温文尔雅而又无动于衷。“东京一早发生重大列车事故，”扬声器在说，“二十九人丧生。布法罗附近收容盲童的天主教医院今晨发生火灾，已被修女们扑灭。现在的气温为四十七度[2]。湿度八十九。”

1 拿骚（Nassau），巴哈马的首都和最大城市。

2 美国习惯用华氏，华氏四十七度相当于摄氏八点三度。

哦，梦断之城

当芝加哥开出的列车驶离奥尔巴尼[1]，开始沿着河谷轰隆隆地朝纽约开去时，马洛伊夫妇虽早已经历过几番激动，还是觉得呼吸加速，像是车厢里没有足够呼吸的空气似的。他们俩挺直腰板，仰起头来，就像遇难潜水艇上的水手一样寻找着氧气。他们的女儿米尔德丽德–罗丝却在这种激动不安中找到了一条令人艳羡的出路，呼呼睡着了。埃瓦茨·马洛伊想把行李箱从架子上拿下来，可是他妻子爱丽丝研究了下时刻表之后说还为时过早。她往车窗外眺望，看到了壮观的哈得孙河。

“他们为什么管它叫美国的莱茵德[2]呢？”她问她丈夫。

“是莱茵河，”埃瓦茨道，“不是什么莱茵德。”

“哦。”

他们是前天离开印第安纳温特沃斯的老家的，尽管因为旅行和他们那光辉灿烂的目的地而兴奋不已，他们俩却都不时地记挂起临走前是否真把煤气给切断了，是否真把谷仓后面烧垃圾的火堆彻底熄灭了。他们的衣着打扮就像你周六的晚上有时在时报广场看到的那些人一样，一身专为搭乘飞机才舍得拿出来的压箱底的行头。埃

1　纽约州首府奥尔巴尼位于纽约州东部哈得孙河西岸。

2　莱茵德（rind），“树皮”“果皮”之意。

瓦茨脚上那双浅色皮鞋可能自打他父亲的葬礼或是他兄弟的婚礼以来就没从衣橱最里面拿出来过。爱丽丝的新手套也是头一次上手，那还是十年前人家送的圣诞礼物。埃瓦茨戴的那枚失去光泽的衣领别针和刻有他姓名首字母的领带夹，领带夹上镀金的链子，他那双花哨的袜子，胸袋里那方人造丝的手帕，还有翻领上那朵羽毛制成的康乃馨，全都是多年来一直珍藏在五斗橱的顶层抽屉里的，他一直坚信命运有朝一日定会召唤他离开温特沃斯，这些珍藏的物件到时候都会派上用场。

爱丽丝一头丝丝拉拉的深色头发，就连她丈夫，比自己意识到的更加爱她的丈夫，看到她那张瘦长脸有时也会想起下雨天廉租公寓的门道来，因为她那张长长的马脸上的表情茫然而又呆滞，实在是一条通往穷人那含辛茹苦、逆来顺受生活的过道。埃瓦茨·马洛伊瘦骨嶙峋。他曾当过公共汽车的司机，背略微有点驼。他们的女儿睡着了，嘴里还含着大拇指。她随她妈妈，也是深色头发，脏兮兮的小脸也很瘦长。当列车猛烈的震动把她惊醒后，她就咂咂有声地吮着她的大拇指，直到重新失去意识堕入梦乡。她可没能像她父母那样有那么多的细软储备，因为她毕竟才只有五岁，不过她也穿了件白色的毛皮大衣。跟大衣配套的皮帽子和皮手笼却已经丢了不知多少年了；大衣的皮质也早就磨光破损了，可是她在睡梦中两只小手还在上头抚弄着，仿佛那里面蕴含着一种神奇的效能，可以向她保证一切平安、万事如意。

奥尔巴尼过后，列车员过来检票的时候注意到了马洛伊一家，他们的外表不知有什么地方让他担了一份心。检完票回来的时候，他在他们的座位旁停下来跟他们攀谈起来，先是从米尔德丽德-罗丝说起，接着就聊到了他们的目的地。

“你们这是第一次去纽约吧？”他问。

“是呀。”埃瓦茨道。

“去那儿旅游观光？”

“哦，不是，”爱丽丝道，“我们是去办事的。”

“找工作？”列车员问。

“哦，不是，”爱丽丝道，“跟他说说，埃瓦茨。”

“呃，也说不上是什么工作，”埃瓦茨道，“我是说，我不是去找工作的。我的意思是我算是已经有份工作了。”他的态度友好而又朴实，很热情地把事情的经过和盘托出，因为这位列车员还是头一个主动问起这件事情的陌生人。“我参过军，你明白，后来我退伍之后就回家重操旧业，重新开起了公共汽车。我是个夜班司机。可我不喜欢这份工作。我不断地犯胃疼，而且在夜里开车也很伤眼睛，于是我在业余时间，也就是在下午，我就开始写起了那个剧本。唔，在温特沃斯，我们住的地方，在它附近的七号公路边上，有个叫菲奈利大妈的老太太，她开了个加油站，还办了个养蛇场。她可是个泼辣风趣的老家伙，让人过目难忘，于是我就决定写一出有关她的戏。她有那么多风趣泼辣、让你回味悠长的连珠妙语。呃，我就这样写出了第一幕戏——然后正赶上特雷西·默奇森，那个戏剧制作人，从纽约到了我们那儿，在妇女俱乐部里做了个有关戏剧问题的讲座。呃，爱丽丝去听了这个讲座，当他在哀叹，当默奇森在哀叹现如今是多么缺乏年轻剧作家的时候，爱丽丝就举起手来告诉默奇森，说她丈夫就是个年轻剧作家，问他愿不愿意看看他写的剧本。是不是这样，爱丽丝？”

“没错儿。”爱丽丝道。

“呃，他一开始还支支吾吾的，”埃瓦茨道，“默奇森支支吾吾的，可是爱丽丝硬要他明确表个态，因为有那么多人当时都在那儿听着呢，等他做完讲座，她就径直走上讲台，把剧本递给了他——那剧本就在她手提包里装着呢。呃，然后她就跟他一起回到他住的旅馆，就坐在他旁边立等着他把剧本看完——也就是那第一幕。我就写了这么多。你猜怎么着，他当即就表态说里面有个角色他想让他妻子玛琪·贝蒂来演。我猜你应该知道玛琪·贝蒂是谁。你知道他接着又干了什么？他一屁股坐下来就开了张三十五美金的支票，说是给我和爱丽丝到纽约来的旅费！于是我们就到储蓄银行把我们所有的钱都取了出来，破釜沉舟到这儿来了。”

“哎哟，我猜这里面有一大笔钱好赚呢。”列车员道。然后他预祝马洛伊夫妇好运后就走了。

埃瓦茨先是在波基普西[1]，然后又在哈尔蒙[2]，两次都想把行李箱拿下来，不过爱丽丝在每个车站都查对了一下列车时刻表，让他再等会儿。此前他俩谁都没见识过纽约到底啥样儿，于是都心急如焚，不错眼地盯着它越来越近，因为温特沃斯实在是个偏僻乏味的小镇，那天下午就连曼哈顿的贫民区在他们眼里都显得妙不可言。当列车终于一头扎进公园大道底下的黑暗中时，爱丽丝感觉就像一下子置身于巨人们的发明创造当中一样，她赶快叫醒米尔德丽德-罗丝，用颤抖的手指系紧小姑娘的童帽。

---

1 波基普西（Poughkeepsie），纽约州东南部城市，临哈得孙河，位于纽约市以北。

2 哈尔蒙（Harmon），指克罗顿–哈尔蒙（Croton-Harmon）车站，位于纽约市北郊哈得孙河上的克罗顿村。

马洛伊一家从火车上下来后，爱丽丝注意到车站深处人行道的路面闪烁着银霜样的微光，她不由得琢磨那铺路的混凝土里是否掺进去了颗颗钻石。她不许埃瓦茨找人打听道儿。“要是人家发现咱们是新来乍到，肯定会忽悠咱们的。”她悄声道。他们穿过大理石铺地的候车大厅，循着轰隆隆的车流和尖厉的喇叭声往前走，仿佛这就是生活对他们的召唤。爱丽丝早就研究过纽约的地图，出了站以后她知道该往哪个方向走。他们沿着四十二街来到了第五大道。他们眼前晃过的一张张面孔上都闪烁着目标明确而又专心致志的神情，就仿佛他们全都属于那些一心追求掌管着各大工业的命运女神的天之骄子。埃瓦茨从没见过这么多漂亮女人，这么多愉快而又年轻的面孔，似乎这一切都唾手可得。那是个冬日的午后，城里的阳光明净而又带有一丝紫罗兰色的暗影，就跟温特沃斯周围田野当中的日光一模一样。

他们的目的地门托尼旅馆坐落在第六大道西边的一条边街小巷里。旅馆里阴沉昏暗，客房臭气熏人，伙食粗劣蹩脚，大堂的天花板上镀金和石膏的装饰繁复得赛过梵蒂冈的礼拜堂。这是家挺有知名度的老式旅馆，对那些声名狼藉之辈颇有吸引力，马洛伊一家之所以投奔到这里，纯粹是因为门托尼旅馆把广告打到了整个西部所有火车站的广告牌上。很多单纯的外地人在他们之前都曾住过这里，他们的温和与谦卑已经成功盖过了这里明显的盛极而衰和小奸小坏的气氛，同时又在所有这些公用的房间里留下了一种低声下气的气味，不禁让人想起冬日午后乡下的一家廉价饮食店。一个服务生把他们领到了他们的房间。服务生一走，爱丽丝就忙着检查了一下浴室，并马上把窗帘拉开了。他们的窗户正对着一堵砖墙，可是窗户一打开，车流的喧嚣就清晰可闻，那喧嚣就跟在火车站听到的一样，活像是生活本身所发出的不可抗拒的振聋发聩的呼喊。

马洛伊一家那天下午找到了一家叫百老汇自助餐厅[1]的地方吃饭。看到那神奇的咖啡龙头和自动弹开的玻璃门，一家人兴奋得大喊大叫。“明天，我要尝尝那烤青豆，”爱丽丝叫道，“后天要那鸡肉派，大后天再吃那鱼肉馅饼。”吃完晚饭后，一家人来到街上。米尔德丽德-罗丝走在父母中间，一边拉着一只他们那磨出老茧的手。天色向晚，百老汇璀璨的灯火满足了他们所有淳朴的祈愿。巨大的影剧广告高悬在头顶，灯光辉映之下遍布鲜血淋漓的英雄、罪恶的情侣、妖魔鬼怪以及全副武装的亡命徒。迷离耀眼的灯光组成了众多影片名、软饮料和香烟的品牌以及餐馆的名号，远处可以看到冷森森的落照辉映在哈得孙河上。东面的高楼大厦灯火通明，看上去就像在燃烧，仿佛大火落进了它们那黑黝黝的躯体内。空气中充满了音乐声，灯光比白昼还要明亮。他们一家三口随着熙熙攘攘的人流一连逛了好几个钟头。

米尔德丽德-罗丝终于累了，开始哭起来，于是她父母终于带她返回了门托尼旅馆。爱丽丝已经开始给她脱衣服的时候，有人在他们的门上轻轻叩了几下。

“请进。”埃瓦茨叫道。

一个服务生站在门口。他体态像个少年，可是面色灰暗而且脸

1　自助餐厅（automat），指采用自动售货机供应食品的餐馆。

上都是褶子。“我只是想来看看你们是否一切都好，”他道，“我只是想过来看看你们是否需要点姜汁啤酒或是冰水什么的。”

“哦，不用了，非常感谢，”爱丽丝道，“难为你特意费心跑一趟。”

“你们这是头一回来纽约？”那服务生问。他把背后的门一关，坐在了一把椅子的扶手上。

“是呀，”埃瓦茨道，“我们昨儿离开的温特沃斯——在印第安纳，坐的是九点十五开往南本德[1]的那班车。从那里又到了芝加哥。我们在芝加哥吃的晚饭。”

“我吃了一份鸡肉派，”爱丽丝道，“好吃得很哪。”她边说边把睡衣从米尔德丽德-罗丝的头上套进去。

“然后我们就来到了纽约。”埃瓦茨道。

“你们来这儿干吗呢？”那服务生问，“是结婚周年庆？”他老实不客气地从五斗橱上的烟盒里拿了根烟，并顺势溜进了椅子里。

“哦，不是，”埃瓦茨道，“我们中了头彩。”

“我们交了好运。”爱丽丝道。

“赢了什么比赛？”服务生问，“是这一类的吧？”

“哦，不是。”埃瓦茨道。

“你就告诉他吧，埃瓦茨。”爱丽丝道。

“是呀，”服务生说，“告诉我吧，埃瓦茨。”

“呃，你看，”埃瓦茨道，“是这么回事。”他在床上坐下

1 南本德（South Bend），印第安纳州北部的一个城市，靠近与密歇根州的交界处。

来，点了根烟，“我在部队里待过，要知道，我退伍之后呢，就回到温特沃斯……”他把讲给列车员听的经过从头到尾又重复了一遍。

“哦，你们这对撞了大运的伙计！”埃瓦茨讲完后，那服务生惊呼道，“特雷西·默奇森！玛琪·贝蒂！你们这对撞了大运的伙计啊。”他看了看这间陈设简陋的房间。爱丽丝正忙着把米尔德丽德-罗丝安置在沙发上，小姑娘就睡在沙发上。埃瓦茨则坐在床沿上，晃荡着两条腿。“你们现在需要的就是个好的经纪人。”服务生道。他在一张纸上写了个名字和地址，交给了埃瓦茨。“这家豪泽是全世界最大的经纪公司，”他道，“而查理·李维特又是豪泽经纪公司里最好的经纪人。我想你就把所有的问题都交给查理去办就行啦，要是他问起是谁推荐你去找他的，就告诉他是比特西推荐的好啦。”他道，“晚安吧。做个好梦。甜甜的好梦。”

马洛伊夫妇是勤勉努力的那代人奋力苦干的子孙，第二天一早六点半钟就起来了。两个人把脸和耳朵都擦洗得干干净净，又用肥皂刷了牙。七点钟，他们就动身前往自助餐厅。埃瓦茨那天夜里根本就没睡着。车流的喧嚣吵得他合不上眼，凌晨以后的那几个钟头他干脆是坐在窗边挨过来的。因为抽烟，他感觉口干舌燥，失眠又搅得他精神紧张。发现整个纽约竟然还在沉睡，两个人都吃了一惊，简直是大为震惊。他们吃了早饭后又返回门托尼。埃瓦茨就给特雷西·默奇森的办公室打了个电话，可根本就没人接。他之后又打了好几次。直到十点钟，才终于有位姑娘接了电话。“默奇森先生下午三点钟见你。”她说，然后就挂了电话。既然除了等待没有别的事情好做，埃瓦茨就带着妻子和女儿去了第五大道。一家人紧盯着商店的橱窗看得出了神。十一点，无线电城音乐厅[1]刚一开门，他们就进去了。

他们可真是来对了。一家三口在大厅和盥洗室里东瞅瞅西看看，足足逛荡了一个钟头之后这才入座，演出开始之后，但见一个硕大无朋的俄国式茶炊从乐池里蓦地升起，从里面拥出来四十个身穿哥萨克军服的人，齐唱《黑眼睛》，爱丽丝和米尔德丽德-罗丝兴奋得大呼小叫。这台演出在宏丽堂皇的表面之下，似乎还隐藏着一种质朴而又亲切的智慧，就仿佛掀动起那数英里长的金色帷幕的气流是直接从印第安纳吹过来的。这场演出直看得爱丽丝和米尔德丽德-罗丝母女俩欣喜若狂，以至于他们返回门托尼的一路上，埃瓦茨不得不领着娘儿俩在人行道上小心行走，以免她们不小心撞上了消防龙头。他们返回宾馆的时候差一刻钟就三点了，埃瓦茨吻别了妻儿马上就出发前往默奇森的办公室。

他迷了路。他生怕迟到了，撒腿跑起来。一路上连问了两三个警察，这才终于找到了那幢办公楼。

默奇森办公室的接待室昏暗邋遢——埃瓦茨希望他们是故意不修边幅——不过倒也不无气派，因为里面有那么多漂亮的男男女女，都在等着见默奇森先生。没有一个人坐着，都站在那儿聊得很热乎，就仿佛因为默奇森先生迟迟不予接见还挺高兴似的。接待员将埃瓦茨领进里面的一间办公室。这间办公室里同样挤挤抗抗

1　无线电城音乐厅（Radio City Music Hall），世界著名艺术殿堂之一，位于纽约曼哈顿第六大道洛克菲勒中心。音乐厅拥有近六千个座位，演出交响乐、歌唱、舞蹈和杂耍等精彩节目，一九三二年十二月二十七日落成后一直是美国人向往的娱乐圣地。大楼建于大萧条时期，并成为希望的象征。这里也是美国著名的格莱美奖和托尼奖的颁奖会场。

的，不过气氛却明显的焦急而又紧张，就仿佛这地方陷入了重围一般。默奇森先生就在这儿，他非常急切而又热情地跟埃瓦茨打了个招呼表示欢迎。“你的合同都已经准备好了。”他一边说一边递给埃瓦茨一支钢笔，并把一沓合同推到他面前。“现在我要你赶快跑去见见玛琪。”埃瓦茨刚把合同签好默奇森就立即道。他打量了一眼埃瓦茨，伸手把那朵羽毛做的康乃馨从他衣领上拽下来，随手扔到了一个字纸篓里。“快，快，快，”他催促道，“她在公园大道四百号。她非常急切地想见到你，现在正等着呢。我们今晚晚些时候再见——我想玛琪已经做出了安排——不过废话少说，快去吧。”

埃瓦茨三步并作两步冲进大厅，急不可耐地按下电铃要电梯。一离开大楼他又迷了路，误闯到了皮货市场。一个警察指点他回到了门托尼。爱丽丝和米尔德丽德-罗丝正在大堂里等他，他告诉了她们刚才的经过。“我这就要去见玛琪·贝蒂，”他道，“我得赶紧啦！”比特西，那个服务生，听到了他们的谈话。他把手里正在搬运的行李放下，过来跟他们搭话。他告诉了埃瓦茨怎么去公园大道。埃瓦茨再次吻了吻爱丽丝和米尔德丽德-罗丝。他跑出大门的时候娘儿俩一个劲儿跟他挥手道别。

埃瓦茨已经在那么多电影里见到过公园大道，这次亲眼看到它的宽阔和空旷颇有一种熟悉的亲切感。他乘电梯来到默奇森家的公寓，由一个女仆引进了一间漂亮的起居室。壁炉里炉火熊熊，壁炉架上摆着鲜花。玛琪·贝蒂进来的时候他从座位上一跃而起。这位女演员娇弱而又生气勃勃，浑身金光灿灿的，她那沙哑而又训练有素的嗓音使他有一种在她面前所有的一切都暴露无遗的感觉。“我读了你的剧本，埃瓦茨，”她道，“我爱它，我爱它，我爱它。”她步履轻盈地在房间里踱着步，时而正对着时而又背对着他滔滔不绝。仔细打量之下，她并不像第一眼望去那么年轻，在窗户射进来的强光照射下她看起来几乎显得有些枯槁。“你写第二幕的时候会给我的角色多加些戏，我希望，”她道，“你得把这个角色的戏写得充实、充实再充实。”

“只要是您的吩咐我一定照做，贝蒂小姐。”埃瓦茨道。

她终于坐下来，把一双漂亮的手交握在一起。埃瓦茨注意到，她那双脚很大，再加上小腿又很瘦，相形之下她的脚看着就越发大了。“哦，我们真爱你的戏，埃瓦茨，”她道，“我们热爱它，我们想要它，我们需要它。你知道我们有多需要它吗？我们负债了，埃瓦茨，我们背负了沉重的债务。”她把一只手捂在胸口，压低了嗓音悄声道。“我们欠了一百九十六万五千块钱的债。”她的嗓音中马上又溢满了那种矫饰的轻快调门。“可我现在却在耽误你继续写你那出美丽的戏，”她道，“我在耽误你的工作，而我希望你赶快回去写啊写啊写，我还希望你跟尊夫人今晚九点后能到这儿来，跟我们几位最最热情的朋友见见面。”

埃瓦茨问门卫打听该如何回到门托尼，可他掉了向，再次迷了路。他在东城附近走了好长时间，直到发现一位警察，在他的指点下才回到了旅馆。他回去的时候已经很晚了，米尔德丽德-罗丝正饿得直哭。一家三口洗漱一番就直奔自助餐厅去吃饭，之后去百老汇一直溜达到将近九点。然后一家人回到旅馆，爱丽丝换上她的晚礼服，她跟埃瓦茨吻了吻米尔德丽德-罗丝跟她道了晚安。他们在大堂碰到了比特西，把他们的去向告诉了他。他答应会帮忙照看米尔德丽德-罗丝，让他们尽管放心。

走着去默奇森家的路要比埃瓦茨印象中的长。爱丽丝的外套比较单薄，等他们终于来到那幢公寓楼时，她冻得脸都青了。他们走出电梯，远远地就听到有人在弹钢琴，有个女声在唱：“一个吻不过是一个吻，一声叹息也不过是一声叹息……”[1]一个女仆接过他们的外套，默奇森先生从里面的一扇门口跟他们打了个招呼。爱丽丝整理了一下晚装裙胸前垂下来的布制牡丹花饰，夫妻俩一起步入了房间。

房间里挤挤抗抗的都是人，灯光幽暗，那位歌手的歌正唱到最后的几句。空气中弥漫着强烈的动物毛皮和刺鼻的香水味儿。默奇森先生把马洛伊夫妇向站在门边的一对夫妇引荐了一下，然后就撇下他们不管了。而那对夫妇竟然掉过头去根本不搭理他们。埃瓦茨生性腼腆安静，爱丽丝却很兴奋，而且开始悄声猜测钢琴周围那帮人的身份。她觉得他们肯定全都是电影明星，她猜得一点都没错。

那位歌手唱完以后，就从钢琴边上站起来走开了。稀稀拉拉地有几个人鼓掌，然后是一阵耐人寻味的冷场。默奇森先生就邀请另一个女人接着演唱。“我才不跟在她后面唱呢。”那女人道。这个场面，不管到底是怎么回事吧，使大家都停止了交谈。默奇森先生又接连邀请好几个人为大家献艺，可他们都拒绝了。“也许马洛伊太太愿意为咱们一展歌喉吧。”他一肚子怨恨地道。

“好吧。”爱丽丝道。她走到房间中央，摆好姿势，交握起双手，抬到齐胸高，大大方方地张嘴就开始唱。

爱丽丝的妈妈曾教导她，只要主人提出要求，就不要驳人家的

---

1 经典影片《卡萨布兰卡》（又译《北非谍影》）的著名插曲《当时光流逝》中的歌词。

面子，而爱丽丝又从来不曾违背她妈妈的慈训。小时候她曾跟巴克曼太太学过唱歌，巴克曼太太是位上了年纪的寡妇，就住在温特沃斯。她在初中和高中的集会上都演唱过。每逢全家一起度假的时候，总会有这么一个时候，一般是在黄昏时分，大家会请她来一首助助兴；而只要大家有要求，她就会从炉边的硬面沙发上站起来，或者放下手里正在洗的碗碟从厨房出来，大大方方地唱上几首巴克曼太太教她的歌。

那晚的歌唱邀请来得实在有些突然，埃瓦茨根本没来得及阻止他妻子。他已经感觉到默奇森嗓音里的不自然，他本该阻止她的，不过她一旦开始唱起来，他也就觉得无所谓了。她演唱的音高定得非常适度，她的仪态一丝不苟又楚楚动人，而且她为这些人献唱纯粹是出于内心的热诚和以礼相待。等他克服了自己一时的难堪心理，他注意到默奇森的客人对于她的演唱也给予了相应的尊重和关注。他们其中有很多人也同样来自跟温特沃斯一样的小乡镇；他们也都是些心地善良的好人，爱丽丝那毫不胆怯的嗓音中传递出来的淳朴气息也让他们心有戚戚，让他们想起了自己初来纽约时的起步阶段。没有一个人在窃窃私语或是面带讪笑。有很多人都忍不住低下了头，他看到有个女人还用手绢在偷偷拭泪。爱丽丝已经大获成功了，他想，然后他才突然意识到她唱的是那首《安妮·劳瑞》[1]。

多年以前，当巴克曼太太教爱丽丝唱这首歌时，曾教她要用一个夸张的动作结束全曲，而正是这一招曾使她在孩提、少女乃至于高中毕业生的时候大获成功，可是这种表演太过夸张，就连在温特

1 一首古老的苏格兰民谣。

沃斯乏味无聊的起居室里，在那挥之不去的贫穷和烹煮的气味中，都已经开始让她全家觉得苦恼和厌烦了。巴克曼教她在唱最后一句“我将躺下，就此死去”时，要猛地一下扑倒在地。她现在年岁大了以后，摔得已经没那么直挺挺的了，可她仍旧要摔那么一下，那天晚上埃瓦茨从她那一丝不苟的神情上看出，她还是打算最后来这么一手的。他真想跑上前去抱住她，悄声对她说他们住的旅馆失了火或是米尔德丽德-罗丝突然病了。可他没有这么做，而是把身子背了过去。

爱丽丝猛吸了一口气，开始唱最后一句歌词。埃瓦茨浑身大汗，咸涩的汗水都流进了眼睛里。“我将躺下，就此死去。”他听到她唱道；他听到她摔倒在地板上那砰然的巨响；他听到那身不由己的哄堂大笑和尖叫、那被香烟呛到的咳嗽，一个笑得实在太用力、把珍珠项链都给崩断了的女人发出的咒骂。默奇森的那帮客人像是集体着了魔，他们哭喊着，他们摇晃着，他们直不起腰来，相互拍打着后背，他们发了疯一样不断地绕圈子。当埃瓦茨转过脸来的时候，爱丽丝仍旧在地板上坐着。他赶紧把她扶起来。“来，亲爱的，”他说，“咱们走。”他用一只胳膊搂住她，把她带到了门厅。

“他们不喜欢我的歌吗？”她问。她开始哭起来。

“没关系，我的亲爱的，”埃瓦茨道，“没关系，这又有什么关系。”他们取了外套，顶着严寒回到了门托尼旅馆。

比特西正在他们房间外头的走廊里等着他们。他想听他们讲述这场派对的所有细节。埃瓦茨把爱丽丝送进房间，单独留下来跟这个服务生交谈。他一点都不想再提起这次派对。“我再也不想跟默奇森夫妇有任何瓜葛了，”他说，“我打算另找一位制作人。”

“这就对了，这就对啦，”比特西道，“现在你可算是提出来啦。不过，首先，我想让你去豪泽经纪公司见见查理·李维特。”

“好吧，”埃瓦茨道，“好吧，我就去见见这位查理·李维特。”

那晚爱丽丝一直哭到睡着。埃瓦茨再度无法入眠。他就坐在窗边的一把椅子上，直到破晓前才打了个盹儿，不过时间很短。七点钟，他带领全家出发前往自助餐厅。

吃过早饭后，比特西来到了马洛伊一家的房间。他显得兴奋莫名。一份廉价小报的专栏记者报道了埃瓦茨夫妇抵达纽约的消息，同一段落里还提到了一位内阁成员和一位巴尔干国家的国王。然后电话就开始响了。最先是一个人想向埃瓦茨夫妇兜售一件二手貂皮大衣。然后是一位律师和一个干洗店店主打来电话，再后面还有一位裁缝、一家幼儿园、几家代理公司，还有一个自称可以给他们弄一套上好公寓的人。埃瓦茨对所有这些胡搅蛮缠一概拒绝，可每次都得跟对方理论一番后才能挂上电话。比特西已经代他约好中午跟查理·李维特会面，时间一到，他就吻了吻爱丽丝和米尔德丽德-罗丝，来到了大街上。

豪泽经纪公司就位于无线电城的一幢大楼里。埃瓦茨不禁暗自对自己说，现在他终于可以跟别人一样大模大样地走进这幢大楼那令人望而生畏的大门去办公事了。豪泽经纪公司在二十六楼。他在电梯开动以后才报出要去的楼层。“现在太晚了，”开电梯的道，“你一进来就得告诉我要去第几层。”这么一来不啻于在电梯里所有的乘客的面前把他初来乍到的乡下人面目暴露无遗，埃瓦茨的脸不禁腾地红了。他一直乘到六十层，然后才又回到二十六楼。他走出电梯的时候，那开电梯的鼻孔里冷笑了一声。

在一条长长的走廊尽头有两扇青铜大门，由一只分成两半的鹰饰将两扇门扣合在一起。埃瓦茨转动了一下这只猛禽的翅膀，踏进了一间气势宏伟的庄园领主风格的大厅。墙上的嵌板被虫蚀得斑斑点点，朽烂得泛了白。他看到远处一扇小玻璃窗后头坐了个头戴耳机的女人。他走上前去，跟她说明了来意，她请他先坐下来稍等片刻。他在一张皮沙发上就座，点了根烟。大厅里的富丽堂皇给他留下了深刻的印象。可是之后他就注意到沙发上蒙着一层灰尘。还有桌子、桌子上的杂志、灯饰，以及那个罗丹的雕塑《吻》的青铜复制品——这个巨大房间里的所有东西上面无不蒙着一层灰尘。与此同时他还注意到大厅里异乎寻常的寂静。办公室里通常都有的喧嚣这里统统没有。透过这片寂静，从遥远的地面上传来溜冰场的录音音乐声，是一架钟琴正在演奏《世界极乐！我主降临！》[1]。沙发旁边桌子上的杂志都是五年前的旧货色了。

过了一会儿，那位接待员向他指了指厅堂尽里面的一道双开门，埃瓦茨朝那边走去，心下颇为忐忑。门里面的办公室比他刚才待过的那间小一些，不过更为幽暗，更为富丽，也更为气象森严，而且他仍旧能听得到远处溜冰场传来的音乐声。有个男人坐在一张古董办公桌后面。他一见到埃瓦茨马上站了起来。“欢迎，埃瓦茨，欢迎来到豪泽经纪公司！”他扯着嗓门喊道，“我听说你怀里可是揣着件热门宝贝哪，比特西还告诉我你跟特雷西·默奇森一拍两散啦。我还没看过你的剧本，当然喽，不过但凡特雷西想要的，我也想要，萨姆·法雷也一定想要。我已经替你找好了一位制作人，我

1 一首著名的圣诞歌曲。

已经替你找好了一位大明星，我已经为你找好了一家剧院，而且我认为也已经为你把演出前的一系列问题都安排妥了。四十万的最高限额之上再加整十万。坐下，快坐下。”

李维特先生看起来要么就是嘴里一直在嚼什么东西，要么就是牙齿有点什么毛病，因为他每说完一句话就啧啧有声而且专心一意地咂着两片嘴唇，活像个老饕一样。他可能真是在吃什么东西，因为他嘴巴上还沾着些食物的碎屑；也可能牙齿真有什么毛病，因为在整个交谈过程中他那咂吧嘴的声音就没停过。李维特先生全身上下都金光闪闪的。他手上戴了好几个金戒指，腕上戴了只有姓氏标志的金手镯还外带一只金表，手上还拿了个沉重的金烟盒，镶满了珠宝。不过烟盒儿是空的，两个人谈话过程中他吸的一直是埃瓦茨递过来的香烟。

“现在，我想请你回到你的旅馆，埃瓦茨，”李维特先生扯着嗓门嚷嚷，“我想请你但放宽心。查理·李维特在照管你的财产哪。我想请你向我保证你不会担心。呃，我明白你已经跟默奇森签过一份合同了。我将宣布那份合同无效作废，我的律师将宣布那份合同无效作废，要是默奇森敢说个不字，我们就把他拖到法庭上，让法官来宣布那份合同无效作废。不过，在我们采取任何行动之前，”他道，他把口气缓和下来，“我想请你先把这些文件给签了，这样我们就得到你的授权可以全权代表你说话啦。”他把几份文件和一支自来水金笔推到埃瓦茨面前。“只要在这几张纸上把名字一签，”他感伤地道，“你就可以净赚四十万美金。哎哟喂，你们这帮作家！”他惊叹道，“你们这帮幸运的作家哟！”

埃瓦茨刚把文件签好，李维特先生的态度就为之一变，又开始大喊大叫了。“我给你找的制作人是萨姆·法雷。大明星是苏珊·休伊特。萨姆·法雷是汤姆·法雷的兄弟。他娶了克拉丽莎·道格拉斯，而且是乔治·霍兰德的叔叔。帕特·莱维是他的连襟，而米奇·卡巴比安和豪伊·布朗又是他母系的亲戚。他母亲就是洛蒂·梅耶斯。他们可是个关系亲密的大家族。他们可是个了不起的小团体。等你的戏在威尔明顿首演的时候，萨姆·法雷、汤姆·法雷、克拉丽莎·道格拉斯、乔治·霍兰德、帕特·莱维、米奇·卡巴比安还有豪伊·布朗都会赶往那里，在旅馆里帮你写剧本的第三幕。等你的戏巡演到巴尔的摩，萨姆·法雷、汤姆·法雷、克拉丽莎·道格拉斯、乔治·霍兰德、帕特·莱维、米奇·卡巴比安还有豪伊·布朗也都会跟着演出一起前往巴尔的摩。等你的戏以一流班底在百老汇首演的时候，谁会赶往剧场在第一排为你站脚助威呢？”李维特先生把嗓子都给喊哑了，只得以嘶哑的耳语结束他的长篇大论，“仍旧是萨姆·法雷、汤姆·法雷、克拉丽莎·道格拉斯、乔治·霍兰德、帕特·莱维、米奇·卡巴比安还有豪伊·布朗。

“现在，我想请你回到你的旅馆，好好地乐呵乐呵吧，”他清了清嗓子以后又喊开了，“我明天会给你电话，告诉你萨姆·法雷和苏珊·休伊特什么时候能跟你碰个面，而且我现在就要给好莱坞挂个电话，告诉马克斯·雷伯恩他可以出四十万的最高限额外加整十万上演这出戏，少一个子儿都不行。”他拍了拍埃瓦茨的后背，轻柔地推着他朝门口走去。“好好地乐呵乐呵吧，埃瓦茨。”他道。

埃瓦茨原路穿过大厅的时候，注意到那位接待员正在吃一个三明治。她向他招手示意。

“想不想买张奖券试试手气？有机会赢一辆崭新的别克敞篷车

呢，”她悄声道，“十美分一张。”

“哦，不了，谢谢你。”埃瓦茨道。

“新鲜鸡蛋要吗？”她又道，“我每天早上从新泽西捎带进来的。”

“不了，谢谢你。”埃瓦茨道。

埃瓦茨匆匆穿过熙攘的人流回到门托尼，爱丽丝、米尔德丽德-罗丝和比特西正等着他呢。他把跟李维特会面的经过跟他们描述了一遍。“等我拿到那四十万以后，”他道，“我打算送些钱给菲奈利大妈。”然后爱丽丝又想起了温特沃斯好多其他的人也都需要钱。作为一种庆祝，他们那天晚上没去那家自助餐厅，而是去了家意大利面餐馆用餐。饭后他们去了无线电城音乐厅。那天夜里，埃瓦茨再度失眠。

在温特沃斯，爱丽丝就一贯被公认为家里最务实的人。在这方面还有不少段子。她一手编制开支预算，每个鸡蛋的用度都归她掌管，大家经常都说，要是没有爱丽丝，埃瓦茨连自己的脑袋都不知道该往哪儿搁。次日，在务实本性的驱动下她就提醒埃瓦茨，自打到纽约以来他的剧本还没写一个字呢。她立刻就审时度势，做出了安排。“你只管坐在这房间里，”她道，“好好写你的剧本，我跟米尔德丽德-罗丝这就逛第五大道去，这样你就可以不受干扰地工作了。”

埃瓦茨努力想工作，可电话铃又开始不断响了起来，他时不时就会被珠宝推销商、戏剧事务的律师以及洗衣店老板所打断。在十一点左右，他拿起听筒，听到一个熟悉而又怒冲冲的声音。那是默奇森。“是我把你从温特沃斯弄到了纽约，”他叫道，“是我一手造就了今天的你。现在他们却告诉我你竟然撕毁了我的合同，伙同萨姆·法雷想坑害我。我要把你搞垮，我要把你毁掉，我要把你拖上法庭，我要——”埃瓦茨挂掉了电话，一分钟后电话铃又响的时候他压根就没接。他给爱丽丝留了张条儿，戴上帽子，沿着第五大道去了豪泽的办公室。

那天早上，当他转动双扇门上那分成两半的鹰徽，走进那间领主风格的大厅时，他发现李维特先生就在厅里，只穿着衬衣正在打扫地毯。“哦，早上好，”李维特道，“这是我的职业疗法[1]。”他把扫帚和畚箕藏到天鹅绒的窗帘后头。“进来，进来，”他说，一边往身上穿外衣一边领着埃瓦茨朝里面的办公室走去，“今天下午，你就去跟萨姆·法雷和苏珊·休伊特见个面。你可真算得上全纽约最幸运的人儿啦。有些人从来都没机会见到萨姆·法雷，这辈子都没机会见到他一次——从来都无缘倾听到他那睿智的谈吐，感受到他那独一无二的人格魅力。至于说到苏珊·休伊特嘛……”他一度没词儿了。他说会面的时间定在三点。“你将在萨姆·法雷那可爱的家里跟他们见面。”他道，然后把地址给了埃瓦茨。

埃瓦茨想把默奇森电话里的威胁跟他描述一下，可李维特却打断了他的话头。“我只要求过你一件事，”他嚷嚷道，“我要求你不要瞎操心，这难道过分吗？我要求你跟萨姆·法雷谈谈并且看看苏珊·休伊特是否适合出演你戏里的角色。这难道过分吗？好啦，你尽管去好好地乐呵乐呵。去看个新闻片儿，或者去趟动物园儿。然

1　职业疗法（occupational therapy），一种使肉体或精神病患者进行某种脑力或体力活动以帮助康复和适应生活和生产技能要求的治疗方法。

后三点钟去见萨姆·法雷。”他拍了拍埃瓦茨的后背，推着他朝门口走去。

埃瓦茨在门托尼跟爱丽丝和米尔德丽德-罗丝一起吃了午饭。他觉得头疼。饭后他们一家三口又去逛第五大道，快到三点钟的时候，爱丽丝和米尔德丽德-罗丝陪他一起来到萨姆·法雷的住宅前。那是幢让人印象深刻的大楼，前脸儿用粗糙的石块砌成，看着就像一座西班牙的监狱。他吻别了米尔德丽德-罗丝和爱丽丝，然后按响了门铃。一位男管家把门打开。埃瓦茨认得出此人是位男管家，是因为他穿着条纹裤子。男管家领他上楼来到一间客厅。

“我是来见法雷先生的。”埃瓦茨道。

“我知道，”男管家道，“您是埃瓦茨·马洛伊。你们是事先约好的。可是他才不会践约呢。他迷上了在顶点车库里设的流动赌局，在一百六十四街上，他要到明天才能回来。不过苏珊·休伊特会来的。你反正也是要跟她会面的。哦，你要是知道这个家里的内情就好啦！”他把声音压低到耳语，把脸凑到埃瓦茨面前。“要是这四面墙会说话就好啦！自打他从好莱坞回来，这家里就没生过火，而且自打六月二十一号以来他就没付过我一个子儿的工钱。这倒也罢了，可这个狗娘养的从来就没学会应该把浴缸里的脏水放掉。他洗完了澡以后就把脏水留在那里。留着让它发臭。最要命的是，我昨天洗盘子的时候还把手给割伤了。”男管家的食指上缠了块脏兮兮的绷带，他开始忙不迭地把那沾着血污的绷带一层层地解开。“你看呀，”他说着把伤口一直戳到埃瓦茨的脸上，“一直割到了骨头。昨天你要是在的话就能看到骨头。那血呀。血溅得到处都是。我花了半个钟头才收拾干净。我竟然没感染，可真是个奇迹啦。”他面对这个奇迹不断地摇着头。“等那个小耗子来了，我就叫她上来。”他溜溜达达地走出客厅，后面拖拉着那一整条血迹斑斑的绷带。

埃瓦茨累得眼睛生疼，眼皮都抬不起来了。他感觉精疲力竭，只要脑袋一靠到什么东西上马上就会睡着。他听到底下的门铃响，然后是男管家向苏珊·休伊特问好的声音。她噔噔噔跑上楼来，走进客厅。

她很年轻，她走进来的神情就像这就是她的家，她刚刚放学回家。她体态轻盈，相貌娇美，体型小巧，她一头金发梳得很简单，颜色已经开始自然地变深，夹杂着缕缕柔和的棕色，就像是松木上的木纹。“见到你真是太高兴了，埃瓦茨，”她道，“我想告诉你我非常喜欢你的剧本。”她是怎么看到他的剧本的，埃瓦茨可不得而知，不过他被她的美貌搅得失魂落魄，根本就顾不上操心和开口了。他觉得嘴巴里面很干。也许是因为这几天来的古怪经历，也许是因为他缺眠少觉——他不知道——可是他觉得他像是坠入了情网。

“你让我想起了我过去认识的一个女孩子，”他道，“她在南本德外头的一个流动午餐车上工作。你没在南本德外头的流动午餐车上工作过吧？”

“没。”她道。

“还不光是这个，”他道，“你让我想起了过去的一切。我是说夜间开车的情形。我干过夜班的公共汽车司机。你让我想起的就是那时候的那些经历。满天的星斗，我是说，还有公路和铁道的交叉口，还有沿着篱笆排成一溜儿的牛群。还有在午餐柜台后面当班的姑娘们。她们看起来总是那么漂亮。可你从来都没在午餐柜台后面当过班。”

“没。”她道。

“你可以把我的戏拿去，”他道，“我是说，我觉得你很适合那个角色。萨姆·法雷尽可以把这出戏拿去。把所有的一切统统拿去。”

“谢谢你，埃瓦茨。”她道。

“我求你件事儿成吗？”他问。

“什么事儿？”

“哦，我知道这实在是够蠢的。”他道。他站起身来在屋子里转起了圈子。“可这儿一个人都没有，谁都不会知道的。我真不好意思开口。”

“到底是什么事儿啊？”

“你能让我举你一下吗？”他问，“就让我举举你。就让我看看你到底有多轻。”

“这有什么不可以的，”她道，“要我把大衣脱掉吗？”

“对，对，对，”他道，“把大衣脱掉。”

她站起来，随手把大衣脱在沙发上。

“现在我可以举了吗？”他问。

“举吧。”

他把手伸到她腋下。他把她从地面上举起来，然后轻轻地放下。“哦，你真是太轻了！”他叫道，“你真是太轻了，简直是弱不禁风，你都不比一只手提箱重。咳，我绝对能抱得动你，我能抱着你到任何地方去，我能抱着你从纽约的这头一直走到那头。”他抓起帽子和大衣，跑出了那幢房子。

埃瓦茨回到门托尼的时候感觉手足无措而又精疲力竭。比特西在房间里跟米尔德丽德-罗丝和爱丽丝在一起。他不住嘴地跟他打听菲奈利大妈的事儿。他想知道她住哪儿，她的电话号码是多少。埃瓦茨对这个服务生失去了耐性，把他从房间里轰了出去。他在床上躺下，在爱丽丝和米尔德丽德-罗丝还在问这问那的时候就睡着了。一个小时后他醒过来，感觉好多了。他们一起又去了自动餐厅，然后是无线电城音乐厅，那天晚上他们早早地就上床睡觉了，为的是让埃瓦茨第二天早上好写他的剧本。可是他仍旧睡不着。

吃过早饭后，爱丽丝和米尔德丽德-罗丝把埃瓦茨独自留在房间里。他努力想工作，可就是一个字都写不出来，那天干扰他的可不是电话了。阻碍他戏剧创作的困难是深植在内心里的，当他抽着烟，目不转睛地盯着那堵砖墙的时候，他悟到了这一点。他爱上了苏珊·休伊特。这原本可以成为他创作的动力的，可是他已经把他的创造力统统留在了印第安纳。他闭上眼睛，竭力回想菲奈利大妈那大胆泼辣、无所顾忌的声音，可他还没来得及想起一个字，就已经被淹没在大街上传来的喧嚣中了。

要是有什么东西可以将他的记忆从禁锢中释放出来——火车汽笛的鸣叫，片刻的沉寂时光，谷仓的一缕气息——说不定就能激发他的灵感了。他在狭小的房间里踱步，抽烟，他嗅着被熏黑的窗帘的煤烟气，他用卫生纸把耳朵眼儿都堵起来，可是看来在门托尼，他无论如何都没办法回忆起他的印第安纳。他在书桌前耗掉了整整一天，连中饭都没顾上吃。等他的妻儿从无线电城音乐厅消磨了一下午回来后，他跟她们说他得出去走走。离开旅馆的时候他想，哦，哪怕是能听到一声乌鸦叫也好啊！

他沿着第五大道大踏步向前，高高地抬着头，极力想从嘈杂的喧嚣中分辨出一个声音，可以引导他走出迷惘。他疾步如飞，一直走到无线电城，再次听到远处的溜冰场传来的音乐声。有种感觉使他停下了脚步。他点了根烟。然后他听到有人在叫他。“看看那头神气十足的驼鹿吧，埃瓦茨。”一个女人朝他喊道。正是菲奈利大妈那嘶哑而又放荡的嗓音，一开始他还以为是鬼迷心窍了，可是一转头正看到她坐在一个干涸的水池边的一把长椅上。“看看那头神气十足的驼鹿吧，埃瓦茨。”她再次叫道，还把手放到头顶，比画着鹿角的样子。这正是她在温特沃斯跟所有人打招呼的方式。

“看看那头神气十足的驼鹿，菲奈利大妈。”埃瓦茨也喊道。他跑到她身边，坐了下来。“哦，菲奈利大妈，真高兴能见到你，”他道，“说起来你也不会相信，不过我这一整天都在想着你哪。我这一整天都巴不得能跟你聊聊天呢。”他侧过脸来，不错眼地望着她那张狡猾的面孔和长着胡须的下巴。“你是怎么来到纽约的，菲奈利大妈？”

“坐着一个会飞的机器来的，”她叫道，“坐着个会飞的机器今天才到的。吃个三明治吧。”她正从一个纸袋里吃着三明治。

“不，谢谢啦，”他道，“你觉得纽约怎么样？”他问，“你觉得那幢高楼怎么样哪？”

“呃，我不知道。”她道，可他看得出来她肯定知道，而且看得出她正运动着五官打算说句一语中的的俏皮话呢。“我估摸着也就这么一幢吧，要是有两幢的话，它们就该授粉传种、大批繁殖了吧！”她拍着自己的大腿，哈哈大笑着嚷嚷道。

“你到纽约干吗来啦，菲奈利大妈？你怎么会碰巧到了这儿？”

“呃，”她道，“一个叫特雷西·默奇森的人给我打长途电话，说要我到纽约来告你诽谤。他说你写了出关于我的戏，我可以告你诽谤，能得到一大笔钱来跟他分，他说，有了这笔钱，我就用不着再开那个加油站啦。他就给我汇了笔买那飞行机器的票钱，我就到这儿来啦，我跟他谈过了，我这就告你诽谤，拿到钱以后跟他六四分成。这就是我来这儿要干的事儿。”她道。

当晚晚些时候，马洛伊一家又回到了中央车站那大理石铺地的候车室，埃瓦茨开始查询开往芝加哥的车次。他找到了一班开往芝加哥的火车，买了票，一家三口上了车。那是个雨夜，车站尽里头的人行道黑漆漆、湿漉漉的，根本就不会闪光了，可是爱丽丝仍旧坚信那里面掺进了钻石，而且她就打算这么讲给人家听。他们一家很快就掌握了出门旅行的经验，这次很机灵地一下子占了好几个座位。火车开出后，爱丽丝已经跟过道对面一对讲话直来直去的夫妇交上了朋友，那对夫妇带了个婴儿要到洛杉矶去。那女的有个兄弟在那儿，写信热情地告诉她那儿无论是气候还是工作机会都有多好。

“咱们也去洛杉矶吧，”爱丽丝对埃瓦茨道，“咱们还有点儿钱，可以在芝加哥买票。你可以把你的戏在好莱坞卖掉，在那儿可谁都没听说过菲奈利大妈和另外那帮人。”

埃瓦茨说等到了芝加哥再做决定不迟。他累极了，一会儿就睡着了。米尔德丽德-罗丝把大拇指伸到嘴里，不久她跟她妈妈也都昏昏入睡了。米尔德丽德-罗丝抚摸着她的大衣那光秃秃的皮子，它们告诉她一切平安，万事如意。

马洛伊一家有可能在芝加哥就下了车，回温特沃斯去了。不难想象他们重归故里的情景，他们肯定会受到亲戚朋友的热情欢迎，虽说他们嘴里讲的纽约经历大家未见得会相信。或者，他们也有可能在芝加哥换乘了开往西部的火车，说真的，如果是这样的话就更容易想象了。当列车驶过堪萨斯和内布拉斯加——越过高山奔向西海岸的时候，你可以看到他们在休息车厢[1]里玩纸牌、在各个车站里吃奶酪三明治。

1 美国客运列车一般都专门辟有休息车厢（lounge car 或 club car），设有舒适的座椅和沙发并出售酒水和便餐等。

哈特利一家

哈特利夫妇和他们的女儿安妮在一个冬日的傍晚抵达了帕玛科迪客栈，到的时候已经开过了晚饭，饭后的桥牌刚刚要开局。哈特利先生拎着行李穿过宽阔的门廊进入大堂，他妻子和女儿紧随其后。一家三口看起来都非常疲惫，他们四面打量着这个明亮而又家常的房间，面带终于从紧张和危险当中脱身出来的感激神情，因为他们从一大早就驱车一直在铺天盖地的暴风雪中艰难跋涉，现在终于安全抵达了。他们说，他们是从纽约开车过来的，这一路上大雪一刻都没停过。哈特利先生把行李放下，又回到车上去拿他们的滑雪用具。哈特利太太一屁股在大堂的一把椅子上坐下，她的女儿疲惫而又害羞地挨近她。小姑娘的头发上还沾着点雪，哈特利太太用手指把它们拂落。这时巴特里克太太，这家客栈的寡妇老板娘，走到门廊外头给哈特利先生喊话，告诉他不必管他的车了，店里会有人负责帮他停好。他于是回到大堂，登记入住。

看起来他是个挺可爱的人，讲话声音急切热情，态度举止急迫而又客气。他妻子相貌端庄，一头黑发，累得已经有些迷糊了，他女儿看起来有七岁左右。巴特里克太太问哈特利先生他此前是否曾在帕玛科迪住过。“我接到预订信息时，”她道，“你的名字让我觉得似曾相识。”

"哈特利太太和我八年前的二月份曾来过这儿，"哈特利先生道，"我们是二十三号到的，在这儿待了十天。我连具体的日期都记得这么清楚，是因为我们当时在这儿过得非常开心。"然后他们就上楼去了。再下来了之后，他们吃了顿用炉子上温着的剩菜凑合的晚饭。小姑娘实在是累坏了，几乎在饭桌上就睡着了。饭后，他们就再度上楼休息去了。

整个冬季，帕玛科迪的生活都完全集中在冬季运动上。这里可不鼓励酗酒和装病，大部分住客都非常热心地投身于滑雪运动。早上，大家搭乘一辆大巴横过峡谷来到山上，天气好的话，他们会打包带上午餐，在山坡上一直待到日暮黄昏。有时他们也会换个花样，在客栈附近的一个溜冰场里溜冰，这个冰场是在一个晾晒衣服的院子里浇上水凝成的。客栈背后还有一个小山包，山上的条件不适宜的时候也可以改在这儿滑雪。将滑雪者拉上山坡的缆索非常原始，当初还是巴特里克太太的儿子建造的。"拖动缆索的马达还是他在哈佛读高年级的时候买的呢，"一说起这条缆索巴特里克太太总会这么说，"他把它放到一辆旧默瑟汽车里，有天夜里从坎布里奇一路给运到了这里，压根儿就没有汽车牌照！"每次说到这里，她都会把手捂在胸口上，仿佛那次行程的危险仍历历在目。

哈特利一家到达以后的次日一早，就加入帕玛科迪那新鲜空气和冰雪运动的日常活动中来。

哈特利太太是个有点心不在焉的女人。那天早上她登上往山上开的大巴，坐下来，已经开始跟另一位乘客聊开了，这才意识到她忘了拿自己的滑雪板。于是大家就都等着她丈夫跑回旅馆去拿。她穿了件色泽亮丽、皮毛镶边的派克大衣[1]，穿在她身上给人的感觉有些太过年轻了，反而显得她气色憔悴。她丈夫则是一身海军装备，衣服上还印有他的名字和军衔。他们的女儿安妮非常漂亮。头发扎成紧致利落的辫子，小小的鼻头上有一片雀斑，她以她那个年龄特有的阴郁而又理性的目光细细打量着周遭的一切。

哈特利先生的滑雪技艺相当了得。他不停地在山坡上上上下下，他的滑雪板呈平行状态，他的膝部弯曲，他的双肩优雅地呈半圆形来回摆荡。他妻子不像他这么灵光，不过她也完全能够驾驭得了，她也很享受凛冽的空气和皑皑的白雪。她时不时会跌倒，当有人主动扶她站起身来，当沾在她脸上的雪使她的面色更加红润以后，她显得一下子年轻了好多岁。

安妮则根本不会滑雪。她站在山脚下出神地望着父母。他们冲她喊叫，可她就是不挪窝，不一会儿她就开始哆嗦起来。她妈妈走到她跟前想鼓励鼓励她，可小姑娘故意闹别扭地把脸扭了过去。“我不想由你来教我，”她道，“我想让爹地教我。”哈特利太太就把她丈夫喊了来。

哈特利先生刚刚把注意力转到安妮身上，小姑娘马上就打起全副的精神。她跟着他在小山上上上下下，只要他跟她在一起，她看起来就自信又开心。哈特利先生跟安妮一直待到午饭后，然后把她转托给一位职业教练，这位教练正在山坡上带一个初学者的班。哈特利先生和太太跟他们一起来到坡脚下，哈特利先生把他女儿带到

---

1 派克大衣（parka），极寒地区穿的带风帽的毛皮风雪大衣。

一边特意嘱咐她一番。“你妈妈跟我这就去滑雪道上滑雪去了，”他说，“我想让你参加瑞特先生的滑雪班，尽量跟着他好好地学。你如果真想学会滑雪的话，安妮，你就必须在没有我的情况下来学。我们大约四点钟回来，到时候我想让你给我展示一下你都学到了些什么。”

“好的，爹地。”她说。

“现在你就去参加那个班吧。”

“好的，爹地。”

哈特利先生和太太一直等到安妮已经爬上山坡并且加入了滑雪班以后，这才动身离开。安妮盯着教练看了有好几分钟，可她一注意到她父母已经走了，就立刻离开队伍，顺势滑下山坡朝山下的休息小屋而去。“小姐，”教练从后面喊她，“小姐……”她头都不回。她走进小屋，脱下派克大衣和连指手套，齐整地摊在一张桌子上晾干，然后就坐在炉火旁，把头深深埋下，不让别人看到她的脸。整个下午她就一直坐在那儿没挪过窝。天马上就要擦黑前，她父母返回了小屋，正跺着脚把靴子上沾的雪清除掉的时候，她跑到爸爸面前，脸上都哭肿了。“哦，爹地，我还以为你不回来了，”她哭道，“我还以为你再也不回来了呢！”她张开双臂抱紧他，把脸整个埋在他的衣服里。

“好了，好了，好了，安妮。”他道，拍着她的后背，冲着碰巧注意到这一幕的人微笑。在返回客栈的大巴上，安妮紧挨在他旁边，抱着他的胳膊。

那天傍晚在客栈里，哈特利一家三口在晚饭前来到酒吧间，在一张靠墙的桌旁就座。哈特利太太和她女儿喝番茄汁，哈特利先生喝了三杯古典鸡尾酒[1]。他把酒杯里的柑橘片和甜樱桃给安妮吃。她父亲做的任何一件事都令她兴味盎然。她给他点烟，并把火柴吹灭。她仔细研究他的手表，对他讲的所有笑话都报以大笑。她的笑声尖锐而又悦耳。

这家人轻声细语地交谈。哈特利先生和太太跟安妮说的话要多于相互之间的交谈，就像是他们已经来到了婚姻中一个无话可说的阶段。他们相互犹豫迟疑地讨论着雪和大山，而就在这一努力交谈的尝试当中，哈特利先生不知什么原因，对他妻子恶语相向。哈特利太太迅速从桌前站起来。她可能已经哭了。她匆匆穿过大堂，上了楼。

哈特利先生和安妮仍留在酒吧间。等到晚餐铃响以后，他请服务台的接待员给哈特利太太送了一托盘食物上去。他跟女儿在餐厅用的餐。餐后，他坐在店堂里阅读一本旧的《财富》杂志，而安妮就跟住在客栈里的另外几个小孩儿一起玩。他们都比她要小一点，她很容易又很亲切地掌控着他们，模仿成年人的样子。她教给他们一种简单的扑克牌戏，然后又读了个故事给他们听。等这几个比她小的小孩儿被送去睡觉后，她就开始看一本书。九点左右她父亲带她上楼睡觉去了。

后来他自己又从楼上下来，进了酒吧间。他一个人喝着酒，跟酒保聊着各种品牌的波旁威士忌。“爸爸原来都是让人从肯塔基一桶桶地往家里送波旁威士忌的。”哈特利先生说。他的声音略带了点儿尖厉，而且他那种既急迫又客气的态度举止，使他说出来的无

1　古典鸡尾酒（Old-Fashioned），用冰块、威士忌、糖、苦味汁和苏打等配制的鸡尾酒，并饰以柑橘类水果片和一颗樱桃。

论什么都显得很重要似的。“我记得是很小的那种酒桶。我想应该最多也就盛一加仑。爸爸原来让他们一年给他送两次。奶奶问他桶里装的是什么时，他总是告诉她说是满满的甜苹果酒。”讨论完了波旁威士忌以后，他们又开始讨论这个村子和这家客栈这些年来的变化。“那是八年前了，八年前的二月份。”然后他又逐字逐句地重复了一遍昨天晚上他在大堂里说过的那番话，“我们是二十三号到的，在这儿待了十天。我连具体的日期都记得这么清楚，是因为我们当时在这儿过得非常开心。”

哈特利一家接下来的几天过得跟第一天基本上完全一样。哈特利先生一早花几个钟头的时间教他女儿滑雪。小姑娘学得很快，只要跟她父亲在一起，她就总是表现得既勇敢又优雅，可是他只要一离开她，她就会来到那个小屋里，坐在炉火边。每天吃过午饭后，他们就会到达这样一个阶段，他总是教导她一定要依靠自己才行。“你妈妈和我这就要走了，”他会说，“我希望你能自己一个人去练习滑雪，安妮。”她则会点点头表示同意，可只要他一走，她就会回到小屋里在那儿坐等。有一次——那是第三天上了——他发火了。“你给我听着，安妮，”他喊道，“你要是真打算学会滑雪的话，你就必须得一个人去学。”他的喊叫伤到了她，可也并没有教会她从此学会独立。她成了下午小屋里大家熟悉的常客，每天都不声不响地坐在炉火旁。

有时候哈特利先生也会变更一下他的规矩。一家三口会乘坐早班巴士返回客栈，他会带他女儿去溜冰场，给她上一节溜冰课。碰到这样的情形，父女俩就会在外头待到很晚。哈特利太太有时会透过店堂的窗户看着他们爷儿俩。溜冰场就位于巴特里克太太的儿子建造的那非常原始的滑雪缆索脚下。缆索末端的那几根柱子在暮光中看起来活像是几台绞架，而哈特利先生跟他女儿看起来就像是悔罪和坚忍的塑像。爷儿俩一遍又一遍地绕着小小的冰场滑个不停，既热诚又严肃，仿佛他正教导她的是远比一项运动更加神秘的重大隐情。

客栈里所有的客人都挺喜欢哈特利一家，虽说他们给其他客人留下一种最近不幸遭受了某种损失的感觉——也许是损失了钱财，或者也许是哈特利先生失去了工作。哈特利太太仍旧心不在焉，不过其他客人都感觉她这种特征正是某种不幸动摇了她的自制力的结果。她貌似急于表现得非常友善，就像个孤独无依的女人一样什么话题都想插嘴。据她说，她父亲是位医生。她讲起他来的语气就仿佛他是个了不起的大人物，她总是满怀极大的乐趣说起她的童年时光。“妈妈在格拉夫顿的起居室足足有四十五英尺长，”她道，“两端各有一个壁炉。那可是那种妙不可言的维多利亚式老宅子。”客栈餐厅的瓷器柜里有几样瓷器很像是哈特利太太母亲的旧藏。大堂里有个镇纸很像是哈特利太太少女时代人家送她的礼物。哈特利先生时不时地也会说起他的出身情况。巴特里克太太有一次请他为大家分切一条羊腿，他在磨切肉刀的时候就说：“我只要一磨刀就会想起爸爸来。”门厅里摆放的手杖藏品中有一柄银质浮雕镶嵌的黑刺李手杖。“这简直就跟温特沃斯先生从爱尔兰给爸爸买的那柄黑刺李手杖一模一样。”哈特利先生道。

安妮全身心挚爱着父亲，不过显然她也喜欢母亲。晚上她累了的时候，就会紧挨着哈特利太太在沙发上坐好，把头靠在妈妈的肩上。看起来只有在山上，处在陌生环境里的时候，她父亲对于她来说才会变成世上唯一可以倚靠的亲人。有天晚上，哈特利夫妇在打桥牌的时候——相当晚了，安妮已经上床睡觉——小姑娘开始喊她父亲。“我去吧，亲爱的。”哈特利太太道。她道了声失陪，上楼去了。“我想要爹地。”桥牌桌上的人都能听见小姑娘尖声喊道。哈特利太太把她安抚住以后再度下楼来。“安妮做了个噩梦。”她解释道，然后就继续打牌。

第二天多风而又温暖。下午两三点钟的时候开始下起雨来，除了那些铁杆儿的滑雪迷以外，大家都返回了各自的旅馆。帕玛科迪的酒吧间早早地就人满为患了。大家把收音机打开收听天气预报，有位性急的客人已经忍不住抓起大堂里的电话给别的滑雪场打了过去。皮克在下雨吗？斯托在下雨吗？圣阿加莎在下雨吗？哈特利先生和太太那天下午也在酒吧间里。自打他们来到这里，她头一次叫了杯酒喝，不过看起来她并不怎么喜欢。安妮在店堂里跟别的小孩儿一起玩。马上就要开晚饭的时候，哈特利先生走进大堂，问巴特里克太太他们能否在楼上用餐。巴特里克太太说可以安排。晚餐铃声响起的时候，哈特利一家就上了楼，一个女服务员给他们把晚餐端到了房间。饭后，安妮又回到店堂里跟别的小孩儿一起玩，把餐厅收拾干净以后，那个女服务员就上楼去哈特利夫妇的房间取晚餐的托盘。

哈特利夫妇卧室门上的气窗开着，女服务员沿着走廊走近时，能听到哈特利太太的声音，那声音听来是如此失控，如此粗哑而又充满了苦痛，她不由得停下脚步仔细倾听，因为仿佛那个女人的生命都处在危险中。“我们为什么一定要回来？”哈特利太太在哭泣，“我们为什么一定要回来？我们为什么一定要重新回到这些我们以为曾经有过幸福时光的地方？这么做会有什么好处？这么做又真正有了什么好处？我们翻遍了电话本，一心寻找我们十年前认识的那些人的名字，我们请他们一起吃饭，这么做有什么好处？这么做又真正有了什么好处？我们重新回到那些我们曾经去过的餐厅，我们爬过的高山，我们回到我们曾经住过的房子，甚至是周围的邻家，我们在各个贫民区游逛，以为这会使我们快乐起来，可是从来就没有奏效过。看在基督的分上，我们究竟为什么要开始做这样悲惨的事情？为什么就没有一个尽头？我们为什么不能再次分开？分开只会更好。分开不是更好吗？对安妮来说也更好——我不管你说什么，对她来说那样总比这样更好。我再带着安妮就是了，你可以住在城里。我们为什么不能那么做，为什么我不能，为什么我不能，为什么我不能……”被吓坏了的女服务员赶快掉头溜掉了。她下楼来的时候，看见安妮正坐在店堂里，给那些更小的孩子读一本故事书。

当天夜里天就放晴并且转冷了。所有的一切都冻住了。早上，巴特里克太太宣布说山上所有的滑雪道统统都关闭了，缆车索道也不再运行。哈特利先生和另外几位住客就把客栈后头那个小山包上的一层硬冰壳铲掉，又特意雇了人手把那个非常原始的缆索开动起来。“拖动缆索的马达还是我儿子在哈佛读高年级的时候买的呢，”巴特里克太太听到那吱吱嘎嘎的爆裂声，说道，“他把它放到一辆旧默瑟汽车里，有天夜里从坎布里奇一路给运到了这里，压根儿就没有汽车牌照！”周边地区就只有这个小山坡还能提供滑雪服务，于是午饭之后有很多别的旅馆的住客也来到了这儿。大家把缆索底下的积雪铲掉，直到露出粗糙石块的表面，这些雪必须被铲到滑雪道上去。缆索已经磨损得很厉害，巴特里克太太的儿子当初自建的这套缆索系统实在是太过因陋就简，往小山包上拉滑雪客的时候相当勉强而且还跌跌撞撞。哈特利太太想让安妮使用这套缆索上山去，可她一直等到她父亲先站上去以后才肯上去。他向她演示如何站稳，如何抓住绳索，弯下膝盖，拖着她的撑杆。一等到他被缆索拉到山上之后，她也就很高兴地跟着上去了。整个下午她一直跟着他上上下下，因为他自始至终都跟她在一起而欣喜若狂。等山坡上那层硬硬的冰壳被铲掉、运走之后，就成了很好的滑雪道，于是那种古怪的、几乎带有强迫性质的乘缆索上去然后滑雪下来的节奏就渐渐成型，开始不断地上上下下、无止无休。

那是个天气晴好的下午。空中积有雪云，不过明媚而又令人愉悦的阳光穿透云彩照射下来。从小山顶上望下来，乡野唯有黑白两色。已经燃尽的篝火的烬余就是仅余的颜色，这给人留下很深的印象——就仿佛这雪野的孤寂荒凉不仅仅只是寒冬的景色，而像是一场毁灭性大火的孑余。大家在滑雪、在排队等着抓住缆索上山的过程中当然也在交谈，不过相互间却几乎听不见。缆索的马达突突突地排放着废气，转动绳索的大铁轮咯吱咯吱地响个不停，不过除此之外，这些滑雪客们本身也像是已经陷入了麻木不仁的状态，迷失于乘缆索上山然后滑雪下山的节奏之间。那个下午就是个持续不断、无止无休的机械循环。山坡的左侧一直排着一个单人的纵列，抓住久经磨损的绳索，然后松开绳索跳下来，一个接着一个，在山顶上选一条滑雪道再滑下去，一遍又一遍地越过同一个表面，就像是在沙滩上丢了戒指或是钥匙，一遍又一遍地在同一片沙地上逡巡、寻觅。在这一片静寂中，小姑娘安妮突然发狂般尖叫起来。她一只胳膊被久经磨损的绳索给缠住了；她已经被抛到了地面，正被残忍地一路朝山顶的那个大铁轮拖去。“把缆索停下！”她父亲嘶吼道，“把缆索停下！把缆索停下！”山上所有的人都开始一起大喊：“把缆索停下！把缆索停下！把缆索停下！”可是那儿没有人把它给停住。小姑娘的尖叫嘶哑而又恐怖，她越是挣扎着想从绳索中解脱出来，那绳索就愈发猛烈地将她甩向地面。空旷和寒冷似乎把大家一起呼喊着要把缆索停下的声音都给压低了，就连声音中的痛苦也不例外，可小姑娘的哭喊却像是能把这一切都给刺穿，一直到她的脖子在大铁轮上被撞断。

那天晚上天色断黑以后哈特利夫妇就动身返回纽约了。他们要跟在当地的柩车后面开整整一夜。有几个人主动提出帮他们开车，可哈特利先生说他想自己开，他妻子似乎也希望他这么做。等一切准备就绪后，这对伤心欲绝的夫妇走过门廊，四顾望了望那令人困惑的美丽夜色，因为那晚的天气极度凛寒而又清朗，灿烂的星汉看起来比客栈或是村庄里的灯火更加明亮耀眼。他帮扶着妻子坐进车里，又在她腿上盖上条毛毯之后，他们就开始了返家的漫漫长途。

萨顿广场[1]故事

黛博拉·坦尼森星期天早上待在她的儿童室里，等着她父亲发出个她可以进入她父母卧室的信号。信号来得晚了，因为她父母昨晚要应酬明尼阿波利斯来的一个生意上的朋友，两个人喝得都不少，不过当黛博拉终于接到信号以后，她还是跌跌撞撞地跑过黑暗的走廊，高兴得大喊大叫。她父亲把她抱起来，吻她跟她道早安，然后她就跑到躺在床上的妈妈身边。“哈啰，我的小甜甜，我的小亲亲，”她妈妈道，“鲁比给你早餐吃了吗？早餐吃得好吗？”

“外面的天气真好，”黛博拉道，“天气真是好极啦。”

“对可怜的妈咪要乖，”罗伯特道，“妈咪宿醉得正难受呢。”

“妈咪宿醉得正难受。”黛博拉重复道，并且轻轻地拍了拍她妈妈的脸。

黛博拉还不到三周岁。她是个漂亮的小姑娘，一头美丽、浓密的头发闪着银色和金色的亮光。她是个城市里的孩子，她知道鸡尾酒和宿醉是怎么回事。她父母都有工作，她最常见到他们的时候就是天刚擦黑的薄暮时分，她被带进来跟他们道晚安。凯瑟琳和罗伯特·坦尼森当时很有可能正跟朋友们推杯换盏，黛博拉也会被允许

1　萨顿广场（Sutton Place），纽约东河沿岸五十七街到五十九街之间一段富裕的街区。从一九四五年到一九五一年，契弗一家就住在萨顿广场附近东五十九街四百号的一幢公寓楼里。

给他们递一下烟熏三文鱼，于是她也就自然而然地认为鸡尾酒就是整个成人世界的轴心。她会在玩耍的沙堆上制作她的马提尼，并认为她的图画书上所有那些平底、高脚和玻璃杯里全都满满地盛着古典鸡尾酒。

坦尼森夫妇等着早餐上桌的时候在浏览《纽约时报》。黛博拉把第二版新闻铺在地板上，开始玩起复杂精心的幻想游戏，她父母看她这么玩儿的次数实在太多，已经习焉不察了。她假装从报纸的广告当中挑出服装和珠宝，然后用这些东西装扮自己。她的品味，在凯瑟琳看来，既贪婪又庸俗，可是她的自言自语又是如此的明澈而又单纯，简直就像是明媚的夏日清晨当中一个妙不可言的部分。“穿上这双鞋子。”她说道，假装把鞋子穿上。“再套上这件貂皮大衣。”她又道。

“貂皮大衣未免太热了些吧，亲爱的，”凯瑟琳对她道，“干吗不围一条貂皮围巾？”

“围上这条貂皮围巾。”黛博拉道。这时厨娘端着咖啡和橙汁走进卧室，并说哈利太太已经来了。于是罗伯特和凯瑟琳就跟黛博拉亲吻道别，嘱咐她好好在公园里玩儿。

坦尼森夫妇家没有多余的房间供保姆宿夜，所以哈利太太就每天早上过来，照看黛博拉一整天。哈利太太是个寡妇，在丈夫去世前一直过着富足、舒适的生活，可他没给她留下什么钱，迫不得已她已经沦落到给人家看孩子当保姆的地步。她自称她热爱孩子，她自己就一直想要个孩子，可这并非事实。孩子们让她很腻味、很心烦。她是个和蔼可亲而又无知无识的女人，当她带黛博拉下楼时，正是这一点，而不是任何怀恨酸楚的表情展现在她脸上。她对电梯工和门房说的满嘴都是那一套乡下老派的客气话。她说这可真是个可爱的早晨，是不是，真是天赐的丽日良辰。

哈利太太和黛博拉走到河边一处小小的公园。小姑娘的美丽明艳照人，老太太却是一身黑，两个人手拉着手走在路上，就像是严冬和春天亲切友善的象征。有好多人都跟她们打招呼道早安。“你从哪儿弄到那个迷人的孩子的？”有人还问她。哈利太太很享受这样的恭维。她有时候确实将黛博拉引以为傲，不过她已经照顾了她有四个月时间了，这小姑娘跟这老太太之间已经建立起来的关系却并非如表面看来这么简单。

她们单独相处的时候经常会有争执，而且她们争执的方式就像是成年人，都很机灵地知道对方的软肋。这孩子从没抱怨过哈利太太有什么不好；就仿佛她已经明白了表面文章那不幸的重要性。黛博拉对于她度过白天的方式三缄其口。她从不会告诉任何人她都去了哪里、干了些什么。哈利太太已经发现她可以仰赖孩子的这一特性，于是乎这孩子跟这老太太就已经分享了好几桩秘密了。

暮冬时节的几个下午，碰上天气恶劣阴沉而哈利太太又被要求带着黛博拉在外头一直待到五点钟的时候，她就干脆带这个孩子去电影院。黛博拉在黑漆漆的影院里坐在她身边，从来都不抱怨或是哭喊。时不时地她还伸长脖子探头看看银幕，不过大部分时间她就只是安静地坐着，听着影片中的对白和音乐。第二个秘密——这个倒是光明正大得多了，照哈利太太看来——就是有时候在星期天的早上，有时候是在工作日的下午，哈利太太会把这小姑娘留给坦尼森夫妇的一位朋友照看。这是个叫蕾内·豪尔的女人，这其中一点害处都没有，哈利太太觉得。她从没告诉过坦尼森夫妇，不过他们虽然并不知情却也不会对他们有什么妨害。当蕾内在星期天照看黛博拉的时候，哈利太太就去望十一点钟的弥撒，这也没有任何不对，当然啦，一个老太太前往上帝的居所为她的亡夫进行祷告。

哈利太太那天早上在公园的一条长凳上坐下。阳光很热，她那两条老腿觉得挺舒坦。空气是如此晴澈，就连河上的景观看起来都像是变了模样。看似你都能把块石头扔到维尔费尔岛上去，由于光照的错觉，下城的那几座桥梁看起来距离城市中心比平常可近多了。船只在河面上来来去去，当它们剪开水面时，在空气中留下一种潮湿而又简净的气息，就像是犁铧翻耕土地后那新鲜泥土的气味。公园里除了她们俩就只有另一个保姆带着个孩子。哈利太太告诉黛博拉到沙堆那儿玩去。然后黛博拉就看到了那只死鸽子。“那只鸽子在睡觉哪。”黛博拉道。她弯下腰去抚摸它的翅膀。

“那只脏鸟死啦，我看你敢再碰它！”哈利太太喊道，起身把那只死鸟踢到了一边。“到沙堆那儿玩去，”她告诉黛博拉，“我都不知道你到底是怎么回事。你房间里的那个玩具马车花了他们至少二十五美元，可你却宁肯玩一只死鸟。去看看那条河。去看看那些船！可是也别往栏杆上爬，因为你会掉进去的，河里的水流那么急，你还不就此玩完儿了。”黛博拉听话地走到了河边。“这就是我，”哈利太太对另外那个保姆道，“这就是我，都快六十啦，有四十年的时间住在自己的房子里，可现如今就像个老乞丐一样在星期天的早上坐在一条公园的凳子上，而那孩子的父母却躺在顶上十楼的床上呼呼大睡，消化昨晚上灌下去的酒呢。”另外那位保姆是个教养良好的苏格兰女人，对哈利太太不感兴趣。哈利太太把注意力转向从萨顿广场通向公园的那几级台阶，注意看蕾内·豪尔是否来了。她们达成协议大约已经有一个月的时间了。

蕾内·豪尔当初是在坦尼森家认识哈利太太和那个孩子的，那年冬天她是坦尼森夫妇举行的鸡尾酒派对上的常客。最早她是由凯瑟琳一个生意上的朋友带到他们家的。她生性愉快，很讨人喜欢，而且凯瑟琳对她的衣着印象深刻。她就住在街角，并不反对迟来的邀请，而且大部分男人都喜欢她。除了她是个颇有魅力的客人、做着某种电台广播表演的工作以外，坦尼森夫妇对她别的方面其实一无所知。

在蕾内第一次前往坦尼森家的那个晚上，黛博拉被带进来跟大家道晚安，这位女演员跟这个被忽视的孩子一起坐在一张沙发上。两人之间产生了一种古怪的同情，蕾内让这孩子玩她的珠宝和皮草。蕾内对黛博拉很亲切，因为在她的一生中她自己也正处在特别重视亲切友善的阶段。

她有大约三十五岁了，生活放纵，性情温和。她喜欢把她现在的生活想成是通往某种奇妙的、终极性的，甚至是传统型的生活的序曲，这种生活将在下一季或者再下一季开始，可是她已经发现，这一希望是越来越难以成为现实了。她已经开始注意到，除非她不断地喝酒，否则就总是觉得疲惫。她就是没有洗心革面的这种力量。在她不喝酒的时候她又总是情绪低落，而在她情绪低落的时候，她就会跟侍者领班和美发师争吵，对那些在餐厅里盯着她看的人恶语相向，并且会跟某些为她付账的男人吵闹。她对自己性格当中的这种情绪起伏心知肚明，并能在坦尼森夫妇这样的普通朋友面前很聪明地予以隐藏——当然她隐藏的还不止这一点。

蕾内一周以后再度光临，而黛博拉一听到她的声音，马上就离开哈利太太，沿着走廊朝她飞奔而去。这孩子对她的倾慕让蕾内非常高兴。她们俩又坐在了一起。蕾内围了条毛皮围巾，戴了顶堆满了布制玫瑰的帽子，黛博拉觉得她真是全世界最美丽的女士。

打那以后，蕾内就经常去坦尼森家了。大家都一直开玩笑说她是为了那个孩子而不是坦尼森夫妇或者他们的客人而来的。蕾内一直以来都想有个自己的孩子，现在她所有的遗憾似乎都集中在了黛博拉那张明媚的脸蛋儿上。她开始对这个孩子产生了占有欲。她送给她昂贵的衣服和玩具。“她看过牙医吗？”她问凯瑟琳。“你对你们的医生有把握吗？你送她去幼儿园了吗？”有天晚上她犯了个大错，竟然暗示黛博拉见到父母的机会太少，缺乏他们应该给予她的安全感。“她在银行自己的户头底下就有八千美元。”凯瑟琳道。她火大了。蕾内继续送给黛博拉精美的礼物。黛博拉则以蕾内的名字为她所有的娃娃和娱乐命名，有几天晚上她被送上床以后竟然哭着喊着要蕾内。罗伯特和凯瑟琳认为她最好再也不要见到蕾内了。他们就不再邀请她过来。“毕竟，”凯瑟琳道，“我一直都觉得那姑娘身上有种令人不快的东西。”蕾内给他们打过两次电话，请他们参加鸡尾酒派对，而凯瑟琳则回答说，多谢邀请，可他们不巧都感冒了。

蕾内知道凯瑟琳在撒谎，于是就决定忘掉坦尼森一家。她想念那个小姑娘，可要不是那一周晚些时候发生的一件事，她可能就再也见不到她了。有天晚上，她早早地离开了一个乏味的派对，独自一人回到家里。她因为怕错过了电话，就采用了一种电话应答服务。他们告诉她那天晚上有一位沃尔顿太太曾给她打过电话，并留了个电话号码。

沃尔顿，沃尔顿，沃尔顿，蕾内绞尽脑汁，突然想起她曾经有过一个情人叫沃尔顿的。那应该是八年甚至十年前的事儿了。她曾被他带去跟他母亲共进晚餐，他母亲是特意从克利夫兰过来的。她清楚地想起那天晚上的情形。沃尔顿喝得太多，他母亲还把蕾内拉到一边，跟她说她觉得她对她儿子具有多么好的影响，她能不能想办法让他把酒戒掉，经常去一下教堂。沃尔顿最后也因为他酗酒的问题跟她争吵过，蕾内记得打那以后她就再也没有见过他。他也许病了，或是醉了，或者要结婚了。她不记得他有多大年纪了，因为整个三十年代在她的记忆里都搅成了一锅粥，她分不清那十年是从哪儿开始又是到哪儿结束的。她拨了那个号码。那是西区的一家酒店。沃尔顿太太接起电话来的时候，完全是个老太太的那种微弱而又嘶哑的声音。“比利死了，蕾内，”她道，她开始啜泣起来，“真高兴你打了这个电话。他明天就下葬了。我希望你能来参加葬礼。我实在是觉得太孤苦伶仃了。”

蕾内在第二天换了身黑衣，叫了辆出租去了殡仪馆。她一打开大门，就有一个戴着手套、殷勤备至的引座员迎上前来头前带路，随时准备满怀比她本人远为深沉而又凝重的悲哀之情向她表示同情和抚慰。电梯工带她来到了小教堂。当她听到电子风琴开始演奏《哦，一个多么美好的清晨》时，她觉得在鼓起勇气去面对沃尔顿太太之前她必须得再坐一会儿，这时她看到沃尔顿太太就站在小教堂敞开的门边。这两个女人拥抱了，然后蕾内被介绍给沃尔顿太太的妹妹，一位亨莱茵太太。出席葬礼的就她们三个人。在房间的尽头，在一簇瘦叽叽的剑兰丛中，躺着她那已经死去的情人。“他是如此孤单，蕾内亲爱的，”沃尔顿太太道，“他实在是太孤单了。他就这么孤孤单单地死在，你知道，那个配有家具的出租房里。”沃尔顿太太哭了起来。亨莱茵太太也哭了。一位牧师走了进来，仪式开始了。蕾内跪下来，努力想回想起主祷文[1]，可她刚刚默念到“……行在地上，如同行在天上”就卡壳了。她也哭了起来，可是并非因为她满怀柔情想起了那个男人；她已经有好多年都没有想起过他了，只有在搜索枯肠之后她才能想起他有时会把早餐给她送到床头，还有就是他给自己的衬衫缝扣子。她是为她自己而哭的，她哭是因为她害怕她自己也会在夜里死去，是因为她在这个世界上也是孤单一人，因为她那绝望而空虚的生活并非是通往美好将来的序曲，而是最后的收场，而透过所有这一切她能看到的只是一个棺材那粗糙、残酷的形状。

三个女人离开了小教堂，在那个殷勤备至的引座员的帮助下乘坐电梯下得楼来。蕾内说她不能去墓地了，她还有个约会。她的双手因为惊恐而直打哆嗦。她吻了吻沃尔顿太太跟她道别，叫了辆出租车回到萨顿广场。她朝黛博拉和哈利太太可能待着的那个小公园走去。

黛博拉先看到了蕾内。她喊着蕾内的名字朝她奔去，挣扎着努力一步跨一级台阶。蕾内一把把她抱了起来。“美人蕾内，”小姑娘不断念叨着，“美人，美人蕾内。”蕾内和这个孩子一起挨着哈利太太坐下来。“你要是想去购物的话，”她说，“我来照看黛博拉几个

1　见《圣经·新约·马太福音》第六章第九至第十三节：“所以，你们祷告要这样说：‘我们在天上的父：愿人都尊你的名为圣。愿你的国降临；愿你的旨意行在地上，如同行在天上。我每日用的饮食，今日赐给我们。免我们的债，如同我们免了人的债。不叫我们遇见试探；救我们脱离凶恶。因为国度、权柄、荣耀，全是你的，直到永远。阿们。’”（和合本译文）

钟头好了。”

“呃，我不知道我是不是应该这么做。”哈利太太道。

“她跟我在一起绝对会很安全的，”蕾内道，“我这就把她带到我的公寓里去，你可以在五点钟的时候过来接她。坦尼森先生和太太没必要知道这件事。”

“唔，也许可以这么做，嗯。”哈利太太道。就这样，哈利太太开始了一项每周可以让她有几个钟头空闲的安排。

那个星期天蕾内一直过了十点半都没有出现，哈利太太知道她是不会来了，她很失望，因为她已经算计好了那天上午要去一下教堂。她惦记起了拉丁语和钟声，还有每当她从跪拜中站起身来，总会因为圣灵赐福和心灵净化而感觉到的振奋和欣喜。一想到蕾内现在还躺在床上，纯粹是因为蕾内的懒惰而耽误了她祷告的大事她就气不打一处来。随着上午渐渐过去，小公园里已经来了很多孩子，现在她在人群中寻找黛博拉身上的那件黄色外套。

温暖的阳光使小姑娘兴奋莫名。她正跟几个同龄的孩子一起奔跑。他们又跳又唱，绕着沙堆不断地转圈，并不比燕子有更强的目的性。黛博拉紧跟着其他孩子，稍微落后了一点，因为她的协调性仍旧不是太好，有时候还会因为太过用力摔倒在地上。哈利太太喊了她一声，她听话地跑到老太太身边，靠在她膝盖上念叨起了什么狮子和小男孩之类的事儿来。哈利太太问她愿不愿意去看望蕾内。“我想去跟蕾内待在一起。”小姑娘道。哈利太太拉起她的手，她们攀上那几级台阶离开了游戏场，朝蕾内住的公寓楼走去。哈利太太用楼里的电话打上去，蕾内耽搁了一会儿之后接起了电话。她的声音听起来睡意蒙眬的。她说哈利太太如果把黛博拉带上楼来，她很乐意照看她一个钟头。哈利太太就把黛博拉带到了十五楼，在那儿跟她道了再见。蕾内穿了件羽毛镶边的宽松晨衣，她的公寓里暗沉沉的。

蕾内把门关上，伸出双手把小姑娘高高举起。黛博拉的皮肤和头发柔软而又馨香，蕾内亲吻她，胳肢她，往她脖子底下吹气，直到小姑娘笑得都喘不过气来了。然后蕾内把百叶窗帘拉起来，让阳光照进室内。房间里很脏，空气中带着种酸腐气。乱搁着威士忌酒杯和已经扑出来的烟灰缸，还有几株枯死的玫瑰盛在一个锈迹斑斑的银碗里。

蕾内有个午餐的约会，她把这个解释给黛博拉听。“我要去广场饭店吃午餐，”她道，“我得先去洗个澡、换换衣服，你可一定要乖乖的哦。”她把自己的首饰匣给了黛博拉，就去把浴缸的水打开了。黛博拉安安静静地坐在梳妆台前，拿蕾内的项链和胸针把自己打扮起来。蕾内正在擦干身体的时候，门铃响了，她披上件晨衣出去来到了起居室。黛博拉跟在她后头。有个男人在那儿。

“我正开车前往奥尔巴尼，”他告诉蕾内，“你干吗不收拾下东西跟我一块儿去呢？我礼拜三就把你送回来。”

“我是很乐意，亲爱的，”蕾内道，“可是不行。我要跟海伦·福斯一起吃午饭。她觉得她或许能给我找到点工作。”

“把午餐取消，”那男人道，“来吧。”

“不行，亲爱的，”蕾内道，“咱们礼拜三再见吧。”

“这孩子是谁？”那男人问。

“是坦尼森家的小姑娘。我在保姆去教堂的时候照看她一下。”

那男人劲头十足地拥抱了蕾内，吻了吻她，在约好礼拜三晚上碰面后就走了。

“那人就是你有钱的讨厌叔叔。”蕾内告诉小姑娘。

“我有个朋友。她叫玛莎。”小姑娘道。

“对，我敢肯定你是有个叫玛莎的朋友。”蕾内道。她注意到那孩子眉头紧皱，眼睛里充盈了泪水。“怎么了，亲爱的？”她问，“出什么事儿了？来，来，你在沙发上坐下，听一会儿收音机。我得去把脸拾掇拾掇了。”她走进卧室去整妆梳头。

几分钟后门铃又响了。这次来的是哈利太太。“弥撒望得怎么样？”蕾内问道，“我这就给黛博拉穿上外套。”她开始找小姑娘的帽子和外套。可是它们却不在她刚才放下的地方，而且那孩子也不在起居室里。她的心开始猛烈地跳起来。她走进她的卧室。“去一趟教堂对我的灵魂甭提有多大好处啦。”她听见哈利太太说。蕾内满怀恐怖地想到那几扇开着的窗户。她卧室的窗是开着的。她朝外望去，十五层楼底下她能看到人行道和遮篷，看到门房正在屋角吹口哨叫一辆出租，还有一位金发女人在遛一只贵宾犬。蕾内跑回到起居室。

“黛博拉在哪儿？”哈利太太问。

“我刚才在梳洗，”蕾内道，“她一分钟前还在这儿的。她肯定是溜出去了。她自己能把房门打开的。”

“你是说你把那小姑娘给丢啦！”哈利太太叫道。

“请你不要激动，”蕾内道，“她走不远的。她要下楼的话只能是乘坐电梯。”她走到厨房门外头打铃叫货用电梯上来。她注意到了那危险的货用楼梯。楼梯是铁和水泥造的，漆成脏兮兮的灰色，从十五楼一直通到一楼。她凝神听了听楼梯井底下的声音，不过能听到的唯有烹煮的嘶嘶声还有底下不知道是谁的歌唱：

“我是个士兵，在上帝的大军中，
我是个士兵，
在上帝的……”

货梯里装满了臭烘烘的垃圾。“刚才有个小姑娘在我的公寓里，”蕾内对电梯工说，“她走丢了。你能帮我找找她吗？”然后她又跑进前厅打铃叫客用电梯。“哦，是的，”那电梯工说，“我是把一个小姑娘带下去了，大约十分钟前。她穿了件黄色的外套。”蕾内闻到了他呼吸中威士忌的酒气。她喊了哈利太太一声，然后回到公寓里拿几根香烟。“我可不想一个人待在这儿。”哈利太太道。蕾内把她推进一把椅子里。她把门关上，乘电梯下去。“我当时还觉得挺奇怪的，她就这么一个人下去，”那电梯工道，“我还以为她也许是要去大堂里跟什么人会合。”他说话的时候，蕾内又在他的呼吸中闻到了酒气。“你一直都在灌酒，”她道，“你要是不一直都在灌酒的话，这种事就不会发生了。你应该知道那么小的一个孩子是不能一个人行动的。你在工作的时候不该老是灌酒。”

到达底层的时候，他让电梯猛地停住，砰的一声把电梯门打开。蕾内跑进大堂。那些镜子，那些电灯蜡烛，还有门房那脏乎乎的领巾式领带都让她觉得恶心。“是的，”那门房道，“我好像是看到有个小姑娘出去了。我没太注意。当时我在外头，正千方百计叫辆出租。”蕾内跑到大街上。那孩子不在那儿。她一路跑到能看到东河的地方。她感觉无助而又虚弱，就仿佛她已经失去了在这个城市已经住了十五年的地方。街上的车流非常拥挤。她站在街角，把手笼到嘴边，尖声大叫："黛博拉！黛博拉！"

坦尼森夫妇那天下午是要出去的，电话铃响的时候两人已经开始穿衣打扮了。罗伯特接的电话。凯瑟琳能听到蕾内的声音。"……我知道这事儿非常可怕，鲍勃[1]，我知道我绝对不该做出这种事来。"

"你是说哈利太太把她留下跟你在一起？"

"是，是的。我知道这事儿非常可怕。我已经到处都找遍了。哈利太太现在在这儿。你想让她过来吗？"

"不。"

"我该报警吗？"

"不，"罗伯特道，"我来报警。告诉我她穿了身什么衣服。"罗伯特跟蕾内通完话之后，他打电话报了警。"我在这儿等你们过来，"他说，"请你们尽快赶过来。"

凯瑟琳当时正站在浴室门口。她朝罗伯特走过来，他伸出双手抱住了她。他紧紧地把她抱住，她开始哭起来。然后她离开他的怀抱在床上坐下。他则走到打开的窗前。在楼下的大街上他能看到一辆车顶漆着舒适地毯公司的卡车。隔壁的街区有几个网球场，有人正在打网球。网球场周围种了圈女贞树篱，有个老太太正用一把刀子在砍树篱的枝条。她戴了顶圆帽子，穿了件沉重的冬大衣，一直

1 鲍勃，罗伯特的昵称。

拖拉到脚踝。他意识到她这是在偷砍女贞树。她干得飞快而又鬼鬼祟祟，还不断地扭头朝后看，确保没人看到她。等她已经砍了一大抱绿色的枝条后，她把它们塞进一个口袋，匆匆沿着大街走掉了。

门铃响了。一位警长和一个便衣站在门外。两人把帽子脱掉。“这种事情对女士们总是特别艰难，”警长道，“我想请你把事情的经过再给我讲一遍，坦尼森先生。我们已经派出人去找她了。你说她是自己乘坐电梯下楼的。那是在大约一个钟头前。”他跟罗伯特将所有的事实都核对了一遍。“呃，我本不想吓到你们两位，”他道，“不过有没有什么人有任何理由诱拐这个孩子？我们必须把一切可能性全都考虑到。”

“有。”凯瑟琳突然语气坚定地道。她站起身来，开始在屋子里走来走去。“这可能不太合理，不过至少值得认真考虑。她有可能是被诱拐了。这个礼拜我已经有两次在附近看到过那个女人了，我有种感觉她是在跟踪我。当时我可一点都没往这上面想。而且她还确实给我写过那封信。我没有把话说清楚。你看，在我们雇哈利太太照看黛博拉之前，我们用过一个叫艾默生太太的保姆。我曾经因为黛博拉跟她争吵过，而她告诉我，就在我们争吵当中——我从来没告诉过你，亲爱的，因为我不想让你担心，而且当时我也没觉得这有什么大不了的——不过我们在争吵的时候，她说这个孩子将会从我身边被带走。我竭力想把她这句话给忘掉，因为我认为她是个很古怪的女人。这个城市里充满了像她这样的怪女人。再后来就是我这个礼拜在街上看到过她两次，我有种感觉她是在跟踪我。她住在公主旅馆。那是在西区。至少她曾经在那儿住过。”

“我这就过去，”罗伯特道，“我去把车开出来。”

“我把你捎过去，坦尼森先生。”警长道。

“你想一起去吗？”罗伯特问凯瑟琳。

“不，亲爱的，”凯瑟琳道，“我不会有事的。”

罗伯特戴上帽子，就跟警长一起离开了。电梯工对罗伯特表示慰问。“我真是觉得非常遗憾，坦尼森先生，”他道，“这幢楼里所有的人都喜欢她。我给我妻子打了个电话，她径直去了圣约翰教堂，为小姑娘点了根祈福的蜡烛。”

公寓楼前停了辆警车，罗伯特和警长上了车，朝西开去。罗伯特不断地把头摇来晃去，之所以这么做是为了把孩子死亡的影像从眼前驱赶开。他不断想象着各种“安全驾驶”海报当中那些俗滥的画面，画风拙劣、色彩粗鄙。他看到一个陌生人把一具软塌塌的尸体从一辆出租车的挡泥板前扛走；他看到一张从来不知恐怖为何物的可爱面孔上那惊诧和恐怖的表情；他听到汽车喇叭的喧嚣，汽车刹车的尖叫；他看到一辆车开上一个小山包的山坡。他通过身体上的努力强迫自己的眼睛避开这些影像，转向明亮的街道。

天已经很热了。有几块飞快移动的低云擦过城市上空，投下片片阴影，他能看到那暗黑的影子飞快从一个个街区上掠过。他眼中的城市就只剩下致命的危险。每个下水道的井盖，每个洞穴，明亮的天光中的每段楼梯在他眼里都像是照相底片般黑白颠倒，而且中央公园的人群和绿树在他眼里简直是亵渎神圣。公主旅馆位于西七十几街一条肮脏的街道上。大堂里的空气臭气熏天。前台的接待员一看到警察出现马上变得心神不安。他找了找艾默生太太的钥匙，说她眼下就在。她房间里没有电话。他们可以直接上去。

他们乘坐一个镀金的铁笼子电梯上得楼去，电梯工是个老头儿。他们敲了敲门，艾默生太太把他们让进去。罗伯特从来都不怎么了解这个女人。他只是在她站在育儿室门口送黛博拉进去跟他们道晚安的时候见过她几次。她是个英国人，他记得。她的声音听起来总是有些苦恼而又娴雅。“哦，是坦尼森先生。”她认出他之后道。警长突然问她那天上午她在哪里。

“没什么事儿，艾默生太太。”罗伯特道。他怕她会变得歇斯底里，什么都不肯告诉他们。“黛博拉今天早上跑丢了。我们以为你可能知道点线索。坦尼森太太说你给她写过一封信。”

“哦，听到黛博拉的意外我真是非常难过，”她道，声音优雅而又微弱，听起来俨然是个深知自己是位淑女的女人，“是的，是的。当然我是给坦尼森太太写过一封信。我在梦中突然意识到你们有可能失去那个小姑娘，除非你们非常小心。我可是有份职业的，你知道。我专门详梦。我离开坦尼森太太的时候告诉过她应该好好照看那个小姑娘。毕竟，她是出生在那个可怕的新星冥王星照临之下的。他们发现这颗新星的时候我还在里维埃拉，那是在一九三八年。我们当时就知道，有些可怕的事情注定是要发生的。

“我深爱着这个小姑娘，我很遗憾跟坦尼森太太之间有过分歧，”她继续道，“小姑娘是那种火性人——那种压住的火。我对她的手相进行过仔细的研究。当然，我们单独待在一起的时间很多。她的生命线很长，有很好的平衡感，头脑聪明。有失之轻率鲁莽之迹象，不过大部分都取决于你。我在其中看到很深的水和某种巨大的危险，发生意外的巨大风险。这正是我给坦尼森太太写那封信的原因所在。对于我专业性质的服务，我从未向坦尼森太太要过一分钱。”

“你跟坦尼森太太是为什么起的争执？”警长问。

“我们是在浪费时间，”罗伯特道，“我们已经浪费了太多的时间。咱们回去吧。”他站起身来离开了艾默生太太的房间，警长也跟着他出来了。回去的时候花了很长时间。在每个十字路口，星期天熙熙攘攘横过街道的人流都会迫使他们停车等候。那个便衣在楼前等着他们。“你最好上去看看你妻子。”他告诉罗伯特。门卫和电梯工都没跟他说什么。他走进公寓，喊着凯瑟琳的名字。她在他们的卧室里，靠窗坐着。膝头上放着本黑色的书。他看出是那本《圣经》。那是本基甸版[1]，是一个喝醉酒的朋友从一家旅馆里偷出来的。他们之前曾查证过一两回。透过敞开的窗户，他能看到东河——一条宽阔明亮的光带。房间里阒然无声。

“艾默生太太那儿怎么样？”凯瑟琳问。

“大错特错。认为她会伤害这个孩子实在是大错特错。”

“蕾内又打了个电话过来。她把哈利太太带回家去了。她希望我们找到黛博拉以后给她打个电话。我再也不想见到蕾内了。”

“我知道。”

“黛博拉要是真有什么不测，”凯瑟琳道，“我永远都不会原谅我自己。永远都不会。我会觉得我们是把她作为牺牲祭献了。我一直都在读亚伯拉罕那一章。”她打开那本《圣经》开始读道：“‘神说：“你带着你的儿子，就是你独生的儿子，你所爱的以撒，往摩利亚地去，在我所要指示你的山上，把他献为燔祭。”亚伯拉罕清早起来，备上驴，带着两个仆人和他儿子以撒，也劈好了燔祭的

1　专事在旅馆、医院等处放置《圣经》的组织“基甸国际”（Gideon International）——之前称“基甸社”（Gideon Society）免费派发的《圣经》。

柴，就起身往神所指示他的地方去了。'[1]" 她合上书，"我怕的是我会发疯的。我不断地对自己重复我们的住址和电话号码。这没有任何意义，是不是？"

罗伯特把手放到她额前，然后抚过她的头发。她黑色的头发大部分梳向一边，而且梳得非常简单，就像个孩子的发型。

"我怕的是我正在发疯，"凯瑟琳道，"你知道你把我一个人留下以后我最初的冲动是什么吗？我想抄起一把刀，一把锋利的尖刀，走进我的衣橱把我的衣服统统毁掉。我想把它们割成一片一片。就因为它们都无比昂贵。这可不是什么明智的想法，对不对？可我并没有发疯，当然了。我头脑清醒得很呢。

"我曾有过一个夭折的小弟弟。他名叫查尔斯——小查尔斯。他跟我爸爸同名，两岁半的时候死于某种疾病，大约就是黛博拉的年龄。妈妈和爸爸当然非常难过啦，可是并不像这件事这么糟糕。你知道，我认为孩子对于我们而言，其意义要远远大于对于我们的父母。我刚才一直在想的就是这个。我觉得这是因为我们不像他们那样有虔诚的信仰，因为我们的生活方式使我们变得远比他们要脆弱得多。我觉得自己道德败坏、罪不可赦。我觉得自己一直都是个恶劣的母亲和堕落的妻子，我觉得这就是对于我的惩罚。我已经违背了我曾许下的所有誓约和诺言。我已经违背所有美好的誓言。我还是个小姑娘的时候，我总会面对着新月和初雪许下誓愿。我已经把一切美好的东西统统背弃了。可是我这么说就仿佛我们真的已经失去了她，我们还没有失去她，是不是？他们会找到她的，警察说

1　见《圣经·旧约·创世记》第二十二章第二、第三节。

他们肯定会找到她的。”

“他们会找到她的。”罗伯特道。

房间里暗了下来。那些低云已经笼罩了这个城市。他们能听到雨点落在建筑物和窗户上的声音。

“她在外头淋着雨了！”凯瑟琳喊道。她的身体在椅子里扭曲痉挛着，用手捂住了脸。“她就躺在雨里。”

“他们会找到她的，”罗伯特道，“别人家的孩子也会走失。我在《纽约时报》上看到过好多这样的报道。做父母的都有可能碰到这样的事。我姐姐的小姑娘从楼上摔了下来。颅骨都骨裂了。他们还以为她活不了呢。”

“别人家里也确实会发生这样的事，是不是？”凯瑟琳问。她转过身来望着她丈夫。雨已经突然又停了，在空气中留下一种宛如街上刚洒过氨水那样强烈的气息。罗伯特眼看着那片雨云遮暗了明亮的河水。“我是说，总会有各种各样的疾病和意外，”凯瑟琳道，“而我们一直以来都是这么幸运。你知道，黛博拉还没吃午饭哪。她肯定会饿得要命。自打早餐以后她还什么都没吃过呢。”

“我知道。”

“亲爱的，你出去吧，”凯瑟琳道，“相比你留在这儿我会更好过些。”

“你要做些什么呢？”

“我要把起居室打扫一下。我们昨天晚上忘了关窗了，到处都蒙了一层煤灰。你去吧。我不会有事的。”她微微一笑。她的脸哭得整个都肿了。“你去吧。这对你来说也更好过些，我要把房间打扫一下。”

罗伯特再次来到楼下。那辆警车仍旧停在楼前。一个警察走到罗伯特跟前，他们谈了一会儿。“我打算再在周边地区搜寻一遍，”那警察道，“你愿意的话可以跟我一起去。”罗伯特说他愿意。他注意到那个警察拿了支手电筒。

他们的公寓楼附近是一家酿酒厂的遗址，酿酒厂是在禁酒令期间废弃的。酒厂边的步道已经被附近的狗承继下来，遍布了它们的排泄物。附近一家车库地下室的窗玻璃已经都碎光了，警察拿手电筒透过窗框往里照了照。罗伯特看到些脏稻草和一张黄纸头的时候不禁为之一惊。那正是黛博拉外套的颜色。他什么话都没说，两人继续往前走。他能听到远处向晚时分喧嚣的市声。

酿酒厂附近有几家住户，全都破败肮脏，在一户人家的门上悬了个粗劣的横幅：“欢迎回家，杰瑞。”通往地窖的陡直楼梯的铁门开着。警察拿手电筒顺着楼梯照了照。楼梯已经残破不堪。那儿什么都没有。

一个老太太坐在隔壁住户的门廊上，当他们往地窖楼梯底下张望时，她满腹狐疑地打量着他们。“你们在那儿是找不到我的吉米的，”她尖叫道，“你们——你们——”有人砰地推开一扇窗，让她闭嘴。罗伯特看出她已经醉了。警察对她毫不在意。他逐一检视着每幢房子的地窖，然后他们就转过一个街角。出现了临街的店面，沿着一幢公寓楼的前脸儿。不再有楼梯或是地下通道了。

罗伯特听到警车的警笛声。他停下来，也叫住了跟他同行的警察。一辆警车绕过他们刚才经过的街角，开到他们站立的路牙子跟前。“快上车，坦尼森先生，”司机道，“我们找到她了。她在火车站那儿呢。”他拉响警笛，一路挤过拥挤的车流，朝东开去。“我们是在第三大道找到她的，”那个警察道，“她当时坐在一家古董店门前，正在吃一块面包。面包肯定是有人给她的。她并不饿。”

她正在警察局里等着他呢。他把双手放在她身上，在她面前跪下，高兴得笑出声来。他眼睛里充满了热情。“你去哪儿了，黛博拉？面包是谁给你的？你去哪儿啦？你去哪儿啦？”

“面包是那位女士给的，”她道，“我必须得找到玛莎。”

“面包是哪位女士给的，黛博拉？你去哪儿了？谁是玛莎？你都去哪儿啦？”他知道她永远都不会告诉他，只要他活着他永远都不会知道真相，透过他的掌心他能感觉到她心脏怦怦地跳动，可他仍旧继续问道，“你都去哪儿啦？面包是谁给你的？谁是玛莎？”

夏日农夫

“东北风暴号”是铁路公司的董事们在满脑子还充满了对旅行的种种神秘感的那个时代为这趟火车命的名。记忆经常比事实更为动人，一位经常乘坐这趟火车的乘客每次进入中央火车站，一看到这个意味着将有北来的三天豪雨的雅号[1]，也许就不大会在乎车上的噪声和尘灰了。起码对于保罗·霍利斯而言是这么回事，他整个夏天几乎每周四或是周五晚上都会搭乘这趟“东北风暴号”。他是个身材粗壮的大块头，乘坐所有的普尔曼式客车[2]都得遭罪，但最遭罪的仍旧非这趟车莫属。照老习惯，他总是在休息车厢里喝苏格兰威士忌，一直待到十点。借着酒劲儿他能一觉睡过午夜，直到斯普林菲尔德，在这一站总是会吵吵嚷嚷而且耽搁好一阵子。斯普林菲尔德再北上，列车就会变成一趟老式的支线慢车，慢慢吞吞、病病殃殃地时开时停，保罗则躺在他的卧铺上睡睡醒醒，就像个局部麻醉的病人。这场折磨要一直等到早饭后他在默里迪恩枢纽站下车、他温柔的妻子接到他才算是结束。关于这段旅程有这么一种说法：

1　在美国东部，当存在足够的水分和冷空气时，在十月至次年四月间的任何时间都可能发生东北风暴。它们会带来倾盆而下的暴雨骤雪，掀起阵阵狂风，扬起滔天海浪，从而造成严重的海滩侵蚀和海水泛滥。由于是东北方向吹来的风使得暴风雨沿墨西哥湾流（位于大西洋沿岸的暖流）向东海岸前行，东北风暴因此而得名。

2　普尔曼式客车（Pullman），十九世纪美国发明家乔治·M. 普尔曼设计的豪华型列车车厢，装有舒适的卧铺或座椅，常用为特等客车。

它能使你充分意识到横亘在那个炎热的城市与这个枢纽站村庄那林木茂盛、朴实无华的街市之间的地面距离。

在驱车从枢纽站前往他们位于希耶姆斯北面的农场的途中，保罗和弗吉妮娅·霍利斯之间的谈话严格限定在他们那几处不大的房产以及共有的兴趣偏好上；不仅如此，话题的指向也好像故意地避重就轻，仿佛只要一提到支票账户的余额或是战争，就可能毁了那个和煦的清晨以及敞篷车所带来的神奇魔力。七月间的一个早上，弗吉妮娅絮絮叨叨地告诉保罗，楼下淋浴间的排水管在漏水，他妹妹埃伦酒喝得太多，马斯顿夫妇已经过来吃过了午饭，还有就是也该给孩子们养个宠物了。对最后这一点，她明显有过一番考虑。等他们秋天返回纽约后，乡下的狗在纽约的公寓里一准儿活不长，她说，猫则令人讨厌，所以她的结论是兔子是最好的选择。路边有户人家的草坪上放着个兔笼，他们可以趁今天早上半路停一下买上一对。就算作保罗带给孩子们的礼物，那敢情有多好。这个周末也就因此成为买兔子的周末，可以跟他们移植圣诞耳蕨[1]的那个周末以及把那棵死了的杜松挪走的周末相提并论了。他们可以把那对兔子养在原来的鸭舍里，弗吉妮娅道，等他们秋天回城的时候，卡西亚克可以吃掉它们。卡西亚克是他们家的雇工。

他们正开车上坡。从枢纽站一路往北，总会有一种爬一个缓坡的感觉。周遭的山峦挡住了新罕布什尔因无处不在的废墟而倍显脆弱而又破碎的景色，不过梅里马克河每隔几英里就有一条支流劈开一道开阔的河谷，谷里有榆树、农场和石头的围墙。“就在这附

1　圣诞耳蕨（Christmas fern），一种北美的常绿蕨类植物，长有羽状叶和矛状复叶的浓密叶簇。

近。”弗吉妮娅道。保罗一时间没明白她什么意思，经她提醒才想起兔子的事儿。“在这儿把车开慢点儿……这儿，保罗，就这儿。”他把车颠簸地开上路肩，停了下来。在有几棵糖槭树遮阴蔽日的一幢整洁的白房子前，草坪上果然摆放着个兔子笼。“喂，”保罗喊道，“有人吗？”一个一身工作服的男人从边门走出来，嘴里嚼着什么东西，好像被叫出来的时候正吃着饭。小白兔两美元一只，他说，棕色和灰色的一块五。他把嘴里的东西咽下去，用拳头抹了抹嘴。他说话的神气不大自在，仿佛想把这笔简单的交易瞒过什么人似的，保罗挑了只棕色和灰色的兔子后，他跑去谷仓里拿了个纸箱子出来。当保罗把车子拐回公路上以后，他们听到背后传来一声撕心裂肺的叫喊。一个男孩儿从屋里跑出来，奔向兔子笼，他们这才明白那农夫卖兔子的时候神气为什么不太自在了。

那家现货市场、那家古董店、内战时期的那尊大炮以及希耶姆斯的邮局都被他们甩在了后面，当他们终于从村子里那些狭窄的街道上开出来，当湖边那清新的微风迎面拂来，保罗愉快地加大了油门。先经过湖端那片老旧过时，或者说是密集混杂的街区，再往北房子就渐渐稀少，让位于一丛丛的松林和空旷的原野。回家的感觉——回到他这辈子年年来此度夏的地方——在保罗心里变得如此强烈，真可谓归心似箭，只恨车速远远赶不上他的渴念。终于，他们离开公路，转上了长着草的车辙，车道的尽头实实在在就是他们的农场了。

一片云彩投下的柔和云影正从霍利斯家的房子上掠过。草坪边上，丢弃了一件门廊里的家具，那是当初一场雷阵雨的时候扔掉的，倒放着，仿佛自打保罗小时候就一直在那儿日晒雨淋。阳光更强烈了，热度也升高了，树荫也变得更深了，那块云彩移动的云影先后遮暗了谷仓和院子里晾衣服的地方，消失在了树林里。“哈啰，哥哥。”那是保罗的妹妹埃伦从一扇开着的窗户里叫他。下车时，他那身上班穿的正装紧绷在两边的肩膀上，就像他长高了似的，因为这地方让他感觉一下子年轻了十岁；那些枫树，那幢房子，那平淡无奇的群山都让他有这种感觉。他那两个小孩儿猛然从谷仓后面冲出来，一下子扑到他腿上。他们更高了，晒得更黑了，更健康了，更漂亮了，也更聪明了——每个周末他们重新团聚时他总有这样的感觉。枫树上的一根枯枝映入了他的眼帘：应该把它砍掉。他蹲下身来抱起他这双小儿女，满怀灼热的父爱，对此他是完全缴械投降，而且似乎毫无准备。

他们有个鸭舍，已经空置了好多年头了，不过还有个笼子和棚顶，所以还能用，那天上午他们就把那两只兔子养在了里面。“看呀，这就是你们的宠物，这就是你们的小兔子。”保罗跟孩子们说。他那一本正经的态度把他们给唬住了，小男孩儿开始嘬起了大拇指。“这是你们的责任，如果你们能好好地照顾它们，等咱们回到纽约后也许你们就可以养一条狗了。你们得负责喂它们，并且打扫它们的家。”他对孩子们的爱以及一心想为他们勾画出“责任”那难以理解的轮廓的愿望——尽管只能模模糊糊地描述一下——使他显得挺蠢的，连他自己都意识到了。“我不想让你们指望别人来帮你们，”他说，“你们每天得喂它们喝两次水。它们应该是喜欢吃莴苣和胡萝卜的。现在你们可以亲自把它们放进去了。爸爸也得干活儿去啦。”

保罗·霍利斯是位夏日农夫。他刈草，耕种，对于家禽饲料的价格气不打一处来，可是一到劳动节[1]那凄切的北风开始呼啸，他马上就会把他那把磨钝了的大镰刀往存放煤油的后堂里一挂，任由它生锈去，高高兴兴地将兴致转移到纽约他那温暖的公寓里去了。在那天——他买兔子的那一天——他给孩子们上完课后，回到卧室换上了那套仍旧模糊地印着他的名字、军衔和番号的工作服。他换衣服的时候，弗吉妮娅坐在床沿上，跟他说起打算跟他们住上一个月的他的妹妹埃伦。埃伦需要好好休息一下，她酒喝得太多。可是说起埃伦来，弗吉妮娅却并无任何要她戒酒或是改弦更张的建议，这时保罗瞟了自己的妻子一眼，心想她是多么仁慈贤惠而又清秀可人。这个房间老旧而又舒适宜人——这曾是他父母的卧室——只要有阳光照进来就一定是透过树叶照进来的。夫妻俩留在房间里，谈着埃伦，谈着孩子，品味着他们那克制收敛的自我满足和自我的价值，可是又不敢耽搁得太长，以免显得懒散怠惰。保罗要去帮卡西亚克收割那块最高的田地，而弗吉妮娅想去采些花来。

霍利斯家的地产地势很高，保罗故世已久的父亲将地势最高的那片牧场称为“天堂福地”，因为那地方静谧无比，简直超凡脱俗；那片牧场每隔一年要割一次草，以防灌木丛生、鹊巢鸠占。保罗那天上午来到那儿的时候，卡西亚克已经在那儿了，据保罗的判断，他已经干了大约有三个钟头的活儿了；卡西亚克的工钱是以小时来计算的。两个男人——雇工和休假的东家——之间的交谈非常简

1 美国的劳动节（Labor Day，也叫劳工节）为每年九月的第一个星期一，它是夏季最后一个长周末大假的一部分，全国民众可以连续休息三天。对许多美国人来说，劳动节的到来既意味着夏季的结束，同时也是举行派对、聚会和体育盛事的时间。

短，然后就采取了两个碰巧一起干活儿的人心照不宣的那种方式干起活儿来。保罗在下面，靠卡西亚克右侧一点的位置割草。他手里的大镰刀使得不赖，但毫无疑问，即使从远处也看得出来，卡西亚克的身姿要比保罗勤勉能干得多。

卡西亚克出生在俄罗斯。这个以及保罗对他所有的了解都是他们一起干活儿时听他说的。卡西亚克当初是在波士顿上岸的，曾在一家制鞋厂工作，晚上学习英语，先租、最后终于买下了霍利斯家下边的那个农场，他们已经做了二十年的邻居了。那年是他头一次为霍利斯家干活儿。在此之前，在霍利斯一家人的心目中，他只是个不屈不挠而又颇具特色的人物。他给他耳聋的妻子穿的是盐口袋和土豆袋子的麻布片儿。他为人吝啬而又刻薄。即便在那个夏日的早上，他的表现仍旧是一脸苦相、满肚子牢骚。他把他的林子打理得有条不紊，他家的干草存储得恰如其时，他的田地，他的园子，他的肥堆，他那一尘不染的厨房里散发的酸酸的奶香，在在传递着一种安稳感，这种感觉的获得全靠他这位一家之主高明的管家之道。无论他割草的动作还是移动的步伐，都像个囚犯在院子里放风。从破晓前一个钟头他来到谷仓，一直到晚上收工，无论是他的头脑还是步伐从来都不会有丝毫的犹豫；所有农活之间的完美衔接只是他更大的职责和抱负链条之中的一环，而这又是他打小在俄罗斯就养成的习惯，他相信，唯有在血与火的洗礼中诞生出一个正义与和平的世界之后，他的职责和抱负才能终将宣告结束。

保罗告诉弗吉妮娅说卡西亚克是个共产主义者时，她觉得很好笑。这是卡西亚克亲口跟保罗说的。他开始为他们干活儿两周以后，就经常从一份共产党人办的报纸上剪下社论来给保罗看，或是从厨房的门底下塞给他们。在对待卡西亚克上，保罗乐于认为他应该遵循通情达理的原则。在饲料店里，当大家说起卡西亚克的政治观点时，他有两次为卡西亚克辩护，说他有权针对未来得出自己的结论，而在他们俩闲谈的时候，他总是半开玩笑地问卡西亚克，他打算什么时候发动他的革命。

那天正是晒制干草季节的尾梢。临近中午的时分，他们听到了几声闷雷响。周围起了风，不过在地里面还说不上有什么感觉。卡西亚克的身上散发着浓浓的香茅油和醋的混合气息，两个人都被蚊蝇咬得苦不堪言。暴雨将至的可能并没有改变他们埋头割草的进度。就仿佛把这块地割完对他们而言具有某种重大的意义，当然那意义是秘而不宣的。这时，潮湿的阵风已经爬上他们背后的山丘，保罗松开握着镰刀柄的那只手，直了直腰。他们埋头干活儿的时候，乌云已经把从地平线到他们头顶的天空给染黑了，他不由得产生了一种幻觉：这片土地被平分为了阴阳两半，一半是大难临头，另一半则是祥和安宁。那团暴风雨的阴影迅速掠过上坡的田地，速度就跟一个人走路差不多，不过还没有被它触及的干草仍旧是黄澄澄的，而且他前边那柔媚的天空、朵朵的白云以及他目光所及的一切当中仍没有暴风雨将至的任何迹象，唯有那片绿色树林的颜色已经开始变暗了。这时，他的皮肤感受到一丝那种天气中绝不会有的凉意，并且听到背后雨点开始迅猛地落在树上的沙沙声。

保罗往树林里跑去。卡西亚克慢吞吞地跟在后头，暴雨接踵而至。他们在茂密的枝叶遮蔽下紧挨着在两块石头上坐下，望着那往前推进的雨幕。卡西亚克摘下帽子——据保罗所知这还是这个夏天的头一回。他的头发和前额都已灰白。两侧高高的颧骨上开始的红晕延展到下颌和脖子就变成了一种深棕色。

“借你的马耕种一下那块园子，你开价多少钱？”保罗问道。

“四块钱。”卡西亚克没有提高嗓门，骤雨砸在地上的声音太大，保罗没有听见。

“多少？”

“四块钱。”

“明天天晴了的话，咱们就试试，行吗？”

“你可得早点儿下地。下午太热，马可受不了。”

“六点钟。”

“你愿意起那么早？”卡西亚克微微一笑，表示嘲弄霍利斯一家以及他们那混乱无序的生活习惯。闪电就在树林顶上一掠而过，离得那么近，简直都能闻到电流释放的气息，紧接着就是一声炸雷的巨响，像是能把全县都给炸飞一样。这时，暴雨的前锋已经过去，风势也减弱了，落在他们周围的阵雨已经成为一场缠绵阴沉的秋雨。

“最近家里有信来吗，卡西亚克？”保罗问道。

“两年了——已经有两年音信全无。”

“你想回去吗？”

“想，想啊。”他脸上瞬间亮起一道光彩，“在我父亲的农场里，可是有好几块大片的土地。我的几个兄弟还在那儿。我想坐着飞机回去。我就把飞机降落在那些大片的土地上，他们全都奔过来看看是谁来了，他们就会看到是我回来啦。”

“你不喜欢这个地方，是不是？”

“这是个资本主义国家。”

“那你为什么还要来呢？”

“我也不知道。我想是在那边他们让我干的活儿太苦了。在那边，我们在夜里收割黑麦，那时候空气里有些潮气。我十二岁他们就让我下地干活儿啦。我们早上三点钟就起来收割黑麦。我的两只手全都在流血，而且肿得觉都睡不着。我父亲打起我来就跟打犯人一样。在俄罗斯，犯人是经常挨揍的。他用马鞭子抽我，抽得我背上全都是血。”卡西亚克摸了摸他的背，就好像那些鞭痕还在流血似的，“打那以后，我就决定逃走。我等了足足有六年。这就是我来这儿的原因吧，我想——他们在我还太小的时候就让我下地干活儿了。”

“你打算什么时候闹你那场革命呢，卡西亚克？”

“在资本家们发动另一场战争的时候。”

“到时候我会怎么样，卡西亚克？像我这样的人会怎么样呢？”

“那要看了。你要是在一个农场或者工厂里干活儿，我想就不会有什么问题。他们只消灭那些没有用处的人。”

“那好，卡西亚克，”保罗真心诚意地说，“我给你干活儿吧。”他拍拍这个农民的后背，然后冲着雨幕皱了皱眉。“我想我还是回去吃点午饭吧，”他道，“咱们今天这草也没办法再割了，对吧？”他沿着湿漉漉的田地朝谷仓跑去。卡西亚克几分钟后也跟了过来，但他没有跑。他走进谷仓，开始修理起一个苗床的架子来，就好像那场大暴雨正好对得上他事先安排好的活儿茬似的。

那天晚上晚饭前，保罗的妹妹埃伦喝多了。她吃饭来晚了，保罗到餐具间去拿汤匙的时候，发现她在那儿，正从一只银质的调酒壶里喝酒。在餐桌旁坐下以后，借着金酒升腾的酒劲儿，她横挑鼻子竖挑眼地打量着自己的兄嫂，回想起她年轻时代遭受的真实抑或臆想出来的委屈事儿，一家人朝夕相处，总免不了磕磕碰碰，由此而造成的怨尤简直永远都难以得到化解。埃伦是个粗眉大眼的女人，一双强悍的蓝眼睛总是习惯于斜睨着看人。那年春天她刚离了第二次婚。她吃饭前在头上裹了条鲜亮的围巾，穿了件她从阁楼的箱子里翻出来的旧裙子。这身已经褪了色的衣服使她想起了一段更加简朴的生活，她于是不住嘴地说起了过去，尤其是他们的父亲——父亲这样、父亲那样地说个没完。那身寒酸的衣裙以及她那怀旧的心绪搞得保罗很不耐烦，使他觉得父亲去世的那个夜晚不可思议地在埃伦的心上造成了一道巨大的裂痕。

西北风已经把雷阵雨赶出了这个县，在空气中留下一阵逼人的寒意，他们饭后去门廊上看夕阳落山，但见西天上有成百朵云彩——金色的云，银色的云，像骨头、火绒以及床底下的污物的云。“能到这儿来对我来说实在太好了，”埃伦道，“对我的帮助真大。”她背着光坐在栏杆上，保罗看不到她脸上的表情。“我没找到父亲的望远镜，”她继续道，“他的高尔大球杆也不见了。”透过孩子们房间敞开的窗户，保罗听到他女儿在唱歌：“到巴比伦有几英里远？三个二十英里再加十。我们能否借着烛光去到那里……”从敞开的窗户里传来的歌声令他感到无比的柔情与满足。

这里对他们大家都非常好，正如埃伦所言，对大家的帮助都很大。自打保罗记事以来，就不断地在门廊上听到这个说法。埃伦是那个完美的傍晚的白璧微瑕。在她对这田园美景的赞美当中有点不大对头的地方，有种半心半意的恶意——有某种程度的不合时宜，而且他觉得，也有他自己某种程度的不合时宜。

“咱们来喝杯白兰地吧。”埃伦道。他们进屋喝酒去了。在起居室，他们为了要喝什么讨论了半天——白兰地，薄荷酒，君度橙酒还是苏格兰威士忌。保罗走进厨房，把几只酒杯和几瓶酒放到一个托盘上。纱门被什么东西摇撼了几下——他本来以为是风吹的，直到嘭嘭嘭地有人敲门，他才看出是卡西亚克站在黑地里。他原本打算请他喝上一杯的，想请他在高背椅子上坐下，演完那场雇工跟度假的东家之间平等相处的假戏，这算得上是这几个暑期月份里最主要的错觉之一了。“我这里有篇东西你该看看。”保罗还没来得及开口，卡西亚克先说道，递给他一张剪报。保罗从字体上认出那是从印第安纳寄给卡西亚克的一份共产党的报纸。头版的大字标题是《奢侈生活正在削弱美国》，文中以叛国者的热情描写的是吃苦耐劳而又目标坚定的俄罗斯士兵们。保罗因为对于卡西亚克的恼怒以及自感胸中涌起的盲目的爱国热情而脸上发烫了。“你来就为了这个？”他干巴巴地迸出了这几个字。卡西亚克点了点头。“明早六点钟见。”保罗道，用的是东家对雇工的口吻，说完就把纱门插上，转身走了。

保罗原本乐于相信，他对这个人的耐心是不会耗尽的——因为说到底，卡西亚克信仰的不光是巴枯宁[1]，他还相信石头会生长，雷声会使牛奶变质。在跟卡西亚克打交道的过程中，他不自觉地牺牲

---

1 巴枯宁（Mikhail Aleksandrovich Bakunin，1814—1876），俄国无政府主义者和理论家，一八六四年参加第一国际，因反对马克思主义，一八七二年被开除。

了一些独立性。为了第二天六点钟能准时来到园子里，他五点就起来了。他给自己做了顿早餐，五点半他就听到路上传来了马拉大车咔嗒咔嗒的声音。一场比拼德行和勤劳的孩子气的竞赛已经开始了。卡西亚克把大车赶进园子的时候，保罗已经在那儿等着了。卡西亚克失望了。

保罗只在牧场上见过那匹母马，除了她花掉了他四块钱之外，他对这匹马本身也有些好奇，因为就是这匹马外加一头奶牛和一个老婆，组成了卡西亚克的整个家庭。他看到她的毛皮上满是灰尘，她肚子肿胀，她的蹄子上没钉马掌，马蹄未经修剪，而且像纸片一样碎裂开来。“她叫什么名字？”他问，但卡西亚克没吱声。他把那匹母马套进耕种机里，她叹了口气，费劲地往山坡上爬去。保罗拉着马笼头头前领路，卡西亚克在后头扶着耕种机。

耕到第一垄半中腰的时候，一块石头挡了路，把石头挪开以后，卡西亚克朝母马叫了声“嘚儿驾”。她没动弹。“嘚儿驾。”他又喊道。他嗓音粗哑，但其中隐含着一丝柔情。“嘚儿驾，嘚儿驾，嘚儿驾。”他用缰绳轻轻怕打着她的两侧。他焦虑地看着保罗，仿佛要是保罗注意到那匹母马已经老弱不堪，并由此对他心爱的牲口得出错误评判的话，他会感觉很丢面子似的。保罗建议他也许该用鞭子抽一下，卡西亚克却说使不得。“嘚儿驾，嘚儿驾，嘚儿驾。”他又大声喊道。眼看着老母马仍旧毫无反应，他用缰绳抽了她臀部一下。保罗也拉了拉马嚼子。两个人就这么又拉又叫地在地垄中间干耗了足足有十分钟，那匹马却像是已经死在那儿了。后来，他们嗓子都喊哑了，已经不抱什么希望的时候，她身子倒是开始动弹起来，直往肺里吸气。她的身躯活像是个风箱，鼻孔里呼哧呼哧地发出啸叫，就像埃俄罗斯送给尤利西斯的那只口袋[1]，整个肚子里装满了暴风雨。她抖了抖脑袋把蚊蝇赶开，把耕种机向前拉了几英尺远。

这么干起活儿来自然是快不了，等他们终于耕完了这块园地，太阳已经很热了。两个人把那匹衰老的母马牵回大车前面时，保罗听到自家房子里传来说话声，他看见他那一对儿女身上还穿着睡衣，正在莴苣地里喂兔子。卡西亚克重新把母马套回到大车上，保罗又问起那匹马的名字。

“她没名字。”卡西亚克道。

“我还从没听说农场上的马没有名字的。”

“给牲口起名字纯粹是布尔乔亚的自作多情。”卡西亚克道，然后就把马车赶走了。

保罗笑了。

“你再也回不来了！”卡西亚克扭头喊道。这是他唯一现成的恶毒手段；他知道保罗有多么热爱这片山地农场。他黑着脸说：“明年你绝对回不来了。你就等着瞧吧。”

礼拜天早上会有那么一刻，夏日的潮水会无情地转向傍晚的火车。你尽可以游泳、打网球，或是睡个午觉、出去散步，可是并不会造成多大的不同。刚吃过午饭，保罗就面临着不想离开的明确情绪。这种情绪变得如此强烈，他不由得想起了参军那几年每当休假届满时那刻骨铭心的忧惧之情。六点钟，他穿上那身紧巴巴的商务

1　典出荷马史诗《奥德赛》：埃俄罗斯是希腊神话中的风神，为助奥德修斯（尤利西斯为其拉丁文名）尽快返乡，曾送给他一只装满诸风的口袋。

套装，在厨房里跟弗吉妮娅喝了杯酒。她嘱咐他从纽约买个指甲剪和一些糖果回来。就在这时，他听到了那种他这辈子最怕听到的声音——他那两个天真、听话的孩子痛苦的尖叫。

他跑出门外，纱门砰地关上，差点撞在弗吉妮娅脸上。他转回身帮她打开门，她出来后跟他一起往山上跑去。两个孩子正沿着大树掩映的道路往下走，他们沉浸在水晶般透明的悲伤中，泪眼模糊，跌跌撞撞地一头扑进母亲怀里，在她那条深色裙子上找寻一个可以把头埋进去的地方，号啕大哭。好在毕竟没什么大不了的事情，是他们那对兔子死了。

“好了，好了，好了，好了……”弗吉妮娅拉着两个孩子向屋里走去。保罗继续往上走了几步，在兔窝里找到了那两只软塌塌的兔子。他提着它们来到园子边上，挖了个坑。卡西亚克正从旁边经过，要去给鸡添水。弄明白状况后，他深表惋惜。“干吗要挖个坟呢？”他问，“今晚上臭鼬就会把它们给刨出来。把它们扔到卡维斯家的牧场上就得了。它们会再把兔子给刨出来的……”他继续朝鸡舍走去。保罗把小坟上的土踩实。土灌进了他的浅帮鞋子里。他回到兔窝，想看看能不能发现兔子到底是怎么死的，在食槽里，孩子们拔的几棵已经枯萎的菜株底下，他发现了一些冬天用来毒杀老鼠的致命毒药的晶体颗粒。

保罗努力地回想，这耗子药是否有可能是他自己下在这里的。兔窝里令人窒息的热气升腾上来，他脸上噼里啪啦地往下掉汗珠子。会不会是卡西亚克干的？卡西亚克能有这么恶毒，这么变态吗？这个相信某个秋天的夜晚，山上就会点火为号，那些可靠的劳苦大众就会从那些喝着马提尼的人手中夺过权力的人，会变得如何狠毒，竟然对保罗将来唯一的指望痛下黑手吗？

卡西亚克还在鸡窝里。阴影已经开始笼罩了地面，有几只傻乎乎的小鸡正开开心心地准备回窝睡觉。“是你把兔子毒死的吗，卡西亚克？”保罗叫道，“是你吗？是你吗？”他的高声喊叫把窝里的鸡吓坏了。它们扑扇着沉重的翅膀咯咯乱叫。“是你吗，卡西亚克？”卡西亚克没有吱声。保罗伸手抓住卡西亚克的肩膀，摇晃着他。“你难道不知道那耗子药毒性有多强吗？你不知道孩子们可能也会接触到它吗？你不知道它有可能把他们也给毒死吗？”鸡群也卷入了这场纷争。吵闹的信号从鸡窝传到了院子里，它们在拥挤的过道里挤成一团，翅膀撞得砰砰直响。面对保罗的暴力行径，卡西亚克的生命似乎全都偷偷地藏到了软骨和骨头后面，他身上丝毫没抗拒的迹象，保罗把他摇晃得全身都开始咯咯作响了。“是你吗，卡西亚克？”保罗喊道，“是你吗？哦，卡西亚克，你要是敢碰一下我的孩子，你要是敢以任何方式伤害他们——任何方式——我就把你的脑袋给劈开。”他猛推了卡西亚克一把，把他推得一屁股坐在了地上。

保罗回到厨房的时候，厨房里一个人都没有，他一气喝了两大杯水。起居室里传来孩子们难过的嘟囔，还有他妹妹埃伦的声音；埃伦自己没有孩子，正笨拙地竭力转移他们的注意力，在给他们讲她曾经养过的一只猫的故事。弗吉妮娅走进厨房，随手把门关上。她问他兔子是不是被毒死的，他说是。她在饭桌前的一把椅子上坐下来。“是我放在那儿的，”她说，“我去年秋天放的。从没想到我们还会再用到那个地方，我是想别让老鼠住进去了。我忘了。我从没想到我们还会再用到那个鸭舍。我忘得一干二净了。”

*

即使是我们当中最出色的人物也在所难免：如果有位观察者旁观我们从一个小站上火车的情形；如果他注意到我们一改平日里泰然自若的神情，满脸的焦躁不安；如果他估量一下我们的行李，我们的衣着，并朝窗外看看是谁开车把我们送到车站的；在有家人陪同的情况下，如果他听一下我们所说的那些粗鲁或是温存的话，或是留意到我们是如何把手提箱往行李架上一放，我们是如何检查钱包和钥匙圈是否还在，以及如何将后脖颈上的汗水擦去的样子；如果他能敏感地判断出我们在将自己安顿下来的时候到底是自以为是、谨小慎微抑或悲伤难过，他将会窥测到有关我们生活的更广阔的画面，比我们大多数人愿意展示的要广阔得多。

保罗那个礼拜天晚上差点儿没赶上火车。踏上车厢那高高的梯级时，他已经气喘吁吁了。他的鞋上还有几根鸡舍暴力事件粘上的稻草。从农场到车站的这段车程还没有使他的心绪完全冷静下来。"没造成什么危害。"他把手提箱往行李架上一扔时悄声嘀咕道。一个四十岁的中年人，右手的颤抖已显出衰老的迹象，紧锁的双眉表示他即将被生活所淘汰，一个手上起泡、脸被晒黑、肩膀酸痛的夏日农夫，而且显然因为最近某件丧失了原则的事情而寝食难安——这一切都将清楚地映入过道斜对面那个陌生人的眼帘。

感伤恋歌

杰克·洛里在纽约认识琼·哈里斯几年以后，他开始认为她是个寡妇。她总是一身黑衣，而且她的公寓里那种古怪的杂乱无章总给他一种丧事承办人刚刚离开的感觉。这一印象并非源自他对琼怀有什么恶意，恰恰相反，他很喜欢她。他们俩来自俄亥俄的同一个城市，而且大约在三十年代中期同一时间来到纽约。两人年龄相仿，来到纽约的头一个夏天，经常在下班后一起到布雷武特和查尔斯酒吧喝杯马提尼，并且在拉法耶特餐厅一起吃饭和下跳棋。

来到纽约以后，琼先是进了一家模特儿学校，结果发现她很不上相，于是在花了六个星期学习如何头顶一本书走模特步之后，她在龙尚酒吧找了个迎宾员的工作。那年夏天剩余的时间里，她就站在衣帽架旁边，沐浴在强烈的粉色灯光与令人心碎的弦乐中，摇摆着她那一头深色的秀发和黑色的裙摆，上前一步迎接光临的客人。那时她是个个头高大的漂亮姑娘，嗓音悦耳动听，无论周遭环境如何，她的表情、她整个的举止似乎总是充满了一种温柔而又健康的快乐。她当时真是天真无邪而又不可救药地喜欢宴饮作乐，只要有人打电话约她出来喝一杯，即便是在凌晨三点，她也会从床上爬起来，穿好衣服如约赴会。杰克当时就经常这么干。那年秋天，她在一家百货公司找到一份新人主管的工作。他们俩见面的机会就越来越少了，有相当长一段时间干脆完全不再见面。当时杰克跟一个在派对上认识的姑娘住在一起，他也从来都没有想到过琼的情况到底怎么样了。

杰克的女友有几个朋友住在宾夕法尼亚，在纽约第二年的春夏两季，他经常跟她一起去那儿度个周末。所有这些——在村子[1]里跟人合住一套公寓，非法同居的关系，周五晚间开往乡下的夜班火车——正是他想象中纽约生活的样子，他的日子过得非常开心。有个礼拜天的夜里，他跟女友走利哈伊线回纽约。那是那些慢吞吞地横越新泽西腹地的列车之一，把好几百号人带回纽约，那些乘客活像是一次规模巨大、紧张累人的野餐会的受害者，满面通红，肌肉酸痛。杰克和他的女友就像大多数乘客一样，从乡下带回来过多的蔬菜和鲜花。火车在宾夕法尼亚站停下以后，他们随着人流沿着站台朝自动扶梯走去。他们经过餐车那巨大、明亮的窗户时，杰克一转头，看到了琼。那是自打感恩节以来他头一次见到她，要么就是圣诞节，他也记不清楚了。

琼跟一个显然醉得人事不省的男人在一起。他的头枕在餐桌上的胳膊上，有一个高杯酒[2]的酒杯翻倒在胳膊肘旁。琼正轻轻地晃着他的肩膀，并跟他说着什么。她看起来既显得有些不安，又像是觉得有些好笑。服务员已经把其余所有的桌子都收拾干净了，这时都围在琼身边，等着她把自己的护花使者叫醒。在这样窘迫的困境中看到一个能令他想起家乡的森林和草场的姑娘，杰克感觉相当难

1 指格林尼治村（Greenwich Village），纽约市曼哈顿区的一部分，是作家、艺术家等聚居的地区，以其豪放不羁的波希米亚气氛著称。

2 “高杯酒”（highball）是美国一种特有的说法，用威士忌或白兰地等高度酒掺水或汽水后再加冰块调配而成。

受，可是他又实在是无能为力，一点忙都帮不上。琼继续摇晃着那个男人的肩膀，人流裹挟着杰克经过了一个又一个餐车的窗户，经过那散发着臭气的厨房，最终上了自动扶梯。

那年夏天的晚些时候他又一次见到了琼，那是他正在村里的一个餐馆吃饭的时候。他已经新换了个女友，是个南方姑娘。那年的纽约来了很多南方姑娘。杰克跟他的南方美女闲步走进这家餐馆是因为它特别便宜，可是食物却非常糟糕，而且这里面全靠烛光照明。饭吃到一半的时候，杰克注意到琼就坐在房间的另一边，用餐完毕后，他穿过房间去跟她打招呼。她跟一个戴着个单片眼镜的高个儿男人坐在一起。那人站起来，僵硬地弯腰鞠了一躬，对杰克说："见到你我们很高兴。"然后他就告退去了卫生间。"他可是个伯爵，他是个瑞典的伯爵，"琼道，"他在一家电台工作，每周五下午四点十五分的节目。多带劲儿啊，是不是？"她貌似对那位伯爵和那家可怕的餐厅都很满意。

第二年冬天，杰克从村子搬到了东三十几街的一套公寓里。一个寒冷的早晨，他横过公园大道去办公室的路上，在人群中注意到一个熟悉的面孔，那是当初在琼的公寓里见过几面的一个女人。他跟她打了个招呼，问起琼的情况。"你还没听说？"她道，脸拉得老长，"也许我最好还是告诉你吧，也许你能帮帮她呢。"她跟杰克在麦迪逊大道上的一家药房[1]里一起吃了顿早餐，把琼的情况一股脑儿都倒给了他。

那位伯爵有一档叫作"峡湾之歌"或是类似名目的节目，他在

---

1 美国的药房（drugstore）一般都同时兼售简餐、软饮料、卫生和化妆用品以及杂志等日用杂货，相当于杂货店。

那档节目里演唱瑞典民歌。大家全都怀疑他是个冒牌货，可琼却丝毫都不往心里去。他当初是在一个派对上认识她的，觉得她是个耳根子软的滥好人，第二天晚上就搬进她的公寓跟她同居了。也就一周以后，他抱怨背疼，说他必须得服用点吗啡才能镇痛。打那以后他就离不开吗啡了。要是一时间得不到吗啡，他就会恶语相向、大打出手。琼开始跟那些兜售麻醉品的医生和药房老板们打起了交道，碰到他们都断货的时候，她就到那些下三烂的街巷里去找那些毒贩子。她的朋友都担心哪天早上会发现她的尸体被塞在了下水道里。她怀了孕，又打了胎。那个伯爵离她而去，搬到了时报广场附近的一家廉价旅店里，可那时候她仍旧对他的孤立无援牵肠挂肚，特别怕没有自己在他身边，他会孤零零地死去。于是她又跟了去，跟他住在一起，继续给他买麻醉药。可是他又一次抛弃了她，琼仍旧希望他还能回来，等了他整整一个礼拜，这才又回到村子里她自己的住处，回到她的朋友们身边。

一想到这个来自俄亥俄的天真姑娘竟然跟一个野蛮的瘾君子混在一起、跟毒品犯做交易，杰克不禁大为骇然。那天早上他来到办公室以后就给她打了个电话，约好当天晚上一起吃晚饭。他跟她在查尔斯碰头。她走进那家酒吧的时候，看起来仍旧跟从前一样精神饱满、镇定从容。她的声音很甜美，令他想起家乡的榆树、草坪，以及挂在门廊上在夏日的微风中叮当作响的玻璃挂件。她跟他讲了那位伯爵的事情。讲起他来，她非常宽容大度，没有丝毫怨恨的痕迹，就仿佛她的嗓音、她的性情天生就无法表现出任何单纯的爱慕与愉悦之外的东西。当她在他前面朝餐桌走去时，她步履轻快而又优雅大方。她胃口绝佳，并且兴致勃勃地谈论着自己的工作。饭后他们去看了场电影，在她的公寓前道了再见。

那年冬天，杰克遇到了个他决定要娶的姑娘。两人在一月份正式宣布订婚，计划七月份结婚。春天，他在寄到办公室的邮件中收到一份请柬，请他参加在琼的公寓举行的鸡尾酒派对。派对在一个周六举行，他未婚妻正好要在那天前往马萨诸塞看望父母，既然那天没有任何更好的事情可做，他就搭乘一辆巴士去了村子。琼还住那套公寓。没有电梯。你在门厅里按响邮箱上头的门铃后，听到的是门锁震天响的咔嗒声。琼住在三楼。她的名片插在邮箱上的一个狭槽里，她的名字上头还写了个休·巴斯科姆的名字。

杰克爬上两段铺了地毯的楼梯，来到琼的公寓门前时，发现她就站在打开的门口，一身黑色的裙子。问候致意后，她挽住杰克的胳膊，领他穿过房间。“我想让你见见休，杰克。”她说。

休是个大高个儿，一张红脸，一双浅蓝色的眼睛。他举止彬彬有礼，因为饮酒过量而两眼通红。杰克跟他聊了一小会儿之后，就走到壁炉边跟一个熟人打个招呼。就在那个时候，他这才头一次注意到琼的公寓里那无可名状的凌乱不堪。书是摆在书架上，家具也是不错的家具，可就是全都摆得不是地方。就仿佛想都没想就那么随便一放，或者根本就无所谓。这也是他头一次产生了这样的一种印象：这儿就像是刚刚死过人一样。

杰克在房间里走了一圈，觉得他见到了在其他派对上曾经见过的十到十二个客人。有个戴了顶奇特帽子的女人，一个能模仿罗斯福的男人，一对有出戏正在排练的面色阴沉的夫妇，还有个不断打开收音机收听西班牙内战消息的新闻记者。杰克喝着马提尼，跟那个头戴奇特帽子的女人聊了会儿天。他朝窗外看了看，后院里种了几棵臭椿树，能听到远处哈得孙河边的悬崖上有雷声在炸响。

休·巴斯科姆已经醉得厉害。他开始泼洒起酒来，就好像喝酒对他来说是一种欢乐的杀戮，他很享受那血流成河、一片狼藉的结果。他从一个酒瓶里往外泼威士忌。他往自己的衬衣上泼了一杯酒，然后又撞翻了别人的酒杯。整个派对本来就闹哄哄的，可是休那嘶哑的嗓音还是盖过了别的人。他向一个坐在角落里正跟一个其貌不扬的女人解释摄影技术的摄影师发起了进攻。“你如果只是想坐在那儿瞪着眼睛瞅自己的鞋子，那你干吗还要来参加什么派对？”休大声喊道，“你到底为什么要来？你干吗不干脆待在家里？”

那位摄影师不知道该说什么才好。他并没有只盯着自己的鞋子看。琼轻轻地走到休身旁。“求你不要现在就跟人家打起来，亲爱的，”她说，“今天下午不要。”

“闭嘴，”他道，“别烦我。管好你自己的事儿就行了。”他身体失去了平衡，在挣扎着想站稳的时候，他撞倒了一盏灯。

“哦，你那盏可爱的台灯，琼。”一个女人叹息道。

“什么灯！”休咆哮道。他把两条胳膊伸向空中，绕着自己的脑袋乱晃，就仿佛他正拿着根大头棒猛击自己的脑袋。“灯啊，杯子啊，烟盒啊，盘子啊，它们正在要我的命。它们正在要我的命，看在基督的分上。咱们全都到深山老林子里去打猎捕鱼，就像男子汉那样生活吧，看在基督的分上。”

大家开始四散开去，就像是屋里面开始下起了雨。事实上，外头也真的开始下雨了。有人主动提出愿意开车顺道把杰克捎回上城他的住处，他赶紧借机告辞了。琼站在门口，跟她这帮夺路而逃的朋友们道别。她的声音仍旧柔和动听，她的态度看起来是真的单纯无邪，完全不像那些在面对灾难时能鼓起勇气强作镇定的女基督徒。她仿佛根本就没看到背后那个正在撒酒疯的男人，而他正在屋里走来走去，把玻璃踩碎到地毯里去，一边还跟派对上所剩无几的幸存者当中的一位滔滔不绝地讲述他，休，有一次是如何在三个礼拜粒米未进的情况下生存下来的。

七月里，杰克在达克斯伯里的一个果园里举行了婚礼，然后他跟新娘去了西潮浦，在那儿住了几个星期。夫妻俩返回纽约后，他们的公寓里已经乱糟糟地塞满了亲友们送的礼物，其中有琼送的喝餐后咖啡的一打咖啡杯。他妻子礼节性地回了封短简表示感谢，不过仅此而已，再没有跟她有任何联系。

夏末时节，琼往杰克的办公室打了个电话，问他是否愿意携妻子一起去看看她；她说了个下礼拜的傍晚。他因为婚后连个电话都没给她打过，心下颇感歉疚，就接受了她的邀请。这让他妻子很生气。她是个野心勃勃的姑娘，喜欢那种能给她带来回报的社交生活，最后很不情愿地跟他一起去了琼在村子里的公寓。

邮箱上写在她名字上头的姓名换成了弗朗茨·登策尔。杰克和妻子爬上楼梯，琼站在打开的门前迎接他们。进入房间后，至少是杰克发现里面的那帮客人跟他是八竿子都打不着。

弗朗茨·登策尔是个中年德国人。他那张脸因为怨毒或者是疾病皱缩成一团。他迎接杰克和他妻子时采用的是一种煞费苦心而又蔼然可亲的客气方式，试图让客人感到他们不是来得太早就是到得太迟了。他尖声地坚持要让杰克坐在他自己一直坐着的那把椅子上，然后走开坐到了一组暖气片上。除他以外，房间里还围坐有五个德国人，正在喝咖啡。角落里坐着另一对美国夫妇，看起来也颇有些局促不安。琼递给杰克和他妻子两小杯加了掼奶油的咖啡。“这些杯子是弗朗茨母亲的，”她道，“很漂亮对不对？这是他逃离纳粹魔爪时唯一从德国带出来的东西。”

弗朗茨转过身来对杰克道：“也许您愿意谈谈您对于美国教育体制的观点。这是你们来之前我们正在讨论的话题。”

还没等杰克开口，有个德国人就已经开始攻击起了美国的教育体制。另一个德国人也加入进来，并进而喋喋不休地一一列举美国的生活给他留下的每一种粗俗印象，最后进入对于德美两国文化的总体比照。来到这个阶段以后，两个人就开始情绪激昂地相互诘问：在美国你能找到任何可以跟米拓帕[1]的餐车、黑森林、慕尼黑的美景以及拜罗伊特[2]的音乐媲美的东西吗？弗朗茨于是就跟他的德国朋友们讲起了德语。无论是杰克、他妻子还是琼，全都不懂德语，而另外那对美国夫妇自打被主人介绍过以后就再没开过口。琼高高兴兴地在屋子里走来走去，为每个人把咖啡满上，就仿佛由一种外国语言演奏的音乐就足够她开开心心地打发掉一个晚上了。

杰克足足喝了有五杯咖啡。他感觉极度不舒服。琼走进了厨房，那帮德国人因为他们说的德国笑话纵声大笑，他真希望她回来的时候能拿点酒给他喝，结果她端来了一托盘冰激凌和桑葚。

“这难道不令人舒心惬意吗？”弗朗茨问，又开始讲起了英语。

---

1 米拓帕（Mitropa），德国著名的中欧卧车和餐车股份公司。

2 拜罗伊特（Bayreuth），德国拜恩州（Bayern，即巴伐利亚州，Bavaria）城市，尤以作曲家瓦格纳一八七二年到此定居而闻名，每年七八月间均举行举世闻名的音乐节。

琼收拾起大家用过的咖啡杯，在她就要把它们送回厨房里去的时候，弗朗茨叫住了她。

“有个杯子是不是被碰了个缺口？”

“没有，亲爱的，”琼道，“我从来都不让女仆碰它们。我都是自己洗的。”

“那么那是什么？”他问，指着一个杯子的杯沿。

“那个杯子一直都有个缺口的，亲爱的。当初你开箱把它们取出来的时候，它就被碰了个缺口。你当时是注意到的呀。”

“这些杯子运到这个国家来的时候是完好无损的。”他说。

琼走进厨房，他也跟了进去。

杰克尽力想跟那些德国人聊上几句。从厨房里传来殴打和哭喊的声音。弗朗茨回到客厅，开始贪婪地吃起桑葚来。琼端着她那盘冰激凌也回来了。她的声音仍旧轻柔悦耳。如果刚才她果真哭过的话，她的眼泪也像是小孩子的一样很快已经干了。杰克跟他妻子吃完他们的冰激凌后，忙不迭地赶快闪了。这个白白浪费掉而且令人身心交瘁的晚上大大激怒了杰克的妻子，他心下不禁暗想，恐怕他是再也不会见到琼了。

初秋时节，杰克的妻子怀孕了，她紧紧抓住身为孕妇的所有特权，尽情享受，大白天长时间地小睡，大半夜里吃桃子罐头，谈论胎儿刚刚开始发育的脾性。她选择只去那些孕妇的家里串门儿，她跟杰克举办的派对也都颇为节制，禁绝酒类。第二年五月份，孩子出生了，是个男孩儿，杰克非常开心而且自豪。产后康复期满，他跟妻子参加的第一个派对是杰克在俄亥俄时认识的一个人家为女儿举行的婚礼。

婚礼在圣詹姆斯教堂举行，之后在河畔俱乐部有一个盛大的招待会。现场有一个打扮成匈牙利人的管弦乐队，香槟和苏格兰威士忌随便畅饮。那个下午临近尾声的时候，杰克走过一个灯光昏暗的走廊，意外听到了琼的声音。“请别这样，亲爱的，”她在说，“你要扭断我的胳膊了。请别这样，亲爱的。”她被一个男人压到了墙上，那人像是正在扭她的胳膊。一看到杰克，他们马上停止了扭斗，三个人全都倍感尴尬。琼的脸上满是泪痕，她强忍泪水想跟杰克微笑一下。他打了个招呼就脚不沾地地赶快走了。等他回来的时候，她跟那个男人已经消失不见了。

杰克的儿子还不到两岁的时候，他妻子带着孩子飞往内华达，要跟他离婚[1]。杰克把公寓和里面所有的家具都给了她，自己在中央车站附近的一家旅馆里租了个房间。他妻子适时拿到了离婚判决书，他离婚的消息也见了报。几天后，杰克接到了琼打来的一个电话。

“听到你离婚的消息我真是非常难过，杰克，”她说，“她看起来是个那么好的姑娘。不过我不是为了这个打电话给你的。我需要你的帮助，不知道你今晚上能不能在六点左右到我这儿来一趟。有些事我不想在电话里谈。”

那天晚上他乖乖地去了村子，爬上她公寓的楼梯。她的公寓里乱成了一团。画儿和窗帘都取了下来，书全都装了箱。“你要搬家吗，琼？”他问。

1 参见第37页注释。

“我想见你就是为了这个，杰克。我还是先给你弄杯喝的吧。”她做了两杯古典鸡尾酒。“我被他们撵出来了，杰克，”她道，“我之所以被撵是因为我伤风败俗。楼下住的那对夫妇——我一直都觉得他们很讨人喜欢的——跟房产经纪说我是个酒鬼，还是个妓女，反正是坏话说尽。这不是纯属匪夷所思吗？那位房产经纪一直都对我好得不得了的，真没想到他竟然会相信他们的话，可是他真的取消了我的租约，而且我要是不肯就范的话，他还威胁要把这事儿捅到我工作的商店里去，我可不想丢掉我的工作。这位为人很好的房产经纪现在连话都不肯再跟我讲了。我到他办公室去的时候，那个前台色眯眯地看着我的样子就仿佛我真是那种可怕的女人似的。当然啦，我这里是来过很多男人，我们有时候也是挺吵的，可你也不能指望我每天晚上十点钟就上床睡觉吧，你说是不是？反正，管理这幢公寓楼的房产经纪显然是跟周边所有的经纪都说了我是个伤风败俗的坏女人，还是个酒鬼，所以他们谁都不肯租房子给我了。我去找过其中的一位经纪——他看起来是个好得不能再好的老绅士——他却向我提出一个下流的交易。这不是纯属匪夷所思吗？我星期四就必须从这儿搬出去，我是实实在在地被撵到大街上去了。”

在描述这场房产经纪和邻居所造成的灾难的时候，琼的态度仍旧一如既往地神情安详而又一脸无辜。杰克仔细听来，想从她的倾诉当中觅得一丝愤慨、怨毒甚至只是急迫的迹象，可是真的一丝一毫都没有。这不禁让他想起一首感伤的恋歌，一首既不是为他也不是为她，而是玛丽咏·哈瑞斯[1]为他们的哥哥姐姐们唱的那种缠绵

1　玛丽咏·哈瑞斯（Marion Harris，1896—1944），美国二十世纪二十年代最为著名的爵士和布鲁斯白人女歌手。

悱恻、感人至深的民谣。琼就像是在吟唱她所遭受的种种错待和冤屈。

“他们使我的人生陷入悲惨的境地，”她继续平静地道，“我要是十点以后还开着收音机，他们一大早就会给房产经纪打电话，说我又在那儿搞什么纵酒狂欢。有天晚上，菲利普——我想你还没见过他，他正在皇家空军服役，已经返回英格兰了——有天晚上菲利普还有几个别的人在这儿的时候，他们就打电话把警察给叫来了。警察就这么突然闯进门来，对我说话的口气真不知道把我当成什么人了，然后还特地查看了一下卧室。他们要是觉得午夜之后我这里还有个男人的话，他们就直接把电话打给我，把各种令人恶心的话都说尽了。当然，我可以把家具寄存起来，干脆去住旅馆算了，我想。我想，旅馆总会收留像我这种名声的女人吧，可我又觉得你有可能知道哪儿可以租到一套公寓。我觉得——”

邻居们对这个高大漂亮的姑娘的迫害令杰克气愤填膺，他说他会尽其所能地帮她。他请她跟他一起吃晚饭，她却说她很忙，抽不开身。

也没有别的更好的事情可做，杰克决定走回上城他住的旅馆。那是个炎热的夜晚。天空彤云密布。回去的路上，他看到麦迪逊广场附近百老汇大街旁边的一条黑乎乎的边巷里有一支游行的队伍。周边所有的建筑全都黑乎乎的。简直是黑乎乎一片，直到他走到一盏路灯底下，这才看清楚游行者手里举着的标语牌。上面写着敦促美国参战的口号，而每一个小方阵代表了一个已经被轴心国征服的国家。他目送着他们朝百老汇大街走去，没有音乐，也没有呼喊，只有他们的脚步踩在粗糙的鹅卵石地面上的声响。游行的队伍中大都是老人和妇女——波兰人、挪威人、丹麦人、犹太人、中国人。有几个像他一样的路人站在两侧的人行道上观看，游行者面带敌国囚犯的自觉神情从他们中间走过。队伍中的有些孩子还穿着专为拍摄新闻影片换上的服装，他们向市长献上了一包茶叶、一份请愿书、一份抗议书、一本宪法、一张支票或是两张证照。他们步履蹒跚地从周遭楼群的黑暗中走过，就像个受尽屈辱、国破家亡的族群，朝格里利广场走去。

第二天早上，杰克把为琼寻找一家公寓的难题交给他的秘书去做。她开始给各家房产经纪打电话，到了下午，她在西二十几街那儿找到一两套可以租住的公寓。琼第二天打电话给杰克，说她已经租下了其中的一套，并向他表示感谢。

直到第二年夏天，杰克才又见到琼。那是个礼拜天的傍晚，他从华盛顿广场一户人家举办的鸡尾酒派对上出来，决定沿第五大道步行几个街区，然后再搭乘一辆巴士。当他走过布雷武特时，琼叫住了他。她正跟一个男人坐在人行道上的一个咖啡座上。她看起来神态自若、气色很好，那个男人也像是个正派人。他后来才知道他叫皮特·布里斯托尔。他邀请杰克坐下来跟他们一起庆祝。德国那个周末已经入侵俄罗斯，琼和皮特开香槟是为了庆祝俄罗斯终于改变了对于战争的立场。三个人一起喝着香槟，直到夜幕降临。他们又一起吃了晚饭，边吃边继续喝香槟，饭后又喝了不少香槟，然后去了拉法耶特，之后又去了两三个别的地方。琼自始至终温柔亲切，毫无倦意。她喜聚不喜散，雅不愿意这个夜晚就这么结束，等他踉踉跄跄地回到自己的寓所时，已经是凌晨三点以后了。早上醒来时他感觉疲惫不堪，非常难受，全不记得昨晚最后几个钟头到底是怎么过的了。他的西装上有不少污渍，帽子也给弄丢了。直到十一点钟他才到办公室。琼已经给他打过两次电话，不久她又打了进来。她的声音丝毫都没有嘶哑的痕迹。她说她必须跟他见个面，他答应在五十几街的一家海鲜餐厅里跟她一起吃午饭。

她一阵清风般翩然而至时，他正站在吧台旁，看起来她就像是根本没有参加过那个灾难性的狂欢之夜似的。她是打算卖掉她的珠宝首饰，想听听他的意见。她祖母留给她一些首饰，她想卖掉筹笔款子，可是不知道该去哪儿出售。她从手提包里取出几只戒指和手镯，拿给杰克过目。他说他对珠宝可是一窍不通，不过他可以借给她一笔钱。“哦，我不能借你的钱，杰克，”她道，“你知道，我是想为皮特筹一笔钱。我想帮帮他。他想开一家广告公司，这一行可是需要不少启动资金的。”既然如此，杰克也不再坚持借钱给她，两人吃饭的过程中就再也没有提这个茬儿。

他再次得到琼的消息，是听他们共同的一位年轻的医生朋友说起的。“最近见过琼吗？”有天傍晚他们一起吃饭时那位医生问杰克。他说没有。“上周我给她做了次体检，”医生道，“她所经受的事情足以要了一个正常人的命了——你永远都不会知道她到底有些什么样的经历——她的体格却仍像是个健康有德的女人那么硬朗。听说过她最近那个男人的事儿吗？她卖了自己的珠宝帮他启动某项生意，可是他钱一到手就甩了她，投入了另一个姑娘的怀抱，那姑娘有辆车——一辆敞篷车。”

杰克一九四二年春被征召入伍。他在迪克斯堡驻扎了有将近一个月，在此期间，他只要能被准假就回到纽约过个夜。这些夜晚给他一种死缓犯人那样强烈的求生渴望，这种感觉又因为火车上那些特伦顿过来的女人经常把书页卷了角的《生活》周刊以及吃了一半的一盒盒糖果硬塞给他而愈发强烈，就仿佛他穿的那身褐色军装十足就是寿衣似的。有天晚上他从宾夕法尼亚车站打电话给琼。“现在就过来吧，杰克，”她说，“现在就过来。我想让你见见拉尔夫。”

她还住在杰克帮她找的西二十几街的那个地方。周边就是个贫民区。她房前立着一个个垃圾箱，一个老女人正从里面掏摸出一些废物破烂，往一辆婴儿车里装。琼的公寓所在的那幢房子破旧寒酸，不过公寓本身却看着眼熟。家具和布置还是老样子。琼也仍旧是那个大高个儿、脾气随和的姑娘。“真高兴你能给我打电话，”她道，“能见到你真是太好了。我先给你弄杯喝的。我自己也正喝着呢。拉尔夫现在也该到了。他说好带我出去吃饭的。”杰克提出带她去卡瓦纳餐厅吃饭，可是她说她出去的这会儿拉尔夫可能会过来。“他要是到九点钟还不来，我就给自己做个三明治。我并不真饿。”

杰克说着部队上的情况。她说着商店里的工作。她已经在那同一个地方工作了——到底多长时间了？他也不知道。他从没在柜台上见过她，无法想象她干的到底是什么样的工作。“拉尔夫不在我真是非常抱歉，”她道，“我敢肯定你会喜欢他的。他不是个年轻人了。他是个喜欢拉中提琴的心脏病专家。”她开了几盏灯，因为夏日的天空已经擦黑了。“他住在河滨路，家里有个可怕的老婆和四个没良心的孩子。他——”

一阵凄厉的空袭警报突然响起，像是因无法忍受的痛苦而大声惨叫，仿佛在诉说着这个城市所经历的所有惨痛和犹疑，打断了她的话头。其他的警报声也在远处的街区渐次响起，直到黑暗的空气中全都充满了它们的喧嚣。“我再给你弄一杯喝的，然后就得把灯全部关掉了。”琼说，拿走了他的酒杯，又给他端来一杯后就把灯一下子全都揿灭了。他们来到窗前，就像孩子们观看暴风雨般，注视着黑下来的城市。附近的灯光都熄灭了，只剩下一盏孤灯。防空警报员已经在街上吹响了哨子。远处的一个院子里传来一声愤怒的嘶喊：“把灯关掉，你这个法西斯！”一个女人尖叫道，“你灯关掉，你这个德国纳粹法西斯。把灯关掉。把灯关掉。”最后一盏孤灯也熄灭了。他们离开窗口，坐在漆黑一片的房间里。

黑暗中，琼开始说起那些离她而去的旧情人，从她的描述中杰克得出这样一个结论：他们全都不得善终。尼尔斯，那个可疑的伯爵，已经死了。休·巴斯科姆，那个酒鬼，加入了商船队，在北大西洋失踪了。弗朗茨，那个德国人，在纳粹轰炸华沙的那天夜里服毒自杀。“当时我们听了收音机里的新闻，”琼道，“然后他就回到旅馆服了毒。第二天早上，女服务员发现他死在了浴室里。”当杰克问起那个打算开一家广告公司的男人时，她一时间似乎都把他给忘了。“哦，皮特，”她沉吟了一会儿道，“说起来了，他一直都病得很重，你知道。他本来应该去萨拉纳克[1]的，可他一直都拖着，一直拖，然后就——”听到楼梯上的脚步声后，她停住了话头，他猜想她是希望来的是拉尔夫，可那个人在平台上转了个弯，又继续朝楼顶爬去。“我希望拉尔夫能来，”她道，叹了口气，“我想让你见见他。”杰克再次请她出去吃饭，但她拒绝了，等空袭警报解除的信号响起后，他就告辞走了。

1　纽约州的萨拉纳克（Saranac）湖畔有一家著名的肺结核疗养院。

杰克从迪克斯被船运到卡罗来纳的一个步兵训练营，又从那儿派驻佐治亚的一个步兵师。他在佐治亚待了三个月后，娶了一个奥古斯塔贵族寄宿学校的姑娘。大约一年后，他乘坐座席客车横越美国大陆，不禁带点哲思的意味暗想，也许对于他热爱的祖国，他最后看到的就是像巴斯托这样的沙漠小镇，他最后听到的也许就是海湾大桥上那无轨电车的铃声了。他被派往太平洋战场，二十个月后居然毫发无伤而且显然毫无变化地又回到了美国。一经获准休假，他就去了奥古斯塔。他带给妻子从太平洋各岛屿上购买的纪念品，跟她以及她全家激烈地大吵了一通，安排好她前往阿肯色办理离婚手续之后，就动身回到了纽约。

几个月后，杰克在东部的一个军营正式退伍。他休了个假，然后就重返他一九四二年离开的工作岗位，感觉简直就像一下子重新捡起了被战争骤然中断的生活。最终，一切看上去而且感觉上又跟原来一模一样了。他见到了大多数老朋友。他认识的人当中只有两人在战争中丧命。他没有给琼打电话，不过在一个冬日的下午，他在一辆跨区巴士上碰到了她。

她那张气色新鲜的面孔，她那身黑色的衣服，她那柔和的嗓音瞬间就摧毁了自打三四年前他们最后一次见面以来一切早已物是人非的感觉——如果他确曾有过这样的感觉的话。她请他上楼去喝杯鸡尾酒，他下一个周六的下午去了她的公寓。她的房间和客人无不令他想起她初到纽约时举办的那些派对。有一个戴着奇特帽子的女人，一个上了年纪的医生，还有一个男人守在收音机旁，收听发自巴尔干半岛地区的新闻。杰克很好奇这里面的哪个男人是属于琼的，他断定是那个不断朝从衣袖里抽出来的手帕咳嗽的英国人。杰克的判断一点儿没错。“斯蒂芬难道不是非常出众吗？”一会儿之后，当他们俩单独待在一个角落里时，琼问他，“他比这个世上的任何人都更了解波利尼西亚人。”

杰克复员后干的不但是老本行，拿的薪水也一分钱都没涨。由于生活费用涨了一倍，而且他还要支付两位前妻的赡养费，他不得不动用起了他的积蓄。他换了个工作，虽然收入高了，可是好景不长，他不久就失业了。不过他根本也没往心里去。他银行里还有些积蓄，再怎么说，跟朋友们借几个钱总归也是轻而易举的事儿。他这种毫不在乎的态度并非是出于倦怠或是绝望，倒不如说是因为信心爆了棚。他感觉自己是刚刚才从俄亥俄来到纽约的。他觉得自己年轻力壮，大好的前程还在前头等着他呢，这样的幻觉，他像是怎么都没办法摆脱。他手里还有用不完的大把时间等着他去挥霍。那时候他就住在旅馆里，每五天换一家。

春天，杰克搬到了中央公园西边那片荒地上一个带家具的房间里。他的钱马上就要花光了。然后，当他开始觉得亟须找份工作的时候，他却又病倒了。起先，他只不过像是得了重感冒，可是总也不见好，后来就开始发起烧来，而且开始咳血。发烧让他大部分时间都感觉昏昏欲睡，不过偶尔他仍能打起精神，出去到一家自助餐厅吃顿饭。他确信他的朋友当中没有一个人知道他在哪儿，而且对此他感到挺高兴的。他从来也没指望琼能帮他什么忙。

有天快到中午的时候，他听到她在门厅里跟他的房东太太说话的声音。不一会儿，她就开始敲他的房门。他穿了条裤子和一件脏兮兮的睡衣上装躺在床上，没有理会。她又敲了几下，就走了进来。“我一直在到处找你，杰克，”她道，她的讲话声非常轻柔，

“当我发现你就窝在这么个地方的时候，我就想你肯定是破产了或是病了。我在银行里取了些钱，以防你果真身无分文了。我还给你买了些苏格兰威士忌。我盘算着，少喝一点对你不会有任何害处的。想来一点儿吗？”

琼穿了一身黑衣。她的嗓音低沉而又安详。她在床边的一把椅子上坐下，就仿佛她每天都来这儿照顾他似的。她的五官已经变得有些粗糙了，他想，不过脸上仍旧很少有皱纹。她体重也增加了一些。她几乎有些发胖了。她戴了一副黑色的棉质手套。她拿来两个玻璃杯，把威士忌倒进去。他贪婪地把他杯子里的酒一饮而尽。“昨天晚上我一直到三点才睡。”她说。她的声音再度让他想起一首温柔而又绝望的歌曲，可是现在，或许是因为他病着，她的温存体贴，她穿的那一身丧服，她那掩人耳目的嘘寒问暖，都让他感觉心神不安。“又是一个那样的夜晚，”她说，“我们去了戏院。演出结束后有人请我们去他那儿。我不认识那个人。又是那样的一个地方。都是那样地奇怪。有一些肉食植物，还有一批中国鼻烟壶的藏品。人们为什么要收藏中国的鼻烟壶呢？我们都在一个灯罩上签了名，就我记忆所及，不过我记不得很多了。”

杰克努力想从床上坐起来，好像是有保护自己的需要似的，可是又重重地倒在了枕头上。“你是怎么找到我的，琼？”他问。

“简单得很，”她道，“我给那家旅馆打了个电话。你之前住的那家。他们给了我这个地址。我的秘书弄到了这儿的电话号码。再喝一小杯吧。”

“你知道，之前你从没来过我的任何一个住处——从来没有，”他道，“现在为什么来了？”

“为什么来了，亲爱的？”她问道，“什么话！我认识你已经有三十年了。你是我在纽约最老的朋友了。还记得在村子里的那个夜晚吗？天下着雪，我们一直待到早上，喝着威士忌酸酒[1]当早餐的事儿？那可不像是十二年前的事儿。还有那天晚上——”

“我不想让你在这种地方见到我。”他说的是真心话。他摸了一下自己的脸和长出来的胡子。

“还有所有那些曾模仿过罗斯福的人，”她说道，仿佛没有听到他的话，仿佛她是个聋子，“还有亨利有了辆车以后，我们经常去吃饭的斯坦顿岛上的那个地方。可怜的亨利。他在康涅狄格乡下买了幢房子，有个周末自己去了那儿，手里拿着根点着的香烟就睡着了，那幢房子、谷仓，所有的一切都烧了个干净。埃塞尔带着孩子们去了加利福尼亚。”她往他的杯子里又倒了点苏格兰威士忌，递给他。她点着一根香烟，放入他的唇间。这个举动中包含的亲昵，不但显得他已经病入膏肓，而且就好像他是她的情人，这让他感觉很烦。

“我一旦好一些了，”他道，“我就在一家好旅馆里租个房间。到时候我再给你打电话。你能来看我真是太好了。”

“哦，别因为这个房间感到难为情，杰克，”她道，“我从来都不会因为房子感到烦恼。对我来说，住在哪儿似乎根本就无所谓。斯坦利当初在切尔西的那个房间才叫一个龌龊呢。至少，别人都这么跟我说。我自己却从来都没有注意到。老鼠经常把我给他买的食物给吃了。他不得不把吃的吊在天花板上，挂在电灯链子上。”

1　威士忌酸酒（whisky sour），威士忌加柠檬汁或酸橙汁调制的鸡尾酒。

“我一旦好一些了就打电话给你，”杰克道，“我想如果我一个人待着的话就能睡一会儿了。我像是需要大量的睡眠。”

“你是真的病了，亲爱的，”她道，“你一定是在发烧。”她在他床沿上坐下，把一只手放在他前额上。

“那个英国人怎么样了，琼？”他问她，“你还跟他在一起吗？”

“什么英国人？”她道。

“你知道的。我在你家里见到过他。他袖子里塞了块手帕。他总是在咳嗽。你知道我说的是哪个人。”

“你一定是想成别的什么人了，”她道，“自打战争以来，我那儿还从没有过什么英国人。当然了，我也不可能记得每一个人。”她转过身去，抓起他的一只手，跟他十指相扣。

“他死了，是不是？”杰克道，“那个英国人已经死了。”他把她从床上推下去，自己站了起来。“出去。”他说。

“你病了，亲爱的，”她道，“我不能把你一个人丢在这里。”

“滚出去，”他又说了一遍，看到她没有动弹，他叫道，“你到底是什么下流货色，竟能以这样的方式到处都嗅到疾病和死亡的气息？”

“你这个可怜的小亲亲。”

“眼看着别人垂死挣扎会让你感到年轻吗？”他叫道，“是这种下流的邪恶劲头使你青春永驻吗？你就是为了这个才打扮得像只黑乌鸦吗？哦，我知道我无论说什么都不会伤害到你。我知道别的人无论什么样肮脏、堕落、腐败、粗野、卑鄙的丑事全都尝试过了，可这一次你错了。我还没到这一步呢。我的生命还没到尽头呢。我的生命才刚刚开始。我面前还有无比光辉的岁月在等着我。还有，还有无比光辉、光辉、光辉的岁月在前头等着我呢，等它们全都过去了，等时候到了，我会给你打电话的。到了那时候，作为老朋友，我会给你打电话，让你看着我垂死挣扎，给你需要的无论何种肮脏的快乐，可是在那之前，你还有你那丑恶的行径还是离得我远远的吧。”

她喝完自己杯子里的威士忌，看了看表。“我想我最好还是在办公室里出现一下，”她道，“过一会儿再来看你。晚上再过来。到那时候你会感觉好一些的，你这个可怜的小亲亲。”她随手把门关上，他听到楼梯上她轻轻的脚步声。

杰克把瓶子里的威士忌全都倒进了水槽。他开始穿衣服。他把他的脏衣服全都塞进一个包里。他因为病痛和恐惧而颤抖、哭泣。透过窗户，他能看到蓝色的天空，在恐惧中，一切都似乎显得像是奇迹：天空竟然是蓝色，白云居然能让他想起白雪，而且他竟能听到人行道上传来的孩子们刺耳的尖叫：“我是山地之王，我是山地之王，我是山地之王。”他把烟灰缸里剪下来的手指甲碎屑和烟蒂倒进马桶里，并用一件衬衣把地板划拉了一遍，这么一来，等死亡那个淫荡下流而又无孔不入的化身晚上再来到这里找他的时候，无论是他的生命还是他的身体就都将无迹可寻了。

那罐金子

要说拉尔夫和劳拉·惠特莫尔夫妇具有寻宝猎人那不可救药的弱点和特质，未免有失公允；可是若是说金钱的光泽和气味、它那特有的力量以及可能发财的指望对他们的生活具有不幸的影响，倒是实话实说。夫妻俩总像是一只脚已经跨进了发财的门槛儿，他们总像是在谋划着什么。拉尔夫是个漂亮的小伙子，拥有永不疲倦的商业想象力，对于经营成功的浪漫传说和魔法般的秘诀具有一种宗教般的信念。虽说他不过是在一家服装公司里做着个默默无闻的小工作，这在他眼里一直都只是他鹏程万里的那个卑微的起点罢了。

惠特莫尔夫妇并非那种一味钻营或是盛气凌人的主儿，他们倒是一直坚定不移地奉行中产阶级彬彬有礼的文雅做派。劳拉虽说不上有多么出众的美貌，却也是个讨人喜欢的姑娘；她从威斯康星来到纽约的时候，拉尔夫前后脚也从伊利诺伊来到了这里。不过两个人来来去去地过了两年的时间才算是碰到了一起，那是下午临近傍晚的时分，他们在第五大道南端一个办公楼的大堂里偶遇了。那时，拉尔夫的内心还是如此纯真，在他的胸膛里跳动得如此平稳而有力；当他看到劳拉那浅色的头发和她那张愠怒的俏脸时，他一下子就被她迷住了。他跟着她走出大堂，奋力地挤过人群，由于她什么东西都没掉下，由于他实在没有任何正当的借口可以跟她搭讪，他就在她背后大喊：“露易丝！露易丝！露易丝！”他那急切的语气使她停下了脚步。他说他认错了人，他说他实在是很抱歉。他说她活像是一位叫作露易丝·哈彻的姑娘。那是个正月的夜晚，黑暗的空气中有股子烟味儿，而因为她是个知趣而又孤单的姑娘，她就让他请她喝了一杯酒。

那是在三十年代，他们的恋爱匆忙而又草率。三个月后他们便结了婚。劳拉把自己的东西搬进麦迪逊大道上拉尔夫租住的那套没有电梯的公寓，楼下是一家熨烫裤脚的小店和一家花店。她做着一份秘书的工作，她的薪水加上他在服装厂的收入，在维持生计以外只略有盈余，可是他们似乎从来没把这种节衣缩食而又一无所得的单调生活放在心上。他们在药房[1]里用餐。她动用父母留给她的一小笔遗产买了张沙发，在沙发上头挂了幅凡·高《向日葵》的复制品。逢到他们的叔舅姨婶们到纽约来的时候——他们的父母都已经亡故——他们就请亲戚们到里茨饭店去吃大餐，还到剧院里去看戏。她自己动手缝制窗帘，给他擦皮鞋，每逢礼拜天就在床上一直赖到中午。他们像是就站在了富足生活的大门口；劳拉经常跟大家说，她真是感到万分激动，因为拉尔夫马上就能谋到一份绝佳的工作了。

在他们婚后的第一年里，拉尔夫每天晚上都为一个计划加班加点，这个计划一旦成功，肯定就能为他在得克萨斯谋到一份薪酬优厚的工作，可是由于并非他本人的过错，这个希望却落了空。一年后锡拉丘兹[2]有了职位空缺，可是又被派给了一个比他年长的同

1 参见第 142 页注释。

2 锡拉丘兹（Syracuse），美国纽约州中部城市。

事。在这两个机会中间，还有很多其他有利可图却终究跟他失之交臂的空缺和计划。在他们结婚的第三年里，有一家在规模和性质上都跟拉尔夫供职的服装厂相差无几的公司易主，他们主动跟拉尔夫接触，问他是否有兴趣加盟这家推倒重来的新公司。他现在的职位，即便是经过几次缓慢的升迁之后也难说有多么稳固，所以他很高兴有这么个金蝉脱壳的机会。他跟那家公司的几位雇主见了个面，他们对他的兴趣似乎相当地浓厚。他们准备让他负责一个部门的主管工作，提出的薪酬是他现有收入的两倍。他们说好这一人事变动在一两个月内先不要声张，等新雇主们巩固了自己的地位之后再正式宣布，不过他们可是为了这一安排热情地跟他握了手，还一起干了一杯的，那天晚上，拉尔夫带劳拉去一家昂贵的餐厅吃了顿饭。

他们在餐桌上决定去找一套更大些的公寓，决定生个孩子，买辆二手汽车。面对他们的好运，他们表现得极度平静，因为这正是他们一直以来的心理预期。这个城市在他们看来就是个梦想成真的慷慨之地，人们不是碰到这种突如其来又理所应得的发展机遇的惠顾，就是因为诉讼案件那反复无常的慷慨奖赏、古怪反常而又无关紧要的商业冒险、出乎意料的遗产馈赠以及其他从天而降的机遇而大发横财。饭后，他们乘着月光在中央公园漫步了一遭，拉尔夫吸了根雪茄。后来，当劳拉已经睡熟之后，他还穿着睡衣坐在卧室敞开的窗前。

子夜过后，当这个城市的生活落入守夜人和醉汉的手中以后，空气中所弥散的那种特别的兴奋，总是令他心荡神驰。对于深夜街道上的种种声响，他算是了若指掌：公共汽车的刹车声，远处传来的警笛声，空气中高高扬起的水流声——像是流水在驱动磨坊的水轮——他猜想那是多种回响的总和，尽管他经常听到这种声响，他却总是无法断定声响的源头。所有这些声音在他听来显得更加真切了，因为这个夜晚在他看来似乎危机四伏。

他二十八岁了；在他的经验当中，贫穷和青春是密不可分的，而这两者即将共同走向终结。他们行将告别的生活还谈不上“艰苦”二字，他不无留恋伤感地想起他们在吉庆场合常去的那家意大利餐馆污渍斑驳的台布，想起在雨夜劳拉从地铁站奔向公交站的勃勃兴致。可是他们就要从这一切当中抽身告别了。百货公司地下层里的衬衫特卖，肉类柜台前排起的长队，没滋没味的淡酒，趁着春天便宜从地铁站买给劳拉的玫瑰花——这些无疑全都是身为穷人的纪念品，然而在他看来又都是那么亲切美好，他很高兴它们很快就将成为过往的记忆了。

劳拉怀了身孕后就辞职不干了。那家公司的重组和拉尔夫的新职位仍旧是未定之数，可是跟朋友们在一起时，惠特莫尔夫妇说起来却毫不含糊。“我们对于事情的进展非常满意，”劳拉总是这么说，“我们只需耐心等待即可。”事情一拖再拖，他们怀着正义终将得以伸张的耐心一等再等。转眼到了他们俩都需要添置衣物的时候，有天傍晚拉尔夫建议不妨动用一些他们的存款。劳拉拒绝了。他再次提起这个话题时，她干脆一声不吭，就像是根本没有听见。他提高了嗓门，发了火。他开始大喊大叫。她哭了。他想起所有他可能与之结婚的其他的姑娘——那个皮肤黝黑的金发女郎，那个值得景仰的古巴姑娘，那个右眼有点斜视的有钱而又漂亮的姑娘。如此看来，他所有的欲望似乎都在劳拉一心经营的这套小小的公寓之外。第二天早上，两个人还是不说话，为了加强他的地位，他给未来的雇主们打了个电话。他们的秘书跟他说他们都出去了。这不禁让他担心起来。他又从他公司所在的那幢办公楼大堂的电话间里打了好几次电话，但电话里不是说他们正忙着，他们出去了，就是说他们正在跟律师们开会或是正在接长途电话。这些花样百出的借口把他给吓坏了。那天傍晚他什么都没跟劳拉说，打算第二天再打过去试试看。一直到下午很晚的时候，经过多次尝试之后，他们其中一位终于接听了他的电话。“我们把那份工作给了别的人了，孩子。”他道。就像个心里也很难过的父亲，他用沙哑而又柔和的声音对拉尔夫说道：“别再给我们打电话了。除了接电话以外，我们还有别的事情需要去做呢。我们找的另外那个人似乎更适合这个岗位，孩子。我也只能跟你说这么多了，别再打电话找我了。”

那天晚上拉尔夫步行了好几英里，从办公室一路走回家，希望用这种办法可以纾解掉部分失望带来的重负。对这次打击他真是毫无准备，直感觉一阵阵头晕目眩，他就像个老人一样每一步都抬得很高，就仿佛人行道上铺的都是流沙。他在他公寓所在的那幢楼下伫立良久，考虑着该怎么将这一灾难讲给劳拉听，可是他一走进家门，就直截了当地告诉了她。“哦，我很难过，亲爱的，”她温柔地说道，吻了他一下，“我非常非常难过。”她从他身边走开，开始整理起沙发上的坐垫。他的沮丧是如此强烈，他已经完全成为他种种谋划和期盼的囚徒，看到劳拉竟能如此平静地看待这次失败，他禁不住大感意外。没什么好担心的，她说。她在银行里还有好几百块钱，那是从她父母留给她的钱里面存起来的。没什么好担心的。

他们的孩子，一个女孩儿，出生了，他们给她取名叫蕾切尔。产后一个礼拜，劳拉就回到麦迪逊大道他们那套没有电梯的住房。她独自承担起照顾孩子的重任，并照常做饭和操持家务。

拉尔夫的想象力仍旧丰富而又活跃，不过看来他总是想不出个什么高招儿，能让他的计划适应他既缺时间又无资本的现状。同任何地方的贫穷夫妇一样，他跟劳拉过着简朴的生活。他们仍旧陪着来纽约观光的亲戚们去看戏，偶尔仍旧去参加几个派对，不过劳拉跟他们周围那灯火辉煌的富裕阶层保持联系的唯一渠道却只是替代性的，是通过她在中央公园认识的一个朋友间接与闻的。

蕾切尔出生后的最初几年间，劳拉在中央公园里的一条长凳上度过了许多个下午。那既是迫不得已，也是苦中作乐。她怨恨自己的手脚被牢牢地锁住了，但也很享受那开阔的天空和新鲜的空气。有个冬天的下午，她认出了一个曾在某个派对上见过的女人，天色渐暗的时候，当劳拉跟别的母亲们收拾起毛绒动物玩具准备在寒风中带着自己的孩子回家时，那个女人穿过面前的儿童游乐场，走过来主动跟她搭起讪来。她说她叫爱丽丝·霍林斯赫德。她们在加尔文夫妇家里见过一面。她人很漂亮又很友善，陪着劳拉一直走出公园。她有个男孩儿，跟蕾切尔差不多大。第二天，两个女人又碰到了一起。她们就成了朋友。

霍林斯赫德太太的岁数比劳拉大，可她看起来却更加年轻，相形之下她也是个更加标准的美人儿。她的头发和眼睛都是黑色的，她那苍白的完美鹅蛋脸上妆容化得非常精致，她的声音非常清亮。

她用鹳鸟俱乐部[1]的火柴来点烟，数说着带着个孩子住在宾馆的种种不便之处。如果说劳拉对于自己的人生感觉有任何遗憾的话，它们都在她跟这个漂亮女人的友谊中表现了出来，看看人家，是何等自由随意地出入于昂贵的商店和餐厅之间。

除了在加尔文家里的那一面之外，她们的友谊只局限于中央公园那凄凉而又动人的乡野之间。两个女人谈的主要都是她们的丈夫，而这是劳拉钱袋空空就可以玩得起的游戏。含糊其词，自吹自擂，这两个女人讨论着她们的男人同时在忙的那多少件大事。她们带着孩子坐在一起消磨了一个又一个灰蒙蒙的黄昏，此时南面的城市烧得就像个贝塞麦炼钢炉[2]，空气中弥漫着煤烟的气味，一块块湿漉漉的巨大砾石像是燃烧的炉渣般闪着光，公园本身就像一座煤城边上的一带树林。每到这时候，霍林斯赫德太太就会想起她又迟到了——她总是忘了及时赶赴某个神秘而又辉煌的地方——然后这两个女人就会一起走到公园边上。这种跟舒适生活的替代性接触使劳拉很开心，这种愉悦会伴随她推着婴儿车回到麦迪逊大道，然后开始做晚饭，听着楼下熨烫裤脚小店里蒸汽熨斗的砰砰响声，闻着清洗液的气味。

蕾切尔差不多两周岁了的一天夜里，拉尔夫因为内心烦乱而无法入睡，他一心想找到一条能将他和他的家庭带入殷实的富足生活

1　鹳鸟俱乐部（Stork Club），纽约曼哈顿的一家著名的夜总会，在它营业的一九二九年至一九六五年间，是全世界范围内最负盛名的俱乐部之一。

2　以英国工程师和发明家贝塞麦（Sir Henry Bessemer，1813—1898）命名的酸性转炉法炼钢工艺所使用的熔炉。

的羊肠小道，但却屡遭挫折。他亟需睡眠，当他发现实在睡不着的时候，索性从床上起来，坐在黑暗里。子夜过后街道上特有的那种魅力和兴奋，他已无缘感受。麦迪逊大道上一辆公共汽车爆炸一样的刹车声吓得他差点儿跳起来。他把窗户关上，但车辆的噪声继续透进来。他感觉这个城市那无孔不入的喧嚣对于城市居民的宝贵生命具有致命的影响，实在应该把它给压下去。

他想到，如果百叶窗帘外层表面能涂上一层可以反射或是吸收声波的物质就好了。有了这种窗帘，春夜来访的朋友们说话时就不必为了能盖过楼下大街上卡车的噪声而大声喊叫了。卧室也可以通过这种方法安静下来——卧室最为要紧，因为在那时的他看来，这个城市里的每个人都一心想能睡好，可是只有一半的人能够睡着。黄昏时分，街上所有那些备受折磨的面容都一心想能睡个好觉，甚至在有漂亮姑娘跟他们说话时都不例外。夜总会的歌手以及他们那些亲切友善的顾客，雨夜里华尔道夫大饭店门外等出租车的人们、警察、收银员、橱窗清洁工——无不缺乏睡眠。

第二天晚上，他跟劳拉讨论了这个百叶窗帘的想法，她也觉得这个想法值得一试。他买了一幅跟他们卧室的窗户相匹配的百叶窗帘，用各种不同的油漆配方一一做了试验。最后，他误打误撞地碰上了一种油漆配方，干了以后就会像毡子那么密实，还有气孔。这种油漆的气味实在难闻，在他一道道为窗帘叶板的外层表面反复上漆的那四天里，他们那套公寓里全都是这种令人作呕的气味。等油漆干了以后，他把百叶窗帘挂上去，然后打开窗户试了试。宁静——一种相对的宁静——让他们的耳朵倍感舒畅。他记下油漆的配方，利用午饭的时间拿着它去找了位专利律师。那位律师花了好几个礼拜的时间才发现，几年前就已经有人为类似的配方申请到了专利权。专利的拥有者——一个叫费洛斯的人——有一个纽约的地址，那位律师建议拉尔夫跟他取得联系，尝试跟他达成某种协议。

寻找费洛斯先生的工作始于拉尔夫下班后的一天傍晚，他先是按照那地址找到哈得孙大街一家寄宿舍的阁楼上，房东太太拿了双费洛斯先生搬走时落下的袜子给拉尔夫看。拉尔夫从那儿向南，找到另一家寄宿舍，然后又往西来到了为船具商和海员们提供膳宿的家庭旅馆区。夜间的探访足足进行了一个礼拜的时间。他跟随费洛斯先生的行踪向南一直追寻到鲍厄里，然后又来到了上西区。他爬着楼梯经过大敞着房门、里面正在教西班牙舞蹈的房间，经过妓女们的房间，经过女人们在里面练习皇帝协奏曲[1]的房间，皇天不负有心人，终于在一天晚上找到了费洛斯先生，此君当时正坐在一间阁楼的床沿上，用一块蘸了汽油的抹布擦他领带上的污渍。

费洛斯先生相当贪婪。除了要一百块钱的现钞以外，还要求拿到百分之五十的专利收益。拉尔夫好说歹说才使他同意将专利收入的分成减少至百分之二十，但他无论如何也不肯答应降低那一百块的首付款。律师起草了一份明确约定拉尔夫与费洛斯先生各自权益的正式合同，几天以后的一个晚上，拉尔夫来到布鲁克林，找到一家大门已关但办公室的灯还亮着的生产百叶窗帘的工厂。经理同意按照拉尔夫的专利技术参数生产一些百叶窗帘，但他必须支付不少于一百美元的订金。拉尔夫接受了这一条件，并答应提供了窗帘叶板外层表面的油漆配方。这几项花销已经用掉了惠特莫尔夫妇全部

1 贝多芬的降 E 大调第五钢琴协奏曲俗称“皇帝协奏曲”。

资本的四分之三，而现在资金的问题之外又增添了时间的因素。他们在报上登了一则招募家居用品推销员的小广告，拉尔夫花了一个礼拜的时间，每天吃过晚饭后在起居室里面试那些应聘者。他选中了一个周末就要动身前往中西部的年轻人。他索要五十美元的预付金，并向他们指出，匹兹堡和芝加哥也跟纽约一样吵。正在这个节骨眼上，一家百货公司的收账代理威胁要把他们夫妻告上小额索偿法庭，他们当真已经是到了山穷水尽的地步，只要再有个头疼脑热或是任何意外发生，无论是他们的身体还是仅有的那几套衣服有任何损耗，都将是性命交关的。他们那位推销员满口答应周末就会从芝加哥给他们写信，他们就掐着指头盼着能有好消息过来，可是那个人一去就音信杳然。拉尔夫给那个推销员发了两次电报，电报肯定是应该送到了，因为那人从匹兹堡回电说："窗帘无法售出。样品快件寄回。"他们又在报上登了则招聘推销员的广告，录用了头一个按他们门铃应聘的人：一位钮孔里别了朵矢车菊的老绅士。他还经办不少其他的产品——装了镜面的废纸篓，橙子榨汁机——他说他跟曼哈顿所有的家居用品采购员都熟得很。这老头儿是个碎嘴子，在他发现这些百叶窗帘卖不动之后，他就来到惠特莫尔夫妇的小公寓，跟他们详细讨论他们的这款产品，态度中混杂着我们通常谈论起人类来就在所难免的吹毛求疵和宽忍慈悲。

拉尔夫打算去告贷，可不论是他的薪酬还是他的专利都不足以作为任何一笔借贷的担保，除非是借高利贷。有一天他正上班的时候，收到了百货公司的那家收账代理正式提起诉讼的法院传票。他跑到布鲁克林，主动提出把那些百叶窗帘卖回给那家制造商。花一百块生产的货品人家只给他六十块，拉尔夫就用这笔钱还了欠账。他们把样品挂在自家的窗户上，竭力想把这次失败的投机从脑海中彻底抹去。

现在他们比以前更穷了，他们每周一的晚饭都只吃小扁豆，有时候周二还得接着吃。晚饭后劳拉洗碗，拉尔夫给蕾切尔读故事书。等小姑娘睡着后，他就到起居室里的书桌上，搞他的某一项发明创造。总是不断有什么机会涌现出来。达拉斯有了个岗位，秘鲁又冒出来一个。他的发明当中有塑料鞋撑，冰箱门的自动关闭装置；他的计划有盗印海事规范手册和低价出售简氏年鉴[1]。有一个月的时间，他一直想从纽约州北边买进几英亩休耕地来种圣诞树，然后他又跟一位朋友筹划着开一家奢侈品的邮购业务公司，可是没有得到任何财东的支持。尽管如此，当惠特莫尔夫妇跟乔治叔叔和海伦婶婶在里茨饭店碰面的时候，他们倒是好像对于自己的生活都很满意似的。劳拉说，他们非常高兴巴黎有一家代销商要正式延聘拉尔夫，可是他们还是因为战事的威胁而回绝了。

大战期间，惠特莫尔夫妇分开了有两年时间。劳拉找了份工作。她早上步行送蕾切尔去上学，下班后再接她回来。靠了工作和俭省，劳拉有能力给自己和蕾切尔添置几件衣服了。等战后拉尔夫回来以后，他们的生活秩序又重新走上了正轨。战时的经历似乎重又振作起了他的精神，为了能未雨绸缪、出奇制胜，他重操旧业，对于工作的谈论比以往更是有过之而无不及——无论是委内瑞拉的还是伊朗的。他们重拾旧有的生活习惯和经济状况。他们仍旧很穷。

1　简氏年鉴（Jane's）为英国年刊《世界航空一览》《战舰一览》的简称。

劳拉辞了工作，又开始了跟蕾切尔一起下午去中央公园的日子。爱丽丝·霍林斯赫德还在那儿。谈话也还是老一套。霍林斯赫德一家住在一个旅馆里。霍林斯赫德先生是一家生产软饮料的新公司的副总裁，可是霍林斯赫德太太日复一日穿的那身衣服仍旧是战前劳拉跟她认识时穿的同一套。她儿子很瘦，脾气很坏。他穿了一身哔叽料子的服装，就像个英国的学童，可他那身哔叽服装就跟他妈妈的那身衣服一样，看着既旧，而且已经显得太小了。有天下午霍林斯赫德太太跟她儿子走进公园的时候，那孩子在哭。“我干了件糟糕透顶的事儿，”霍林斯赫德太太跟劳拉道，“我们刚去看过医生，可我忘了带钱了，不知道你能不能借我几块钱，我好叫辆出租回我们的旅馆去。”劳拉说她很乐意帮忙。她身上只带了张五美元的钞票，就把它给了霍林斯赫德太太。那孩子继续哭个不停，他妈妈拽着他朝第五大道走去。劳拉以后再也没有在公园里见到过他们。

拉尔夫的生活仍旧一如既往，一心期待着时来运转。在战争刚刚结束的那几年间，纽约城显得极度富有和繁荣，似乎遍地都是金钱，而冬天里要靠盖着破旧的大衣御寒的惠特莫尔夫妇，距离能够尽情享受这种繁荣昌盛，中间只差了一点耐心、一点资源和一点运气。礼拜天碰上天气好的时候，他们就会跟那些富足的人们一起在第五大道北端漫步。在拉尔夫看来，可能只需一个月，最多一年时间，他就能找到通往他们分所应得的富裕之门的钥匙。他们会在第五大道上一直溜达到日暮黄昏，然后回到家，吃一听青豆罐头当晚餐，为了均衡一下这餐饭食，再吃个苹果当作甜点。

有个礼拜天，他们刚从这样一次漫步中归来，正走在通往他们公寓的楼梯上时，家里的电话铃响了起来。拉尔夫快步走在头里，接起了电话。

他听到他乔治叔叔的声音，老爷子属于仍旧具有清晰的距离感的那代人，他在电话里说话的嗓门儿，就像是站在岸上冲着一艘驶过的船只大喊。“我是乔治叔叔，拉尔菲[1]！”他喊道，拉尔夫原本还以为他跟海伦婶婶搞突然袭击，事先没打招呼就跑到纽约来了呢，过了一会儿才明白他叔叔是从伊利诺伊打来的长途。“你听得到吗？”乔治叔叔喊道，“你听得到我说话吗，拉尔菲？……我打电话是为了告诉你有个工作机会，拉尔菲。我琢磨着没准儿你正想找个工作呢。保罗·汉达姆上周——你听得到吗，拉尔菲？——保罗·汉达姆上周在去东部的路上经过这儿，顺道过来看了我们一次。他可是很有钱，拉尔菲——他阔了——他打算在西部开办一家生产合成羊毛的企业。你听得到吗，拉尔菲？……我把你的情况告诉了他，他就住在华尔道夫，所以你这就去见见他。我曾经救过他的命。我把他从伊利湖里给拽了上来。你明天就到华尔道夫去见见他，拉尔夫。你知道那地方吗？华尔道夫大饭店……等一等，是你海伦婶婶，她想跟你说几句话。”

现在是个女人的声音了，听得很不清楚。他那几个堂兄弟都来吃晚饭了，她跟他说。他们吃了一只火鸡。孙子孙女儿们也都来了，他们都很听话。饭后乔治带着他们大家伙儿出去散了散步。天很热，不过他们都在门廊上坐着，所以也不觉得热。她对于礼拜天各项活动的絮叨被她丈夫打断了，他肯定是把听筒给抢了过去，继

1　拉尔菲，拉尔夫的昵称。

续那番叮嘱他去华尔道夫见汉达姆的车轱辘话。“你明天就去见他，拉尔菲——十九层——华尔道夫。他等着你呢。他是个百万富翁。我得跟你说再见啦。”

汉达姆先生在华尔道夫大饭店订了一间客厅和一个卧室的套房，第二天傍晚时分，拉尔夫在下班回家的路上去见他的时候，房间里就他一个人。在拉尔夫看来他已经很老了，不过是个非常执拗顽固的老头儿；而且从他跟他握手、拉扯自己耳垂、挺直腰板以及用那两条罗圈腿在客厅里轻快地来回走动的架势当中，拉尔夫辨认出一种独立自主、好勇斗狠的精神，而且丝毫未曾衰减。他给拉尔夫倒了杯烈酒，给自己倒了杯淡酒。他正打算在西海岸开办一家生产合成羊毛的企业，他解释说，到东部来就是为了物色几位在推销羊毛方面富有经验的人才。乔治跟他提起拉尔夫的名字，他正需要一个像拉尔夫这么有经验的人。他将为惠特莫尔夫妇找一幢合适的住房，为他们安排好交通工具，给拉尔夫一万五千美元的起薪。正是这薪酬的数目使拉尔夫认识到，汉达姆先生之所以给他这个工作机会只不过是为了转弯抹角地报答他叔叔的救命之恩，老头子似乎也意识到了他的这种猜想。“这可跟你叔叔救过我的命没有丝毫关系，”他粗声粗气地道，“我感激他——谁不感激自己的救命恩人呢？——可是这件事跟你叔叔没有任何关系，如果你是这么想的话。等你到了我这把年纪，拥有了我这么多的财富以后，你就很难再见到什么人了。我所有的老朋友都死了——也就剩下了乔治。我被合伙人和亲戚们围得铁桶一般，简直他妈的密不透风，要不是多亏了乔治偶尔告诉我个什么人的名字，我就永远都甭想见到一张新面孔了。去年，我碰上了一起交通事故。是我的错儿。我车开得糟糕透顶。我撞上了一个年轻人的车，我赶忙从车上下来，跟他自报了家门。我们得等上二十分钟救援的拖车才能过来，于是我们就攀谈起来。结果呢，他现在就在我手下工作了，而且还成了我最好的朋友之一，要是当初我没有撞到他的话，我也就永远都不会认识他了。等你到了我这把年纪的时候，要想还能认识什么人，就只能靠交通事故啦、火灾啦这一类的意外了。”

他靠着椅背把身子挺直，品着他那杯酒。他的房间远远地位于车辆噪声的影响之上，非常安静。汉达姆先生的呼吸很大声也很平稳，在谈话的间隙听上去就像一个熟睡之人的沉重呼吸。“唔，我不想催你仓促做什么决定，”他道，“后天我就回西海岸去了。你好好考虑一下，我会给你打电话的。”他掏出一本记事簿，把拉尔夫的名字和电话号码记了下来。“我周二晚上，二十七号，大约九点钟的时候给你打电话——你们这里的九点钟[1]。乔治跟我说你有位很好的妻子，不过这次我没时间跟她见上一面了。就等着在西海岸再见吧。”他开始说起了棒球，然后又把话题转回到乔治叔叔身上。“他救过我的命。我那条倒霉的破船倾覆了，然后一度恢复了平衡，接着就直接从我脚底下沉了下去。我现在还有它从我脚底下往下沉的那种感觉。我那时候不会游泳。现在也不会。好了，再见吧。”他们握了握手，门刚一关上，拉尔夫就听到汉达姆先生开始咳了起来。是老年人那种亵渎神明的、锤击般的干咳，带着满腹的怨言和戾气，拉尔夫在门厅里等电梯的过程中，这咳嗽声不依不饶地一直

1　美国本土分为四个时区：美国西部、中西部、中部、东部，纽约为东部时间，西海岸当然是西部时间，西部时间比东部时间慢三个钟头。

撞击着他的耳鼓。

走回家的路上，拉尔夫觉得可能就是它了，起始于他叔叔把一个朋友从伊利湖里拽出来的这一连串荒谬绝伦的意外事件，可能就是那将拯救他们于水火的终极机会。他的经验告诉他，这没什么不可能的。他认识到这个提议不过是一个老头子的异想天开，源自汉达姆先生对于他叔叔怀有的负疚之情和亏欠之意——随着岁月的流逝而愈发刻骨铭心。到家以后，他跟劳拉讲述了这次会见的详情，以及他自己对汉达姆先生如此举动的看法。听劳拉说她觉得他们时来运转的机会终于是等到了，他还稍许感到有些诧异。考虑到就在眼前的巨大变化，他们俩都表现得非常地平静。谁都没提是不是该庆祝一下，他帮她洗净了碗碟。他在一本地图册上查找了一下汉达姆先生那家工厂的位置，旧金山以北的海岸线上那个西班牙语的地名，给了他对于富足的小康生活的一瞥。

还有八天横亘在拉尔夫的面试和汉达姆先生打来的电话之间，而且他意识到，在星期二之前，一切都还是未定之数。年老的汉达姆先生在横越东西海岸的过程中，在长途旅行那微妙的影响之下改变了心意，不是没有可能。他也有可能因为食用一个鱼肉三明治而中了毒，在芝加哥就被抬下火车，死在那儿的某家疗养院里。在旧金山迎候他的人里面也许就有他的律师，通知他他已经破了产或是他老婆跟人家私奔了。到了最后，拉尔夫再也想象不出还会发生什么新的灾祸，他也无法再相信他胡思乱想出来的那些不测真的会发生了。

这种无力再对自己的时来运转表示怀疑的倾向正显示出他的性格在某种程度上的弱化。几乎没有一天，他不会不由自主地感觉到金钱的力量，不过他发现，金钱的魔力在装扮成某种许诺的时候最最难以抗拒，而多年以来他坚定不移的克己忘我，非但没有培养起他坚忍不拔的意志力，反而使他比常人更易受到诱惑的摆布。既然他们生活的改变仍旧取决于一通电话，他就强迫自己不去谈论——只要有可能的话也不去设想——他们在加州可能过上什么样的生活。他甚至到了这种地步：他只说他想要几件白衬衣，可他又故作姿态地为自己的这一愿望后悔不迭，不敢再跨越雷池一步，他自以为这是在锻炼自己的克制力、表现自己的聪明才智；在这儿，他也确实开始尊重起那些据信能带来好运的大部分的迷信来了。当他说想要几件白衬衣的时候，那与其说是一种卑微的愿望，还不如说他记得——但他又不能把这话跟自己挑明——财神爷秉性善妒，容易被假装的谦逊知足所蒙蔽。他从来都不是个迷信之辈，可在星期二的时候，他一把将他咖啡桌上的钱搂在手里，而当他在浴室的窗台上看到一只七星瓢虫的时候忍不住欢欣鼓舞。他不记得什么时候听说过这种昆虫跟金钱具有某种不解之缘了，他同样也无法解释开始左右他一举一动的其他的任何一种征兆。

焦灼的期待让她丈夫产生的这种微妙变化，劳拉是看在眼里，却又无话可说。他并不提起汉达姆先生或是加利福尼亚。他很安静，他对蕾切尔很温存，他面色变得更加苍白。他星期三去理了一次发。他穿上他最好的正装。星期六，他又去理了一次发，还修剪了指甲。他一天洗两次澡，晚饭前换上一件干净衬衣，经常跑进浴室去洗手、刷牙，把额前一缕蓬乱的头发沾湿压平。他对于自己的身体和外表异乎寻常的关切，不禁使她想起一个情窦初开的青春期少年。

惠特莫尔夫妇受到一个周一晚上的派对邀请，劳拉坚持他们一定要去。派对的客人全都是十年前聚在一起的那帮人当中的幸存者，如果有人为最早在这同一个房间里出现过的当事人点个名的话，就像是一个被敌人击溃、伤亡惨重的军团举行的撤退仪式，“失踪……失踪……失踪”将是已进入韦斯切斯特[1]的那个班的回答；“失踪……失踪……失踪”将会是惨遭离婚、酗酒、神经紊乱以及灾难厄运杀害或重创的那一排人的回答。由于劳拉是抱着漠不关心的态度去参加这个派对的，她对于有那么多人缺失的事实感觉尤其明显。

她在派对上待了不到一个钟头的时候，听到有人进来了，扭头一看，看到了爱丽丝·霍林斯赫德和她的丈夫。房间里人很多，她想过些时候再去跟爱丽丝说句话。那天晚上过去很长时间以后，劳拉去了趟卫生间，她从里面出来走进卧室的时候，发现爱丽丝正在床上坐着。她像是在等着劳拉。劳拉在梳妆台前坐下，梳理了一下头发。她从镜子里看着她的这位朋友。

“我听说你们就要去加利福尼亚了。”爱丽丝道。

“希望如此。明天就知道准信儿了。”

“拉尔夫的叔叔救过他的命，这事儿是真的吗？”

“是真的。”

“你们真是运气。”

“我想是这么回事。”

“你们真是运气，确确实实。”爱丽丝从床上站起来，穿过房间

1　韦斯切斯特（Westchester），纽约州一县名，著名的富人聚居区。

把门关上，然后又走回来，重新在床上坐下。劳拉通过镜子看着她，可她并没有看劳拉。她弯腰曲背。她显得举止失措。“你们真是运气，”她说，“你们太走运啦。你知道你们有多走运吗？我跟你说说我那块肥皂的故事吧，”她说，“我有这么一块肥皂。我是说我有过这么一块肥皂。是我结婚的时候人家送给我的，十五年前了。我不知道是谁。某个伴娘，某个音乐老师——就这一类的吧。那是块好肥皂，上等的英国货，我喜欢的那一种，我决定留着它，等拉里赚到大钱的大喜日子里，等他带我去百慕大旅游的时候再用。我先是打算等他在邦德布鲁克找到份工作以后用。然后我想我可以在我们要去波士顿的时候再用，然后是华盛顿，然后是当他得到现在这份新工作的时候，我想也许就是它了，也许我终于可以把孩子从那所倒霉透顶的学校里转出来，可以付清账单，从我们住的那些下等旅馆里搬出来了。整整十五年的时间里，我一直都在计划着怎么用这块肥皂。唉，上个礼拜我翻找五斗橱抽屉的时候，看到了这块肥皂。全都裂了。我把它扔了出去。我把它给扔了是因为我知道我这辈子永远都不会有机会用到它了。你懂得那意味着什么吗？你知道那是种什么滋味吗？整整十五年里，一直靠着许诺和期待和借贷和赊购过日子，住在那些根本就不是人住的旅馆里，没有一天不背着债，可是还得假装着，假装着觉得每一年、每一冬、每个工作、每次聚会都将成为那个时来运转的时刻。就这个样子生活了整整十五年，然后才意识到这种日子永远都没有个头。你知道那是种什么滋味吗？”她站起身，走到梳妆台旁，站在劳拉面前。她那双大眼睛里涌出了泪花，她的声音嘶哑而又高亢。“我永远都去不了百慕大啦，”她道，“就连佛罗里达我都永远去不了啦。我永远都别想摆脱债务的胁迫啦，永远，永远，永远。我知道我永远都别想能有个光鲜体面的家了，我所拥有的一切无一不是破的、旧的，而且永远都别想会有什么好转。我知道在我的后半辈子里，在我整个的后半辈子里，我都得穿着褴褛的衬裙、破烂的睡衣和内衣，还有夹脚的鞋子。我知道，在我的后半辈子里都不会有一个人走到我跟前对我说，我身上的衣服很漂亮，因为我根本就买不起那么一身衣服。我知道，在我的后半辈子里，全纽约城的每一位出租车司机和门房和餐厅领班，一眼就能看穿我那个刷了又刷刷了又刷刷了又刷、足足用了有十年的黑色仿麂皮手提包里连五块钱都掏不出来。对此你觉得怎么样？对此你会怎么想？你有什么神奇的地方，竟能让你一下子就交了这样的好运？”她用手指从劳拉裸露的胳膊上一路抚摸下去。她穿的衣服上有一股子挥发油的气味。“我能从你身上抹下一点来吗？这能让我沾上你的一点运气吗？我向耶稣发誓，如果我觉得杀了某个人就能让我们得到一点钱的话，我会去杀人的。我会拧断某个人的脖子——你的，任何人的脖子——我向耶稣发誓我会这么——”

有人开始在外面敲门。爱丽丝大踏步走向门前，把门打开，走了出去。一个女人走了进来，是个不认识的女人，想上厕所。劳拉点了一根香烟，在卧室里等了有大约十分钟的时间，然后才回到派对上去。霍林斯赫德大妇已经走了。她拿起一杯酒，坐下来，想跟旁人说上几句话，可她怎么也没办法把注意力集中到她正说的话上来。

对于金钱的猎取和探寻，在他们刚刚致力于此道的时候，在她看来曾是自然、亲切而又美好的事情，现在却像是凶险的海盗般的航程。当天晚上的早些时候，她曾想到过人的失踪。现在她又想起了这档子事儿。灾厄和失败已经把一半以上的人都给吞噬了，仿佛在这个漂亮的房间那一切的赏心乐事之下，一场激烈的比赛正在进行中，失败者将付出至为惨痛的代价。劳拉觉得浑身发冷。她用手指把酒杯里的冰块捞出来，把它放进了一个花瓶里，可是威士忌仍旧无法给她带来一丝暖意。她请求拉尔夫赶快带她回家。

星期二的晚饭之后，劳拉洗了碗碟，拉尔夫负责把它们给擦干。他坐下来看报，而她则拿起某样针线活。八点一刻的时候，放在卧室里的电话响了，他非常平静地走去接听。是有人跟他说自己手里有两张即将结束此轮演出的戏票。之后，电话就再没有响过，九点半的时候他跟劳拉说，他要给加州打个电话。电话很快就接通了，接听汉达姆先生电话的是个有着清脆嗓音的年轻女人。“哦，是的，惠特莫尔先生，”她道，“今天晚上早些时候我们是给您打过电话，不过您的电话正忙。”

“我能跟汉达姆先生说话吗？”

“不行，惠特莫尔先生。我是汉达姆先生的秘书。我知道他是要给您打电话的，因为他的记事簿上写着这么一条。汉达姆太太要求我尽量不要让任何人感到失望，所以我一直尽量把他记事簿上所有的电话和预约全都照顾到。汉达姆先生上礼拜天中风了。我们觉得他已经恢复无望了。我猜想他曾对您有过某种承诺，但我恐怕他是没办法履约了。”

“我深感难过。”拉尔夫说，挂了电话。

那位秘书讲话的时候，劳拉也走进了卧室。“哦，亲爱的！”

她说。她把针线篮往五斗橱上一放，朝壁橱走去。然后她又回来，在针线篮里找什么东西，把针线篮又放到了梳妆台上。随后她又脱下鞋子，用鞋楦把鞋撑好，然后把衣服从头顶上脱下来，整齐地挂好。随后她又走向五斗橱，找她的针线篮，发现它在梳妆台上，就把它拿进壁橱，放在一个架子上。然后她拿上发刷和梳子走进卧室，开始为浴缸放水。

失意如同皮鞭，抽在拉尔夫身上，痛得他几乎昏厥过去。他坐在电话机旁，也不知道过去了多长时间。他听见劳拉从浴室里出来了。听到她的说话声，他这才转过头去。

“我为汉达姆老先生感到非常难过，”她道，“真希望我们能为他做点什么才好。”她已经换上了睡衣，她在梳妆台前坐下，就像个熟练而又耐心的女人在一架织布机前安顿下来，她一一将那些发针发卡、瓶瓶罐罐和梳子发刷拿起又放下，就像个经验丰富的织工那样无思无虑而又手到擒来，就仿佛她花在那上面的时间全都是一个连续不断的操作规程的组成部分。“这可真像是那财宝……”

“财宝”这个词不禁使他悚然一惊，一时间他仿佛看到了喀迈拉[1]，那罐金子，那金羊毛[2]，那埋藏在彩虹朦胧的光晕中的财宝[3]；他猎取财富的原始方式使他大感震惊。带着一把锋利的铁锹和一根自制的探测棒，他翻越崇山深谷，忍受干旱的折磨，甘冒暴风骤雨，依照他为自己绘制的地图，挖遍了可能藏有金矿的所有地方。从那

1 喀迈拉（Chimera），希腊神话中长着狮头、羊身以及蛇尾的喷火怪物。

2 希腊神话，忒萨利亚王子伊阿宋奉命前往科尔喀斯觅取金羊毛，美狄亚倾力相助，以魔草使看守金羊毛的神龙酣睡，伊阿宋成功取得金羊毛。

3 西方传说，在彩虹的尽头埋藏了一罐金子，由精灵看守。

棵枯死的老松向东迈出六步，从图书馆大门往里数第五块嵌板，吱嘎作响的台阶底下，那棵梨树的树根下头，那个葡萄架底下，就埋着那个装满了金币和金条的豆罐子。

她坐在凳子上转过身来，向他伸出瘦削的臂膀，就像她之前已经做过的上千次那样。她已经不再年轻，要是他已经找到了那些金币，省却了她的焦虑和繁重的劳作的话，她也就不会像现在这般苍白和削瘦了。她的微笑，她那赤裸的肩膀已经开始扰乱了那作为欲望的试金石的种种难以捉摸的形状和符号，电灯的光亮似乎一下子变得雪亮，并放射出热量，散发出如春日暖阳为一切疲惫与绝望所带来的那种无可名状的满足和恩泽。对她的欲望既使他高兴又令他迷惘。它就在这里，它全都在这里，此时此刻，在他看来，那金子的光芒就全都笼罩在她的臂膀之中。

巴别塔里的克兰西

詹姆斯和诺拉·克兰西来自纽卡斯尔小镇附近的农场。纽卡斯尔在利默里克[1]附近。他们在爱尔兰的时候一直都很穷，来到这个新国家之后境况也没多大改观，不过他们俩都是那种非常干净、体面的人。他们家乡的农场一直都打理得井井有条，同一个家族祖祖辈辈定居于此，克兰西夫妇非常看重传统的美德。他们那种朴素的乡下做派根深蒂固、深入骨髓，在新世界生活的二十年时间对他们几乎没有什么影响。诺拉挎着个草编篮子去市场采购，就像个去自家的家庭菜园里摘菜的女人一样。他们只有一个孩子，一个叫约翰的男孩儿，他们也一直言传身教，把他们那平和安详、心满意足的价值观传授给了他。他们是那种生活半径不超过半个街区的老实人，他们双膝跪地念诵“万福马利亚，遍被神恩”，周六晚上轮流在厨房里的浴盆里盆浴。

克兰西在他四十多岁的壮年时期，从厂里面的楼梯上摔了下来，跌断了髋骨。他有将近一年的时间没法工作，而因为这段养伤期间付给他的赔偿金不如他应得的工资高，他跟他的家庭因此而饱受举债和匮乏之苦。克兰西伤愈之后，落下了一条瘸腿，他花了好长时间才重新找到工作。当时他每天都去教堂，最后多亏了一位教

1　利默里克（Limerick），爱尔兰西南部利默里克郡的郡级市、港口和首府。

士的说情才为他找到了工作，在东区一幢庞大的公寓楼里开电梯。克兰西彬彬有礼的举止、他的干净整洁以及他那张讨人喜欢的面孔很得住户们的欢心，凭借他的薪酬外加他们付给他的小费，足够他偿还债务并且养活他妻子和儿子了。

那幢公寓大楼跟詹姆斯和诺拉自打结婚起就租住的贫民区陋室相隔并不远，可不论是从财政上还是从道德上讲，它都是完全不同的另外一种造物，而且克兰西一开始的时候看待那些住户们的方式就好像他们都是白糖做的似的。女士们穿的皮裘戴的珠宝克兰西就是一辈子辛苦工作赚的钱都买不起，当他傍晚回到家里的时候，他就会像个远途归来的旅行家，把他看到的那些新鲜事儿全都讲给诺拉听。那些贵宾犬，那些鸡尾酒派对，那些引起他兴趣的孩子们以及他们的保姆，而且他告诉诺拉，那幢大楼就活像是巴别塔[1]。

克兰西颇花了一段时间才记住了他的住户们各自都住在哪一层，把谁跟谁是夫妻对上号，把每个孩子跟他们的父母联系起来，还有每个仆佣（他们都乘坐楼背后的电梯）都是为哪个家庭服务的，不过他终于还是努力做到了，他很高兴把这一切都搞清楚了。在他的性情当中，有一种满腔热忱的忠诚感，他经常说起那幢大楼，就仿佛它是一所学校或是个行会，是一种共同的情感和志向的产物。“哦，我绝不会做任何有害于那幢大楼的事儿。”他经常这么说。他的举止态度谦恭有礼，不过他也绝非毫无幽默感，当十一楼A 单元的住户派人把他的燕尾服拿去干洗的时候，克兰西就把它穿

1　据《圣经·旧约·创世记》第十章第一至第九节载，巴比伦人想建造一座城和“塔顶通天”的高塔以扬名，上帝便变乱他们的语言，使之互不相通，结果塔未能建成而人类分散到世界各地。

在自己身上，在后门厅里高视阔步地走了好几个来回。大部分住户都被克兰西待之以一种毫无区别的仁心善意，不过也有少数几个例外。有一个虐待妻子的酒鬼。在克兰西眼里，他就是体态笨拙、撇着外八字的呆子，他不属于那幢大楼。还有一个住十一楼B单元的漂亮姑娘，晚上经常跟一个性格软弱的男人一起出去——这可瞒不过克兰西，因为他的下巴上有道凹缝。克兰西提醒过那个姑娘，可她并没有采纳他的建议。不过在所有的住户中，让他最为关心的却是罗恩垂先生。

罗恩垂先生是个单身汉，住四楼A单元。克兰西刚来上班的时候他还在欧洲，直到那年冬天才返回纽约。罗恩垂先生刚出现的时候，在克兰西眼中他是个相貌英俊的男人，头发有些灰白，因为长途旅行而略显疲惫。克兰西等着看他如何在纽约城重建自己的生活，等着看朋友和亲戚们开始打电话、写信过来，等着罗恩垂先生开始举办和参加大部分住户都乐此不疲的各种派对。

到了这时，克兰西已经发现他电梯的乘客们并不是白糖做的了。他们所有的人全都错综复杂地被朋友和情人、狗和鸟儿、债务、遗产、信托财产和工作牢牢地绑缚在这个世界上，于是他就等着罗恩垂先生伸出他的触须。可是一点动静都没有。罗恩垂先生上午十点钟去上班，六点钟回家；没有任何访客出现。一个月过去了，他一个客人都没有。他有时候晚上会出去，不过总是一个人回来，而且就克兰西所知，他很有可能就在街角的电影院里继续他那无依无靠的状态。这个人的独来独往先是让克兰西感到惊奇，继而就开始让他感到恼火和焦虑了。有天夜里他当晚班的时候罗恩垂先生一个人下去，克兰西让电梯在两个楼层中间停了一下。

“您这是要出去吃饭吗，罗恩垂先生？”他问道。

“是的。”那人说。

“唔，您要是在附近吃饭的话，罗恩垂先生，”克兰西道，“您会发现‘比尔蛤吧’是唯一值得称许的餐馆。我在这附近已经住了有二十年啦，我眼看着它们开了又关。别的餐厅有炫彩的灯光和昂贵的价格，可是除了在‘比尔蛤吧’，你在哪儿都找不到能撑得肚儿圆的美味。”

“谢谢你，克兰西，”罗恩垂先生道，“我会记在心里的。”

“您听我说，罗恩垂先生，”克兰西道，“我不想显得多管闲事，可您介意告诉我您是干哪一行的吗？”

“我在第三大道上有家店，”罗恩垂先生道，“哪天过来看看。”

“我很乐意，”克兰西道，“可是您听我说，罗恩垂先生，依我看来，您也会想跟您的朋友而不总是一个人吃饭的吧。”克兰西知道他这是在干涉人家的隐私了，可他总忍不住觉得这个人也许没准儿需要帮助呢。“像您这么仪表堂堂的，您肯定有不少朋友的，”他道，“我琢磨着您是跟他们一起吃晚饭的。”

“我是要去跟一个朋友一起吃晚饭，克兰西。”罗恩垂先生道。

这个回答让克兰西感觉轻松了一些，他于是暂时把这个人抛在了脑后。圣帕特里克节[1]那天，大楼的管理方给他放了一天假，这样他就能参加节日的欢庆游行了，游行队伍解散以后正往家里走的时候，他决定去找找那家店。罗恩垂先生已经告诉他那家店在哪个街区了。很容易就找到了。克兰西高兴地看到，那是家挺大的店。

---

1 圣帕特里克（St. Patrick）是爱尔兰的守护神，每年的三月十七日为爱尔兰传统的圣帕特里克节。

有两个门可以进去，中间隔着一个巨大的橱窗。克兰西透过橱窗往里张望，想看看罗恩垂先生是不是在忙着招呼顾客，不过里面一个人都没有。他走进去之前，先看了看橱窗里的货品。他失望地看到那不是家服装店或是熟食店。看起来倒更像是家博物馆。有很多玻璃制品和烛台，有椅子和桌子，全都很旧。他打开了店门。拴在门上的门铃叮当一响，克兰西抬头看了看绳头上的那个老式的铃铛。罗恩垂先生从一扇屏风后面走出来，很热忱地对他表示欢迎。

克兰西不喜欢这个地方。他感觉罗恩垂先生是在白白浪费自己的时间。一想到一个大男人一整天的精力都花在这个地方，他就觉得焦心。一条窄窄的走道，经过那些餐桌和书桌、古瓮和雕像，通往店内，然后又分成好几个方向。克兰西还从没见过这么多废物垃圾。由于他无法想象所有这些东西都是在任何一个国家生产出来的，他猜想这都是从全世界的犄角旮旯搜罗来的。在克兰西看来，把这些东西都收集到第三大道上的一个黑暗的店铺里纯属糟蹋时间。可是，他不光是为这些混乱和浪费感到焦心，更多的倒是那种他被令人灰心失望的种种象征所包围的感觉，还有，所有那些瓷制的、摆出爱情姿态的少男少女们也无一不是跟令人难堪的情绪相依为伴。也许是因为他那幸福的一生都是在光秃秃的屋子里度过的，他总是把善跟丑陋联系在一起。

他很小心地不说任何可能冒犯罗恩垂先生的话。“您有店员帮您看店吗？”他问。

“哦，有的，”罗恩垂先生道，“大部分时间是詹姆斯小姐在这儿看店。我们是合伙人。”

这就是啦，克兰西想道。詹姆斯小姐。这就是他晚上去的地方。可既然如此，詹姆斯小姐为什么又不嫁给他呢？是因为他已婚了吗？也许是他蒙受了某种可怕的灾祸带来的不幸，比如他妻子发了疯，或是把他的孩子们都从他身边给带走了。

“您有詹姆斯小姐的快照吗？”克兰西问。

“没有。”罗恩垂先生道。

“好了，我很高兴亲眼看到了您的店，非常感谢您。”克兰西道。这趟旅程可是很值的，因为他从那家黑暗的店铺里带走了詹姆斯小姐的清晰形象。那是个好名字，一个爱尔兰人的名字，现在碰上罗恩垂先生晚上外出的时候，克兰西就会问他詹姆斯小姐身体可好。

克兰西的儿子约翰在中学已经念四年级了。他是篮球队的队长，在学校当局眼里也是个人物，那年春天，他以自己写的一篇论民主的文章参加了一次征文比赛，比赛是由芝加哥的一位制造商赞助的。参赛的征文足有好几百万份，不过约翰还是赢得了优秀奖，他可以乘坐飞机飞往芝加哥，在那里进行为期一周的参访活动，所有的费用全由赞助商承担。这孩子自然因为这次好运兴奋不已，他母亲的兴奋之情也绝不亚于他，可克兰西才真正像是那个赢得了奖励的人。他把这个喜讯告诉了大楼里所有的住户，并问人家芝加哥是个什么样的城市，乘飞机旅行是否安全。大半夜里他都会爬起来，走进约翰的房间，看着那个熟睡中的天才少年。那孩子的脑袋里真是塞满了知识啊，克兰西暗想。他的心胸既仁慈而又强大。克兰西也知道，将圣灵的不朽与尘世之爱混淆在一起是罪过，可当他意识到约翰就是他的骨血，意识到这个年轻人的面孔就是因为行动力和思想而变得更加完善的他的面孔，当意识到在他，克兰西，已经灰飞烟灭以后，他的某些习惯和趣味仍旧会活在这个年轻人身上时，他感觉真是死而无憾。

约翰的飞机要在一个星期六接近傍晚的时候飞往芝加哥。他去做了告解，然后走到那幢大楼跟他父亲道别。克兰西尽可能久地把这个男孩儿留在大堂里，并把他介绍给所有打那儿经过的住户。终于到了孩子该走的时候了。门卫替他开着电梯，克兰西陪着约翰一直走到街角处。那是大斋节[1]期间一个明媚晴朗的下午。天空中万里无云。男孩儿身上穿着他最好的那套正装，看着就像是个百万富翁。父子俩在街角处握了握手，克兰西就一瘸一拐地回到了公寓大楼。从电梯上看去，街上的车辆走得很慢，他站在大门口，望着人行道上的行人。人们大部分都穿着他们最好的衣服，正要去尽情地享受生活。克兰西把最美好的祝愿毫不吝惜地献给了所有的人。在大街上远远的那一头，他看到了罗恩垂先生的头和肩膀，并且看到他正跟一个年轻人走在一起。克兰西等着他们走近来，并为他们推开了大门。

“哈啰，克兰西，”罗恩垂先生道，“我想介绍你认识一下我的朋友鲍比。他现在就要住在这里了。”

克兰西伏悲地咕哝了一声。那个年轻人根本不是个年轻人。他头发剪得很短，穿一件金丝雀黄的毛衣和一件棉大衣，可是他跟罗恩垂先生同样的年纪，差不多也跟克兰西一样大。所有那些青春的特质和气息——一个正经男人年纪一到就很高兴地撇开不管了

1　大斋节（Lent），指复活节前为期四十天的斋戒及忏悔，以纪念耶稣基督在荒野中的禁食。

的——都还可憎地保留在他身上。为了使自己的眼睛闪亮出众，他画了眼线，他身上有香水味儿，而罗恩垂先生扶着他的胳膊搀他进门，就好像他是个窈窕淑女。克兰西一旦明白了是怎么回事，他马上就表明了立场。他待在门边没动。罗恩垂先生和他的朋友穿过大堂，走进了电梯。见他并没有跟上来，他们伸出手来按响了电梯铃。

“我可不用我的电梯拉你们上去！”克兰西在大堂里大声喊道。

“快过来，克兰西。”罗恩垂先生道。

“我可不用我的电梯拉那种东西上去。”克兰西道。

“那我就让你因此而失业。”罗恩垂先生道。

“我才不在乎呢，”克兰西道，“我不会用我的电梯拉你们上去。”

“快点过来，克兰西。”罗恩垂先生道。克兰西没有搭茬。罗恩垂先生把手指头按在电梯铃上，让它一直响个不停。克兰西岿然不动。他听到罗恩垂先生跟他的朋友在商量。一会儿之后，他听到他们俩从楼梯走了上去。他为罗恩垂先生付出的所有那些关切，他想象着他在中央公园跟詹姆斯小姐花前月下的所有那些时刻！简直就像是在一场可怕的骗局中被骗去了钱财。他感觉既受伤又痛苦。鲍比就在这幢大楼里的这个想法对他来说简直难以接受，他感觉这是在挑战他自己那单纯的人生观。在当天剩下的时间里他对每个人都表现得很粗暴。他甚至对孩子们都粗声恶气的。当他来到地下室把制服脱下来的时候，柯立芝先生，他的主管，把他叫进了他的办公室。

“这一个小时以来罗恩垂一直想让我们解雇了你，”他说，“他说你不肯让他上你的电梯。我不打算解雇你，因为你是个可靠的好人，可我还是要给你提个醒儿。他认识很多有钱而且有影响力的人，你要是还这么多管闲事的话，他可是不难把你从这儿给踢出去的。”柯立芝先生身边围绕着所有他从后堂的垃圾箱里拯救出来的各色宝贝——破灯，破花瓶，一辆三个轮子的婴儿车。

“可是他——”克兰西忍不住道。

“这不关你的事，吉姆[1]，”柯立芝先生道，“自打他从欧洲回来，他一直都很文静，从不惹是生非。你是个可靠的好人，克兰西，我并不想解雇你，可是你得记住你可不是这儿的老板。”

第二天是棕榈主日[2]，承蒙上帝的恩典，克兰西并没有见到罗恩垂先生。礼拜一，在克兰西因终结于各各他[3]的那一系列事件开始启动而总会感到的深切而又笼统性的悲伤之上，又加上了因自己不得不居住在索多玛[4]而额外伴生的怨愤之情。那一天阴沉压抑，阴云和黑暗笼罩在城市上空。雨时下时停。克兰西在十点钟拉罗恩垂先生下楼。他什么话都没说，不过却轻蔑地瞅了他一眼。中午时分，女士们开始下楼去吃午饭，罗恩垂先生的朋友鲍比也是这个时候出去的。

大约两点半的时候，有位女士吃完午饭回来，一身金酒的气味。她做了件挺滑稽的事儿。走进电梯后，她面朝墙壁站立，这样克兰西就什么都看不出来了。他可不是那种明知有人想遮掩什么却

1 吉姆，詹姆斯的昵称。

2 棕榈主日（Palm Sunday），复活节前的那个星期日，纪念耶稣受难前胜利进入耶路撒冷，因当时民众曾用棕榈树枝欢迎耶稣，故名。

3 各各他（Golgotha），耶稣被钉死在十字架上之处。

4 索多玛（Sodoma），因居民罪恶深重而被上帝焚毁的古城，事见《圣经・旧约・创世记》。

偏往人家脸上看的人，这个举动让他很生气。他把电梯停了下来。“转过身来，”他道，“转过来。我真为你感到害臊，三个孩子都已经成年的女人，面朝墙壁哭得像个奶娃娃一样。”她转过了身来。她正为了什么事而伤心哭泣。克兰西再度开动电梯。“你应该斋戒的，”他嘟囔道，“大斋节期间你应该不抽烟不吃肉的。你真该好好想想才对。”她下了电梯，有人在一楼按了铃。是罗恩垂先生。他把他拉上楼来。然后他把德保罗太太送到九楼。她是个为人和善的女人，他把约翰去芝加哥旅行的事儿告诉了她。下去的路上，他闻到了煤气味儿。

对一个一辈子住在廉租房里的住户来说，煤气就是冬季、疾病、贫乏和死亡的气味。克兰西来到罗恩垂先生的楼层。就是这儿。他有万能钥匙，打开门以后，走进了那个充满地狱般气息的地方。里面很暗。他能听到厨房里煤气阀嗞嗞的声音。他用一块地毯挡住门让它开着，又把门厅的一扇窗用力推开。他探出头去换了几口气。然后，满怀自己就要被吸入地狱的震恐，一边咒骂一边祈祷，半闭着眼睛，就仿佛那有毒的气体会让他失明似的，他开始朝厨房走去，结果砰的一声狠狠撞在了门框上，这更使他因为疼痛而全身发冷。他跌跌撞撞地走进厨房，把煤气关掉，打开了所有的门窗。罗恩垂先生正双膝跪地，把头伸进煤气炉子里。他站了起来。他在哭泣。“鲍比走了，克兰西，”他道，“鲍比走了。”

克兰西的胃就像是倒了个个儿，他张大喉咙，充满了苦楚的口水。“我的老天爷！”他叫道，“我的老天爷！”他跌跌撞撞地走出了罗恩垂先生的公寓。他浑身都在哆嗦。他开着电梯来到一楼，冲着门房大呼小叫，告诉了他事情的经过。

门房替他照看电梯，克兰西走进更衣室，坐了下来。他也不知道自己在那儿待了多久，直到门房进来，说他闻到了更浓的煤气味儿。克兰西又上去来到罗恩垂先生的公寓。门关着。他把门打开，站在门厅里，又听到了煤气阀的声音。“把你那该死的傻脑袋从煤气炉里拔出来，罗恩垂先生！”他大叫。他走进厨房，把煤气给关掉。罗恩垂先生坐在地板上。“我不会再这么干了，克兰西，”他道，“我保证，我保证。”

克兰西下楼去找到了柯立芝先生，他们一起走进地下室，把罗恩垂先生家的煤气总阀给关了。他再次上楼。门又关上了。他把门打开以后，又听见煤气的嘶嘶声。他把那人的脑袋一把从煤气炉里拽出来。“你是在浪费时间，罗恩垂先生！”他叫道，“我们已经把你家里的煤气给关了！你是在浪费时间！”罗恩垂先生爬起来，跑出了厨房。克兰西听到他跑过整个公寓，砰砰地把好几扇门都给摔上了。他跟在他后头，发现他跑进浴室，正把一个瓶子里的药片往嘴里倒。克兰西把那药瓶从他手中打落，又一拳把他给打倒在地，然后用罗恩垂先生的电话打给了管区的警局。他等在那里，直到一个警察、一个大夫还有一位牧师赶到才离开。

克兰西五点钟步行回家。天空黑漆漆一片。天上下着煤灰和烟臭。索多玛，他想道，这个城市不配受到宽仁对待，这个无可救药的地方，他抬起眼睛望着那从天而降的细雨和烟尘，他对于自己的同类感到了深深的绝望。他们已经丧失了承受神恩的资格，他周围的这个城市除了走向自我毁灭和罪孽，再也没有其他的方向。他渴望爱尔兰那单纯的生活，渴望着上帝之城，可他觉得他已经被煤气的臭味给污染了。

他跟诺拉说了发生的事儿，她尽量地安慰他。约翰既没有信也没有明信片寄来。傍晚的时候，柯立芝先生打来了电话。他说事情跟罗恩垂先生有关。

“他进精神病院啦？”克兰西问。

“没有，”柯立芝先生道，“他的朋友回来了，他们一起出去了。可是他又一再威胁要把你给解雇。他刚一感觉好一些了，就说他要让人家把你给解雇。我不想解雇你，可你一定得小心行事，你一定得小心。”这个意外的变数他实在无法理解，他感觉很不舒服。他请求柯立芝先生从工会里另找个人替他个一两天，然后他就躺到了床上。

第二天早上，克兰西仍旧待在床上。他情况更糟了。他觉得浑身发冷。诺拉在他床前生了个火，可他哆嗦得就像是心脏和骨头都上了冻。他把两个膝盖蜷起来一直抵到胸口，用好几床毯子把自己裹得严严实实，可是仍旧暖和不起来。诺拉终于还是叫来了医生，一个从利默里克来的人。他赶过来的时候已经十点以后了。他说克兰西应该去医院。医生先去医院做好安排，诺拉把克兰西最好的一身衣服都找齐了，然后帮他穿戴整齐。他的长内衣上的标价签都还没撕掉，衬衣上还扎着大头针。结果到头来，谁都看不到他那身全新的内衣和那件干净的衬衣。在医院里，他们围着他的病床拉起了一圈布帘，把那身新衣服都脱下来递给了诺拉。然后他在病床上平躺下来，诺拉吻了他一下就走了。

他抱怨，他呻吟了一会儿，不过他在发烧，这让他睡了过去。接下来的几天里，他既不知道也不关心自己到底在哪儿。他大部分时间都在睡觉。约翰从芝加哥回来的时候，这孩子的陪伴和他讲述的旅行经过使克兰西的精神提振了一下。诺拉每天都来看他，有一天，那是克兰西住院一两个礼拜之后了，她把弗兰克·奎因，就是那个门房，带了来看他。弗兰克递给他一个窄窄的马尼拉纸的信封，当克兰西把信封打开，怒冲冲地问这到底是怎么回事的时候，他看到里面满满的装的都是现金。

“这是大楼的住户们给的，克兰西。”弗兰克道。

“可是，他们为什么要这么做？”克兰西道。他大为感动。他眼含泪水，他都数不清到底有多少钱。“他们为什么要这么做？”他虚弱地问，“他们干吗要费这么大麻烦？我不过就是个开电梯的工人。”

“有将近两百美金呢。”弗兰克道。

“一定是德保罗太太，”克兰西道，“我敢打赌一定是德保罗太太。”

“是其中一位住户。”弗兰克道。

“肯定是你，弗兰克，”克兰西热切地道，“肯定是你发起这次募捐的。”

“是罗恩垂先生。”弗兰克难过地道。他低下了头。

“你不会想把这些钱退回去吧，吉姆？”诺拉问。

“我不是个该死的傻瓜！”克兰西叫道，“我要是在大街上捡到个一美元，我才不会拿着它跑到失物招领处呢！”

“换了别人谁都募不到这么多钱，吉姆，”弗兰克道，“他一层一层挨家挨户地问。他们说他都哭了。”

克兰西产生了一种幻觉。他透过自己的棺材那敞开的棺盖看到了教堂，棺材就摆在圣坛前。圣器保管人只点亮了几盏浅黄色的玻璃灯，因为为他送葬的就只有那几个人，全都又老又穷，都是当初跟克兰西乘坐一条船来到这儿的。他听到教士那年轻的声音，跟细细的钟声混杂在一起。然后，在教堂的后面，他看到了罗恩垂先生和鲍比。他们哭个不停，泣不成声。他们比诺拉哭得还凶。他能看到他们的肩膀一起一落，他能听到他们的沉重的叹息。

“他是以为我要死了吗，弗兰克？”克兰西问道。

“是的，吉姆。他确实这么想。”

“他以为我就要死了，”克兰西生气地道，“他的脑子可真是够缠杂不清的。哼，我还死不了呢。我不要他的假慈悲。我这就离开这儿。”他从床上爬下来。诺拉和弗兰克想把他推回去，可是没有成功。弗兰克跑出去叫护士。护士用指头指着克兰西命令他回到床上去，可是他已经穿上了裤子，正在系鞋带呢。她又出去叫来另一个护士，那两个年轻女人尽力想把他给压制住，可他轻而易举地就把她们给甩到一边去了。那第一个护士就跑去叫医生。跟她一起回来的那个医生是个小年轻，个头比克兰西小得多。他说克兰西可以回家了。弗兰克和诺拉叫了辆出租车把他拉回家，一回到家他就打电话给柯立芝先生，说他第二天一早就回去上班。周围环绕着他自己家里的气味和光线，他感觉好多了。诺拉给他做了顿丰盛的晚饭，他在厨房里吃掉了。

饭后，他只穿着衬衣坐在窗边。他想着回去上班，想着那个下巴上有道凹痕的男人，那个打老婆的男人，想着罗恩垂先生和鲍比。一个男人怎么就会爱上了一个怪物？一个男人怎么会一心想着自杀？一个男人怎么会先是想把一个人解雇然后又眼含热泪地到处为他募捐，再然后，也许一个礼拜以后，又一心想着把他给解雇？他不会把钱还回去，他不会去感谢罗恩垂先生，可他拿不定主意对这个性变态他该下个什么样的裁断。他开始琢磨着碰上罗恩垂先生的时候他该对他说什么。"依我看，罗恩垂先生，"他会这么说，"下次你想自杀的时候，你最好是弄根绳子或是弄把枪。依我看，罗恩垂先生，"他会说，"你最好是去找个好大夫，检查一下你的脑袋。"

春风，刮得这个城市到处都是阴沟气味的南风正在刮着。克兰西家的窗户望出去是一大片晾衣绳和臭椿树，当作垃圾场的院子以及廉租公寓那赤裸裸的背面，密密麻麻的一个个亮灯和没有亮灯的窗洞。这种对称，这一场景的现实性使克兰西振作了起来，就仿佛它跟他内心里那些善良的东西达成了一致。是像他这样拥有平常心的人建造了这些房屋。诺拉给他拿来了一杯啤酒，在窗前坐下。他伸出胳膊搂住了她的腰。她只穿了条衬裙，因为天很热。她的头发用几枚发针别住。在克兰西看来她就是他年轻时最光彩照人的美人儿之一，可是一个陌生人，他猜想，也许就会注意到她衬裙上破了的口子，注意到她的身体已经弯曲而又沉重。墙上挂着一张约翰的照片。克兰西深深为他儿子脸上所洋溢的力量和智慧所打动，可他猜想一个陌生人也许就会注意到那男孩儿的眼镜和他糟糕的肤色。然后，因为想到诺拉和约翰以及他自己的凡俗之爱所具有的半盲目性，他决定什么话都不跟罗恩垂先生说了。他们碰到的时候，将一言不发地各走各的路。

圣诞节是穷人的伤心日

圣诞节是个伤心的日子。这个谚语在闹钟刚把查理叫醒后，马上浮现在了他的脑海，也一语道破了昨天困扰了他一晚上的那无以名状的沮丧的缘由。窗户外面的天空漆黑一片。他在床上坐起来，拉了一下挂在他鼻子前面的灯绳。圣诞节是一年当中一个伤心已极的日子，他暗想。在纽约的几百万人当中，我实际上是唯一一个在圣诞节一大早这寒冷黑暗的六点钟就得起床的人；实际上就我一个人。

他穿上衣服，当他从他居住的这个寄宿舍的顶楼往下走的时候，他听到的唯一的声响就是粗重的睡眠声；仅有的几盏还亮着的灯都是忘了关掉的。查理在一辆通宵营业的快餐车上吃了点早餐，乘坐一辆高架列车来到上城，从第三大道走到萨顿广场。周围还是黑乎乎一片。一幢幢大楼在街灯照耀下就像一道满是黑窗的墙。几百万又几百万的人都在熟睡，这种普遍性的意识丧失给人造成一种荒芜和遗弃的印象，仿佛这座城市已经陷落，时间已经走到尽头。他推开公寓大楼那两扇铁框镶玻璃的大门——过去的半年间他都在这里开电梯——穿过优雅的大堂，走进后楼的一间更衣室。他换上缀有铜纽扣的条纹背心，系好冒牌的阿斯科特式阔领带[1]，穿上裤缝

1　领巾式阔领带据说最初出现在英国著名的阿斯科特（Ascot）赛马会上，因此而得名。

镶浅蓝色布条的制服裤子和制服外套。值夜班的电梯工正在轿厢里的小板凳上打瞌睡。查理把他给叫醒。夜班的电梯工用重浊的嗓音告诉他白班的门卫病了，今天不来上班了。门卫这一病，查理中饭的时间就没人替他一下了，而且他还得为好多住户跑出去吹哨子叫出租车。

查理当班还没有几分钟，十四楼的铃声就响了——那是休英太太，他碰巧知道那女人品行不端。休英太太还没睡过觉呢，她走进电梯，毛皮大衣里面穿了件长裙，后面跟着她那两条长相滑稽的小狗。他把她送下去，眼看着她走到了外面的黑暗中，牵着那两条狗来到了马路边。她在外头只待了几分钟。然后她又进大楼，他又把她送回到十四楼。她走出电梯的时候，说了句："圣诞快乐，查理。"

"唉，对我来说这可算不上什么节日，休英太太，"他道，"我觉得圣诞节是一年当中一个非常伤心的日子。并不是说这里的人待人不宽宏大量——我是说，我拿到了很多小费——可是您瞧，我孤身一个人住在一个带家具出租的单间里，我连个亲人都没有，什么都没有，圣诞节对我来说真算不上什么节日。"

"我很难过，查理，"休英太太道，"我也一样，一个亲人都没有。在你孤身一人的时候，总是挺伤心难过的，是不是？"她叫上两条狗，跟在它们后头走进了她的公寓。他把电梯开了下去。

周围一片寂静，查理点了根香烟。这时候，地下室的供热装置使整个大楼都产生了一种深沉而又有规律的颤动，供暖的蒸汽那沉闷的嗡鸣开始产生回响，先是在大堂，然后嗡嗡地向上穿过所有那十六个楼层。但这只是一种机器的苏醒，并不能减轻他的孤寂和烦躁。玻璃门外那黑色的空气开始变成蓝色，可是那蓝光又似乎并无光源，就像是平白出现在了空气当中。那是令人伤心的光线，当它将空荡荡的街道描画出来的时候，他真想大哭一场。这时有辆出租车开了过来，沃尔泽夫妇从车上下来，醉醺醺的，穿着晚礼服，他把他们送到了顶楼的套房。沃尔泽夫妇不禁引起他的深思：他那种租住一个带家具单间的生活跟那些住顶层豪华套房的富人之间的巨大差距。真可怕。

然后，那些一大早往教堂赶的信徒们开始按铃了，可是那天早上也只有三个人。八点钟又有几个去教堂的，不过公寓大楼里大部分的住户都还在睡梦中，虽然已经有培根和咖啡的气味开始飘进了电梯井里。

九点钟刚过，一个保姆带着个孩子乘电梯下楼。保姆跟那个孩子都晒得很黑，他知道他们刚从百慕大回来。他从没去过百慕大。他，查理，就是个囚徒，每天八小时囚禁在一个六英尺宽、八英尺长的电梯笼子里，这个笼子又囚禁在一个十六层高的电梯井里。在一幢又一幢大楼里，他靠开电梯为生已经有整整十个年头了。据他估算，每上下一趟大约是八分之一英里，当他想到他已经经过的那成千上万英里的距离，当他想到这段距离已经足可以使他驾驶着电梯驶过加勒比海上的重重云雾，降落在百慕大某个珊瑚海滩上的时候，他将自己的旅程只能局限于狭窄的电梯井里归咎于他的乘客，就仿佛将他囚禁起来的并非电梯的性质，而是他们的生活给他带来的压力，就仿佛是他们剪断了他飞翔的翅膀。

他正胡思乱想的时候，九楼的德保罗夫妇按了铃。他们祝他圣诞快乐。

“唉，谢谢你们还惦记着我，”他们一路往下的时候他说，“可是这对我来说算不上什么节日。你要是个穷人的话，圣诞节可是个伤心的日子。我一个人租住在一个带家具的单间里。我连个家人都没有。”

“那你跟谁一起吃这顿晚餐呢，查理？”德保罗太太问。

“我根本就没有什么圣诞晚餐，”查理道，“我弄个三明治吃吃就算了。”

“哦，查理！”德保罗太太是个身材粗壮的女人，可是有颗善感的心灵，查理的悲叹就像是一阵暴风雨，浇熄了她过节的高昂兴头。“我真希望我们能跟你共享我们的圣诞大餐，你知道，”她道，“我来自佛蒙特，你知道，在我小的时候，你知道，我们总是请好多人一起分享我们的圣诞大餐。邮差啦，你知道，我们的老师啦，还有所有那些没有家人、孤身一人的人，你知道，我希望能像我们过去那样跟你共享我们的大餐，你知道，而且我看没道理我们现在就不能这么做了。我们不能请你坐到我们的餐桌上来，你知道，因为你不能离开这台电梯——是不能吧？——可是一等到德保罗先生把烤鹅切开，我就按铃通知你，我会给你准备好一个托盘，你知道，我想让你上来，至少分享一点我们的圣诞大餐。”

查理谢了他们，他们的慷慨大度让他颇感意外，可他也怀疑等他们的朋友和亲戚们都来了以后，他们会不会就把这茬儿给忘了。

然后老加德什尔太太按了电梯铃，当她祝他圣诞快乐的时候，他垂下了头。

“这对我来说算不上什么节日，加德什尔太太，”他道，“你要是个穷人的话，圣诞节可是个伤心的日子。您瞧，我一个家人都没有。我就一个人住在一个带家具的房间里。”

“我也一个家人都没有，查理。”加德什尔太太道。她的话语中丝毫都没有气恼的情绪，可她这种气度明显是做出来的。“我是说，今天我一个孩子都不在跟前儿。我有三个孩子和七个孙儿辈，可是没有一个能抽时间到东部来跟我一起过圣诞。当然啦，我也理解他们的困难。我知道在节假日带着孩子出门是件很麻烦的事儿，尽管我在他们这个年纪的时候总是能够想办法做得到的，可人跟人的想法就是不一样，我们不应该因为我们不能理解的事情而责难他们。不过我知道你的感受，查理。我也一个家人都没有。我就跟你一样地孤单寂寞。”

加德什尔太太的这番话并没有打动他。也许她确实感到孤单寂寞，可她有一套十个卧室的豪华公寓，有三个用人伺候，还有一沓又一沓的美元和一颗又一颗的金刚钻，贫民区里有那么多的穷孩子，就算能吃到她的厨师扔掉的食物都会高兴得不得了的。于是他想到了那些穷孩子们。他在大堂的一把椅子上坐下来，想着他们。

他们是最倒霉透顶的。打一入秋就开始了对圣诞节所有激动的期盼，期盼着那一天对他们来说将是怎样美好的一天。过了感恩节，圣诞节就再也不可能错过了。它就已经确定无疑，所以他们再也不可能错过它了。到处都是花环和装饰，钟声到处敲响，公园里的圣诞树，每一个街角的圣诞老人，杂志和报纸上以及这个城市里每一堵墙和每一个窗户上的图片都在告诉他们，只要他们是个好孩子，他们就能得到他们想要的一切。就算是他们不识字，他们都不可能错过它。就算他们是瞎子，他们都不可能错过它。它已经融入了穷孩子们呼吸的空气中。每次他们出去散个步，他们就会看到商店橱窗里展示的所有那些昂贵的玩具，他们就会给圣诞老人写信，他们的父母都会保证把信给他们寄出去，而等这些孩子们睡着以后，他们就会把这些信扔到火炉里烧掉。当圣诞节的早上终于到来时，你又该怎么向他们解释，你怎么能告诉他们圣诞老人只去拜访那些有钱人，而根本不管他们是不是好孩子呢？当你给他们的礼物就只能是个气球或是根棒棒糖时，你又怎么能面对他们呢？

几天前的一个夜里，查理在回家的路上看见一个女人和一个小女孩儿正沿着五十九街往前走。那小女孩儿正在哭。他猜她是在哭，他知道她是在哭，因为她已经看到玩具店的橱窗里摆放的所有那些玩具，却不明白为什么没有一样是给她的。她妈妈给人家帮佣，他猜想，或者也许是个女招待，他看着她们回到了一个就像他住的那样的房间，绿色的墙壁，没有暖气，在圣诞前夜，也只能吃一个罐头汤菜。他看到那个小女孩儿把她那只破旧的长袜子挂起来[1]，睡着了，他看到那位母亲翻遍了她的手提包想找点什么东西好放进那只袜子里——这段幻想被十一楼的电梯铃声打断了。他把电梯开上去，是富勒先生和太太在等着。当他们祝他圣诞快乐的时候，他说：“唉，这对我来说算不上什么节日，富勒太太。你要是个穷人的话，圣诞节可是个伤心的日子。”

“你有孩子吗，查理？”富勒太太问。

“四个活着，”他说，“两个进了坟墓。”这个谎言所具有的威势把他自己都彻底压倒了。“我老婆还是个瘸子。”他又补充道。

---

1 西俗的说法是圣诞老人会在孩子挂起来的长袜子里塞上圣诞礼物。

“太让人难过了，查理。”富勒太太道。电梯到达大堂后，她已经开始往外走了，又忍不住折了回来。“我想给你的几个孩子送几样礼物，查理，”她道，“富勒先生和我现在要去拜会一位朋友，不过等我们回来以后，我想送点东西给你的孩子。”

他谢了她。四楼的电梯铃响了，他上去接韦斯顿夫妇。

“对我来说这算不上什么节日，”当他们祝他圣诞快乐时他说，“你要是个穷人的话，圣诞节可是个伤心的日子。您瞧，我孤身一人住在一个带家具的单间里。”

“可怜的查理，”韦斯顿太太道，“我很清楚你内心的感受。战争[1]期间，当韦斯顿先生上了战场的时候，我就是孤零零一个人过圣诞的。我没有任何圣诞大餐或是圣诞树或是任何这类的东西。我就给自己炒了几个鸡蛋，然后就坐在那儿哭。”已经走到大堂的韦斯顿先生不耐烦地叫了他妻子一声。“我很清楚你内心的感受，查理。”韦斯顿太太道。

临到中午，电梯井里的小气候已经从培根和咖啡变成了家禽和野味的气味，整幢大楼就像个巨大而又庞杂的大宅门一样，沉浸在家庭盛宴的准备工作中。孩子们和他们的保姆们都从公园里回来了。祖母外祖母们和姑妈姨妈们都乘坐着豪华轿车陆续到达。大部分从大堂走过的人都抱着用彩纸包好的五颜六色的大小包裹，都穿着他们最好的毛皮大衣和新衣服。查理继续跟大部分祝他圣诞快乐的住户诉苦，把他的故事从孤独的单身汉变成可怜的老父亲，然后

---

1 指第二次世界大战。

再变回来，完全听凭他自己情绪的转变，可是他这种悲情愁绪的大宣泄以及由此而引发的慰问和同情，都并没有让他的情绪稍有好转。

一点半的时候，九楼的电梯铃响了，他上去以后，发现德保罗先生正站在他们公寓的门前，手里拿着个鸡尾酒调制器和一个酒杯。“这是过节的一点喜庆酒，查理。”他说着给查理倒了一杯鸡尾酒。然后一个女仆端着个托盘出现了，托盘上摆着几个盖好了的菜碟子，德保罗太太也从客厅里走了出来。“圣诞快乐，查理，”她说道，“我让德保罗先生早点把烤鹅给切开了，这样你也就可以先尝尝了，你知道。托盘上的几样菜里面我还没有放甜点，我怕它化了就不好了，你知道，等我们吃甜点的时候，我们再叫你。”

“而且，没有点礼物怎么能叫圣诞节呢？”德保罗先生道。他从门厅里又拿出一个巨大的扁盒子来，把它放到了那些盖着的菜碟子上头。

“你们让我感觉真有了个过圣诞节的样子了。”查理道。泪水涌进了眼眶。“谢谢你们，谢谢你们。”

“圣诞快乐！圣诞快乐！”他们喊道，而且他们目送他端着他的大餐和礼物走进电梯。他下去后，把那个托盘和那个盒子拿进了更衣室。托盘里的菜式有一碗汤，某种奶油煎鱼和切下来的一份烤鹅。电梯铃又响了，不过他在赶去之前把德保罗夫妇送给他的礼物盒子拆开了，里面是一件晨衣。他们的慷慨和他们的鸡尾酒开始在他脑子里起作用了，他喜滋滋地把电梯开到了十二楼。加德什尔太太的女仆手捧一个托盘站在门口，加德什尔太太就站在她身后。“圣诞快乐，查理！”她说道。他谢了她，泪水再度涌进了眼眶。下去的路上，他喝干了加德什尔太太托盘上的那杯雪利酒。加德什尔太太送他的是一份烤杂排。他就直接下手吃了里面的那块羊排。电梯铃又响了，他用纸巾擦了擦脸，把电梯开到了十一楼。“圣诞快乐，查理。”富勒太太道。她就站在门口，满满地抱了一大抱银纸包着的包裹，活像是广告里的一幅画面，富勒先生站在她旁边，用一只手搂着她，夫妻俩看起来都像是要哭出来的样子。“这是些我想让你拿回家送给孩子们的东西，”富勒太太道，“这是给你太太的，这是给你的。你要是想先把这些礼物放到电梯里，我们马上就把为你准备的圣诞大餐端出来。”他把那一大抱礼物拿进电梯里，然后再出来拿盛食物的托盘。“圣诞快乐，查理！”他把电梯门关上的时候，富勒夫妇在他背后大叫。他把他们的吃食和礼物拿到更衣室里，撕开了那个上面写着送给他的礼品盒。里面是个鳄鱼皮的钱夹，角上印着富勒先生姓名的首字母。他们的大餐也是烤鹅，他用手拿了块肉放到嘴里，用一杯鸡尾酒送下去，这时候电梯铃又响了。他再次把电梯开上去。这次是韦斯顿夫妇。“圣诞快乐，查理！”他们说，然后给了他一杯蛋奶酒、一份火鸡大餐和一件礼物。他们的礼物也是件晨衣。然后七楼的铃又响了，他上去以后，又是另一份大餐和更多的玩具。然后十四楼的铃响了，他上去后，休英太太站在门厅里，穿着件长睡衣，一只手上拿着一双马靴，另一只手上是几条领带。她一直都在一边哭一边喝酒。“圣诞快乐，查理，”她温柔地说，“我想送你点什么东西，我这整个上午都在想着你，我找遍了整个公寓，就找到这么点男人可能用得着的东西。这是布鲁尔先生留下来的仅有的一点东西了。我看你大概是根本用不上这双马靴的，不过这几条领带你会不会喜欢呢？”查理收下了那几条领带，谢了她，赶紧又回到电梯里，因为铃声已经又响了三遍了。

到下午三点钟，查理已经在更衣室的桌子和地板上摊开了十四份圣诞大餐，电梯铃还不断地在响。正当他开始吃其中一份的时候，他又得上楼去拿另一份，他刚吃了一半帕森夫妇送的烤牛肉，又得上楼去拿德保罗夫妇的甜点。他一直都把更衣室的门关着，因为他感觉到慈善的性质是具有排他性的，他的那些朋友们如果发现自己并非唯一在设法减轻他孤寂之苦的好人，他们会感到很失望的。他的圣诞大餐中有鹅肉、火鸡、鸡肉、野鸡、松鸡和鸽子；有鳟鱼和三文鱼，奶油扇贝和牡蛎，龙虾、蟹肉、银鱼和蛤蜊；有葡萄干布丁、百果馅饼、奶油慕斯、一摊摊化了的冰激凌、夹心蛋糕、德国果子奶油蛋糕、手指泡芙和两片巴伐利亚奶冻。他收到的礼物有晨衣、领带、袖扣、袜子和手帕，有一位住户还特意问了他的领口尺寸，然后送了他三件绿色晨衣。有一把玻璃茶壶，照标签上所说，里面装满了茉莉蜜，有四瓶须后乳液，几个雪花石膏的书立，还有一打牛排餐刀。他因贸然行事而引发的慈善的雪崩填满了整个更衣室，不禁使他一阵阵地踌躇起来，就仿佛他不小心触动了女性心田中暗藏的某种源泉，结果她们会用美食和晨衣将他给活埋了一般。那么多吃食他几乎全部剩了下来，因为所有的馈赠量都大得惊人，就仿佛孤寂会将他的胃口无限撑大一般。那些送给他子虚乌有的孩子们的礼物他还一样都没拆开，可是他却喝光了他们送给他的所有美酒，他周围全都是各种酒类的残余，有马提尼、曼哈顿鸡尾酒、古典鸡尾酒、香槟和木莓鸡尾酒，蛋奶酒、布朗克斯鸡尾酒和赛德卡鸡尾酒。

他的脸上红扑扑的直发烧。他爱这个世界，这个世界也爱他。当他回顾起自己的一生时，他也觉得过去的时光都呈现在富丽而又奇妙的光线之下，充满了意想不到的经历和非同寻常的朋友。他觉得他所干的这个开电梯的工作——在几百英尺危机四伏的垂直空间中上上下下地巡游——需要一个飞行员那样的胆略和智慧。他人生中所有的束缚和窘迫——他那个单间里绿色的墙壁和一月又一个月的失业——全都烟消云散了。没有人按铃，可他冲进电梯，以全速开到顶层，然后再下来，上上下下地打了一个又一个来回，只为了测试他对于空间出色的娴熟掌控。

他在巡游的时候，十二楼的铃响了，他于是在他的航程中停下来接上了加德什尔太太。当电梯开始下降的时候，他在一阵欢欣情绪的迸发状态下撒开了操作杆，并大声叫道："系好安全带，加德什尔太太！我们这就来个空中翻筋斗！"加德什尔太太发出一声尖叫。然后，出于某种原因，她扑通一声坐到了电梯的地板上。她的脸色为什么会如此苍白，他实在搞不懂；她为什么要坐在地板上？她又尖叫了一声。他轻轻地，并且自觉很灵巧地将电梯在底层停好。"如果吓到了您我很抱歉，加德什尔太太，"他谦恭地说，"我刚才不过是在闹着玩儿。"她又尖叫了一声。然后她跑出去来到了大堂，哭着喊着要找公寓的主管。

主管把查理当场解雇，自己暂时接管了开电梯的工作。他失业了的消息一时间使查理痛苦不已。这是那一天他第一次接触到人类卑鄙的一面。他在更衣室坐下，啃着一根鸡腿。酒劲儿开始搅得他心烦意乱，而在它还没有完全控制他之前，他感到一阵正在酝酿当中的凄惨的清醒。周围那满坑满谷的食物和礼物开始让他感觉惭愧和负疚。他深深地懊悔不该随口瞎编他有一大帮孩子的鬼话。他是个只有简单需求的单身汉。他滥用了楼上那些人的善意。他真是愧对人家的好心。

然后，在他这一连串醉醺醺的思绪当中浮现出他的房东太太那瘦削的身影和她那三个皮包骨头的孩子。他想着他们正坐在他们那个地下室的房间里。圣诞的快乐已经从他们身边擦身而过。这个形象让他一下子站了起来。意识到他现在有条件给予，意识到他能够轻而易举地将快乐带给别的人，这让他一下子清醒了过来。他拿起一个巨大的粗麻袋——这原本是用来装垃圾的——开始往里装东西，先是送给他的礼物，然后是送给他那几个子虚乌有的孩子们的礼物。他就像一个火车就要进站，唯恐误了车的旅客那样仓促和匆忙，因为他等不及地一心想看到那些拉得老长的哭丧面孔在他进门以后如何面露喜色，变得容光焕发。他换回自己的衣服，体内燃烧着一种陌生而又神奇的力量，他就像个正牌的圣诞老人那样把他的大口袋往肩头上一甩，从边门走出那幢大楼，叫了辆出租来到了下东区。

房东太太跟她那几个孩子刚吃完了一只火鸡，那是本地的民主党俱乐部送给他们的，娘儿几个正撑得难受的时候，查理开始砰砰地敲门，大声喊着："圣诞快乐！"他把那大口袋拖进门来，把那些给孩子们的礼物呼隆一声全都倒在了地板上。有洋娃娃和玩具乐器，有积木、针线包、一身印度服装，还有一台小纺织机。在他看来，正如他期望的那样，他的到来将地下室里的郁闷一扫而光。当一半的礼物已经打开后，他送给房东太太一件浴袍，然后就上楼去查看他给自己留的那些礼物了。

其实在查理到来之前，房东太太的那几个孩子已经收到了那么多的礼物，他们都被搅得有些不知所措了。仅仅因为房东太太对慈善的本质出于直觉的领悟，她才允许孩子们在查理仍旧待在房间里的时候又打开了他带来的几样礼物，可是等他一走，她马上就站到了孩子们和那些还没打开的礼物中间。“好啦，你们这些小孩儿得到的礼物已经够多的了，”她说，“你们这些小孩儿该有的也都有了。看看你们已经有的那些东西。嗐，你们就连一半都还玩不过来呢。玛丽·安妮，消防队送给你的那个玩具你连看都还没看呢。现在，我们就应该把所有剩下的礼物都送给哈得孙街上的那些穷人——送给戴克尔家的孩子们，他们什么都没有，这才叫做好事呢。”当她意识到她也能够给予，她也能给别人带来快乐，她也能给比她更穷苦的人带来安慰的时候，她的脸上现出了一层天使般的光彩——就像德保罗太太和韦斯顿太太，就像查理本人，并且就像德克尔太太，当德克尔太太随后想到穷困的香农夫妇的时候，也一样——先是爱，然后是慈悲，再后来就是一种力量感在推动着她。“现在，你们几个小孩儿帮我把这些东西都拢到一起。快，快，快呀！”她催促道，因为天已经黑了，因为她知道只有在这一天，我们相互间才有义务这么尽情地播撒仁慈和善意，而那一天就快要过去了。她已经很累了，可是她不能休息，她还不能休息。

离婚的季节

我妻子一头棕发，一双深色的眼睛，性情温婉。就因为她这温婉的脾性，我有时候觉得孩子们都要被她给宠坏了。他们的什么要求她都不忍心拒绝。他们总能哄得她言听计从。埃塞尔跟我结婚已经有十年了。我们都来自于新泽西的莫里斯敦，我都不记得我第一次跟她见面是什么时候的事儿了。我们的婚姻在我看来一直都很美满幸福。我们住在东五十几街一套没有电梯的公寓里。我们的儿子卡尔六岁了，上的是一所很不错的私立学校，我们的女儿四岁，要到明年才上学。我们经常抱怨我们当年受教育的方式，可是我们又貌似在不遗余力地按照同样的方式来培养我们的孩子，到头来，我想他们还是会上我们当初所上的同样的中学和大学。

埃塞尔毕业于东部的一所女子学院，然后又进格勒诺布尔[1]大学读了一年。从法国回来后，她在纽约工作了一年，之后我们就结了婚。有一阵子她曾经将毕业证挂在厨房水槽的上头，不过这只是一时的笑话，我都不知道那张毕业证现在放到哪儿去了。埃塞尔不仅性情温婉，而且兴致高、适应能力强，我们俩都出身于中产阶级那个人数众多的阶层，其特点就是喜欢怀念旧日的好时光。失去的财富在我们的生活中占据了如此重要的地位，这不禁时不时地让我

1 格勒诺布尔（Grenoble），法国东南部城市。

想起那些被流放者，想起一群背井离乡的流民，使出浑身解数努力适应异国的土壤，却又不时会怀念起故国海岸上的断崖绝壁。由于我们的生活完全受限于我那点微薄的薪水，埃塞尔的生活表层是几句话就能说清楚的。

她七点钟起床，把收音机打开。穿好衣服后，她把孩子们叫醒，然后开始准备早饭。她八点钟必须把我们的儿子送去乘校车，回来后就得给卡罗尔扎辫子。我八点半出门上班，不过我知道，在每天剩余的时间里，埃塞尔的一举一动全都是由各种家务所决定的：烧饭做菜，外出购物以及孩子们的各种需要。我知道每周二和周四的十一点到十二点，她都要去A & P[1]超市购物；每个天气晴好的下午，她都要在一个儿童游乐场的一条特定的长凳上从三点一直待到五点；每个周一、周三和周五，她都会打扫房间，碰上下雨天就擦拭银器。我在六点钟回家的时候，她通常总是在洗菜或是为晚饭做其他的准备。然后，在喂好两个孩子并给他们洗好澡，在晚饭已经准备好，在起居室里的餐桌上已经摆好饭菜和碗碟后，她会在房子中央站上那么一会儿，仿佛她丢失了或是忘记了什么东西，这一刻的沉思默想是如此深沉，如果我在这时候跟她说话或是孩子们喊她，她都会充耳不闻。然后这一刻也就过去了。她会点亮银烛台上的那四根白蜡烛，我们俩坐下来吃那顿咸牛肉配土豆泥或是别的什么简单饭食的晚餐。

我们一周出门应酬个一两次，差不多一个月招待一次客人。出于实际的考虑，我们交往的圈子左不过周边的街坊邻居。我们经常

1　美国连锁超市，二○一五年十一月停业。

绕过街角去参加纽瑟姆夫妇举行的派对，这对夫妇为人慷慨好客。纽瑟姆家的派对场面很大，客人也很杂，单凭着一时兴起就能交上不少朋友，完全放任自流。

有天晚上在纽瑟姆家，出于我现在都不明白的原因，我们跟一对姓特伦彻的医生夫妇一见如故。我想在这桩友谊的缔结中，特伦彻太太是最主动的一方，在我们初次见面之后，她接连给埃塞尔打了三四通电话。我们去他们家吃过饭，他们也来我们家做过客，有时候特伦彻医生傍晚时分遛他们那条老腊肠狗的时候，他也会上来串个门儿。看起来像是个颇为讨喜的客人。我听别的医生说过，他是个医术不错的内科医生。特伦彻夫妇三十左右的岁数；至少他三十上下。她则年纪更大。

我得说特伦彻太太是个姿色平平的女人，可她的平凡姿色又殊难说清。她个头矮小，身形儿不错，五官端正，我猜想那种姿色平平的印象是源自某种内在的羞怯，某种对于自己的际遇所持的狭隘看法。特伦彻医生不抽烟也不喝酒，我也不知道跟这个有没有关系，不过他那张容长脸上的气色倒真是新鲜——两颊绯红，一双蓝色的眼睛清澈有神。他具有一位诸事顺心的医生所特有的那种乐观主义——认为死亡不过是种偶然的不幸，而物质世界不过是一个需要征服的领域而已。正像他妻子看起来姿色平平一样，他则显得相当年轻。

特伦彻夫妇住在我们附近一幢舒适而又毫不招摇的私人住宅里。那幢房子很老式，几个起居室都很大，门厅里光线暗淡，特伦彻夫妇貌似并没有给那个地方带来多少人气，所以有时候在他们那里度过一个傍晚之后，你带走的印象就像是里面有很多空房间似的。特伦彻太太显然非常钟爱她的财物——她的衣服，她的珠宝，以及她为家里购置的各类装饰品——还有 Fräulein[1]，就是那条老腊肠狗。她拿餐桌上的残羹剩饭喂 Fräulein，偷偷摸摸的，就像有人禁止她这么做似的。饭后，Fräulein 就偎着她躺在沙发上。有天晚上，电视机发出的绿光一闪一闪地映在她那拉长的五官和她那双抚摸 Fräulein 的瘦削的手上，特伦彻太太在我看来就像个好心肠的可怜虫似的。

特伦彻太太开始在早上打电话给埃塞尔聊几句闲天，有时请她吃顿午饭或是看个日场演出什么的。埃塞尔白天不能出门，而且她声称不喜欢没完没了地煲电话粥。她抱怨特伦彻太太就是个不请自来、没完没了的长舌妇。然后，在一个临近傍晚的午后，特伦彻医生出现在了埃塞尔带我们那两个孩子前去玩耍的游乐场上。他是从那儿路过，看到她以后就跟她一直坐到该带孩子们回家的时候。几天后他又去了一趟，然后，埃塞尔告诉我，他到儿童游乐场去见她就成了家常便饭。埃塞尔觉着可能是他没多少病人，又没别的事可做，所以很乐于跟随便什么人聊聊天。后来有一天夜里，我们正一起洗碗碟的时候，埃塞尔突然若有所思地说，她觉得特伦彻对待她的态度挺奇怪的。“他一个劲儿地盯着我看，”她说，“他一边唉声叹气，一边一个劲儿地盯着我看。”我很清楚我妻子在游乐场上是个什么模样。她穿一件旧花呢大衣，一双防湿保暖的套鞋，戴一副军用手套，脖子上围着一条围巾。那个游乐场位于贫民区和东河之

1 德语：少女，小姐。

间，是块有围栏的平展场地。设想一位衣冠楚楚、面色绯红的医生居然在这样的环境下爱上了埃塞尔，这实在让人觉得有些可笑。这之后有好几天，她都没有再提到他，我猜想他应该已经不再去游乐场找她了。那个月的月底是埃塞尔的生日，我把这事儿给忘了，可是那天傍晚我回家的时候，起居室里有很多玫瑰花。那是特伦彻送的生日礼物，她跟我说。我正因为忘了她的生日而生自己的气呢，而特伦彻送的玫瑰更让我勃然大怒。我问她近来是不是经常跟他见面。

“哦，是的，”她说，“他仍然几乎每天都到游乐场来。我没告诉你，是不是？他已经正式向我表白了。他说他爱我。他离了我就没法儿活。为了能听到我说话的声音，他就是赴汤蹈火也在所不辞。”她笑道，“他就是这么说的。”

“他什么时候这么说的？”

“在游乐场。往家里走的时候。昨天。”

“他知道他爱上你有多久了？”

“最好笑的一点正在这里，”她道，“他在纽瑟姆家见到我之前就知道了。在那次派对的三个礼拜前，他看到过正在等一辆跨区巴士的我。就凭他见到我的那一面，他说他当时就知道了，他见到我的那一刻他就知道他爱上了我。当然啦，他简直是疯了。”

那天夜里我很累，还操心着税单和账单怎么付，对于特伦彻公开示爱这件事只当作一个可笑的误会，并没有深究。我觉得他就像我认识的其他男人一样，是经济和情感承诺的双重俘虏，他已经没有爱上一个在街角看到的陌生女人的自由了，正如他已经不再有步行穿越法属圭亚那或者换个假名在芝加哥开始全新生活的自由了一样。他的表白，游乐场上的那个场景，在我看来就像是任何大城市的生活都在所难免的那种意外的邂逅一样。一个盲人请你领他穿过马路，在你就要离开他的时候，他却抓住你的胳膊，声泪俱下地向你倾诉他那几个孩子是多么冷酷无情、忘恩负义；或者开电梯的在拉你上楼去参加一个派对的时候，突然跟你说起他的孙子患有小儿麻痹症。这个城市充满了这类偶然被披露出来的各种真相，充满了各种含混不清的求救的呼喊，充满了只要觉得你流露出一丝一毫的同情就会把一切都告诉你的陌生人。在我看来，特伦彻的举动就像是那个盲人或者那个开电梯的一样。他的表白也并不会比这些偶发的干扰对我们的生活造成更大的影响。

特伦彻太太已经不再打电话过来聊天，我们也不再去特伦彻家做客了，不过有时候我早上上班去晚了的时候，会在跨区巴士上碰到他。完全可以理解，每次见到我，他总显得有些尴尬，不过一天当中那个时候的巴士上总是很挤，我们很容易能做到回避彼此。而且，也就在那段时间前后，我在工作上出了个岔子，使我所在的商号损失了几千美元。我因此而丢掉工作的可能性并不大，可我心里却难免总在犯嘀咕，在这种压力之下，再加上我一直都一心想多赚点钱，这位古怪医生的事情也就被我抛到脑后去了。三个礼拜过去了，埃塞尔没有再提起他，然后有天晚上，我正在看书的时候，注意到埃塞尔站在窗前朝下面的街上张望。

“他还真在那儿。”她道。

“谁？”

“特伦彻。过来看看。”

我走到窗前。街对面的人行道上只有三个人。天已经黑了，很不容易认出谁是谁来，不过因为其中一个正朝街角走去的用皮带牵着一条腊肠犬，所以很有可能就是特伦彻。

“哦，那又怎样？”我说，“他只不过是在遛狗罢了。”

“可是我一开始从窗户往外看的时候，他并不是在遛狗。他就站在那儿，直着眼睛朝我们楼上看。他自己说他就是这么做的。他说他常到这儿来，抬头望着我们亮着灯的窗户。”

“他什么时候这么说的？”

“在游乐场。”

“我还以为你改去另一个游乐场了呢。”

“哦，我是，我是去了另一个游乐场，可是他跟着我。他疯了，亲爱的。我知道他是疯了，可我总是很为他感到难过。他说他一夜又一夜地待在那儿朝我们的窗户张望。他说他到处都看到我的身影——我的后脑勺，我的双眉——到处听到我的声音。他说他这辈子做事从不妥协，他也不打算在这件事上妥协。我真为他感到难过，亲爱的。我实在忍不住为他感到难过。”

事到如此，我才头一次感觉到事态的严重，因为在他这种无助当中，我知道他也许已经触动了埃塞尔以及某些女人所共同具有的那种不可估量而又情难自已的激情——她们无力拒绝任何求救的呼喊、拒绝任何听起来可怜兮兮的吁请。这种激情毫不讲理，我几乎都宁肯她渴望他，都不愿意她可怜他。那天夜里我们正准备睡觉的时候，电话铃响了，我拿起听筒说了声“喂，哪位”，可是没人答话。十五分钟后，电话铃又响了，拿起听筒发现还是没人说话后，我就开始大声咒骂起了特伦彻，可他没有应声——连电话挂断的咔嗒声都没有——我感觉自己就像个傻瓜。正因为我觉得自己就像个傻瓜，我就开始指责埃塞尔一直都在引诱他，一直都在鼓励他，可这些指责对她并没有什么作用，等我发泄完了以后，我感觉更糟糕了，因为我知道她是无辜的，知道她必须得上街去买日用品，必须得带孩子们出去透透气，而且没有任何法律能够禁止特伦彻在那儿等着她，或是仰头望着我们家的灯光。

下一周的一个晚上，我们去了纽瑟姆家，我们正在脱大衣的时候，我听到了特伦彻的声音。他在我们到达几分钟后就告辞了，可是他的做派——他投向埃塞尔的那忧伤的一瞥，他有意回避我的方式，他拒绝纽瑟姆夫妇的挽留时那痛苦的表情，还有他对他那个可怜妻子的殷勤表现——在在都让我气不打一处来。然后，我又碰巧注意到埃塞尔的表现，看到她那容光焕发的脸庞，她那双熠熠生辉的眼睛，看到她在赞美纽瑟姆太太穿的那双新鞋时，她的心思根本就不在这上头。那天晚上我们回到家里的时候，临时帮我们照看孩子的保姆气哼哼地告诉我们，两个孩子谁都不肯好好睡觉。埃塞尔给他们量了体温。卡罗尔没什么问题，可是卡尔却烧到了一百零四度[1]。那天夜里我们俩都没怎么合眼，早上埃塞尔打电话到我的办公室，说卡尔得了支气管炎。三天后，他妹妹也染上了支气管炎。

接下来的两个星期里，两个生病的孩子占去了我们的大部分时间。晚上十一点得喂他们吃一次药，凌晨三点再喂一次，我们缺觉缺得厉害。房间里既不可能通风，也不可能打扫，每天我下班回家，从寒冷的汽车站一进房间，满屋子止咳糖浆和烟草、果核和病床的滞浊气息。到处都是毯子和枕头、烟灰缸和药瓶子。我们把

1 华氏度，相当于四十摄氏度。

照顾病患的工作做了合理的分工，夜里轮流起床值班，可是白天我还是经常靠在办公桌上就睡着了，而晚饭后埃塞尔往起居室的椅子上一坐就能睡着。疲劳对于成人和孩子而言似乎只有一个区别，那就是成人知道那就是疲劳，所以不会像孩子那样累趴下了都不知道是怎么回事；可即便知道是怎么回事，成年人仍旧会被累趴下，而当我们感到累了的时候，我们就会变得蛮不讲理、脾气暴躁，成为一种超验的抑郁情绪的牺牲品。孩子们病情最凶险的几天过去以后，有天傍晚我回家后发现起居室里有些玫瑰花。埃塞尔说是特伦彻送来的。她没让他进屋。她直接把门摔在了他脸上。我抓起那把玫瑰把它们扔了出去。我们并没有吵架。孩子们九点钟上床睡觉，几分钟以后我也上床睡了。睡了一段时间以后，我被什么东西给惊醒了。

门厅里亮着灯。我起身下床。孩子们的房间和起居室里都黑着灯。我发现埃塞尔在厨房里，正坐在餐桌前喝咖啡。

“我刚做了点咖啡，”她说，“卡罗尔刚才又觉着呼吸困难，我给她用蒸汽熏过了。他们俩现在都睡着了。”

“你起来有多久了？”

“我十二点半起来的，”她道，“现在几点了？”

“两点。”

我给自己倒了杯咖啡，坐了下来。她从餐桌前站起来，把她的杯子洗干净，然后在水槽上方挂的镜子里照了照自己。那天夜里风很大。楼下不知谁家的狗在哀嚎，有根松动的收音机天线啪嗒啪嗒地拍打着厨房的窗户。

“听起来像是根树枝。”她道。

在平常只是为了削土豆皮和洗盘子用的光秃秃的灯泡照射下，

她看起来疲惫不堪。

“孩子们明天能出门了吗？”

“哦，希望如此，”她道，“你意识到我已经有两个多礼拜没有出过公寓的大门了吗？”她恨恨地说道。她的语气不禁让我吃了一惊。

“还不到两个礼拜吧。”

“两个多礼拜了。”她道。

“那好，咱们来算算，”我说，“孩子们是在一个周六的夜里病倒的。那是四号。今天是——”

“别说了，别说了，”她道，“我知道已经有多少个日子了。我已经有两个礼拜没有穿上过鞋子了。”

“听你这么一说，这好像很糟糕似的。”

“是很糟糕。我已经有两个礼拜没穿过一件像样的衣服，没顾上做一下头发了。”

“情况有可能比这个还要糟呢。”

“我妈妈的厨子们日子过得都比我要好。”她大声道。

“你会把孩子们吵醒的。”

“我妈妈的厨子们日子过得都比我要好。连他们都有自己舒适的房间。没有他们的允许谁都不准踏进厨房一步。”她把咖啡渣磕到垃圾桶里，开始清洗咖啡壶。

“今天下午特伦彻在这儿待了多久？”

“一分钟。我告诉过你了。”

“我不相信。他肯定进来了。”

“他没有。我没让他进来。我没让他进来是因为我的样子实在是太难看了。我其实并不想给他泼冷水。”

“为什么？”

“我不知道。他也许是个傻瓜。他也许发了疯，可他跟我说的那些话却让我感觉妙不可言，他让我感觉妙不可言。”

“你想走吗？”

“走？我能去哪儿？”她伸手去拿放在厨房里支付日用花销用度的钱包，数出两块三毛五来，“奥西宁？蒙特克莱尔？”

“我是说跟特伦彻走。”

“我不知道，我不知道，”她说，“可是谁能说我不应该跟他走？那会有什么坏处？又会有什么好处？谁知道。我爱我的两个孩子，可是那并不够，还远远不够。我不会伤害他们，可是如果我离开你，就当真会给他们造成很大的伤害吗？离婚就真那么可怕吗？在维系一个婚姻的所有那些因素当中，又有多少是好的呢？”她在餐桌前坐下。

“当年在格勒诺布尔，”她说，“我用法语写过一篇有关查尔斯·斯图亚特[1]的长篇论文。芝加哥大学的一位教授还专门为此给我写过一封信。可是现在如果没有一本字典，我连一份法文报纸都看不了啦，我连每天看一份报纸的时间都没有，我为我的无能而羞愧，我为我这副邋遢样子而羞愧。哦，我想我是爱你的，我也确实爱那两个孩子，可我也爱我自己，我爱我的生命，对我而言那里面还有些价值，还有些指望，而特伦彻的玫瑰花让我感觉我正在失去

1　斯图亚特（Charles Edward Stuart，1720—1788），英格兰斯图亚特王室觊觎王位者，老觊觎王位者詹姆斯·斯图亚特之子，一七四五年发动詹姆斯党最后一次复辟叛乱，先胜后败，逃亡法国。

这些，我正在丧失我的自尊。我的话你能明白吗，你明白我的意思吗？”

“他疯了。”我说。

“我的话你能明白吗，你明白我的意思吗？”

“不，”我说，“不明白。”

卡尔在这时候醒了，叫着要妈妈。我让埃塞尔睡觉去。我把厨房的灯关掉，走进了孩子们的房间。

第二天，两个孩子感觉都好一些了，那天正好是礼拜天，我就带他们出去走走。下午的太阳温暖而又明澈，唯有那五色斑驳的暮色才使我想起那是仲冬季节，想起那些游轮就要返航了，再过一个礼拜黄水仙就要卖两毛五一把了。沿着列克星顿大道往前溜达，我们听到天空中传来教堂风琴那样低沉的轰响，人行道上的我们和大家全都虔诚而又迷惑地仰头观瞧，就像是一群热忱而又愚昧的信众，只见一组重型轰炸机编队朝海上飞去。随着天色渐晚，天变得寒冷、晴朗而又凝滞，就在这片凝滞当中，东河沿岸那些大烟囱中冒出的废气仿佛是在拼写出完整的字句，就像是百事可乐的广告飞机一样一目了然。“翡翠鸟”。“大灾难”。殊难理解。这看来就是一年当中的最低潮——罹患胃炎、瘘管炎和呼吸道疾病的邪恶日子——又想起以往的冬季，那些斑驳的光影标记使我深信这正是个离婚的季节。那是个漫长的下午，天黑以前我就把孩子们带回了家。

我想是当天那严肃的气氛也影响到了孩子们，回家以后，兄妹俩全都非常安静。这种肃然的气氛也不断向我袭来，使我感到这种变化，就像是速度这种现象一样，不但影响着我们的观察，同样也影响到我们的内心。我尝试着去回想战争期间埃塞尔是如何心甘情愿地跟随我们那个团，从西弗吉尼亚迁到南北卡罗来纳和俄克拉何马，想起她乘坐的那些硬座车厢和住过的那些简陋的房间，以及我出国参战前在旧金山跟她道别时的那条街道，可是我无法将这其中的任何一点付诸语言，我们俩都发现没有任何话可说。天黑以后的某个时刻，给孩子洗了澡，把他们送上床之后，我们俩坐下来吃晚饭。九点钟左右，门铃响了，我去应门的时候，我听出传声筒里的是特伦彻的声音，我请他上来。

他进门的时候，显得心慌意乱而又激动不已。他在地毯边上趔趄了一下。“我知道我在这儿不受欢迎，”他声音生硬刺耳地道，好像我是个聋子似的，“我知道你不喜欢我到这儿来。我尊重你的感情。这是你的家。我尊重一个男人对自己的家庭所怀有的感情。通常我是不到一个男人家里去的，除非他邀请我。我尊重你的家庭。我尊重你的婚姻。我尊重你的孩子。我想一切都该摊开到桌面上，光明正大。我来这儿是告诉你我爱你的妻子。”

“出去。”我说。

“你必须得听我说，”他道，“我爱你的妻子。没有她我就活不下去。我尝试过，我做不到。我甚至想到过远远地躲开——搬到西海岸去——可我知道那不会有任何区别。我想娶她。我不是个罗曼蒂克的人。我一直都讲求实际。我非常讲求实际。我知道你们有两个孩子，你手头并不宽裕。我知道有孩子的监护和财产的分割以及诸如此类的问题得去处理。我并不罗曼蒂克。我一直都脚踏实地。我已经把所有这些全都跟特伦彻太太摊开谈过了，她也已经同意跟我离婚了。我为人处世从来都不偷偷摸摸。你妻子可以向你证实这一点。所有这些方方面面的实际问题我全都考虑到了——监护权，财产，等等。我有很多钱。我可以给予埃塞尔她需要的一切，可是还有孩子的问题。你们俩得自己决定两个孩子的归属。我带了张支票过来。这是开给埃塞尔的。我希望她能收下它，然后去内华达[1]。我是个注重实际的人，我知道在她正式离婚之前什么都没办法确定下来。”

“你给我出去！”我说，“你他妈的给我滚出去！”

他朝门口走去。壁炉架上摆着盆天竺葵，我连盆带花朝他扔过去，正砸在他后腰上，险些把他砸趴下。花盆落在地板上，摔碎了。埃塞尔惊声尖叫。特伦彻继续往外走。我跟上去，抄起一个烛台朝他的脑袋掷去，没有砸中，砸在墙上弹了回来。“你他妈的给我滚出去！”我叫道，他砰的一声关上了房门。我回到起居室。埃塞尔面色苍白，不过并没有哭。暖气片上传来响亮的敲击声，那是楼上的住户提醒我们讲点公德、保持安静——急切而明确，就像州属监狱里的犯人通过管道系统相互传递信息。然后一切都陷入沉寂。

我们上床睡下，半夜里又醒了过来。我看不清梳妆台上的时钟，所以也不知道到底几点了。孩子们的房间里没有一点声响。整个街区一片阒寂。没有一扇还亮着灯的窗。然后我才知道是埃塞尔把我闹醒的。她躺在她那一边的床上。她在哭。

“你哭什么？”我问。

---

1 参见第37页注释。

“我哭什么？”她道，“我哭什么？”我这一问她这一答又勾起了她的伤心事，她剧烈地抽泣起来。她坐起来，两只胳膊往浴衣的袖子里一伸，摸索着寻找桌子上的一包香烟。她点燃香烟的时候，我看到她泪流满面。我听到她在黑暗中走来走去。

“你哭什么？”

“我哭什么？我哭什么？”她不耐烦地问，“我哭是因为我在第三大道上看到一个老太婆扇一个小男孩的耳光。她喝醉了。我脑子里总是浮现出这个场景，摆脱不掉。”她把被子从我们的床脚处拖走，抱着它朝房门晃晃荡荡地走去。“我哭是因为我十二岁的时候我爸爸就死了，因为我妈妈嫁了个我讨厌或者自以为讨厌的男人。我哭是因为二十年前我不得不穿着件丑陋的衣服——一件传给我的半旧衣服——去参加一个派对，玩得一点都不开心。我哭是因为有人对我不好，具体的我都不记得了。我哭是因为我累了——因为我累了，却又睡不着。”我听到她把自己在沙发上安置好，然后一切又安静下来。

我乐于想象特伦彻夫妇已经搬走了，可是我上班迟到的时候，仍旧时不时地能在跨区巴士的车站上看到特伦彻。我也看到过他妻子，牵着 Fräulein 去社区的图书馆借书。她显得很老。我不太擅长判断别人的年龄，可要是发现特伦彻太太比她丈夫足足大了十五岁我都不会感到吃惊。现在，当我在傍晚回到家的时候，埃塞尔仍旧坐在水槽边的凳子上清洗蔬菜。我跟她一起走进孩子们的房间。那里的灯光非常明亮。兄妹俩用装橙子的板条箱搭成了一样玩具，某种荒谬而又颇有气势的东西，而他们的甜蜜可爱，他们那股子建设性的冲劲，那灯光的明亮全都完美地反映在埃塞尔的脸上，而且还额外增添了光彩。然后，她就喂他们吃饭，给他们洗澡，在饭桌上摆放好饭菜，在房间的中央站上那么一会儿，努力在白天和夜晚之间建立起某种关联。然后，这一刻也就过去了。她点起那四根蜡烛，我们于是就坐下来吃晚饭。

贞洁的克拉丽莎

开往葡萄园港的晚班船只正在装货。再过一小会儿，警笛就会把绵羊和山羊们[1]——这是巴克斯特的想法——也就是把岛上的住户和在伍兹霍尔那几条大街上溜达的游客们给分开了。他的汽车，就跟其他所有买了渡船票的车一样，停在码头附近。他坐在前保险杠上，抽着烟等着。这个小港口里的喧嚣和忙乱似乎意味着春天已经结束，意味着海峡对岸那西潮浦的海滨已经是夏日的海滨了，不过此时此刻以及此段航程的这些言外之意对于巴克斯特来说并没有任何意味可言。这段延宕让他感觉既无聊又恼怒。当有人喊他名字的时候，他如释重负地站起身来。

是老瑞安太太。她从一辆尘灰满面的旅行车上招呼他，他走上前去跟她搭话。“我就知道，”她说，“我就知道我会见到从冬青湾来的熟人。我从心底里就有这种感觉。从今天上午九点钟开始我们就一直在路上。经过伍斯特[2]以后我们的刹车还出了点毛病。现在我操心的是，不知道塔尔伯特太太是不是已经把房间都给打扫干净了。去年夏天因为这第一趟的大扫除，她狮子大开口地要了七十五美元，当时我就告诉她，我不会再付她这么多钱了，要是她把我所

1 “把绵羊和山羊们分开”（separate the sheep from the goats）有“区分善恶”“甄别智愚”的含义。

2 伍斯特（Worcester），美国马萨诸塞州中部城市。

有的信件全都扔了的话，我都不会感到吃惊的。哦，我痛恨长途旅行之后来到一幢脏兮兮的房子里，可要是万一出现最坏的情况，迫不得已我们也总能亲自动手打扫的。是不是，克拉丽莎？”她问道，转向坐在她旁边前排座位上的一个年轻女人。“哦，请原谅，巴克斯特！”她惊叫道，“你还没见过克拉丽莎呢，是不是？这是鲍勃的妻子，克拉丽莎·瑞安。”

巴克斯特的头一个念头是，一个像这样的姑娘实在不应该乘坐这么一辆尘灰满面的旅行车；她应该有比这个好得多的座驾。她很年轻。他猜她大约二十五岁。红发，丰胸，苗条，而且慵懒，她看起来属于一个跟老瑞安太太和她那几个大块头、直筒子脾气的女儿截然不同的物种。“‘科德角的姑娘们没有梳子用，她们用鳕鱼的骨头来梳头。’”他心下暗道，可是克拉丽莎的头发梳理得非常齐整。她那两条赤裸的胳膊雪白雪白的。伍兹霍尔以及码头上的忙乱貌似让她感到很厌烦，而且她对瑞安太太那些胸怀褊狭的闲言碎语并不感兴趣。她点了根香烟。

乘着老太太长篇大论当中一时的停顿，巴克斯特对她儿媳妇道：“鲍勃什么时候过来，瑞安太太？”

“他根本就没打算过来，”漂亮的克拉丽莎道，“他人在法国呢。他是——”

“他是政府公派去那儿的，”老瑞安太太横插进来道，就仿佛她儿媳妇就连这么点简单的解释工作都做不了似的，“他一直忙于那个有意思极了的项目。他要一直到秋天才回来。我自己也要出国去了。我打算把克拉丽莎一个人留在这儿。当然啦，”她极有说服力地补充道，“我期望她会爱上这个小岛。人人都爱这个岛。我期望她会有忙不完的事情可做。我期望她——"

码头上的警报信号打断了她的话。巴克斯特道了声再会。汽车一辆接一辆地开上了渡船，船开始横过那片将大陆与那个度假村分隔开来的浅水。巴克斯特在船舱里喝了瓶啤酒，同时留心观察着克拉丽莎和老瑞安太太，婆媳俩正坐在甲板上。因为他之前从未见过克拉丽莎，他猜想鲍勃·瑞安肯定是在去年冬天跟她结的婚。他实在搞不明白，这么个美人坯子怎么会跟瑞安一家搅和到了一块儿。他们是个狂热的业余地质学家兼野鸟观察家的家庭。"我们全都极端喜欢鸟类和岩石。"在被介绍给陌生人的时候他们总会这么说。他们那幢村舍式度假别墅距离任何人家都有两三英里的距离，而且就像瑞安太太经常说的那样，是"在一九二二年由一个谷仓草草拼凑而成的"。他们那一家人航海、徒步旅行、游泳冲浪，并组织前往卡迪汉克岛和塔宝林湾的探险。他们是那种过分强调 corpore sano[1] 的那种人，巴克斯特想，他们真不该把克拉丽莎一个人留在那幢农舍里。海风将一缕她那烈焰红的头发吹过她的面颊。她那两条长腿交叠着。当渡船进港以后，她站起身，迎着那轻柔的海风走下甲板，而原本抱着无可无不可的冷漠态度回到岛上的巴克斯特，感觉夏天是真正到来了。

巴克斯特也知道，他在尝试获取克拉丽莎·瑞安的一些信息的时候自己一定要小心行事。他在冬青湾被大家接受是因为他生平一直都在那儿消夏。他只要愿意，可以表现得非常讨人喜欢，而且他

---

1 拉丁文：强健体魄。

长相漂亮，可是他因为他的两度离婚、他的滥交、他的吝啬还有他那拉丁人的肤色，也给他的邻居们留下一种模糊的印象，即他这个人有些令人讨厌。他得知克拉丽莎是在十一月嫁给鲍勃·瑞安的，知道她来自芝加哥。他听人说起她人既漂亮又愚蠢。有关她的情况，他统共也就发现了这些。

他在网球场和各处的海滩上四处寻找克拉丽莎。他并没有见到她的身影。他去过好几次距离瑞安家的农舍最近的那个海滩。她也不在那里。刚在岛上住了没几天，他收到瑞安太太的一封邀请函，请他前去喝茶。这种邀请他通常都不会接受的，可那天下午他却心急火燎地驱车赶到了瑞安家的农舍。他去迟了。他大部分朋友和邻居的汽车都已停在瑞安太太的场院上。他们的声音透过开着的窗户传到了花园里，园中瑞安太太的藤本月季开得正盛。“欢迎大驾光临！”他穿过门廊的时候瑞安太太大声喊道，“这是我的告别派对。我就要去挪威了。”她领他走进一个拥挤的房间。

克拉丽莎坐在茶桌后头。在她背后，靠墙摆放的是一个玻璃橱柜，装的全都是瑞安一家四处搜集来的地质标本。她光着两条胳膊。她给巴克斯特倒茶的时候，他目不转睛地望着它们。“要热的？……冷的？加柠檬？……奶油？”她要说的似乎就这几句，可是房间的那一头完全被她的红头发和她的白胳膊给独占了。巴克斯特吃了个三明治。他赖在茶桌旁不走。

“你以前来过这个岛吗，克拉丽莎？”

“来过。”

“你在冬青湾的海滩上游泳吗？”

“太远了。”

“等你婆婆走了，”巴克斯特道，“早上你一定得让我开车把你送到那儿。我十一点过来。”

“哦，谢谢你。”克拉丽莎垂下她那双绿色的眼睛。她像是感觉有些局促不安，感觉她可能很容易上钩的念头汹汹地涌过巴克斯特的心头。“哦，谢谢你，”她重复道，“不过我自己也有车，而且——哦，我不知道，我不——”

“你们俩在聊些什么呢？”瑞安太太问道，来到他们俩中间，笑得无比灿烂，以掩饰她横加干涉的部分力量。“我知道肯定不是地质学，”她继续道，“我知道也不会是鸟类，而且我知道也不可能是书籍或是音乐，因为所有这些全都不是克拉丽莎喜欢的东西，是不是，克拉丽莎？跟我来，巴克斯特。”她把他领到了房间的另一头，跟他谈起了养羊业。等那话题谈完后，派对本身也接近结束了。克拉丽莎的椅子上空无一人。她不在房间里。在门口停下脚步向瑞安太太表示感谢并道别时，巴克斯特说他真希望她不会马上就动身前往欧洲。

“哦，可是我确实马上就要走了，”瑞安太太道，“我乘六点钟的船先到陆上，然后明天中午从波士顿起程赴欧。”

第二天上午十点半，巴克斯特驱车来到瑞安家的农舍。应门的是塔尔伯特太太，帮瑞安家干家务的当地女人。她说小瑞安太太在家，就让他进去了。克拉丽莎走下楼来。她看起来比以往更漂亮了，虽说她发现来的是他显得有些恼火。她接受了他前去游泳的邀请，但她接受得一点都不热心。“哦，那好吧。”她说。

等她再次下楼来的时候，她在泳衣外头裹了件浴衣，还戴了顶宽檐帽子。在驱车前往冬青湾的路上，他问起她这个夏天可有什么计划。她含含糊糊地不置可否。她看起来心不在焉，不太愿意说话。他们把车停好，肩并肩越过一座座沙丘来到海滩上，然后她闭上眼就在沙子上躺了下来。有几个巴克斯特的朋友和邻居停下来闲聊几句消磨时间，可是停留的时间都不长，巴克斯特注意到。克拉丽莎那种爱搭不理的迟钝态度使他们的闲谈很难继续。他才不管呢。

他去游泳。克拉丽莎留在沙滩上，紧紧地裹在自己的浴衣里。他从水里出来以后，也挨着她躺了下来。他看着他的邻居以及他们的孩子们。天气一直很好。那些女人全都晒得黑黑的。他们全都是已婚妇女，而且不像克拉丽莎，全都有了孩子，不过经过结婚生子的苛酷考验之后的她们却全都漂亮、机敏而又心满意足。正当他对她们倾慕不已的时候，克拉丽莎站起身来，把浴衣脱掉了。

这可真是别有洞天，直令他叹为观止、目瞪口呆。她的美艳的一部分不容忽视的力量就在于她肤色的雪白，一部分在于克拉丽莎不像别的女人那样泰然自若地穿着泳衣，反而显得有些不好意思，像是发现自己穿得这么少而耻于见人似的。她朝水里走去的时候就仿佛赤身裸体一样。克拉丽莎刚一接触到海水的时候，突然停了一下，因为她不喜欢海水的凉意，这又跟像海豹般围着码头尽情嬉水的别的人大不一样。然后，在对赤裸的羞赧和冷水的惧意两面夹攻经过片刻犹豫之后，克拉丽莎终于蹚入水中，游了几英尺远。她从水里出来，忙不迭地把自己裹进浴衣里，在沙滩上躺下。然后她开口说话了，那天早上第一次——在巴克斯特的经验中更是第一次——带着热情和感情说起话来。

“你知道，自打我上次到这儿以来，岬角上的那些石头长出来不少。”她说。

“什么？”巴克斯特道。

“岬角上的那些石头，”克拉丽莎道，“它们长了不少。”

“石头不会生长的。”巴克斯特道。

“哦，它们当然会长，”克拉丽莎道，“你不知道吗？石头是会生长的。妈妈的玫瑰园里有一块石头在最近几年里就长高了一英尺。”

“我原本不知道石头也会长。”巴克斯特道。

“哦，它们会的。”克拉丽莎道。她打了个哈欠；她闭上了眼睛。她像是睡着了。等她再次睁开眼睛的时候，她问巴克斯特几点了。

“十二点。”他道。

“我得回家去了，”她道，“有客人会来。”

巴克斯特对此也无话可说。他开车把她送回家。路上她又变得爱搭不理的，当他问她他是否还能再次开车载她去海滩的时候，她说不要了。那天炎热而又晴朗，岛上的大部分住户都把大门给敞开着，可是克拉丽莎在跟巴克斯特道了再见以后，当着他的面马上就把大门给关上了。

第二天，巴克斯特从邮局取了克拉丽莎的信件和报纸，可是等他带着它们前去农舍的时候，塔尔伯特太太却说瑞安太太正忙着呢，现在没空见客。那个礼拜，他去了两个她有可能参加的大型派对，她也都不在。周六晚上，他去了一个谷仓舞会，六七点钟的时候——他们正在跳《湖上夫人》那支舞曲——他注意到了克拉丽莎，她靠墙坐在那儿。

她可真是一位非同寻常的壁花小姐。她比现场所有的女人都要漂亮得多，可是她的美艳却像是把男人都给震慑住了。巴克斯特在不失礼的前提下尽快从那支舞中抽身出来，走到她跟前。她正坐在一个运货的箱子上。她最先抱怨的就是那个。“连个坐的地方都没有。”她说。

“你不想跳舞吗？”巴克斯特问。

“哦，我很想跳舞，”她道，“我能跳整整一个晚上，可我不认为那是跳舞。”她面对小提琴和钢琴演奏的舞曲皱了下眉。“我是跟霍顿夫妇一起来的。他们只是跟我说要举行一个舞会。他们可没告诉我是要举行这样的一种舞会。我不喜欢所有这一套蹦蹦跳跳的玩意儿。”

“你的客人们走了？”巴克斯特问。

“什么客人？”克拉丽莎道。

“你礼拜二的时候跟我说有客人要来。我们在海滩上的时候。”

“我没说过他们礼拜二就来吧，是不是？”克拉丽莎问，“他们明天来。”

“我能把你捎回家吗？”巴克斯特问。

“好吧。”

他把车掉头开到谷仓门口，打开了车上的收音机。她坐进车里，劲头十足地把车门砰地一关。他特意拣僻静的小路开过去，等他停在瑞安家的农舍门前时，他把灯都关掉了。他看着她那双手。她两手交叠放在手包上。“好了，非常感谢你，”她道，“我正度日如年的时候，你救了我的命。我真是搞不懂这个地方，我想。舞会上我一直都不缺舞伴的，可是我坐在那个硬邦邦的箱子上将近有一个钟头了，连个跟我说句话的人都没有。你真是救了我的命。”

“你很可爱，克拉丽莎。”巴克斯特道。

“好吧，”克拉丽莎道，而且她叹了口气，“那只是外在的我。没人知道那个真正的我。”

这就是了，巴克斯特暗想，他只需将他的恭维调至她自以为是的那个方向，她的审慎和犹疑就会不攻自破。她到底以为自己是个演员，他琢磨着，一个横越海峡的游泳好手，还是位女继承人呢？这些在夏日夜晚由她释放出来的情感暗示是如此强大，如此醉人，不由得让巴克斯特坚信，眼前有个女人的贞洁已经命悬一线、岌岌可危了。

“我想我知道那个真正的你。”巴克斯特道。

“哦不，你不知道，”克拉丽莎道，“没人知道。”

收音机里播放着波士顿一个旅馆里演奏的失恋音乐。从日历上看，现在仍旧是初夏时分，可是从黑暗中树木的沉静与庞大来看，却像是晚得多了。巴克斯特搂住克拉丽莎，在她唇上深深地一吻。

她奋力地把他推开，伸手去开车门。“哦，现在你把一切都给糟蹋了，”她从车上下来的时候说，“现在你把一切都给糟蹋了。我知道你一直以来都在想些什么。我从一开始就知道你打的什么算盘。”她把车门砰地一关，透过车窗玻璃对他说。“好了，你没必要再到这儿来了，巴克斯特，”她道，“我有几位女性朋友就要乘明天的早班飞机到这儿来了，这整个一夏我都会很忙，没时间再见你了。晚安。”

巴克斯特认识到要怪就只能怪他自己；他操之过急了。他可是久经沙场了，怎么会出此昏招的？他既气恼又难过地上床睡觉，睡得很不好。他醒来的时候情绪非常低落，他低落的情绪因为海上一阵哗哗啦啦的骤雨而更其低落了，那阵雨是由东北方吹过来的。他躺在床上听着雨声和浪涌。这场暴雨将使整个小岛完全改观。各个海滩将空无一人。连抽屉都不容易拉得开了。突然，他从床上一跃而起，走向电话，打给了机场。纽约来的飞机无法降落，他们告诉他，整个一天也不再会有别的航班了。这场暴雨倒是歪打正着，正中他的下怀。中午，他驱车到村里买了份周日的报纸和一盒糖果。糖果是为克拉丽莎买的，不过他并不急于送给她。

她应该早就塞满了冰箱，备好了毛巾，并且计划了野餐，可现在她朋友们的到来却被推迟了，她原本预期中那生气勃勃的一天已经变成了阴雨连绵和无所事事。当然也不是没有办法帮她克服她的大失所望，可通过她在谷仓舞会上的表现，他感觉离开了她丈夫或是她婆婆，她自己已经是不知所措了，而且在这个岛上，如果不是绝无，那也极少有人会临时起意去看望她或是请她到自己家里喝一杯。她极有可能整天都待在家里，靠听听收音机消磨时间，如此一来，等到这一天的末了，她就会准备欢迎任何人，包括他巴克斯特到她家里去了。不过，只要孤独和无聊的威力是站在他这一边为他出力的，巴克斯特知道，更明智的办法就是继续等待。最好的时机是天刚要擦黑的时候，他于是就一直等到了那个时候。他带上那盒糖果，开车来到了瑞安家。窗户里有灯光。克拉丽莎开的门。

“我想对来到岛上的你的朋友们表示一下欢迎，”巴克斯特道，“我——”

“她们没来，”克拉丽莎道，“飞机没法着陆。她们返回纽约去了。她们给我打了电话。我对她们过来小住做了多好的安排。现在一切都变了。”

“我很抱歉，克拉丽莎，”巴克斯特道，“我给你带了份礼物。”

“哦！”她接过那盒糖果，“多漂亮的盒子！多可爱的礼物！多——”她的表情和声音一瞬间变得天真而又柔顺，然后，他眼看着反抗的力量改变了它们。“我真是受之有愧。”她说。

“我可以进来吗？”巴克斯特问。

“哦，我不知道，”她道，“你如果只是想闲坐坐的话，你就不能进来。”

“我们可以打打牌。”巴克斯特道。

“我不会打牌。”她道。

“我来教你。”巴克斯特道。

“不，”她道，“不，巴克斯特，你必须得走。你就是不能明白我这种女人。我花了一整天给鲍勃写了一封信。我写了并且告诉他你昨儿晚上亲了我。我不能让你进来。”她把门关上了。

从他给她那盒糖果时克拉丽莎脸上的表情来看，巴克斯特认定她喜欢得到礼物。一只便宜的金手镯或者甚至一束鲜花就可能达到目的，他知道，可是巴克斯特是个极为吝啬的男人，就算是他已经看出一件礼物的作用来了，他也不能让自己去买一件。他决定还是继续等下去。

暴风雨在周一和周二整整持续了两天。周二晚上天才放晴，到周三下午，网球场上已经干透了，巴克斯特就去打网球。他一直打到很晚。然后，他洗了澡、换了衣服以后，他在一个鸡尾酒派对上住了住脚，取了杯喝的。他的一个邻居，一位有四个孩子的已婚女人挨着他坐下来，跟他开始了一场有关婚后爱情的一般性讨论。

这一类的闲聊，包括其中的眼风流转和旁敲侧击，巴克斯特早已经驾轻就熟，有过无数次的经验了，他大略地知道这会通往什么样的结果。他这位芳邻正是巴克斯特在海滩上倾慕已久的那几位漂亮妈妈当中的一位。她一头棕发，胳膊很瘦，晒得很黑。她的牙齿坚实而又漂亮。可是当他做出一副对她有关爱情的观点深感兴趣的同时，他脑海中却隐约浮现出克拉丽莎那白皙的形象，于是他中断了跟芳邻的探讨，离开了那个派对。他驱车去了瑞安家。

远远望去，那幢农舍像是已经关闭了。房子和花园里全都鸦雀无声。他敲了敲门，然后又按门铃。克拉丽莎在楼上的一扇窗户里跟他搭话。

“哦，你好，巴克斯特。”她道。

“我是来跟你道别的，克拉丽莎。”巴克斯特道。他想不出别的更好的说辞了。

“哦，天哪，”克拉丽莎道，“好吧，等我一分钟。我这就下来。”

“我就要走了，克拉丽莎，”等她把门打开的时候，巴克斯特说，“我是来跟你道别的。”

“你要去哪儿？”

“我不知道。”他难过地说出这句话。

“好吧，进来吧，那就，”她有些迟疑地道，“进来待上一会儿。这是我最后一次见到你了，我猜，不是吗？很抱歉家里乱成这副样子。塔尔伯特先生星期一就病了，塔尔伯特太太不得不把他送到陆上的医院里，我连一个帮手都没有。就剩下了我孤身一人。”

他跟在她后头走进了起居室，坐下来。她比以往任何时候都更漂亮。她说着塔尔伯特太太这一走她面临的种种麻烦。烧热水的炉火已经灭了。厨房里有只耗子。浴缸里的水排不下去。她还没办法把车子启动起来。

在安静的房子里，巴克斯特听到一个水龙头漏水以及钟摆的摆动声。保护瑞安一家那地质标本的玻璃面板映出窗外正在变暗的天空。这幢农舍靠海很近，他能听到近岸的潮涌。他平心静气地注意着这些细节以及它们的价值。等克拉丽莎唠叨完了有关塔尔伯特太太的情况后，他等了足足有一分钟才开口说话。

“太阳就在你的头发里。”他说。

“什么？”

“太阳就在你的头发里。颜色真是漂亮。”

“哦，其实已经不如从前那么好看了，”她道，“我这样的头发会越长越暗。不过我不会去染它的。我觉得女人不应该染发。”

“你真是聪明。”他喃喃道。

“你开玩笑吧？”

“开什么玩笑？”

“说我聪明啊。”

“哦，当然不是，”他道，“你是很聪明。你很漂亮。我永远都不会忘记我在船上见到你的那一晚。我原本都不想回岛上来的。我都已经做好前往西部的计划了。”

“我不可能聪明，”克拉丽莎可怜兮兮地道，“我肯定很笨。我婆婆说我很笨，鲍勃说我很笨，就连塔尔伯特太太都说我很笨，而且——”她哭了起来。她走到一面镜子前，把泪水擦干。巴克斯特跟在她后头。他伸出双臂搂住她。“别用你的胳膊搂着我，”她道，更多地出于绝望而非恼怒，“在用胳膊搂住我之前，谁都不拿我当回事儿。”她又坐回去，巴克斯特挨着她坐下。“可你并不笨，克拉丽莎，”他说，“你聪明绝顶，你智力超群。我经常都这么想。我经常都觉得你肯定有很多非常有意思的观点。”

“哦，真有趣，”她道，“因为我确实有很多观点。当然了，我从来都不敢跟任何人说起，鲍勃和我婆婆甚至都不让我开口说话。他们总是打断我，就好像他们为我感到羞耻似的。不过我确实有我自己的看法。我是说，我觉得我们就像是齿轮上的轮齿。我归结下来，感觉我们就像是齿轮上的轮齿。你觉得我们像是齿轮上的轮齿吗？”

“哦，是的，”他道，“哦，是的，确实！”

“我觉得我们就像是齿轮上的轮齿，”她道，“比方说，你认为女性应该工作吗？就此我做了很长时间的思考。我的看法是我不认为已婚的女性应该工作。我的意思是说，除非她们有很多钱，当然了，不过即便如此，我认为照顾一个男人就是桩全天候的工作。还是你觉得女性应该工作？”

“你怎么想？”他问道，“我非常有兴趣知道你怎么想。”

“哦，我的看法是，”她怯生生地道，“最重要的是管好自己的事。我不认为工作或是加入教会能改变任何事情，或者是什么特别的规定食谱。我不怎么信任那些异想天开的规定食谱。我们有个朋友，每顿饭都要吃四分之一磅肉。他就在餐桌上放了个磅秤，精确地称出他那份肉。那让餐桌看起来糟透了，而且我也看不出来那对他会有什么好处。我只信那些讲道理的东西。要是火腿讲道理，我就信火腿。要是羊肉讲道理，我就信羊肉。你不觉得这很聪明吗？”

“我认为这非常聪明。”

“还有所谓的进步教育[1]，”她继续道，“我对进步教育可是不以为然。我们去霍华德家吃饭的时候，他们那几个孩子一直就骑着他们的三轮脚踏车绕着那餐桌转悠，我认为他们这套办法就是从奉行进步教育的学校里学来的，其实做父母的应该告诉孩子们什么该做、什么不该做才对。”

那曾经照亮了她的头发的太阳已经不见了，不过房间里仍有足够的光亮，让巴克斯特看到她在宣扬她的这些观点时，她的脸上洋溢着光彩，她的瞳孔都放大了。巴克斯特耐心地听着，因为事到如今他已经知道，她只是想让人家把她当作她根本就不是的那种人来看待——这个可怜的姑娘已经迷失了方向。“你非常聪明，”他说，时不时地，“你真是太聪明了。”

事情就那么简单。

---

1 进步教育（progressive education），一种以美国哲学家、教育家约翰·杜威及其追随者的理论为基础的教育体系，强调学校课程的开设应适合学生的能力与兴趣，而不应要求学生适应学校的课程。

疗　法

这事儿发生在夏天。我记得天气很热，不论在纽约还是我住的郊区都是如此。我妻子蕾切尔跟我有过一次口角，就带着孩子开着那辆旅行车走了。汤姆当时并没有出现——或者说我没意识到他的出现——直到他们走了大约两个礼拜之后，不过她的离家出走跟他的到来似乎是有联系的。蕾切尔这次出走的意味应该是决定性的了。之前她已经离开过我两次——第二次的时候我们离了婚，然后又复合——每次我眼看着她离开时的感觉当然远非开心，不过也是一种重获自尊和重新振作的过程，那就像是接受一桩痛苦的事实所得到的回报。如前面所说，那是个夏天，在某种程度上我挺高兴她拣了这么个时候跟我闹翻，似乎免除了我们双方马上将我们的分居法律化的必要性。我们已经一起生活了——分分合合地——十三年：我们有了三个孩子以及一些相关的财物关系。我猜想，就像我一样，能把这些麻烦事拖到九月或是十月份再做了断，她应该也挺满意的。

我高兴这次分居发生在夏天，是因为一年当中那是我工作最为艰巨的时候，通常我都累得到了晚上就什么都不愿意去想了，还有就是因为我已经注意到夏天是一年当中我一个人最容易对付的季节。我还预料，在我们的离婚事务尘埃落定以后，蕾切尔会得到我们的房子，而我挺喜欢这幢房子，就把这段日子当作我在这里面度过的最后的时光吧。这时候，出现了几样家庭事务陷入失调的次要症状。先是狗再是猫从家里跑掉。然后有天晚上我回到家的时候，发现莫琳，我们的女仆，烂醉如泥。她告诉我，她丈夫在随占领军驻守德国的时候，爱上了另一个女人。她淌眼抹泪。她跪倒在地。这幕场景，就我们俩在一个夏日的傍晚，在一幢很反常地既没有女人也没有孩子的房子里单独待在一起，实在有些怪异，而正是这种怪异，我知道，最能让你灰心丧气、陷入绝望。我给她煮了点咖啡，给了她两周的工钱，就开车送她回家了，在我们道别的时候，她看起来镇定自若并且头脑清晰，我感觉那种怪异应该能够就此忘记了。在此之后，我制订了一个简单的日程计划，我希望自己能够一直遵循到秋天到来。

你如果想把自己从一次浪漫、肉欲以及灾难性的婚姻当中治愈，我认定，这就像是任何成瘾者在戒除过程中的痛苦一样，你必须以一种貌似夸张的小心，一步一步来。我决定不再接电话，因为我知道蕾切尔有可能会后悔，而且我知道，到了那时，何等大小以及何种性质的事端会有可能让我们复合。如果一连下了五天的雨，如果我们的一个孩子有点头疼脑热，如果她在一封信上得知了某个伤心的消息——诸如此类的事端都有可能会让她抄起电话，而我可不想因此而受到诱惑，重新接续一种已经变得如此痛苦和悲惨的夫妻关系。最初的几个月时间将会像是一种疗法，我感觉，我就按照这样的想法在脑子里规划我的日程计划。早上我搭乘八点十分的火车进城，搭六点半的火车返回。我知道应该尽量避开夏日黄昏中的那幢空荡荡的房子，所以我直接从火车站的停车场驱车前往一个叫奥菲欧的不错的餐馆。那里通常都有能聊上几句的某个相识，我会喝上两杯马提尼，吃一份牛排。之后我会开车去斯托尼布鲁克的汽车电影院，看个双片连映场。所有这些——马提尼和牛排和电影——都是为了产生一种麻醉感，还真挺管用。除了办公室里的同事以外，我不想见任何人。

可是在一张空床上我睡得不是很好，不久，我就有了要对付的睡眠问题。看完电影回到家后，我能睡着，但只能睡一两个钟头。我尽量妥善地对待我的失眠。要是天在下雨，我就静听雨声和雷声。要是不下雨，我就静听远处收费公路上传来的卡车的车声，那声音让我想起大萧条[1]时期，当时我在马路上度过了一段时间。卡车加大油门从收费公路上下来——满载着家禽或罐头食品或肥皂粉或是家具。这声音对我来说意味着黑暗，黑暗和车头灯——还有青春，我想，既然它像是一种令人愉快的声音。有时候雨声或者车声或是类似这样的声音会分散我的注意力，我就能够再次睡着了，可是有一天夜里无论什么都不管用，于是在凌晨三点钟的时候，我决定下楼去看看书。

我打开一盏起居室的灯，在蕾切尔的书里面寻找。我选了本作者叫林语堂的书，在灯下的沙发上坐下。我们的起居室挺舒服的。那本书也似乎挺有趣。我住的这个街区，大部分人家的前门都不锁，夏日的夜晚街上非常安静。所有的动物都是家养的，我听见过叫声的夜鸟唯有沿铁轨一线的几只猫头鹰。所以非常安静。我听到巴斯托家的狗叫了两声，很短促，仿佛他是被一个噩梦给惊醒了，然后叫声就停了。一切重归寂静。然后我听到，离我很近，一个脚

1　大萧条，一九二九年至一九三〇年代早期世界性的严重经济萧条。

步声和一声咳嗽。

我感觉身上的肌肉都变僵了——你知道那种感觉——可我并没有把头从书上抬起来，尽管我能感觉到有人在看着我。直觉以及诸如此类的东西也许是存在的，但我要是能忽视它的话，我倒是会更高兴一点儿，然而，不需要把目光从书上抬起来，我就知道不但有人正在看着我，而且是透过起居室尽头的那扇落地观景窗在看着我，正在看着我的那个人就是想要看我并且要侵犯我的隐私。坐在一盏明亮的灯下，被一片黑暗所包围，让我感觉毫无防备能力。我翻了一页，假装继续阅读。然后有一种恐惧，远甚于对窗外那个傻瓜的恐惧，分散了我的注意。我害怕那声咳嗽和那个脚步声以及我正被人看着的那种感觉，全都是我想象出来的。我抬起头来。

我看到了他，还好，而且我想他也是有意让我看到他；他正咧开嘴笑呢。我把灯关掉，但外面太暗了，我的眼睛适应了明亮的阅读灯光，透过窗户什么都看不见。我跑进门廊，打开了几盏前门旁的廊灯（廊灯的灯光并不太亮，不过足以看清任何穿过草坪的人），可是等我回到窗前的时候，草坪上空无一人，刚才他站立的地方什么人都没有。他有很多地方可以藏身。步道的头上有一大簇山梅花，藏个把人没有问题，还有那棵紫丁香和裂叶枫树。我不打算把那把古老的日本武士刀抽出来去追他。这不是我的做派。我把那几盏廊灯关掉，站在黑暗中纳闷那个人可能是谁。

我从来没跟那些夜间出没的人打过交道，可我知道他们的存在，我猜想他可能是住在铁轨沿线那排棚屋里的某个精神失常的老人，而且也许是因为我决意、我需要为所有的一切全都蒙上一副愉快或者至少是平静的面容，我甚至满心慈悲地设想这个老人以衰朽之躯，被逼无奈离开自己的家园，深更半夜徘徊在一个陌生的街区，听凭狗和警察的摆布，只是为了最后能看到一个正在阅读林语堂的男人或是正在给生病的孩子喂药的女人或者某个正在吃刚从冰箱里拿出来的墨西哥辣肉酱的人。我在黑暗中摸索着上楼的时候，我听到有雷声，转眼间一场夏日的骤雨就淹没了整个乡间，我还想着那个可怜的浪游者以及他穿过暴雨的那漫长的回家路。

那时候已经过了四点，我躺在黑暗中，听着雨声以及经过的早班火车。它们来自布法罗、芝加哥和远西地区[1]，一大早穿过奥尔巴尼，沿着东河开过，这些火车我一度大部分都曾经乘坐过，我躺在黑暗中，想着普尔曼车厢中的极地空气和睡衣的气味以及餐车上水的味道，还有在克利夫兰或是芝加哥结束一天、在纽约开始另一天的那种感觉，尤其是在你已经离家一两年之后，尤其是在夏天。我躺在黑暗中想象着雨中那黑暗的车厢，想着那一张张摆好早餐的桌子，以及那种种气味。

第二天我一直昏昏欲睡，不过我还是做完了自己的工作，在回家的火车上打了个盹。那个时候我应该可以睡得着的，可我不想心怀任何侥幸，于是我仍旧遵循常轨去了奥菲欧，然后又去看电影。我看了一场非常糟糕的双片连映。那两部影片简直把我给惊呆了，我也确实一上床就睡着了，可是然后电话铃就把我给吵醒了。那是凌晨两点钟。我躺在床上一直等到电话停止响铃。到了那时我知道自己已经太警醒，任何夜间的声响——无论是风声还是车声——都

1　远西地区（Far West），指美国西部落基山脉至太平洋沿岸的地区。

没办法让我昏昏欲睡了，我就干脆下了楼。我并没指望那个偷窥狂还会回来，可是我的阅读灯在漆黑一片的街区当中特别惹眼，于是我就把门旁的几盏廊灯也打开，再次坐下来阅读林语堂的那本书。当我听到巴斯托家的狗叫时，我把手里的书放下，定睛看着那扇落地观景窗，以向我自己确证那个偷窥狂并没有来，或者，如果他来了，我也能在他看到我之前先看到他。

我没看见，什么也没看见，可是几分钟后，我又体验到了那种可怕的浑身的肌肉变僵的感觉，那肯定是我又在被人窥视了。我再次把书拿起来，不是因为我想继续读，而是因为我想让他看到我对他又回来的事实完全漠不关心。当然了，房间里还有许多其他窗户，我一度很想知道今天夜里他站在了哪扇窗户外头。然后我就知道了，而他在我后面，他正站在我背后的事实惊吓并且激怒了我，我没有关灯就一跃而起，看到他的脸就在钢琴上头的那扇窄窗上。“从这儿给我滚开！”我喊道，“她走了！蕾切尔走了！这儿没什么可看的！别再来烦我！”我跑到窗前，不过他已经走了。然后，因为我一直扯着嗓门在一幢空房子里大喊大叫，我感觉自己可能都快要发疯了。然后我又想，窗玻璃上的那张脸也许是我想象出来的呢，我于是抄起手电筒，来到了外面。

窄窗下有个花坛。我用手电筒照了一下，他是在这儿待过，没错儿。泥土上留有他的脚印，而且他还踩到了好几棵花上。我跟随他的踪迹出了花坛，来到草坪的边缘，在那儿我发现了一只男人穿的漆皮卧室拖鞋。拖鞋有点开裂和破旧了，我想这有可能是属于一个老人的，不过我知道这不会是任何一个用人的。我猜想这位偷窥狂就是我的某位邻居。我把那只拖鞋从我们家树篱上朝巴斯托一家的堆肥堆那儿扔去，然后回到室内，把灯关掉，上了楼。

第二天当中，我有一两回想到要报警，可一时间又下不了决心。那天晚上，当我站在奥菲欧的吧台前等着他们给我做牛排的时候，我又想到了要不要报警的问题。这种情况，表面看来，是挺荒唐的，这我看得出来，可是那种害怕再次在窗户上看到他的恐惧却是真实而且越来越严重的，我不明白为什么我就得忍受这个，尤其是在一个我正努力彻底检修我的整个生活方式的关键时期。外面正在黑下来。我去了公共电话那儿，给警察局挂了个电话。斯坦利·麦迪逊，有时候在车站指挥交通的，接的电话。当我告诉他我想报告一起私闯民宅案件的时候，他"哦"了一声。他问我蕾切尔是不是在家。然后他就说这个村子，自从一九一六年建成以来，从来没有过类似的投诉记录。口气中带有一种我们在说起自己居住的社区时都会带有的可以理解的自豪。我已经预感到将自己置于了不利之地，可是斯坦利说起来倒好像我是故意想损害这片房地产的价值似的。他又继续说，他们只有五个人的警力，实在是不够，说他们收入如何太低，工作又如何太多，说我如果想让他们在我的住房周围布置警戒的话，我就应该在市民促进协会的下一次会议上提出增加警力的议案。他尽力不想表现得不友好，在结束谈话前又问起了蕾切尔和孩子们，可是当我离开电话亭的时候，我感觉我已经犯了个错误。

那天晚上，电影放到一半的时候一场大雷雨突降而至，一直下到早上方歇。我猜这场暴雨把偷窥狂给堵在家里了，因为我既没看到他也没听到他的动静。可是他第二天夜里又来了。我听到他大约三点钟的时候过来，大约一小时后离开，但我并没有从书上抬眼看他。我推测他可能是个无害的讨厌鬼，只要我能知道他是谁——只要我能知道他的名字——他激怒我的能力就会丧失，而我就可以安然地重拾我精神疗法的日程。我上楼的时候，有关他身份的问题仍旧萦绕在我脑海。我非常肯定他就来自附近的街坊邻居。我怀疑是不是我的哪位朋友或是哪位邻居有个精神失常的亲戚来跟他们一起消夏。我在脑海中将所有我认识的人的名字全都过了一遍，努力想把他们跟某个古怪的叔伯或是祖父联系起来。我想，只要我能把这个陌生人从夜里、从暗处剥离出来，一切就将迎刃而解。

早上，当我来到车站以后，我穿过拥挤的站台找寻某个可能是那个罪犯的陌生人。虽说我只模模糊糊地看到过他的长相，我想我还是能够把他给认出来的。然后我就看到了我要找的人。事情就这么简单。他也正在站台上跟我们大家一起等八点十分的那班火车，不过他并非什么陌生人。

那人就是赫伯特·马斯顿，住在布伦豪娄路上那幢黄色的大房子里。如果说我内心还有任何疑问的话，当他看到我认出他以后他脸上的神情也已经将其清除了。他看起来既害怕又自觉有罪。我开始穿过站台去把话跟他挑明。“我并不介意你在夜里朝我的窗户里面看，马斯顿先生，”我将这么跟他说，声音要高到足以让他在众人面前颜面尽失，“可我希望你别踩坏了我妻子种的花儿。”然后我又停了下来，因为我看到他并非孤身一人。他正跟他妻子和女儿在一起。我走到他们背后，站在候车室的角落里，看着这一家三口。

在马斯顿先生的面部表情——当他看到我打算放他一马的时候——或是行为举止当中没有任何有异于常态的表现。他是个头发灰白的男人，个头稍稍超过中等，一张很有骨感的脸，年轻些的时候肯定是相当英俊的。那种认为内心的扭曲就肯定会表现于外在的抽搐、痉挛或是其他缺陷的信念真是顽固得很。那天早上，当我在他脸上仔细搜寻某种痕迹的时候，我感觉到了这种先入之见的破产。他看起来殷实可靠、精力充沛，而且品行端方——看着比正在找工作的查基·尤因或是儿子患有小儿麻痹的拉里·斯宾塞强多了，比站台上正在等车的其他十几个人看起来都要强。然后我看着他的女儿莉迪亚。莉迪亚是我们街坊邻居中长得最漂亮的姑娘之一。我曾跟她同乘过一两次火车，我知道她当时在为红十字会做志愿秘书的工作。那天早上她穿了条蓝色的裙子，她胳膊光裸着，她看起来是那么清新、漂亮而又甜美，在这个世上我绝不会干出任何会让她难堪或是痛苦的事情。然后我又看着马斯顿太太，如果说有个印记确实存在的话，那就是在她脸上，虽然我不能理解为什么她丈夫的任性胡为会让她痛苦不堪。天很热了，可是马斯顿太太却穿了身棕色的套装，围一条破旧的毛皮围巾。她面色灰黄，相貌平平，可是又被一抹浮在面上的笑容所扭曲了，即便是在她专心等候早班火车的时候仍旧如此。她那张脸多年前好像是为暴烈甚至恶毒的激情而刻出来的。可是多年的祈祷和禁欲已经抹去了暴烈的倾向，我想，只在嘴角和眼角留下几道丑陋的纹路，并以一种固执而又腐臭的甜美来酬报马斯顿太太。她肯定在为他祈祷，我想，当他裹着浴袍在各个后院儿里游荡的时候。我原本还想知道那个偷窥狂到底是谁，可现在我已经知道了，我的感觉却并没有任何好转。那个头发灰白的男人和那个美丽的少女以及那个女人站在一起，让我感觉更加糟糕了。

那天晚上，我决定待在城里，去一个鸡尾酒派对。地点是在一幢塔楼酒店的一套公寓里面——往上，往上，一路往上。一到那儿，我就来到了外面的阳台上，四顾找个可以带着一起去吃饭的人。我想找的是个穿新鞋子的漂亮姑娘，可是看起来所有的漂亮姑娘似乎都还待在海边没回来。那儿有个头发灰白的女人，有个戴了顶宽檐软帽的女人，还有格蕾丝·哈里斯，这位女演员我之前碰到过一两回。格蕾丝是个美人，一个已经褪了色的美人，我们相互间从来就没有多少话可说，可那天晚上，她冲我热诚地一笑。那笑很热诚，可是又非常伤感，我的第一个念头就是她肯定已经得知蕾切尔离开我的消息了。我冲她回了一笑，就进屋去了吧台，在那儿我发现了哈利·珀塞尔。我喝了几杯，跟他聊了几句。我环顾了房间一两回，每次我都看到格蕾丝·哈里斯向我投来那种无限伤感的目光。我搞不懂是怎么回事，后来我琢磨着她可能把我误认成了别的什么人。很多她这种生着一双紫罗兰色眼睛、永不衰老的美人儿都是些睁眼瞎，我知道，而且我觉得她可能都看不到房间对面。时候不早了，不过我什么安排都没有，所以我就继续喝我的酒。然后哈利去了卫生间，我就一个人在吧台边站了一两分钟，但那已经太长了。格蕾丝·哈里斯，原本跟某个人在房间的另一头的，朝我这边走了过来。她径直来到我面前，伸出一只雪白的手放在我的胳膊上。“你这可怜的孩子，”她喃喃道，“你这可怜的孩子。”

我不是个孩子，我也不可怜，我希望她下地狱去吧。她长了张聪明的脸，可我觉得那上面，那天晚上，有一种无限伤感而又无限怨毒的力量。“我看到有根绳子绕在你的脖子上。”她伤感地道。然后她把手从我外套的袖子上拿开，走出了房间。我猜她肯定是回家去了，因为我再也没有见到她。哈利回来了，我并没有告诉他发生过什么事，我竭力不去太多地想到我自己。我在派对上待了太长的时间，搭乘晚班火车回到家。

我记得我洗了个澡，换上睡衣就躺下了。我一闭上眼，就看到了那根绳子。绳子的一端有个绞刑吏的套索，可我一直都知道格蕾丝·哈里斯说的那番话到底是什么意思；她是预感到我会把自己给吊死。那根绳子就像是慢慢地吊下来，进入了我的意识。我睁开眼睛，想着明天一早必须要干的工作，可当我再次闭上眼睛，出现了一个短时间的空白，而那根绳子就落入了那段空白——就像是它从一根横梁上被推下来，摇摇摆摆地吊下来。我睁开眼睛，又开始想办公室里的公务，可当我闭上眼睛，又出现了那根绳子，仍旧在摇摆。无论何时，那天夜里我只要一闭上眼睛努力想睡着，感觉就仿佛睡眠已经承担起失明的巨大痛苦。而只要可见的世界一消失，就再也没有睡眠可以阻止那根专制的绳子占据那片黑暗。我从床上爬起来，下楼去又打开了那本林语堂。我只读了有几分钟的时间，我就听到马斯顿先生走进了那片花圃。我感觉我终于知道他在等着看什么了。这让我魂飞魄散。我关上灯，站了起来。外面一片黑暗，我看不到他。我不知道这幢房子里会不会有根绳子。然后我想起了地下室我儿子那条小船上的缆索。我来到地下室。那条平底小渔船放在锯木架上，船上有条长长的缆索，长得足够一个大男人拿了来吊死自己。我上楼来到厨房，拿了把刀子，把那条缆索从船上砍下来。然后我拿了几份报纸，把它们放进暖气炉里，打开通风器，把那根绳子给烧了。然后我上楼在床上躺下。我觉得自己得救了。

我不知道我有多久没有好好休息过一夜了。但早上我却感觉怪怪的，虽然我透过窗户可以看到那是个美好的艳阳天，我却无法感同身受。无论是天空、阳光还是其他所有的一切，似乎全都模糊而又遥远，就仿佛我是隔着一段很长的距离在观看一样。再次见到马斯顿一家的念头让我觉得非常反感，于是我跳过八点十分的那班，改乘了后面的一班火车。绳子的形象仍旧躲在我脑海的背后若隐若现，路上我又看见了它一两回。我好歹把上半天对付过去，不过中午离开办公室的时候，我告诉我的秘书下午我不回来了。我跟内森·谢伊约了一起吃午饭，在大学俱乐部，我去早了，就在吧台上喝了杯马提尼。我旁边站着位老绅士，正跟一位朋友巨细靡遗地描述他日常习惯的规律，我有一种强烈的冲动，想把一碗爆米花给他扣到脑袋上去，不过我喝着我的马提尼，盯着酒保的腕表，那只表挂在一瓶长颈白薄荷酒的酒瓶上。谢伊来了以后，我又跟他一起喝了两杯。凭借着金酒的麻醉[1]，我好歹把午餐给对付过去了。

我们在公园大道上道了别。在那儿，我喝的那几杯马提尼背弃了我，我又看见了那根绳子。当时是一个阳光明媚的午后大约两点钟，可我却感觉一片黑暗。我去了谷物交易银行，把一张支票兑换成五百美元。然后我去了布克兄弟[2]专卖店，买了几条领带和一盒雪茄，然后又上楼去看他们的正装。店里只有零零星星几个顾客，在他们当中我注意到有个貌似孤身一人的姑娘或者说是少妇。我猜她是正在为她丈夫选购服装。她一头金发，皮肤白得看起来就像是

1　马提尼（Martini）是由金酒、苦艾酒等混合而成的鸡尾酒。

2　布克兄弟（Brooks Brothers），于一八一八年在纽约麦迪逊大道创立的美国最老牌的高级服装品牌之一。

薄纸似的。那天很热，可她看起来却很凉爽，就仿佛她能够把她沐浴之后的清新完好无损地保存起来，乘火车一路从拉伊或是格林尼治村带到了这里。她的胳膊和腿都很漂亮，可是她脸上的表情却很明智通达、有幽默感，甚至家庭主妇范儿，而这种明智通达的气质似乎更加强了她胳膊和腿的漂亮程度。她走过去按响了电梯铃。我也走过去，站在她身旁。我们一起乘电梯下楼，我跟着她走出商店，来到了麦迪逊大道上。人行道上人来人往，相当拥挤，我就走在她身旁。她看了我一次，她也知道我是在跟着她了，可我确信她不是那种轻易大声呼救的女人。她站在街角等着路灯变绿。我挨在她身旁等着。我竭尽全力才勉强忍住，没有对她说，非常、非常温柔地说："夫人，你能允许我用手握住你的脚踝吗？这就是我最大的愿望，夫人。这就等于是救了我的命了。"她没有再东张西望，可我看得出来她吓坏了。她穿过大街，我仍旧跟在她身旁，我的头脑中自始至终一直都有个声音在哀哀求恳："请让我用手握住你的脚踝。这就等于是救了我的命了。我只想伸手握住你的纤纤脚踝。我会很高兴付钱给你的。"我掏出钱包，抽出了几张钞票。这时我听到有人在我背后叫我的名字。我认出那个热诚的声音属于一个经常进出我们办公室的广告推销员。我把钱包揣回到口袋，穿过大街，竭力想隐身于人群中。

我一路走到公园大道，然后又走到列克星顿大道，然后又走进了一家电影院。一股陈腐、冰冷的风从顶上的通风机里朝下吹到我身上，就像是我躺在床上倾听的那些凌晨从芝加哥和远西地区开来、沿河而下的火车上普尔曼车厢里的空气。大厅里空空荡荡，我感觉自己就像是步入了一个宫殿或者是大礼拜堂。我踏上一道狭窄的楼梯一路往上，然后陡然一转，就此跟底下的富丽堂皇分道扬镳。楼梯平台上脏兮兮的，四周的墙壁光秃秃的。楼梯将我带到了楼厅上，我在黑暗中坐在那里，想着事到如今什么都救不了我了，没有一个穿着新鞋的漂亮姑娘能够及时出现在我面前了。

我乘火车回家，可我太累了，我就没有去奥菲欧，也没有再去靠看电影消磨时间。我从车站直接开车回了家，把车在车库里停好。从那儿我就听到电话铃响，我等在花园里，直到铃声停止。一走进起居室，我就注意到墙上有几个脏手印，那是孩子们在离开之前留下的。手印靠近墙脚的护壁板，我不得不跪下身来才能亲吻到它们。

然后我在起居室里坐了很长一段时间。我睡着了，醒过来的时候已经很晚了；周围所有的人家全都漆黑一片。我打开一盏灯。偷窥狂就要穿上拖鞋、套上浴袍，我想，开始他那穿越各家后院和花园的夜行了。马斯顿太太就要双膝跪地，开始祈祷了。我拿起那本林语堂，开始阅读。我听到巴斯托家的狗在吠叫。电话铃开始丁零零响了起来。

"哦，我亲爱的！"当我听到蕾切尔的声音时我忍不住大叫，"哦，我亲爱的！哦，我亲爱的！"她在哭。她在海豹港。那儿的雨已经下了一星期，而且托比高烧烧到了一百零四度[1]。"我现在就动身，"我说，"我开一夜的车。明天我就到了。明天一早我就能赶到。哦，我亲爱的！"

就这些了。全都结束了。我打了个包，关掉冰箱，整整开了一

1 相当于四十摄氏度。

夜的车。打那以后我们生活得一直很幸福。就我所知，马斯顿先生再也没有在夜里站在我们房子外面了，虽说我在站台上和乡村俱乐部里还能经常见到他。他的女儿莉迪亚下个月就要结婚了，而他那位面色灰黄的妻子最近因为勤勉的工作而受到国家慈善机构的表彰。这儿的每个人过得都很好。

公寓管理员

早上六点警铃就开始响。在切斯特·柯立芝那套一楼的公寓里听来非常微弱——这套公寓是作为他公寓管理员的工资待遇的一部分让他居住的——可是立马就把他给惊醒了，因为即便是他睡着了，他的意识仍时刻留意着这幢大楼里各种机器的震动声，就仿佛它们关乎他自己的福祉安康似的。他摸黑迅速穿好衣服，跑过大堂来到后楼梯，在那儿，有个原本装桃子的篮子，里面塞满了枯死的玫瑰和康乃馨，挡了他的道儿。他一脚把它踢开，轻捷地跑下铸铁的楼梯来到地下室，沿着过道往前走，两面的砖墙上厚厚地涂了一层漆，看起来活像是某个地下墓室的甬道。当他走近水泵房的时候，警铃声变得更加响亮了。这警铃的意思是楼顶上水箱里面的储水就快要用光了，而供水调节的设备却并没有开始工作。在水泵房里，切斯特拧开了辅助泵的开关。

地下室里静寂无声。后楼的电梯井里，他能听到电梯从楼顶一层层下来，夹杂着牛奶瓶子叮叮当当的撞击声。要花一个钟头，辅助泵才能把楼顶的水箱注满，切斯特决定自己留意着量表，让勤杂工再睡一会儿。他回到楼上，刮脸洗漱，他妻子则同时做着早饭。这是个搬家天，他在坐下来吃早饭前就看到气压表上的读数已经降了下来，朝窗外一看，十八层大楼顶上的天空几乎是漆黑一片。切斯特喜欢搬家的日子干爽而又晴朗，在过去，大家都是在十月一号搬家的，碰上好天气的机会都很大；可是现在一切都在朝不好的方向转变，不管是下雪还是下雨天都有人搬家。住九楼E单元的贝斯特维克一家要搬出去，住一楼A单元的尼格斯一家要搬上去。就这两家。切斯特在喝他那第一杯咖啡的时候，他妻子说起了贝斯特维克夫妇，他们的离去激起了她的一些回忆和疑虑。切斯特没有搭理她的问题，她也没指望他一大早就跟她闲唖牙。她经常有一搭没一搭地唠叨几句，用她自己的话说就是，听听她自己的话音儿。

柯立芝太太是二十年前跟她丈夫一道从马萨诸塞搬来的。搬到纽约来就是她的主意。身子有病又没有孩子，她认定在一个大城市里生活要比在新贝德福德[1]更幸福。能搬进东五十几街上一套管理员的公寓，她真是心满意足了。她白天就看看电影、逛逛商店，而且她亲眼见到过波斯的国王。大城市生活中唯一让她感到苦恼的就是她没办法充分展现她那与生俱来的慷慨心肠。

“那可怜的贝斯特维克太太，”她道，“哦，那个可怜的女人！你跟我说他们先把孩子送到外婆那边住，等他们安顿好了再接回来，是不是呀？真希望我能为她做点什么。说起来了，这要是在新贝德福德，我们就能请她下来吃顿饭或是装一篮子好吃的给她送上去啦。你知道，她让我想起了新贝德福德的那些人——芬纳家。她们是姊妹俩。她们有跟榛子一样大的钻石，就跟贝斯特维克太太一样，可是家里面连电都没有。要想洗个澡都得去乔治安娜·巴特勒家里去洗。”

切斯特没有朝他妻子那边看，可是仅仅是她的存在就让他感到

1　新贝德福德（New Bedford），美国马萨诸塞州西南部港市。

由衷地舒畅和开心，因为他坚信她是个了不起的女人。他感觉她在烹调方面是个天才，在干家务活上是个天才，她有天才般的记忆，而且她在接受她所发现的这个世界的能力上处处都盖有天才的印记。她做了玉米烤饼当早餐，他满怀迹近敬畏的赞赏吃得津津有味。他确信这个世界上再也没有第二个人能做出这么好的玉米烤饼了，而且那天早上整个曼哈顿就没有第二个人敢跟她一较高下。

他吃完早饭后，点了根雪茄，坐下来琢磨贝斯特维克家的事儿。切斯特已经眼见着这幢公寓大楼经历了好几代的住户了，眼下看来另一代又要到来了。自打一九四三年起，他就将住户们分成了两类："永久性的"和"到了顶的"。管理部门已经得到房租上涨的许可，他知道这将淘汰几户"到了顶的"。在此情况下，贝斯特维克一家是最先要走的，就跟他妻子一样，眼看着他们搬走他也挺难过的。贝斯特维克先生在下城工作。贝斯特维克太太是位尽职尽责的公民，她一直都是红十字会、出生缺陷基金会[1]和女童子军的中坚领袖。不管贝斯特维克先生能赚多少，总归是不够用——不够在这一地段的生活之用。这种情况酒水商店知道。肉铺知道。门卫和窗户清洗工知道，而且这一年以来，就连零售信贷和谷物交易银行也都知道了。在这个街区里，贝斯特维克夫妇反倒是成了最后才面对这一事实的人。贝斯特维克先生头戴一顶高顶呢帽，身穿贴合腰身裁剪的正装，紧身裤子，外面是件白色的雨衣。他每天早上八点钟迈着八字步出去上班，脚上的那双英式皮鞋看起来总感觉有些夹

1　出生缺陷基金会（March of Dimes），美国非营利性组织，其宗旨为改善母婴的健康。最初于一九三八年由罗斯福总统创立，原本仅限于防治小儿麻痹症，后致力于提高孕妇和婴儿的总体健康水平。

脚。贝斯特维克夫妇过去肯定比现在有钱，因为贝斯特维克太太的人字呢套装虽然显旧了，可是她的钻石，正如柯立芝太太已经注意到的，就跟榛子一样大。贝斯特维克夫妇有两个女儿，从来就没给切斯特添过任何麻烦。

贝斯特维克太太大约一个月前，在一天临近傍晚的时候给切斯特打了个电话，问他能否到她楼上来一趟。也并没有什么急事，她用她那悦耳的嗓音解释道，不过如果并没有什么不方便的话，她很想能见他一面。她彬彬有礼地请他进去，就像她做任何事一样。她是个体态苗条的女人——一个过于苗条的女人，胸部非常丰满漂亮、举手投足优雅迷人的女人。那天下午，他跟在她后面走进了起居室，沙发上坐着一位上了年纪的女人。“这是我母亲，道布尔迪太太，切斯特，”贝斯特维克太太介绍道，“妈妈，这位是切斯特·柯立芝，我们的公寓管理员。”道布尔迪太太说她很高兴见到他，切斯特接受了她的邀请，在沙发上坐下。切斯特听到贝斯特维克家的大女儿正在其中的一间卧室里唱一首歌。“拥护查平，/ 打倒斯彭思，”她唱道，“把休伊特小姐 / 吊到后院的篱笆上。”

切斯特知道这幢大楼里的每一个起居室，照他的标准来看，贝斯特维克家的布置并不比其他任何一家差。他的感觉是，他这幢大楼的所有起居室从本质上说全都既丑陋又不方便。看着他那些妄自尊大的住户们从大堂里走过，他有时候忍不住觉得他们可真是一个贫穷的物种。他们穷于空间，穷于光线，穷于安静，穷于休息，并且穷于私密的氛围——穷于一切能使一个人的家成为他的避难所的要素。他知道他们是如何煞费苦心去克服这些缺陷的，比如说将厨房的气味驱走的风扇。一套六居室的公寓可不比一幢房子，你只要在公寓的这一头煎炒了洋葱，你多半就能在另一头闻到洋葱的气味，可是他们全都安装上了厨房的排烟设备并且让它不停地运转，仿佛通风机一开就能使一套公寓里的气息变得像树林中的一幢房子一样清新似的。所有的起居室全都——照他的看法——天花板太高而又太逼仄，太吵又太暗，而且他知道那些女人是如何乐此不疲地不惜在家具店里耗费她们的时间和金钱，以为另一种地毯、另一套边桌茶几、另一对灯具就能使这个地方摇身一变，最终实现她们那安稳如意的家庭港湾的理想。贝斯特维克太太比大部分住户做得都更好，他心想，或者也许是因为他喜欢她，所以才喜欢她的房间的。

“你知道最新的租金调整情况吗，切斯特？”贝斯特维克太太道。

“我从来都不知道这些租金或者租约什么的，”切斯特没有说实话，“都是他们在办公室里定的。”

“我们的房租涨了，”贝斯特维克太太道，“我们不想付那么多。我原想你也许知道这幢大楼里是否还有便宜些的公寓空着。”

“很抱歉，贝斯特维克太太，”切斯特道，“真是没有。”

“我明白了。”贝斯特维克太太道。

他看出她是心里头有些打算的；可能她希望他能主动提出去跟管理处说说，劝说他们对于像贝斯特维克家这样令人满意的老住户，应该允许他们以他们现有的租金继续租住。可是她显然不想把自己置于向他求助的这样一个窘境当中，而他出于策略考虑，也就没有告诉她，面对这样的局面根本是无计可施的。

“这幢大楼不是由马歇尔·卡维斯家管理的吗？”道布尔迪太太问。

“是的。”切斯特道。

“我跟卡维斯太太一起上的法明顿女校[1]，”道布尔迪太太对她女儿道，“你觉得我跟她说说会有帮助吗？”

“卡维斯太太不怎么常来的，”切斯特道，“我在这儿已经工作了有十五年了，我从来没见过他们夫妇。”

“不过他们确实管理这幢大楼的吧？”道布尔迪太太对他道。

“是由马歇尔·卡维斯公司管理的。”切斯特道。

“莫德·卡维斯跟本顿·塔勒订了婚。”道布尔迪太太道。

“我并不认为他们个人跟这儿有多大关系，”切斯特道，“我不知道，不过我好像听说他们根本就不住在纽约。”

“非常感谢你，切斯特，”贝斯特维克太太道，“我只是以为可能还有空着的房子。”

当警铃再次响起，这次是表示楼顶水箱里的水满了，切斯特马上急匆匆地穿过大堂，从铸铁楼梯下去，把水泵关掉。勤杂工斯坦利这时候也醒了，正在他的房间里走来走去，切斯特告诉他，他觉得楼顶上控制水泵的浮动开关坏了，让他留意着量表。地下室里的一天已经开始了。牛奶和报纸已经送了来；搬运工德兰尼已经把后门厅里的废物箱都倒光了；现在不住在雇主家里的厨子和女仆们都来上工了。切斯特能听到他们跟开后楼电梯的费拉里打招呼，他们那口齿清楚的“早上好”的问候声再次坐实了他的一个感觉，那就是地下室里的礼貌水平可是比楼上的大堂高了一个等级。

1　美国有好几个城镇叫法明顿，此处应指康涅狄格州中部的法明顿市，设有历史悠久的私立女校：波特小姐学校（Miss Porter's School，1843 年创立）。

在差几分九点的时候，切斯特给管理处的办公室打了个电话。一个他从声音上听不出是谁的秘书记下了他的口信。“水箱里的浮动开关爆了，”他告诉她，“我们正在人工操作辅助水泵。你跟维修班说一声，叫他们今天早上过来一趟。”

“维修班在另一幢大楼那儿干活呢，”那个不熟悉的声音说，“估计得到四点钟才能回来。”

“这是急事儿，真他妈的！”切斯特叫道，“我这儿有两百多个浴室呢。这幢大楼就跟公园大道上的那些大楼一样重要。要是我这儿的浴室没水用了，那就请你自己过来接受住户们的投诉吧。今天楼里面有人搬家，勤杂工和我可是都没工夫整天价坐在辅助泵旁边守着。”他的脸涨红了。他的声音在地下室里回荡。把电话挂掉以后，他感觉很不舒服，那支雪茄也烧到了他的嘴巴。这时费拉里又给他带了个坏消息进来。贝斯特维克家搬家的进度要延迟了。他们找了家小搬家公司帮他们往佩勒姆搬，可是那辆卡车却在夜里抛了锚，当时是从波士顿向南运一批货。

费拉里用后楼的员工和货运电梯把切斯特送到九楼的 E 单元。贝斯特维克太太最近雇用的一个便宜的钟点女佣用图钉在后门上钉了张告示。“敬启者，”上面打印道，“我从来不玩彩票赌博我也绝不会去玩彩票赌博我也从来没玩过彩票赌博。”切斯特把那份告示扔进了废物箱，按了下后门的门铃。贝斯特维克太太开的门。她一只手端着一杯盛满咖啡的有裂口的杯子，切斯特注意到她那只手在哆嗦。“对于那辆搬家的卡车我非常抱歉，切斯特，”她说，“我也不太知道该怎么办才好。东西全都准备好了。”她说，朝几乎堆满厨房的装瓷器的木桶做了个手势。她领着切斯特穿过后门厅进入起居室，那里的墙壁、窗户和地板全都光秃秃的了。“东西全都准备好了，”她重复道，“贝斯特维克先生已经前往佩勒姆，在那儿等我了。妈妈把两个孩子带走了。”

“搬家公司这档子事儿您要是征求一下我的意见就好了，”切斯特道，“并不是我可以从他们那儿拿到回扣什么的，而是我可以给你们找一家靠谱的搬家公司，花费一点都不会比你们找的那家贵。你要是想通过找家便宜的搬家公司来省钱，结果其实什么都省不下来。尼格斯太太——她住在一楼A单元——她想今天上午就把她的东西搬上来。”

贝斯特维克太太没有搭腔。“哦，我会想念您的，贝斯特维克太太，”切斯特道，感觉他刚才那番话可能说得不太客气，“不会有什么问题的。我会想念您和贝斯特维克先生还有那两个小姑娘的。你们一直都是很好的住户。你们在这儿住了足足有八年了，我不记得你们有过任何的挑剔或是不满。可是世道在变，贝斯特维克太太。新情况在出现。生活费用越来越高。哦，我还记得当初的时候，这幢大楼里的住户既不富也不穷。现在可是只剩下有钱人了。还有，哦，他们抱怨的那些事儿，贝斯特维克太太。说了您都不会信。就在前天，住七楼F单元的那个跟丈夫分居的女人打电话过来，您知道她抱怨什么吗？她说公寓里的马桶座圈太小了，都不够她坐的。”

对他说的这个笑话贝斯特维克太太并没有笑出声。她面上只有一丝浅笑，可她的心思好像在别的什么东西上。

“好了，我这就下去告诉尼格斯太太一声，让她推迟一会儿再搬。”切斯特道。

就要取代贝斯特维克太太的尼格斯太太正在上钢琴课。她的公寓跟大堂只一个入口之隔，下午的时候经常能听到她在练习音阶。钢琴对她来说是件很难学的乐器，她只掌握了不多的几个小乐句。钢琴课是尼格斯太太的一项新事业。她刚搬进这幢大楼的时候还是战争期间，那时候她的名字叫玛丽·汤姆斯，当时是跟拉瑟太太和多布里太太同住的。切斯特怀疑拉瑟和多布里太太是两个淫荡的女人，玛丽·汤姆斯刚搬来跟她们同住的时候，切斯特还曾经为她担过心，因为她是那么年轻又那么漂亮。他的心可真是操错了地方——放荡的生活根本就对她毫发无伤：既没有让她变得压抑也没有让她变得粗鄙。刚来的时候还是个布衣粗裙的穷姑娘，到年底她的皮草就比谁都多了，而且她整天兴兴头头的就像只云雀。尼格斯先生是从第二年冬天开始上门来的。他第一次来应该也是出于偶然，切斯特猜想，可是这一次照面就改变了他整个儿的人生。他是个长相凶悍的中年男人，切斯特之所以能记住他，纯粹是因为他穿过大堂去A单元的那架势：他故意把鼻子埋在大衣的领子里，帽檐拉下来一直遮住眼睛。

尼格斯先生一旦开始经常前来拜访玛丽·汤姆斯，她就把她其他所有的朋友全都淘汰掉了。其中一位是个法国海军军官，曾经上门来闹过一场，叫来一个门卫外加一个警察才把他给轰出去的。在此之后，尼格斯先生也给拉瑟太太和多布里太太下了逐客令。在这件事上玛丽·汤姆斯没有任何可指摘的地方，她还想方设法想在这幢大楼里给她这两位朋友另找一套公寓呢。可是尼格斯先生非常固执，那两位年长的女人只得打点好箱笼，搬到了西五十八街上的一个公寓。她们搬走以后，一位室内装潢师上得门来，把那地方彻底翻修了一遍。紧跟在他屁股后头，那架大钢琴就搬了进来，随之而来的还有几条贵宾犬、“每月新书俱乐部”的会员卡，以及那位脾气暴躁的爱尔兰女仆。那年冬天，玛丽·汤姆斯跟尼格斯先生去了趟迈阿密，在那儿结了婚，可即便是正式结婚以后，尼格斯先生经过大堂的时候仍旧是偷偷摸摸的，就仿佛做了什么亏心事似的。现在，尼格斯夫妇就要把他们那全套家什搬到九楼E单元去了。切斯特对此倒是没什么大惊小怪的，不过他并不认为这一搬就一劳永逸了。尼格斯太太可是个与时俱进的女人。在九楼E单元住上个一两年以后，他估计她就能搬到其中的一套顶层豪华套房里去了。从那儿，她有可能就会搬进第五大道北头一幢更浮华的大楼里去。

那天早上切斯特按响门铃以后，尼格斯太太把他让了进去。她仍旧美得像是一幅画。“嗨，切特[1]，”她道，“快进来。我还以为十一点前你是不想让我开始搬的呢。”

“哦，可能会有点延误，”切斯特说，“另外那位太太搬家的卡车还没有来。”

“我得把这些东西弄到楼上去了，切特。”

“好吧，如果她的人十一点钟还不到，”切斯特道，“我就让马克斯和德兰尼先把他们的东西搬下去。”

“嗨，切特。”尼格斯先生道。

“你裤子的臀部位置上有什么东西，亲爱的？”尼格斯太太道。

“我裤子上什么东西也没有。”尼格斯先生道。

---

1 切特，切斯特的昵称。

“有，确实有东西，”尼格斯太太道，“你裤子上有块污渍。”

“瞧瞧，”尼格斯先生道，“这条裤子可是刚从干洗店拿回来。”

“哦，你早餐要是吃了橘子酱，”尼格斯太太道，“你就有可能坐在上头了。我是说，你就有可能把橘子酱给沾到裤子上去。”

“我没吃橘子酱。”他道。

“好吧，黄油，那就是，”她道，“那玩意儿可显眼了。”

“我再给你打电话吧。”切斯特道。

“你把她的东西都给我搬出去，切特，”尼格斯太太道，“我给你十块钱。从午夜开始，那套公寓就算是我的了。我想把我的东西搬进去。”然后她转向她丈夫，开始用一块餐巾擦拭他的裤子。切斯特就退了出去。

在切斯特地下室的办公室里，电话铃正在响。他拿起听筒，是个女仆打来的，告诉他五楼A单元浴室里的水漫了出来。他在办公室待着的时间里，电话就一直响个不停，他记下了好几桩女仆或是住户对于设备故障的投诉——一扇窗打不开了，一扇门卡住了，一个水龙头漏了，一个下水道堵了。切斯特拿了工具箱，自己上去给他们修理。绝大多数住户都客客气气、和颜悦色的，不过七楼F单元的那个跟丈夫分居的女人把他给叫进餐厅里，跟他讲话的时候很简慢无礼。

“你是看门的？”她问。

“我是公寓的管理员，”切斯特道，“勤杂工现在没空儿。”

“那好，我想跟你说说后楼厅里的问题，”她说，“我感觉这幢大楼没有达到它应有的干净程度。女仆说她在厨房看到蟑螂了。我们家以前可是从来没有过蟑螂。”

"这是幢很干净的大楼，"切斯特道，"这是整个纽约最干净的大楼之一。德兰尼每隔一天就洗刷一遍后楼梯，我们只要有机会就重新把它们油漆一遍。改天你没什么更好的事儿可做的时候，你可以到楼下来看看我的地下室。对待地下室我就跟对待我的大堂一样，我不辞劳苦地把它们全都收拾得一尘不染。"

"我说的不是什么地下室，"那女人道，"我说的是后楼厅的问题。"

切斯特趁自己还没发火，赶紧回到自己的办公室。费拉里告诉他维修班的人已经来了，跟斯坦利一起去了楼顶。切斯特希望他们能先到他这儿来报到，因为既然他是公寓的管理员，肩负着管理这个地方的全副重担，他感觉他们在他的领地里开始工作之前，是应该先跟他商量一下的。他上到顶层的F单元，顺着后厅的楼梯爬到了楼顶。北风在电视天线中间一个劲儿地咆哮，楼顶和阳台上还剩有一点积雪。走廊里的家具上盖着一层防水油布，其中一个阳台的墙上挂了顶巨大的草帽，上面结了一层冰。切斯特走向水箱，看到两个身穿工装裤的人站在水箱的铁梯子上，正在修理开关。斯坦利站得比他们矮几磴，给他们递着工具。切斯特爬上铁梯子，给他们提了几条建议。他们恭恭敬敬地接受了，可是他从梯子上往下爬的时候，他听到其中的一位维修工问斯坦利："那人是谁啊——看门的？"

一天当中自尊心第二次受伤，切斯特走到楼顶边缘，眺望下面的这个城市。他右手边就是东河。他看到一艘船沿河而下，是一艘货船在顶着潮水奋力向前，她甲板上和舷窗里的灯光在阴霾下熠熠生辉。她这是要出海去，但她的灯光和她的安详使她在切斯特看来就像是草甸上的一幢农舍般温暖而又泰然自若。迎着潮水，她就像是正在航行的一幢农舍。跟他自己管辖的领地相比，切斯特暗想，一艘船真是算不得什么。在他脚下，有几千条动脉般勃勃跳动的蒸汽管道，有几百间厕所、几英里长的排水管，以及一百多号乘客，而就在这一刻，他们中的任何一位都有可能在考虑着要自杀，要偷窃，要纵火或者伤人害命。这真是桩巨大的责任，相形之下，切斯特满怀怜悯地想道，一艘船的船长要把他的货轮开到海里去的这点责任可就实在是不值一提了。

等他回到地下室，尼格斯太太打电话来问他贝斯特维克太太到底搬走了没有。他说他会给她回电话的，就把电话给挂了。尼格斯太太那十美元似乎是要让切斯特承诺催着贝斯特维克太太赶紧走，可他却并不想给她添麻烦，而且他满怀遗憾地想到她一直以来都是一个多好的房客。阴霾的天气，再加上想起贝斯特维克太太和管他叫“看门的”的那些人，种种的不愉快使切斯特感觉他需要振作一下精神，于是他决定去把他的皮鞋擦一擦。

可是那天上午擦皮鞋的店堂里静悄悄的一个人都没有，擦皮鞋的工人布朗科悲伤地俯身在切斯特的鞋子上。“我今年六十二啦，切斯特，”布朗科道，“而我满脑子都是肮脏念头。你觉得这是因为我一天到头老围着鞋子转的缘故吗？你觉得这跟老闻鞋油的气味有关系吗？”他在切斯特的鞋子上抹上鞋油，先用一把粗鞋刷把鞋油给揉进去。“我的老太婆就是这么想的，”布朗科道，“她认为这跟一天到头总围着鞋子转悠是有关系的。我满脑子里想的，”布朗科悲哀地道，“就是爱，爱，爱呀的。真让人恶心。我在报纸上看到过一张一对年轻夫妇一起吃晚饭的照片。我知道，他们都是心地纯洁的很好的年轻人，可我脑子里转的念头就不一样了。一位女士进来找我绱鞋跟。‘是，夫人。不，夫人。明天就给您绱好，夫人。’我这么跟她说着，可我脑子里在转什么念头我都耻于跟你说。可要是这真是因为我成天围着鞋子转，我又怎么能控制得了自己？这可是我谋生糊口的唯一途径啊。像你干的那种工作，你得既是个木匠又是个油漆工，既是个政客又得是个正式的保姆。哦，那也就是只有你才干得了的活儿，切斯特！一扇窗打不开了。一根保险丝烧了。他们叫你上去把它给修好。那家的女主人，她开的门。就她一个人在家。她身上就穿了件睡衣。她——”布朗科突然打住话头，拿着擦鞋布死命地擦起来。

切斯特回到楼里的时候，贝斯特维克太太搬家的卡车还没有开到，他就直接去了九楼的E单元，按响了后门的门铃。没人应答。没有声音。他按了又按，然后他用万能钥匙把门打开了，正碰上贝斯特维克太太走进厨房。“我没听到门铃响，”她道，“我因为就干耗着实在太心烦意乱了，根本都没听到门铃响。我刚才在另外那个房间里。”她在厨房的桌子前坐下。她看起来很苍白，很烦恼。

“打起精神来，贝斯特维克太太，”切斯特道，“你会喜欢佩勒姆那个地方的。你们要搬去的地方是佩勒姆吧？又有树，又有鸟儿。孩子们都会长胖的。你也会有一幢很漂亮的房子。”

“是座小房子，切斯特。”贝斯特维克太太道。

“好吧，我这就去跟搬运工说一声，让他们现在就把您的东西——您的家具物什搬出去，先把它们放在底下那条巷道里，”切斯特道，“它们在那儿就跟在这里一样安全，要是下雨的话，我会负责把它们都给盖好，保证不会淋湿的。您干吗不现在就动身到佩勒姆去呢，贝斯特维克太太？”他问，“我会把一切都照顾好的。您干吗不现在就乘上火车到佩勒姆去呢？”

“我想我还是等着吧，谢谢你，切斯特。”贝斯特维克太太道。

某个地方一家工厂里的汽笛吹响了十二点钟。切斯特下楼去视察一下大堂的情况。地毯和地板都很干净，那几幅狩猎图上罩的玻璃板擦得闪闪发亮。他在雨篷底下站了挺长时间，看清楚了那几根黄铜支柱都擦得锃亮，塑胶门垫也都刷干净了，这顶雨篷真心不赖，它跟别的雨篷可不一样，已经经受过了冬天的暴风雪。“早上好。”他站在那儿的时候，有人很高雅地跟他打了个招呼。他回道：“早上好，沃兹沃斯太太。”话一出口他才认出原来是凯蒂·谢伊，沃兹沃斯太太的老女仆。这个错误完全可以理解，因为凯蒂戴的帽子穿的大衣全都是沃兹沃斯太太不要了的，而且她还用了沃兹沃斯太太用剩下的香水。在黯淡的日光下，这个老女人看着活像是她的雇主的幽灵。

然后一辆搬家用的货车，贝斯特维克家搬家的货车，倒上了路缘。这让切斯特的精神为之一振，他回身进去，带着良好的胃口去用午餐。

柯立芝太太并没有跟切斯特一起在饭桌前坐下，因为她穿上了她那身紫色的裙子，切斯特猜她是打算去看电影了。

“七楼 F 单元的那个女人今天问我是不是看门的。”切斯特道。

“哦，可别为了这种事不开心，切斯特，”柯立芝太太道，“当我想到你脑子里装的所有那些事儿的时候，切斯特——所有那些你必须去干的事儿——在我看来你要操心的事儿几乎比我认识的任何人都要多。说起来了，这个地方可是有可能深更半夜地着起火来的，而这里除了你跟斯坦利以外，谁都不知道那消防水龙在哪儿。还有电梯、电力、煤气和暖气。你说过去年冬天那暖气炉烧掉了多少燃油来着，切斯特？”

“超过了十万加仑。”切斯特道。

“你听听。”柯立芝太太道。

切斯特再次下楼的时候，搬家的工作正在按部就班地有序进行。搬家的工人跟他说贝斯特维克太太还在公寓里待着。他点着一支雪茄，在他的办公桌前坐下，听到有人在唱歌：《你可曾看到有人梦游？》。这首歌，伴随着欢笑声、拍手声，从地下室的另一头传过来，切斯特循声走过黑暗的过道，来到了洗衣房。洗衣房是个灯火通明的房间，里面满是煤气烘干机烘干衣服的气味。熨衣板上摊开着香蕉皮和三明治包装纸，六个洗衣女工没有一个在干活的。在洗衣房的正当中，一个女工穿着有人送下来洗的长款晨衣，正跟另一个裹着块桌布的女工跳华尔兹。另外几个都在拍手和大笑。切斯特正犹豫着是否该干涉一下的时候，他办公室的电话铃又响了。是尼格斯太太。“把那个婊子从那儿给我撵出去，切斯特，”她道，“从午夜时分算起，那就是我的公寓了。我这就上去。”

切斯特请尼格斯太太在大堂等他一下。他见她穿一件短款的毛皮大衣，戴一副墨镜。他们一起来到九楼的 E 单元，他按了下贝斯特维克家前门的门铃。他为这两个女人做了介绍，可是尼格斯太太把注意力放到了搬家工人正从门厅搬出来的一件家具上，没搭理他的介绍。

“这件家具真漂亮。”她道。

“谢谢。”贝斯特维克太太道。

“你不想卖吧？”尼格斯太太道。

“恐怕我是不能卖，”贝斯特维克太太道，“很抱歉我把这地方弄得这么乱糟糟的，”她继续道，“实在没时间雇个人来打扫一下。”

“哦，没关系，”尼格斯太太道，“我反正是要全部粉刷一遍并且要重新装修的。我只是想先把我的东西给搬上来。”

“你干吗不现在就去佩勒姆呢，贝斯特维克太太？”切斯特道，“你搬家的车也来了，我会负责照看他们把东西全都搬上去的。”

“再过一分钟我就走，切斯特。”贝斯特维克太太道。

“你有些非常漂亮的宝石呢。”尼格斯太太道，看着贝斯特维克太太的几枚戒指。

“谢谢。”贝斯特维克太太道。

“好了，这就跟我下去吧，贝斯特维克太太，”切斯特道，“我给你叫辆出租车，我会负责照看着他们把东西全都好好地搬上车去的。”

贝斯特维克太太戴上帽子，穿上大衣。“我想我应该跟你讲讲这套公寓的一些情况的，”她对尼格斯太太道，“可我似乎把它们全都给忘得一干二净了。能见到你真的非常高兴。我希望你也像我们一样喜欢这套公寓。”切斯特把门打开，她在他前面走进了门厅。“再稍等一分钟，切斯特，”她道，“就一分钟，求你了。”这当口切斯特怕她会哭出声来，可她只是打开钱包，仔细地把里面的东西检视了一遍。

她在那一刻所感到的难过，切斯特知道，不仅仅是因为离开一个感觉熟悉的地方去往一个感觉陌生的地方；那是离开一个她的口音和外貌、她穿旧了的套装和她的钻石戒指仍能为她赢得一丝尊敬的地方而感到的痛苦；那是与一个阶层分离、进入另一个阶层而感到的痛苦，而且加倍的痛苦还在于那是一种永远都熬不到头的分离，她的下坡路永远都没有尽头。在佩勒姆的某个地方，她会发现一个原本在法明代尔[1]或是不论什么地方居住的邻居；她会发现一个拥有榛子一样大的钻石而手套上有破洞的朋友。

在前厅，她跟开电梯的和门房都道了别。切斯特跟她一起走出大门，期望她会在雨篷底下跟他道别，而他也准备好再次赞美她是个多么好的房客，可是她却一句话都没说，转过身快步朝街角走去。她的怠慢出乎他的意料而且伤害了他的感情，就在他义愤填膺地盯着她的背影时，她突然转过身又走了回来。“可我忘了跟你道别了，切斯特，是吧？”她说，“再见了，谢谢你，请代我向柯立芝太太道个别，替我向柯立芝太太致以最美好的问候。”然后她就走了。

“哦，天看起来像是要放晴了，是不是？”凯蒂·谢伊几分钟后走出大门的时候道。她拿着一个装满谷物的纸袋。凯蒂刚穿过大街，那些栖息在皇后区大桥上的鸽子就认出了她，但她并没有抬起头来看它们，一共有一百来只，离开它们的栖息处，悠悠闲闲地绕圈飞着，就像是随风飘散一般。她听着它们拍打着翅膀从头顶飞过时的轰鸣，看着它们的影子遮暗了大街上的一处处小水洼，可对这些鸟儿她却像习焉不察似的。她的脚步坚定而又轻柔，就像是一位

1 法明代尔（Farmingdale），纽约拿骚县牡蛎湾长岛上的一个行政村，属高尚居住区。

保姆走近几个胡搅蛮缠的孩子，当那些鸽子在人行道上落下并朝她脚边聚拢时，她并不着急，故意让它们等着。然后她开始扬撒黄色的谷粒，先撒给鸽群外圈那些年老病弱的，然后再撒给其他的鸽子。

一个从街角的大巴上下车的工人注意到了这群鸟儿和这位老妇人。他打开自己装午饭的提盒，把一些面包皮的碎屑也撒在人行道上。凯蒂马上就走到他这边。“我宁可你不要喂它们，”她语气严厉地道，“我真情愿你没有喂它们。你看，我就住在对面那幢楼里，我时刻都能留意照看着它们，我照看着让它们什么都不缺。我一天喂它们两次新鲜谷粒。冬天就喂玉米。这一个月就花掉我九美元。我照看着让它们什么都不缺，我可不喜欢让什么生人来喂它们。”一边说着，她把那陌生人的面包屑给踢到了排水沟里。“我一天给它们换两次水，到了冬天还总要留意着不要让水结了冰。可我情愿生人不要喂它们。我知道你会理解的。”她把背转向那个工人，把袋子里最后的喂食也全都倒了出来。她可真够古怪的，切斯特暗想，她就像中国的语言一样古怪。可到底谁更古怪呢——是喂这些鸟儿的她呢，还是看着她喂这些鸟儿的他？

凯蒂刚才预测天气的话并没有说错。阴云正在消散，切斯特注意到了天空中的亮光。白天也确实越来越长了。那亮光似乎是被延迟了。切斯特从雨篷底下走出来去看那亮光。他把手背在身后，凝神朝外面和上面观看。小时候大人们教他把云朵想成是遮掩上帝之城的帷幕，那些低低的云层至今仍能激起他孩子般的好奇心，以为他正在偷窥圣人和先知们的居所。不过他这种宗教性的思绪并非只是他虔诚童年的遗习。这漫长的一天并没有能具备任何意义，而天空似乎能够给他一个如实的解释。

这一天为什么过得毫无意义？为什么感觉没有任何价值？为什么布朗科和贝斯特维克一家、尼格斯一家和七楼 F 单元跟丈夫分居的那个女人、凯蒂·谢伊和那个陌生人统统加到一起都还是个零呢？是因为贝斯特维克和尼格斯一家、切斯特和布朗科都没有能够帮助彼此吗？是因为那个老女仆没有让那个陌生人帮她喂鸟儿吗？是这样吗？切斯特问道，望着那蓝天，就像是他期望空中能为他写出一个答案似的。可是天空只告诉他那是冬末的一个漫长的白天，告诉他天色不早，该是进去的时候了。

孩　子

哈瑟利先生有不少老派的趣味。他穿高帮的黄色靴子，为了听他们的音乐专门去吕周[1]用餐，穿一件羊毛睡衣上床睡觉。他一心想在业务上跟某位堪当其接班人的年轻人建立起一种家长式的关系，说白了，这种热望也是他那些老派趣味的一种表现。哈瑟利先生选中的继承人是位叫作维克托·麦肯齐的年轻移民，他是从英格兰或是苏格兰横渡大西洋来到美国的——是在冬天横渡大洋的，我想——当时他十六或是十七岁。所谓的冬天横渡大洋也只是个猜测。他可能是靠自己打工赚了点钱，也可能是借了点路费，或者可能是在这个国家里有亲戚帮他，但这全都隐在暗处，他的生活走到明处就是从他成为哈瑟利先生的下属开始的。身为一个移民，维克托可能对于美国生意人怀有那么一种陈旧过时的幻想。在哈瑟利先生身上，人们确实也还能发现这里或是那里有那么一丝陈旧过时的迹象。他的发迹史晦暗不明，不过，正如尽人皆知的，他已经富得足可以出任某国的大使了。在商界，他以为人苛酷和不讲原则著称。他做事随心所欲，从不顾及他人的感受，每次竞争对手的垮台总令他欣喜若狂、甘之如饴。他五短身材——几乎就是个侏儒。两条腿细长纤弱，一个大肚子把脊柱都给挤压变形了。他将几根灰白

1　吕周餐厅（Lüchow's）位于纽约曼哈顿东十四街一百一十号、东村的欧文广场，一八八二年由一位德国移民奥古斯特·吕周（August Lüchow）开设。

的头发横着梳过来以装饰他那尊秃顶，表链子上镶一块祖母绿的饰物。维克托身材高大，具有那种迟早会让人感到失望的英俊。他那方方的下颌以及无不匀称端正的五官，一眼望去不禁会让你期望他是个具有非凡的性格天赋的人，可是最终你感觉他只不过讨人喜欢、野心勃勃，外带一点点天真而已。多年以来，这个脾气乖戾的三寸钉跟这个年轻帅气的小移民一直信心满怀地肩并肩走在一起，就仿佛他们已经拿到了进入诺亚方舟的船票。

当然了，这一切都花了很长的时间；花了好多个年头。维克托一开始只是个袜子上有洞的办公室小勤杂工。就像早一辈的那些移民一样，他已经通过脱离国籍释放出了他体内储存的巨大能量和无限纯真。他成天都干得兴高采烈。他一直兴高采烈地待到晚上，精心地装饰休息室里的那好几个陈列柜。他就像是无家可回似的。他的热切和投入触动了哈瑟利先生，让他愉快地想起了自己年轻时的学徒生涯。生意场上已经绝少还有东西能触动他想起过去的时光了。有一两年的时间，他表面上对维克托不闻不问，就算是偶然跟他说上一两句话，也是声色俱厉。然后，以他那种乖戾以及专制的方式，他开始按照接班人的角色定位来指导和培养他。他把维克托派出去六个月，让他四处去推销他们的产品，之后就安排他到罗德岛的几家工厂里任职。他在广告部待了几个月，又到销售部干了几个月。他在业内的地位很难评估，但是哈瑟利先生对他的器重可说是与日俱增，大家都有目共睹。哈瑟利先生对于他自己那天生的古怪形象相当敏感，他很不喜欢独自一人到任何地方去。维克托跟他工作了几年之后，就奉命开始每天早上八点钟来到老人位于第五大道北段的公寓，陪同老人家一起去上班。一路上他们从来都不怎么交谈，不过那时候的哈瑟利本来话就不多。每天工作结束之后，维克托要么把他送上一辆出租车，要么就陪他走回家。如果老人在动身前往吧港[1]的时候忘了带眼镜，就算是深更半夜，维克托也得立马爬起来把眼镜送过去，以免耽误了一早的飞机。碰到老人想送份结婚礼物的时候，是维克托负责帮他购买。在老人贵体欠安的时候，是维克托负责提醒他按时吃药。在同业们的闲言碎语中，维克托的地位自然成了众多戏谑、非议以及直截了当的嫉妒的靶子。大部分的非议都有失公允，因为他只不过是个雄心勃勃的年轻人，通过给哈瑟利先生喂药来表现他的事业心罢了。贯穿着他这种绝对的温顺服从的是一种总的说来相当可爱的对自己身份的自觉。当他感觉他有理由抱怨时，他就直接说出来。在哈瑟利的控制下工作了八个年头之后，他找到老人，说他觉得他的薪水偏低了。老人的反应是摆出一副五味杂陈的主人派头：既感到受伤和诧异，又不乏脉脉的温情。他把维克托带到他的专属裁缝那儿，为他定做了四套正装。几个月后，维克托又开始抱怨——这次是针对他在公司里所处地位的暧昧不明。他在指责自己缺乏责任感上过于轻举妄动了，老人对他讲。他已经安排好，在一两个星期之内，就让维克托面对董事会正式做个陈述，以正式明确他在公司的地位问题。这可远远超过了维克托原本的预期，对此他非常满意。他也确实心怀感激。这就是美国！他下了大力气，一心想把他的陈述报告做到最好。他把写好的报告大声读给老人听，而哈瑟利先生则不厌其烦地指导他正式陈述的时候什么时候该提高嗓门，什么时候又该

1　吧港（Bar Harbor），缅因州汉考克县沙漠山岛上的城镇名，著名的游憩胜地。

压低音量，该迎视何人的目光，又该避免跟哪个人对视，什么时候该敲击桌子什么时候又该给自己倒杯水喝。他们还讨论了他到时候该穿哪一套衣服。但是在董事会正式开始五分钟前，哈瑟利先生一把抓起那沓文稿，砰地把门摔在维克托脸上，亲自出马去做那个陈述了。

那揪心的一天终于结束后，他把维克托叫进了他的办公室。已经六点多了，秘书们都锁好她们的茶杯，下班回家去了。“对于今天的陈述我感到很抱歉。”老人喃喃低语道。他的语气很沉重。维克托这时才注意到老人竟然流过眼泪。为了显得自己高一点，老人惯常都坐在一把很高的办公椅上，他从椅子上溜到地上，在那间巨大的办公室里来回踱着步。这个姿态本身就是一种亲昵和信任的表示。“不过我想谈的还不是这个，”他道，“我想跟你谈谈我的家事。哦，在一个家族里再也没有比相互间的嫌隙更加悲惨的了！我妻子”——他的语气中满含着厌恶——“是个愚蠢的女人。我能从我的孩子们身上得到的快乐时光，我一只手的手指头都能数得过来。这也许是我的错，”他说，显然并非肺腑之言，“我现在想让你做的是，帮我管管我的儿子，小哈瑟利。我抚养他长大的过程中一直都想培养他学会尊重金钱。在他十六岁之前，他的每一个钢镚儿我都让他自己去挣，所以他在金钱方面成了个该死的傻瓜并不是我的错，可他就是个傻瓜。我只是再也没有时间去为他那些空头支票瞎操心了。我是个大忙人。这你知道。我想让你做的是，充当小哈瑟利的商业顾问。我想让你来负责支付他的租金，支付他的生活费，支付他的女佣费用，支付他的家用开支，并且每周给他发一次现金零用钱。”

一时间，不管怎么说，维克托像是呼吸到了不容忽视的不可知论的新鲜气息。那天下午他已经被骗了一次，被骗走的是一桩至关重要的职责，而现在，他肩上又被压上了一个愚蠢至极的职责。眼泪都会是一种矫情的表现。此时大楼里已经空无一人，周围是一片异常的安静，事实上，老人特意选择在一天当中的这个时候、在这样的环境下提出这一要求分明是别有用心，窗外那正在黯淡的天光都会有助于使他屈从于老人的决定。而且即便他已经开始以怀疑的眼光来看待这一切，他也完完全全都在哈瑟利的手掌心里攥着呢。"哈瑟利先生让我告诉你""是哈瑟利先生派我来的""哈瑟利先生……"这一直都是维克托的口头禅。如果不提哈瑟利先生的名号，他自己的声音听起来就会毫无权威感。在他委决不下时露出了袖口的他身上那件舒适合身的衬衣还是哈瑟利先生给他的呢。是哈瑟利先生介绍他加入了第七团[1]。哈瑟利先生是他在生意上的唯一身份，一旦切断自己跟这一权力源泉的关系，其结果将是致命的。他一时间没有做出回答。

"对于今天的陈述我感到很抱歉，"老人又说了一遍，"我会尽我所能让你明年再做一次。我向你保证。"他猛推了他肩膀一把，表示他要转换话题了。"明天下午两点在大都会俱乐部跟我碰头，"他轻快地道，"我得在吃中饭的时候买断沃登的所有股权。那花不了多长时间。我希望他把他的律师一起带来。上午给他的律师打个电话，确保律师把所有的文件都准备好。好好给他们点颜色看看。你知道该怎么做的。你把小哈瑟利照顾好了，就是帮了我一个大

1　第七步兵团（7th Infantry Regiment），美国陆军声誉卓著的步兵团，参战次数超过了其他任何一个步兵团。

忙，”他满怀感情地道，“而且要照顾好你自己，维克托。你就是我的一切了。”

第二天吃过午饭后，老人的律师跟他们在大都会俱乐部碰了头，又跟他们一起去了一家公寓，小哈瑟利正在那儿等着。他是个矮胖的男人，比维克托大十好几岁，对于自己被剥夺了财政大权，他倒像是一副听天由命的样子。他管哈瑟利先生叫爸爸，然后难过地递给他父亲一捆未付的账单。当着维克托和律师的面，哈瑟利先生算清楚了小哈瑟利的进项和债务，斟酌了他的赡养费的数额，对于他的家用开支和津贴做出了合理的估算，每周一的上午他到维克托的办公室去领取。半个小时之内，小哈瑟利的前程就此尽毁。

自此，他每周一上午就过来领取津贴，同时把一周的家用开支的各项账单交给维克托。他有时候会在办公室里消磨一段时间，讲讲他父亲的情况——神气颇有些局促不安，好像担心有人偷听似的。哈瑟利先生生活当中所有的细枝末节维克托都听得饶有兴味：他有时候一天要刮三次脸，他有五十双鞋子，等等。终止这些闲谈的还是老人自己。“告诉他来了以后拿了钱就走人，”老人吩咐，“这是办公的地方。这种事情他就是从来都搞不懂。”

与此同时，维克托认识了特蕾莎，正打算跟她结婚。她全名叫特蕾莎·梅塞罗；她父母是法国人，她则出生在美国。她自小就父母双亡，她的监护人就把她送进了那种位置僻远的寄宿学校。大家都知道那种地方是什么情形。校长在圣诞放假期间辞职不干了。继任的是那个上体操课的教练。二月间取暖设备出了故障，水管都上了冻。到了这个时候，大部分关心孩子的父母都已经把自己的孩子转到了别的学校，到了春天，就只剩下了十二三个寄宿生。晚饭前，她们或是独自或是结伴在校园里来回闲荡，消磨时间。几个月以来，她们也都很清楚，老帕尔弗雷学院气数已尽，不过在早春那些漫长而又阴沉的日子里，这一现实以格外强大而又尖锐的方式重新呈现出来。吵闹声从校长的住处传出来，拉丁文老师正在威胁着要因为学校里拖欠工资而起诉校长。从厨房窗户里飘出来的气味表明这顿饭又是卷心菜。有几株黄水仙正在开放，黄昏的余晖与新生的蕨类植物谆谆告诫着这些搁浅在这里的孩子们去憧憬未来，未来，未来，可是她们的意识深处总藏着一丝疑惧，害怕黄水仙、知更鸟还有那颗长庚星都在不甚高明地遮掩着这样一个事实：这一刻真是恐怖，赤裸裸的恐怖。这时有辆汽车轰鸣着驶上车道。“我是休伯特·琼斯太太，”一个女人喊道，“我是来接我女儿……”最后一个获救的总是特蕾莎，这样的时刻看来确实在她的生命中留下了一些印记。她留在人们印象中的是一种特别伤感的个性、一种永不丢弃的高雅、一种饱受错待的迷人气质。

那年冬天，维克托陪同哈瑟利先生去了趟佛罗里达，负责为他撑开海滩上的阳伞，陪他打几把拉米牌戏，在那儿的时候他说他想要结婚。老人大呼小叫地表示反对。维克托坚持己见不为所动。等他们回到纽约以后，老人有天晚上邀请维克托带特蕾莎去了一趟他的公寓。他满怀热忱地欢迎了这个年轻女人，然后把她介绍给哈瑟利太太——一个衰弱而又神经质的女人，总是用双手捂着嘴巴。老人开始绕着房间的四周转圈。然后他就消失不见了。“没事儿，”哈瑟利太太悄声道，“他是打算送你们一样礼物。”几分钟后他回到房间，将一串紫水晶项链戴在了特蕾莎美丽的脖子上。老人一旦接受了特蕾莎，对他们的婚姻就表现得很开心了。婚礼的一应事宜当然全都是他一手安排的，告诉他们该去哪儿度蜜月，并且在有一天的商务午餐与乘坐飞机前往加利福尼亚之间，为他们租下而且布置好了一套公寓。跟她丈夫一样，特蕾莎看来也能够适应老人的横加干涉。他们的第一个孩子出生后，她自作主张以哈瑟利先生教母的名字给她起名叫维奥莱特。

在那些年间，但凡是麦肯齐夫妇要举办什么派对，通常都是因为是哈瑟利先生吩咐他们该举办个派对了。他会在一天的工作结束后把维克托叫进自己的办公室，跟他说该请请客了，并且把日子也定好。他会为他们把酒水和食物订好，并且以有利于麦肯齐夫妇的生意和社交上的利益为前提斟酌确定客人名单。他会粗暴地拒绝邀请他本人参加的请柬，却又比任何客人到得都更早，捧着一束几乎跟他一样高的鲜花。他要眼看着特蕾莎把那束花放进合适的花瓶里才算放心。然后他就会走进育儿室，让维奥莱特听他手表嘀嘀嗒嗒的走动声。他会把整个公寓都视察一遍，挪一下这儿的一盏灯，动一下那儿的一个烟灰缸，并且拨弄一下窗帘。到了这时，麦肯齐夫妇的客人们已经开始陆续到来了，可是哈瑟利先生没有丝毫要走的意思。他是个声名显赫的老人，每个人都巴不得能跟他攀谈几句。他会继续在房间里四处巡视，确保每个酒杯都斟满，如果维克托给大家讲了个趣闻轶事，那十有八九也是哈瑟利先生手把手地训练他该怎么讲的。等晚餐备好以后，老人又会开始操心饭菜是否可口，女仆伺候得是不是周到。

他总是最后一个才走。等别的客人全都道了晚安离开以后，他会安顿下来，他们三个人会一起喝杯牛奶，说说当天晚上派对的情况。这时候的老人会显得很开心——他那些敌人们根本都不会相信他能有那么愉快的劲头儿。他会开怀大笑，笑得眼泪直流。有时候他会把靴子都脱下来。那个小房间像是唯一令他心满意足的地方，可是在哈瑟利先生意识的深处肯定一直都潜伏着这样一种想法：这两个年轻人在实质上跟他没有任何关系，正是因为他自己的亲骨肉对他而言是一种锥心蚀骨的失望，他才发现自己处在这么一个不自然的境地。最后他会站起身来离开这对小夫妇的公寓。特蕾莎会帮他把领带结拉拉直，把他背心上的面包屑刷干净，然后俯下身去让老人亲吻她一下。维克托会帮他穿上他的毛皮大衣。三个人都会深深地沉浸在亲人道别的那种特有的温情当中。“好好照顾好你们自己，”老人会喃喃道，“你们就是我的一切了。”

有一天夜里，在麦肯齐夫妇举办的一次派对之后，哈瑟利先生在睡梦中去世了。葬礼在伍斯特举行，那是老人的出生地。老人的家人似乎倾向于将葬礼的安排瞒过维克托，不过他还是轻而易举就弄清楚了具体的各项安排，带着特蕾莎一起去了教堂和墓地。老哈瑟利太太和她那几个愁眉苦脸的孩子聚在墓穴的一边。他们肯定是怀着如此矛盾的情感目睹着老人的整个埋葬过程的，那感觉就像是再也无法从那种无以名状的情绪混乱当中解脱出来了。“再见了，再见了。”哈瑟利太太叫道，半心半意地，透过那掩埋的泥土。她那两只手飞快地抬起来捂住嘴巴——这习惯她怎么都改不了，虽然死者曾经常威胁要为此而揍她。如果品尝悲伤的全部况味是一种特权的话，那现在这就是麦肯齐夫妇的特权了。他们简直被击垮了。特蕾莎的父母去世时她年纪还太小，她成年以后并无任何哀悼他们的清晰记忆，而维克托的父母——不管他们是谁——几年前就死在英格兰或是苏格兰了，看起来在哈瑟利的坟前，真正悲痛欲绝的就是她和维克托了，在他们看来，正在埋葬的也绝不仅是一位老人的尸骨。老人的那几个亲生子女根本就假装没看到麦肯齐夫妇。

麦肯齐夫妇对于哈瑟利先生的遗嘱中并没有提到他们也并不在意。葬礼之后的一周左右，董事会选举小哈瑟利继任公司的董事长，他所做的第一批事情当中就包括把维克托解雇。多少年以来他就一直被拿来跟这个勤勉能干的小移民做比较，他那份深入骨髓的怨恨是完全可以理解的。维克托另找了一份工作，可是他一直都是哈瑟利先生最亲密的助手这一点，对他在这一行业内的发展非常不利。老人生前树敌太多，而维克托把他们全都继承了下来。半年或是八个月以后他就丢掉了他的新工作，他又找了份权当是临时凑合的工作——能够让他在找到一份更好些的工作之前维持每月的开支。他跟特蕾莎放弃了哈瑟利先生为他们租下的那套公寓，卖掉了所有的家具，从一个地方搬到另一个地方，但所有这一切——他们住过的那些丑陋的房子，维克托干过的那一份又一份卑微的工作——都不值得一一去深究。简单来说，麦肯齐夫妇熬过了不少艰难的岁月；麦肯齐夫妇淡出了人们的视野。

场景转换，我们来到了匹兹堡郊外一个为美国女童子军筹募基金的派对上。这是一场要求来宾穿着宴会小礼服并戴黑领结的正式舞会，在一幢巨大的宅第——索尔兹伯里大厦举行，筹备本次舞会的委员会之所以选中这里，就是希望对于这幢大厦的猎奇心理能够诱使很多人掏钱购买那二十五美元一张的高额门票。布朗利太太，名义上的女主人，是一位位居先驱地位的钢铁巨头的未亡人。她这幢大宅子沿着阿勒格尼山脉[1]其中一座小山的山脊延绵了足有半英里的距离。索尔兹伯里大厦是座城堡，或者不如说是部分城堡与部分宅第的杂凑。宅基上有一座塔，有城垛，还有一座地牢，后门是盖亚尔城堡[2]大门的复制品。建筑大厦中央大厅的石料和木材以及用作展示的盔甲军械全部由国外购置。正如大多数同类的宅第，索尔兹伯里大厦也面临着难以克服的维护和保养问题。只要摸一下军械库里的一套锁子甲，就会沾满一手黑色的铁锈。舞厅里那幅曼坦那[3]湿壁画的复制品也早已是水渍斑驳。不过这次盛大的舞会却举办得很成功。有一百对舞伴在翩翩起舞。乐队正在演奏一首伦巴舞曲。麦肯齐夫妇也在场。

特蕾莎正在跳舞。她的头发仍旧金黄——现在可能是染的了——她的胳膊和肩膀仍旧漂亮。那种哀伤、那种高雅的气息仍旧依附在她身上。维克托并没有在舞池里。他正在温室橘园里，那里在售卖清淡的软饮。他付了四杯饮料的钱，绕着拥挤的舞池周边转了一圈，穿过军械库的时候有个陌生人停下脚步问了他个问题。"哎呀，没错，"维克托谦恭有礼地道，"我确实碰巧略知一二。这是一套专为腓力二世[4]的加冕礼特制的锁子甲。布朗利先生请人原

1 阿勒格尼山脉（Allegheny Mountains），北美阿巴拉契亚山系西部的支脉。

2 盖亚尔城堡（Château Gaillard），意为"坚固的城堡"，法国著名的中世纪城堡的废墟，位于上诺曼底地区莱桑德利（Les Andelys）市镇，俯瞰塞纳河。十二世纪末由当时身兼英格兰国王和诺曼底公爵的狮心查理下令修建，作为防御工事之用。

3 曼坦那（Andrea Mantegna，1431—1506），意大利文艺复兴初期巴度亚派画家，开创仰视透视法及天顶画装饰画风，主要作品有《恺撒的胜利》、都卡莱宫的装饰壁画《婚礼厅》等。

4 腓力二世（Philip II，1165—1223），法国卡佩王朝国王（1180—1223）。

样打造的……”他又继续沿着一个个厅堂和会客室朝前走了四分之一英里，穿过中央大厅，来到一个小会客厅，布朗利太太正跟几位朋友坐在那里。“维克[1]给我们送饮料来了！”她叫道。布朗利太太已经上了年纪，浓妆艳抹，眉毛拔得一根不剩，头发染成惊心动魄的粉红色。手指和前臂上戴满了戒指和手镯。她那串钻石项链闻名遐迩。她大部分的珠宝确实都鼎鼎大名——大部分都有自己的名号。其中有塔菲尔祖母绿、贝尔托洛蒂红宝石和德米多夫珍珠，因为感觉门票的价格中应该包括了看一眼这些大杂烩的费用，为了女童子军的利益，她已经慷慨大方地全部披挂上阵了。“大家都玩得很开心，是吧，维克？”她问道，“嗯，他们应该玩得开心才是。我的宅第一直都以好客的气氛广为人知，同样闻名遐迩的还有其宏富的艺术珍宝的收藏。坐下，维克，”她道，“坐下。你自己也稍微喘口气。要是没有你跟特蕾莎帮忙，我真不知道该怎么办才好了。”可是维克托并没有坐下来的时间。他得去主持抽彩销售的活动。他原路返回，再次穿过中央大厅、威尼斯沙龙、军械库，重又回到了跳舞厅。他登上一把椅子。一串华彩乐句响起。“女士们先生们！”他透过一个扩音器叫道，“女士们先生们，请允许我占用你们几分钟时间……”他抽出一箱苏格兰威士忌、一箱波旁威士忌、一个韦林搅拌器和一个电动剪草机。等抽彩销售环节结束、舞会重新开始之后，他走到外面的阳台上去喘口气，我们于是跟着他出去，在那儿跟他攀谈了几句。

“维克托？”

1 维克，维克托的昵称。

“哦，见到你真是太高兴了，”他叫道，“你到匹兹堡干吗来了？”他的头发已经开始灰白，不过照传统审美观来看，白得还是挺帅的。他一定是对他的牙齿又做过一番修整，因为他笑起来时一口牙齿显得更白了，笑容也随之而更加灿烂。我们的谈话是有十到十五年没见的熟人——确实已经有那么久了——之间的那种东拉西扯，然后谈到特蕾莎，再然后谈到维奥莱特。提到维奥莱特的时候，他显得非常伤感。他把那扩音器放在石头阳台上，背靠着阳台金属的围栏。他垂下头来。“哦，维奥莱特已经十六岁了，你知道，”他说，“她真是不让我省心。六周前她被学校勒令休学了。现在我已经把她送进了康涅狄格的一所新学校。真是费了九牛二虎之力。”他吸了一下鼻子。

“你在匹兹堡有多久了，维克托？”

“八年。”他道。他把那扩音器在空中来回摇晃，并透过它凝视着天上的一颗星。“九年了，事实上。”他道。

“你在干什么呢，维克托？”

“眼下正在待业呢。”他把那扩音器掉到了地上。

“你们现在住哪儿，维克托？”

“这儿。”他道。

“我知道。但在匹兹堡的什么地方？”

“就这儿。”他道。他呵呵一笑：“我们就住在这儿。在索尔兹伯里大厦。这儿就是本次舞会委员会的总部，抱歉，失陪了，我得去汇报一下抽彩销售的结果了。再次见到你真是太高兴啦。”

麦肯齐夫妇初次来到那里的时候，任何人——任何人，意思就是但凡不用餐刀来吃豌豆[1]的人——都有可能被邀请到索尔兹伯里大厦做客。他们当时刚刚来到匹兹堡，住在一家旅馆里。他们跟几个朋友一起驱车前往那里度个周末。参加那次派对的有十四五个客人，再有就是普雷斯科特·布朗利，那位老夫人的长子。晚饭前出了点乱子，普雷斯科特在庄园附近的一家客栈里喝醉了，酒保给布朗利太太打电话，让她赶紧把她儿子给弄走，否则他就打电话报警了。老夫人对这种事情已经习以为常，她那几个孩子不闹乱子的时候就不多见。可是那天下午，她真不知道该求谁帮她这个忙。男仆尼尔斯憎恨普雷斯科特，园丁又回家去了，管家厄内斯特年纪又太大了。正束手无策的时候，她想起了维克托的面孔，虽然刚才在客厅里把客人介绍给她的时候，她只瞟了他一眼。她在中央大厅找到了他，把他叫到一边。他原本以为是找他帮忙调制鸡尾酒的。老夫人提出请求后，他说他很乐意帮忙。他驱车来到那家客栈，他发现普雷斯科特正坐在一张桌子上。有人已经把他揍得鼻血直流，衣服上也沾满了血迹，可他还在那儿虚张声势、咋咋呼呼。听到维克托跟他说赶快回家去，他晃晃悠悠地站起来，维克托一拳把他给打倒在地，这一下把他给制服了，他开始哭哭啼啼，跌跌撞撞地乖乖上了车。维克托特意避开耳目，经由仆役专用的车道回到索尔兹伯里大厦。然后，因为普雷斯科特自己都走不了路了，他架着他由通向军械库的边门进了屋。谁都没有看到他们。没有暖气的房间里的空气凄惨刺骨。维克托架着那个哭哭啼啼的醉汉从房椽上挂下来的各色王室战旗和三角旗的破布底下穿过，又经过特为展示一套骑士铠

1　用餐刀来吃豌豆被认为是违反基本的“餐桌礼仪”的行为。

甲的一尊马背上的骑士塑像。他架着普雷斯科特爬上一段大理石的楼梯，一直把他安顿到床上。然后他把沾在自己那身晚礼服上的锯末刷干净，下楼来到中央大厅并给大家调制了鸡尾酒。

他没跟任何人提及这段插曲——连特蕾莎都没告诉——在星期天下午，布朗利太太再次把他叫到一边，向他道谢。“哦，上帝祝福你的心灵，麦肯齐先生！”她说，“你可真是个行善积德的大好人。昨天那个人给我打电话的时候，我是一筹莫展，真不知道该求谁帮忙才好了。”他们听到有人穿过中央大厅走了过来。是普雷斯科特。他已经刮了脸，包扎好了伤口，头发湿淋淋地耷拉下来，可是他又喝醉了。“我要去纽约了，”他口齿含糊地跟他母亲嘟囔道，“厄内斯特会开车送我去乘飞机。回见了。”他转过身去，晃晃悠悠地穿过藏书室，走进威尼斯沙龙，就此不见了，他母亲牙关紧咬地看着他离去。然后她一把抓住维克托的手说：“我想请你和尊夫人搬到索尔兹伯里大厦来住。我知道你们还住在旅馆里。我的宅第一直都以好客的气氛广为人知，同样闻名遐迩的还有其宏富的艺术珍宝的收藏。你这等于是帮了我一个大忙。请你万勿推辞。”

麦肯齐夫妇温文尔雅地婉拒了她的提议，在星期天晚上返回了匹兹堡。几天后，老夫人听说特蕾莎卧病在床，就派人送了鲜花并附言再度提出邀请。当晚麦肯齐夫妇就此进行了一番讨论。“我们如果考虑这一提议的话，就必须把它当作一件事务性的安排来考虑，”维克托道，“我们必须把它当作回答一个实际问题的实际答案来考虑。”特蕾莎的身子骨一直都很娇弱，住在乡下将对她的健康有好处。这是他们首先考虑到的问题。维克托在城里有份工作，不过他可以从距离索尔兹伯里大厦最近的火车站乘火车上下班。他们又跟布朗利太太进行了协商，一定要让她同意由他们支付房租与伙食费，这样才算是公事公办，两不亏欠。然后夫妻俩就搬进了中央大厅上面的一个套间。

结果相当不错。他们的几个房间宽敞而又安静，跟布朗利太太的关系也容易处。要说可能有什么欠人家人情的感觉的话，也因为知道他们对女主人确实有用而被驱散了。她需要有个男人来照管这个地方，除了维克托，还有谁愿意住到索尔兹伯里大厦来呢？除了节庆场合以外，半数以上的房间都空关着，仆人的数量远远不够，连地窖里的老鼠都震慑不住。特蕾莎承担下了修复布朗利太太的针绣制品的艰巨任务，总共有八十六件之多。索尔兹伯里大厦的网球场自打战争以来就一直无人照管，维克托利用周末的时间为它除草、平整，又把它收拾得像模像样了。他用心吸收了很多关于布朗利太太的这幢大宅子以及她那四分五裂的家族的信息，在她感到疲累，无法带领感兴趣的客人参观这幢宅第的时候，他总是乐于代劳。“这个大厅里的每一块石头、每一块护墙板，”他会这么说，“都是从索尔兹伯里大教堂附近的一幢都铎王朝时代的宅第中拆下并原样复建的……这里的大理石地板是原第一国民银行大堂地板的一部分……威尼斯沙龙是布朗利先生当初送给布朗利太太的生日礼物，而这四根实心的缟玛瑙立柱则是取材于赫库兰尼姆古城[1]废墟。它们经由伊利湖从布法罗一路漂流到阿什塔比拉……”除此之外，维克托还会向大家指出一棵大树上的伤疤，那是当初斯宾塞·布朗利把车撞毁的地方，还有那个玫瑰园，是当初海丝特·布朗利病重

1　赫库兰尼姆（Herculaneum），古罗马时代古城，那不勒斯附近的维苏威火山于公元七十九年突然爆发将其埋没，一七〇九年才被发现。

时特为她种植的。我们也已经亲眼见过，在类似为女童子军筹款舞会那样的场合中他是多么不可或缺了。

维奥莱特要么在野营，要么在学校。“你们干吗住在这儿？”她第一次来索尔兹伯里大厦看她父母的时候问，“简直是一堆发了霉的旧残骸，一个不折不扣的垃圾堆！”布朗利太太也许是听到了维奥莱特在她这幢宅子里的哈哈大笑，反正她对麦肯齐夫妇的这个独生女是极不喜欢，而维奥莱特也极少到她这儿来，就算来了也待不久。布朗利太太的儿女当中，也唯有普雷斯科特时不时还回来看看。后来，在那次女童子军的舞会之后不久，布朗利太太收到她女儿海丝特的一封电报，海丝特已经在欧洲待了十五年，她已经到了纽约，第二天就要起程到匹兹堡来。

晚饭的时候布朗利太太把这个好消息告诉了麦肯齐夫妇。她简直喜不自胜。“哦，你们会喜欢海丝特的，”她说，“你们都会喜欢她的！她一直都像是德累斯顿瓷器一样精美易碎。她小时候一直都病病歪歪的，我想这就是我一直都最宠她的原因。哦，我希望她能留下来！我希望还有时间把她的房间粉刷一新！你们一定要力劝她留下来，维克托。这会让我开心死的。你们劝她留下来。我想她会喜欢你们的。”

布朗利太太的话语在整个餐厅里回响，这个餐厅足有一个体育馆那么大，他们吃饭的小桌子给推到靠窗的位置，用一道屏风把餐厅其余的空间隔开来，麦肯齐夫妇喜欢在这里用餐。那扇窗俯瞰着草坪和通往一个废弃了的法式花园的几段台阶。那已经坍塌的几个暖房屋顶上的铸铁装饰，那池底已经支离破碎的几个喷水池发出的噪声，那将他们淡而无味的晚餐从遍地老鼠的地下厨房送上来的吱嘎作响的送菜升降机——麦肯齐夫妇对所有这些愚蠢可笑的玩意儿全都怀有最深切的敬意，就仿佛它们具有某种真正重要的意义。让他们深受其害的也许是对于过去所怀有的那种不分青红皂白的怀念，或者是没有能力理解过去对于我们的幸福与否不会起到丝毫的作用。就在几天前，特蕾莎偶然走进三楼的一个卧室，里面堆满了旧日的那种“一路顺风”的祝福花篮——镀了金，系着已经陈旧不堪的缎带——都是布朗利太太多次外出旅行的劫后残余。

布朗利太太那天傍晚嘴里一边说着海丝特的种种，眼睛望着外面的花园。她看到远处有个男人翻过一堵大理石的外墙，然后一个姑娘从上头递给他一条毯子、一个野餐大提篮和一瓶酒，然后跳进他的怀里。他们后面还跟着两对男女。这帮人在爱神殿里安顿下来，搜集起一堆破损的木质格栅，点起了一小堆火。

“把他们赶走，维克托。”布朗利太太道。

维克托离开餐桌，跨过阳台，来到下面的花园，让那帮人赶快离开。

“我碰巧是布朗利太太很好的朋友。”其中一个男人道。

“这也没用，”维克托道，“你们必须离开这儿。”

“谁说的？”

“我说的。”

“你是谁？”

维克托没有回答。他把他们的火堆捣毁，用脚把余烬都踩灭了。对方人多势众，他也知道真正要动起手来，吃亏的多半会是他自己，不过熄灭的火堆冒出的浓烟把那帮人给熏了出去，给维克托带来了优势。他站在高出他们一段的台阶上，看了看自己的表。

"我给你们五分钟时间，给我翻墙出去。"他道。

"我可是布朗利太太的朋友！"

"如果你是布朗利太太的朋友，"维克托道，"那就从前门进来。我给你们五分钟时间。"他们开始沿着那条小径朝围墙走去，维克托一直等到其中一位姑娘——她们都很漂亮——被拉过墙头才离开。然后他回到餐桌旁，吃完了他的晚饭，布朗利太太则继续不住嘴地唠叨着小海丝特的种种往事。

第二天是礼拜六，不过维克托大半天时间都待在匹兹堡，为的是找工作。一直到大约四点钟，他才回到索尔兹伯里大厦，而且浑身上下又热又脏。他走进中央大厅的时候，看到开向阳台的门都大开着，花店的人正在往下卸整整一卡车的桶装橘子树。一个女仆兴奋莫名地跑到他跟前。"尼尔斯病了，不能开车啦！"她叫道，"布朗利太太想请你去车站接一下海丝特小姐。你最好快一点。她乘坐的火车四点十五分就到站。她不想让你开你的车去。她想让你开那辆劳斯莱斯。她说她允许你开那辆劳斯莱斯。"

等维克托到达车站的时候，四点十五分的那班火车已经来了又走了。海丝特·布朗利正站在候车室里，被她的行李环绕着。她是个风韵犹存的中年女人，远看可能还挺漂亮的。"你好，布朗利小姐，"维克托上前打招呼，"我是维克托·麦肯齐。我是——"

"是的，我知道，"她道，"我已经从普雷斯科特那里听说了你的一切情况。"她正眼都不瞧他，"你迟到了。"

"很抱歉，"维克托道，"可是你母亲——"

"这些都是我的行李。"她道。她走出候车室，来到那辆劳斯莱斯汽车前，坐进了后排的座位。

维克托点起一根香烟，抽了一半。然后他把她的大包小包搬出去放到车上，沿一条小路往索尔兹伯里大厦开去。

“你走错路了，”布朗利小姐叫道，“难道你连路都不认得？”

“我走的不是通常那条路，”维克托耐心地道，“几年前他们在那条路边建了家工厂，下班前后那里的交通非常繁忙。走这条路更快一些。而且我想你还会发现附近有了不少喜人的变化。你上次来索尔兹伯里大厦已经是多少年前的事了，布朗利小姐？”对方没理他这个茬儿，他还以为是她可能没有听见，于是又问了一遍，“你上次来索尔兹伯里大厦，布朗利小姐，是多少年前的事了？”

这之后，两人就一路上保持沉默了。到家后，维克托把她的大包小包从车上卸下来，把它们一一摆放在门口。布朗利小姐大声清点了一遍。然后她打开钱包，递给维克托两毛五分钱的一个硬币。“什么？谢谢！”维克托道，“非常感谢！”他没有进屋，来到花园里走几步消消气。他决定不跟特蕾莎提这次会面的事情。终于，他来到楼上。特蕾莎正在修复其中一个针绣的脚凳。他们用作客厅的那个房间里杂乱地堆放着修复了一半的脚凳。她温柔地拥抱了维克托，每次他们分开一整天，她总会给他一个温柔的拥抱。一个女仆前来敲门的时候，维克托已经穿戴齐整。“布朗利太太想见你们，你们俩都去，”她道，“她在办公室里。马上。”

他们下楼的时候，特蕾莎紧靠着维克托的胳膊。办公室是电梯旁边一个又乱又脏的房间，里面灯火通明。布朗利太太，grande tenue[1] 地坐在她丈夫的书桌后面。“你们可真是压垮骆驼脊背的那

1　法语：过分庄重做作，装腔作势。

根稻草，真让人忍无可忍啦——你们俩都是，”他们一进屋，她就声色俱厉地道，“把门关上。我不想让任何人听到。小海丝特这是十五年来头一次回家，而她下了火车的头一件事就是受到你的侮辱。九年了，你们一直享受着住在这幢美丽的大厦里的特权——这个庄园可是世间的奇迹啊——而你们又是怎么报答我的？哦，真让人忍无可忍啦！普雷斯科特早就跟我说过好多次，你们不是什么好东西，你们俩都包括在内，而且海丝特也有同感，慢慢地，我自己也看出些苗头来了。”

这位备受折磨而又浓妆艳抹的老夫人朝麦肯齐夫妇挥舞着众天使的权杖。她那身银色的礼服闪闪发光，活像是圣米迦勒[1]的圣装，而且雷霆和闪电，死亡与毁灭，都握在她那只右手当中。“这些年来，每个人都提醒我要提防你们，”她说，“你们可能也并非是有意犯错——你们也许只是不走运——但是海丝特最先注意到的问题之一就是，一半的针绣制品全都不翼而飞了。你总是专拣我要坐一下的脚凳去修理。而你，维克托——你跟我说你已经把网球场给修整好了，当然了，我也不知就里，因为我也打不了网球了；可是当我上礼拜邀请比尔登夫妇过来打网球的时候，他们却告诉我那球场根本就没办法用。你能够想象我有多难堪吧，还有你昨天晚上从花园里赶出去的那些人原来竟是布朗利先生生前至亲好友的孩子。还有，你们的房租已经有两个礼拜没交了。”

1 圣米迦勒（Saint Michael），天使长，《圣经》中记载，圣米迦勒天使长是“保佑你本国（以色列国）之民的天使长”（《圣经·旧约·但以理书》第十二章第一节），他曾与魔鬼（龙）争战，并且得胜（《圣经·新约·启示录》第十二章第七节）。故此，圣教会也奉圣米迦勒天使长是新约教会的守护者。也有解经家相信，《圣经》中记载将来和主耶稣一同降临的天使长就是圣米迦勒（《圣经·新约·帖撒罗尼迦前书》第四章第十六节）。

“我会把房租送来，”维克托道，“我们这就走。”

在这次接见当中，特蕾莎始终都没把胳膊从他的胳膊当中抽回来，他们就这样一起离开了办公室。外面下起雨来，厄内斯特正往威尼斯沙龙里排放提桶，那里的穹顶上裂了道口子。“能帮我搬几个手提箱吗？”维克托问。老管家肯定是已经偷听了刚才的会面，因为他一声都没吭。

麦肯齐夫妇的几个房间里堆满了各种令人伤感的物件——照片啦，银器啦，诸如此类的东西。特蕾莎慌里慌张地动手把它们收拾起来。维克托下楼来到地下室去拿他们的行李。他们匆匆忙忙地打点行装——中途都没停下来抽根烟——可是仍旧花了大半个晚上的时间。终于收拾好以后，特蕾莎把床上的床单什么的都取下来，把用脏的毛巾放进洗衣篮里，维克托把行李都搬了下去。他写了张明信片寄到维奥莱特的学校，告诉她他们的住址已经不再是索尔兹伯里大厦了。然后他站在正门边等着特蕾莎下来。“哦，我亲爱的，我们能去哪儿呢？”他们在门口聚齐后她喃喃道。她站在雨中等着他把他们的车开过来，然后他们就开车走了，只有上帝知道在那之后他们到底去了哪里。

只有上帝知道在那之后他们到底去了哪里，不过出于我们叙述的方便，多年以后，他们再次出现在缅因海岸一个叫作马尾滩的度假胜地。维克托在纽约找了份工作，他们是开车来缅因度假的。维奥莱特没跟他们一起来。她已经结了婚，住在旧金山。她生了个孩子。她并不给她的父母写信，维克托知道她对自己怀恨在心，虽然他并不知道这所为何来。他们这个独养女儿的任性让维克托和特蕾莎非常苦恼，不过他们很少能鼓起勇气讨论一下这个问题。海伦·杰克逊，他们在马尾滩寄居之处的女主人，是个精神头十足的年轻女人，她离了婚，带着四个孩子。她的房子里随处是落满沙子的脚印，大部分的家具都破烂不堪。麦肯齐夫妇是在一个暴风雨肆虐的晚上来到这里的，强劲的北风透过墙面径直吹进屋子里来。他们的女主人外出赴宴去了，他们刚到，厨娘就戴上帽子穿好外套看电影去了，把孩子留给他们夫妇照管。他们把行李搬到楼上，从几件湿淋淋的浴衣上踩过去，把那四个孩子安顿到床上睡觉，自己在一间冷冰冰的客房里安顿下来。

第二天早上，他们的女主人说她想开车去卡姆登把她的头发洗一洗，问他们是否介意。虽然那天厨娘休息，下午她仍旧打算为麦肯齐夫妇举行一次鸡尾酒派对。她许诺中午前一定回来，等到一点钟见她还没回来，特蕾莎就自己做了午饭。等到三点钟，他们的女主人从卡姆登打电话过来，说她刚从美发店里出来，问特蕾莎是否介意先把餐前开胃小食准备起来？特蕾莎做好了开胃小食。然后她把起居室里的沙子全都打扫干净，并且把那几件湿淋淋的浴衣收拾起来。海伦·杰克逊终于从卡姆登回来了，客人们五点钟开始陆续到来。那天风雨交加，非常寒冷。维克托穿着他那套白色的丝质西装直打哆嗦。大部分客人都很年轻，他们拒绝鸡尾酒，喝起了干姜水，聚集在钢琴周围，唱起了歌。这在麦肯齐夫妇看来，算不上个好派对。海伦·杰克逊想把他们拉进这帮喧闹的年轻人中间，没有成功；即便是毫无意义，那次派对也跟别的任何一次派对一样，微笑、致意、握手，装配齐全。六点半客人就全都走光了，麦肯齐夫妇和他们的女主人把吃剩的开胃小食凑合着做了顿晚饭。“带孩子们去看场电影，你不会太过介意吧？”海伦·杰克逊问维克托，“我答应过他们，如果派对期间他们乖乖地听话他们就可以去看场电影，他们表现得就跟天使一样乖，我讨厌让他们感到失望，我自己又累得要死。”

第二天早上，雨还在下。维克托从他妻子的面容上看得出来，这幢房子和这种天气正在耗尽她的气力。对于凄风冷雨中一幢消夏别墅当中的种种不便，我们当中的大部分人都能将就着慢慢适应，可是特蕾莎却做不到。那铁质床架以及纸质窗帘对她精神上的影响之大是超出一般人想象的，就仿佛它们自身不仅仅是些丑陋的物件而已，还张牙舞爪地威胁要压垮她对人情事理的日常感觉。吃早饭的时候，他们的女主人建议他们开车到雨中去兜兜风。“我知道外头的情况很糟糕，”她说，“可是你们可以开车去卡姆登的，这也是一种打发时间的方式，是不是？而且你们还可以经过很多迷人的小村庄。你们要是打算去卡姆登的话，你们可以去一趟租书图书馆，把那本《圣杯》[1]借出来。他们已经为我保留了很多天了，可我一直都抽不出时间去取。租书图书馆就在埃斯特雷拉巷子里。”麦肯齐夫妇开车去了趟卡姆登，把那本《圣杯》取了来。他们回来以后，又有另外一桩任务等着维克托了。海伦·杰克逊车上的蓄电池没电了，他把那电池拿到汽修厂，又租了个电池带回来给她安上。然后，天气尽管恶劣，他还是想去游泳，可是浪头太大，而且夹带着沙砾，他潜了一次水以后就放弃回屋去了。他身穿湿淋淋的泳裤走进客房的时候，特蕾莎抬起头来，脸上满是泪痕。“哦，我亲爱

1 《圣杯》（*The Silver Chalice*），加拿大畅销历史小说家托马斯·B. 科斯坦（Thomas B. Costain，1885—1965）出版于一九五二年的历史小说代表作。

的，”她说，“我想家了。”

这句话，即便对于维克托而言也殊为难解。他们当时唯一的那个家就是纽约城里的一个一居室的小公寓，里面的小厨房和沙发床对于他们这些已经是祖父母辈的人来说，实在显得过于年轻和凑合了。如果说特蕾莎想家了，那只可能是对于他们住过的那一幢幢房屋东鳞西爪的想念。她肯定是别有用意。

“那咱们就走吧，”他说，“咱们明天一早就走。”然后，看到他这番话让她多么高兴，他又继续道：“咱们坐上车，就一路开，一路开，一路开下去。咱们一路开到加拿大去。”

当他们在吃晚饭的时候告诉海伦·杰克逊他们明天一早就走以后，她看起来松了一口气。她拿出一张行车交通图，用铅笔标出北上翻越山脉[1]到达圣玛丽和边境的最佳路线。麦肯齐夫妇晚饭后打点好行装，第二天一大早就起程了。海伦来到外面的车道上跟他们道别。她披着她那件宽大的晨衣，手里拿着个银质咖啡壶。“这几天的时光能跟你们一起共度，真是太开心了，”她说，“虽说天气一直都糟糕透顶，恶劣已极，既然你们已经决定要打圣玛丽那儿经过，帮我顺道把这个银质咖啡壶还给玛莉姑妈，你们不会太过介意吧？我借了已经有好多年了，她一直都写信并且打电话来威胁我，让我尽快归还，你们只要把它往大门口的台阶上一扔，继续走你们的就行。她的姓氏叫索尔太太。他们家就在大路边上。”她跟麦肯齐夫妇大体描述了一下具体的方位，吻了吻特蕾莎，就把那把咖啡壶递给了她。“能有你们这样的客人真是太棒了。”他们驱车开出以

1 指阿巴拉契亚山脉。

后她在后面叫道。

当麦肯齐夫妇掉转车头背朝大西洋往内陆开去时，马尾滩边依旧风高浪急。大海的喧嚣和气息渐渐退去。内陆的天空似乎正在放晴。风往西吹，阴沉的天空开始分解、放亮。麦肯齐夫妇进入了山间的农耕地区。这样的乡间景色他们之前还从没有见过，随着大块的阴云破碎开来，越来越多的阳光透过云隙倾洒下来，特蕾莎自觉她的精神也为之一振。她感觉自己仿佛置身于地中海边的一幢房子里，正在把门窗一扇扇打开。她从未进入过这样的房子。她只见过它的一张照片，很多年前，在一张明信片上。房子橘黄色的墙壁一直延伸进碧蓝的水中，所有的门窗都关着。现在她正一扇扇把它们推开。正是夏初时节。她正在将门窗打开，沐浴在最高的那扇窗户透进来的阳光中，她看到一叶扁舟正渐渐消失在驶往非洲的途中，载着那个邪恶的国王一去不返[1]。除此之外，她又能如何表达她此刻那心满意足的幸福感觉呢？她坐在车里，胳膊和肩膀靠在她丈夫身上，一如既往。当他们驶入山间以后，她注意到空气都似乎更加凉爽和明亮了，可是那将门窗一扇扇打开的意象——深陷在门槛中的门扇，百叶窗低垂的窗户，竖铰链样式的窗户，带有吊窗锤的窗户，所有的门窗全都面朝大海——一直都停留在她的脑海，一直到他们翻过山顶，在暮色四合中驶进那个叫作圣玛丽的小小的河畔度假胜地。

“那个该死的女人。”维克托道；索尔太太的宅子根本就不在海伦·杰克逊所说的那个地方。要不是那个咖啡壶看起来很值钱的样

1　应指一九五二年由穆罕默德·纳吉布·贝伊和加麦尔·阿卜杜勒·纳赛尔为首的埃及“自由军官组织”发动“七月革命”，法鲁克国王被迫签署退位声明，离开埃及，流亡海外。

子，他早把它扔到水沟里，开车走人了。他们转上一条跟那条河平行的土路，在一个加油站停下来，下车问路。“当然，当然，”那人说，“我知道索尔太太的住所在哪里。他们的码头就在路对面，船夫刚才还在这儿。”他一把推开纱门，双手拢成一个喇叭大声喊道：“珀利！这儿有人想到那边的岛上去。”

“我给他们捎了样东西过来。”维克托道。

“他会把你渡过去的。一天当中的这个时候乘船渡河是件乐事。他整天什么事都没有。他就在我这儿絮叨，我耳朵都给他磨出茧子来了。珀利！珀利！”

麦肯齐夫妇跟随他一起穿过马路，来到一个伸入水中的歪歪扭扭的小码头上。一个老人正在一条汽艇上打磨一件铜器。“我会把你渡过去，然后再把你送回来。”他说。

“我就在这儿等你。”特蕾莎道。

两岸植被繁茂，绿树葱茏，有的地方枝叶都触到了水面。这一段的河面很宽，河流在山间曲折蜿蜒，特蕾莎往上游能一直看到几英里远以外，景色的开阔让她心旷神怡，她几乎都没听到维克托跟船夫之间的谈话。“请这位夫人也一起来吧。”老船夫道。

“特蕾莎？”

她这才转过身，维克托伸出手来扶她上船。老人戴上一顶脏兮兮的游艇帽，他们就开始溯流而上。水流湍急，小船逆着水流，船速甚缓。起先他们还辨认不出任何岛屿，慢慢的，他们就看清楚了阳光和河水将陆地与他们原本以为是个半岛的那块地面分隔了开来。他们穿过几处非常狭窄的河道，猛地又绕了一个圈——这对他们夫妇而言都显得非常新奇——来到一个建在小河湾里的船码头。

维克托沿一条小径从码头上行来到了一幢老式的架构式营房面前，房子漆成了糖蜜色。将主宅与花园连接起来的藤架是用雪松木柱子搭成的，剥落的树皮一直垂到玫瑰花丛中。维克托按了按门铃。一个老用人把门打开，领他穿过大宅，来到外面的门廊上，索尔太太正坐在廊上，腿上放着些针线活。她为他特意把咖啡壶带过来表示了感谢，在他正打算告辞的时候，又问他是不是一个人来的。

“麦肯齐太太跟我一道，”维克托道，“我们打算开车去魁北克。”

“那好，正如塔尔伯特过去常说的，到了开始喝一杯的时候了，”老夫人道，“要是你跟尊夫人肯多待上一会儿跟我们一起喝杯鸡尾酒的话，你们可就是太给我面子了。咱们就这么说定了。”

维克托去叫等在藤架底下的特蕾莎，把她带到了门廊上。

“我知道你们这些孩子干起事儿来总是多么风风火火，”老夫人道，“我知道你们肯多留一会儿是多么好意帮忙，可是索尔先生和我这个季节在这儿待得可真叫孤单。我就只能坐在这儿为厨娘房间里的窗帘缝褶边了。真是腻味死了！”她拿起她的缝纫活计，让它掉到地上，“既然你们俩好心帮忙肯留下来喝一杯鸡尾酒，我就索性再请你们帮个忙吧。我想请你们来调制鸡尾酒。通常都是阿格妮丝，就是带你们进来的那个老用人负责调制的，而她一直就往金酒里面掺水。所需的一切都在餐具室里面呢，穿过餐厅就是了。”

巨大的起居室的地板上铺着色彩鲜艳的纳瓦霍[1]式地毯。壁炉的烟囱是用大卵石砌成的，挂在上面的当然是一对鹿角。在一个巨

1 纳瓦霍人（Navajo 或 Navaho），北美最大的印第安人部族，主要散居于新墨西哥、亚利桑那州和犹他州。

大而又生气全无的餐厅尽头，维克托找到那间餐具室。那位带他进来的老女仆把调酒壶和各种酒都给他准备好。

“哦，我很高兴你们能留下，”她说，“我知道她会提出邀请的。她这个季节一直都非常孤单，我都挺为她担心的。她是个很可爱的人——哦，她真是个很可爱的人——可她这段时间真是出了问题了。她上午大约十一点钟就开始喝酒。有时候还要早一些。”那个调酒壶是帆船比赛的奖品，那个沉重的银托盘是索尔先生的商业伙伴们送给他的礼物。

维克托重新回到门廊上的时候，特蕾莎正在为那个窗帘缝褶边。“能再次尝到金酒真是不赖，”老索尔太太兴奋地叫道，“我不知道阿格妮丝往鸡尾酒里掺水到底想达到什么目的。她是个忠心耿耿、非常有用的用人，要是没了她我可就束手无策了，可她年纪越来越大，上了年纪啦。我有时候不免会想，她都有些老糊涂了。她把皂片放到冰箱里，晚上睡觉的时候把一把短柄斧头藏在枕头底下。”

“我们是交了什么好运，竟然碰上了你们这么讨人喜欢的客人？”老绅士跟他们会合的时候说道。他脱掉手上的园艺手套，把他的玫瑰花剪揣进他那格子外套的口袋里。

“这两个孩子肯留下来跟咱们一起喝一杯，多么慷慨无私啊。”索尔太太把麦肯齐夫妇介绍给丈夫以后道。老先生听到她管他们俩叫孩子似乎一点都不感到吃惊。“他们是从马尾滩来的，要去魁北克呢。”

“索尔太太和我一直都很讨厌马尾滩，”老绅士道，“你们计划什么时候到达魁北克啊？”

“今晚。”维克托道。

“今晚？”索尔太太问。

“我很怀疑你们今晚就能到达魁北克。”老绅士道。

“我想能是能，”老夫人道，“以你们这些孩子开车的劲头儿，可到时候你们肯定累得死去活来啦。留下来吃晚饭。留下来过夜吧。”

“一定要留下来吃晚饭。”老先生道。

“你们会留下来的，对不对？”索尔太太道，“我不会接受你们否定的答案！我上了年纪啦，我是享有特权的，你们要是说不，我就声称耳朵聋啦，假装没有听见。既然你们已经决定留下啦，那就再做一轮这种美味的鸡尾酒，并且告诉阿格妮丝你们就睡塔尔伯特的房间。跟她说的时候要讲究些技巧。她可不喜欢有客人啦。别忘了她已经是非常老迈了。”

维克托把那个帆船比赛的奖品拿回到屋子里去，那幢大宅子虽说有很多巨大的窗户，在向晚的薄暮中却像是一个洞穴。“麦肯齐太太和我打算留下来吃晚饭并且过夜了，”他告诉阿格妮丝，“她说要我们住塔尔伯特的房间。”

“哦，那敢情好。这也许能让她开心起来。她这辈子经历过太多的伤心事啦。我觉得过多的伤心已经影响到了她的精神。我知道她会留你们的，我很高兴你们能留下来。这真让我开心。我要洗更多的盘子，要整理更多的床铺，不过，这确实更加——更加——”

“更加愉快？”

“哦，对，正是，正是。”老用人笑得浑身发颤，“你有点儿让我想起了塔尔伯特先生。想当初他到这儿来调制鸡尾酒的时候，就总爱跟我开玩笑。上帝怜恤他的灵魂。连这个都很难成为现实。”她悲伤地道。

从那个洞穴一般的起居室里原路往回走，维克托能听到特蕾莎跟索尔太太正在讨论夜晚的空气，他也注意到冷飕飕的空气已经开始从山上降下来了。他在房间里就能感觉得到。黑暗中的某个地方有鲜花在盛开，夜晚的凉气使花香愈发浓厚，烟囱里大卵石的气味也更重了，所以整个房间闻起来就像是个有鲜花开放的洞穴。“每个人都说这里的景色看起来活像是萨尔茨堡[1]，”索尔太太道，“可我是很爱国的，我看不出通过这样的比较，这里的景色就能锦上添花。不过，如果身边有良朋陪伴，倒是真能锦上添花的。我们过去也经常宴请宾朋的，可是现在——”

“是呀，是呀。”老绅士道，叹了口气。他打开一瓶香茅油[2]，在手腕和后脖颈的位置抹了一些。

“看！”特蕾莎道，“厨娘的窗帘做好啦！”

“哦，让我怎么感谢你才好哟！”索尔太太道，“要是有谁能行行好，把我的眼镜给我拿来，我就能好好欣赏一下的你的针线活儿啦。应该在壁炉架上。”

维克托找到了她的眼镜——并不在壁炉架上，而在是旁边的桌子上。他把眼镜递给她，然后又来来回回地在门廊里走了好几趟。他想借以表明他已不再只是个不速之客，而是已经成为这个家庭的一员了。他在台阶上坐下来，特蕾莎也走过去跟他依偎在一起。

1　萨尔茨堡（Salzburg），奥地利北部城市，萨尔茨堡州首府，以秀美的阿尔卑斯山风景著称。

2　香茅油可用以驱除蚊虫。

“看看他们，”老夫人对她丈夫道，“换换口味，看到年轻人这么相亲相爱地在一起，难道不也大有好处吗？……你看看那门‘日落炮’[1]。是我弟弟乔治特意为了游艇俱乐部买了来的。那曾是他的骄傲和他的快乐。今儿晚上不是非常安静吗？”

但是被索尔太太当作纯爱的那温柔的表情和姿态，不过是两个在夏日里无家可归的孩子终于找到了一个喘息之地而自然流露的一种态度。哦，这个时刻对他们俩而言是多么甜美，多么宝贵！另一个小岛上也亮起了灯光。踩在傍晚的余晖之上的是一个已经坍塌的暖房屋顶上的铸铁装饰。多么可怜的喜鹊。它们的神气和做派都是那么纯洁无辜；它们的身子骨并不结实。确实，它们就是死者的人格化形象。飞走了吧，飞走了吧，在林木和草丛中吟唱着晚风，但那并不是唱给麦肯齐夫妇听的。相反的，他们转过头来听到老索尔太太说：“我要上去穿上我那件绿色的天鹅绒衣裙了，”她说道，“不过如果你们这两个孩子并不想穿上正装……”

那天晚上在餐桌旁伺候用餐的阿格妮丝觉得已经很长时间没有见到过如此欢快的一次晚餐了。她听到他们用餐之后又打弹子去了，那张台球桌还是当初为可怜的已故的塔尔伯特买的。一场小雨飘落下来，不过并不像马尾滩的那种凄风苦雨，这是一种山间特有的温柔而又散漫的阵雨。索尔太太十一点钟的时候打了个哈欠，打弹子游戏就此结束。他们在楼上的大厅里互道晚安，伴着塔尔伯特的全体船员、塔尔伯特的矮种马和塔尔伯特全体同学们的照片。“晚安，晚安，”索尔太太大声叫道，然后板起面孔，决心不再顾及

1　所谓的“日落炮”（sunset gun）是指军营中傍晚时分鸣炮作为一天结束降旗仪式的一部分，同时也以此作为信号，提醒官兵们不要再在当地的酒吧喝酒，赶快返回营房。

什么礼仪架子之类，宣布道，“我非常高兴你们答应留了下来。我无法告诉你们这对我的意义有多么重大。我真是——”泪水涌进了她的双眼。

“在这儿的感觉真是愉快。”特蕾莎道。

“晚安，孩子们。”索尔太太道。

“晚安，晚安。”索尔先生道。

“晚安。”维克托道。

“晚安，晚安。”特蕾莎道。

“睡个好觉，”索尔太太道，“做个好梦。”

十天以后，索尔夫妇有别的客人要来——几个姓威彻利的年轻一辈儿的表亲。他们以前从没来过这里，向晚时分，他们沿着那条小径朝大宅走来。维克托给他们开的门。“我是维克托·麦肯齐。”他兴致勃勃地道。他穿一条网球短裤和一件套头衫，可是当他弯下腰来帮他们拿一个手提箱时，他的膝盖却很响地嘎巴了一声。“索尔夫妇跟我妻子一起开车兜风去了，”他解释道，“他们最多六点钟就会回来，那是开始喝鸡尾酒的时间。”几位表亲跟着他穿过那个巨大的起居室，朝楼上走去。“索尔太太让你们住在乔治叔叔的房间，”他道，“因为那个房间景色最好，水也最热。自打一九〇三年索尔先生的父亲建造了这幢宅第以来，那也是唯一加建的一个房间……”

那几个表亲闹不太清楚他到底是谁。他自己也是位表亲吗？也许是位叔叔？还是一个穷亲戚？不过这是幢舒服的大宅子，又是阳光明媚的一天，最后，他们将认为维克托就是他自己看起来的那样一个人，而他看起来非常开心。

金酒之恸

礼拜天的午后，从自己的卧室里艾米就能听到比尔登夫妇进门来了，稍过一会儿，法夸尔森夫妇和帕明特夫妇也跟了进来。她继续读她的《黑骏马》[1]，一直到她打骨子里感觉到，他们可能正在吃什么好东西了。然后她把书合上，下了楼梯。起居室的门关着，不过她仍能听到门后传来的响亮的欢声笑语。他们肯定是在飞短流长，或者更糟，因为她走进去的时候大家全都住了嘴。

“嗨，艾米。”法夸尔森先生道。

“法夸尔森先生跟你说话呢，艾米。”她父亲道。

“哈啰，法夸尔森先生。”她说。通过在他们那个圈子之外站了有一分钟，直到他们重拾之前的闲谈，然后又通过从法夸尔森太太身边溜过去，她成功地向装坚果的盘子发动了突袭，抓了满满一把。

“艾米！”劳顿先生道。

“对不起，爸爸。”她说着，撤出他们那个圈子，朝钢琴走去。

“把那些坚果放回来。”他道。

1 《黑骏马》（*Black Beauty*），英国女作家安娜·休厄尔（Anna Sewell，1820—1878）出版于一八七七年的畅销小说，描写了英格兰地区一匹名为“黑骏马”的良马及其朋友悲欢离合的故事。作者创作此书时已缠绵病榻，书出五个月后即去世，书出以后马上成为畅销书，迄今仍是有史以来最畅销的作品之一。

“我已经抓到了呀，爸爸。”她说。

“那好，那就把坚果给大家传一下，亲爱的，”她母亲亲切地道，“也许别的人也喜欢坚果呢。”

艾米把手里的坚果塞了满满一嘴，回到咖啡桌前，把装坚果的盘子传了一圈。

“谢谢你，艾米。”大人们都说，从里面拿起一两颗花生。

“你喜欢你的新学校吗，艾米？”比尔登太太问。

“喜欢，”艾米道，“相比公立学校我更喜欢私立的。不那么像个工厂。”

“你上几年级了？”比尔登先生问。

“四年级。”她道。

她父亲拿起帕明特先生和他自己的杯子，起身走进餐厅去把它们加满。她就一屁股坐在他的空椅子上。

“别坐在你父亲的椅子上，艾米。”她母亲道，没有意识到艾米因为骑脚踏车两条腿累得要死，而她父亲却一整天什么都不干，就只是坐着。

她朝法式玻璃门走去的时候，听到她母亲开始说起了新来的厨娘。那是个他们发现可以拿来讨论的趣事当中的一个好例子。

“你最好把你的脚踏车放到车库里去，”她父亲道，端着重新倒满的酒杯回来了，“看着像是要下雨了。”

艾米走到外面的露台上，看了看天，可是并没有多少云彩，根本不会下雨，而且他的建议，就像他给她的所有建议一样，根本就是多余的。一直都是故意找她的岔子。“把你的脚踏车放好。”“给奶奶把门打开，艾米。”“喂猫。”“做作业。”“传一下坚果。”“帮比尔登太太拿一下包裹。”“艾米，请你尽力在你的外貌上多下点儿功夫。”

他们全都站着，她父亲走到门口来叫她。“我们要去帕明特家吃晚饭，”他说，“厨娘在呢，所以你不会孤身一人的。记住八点钟一定要睡觉哦，做个好姑娘。过来亲我一下跟我道晚安。”

等他们的车开走以后，艾米溜溜达达地穿过厨房来到后面厨娘的卧室，敲了敲门。“进来。”一个声音道。等艾米进入以后，她发现厨娘——她名叫罗斯玛丽——身穿浴袍，正在阅读《圣经》。罗斯玛丽朝艾米微微一笑。她的笑容非常甜美，她那双老眼是蓝色的。“你父母又出去啦？”她问。艾米说是的，那老女人就邀请她坐下了。“他们看起来确实挺会享受的，是不是？我来到这里的四天里头，他们每天晚上都出去消遣，或是请别人来做客。”她把《圣经》倒扣在自己大腿上，微微一笑，不过并不是对着艾米笑的。“当然啦，他们在这里喝的酒全都是社交性质的，而且你父母怎么做也完全不干我的事，你说对吧？我是比大部分人都更担心喝酒误事，是因为我可怜的妹妹。我那可怜的妹妹就喝得太多了。在十年的时间里，我礼拜天下午都会去探望她，而她在大部分时间里都non compos mentis[1]。有时候我会发现她在地板上蜷成一团，身边是一两个空的雪利酒瓶子。有时候在陌生人看来她像是还挺清醒的，可从她说话的方式上我一秒钟之内就能看出她已经喝得够多的，已经无法自控了。现在我那可怜的妹妹已经去了，我再也没有任何人可以去探望啦。”

---

1 拉丁语：精神失常的，心神丧失的。

“你妹妹怎么了？”艾米问。

“她人很可爱，肤色白里透红，一头金发，”罗斯玛丽道，“金酒使有些人开心快活——让他们又是笑又是叫——可是在我妹妹这儿，它却只搞得她闷闷不乐、沉默寡言。她喝酒的时候，她就会躲进她自己的世界里。喝酒让她变得乖戾别扭。如果我说天气很好，她就会告诉我我说错了。如果我说天在下雨，她就会说天在放晴。我无论说什么她都会跟我对着干，无论是多么微不足道的事情。有一年夏天，她死在了贝尔维尤医院[1]，而我当时正在缅因州做工。她是我唯一的亲人了。”

罗斯玛丽坦诚相告的态度让艾米感觉自己就像是个成年人了，而且有生以来第一次，她的态度水到渠成地变得很有礼貌。“你肯定很想念你妹妹。”她说。

“我刚刚还坐在这儿正想她呢。她生前也是给人家帮佣，就跟我一样，那可是个很孤独的工作。你总是被一个家庭环绕着，可是你却从来都不是那个家庭的一部分。你的自尊心经常受到伤害。夫人们的态度总显得有些居高临下和不太体谅人。我并不是在指责我服务过的那些女士们。这种关系的实质就是这样。她们吩咐你准备鸡肉色拉，你天不亮就爬起来，把一切都准备在前头，可是等你刚刚把鸡肉色拉给做好，她们却又改了主意，想吃蟹肉汤了。”

“我妈妈就总是改主意。”艾米道。

“有时候你在一个乡下地方帮佣，身边一个帮手都没有。你累了，可又还没累得连孤单都感觉不到了。等你把锅碗瓢盆的事情都

---

1 贝尔维尤医院（Bellevue Hospital），纽约著名的公立医院，成立于一七三六年，亦是整个美国历史中最为悠久的公立医院。

料理清楚以后，你走出去到用人出入的门廊上，想着享受一下上帝的造物，虽然那些房子的前面都能看到很好的景致，湖光山色之类的，从后面望出去的景致总是非常有限。不过总还有天空有绿树有群星有鸟儿歌唱以及歇一下腿脚的愉悦。可是这时候你又听到他们在房子的前部，跟他们的客人或者是儿女们有说有笑。如果你是新来的，他们又压低了声音说话，你就能肯定他们正在议论你。这么一来，就把傍晚时分所有的愉悦全都给赶跑了。”

“哦。”艾米道。

“我在各种不同的地方都工作过——不论是有八九个用人的地方还是我自己得负责把垃圾烧掉的地方，冬天的夜里还得铲雪。在那种有很多用人的家里，里面通常总会有个把恶棍——某个上了年纪的管家或是客厅女仆——从一开始就一心想把你的生活搞得苦不堪言。他们会跟你说‘夫人不喜欢这样’啦，‘夫人不喜欢那样’啦，还有‘我跟随夫人已经有二十年了’等等。你真得是个外交官才应付得了他们。还有他们分配给你的房间，反正我见到过的没有一间是让人愉快的。要是你的手提箱里有那么一瓶酒，一开始的时候那可真是个可怕的诱惑，你巴不得喝上一口提提精神。不过我的性格还是很坚强的。我那可怜的妹妹就不一样了。过去她经常抱怨自己神经过敏，不过，今儿晚上坐在这里想起她来，我倒是怀疑她压根儿就没有这个神经过敏的毛病。我怀疑她是不是根本就没准备好。我怀疑她是不是根本就没打算给人家帮佣。临近末了，她能找到的工作就只剩下偏远乡下的人家了，别人谁都不肯去的那种地方，而她最多也就能干上一两个星期。她先是因为神经过敏喝一点金酒，然后因为疲惫不堪再喝一点，而等她把自己那一瓶喝光并且把能偷到的酒全都喝掉以后，住在房子前半部的主人家也就已经听到风声了。通常最后都会有一场大闹，而我那可怜的妹妹总喜欢强辩到底。唉，我要是有办法的话，我就通过一条禁酒的法律！我并不想多事，建议你从你父亲那儿拿走任何东西，不过如果你能把他的金酒时不时地往水槽里倒掉一些，我会为你感到骄傲的——它们真不是些好东西！不过能跟你说道说道已经让我感觉好多了，小心肝儿。让我不那么想念我那可怜的妹妹了。现在我要再读一点我的《圣经》了，然后我就给你弄点晚饭吃。”

*

劳顿夫妇这一年来在雇用厨娘的问题上屡遭挫折——前后已经有了五位。罗斯玛丽的到来不由得使玛茜亚·劳顿回想起一种含糊不清的分配理论；她已经受够了罪，现在终于得到补偿了。罗斯玛丽干净、勤勉而且为人开朗，再加上她的烹饪手艺——照劳顿夫妇的说法——就跟尚博尔[1]别墅的不相上下。星期三晚上吃完晚饭后，她搭乘火车去了纽约，行前保证乘周四傍晚的车次回来。星期四上午，玛茜亚走进厨娘的房间。那是个令人反感但已经习以为常的预防措施。房间里没有任何带有个人色彩的东西——一包香烟，一支钢笔，一个闹钟，一个收音机，或是其他任何能够将那个老女人跟这个地方联系起来的东西——让她生出一种不安的感觉，她怕自己又被骗了，就像她过去经常被厨娘欺骗一样。她打开壁橱的门，看

1　尚博尔（Chambord），法国卢瓦–谢尔省（Loir-et-Cher）村庄，一九三二年以来一直是全法唯一直属国家的村庄，坐落在面积为五千五百公顷的国家狩猎与畜养公园保护区内；尚博尔别墅是著名的文艺复兴时期的建筑，共四百四十个房间，是罗亚尔建筑群的最大者，闻名遐迩的旅游景点。

到孤零零的一件制服挂在那儿，在壁橱的地上，有一个罗斯玛丽的旧手提箱和一双她在厨房里穿的白鞋。手提箱上了锁，不过玛茜亚把它拎起来的时候，感觉里面几乎是空的。

周四吃过晚饭后，劳顿先生和艾米开车前往车站去接八十六次列车。汽车的顶打开了，那清新的空气，那熠熠的星光，再加上她父亲的陪伴，让小姑娘对这个世界生出无限的好感。绿荫山的火车站很像是她在电视上看的那些老电影里的车站，侦探和间谍，蓝胡子[1]们和他们那些轻信的牺牲者都在那儿相遇，然后驾车前往那些遥远的乡村庄园。艾米喜欢这个车站，尤其是在向晚的时间。在她的想象中，那些乘坐支线慢车的旅客比那些每天乘坐火车上下班的乘客肩负着更为急迫而且凶险的任务。除非碰上漫天大雾或是暴风雪，她父亲乘坐的休息车厢似乎具有跟他日常的人生一样的那种千篇一律的单调色彩。这些在零碎时间里运行的支线慢车属于一个具有更强烈反差的世界，她会喜欢在这样的世界里生活的。

他们来得早了几分钟，艾米从车上下来，站在站台上。她很想知道车站两头悬在铁轨上方的那拱梁的檐边是干什么用的，不过不用告诉她她也知道，不要去问她父亲，因为他也是不可能知道的。没看到火车前，她已经听到了火车开过来的声音，那轰隆隆的声音激动着她，让她非常开心。等火车进了站停下来以后，她在灯火辉煌的窗户里寻找罗斯玛丽，但并没有看到她。劳顿先生也下了车，跟艾米一道站在站台上。他们能看到售票员正俯身对着座位上的某个人，最后，他们的厨娘终于站了起来。她靠在售票员的身上，售

---

1 法国民间故事中连续杀害六个妻子的人，后泛指连续杀害妻子的人。

票员扶着她从车上下来，她在哭。“白里透红，”艾米听到她在呜咽，“一个多么可爱，多么可爱的人。”售票员轻声细语地跟她说话，把胳膊绕过她肩头，扶着她一步步走下台阶。然后火车就开动了，她站在那儿把眼泪擦干。“一个字都别说，劳顿先生，”她道，“我什么都不会说。”她取出一个小纸包。“这是给你的礼物，小姑娘。”

“谢谢你，罗斯玛丽。”艾米道。她往纸袋里一看，发现里面装着几小捆日本水中花。

罗斯玛丽以那种人们在昏暗的灯光下几乎看不清路时的小心谨慎，朝他们的车走去。她身上散发出一种酸臭的气味。她身上那件最好的外衣溅满了泥点子，背后还撕开了一道口子。劳顿先生吩咐艾米坐到后座上去，让厨娘坐在前面他旁边的座位。他气哼哼地将她那一侧的车门砰的一声摔上，然后绕到驾驶座那边，上车往家里开去。罗斯玛丽把手伸进手提包里，摸出一个塞着软木塞的可口可乐瓶子，喝了一口。艾米从气味上就判断得出来，那个可乐瓶子里装的满满都是金酒。

“罗斯玛丽！”劳顿先生叫道。

“我孤单啊，”厨娘道，“我孤单啊，而且我还害怕，我就只剩下孤单和害怕了。”

他再没有多说一句话，一直到他把车开进他们家的车道，然后又转了个弯开到了后门口。“去拿你的手提箱，罗斯玛丽，”他说，“我就在车里等着你。”

一等到厨娘步履蹒跚地进了屋，他就吩咐艾米从前门进去。“上楼到你的房间里，准备上床睡觉。”

艾米进门的时候，她母亲从楼上朝下叫她，问罗斯玛丽回来了没有。艾米没有搭腔。她走进吧台里，拿起一瓶打开了的金酒，把里面的酒全都倒进了餐具室的水槽里。她在起居室碰上她母亲的时候，她几乎哭了起来，告诉她她父亲正要把厨娘再送回到火车站。

第二天，艾米放学回家的时候，她发现有个大块头、黑头发的女人正在打扫起居室。劳顿先生通常开往车站的那辆车送到修车厂检修去了，艾米就跟她母亲一起开车去车站接他。当他穿过站台朝她们走来时，从他苍白的面色上她就看得出来，他这一天过得非常疲惫。他吻了吻她母亲，摸了摸艾米的头，坐进了驾驶座。

“你知道吧，”她母亲道，“客房的淋浴出了很可怕的问题。”

“真该死，玛茜亚，”他道，“我希望你不要总是用坏消息来迎接我！”

他那刺耳的声音使艾米倍感压抑，她开始摆弄起那个将车窗升起和降下的按钮。

“住手，艾米！”他道。

“哦，好吧，那淋浴是没什么大不了的。”她母亲道。她有气无力地一笑。

“上礼拜我从旧金山回来的时候，”他道，“你一见面就迫不及待地跟我说我们需要换一个新的燃油器。”

“好吧，我已经找了个兼职的厨娘。这是个好消息。”

“她是个酒鬼吗？”她父亲问。

“别这么横挑鼻子竖挑眼的，亲爱的。她会给我们做好饭、洗好碗，然后搭乘巴士回家。我们要去法夸尔森家的。”

“我实在太累了，哪儿都不想去了。”他道。

"那谁来照看我呢？"艾米问。

"在法夸尔森家你总能玩得很开心的。"她母亲道。

"好吧，咱们早点儿回家就是了。"他道。

"谁来照看我呢？"艾米问。

"亨莱因太太。"她母亲道。

他们回到家后，艾米走到钢琴前。

她父亲在走廊尽头的浴室里洗了洗手，然后走进吧台。他拿着那个空了的金酒瓶子走进起居室。"她叫什么名字？"他问。

"鲁比。"她母亲道。

"她真是非同凡响。她在上工的第一天里就喝掉了一夸脱金酒。"

"哦天哪！"她母亲道，"好吧，咱们这会儿还是不要惹是生非吧。"

"每个人都在喝我的酒，"她父亲吼道，"我实在他娘的厌恶死了，也腻味死了！"

"酒柜里有的是金酒，"她母亲道，"再开一瓶就是了。"

"我们付给那个园丁一小时三美元的工资，他所做的一切无非是偷偷溜进来把我的苏格兰威士忌全部喝掉。我们在亨莱因太太之前雇的那个保姆经常偷喝我的波旁威士忌，我就没必要提醒你罗斯玛丽的事儿啦。罗斯玛丽之前的那个厨娘不但偷喝我酒柜里的所有藏酒，而且还把我们放在厨房里供烧菜使用的朗姆、樱桃白兰地、雪利酒和葡萄酒全都喝光。然后，还有我们去年夏天用的那个波兰女人。甚至还有那个老洗衣妇。以及那些油漆工。我想他们肯定是在我的门上打上了某种标记。我想那帮佣中介肯定是在我的名字上做好了标记：最容易上当受骗的大屄包。”

“好吧，咱们权且糊弄过这顿晚饭，然后你就可以跟她说了。”

“去他娘的！”他道，“我可不想鼓励别人抢劫我。鲁比！”他大叫了她的名字好几遍，可她没有应声。等她终于出现在起居室里的时候，已经戴好了帽子穿好了外套。

“我病了。”她道。艾米能看得出来，她被吓坏了。

“我想你也是该病了。”她父亲道。

“我病了，”厨娘喃喃道，“而且我在这儿什么都找不到，我要回家去。”

“好，”他道，“很好！我受够了出钱让你们跑到这儿来喝我的酒了，到此为止。”

厨娘朝大门走去，玛茜亚·劳顿跟着她走进前厅，付了她些钱。艾米从琴凳上目睹着这一幕，那个位置很隐蔽，不过又一切都能看得很清楚。她看到她父亲又拿出一瓶金酒，用调酒壶做了一壶马提尼。他看起来非常不开心。

“好吧，”她母亲回到房间里以后道，“你知道，她看起来不像是喝醉了。”

“请不要跟我争吵，玛茜亚。”她父亲道。他倒出两杯鸡尾酒，说了句“干杯”，然后喝了一点。“我们可以在奥菲欧吃点晚饭。”他说。

“我也这么想，”她母亲道，“我得给艾米凑合着弄点东西吃。”她走进厨房，艾米把她的曲谱翻到《秋思》。“数拍子，”她的音乐老师在上头特意写明，“数拍子并且要轻柔，轻柔……”艾米开始弹奏。她每弹错一个键，就说一句“该死”，然后从头重新开始。《秋思》弹到一半的时候，她突然想到把瓶子里的金酒倒空的正是她。她的困惑是如此强烈，她只得停止了弹奏，不过她的情感也并没有超越困惑的限度，虽然她再也没有力气继续弹钢琴了。她母亲给她解了围。“你的晚饭在厨房里，亲爱的，”她道，“而且你可以从冰箱的冷冻室里拿一根棒冰当甜点吃。就一根哦。”

玛茜亚·劳顿端着她的空酒杯朝她丈夫走去，他给她从调酒壶里斟满。然后她上楼去了。劳顿先生仍待在房间里，艾米密切地关注着她父亲，看到他那紧绷的表情已经开始放松。他不再显得那么不开心了，当她从他身边经过，往厨房里走的时候，他温柔地对她微笑，拍了拍她的脑袋。

艾米吃完晚饭，吃掉她的棒冰并且把棒冰的包装袋挤爆以后，又回到钢琴前，弹了一会儿《筷子》。她父亲身穿晚礼服从楼上下来，把他的酒往壁炉架上一放，走到法式玻璃门前，看了看他的露台和他的花园。艾米注意到由他的表情慢慢放松而开始的那个变化过程又前进了一步。终于，他显得很快活了。艾米怀疑他是不是醉了，虽然他的脚步并没有出现不稳的现象，如果真有什么变化的话，倒是更加稳健了。

她父母倒是从没出现那种左右摇摆、跌跌撞撞的步态，那是每年在马戏团里，当乐队开始演奏《告诉我回家的路》时她看到一个走钢索的人故意模仿出来的一种步态，她有时候自己还挺喜欢模仿一下的。她喜欢在草坪上转啊转啊转啊，直转到脚步踉跄而且有点恶心，她会大喊：“我喝醉了！我是个醉汉！”然后蹒跚地从草上走过，在就要跌倒的时候把身子一正，她发现自己在丧失看见这个世界的能力的那一秒钟之内并非不快活。不过她从没见到过她父母那个样子。她从没见到过他们紧紧抱住一根路灯柱子并且又唱又踉跄的，不过她见到过他们摔倒。他们从来都不会表现得有失体面——他们喝得越多倒像是越发端庄有礼、一本正经了——不过有时候她父亲在起身给大家把酒杯斟满的时候，他行走的路线虽然不会打弯，他的鞋子却像是粘到了地毯上。而且有时候，当他走到餐厅的门前时，他会出现那么一两步的偏差。又一次，她看到他撞到了墙上，而且力道很大，他整个儿瘫倒在地板上，把他端着的大部分酒杯都给摔碎了。有一两个人笑了一声，不过那笑声并不普遍或是由衷，大部分人都假装他根本就没摔倒过。等他父亲爬起来以后，他径直继续朝吧台走去，就仿佛什么事都没有发生。艾米有一次看到法夸尔森太太回到自己座位上的时候没有坐准，差了有一步的距离，结果砰的一声一屁股坐到了地板上，不过那一次没有一个人笑，他们都假装法夸尔森太太压根儿就没有跌倒。他们看起来就像是一出戏里的演员。在学校他们演的戏里面，你要是撞到了一棵纸板做的树，你就该装作若无其事地把它给扶起来，这样你才不会破坏掉正在一个大森林里的幻觉，而当有什么人摔倒的时候，他们就正是这么做的。

现在她父亲就迈着那种僵硬、滑稽的步伐，跟他早上在站台上走来走去的方式截然不同，她看得出来他是在找什么东西。他是在找他的酒。那杯酒就在壁炉架上搁着，可他就是不往那儿看。他找遍了起居室里所有的桌子。然后他又到外面的露台上去找，再然后他又回到起居室里在所有的桌子上找了一遍。然后他又回到露台上，然后又回来在起居室的桌子上找了一遍，在同样的地方都找了三遍了，虽然在她弄丢了运动鞋或是雨衣的时候，他总是告诉她要用脑子去找。“去找找，艾米，”他总是说，“努力回想一下你把它给落在哪儿了。我不能每次下雨的时候都给你买一件新雨衣。”最后他终于放弃了，又拿另一个杯子给自己倒了杯鸡尾酒。“我这就去把亨莱因太太给接过来。”他告诉艾米，就仿佛这是条非常重要的信息。

艾米对于亨莱因太太唯一的感情就是漠不关心，当她父亲带着保姆一起回来的时候，艾米想着她跟亨莱因太太被禁闭在一起的那些夜晚，延伸成了好多个星期——几乎是好多年。亨莱因太太非常有礼貌，并且总是告诉艾米什么是淑女该做的，什么是不该做的。亨莱因太太还很想知道艾米的父母要去哪儿，去的是个什么样的派对，虽然这跟她一点关系都没有。她总是在沙发上坐下，就仿佛这个地方归她所有，谈论着从来就没有人介绍她认识的那些人的事，并且要求艾米把报纸给她拿来，虽然她根本就没有这个权利。

当玛茜亚·劳顿从楼上下来的时候，亨莱因太太祝她晚上好。“祝你们在派对上玩得开心。”劳顿夫妇走出大门的时候她在后面喊道。然后她转向艾米。“你父母要去哪儿，小心肝儿?

“可你肯定知道的，小心肝儿。好好地想一想，努力想起来。他们是要去俱乐部吗？”

“不是。”艾米道。

“我怀疑他们是不是要去特伦彻家，”亨莱因太太道，“我们刚才路过的时候特伦彻家里灯火通明。”

“他们不是去特伦彻家，”艾米道，“他们讨厌特伦彻夫妇。”

“好吧，那他们到底要去哪儿，小心肝儿？”亨莱因太太问。

“他们要去法夸尔森家。”艾米道。

“好，我就想知道这个，小心肝儿，”亨莱因太太道，“现在把报纸给我拿来，递给我的时候要很有礼貌。很有礼貌，”当艾米拿着报纸走过来的时候她道，“对于你的长辈，做什么事情都要有礼貌，否则就没有任何意义。”她戴上眼镜开始看报。

艾米上楼来到自己的房间。她桌子上的一个玻璃杯里放着罗斯玛丽带给她的日本花，陈旧地开在水里，那粉红的颜色是用染料染的。艾米从后楼梯下来，穿过厨房走进餐厅。她父亲那些调制鸡尾酒的用具都摆放在吧台上。她把金酒瓶里的酒全都倒进了餐具室的水槽，然后再把它放回到她发现它的地方。这个时候骑脚踏车太晚了，睡觉又太早，而且她知道如果她在电视上找到什么有趣的节目，比如说谋杀案之类的，亨莱因太太又会让她把电视关掉。然后她想起她父亲去西部出差时给她带回来的那本写赛马的书，于是兴高采烈地从后楼梯上楼看她的新书去了。

劳顿夫妇回来的时候已经是两点以后了。亨莱因太太被他们在门厅里的声音吵醒的时候，正睡在起居室的沙发上梦见一间落满灰尘的阁楼。玛茜亚·劳顿付了她钱，谢了她，问了问有没有什么人来过，然后就上楼去了。劳顿先生在餐厅里叮叮当当地摆弄他那些酒瓶子。亨莱因太太一心想尽快躺到自己的床上继续睡觉，祈祷着他不要再给自己倒一杯酒喝了，他们经常都是这样。她夜复一夜地都是由那些已经醉醺醺的绅士们开车送回家的。他站在餐厅的门口，手里拿着一个空瓶子。“你肯定是烂醉如泥了，亨莱因太太。”他对她道。

“呣。”她道，没明白到底怎么回事。

“你喝了整整一夸脱金酒。”他说。

这个灰头土脸的老妇人——尚在半梦半醒之间——调动起全身的力气，抓住自己灰白的头发。她天性喜欢收留流浪猫，收集那些有趣和有价值的报纸，在浴室里一直堆到天花板上，喜欢胭脂口红，喜欢自言自语，喜欢睡觉的时候穿好内衣以防火灾，对于煮汤用的骨头的价格锱铢必较，而且故意在街坊四邻放出风来，说等她终于在她那灰扑扑的垃圾堆里咽了气以后，她的床垫里将会藏满银行存折，枕头里会塞满百元大钞。她一直以来抗拒着所有这些丰富多彩的诱惑，为的就是以一位淑女的形象出现，结果她得到的报答竟然是被诬陷为一个小偷和惯盗。她开始冲着他尖声大叫。

“你把它给收回，劳顿先生！你把你刚才说的每一个字全部收回！我这辈子从来就没偷过任何东西，我的家族里没有任何人曾经偷过任何东西，我没有必要站在这里受一个醉汉的侮辱。什么，说到喝酒，我这二十五年来喝的总共还装不满一片眼镜片。亨莱因先生二十五年前带我去过一个茶点店，我喝了两杯曼哈顿鸡尾酒，结果搞得我既恶心又头晕，打那以后我就再也没有喜欢过这种玩意儿。你怎么敢像这样跟我说话！诬陷我是个小偷和醉鬼女人！哦，你真让我恶心——你全然无视我经受的所有那些艰难困苦，真让我恶心。你知道我去年的圣诞大餐吃的是什么吗？我就吃了个培根三明治。狗娘养的！”她开始哭哭啼啼，“真高兴我把它说了出来！”她尖声叫道，“我这辈子这是头一回口出脏话，而我很高兴我说了出来。狗娘养的！”一种自由的解脱感——就仿佛她正站在一艘大船的船头——充溢了她全身，“我这辈子都住在这个地方。我还记得当初这里满是善良的庄稼人以及河里有鱼的那个时候。我父亲拥有四英亩芳香的牧场以及一个远近闻名的姓氏，而我的母系可以追溯到荷兰统治时期的大庄园主，货真价实的荷兰贵族。我的母亲长得就跟威廉敏娜女王[1]一模一样。你以为你能白白侮辱了我而不受惩罚，可是你是大错特错，大错特错，大错特错啦。”她走向电话，抓起听筒，尖声大叫：“警察！警察！警察！我是亨莱因太太，我现在在劳顿家里。他喝醉了，他侮辱我辱骂我，我想请你赶快过来逮捕他！”

这些喊叫声惊醒了艾米，躺在床上，她模模糊糊地感知到成人世界那可怜又可恨的腐化堕落；它是多么粗暴而又脆弱，就像是一块破烂的麻袋片，打满了愚蠢和错误的补丁，既无益又丑陋，可是他们从来就看不出它的一文不值，而当你向他们指出这一点的时候，他们还愤愤不平。不过当那些喊叫继续不断，当她听到“警察！警察！”的尖叫时，她被吓坏了。她不明白他们怎么能够逮捕她，虽然他们能在那个空酒瓶子上找到她的指纹，但把她吓坏了的还并非她自身的危险，她怕的是父亲的这幢房子在深更半夜会突然倒塌。这都是她的错，当她听到她父亲在书房里冲着那个电话分机说话的时候，她感觉自己被罪孽给淹没了。她父亲尽量想表现得亲切友好——而且想到他特意从西部给她买来的那本价格昂贵、插图漂亮的关于赛马的书，她不得不紧咬牙关才能强忍住不哭出声来。她用枕头盖住自己的头，满怀痛苦地意识到她将不得不离家出走。他们过去住在纽约的时候她曾有过很多的朋友，或者她可以在公园

1　威廉敏娜女王（Queen Wilhelmina，1880—1962），荷兰女王（1890—1948），早年由其母摄政，第二次世界大战纳粹德国入侵荷兰期间在伦敦领导流亡政府，一九四五年回国，后让位给女儿朱莉安娜。

里或是躲进一个博物馆里过夜。她不得不离家出走了。

“早上好，”他父亲在早饭桌上道，“准备度过美好的一天！”劳顿先生因为越来越亮的天空，因为回想起他对待亨莱因太太的方式以及成功阻止了警察的到来而心情愉快，因为他的睡眠而神清气爽，因为想到要打高尔夫而感到高兴，他的话语中充满情感，可是这些话在艾米听来却令人不快而且自以为是；这让她大倒胃口，她趴在她那碗麦片上头，用一把汤匙不断地搅动。“别趴在桌子上，艾米。”他道。这时她想起了昨夜，想起了那些尖声喊叫，想起了她要离家出走的决定。他的好兴致唤醒了她的记忆。她的决心已经下定。她十点钟有一节芭蕾课，而且她还要跟莉莲·托厄尔一起吃午饭。然后她就可以走了。

孩子们为了一次远洋旅行会带上一把牙刷和一只泰迪熊；为一次环球旅行他们会为自己装备好一双不配套的袜子、一只海螺壳以及一支温度计；书籍和石头以及孔雀羽毛，糖块、网球、脏兮兮的手帕以及几束旧绳子在他们看来都是旅行之必备，而那天下午，艾米就凭着自己一时的感情驱使，为自己收拾好了行李。吃完午饭回到家里的时候已经有些晚了，她离家出走的进程被耽搁了，不过她并不介意。她可以搭乘三四点的某一班支线慢车，那些厨娘们乘坐的那种车。她父亲正在打高尔夫，她母亲外出到什么地方去了。一个兼职的钟点工正在打扫起居室的卫生。等艾米收拾好行李以后，她走进父母的卧室，冲了一下马桶。趁着水在汩汩流动的时候，她从她母亲的桌子里拿了张二十美元的钞票。然后她下楼来，离开家，沿着布伦豪娄环形路绕了个圈，然后取道艾尔维伍思巷来到了火车站。她脑子里并无任何抱憾或是惜别的情绪出现。她过了一遍她在纽约城里那些朋友们的名字，以备她决定不在博物馆过夜时应急之用。当她打开候车室的门时，车站的站长弗兰纳根先生正在拨弄他的炉火。

“我想买一张前往纽约的车票。”艾米道。

“单程还是往返？”

“单程。”

弗兰纳根先生穿过大门走进售票处，拉起窗玻璃。“恐怕我没有半价票卖给你了，艾米，”他道，“我得临时手写一张了。”

“没关系。”她说。她把那张二十美元的钞票放到柜台上。

“为了把钱找开，”他道，“我得跑到另外那一边去。四点三十二分的那班车现在就要进站了，不过你可以赶上五点十分的那一班。”她并无异议，就走过去挨着她的纸板手提箱坐下，箱子上印满了欧洲各旅馆和地方的名字。等那班支线慢车进站又开走以后，弗兰纳根先生关上他的玻璃窗，穿过人行天桥来到北行方向的站台，给劳顿家打了个电话。劳顿先生刚打完高尔夫回来，正给自己调一杯鸡尾酒。“我想你女儿正计划要外出旅行去呢。”弗兰纳根先生说。

劳顿先生来到火车站的时候天已经擦黑了。他透过车站的窗户看到了他女儿。在凳子上坐着的小姑娘，她那个纸板手提箱上面丰富多彩的名字，深深触动了他，这种触动只有她在显得非常无助或是病得很重的时候才有能力做得到。他猛然间打了个寒战！他因为渴望而颤抖，他感觉身上起了一层鸡皮疙瘩，就像当他很晚的时候独自一人开车回家，一阵落叶在风中穿过他的车头灯的光束落下来时那样，那会将他从他生活当中的众多字面符号中解脱出来——那些掉了扣子的晨衣，那些收据和银行对账单，那些订货单以及那些空了的酒杯，时间至多只有一秒钟。他像是在侧耳倾听——天知道在听什么。指令，鼓声，烽火信号的爆裂声，钟琴奏出的音乐——在阿尔卑斯的空气中听起来是何等甜美——从往昔的一个小客栈传来，野天鹅发情的叫喊；他似乎闻到了威尼斯各个教堂里那咸咸的空气。然后，就像是那些光束中的落叶，由她的形象的力量对他所造成的困扰也就过去了；他的鸡皮疙瘩消失了。他又是他自己了。哦，她怎么会想离家出走呢？旅行——又有谁能比半个月里就有三天的时间花在路上的人知道得更清楚——就是一个由过热的飞机客舱和重复唠叨的杂志构成的世界，在那里就连咖啡，就连香槟，都有一股子塑料味儿。他怎么才能教会她，世上再也没有比“家，甜蜜的家”更好的地方了呢？

哦，青春和美！

在绿荫山郊区，几乎每一个时间漫长、规模巨大的周六夜派对临近尾声的时候，当几乎每一个第二天一早要去打高尔夫或是网球的客人几个小时前就已经回家以后，虽然金酒和威士忌都已消耗殆尽，仍会有十到十二个人留下来，就像是无力结束这个晚会似的，分散在各处坐等她们丈夫的女人都已经开始喝起了牛奶；当所有的人都已失去时间的概念，在家里替这些顽固分子看孩子的保姆们早就已平躺在沙发上沉沉睡去，梦到烹饪比赛的奖金、远洋旅行和风流韵事；当那个好斗的醉汉、掷骰子的赌徒、钢琴家和各种希望全副落空的女人全都已经各自表白了一番；当每一种提议——去法夸尔森家吃早饭，去游泳，去汤森家把他们给叫醒，去这里去那里——刚被提出就马上被否定以后，这时候特雷斯·比尔登就会开始数落卡什·本特利的年纪以及他日渐稀疏的头发。这种数落就是开始挪动起居室里的家具的前奏。特雷斯和卡什一起搬来桌子和椅子，沙发和壁炉围屏，木柴箱和脚凳；等他们全部搬完以后，你都不认识那个地方了。然后，如果主人家里有一把左轮手枪的话，他们就会请他把枪给拿来。卡什就会把鞋子脱掉，在一个沙发后面摆好蹲踞式起跑的姿势。特雷斯会朝一扇打开的窗子外开上一枪，如果你在这个社区是新来乍到，先前还没弄明白这些准备工作是所为何来，到了这时你也就意识到你是在观看一次跨栏赛跑了。但见卡什跨过那个沙发，跨过那几张桌子，跨过那个壁炉围屏和那个木柴箱。其实也不是一次真正的赛跑，因为只有卡什一个人在跑，不过看到这个四十岁的男人如此干净利落地跨过这么多的障碍，也诚属非同寻常。绿荫山这些住户家里没有一样家具是卡什没办法跨过的。赛跑在阵阵欢呼喝彩中结束，不一会儿派对也就随之而解散了。

卡什当然是田径场上的一位老明星，不过说起他那辉煌的过去时，他绝不会盛气凌人或是令人厌烦。他度过青春时光的那所大学曾向他提供过一个校友会当中的带薪职位，不过他还是拒绝了，因为他意识到他生命中的那个部分已经结束了。卡什跟他妻子露易丝育有两个孩子，他们住在艾尔维伍思巷的一幢中等价位的牧场式平房里。他们属于乡村俱乐部的会员，尽管他们负担不起这个开销，不过因为事关本特利夫妇，从来就没有任何人指出过这一点，而卡什是绿荫山最讨人喜欢的男人之一。他身材仍旧苗条——他对自己的体重非常当心——他早上步行去搭乘火车上班的时候，步伐总是轻捷而又有力，一看就是个运动员出身。他的头发已经稀疏，有些天的早上眼睛里面也会布满血丝，不过这并没有减损多少他那种青春依旧、绝不服老的迷人特质。

生意场上，卡什遭受过不少挫折和失望，而且本特利夫妇有很多金钱上的烦恼。他们总是迟交税款和抵押贷款每期的还款。门厅边桌的抽屉里塞满了未付的账单，本特利夫妇跟银行的关系总处在一触即发的危急状态。在礼拜六的晚上露易丝看起来是相当漂亮的，可是她的生活却过得着实艰难而又单调。在她套装、大衣以及裙子的口袋里塞满了小纸团和小纸片，上面写着：“人造黄油，冷冻菠菜，舒洁纸巾，狗食饼干，汉堡，胡椒，猪油……”早上她还没醒明白的时候，就已经开始烧水煮咖啡并且稀释冷冻橙汁了。然后两个孩子就开始需要她了。她得双手和膝盖着地爬到衣柜底下帮托比找一只袜子，她得腹部着地平趴在地上扭动身体爬到床底下（沾上一鼻子的灰）帮蕾切尔找一只鞋子。然后还要做家务、洗衣服和做饭，还要满足孩子们的各种要求。好像总有鞋子需要穿上和脱下，总有儿童风雪服的拉链需要拉上和拉开，总有屁股要擦净，总有眼泪要擦干，等到太阳落山的时候（她是透过厨房的窗户看着它落山的）要做晚饭，然后还要给孩子们洗澡，睡前要给他们讲故事以及念主祷文。在逐渐黑下去的房间里，伴随着那“我们天上的父”[1]的朗朗念诵声，孩子们的一天终于结束了，可是露易丝·本特利的一天却远远没有结束。她还有衣服要缝补、修整和熨烫，在操劳了十六年的家务以后，就连在睡梦中她都似乎无法摆脱那些讨厌而又累人的杂务。儿童风雪服，鞋子，洗澡和食品杂货似乎已经渗透进了她的潜意识。她时不时地就会说梦话——声音大到能把她丈夫给惊醒。“我*买不起*小牛排。”有天夜里她说。她心神不安地叹了口气，然后才重归寂静。

按照绿荫山的逻辑，本特利夫妇算得上是幸福的一对儿，不过他们的婚姻生活也自有其起起伏伏。卡什有时候是会非常容易动气的。在办公室度过了糟糕的一天以后，当他回到家里，发现露易丝居然还没有开始做饭，尽管她自有其正当的理由，他的脸色也会变得非常难看。“哦，看在基督的分上！”他就会说，然后走进厨房，

1　主祷文（Lord’s Prayer）的第一句（Our Father, which art in heaven）。

拿出某样冷冻食物来加热。他喝上几口威士忌以让自己在这次磨难中放松一下，不过这好像从来都没能真正让他放松下来，他通常都会把一口煎锅的底儿给烧穿，等他们坐下来吃晚饭的时候，用餐的空间里整个儿都会烟雾弥漫。夫妻俩陷入激烈的争吵就只是时间的问题了。露易丝会跑到楼上，扑到床上去啜泣不已。卡什则会抓起威士忌酒瓶直接往下灌。这些争吵，尽管卡什和露易丝都吵得气势汹汹，对双方而言都是巨大痛苦的根源。卡什会睡在楼下的沙发上，不过内战一旦掀起，睡眠从来都不会弥合创痛，第二天两个人要是碰上，他们马上又会恶语相向。然后卡什就会离家去乘火车，而露易丝把两个孩子送往幼儿园以后，马上就会穿上外套，穿过草坪去比尔登家寻求安慰。她会对着一杯重新加热的咖啡淌眼抹泪，向露西·比尔登倾诉自己的烦恼。婚姻到底有什么意义？爱又有什么意义？露西总会建议露易丝去找份工作，那会给她带来情感和经济上的独立，而这个，露西说，正是她所需要的。

到第二天夜里，情况会变本加厉。卡什会干脆不回家吃晚饭了，不过仍会在十一点左右跌跌撞撞地进门，于是那卑劣的争吵的整个过程又会原样重复一遍，结果是露易丝流着泪上楼睡觉，卡什则再次在起居室的沙发上躺下过夜。经过几天几夜这样的折腾以后，露易丝会认定她实在是走投无路、忍无可忍了，她会决定离开家去马马罗内克[1]她已婚的妹妹家去待几天。她通常会选择一个礼拜六，卡什在家的时候动身离开。她会把行李收拾好，从书桌里取出她的战时公债带上。然后她会洗个澡，穿上她那条最好的长

1 马马罗内克（Mamaroneck），纽约州韦斯切斯特县（Westchester Country）的一个城镇。

衬裙。卡什在经过卧室门口的时候会看到她。她的衬裙是透明的，而突然间他会生出满腔悔恨和柔情，变得充满魅力、智慧与爱意。“哦，我亲爱的！”他会呻吟道。等大约一小时后他们下楼去随便弄点东西吃的时候，他们会一边长吁短叹，一边脉脉含情地对望，他们又会成为整个美国东部最幸福的一对已婚夫妇了。而通常大约总是在这个时候，露西·比尔登就会找上门来，带来已经为露易丝找到了工作的好消息。露西会按响门铃，而裹了件浴袍的卡什会开门让她进来。她跟卡什只会冷冷地打个招呼，然后就快步迫不及待地走进餐厅，把那个好消息告诉露易丝。“哦，你一直都这么为我留心真是太好了，”露易丝会面带倦容地道，“不过我现在不想再去找什么工作了。我觉得卡什也不希望我出去工作，是不是，心肝儿？”然后她会将她那双巨大的黑眼睛转向卡什，眼神炽烈到你几乎真能闻到烟味儿。露西会赶快找个借口迅速逃离这个伤风败俗的现场，不过离开的时候却从来不会有见怪之意，因为她自己结婚也已经有十九个年头了，她自然知道每一对夫妻的结合都自有其起起落落的波折。这次的离开也同样不会让她变得更加聪明一些；因为等到下一次本特利夫妇吵得不可开交的时候，她又会同样专心一意地想给露易丝找份工作。不过这些争吵和复合，真的就像是跨栏赛跑，似乎并不会因其一再重复而使大家丧失兴趣。

*

春天一个星期六的晚上，法夸尔森夫妇为本特利夫妇举行了一个结婚纪念日派对。那是他们的十七周年纪念日。露易丝·本特利尽心竭力地投身于准备工作，几乎像对待星期一的大清洗一样勤勉努力。她掐着钟点休息了一个钟头，两脚高高翘在空中，下巴上绑上吊带，眼睛上敷上某种收敛剂。矿物泥面膜，过紧的紧身褡，再加上修眉毛、卷头发和涂脂抹粉，一切的努力皆是为了返老还童、恢复青春。到最后她感觉并没有完全成功，就又在眼前罩上了一块面纱——不过她本来就是个很漂亮的女人，她煞费苦心跟所有这些化妆品做斗争的结果，看起来也不过像她那块面纱一样是完全透明的，遮挡不住她脸上那成熟的风韵以及对于智慧与激情的接受能力。法夸尔森家的派对搞得非常漂亮，本特利夫妇玩得开心极了。唯一喝得太多的是特雷斯·比尔登。在派对的后半程，他开始数落卡什那日渐稀疏的头发，而卡什则脾气温厚地开始挪动家具。哈利·法夸尔森有一把手枪，特雷斯跑到外面的露台上朝空中放了一枪。卡什跨过沙发，跨过茶几，跨过翼状靠背椅的扶手和壁炉围屏。最后是一口衣柜上的一件雕花把他给绊倒的，他就像是一吨砖头一样重重地摔在了地上。

露易丝尖叫着跑到他摔倒的地方。他前额上划出一道很深的口子，有人给他绑好绷带把血止住。当他试图站起来的时候，他踉跄了一下又摔倒了，他的脸色变成了一种吓人的青绿色。哈利打电话给帕明特医生、霍普威尔医生、奥尔特曼医生和巴恩斯特布尔医生，可那时候是凌晨两点钟，没有一个医生接电话。最后，还是一位姓耶基斯的医生——一个完全的陌生人——答应过来。耶基斯是个年轻人——看起来都像是还没到可以成为一个医生的年纪——他环顾了一下那个混乱不堪的房间以及那帮无比焦急的人，仿佛觉得这个场景实在有些古怪。他张嘴第一句话就惹得卡什老大地不痛快。“感觉哪里出了问题，老先生？”他问。

卡什的一条腿摔断了。医生给他上了夹板，哈利和特雷斯把他给抬到医生的车里。露易丝开着自己的车跟在他们后头去了医院，卡什被安置在一个病房里。医生给卡什注射了一针镇静剂，露易丝亲了他一下，在拂晓时分开车回了家。

卡什在医院里躺了两个礼拜，他回家的时候拄了根拐杖，断腿上打着沉重的石膏。又过了十天以后，他才能一瘸一拐地去搭早班火车。“我再也跑不了跨栏赛了，心肝儿。”他悲戚地对露易丝道。她说这没什么关系，可是对她而言这虽然没什么关系，对卡什来说却似乎关系重大。他在医院里掉了几斤肉，精神也很低沉，表现得非常不满。他自己也不明白他这到底是怎么了。他，或者是他周围的一切，像是发生了一种相当微妙的糟糕的变化。甚至他的感官都像是串通一气来损毁这么多年来他一直都甘之如饴的那个天真烂漫的世界。有天深夜，他走进厨房想给自己做个三明治，当他打开冰箱的时候，却注意到有一股难闻的臭气。他把那些已经变质的肉扔进垃圾箱，可那种气味却一直在他的鼻子里，挥之不去。几天以后，他到阁楼上去找他大学时代校队的运动服，阁楼上没有窗户，手电筒发出的那点光也很微弱。跪在地板上开一个箱子的时候，他的嘴唇碰到了一张蜘蛛网。那脆弱的蛛网糊在他嘴上就像是一只手捂住了他的嘴。他不耐烦地把它给擦掉，可是那种被堵住嘴巴的感觉也是久久挥之不去。几天后的一个夜里，他冒雨走在纽约的一条街道上，看到一个年老的妓女站在一个门洞里。她是那么淫荡而又丑陋，简直就像是死神的一幅漫画像，可是他还没来得及对她做出评估——他的眼睛看到她那伛偻的身影的那一刹那——他的嘴唇就隆起，他的呼吸就急促起来，他就体验到了性冲动的其他一切征候。几天后的一个夜里，当他在起居室里阅读《时代周刊》的时候，他注意到露易丝从花园里采来的那束已经凋谢的玫瑰散发出一种比其他任何东西都更强烈的泥腥气。那是一种腐臭而又具有强烈吸引力的气味。他赶紧把那束玫瑰扔进了废纸篓，可是那股气息已经让他想起了那块变质的肉、那个妓女，还有那张蜘蛛网。

他又重新开始参加各种派对，可是没有了那个跨栏赛可以去跑，他的朋友和邻居们举办的派对在他眼里就变得冗长乏味、陈腐不堪了。听着他们那些黄段子的时候，他都很难掩饰他的烦躁情绪。就连那些人的面容和身形都让他觉得丧气，他颓然瘫坐在一把椅子上，他细细地打量他们的皮肤和牙齿，就好像他自己要比他们年轻很多一样。

他那烦躁的情绪需要发泄，露易丝就成了首当其冲的目标，在她看来，卡什在失去了跨栏赛的同时，也已经丧失了能使他保持平衡的东西。他的朋友们到他家里住住脚喝上一杯的时候，他对他们相当粗鲁。他跟露易丝一起出去的时候，他表现得粗鲁而又阴郁。当露易丝问他到底是怎么回事的时候，他只是喃喃地道，“没什么，没什么，没什么”，然后就给自己倒上一杯波旁威士忌。五月和六月过去了，然后七月也过去了一半，他没有表现出任何改善的迹象。

然后是一个夏夜，一个美好迷人的夏夜。八点十五分那班火车上的乘客如果留心的话，会看到绿荫山沐浴在一片静谧的金光中。浓密的植被减弱了火车的噪声，长长的车厢的窗户在闪烁着消失不见之前，看起来宛若一连串灯火通明的水族馆的玻璃鱼缸。山顶上，女士们相互提醒着："闻闻那青草的气息！闻闻那青草的气息！"法夸尔森夫妇正在举行另一场派对，哈利在玫瑰藤架上挂了块牌子，上书：威士忌河谷，他戴了顶大厨的白帽子，身上围着个围裙。他的客人们还在喝酒，烤肉的火上冒出来的烟在这个无风的傍晚直升入树冠当中。

山上的俱乐部会所里，为年轻人举行的第一次正式舞会大约在九点钟开始。艾尔维伍思巷里的喷洒器天黑后仍在继续洒水。你能闻得到水的气息。夜间的空气异常芬芳——在这样的空气中漫步真是种怡人的享受——艾尔维伍思巷里的大部分窗户全都敞开着。如果从巷里经过，你能看到比尔登先生和太太正在看电视。乔·洛克伍德，住在街角位置的年轻律师，正对着他妻子排练计划向陪审团发表的演讲。"我想向你们展示，"他说，"一个正直诚实的人，一个享有诚实和可靠的声誉的人……"他一边说一边挥舞着两条赤裸的手臂。他妻子则继续在织毛衣。卡弗太太——哈利·法夸尔森的岳母——抬头瞥了一眼天空问道："所有这些星星到底是打哪儿来的呀？"她真是又老又蠢，不过她又一点都没错：昨晚的星星真像是为自己吸引来了一条全新的银河，而且夜空中一点都不暗，只除了那片光膜上有一道裂口的地方。铁轨边上那片待售住房的地段上，有一只隐士夜鸫[1]在歌唱。

本特利夫妇待在家里。可怜的卡什因为变得如此粗暴而又阴郁，法夸尔森夫妇并没有请他参加他们的派对。他挨着露易丝坐在

1 隐士夜鸫（hermit thrush），北美洲的一种鸟，生有淡褐色羽毛、带斑点的胸部及淡红色尾部，鸟鸣声悦耳且与众不同。

沙发上，身旁的露易丝正忙着往两个孩子的内裤上缝松紧带。透过打开的窗户，他能听到这个夏夜种种怡人的声响。罗杰斯家的花园里正在举行另一场派对，就在本特利家屋后。那场舞会的音乐从山上飘下来。乐队很将就，只有一支萨克斯管、几只鼓和一架钢琴，选曲都是二十年前的老曲子。乐队奏起了《瓦伦西亚》，卡什温柔地朝露易丝望去，但是今晚露易丝的形象却实在令人沮丧。灯光映出了她的白发，围裙上污渍斑驳，她的脸也显得苍白而又憔悴。突然，卡什开始狂乱地伴着乐声跺起脚来。他和着遥远的萨克斯管快速而又含混地唱了几句：戛吧戛吧戛吧戛吧。他叹了口气，起身走进了厨房里。

厨房的黑暗当中滞留着一股淡淡的、不新鲜的烹饪味道。透过厨房的窗户，卡什能看到罗杰斯家那场派对的灯光和人影。罗杰斯家的姑娘请了一些朋友在舞会前过来吃饭，现在他们像是正在离开。一辆辆汽车正在开走。“我身上沾满了青草的汁液。”一个姑娘道。“我希望老头子记着买汽油了。”一个小伙子道，而一个姑娘呵呵笑了。他们的内心当中，除了这个正在逝去的夏夜以外再没有任何挂虑。税金和内裤上的松紧带——所有那些威胁着要将卡什碾压得喘不过气来的丑陋的现实——还没有触及这个花园里的任何一个个体。他一时间嫉妒不已——这种嫉妒是如此凶猛如此激烈，他都觉得不舒服了。

他无法理解到底是什么将他跟隔壁花园里的那些孩子们分隔了开来。他也曾经是个年轻人。他也曾经是个英雄。他也曾经备受爱慕、快乐无比、浑身充满动物的精神，而他现在却站在一个黑暗的厨房里，被剥夺了他的运动技能、他的鲁莽冲动、他的英俊外貌——剥夺了他最为看重的所有的一切。他感觉隔壁院子里的那些人形就仿佛来自过去他所有的趣味与欲望之所系的某个派对中的鬼魅幽灵，而他本人已经被残忍地驱逐出来了。他感觉自己就像是个夏夜的鬼魂。他都渴望成疾了。这时他听到房子的前部有人说话。露易丝打开了厨房的电灯。“哦，你在这儿呢，”她道，“比尔登夫妇顺道过来探访。我想他们是想要杯酒喝。”

卡什走到前面去迎接比尔登夫妇。他们是想去俱乐部参加一个舞会。他们一眼就看出卡什一副无所事事、心烦意乱的架势，于是就怂恿本特利夫妇一道前往。露易丝找了人留在家里照看孩子，然后就上楼去换衣服。

他们来到俱乐部后，发现有几个年龄相仿的朋友围在吧台周遭，但卡什并没有在吧台那儿停留。他显得坐立不安，而且也许是已经喝醉了。他穿过休息室去往舞厅的时候，撞到了一张桌子上。他插到一位年轻的姑娘面前。他过于激烈地抓住她的手，拉着她跳起了一种过时的两步舞。她公然向一个没有女伴的男孩作势求援，卡什马上就被踢出了局。他气冲冲地离开舞池，来到了露台上。当他推开纱门的时候，露台上的几对年轻人赶快从对方的怀抱里挣脱出来。他走到露台的尽头，希望能在那儿清静一会儿，但在那儿又惊动了另一对年轻人，他们从草坪上站起身来，刚才他们好像一直都是躺在那儿的，在黑暗中朝游泳池走去。

露易丝跟比尔登夫妇一起留在吧台旁边。“可怜的卡什喝多了。”她说。然后，“今天下午他跟我说，打算把防风窗[1]给漆一

1 防风窗（storm window），用以遮挡风雪的外层护窗。

下，”她说，“呃，他把油漆调好，把刷子洗干净，穿上一身旧工作服就去了地下室。五点钟左右有个电话找他，等我下去告诉他的时候，你们知道他在干吗吗？他就坐在黑地里抱着个鸡尾酒调酒壶。那些防风窗他连碰都没碰。他就坐在地下室的黑地里喝马提尼。”

“可怜的卡什。”特雷斯道。

“你应该去找份工作，”露西说，“这会给你带来情感和经济上的独立。”她说这番话的时候，他们全都听到休息室里挪动家具的声音。

“哦，我的上帝！”露易丝说，“他这是要跑障碍赛了。拦住他，特雷斯，拦住他！他会伤到他自己的。他会要了自己的命的！”

他们全都跑到休息室的门口。露易丝再次请求特雷斯上前干预，可她能从卡什脸上的表情中看出他是绝对不会听劝的。有几对舞伴离开舞池，站在一旁看他做准备。特雷斯并没有劝阻卡什——他反而帮他一起准备。俱乐部里没有手枪，他就把两本书啪的一声拍在一起当作起跑的信号。

卡什跨过沙发，跨过咖啡桌、灯桌、壁炉围屏和踏脚凳。他所有的优美和力量似乎全都重新回到了他身上。他跨过了房间尽头的那个大沙发，却并没有就此停下来，他转回头又重来了一遍。他脸上的肌肉紧张变形。他嘴巴大大地张开。他脖子上的肌腱可怕地鼓起。他跨过了那个踏脚凳、那个壁炉围屏、那张灯桌和那个咖啡桌。当他跑近最后那个沙发时，大家全都屏住了呼吸，但他成功地跨了过去，双脚着地。有人鼓掌欢呼。然后他呻吟了一声，倒在了地上。露易丝跑到他身边。他的衣服全都被汗水浸透了，他呼吸非常困难。她跪倒在他身旁，把他的头靠在自己的大腿上，抚摸着他那稀疏的头发。

礼拜天卡什宿醉得厉害，露易丝让他一直睡到快要去教堂的时候才起来。一家人十一点钟一起去了基督教堂，就跟平时一样。卡什唱了圣歌，做了祷告，并且跪了下来，可他在教堂里面感受最深的却是，他站在了上帝那无限慈悲的领域之外，而且说句实话，他并不比我那条牛头犬更相信圣父、圣子以及圣灵。一点钟他们回到家中，吃那顿烧得过头的肉加上石头一样硬的土豆构成的惯常的礼拜天的午饭。五点钟左右，帕明特夫妇过来拜访，邀请他们一起出去喝一杯。露易丝不想去，于是卡什就一个人跟他们去了。（哦，那些郊区的礼拜天之夜，那些礼拜天之夜的布鲁斯！那些正在道别的周末客人，那些走了味的鸡尾酒，那些半死不活的鲜花，那些赶赴哈尔蒙观看一百英里赛车的旅程，那些事后诸葛亮的分析议论和临时凑合的晚餐！）天气闷热阴沉。三伏天就要到来了。他跟帕明特夫妇一起喝了一两个钟头的金酒，然后又去汤森家继续喝。法夸尔森夫妇打电话给汤森夫妇，请他们过去并把卡什一起带上，在法夸尔森家他们又喝了些酒，吃了派对剩下来的食物。法夸尔森夫妇很高兴看到卡什似乎又恢复了原状。他回到家的时候已经十点半或是十一点了。露易丝在楼上，正把当期《生活》杂志上登的那些残害、灾难以及暴力死亡场景的图片剪下来，她怕这些东西会对孩子们造成不良影响。她一直都是这么做的。卡什上楼来跟她说了几句话，然后又下楼去了。不一会儿，她听到他在起居室里搬动家具的声音。然后他叫她，她下来以后，发现他正站在楼梯口，脚上只穿着袜子，把手里的枪递给她。她从来就没开过枪，他给她的种种指示也没多大用处。

“快点，”他说，“我不能整个晚上都等着。”

他忘了告诉她要先扳开保险栓了，她扣动扳机的时候，什么都没有发生。

“是那个小控制栓，”他说，“按下那个小控制栓。”然后，他因为等得实在不耐烦，已经自顾跨过了那个沙发。

枪响了，子弹在空中打中了他。她把他给打死了。

猪掉进井里的那一天

夏天，当纳德一家齐聚在位于安迪朗达克山脉的白滩营，总会有一个夜晚，他们当中有一个人就会问：“还记得猪掉进井里的那一天吗？”然后，就仿佛一首六重奏的起始音节已经奏响，其他人全都会冲进来承担起他们熟悉的部分，就像那些演唱吉尔伯特和沙利文[1]的家庭，那演唱会将持续一个小时或者还不止。那些完美的日子——曾有过几百个这样的日子——似乎已经不需要记忆就已然进入他们的意识当中，而他们都会重新回到这个小灾小难的年代记，就仿佛它就是夏天的创世记。

那头著名的猪原是属于兰迪·纳德的。他是在兰切斯特的集市上赢到的，他把它带回家里，正计划给它造个临时猪圈的时候，帕梅拉·布莱斯戴尔却正巧打电话过来，他就把那头猪放进了工具房，开着那辆老凯迪拉克去了布莱斯戴尔家的乡下住宅。拉塞尔·扬当时正跟埃斯特·纳德打网球。那一年的厨娘是个叫诺拉·奎因的爱尔兰女人。纳德太太的妹妹玛莎姨妈去了马克比特

---

1 吉尔伯特和沙利文（Gilbert and Sullivan）指英国维多利亚时期剧本作者 Sir William Schwenk Gilbert（1836—1911）与作曲家 Sir Arthur Seymour Sullivan（1842—1900）这一对固定的喜歌剧创作搭档以及他们合写的喜歌剧作品。两人搭档在一八七一年至一八九六年间共创作了十四部喜歌剧，其中最为知名的有《英国舰队宾纳福号》（*H.M.S. Pinafore*）、《彭赞斯的海盗》（*The Pirates of Penzance*）及《日本天皇》（*The Mikado*）等。

村，到一位朋友那儿取些插枝，纳德先生计划午饭后开着那辆摩托艇到湖对面珀莱特家的码头那儿把她给接回来。有一位柯立芝小姐要来他们这儿吃晚饭并度个周末。她是纳德太太三十年前在瑞士读书时的同学。柯立芝小姐此前曾给纳德太太写过一封信，说她正跟几位朋友待在格伦斯瀑布那儿，她能来拜访一下她的老同学吗？纳德太太几乎都不记得她了，也压根儿就不想见到她，不过她还是写了封回信，邀请她过来度个周末。虽然已经是七月中旬，可是从破晓时分，狂暴的西北风就把家里的一切吹了个人仰马翻，就像一场暴风雨一样在树林间咆哮不已。不过当你从这场大风中摆脱出来以后，如果你做得到，太阳仍旧很热。

在这一天中的这一系列事件当中，那头猪掉进了井里，其中还有另一个当事人，却又并非这个家庭的一员——拉塞尔·扬。拉塞尔的父亲在马克比特经营一家五金店，扬家是一个受人尊敬的本地家族。扬太太每年春天干一个月的清洁女工，为那些消夏别墅做好开放的准备工作，但她的位置又并不属于仆佣阶层。拉塞尔是通过纳德家的两个男孩儿——哈特利和兰德尔[1]——跟他们一家认识的，打他还很小的时候开始，他就在他们的营地里度过了很多的时光。他比纳德的那两个男孩儿大个一两岁，在某种程度上，纳德太太等于把照顾她两个儿子的工作交托给了他。拉塞尔跟埃斯特同年，比琼小一岁。埃斯特·纳德在这份友谊刚开始的时候，还是个很胖的姑娘。琼是个美人儿，大部分时间都花在镜子前。琼和埃斯特都非常喜欢兰迪，从她们的零用钱里面拿出钱来为他的小船买油漆，不

1 上文的“兰迪”是“兰德尔”的昵称。

过除此之外，在姐弟之间也并没有太多的密切关系。哈特利·纳德很嫌弃他这两个姐姐。“我昨天看到埃斯特在浴室里，赤身裸体，”他会告诉所有的人，“她那肚子上有一大圈肥肉，就像是我都不知道的什么玩意儿。她真是个难看极了的东西。而琼脏得要死。你真该看看她的房间。我真不明白怎么会有人愿意带这么脏的人去跳舞。”

不过在大家都乐于回忆起的那一天，他们都已经要大了好多了。拉塞尔已经从当地的高中毕业，并且去奥尔巴尼上了大学，在他大一那年的夏天，他曾为纳德一家打工，在他们的住宅周围做点零杂工作。他们付他一份薪水的事实并没有改变他跟这个家庭的关系，而且他仍旧是兰德尔和哈特利的好朋友。在某种程度上，拉塞尔的性格和背景似乎还使他成为占据优势的一方，纳德家的那两个男孩儿回到纽约后都还在模仿他那北方乡下的口音。在另一方面，拉塞尔跟纳德家的孩子们一起去休伊特角参加他们所有的野餐，他跟他们一起去爬山去钓鱼，他跟他们一起去市政厅跳方块舞，在做这些事情的过程中，他从纳德一家那儿学到的那种对于夏日这几个月份的诠释是他身为一个本地人永远都不可能知道的。对于这样一种如此天真而又令人愉快的影响，他并不怀有任何疑虑，他跟纳德一家一起开着那辆老凯迪拉克翻过迢迢山路，并跟他们一起分享着这样一种情感：七月和八月那明亮的阳光正赋予他们所有的思想和事业以某种珍稀的特质。如果说纳德一家从来也没有提到他们和拉塞尔的社会地位之间的不同，那是因为除此之外他们都会注意到的那些真实存在的社会壁垒在夏日这几个月份里已经都被暂时撇在了一边——因为这片乡野，天空将其炫目的阳光洒遍群山、洒进湖水，就像是个季节性的天堂，强者和弱者，富人和穷人都一起和平地居住在里面。

猪掉进井里的那个夏天也是埃斯特的网球之夏以及她变得如此纤瘦的那个夏天。埃斯特刚上大学的时候还非常胖，不过她在大一的那一年就开始了面目一新以及个性一新的艰辛奋斗——就她的情况而言，大获成功。她执行一种严格的节食计划，每天打十二到十四盘网球，而且她那种贞洁的、运动员式的以及严肃认真的态度从来都不会松懈。拉塞尔是她那个夏天的网球搭档。纳德太太那年又为拉塞尔提供了一份工作，不过他却接受了一份奶农的工作，负责给大家送牛奶。纳德一家觉得他是想独立自主，他们对此非常理解，因为他们全都把拉塞尔的最高利益放在心上。对于他以优秀生的成绩完成大二这个学年，他们全都怀有一种家族式的骄傲。结果呢，这份奶农的工作并没有改变任何东西。拉塞尔上午十点钟就能完成他的送奶工作，他把大部分的夏日时光都花在跟埃斯特打网球上。他经常留下来吃晚饭。

那天下午，当诺拉跑过花园跟他们说那头猪已经从工具房跑了出来并且掉进了井里时，他们俩正在打网球。有人忘了把井栏的那扇门给关上了。拉塞尔和埃斯特跑到井边，发现那头猪正在六英尺深的水里游泳。拉塞尔用一根晾衣绳打了个活结，开始捞那头猪。与此同时，纳德太太正等待柯立芝小姐的到来，而纳德先生和玛莎姨妈正乘坐那条汽艇从珀莱特家的码头上往回赶。湖上掀起了大浪，船翻了，油箱里的一些沉淀被撇除出去，并插进了输油管。风把那条已经废了的船吹到了海鸥岩上，并在它的船首位置撞出了个大洞。

纳德先生和玛莎姨妈穿上救生衣，游了二十码左右的距离上了岸。

纳德先生在讲述中充当的角色受到了限制（玛莎姨妈已经去世了），直到有人问他，他才加入进来。“玛莎姨妈当时真的在祈祷吗？”琼会问道，而他则会清一清嗓子，说——他说话的方式非常枯燥而又慎重——“她确实，琼妮[1]。她在念诵主祷文呢。在那之前，她从来都不是个特别虔诚的女人，不过我敢肯定从岸上都能听到她的祈祷声。”

“玛莎姨妈当时真的穿着紧身褡吗？”琼又会问。

“哦，我想应该是吧，琼妮，”纳德先生会回答，“当我和她来到你母亲正跟柯立芝小姐喝茶的门廊上时，成桶的水仍旧从我们的衣服上面往下淌个没完，玛莎姨妈身上穿的什么是很容易都能看得见的。”

纳德先生从他父亲手里继承了一家羊毛公司，他也一直都穿一身纯羊毛套装，就像是为他那个行业做广告似的。猪掉进井里的那年，他整个夏天都待在乡下——不是因为他的生意不需照管自己就运转得很好，而是因为他跟几位合伙人起了争执。“我现在回到纽约没有任何道理，”他不断地说，“我要在这儿一直待到九月份，让那帮狗娘养的自食其果、自生自灭去吧。”他那几个合作人的贪婪让纳德先生大为恼火。“你知道，查理·里士满没有任何原则。”他会对纳德太太急切却又绝望地道，就仿佛他根本不期望他妻子能理解商业上的这些事，或者贪婪的影响根本就是无法描述清楚似的。

---

1 琼妮，琼的昵称。

“他没有任何道德标准，”他会继续道，“他没有任何道德规范或是行为规范，他没有任何原则，除了赚钱之外他什么都不考虑。”纳德太太好像能够理解。她的观点就是，像这样的人最终会把自己也葬送进去。她原来就认识一个像这样的人。他没日没夜地赚钱。他毁了他的合伙人、背叛了他的朋友们并且伤透了他那甜美的妻子与可爱的孩子们的心，然后，在他赚到了几百万上千万的美金以后，他在一个礼拜天的下午来到他的办公室，从窗口跳了下去。

哈特利在猪掉进井里这个故事当中所扮演的角色主要集中在他那天抓到的一条巨大的狗鱼上，而兰迪则直到临近尾声才进入故事的讲述。兰迪那年春天被他就读的大学给开除了。他跟六个朋友去听一个关于社会主义的讲座，他们其中的一位朝演讲者扔了个葡萄柚。兰迪跟其他几位全都拒不说出扔葡萄柚的那人到底是谁，于是他们就全都被大学给除名了。纳德先生和太太为此非常灰心丧气，不过他们又都为兰迪在这件事上面的表现感到高兴。结果，这次事件倒使得兰迪感觉自己成了个名人，并使他本来就非常良好的自我感觉更上层楼了。他被学校开除以及秋天就要去波士顿工作的事实，让他自觉比别人都要高出一头。

这个故事在直到猪掉进井里这一个事件发生一年之后才开始变得越来越重要，而且在这么短的时间之内，形式上已经发生了不少改变。埃斯特的角色发生了有利于拉塞尔的变化。她会为了赞扬拉塞尔打断别人的叙述。“你当时的表现真是太棒了，拉塞尔。你到底是怎么学会打活结的呢？朱庇特在上，要是没有拉塞尔，我敢打赌那头猪到现在还在井里面泡着呢。”那年之前，埃斯特跟拉塞尔已经亲过好几次嘴了，并且已经决定，就算他们坠入情网，他们也永远不会结婚。他不会离开马克比特，而她又不可能住在这里。他们在埃斯特的网球之夏期间得出了这些结论，那时候她的亲吻，就像其余的一切一样，真诚而又纯洁。到了第二年的夏天，她却像是急于要失去她的童贞了，就像她曾经急于失去她的肥胖一样。有什么事情——拉塞尔一直都不知道到底是什么事——发生在了那年的冬季，使得她非常耻于自己的毫无经验。

他们单独在一起的时候她就开始说道性事。拉塞尔之前一直都觉得她的贞节价值无限，他倒成了必须要被说服的一方，不过他很快也就头脑发热，从后楼梯上去进了她的房间。他们在成为情人之后，还继续讨论着他们如何永远都不能结婚，不过他们的关系所具有的这种短暂无常却也并不显得有多大关系，就仿佛这一点，就像别的一切一样，已经被这个纯真而又短暂的季节所照亮了。除了在自己的床上，埃斯特拒绝在任何别的地方做爱，不过她的房间位于整幢房子的后面，通过厨房的楼梯就能到达，所以拉塞尔要想不被别人发现地来到那里从来都不会碰到任何困难。就像白滩营的所有其他的房间，埃斯特的房间也没有完全建好。那些松木板散发着清香，颜色已经变深了，墙上用大头针钉着一幅德加的复制品和一张采尔马特[1]的照片，那张床高低不平，在那些夏日的夜晚，那些六月鳃金龟子弄得纱窗嗡嗡直响，老旧的白滩营里的木板板材白天吸收的热量仍未散尽，闻着她那一头浅褐色的头发焦干的气息，怀里搂着她那漂亮的容颜和苗条的身体，拉塞尔觉得他的幸福真是无法

1　采尔马特（Zermatt），瑞士南部一滑雪胜地。

估量。

他们觉得所有的人都会发现的，他们不知所措了。埃斯特对她的所作所为并不感到后悔，可是她不知道这件事将会有什么后果。他们一直都在等着麻烦上身，当他们发现什么都没有发生时，他们反而迷惑不解了。然后有天夜里，她决定所有的人都必须知道这件事了，可是结果却是每个人都表示理解。想到她的父母内心这么年轻，竟然能够理解这种激情既纯真又自然，把埃斯特感动得大哭失声。“他们难道不是极好的人吗？我是说，他们当初接受的教养是如此严厉，他们所有的朋友全都古板守旧，他们竟然能够理解，这难道不是非常奇妙的事吗？”拉塞尔非常同意。由于想到他们竟然能够为了更重要的事情而置习俗和惯例于不顾，更加深了他对纳德夫妇的尊重。不过，不论是埃斯特还是拉塞尔当然都是被误会了。没人跟他们说起这两个孩子的幽会，是因为没人知道他们竟然私下里幽会。纳德先生和太太根本就没有想到竟会有这样的事情就发生在他们的眼皮子底下。

那年秋天之前，琼突然间结了婚，搬到明尼阿波利斯去住了。这次婚姻并没有维持下去。她在里诺[1]住到四月份，把离婚办好以后还来得及回到白滩营消夏。她仍旧是个漂亮姑娘，容长脸蛋，金色的头发。谁都没料到她会回来，所以她房间的东西全都散放在了各处。她就不断地寻找她的画儿和书、她的地毯和椅子。等她晚饭后跟大家在门廊上聚齐后，她会提出很多问题。“有人有根火柴

1 参见第37页注释。

吗？”“那边有个烟灰缸吗？”“还有咖啡剩下吗？”“我们要去喝点什么吗？”“家里有没有个多余的枕头？”哈特利是唯一一个耐心回答她这些问题的人。

兰迪和他妻子来这儿待了两个礼拜。兰迪仍旧从他两个姐姐那儿借钱。帕梅拉是个瘦小、黝黑的姑娘，根本就跟纳德太太处不来。她是在芝加哥长大的，纳德太太由于一辈子都生活在东部，有时候就觉得这有可能是导致她们之间争执不断的原因所在。“我想听实话。”帕梅拉经常对纳德太太这么说，就仿佛她怀疑她婆婆故意撒谎似的。“你觉得我穿粉红色会好看吗？”她会问道，“我想听实话。”她对于纳德太太管理白滩营的方式很不赞成，有一次曾想针对她到处都看到的浪费做点什么。在纳德太太的花园后头有块巨大的醋栗田，每年都有雇的人负责护根和修剪，虽然纳德一家根本就不喜欢醋栗，也从来不会去采摘它们。有天上午，一辆卡车开上了他们的车道，有四个男人，谁都不认识，走进了那片醋栗田。女仆告诉了纳德太太，她都要让兰迪把那几个陌生人赶走的时候，帕梅拉走了进来，这才把情况解释清楚了。“那些醋栗都快烂了，”她道，“所以我就跟杂货铺里的人说，要是他们肯付每夸脱十五美分的价钱，他们就可以把它们全都摘走。我讨厌看到浪费……”这个事件使纳德太太和别的所有人都大感烦恼，虽然他们都说不清楚是为了什么。

不过在骨子里，那年夏天就跟所有的夏天没什么两样。拉塞尔跟“孩子们”一起去了谢里尔瀑布，那里的水是金色的，他们一起去爬马克比特山脉，他们一起去贝特家的池塘钓鱼。因为这些远足都是每年一度的，它们已经开始就像是固定的仪式一样了。晚饭后，全家人都会来到外头那敞开的门廊上。那时候天上经常会有粉色的云朵。“我刚看到厨娘把一盘花椰菜给倒掉了，”帕梅拉会对纳德太太道，“现在还轮不到我来说三道四，可是我讨厌看到浪费。你难道不是吗？”或者琼会问：“有人看到我那件黄色的运动衫了吗？我敢肯定我把它给落在浴室里面了，可我刚刚去了那儿一趟，却没有找见。有人把它拿回来了吗？这可是我今天弄丢的第二件运动衫了。”然后会有一段时间谁都不说话，就仿佛他们全都被这个傍晚解除了必须交谈的严厉律法，而当谈话重新开始以后，谈的又会继续是那些鸡毛蒜皮的小事儿；他们会谈到给漏船捻缝的最佳方法，谈到是乘坐大巴还是有轨电车更舒服，谈到驾车前往加拿大的最短路径。黑暗会像浓厚的淤泥般潜入柔和的空气。然后在说起天空的时候，会有人提醒纳德太太猪掉进井里的那个夜晚的天空有多么红艳。

“你当时正跟埃斯特打网球呢，是不是，拉塞尔？那是埃斯特的网球之夏。你是在集市上赢到的那头猪，对吧，兰迪？你是在朝一个目标扔篮球的游戏当中赢的。你一直都是多好的一个运动员啊。”

他们都知道那头猪是在一次抽奖中赢的，不过没有人纠正纳德太太在她的讲述中所做的小小的变更。近来她开始一个劲儿地赞扬起兰迪那些从来就没拥有过的荣誉来了。她并非是故意这么做的，要是有人反驳她的话，她就会被弄糊涂了，不过现在她会经常回忆起他的德语曾经学得多么好，他在寄宿学校里曾多么大受欢迎，他在橄榄球队里曾是多么重要——所有这些错误的、好心的记忆似乎全都是针对兰迪的，仿佛它们能够让他感到振奋。“你当时正打算给那头猪建个猪圈的，”她道，“你一直都是多好的一个木匠啊。还记得你做的那个书架吗？那时帕梅拉给你打了电话过来，你就开着那辆老凯迪拉克去了那儿。”

那著名的一天临到四点钟的时候，柯立芝小姐已经到了，他们都记得。她是个来自中西部的老处女，靠在教堂里独唱为生。她身上没什么引人注目的东西，不过她，当然啦，跟这个脾气随和、逍遥自在的家庭颇为不同，一想到他们让她感觉很不以为然，他们就很高兴。等把她安顿下来以后，纳德太太就把她领到外面的门廊上，诺拉·奎因给她们端了些茶来。诺拉上好茶以后，她就偷偷摸摸地从餐厅里拿了瓶苏格兰威士忌，来到她住的阁楼，开始喝了起来。哈特利用桶拎着他那条七磅重的狗鱼从湖边回来。他把那只装鱼的水桶放在后厅里，就跟他母亲和柯立芝小姐会合了，其实他是被桌子上的曲奇给吸引过去的。柯立芝小姐跟纳德太太正在回忆瑞士学校的往事的时候，纳德先生跟玛莎姨妈衣冠楚楚、浑身湿透地来到门廊上，被介绍给了柯立芝小姐。那个时候那头猪已经被淹死了，拉塞尔一直到吃晚饭的时间才把它从井里给捞出来。哈特利借给他一把剃刀和一件白衬衣，他也留下来吃晚饭了。在柯立芝小姐面前他们没提那头猪的事儿，不过在餐桌上说了很多水尝起来有多咸的话题。吃过晚饭后，大家全都来到外面的门廊上。玛莎姨妈已经把她的紧身褡挂在她卧室的窗户上晾晾干了，当她上楼去看看它们干得怎么样的时候，她注意到了天空的异样，就喊楼下的人赶快抬头去看。“快看看天空，大家伙儿，看看天空！”一会儿之前，乌云四合；而现在它们则开始释放出大片大片的火焰。湖面上空中铺展开来的光焰炫目刺眼。“哦，快看看天空，诺拉！”纳德太太冲着楼上呼喊厨娘，可是等已经喝醉了的诺拉来到窗前的时候，那漫天火焰的奇景已经消逝了，云彩又变得阴暗呆滞，她还以为是自己误解了纳德太太的意思，她来到楼梯头上问他们是不是还有什么需要的。然后她就从楼梯上滚了下来，撞翻了那只盛着活狗鱼的水桶。

在故事的这个节点上，琼和纳德太太笑得眼泪都出来了。大家全都开心地大笑，只有帕梅拉除外，她正不耐烦地等着她在故事中的角色登场。在厨娘滚下楼梯以后马上也就轮到她了。兰迪当时留在了布莱斯戴尔家吃晚饭，然后带着帕梅拉一起回到了白滩营，他们回来的时候哈特利跟拉塞尔正努力把诺拉给抬到床上去。他们有个消息要告诉大家，他们说：他们已经决定要结婚了。纳德太太从来就不希望兰迪娶帕梅拉，他们宣布的这个消息让她很难过，不过她还是温柔地吻了吻帕梅拉，并且上楼去拿了一枚钻戒下来。“哦，真漂亮！”帕梅拉捧着那枚钻戒道，“可是你真的不要它了？你不会不舍得它吗？你肯定你想让我拥有它？跟我说实话……”柯立芝小姐在此之前一直都非常安静，她肯定感觉自己完完全全是个外人，这时候问大家她能不能唱首歌儿。

那年秋天纳德一家离开以后，拉塞尔跟埃斯特之间进行的所有那些关于他们的关系只是暂时性的漫长讨论，都丝毫不能帮助到他。他想念那个姑娘以及在她房间里度过的那些夏日夜晚，想得痛彻心扉。他回到奥尔巴尼以后，开始给埃斯特写一封封长信。他感到前所未有的忧愁和寂寞。埃斯特根本不回他的信，不过这并不能改变他内心的感受。他决定他们应该正式订婚。他打算继续留在大学里，拿一个硕士学位，如果能找到一个教职，他们就能住在像是奥尔巴尼这样的一个地方了。埃斯特连他那封求婚的信都没回，拉塞尔绝望之下给她就读的大学打去了电话。她到校外去了。他留了个口信，让她打给他。等到第二天傍晚她还没打回来，他又给她打了个电话，这次她在，他就求她嫁给他。“我不能嫁给你，拉塞尔，”她不耐烦地道，“我不想嫁给你。”他痛苦万分地挂掉电话，害了一个礼拜的相思病。然后他认定埃斯特拒绝他并非她自己的决定，而是她父母禁止她嫁给他——这个猜想又因为第二年夏天纳德家的人没有一个返回马克比特消夏而得到了印证。可是拉塞尔确实弄错了。纳德先生和太太那年夏天带琼和埃斯特去了加利福尼亚，并非为了使埃斯特远离拉塞尔，而是因为纳德太太得到了一笔遗产并决定出去旅行一趟把它给花掉。哈特利在缅因的一个夏令营里找了个工作。兰迪和帕梅拉——兰迪失去了在波士顿的工作，又在伍斯特找了一个——七月份要迎接他们的第一个孩子，所以那年夏天白滩营压根儿就没有开放。

然后他们又都回来了。一年以后，在一个六月天，当一辆运马的厢式货车将枣红马运到马克比特驯马场以及一路上有很多摩托艇装在拖车上往湖区运的时候，纳德一家又回来了。哈特利有一份教职，所以他整个夏天都能待在那儿。兰迪找了份为期两周没有报酬的工作，所以他跟帕梅拉和他们的小宝宝能在那儿待上一个月。琼本来没打算回来；她跟一个在乔治湖拥有一间茶室的女人结成了合作伙伴，可是这一风险项目刚一开始她就跟她那位合伙人吵翻了，于是纳德先生在六月里开车前往乔治湖把她带回了家。那年冬天琼已经去一位医生那儿看病了，因为她已经开始患上了抑郁症，她随性而又直率地谈论着她的种种苦恼和不幸。“你知道，我想我的问题在就在于，”她会在吃早饭的时候开始诉苦，“哈特利刚开始去上寄宿学校的时候我是那么嫉妒他。那年冬天他回来过圣诞的时候，我真想杀了他，但我把我的仇恨全都压抑了下去……”“还记得那个保姆奥布莱恩吗？”她会在吃午饭的时候问，“呃，我想是奥布莱恩扭曲了我整个儿的性别观。她经常在壁橱里脱衣服，有一次她因为我在身上什么衣服都没穿的时候照镜子而打了我一顿。我想是她扭曲了我整个儿的性别观……”“我觉得我的问题就在于奶奶对我过于严格了，”她会在吃晚饭的时候说，“我从来就没觉得我让她满意过。我是说，我的学习成绩总是那么差劲，她一直都让我感觉自己罪不可赦。我觉得这歪曲了我对于其他女人的态度……”“你知道，”她会在晚饭后的门廊上这么说，“我觉得我人生中整个儿的转折点就是那个令人讨厌的特伦查德家的男孩儿在我只有十岁时给我看的那些画片……”这些回忆会带给她片刻的欢愉，可是半个小时以后她就又会开始啃自己的手指甲了。自小到大，围绕在她周围的都是些正直而又友好的人，她很不容易为自己的优柔寡断找到原因，于是她就一个接着一个地怪罪她的家庭成员、她的朋友以及用人们。

前一年的秋天埃斯特嫁给了汤姆·丹尼森，在她从加利福尼亚回来以后。这次婚配让家庭中的每个人都很高兴。汤姆讨人喜欢、勤勉刻苦而又聪明伶俐。他刚在一家生产收银机的公司找了份工作。他的薪水很低，他跟埃斯特在东六十几街上一家没有供暖设备的廉租公寓里开始了他们的新婚生活。说起他们的这种安排，大家间或会补充一句："那个埃斯特·纳德可真有勇气！"当夏天到来的时候，汤姆只有一个很短的假期，他就跟埃斯特在六月里去了一趟科德角。纳德先生和太太希望埃斯特能从科德角到白滩营来度夏，可是埃斯特说不行，她坚持要跟汤姆一起留在纽约城里。她在八月间回心转意了，纳德先生开车去枢纽站接她。她只能待十天，她说，而且这将是她在白滩营度过的最后一个夏天。汤姆和她打算在科德角买一幢他们自己的消夏住宅。到了她该走的时候，她给汤姆打了个电话，他告诉她让她继续待在乡下，纽约城里热得要死。她一星期给他打一次电话，在白滩营一直待到九月中旬。

那个夏天纳德先生每周要在纽约城里待上两到三天，从奥尔巴尼飞过去。作为一种调剂，他挺满意他的生意的这种运作方式的。他已经当选为董事会主席。帕梅拉带着她的孩子一起来的，对于给他们安排的房子一直啧有怨言。有一次，纳德太太听到她在厨房里对厨娘说："等这个地方由兰迪跟我来掌管的时候，这里的一切就会大为不同了，你给我听好喽……"纳德太太把这话告诉了她丈夫，他们达成一致意见将来把白滩营留给哈特利。"那火腿只端上过桌来一回，"帕梅拉会说，"我昨晚还亲眼看到她把一盘上好的荚豆直接倒进了垃圾桶。现在还轮不到我来说三道四，可是我讨厌看到浪费。你难道不是吗？"

兰迪崇拜他这个瘦伶伶的妻子，她则充分利用了他对她的保护。有天傍晚当大家都在喝餐前酒的时候，她来到外面的门廊上，挨着纳德太太坐下来。她怀里抱着小宝宝。

“你们总是在七点吃晚饭吗，奶奶？”她问。

“是呀。”

“恐怕我七点钟来不及到餐桌上来，”帕梅拉道，“我很讨厌吃饭的时候迟到，可我必须首先考虑小宝宝，是不是？”

“恐怕我不能要求他们推迟晚饭的时间。”纳德太太道。

“我不想要你为了我推迟晚饭的时间，”帕梅拉道，“可我们住的那个小房间实在热得可怕，我们很难把宾克西哄得睡着。兰迪和我很喜欢来到这里，我们想尽一切可能住在这里的时候不给你添麻烦，可我确实必须先考虑宾克西，而只要他感觉很难入睡，我就没办法准时下来吃饭。我希望你不要介意。我想知道实话。”

“如果你迟到了，没什么关系的。”纳德太太说。

“真是件漂亮的裙子，”帕梅拉道，为了能愉快地结束这次交谈，“是新的吗？”

“谢谢你，亲爱的，”纳德太太道，“是的，是新的。”

“颜色真漂亮。”帕梅拉道。她凑上前来摸一下料子，可是她或是她怀里的小宝宝或者是纳德太太的某个突然的小动作导致帕梅拉的香烟戳到了那件新裙子上，在上面烧了个洞。纳德太太屏住呼吸，尴尬地一笑，说没什么关系。

“可确实有关系！”帕梅拉叫道，“为此我感觉非常糟糕。我感觉非常糟糕。这都是我的错，如果你能把这件裙子给我，我会把它送到伍斯特找人重新织补一下。我知道伍斯特有个地方，他们的织补活计做得非常好。”

纳德太太又说了一遍没有关系，而且一心想改变话题，就问她那天天气是不是很好。

“我坚持你一定要让我找人把它给补好，”帕梅拉道，“我想请你晚饭后把它脱下来交给我。”然后她走到门口，又转过身来把小宝宝举起来。“跟奶奶挥挥手再见，宾克西，”她说，“挥挥手再见，宾克西，来呀。宝宝挥挥手。宝宝挥挥手跟奶奶再见。宾克西挥挥手再见。挥挥手跟奶奶再见。宝宝挥挥手跟奶奶……”

尽管有这些干扰，却都改变不了夏日里的那些习俗和惯例。哈特利每个礼拜天早上都会带女仆和厨娘去圣约翰教堂望弥撒，他就在饲料库的前台阶上等着她们。兰迪十一点钟把冰激凌冻上。看起来夏日就像是块大陆，和睦融洽而又自给自足，带有一系列特有的感觉和气息，包括赤脚开着那辆老凯迪拉克穿越一片崎岖不平的牧场的感觉，包括从网球场附近那条浇水用的花园软管里流淌出来的水的味道，包括拂晓时分在一个山上的小木屋里套上一件干净的羊毛衫的愉悦，包括在黑暗中坐在门廊上，意识到一种被像是丝线般有形而又脆弱的网给罩住了的感觉，却又并不觉得讨厌，以及长距离的游泳之后那种干净的感觉。

那年纳德一家没有邀请拉塞尔到白滩营来，于是他们就在没有他的帮助的情况下继续他们的故事。大学毕业以后，拉塞尔已经跟一位当地的姑娘迈拉·休伊特结了婚。埃斯特拒绝嫁给他以后，他已经放弃了拿一个硕士学位的打算。他现在在那家五金店里为他父亲工作。纳德一家在去买烤肉架和钓鱼线的时候会看到他，他们都一致认为他看起来相当糟糕。他面色苍白。埃斯特注意到他的衣服上一股子鸡饲料和煤油味儿。他们感觉，拉塞尔因为在一家店里工作，已经丧失了在他们的夏日时光中充当一个角色的资格。不过这种感觉并不强烈，而且很大程度上是因为漠不关心以及缺少时间，他们才没有留意到他。可是到第二年夏天，他们就开始讨厌起拉塞尔来了，他们把拉塞尔从他们的名单上彻底给删除了。

第二年晚春时节，拉塞尔跟他岳父已经开始砍掉并且卖掉休伊特岬上的木材，为的是沿湖边一线砍伐出一块三英亩的空地，准备建造一个巨大的游客营地项目，叫作青年度假城。休伊特岬位于湖对岸，距离白滩营的南端三英里远，这一房产开发项目并不会对纳德家的地产造成影响，可是休伊特岬是他们曾经一直都去野餐的地方，他们可不喜欢看到那里的小树林被砍掉，代之以游客的小屋。他们全都对拉塞尔失望已极。他们原本把他想象为一个对他的山林充满热爱的本地人。他们原本期望他，作为他们某种程度上的养子，会分享他们消夏期间对于金钱的漠视，而他现在居然表现得如此唯利是图，而且还把他们曾那么多次在那里享受过纯洁野餐的休伊特岬上的小树林当作一桩交易卖掉，这对他们真是一种双重的打击。

不过将大自然的美好留给女人和牧师去欣赏，正是那片乡野的传统习俗。马克比特村位于一个垭口上面的一块高地上，正对着北部乡野的那片山脉。那个湖就是这个垭口的基底，除了最热的那几天之外，早上的云彩就萦绕在饲料库的前台阶和联合教堂的门廊底下。垭口的天气是那种在海岸边典型的气象学上被称为海雾风的天气。炎热而又平静的一天过了一半以后，天空就会拉上一层天鹅绒一样厚重的阴云，一场猛雨将把群山彻底浇灭；不过这种光明与黑暗、雷霆与夕阳连绵不断的置换，那种有时候会结束一场风暴的锥形的光线——虔诚的艺术家们会归之于上帝的仲裁——却只是加深了世俗的男性对于他的周遭环境的漠不关心。当纳德夫妇在路上碰到拉塞尔却并不跟他打招呼的时候，他并不知道他到底做错了什么。

那一年埃斯特九月份才离开。她跟她丈夫已经搬到了郊区居住，不过他们还是没能买下科德角的那幢房子，夏天的大部分时间她都在白滩营度过，没有跟他在一起。琼打算去上一种秘书课程，就跟她妹妹一起返回了纽约。纳德先生在商业上的成功实际上是被人骗了。他那董事局主席的职位实际上只导致他拿到一小笔退休金最终退休，可惜他发现得太晚了。他已经没有回去的理由，就跟纳德太太度过了整个秋季，夫妻俩长时间地在树林里散步。汽油配给已经使那个夏天变得相当难挨，等他们终于将这幢消夏别墅关闭的时候，他们感觉可能要很长时间以后才能再次将其开放。建筑材料的短缺已经使青年度假城的建造半途而废。在那些树木已经被砍伐而且为建造二十五幢游客小屋的混凝土柱子已经竖起来以后，拉塞尔再也弄不到钉子、木材或是屋顶的材料去继续建造它们了。

战争结束后，纳德一家又回到白滩营消夏。他们全都积极地为战争付出过努力：纳德太太为红十字会工作，纳德先生在医院里当护理员，兰迪在佐治亚州的营房里担任司务长，埃斯特的丈夫在欧洲担任中尉，琼跟着红十字会去了非洲，可是她跟她的上司发生了争执，被送上一艘运兵船匆忙地送了回来。不过他们对于战争的记忆却不如大部分记忆那么持久，除了哈特利的死以外（哈特利在太平洋战争中淹死了），它很容易就会被忘记。现在是由兰迪负责在礼拜天一大早送厨娘和女仆前去圣约翰教堂望弥撒了。他们在十一点打网球，三点去游泳，六点喝金酒。“孩子们”——少了哈特利和拉塞尔——一起去谢里尔瀑布，一起去爬马克比特山脉，一起去贝特家的池塘钓鱼，还赤脚开着那辆老凯迪拉克穿越那片牧场。

战后的第一个夏天，马克比特圣公会教堂新来的牧师拜访了纳德夫妇，问他们为什么不为哈特利举行一次宗教仪式。他们也说不上来。牧师一直强调这一点。几天以后的一个夜晚，纳德太太梦见她看到哈特利表现得很不满意。那一周的晚些时候，牧师在街上叫住她，又向她说起举行一次纪念仪式的事儿，这一次她同意了。拉塞尔是在马克比特本地唯一她想到应该邀请的人。拉塞尔也曾去过太平洋战场。等他返回马克比特以后，他重新回到父亲的那个五金店工作。休伊特岬上的那块地已经被卖给了房地产开发商，他们正在修建一室户和两室户的消夏小屋。

为哈特利举行的祈祷仪式在季末的一个大热天里举行，距离他淹死已经过去了三年。除了那相对简单的祷文之外，牧师还加了有关死于海上的一段经文。不管怎样，纳德太太从祷文的念诵当中没有得到丝毫慰藉。她对于上帝法力的信仰并不比对长庚星的魔力来得更深。在她看来，这次宗教仪式并没有起到任何效用。纳德太太看到拉塞尔在教堂外面等着跟她说话，不禁心下暗想：为什么一定要是哈特利，为什么不是拉塞尔？

她已经有好几年没见到他了。他穿了一件对他来说已经太小了的西装。他的脸红红的。在她因为希望一个大活人死去而感到的羞愧当中（每次她刚刚体验到怨恨或是恶意都会忙不迭去用爱去遮掩，而且在她的朋友和家人当中，那些受到她最热情的慷慨对待的正是那些引得她不耐烦并由此激起她羞愧之情的人)，她感情冲动地走向拉塞尔，拉起了他的手。她的脸上闪动着泪光。“哦，你能来真是太好了；你曾是他最要好的朋友之一。我们一直都很想念你，拉塞尔。来看看我们吧。明天你能来吗？我们周六就要离开这儿了。来吃晚饭吧。这会让我感觉又像是回到了旧日的时光。来吃晚饭。我们不能邀请迈拉和孩子们，因为今年我们连个女仆都没雇，不过我们真的非常想见到你。请来吧。”拉塞尔说他会来的。

第二天晴朗而又多风，天色具有一种振奋人心的明亮，无论在气氛还是亮度上都有多重的变化——那一天一半属于夏天，一半已经属于秋天，正好像极了猪淹死在井里的那一天。吃过午饭后，纳德太太和帕梅拉去了一场拍卖会。这两个女人已经达成了一种合理的停战协定，虽然帕梅拉仍旧在干涉厨房里的事务而且等不及地将白滩营视作她分所应得的遗产。拥有这个世界上最好愿望的兰迪已经开始觉得他妻子的身体变得瘦瘠和过于熟悉了，他的欲望仍旧像从前一样强烈，所以他已经对她有过了一两次的不忠。已经有过了几次指控、一次供认和一次和解，帕梅拉喜欢拿所有这一切都跟纳德太太讨论，寻求，用她的话说，有关男人的“实话”。

兰迪那天下午已经和孩子们出去了一趟，带他们去了海滩。他是个有爱心却没耐心的父亲，你能听到他在房间里训斥宾克西。“在我跟你说话的时候，宾克西，我并不是因为想听到自己的声音才跟你说话的，我跟你说话是因为我希望你能照我说的去做！”正如纳德太太已经跟拉塞尔说过的，那年夏天他们没有雇女仆。埃斯特在负责做家务。只要有人建议该雇个清洁女工，埃斯特就会说：“我们雇不起一个清洁女工，反正我也没有任何事情可做。我不介意做家务，我只希望你们全都能记着不要把沙子给带进起居室里来……”埃斯特的丈夫也是在白滩营度的暑假，不过他早就回去工作了。

纳德先生那天下午在炎热的大太阳底下正坐在门廊上的时候，琼手里拿着一封信出来找他。她心神不宁地微笑着，开始用一种不自然的单调平板的声音说了起来，这种声音总会惹得她父亲心头无名火起。“我已经决定明天不搭你们的车一起走了，”她说，“我已经决定再在这儿多待一段时间，爹地。反正我在纽约也没什么事情可做。我没理由回去，对不对？我给海伦·帕克写了一封信，她打算到这儿来跟我一起住，这样一来我就不会孤单了。她的信就在我手里拿着呢。她说她很愿意过来。我原想我们会一直待到圣诞节。在此前的这么多年里，我还从来没在这儿过过冬。我们打算为孩子们写一本书，海伦跟我。她打算负责画画儿，而我打算来写那个故事。她兄弟认识一个出版商，而他说——”

“琼，亲爱的，你不能在这儿过冬。”纳德先生温柔地道。

“哦，我能，我能的，爹地，”琼说，“海伦了解这里不会很舒适。我已经在信里把所有的情况都跟她说了。我们愿意因陋就简。我们可以在麦克比特弄到我们自己的生活用品。我们会轮流步行到村子里去。我们打算买些木柴，多储存些罐头食品和一些——”

“可是，琼，亲爱的，这幢房子建起来本来就不是为了在冬天住的。墙壁很薄。供水也会被关掉。”

“哦，我们不在乎用水的问题——我们会从湖里面取水用的。”

“听我说，琼，亲爱的，你听我说，”纳德先生坚决地道，“你不能待在这儿过冬。你最多可以再待上一个礼拜。到时候我还得再开车过来接你，我可不想把这幢房子关闭两次。”他已经马上就要失去耐心了，不过这时候他的声音当中突然充满了理智和慈爱：“想想看到时候那会是一副什么样子，亲爱的，没有供热，没有供水，身边连一个亲人都没有。”

“爹地，我想留下！”琼叫道，“我想留下！求你让我留下吧！我已经计划了这么长时间。”

“你这是在无理取闹，琼，”纳德先生打断她的话头，“这是幢消夏的房子。”

“可是，爹地，我的要求并不多！”琼叫道，“我不再是个小孩子了。我都快四十啦。我可是从来都没向你要过任何东西。你一直都是这么严厉。你从来就不让我做我想做的事。”

“琼，亲爱的，请你讲点道理，请你至少讲点道理，请你试着想象一下——”

“埃斯特想要什么就有什么。她都去过欧洲两回了；她读大学的时候就有了那辆车；她还有那件毛皮大衣。”突然间，琼扑通一声跪了下来，然后跌坐在地上。这个举动实在是有失体统，她就是故意为了激怒她父亲。

“我想留下，我想留下，我想留下，我想留下！”她叫道。

“琼，你如此行事就像个孩子！”他喝道，“起来。”

“我就想像个孩子一样行事！”她尖叫道，“我就想像个孩子一样过上这么一小会儿！想像个孩子一样过上一小会儿有那么可怕吗？我的人生当中已经不再有任何乐趣可言了。当我不开心的时候，我努力想回想起一个开心的时刻，可我就是再也想不起任何一个开心的时刻了。”

“琼，起来。站起来。用你的两只脚站起来。”

“我做不到，我做不到，我做不到，”她哽咽不已，“一站起来我就疼——我的腿就疼。”

“起来，琼。”他伏下身去，老人费了很大的力气才把他的女儿给扶起来。“哦，我的宝宝，哦，我可怜的小宝宝！”他说着，把她搂进怀里，“到浴室里去，我给你把脸洗一洗，你这个可怜的小宝宝。”她让他为她洗脸，然后他们一起喝了一杯酒，坐下来下起了西洋跳棋。

拉塞尔在六点半来到白滩营，他们在门廊上喝了些金酒。酒精让他变得饶舌起来，他开始谈起他的战争经历，不过气氛是宽松而又宽容的，他知道那天晚上在那儿他无论做什么都不会被认为是错的。晚饭后他们再次来到外面，虽然天已经很凉了。天上的云彩没有被染上颜色。在斜射的光线当中，山坡闪耀得就像是一匹天鹅绒。纳德太太用一条毯子盖着两条腿，望着眼前的景色。这是这些年来最持久不变的乐趣。他们经历过繁荣、崩盘、大萧条、不景气、迫在眉睫的战争的惶恐不安、战争本身、繁荣、通胀、不景气、大衰退，现在又有了那种惶恐不安，可是从她端坐的门廊望去，眼前的景色并没有一石一叶的变更。

“你知道，我今年都三十七啦。”兰迪道。他说得相当自命不凡，就仿佛他头脑中的时光流转格外特别、有趣而且是一种卑鄙的伎俩似的。他用舌头清理了一下牙齿。“我今年要是回坎布里奇[1]参

1　坎布里奇（Cambridge），马萨诸塞州东部城市，哈佛大学所在地。

加校友重聚的话，就会是第十五次了。”

“这也没什么。”埃斯特道。

“你们知道蒂特夫妇已经买下老亨德森的那片大宅子了吗？”纳德先生问道，“还真是有人发了战争财呢。”他站起来，把他坐着的那把椅子倒了个个儿，拿拳头猛捶了椅子腿好几下。他嘴里叼的香烟湿了。当他重新坐下的时候，那长长的烟灰掉到了他的马甲上。

“我看起来像是三十七了吗？”兰迪问道。

“你知道你今天已经有八次提到你的岁数了吗？”埃斯特道，“我都给你数着呢。”

“乘飞机去欧洲要花多少钱？”纳德先生问道。

谈话从越洋费用到初到一个陌生的城市究竟是在早上还是傍晚更令人愉快。然后他们就开始回忆到过白滩营的客人当中那些奇怪的姓氏：曾有一对胡椒玉米先生和太太，荒凉天气先生和太太，自由石头先生和太太，鲜血夫妇，烂泥夫妇，还有一对欧芹夫妇。

在这个季节这么晚的时候，阳光消失得很快。前一分钟还是阳光灿烂，下一分钟天就黑了。马克比特以及它所在的山脉斜斜地衬着夕照，有那么一瞬间你都会觉得难以想象山背后还会有任何东西存在，这里竟然不是世界的尽头。那道由精纯而又明艳的光构成的墙就像是从无限当中锻造起来的。然后群星就出现了，大地轰隆隆地向下滚动，那道深渊的幻景消失不见了。纳德太太环顾了一下四周，这个时候以及这个地方显得异常地重要。这不是个仿造品，她暗想，这不是习俗的产品，这就是那个独一无二的地方，那独一无二的样子，我的孩子们在这里度过了他们一生当中最好的时光。意识到他们当中没有一个人的人生算得上圆满，使她重重地往椅背上一靠。她眨着眼睛把泪水挤出了眼眶。是什么使夏天总像是个孤岛，她暗想；是什么使它成为一个小小的孤岛？他们犯了什么错儿？我们做错了什么？他们一直都爱他们的邻居，尊重谦逊的力量，把荣誉置于获利之上。那么他们又是在哪里失去了他们的能力，他们的自由，他们的伟大呢？为什么围绕在她身旁的这些善良而又文雅的人看起来就像是一出悲剧里面的人物？

“还记得猪掉进井里的那一天吗？”她问道。天空褪去了颜色。在黑色的山脉下面，湖面呈现出一种粗糙的死灰色。“当时你不是正跟埃斯特一起打网球吗，拉塞尔？那是埃斯特的网球之夏。那头猪不是你在兰切斯特的集市上赢来的吗，兰迪？你是在朝一个目标扔篮球的游戏当中赢的。你一直都是多好的一个运动员啊。”

大家全都风度优雅地等着轮到自己。他们回想起那头淹死的猪，那艘海鸥岩上的汽艇，玛莎姨妈那挂在窗户上的紧身褡，云彩上的烈火，以及那狂暴的西北风。他们不由自主地因为诺拉从楼梯上滚下来而哈哈大笑。帕梅拉这时插进来回忆起宣布他们订婚的那一刻。这之后，他们又回忆起柯立芝小姐是如何跑上楼去又拎着个装满乐谱的公文包下来，然后站在打开的房门前，因为那儿的光线比较充足，将乡下新教教会的所有标准保留曲目全都表演了一遍。她唱了足有一个多小时。他们挡都挡不住她。在她举行独唱音乐会期间，埃斯特和拉塞尔离开门廊，来到田野上把那头淹死的猪给埋掉。夜凉如水。埃斯特举着盏提灯，拉塞尔挖掘墓穴。他们那时候已经决定，就算他们坠入了情网他们也永远都不会结婚，因为他不会离开马克比特，而她又绝不会住在这个地方。等他们回到门廊上的时候，柯立芝小姐正在演唱她最后的选曲，然后拉塞尔就离开了，他们全都上床睡觉了。

这个故事使纳德太太的精神得以复原，她感觉一切都很好。这也使其他的人都大为兴奋，他们大声谈笑着走进房间。纳德先生生起了火，坐下来跟琼下西洋跳棋。纳德太太把一盒不太新鲜的糖果拿给大家分享。外面已经刮起了风，整幢房子轻柔地吱吱嘎嘎作响，就像是一艘帆吃住了风的大船。那个大家都在里面的房间看起来经久不衰而又安全无虞，尽管到第二天早上他们就全都会离开了。

五点四十八分的慢车

布莱克走出电梯的时候，他看到了她。有不多几个人站在大堂里望着几台电梯的门，大部分是等着姑娘的男人。她就在他们当中。他看到她的时候，她脸上现出如此憎恨和决绝的神色，他知道她一直等的就是他。他并没有向她走去。她跟他之间已经没有任何正当的业务关系。他们没有任何话可说。他转头朝大堂尽头的玻璃门走去，隐约感到一丝内疚和难堪，犹如我们故意绕开某位衣衫褴褛或病容满面或因别的原因显得可怜巴巴的老友或是同学时的感受。西联电报公司大楼上的时钟显示的是五点十八分。他能赶上那班快车。他在旋转门前等着出去的时候，看到天还在下雨。雨下了一整天，他现在才注意到雨已经在多大程度上使街上的各种噪声变得更加嘈杂了。来到外面，他开始步履轻快地往东朝麦迪逊大道走去。交通状况异常繁忙，远处一条纵贯全城的大街上喇叭声急切地响个不停。人行道上拥挤不堪。他很想知道她特意赶在下班时分他走出办公室的时候看上他一眼，到底意欲何为。然后他又很想知道她是不是还在后面跟着他。

走在城里的时候，我们是很少转身回头张望的。这一习惯抑制住了布莱克回头张望的冲动。他一边走路，一边侧耳倾听了一会儿——真是够蠢的，就好像他能在这个雨天的傍晚从各种嘈杂的市声当中分辨出她的脚步声似的。这时他注意到，他前面街对面的连绵不绝的沿街大楼当中空出了一截。有某一幢楼被拆掉了，另有一幢正在被建起来，但是钢架结构刚刚从人行道的防护栅上冒出头来，日光从这个缺口中透过来。布莱克在正对这个地方的人行道上停下来，望着一家商店的橱窗。那是家家居装潢店或是家拍卖行。橱窗布置成人们日常居住并招待朋友的房间的样子。咖啡桌上有咖啡杯和闲来翻阅的杂志，花瓶里有花，不过那花是死的，杯子是空的，客人们也还没有到来。在橱窗的平板玻璃上，布莱克能看到他自己清晰的映象以及正从他背后经过的影子般的人群。这时他看到了她的身影——靠他那么近，把他给吓了一跳。她就站在他背后一两步开外的地方。他完全可以就在这时转过身去直接质问她到底想干什么，可是他非但没有回头相认，反而猛然间闪身避开了——避开了她那张映在橱窗玻璃上扭曲的脸，沿着街道继续朝前走。她可能有意要加害于他——她可能有意要杀害他。

他看到她映在橱窗玻璃上的那张脸以后，闪身回避的突然性把雨水从帽檐上甩落下来，有几滴顺着脖子淌下来。那感觉就像是受惊的冷汗，很不舒服。然后那冰冷的雨水就落到脸上和没戴手套的手上，湿漉漉的排水沟和人行道上散发出的腐臭气息，知道他的脚正在被打湿、他也许会因此而着凉感冒——所有这些在雨中行路的通常的不适——似乎更加强了跟踪者对他造成的威胁，并使他对自身的肉体以及他轻而易举就能受到伤害的可能性产生了一种病态的意识。他能看到前面的街角处就是麦迪逊大道了，那里的光线更亮一些。他感觉只要到了麦迪逊大道，他就会安然无虞了。就在街角处有一家面包店，这家店有两个入口，他从纵贯全城的那条街上的入口进去，买了一块环形咖啡蛋糕，就跟其他任何一位通勤者一样，然后从麦迪逊大道上的那个入口出去了。当他开始沿麦迪逊大道往前走的时候，他看到她正在一个报亭旁边等着他。

她并不聪明。很容易就可以把她给甩掉。他可以从一边的车门跳上一辆出租车，再从另一边的车门下去。他可以报告给一位警察。他可以撒腿就跑——尽管他担心他要是一跑起来，会促使他现在已经确信无疑的她的加害计划马上得到实施。他距离那个他很熟悉的地段越来越近了，那里简直就是个街面与地下通道、一排排的电梯与人头攒动的大堂构成的迷宫，想甩掉一个跟踪者简直轻而易举。这个想法以及从咖啡蛋糕上散发出来的甜香不禁让他感觉精神一振。在一条拥挤不堪的大街上被别人加害的想法实在太荒唐可笑了。她蠢不可及、误入了歧途，也许还孤独无依——她充其量也不过如此而已。他是个无关紧要之人，不论是谁，从办公室一路跟踪他到火车站都毫无意义。他不知道任何重要事务的秘密。他公文包里的那些报表跟战争、和平、毒品走私、氢弹或是任何其他的国际阴谋诈骗全都毫无关系，难道不是只有这些东西才能够跟跟踪者，跟身穿风衣的男人与湿漉漉的人行道联系到一起吗？正在这时他又看到前面就是一家男士酒吧的大门。哦，这也太容易了吧！

他要了一杯吉布森[1]，挤到站在吧台前的两个男人中间，这么一来她就算是透过窗户往里看的话，也根本找不到他了。酒吧里挤满了在搭乘回家的火车前先灌下一杯酒的通勤者。他们的衣服——还有鞋子和雨伞——将外面那个湿漉漉的黄昏的腐臭气味都带了进来，不过尝了一口他的吉布森以后，布莱克开始放松下来，环顾

1 吉布森（Gibson），由金酒或伏特加与苦艾酒混合而成的鸡尾酒。

着周遭那些大部分已经不再年轻的普普通通的面孔，这些人如果还有什么烦恼的话，担心的也不过就是税率以及会任命谁来负责销售计划。他努力想记起她的名字——是登特、本特，还是伦特小姐？——他惊讶地发现他竟然想不起来了，他可是一直都为自己的记忆力之强和记忆范围之广而感到自豪的，而这才不过是六个月前的事儿。

有天下午，人事部门把她打发到楼上来——他正在招一个秘书。他看到一个皮肤浅黑的女人——看着可能有二十来岁——身量苗条，非常羞涩。她的衣着很朴素，形象并不算出挑，一边的长筒袜有些歪歪扭扭，不过她的声音非常柔和，他也就愿意让她先干着试试看。在已经为他工作了几天以后，她告诉他之前曾在医院里躺了有八个月，打那以后她就很难找到工作了，她想因为他给了她这个机会向他表示感谢。她头发是深色，她眼睛也是深色；她给他留下了一种深色的愉快印象。他对她了解渐深以后，他感觉她有些过于敏感，结果也就导致她非常孤独。有一次，当她对他说起她想象中他的生活的样子时——有众多的朋友，有钱，还有一个充满爱意的大家庭——他觉得他从她身上辨认出了一种缺失感。她似乎把世界上其他所有人的生活全都想象得比他们实际上的要精彩。有一次，她把一支玫瑰放到了他的办公桌上，而他把它丢进了字纸篓。“我不喜欢玫瑰。”他跟她说。

她很有能力，很守时，而且是个很好的打字员，在她身上他只发现一样东西他不喜欢——她的书法。他真是没办法把她那生硬的书法跟她的外貌联系起来。他原以为她会写一手左撇子的圆体字，她的手写体当中多多少少有这么一点痕迹，跟笨拙的印刷体掺杂在一起。她的书法给他一种感觉，即她是某种内心——某种情感——冲突的牺牲品，这种冲突的暴烈程度破坏了她在纸上书写的笔画的连续性。在她已经为他工作了三个礼拜以后——最多也就三个礼拜——他们有天晚上待到很晚，工作终于干完之后，他提出请她出去喝一杯。“你要是真想喝一杯的话，”她说，“我住的地方倒是有些威士忌。”

她住的那个房间在他看来活像是个壁橱。一个墙角堆着装衣服和帽子的盒子，而且尽管那个房间小得貌似几乎都装不下那张床、那个梳妆台和他正坐在上头的那把椅子，居然还靠墙摆了一架立式钢琴，乐谱架上放了一本贝多芬的奏鸣曲集。她给他倒了一杯酒，说她要去换上一身更舒服的家居服。他催她快去，毕竟他也正是为了这个才来的。如果说他内心尚有任何疑虑不安的话，那也全都是从实际出发的。她的羞怯内向，她那种缺失感，都在向他保证绝不需要承担任何后果。他之前相与的那众多女人当中，绝大多数还不是因为缺乏自尊和自信才被他挑中的吗？

当他重新穿上衣服的时候，那是在大约一个钟头以后，她在流泪。他的感觉太过心满意足、暖意洋洋并且昏昏欲睡，根本没心思去操心她的眼泪。他穿衣服的过程中注意到梳妆台上有张她写给清洁女工的字条。唯一的光线来自于卫生间——卫生间的门半开着——在半明半暗间那几个丑陋的蟹行字母再次让他感觉她的字迹真是跟她的人完全对不上，就像是出自另一个非常粗野的女人之手。第二天，他做了他认为唯一明智的事情。在她出去吃午饭的时候，他叫来了人事部门的人，要他们把她给解雇。然后他下午给自己放了个假。几天以后，她来到办公室，要求见他。他吩咐电话总机的女接线员不要让她进来。今天傍晚这是打那以后他头一次见到她。

布莱克喝下了第二杯吉布森，从酒吧的钟上看到他已经错过了那班快车。他还可以乘支线慢车——五点四十八分的那班。他离开酒吧的时候，天空还挺亮的；雨仍在下。他仔仔细细地朝大街的前前后后观察了一番，看到那个可怜的女人已经不见了。走向火车站的途中，他有一两次扭过头去观看，不过危险似乎已经完全解除了。他仍旧有些惊疑不定，他意识到，因为他把他的咖啡蛋糕给忘在酒吧里了，而他可不是容易忘事的人。这次记忆的失误让他倍感心痛。

他买了份报纸。他上了车，这班支线慢车的座位只坐满了一半，他在靠哈得孙河的一侧找了个座位，把雨衣脱了下来。他身材苗条，棕色的头发——在每个方面全都平凡无奇，除非你有占卜的本事，能从他那苍白的面色和灰色的眼睛当中窥测到他的那些不良趣味。他的衣着打扮——就跟我们当中别的人一样——像是表明他已经接受了禁奢令[1]的存在。他的雨衣是一种类似蘑菇的米黄色。他的帽子是深棕色；他那身西装也是。除了领带上的一两道亮色线条之外，他周身的穿着小心审慎地缺乏色彩，就像是为了保护自己似的。

1　禁奢令（sumptuary law），或译“节约法令”，为阻止或限制某些特殊的物品之消费而制定的法令。本术语原指那些通常由于宗教或道德原因限制某些食物、饮料、衣着和家庭设备的使用过度而制定的法规。近来，本术语既用于指直接禁止某些商品生产和消费的法令，也用于指经由国内货物税间接限制某些商品消费的法令。

他环顾了一下车厢看看乘客当中有没有自己的邻居。康普顿太太坐在他右侧的前方，跟他隔开了几个座位。她微微一笑，但她的笑转瞬即逝，消失得极其迅速而又可怕。沃特金斯先生就坐在布莱克正前方。沃特金斯先生需要去剪剪头发了，而且他违反了禁奢令；他穿了件灯芯绒的夹克。他跟布莱克吵过架，所以两个人并没有说话。

康普顿太太那抹笑容的稍纵即逝对布莱克一点影响都没有。康普顿夫妇就住布莱克夫妇隔壁的那幢房子，而康普顿太太却从来就未曾领会不要多管闲事的重要性。露易丝·布莱克总会把自己的烦恼去向康普顿太太倾诉，这个布莱克知道，而康普顿太太非但不劝她别这么一把鼻涕一把泪的，反倒渐渐地把自己当作了类似告解神父的角色，并对于布莱克夫妇的家庭内部事务越发跃跃欲试地好奇起来。她可能已经听说了他们夫妇最近一次争吵的详情。布莱克有天晚上回到家里，工作过度、疲惫不堪，却发现露易丝根本就还没准备做晚饭。盛怒之下他走进厨房，露易丝跟在后头，他告诉她那天是五号。他在厨房日历上的五号这天画了一个圈。“一周以后是十二号，”他说，“两个礼拜以后是十九号。”他在十九号那天上又画了个圈。“两个礼拜之内我都不会跟你说话，”他说，“那就是说一直到十九号为止。”她淌眼抹泪，她抗议辩驳，可是她的这些哀求已经有八到十年的时间丝毫都没办法打动他的心了。露易丝已经老了。如今她脸上的皱纹已经是根深蒂固，而当她把眼镜架在鼻子上开始看晚报的时候，在他眼里她简直就像是个讨厌的陌生人。她身上那唯一曾对他有过点吸引力的肉体的魅力早就消逝无踪了。九年前，布莱克就在连接他们两人卧室的门口做了个书架，在书架上装上了两扇能够上锁的木门，因为他不想让孩子们看到他的那些书。不过他们夫妻间旷日持久的疏远隔阂在布莱克看来并没有什么大不了的。他是跟他妻子争吵不断，可是哪个娘胎里生出来的男人又不是这样呢？这就是人性嘛。你在任何能听到夫妻俩讲话的地方——旅馆的园子里，通风井里，夏日傍晚的大街上——都能听到他们恶语相向。

布莱克和沃特金斯先生之间的龃龉同样跟布莱克的家庭有关，不过跟康普顿太太那抹一闪而过的笑容背后的内涵相比，就不那么严重或者说棘手了。沃特金斯家的房子是租住的。沃特金斯先生日复一日地违反禁奢令——有一次他竟然趿拉着双拖鞋就上了八点十四分的那班火车——而且他是靠广告美术谋生的。布莱克的长子——已经十四岁的查理——跟沃特金斯的儿子交上了朋友。他在沃特金斯家住的那幢邋遢的房子里消磨了大把的时间。跟沃特金斯家儿子的友谊已经对他的行为举止和仪表整洁造成了不利的影响。然后他又开始经常跟沃特金斯一家人一起吃饭，并且开始星期六在他们家过夜。当他变本加厉，已经把自己大部分的个人用品搬到了沃特金斯家并开始一多半的时间都在他们家过夜以后，布莱克迫不得已，也只能采取行动了。他没有找查理，而是直接找了沃特金斯先生谈，并且出于必要，说了不少听起来肯定带有批评性质的话。沃特金斯先生那头又长又脏的头发跟他那件灯芯绒的夹克打消了布莱克的疑虑，他再次确信自己一点都没有做错。

不过，当布莱克在车上一个不很舒服的座位上安顿下来以后，不论是康普顿太太的假笑还是沃特金斯先生的脏头发都没有影响到他愉快的心情。那班五点四十八分的慢车从深深的地道里发车，车厢很旧了，散发出一种古怪的气味，那气味就像是整整一家人在里面躲了一夜的防空洞。车厢顶上的灯光散射在他们的头顶和肩膀上，昏黄暗淡。车窗上的污物被某次其他旅程当中的雨水冲刷得一道一道的，每份晚报后面已经开始升起一缕缕烟斗和香烟的烟雾，不过眼前的这个场景对于布莱克而言却意味着他已经进入一个安全的轨道，经过了刚才那场危险的小遭遇以后，他甚至生出一丝对于康普顿太太和沃特金斯先生的温情。

列车从地下开出，驶入微弱的日光中，车窗外的贫民区和城市的街景又使布莱克不禁模糊地想起跟踪他的那个女人。为了避免继续想她或是对她生出悔恨之情，他把注意力转移到了晚报上。透过眼角的余光，他能看到窗外的景物。一片工业场景，在这个时候显得很是凄惨。有机器工棚和仓库，在它们上面，他看到云层露出了一条缝隙——一束黄光透射出来。“布莱克先生。”有人说道。他抬头一看。是她。她就在他身旁，为了在摇摇晃晃的车厢中站稳，用一只手抓住他座位的靠背。这时他想起了她的名字——登特小姐。“哈啰，登特小姐。”他说。

“我坐这儿你介意吗？”

“我想不会。”

“谢谢你。你可真好。我不想像这样子给你带来不便。我不想……”刚才一抬头看到她的时候，他真吓了一跳，可是她那战战兢兢的声音很快就让他安了心。他挪动了一下屁股——纯粹是表示客气的反射性姿态，其实毫无必要——她坐了下来。她叹了口气。他闻到她身上湿衣服的气息。她戴了顶没形没状的黑色帽子，上面还缝了一支廉价的羽饰。她的外衣料子很薄，他看到，她戴着手套，手里拿着一个很大的手提包。

“你现在住到城外的这个方向了，登特小姐？”

“没有。”

她打开手提包掏她的手绢。她已经开始哭了。他转过头去看看车厢里是否有人正在朝这边看，但并没有人。他在夜班火车上曾坐在不下一千个乘客旁边。他曾注意到他们的穿着、他们手套上的破洞；如果他们睡着了并且在喃喃自语，他还曾琢磨过他们到底有着什么样的烦恼。在他埋头于晚报之前，他几乎就能把他们全都大致地归为几类了。他把他们标记为富人、穷人，聪明人或是蠢人，邻居或是陌生人，不过在这一千个人当中还从来没有一个人曾经哭过。当她打开她的手提包时，他想起了她用的那种香水。他去她住的地方喝一杯的那个晚上，这种香味曾一直附着在他身上。

“我一直病得很重，”她说，“这是两个星期以来我头一次能够下床。我一直病得非常严重。”

“听说你病了我感到很难过，登特小姐，”他把声音放得挺大的，足以能让沃特金斯先生和康普顿太太听到，“你现在在哪儿工作呢？”

“什么？”

“你现在在哪儿工作？”

“哦，别跟我逗笑了。”她语声轻柔地道。

“我不明白。”

“你毒害了她们的思想。”

他挺了挺脖子，绷紧了一下自己的肩膀。这些痉挛性的动作表达了一种短暂的——并且是绝望的——置身于别的什么地方的渴望。她确实是来者不善。他深吸了一口气。他满怀深情地看着这个半空半满、半明半暗的车厢，以确认他的现实感，确认这是个无论如何不会有太多倒霉的麻烦事的世界。他意识到她沉重的呼吸和她被雨水湿透的外衣的气息。车停了。一个修女和一个身穿工作服的人下了车。列车再次开动时，布莱克把帽子戴上，伸手去拿他的雨衣。

"你要去哪儿？"她道。

"我去下一节车厢。"

"哦，不，"她道，"不，不，不。"她把那张煞白的脸凑近他的耳朵，近到他都能感觉到他面颊上她那温暖的呼气。"别这么做，"她悄声道，"别想从我这儿跑掉。我有枪，你要想跑的话我就不得不打死你，而我不想这么做。我只想跟你谈谈。别动，否则我就干掉你。别动，别动，别动！"

布莱克猛地坐回到他的座位上。就算是他想站起来大声呼救，他也根本做不到了。他的舌头已经膨胀到了原来的两倍大小，当他尝试着动动舌头的时候，它可怕地整个儿粘在了他的上颌上。他的两条腿酸软无力。当时他想到的唯一能做的事就是等着他的心脏停止它那歇斯底里的跳动，以便他能够判断一下他所面临的危险的程度。她现在坐得跟他稍稍隔开了一点距离，那把手枪就在她的手提包里，枪口指着他的肚子了。

"现在你认识我了吧，啊？"她道，"你该明白我不是开玩笑了吧？"他想说话，却仍旧张不开嘴。他点了点头。"现在就让我们安静地坐上一小会儿，"她道，"我太过兴奋，脑子全乱了。就让我们安静地坐上一小会儿，等我把我的思绪重新理清楚再说。"

会有人来救他的，布莱克暗想。只不过等上几分钟的问题。会有人注意到他脸上的表情或是她那奇怪的姿势，然后就会停下脚步进行干涉，于是一切也就结束了。他所要做的无非就是等到有人注意到他正身处险境。他能看到车窗外的河水和天空。雨云就像百叶窗一样翻滚而下，而就在他观望的时候，地平线上一道橘红的亮光变得耀目生辉。它那耀目的光辉——他能看到它移动——席卷过大海，直到它以微弱的火光扫过哈得孙河的两岸。然后它就灰飞烟灭了。再过一分钟就有人来救他了，他暗想。在他们再次停下来之前就会有人来救他了；可是火车停了下来，有人下车有人上车，而布莱克的小命却仍旧攥在他身边的这个女人的手里。他最不能够面对的是也许根本就不会有人来救他的可能性。他事后才想到，可能根本就没有人注意到他正身处险境，可能康普顿太太会以为他是带着一位穷亲戚去绿荫山吃晚饭呢。这时候他嘴巴里终于又有了口水，他能够张开嘴说话了。

"登特小姐？"

"嗯。"

"你想要怎么样？"

"我想跟你谈谈。"

"你可以来我的办公室呀。"

"哦，不。两个星期以来我每天都去。"

"你可以约个时间的。"

"不，"她道，"我想我们可以在这儿谈。我给你写过一封信，但我一直都病得太重，没办法出去把它给付邮。我所有的想法都在那上头写着呢。我喜欢旅行。我喜欢火车。可是我一直以来的麻烦之一就是我负担不起旅行的开销。我想你每天晚上都能看到眼前的风景，也就根本不会再去注意它了，可对于一个久病卧床的人来说，这景色真是美极了。他们说祂不在河里也不在山上，可我觉得祂在。‘何处才能觅得智慧？’上面写着，‘哪里才能寻到知音？深渊说不在我这里；大海说我这里没有。毁灭和死亡说我们亲耳听说过它的威力。’

“哦，我知道你在想什么，”她道，“你在想我肯定是疯了，我确实是又病得很重，可我会好起来的。跟你谈谈就会让我感觉更好一些的。我在去给你当秘书之前一直都在医院里待着，可是他们从来都没想要把我的病给治好，他们只想夺走我的自尊。我已经有三个月的时间没有找到任何工作了。就算是我不得不把你干掉的话，他们除了再把我送回到医院以外也根本就没办法拿我怎么样，所以你该明白我没什么好怕的。可是让我们还是再安静地坐一小会儿吧。我必须得平静下来。”

列车继续沿河岸向北走走停停，布莱克竭力强迫自己赶快考虑脱身之计，可是对他生命的威胁迫在眉睫，使他很难静心细想，结果他非但没有理智地制订计划，反倒是想到众多一开始就能避开她的办法。可是一念及此，他就意识到徒劳无益，悔之晚矣。就比如在她第一次提到她一连住了好几个月的院时，他居然丝毫都没有疑心。就比如他居然没有因为她的羞怯、她的内向以及她那看起来就像是狗刨一样的书法产生警觉。大错已经铸成，再也没有办法改正了，他为此而感到——也许是他成年以来头一回——悔恨不已。透过车窗，他看到有几个人在几乎已经全黑了的河上钓鱼，还看到一条东倒西歪、像是用冲到河岸上的零碎木头钉起来的小舢板。

沃特金斯先生已经睡着了。他正在打鼾。康普顿太太在看报。列车吱吱嘎嘎、放慢速度，摇摇晃晃地在又一个车站停下来。布莱克能看到南行方向的站台，有几个乘客正等着进城。有一个带着个午餐盒的工人，一个一身盛装的女人和一个拎着手提箱的女人。他们之间全都隔开一段距离。他们背后的墙上张贴着几幅广告画。其中一幅是一对男女在举杯对饮葡萄酒，一幅是猫爪牌橡胶鞋跟，还有一幅是一个夏威夷的舞者。它们那兴高采烈的意图似乎都没办法超过站台上的那几汪积水，到了那儿就已经断了气。那个站台和上面的几个人都显得非常孤单寂寞。列车慢慢驶离车站，进入一处贫民区那星星点点的灯光中，然后就沉入了乡村和河流的一片黑暗里。

“我想要你在我们到达绿荫山之前读一下我的信，”她道，“信在座位上。把它捡起来。我本该邮寄给你的，但我病得太厉害，出不了门。我有两个星期都没有出门。我有三个月没有做过任何工作。除了房东太太，我没跟任何人说过话。请你读读我的信。”

他把她放在座位上的那封信捡起来。手指触摸到的廉价信纸令人感觉嫌恶并且脏兮兮的。信纸折了又折。“亲爱的丈夫，”她用那疯狂的、胡涂乱画的笔迹写道，“常言道人类之爱会引我们到神圣之爱，但果真如此吗？每天夜里我都会梦见你。我有如此可怕的欲望。我一直都有做梦的天分。星期二我梦见一座火山，往外喷发的是鲜血。我在医院里的时候，他们说他们想把我给治好，不过他们只想拿走我的自尊。他们只想让我梦到缝纫和织补，可是我保住了我做梦的天分。我能未卜先知。我能说得出电话铃什么时候会响。我整个一生当中从没有过一个真正的朋友……”

列车又停了下来。又是一个站台，又是一幅男女对饮、橡胶鞋跟和夏威夷舞者的广告画。突然间她的脸再次凑近布莱克的脸，在他耳边低语道："我知道你在想什么。我能从你的脸上看出来。你在想你能够在绿荫山摆脱我，是不是？哦，为此我已经计划了好几个礼拜了。这些日子里我能想的就只有这个。只要你让我说话，我就不会伤害你。我一直都在想魔鬼的问题。我的意思是说，如果这个世界上真有魔鬼，如果这个世界上真有人就是邪恶的化身，我们的职责是不是就是把他们给除掉？我知道你一直都在掠食那些弱者。我看得出来。哦，有时候我想我真该把你杀掉。有时候我想你就是我跟幸福之间的唯一障碍。有时候……"

她用手枪碰了碰布莱克。他感觉枪口就顶在他的肚子上。在这么近的距离，子弹射入体内的地方只会留下一个小孔，但在背后出去的地方将会撕开足球那么大的一个洞。他想起战争期间看到的那些没有埋葬的死尸。记忆蜂拥而至；内脏，眼睛，粉碎的骨头，粪便，以及其他的污物。

"我在生命当中唯一要想的就是一点点爱。"她说。她手里的枪顶得不那么紧了。沃特金斯先生还在睡觉。康普顿太太平心静气地坐着，双手交叠放在大腿上。车厢轻柔地摇晃，挂在车窗之间的大衣和蘑菇色的雨衣随着列车的行进微微摆动。布莱克的胳膊肘支在窗沿上，左脚踏在蒸汽管道的防护板上。车厢里的气味活像是某个死气沉沉的教室。乘客们全都像是昏昏欲睡、各自为政，布莱克则感觉他可能永远都逃脱不了闷热的气息、湿答答的衣服和昏暗的灯光了。他努力想唤起他那种蓄意而为的自我欺骗，有时候他就是借此来使自己高兴一下的，可他就连自我欺骗的力气都一点也不剩了。

列车员把头探进车厢门说："绿荫山，下一站，绿荫山。"

"听着，"她说，"下车的时候你走在我前头。"

沃特金斯先生猛地醒了过来，穿上大衣戴上帽子，冲着康普顿太太微微一笑，她正在以一系列母亲般的姿态把她那些大包小包收拾到一起。他们朝车门走去。布莱克也加入他们中间，不过两个人谁都没跟他说话，也全都像是根本就没注意到跟在他身后的那个女人。列车员打开车门，布莱克看到下一节车厢里也站着几个错过了上一班快车的邻居，在昏暗的灯光下耐心而又疲惫地等着他们旅程的结束。他抬起头，透过打开的车门看到镇子外面那幢废弃的大宅，一棵树上钉了个禁止擅入的牌子，然后就是那些储油罐。那座桥的混凝土桥墩过去了，几乎是擦着车门而过，近得他一伸手都能摸到。然后他就看到了北向站台上最先的几根灯柱，写着绿荫山几个大字的黑金两色的站牌，还有由环境改进协会负责维护的那一小块草坪和那个花坛，然后是那个小停车场和那个老式仓库的一角。雨又下了起来；就像是泼下来一样。他能听到雨水的泼溅声，看到一摊摊积水以及闪闪发亮的人行道上反射的灯光。雨水泼溅和滴落的单调声音在他的意识中形成了一种避难所的概念，如此轻松而又奇怪，就像是属于他的人生中某个他都已经不记得的时间。

他走下火车的那几级踏板，她跟在他背后。有十几辆汽车等在车站旁，发动机都已经启动了。其他的每一节车厢也都下来了几个人；大部分人他都认识，可是没有一个主动提出让他搭个顺风车。他们一个个或者一对对地走着——目的明确地走到站台上可以避雨的地方，那里的汽车喇叭正在召唤他们。是该回家的时候、喝一杯的时候、卿卿我我的时候、吃晚饭的时候了，他能看到山上的灯光——在那下面给孩子们洗澡、烹饪肉食、洗刷碗碟的灯光——在雨中闪闪烁烁。一个接一个地，那些汽车把各家的一家之主都给接走了，最后只剩下四个人在那儿进退维谷。其中的两个乘上了村里唯一的那辆出租车也开走了。几分钟后，一个女人开着一辆车停了下来。“真抱歉，亲爱的，”她温柔地对她丈夫道，“咱们家的钟全都慢了。”最后剩下的那个男人看了看表，看了看雨，然后走进了雨中，而布莱克眼看着他离开，就仿佛他有某种理由跟他道别似的——并非派对结束后朋友之间的道别，而是就像面对不可阻挡而又非我所愿的那种精神和心灵分开时的道别。能听到那个男人的脚步声穿过停车场来到了人行道上，然后就听不见了。车站里，电话铃开始响起来。铃声很响，间隔时间很均匀，没有人接听。有人想知道下一班开往奥尔巴尼的列车的情况，可是站长弗兰纳根先生一个钟头前就回家去了。他走之前把所有的电灯全都打开了。它们在那空荡荡的候车室里兀自闪耀着。它们在站台的上上下下隔开一段距离兀自闪耀着，带着铁皮灯罩，那昏暗而又毫无意义的灯光带有一种别样的忧伤。它们照亮了那个夏威夷舞者，那对举杯对饮的男女，那个橡胶鞋跟。

“之前我从没来过这里，”她道，“我还以为它看起来会很不一样呢。我没想到它看起来会是这么寒酸。我们走出这片灯光的区域。到那边去。”

他两条腿感觉酸痛不已。他所有的力气全都消失了。“走啊。”她说。

车站北面有个货栈、有个煤场还有个小水湾，卖肉的、面包师傅和开加油站的都在那儿系泊他们的小船，礼拜天也是从那儿出发去钓鱼。因为下雨，水都涨得跟小船的舷缘平齐了。当他朝货栈走去的时候，他看到地面上有个什么东西在动，听到有刮擦的响声，然后他看到一只老鼠从一个纸袋里探出头来打量着他。然后那只老鼠一口咬出那个袋子，把它拖进了阴沟里。

“站住，”她道，“转身。哦，我真该为你感到难过。看看你那张可怜的脸。可你并不知道我都遭过什么样的罪。大白天我害怕出门。我害怕那蓝天会掉下来砸到我头上。我就像是那可怜的四眼天鸡[1]。只有当天开始黑下来的时候，我才会感觉心里踏实一些。尽管如此，我还是要比你强。我有时候仍旧会做些好梦。我会梦到野餐、天国和人人情同手足，我还会梦到月光下的城堡、两岸垂柳依依的小河以及国外的城市，不管怎么说，我都比你懂得更多的爱。”

他听到从黑黢黢的河上传来舷外发动机嗡嗡的声响，这声音越过黑暗的河面，慢慢勾起他对逝去的夏日和逝去的幸福时光的清晰而又甜蜜的回忆，使他身上直起鸡皮疙瘩，他还想起山间的黄昏、夜晚以及孩子们歌唱的声音。“他们从来就没想要把我给治好，”她道，“他们……”北面驶来的一列火车的轰鸣淹没了她的话声，可是她继续还在说。这轰鸣充塞了他的耳鼓，车窗里有人在吃、喝、睡觉和阅读，从他面前飞驰而过。火车过了桥以后，轰鸣的车声渐远，他听到她正冲着他尖叫：“跪下！跪下！照我说的做。跪下！”

他双膝跪地。他把头低下。“听着，”她道，“听好喽，只要你照我说的去做，我就不会伤害你，因为我真的不想伤害你，我只想

1　四眼天鸡（Chicken Little 或 Chicken Licken），源出一儿童故事中的人物，杞人忧天，不断惊呼：“天要塌下来啦！”

帮助你，可是看到你那张脸，有时候我感觉我都没法帮助你了。有时候我感觉，如果我又善良又有爱心而且心智健全——哦，比我实际的情况好得多——有时候我感觉如果我具备所有的这些优点，而且还既年轻又漂亮，如果这个样子的我去找你，指给你正确的道路，你是不会听从于我的。哦，我比你还要好，我比你要好，我不应该像这样浪费我的时间、毁掉我的一生。把你的脸扑到泥里去。把你的脸扑到泥里去！照我说的做。把你的脸扑到泥里去。”

他扑倒在泥地中。煤屑擦破了他的脸。他伸开手脚趴在地上，泣不成声。“现在我感觉好些了，”她说，“现在我可以跟你一刀两断了，我可以跟所有这一切一刀两断了，因为你也看到了，在我身上我还是能够找到一些善良、一些理智并加以使用的。现在我可以洗手不干了。”然后他听到她踩在碎石地上的脚步声，由他身边渐行渐远。他听到她的脚步踩在站台坚硬的地面上那更清晰也更遥远的声音。他听着它们的声音越来越小。他抬起头。他看到她爬上那座木质天桥的台阶，穿过它，然后下台阶来到对面的站台，在那儿，她的身影在昏暗的灯光下显得渺小、平凡而又无害。他从泥地上探起身来——一开始小心警惕，直到他通过她的态度、她的表情看出她已经把他给忘记了；她已经完成了她一直想做的事，他已经安全了。他站起身，捡起掉在地上的帽子，朝家里走去。

去而复返

没必要自寻烦恼，不过在我们全都生活于其中的这个城市的任何一幅重要而又真实的画面当中，总还有空间，可以为那些死硬派、逢迎者、那些永远都没法过活又从来都不会放弃、那些我们时不时都会见到的得寸进尺、永不餍足的人再说上一句话。我指的是上东区的那些捉襟见肘的贵族们——那些优雅、迷人、衣衫破旧、干着份证券经纪人工作的男人，以及他们那些好高骛远、矫揉造作的妻子们，一身旧货店里淘来的貂皮大衣，围着垃圾箱货色的毛皮围巾、脚蹬鳄鱼皮的鞋子，戴着黄金的首饰、喷着“我会回来”[1]和香奈儿瓶底剩下的那点香水；对待门卫和超市的收银员永远一副趾高气扬的傲慢架势。我脑子里现在想到的就是比尔斯夫妇——阿尔弗蕾达和鲍勃，他们住在东区一幢原本归鲍勃的父亲所有的公寓大楼里，家里摆满了帆船比赛的奖品、胡佛总统亲笔签名的照片、西班牙的家具以及其他黄金时代的遗物。那是个不怎么样的寓所——又大又暗——可他们还是负担不起；在你告诉门卫和开电梯的你要去谁家以后，从他们脸上的表情当中你就能看得出来。我猜想他们

1 “我会回来”（Je Reviens）是法国著名高级定制品牌沃斯高定（Worth Couture）于一九三二年推出的一款经典香水。第二次世界大战爆发后，凭借“我会回来”的美好含义，这款香水成为军人们送给爱人的热门礼物，同时，Je Reviens 也是现在唯一一款还在生产的沃斯高定，已经成为香水史上的经典名香。

都欠着两三个月的房租，也根本没钱给门卫和开电梯的任何小费。当然啦，阿尔弗蕾达上过菲耶索莱[1]的学校。她父亲，就跟鲍勃的父亲一样，都失去过几百万几百万几百万的美金。她记忆中的一切全都涂着一层厚厚的亮金色光泽：几年前那巨额的桥牌赌注，戴姆勒汽车在下雨天多么难以发动，以及跟杜邦家的姑娘们在布兰迪万的多次野餐。

她是个相貌漂亮的女人——容长脸，外加新英格兰的那种白肤金发，就像是在宣称一种牵强脆弱的种族特权。她总是一副泰然自若的神情。在他们一贫如洗的时候，她也工作过——先是在施托伊本玻璃制品商店，在第五大道上，然后又去了詹森商店，在那儿她因为坚持自己吸烟的权利而引发了一场纠纷。她从那儿去了邦威特，从邦威特又去了本德尔。施瓦茨在有一年的圣诞雇用了她，下一年的复活节期间，她又站在了萨克斯一楼的手套柜台后面。她在几份工作的间歇生了两个孩子，基本上就把他们托付给一个苏格兰老太太照管——老太太原是他们当初兴盛时期的用人——貌似就跟比尔斯夫妇一样无法顺利地适应境况的变迁。

他们是那种你会在火车站和鸡尾酒派对上不断碰到的人。我指的是礼拜天晚上的火车站；周末以及季末的时候像是海恩尼斯或是弗莱明顿枢纽站这样的地方；早春时节类似乔治湖或是艾肯以及格林威尔这样的车站；像是西安普顿、楠塔基特号轮船、斯托宁顿和吧港这样的地方；或者，走得更远一些，像是帕丁顿火车站、罗马以及安特卫普夜航客船这样的地方。“哈啰！哈啰！”他们会隔

1 菲耶索莱（Fiesole），意大利托斯卡纳区城镇和主教区。

着大群的游客大声招呼你，他就会出现在那里，身穿他的白色雨衣，拿着他的手杖，戴着他的霍姆堡毡帽[1]，她也在，穿着她的貂皮大衣，围着她那垃圾箱货色的毛皮围巾。在某种意义上，那些你们会狭路相逢的鸡尾酒派对，跟那些你们会碰上的火车站、枢纽站和水陆联运列车，其实也并无多大区别。是有那么一类派对，参加的人从来都不多，派对上的酒水也从来都不太好——在这样的派对上，在你喝着酒水谈着闲天的时候，你会感觉到一种明显的倦怠正在压倒任何一种自然而然的社交热情，就仿佛把这一群人纽结在一起的家庭、社会、学校以及地域的种种纽带全都像是你酒杯里的冰块那样在迅速溶解和消失。不过这种气氛与其说是一种社会解体，还不如说是一种社会变迁和改组的气氛——实际上就是一种旅行的气氛。客人们就像是聚集在一个船棚或是铁路枢纽站中，等着那艘船或是那班火车起程离去。经过负责接过你的外套的女仆，走过门厅和防火门，你前面延伸出去的似乎就是黑黢黢的睡眠，有时候还有惊涛骇浪——狂风呼号，铁质招牌上的铰链和电灯的咯吱作响，甲板上水手们的喧嚷，以及一艘正在驶近的海峡渡轮那情真意切的鸣笛。

你总能在鸡尾酒派对和火车站上见到比尔斯夫妇的原因之一，是他们总是在寻找某个人。他们正在寻找的并非像是你我这样的人——他们正在找的是巴思侯爵夫人——而是风暴当中的任何一个港口。他们走进一个派对就习惯性地四处张望的那种方式是完全可以理解的——我们也全都这么做——可是他们在一个火车站里凝神

1　霍姆堡毡帽（Homburg），一种帽边卷起、帽顶有纵向凹槽的软毡帽，因首产于德国城镇霍姆堡，故名。

细瞧旅伴们的方式却又另当别论了。在任何一个等待某种公共交通的地方，等待的时间只要达到十五分钟或者以上，这两口子就会把所有等着的人全都给翻个底朝天，细细地端详帽檐底下或是报纸后面，寻找他们可能会碰巧认识的某个人。

我现在要说到的是三十年代和四十年代的情况，大战前后的那些年——比尔斯夫妇的财务问题因为孩子们到了要进昂贵学校的年龄而变得肯定更其复杂起来。他们干出了一些不大光彩的事情；他们使用空头支票，借了人家的车子去度周末，把车开到了沟里却一走了之，丢下人家的车子就不管了。这些伎俩使得他们的社会地位就如同他们的经济地位一样摇摇欲坠、朝不保夕，不过他们仍旧凭借着仅剩的一线魅力和期望继续坚持下去——他们还有费城的玛格丽特姑妈和波士顿的劳拉姨妈——而且实话实说，他们确实还是很有魅力的。大家总是很高兴见到他们，因为，如果说他们就是某个繁荣的美好夏天的一对蚱蜢[1]的话，他们也确实有本事能让人想起某样美好的东西——好去处，好消遣，美食和良伴——而他们在火车站台上寻找旧识的热情也许可以解释为：他们其实是在寻找一个他们能够理解的世界。

然后，玛格丽特姑妈果然就死了，而我是这样发现这个有趣的事实的。当时是春天，我的老板和他妻子要乘船去英国，那天早上我带着一盒雪茄和一本历史传奇小说去船上送行。我还记得那艘客

1　暗用拉封丹著名寓言《蚂蚁和蚱蜢》的典故：蚂蚁忙碌了整个夏天储存过冬食物，蚱蜢则只知道享受阳光，嬉戏唱歌，到了冬天就只能饿死了。

轮很新，有不少流浪汉在观看图书室里上了锁的一套套艾德娜·费伯[1]的作品，赞赏那几个还没放水的游泳池和那几个还没摆放酒水的酒吧。在那个阴沉沉的上午的十一点钟，几条过道全都非常拥挤，头等舱的每个房间都摆满了鲜花，挤满了喝着香槟前来送行的人，纽约港里那稠糊糊的绿汤一样的海水散发出悲惨的臭气，直冲云霄。我把礼物交到我的老板和他妻子手上以后，在寻路回主甲板的路上，经过一间客房或是一个套房，我听到里面传来阿尔弗蕾达那寄宿学校女生式的招牌笑声。那里面挤得水泄不通，一个侍应正在给客人们倒香槟，我跟我几位朋友打过招呼后，阿尔弗蕾达把我拉到了一边。"玛格丽特姑妈已经离开了人世，"她道，"我们又阔了……"我喝了点香槟，然后催促送行的人们上岸的汽笛声就响了起来——慷慨激昂，震耳欲聋，简直就是生活本身发出来的声嘶力竭的召唤，而且不知怎的，就像那纽约港的海水一样，有一种悲惨的况味；因为，眼看着这个派对散伙，我怀疑玛格丽特姑妈的财富到底能让这两口子维持多久。他们负债累累，他们积习难改，就算是十万美金，到了他们手里也维持不了多久。

这个念头看来一直都潜伏在我的意识背后，因为那年秋天在扬基体育馆里看一场重量级拳击赛的时候，我自以为看到了鲍勃正端着一托盘望远镜在四处兜售。我喊了他的名字——大声呼喊——结果并不是他，但实在是惊人地相像，以至于我感觉就像是已经看到了他，或者至少是看到这样的一对夫妇在不远的将来，其社会和经济地位巨大落差的鲜明图景。

---

1 费伯（Edna Ferber，1887—1968），美国女小说家，作品有《如此之大》《演艺船》等，生动地描绘了二十世纪二十至三十年代的美国生活。

我希望我能够这么说，在一个飘雪的傍晚从剧院里出来后，我在第四十六街看见阿尔弗蕾达正在那儿卖铅笔，然后她会回到西区的某个地下室，鲍勃正躺在一条草垫子上奄奄一息，不过这只能说明我的想象力是何等贫乏。

在说到比尔斯夫妇是你会在火车站和鸡尾酒派对上碰到的那种人时，我还忘记了提到海滩。他们真是非常爱水的。你也知道这是怎么回事。在夏季的那几个月份里，东北部的海岸，南起长岛，往北一直深入缅因内部，包括所有沿岸的海岛，就像是摇身一变，成了一个巨大的社交交流中心，当你坐在沙滩上聆听北大西洋巨浪的咆哮时，你的旧雨故交们就会出现在海浪当中，就像蛋糕里的葡萄干那么众多和稠密。一个海浪慢慢成形，以雷霆之势扑向浅滩，沸腾着，撞得粉碎，显露出孔苏埃洛·罗斯福以及邓达斯·范德比尔特先生和太太的身影，外带各自的婚姻所带来的所有子女。然后又一个浪头从右边就像骑兵的冲锋般赶到，把一个橡皮筏冲上岸来，上面坐着莱思罗普·梅西和艾默生·克莱恩的第二任妻子，还有身上套着个汽车内胎的匹兹堡主教。说时迟那时快，又有一个浪头在你脚边碎开，发出活像是衣箱的盖子猛地扣上的声响，比尔斯夫妇施施然出现在你面前。“见到你真高兴，见到你真是太高兴了……”

于是那个夏天和那片海就将成为他们最后一次现身的背景——至少是为了我们的最后一次现身。我们来到缅因的一个小镇上——我们姑且这么说——决定全家来趟扬帆出游，找个小岛去野餐。小旅馆的老板告诉我们镇上一家船舶出租行的所在地，我们把三明治打好包，就按照他的指点来到了一个码头上。我们发现一间破棚屋里有个老头儿，他有一艘独桅船可以出租，我们就交了一笔押金，在一张肮脏的纸头上签了字，并且注意到那老头儿才上午十点钟就已经醉醺醺的了。他用一条小船把我们拉到那艘独桅船的停泊处，我们道了再见，然后才发现他那艘独桅船简直是破烂不堪，等我们想把他喊回来的时候，他已经朝着岸边划出去了一段距离，听不见我们的喊叫声了。

船底板在水上漂着，舵销是弯的，而且船舵上的一颗螺栓已经都锈烂了。船台的墩垫都裂了，等我们把船上的水抽干，把帆升起来以后，发现那张帆也都霉烂破损了。我们终究还是出了港——在孩子们的鼓动之下——驶到一个小岛上，吃了我们的野餐。然后我们返航回去。可这时候风已经变强了；已经掉过头来成了西南风；我们刚驶离那个小岛，我们的左桅支索就啪嗒一声崩断了，索子向上飞起，缠到了桅杆上。我们把帆放下来，用绳子接好了支索。这时候我们发现我们正处在落潮当中，被迅速地朝海里带去。靠着那接起来的支索我们行驶了有十分钟，然后右桅的支索又断了。这下子我们可真是麻烦大了。我们想起那个破棚屋里的老头儿，只有他那醉醺醺的脑子里大概晓得我们的行踪。我们试图拿船板当作船桨划水，可是逆着滚滚的潮水，我们只是白费力气。事已至此，谁才能救我们的命啊？是比尔斯夫妇！

他们乘坐一艘庞大的游艇在黄昏时分出现在地平线上，桥楼上一圈长条形软座，船舱里盏盏带罩的明灯和碗碗鲜红的玫瑰。有专门雇用的舵手负责掌舵，而鲍勃朝我们扔出一根绳索。这可不仅仅是旧雨故交的意外相逢——这可是救了我们的命啊。我们当时都快精神错乱了。那雇用的舵手被派到那艘独桅船上，我们从死神的魔爪中刚刚被抢夺出来才不过十分钟，就已经安坐在桥楼上喝起了马提尼。他们会把我们带回到他们的住宅，他们道。我们可以在那儿过夜。虽说当时作为背景的游艇和作为邀请目的地的住宅都并无多大的不同，可是它们与他们之间的关系却发生了天翻地覆的变化。那是他们的住宅，这是他们的游艇。我们纳闷不已，我们目瞪口呆——鲍勃很体贴地向我们做出了解释，声音压得很低，几乎是喃喃低语，就仿佛这些事实都不过是附带说明，随口一提。“我们把玛格丽特姑妈的大部分和劳拉姨妈的全部遗产，再加上拉尔夫叔叔留给我们的一点点钱，全都投进了债券市场，你知道，而在过去的这两年间翻了三倍还不止。我已经把爸爸失去的一切全都买了回来——我想要的一切，也就是说。那边是我的一艘双桅纵帆船。当然啦，那房子是新的。那边的灯火就是我们的家。”那个下午和那片海洋，在那艘独桅船上曾显得无比险恶的，现在却以一种不可思议的安宁在我们周围铺展开来，我们也就乐得舒舒服服地坐下来，尽情享受我们这两位老朋友的陪伴，因为比尔斯夫妇的确魅力非凡——他们从来都是这样——而且现在还显得无比聪明，因为除了聪明，还有什么能够使他们相信美好的夏日时光还会去而复返呢[1]？

1 再次暗用拉封丹寓言《蚂蚁和蚱蜢》的典故。

绿荫山盗贼

我叫强尼·黑克。我今年三十六岁，脱掉鞋子身高五英尺十一英寸[1]，不穿衣服体重一百四十二磅[2]，而我现在就可以说正赤身裸体地面向黑夜说话。我在瑞吉酒店被怀上，在长老会医院降生，在萨顿广场长大，在圣巴托罗缪教堂受洗并接受坚信礼，在纽约格雷斯[3]接受训练，在中央公园打橄榄球和棒球，在东区公寓大楼的雨篷框架上做引体向上，在华尔道夫大饭店举办的某次盛大的沙龙舞会上遇到了我妻子（克里斯蒂娜·刘易斯）。我在海军服役四年，现在有四个孩子，住在一个叫作绿荫山的 banlieue[4]。我们有一幢漂亮的房子外带一个花园以及一个露天烤肉的地方，夏日的夜晚，跟孩子们一起坐在那儿，在克里斯蒂娜俯身去给牛排加盐的时候一直看到她裙子领口的里面，或者只是凝视着夜空中的点点星光，我会感到极为兴奋和激动，就如同因为那些更为艰难和危险的追求而倍感兴奋一样，而我猜想这就是生活当中的痛苦与甜蜜的意义之所在吧。

---

1 约合一米八〇。

2 约合一百二十九斤。

3 纽约格雷斯（Knickerbocker Greys），美国历史最古老的课外活动组织，一八八一年为六至十六岁的孩子创立，其宗旨在于“培养学员的个人责任感、领导之本能、可靠之习惯以及自信，以逐步使之成为有用之公民”。

4 法语：郊区，城郊住宅区。

战争刚刚过去，我就去了一家生产包装材料[1]的公司工作，而且看样子这可能也就是我终生的事业了。这家公司实行的是一种家长式的管理方式；也就是说，老头子先是让你干这个，然后又不由分说地指派你去干那个，无论大小事务，什么都是他说了算——从泽西的企业到纳什维尔的加工厂——那做派就好像整个公司都是他在打个盹儿的时候天马行空地胡思乱想出来的。我尽可能机敏地躲得老头子远远的，而当着他的面则表现得仿佛我就是他亲手用泥土捏出来并且一口气将生命之火吹入了我的身体似的。他是那种需要有人给他打前哨的专制暴君，而这就是吉尔·巴克纳姆的工作。他是老头子的左右手、前哨站以及和事佬，而且他能够在任何事务和交易当中涂上一层人情味儿，而这一点正是老头子最缺门的。可是他开始不大来办公室理事了——起先是一天两天，然后是一连两个星期，再后来时间就更长了。他回到办公室的时候，就会抱怨胃不舒服或是眼睛疲劳之类的，虽然谁都看得出来他其实是喝得酩酊大醉了。这也没什么特别奇怪的，因为无节制地喝酒原本也是他为公司应尽的义务之一。老头子对此忍耐了有一年的时间，然后有天早上他就来到我的办公室，吩咐我去一趟巴克纳姆的公寓宣布将他给解雇。

这就跟派一个办公室的杂役去把董事会主席给开掉一样卑劣和下流。多年来巴克纳姆一直都是我的上司和长辈，每次给我买杯喝的对他而言都是屈尊俯就，可这就是老头子的行事做派，我很清楚我必须得怎么做。我给巴克纳姆的公寓打了个电话，巴克纳姆太太

---

1 契弗在这里用的是他为一种合成包装材料专门创造的词汇：parablendeum。

说我可以在那天下午去见吉尔。我一个人吃了午饭，在办公室里一直磨蹭到三点钟，然后就从我们位于中城的办公室步行来到巴克纳姆的公寓，那可是在东七十几街。当时正是初秋季节——世界职业棒球联赛正在进行当中——而且一场雷暴正要横扫纽约城。来到巴克纳姆家的时候，我能听到大炮一样的隆隆雷鸣并能闻到雨水的气息。巴克纳姆太太把我给让进屋，过去这一年来的所有艰辛似乎全都写在了她的脸上，用一层匆忙涂上去的厚厚的脂粉遮盖了一下。我从没见到过这么疲惫不堪的眼睛，她身穿一件那种旧式的花园派对的礼服，上面印着巨大的花朵图案。（他们有三个孩子都在读大学，我知道，还有一条双桅纵帆船并且雇了个人来经管，此外还有其他众多的开销。）吉尔在床上躺着，巴克纳姆太太把我领进了卧室。暴风雨马上就要来了，所有的一切都笼罩在宛如拂晓那样柔和的半明半暗中，给人的感觉就仿佛我们此刻应该在睡梦当中，而不该在这时候将坏消息带给对方。

吉尔显得既高兴又可爱，还有些居高临下，说他见到我非常高兴；说他上回去百慕大的时候为我的几个孩子买了好多礼物，可是忘了寄给我了。“你去拿一下那些东西好吗，亲爱的？”他问道，“你记得我们把它们给放哪儿了吗？”然后她就带着五六个巨大而且看起来很贵重的包装盒子回到了房间，把它们一股脑儿都卸在了我的大腿上。

我想起自己那几个孩子的时候基本上总是很开心，我也很喜欢给他们买礼物。这一下我真是被迷住了。这是个计谋，当然啦——是她的主意，我猜——肯定是过去这一年当中她为了不至于失去他们的一切而想出的众多办法之一。（那些包装并不是新的，我看得出来，等我回到家，发现其中还有几件吉尔的女儿们没带到学校去的旧羊绒衫和一顶苏格兰式无边帽外带一条有汗渍的吸汗带，而这只是更加深了我对巴克纳姆夫妇所处困境的同情。）在我的两条腿上堆满了送给我几个孩子的礼物，而且每个关节都直往外冒对于这对老夫妻的同情的情况下，我实在是没办法把解雇他的通知交给他。我们谈了一会儿棒球联赛和办公室里的一些琐事，当大风大雨开始到来的时候，我帮巴克纳姆太太把公寓的窗户全都关好，然后我就告辞离去，在暴风雨中搭早一班的火车回了家。五天以后，吉尔·巴克纳姆把酒完全给戒了，回到办公室，重新成为老头子的左膀右臂，于是我就成了他首先要秋后算账的目标之一。看来，就算是我命定要成为一个俄罗斯的芭蕾舞演员，或者去做艺术珠宝，或者专门在衣橱的抽屉上画 schuhplattler[1] 舞者、在蚌壳上画风景画并且住在像是普罗温斯敦[2] 这种处在非常低潮期的地方，也不可能像我在包装材料这个行业中见识到如此稀奇古怪的一大帮男男女女了。于是我决定靠我自己另辟新路。

我母亲教育我，只要还有一件衬衣可穿就永远不要开口谈钱，而我则不管出现什么样的匮乏，一直都很不愿意谈钱，所以我不大能为在随后六个月内接踵而至的那些事件画出一幅完整的图形。我租了个办公的地方——总共也就一个仅有一张办公桌和一台电话机的小隔间——开始往外寄信，可是那些信极少有人回复，那台电话

1 德语：击鞋舞（一种巴伐利亚民间舞蹈）。

2 普罗温斯敦（Provincetown），美国马萨诸塞州东部城镇，位于科德角北端，历来是著名的避暑胜地和艺术家聚居地。

也就跟没有接通差不了多少，等到了需要伸手借钱的时候，我又没人可借。我母亲讨厌克里斯蒂娜，不过反正我也不认为她能有多少钱，因为在我小的时候，她没有一次在给我买件大衣甚或买个奶酪三明治的时候不特意告诉我这钱可是从她的老本儿里出的。我有很多朋友，可是如果我就靠这个生活的话，我是没办法请一位朋友喝一杯，然后就碰碰他的胳膊跟他借五百块钱的——何况这点钱也根本就不济事。最糟糕的是，我还从来就没把真实的情况讲述给我妻子听过。

有天晚上，在我们正更衣打扮准备去住同一条路上的沃伯顿家赴宴的时候，我想着要不要把真实情况告诉她。她是个正值盛年的漂亮女人，她完全缺乏对金钱的必要性的认识。她的脖颈非常优雅，她那在衣服下面高耸起来的胸部熠熠生辉，而且眼看着她在欣赏自己的优美形象时表现出来的那既得体又健康的喜悦，我实在是没办法告诉她我们已经破产的事实。她使我的大部分生活都变得十分甜蜜，只要看到她，似乎就能使我体内的某种清澈的力量之泉变得更加清新，从而使得这个房间、墙上挂着的那些画儿以及窗外的明月全都变得鲜活生动而又兴高采烈。事实的真相会让她痛哭失声，会毁了她的妆容以及沃伯顿家的晚宴，而且她还会因此而睡到客房里去。在我看来，她的美丽以及她对我的感觉和理智产生的影响所具有的真实性，并不亚于我们在银行的账户已经被透支的事实。

沃伯顿夫妇很有钱，可是并不合群；他们可能根本就不在乎。她是个年老色衰的女人，而他则是那种你在学生时代不大会喜欢的人。他肤色很差，声音粗嘎，并且有一种先入为主的观念——淫荡好色。沃伯顿夫妇总是在大把地花钱，他们跟你谈的也永远是这个话题。他们门厅的地板是由老里茨饭店拆下来的黑白双色的大理石铺砌而成的，他们正在为海洋岛[1]上的海滨小屋加装过冬的设施，他们要飞往达沃斯[2]待上十天，他们打算买一对骑用马，他们打算添盖一处厢房。那天晚上我们去晚了，梅泽夫夫妇和切斯尼夫妇已经到了，不过卡尔·沃伯顿还没有到家，希拉很担心。"卡尔去车站的路上得经过一个可怕的贫民区，"她说，"他身上带着好几千块钱呢，我真怕他会被害了……"后来卡尔回来了，当着有男有女的客人的面讲了个黄段子，然后我们就进入餐厅用餐。参加这种派对的客人全都专门冲过一次澡，穿上他们最好的衣服，某个老厨师从一大早开始就忙着剥蘑菇或是挖蟹肉。我本想尽兴地享受一下，这是我的愿望，可我的愿望在那天晚上却并不能起到作用。我感觉就像是在儿时我母亲带着我去参加的某个糟糕透顶的生日派对，去之前对我是极尽吓唬和许愿之能事。派对在十一点半左右结束，我们回到家。我留在外面的花园里把卡尔·沃伯顿给的一支雪茄抽完。那是星期四的夜里，到下个星期二之前我的支票还不会被银行拒付，不过我可是得尽快想办法了。我上楼去的时候克里斯蒂娜已经睡着了，我自己也躺下睡了，不过在凌晨三点钟左右我醒了过来。

我梦见用彩色的包装膜来包面包。我梦见在一家全国性杂志上

1　海洋岛（Sea Island），位于佐治亚州南部大西洋海岸边上的一个小岛，度假胜地。

2　达沃斯（Davos），瑞士东部格劳宾登州城市，十九世纪六十年代以后成为上流社会的疗养地，二十世纪发展为具有国际声誉的冬季运动中心。一九七一年以来成为著名的非官方的"世界经济论坛"——"达沃斯论坛"的举办地。

刊登的跨页整版大广告：给你的面包箱增添点色彩！上面布满了宝石色的一条条整个的大面包——绿松石面包，红宝石面包和祖母绿面包。在睡梦中，我感觉这是个非常好的点子；这让我感觉非常高兴，等我醒过来发现自己是在黑暗的卧室里躺着时，我真心感到很失望。心情伤感之际，我想起了我这辈子所有的那些半途而废、掉了链子的事儿，而这又使我掉过头去想起了我的老母亲，她现在一个人住在克利夫兰的一个旅馆里。我看见她穿好衣服到楼下旅馆的餐厅里去吃饭。她看起来可怜巴巴的，在我的想象当中——孤苦伶仃，在一帮陌生人当中。可是当她转过头来的时候，我看到她的牙龈上仍旧还有几颗门齿。

她供我读完大学，安排我去一些风景怡人的地方度假，燃起我的雄心抱负，虽然结果也不过如此，可是她却坚决地反对我的婚事，而且打那以后我们的关系就一直很紧张。我经常请她过来跟我们同住，可她却总是拒绝，而且一直都带着恨意。我为她送去鲜花和礼物，每个星期都给她写信，可是这些殷勤的表示只使她更加坚信我的婚姻对她和对我而言都是一场灾难。然后我想起了她围裙上的带子，因为我小的时候，她在我眼里仿佛是个围裙带子长得可以拖过大西洋和太平洋的女人；它们仿佛是打着环儿，就像喷气式飞机的尾迹似的，直越过头顶的苍穹。如今我想起她，已经不再有叛逆或是焦虑的情绪——只是有些伤感，因为我们所有的努力也只能得到这么一点微乎其微的明确的情感的回报，而且我们都没办法坐在一起喝杯茶的同时而不搅动起所有的那些敌意和怨毒。我渴望着能够改弦更张，能够在一个更加单纯而又人性化的背景之下重塑跟我母亲的全部关系，如此，我的教育费用就不会像现在这样，在病态的情绪当中显得高得离谱了。我希望能够在某种感情意义上的世外桃源中把所有这一切全部推倒重来一遍，我们各自的行为方式也将因此而不同，这么一来，我也就能偶尔在凌晨三点想起她的时候不再带有罪恶感，她也就不会在她的老境中还要承受孤独和无人照顾之苦了。

我朝克里斯蒂娜稍稍靠近了一点，都能感觉到她的体温了，骤然间对于一切都生出一种亲切而又欣喜的柔情，可是她却在睡梦中从我身边挪开了。这时我咳嗽了一声。又咳了一声。我咳得很剧烈。我咳得都停不下来，于是我从床上下来，走进黑暗的浴室喝了一杯水。我站在浴室的窗前，看着下面的花园。有一点风。又似乎在变幻风来的方向。听起来像是晓风了——空气中满布着骤雨一样的声响——吹在脸上感觉很舒服。马桶后面还有些香烟，我点着一根，为的是抽完后能赶快回去睡觉。可是当我把烟吸进去以后，我的肺部却感觉一阵疼痛，我突然间确信我就要死于支气管肺癌了。

我曾经历过各种愚蠢的忧伤——我曾为我从未亲眼见过的国家生出乡愁，曾渴望成为我不可能成为的人——不过所有这些愁绪跟我对于死亡的预感相比都微不足道。我把香烟扔进马桶（砰的一声），挺直后背，可是我胸口的疼痛却更其锐利了，我确信肺癌那腐坏进程已经开始。我知道我的有些朋友将会亲切友好地想起我，克里斯蒂娜和孩子们也肯定会一直对我怀有情真意切的回忆。可是这时候我又想起了钱的问题，想起了沃伯顿夫妇和我的那些空头支票就要送到票据交换所了，在我看来，钱的重要性还是超过了爱。我曾经对有些女人充满渴慕——事实上到了妒火中烧的地步——可是在我看来我对于任何人的渴慕都从没有像那天夜里我对于钱的渴慕那么强烈。我走进卧室里的更衣室，穿上一双旧的蓝色轻便运动鞋、一条裤子和一件深色帽兜衫。然后我下楼走出了家门。月亮已经落下，并没有多少星星，不过树上和树篱上的空中却弥漫着一片微光。我绕过特伦霍姆家的花园，悄悄地走过那片草地，穿过草坪来到了沃伯顿家的房子面前。我透过敞开的窗户听了一会儿屋里的动静，听到的只有时钟的嘀嗒声。我走上门前的台阶，打开纱门，从老里茨饭店的地板上走过。在透过窗户照进来的昏暗的夜光当中，那房子看起来就像是将它自己包裹在其中的贝壳或是鹦鹉螺。

我听到一条狗的狗牌发出的响声，希拉的那条老可卡沿着走廊一路小跑过来。我搔了搔他的耳朵后头，然后他就又回到他刚才睡觉的地方，一边呼噜着，又睡着了。我对于沃伯顿家房屋布局的了解不亚于对我自己家的了解。楼梯上铺着地毯，不过我还是先用一只脚在梯级上踩了踩，看会不会吱嘎作响。然后我就拾级而上。所有的卧室门全都开着，从卡尔和希拉的卧室里传出深沉的呼吸声，在他们举办大型鸡尾酒派对的时候，我经常把大衣脱在这个房间里。我在门口站了一会儿，以观望一下形势。在昏暗中我能看到床，还有搭在椅背上的一条裤子和一件夹克。我快步走进房间，从那件外衣的内袋里掏出一个很大的钱夹，然后退回到走廊里。心慌意乱之下可能使我的动作有些笨拙，因为希拉醒了过来。我听到她说："你听到那声音了吗，亲爱的？""是风。"他嘟囔了一句，然后他们就重新安静下来。我在走廊里很安全——对于一切来说都很安全，只除了我自己。我站在那里，整个精神似乎正在陷入崩溃。我嘴巴里的唾液全都干了，心脏的润滑液似乎都快耗干了，平常保持我的双腿直立的体液正在流失。我唯有双手扶着墙，才能一点点往前挪动。下楼的时候我紧紧地攀着楼梯扶手，步履蹒跚地走出了那幢房子。

回到我自己家黑暗的厨房里，我一口气连喝了三四杯水。我一定是在厨房的水槽前站了有半个钟头或者更长的时间，这才想起来要看看卡尔的钱包。我走进地窖，把门关上以后打开灯。一共有九百美元挂零。我把灯关掉，又回到黑暗的厨房。哦，我真是从来都不知道一个人竟能达到如此悲惨的程度，而且一个人的内心竟能打开如此多的内室，而每一个内室里面都装满了内疚和自责！我青年时代的鳟鱼溪到哪里去了，还有其他那些天真无邪的娱乐？一场喜雨过后，那响亮的溪水以及渴雨的树木散发出来的湿皮子的气息；或是开学的那一天，那闻起来就像是霍斯坦奶牛[1]那带青草味儿的呼吸的夏日微风——你的脑子就会像是在游泳——还有所有那些当时全都游满了鳟鱼的小溪（也许这只是我在黑暗的厨房里的想象），我们那些已经沦陷了的珍宝。我痛哭失声。

绿荫山，正如我之前所说，是个任由城市规划者、冒险家和抒情诗人苛求批评的 banlieue，不过如果你在纽约城里工作并且有孩子要抚养，我就想不出还有比它更好的地方了。我的邻居们都很富有，这是事实，不过富有在这种情况下就意味着闲暇，而且他们把这闲暇使用得非常明智。他们周游世界，去听优秀的音乐，如果你在机场让他们挑选平装书的话，他们会选修昔底德[2]，有时候是阿奎

1　霍斯坦牛（Holstein），原产于荷兰北部的黑白花牛，体大，产奶量高。

2　修昔底德（Thucydides，约前 460—约前 400），古希腊历史学家，有名著《伯罗奔尼撒战争史》传世。

那[1]。被人敦促修建防空洞，他们却种植树木和玫瑰，他们的花园全都整饬得富丽堂皇。第二天早上，就算是透过浴室的窗户看到的是某个伟大城市恶臭熏天的废墟，也不会比回想起昨夜的所作所为更让我惊骇莫名了，可是道德的底线已经从我的世界中彻底陷落，却并没有改变阳光下的一粒尘埃。我偷偷摸摸地穿好衣服——因为黑暗之子又怎么会想听到他家庭成员的快乐声音呢？——然后搭了班早班火车进城。我那身华达呢的西装本来是用以表达整洁和正派之意的，可我却成了这样一个可悲的造物，脚步声都已经被人误以为是风声。我看了看报纸。在布朗克斯，有三万美元的待付工资被抢劫。在怀特普莱恩斯，一位中年主妇参加完一个派对回到家后发现她的皮草和珠宝全都不翼而飞。在布鲁克林，价值六万美元的药品被人从仓库中盗走。发现我的所作所为是何等稀松平常以后，我感觉好了一点。不过也只好了一丁点儿，而且只维持了很短的时间。然后我就再度面对我是个蟊贼和骗子的认识，而且我的所作所为是多么为人所不齿，它违背了世上所有已知宗教的教义。我实施了偷窃，而且更有甚者，我罪大恶极地潜入了一个朋友的家里，破坏了将人类社会结合为一体的所有不成文法。我的良心对于我的精神的谴责是如此强烈——就像肉食类猛禽那坚硬的喙在啄食我的心——我的左眼开始剧烈地抽搐，我似乎再度来到了神经总崩溃的边缘。火车抵达城里后，我去了银行。从银行出来的时候，我差一点被一辆出租车给撞了。我焦虑的倒不是我的骨头，而是有可能在我的口

1　阿奎那（Thomas Aquinas，约1225—1274），中世纪意大利基督教神学家，经院哲学的集大成者，主要著作有《神学大全》《反异教大全》等，一五六七年被罗马教廷定为普世教会圣师。

袋里发现卡尔·沃伯顿的钱包这一事实。在我觉得周围没人注意的时候，我把那钱包在裤子上擦了擦（以去除指纹），然后把它给扔进了垃圾箱。

我觉得喝杯咖啡可能会让我感觉好一点，就走进了一家餐厅，跟一个陌生人一起在一张桌边坐下。弄脏了的花边纸杯垫和剩了一半的几杯水还没被收掉，在那个陌生人面前放着三十五美分的小费，是上一个顾客留下的。我看着菜单，不过透过眼角瞥见那个陌生人把那三十五美分给揣到自己兜里去了。多么卑鄙的无赖！我起身离开了那家餐厅。

我走进我那个办公用的小隔间，把帽子和大衣挂好，在我的办公桌前坐下，把衬衣的袖口拉下来，叹了口气，目光茫然地望着眼前，就仿佛充满挑战和决策的一天就要开始了。我没有把灯打开。过了一小会儿，隔壁的那个办公室也有了人，我听到我的邻居清了清嗓子，咳嗽了一声，划着一根火柴，安顿下来干劲十足地开始了当天的工作。

墙壁很薄——部分是磨砂玻璃，部分是三合板——在这种办公室里根本就谈不上有什么声音方面的隐私。我就像在沃伯顿家一样偷偷摸摸地伸进口袋里掏一根香烟，等到外面的大街上有辆卡车经过时，才趁着那噪声划着了一根火柴。我一时间陷入偷听的兴奋中。我的邻居正在电话上努力推销铀矿的股票。其步骤大体如下：一开始彬彬有礼，然后开始恶声恶气。“到底怎么回事啊，X先生？难道你不想赚钱啦？”再后来就变得轻蔑已极了。“我很抱歉打搅您了，X先生。我还以为您有那么六十五块钱可以拿来投资呢。”他一连拨打了十二个号码，可是没有做成一笔生意。我一声不吭地待着，就像只耗子。然后他打电话给爱德怀德[1]的问讯处，核对从欧洲起飞的各航班的到达情况。伦敦的准时。罗马和巴黎的晚点。“没，他还没来，”我听到他在电话里对某个人这么说，“他那边还黑着灯呢。”我的心脏骤然间跳得飞快。然后我的电话铃就响了，我一直数到十二下，铃声才停下来。“我确定，我确定，”隔壁办公室的那个人道，“我能听到他的电话铃响，他没有接，他不过是个正在找工作的孤单的狗杂种。动手吧，动手吧，我告诉你。我没时间跑过去看看。你只管动手就是了……号码是七，八，三，五，七，七……”他把电话挂掉后，我走到门前，把门打开又把它关上，把灯打开，晃了晃挂衣架，用口哨吹了支曲子，重重地在我的办公椅上坐下，并且拨了我想起来的第一个电话号码。是我的老朋友——伯特·豪——他听到我的声音时惊叫了起来。“黑奇[2]，我正在到处找你！你肯定是卷起铺盖偷偷溜走了。”

“是呀。”我说。

“偷偷溜了，”豪又重复道，“就这么偷偷溜走了。不过我想跟你谈的是桩你也许会感兴趣的交易。这可是绝无仅有，一锤子买卖，但都用不了你三个礼拜的时间。这简直等于白拿。他们太嫩，他们太笨，他们又有的是钱，这简直就是白拿，就跟偷一样。”

“是呀。”我说。

“那好，咱们十二点半在卡尔丁碰头一起吃午饭如何？我把详

1 爱德怀德（Idlewild），即一九四八年建成开放的纽约国际机场，通常被称为爱德怀德是因为机场是在原爱德怀德高尔夫球场的旧址上修建的，一九六三年更名为约翰·F.肯尼迪国际机场。

2 黑奇，黑克的昵称。

细的情况跟你说一下。”豪问道。

“好的，”我嗓音嘶哑地道，“多谢，伯特。”

“我们星期天去小木屋了，”我挂掉电话的时候听隔壁办公室的那个人正在说，“露易丝被一只毒蜘蛛给咬了。医生给她打了一种什么针。她就会好了。”他拨了另一个号码又开始说：“我们星期天去小木屋了。露易丝被一只毒蜘蛛给咬了……”

有可能一个男人的妻子真的被一只蜘蛛给咬了，他发现手头正好有点时间给三四个朋友打个电话通报一下这件事，而同样可能的是，“蜘蛛”就是对某种非法交易表示警告或者赞同的暗号。让我感到胆战心惊的是，我在变成小偷以后感觉自己就被小偷和骗子给包围了。我的左眼又开始抽搐起来，而且我的一半意识由于无法承受另一半持续不断的责难和申斥，结果导致我在脑子里拼命地四处搜寻，想另外找出一个我可以把罪过归咎于他的什么人来。我经常在报上看到说离婚有时候会导致犯罪。我的父母在我五岁左右的时候就离了婚。这是个很好的线索，很快就引导我想起了某些更能说明问题的旧事。

我父亲离婚后就搬到法国去住了，我有十年的时间没有见到他。然后他给母亲写信，要求准许他见我一面，而她为了给这次父子重聚做好思想准备，就告诉我我这个爹当初是如何酗酒、残暴和淫荡的。那是在夏天，我们当时住在楠塔基特，我独自一人先是乘坐轮船然后又搭乘火车去了纽约。傍晚还挺早的时候我跟我父亲在广场酒店见了面，但并未早到他还没开始喝酒。我以一个青少年非常灵敏的长鼻子闻到了他呼吸当中金酒的气息，我还注意到他撞到了一张桌子上，而且时而会重复自己已经说过一遍的话。我后来才意识到这次重聚对一个六十岁的男人来说该有多么紧张，而他已经到了这个岁数了。我们一起吃了晚饭，然后去看音乐剧《皮卡第的玫瑰》的演出。合唱刚一开始，父亲就说只要我喜欢我可以得到她们当中的任何一位；他都已经做好安排了。我甚至能得到其中的一位招牌舞者。放到现在，如果我觉得他横渡大西洋就是特意为我提供这样一种服务的话，那结果可能就会大为不同了，可我当时感觉他之所以做这次旅行就是为了伤害我母亲。我当时可是被吓坏了。那场表演是在一个那种看起来就像是由天使们支撑起来的老式剧院里上演的。暗金色的天使支撑着天花板，支撑着包厢，甚至支撑着有四百个人坐在上面的楼厅。我把大量时间都花在观察那些积满灰尘的天使身上。要是那个剧院的天花板坍塌下来砸到我头上，我倒是反而会如释重负的。演出结束后，我们回到广场酒店，在跟那些姑娘见面前先洗了个澡，我那老爹摊手摊脚地往床上一躺，不出一分钟就打起了呼噜。我从他的钱包里拿了五十块钱，在中央火车站过了一夜，然后搭乘一班早班火车去了伍兹霍尔。这么看来，这整件事情就可以得到解释了，包括我在沃伯顿家楼上走廊里所经历的那番强烈的情感体验；我那是在重演当初广场饭店里的那一幕。这么看来，无论是我偷东西还是我半夜里潜入沃伯顿家就都不是我的错了。是我父亲的错！然后我又想起我父亲十五年前就被埋在了枫丹白露，而今恐怕早已经是一把尘土了。

我走进厕所，洗了洗手和脸，又用了很多水把头发给梳平了。到了该出去吃午饭的时间了。想起就要去吃的这顿饭我就有些忐忑不安，我纳闷这是为了什么，然后才惊讶地意识到是因为伯特·豪随便用的“偷”那个字眼。我希望他不要再这么不停地说个没完了。

在厕所里，甚至就在这个想法掠过我的脑海之际，我眼睛的抽搐就像是已经扩展到了我的面颊；“抽搐”这个动词简直就像是个有毒的鱼钩嵌入了英语这门语言当中。我曾与人通奸，但“通奸”这个词对我并没什么作用；我曾喝醉过酒，可是“醉酒”对我也没有什么了不起的力量。只有“偷盗”以及所有与之联系在一起的名词、动词和副词才具有凌虐我整个神经系统的力量，就仿佛我已经无意识地发展出某种教义，在这种教义中“偷盗”是摩西十诫里所有的罪恶之首，是道德死亡的征象。

我来到外面的街上时，天空很暗。到处都亮起了灯。我打量着我在街上经过的每一个行人的脸，想在这样一个充满欺诈的世界里找到一些鼓舞人心的诚实的征象，在第三大道，我看到一个年轻人拿着个马口铁杯子，闭起眼睛装瞎子。他那瞎眼的印记，那上半张脸上引人注目的纯洁无辜，被分明能看到吧台上的酒水的人才会有的紧锁的眉头和鱼尾纹给揭穿了。四十一街上有另外一个盲人乞丐，但我并没有细察他的眼眶，因为我意识到我不可能对纽约城里的每一个乞丐的合法性都做出评估。

卡尔丁是四十几街上一家专门接待男士的餐厅。前厅里的忙乱和喧闹只让我感觉怯生生的不自在，衣帽间里的那个姑娘，我想是注意到了我眼睛的抽搐，腻烦地看了我一眼。

伯特在吧台边坐着，点了酒水以后我们就开始谈正事儿。“像这样的一个买卖，我们本该拣个偏街后巷碰头的，”他道，“可是一个傻子加上他的钱以及诸如此类的，实在是犯不着。就三个孩子。

P. J. 伯戴特是其中之一，他们足足有一百万美金要扔掉。早晚会有人把钱从他们手里偷走，所以那个人也有可能就是你。”我用手捂住左半边脸，以挡住脸上的抽搐。当我想把酒杯举到嘴边的时候，却把杯子里的金酒洒了出来，溅了我一身。“他们仨全都刚刚大学毕业，”伯特道，“他们全都有钱得不得了，就算你把他们全都搜刮干净，他们都不会感到有任何痛苦。现在，为了能加入这次盗窃当中，你要做的也无非就是……”

厕所在餐厅的另一头，但我还是到了那里。我放了一盆冷水，把头和脸整个儿浸到里面。伯特也跟在我后面进了洗手间。在我用一张纸巾擦脸的时候，他说：“你知道，黑奇，我本来不打算提的，不过既然你确实是病了，我想告诉你也无妨，你看起来糟透了。我是说，我一见到你，就知道肯定出了什么事。我只是想告诉你，不管出了什么事——是酗酒还是毒品还是家里有什么麻烦——都已经是覆水难收了，你也许该就此采取点措施了。我这么说你不会见怪吧？”我说我是病了，我在厕所里一直等到伯特离开以后才出来。然后我去取我的帽子，衣帽间里的那个姑娘又腻烦地看了我一眼。衣帽间旁边一把椅子上有张晚报，我看到上面有条新闻说有几个抢银行的在布鲁克林卷走了一万八千美金。

我在街上转悠，琢磨着我将如何发展成为一个扒手和抢包的，圣帕特里克教堂那所有的圆拱和尖顶都只会让我想起教堂里面的募捐箱。我搭乘常规的列车班次回家，望着窗外平和宁静的景色和春日傍晚的暮色，这个世界被像我这样的人戳出了很多巨大的窟窿，而在我看来，那些钓鱼的、游泳的、铁轨交叉道口的守卫、沙地上玩球的孩子、毫无害羞地大胆亲热的情侣、小帆船的船主以及在消防站里打皮纳克尔牌的老人，都是缝合这些窟窿的人。

*

现在的克里斯蒂娜是这样一个女人：当她母校的校友会秘书请她描述一下她的现状时，她会因为想到自己活动和兴趣的多种多样而头晕眼花起来。那么，在特定的某一天里，我们不妨这里那里地通融变通一下，她到底有些什么必须要做的事呢？开车送我去火车站。把滑雪板送去修理。预订一个网球场。为 Société Gastronomique du Westchester Nord[1] 的月度餐会购买酒水和食品杂货。在《拉鲁斯》[2] 里查找某些释义。参加一个女性选民联盟关于下水道问题的讨论会。出席为鲍勃茜·尼尔的姑妈举行的盛装午餐会。为花园除草。为钟点工女仆熨制服。用打字机打两页半她写的有关亨利·詹姆斯早期小说的论文。倒垃圾。帮塔比莎为孩子们准备晚餐。帮罗尼练习棒球的击球。用卷发器卷好自己的头发。接厨娘。到车站接我。洗澡。打扮。在七点半用法语迎接客人。在十一点跟客人们道 bon soir[3]。在我的臂弯里躺到十二点。我发现啦！你也许会说她可真是踌躇满志，不过我觉得她只是一个繁荣而又年轻的国度里的一个尽情享受自己生活的女人。不过，当她在那天晚上到车站去接我的时候，我却很难打起精神来应付她这种勃勃的生气。

真是倒霉，我虽然完全不在状态，却不得不在礼拜天一早的圣

1 法语：北韦斯切斯特美食协会。

2 拉鲁斯（Pierre Athanase Larousse，1817—1875），法国语法学家及辞书编纂家，曾编纂出版大型综合性词典《十九世纪万有大词典》，后通称为《拉鲁斯词典》。

3 法语：晚安。

餐仪式上负责收献仪。我以非常狡诈的笑容回应朋友们那虔诚的目光，然后在像是用味美思和勃艮第酒瓶子底拼成的彩色玻璃的尖拱窗边跪下。我跪在一个人造革跪垫上，这个垫子是由某个同业协会或是其附属机构捐献，用来替代那些黄褐色的旧跪垫的，那些垫子的接缝处已经开始开裂，露出了里面填充的稻草，弄得这整个地方闻着就像个旧马槽似的。稻草和鲜花的气息，长明的祭典灯，在教区牧师的呼吸下闪烁不定的烛光，以及这幢取暖条件极差的石头建筑中的潮气，对我来说都像是厨房或是育儿室里的声响和气味一样熟悉，一样属于童年的记忆，可是那天早上，它们却显得那么浓烈和强劲，竟使我感觉有些头晕眼花。然后我听到在我右边的护壁板里面，有只老鼠的牙齿在啃啮，就像是把螺丝钻在那坚硬的橡木上钻孔。“圣哉！圣哉！圣哉！”我大声诵读，希望能把那只老鼠给吓跑，“万军之耶和华，他的荣光充满全地！”[1]那一小帮会众小声咕哝了一声“阿门”，听起来就像是脚步声，而那只老鼠继续在护壁板里面吭哧吭哧地啃着。然后——也许是因为我全神贯注于老鼠牙齿的啃啮声，或者是因为那潮湿和稻草的气味让我昏昏欲睡——等我从我用双手构成的隐蔽处抬头看时，我看到教区牧师正在从圣杯中饮酒，意识到我已经错过了领圣餐。

回到家，我浏览了一遍礼拜天的报纸，寻找其他偷盗行为的新闻，真是有很多。银行被抢，旅馆保险箱里的珠宝被洗劫一空，女仆和管家被绑在厨房的椅子上，皮草和工业用钻石成批地被偷，熟食店、香烟店和典当行被破门而入，还有人从克利夫兰艺术学院偷

1 出自《圣经·旧约·以赛亚书》第六章第三节，和合本译文。

走了一幅画。近晚时分，我到外面去清扫落叶。还有什么能比在春天那飘着丝缕云片的苍白天空下清除秋天留下的那发黑的垃圾更令人悔恨交集的呢？

我正在清扫落叶的时候，我的两个儿子从我身边走过。“托布勒家正在打垒球，”罗尼道，“大家都在那儿。”

“你怎么不去呢？”我问。

“人家请你，你才能去。”罗尼扭过头来说，然后他们就走了。然后我才注意到我能听到从那我们没被邀请参加的垒球赛上传来的欢呼喝彩声。托布勒家住在这个街区的那一头。随着夜幕的降临，那精神饱满的喊叫声似乎听得越发清楚了；我甚至能听到酒杯中冰块的撞击声，还有女士们娇弱的喝彩声。

我为什么没有受到邀请去托布勒家打垒球呢？我感到纳闷。为什么我们被排除在这些简单的快乐、这次快活的聚会之外呢？聚会中那渐渐消逝的欢声笑语和砰砰关门的声音因为不属于我所有，就像是在黑暗中微微闪亮。为什么我没有被请去托布勒家打垒球呢？为什么社交的扩大——事实上是往上爬——要把像我这样的一个好人排除在一次垒球比赛之外呢？那是个什么样的世界？为什么我被孤零零一个撇下，在黄昏的薄暮中只能跟那些死去的落叶为伴——现在的我就是这样——感觉如此孤独、凄凉而又绝望，以至于浑身冰凉？

如果说我有讨厌的人的话，那就是意志薄弱的感伤主义者——所有那些满怀忧郁的人，出于对别人过分的同情，失去了自身存在的激情，苟活于人世间，随波逐流，缺失了自我，就像是人形的尘雾，怜悯每一个人。时报广场上可怜兮兮地在面前摆放着几支铅笔的那个没有腿的乞丐，地铁里那个自言自语浓妆艳抹的老太太，公共厕所里的那个暴露狂，摔倒在地铁楼梯上的那个醉汉，都不仅仅能激起他们的恻隐之心；他们在一瞥之间就能将自身转化为那些不幸的人。那些社会的弃儿就像是践踏在他们那未曾实现的灵魂上头，将他们置身于幽冥中很像是监狱暴乱场面的状态里面。因为对自己感到失望，他们就总是准备着为我们当中其余的人也感到失望，他们将用涕泗涟涟的失望建造起整个城市、世间万物、人类世界和最高权力。夜里躺在床上，他们会满怀柔情地想起那个丢失了他的赛马赌博彩票的大赢家，那位其巨著被错当成垃圾付之一炬的伟大的小说家，想起由于总统选举人团[1]的阴谋诡计而失去了美国总统职位的塞缪尔·蒂尔登[2]。一向讨厌与这种人为伍的我，如今竟然发现自己就是他们当中的一员，那真是双倍的痛苦。而且又看到星光下一棵光秃秃的山茱萸树，我忍不住暗想，这一切是何等的悲哀！

星期三是我的生日。我是在下午已经过去一半的时候想起这件事的，在办公室，一想到克里斯蒂娜可能正在准备一个惊喜派对，搞得我在一秒钟之内就从坐姿变成了站姿，气都喘不上来了。然后我断定她不会这么做的。可仅仅是孩子们做的准备就会让我在情感上受不了；我真不知道该如何面对它。

1　总统选举人团（electoral college），由各州选举人选出的五百三十八名选举人组成的选举人团，履行选举总统和副总统的职责。

2　蒂尔登（Samuel Jones Tilden，1814—1886），美国律师，一八七四年至一八七六年任纽约州州长，一八七六年曾成为民主党总统候选人，以揭露并粉碎纽约政客、承包商的诈骗集团“特威德帮”而闻名。

我早早地离开了办公室，在上火车回家前先喝了两杯。克里斯蒂娜在车站接我的时候看起来对一切都很满意的样子，我也强按下内心的焦虑，摆出一副心情大好的样子。孩子们都已经换上了干净衣服，非常热烈地祝我生日快乐，让我感觉很糟糕。饭桌上摆着一堆小礼物，大都是孩子们亲手制作的——用纽扣做的好几个袖扣、一本记事簿等等之类的。考虑到我的境况，我感觉自己已经表现得很愉快了，我拉响爆竹，戴上傻乎乎的帽子，吹熄蛋糕上的蜡烛，感谢了大家，可是完了之后看起来还有另一样礼物——我的重要礼物——饭后我被留在屋里面，克里斯蒂娜跟孩子们都跑了出去，然后琼妮走进来，领我来到外面，绕到房子背后，大家全都在那儿。靠在房子上的是一架铝合金的伸缩梯，上面系着一张卡片和一条丝带，我就像是挨了当头一棒，说："这他妈究竟是什么意思？"

"我们还以为你会需要它，爹地。"琼妮说。

"我需要一架梯子干吗呢？你们以为我是干什么的——爬到二楼上干活的工人？"

"防风窗，"琼妮说，"纱窗——"

我转向克里斯蒂娜。"我一直都在说梦话吗？"

"不，"克里斯蒂娜道，"你并没有说梦话。"

琼妮开始哭了起来。

"你可以把雨水槽里的那些落叶给弄出来。"罗尼道。两个男孩子都拉长了脸看着我。

"哦，你得承认这确实是件极不寻常的礼物。"我对克里斯蒂娜道。

"上帝！"克里斯蒂娜道，"走，孩子们。咱们走。"她领着他们从露台的那扇门进了屋。

我在花园里一直晃荡到天黑以后。楼上的灯亮了。琼妮还在哭，克里斯蒂娜在给她唱歌听。然后她就安静了下来。我一直等到我们卧室的灯亮起来，又过了一会儿我才上楼去。克里斯蒂娜穿着件睡衣坐在梳妆台前，眼睛里饱含泪水。

“你得试着理解。”我说。

“我做不到。孩子们为了给你买那个该死的傻瓜玩意儿，好几个月以来一直都在存钱。”

“你不知道我这段时间里都经历了些什么。”我说。

“你哪怕是下地狱去走了一趟，我都不会原谅你的，”她说，“无论你经历过什么都没办法为你的行为开脱。他们把它放在车库里藏了整整一个礼拜。他们是多么可爱啊。”

“这段时间我一直都感觉很不舒服。”我说。

“别跟我说你感觉舒服不舒服的，”她说，“这些日子里我每天早上都盼着你赶快离开，每天晚上都害怕你回到家。”

“我也不可能坏到那个程度吧。”我说。

“就像是在地狱里，”她说，“你对孩子们恶声恶气，对我爱搭不理，对你的朋友们当面粗暴无礼，背后刻薄恶毒。真是糟糕透顶。”

“你希望我走吗？”

“哦，主啊，我希望你走吗！你走了以后我就能正常呼吸了。”

“那孩子们怎么办？”

“问我的律师去。”

“那我走了。”

我沿着走廊来到我们放旅行包的壁橱。等我把手提箱拿出来的时候，我发现孩子们的小狗已经把箱子一侧的皮革镶边全都给咬得松脱了。想另找一个手提箱的时候，我把那整个一垛箱包都给带倒了，劈头盖脸地砸到了我的耳朵上。我拿着那箱子走进我们的卧室，后面拖着一条长长的皮革镶边。“看看，”我说，“看看这个，克里斯蒂娜。那条狗把我手提箱上的镶边都给啃下来了。”她连头都没抬。“十年来，我每年都为这个家投进两万块钱，”我大叫，“可是到了我该走的时候，我却连个像样的箱子都没有！每个人都有个箱子的。就连那只猫都有个漂亮的旅行箱。”我猛地拉开放衬衣的抽屉，里面只有四件干净衬衣。“我连能维持一个礼拜的干净衬衣都没有！”我叫道。然后我把不多的几样东西收拾好，把帽子往脑袋上一扣，大踏步走了出去。有那么一刻，我甚至想到把车也开走，于是我走进车库看了看那辆车。这时我看到一块写着待售字样的标牌，那是很久很久以前我们买这幢房子的时候挂在房子上的。我把牌子上的尘土抹去，找了根钉子和一块石头，绕到房子前面，把那块待售的牌子钉在了一棵枫树上。然后我步行前往车站。那大约有一英里的距离。那条长长的皮镶边都拖在我身后，我停下来想把它从箱子上扯下来，可是怎么也扯不断。等我来到车站的时候，我发现要一直到凌晨四点钟才会有另一班火车开过来。我决定就在那儿等着。我在箱子上坐下，等了有五分钟。然后我就又往家里走去。走到半路上，我看到克里斯蒂娜正沿着街道走过来，穿着一件运动衫、一条裙子和一双轻便运动鞋——都是以最快的速度穿上身的衣物，不过都是夏天穿的——我们就一起走回家，上床睡觉了。

星期六，我去打了场高尔夫，尽管打完以后已经挺晚的了，我还是在回家前先去俱乐部的泳池游了趟泳。泳池里除了汤姆·梅特兰以外一个人都没有。他是个深色皮肤、相貌好看的男人，很有钱，却很安静。他看起来有些孤僻。他妻子是绿荫山最胖的女人，他的几个孩子也都不大讨人喜欢。我觉得他是那种男人：无论是派对、友谊还是风流韵事和事业，全都像是一个错综复杂的上层建筑——一个用火柴棍儿搭成的高塔——搭建在他早年青春年少时的忧郁之上。一口气就能把所有这一切全都给吹倒。我游完泳的时候天都快黑了；俱乐部里灯火辉煌，你能听到摆在门廊上的晚餐的进餐声。梅特兰坐在泳池边，用脚踢打着那散发着死海的氯气味道的淡蓝色池水。我用毛巾把身上的水擦干，走过他身边时，我问他是不是打算下水。“我不会游泳。”他说。他微微一笑，然后把目光从我身上移开，望着黑黢黢的景观当中那平静而又光滑无比的水面。“我们家原来就有个游泳池的，”他道，“可我从来就没有机会跳到里面去游过泳。我总是在苦练小提琴。”他坐在那儿，已经四十五岁，至少是个百万富翁了，可是他连在水里浮起来都不会，我猜想他平时应该也不会有太多机会像他刚才那样诚恳地说话。我在穿衣服的时候，已经打定了主意——完全不由自主地——我的下一个牺牲品就是梅特兰家了。

几天后的一个夜晚，我三点钟醒了过来。我仔细掂量着我的人生那些牵肠挂肚的未了之事——在克利夫兰的母亲，那包装材料的工作——然后我走进浴室点燃了一根香烟，这才想起我就要死于支气管肺癌了，而且抛在身后的孤儿寡妇还将一文不名。我穿上那双蓝色的轻便运动鞋和其余的行头，朝孩子们开着门的房间里看了看，然后就出去了。那是个阴天。我穿过后花园来到街角。然后我穿过街道来到梅特兰家的车道上，走在砾石路边缘的青草上面。他们家的门开着，我走进去，就跟上次在沃伯顿家里一样既兴奋又害怕，在昏暗的光影中感觉就像是没有了实体一样——成了个幽灵。我径直上楼来到我很清楚是他们卧室的那个房间，我听到沉重的呼吸声，看到椅背上搭着一件外衣和几条裤子，我把手伸进那件外衣的口袋，可里面并没有钱包。那根本就不是件西装外套；是孩子们穿的那种鲜艳的闪光面料的夹克。再从他的裤兜里找钱包也就根本没什么意义了。他靠修剪梅特兰家的草坪是赚不了多少钱的[1]。我急匆匆地离开了那里。

那天夜里我再也没有睡着，而是坐在黑暗中细想着汤姆·梅特兰、格蕾茜·梅特兰、沃伯顿夫妇、克里斯蒂娜以及我自己那肮脏不堪的命运，还有绿荫山在夜里看上去跟在光天化日之下是多么地不同。

不过第二天夜里我还是出去了——这次是去皮尤特家，他们夫妻不仅有钱，而且滥饮无度，喝醉了就打架，他们酒喝得那么多，我觉得熄灯以后他们连打雷都听不见。我就像通常一样，凌晨三点稍过不久离开了家。

走在路上，我心酸不已地想到我是怎么来到这个世上的——我是怎么在中城的一家旅馆，被一对刚刚用过六道菜的人餐外加美酒的淫荡男女给制造出来的，我母亲曾经跟我说过无数遍，她要是在那次著名的晚餐之前没喝那么多杯古典鸡尾酒的话，我可能现在还

1　言下之意是说正跟女主人躺在床上的是个为他们家修剪草坪挣点零钱的男孩子。

在某颗星星上没降生下来呢。我还在想我那个老爹、在广场酒店的那一晚、皮卡第音乐剧里面那些农妇青肿瘀紫的大腿、撑起整个剧院的所有那些暗金色的天使以及我那可怕的命运。我在往皮尤特家走的时候，所有的树丛和花园里突然起了一阵猛烈的骚动，就像是一股气流吹过一个火堆，我还纳闷这到底是怎么回事呢，直到我感觉雨水落到了我的手上和脸上，然后我就开始笑了起来。

我希望我能够说是一头善良的狮子使我改邪归正的，或者是个天真的孩子，或者是某个教堂远远传来的缥缈的乐声，可是使我改变主意的不过就是浇在我头上的雨水——雨水的气息还飞进了我的鼻孔——是它使我认识到我的自由距离枫丹白露的枯骨和一个小偷的盗窃行为到底有多远。认识到只要我真心愿意，我还是有办法摆脱我的困境的。我还没有深陷泥潭无法自拔。只要我还拥有生命赐予的礼物就够了，至于我又是如何得到这些礼物的丝毫不关我的事，而现在我就拥有着它们——那湿漉漉的草根与从我身上长出来的毛发之间的联系，我在夏日的夜晚已经懂得的我终有一死的事实所带来的战栗，爱我的孩子们，以及透过克里斯蒂娜裙子的前襟往里看。这时的我正站在皮尤特家面前，我抬头看了看那幢黑黢黢的房子，然后转身走开了。我回到床上，做了些很愉快的梦。我梦到我正在地中海上驾驶着一条船。我看到几段破旧的大理石台阶一直伸到水里，而那水本身——蓝色，含盐，污浊。我登上桅杆，升起船帆，把手放在舵柄上。可是为什么，当我驾船驶入大海的时候，我纳闷为什么我似乎只有十七岁呢？不过，你是无法拥有一切的。

把我从死亡中召唤回来的，并非像某个人曾经写过的那样是玉米面包的香味儿；是爱和友谊的所带来的光明和神迹。吉尔·巴克纳姆在第二天打电话给我，说老头子已不久于人世，我愿意回去工作吗？我去见他，他解释说当初是老头子在故意跟我过不去，当然啦，我很高兴重新回到我那包装材料的老行当。

那天下午我走在第五大道上的时候，我搞不明白的是，一个原本看起来如此暗无天日的世界怎么会在几分钟之内就变得如此甜美可爱的。人行道似乎都在闪闪放光，在回家去的火车上，我甚至都冲着布朗克斯那些广告牌上为女用紧身褡做广告的傻姑娘们点头微笑。第二天一早我就拿到了我的一笔预支的薪俸，我在采取了一些防止留下指纹的措施后，把九百美元装进一个信封，等周围邻舍的灯光全都熄灭以后，就朝沃伯顿家走去。天刚下过雨，不过已经放晴了。星星开始在天空中闪耀。没必要过于小心谨慎，我绕到他们家房子背后，发现厨房的门开着，就把那个信封放在了那个黑黢黢的房间的桌子上。我正从他们家房子出来的时候，一辆警车停在了我身边，一位我认识的巡警摇下车窗问道：“深更半夜的这个时候你在外面干什么呢，黑克先生？”

“我在遛狗。”我高高兴兴地道。目光所及并没有一条狗，但他们根本也没去看。“过来，托比！过来，托比！过来，托比！真是条好狗！”我喊道，然后我从警车旁走开，在黑夜中心情愉快地吹着口哨。

开往圣詹姆斯的大巴

开往圣詹姆斯——一个男女合校的新教圣公会学校——的大巴早上八点钟开始它接送学生的往返旅程，起点站设在公园大道跟六十几街相交的街角处。时间这么早也就意味着有些家长把孩子送过来的时候还睡眼惺忪的，而且还没来得及喝咖啡，不过碰到天晴的时候，阳光会以一个极端的角度照射着这个城市，空气清新，所以这也成为一天当中一段绝无仅有的快乐时光。那是厨子和门房遛狗的时间，也是搬运工蘸着肥皂水洗刷大堂的地毯的时间。夜晚的遗痕已经殊为少见，不过有一次家长和孩子们就眼看着一个无尾晚礼服上沾满锯末的男人溜达着走回家去。

秋季学期开学以后，有五个孩子在这个车站等着上校车，他们全都来自附近的那几幢石灰岩外墙的公寓大楼。其中有两个孩子：露易丝和艾米莉·谢里丹是新来的。另外的几个——普鲁伊特家的男孩、凯瑟琳·布鲁斯和阿姆斯特朗家的小女儿——一年前就开始在这儿等着乘坐开往圣詹姆斯的大巴了。

普鲁伊特先生每天早上都会把儿子送去车站。父子俩共用一个裁缝，而且面对女士的时候都会脱帽致意。凯瑟琳·布鲁斯论年龄已经可以一个人前去车站等车了，不过她是个近视眼，她父亲只要不是因为出差不在总是送她过来，他出差的时候就由一个女仆负责送她。斯蒂芬·布鲁斯的第一任妻子，也就是凯瑟琳的母亲，已经去世了，所以相较于一般的父亲而言，他对女儿会更加不辞劳苦地关心照顾。她是个大块头的姑娘，可是他总是很温柔地拉着她的手领她过马路，有时候用胳膊搂着她的肩膀站在街角处的车站上等车。第二任布鲁斯太太没有生孩子。阿姆斯特朗太太只有在她的女仆或是厨娘拒绝护送的情况下才会送她女儿到车站来。谢里丹太太也跟阿姆斯特朗太太相仿，跟一个女仆分担这项护送任务，不过她送得更为经常。每周至少有三个早上，她会送两个女儿过来等车，还用皮带牵着一条老苏格兰猎狗。

圣詹姆斯是个挺小的学校，送孩子的家长在等校车的时候就相互间说几句体己话。布鲁斯先生认识普鲁伊特先生的内兄，又是阿姆斯特朗太太寄宿学校时期同宿舍女生的远房表哥。谢里丹太太跟普鲁伊特先生又有共同的朋友。“昨天晚上我见到了你的几个朋友，”普鲁伊特先生有天早上说，“是默奇森夫妇吗？”“哦是的，”谢里丹太太道，“是的。”她从来都不会只加以简单的肯定，她总是说“哦是的，是的”，或者“哦是的，是的，是的”。

谢里丹太太衣服穿得很朴素，她的头发也一缕一缕开始灰白。她人长得不漂亮也不风骚，跟头发金黄的阿姆斯特朗太太比起来，她显得朴素；不过她的五官生得精致有型，她的身材也很优雅而又苗条。她是个举止端庄的女人，年纪大概有三十五岁，布鲁斯先生认定，拥有一幢秩序井然的住房并且具有完美的情感领悟力——这几个女人当中肯定至少有一位，出于善意，能接受任何东西。大量的权力看来正是她温柔谦恭的原因所在。她应该是被踏实体面的人抚养长大的，布鲁斯先生想，并会尊重所有那些寄宿学校的美德：勇气，良好的运动家风范，贞洁以及荣誉。有天早上当他听到她说“哦没错，没错”时，在他看来这就像是良好风度和精神的愉快结合。

普鲁伊特先生继续告诉谢里丹太太他又碰到了她的朋友们，不过他们的路径似乎从来都不会有直接的交叉。布鲁斯先生躲在他的报纸后面偷听他们的谈话，因此而感到很高兴，因为他不喜欢普鲁伊特先生同时又很尊重谢里丹太太；不过他也知道，他们一定会在这大街上之外的某个地方碰到，而有一天普鲁伊特先生向谢里丹太太摘下帽子并且说：“那难道不是个令人愉快的派对吗？”“哦，是的，”谢里丹太太道，“是的。”然后普鲁伊特先生又问谢里丹太太她跟她丈夫是什么时候离开的，而她说他们是在午夜时分离开的。她貌似并不很想谈论那个派对，不过她仍旧很有礼貌地回答了普鲁伊特先生所有的问题。

布鲁斯先生告诉自己，谢里丹太太是在浪费自己的时间；普鲁伊特是个傻瓜，根本配不上她。他对普鲁伊特的厌恶和对谢里丹太太的尊敬貌似是毫无理由的，不过有天早上他来到街角处的时候，发现谢里丹太太跟她两个女儿和那条狗等在那儿，而普鲁伊特并不在，他很高兴。他向她问了声好。

“早上好，”她道，“我们看来来得很早。”

凯瑟琳和谢里丹家的大女儿开始一起聊了起来。

“我想我认识凯瑟琳的母亲，”谢里丹太太很有礼貌地道，“你的第一个妻子不是玛莎·蔡斯吗？”

“是的。”

“我在读大学的时候就认识她。我跟她不是很熟。她比我高一级。凯瑟琳今年多大了？”

“去年夏天满八岁了。”布鲁斯先生道。

“我们有个兄弟，”谢里丹家的小女儿道，站在她母亲身边，“他也八岁了。”

“是的，亲爱的。”谢里丹太太道。

“他淹死了。”小姑娘道。

“哦，真抱歉。”布鲁斯先生道。

“他本来是个游泳好手，”小姑娘继续道，“可我们觉得他肯定是抽筋了。你知道，当时有大雷雨，我们全都躲进了那个船屋里，我们没有注意看——”

“那是很久以前的事啦，亲爱的。”谢里丹太太温柔地道。

“不是很久以前，”小姑娘道，“只不过是去年夏天。”

“是的，亲爱的，”她母亲道，“是的，是的。”

布鲁斯先生注意到她脸上并没有痛苦的痕迹，也没有努力想掩饰的表现，她的镇定在他看来简直就是智慧和优雅的壮举。他们继续站在一起，不再说话，直到其余的家长带着他们的孩子陆续到来，那辆大巴也刚好沿着街道开过来。谢里丹太太喊了一声那条老狗，沿公园大道回家去了，布鲁斯先生叫了辆出租车去上班。

临近十月杪，一个下雨的星期五晚上，布鲁斯先生和太太叫了辆出租车前往圣詹姆斯学校。那天是家长之夜。一个高年级的男同学把他们领到小教堂后排的长椅上。圣坛剥去了所有神秘的外衣，校长站在唱诗班席位之间那抬高的地板上，等着迟到的家长们就座。他紧张地又是塞紧又是拉松他的教士服，然后清了清嗓子示意大家安静。

“我谨代表全体教师和校董事会，”他说，“欢迎圣詹姆斯的家长们今晚光临本校。虽说天公不作美，不过好像你们当中也并没有任何一位因此而缺席今晚的活动。”这话说得有些狡黠，就仿佛家长们的全员出席正反映出他威逼胁迫的力量之大似的。“就让我们，”他继续道，“以一首祷文为我们学校的福祉祈福：全能的圣父，天地万物的创造者！[1]……”跪下来，垂下头，会众们看起来坚不可摧，就仿佛社会能持久存在下去就仰赖并总能仰赖他们似的。祷文念完之后，校长就向他们说起了学校的经久不衰。“今晚我有些很有趣的统计数据想拿来跟大家分享，”他说，“今年登记入学的孩子当中有十六位，他们的父母以及祖父母就曾经是圣詹姆斯的学生。我想这是个非常可观的数字。我怀疑纽约城里还有其他任何一所走读学校的数据可以与之媲美。”

在接下来校长为保守教育所做的简短辩护期间，布鲁斯先生注意到谢里丹太太就坐在他前面几排的位置。跟她坐在一起的是个高大的男人——应该是她丈夫——脊背挺直，一头黑发。讲话结束后，集会进入提问环节。第一个问题来自于一位母亲，她想请教该如何限制她的孩子们看电视的时间。校长在回答这个问题的时候，布鲁斯先生注意到谢里丹夫妇之间起了争执。他们在小声说话，两人之间的分歧显得很激烈。突然间，谢里丹太太从争执当中全身而退。她不再有任何话说。谢里丹先生的脖子涨红了。他继续压低嗓门强调自己的观点，朝他妻子俯下身去，并且摇着头。谢里丹太太举起了手。

“谢里丹太太，您有什么问题？”校长道。

1　祷文出自《使徒信经》。

谢里丹先生拿起他的大衣和圆顶礼帽，嘴里说着：“不好意思，借过”“多谢”“借过”，从同一排的其他人前面经过，离开了小教堂。

“谢里丹太太，您有什么问题？”校长重复道。

“我想知道，弗里斯比博士，”谢里丹太太道，“您和校董事会有没有想过在圣詹姆斯招收黑人学生呢？”

“这个问题三年前就提出来了，”校长不耐烦地道，“就此问题，我们还向校董事会提交了一份专门的报告。三年来很少有人提出索看的要求，不过如果您想索要一份副本的话，我会安排送您一份。”

“是的，”谢里丹太太道，“我很想看看。”

校长颔首示意，谢里丹太太坐了下来。

“汤森太太？”校长点名道。

“我有个关于科学和宗教信仰的问题，”汤森太太道，“在我看来科学系科对于科学的强调会有损于宗教情感，尤其是在有关创世的问题上。在我看来……”

谢里丹太太拿起她的手套，面带礼貌的微笑连声说：“借过”“多谢”“不好意思，借过”，从同一排的其他人面前擦身而过。布鲁斯先生听到她高跟鞋的鞋跟从过道的地板上踩过，伸长脖子，他能看到她。在她将那沉重的大门推开一扇的时候，外面的车声和雨声骤然间增大了不少，然后在大门关上后也就随之而减弱了。

下一周有天下午已经挺晚的时候，布鲁斯先生被从股东会议上叫出来去接一个他妻子打来的电话。她想让他在凯瑟琳上骑术课的训练场停一下，把她接回家。就为了这点事把他从股东会上叫出来，让他挺恼火的，等他返回会场的时候，会议本身已经落入带了本“罗伯特议事规则”[1]的老头儿的掌控中。本来应该以最为直接和简单的方式来处理的事务陷入了举步维艰的泥潭，会议在冗长乏味而又火爆激烈的争执中结束。刚开完会，他就叫了辆出租前往九十几街，穿过骑术训练场的马具房，进入跑马场。凯瑟琳和另外几个姑娘头戴猎装礼帽、身穿深色衣服正在骑马。跑马场内又冷又潮湿，头顶上的灯白花花地亮着，沿墙的镜子上雾气沼沼，布满一道道潮痕，骑术女教练以一种煞费苦心的谦恭礼貌跟她的几个学生说话。布鲁斯先生注视着他女儿。凯瑟琳戴着眼镜，相貌平常，浅色的头发很长又很干枯。她是个接受能力很强又很温顺听话的姑娘，她在圣詹姆斯所受的影响已经开始隐约在她脸上表现出来。骑术课结束后，他又回到马具房。谢里丹太太也正在那里等她的两个女儿。

“我能顺便捎你们回家吗？”布鲁斯先生道。

“当然可以，”谢里丹太太道，“我们本来打算去乘大巴的。”

孩子们加入进来，大家全都一起出去等着叫出租。天已经黑了。

“我对你上次在家长会议上提的那个问题很感兴趣。”布鲁斯先生道。这不是实话。他对那个问题并不感兴趣，而且如果那里接受黑人入学的话，他就会把凯瑟琳从那儿转学出来了。

---

1 “罗伯特议事规则”（Robert's Rules of Order）是美国准将亨利·马丁·罗伯特一八七六年初版的 *Pocket Manual of Rules of Order for Deliberative Assemblies* 的简称，其目的是以参考美国众议院的议事规则来规范民间团体的议事和会议程序。后经多次修订，成为美国最广受承认的议事规则标准。

“我很高兴有人感兴趣，”她说，“校长非常野蛮。”

“那正是我感兴趣的主要原因。”布鲁斯先生道，尽量想接近事实。

有辆出租车开了过来，他们都上去了。他把谢里丹太太一直送到她那幢公寓楼的门口，眼看着她跟两个女儿走进灯火明亮的大堂。

谢里丹太太忘了带钥匙，一个女仆为她开了门。天已经挺晚的了，她还请了人来吃晚饭。通往她丈夫房间的门关着，她洗了澡，穿戴整齐，一直都没见到他。她正梳头的时候，听到他走进起居室并把电视机给打开了。当着别人的面，查尔斯·谢里丹说起电视的时候总是一脸的鄙夷。“老天爷，”他会这么说，“我真不明白怎么会有任何人受得了那种垃圾。我至少得有一年的时间没开我们家那个电视机了。”现在他妻子就能听到他正在那儿哈哈大笑。

她离开自己的房间，沿着走廊来到餐厅，检查了一下那里的准备情况。然后她穿过餐具室走进厨房。门刚在她身后关上，她马上就觉察出有什么不对头的地方。女服务生海伦正坐在水槽旁边的一张桌子旁。她在哭鼻子。厨娘安娜把手里正在洗的平底锅放下，为的是能听清接下来的每一句话。

“出什么事了，海伦？”谢里丹太太问。

“他从我的工钱里扣下了四二美元，佘里丹太太。”[1] 海伦说。她是个澳大利亚人。

1　海伦带有口音，应为“十二”美元，“佘里丹”（即“谢里丹”）和下文的“密佘根”（即“密歇根”）也是对发音的模仿。下同。

“为什么，海伦？”

“我把自己灼伤的那一天。您让我去看医生？”

“没错。”

“因为那个，他从我的工钱里扣下了四二美元。”

“明天我给你张支票，海伦，”谢里丹太太道，“别担心。”

“是的，夫人，”海伦说，“谢谢您。”

谢里丹先生穿过餐具室走进了厨房。他一身深色正装看起来很帅。“哦，你在这儿，”他对妻子道，“在他们来之前咱们先去喝一杯吧。”然后，他转向女服务生，问道：“最近收到家里的来信了吗？”

“没有，佘里丹先生。”海伦道。

“你家住在哪儿来着？”他问。

“在密佘根，佘里丹先生。”她咯咯一笑，不过这个玩笑在过去这几年里已经开过无数次，她早就厌烦不已了。

“在哪儿？”

“在密佘根，佘里丹先生。”她重复道。

他哈哈大笑。“老天爷，这可太滑稽啦！”他道。他伸出胳膊搂住妻子的腰，然后走进起居室喝酒去了。

布鲁斯先生回到的家里则令人愉快得多。他妻子洛伊丝是个漂亮女人，她对他的欢迎也满怀深情。他坐下来跟她一起喝了一杯鸡尾酒。“玛格丽特今早上给我打了个电话，”她说，“跟我说查理把工作给丢了。我一听到电话铃响的时候，我就感觉到有问题；我感觉到了。我在拿起听筒前，我就知道肯定出了什么问题。起先，我还以为是可怜的海伦·勒克曼打来的。她最近遭逢了那么多不幸，我脑子里经常都会想到她。然后我听到了玛格丽特的声音。她说可怜的查理在对待这整个事件上都表现出了极佳的风度，还说他决定去找个更好的工作。他为那家公司把整个美国都跑遍了，而现在他们就这么把他给开掉了。她打来电话的时候我还躺在床上，而今天上午我在床上躺着的原因是因为我的背又开始给我带来一些小麻烦了。没什么大不了的——真的一点都不严重——可是疼得真让人受不了，我打算明天去找一下帕明特医生，看他能不能帮帮我。”

洛伊丝在布鲁斯先生最初认识她的时候身体就很娇弱。这也一直是她最大的魅力之一。她的皮肤那极端的苍白和娇嫩部分可以归因于她生命当中，据她所说，医生已经对她放弃治疗的那一年时间。她的娇弱是个事实，既源于遗传也出于偶然，她是不应该因为对于毒葛、感冒病毒和疲劳特别敏感而受到指责的。

“我很抱歉你的背痛又犯了，亲爱的。”布鲁斯先生道。

“哦，我也并没有一整天都躺在床上，”她道，“我十一点左右的时候从床上起来，跟贝蒂一起吃了午饭，然后就购物去了。”

洛伊丝·布鲁斯就像纽约为数众多的女性一样，把多到不可思议的时间都花在沿着第五大道来回购物上了。她仔细阅读报纸上的各项广告，比她丈夫阅读财经版都要用心得多。购物是她最主要的消遣。她会从病床上爬起来去购物。各大百货公司里的气氛对于她的性情具有一种保健疗效。她会从奥尔特曼开始她下午的购物活动——在一楼买副手套，然后乘自动扶梯去看看壁炉用的柴架。她会在洛德与泰勒买个手袋和一瓶面霜，还有价格昂贵的咖啡桌、装饰织物以及鸡尾酒酒杯。“往下吗？”当电梯门打开的时候她会问开电梯的工人，如果开电梯的说“往上”，洛伊丝反正也都会上去的，她会突然间认定不管她原本想买什么来着，可能就在家具或是亚麻制品部里面。她会在萨克斯买一双鞋和一条衬裙，从摩斯买些餐巾派人给她母亲送去，在德皮纳买一束布花，在邦威特买些护手霜，在本德尔买条裙子。到了这时，她的一双脚和她的头就会感到一种令人愉快的疲倦了，蒂芙尼的门童就会把旗子收进去，广场酒店旁边那些马车上的灯也会亮起来了。她会在迪恩买个蛋糕，这是她的最后一站，然后就会像个诚实的工人一样在薄暮中朝家里走去，心满意足而又满身疲倦。

夫妻俩坐下来用餐的时候，洛伊丝留心看她丈夫尝了一口汤，看到他满意的神情她就笑了。“味道不错，是不是？”她道，“我自己尝不出来——我有一个星期什么味道都尝不出来了——但我不想告诉凯蒂，上帝保佑她，因为那会伤害了她的感情，而如果味道做得不对的话，我也不想称赞她。凯蒂，”她叫道，透过餐具室，“你的汤做得很美味。”

谢里丹太太在接下来的整个礼拜里都没有到街角的车站上来。星期三下午，布鲁斯先生在下班回家的路上去凯瑟琳上跳舞课的地方接她。谢里丹家的两个女孩儿也在同一个班，他就在夏尔丹俱乐部的大堂里找谢里丹太太，但她并不在那儿。事实上，一直到他礼拜天下午去一个生日派对上接凯瑟琳回家时，才再次见到她。

因为洛伊丝的牌局有时候直到七点钟才散，布鲁斯先生经常就得在一天结束的时候承担前往某个地址去接凯瑟琳的任务，看着她在离开一个儿童派对的时候向主人僵硬地道谢和道别。外面的街上又冷又黑；举行这些派对的热腾腾的房间里散发着糖果和鲜花的气味。在那里的朋友和亲戚中间，他经常很高兴地遇见曾经一起消夏或是上学的旧相识。这些派对当中有一些真是煞费苦心，有一次他就前往华尔道夫大饭店楼上的一个公寓里去接凯瑟琳，派对上特意请了个吹玻璃的匠人来款待六个小姑娘。

那个礼拜天下午，在过道里有个爱尔兰女仆正用一个地毯除尘器在捡拾花生壳，断了线的气球在她那花白的头顶上的天花板上聚成一堆，布鲁斯先生碰见了一个侏儒，打扮成小丑，此人曾在他自己童年时期的派对上表演娱客。这个老人从来都没有改变过他那一套惯用的戏法或是顺口溜，他深感骄傲的是他能记得他曾为之表演娱乐过的好几代的孩子中大多数人的名字和长相。他在走廊里拦住布鲁斯先生，在几个错误的猜测后，终于想起了他的名字。在起居室里，有十几个朋友和亲戚正在喝鸡尾酒。时不时地，一个萎靡不振的孩子，拿着个糖果篮或是气球，会溜达着从成年人的人群当中穿过。在起居室的尽头，一对表演过牵线木偶戏的夫妻正在拆除他们的舞台。那个女人的头发染了色，她一边工作一边微笑着并且大幅度地比画着手势，就像个马戏演员，虽然根本就没有人看她。

布鲁斯先生在等着凯瑟琳把大衣穿上的时候，谢里丹太太从门厅走了进来。他们握了握手。“我能送你们回家吗？”他问道。

她说“是的，是的”，然后就进去找她大女儿去了。

凯瑟琳走到她的女主人面前，行了个屈膝礼。“您能请我来参加您的派对真是太好了，豪厄尔斯太太，”她说，口齿清楚，一点都不含糊，“非常感谢您。”

“她可真是个小可爱。有她在身边真是太开心了！”豪厄尔斯太太对布鲁斯先生道，并把一只手心不在焉地放在凯瑟琳的头上。

谢里丹太太带着她女儿再次出现了。露易丝·谢里丹行了个屈膝礼，背诵了一遍她的感谢词，可是豪厄尔斯太太正在想别的什么事，并没有听见。小姑娘又把她的致谢重复了一遍，提高了嗓门。

“呃，谢谢你能来！”豪厄尔斯太太唐突地大声道。

布鲁斯先生、谢里丹太太和那两个孩子乘坐电梯下了楼。他们走出大楼来到第五大道上的时候，天还挺亮的。

“咱们还是走走吧，”谢里丹太太道，“也就几个街区的距离。”

孩子们走在了前头。他们在八十几街的东南段，视野很开阔；第五大道、大都会博物馆和中央公园尽收眼底。他们走在街上的时候，第五大道的两行路灯轻轻地咔嗒一声亮了起来。空气中有层薄雾，使得路灯放射出黄色的光芒，大都会博物馆的廊柱，树顶之上广场酒店的那复折式屋顶，以及那一大片黄色的灯光不禁令斯蒂芬·布鲁斯想起世纪之交画家们所画的众多巴黎和伦敦的画作（《冬日的午后》）。这种虚假的相似让他感到很高兴，而他目之所及所感到的高兴又因身边这个女人的陪伴而更上层楼。他感觉她把这一切都看得清清楚楚。他们只默默地往前走，大部分时间都没有说话。在距离她所住的公寓楼还有一两个街区的时候，她把胳膊从他的臂弯里抽了出来。

“改天我很想跟你讨论一些圣詹姆斯学校的事，”布鲁斯先生道，“你愿意跟我一起吃个午饭吗？你能在星期二跟我一起吃午饭吗？”

“我很愿意跟你一起吃午饭。”谢里丹太太道。

谢里丹太太和布鲁斯先生一起吃午饭的那家餐厅，是个不大会被他们认识的任何人看到的地方。菜单脏兮兮的，侍者身上的无尾晚礼服也是一样。纽约城里足有一千个类似的地方。两人见面招呼的时候，他们可能会被当作结婚已经有十五年的夫妻。她带着大包小包和一把雨伞。她从郊区进城可能是为孩子们买衣服来的。她说她一直在购物，她叫了辆出租过来的，她赶得很匆忙，她饿坏了。她摘下手套，把菜单翻得哗啦啦直响，她四处打量。他要了一杯威士忌，她点了一杯雪利酒。

"我想知道你对圣詹姆斯学校的真实想法。"他说，于是她就绘声绘色地讲了起来。

他们一年前曾从纽约搬到了长岛，她说，因为她想把她的两个孩子送去一家乡间学校。她本人上的就是乡间学校。长岛的学校却不能令人满意，于是他们就在九月份又搬回了纽约。她丈夫当初上的就是圣詹姆斯，于是学校也就这么选定了下来。说起两个女儿的教育来，她讲得兴致勃勃，果不出布鲁斯先生所料，而且他猜想在这方面她不大可能跟她丈夫讨论得同样这么心满意足。能找到个似乎对她的观点很感兴趣的人，让她很兴奋，她因为说得太多而使自己陷入了不利的位置，这也不出他的所料，正中他的下怀。由我们刚刚爱上的那个人陪在身边所生出的那种深切的喜悦，是遮藏不了，掩盖不住的，就算是眼睛半瞎的侍者都不会视而不见，他们俩看起来都神采飞扬。他在街角处为她拦了辆出租车。他们道了再见。

"你还会跟我吃午饭的吧？"

"当然，"她说，"当然。"

她又跟他一起吃了次午饭。然后又跟他一起吃晚饭——她丈夫出差去了。他在出租车里吻了她，他们在她住的公寓楼前道了晚安。几天后他给她打电话的时候，是个护士或是女仆接的电话，说谢里丹太太病了，不能打搅她。他心急如焚。那天下午他打了好几次电话，谢里丹太太终于接了。她的病并不严重，她说。她一两天内就能下床了，等她好了以后会给他打电话的。下礼拜头上她给他打了电话，他们约好在上城一幢公寓楼里的一家餐厅一起吃午饭。之前她购物去了。她摘下手套，把菜单翻得哗啦啦直响，四处打量又一个快要倒闭的餐厅，灯光昏暗，只有几个顾客。她的一个女儿得了轻度麻疹，她说，布鲁斯先生对由此呈现的症状很感兴趣。可是对于一个号称对儿科疾病很感兴趣的男人，他看起来却暴躁而又滑头。他脸色很差。他怒气冲冲，不断用手揉着前额，就像是头疼难忍一样。他不断地抿着嘴唇，两条腿交叉来又交叉去。很快，他的心神不宁似乎也传到了桌子对面。在接下来他们坐在那里的时间当中，谈话一直都围绕老生常谈的话题打转转，可是有种他们似乎都没有挑明的情感却为两人之间的谈话染上了别样的色彩并加深而且扩大了它的形状。她没有吃完她的甜点。她任由她的咖啡变凉。有一度，两人谁都没有开口。一个注意到他们坐在这家餐厅里的陌生人，或许会以为他们是一对选择来这里聚首讨论一桩灾祸的老朋友。他面色发灰。他两手哆嗦。他朝她倾下身体，终于说："我请你到这儿来的原因是因为我效力的那家公司在楼上有一套公寓。"

"是的，"她说，"是的。"

对于情人来说，抚摸就是一种变形。他们身体的每一部分似乎都发生了改变，它们似乎变成了某种不同的东西、更好的东西。他们的经验当中那些有区别的、分离的部分，他们相遇前的那些岁月的全部和总和，都发生了改变，都朝向这一时刻被重新改变了方向。他们感觉他们已经达到了一种强度的恒定点，一种他们身体的每一部分都汲汲以求的“全对”的狂喜，袭上他们心头的任何一种回忆全都呈现为这一终极性的清澈和明晰：不论是某个机场内钟表的一根秒针，一只雪鹗，平安夜的一个芝加哥的火车站；还是在一个陌生的海港抛锚停泊一艘小帆船，而当时沿着暴风雨肆虐的海岸全线，陌生人都在吹响号角召唤游艇俱乐部的补给船；抑或在阳光虽然仍在天空照耀，而每座山峰的北坡已经沉入黑暗的时刻，沿着滑雪道疾驰。

“你想一个人下楼去吗？这几幢大楼里的电梯工——”他们穿好衣服后斯蒂芬·布鲁斯道。

“我不在乎这几幢大楼里的电梯工。”她轻松地说。

她挽着他的胳膊，他们一起乘坐电梯来到楼下。他们离开这幢大楼后，很不愿意分开，他们考虑后认定大都会博物馆是个不大会被任何认识的人看到的地方。那个几乎空无一人的圆形大厅，在下午的那个时候，看起来就像个过了火车运行时间的火车站，闻着有种烧煤的气味。他们看着那些石马和一块块布匹。在一个黑暗的过道里，他们发现了一个象征爱之盛宴的浪子形象。神——假扮成樵夫，放牛郎，水手，王子——从每一扇敞开的大门中进来。三个幽灵在一个圣林边等着把甲胄从他肩头卸下，把他的盾牌解下。一大群人在鼓动他的情人。整个创作非常协调——麝猫和黑熊，狮子和独角兽，水与火。

穿过圆形大厅往回走的时候，布鲁斯先生和谢里丹太太遇见了洛伊丝母亲的一个朋友。已经不可能躲开她了，他们就说了几句

“你好”和“幸会”的客气话，斯蒂芬并保证一定代这位朋友向他的岳母问好。布鲁斯先生和谢里丹太太走到列克星顿大道，就此道别。他回到办公室，六点钟回家。布鲁斯太太还没回来，女仆告诉他。凯瑟琳去了一个派对，他应该去接她回家。女仆给了他地址，他大衣都没脱就马上又出去了。外面在下雨。门房穿了件白色的雨衣，跑到外面的暴雨中，站在一辆出租车的踏脚板上回来了。那辆出租车的座椅是橘红色的，在往上城开的时候，他听到车上的收音机里在播放一首探戈舞曲。另一个门房打开车门请他下车，他走进一个就像他住的那幢大楼一样的大堂，大堂的建筑式样是想要模仿庄园主的宅第。来到楼上，地毯上有花生壳，天花板上有气球；朋友和亲戚们在起居室里喝着鸡尾酒，在房间的尽头，那个同样的提线木偶的小舞台正在被拆除。他在等着凯瑟琳把大衣穿上的时候喝了一杯马提尼，跟一个朋友聊了几句。“哦是的，是的！”他听到谢里丹太太说，然后就看见她带着两个女儿走进了房间。

他们还没来得及开口说话，凯瑟琳就来到了他们中间，他于是先带着他女儿来到女主人面前。凯瑟琳行了个屈膝礼，欢快地说：“您能请我来参加您的派对真是太好了，布雷蒙太太，非常感谢您。”布鲁斯先生开始朝电梯走去的时候，谢里丹家的小姑娘行了个屈膝礼，说：“这真是个非常出色的派对，布雷蒙太太……”

他在楼下和凯瑟琳一起等着谢里丹太太，不过有什么事或是什么人把她耽搁住了，当电梯下来两次而她都不在里面以后，他就离开了。

布鲁斯先生和谢里丹太太几天后又在那套公寓里约会了一次。

然后他在洛克菲勒中心的滑冰场的人群中看到了她，在等她的两个孩子。他再次看到她是在夏尔丹俱乐部的大堂里，跟其他的父母、保姆和司机一起等着舞蹈班下课。他没有跟她说话，不过他听到她在他背后跟某个人说："是的，母亲的身体很好，谢谢你。好的，我一定转达你的问候。"然后他听到她在离他更远一些的地方跟某个人说话，再往后她的声音就淹没在音乐里了。那天晚上，他出差离开了纽约，直到礼拜天才回来，礼拜天下午他跟一个朋友一起去看了场橄榄球赛。比赛的进程很慢，最后一节是在灯光底下打的。他回到家的时候，洛伊丝在公寓的门口接他。起居室里已经生起了火。她把他们的酒调好，然后走到房间的对面，坐在靠近壁炉的一把椅子上。"我忘了告诉你，海伦姑妈星期三的时候来过咱们家一趟。她打算从格雷山搬到靠海岸更近的一幢房子里。"

他努力想就这则新闻找点什么话说，却找不到。五年的婚姻生活以后，他像是已经根本无话可说了。那就如同因为缺钱而感到尴尬和为难一样。他绝望地回顾着那场橄榄球赛和他的芝加哥之旅，想找几桩能让她高兴的事情，可是却找不到一个字可说。洛伊丝感觉到了他的努力和他的失败。她停下了自己的话头。自从星期三以来我就没有一个可以说说话的人，她暗想，而现在他却没有一句话可说。"你不在的这期间，我又把背部给拉伤了，是去取个帽盒的时候，"她说，"疼得真是难以忍受，帕明特医生看起来也是束手无策了，所以我打算去找另一位医生看看，叫沃尔什的，他——"

"我真是非常抱歉，你的背部让你这么难受，"他说，"我希望沃尔什医生真能把你的背痛给治好。"

他声音当中根本就缺乏真切的关心，这大大伤害了她的感情。

“哦，我还忘了告诉你——是出了件麻烦事，”她气恼地道，“凯瑟琳今天下午是跟海伦·伍德拉夫还有别的几个孩子一起度过的。有几个男孩儿。当女仆走进游戏室去叫他们吃晚饭的时候，她发现他们全都没穿衣服。伍德拉夫太太感到非常不安，我跟她说你会给她打电话的。”

“凯瑟琳在哪儿呢？”

“在她的房间里。她不肯跟我说。我本来也不想说这话的，不过我觉得你应该给那小姑娘找个心理医生。”

“我这就去找她谈谈。”布鲁斯先生道。

“哦，你想吃点晚饭吗？”洛伊丝问。

“是的，”他说，“我想吃点晚饭。”

凯瑟琳在这幢建筑的一侧拥有一个巨大的房间。她的家具从来就没有把它填满。布鲁斯先生进去的时候，看到她坐在窗沿上，黑着灯。房间里有一股她养在笼子里的一对大老鼠的气味。他把灯打开，把他在机场买的一个带有吉祥饰物的手镯给了她，她很有礼貌地道了谢。他并没有提在伍德拉夫家发生的那件事，不过当他伸出胳膊搂住她肩膀时，她悲悲切切地哭了起来。

“今天下午我本来是不想那么做的，”她说，“可她逼我们这么做，而她是女主人，我们一直都是女主人怎么说，我们就怎么做的。”

“你本来想做也好，不想做也罢，都没有关系，”他说，“你并没有做出任何大错特错的事。”

他搂着她，直到她安静下来，然后他离开她，走进卧室给伍德拉夫太太打了个电话。“我是凯瑟琳·布鲁斯的父亲，”他说，“我理解今天下午在府上发生了件不愉快的事。我只是想说，凯瑟琳已经被好好申斥了一顿，就布鲁斯太太和我而言，这件事已经被忘记了。”

“哦，这件事在我们这儿可是还没被忘记呢，”伍德拉夫太太道，“我不知道是谁起的头，不过我已经把海伦送上床去睡觉了，一口晚饭都没让她吃。伍德拉夫先生和我还没决定该怎么惩罚她呢，不过我们打算狠狠地惩罚她一顿。”他听见洛伊丝从起居室喊他，说他的晚饭已经准备好了。“我想你也知道，道德堕落之风正在席卷这个国家，”伍德拉夫太太继续道，“在我们这个家里，我们的孩子这辈子还从没听人说过一个脏字儿。我们这里可容不得一点污秽和淫猥。如果一定要以火攻火的话，我也正准备这么做呢！”

这个愚昧无知而又脾气暴躁的女人让他很生气，可是他也只能无可奈何地听她把话全部讲完，这才又回到凯瑟琳身边。

洛伊丝看了看壁炉架上的表，尖声喊她丈夫，这是第二次了。她一点都不想给他准备晚饭。他对于她的感情的缺乏关切，然后又是她不得不在厨房里为他做牛做马，一直就像是一种永恒不变的人性状况。她那备受伤害的性别的幽灵在她猛地拉开装银餐具的抽屉时蜂拥而至，在她为他倒好啤酒的时候又再一次麇集在她周围。她精心地把托盘整理好，为的是在这么做的过程中故意加深自己的不快。她在她丈夫的餐盘里堆上冷肉和色拉，就仿佛它们都被下了毒一样。然后她用口红补画了一下唇彩，亲自把那个沉重的托盘端进餐厅里，丝毫不顾惜她那僵直酸痛的后背。

现在，抽了一根烟并绕着房间转了一圈以后，她已经又放过去了五分钟。然后她把那个托盘端回到厨房，把啤酒和咖啡倒进下水道，把冷肉和色拉放进冰箱。布鲁斯先生从凯瑟琳的房间回来后，发现她正愤怒地啜泣——不是冲着他，而是因为她自己的愚蠢。“洛伊丝？”他叫道，她冲出房间跑进她的卧室，砰的一声把门关上。

在接下来的两个月里，洛伊丝·布鲁斯从几个不同的渠道听说她丈夫一直在跟一位谢里丹太太约会。她向母亲吐露了她正在失去他的隐情，在她母亲的坚持下，雇了个私家侦探。洛伊丝并不是个报复心重的女人；她不想诱捕或是恐吓她丈夫；事实上，她倒是觉得这种做法会以某种方式成为他的救星。

有一天她正在家吃午饭的时候，那个侦探打电话给她，跟她说她丈夫跟谢里丹太太刚刚去了某个宾馆的楼上。他是从大堂打给她的，他说。洛伊丝饭没吃完就撂在了一边，不过还是换了衣服。她戴上了一顶有面纱的帽子，因为她的脸色很不自然，就因为那块面纱，她才能语气平静地跟给她叫了辆出租的门房说话。那个侦探在人行道上迎住她。他告诉了她楼层和公寓的门牌号码，并主动提出陪她一起上去。她有些拿腔作调地把他给打发走了，就仿佛他的提议是对于她能够胜任地处理这种情况的能力的一种非议。她之前从没来过这幢大楼，不过那种她是在行使自己的权利的感觉使她能够完全不为这幢大楼里的陌生感所动。

她在十楼下了电梯后，电梯工就在她身后把门关上了，她发现自己独自一人置身于一条漫长的、没有窗户的走廊里。一模一样的十二扇门为了跟积满灰尘的地毯相称，全都漆成了暗红色，顶上暗淡的灯光以及走廊里完全的寂静使她犹豫了一会儿，然后她径自走到那套公寓的门前，按响了门铃。里面没有声音，也没人来应门。她又把门铃按了好几次。然后她对着那扇紧闭的大门说了起来。“让我进去，斯蒂芬。我是洛伊丝。让我进去。我知道你在里面。让我进去。”

她等着。她把手套摘下来。她用拇指按住门铃，一直不放手。然后她侧耳静听。里面仍旧没有声音。她看着周围那些紧闭的红色门扇。她用拳头奋力地猛击那个门铃。“斯蒂芬！”她叫道，“斯蒂芬。让我进去。让我进去。我知道你在里头。我看到你进去的。我听得到你的声音。我听得到你四处走动的声音。我听得到你小声说话的声音。让我进去，斯蒂芬。让我进去。你要是不放我进去，我就告诉她丈夫了。”

她再次等着。午后两三点钟的寂静充满了这个间隙。然后她踢了门把手一下。她用手提包的骨架砰砰地砸门。她用脚踹门。“你放我进去，斯蒂芬·布鲁斯！”她尖声喊道，“你让我进去，听见没有！让我进去，让我进去，让我进去！”

旁边有扇门开了，她转身看见一个只穿了件衬衣的男人，摇着头。她跑进后厅，哭着，从消防楼梯往下走。就像纪念碑上的楼梯一样，它们仿佛无始无终，不过她终于还是来到了一个存放着三轮车和婴儿车的黑暗的门厅，找到了进入大堂的通道。

布鲁斯先生和谢里丹太太离开旅馆后，两人步行穿过中央公园，在冬末的阳光照耀下，公园里的气息淡淡的就像是一个树林。横过一条骑马专用道时，他们看到了普林斯小姐，孩子们的骑术教练。她正在给一个胖胖的小姑娘上课，小姑娘的马用缰绳牵着。

"谢里丹太太！"她说，"布鲁斯先生！真是太幸运了！"她把两匹马都停住。"我正好有事想对你们两位说，"她说，"下个月我们要搞一个小型赛马会，我想让你们的几个孩子都上场。我想让她们三个都进入熟练骑手班……也许到下一年，"她转向那个胖胖的小姑娘，"你可能也能进入熟练骑手班了。"

他们答应允许他们的孩子参加那个赛马会，普林斯小姐就跟他们道了再见，重新开始上她的骑术课。在七十几街上，他们听到一头狮子的怒吼。他们走到公园的南部边缘了。那时已经暮色四合。他从广场酒店里给他的办公室打了个电话。留言当中有一个来自他们家的女仆；要他在夏尔丹俱乐部停一下，把凯瑟琳接回家。

从舞蹈学校门前的人行道上，就能听到叮叮咚咚的钢琴声。凯旋进行曲已经开始。他们挤过前厅里的人群，站在舞厅的门口，寻找他们的孩子。透过敞开的大门，他们能看到贝利小姐，舞蹈老师，和她那两个女总管，当孩子们一对对地来到她们跟前时姿态僵硬地行个屈膝礼。男孩子们都戴着白手套。姑娘们衣着朴素。孩子们两个两个地鞠躬，或是行屈膝礼，然后加入站在门口的大人中间。这时布鲁斯先生看到了凯瑟琳。当他望着自己的女儿恭顺地做着期望她做到的那些动作时，他突然意识到他和拥挤在他身边的那些人全都是由同一块布料裁成的，一路货色。他们基本上都惶惑不已，困惑不堪，太过自私或是太过不幸，以至于无法信守保证一个社会永恒长久的那些常轨惯例，就像他们的父母曾经做到的那样。相反的，他们把这种秩序的负担转嫁到了他们孩子身上，用各种似是而非的仪式和礼仪填满他们的每一天。

有一位舞蹈老师走到他们跟前说："哦，真高兴见到你，谢里丹太太。我们还担心你是生病了呢。今天下午，舞蹈课刚一开始，谢里丹先生就来把两个姑娘给接走了。他说他要带她们到乡下去，我们还琢磨着你是不是病了。他看起来真是心烦意乱。”

那个助教微微一笑就走开了。

谢里丹太太的脸色变得煞白，然后又变得铁青。她看起来非常苍老。舞厅里很热，布鲁斯先生就领她来到户外那冬日傍晚清新的空气中，挽着她，事实上是撑着她，因为要不然她可能都站不住了。“一切都会好起来的，”他不断地说，“一切都会好起来的，我亲爱的，都会好起来的。”

苹果心里的蛀虫

克拉奇曼一家过得是那么、那么无比幸福，生活习惯是那么克制有度，对于发生在他们身上的一切又是那么开心满意，人们难免要怀疑在他们那个红通通的苹果的心儿里肯定藏着一条蛀虫，那异常红艳的外表只不过是为了掩藏内里病患的病根之深与程度之重。比如说，他们那幢位于希尔街的房子，遍布着巨大的玻璃窗。除了深受负疚情结折磨之苦的人之外，谁会需要那么多的光线灌进他们的房间呢？还有所有那些从这面墙铺到那面墙的地毯，就仿佛一英寸裸露的地板（一英寸都没有）就会触及某种深深植根于记忆当中的单恋以及孤寂似的。就连他们的园艺趣味都有某种程度的恋尸癖般的热情。为什么会如此热衷于挖坑、下种并且眼巴巴地看着它们出苗呢？为什么对泥土有着那种病态的关切呢？她是个漂亮女人，肤色却苍白得吓人，你只有在那些慕男狂身上才能经常看到。拉里是个身材魁伟的男人，经常光着膀子侍弄园艺，这也可能就是一种初期裸露癖倾向的体现。

战后，他们开开心心地从城里搬到了绿荫山。拉里大战期间曾在海军服役。他们有两个快乐的孩子：蕾切尔和汤姆。不过在他们的地平线上已经聚集起了一些阴云。拉里的军舰在战争期间被击沉，他在一条救生艇里在地中海足足漂了四天才获救，这一经历肯定会使他对于绿荫山的安逸舒适和鸟语花香满怀疑虑，并会使他经常受到梦魇的折磨。不过，更加严重的可能还是海伦非常富有的事实。她是老查理·辛普森——硕果仅存的工业冒险家之一——的独养女儿，留给她的收入要远远比拉里在梅尔谢尔与索奥公司的工作挣得多。这种状况的危险性可是尽人皆知的。既然拉里并无养家活口的必要——既然他缺乏养家糊口的任何诱因——他也就有可能对工作掉以轻心，把太多时间都花在高尔夫球场上，而且总是酒杯不离手。海伦则会将经济独立与情感独立混为一谈，因而损害了他们婚姻关系中那微妙的平衡。但是拉里似乎并没有什么梦魇，而海伦则把她的收入分摊给各项慈善事业，自己过着一种舒适而又简朴的生活。拉里每天早上都以极大的热情奔赴自己的工作，你简直都会以为他是在竭力地逃避着什么。他如此精力旺盛地热心参与社区生活，肯定都没有什么剩余的时间用于反躬自省了。他无处不在：领圣餐他冲在最前列，打橄榄球他驻守五十码线，他在室内乐俱乐部负责吹双簧管，在义务消防队负责开救火车，他担任学校的校董，每天早上都乘八点零三分的火车去纽约城上班。到底是什么样的伤心事才能给他这么大的推动力呢？

他本来可能想要个更大的家庭的。那他们为什么只有两个孩子？为什么不要三个或是四个呢？是不是有可能在生了汤姆以后两人的关系出现了裂痕？老大蕾切尔小时候胖得要命，又财迷心窍。每年春天，她都会从车库里拖出一张旧梳妆台来，把它竖在人行道上，挂上个招牌写着：鲜榨柠檬汁[1]。十五美分。汤姆在六岁上得过一场急性肺炎，差点儿没救过来，终究还是康复了，也没出现什么

1 原文标牌上大小写字母混用，是小孩子的错误。中译本里以给部分文字加着重号体现这一点。

并发症。有两辆车？没错。他们去教堂吗？每个礼拜天都满怀热忱地跪下祷告，一次不落。穿着？在谨遵禁奢令上再也没有比他们更加一丝不苟的了。读书俱乐部，当地的艺术与音乐爱好者协会，体育和牌戏——所有的一切他们都全力以赴，忙得不可开交。如果他们那对儿女具有反叛倾向的话，两人也把自己的反叛隐藏了起来，看起来开开心心地爱他们的父母，也高高兴兴为父母所爱，可是也许在这种表面的父慈子孝当中隐藏着某种深切的失望引发的忧伤。也许他性无能。也许她性冷淡——可是照她那副苍白的样子又不大可能。绿荫山这个社区里每个好动手动脚的对他们俩全都试过手脚，可是全都碰了钉子。他们这种忠贞如一的根源到底是什么呢？他们是害怕吗？假正经？还是一夫一妻制的忠实信徒？这种幸福美满的表象之下的深层内里到底是什么？

随着他们那一对儿女逐渐长大，你可能会在他们身上寻找那苹果心里的蛀虫之所在。他们会很富有，他们将继承海伦的财富，而我们可能从这里看到那正朝他们头顶飘去的阴影，而这是我们在那些终身有靠、一辈子衣食无忧的孩子们身上所屡见不鲜的。不管怎么说，海伦对她的儿子还是太过溺爱了。他想要什么，她就给他买什么。开车送头一次一身蓝哔叽西装的儿子来到舞蹈学校后，看着他登上台阶时那男子气概十足的身影，她不由得心醉神迷，竟然把车子径直开到了一棵榆树上。这种过分的溺爱和迷恋注定会后患无穷的。而且，如果她偏爱儿子的话，那她注定会排斥女儿。听听她的话。“蕾切尔那双脚啊，”她说，“太大了，实在是太大了。我从来都没办法给她买到合适的鞋子。”现在，我们也许亲眼看到那条蛀虫啦。就像大多数漂亮女人一样，她也是嫉妒成性的；她竟然嫉妒自己的亲生女儿！她可无法容忍别人跟她竞争。她会尽给那姑娘穿最丑陋的衣服，故意把她的头发卷得很难看，一直不断地对她那双大脚说个没完，一直说得那个可怜的姑娘拒绝参加舞会，或者即便是勉强去了，也会躲到女卫生间里，盯着自己那双畸形丑怪的大脚生闷气。她会变得可怜巴巴、孤独无依，为了表现一下自己的存在感，她会爱上一个见异思迁的诗人并跟他一起飞往罗马，过上一种痛苦不堪、滥饮无度的流亡生活。可是当那姑娘走进房间的时候，她却光彩照人，打扮得非常漂亮，而且满怀百分百的爱意冲着她母亲幸福地微笑。她的那双脚确实是挺大的，不过她的胸部也同样丰满傲人。也许我们还是再回到那儿子身上去寻找问题的所在吧。

还确实是有问题。他高中三年级的时候因为考试不及格留了一级，因为留级他感觉跟班上的其他同学格格不入，并且因为碰巧，他的座位又被安排在了卡丽·威彻尔旁边，她可是绿荫山最性感惹眼的姑娘。对于威彻尔夫妇和他们那个美艳漂亮而又朝气蓬勃的女儿，真是无人不知无人不晓。威彻尔夫妇好酒贪杯，住在枫树谷的一幢木板房里。这姑娘是真漂亮，而且她那一双老奸巨猾的父母如何一心盘算着靠着她那身雪白雪白的肌肤爬出枫树谷，也是无人不知无人不晓。这可真是天赐良机！他们很快就会了解到海伦有多少财富。在他们那间黑黢黢的卧室里，他们会详细地盘算女儿攀上高枝以后他们能要到多少婚后赠予的财产，在那间一日三餐都在其中解决的恶臭难闻的厨房里，他们会告诉自己的漂亮女儿，那男孩子想要对她怎么样就尽管让他怎么样。可是汤姆对卡丽却是爱上得容易丢得也快，在那之后他又相继爱上过卡伦·斯特劳布里奇、苏茜·莫里斯和安娜·麦肯，你可以想见他是多么见异思迁，可是他在大学二年级的时候却宣布跟伊丽莎白·特拉斯特曼正式订婚，在他大学毕业后两人就结了婚，而且由于他必须要服兵役，她就跟他去了在德国的驻地，在那儿两人学会了德语，跟德国人相处友好，成了为国增光添彩的人物。

蕾切尔的道路却没有这么顺畅。她减肥之后变得非常漂亮，也变得相当放荡不羁。她抽烟、喝酒而且可能跟人家私通，在一个漂亮而又放纵的年轻女人面前，张开大嘴想把她一口吞下去的那个深渊是深不可测的。如果不是出于侥幸，又是什么才使她免于堕落成为时报广场某个舞厅里的舞女的呢？如果在一个下着雨的早上看到自己女儿的面孔出现在一个玻璃橱窗里，木然地看着自己，胸部只有薄纱遮掩，她那可怜的父亲会怎么想呢？实际的情况却是，她爱上了法夸尔森家那个德国园丁的儿子。他和他的家庭是在战后以难民的身份来到美国的。他名叫埃里克·赖纳，公平说来，他确实是个将美利坚合众国视为一个真正的新世界的杰出青年。克拉奇曼夫妇对于蕾切尔的选择肯定是感到很难过的——且不说是心碎肠断吧——不过他们隐藏起了他们真实的感情。赖纳夫妇却没这么做。这对勤勉耐劳的德国夫妇认为这桩婚姻是毫无希望并且门不当户不对的。做父亲的甚至一度拿着一根劈柴打了自己儿子的脑袋。可是这对年轻的恋人却不为所动，继续交往，而且没过多久就私奔了。这也是迫不得已，因为蕾切尔已经有了三个月的身孕。埃里克当时是塔夫茨大学的大一新生，他申请到了那所大学的奖学金。海伦的钱这回算是派上了用场，她在波士顿为这对年轻夫妇租了套公寓，并为他们支付日常的开销。他们的第一个孙辈来得未免太早了点，不过克拉奇曼夫妇貌似并没有自寻烦恼。埃里克从塔夫茨毕业以后，他又申请到了麻省理工学院的研究生奖学金，并拿到了物理学的博士学位，然后留系任教。他本来可以进入实业界拿到更高薪酬的，可是他喜欢教书，而蕾切尔在坎布里奇过得也很愉快，于是他们就在那儿定居了下来。

他们自己那一对亲爱的儿女离家远去之后，克拉奇曼夫妇很可能就会饱受他们这种年纪以及他们这类人那典型的赫赫有名的精神凋敝之苦了——苹果心里的蛀虫终于将暴露在光天化日之下了——然而，眼看着这对迷人的夫妇在招待友朋或是阅读他们喜欢的书籍，你可能会怀疑那条蛀虫在那位观察者眼中是否还真正存在了；尽管他或是因为谨小慎微或是出于道德上的怯懦，导致他无法领悟他们夫妇那种自然而然的热情所具有的广阔的维度，也认识不到拉里尽管在吹奏巴赫和打橄榄球上都算不得精通，他对这两者的热爱却都是真诚无欺的。你至少可以期望在他们身上能看到岁月不饶人的衰老印记，可是不知道纯粹是出于幸运，还是拜他们一向生活节制、习惯健康所赐，他们却既没有脱发也没有掉牙。他们幸福美满的试金石依旧岿然不动，拉里虽然放弃了开救火车的差事，你却仍旧能在领圣餐的前列、橄榄球场上的五十码线、八点零三分的火车上以及室内乐俱乐部里看到他的身影，而且由于为海伦打理财产的经纪人既精明谨慎又锐意能干，他们还变得更加、更加、更加富有了，他们生活得也更加、更加、更加、更加幸福了。

玛茜·弗林特的不幸

“我正在奥古斯都号轮船上，已经在海上航行了三天。我的手提箱里装满了花生酱，我是个所有大城市的郊区的逃犯。多糟糕的鬼地方！我是说，那些郊区。上帝保护我远离那些每天黄昏将紫菀和玫瑰搬进室内以防霜冻的可爱女士们，远离那些脑袋里整天盘旋着无限的市政热情的女士们。我要前往都灵，那里的姑娘们热爱花生酱，那里的世界就是个男人的城堡，而且……”查尔斯·弗林特逃离的那个市郊（绿荫山）完全没有任何问题，他的年龄也无关紧要，而他对于都灵也并不陌生，最近他还去那里出过三个月的公差。

“上帝保护我，”他继续写道，“远离那些去超市也穿得就像toreros[1]的女人，并且远离那些牛皮公文包，远离那些法兰绒和华达呢衣服。保护我远离填字游戏和奸夫们，远离巴吉度猎犬和游泳池和冷冻开胃菜和血腥玛丽酒和装模作样和紫丁香花丛和家长教师协会的会议。”他就这么继续写啊写，与此同时，奥古斯都号正以十七节[2]的速度向正东航行；一日之内，他们就能看到亚速尔群岛了。

---

1 西班牙语：斗牛士。

2 节（knot），航速和流速单位，1 节 =1 海里 / 小时。

就跟所有愤愤不平的人一样，弗林特对实际状况的认识还不足一半，而且相对于了解事实真相，他对发泄自己暴躁的脾气更感兴趣。玛茜，他从其身边逃走的妻子，是个深色头发、深色眼睛的女人——不管怎么说都算不上年轻了，却天生富有女性的温柔和勇敢。她并没有跟邻居们说查理已经离开了她；她甚至都没给她的律师打过电话；不过她已经辞退了厨娘，而她现在正在炉灶和水槽间走一个南—南—西的线路，为孩子们做晚饭。她生性就不像她丈夫那样喜欢回顾过去，或是去细究到底是什么力量使得一对已经开开心心地一起生活了十五年之久的夫妻之间现在竟远隔重洋。她感觉，在他最近出差不在的那段期间，他们之间是略微有些看法上的分歧的，因为他一方面一直都在信上说他如何想念她，同时又说他一星期有六个晚上都在苏佩伽饭店里用餐，并且过得多么愉快。他原本计划只离家六个星期的，当这个期限拖长到三个月的时候，她就知道肯定要出事儿了。

在开始的几个星期里，她的邻居们都很慷慨地对她表示支持，不过她很清楚，一个像她这样落单的女人就能毁了一个晚宴派对，于是随着弗林特继续离家不回，她发现自己就要独自消磨越来越多的孤寂夜晚了。说起来，绿荫山的夜间生活是有两个侧面的；当然有各种派对，此外还有另外的一面——有圣诞老人无伴奏合唱工作室的定期活动，政治讨论组，竖笛演奏组，舞蹈学校，坚信礼班，各种委员会的会议，以及有关文学、哲学、城市规划和害虫防治的讲座。夜空中那明亮的星系之前可能从来都没有照临过一派如此繁忙的夜间活动的景象。玛茜嗓音甜美清澈，参加了一个每周四活动的无伴奏合唱组和一个每周一碰头的政治工作室。她只要一有空，人们就拉她参加各种委员会，虽然很难说清到底是因为什么；她几乎从来都没有主动要求过。在查理[1]离家不回的第三个月上，她终于接受了村务委员会的一个职位，主要是为了让自己有点儿事做。

贤良，理智，市政热情，以及孤独，都是导致可怜的玛茜的不幸的原因。查理远在都灵，就能清楚地设想出他归家的傍晚她站在他们那亮着灯的门廊前的模样，可是他能想象得到她爬到床底下为孩子们找鞋子，或者把煎出来的培根肥油倒进一个旧汤罐头盒里的样子吗？“爹地不得不留在意大利，是为了挣钱买我们需要的东西。”她这么告诉孩子们。可是在查理从国外打电话过来的时候，他一周打一次，他总像是已经喝了不少酒。那就想象一下这个女人，这个演唱《今日基督降生》[2]、研习卡尔·马克思并且坐在村务委员会的一把硬木椅子上开会的女人的样子吧。

如果说绿荫山真有什么问题，有什么你可以明确指出的问题的话，那就是这个村子没有公共图书馆——没有生了霉斑、一股子卷心菜气味的帕斯卡尔的著作；没有不成套的陀思妥耶夫斯基和乔治·爱略特的作品集；甚至没有高尔斯华绥；没有巴里[3]，也没有本涅特[4]。这是玛茜的任期内村务委员会的首要关切点。图书馆党大都

1　查理，查尔斯的昵称。

2　《今日基督降生》（“Hodie Christus Natus Est”），意大利作曲家帕莱斯特里纳（Giovanni Palestrina，1525—1594）创作的著名弥撒曲。

3　巴里（Sir James Matthew Barrie，1860—1937），英国小说家和剧作家，主要作品有长篇小说《小牧师》和剧作、小说《彼得·潘》等。

4　本涅特（Arnold Bennett，1867—1931），英国小说家、批评家，写过许多以家乡五座工业城镇即“五镇”为背景的小说，主要作品有《五镇的安娜》、《婆婆经》（又译《老妇人故事》《老妇谭》）、《克莱汉格》等。

是村子里的新住户；反对党的党鞭是塞尔弗里奇太太，村务委员会委员，一个非常高雅端庄的女人，一双明亮得出奇而又毫无表情的蓝眼睛。塞尔弗里奇太太经常谈起他们那自我选定的安静生活。“我们从不出门应酬。”她会这么说，可是表达的方式却并不像是表达某种选择，而是含有一种深深的孤独况味。她嫁的丈夫很富有，比她大很多，他们也没有孩子；确实，就连最拐弯抹角地提到两性关系的事实，都会把塞尔弗里奇太太闹成个大红脸。她所持的立场是，图书馆属于公共服务的范畴，会使得绿荫山吸引到开发商的注意。这并非盲目的偏见。卡尔森公园，隔壁的村子，因为允许在其境内开发房地产，就给已经住在那里的住户造成了灾难性的后果。税负加了倍，几所学校也给毁了。在阅读和房地产之间存在任何关联的说法遭到了图书馆党的质疑，直到一起恐怖的凶杀——事实上是三起凶杀——发生在卡尔森公园新建住宅区的一幢奶酪盒子状的住宅里，于是图书馆计划就跟凶杀案的牺牲者一起被埋葬了。

从苏佩伽饭店的露台上，你可以看到都灵的全景，还有四周白雪覆盖的群山，一个在那儿畅饮葡萄酒的男人是不大会想起他那参加村务委员会会议的妻子的。委员会由十男两女组成，以镇长为首，讨论的议题也由他负责遴选。委员会在市政中心举行，那是幢因拖欠税款而用来顶账的老旧大宅。委员会的会议室就是原来的客厅。这里曾经藏过复活节的彩蛋，孩子们曾在这里给纸驴钉上纸尾巴，壁炉的炉膛里曾燃起过熊熊的炉火，屋角也竖立过圣诞树；可是这幢大宅一旦成为村子的公产，大家就都似乎认真尽责地一心想把这些温雅的幽灵驱除干净。拉斐尔的自画像以及阿维尼翁的断桥[1]和斯特拉斯福的艾冯河[2]的风景画都被摘了下来，四壁刷成了令人倍感压抑的绿色。壁炉保留了下来，但是烟道被封死，砖砌的外围部分也刷了层绿漆。横跨天花板的一排日光灯管将咄咄逼人的光线照在各位村务委员会委员的脸上，使他们人人都显得憔悴而又疲惫。这个房间让玛茜感觉很不舒服。在它那刺目的灯光下，她的温柔甜美变得徒劳无益，使她不但感到厌烦，而且还有某种很让人难受的疏离感。

今天晚上他们专门讨论用水税和停车咪表的问题，然后镇长最后一次提出公共图书馆的议题。"当然，这个议题已经是结案了，"他说，"不过我们自始至终都在听取所有人的意见，对于赞成的和反对的双方一视同仁。还有一个人也想跟我们说说他的意见，我想我们也应该认真听取。他来自枫树谷。"然后他打开了会议室开向走廊的门，把诺埃尔·麦肯厄姆让了进来。

跟绿荫山相比，再也没有比枫树谷街区更像是个新建住宅区的了。在这种地方，房子肩并肩紧挨在一起，全都是白色的框架结构，全都建于二十年前，每幢房子旁边都停着一辆看起来比房子本身还要结实的汽车，活像是某种游牧文化的残余。那地方就是一种产卵场，一个专事生儿育女的地方，别无他用——因为谁长大了以后还会重返枫树谷呢？谁在最黑暗的夜里，会带着渴望想起那三个楼上的卧室、那漏水的卫生间和那一股子酸臭味儿的走廊呢？谁会

1　阿维尼翁，法国东南部城市，其最著名的古迹是建于十二世纪晚期的圣贝内泽桥（Pont Saint-Bénézet），也被称为阿维尼翁桥（Pont d'Avignon），此桥因一首著名的儿歌《在阿维尼翁大桥上》（"Sur le Pont d'Avignon"）而全球闻名。

2　艾冯河畔的斯特拉斯福（Stratford-upon-Avon），英国英格兰中部城镇，莎士比亚的故乡。

再次回到那逼仄的起居室，你就连抱着只猫转圈都会把墙上挂的雷尼尔山[1]的彩色照片给碰下来？谁还会再次回来坐进那把夹痛屁股的椅子，看那台被淘汰了的电视，用那个扭曲变形的烟灰缸——上面还有个正在跳丝巾舞的裸体女人的冲压钢制小雕像？

“我知道这件事已经结案了，”麦肯厄姆说，“不过我只是想公开申明一下本人支持设立公共图书馆的立场。要不然我会感觉良心不安的。”

他不是那种善于鼓动、提倡任何事务的人。他个头很高，头发已经开始不规则地脱谢，他只能将几根稀疏的软毛梳过来盖住他秃了的额头。他的五官棱角分明，肤色暗沉。他的话音缺乏低沉的音色，音域似乎局限于一种柔和的沙哑——一种单调而且像是喉头发炎的声音，在玛茜听来就像是某种匈牙利的音乐，在她心上激起一种令人烦躁的忧伤。“我只想讲几句话，表示一下对于设立公共图书馆的支持，”他嗓音粗嗄地说，“我小时候家里很穷。当初我们的那种生活方式实在乏善可陈，不过却有那个卡内基图书馆。我大约八岁的时候开始去那儿看书。我养成了定期去那儿看书的习惯，我想前后总有十年的时间。我什么书都看——哲学、小说、技术类书籍、诗歌、航海日志。我甚至看过一本菜谱。对我来说，那个图书馆实际上就决定了我人生的成败。当我想起我当初在打开一本好书时所感受到的那种兴奋和激动，我实在是不愿意去设想在一个连一家图书馆都没有的地方将我的孩子们抚养大。”

“哦，当然啦，我们明白你意思，”西蒙斯镇长道，“可我不认

1 雷尼尔山（Mount Rainier），位于美国华盛顿州境内的著名国家公园。

为这是问题的重点所在。问题并不在于有任何人反对向孩子们提供书籍。我们住在绿荫山的大部分人家都有自己的藏书。”

马克·巴雷特站起身来。“我想就穷孩子跟读书的问题略陈鄙见，如果承蒙允许的话，”他说道，那生动而又富有活力的话音使大家都不禁为之莞尔一笑，“我自己就是个穷孩子出身，”他兴高采烈地道，“我这么说丝毫也不感到羞愧，而且我只想略陈鄙见——不管怎么说——我是从来就没贸然闯入过一家公共图书馆，除非是为了躲雨，或者也可能是为了跟踪一个漂亮姑娘。我只是不想让任何人得到这样一种印象，觉得公共图书馆是通往成功的必由之路。”

“我并没有说公共图书馆是通往……”

“哦，可是你的言下之意就是这样！”巴雷特喊道，他大张旗鼓地一屁股坐下。他的椅子咯吱了一声，紧接着他又鼓了鼓浑身的肌肉，搞得他的袜带、背带和鞋子全都响了一遍。

“我只是想说——”麦肯厄姆重又开始道。

“你言下之意就是这个！”巴雷特喊道。

“只是因为你不识字，”麦肯厄姆说，“并不意味着——”

“嘿，该死的，我可没说我不识字！”巴雷特又站了起来。

“拜托，先生们。拜托！拜托！”西蒙斯镇长道，“请大家说话一定要心平气和。”

“我可不打算坐在这里让一个住在枫树谷的人告诉我，他之所以这么了不起是因为他看了很多书！”巴雷特叫道，“书自然有它的位置。这我不否认。可是没有一本书能帮我达到现在的位置，而站在我现在的位置上我可以朝枫树谷吐唾沫。至于说到我的孩子们，我想让他们到户外的新鲜空气里去打球，而不是去看什么菜谱。”

“拜托，马克。拜托。”镇长道。然后他就转向塞尔弗里奇太太请她宣布休会。

“我得到启示的那一天，那一时，那一刻，”查理在奥古斯都号他的甲板舱里写道，“发生在我回到家八天以后的一个礼拜天。哦上帝，我是多么幸福！那一天的大部分时间都花在安装防风窗上，我喜欢为了我的房子而忙活。就像安装防风窗这一类的事。活儿干完以后，我把梯子收好，抓起一条毛巾和我的泳裤，朝汤森家的游泳池走去。他们夫妇不在家，不过泳池里的水并没有放掉。我穿上泳裤，一猛子扎到水里，我记得在那一瞬间看到了——在一棵松树很高很高的顶上挂着——一件胸罩，我猜是汤森家的孩子仲夏时节顺手牵羊然后扔到树顶上去的，失窃的受害人那惊慌的尖叫早就被西风裹挟而去了。泳池里的水很冷，不知道是因为血压还是其他某种医学上的原因，反正我在从泳池里爬上来、把衣服穿上的时候，我感觉幸福得简直就要爆炸了。我走回家，当我迈步进屋的时候，里面是如此安静，以至于我都怀疑是不是出了什么状况。那是一种不祥的寂静——我只是纳闷钟表走动的声音为什么会那么响。然后我上楼去，发现玛茜在她的卧室里睡觉。身上盖了条轻薄的毯子，肩膀和胸部都露在外头。然后我听到亨利和凯蒂的声音，我就走到了卧室的后窗前。后窗俯瞰着花园，一条需要锄一下草的砾石小径通向一座小山包。亨利和凯蒂就在那儿。凯蒂正用根小棍儿在砾石地上画着——某种爱的讯息，我猜想。亨利弄了一架那种宽翼的飞机——实际上是那种避邪的飞机——用轻质木材制作，靠一根橡皮筋推进。他转动螺旋桨把橡皮筋拧紧，我看得出来他一边拧嘴巴一边一动一动地在数数。等橡皮筋绷紧以后，他在砾石上叉开双腿，样子活像个神枪手——凯蒂对此一无所见——把飞机送上天。飞机的机翼在薄暮中显得有些苍白，然后我看到它从树荫中爬升出来，就要落山的太阳用泛黄的光线抚摸着它。因为动力并不比一只飞蛾更大，它翱翔、旋转、漫游、再度慢慢地降回到树荫中，坠落在牡丹树篱上。'我又把它给送上天了！'我听到亨利喊道，'我把它送到了阳光里。'凯蒂继续在地上书写她的爱情讯息。然后，就像是电影中的某种特效，我看到自己变成我的儿子，站在一个同样的花园里，将一架飞机、一支箭、一个网球、一块石头——任何东西——从黑暗的树荫里发射到天上，而我的妹妹则在砾石地上画着一颗颗心形的图案。那对于进入阳光的冲动的记忆是如此深切，使我完全陶醉于其间，我看着那个男孩儿一次又一次地将飞机送上天空。

“然后，我回头朝房门走去，仍旧感觉轻快并满心喜悦，中间又停下来欣赏了一下玛茜胸部的曲线，在恻隐之心的突然爆发下决定让她继续睡下去。我感觉如此之好，很想去喝一杯——不是为了提振而是为了抑制一下高涨的情绪——反正就想喝一杯——就在酒杯里倒了些威士忌。然后我走进厨房去取些冰块，我注意到不知道怎么搞的，厨房里进来了好多蚂蚁。这挺让人感到奇怪的，因为我们从来都没怎么闹过蚂蚁。蜘蛛是有的。在春分和秋分的飓风来临前——甚至在晴雨表上的数字开始下降前——房间里就会感觉像是到处都是蜘蛛，就仿佛它们感知到了灾难性的天气。浴缸里会有蜘蛛，起居室会有蜘蛛，厨房里也会有蜘蛛，而且在暴风雨前你从楼上那条长长的走廊走过时，有时候都会感觉蛛丝撞到了你的脸上。不过我们几乎从来都没有闹过蚂蚁。而现在，在这个秋日的午后，成千上万只蚂蚁从厨房的窗框里钻进来，排成两行爬过滴水板进入水槽，就像是那里有他们想要的什么东西。

“我在杂物间的架子上找到了些蚂蚁药，是几年前我在村子里蒂蒙斯的店里买的一小瓶棕色的药粉。我往一个小碟子里倒了不少，把它放在滴水板上。然后我端着我的酒杯，拿了份周日的报纸来到房子前面的露台上。我们的房子朝西，所以房前比房后他们兄妹俩待的地方光线更好，我感觉如此高兴，就连报上的新闻看着都让人开心。没有国王在马赛那阴雨黑暗的街道上被人暗杀，没有风暴在巴尔干半岛各国上空酝酿，没有什么道貌岸然的英国人——深受他的房东太太和三姑六姨的崇拜——把某位年轻女士的残骸放到盛满硝镪水的浴缸里给溶掉，就连珠宝首饰都没有被偷盗。周日报纸最常呈现给你的是一个王朝倾覆和战争难以避免的凄风苦雨、令人忧心忡忡的世界，它的这种本事有时候竟然也会失灵。然后，阳光就从我阅读的报纸和安坐的椅子上悄然撤退了，我真该穿上件毛衣再出来的。

“时令已是晚秋——季候变化的况味就隐含在空气中——就连这个也在撩拨着我。上个礼拜天，要么是大上个礼拜天，这个露台上还是沐浴在阳光中的。然后我想到了我愿意置身其间的别的那些地方——楠塔基特，只剩下了屈指可数的几个人，帆船的船队已所剩无几，沙滩上的沙丘已被人抛弃，这跟夏日的景象截然不同，灰暗的阴影笼罩在海滨浴场上。我默想着那葡萄园、那粉白色的绝壁、那葡萄紫的秋日海洋，还有那深沉的静谧，静到你都能听到远在海峡之外一叶帆板在转弯时滑环在滑环绳上滑动的摩擦声。我品了一口威士忌，抖了抖报纸，不过草地和树梢上那金色的阳光远比报纸上的新闻更引人入胜，而现在，跟我对于那些海岛的记忆搅和在一起的，是玛茜那白皙的大腿。

“然后，我突然沉迷于此时此刻某种令人陶醉的自豪中，沉迷于我跟眼前这片景色之间那自然而然而又欣喜无限的神交当中，那感觉就仿佛我只要伸出手来就可以随心所欲地予取予求。我又想起那正在酣睡的玛茜以及我很快就可以在那儿的为所欲为——那将是展现这种自豪的一种方式。然后，我侧耳听了一下两个孩子的声音，但是没有听到，我决定就这样享受眼前的时光。我把报纸放下，跑上楼去。玛茜还在睡着，我脱光衣服，挨着她身边躺下，像是把她从一个美梦中唤醒了，因为她面带微笑把我拉向她。”

再次回到玛茜和她的不幸这边：休会后她穿上大衣，说：“晚安。晚安……他下周就该回来了。”她不是个容易心烦的人，可是她突然感觉她所面对的都是些蠢事和不公。跟在麦肯厄姆后面下楼梯的时候，她对于这个陌生人感到一阵强烈的怜悯和同情，对她的老朋友马克·巴雷特则是明确的恼怒之情。她想向麦肯厄姆道个歉，就在门口叫住他，跟他说起她自己对于一家公共图书馆的愉快记忆。

碰巧，塞尔弗里奇太太和西蒙斯镇长是最后离开会议室的。镇长手放在电灯开关上，等着塞尔弗里奇太太把白手套戴好。“我很高兴图书馆的事儿总算是就此结束了，”他说，“我有些担忧，不过眼下我是反对任何公共设施的，反对任何会让这个社区引起开发商兴趣的设施。”他说这番话时语带感情，说到“开发商”这个词儿时，他脑海中不禁隆起一道山脊，上面遍布着一式一样的住房。他想象中的那些住房全都一式一样，而且都由绿色的木材和假造的石头建造，在他看来这是不对的。年轻的夫妇在一种缺乏优雅气氛的环境中开始他们的生活，在他看来这是不对的；那些一排排的房子无法长久保持它们原本就不太雅致的外观，不久就变得有碍观瞻，在他看来这是不对的。“当然，这并非是不让孩子们看书的问题，”他重复道，“我们都有私人藏书。这不会成为什么问题。我想您就是在一个拥有藏书的家庭中成长起来的吧？”

“哦，是呀，是呀。”塞尔弗里奇太太道。镇长已经把灯关掉了，随之而来的黑暗掩盖并冲淡了她刚说的假话。她父亲原是个布鲁克林的巡警，他们家里连一本书都没有。他一直都是个友善可亲的人——身上的气味算不上有多讨人喜欢——跟他管区里所有的孩子都能聊上几句。退休以后的时光，他整天价只穿了身内衣，邋里邋遢、开开心心地待在厨房里喝啤酒，让她这个独养女儿深感绝望和耻辱。

镇长在人行道上跟塞尔弗里奇太太道了晚安，站在路边的时候她无意间听到了玛茜正对麦肯厄姆说的话。“对于马克，对于他说的话，我感到非常抱歉，”玛茜说，“我们时不时地也都得受着他。不过你为什么不到我家里来喝一杯呢？也许我们能把图书馆的这个计划重新启动起来呢。”

这么说来这件事并没有完，塞尔弗里奇太太愤愤不平地暗想。不弄到绿荫山从这头到那头全都变成了开发商新造的房子他们就绝不肯善罢甘休。卡尔森公园工程中那些面无血色、身处困境的居民，他们那些一大群一大群的孩子，他们每月都要支付的贷款利息，他们的那些大型的落地窗，以及从窗户望出去那一式一样的房屋，那没有树木、没有铺砌的泥泞不堪的街道景色，似乎都在威胁着她最为珍视的那些观念——她的草坪，她的娱乐，她的产权，甚至她的自尊。

塞尔弗里奇先生，一位聪明而又优雅的老绅士，正在家恭候他的“小公主”，她把自己的烦恼告诉了他。塞尔弗里奇先生已经从银行业退休——万分幸运，因为他如今不论什么时候迈出家门，都会迎头撞上种种世风日下的情形，那将他年轻时代的世界造就得优胜劣汰、朝气蓬勃而且健康向上的社会责任感和积极主动性全都已经不复存在了。他对于绿荫山可说是了如指掌——他甚至记得起麦肯厄姆的名字。“他把他的住房抵押给了银行，”他道，“我还记得他申请抵押的时间。他在纽约的一家教科书公司里工作，他那家出版公司至少被一个国会委员会指控为出版颠覆性的美国历史教材。我是不会把他放在心上的，我亲爱的，不过如果这样能让你大放宽心的话，我可以不费吹灰之力给报纸写一封信，把内情给披露一下。”

“可是两个孩子距离我们并没有我以为的那么远，”查理在奥古斯都号上写道，“他们还在花园里。而且我猜想，那个钟点对他们来说正是偷吃东西的时候。我只能杜撰或是想象他们兄妹俩到底发生了什么。可能是跟我的欲望同样强烈的饥饿感吸引他们走进了房间。走进门厅后他们停步听了听动静，他们什么都没有听见，然后他们就慢慢地把冰箱打开，这样那沉重的门锁就不会发出声响了。

冰箱里的存货肯定让他们感到失望，因为之后亨利就溜达到了水槽边，开始吃起了砷酸钠。‘是糖果。’他说，然后凯蒂也走了过来，兄妹俩竟然争抢起了剩下的毒药。他们肯定在厨房里待了好一阵子，因为当亨利开始干呕的时候，他们俩都还在厨房里。‘嘿，别吐得到处都是，’凯蒂说，‘到外面去。’她自己也开始觉得恶心起来，他们就来到外面，藏在一丛紫丁香下面，等我穿上衣服从楼上下来的时候，就是在那儿找到他们的。

“他们告诉了我他们吃了什么，我叫醒玛茜，然后又跑下楼去给马伦斯医生打电话。‘耶稣基督！’他叫道，‘我马上过来。’他要我把药瓶上的标签念给他听，可标签上就只写着是砷酸钠，并没有标明药物浓度的百分比。我告诉他我是从蒂蒙斯的店里买的以后，他让我打电话问问蒂蒙斯这瓶药粉的生产商是哪一家。电话一直都占线，于是当玛茜在两个中了毒的孩子之间跑来跑去时，我跳上汽车开到了村子里。天空中还挺亮的，我记得，可是街上差不多已经黑了下来。蒂蒙斯的药房是唯一亮着灯的地方，它是看起来靠着其他零售商桌子上的残羹剩饭勉强存活的那种地方。这么晚的时候，当所有其他的店铺全都关门以后，才是蒂蒙斯生意最好的时候。橱窗里那莫名其妙、乱七八糟的陈设——熨斗、烟缸、疝气带上的维纳斯像、冰袋还有香水——一直延伸到店里的存货，看起来活像是个医药行业的古玩店或者游乐宫：到处堆放着正在给自己涂抹防晒油的纸板剪出来的美女；用纸板剪出来的晴光辉映之下的阿尔卑斯山脉，在为松香味的肥皂做广告；还有一个个书架以及装满牌桌台布和塑料玩具水枪的一个个储物箱。这家药房也有点像是个住家，因为蒂蒙斯太太就站在冷饮柜台后头。她是个穿着齐整、面带焦虑的女人，背后的镜子上贴着她三个一身戎装的儿子的照片(其中一个已经死亡)。蒂蒙斯本人来到柜台前面的时候，嘴里还在嚼着什么，用手背把嘴边的三明治碎屑抹了去。我把那个药粉瓶子拿给他看，说：'孩子们大约一个钟头前误食了这个。我给马伦斯医生打了电话，他叫我过来找你。上面没有写明砷酸钠的含量到底有多少，他觉得如果你能想得起来是从哪儿进的货，我们就可以打电话给生产商问问清楚了。'

"'孩子们中毒啦？'蒂蒙斯问。

"'是呀！'我说。

"'你这货品不是从我这儿买的。'他说。

"他这谎言的笨拙以及他那家古怪的店铺里的寂静无声让我感觉非常绝望。'我确实是从你这儿买的，蒂蒙斯先生，'我说，'这一点是毫无疑问的。我的两个孩子弄不好就要被毒死了。我希望你能告诉我你是从哪儿进的货。'

"'你这货品不是从我这儿买的。'他说。

"我看了看蒂蒙斯太太，可是她顾自在擦抹着柜台，根本充耳不闻。'真他妈的该死，蒂蒙斯！'我喊道，我从柜台上扑过去，抓住了他的衬衣，'你查查你的记录！你查查你那该死的记录，告诉我货是从哪儿进的。'

"'我们知道失去一个儿子是怎么回事。'蒂蒙斯太太在我背后说。她的嗓音枯涩干瘪，非常单调，毫无生气，一板一眼，不屈不挠，简直就是悲伤与贫穷的音乐。'这个你用不着跟我们讲。'

"'你这货品不是从我这儿买的。'蒂蒙斯又说了一遍。我使劲揪着他的衬衣，直到衬衣上的纽扣都绷掉了，然后我松开了手。蒂蒙斯太太继续擦抹着柜台。蒂蒙斯站在那里，羞愧地低着头，我连他的眼睛都看不到。我走出了店门。

“我回到家的时候，马伦斯医生正在楼上的走廊里，最危险的时刻已经过去了。‘只要再多吃或者少吃一点，你就有可能失去这两个孩子啦，’他开心地道，‘不过我已经用过了洗胃器，我想他们就应该没有问题了。当然啦，这药毒性很大，接下来一个礼拜的时间里玛茜都要留一下他们的尿样——毒性有可能会滞留在肾脏里——不过我认为他们应该没有问题啦。’我谢了他，陪他下去，一直送他上了汽车，然后我上楼来到孩子们的房间，为了便于陪护让他们兄妹俩睡在了一起，跟他们瞎扯胡说了几句。这时我听到玛茜在我们的卧室里哭泣，我走了进去。‘都没事了，宝贝儿，’我说，‘现在全都没事了。他们都没问题了。’可是当我伸出胳膊搂住她的时候，她哀恸呜咽的声音反而更响了，我问她她想要怎么样。

“‘我想要离婚。’她啜泣道。

“‘什么？’

“‘我想要离婚。我再也受不了像这个样子生活下去了。我受不了啦。每次他们头疼脑热，每次他们放学后没有按时回家，不论什么时候只要有任何坏事发生，我就会想这是报应。我受不了啦。’

“‘报应什么？’

“‘你出差不在的时候，我把事情给搞糟了。’

“‘你这话什么意思？’

“‘跟一个人。’

“‘谁？’

“‘诺埃尔·麦肯厄姆。你不认识他。他住在枫树谷。’

“然后我有很长时间什么话都没说——我还能说什么？然后她突然间满怀愤怒地转向我。

“‘哦，我就知道你会是这个样子，我就知道你会是这个样子的，我就知道你会怪罪我的！’她说，‘可那不是我的错，那就不是我的错。我就知道你会怪罪我的，我就知道你会怪罪我，我就知道你会是这个样子，我就……’

“我没再听到她还说了些什么，因为我正忙着收拾行李。然后我吻别了孩子们，搭了班火车来到纽约，第二天一早就登上了奥古斯都号。”

*

事情的经过是这样的：村务委员会会议的第二天，晚报上登出了塞尔弗里奇的来信，玛茜看到了。她给麦肯厄姆打了个电话。他说他打算请报纸的编辑也把他已经写好的答复刊登出来，他八点钟的时候顺路到她家里来一下，把他写的答复的副本拿给她看看。她原本计划跟两个孩子一起吃晚饭的，可就在她正要坐下的时候，门铃响了，马克·巴雷特过来串门儿。“嗨，亲爱的，”他说，“给我弄杯喝的行吗？”她给他调了一杯马提尼，他摘下帽子，脱掉轻便外套，言归正传。“我听说昨天晚上你请那个肉丸子来你这儿喝了一杯。”

“谁告诉你的，马克？到底是谁告诉你的？”

“海伦·塞尔弗里奇。这不是什么秘密。她不希望图书馆的那个议题重新被提出来。”

“这就好比我是被人跟踪了。真让人不齿。”

“别为这个生气，亲爱的。”他把杯子递过去，她又给他倒了一杯，“我这次纯粹是作为一个邻居——查理的朋友——来的，要是朋友和邻居都不能给你出个主意的话，那要他们还有什么用呢？麦肯厄姆就是个肉丸子，麦肯厄姆就是一头狼。碰到查理不在家的时候，我感觉自己就像是老大哥——我希望能留神照看着你。我希望你能向我保证，你再也不让那个肉丸子踏进你的家门一步了。”

“我不能这么做，马克。他今天晚上就要过来。”

“不，他不能来，亲爱的。你打电话跟他说不要来了。”

“他是个人啊，马克。”

“那好，听我说，亲爱的。你听我说。我要跟你说件事。他当然是个人，可是收垃圾和打扫卫生的也都是人。我要跟你说件非常有意思的事。我上学的时候，就有一个跟麦肯厄姆像得出奇的肉丸子。谁都不喜欢他。谁都不搭理他。嗯，我是个活泼好动的孩子，玛茜，有很多的朋友，我就开始对这个肉丸子产生了好奇。我开始琢磨着我是不是有责任跟他交个朋友，让他感觉到他也是这个团队中的一个成员。嗯，我就跟他说上了话，如果我是头一个跟他搭话的人，我都不会感到吃惊的。我跟他一起散步。我邀请他到我的房间去。我竭尽所能让他感觉到我们接纳了他。

“那是个可怕的错误。首先，他开始在学校里到处乱窜，跟所有的人说他跟我打算干这个、他跟我打算干那个。然后他又跑到教务长的办公室要求搬到我的房间跟我同住，事先根本就没跟我商量过。然后他母亲就开始给我送那些讨厌的饼干，而他妹妹——我连见都没见过——就开始给我写情书，反正他就像条蚂蟥一样叮住我死活不撒口了，我不得不告诉他赶快罢手。我是明明白白告诉他的，我告诉他我跟他说话的唯一原因就是我可怜他。可是这一点用都没有。当你被一个肉丸子给缠住以后，你就是跟他说什么都没有用了。他继续缠着我，下课后等着我，橄榄球训练完以后他总是在更衣室里候着。到实在不可收拾的地步了，我们只得给他点颜色看看了。我们请他到皮特·芬顿的房间里喝可可，狠狠地揍了他一顿，把他的衣服从窗户里扔出去，在他的屁股上涂上碘酒，把他的脑袋按到一桶水里，直到他娘的差一点把他给淹死。”

马克点了一根香烟，把杯里的酒喝完。“不过我想说的是，你要是跟一个肉丸子搅和在了一起，你肯定会后悔不迭的。一开始你的感情也许是仁慈和慷慨的，可是到了后来总是害多益少。我希望你能给麦肯厄姆打个电话，告诉他不要来了。就跟他说你病了。我不希望他出现在你家里。”

“麦肯厄姆并不是来看望我的，马克。他是来告诉我他给报纸写的那封信的内容的。”

“我命令你给他打电话。”

“我不会打的，马克。”

“你快去给他打电话。”

“请别这样，马克。不要对我嚷嚷。”

“你快去给他打电话。”

“请从我的家里出去，马克。”

“你真是个顽固、懦弱、该死的傻瓜！”他喊道，“你的不幸就出在这上头！”然后他就走了。

她独自一人吃晚饭，还没吃完麦肯厄姆就来了。外面在下雨，他穿了件沉重的大衣，戴了顶寒酸的帽子——专门在大风大雨天里戴的，她猜想。那顶帽子让他看起来就像个老头儿。他显得心情沉重而且疲惫不堪，他从脖子上解下来一条很长的黄色羊毛围巾。他已经见过了报纸的编辑。编辑不肯登他的答复。玛茜问他想不想喝一杯，见他没有回答，就又问了他一遍。“哦，不了，谢谢你。”他语气沉重地道，他望着她的眼睛，脸上挂着的微笑简直疲惫到了铺天盖地的程度，她感觉他肯定是病了。他走到她跟前，仿佛要触摸她，她于是走进书房，在沙发上坐下来。他跟在后面走了一半的时候，才发现忘了把橡胶套鞋脱下来了。

“哦，真抱歉，”他说，“恐怕我把泥巴给带——”

“没关系。”

“要是在我家里就有关系了。”

“在这儿没关系。”

他在门旁的一把椅子上坐下，开始把套鞋脱下来，而正是这双橡胶套鞋真正起到了作用。看着他膝盖交叉，把套鞋从一只脚上脱下来，然后是另一只，玛茜不禁对人类这一笨拙的形象充满了怜悯，又对其在面对灾厄时那感人的崇高理想满怀同情。他肯定也从她苍白的面色或是圆睁的双眼中看出她是毫无抗拒之力的。

大海和甲板上都暗了下来。查理能听到走廊尽头的酒吧间里传来的人声笑语，他已经讲完了他的故事，不过他并没有停笔。他们即将进入更加温暖的海域和浓雾中，雾角已经开始每隔一分钟就吹响一次。他一边听着雾角，一边看着手表进行验证。突然间，他开始怀疑他带着满满一手提箱的花生酱待在这个奥古斯都号上到底是在干吗。“蚂蚁，毒药，花生酱，雾角，”他写道，“爱情，血压，出差，不可思议。我知道我是要回去的。”雾角再度吹响，在持续不断的号角声中，他仿佛看到他的全家正登上一段台阶朝他奔来——破碎的石头，野石竹花，蜥蜴，以及他们那无比可爱的脸庞。“我要在热那亚搭乘飞机，”他写道，“我要看着我的孩子们长大成人，参与到他们的人生当中，我要抚慰玛茜——甜蜜的玛茜，亲爱的玛茜，玛茜我的爱。我要用我的身体为她挡风遮雨，保护她免受黑暗所造成的一切戕害。”

The Bella Lingua[1]

威尔逊·斯特里特就跟很多住在罗马的美国人一样，是个离了婚的男人。他是F.R.U.P.C经销处的统计员，一个人独居，跟其他的侨民以及那些被吸引进入侨民圈子里的罗马人一起，过着一种充满乐趣的社交生活。可是他在办公室里整天都讲英语，而且他在社交场合遇见的那些意大利人英语讲得都远比他的意大利语强，所以他没办法让自己用他们的语言跟他们交谈。他的感觉是，要想真正了解意大利，他就必须得会讲意大利语。在碰到购物或是操办某项公事这类简单事务的时候，他的意大利语讲得也算是够好的了，可是他很希望能够用意大利语表达他的情绪，用意大利语讲笑话，并且能够听得懂有轨电车和公共汽车上听到的当地人的闲谈。他强烈地意识到他是在一个并不属于他自己的国家里讨生活这样的一个事实，不过他认为这种局外人的感觉在他真正懂了这门语言之后，就会发生改变的。

对于游客们来说，游遍一个陌生国度的整个体验都接近于一种过去时的感觉。即使你正待在罗马，那感觉也像是曾在罗马待过的日子，而且所有的一切——无论是观光、纪念品，还是拍照和购买礼物——全都带有纪念意义。即便是游客躺在床上等待入睡，那也

1　意大利语：美丽的语言。（本书为保留除英文以外语言带来的异域感，原文中除英文外的语言均保留原语言，加注释。——编者注）

是曾在罗马度过的夜晚。可是对于侨民而言，却并不存在这种过去时的感觉。如果去想现在这个时候，在另外一个国家那曾经并有可能再度成为他的永久家园的某个城镇或者乡村是怎样的情形，那可就是舍近求远了，所以他一直都生活在一种持续不断而且不屈不挠的现在时中。侨民们并不是在累积记忆，而是面临着一个学习一门语言并且理解一个民族的挑战。所以游客和侨民之间只能在威尼斯广场相互瞥上一眼——侨民穿过广场去上他们的意大利语课，游客们则经由预订，占据了路边咖啡店的所有座位，正在那儿喝金巴利[1]，因为他们都被告知这是一种典型的罗马 aperitivo[2]。

斯特里特的老师是个叫凯特·德雷瑟的美国女人，跟一个青春期的儿子住在佛罗伦萨广场附近的一座旧宫殿中。斯特里特每周二、周五的傍晚以及周日的下午到那儿去上课。他很喜欢在傍晚时分从他的办公室步行经过万神殿，去上他的意大利语课。他的侨居生活所得到的回报当中就包括了格外敏锐的观察能力以及一种令人兴奋的自由感觉。跟我们对自己祖国的爱密不可分的是我们在那个地方长大成人的事实，而这个过程但凡有丝毫差池，我们就会时时刻刻都被那个“犯罪现场”所提醒，意识到这个错处，直到我们死的那一天。几桩这一类的不愉快也许可以说明斯特里特那种自由感的原因，而他那格外敏锐的观察力则也许根本无他，只不过是个拥有良好胃口的男人金秋时节穿行在一个城市的边街后巷里时自然而然的感受。空气冷冽，闻着有咖啡香——有时候是焚香的气息，如

---

1 金巴利（Campari），意大利产的一种著名开胃酒。

2 意大利语：开胃酒。

果一座教堂的大门四面洞开的话——到处都有人卖菊花。这番景象令人兴奋而又迷惑——罗马共和国和帝国遗留下来的废墟，以及前天的这座城市所留下的废墟——不过一旦他会讲意大利语以后，这所有的一切都将会对他展露无遗。

斯特里特知道，对一个到了他这个岁数的男人而言，学习任何东西都不是件容易的事了，而且他还很不走运，一直都没找到一位很好的意大利语老师。他最先是去了但丁·阿利吉耶里学院，那里的语言学习班实在是太大了，他没取得任何进步。然后他请了一位老太太给他做私教。他被要求朗读并翻译科洛迪的《木偶奇遇记》，可是他才只翻译了几句话，老师就把书从他手里夺了去，自己做起了朗读和翻译。她是如此热爱这个故事，读得是又哭又笑，有时候整堂课都过去了，而斯特里特连张开嘴的机会都没有。他，一个五十岁的男人，坐在罗马城边缘一套冷冰冰的公寓里，听一个七十岁的女人朗读一本童话故事，这让他感觉实在是不合情理，在上了十几节课之后，他跟他的老师说他不得不因公去佩鲁贾出差。这之后，他在陶赫尼茨学校注了册，开始上私教课程。他的老师是位漂亮得出人意料的年轻女人，穿一身那年正时兴的紧腰身衣服，戴了个婚戒——他猜那只是个道具，因为她看起来实在是过于卖弄风情和放荡不羁了。她用气味浓烈的香水，戴好几只咯咯作响的手镯，把自己的短上衣拼命往下拉，走向黑板的时候屁股风摆杨柳，有天傍晚她恶狠狠地瞪了他一眼，他不禁伸出双臂搂住了她。她之后的反应是大声尖叫，踢翻了一张小课桌，一连穿过三个教室跑到了大堂，尖声喊叫着说她被一个畜生给袭击了。经过他这好几个月的学习后，“畜生”是她那喋喋不休的长篇大论当中斯特里特唯一听懂了的一个词儿。当然，整个学校都炸了锅，他唯一能做的也只有把额头上的汗珠一擦，开始穿过那几个教室朝大堂走去。大家为了更清楚地看到他的尊容，都站到了椅子上。打那以后，他一趟都没有再回陶赫尼茨学校。

他的下一位老师是个相貌平平的女人，灰白的头发，戴一条肯定是自己织的薰衣草色的围巾，上面遍布着绳头和线疙瘩。她是个非常出色的老师，教了他一个月后，有天傍晚跟他说她的生活磨难重重。说完后她等着他鼓励她把自己的烦恼告诉他，发现他并未给她任何鼓励后，她还是告诉了他。她跟她未婚夫订婚已经有二十年了，可是她未婚夫的母亲不同意这门婚事，只要一提起这个话题，就会爬到窗台上威胁要跳到大街上。现在她的未婚夫病了，要动手术，从脖子一直切到肚脐眼（她比画了一下），他要是死了的话，她就得以一个老处女的身份进入坟墓了。她那几个缺德的妹妹为了逼婚都已经未婚先孕了——其中有一位已经在八个月前成功地步上了红毯（更多的比画）——可是她宁肯（她拉起自己那条薰衣草色的围巾）到大街上去拉客也不会这么做。斯特里特无能为力地听着她诉说自己的伤心事，就像我们倾听大部分人的诉苦一样，因为家家有本难念的经，可是一直等到她下一个学生——一个日本人都进来上课了，她还在喋喋不休，结果那天晚上斯特里特就一句意大利语都没学到。这还不算完，下次他去上课的时候她还接着说。也许是他的错——他本该断然制止她的——可是现在她已经把他当作了心腹知己，他知道他是没办法改变这个关系了。他必须面对的问题是在于任何一个大城市里都不可或缺的寂寞和孤独，他只得又虚构了一次前往佩鲁贾的商务之旅。他又找了两位老师，又去了两趟佩鲁贾，然后，他在罗马第二年的晚秋时节，大使馆里有个人向他推荐了凯特·德雷瑟。

一个美国女人在罗马教授意大利语确属非同寻常，不过罗马的一切安排方式全都复杂之极，当我们试图理解对于一次庭审、一次租赁、一顿午餐或者任何事务的描述时，明白易懂以及怀疑主义都得退避三舍。每一事实或是细节全都滋生出更多的问题而非答案，结果到头来我们完全忽略了事实，就仿佛我们原本就打算这么干一样。罗马已经出现了一位拥有多疑的多马的手指头[1]的米卡拉红衣主教[2]——这已经是清楚无疑了——可是教堂里坐在我们旁边的那个人到底是睡着了还是死了呢，而威尼斯广场上的那些大象又是在干吗呢？

他们在一个巨大 sala[3] 的一头上课，靠近壁炉。斯特里特花费一个钟头，有时候是两个钟头的时间为上课做准备。他已经读完了《木偶奇遇记》，开始读《约婚夫妇》[4]，读完这部作品后就要读《神曲》了。他就像个孩子一样颇为完成了家庭作业而自豪，巴不得进行测验和听写，而且来到凯特的公寓时脸上总是带着傻呵呵的满面笑容，他真是太为自己感到满意了。她是个非常好的老师。她完全懂得他的愚笨、他那中年人的糟糕记忆力以及他对于学习的渴望。

---

1 多马（Thomas），耶稣基督的十二门徒之一，对耶稣复活表示怀疑，被称为“多疑的多马”（Doubting Thomas），坚持用手指抚摸耶稣的伤口之后始信。

2 米卡拉红衣主教（Clement Cardinal Micara，1879—1965），意大利天主教会红衣主教，一九四六年当选为枢机主教，自一九五一年起担任罗马代理主教（罗马主教名义上例由教皇兼任）直至逝世。

3 意大利语：房间，厅堂。

4 《约婚夫妇》（*I Promessi Sposi*），意大利十九世纪浪漫主义文学的代表作家曼佐尼（Alessandro Manzoni，1785—1873）的历史小说名著。

她讲的意大利语几乎总能让他听得懂，而且通过把手表放在桌子上用以标记课时，通过把私教费用的账单邮寄给他，而且从来都不提及她自己的私人情况，她赋予他们的课程以一种脚踏实地并且不带个人感情的气氛。他觉得她是个相貌好看的女人——或许有些过分认真、焦躁不安和劳累过度，不过却很有魅力。

当他们俩坐在凯特·德雷瑟用一架中国屏风和几把摇摇晃晃的金色椅子从房间里圈出来的这个角落里上课时，她有很多事情都没有跟他讲过，其中一件就是她出生并成长于艾奥瓦的小镇克拉斯比这个事实。她的父母都已经不在人世。在一个几乎所有的人都在当地的化肥厂里工作的地方，她父亲却碰巧是个有轨电车的售票员。凯特在成长的过程中，一直都没办法让自己承认她父亲是在一辆有轨电车上收钱卖票的。她甚至都没办法承认他是她父亲，虽说她原封不动地继承了他相貌当中那最显著的特点——一个鼻尖上翘得极端引人注目的鼻子，结果大家都叫她“过山车”和“哈巴狗”。她先是从克拉斯比去了芝加哥，又从芝加哥去了纽约，在纽约嫁了个在驻外使领馆工作的丈夫。他们住在华盛顿，然后去了丹吉尔[1]。战后不久，他们搬到了罗马，她丈夫死于食物中毒，留给她一个儿子和很少的一点钱。于是她就在罗马安居落户。克拉斯比为她的意大利生活所做的唯一准备就是小电影院里的那块幕布，她少女时代的周六下午都是在那儿消磨的。那时候的她瘦骨伶仃，穿得并不比大部分反叛期的孩子更好，气味也并不更加芳香，她把头发编成两条辫子，口袋里塞满了花生和糖果，嘴里塞满了口香糖，不管是

1　丹吉尔（Tangier），摩洛哥北部港市。

刮风下雨还是阳光明媚，每个周六下午她都把她的两毛五分钱花在电影院里，在第一排的座位上舒展开手脚。电影院里到处都是“过山车”和“哈巴狗”的喊叫，而且由于她有时候穿的高跟鞋（她姐姐的）和手指上戴的小杂货店里买的钻石，也难怪大家都拿她来取笑。男孩子们把嚼过的口香糖往她的头发上投掷，把用唾沫蘸湿的纸团往她那瘦伶伶的后脖颈上扔，在肉体和精神上深受迫害的她会抬起眼睛望着那幕布，看到她的一幅无比真切的未来图景。那图景就画在画布上，因为反复卷起和打开而裂痕累累——那是一个意大利花园的图景，有很多柏树，一个露台，一泓池水和一个喷泉，还有一道大理石的栏杆，玫瑰从大理石瓮里喷涌出来。她似乎真真切切地从她的座位上升腾起来，进入了那幅裂痕累累的场景，因为从她的窗口望向她所居住的塔罗米尼亚宫的庭院时，看到的景色几乎差不多就是这个模样。

现在你也许要问了，一个只有这么一点钱的女人，怎么会住在塔罗米尼亚宫里呢？这里有一个罗马式的答案。特拉蒙德男爵夫人——老罗马公爵的妹妹——住在这个宫殿西翼的一套寓所中，这套寓所原是为教皇安德罗斯十世[1]所建，经由一座宏伟的楼梯到达，楼梯的四壁和天花板上均有漂亮的壁画和天顶画。战前，男爵夫人很乐于站在这座楼梯的顶端，欢迎她的亲戚和朋友们，但物换星移，世事多变。男爵夫人年事已高，她的朋友们也都不年轻了；他们再也爬不动那座楼梯了。哦，他们努力过了。他们七零八落地爬上楼梯去参加她的牌会，就像是机关枪火力下的侦察队，绅士们搀

1 教皇安德罗斯十世（Pope Andros X），查无此人，应系作者杜撰。

扶着女士们，有时候则是相反，年老的侯爵夫人和亲王夫人们——欧洲的精华——气喘吁吁，精疲力竭地跌坐在楼梯的台阶上。这座宫殿的另一翼有一部电梯——就是凯特住的那一翼——但是西翼却是不能安装电梯的，因为会毁了那些壁画和天顶画。进入男爵夫人的住处唯一另外的途径就是乘坐电梯来到凯特的寓所，穿过她的寓所，经由一个服务人员的专用通道来到男爵夫人居住的另一翼。通过给予罗马公爵——公爵在这座宫殿中也拥有一套寓所——某种类似土地征用权的方式，凯特得以以低廉的租金租下了一套宫中的寓所。公爵通常每天从她这儿经过两次去看望他妹妹，而每个月的第一个星期四，在八点过五分的时候，一支辉煌壮丽而又年事已高的队伍就会列队穿过凯特的房间前往男爵夫人的牌会。凯特对此并不介意。事实上，每当她在星期四听到门铃声响起的时候，她的心脏还会激动不已地怦怦跳个不停。这个队伍总是由老公爵头前带领。他的右手被墨索里尼的一个刽子手给齐腕砍掉了，而现在这位老人的敌人都已经死去，他就骄傲地举着他这截残肢。跟在他后面的是堂·费尔南多·马尔凯蒂，特雷诺公爵，里科托–斯珀奇公爵和公爵夫人，安布洛·迪·阿尔本蒂斯伯爵，法布里奇奥·达罗米奥伯爵和伯爵夫人，乌尔班娜·泰索罗亲王夫人，伊莎贝拉·泰索罗亲王夫人，以及费德里科·巴尔多瓦红衣主教。他们各自都有不同的出彩和尊贵之处。堂·费尔南多曾驾驶一辆小汽车，途经戈壁沙漠从巴黎一路开到了北京。里科托–斯珀奇公爵曾在一次越野障碍赛马中摔碎了身上大部分的骨头，而达罗米奥伯爵夫人在德国占领期间曾在罗马的正中心经营着一个盟军的电台。罗马老公爵会送给凯特一小束鲜花，然后，他和他的那帮朋友就会鱼贯穿过厨房，从那个服务人员的专用通道出去。

凯特讲一口极好的意大利语，曾做过一些翻译和教学工作，过去三年以来，她靠为老意大利影片中的角色配上英语对白养活自己和她儿子，这些影片当时在英国的电视台播出。她的口音富有教养，所以她多半为那些王公贵族的未亡人以及类似的角色配音，不过貌似她的工作量相当大，她大部分的时间都花在了台伯河附近的一个录音棚里。她挣到的薪水再加上她丈夫留给她的那点钱，也就仅够她维持生活。她那个留在克拉斯比的姐姐每年总有两三趟会给她写哀怨悲叹的长信："哦，你这个幸运的、幸运的小狗，凯特！哦，我是多么嫉妒你呀，能够远离家乡所有这些乏味无聊、愚蠢透顶、让人不得安宁的琐碎生活！"凯特·德雷瑟的生活中并不缺少愚蠢和让人不得安宁的琐碎细节，可是她在信中对这些方面却只字不提，为了燃起她姐姐旅行的渴望，她寄回家的都是她在贡多拉上的照片或是从佛罗伦萨寄出的明信片——她总是在那儿跟朋友们共度复活节。

斯特里特知道，跟着凯特学习，他的意大利语正在不断进步，上完课后，当他步出塔罗米尼亚宫，来到大街上的时候，一想到再有一个月的时间——最多也就到秋末冬初——他就能明白大家都在干吗、他们说什么他都能听得懂了，他总忍不住兴奋不已。不过他进步的过程也自有其起伏涨落。

意大利的美已经不再轻易就能获得了，如果说确曾俯拾皆是的话，不过，跟朋友们驱车前往安蒂科利山下的一处别墅度个周末，斯特里特真正看到了纤毫毕现、优美无比的乡间景色，那真是难描难画。他们是在一个下着雨的黄昏到达的。夜莺在树上歌唱，别墅的双扇门大开着，所有的房间里都有一碗碗的玫瑰和橄榄木生的火。仆佣鞠躬如仪，端来蜡烛、奉上美酒，简直就像是电影里表现的王侯贵胄铺张扬厉的归家场景。用过晚餐之后，来到外面的露台上倾听夜莺的歌唱，观赏山上城镇里的灯火，斯特里特感觉黑黢黢的群山和遥远的灯火从未曾将他带入如此温柔的心境。第二天早上，当他迈步来到他卧室的阳台上时，他看到花园里有个赤足的女仆，正摘取一朵玫瑰插到秀发间。然后她就唱起了歌。听着像是一首弗拉曼柯——先是用喉音，然后是假声——而可怜的斯特里特发现他的意大利语仍旧极为有限，他听不懂那歌词唱的到底是什么，而这一点又使他认识到他对于这片风景其实也没办法完全理解的事实。他对它的感觉非常像是面对某个绝妙的度假或是消夏胜地——一处风景，也许是作为孩子，我们已经跟它的优美和朴素产生了一种临时性的关联，却又将在劳动节[1]被粗暴地斩断。这是对于一种借用的、临时的、苦甜参半的快乐时光的唤起，是他所竭力抗拒的——可是那个女仆继续唱着她的歌，而斯特里特却一个字都听不懂。

斯特里特在凯特的家里上课的时候，凯特的儿子查理在这一个钟头里面通常有一次会从他们上课的 sala 里走过。他是个棒球迷，面色不佳，笑起来像是猫头鹰。他会跟斯特里特打个招呼，传递几条从罗马的《每日美国人》上看到的体育新闻。斯特里特也有个跟他差不多同龄的儿子，而他跟妻子的离婚协议禁止他跟儿子会

1 参见第 128 页注释。

面，所以他每次看到查理，心头都忍不住会涌起一阵渴望见到自己儿子的剧痛。查理十五岁了，是你经常看到在大使馆旁边等校车的那帮美国男孩儿当中的一个，他们全都身穿黑色皮夹克和李维斯牛仔裤，剪着留长鬓角或是鸭尾巴式的发型，戴着外野手的棒球手套——穿着打扮无不显示出他们是美国人。这才是真正的侨民。星期六看完电影后，他们就会到那些叫哈利或拉里或杰里的酒吧里去吃培根和煎蛋、讨论棒球并在自动唱机上播放美国唱片，酒吧的四壁上全都贴满了那些不知名的电吉他手和不知名的轻俏女高音的签名照片。他们都是使馆的孩子，是作家和石油公司、航空公司的雇员以及离了婚的女人和富布赖特访问学者的孩子。吃着培根煎蛋，听着自动唱机，他们就会油然而生一种离家千万里的感觉，这种情绪的蒸馏物要远比他们父母知道的更为甜蜜和熏人欲醉。查理的生命当中已经有五年的时间是在一个用黄金装饰的天花板下度过的——那装饰用的黄金是由罗马公爵一世从美洲新大陆购入的，他曾亲眼看到那些戴着橡子般大小的钻石的老公爵夫人们在午餐结束后偷偷地往自己的手提包里顺不值钱的小玩意儿。他曾搭乘过贡多拉，曾在帕拉蒂尼山[1]上打过垒球。他曾在锡耶纳看过帕力奥赛马节[2]，并曾聆听过罗马、佛罗伦萨、威尼斯、拉文纳和维罗纳的钟声。可是在三月中旬他写给克拉斯比他母亲的乔治叔叔的信里，他写到的却并非这些内容。相反的，他请求这位老人把他带回家去，让他成为一个美国男孩儿。也真是机缘凑巧。乔治叔叔刚刚从化肥

1 帕拉蒂尼山（Palatine），古罗马城建于其上的罗马七丘之一。

2 帕力奥赛马节（Palio），每年七八月份在锡耶纳举行两次的著名传统赛马节。

厂退休，而且一直都想着要把凯特跟她儿子带回家里来。两个星期以内，他已经登上了一艘驶往那不勒斯的轮船。

斯特里特当然对这些情况一无所知。不过他也猜到查理跟他母亲之间的关系有点紧张。男孩儿那热闹的土风舞式的美国服装，跟他母亲那成色十足的意大利式做派本身就暗示出相当可观的分歧的空间，这还是至少的，而有个礼拜天的下午，斯特里特就直接闯入一场争吵当中。阿桑塔，他们的女仆，让他进了门，可是当他走到她那间 sala 的门口时，却听到凯特跟她儿子正怒气冲冲地相互喊叫。斯特里特也没办法再退回去了。阿桑塔已经赶在前头通报他到了，他能做的就只有等在门廊里。然后凯特从房间里走了出来——一边淌眼抹泪——说，用意大利语，那天下午她没办法给他上课了。她很抱歉。临时出了点事儿，她也来不及打电话通知他了。他自觉就像个傻瓜，面对着她满脸的泪水，拿着他的语法书、他的习字簿，胳膊底下还夹着《约婚夫妇》。他说上课的事儿没关系的，一点关系都没有，那么他礼拜二能来吗？她说是的，是的，就请他礼拜二再来吧——还有，他礼拜四能来一趟吗？不是上课，而是帮她一个忙。"我父亲的兄弟——我的乔治叔叔——要来了，他想把查理给带回家。我不知道该如何是好。我不知道我能做什么。不过要是有个男人在场的话，我会非常感激的；如果我不是孤身一人的话，我的感觉会好得多。你不必说任何话或是做任何事，你只要坐在一把椅子上喝一杯就行了，不过如果我不是孤身一人的话，我的感觉会好得多的。"

斯特里特同意到时候过来，然后就走了，心下琢磨着如果她在危急时刻不得不仰仗一个像他这样的陌生人，她过的到底是一种什么样的生活。他的意大利语课平白被取消，又没有别的一定要做的事，于是他就沿着河边一直走到了海事部，然后又经过一个既不新也不旧、根本说不上任何特征的社区走回来。因为那是礼拜天的下午，大部分住宅人家的大门都紧闭着。街道上几乎空无一人。偶尔经过什么人，也基本上都是一家老小去了趟动物园之后刚回来。也有几个提着糕点盒子的孤零零的男女，这样的人，你在黄昏时分全世界的任何一个地方都随处可见——一直未婚的姑妈和叔叔们跟他们的亲戚一道出去喝个下午茶，带着点糕点过去让聚会变得更加甜美融洽一些。不过大部分时间里他都是孤身一人，大部分情况下除了他自己的脚步声以外就再没有任何声响了，远处，有轨电车的钢铁车轮在钢铁的轨道上碾压出钢铁的哐当哐当声——对众多美国人而言，那就是一种礼拜天下午孤寂的声响；反正对他来说是孤寂的声响，并让他想起他年轻时某个没有朋友、没有爱情、屈辱难堪的礼拜天。随着他距离老城区越来越近，也就有了更多的灯光和人流——有了鲜花和人们交谈的声音——在人民圣母教堂的大门底下，有个妓女主动跟他搭讪。她是个漂亮的年轻女人，可是他告诉她，用他那磕磕巴巴的意大利语，说他有个朋友，然后继续向前走去。

正穿过广场的时候，他看到一个人被一辆车给撞了。那声音很响——是我们的骨头遭到致命撞击时发出的一种令人惊讶的音量。小汽车的司机从车座上溜出来，往宾西亚丘上跑去。受害人躺在铺砌路面上的一个小土堆上，是个穿着寒酸的男人，但他那头黑色的鬈发上却抹了很多的油，他肯定很以自己的头发为傲。人群聚拢了起来——一点都不庄严肃穆，虽然有几个女人在自己身上画着十字——每个人都开始兴奋不已地说个不停。这群人喋喋不休，全神贯注于他们自己的意见和分歧，在那个奄奄待毙的人看来是如此密不透风，等警察到来的时候，他们不得不推搡挣扎着才能挤到受害者身边。那个妓女的搭讪犹在耳边，斯特里特真搞不懂他们为什么会把人的生命视作其价值如此模棱含混的一种东西。

然后他改变方向，朝台伯河走去，在经过奥古斯都的陵墓时，他注意到一个年轻人正在喊一只小猫，要给它点吃的东西。有成千上万的猫咪居住于罗马的废墟中，靠吃残剩的意大利面过活，那只小猫就是其中的一只，而那个人正要把一块面包喂给它吃。然后，当那只猫走近他身边的时候，那人从口袋里掏出一个爆竹，把它塞进那块面包里，并点燃了引信。他把那块面包放在人行道上，就在那只猫低头去吃的时候，那个爆竹炸开了。那只猫发出一声令人毛骨悚然的尖叫，一跃跳到空中，它全身都抽搐扭曲，然后噌地翻过墙头，消失在奥古斯都陵墓的暗影中。那人因为他的恶作剧哈哈大笑，一直在旁边看着的几个人也全都笑不可仰。

斯特里特第一个本能的反应就是想给那个人一个大嘴巴子，教育他绝不许用点着的爆竹去欺负流浪猫。可是，身边有这么一群臭味相投的观众，这非得演化成一桩国际性事件不可，他意识到他实在是没有任何可以去做的。这些面对那个恶作剧哈哈大笑的人都是些善良的好人——大多数都是充满爱心的父母。就在今天的早些时候，你看到的那些在帕拉蒂尼山上采紫罗兰的可能就是他们。

斯特里特继续向前，走进一条黑暗的街道，听到他背后传来马蹄嘚嘚和马饰窸窣的声响——听起来像是骑兵——他闪到一边，让一辆柩车和一辆吊唁者乘坐的马车先过去。那辆柩车由两对饰有白色羽毛的枣红马拉着。车夫穿一身葬礼制服，戴一顶海军上将帽，长着一张醉醺醺的盗马贼的粗野大红脸。那辆柩车磕磕绊绊、轰轰隆隆、跳跳蹦蹦地就像是要散了架一般从街面的石头上驶过，它拉的那具可怜的尸首肯定已经被颠簸得不成人形了，而且紧随其后吊唁者乘坐的那辆马车里面居然是空的。那位逝者的朋友们可能是来晚了，或者搞错了日期，再或者就是把这葬礼的事儿整个都给忘了，这在罗马是司空见惯的。那辆柩车和马车就这样一路颠簸着朝瑟维安城门驶去。

这时候斯特里特明确了一件事：他不想死在罗马。他健康状况很好，没有任何理由想到死；可他还是觉得害怕。回到他的公寓后，他往一个酒杯里倒了点威士忌和水，来到外面的阳台上。他看着夜色逐渐降临，街灯亮了起来，自己的情感完全陷入了一片混乱。他不想死在罗马。这个念头只可能源自无知和愚蠢，他告诉自己——因为这种恐惧除了表现了对于生活的力量无力做出回应以外，还能代表什么？他用各种论点来申斥自己，用威士忌来安慰自己，可是在深更半夜，他却被一辆马车的车声和马匹的蹄声所惊醒，而且他再次因为恐惧而大汗淋漓。他想，那辆柩车，那个盗马贼，还有那辆空无一人的吊唁者乘坐的马车正轰轰隆隆地回到城里来，就在他的阳台底下。他从床上爬起来，走到窗前观看，只是两辆空马车正返回它们的马厩。

当乔治叔叔礼拜二在那不勒斯登陆的时候，他非常兴奋而且心情大好。他这趟出国有两个目的——把查理和凯特带回家，并且三十四年来头一次度个假。他一个克拉斯比的朋友曾去过意大利，专门给他写了份旅行指南："住那不勒斯的皇家旅馆。去国家博物馆。在翁贝托长廊喝上一杯。在加利福尼亚餐厅吃晚饭。上好的美国食物。早上乘坐龙卡里公司的豪华旅行大巴前往罗马。此行经过两个颇有意趣的村庄并在尼禄的别墅中途停留。在罗马住精品酒店。事先预订……"

礼拜三的早上，乔治叔叔起得很早，下楼来到旅馆的餐厅。"橙汁和火腿蛋。"他对侍者说。侍者给他端上来橙汁、咖啡和一个面包卷。"我的火腿蛋呢？"乔治叔叔问，然后意识到，当那个侍者对他鞠躬、微笑如仪的时候，他根本就听不懂英语。他取出他的意大利常用语手册，可上面既没有火腿也没有鸡蛋。"你们没有火腿吗？"他大声问道，"你们没有鸡蛋吗？"那位侍者继续微笑并鞠躬如仪，乔治叔叔只好放弃了。他把并非他点的早餐吃掉，给了侍者二十里拉小费，在前台兑换了价值四百美元旅行支票的现金，就结账退房了。换成里拉的现金有厚厚一沓，在他的西装外套里面鼓出一个大包，他就用左手捂在他的钱包上，就好像那儿疼一样。他知道，那不勒斯可是到处都是小偷。他打车去了大巴车站，就在翁贝托长廊附近的一个广场上。天还很早，阳光斜斜地照着，他很享受咖啡和面包的香气以及大街上匆忙赶着去上班的涌动人潮。从海湾吹来的海的气息升起在大街上，很好闻。他到得很早，一个红脸膛的男人领他来到大巴上的座位那儿，这人讲的英语带英国腔。他就是导游——不论你乘坐何种交通工具，也不论你去哪里，都会带着你在各种奇奇怪怪的名胜古迹间游览的那些人当中的一位。他们对各种语言的精通真是非同寻常，他们对古代文物的知识真是令人赞叹，他们对于美的热爱实在是热烈激昂，可是当他们跟大部队暂时分开一会儿的时候，他们不是从后裤袋里装的扁酒壶里喝上一口，就是去勒索某个年轻的朝圣者。他们用四种语言赞颂古罗马的辉煌，可是他们身上的衣服却经纬毕露，他们的亚麻衬衣脏兮兮的，他们的双手因为渴酒和放纵而哆里哆嗦。在那位导游跟乔治叔叔闲谈着天气的时候，他的呼吸当中已经能闻到威士忌的酒气。然后导游离开乔治叔叔去迎接此次旅游团的其他成员，他们正穿过广场朝大巴走来。

他们大约有三十号人——他们全都成群结队地行动，对于周遭陌生的环境表现出可以理解的胆怯之情——大部分都是老年妇女。他们登上大巴的时候，一直喋喋不休地唠叨个没完（我们上了年纪以后全都会这样），对一切都挑三拣四、大惊小怪个没完没了，上了年纪的游客都是这个毛病。然后，在导游对古代的那不勒斯大唱赞歌的当口，大巴开动，他们正式上了路。

他们先是沿着海岸前行。海水的颜色让乔治叔叔想起之前他从火奴鲁鲁收到的几张明信片，他的一位朋友去那儿度过假。那是种蓝绿色。他从来都没见到过这样的海水。他们经过几个海水浴场，全都死气沉沉的，处在半开放状态，年轻的男人穿着泳裤坐在岩石上，耐心地等着阳光把他们的皮肤晒黑。他们都在想些什么呢？乔治叔叔纳闷儿。在所有坐在岩石上消磨掉的这些钟头里面，他们到底在想些什么呢？他们经过一片东倒西歪的小浴室，并不比厕所更大，乔治叔叔不禁想起——那是多少年前了——他还是个小男孩时被人带到海边，在类似的这种咸丝丝的海边更衣室里脱掉衣服时的那种紧张和兴奋感。在他们的车拐向内陆的时候，他还伸长了脖子朝大海的方向最后看了一眼，心里暗自纳闷儿，为什么这片海水，这片闪闪发光的蓝色海水，竟然像是他刻骨铭心难以忘怀的某种东西。然后他们钻进了一个隧道，出来后就进入了农耕区。乔治叔叔对于耕作方式一直都很有兴趣，他很赞赏他们使葡萄藤攀爬到树上的方式。他很赞赏他们对于梯田的开垦，同时又对他看到的水土流失的迹象大惑不解。而且他认识到，他跟外面那对于他而言就像月球一样陌生的生活之间，只隔着一块窗玻璃。

他们乘坐的大巴玻璃车顶、玻璃车窗，活像是个玻璃鱼缸，白天的日光和云影就降落在这些游客中间。他们的去路被一群绵羊给挡住了。绵羊将大巴包围起来，将这个年老美国人的小岛孤立起来，空气中弥漫着愚蠢、刺耳的咩咩叫声。在羊群的包围之外，他们看到一个用头顶着一个水罐的姑娘。一个男人就躺在公路边的草地上睡觉。一个女人坐在台阶上，正在给一个孩子喂奶。在那个玻璃的穹顶底下，几个老太太在讨论飞机行李的高昂收费。“格蕾丝在巴勒莫[1]得了癣菌病，”其中一位说，“我觉得她永远都别想治好了。”

导游指着窗外古老的罗马大路上的遗迹，罗马塔楼和桥梁。一座小山上有个城堡——这景象让乔治叔叔大为高兴，这也难怪，他还是个小男孩儿时，他吃晚饭用的盘子上就画着城堡，而且最早读给他听的书和他最早能自己阅读的书上都画着城堡的插图。它们意味着人生当中所有令人兴奋、奇怪特异而且妙不可言的东西，而现在，他只要一抬眼，就能看到一座城堡矗立在就像他的图画书里一样蔚蓝的晴空之下。

---

1 巴勒莫（Palermo），意大利西西里岛首府。

车开了一两个钟头以后，他们在一个村子里停下来，那儿有家咖啡馆还有厕所。一杯咖啡要价一百里拉，这个事实在他们重新上路后被那帮老太太颇谈论了有段时间。在旅馆里咖啡六十里拉一杯，在街角只卖四十。他们服用药片，翻阅他们的旅行指南，乔治叔叔望着窗外这个奇怪的国度，在这里，春天和秋天的花儿像是肩并肩地在草地上绽放。这时候克拉斯比的天气应该非常恶劣，可是在这里，所有的一切都在灿烂地绽放——果树，含羞草——牧场上开满了白色的花朵，菜园里已经是丰收在望。

然后他们来到了一个城镇或是城市——一个街道弯曲而又狭窄的古老地方。他没听清楚这地方叫什么名字。导游解释说这里正有一个festa[1]。大巴的司机不得不持续不断地按响喇叭，才能慢慢地往前挪动，如此两到三番就会完全停下来一次，人流实在是太稠密了。大街上的人全都抬起头来观看这一难得一见的奇景——这个玻璃鱼缸里的年迈的美国人——露出如此不敢相信的表情，乔治叔叔的感情因此而大受伤害。他看到一个小姑娘把嘴里的面包皮拿出来，目不转睛地盯着他看。女人把她们的孩子们高高举起，让他们看这些陌生人。窗户都突然打开，酒吧里的人都走空了，人们指点着这些古怪的游客，笑不可仰。乔治叔叔很想跟他们说几句话，就像他在“扶轮国际”[2]分社经常发表讲话那样。“别盯着我们，”他想跟他们说，“我们没那么反常、有钱和奇怪。别盯着我们看。”

1　意大利语：节日，庆典。

2　“扶轮国际”（Rotary International），群众性服务社团，由芝加哥的哈里斯（Paul P. Harris）律师创建于一九〇五年，其宗旨是培养服务精神以作为经营企业的基础思想，鼓励商业及各行业中的高尚道德标准，促进全球性商业人员及各种行业人员的联谊活动。采用“扶轮”一名，是因为各次会议要轮流在各个成员的事务机构举行。

大巴转向一条边街，再次停下来喝杯咖啡、上上厕所。大部分游客都分散开来买明信片去了。乔治叔叔看到街对面有个开放的教堂，就决定进去看看。他推开教堂大门的时候，闻到空气中有股子香气。里面的石砌墙壁光秃秃的——就像是个军械库——只有两边的私人祈祷室里点着几支蜡烛。然后乔治叔叔听到响亮的人声，看到一个男人跪在一个私人祈祷室前，在念诵祷词。他念诵祷词的方式是乔治叔叔前所未见的。他的声音强劲有力，哀哀求肯，还时不时地怒火中烧。他的脸上满是泪痕。他是在向十字架哀求某样东西——一个解释、一次赦罪或是一个生命。他挥舞着双手，他哭泣流泪，他的声音和他的呜咽在这个谷仓般巨大的建筑中发出回响。乔治叔叔走出教堂，重新回到他在大巴的座位上。

他们离开那个小城，再度朝乡村进发，在快到中午的时候，他们在尼禄别墅的大门前停下车，买了票进去。那是片巨大的废墟，奇特花哨，除了砖砌的支柱以外，所有的一切已经全被挖凿一空。这组建筑原本宏伟而又高大，现在只剩下没有了屋顶的房屋的墙壁和拱门，塔楼的底座，矗立在一片绿色的牧场上，再也不会通往任何地方，所有那些众多的楼梯向上、转弯，然后就那么停留在半空中。乔治叔叔离开了大家，兴致勃勃地在宫殿所留下的这些残迹间漫步徜徉。周围的气氛在他看来舒适而又安宁——有点像是在树林中的感觉——他听到一只鸟在鸣唱，听到有水流的声响。这片废墟的外形，遍布的植物就像是老人耳朵里长出来的长毛，看着令人感到一种舒心惬意的熟悉亲切，就仿佛他那些已经忘却的旧梦在这样的一个场景下一一上演。这时他发现自己来到了一个比别处更加阴暗的地方。空气潮湿，那些无知无识的砖砌房间，一间通往另一间，全都长满了灌木丛。这里原本可能是个地牢，一个禁闭所或是一个专门举行下流仪式的神庙，因为他突然间被这种潮湿激起了淫乱之心。他转过身去，寻找阳光、水流和那只小鸟，发现有个导游正站在他进来的那条小路上。

“你想看看那个特别的地方吗？”

“你什么意思？”

“非常特别，”那个导游道，“只向男性开放。只向强壮的男子汉开放。那些图画。非常古老。”

“多少钱？”

“两百里拉。”

“好吧。”乔治叔叔从他装零钱的口袋里掏出两百里拉。

“来，”那个导游道，“这边。”他走得飞快——快得乔治叔叔几乎得一路小跑才能跟得上。他眼看着那个导游穿过墙上的一个狭窄的入口，一处砖墙坍塌的地方，可是等乔治叔叔跟进去的时候，那导游却像是消失不见了。那是个圈套。他感到有根胳膊勒住了他的咽喉，他的头极其猛烈地往后一扬，根本就无法呼救。他感觉一只手把钱包从他口袋里摸了出来——那一接触非常轻柔，就像是鱼在轻咬钓丝——然后他就被野蛮地扔到地上。他躺在那儿，晕了有一两分钟。等他坐起来的时候，他看到他的空钱包和护照就扔在他身边。

然后他冲着那两个贼愤怒地咆哮了一声，并恨起了意大利，因为它做贼的人口都赶上街头手风琴师和泥瓦匠了。可是就连在他大发雷霆的时候，他的愤怒也不及他的软弱与羞耻感强烈。他深深为自己感到羞愧难当，当他把空钱包从地上捡起来放到口袋里的时候，他感觉他的心似乎已经被掏出来并且已经碎了。他能怪谁呢？怪不得那潮乎乎的废墟。他伸手要的是他凭本能就知道完全不应该的东西，他也只能够怪他自己。这类盗窃可能每天都会发生——这辆大巴每次停下来，都会有某个像他这样淫荡好色的老傻瓜被扒窃个一干二净。他站起身来，感觉疲惫不堪，对这把让他陷入困境的老骨头厌烦不已。然后他才意识到他可能会迟了。他可能已经错过了那辆大巴，就要分文不剩地滞留在这片废墟里了。他开始连走带跑地穿过那些房间，直到他从里面出来，来到一片空阔地带，并且看到远处那一帮老太太，仍旧摽在一起，谁也不离开谁。

导游从一面墙后面走出来，我们全都上了车，再次出发。

罗马很丑陋；至少它的郊区是这样：有轨电车、打折的家具店、破破烂烂的街道以及谁都不会真想住在里面的那种公寓大楼。老太太们开始收拾起旅行指南，穿好外套，戴好帽子和手套。旅行的结束无论在哪儿都一样。然后，为抵达目的地而穿戴整齐后，她们又全都坐好，双手交叠放在膝盖上，大巴静止不动了。"哦，我要是没来这儿就好了，"有位老太太对另一位道，"真希望我一直都待在家里。"有此希望的可非止她一人。

"Ecco, ecco Roma[1]。"导游说，也确实如此。

斯特里特礼拜四的七点钟去了凯特家。阿桑塔开门让他进去，他有生以来第一次没有带着他那本《约婚夫妇》走过那个 sala，并在壁炉边坐下。这时查理走了进来。他还是平常那身行头——紧身

1 意大利语：这儿，这儿就是罗马。

李维斯牛仔裤，裤脚挽起来，上面是件粉色衬衣。他在走动时，用他穿的那双懒汉鞋的皮质鞋跟在大理石的地板上故意拖拉或是踢踏。他谈论着棒球，并且操练着他那猫头鹰般的笑声，可他并没有提到乔治叔叔。凯特进来的时候也没提这茬儿，她也没给斯特里特倒杯喝的。她像是正处在一次情绪风暴的痛苦当中，她所有做出决定的能力全都暂时停滞了。他们谈了几句天气。一度，查理走过来挨着他母亲站着，她把他的两只手全都握在一只手里。然后门铃响了，凯特穿过房间去迎接她叔叔。他们非常体贴地相互拥抱——毕竟是一个家庭里的亲人——拥抱完毕之后他说："我遭到抢劫了，凯蒂。昨天我被抢走了四百美金。在从那不勒斯往这儿来的大巴上。"

"哦，我真太难过啦！"她道，"当时你难道没有任何可以做的吗，乔治？难道没有任何人可以说一声的吗？"

"跟谁说，凯蒂？自打我从船上下来以后，我就没有一个可以说句话的人了。没人讲英语。你就是把他们的两只手全都剁下来，他们也什么都说不出来。这四百美金我还丢得起——我不是个穷人——可哪怕是出于某个有点价值的原因也好呀。"

"我真是非常难过。"

"你住的地方倒是很阔气嘛，凯蒂。"

"哎，查理，这是乔治叔叔。"

如果说她曾经指望他们俩处不来的话，这个机会已经稍纵即逝。查理忘了他那猫头鹰般的笑，他站得那么直，他是那么需要美国能够为他所做的一切，那老人跟这孩子之间的默契真是一触即发，凯特为了介绍斯特里特都不得不暂时把他们俩给分开。乔治叔叔跟她的学生握了握手，得出了一个合情合理却大谬不然的结论。

“会讲英语吗？”他问。

“我是个美国人。”斯特里特道。

“你的刑期有多长？”

“这是我的第二个年头了，”斯特里特道，“我在F.R.U.P.C工作。”

“这是个不道德的国家，”乔治叔叔说着，在一把金色椅子上落座，“首先他们抢了我四百美金，然后，在这儿的大街上随便走走，我看到的全都是些不穿任何衣服的男人的雕像。一丝不挂。”

凯特跑去叫阿桑塔，这个女仆进来以后，她吩咐她拿威士忌和冰块来，用讲得飞快的意大利语。“这只不过是看待事物的另一种方式，乔治叔叔。”她说。

“不，不是这么回事，”乔治叔叔道，“这是不自然的。就算是在更衣室里都不对。只要手边还有一条毛巾，就极少会有男人选择一丝不挂地在更衣室里大模大样地四处走动。这是不自然的。不管你朝哪一个地方看。在屋顶上头。在主要的交通路口。我在来这儿的路上，经过一个小花园——一个小游乐场，我猜你会说——就在那正中间，在所有那些小孩子的正中间，就立着这么一个赤身裸体、一丝不挂的男人。”

“你要喝点威士忌吗？”

“是的，请给我倒一杯……船礼拜六起航，凯蒂，我希望你和孩子跟我一起回家去。”

“我不想让查理离开。”凯特道。

“他想要离开——是不是，查理？他给我写了一封很好的信。

表达得非常好，而且他还写的一手好书法。那封信写得非常好，查理。我拿给高中的校长看了，他说你只要愿意，随时都可以进克拉斯比高中。我希望你也能一起回去，凯特。那是你的家，你唯一的一个家。你的问题就在于，凯蒂，你小时候在克拉斯比他们总是嘲笑你，所以你就开始逃跑了，就这么回事，而打那以后你就再也没有停下来。”

“如果这是真的——就算是吧，”她语速很快，“我为什么要回到一个我会显得荒唐可笑的地方呢？”

“哦，凯蒂，你不会显得荒唐可笑的。这事儿就包在我身上。”

“我想回家，妈妈，”查理说，他坐在壁炉旁的一个凳子上——不再那么腰背挺直了，“我一直都在想家。”

“你怎么可能想美国的家？”她的嗓音很尖锐，“你连见都没见过。这才是你的家。”

“你这话是什么意思？”

“你的家就是跟你母亲在一起。”

“不仅仅是这样子的，妈妈。我在这里一直都感觉是个外人。街上的每个人讲的都是一种不同的语言。”

“你从来都没想过要学意大利语。”

“就算我学过，也不会有任何区别。它听起来还是会显得很陌生。我是说，它仍旧会提醒我这不是我的语言。我就是没办法理解意大利人，妈妈。我喜欢他们，可我就是无法理解他们。我从来都不知道他们接下来要干什么。”

“你为什么就不能尝试着理解他们呢？”

“哦，我试过，可我不是个天才，而且就连你也不理解他们。

我曾经听你这么说过，而且有时候你也会想家，我知道的。我能从你的样子上看出来。”

“所谓的思乡之情什么都不是，”她怒道，“根本就是胡扯。这个世界上有百分之五十的人都在想家。可我并不觉得你已经到了可以理解这个的年龄。当你身处一个地方又渴望待在另一个地方的时候，那可不是跳上一条船就能解决的，没那么简单。你并不是真的渴望生活在另一个国家。你只是渴望在你身上你所没有的某种东西，或者还没能找到的某种东西。”

“哦，我不是这个意思，妈妈。我的意思只不过是说如果我跟讲我的语言的人、跟理解我的人待在一起，那感觉就会更加舒服。”

“如果你期望从生活中得到的就只有舒服，那么愿上帝帮助你吧。”

这时门铃响了，阿桑塔去开门。凯特瞥了一眼手表，看到时间是八点五分。那天还是这个月的第一个礼拜四。她还没来得及解释，他们就已经走进了这个 sala，老罗马公爵领头，左手拿着几朵花。紧跟在他身后的是公爵夫人，他的妻子——一个高个儿、窈窕的灰头发女人，浑身上下戴着大量弗兰西斯一世[1]送给他们家族的珠宝。一大帮品级不同的贵族殿后，看起来活像是个乡下马戏团，既光彩照人又旅途劳顿。公爵把那几朵花送给了凯特。他们全都含糊地朝她的几位同伴鞠了一躬，穿过厨房朝那个服务人员专用通道走去，厨房里透出一股子煤气泄漏的气味。

“哦，理发师朱塞佩他可真有钱，”乔治叔叔大声唱道，“他留

1　弗兰西斯一世（Francis I，1768—1835），即神圣罗马帝国末代皇帝弗兰西斯二世（1792—1806）、奥地利皇帝（1804—1835，称弗兰西斯一世）。

着气派的黑色大唇髭。[1]”他等着大家哈哈大笑，发现没有一个人笑的时候，他问：“那到底是怎么回事？”

凯特告诉了他，不过她的眼睛显得更加明亮了，而他注意到了这一点。

“你喜欢这类东西，是不是？”他问。

“可能吧。”她说。

“这是发疯，凯蒂，”他说，“这是发疯，这是发疯。你跟我和查理回家去吧。你和查理可以住我的房子的另外一半，我还会为你准备一个上好的美国式厨房。”

斯特里特看出她被这段话打动了，他还以为她就要哭了呢。她语速飞快：“如果每个人都待在像克拉斯比这样的家里，你认为美国又到底是怎么被发现的呢？”

“你不会有任何发现的，凯蒂。”

“我有。我有的。”

“我们都会更加快乐的，妈妈，”查理说，“如果我们有幢干净漂亮的房子，有很多很好的朋友，有个漂亮的花园、厨房和分隔式淋浴间的话，我们都会更加快乐的。”

她背朝他们站着，在壁炉架旁边，大声说道：“无论多好的朋友、厨房、花园、分隔式淋浴间还是别的任何东西，都无法阻挡我想看看这个世界以及这世界上不同的人们的热望。”然后她转向她儿子，柔声道：“你会想念意大利的，查理。”

1　典出戴利（Thomas Augustine Daly）的诙谐短诗《我的卡洛塔》（“Mia Carlotta”），文字有出入。戴利一八七一年出生于费城的一个爱尔兰天主教家庭，以创作嘲弄意大利裔美国人和爱尔兰裔美国人口音的幽默诗作著名。

那男孩儿发出猫头鹰一样的笑声。“我会想念混在我的食物当中的黑头发的。”他说。她一语未发。她甚至都没有叹息。然后那男孩儿走到她跟前，哭了起来。“对不起，妈咪，”他说，“对不起。我说这种话真蠢。这只是个老笑话。”他吻着她的双手和她颊上的泪珠，斯特里特起身告辞了。

“Tal era ciò che di meno deforme e di men compassionevole si faceva vedere intorno, i sani, gli agiati,”斯特里特礼拜天再次来上课时读道，“Chè, dopo tante immagini di miseria, e pensando a quella ancor più grave, per mezzo alla quale dovrem condurre il lettore, no ci fermeremo ora a dir qual fosse lo spettacolo degli appestati che si strascicavano o giacevano per le strade, de' poveri, de' fanciulli, delle donne.”[1]

那男孩儿已经走了，他看得出来——不是因为她说起过，而是因为那个地方显得比平常大了很多。课上到一半的时候，罗马老公爵穿着浴袍和拖鞋从屋里走了过去，端着一碗汤给她妹妹送去，她妹妹病了。凯特看起来很疲惫，不过她那段时间一直都是这样，课上完了以后，斯特里特站起来的时候，琢磨着她是否会提起查理或是乔治叔叔，她只是夸奖他进步很快，督促他读完《约婚夫妇》并为下周的课买一本《神曲》。

1　此段意大利文出自《约婚夫妇》第三十四章，描写米兰在一六三〇年惨遭瘟疫袭击的悲惨情景，大意如下：“当然也可以看到健康的、富裕的人，他们的境遇就不那么扭曲可怖和值得怜悯。鉴于我们已经向读者展现了许多凄惨悲凉的景象，而且还会带领诸位走进更加令人伤心的地方，因此我们现在无意继续描叙那些染上了瘟疫，步履维艰或者倒毙街头的穷人、儿童和妇女的处境。”（采用吕同六译本，上海译文出版社 2001 年 4 月版，第 669—670 页。）

瑞森[1]夫妇

瑞森夫妇希望绿荫山郊区的一切都保持原样，不要有任何变动。他们对于变动的害怕——对于任何不合常轨、违背习俗的行为的害怕——是极为强烈的，当拉金庄园售出并成为一家养老院以后，瑞森夫妇特意前往村务委员会的例行会议，要求获悉养老院里的这些老人将会是哪一种类型的老人。瑞森夫妇的公民活动局限于提升城市分区的等级和用途，不过他们在这个领域可说是非常活跃，如果你应邀去他们家参加鸡尾酒派对，你在离开前十有八九会被要求在一份提升分区等级和用途的请愿书上签名。这不仅仅是一种维护社区品质的自然愿望。他们就像是感觉到大门口有个陌生人正在窥伺——不干不净、不知疲倦地在耍阴谋诡计的、外地的、有几个无法无天的孩子的父亲，此人会毁坏他们的玫瑰园，会使他们的房地产投资贬值，此人留着胡子、满嘴的大蒜味儿，还带着一本书。瑞森夫妇丝毫都不会参与社区的智识生活。他们家里连一本书都很难找得出来，而且在一个就连厨师都知道把毕加索的复制品挂在盥洗台顶上的地方，瑞森夫妇对于绘画的趣味仅限于海上的日落和一盆盆的鲜花。唐纳德·瑞森是个大高个儿，浅色的头发日渐稀疏，一副兴兴头头的恶霸相，不过他

1　瑞森（Wryson）名字中的 wry 有“古怪的、歪曲的”之意。

只是个捍卫正直诚实、阶层界限以及事物井然有序之面貌的恶霸。艾琳·瑞森并非是个全无魅力的女人，不过她既为人腼腆又生性好斗——尤其在提升分区等级和用途的问题上格外好斗。他们只有一个孩子，一个名叫多莉的小姑娘。他们住在艾尔维伍思巷的一幢漂亮的房子里，而且他们非常热衷于园艺。这是另一种保持事物外观的方式，而唐纳德·瑞森对他的一位邻居持非常严厉的批评态度，因为她家的紫丁香花丛参差不齐，而且她家前院的草坪上还有块秃斑。他们过着极为有限的社交生活；他们似乎在这个方面并无任何野心或是需要，虽然每年的圣诞节他们都会寄出大约六百张圣诞卡。其准备和填写地址的工作肯定至少会占用他们两个礼拜的晚上的时间。唐纳德笑起来就像头公驴，不喜欢他的人都特意小心地避免跟他坐在同一节火车车厢里。瑞森夫妇为人非常拘谨呆板，他们为人处世没有丝毫弹性。当他们在自家的草坪上发现了偃麦草或是听说他们的邻居当中有人打算要离婚的时候，他们体验到的似乎并非是反感，而是惊恐。他们当然很古怪。他们却并非可怜的、糊糊涂涂的弗洛西·多梅奇的那种古怪——他伪造药品处方被抓了个现行，而且被发现吗啡上瘾已经有三年时间。他们也并非拥有两千张色情照片的卡拉瑟斯·梅森，或者带着两个可爱的孩子住在隔壁的泰蒙太太那样的古怪——可为什么还要继续呢？他们就是古怪。

艾琳·瑞森的古怪集中表现在一个梦上。她一个月里都要梦到个一两次，有人——某个敌人或是倒霉的美国飞行员——引爆了一颗氢弹。在白天的日光底下，她的梦是绝对荒唐无稽的，因为她实在没办法将其与她的花园，她对提升分区的等级的兴趣，或是她那舒适的生活方式联系到一起。她没办法鼓足勇气在早餐桌上告诉她丈夫，说她梦到了氢弹爆炸。面对着令人愉快的餐桌以及从餐桌望去花园的景致——即便是面对着雨雪——她无法在她身上找到原因可以解释到底是什么影响了她的睡眠。这个梦使她元气大伤，并且严重影响到她心境的平和，经常会让她倍感抑郁和沮丧。梦中出现的一连串事件的经过容或有异，不过大体上是这个样子的。

那个梦的背景就在绿荫山——她梦到在她自己的床上醒来。唐纳德每次都不在。她马上就意识到了氢弹已经爆炸这个事实。床垫的填充物和细细的棕色水流透过天花板上的一个大洞落下来。天空是灰色的——黯然无光——虽说在西边有几束红光，就像太阳已经落山后我们在空中看到的那种迷人的烟云尾迹。她不知道那到底是烟云尾迹还是某种能把她的骨髓都摧毁的爆炸力的一部分。那灰色的空气就像是再也无法改变了。天空再也不会有阳光闪耀了。透过她的窗户她能看到一条河，现在，就在她观看的时候，船开始逆流而上。起先，只有两三艘。然后就有了几十艘，再后来就有了几百艘。有尾部装有马达的小艇，游览船，游艇，装有辅助马达的双桅纵帆船；甚至还有小划艇。船舶的数量不断增加，一直到水面上全都填满了为止，而且马达的声音上升成为一种响亮的喧闹。在这溯河而上的撤退大军中对位置的抢夺变得咄咄逼人，进而成为野蛮残暴。她看到男人们举着手枪相互开火，有一艘全家人乘坐并且有好几个小孩儿的划艇被一艘大型快船撞得粉碎，沉入河底。看到世界走向末日之时如此惨无人道的暴行，她在梦中忍不住大喊大叫。她一边喊叫，一边继续观瞧，就仿佛某种事实正向她呈现出来——就仿佛她一直都知道这就将是人类的生存状况，就仿佛她一直都知道这个世界就将变得凶险无比，而她在绿荫山的舒适生活只不过是最微不足道的安慰药剂。

然后她在梦中从窗前转过身来，穿过连接他们夫妻与多莉卧室的那间浴室。她的女儿正睡得香甜，她把她给叫醒。在这个时候，她的情感达到了最强的程度。她对这个散发着香气的孩子的爱的力度和纯度就是一种极度的苦痛。她给小姑娘穿好衣服，并在她身上套上一件风雪服，然后领着她走进浴室。她打开药橱，这里是整个家里唯一没有收拾得井井有条的地方，尽管瑞森夫妇酷爱整洁有序。药橱里塞满了多莉各种头疼脑热、小毛小病用剩下的药物——止咳糖浆，专治因接触毒葛引发的皮疹的炉甘石乳液，阿司匹林和泻药。这些残余的药物散发的微微的香气以及她女儿生病时她对她生出的一腔柔情——药橱的这扇门就像是开向某个情感的炫目夏日的一扇窗——使她忍不住再一次哭了起来。在那些瓶瓶罐罐中间就是那个写有“毒药”字样的药瓶，她把那个瓶子拿出来，把瓶盖拧开，往左手里倒出两片，一片给自己，一片给小姑娘。她跟那轻信不疑的孩子说了句温柔的谎言，正要把药品往她嘴里放的时候，浴室的天花板骤然崩塌，瞬间她们母女俩就站在齐膝深的灰泥和脏水中了。她在水里四处摸索着那瓶毒药，可是已经找不到了，她的梦通常就是以这种方式结束的。她又怎么能俯身在早餐桌上，向对面她那体态魁梧的丈夫解释那世界末日的种种灰暗的细节呢？他肯定会像公驴一样哈哈大笑的。

唐纳德·瑞森的古怪倒是可以比较容易地追溯到他的童年时

光。他是在中西部一个乏善可陈的小镇上长大成人的，他父亲是个老派的旅行推销员，纽孔里总插着朵温室的玫瑰、脚上总罩着米色的鞋罩，在他年纪尚幼的时候就抛弃了他的妻儿。瑞森太太几乎没什么朋友，家里也什么人都没有了。丈夫离家出走以后，她在一家保险公司找了个职员的工作，跟她儿子一起过上了极端忧郁而且贫困的生活。她一直都对她被抛弃的恐怖念念不忘，她是如此依赖于儿子的支持，结果似乎都威胁到了他的动物本能。她的生活就是一场痛苦的磨难，正如她自己经常所说，她能做到的最多也就是苟延残喘，勉强地活下去。

她也曾经年轻、漂亮、快乐过，而唯一能唤起这些已逝时光的途径就是给她儿子上烘焙课。当夜晚漫长而又寒冷，风围绕着他们居住的那幢住了四个家庭的房子呼啸不已的时候，她就会在厨房里生起炉火，把苹果皮放到火炉盖上闻香。然后唐纳德就会把围裙穿上，跑来跑去地把需要用到的碗盏和烤盘都拿出来，称好面粉和糖粉，把蛋清和蛋黄分开。他对每个食橱的内容都了如指掌。他知道香料和糖粉、坚果仁儿和香橼果皮都放在哪里，等烘焙工作全部做完以后，他喜欢把那些碗盏和烤盘都洗干净并把它们一一放回到它们应该待的地方。唐纳德喜欢这些在厨房里度过的时光，主要是因为它们似乎把这些年来一直沉重地压在她母亲生活上的苦恼暂时都驱散了——而且一个孤独的男孩儿又为什么要拒斥暴风雨之夜他能够在厨房里找到的那种安全感呢？她教他怎么做曲奇、松饼和香蕉面包，最后连巴尔蒂摩夫人蛋糕的做法都教给了他。有时候，等他们的烘焙工作全部完成后都已经过了十一点了。“我们在一起确实是过得很愉快，是不是，你跟我？

哦，听听那风咆哮的！想想海上那些可怜的水手吧。”然后她就会拥抱他，她会用手指梳理他那浅色的头发，有时候，虽然他已经太大了，她还会把他拉过去坐在她的大腿上。

所有这些都已是很久以前的事了。瑞森太太已经过世了，当唐纳德站在她坟前时，他倒并没有感到太大的悲伤。她在去世前就已经甘心于死亡好多年了，她的谈话中总是勇敢地说起身后之事。多年后，当唐纳德独自一人生活在纽约时，一个春天的傍晚，他突然被一阵如同他少年时期同样殷切强烈的苦恼与沮丧所压倒。他不喝酒，他不喜欢阅读、电影以及戏剧，而且就像他母亲一样，他也没几个朋友。他绝望地四处寻找某种能使自己摆脱这次精神苦痛的途径，突然想到何不烤一个巴尔蒂摩夫人蛋糕？他出去买齐了各种原料——深深为自己感到羞愧——在他居住的那个小小的没有电梯的公寓的厨房里筛好面粉、切碎坚果仁儿和香橼果皮。等到他开始搅拌蛋糕糊时，他感觉他的苦恼已经消失了。一直到他把蛋糕放进烤箱，坐下来在围裙上擦干净双手的时候，他才意识到，他已经何其成功地将母亲的幽灵与他小时候在暴风雨的夜晚体验到的安全感召唤了回来。等蛋糕烤好后，他在上面裹上一层糖霜，吃了一块，把剩下的部分扔进了垃圾箱。

下一次感到烦恼的时候，他抗拒着去烤个蛋糕的诱惑，可是他并非总能做到这一点，在他跟艾琳结婚以后的八九年间，他至少烤了八九次蛋糕。他小心地采取了非常严密的预防措施，瞒得铁桶一般，她对此还真是一无所知。她相信他完全是个根本就不进厨房的主儿。而他又是如何才能在早餐桌上——他这两百一十六磅[1]体重的大块头——跟他妻子解释他之所以看起来睡眼惺忪，是因为烤一个巴尔蒂摩夫人蛋糕直到三点才睡呢？而烤好的那个蛋糕被他藏在了车库里。

有鉴于这些毫无魅力的人身上这些很不令人愉快的情况，我们自然可以心情足够愉快地把他们给打发掉，除了多莉以外，又有谁会想念他们？唐纳德·瑞森在他那股十字军圣战般提升分区等级和用途的热情驱动下，是不管什么恶劣天气都要出门去奔走呼号的，那就让我们假设有一天夜里，他冒着冰风暴从一次公民投票活动中回来的路上，他的车在希尔街上打了滑，撞上了街角的那棵大榆树。车毁人亡。他那可怜的寡妇，出于对他的挚爱或是依赖，伤心欲绝。在失去她丈夫大约一个月之后的一天早上，她起床的时候脚在床罩的褶边上绊了一下，摔倒后跌断了胯骨。在漫长的康复期中她身体越来越弱，最后因感染肺炎而离开了人世。如此一来，我们就得为多莉负责了，而我们又能为这个小姑娘写一个何等悲伤的故事呢？在她父母遗嘱认定的那几个月里，她先是靠邻居们的恻隐之心然后靠他们的宽容克制生活。最后，她被送去跟她唯一的亲戚——她母亲的一个表亲一起生活，她这位表姨是洛杉矶的一位女老师。有多少个夜晚，她都是因为痛感慌张和孤独而哭着睡着的，这个世界在她看来又会是何等地陌生而又冷酷？除了圣诞节，极少会有什么东西能让她想起自己的父母：到了那时候，她会收到从绿荫山转来的萨拉斯特·特雷弗太太的节日问候——她住在巴黎，对

1 相当于一百九十六斤。

那不幸的变故还一无所知；她会收到帕克夫妇的节日致意——他们住在墨西哥，从来就没整理清楚自己的通讯录；还有迈耶氏药房、佩里·布朗夫妇、橡树意大利餐厅和多迪·史密斯发来的圣诞快乐的祝福。年复一年，把这些曾伴随她父母走向坟墓并在他们身后仍每年寄到的节日问候扔进废纸篓，就是这个小姑娘的职责了……但这一切并没有发生，即便是发生了，对于我们知道的情况也没有丝毫帮助。

实际的情况是这样子的：艾琳·瑞森有天夜里又做了她那个氢弹爆炸的梦。她惊醒以后，发现她丈夫并没有在床上。空气中弥漫着一种甜丝丝的气息。她猛然间汗流浃背，心脏因为恐惧几乎就要从腔子里蹦出来了，她意识到世界末日已经来临。除了原子尘，那甜丝丝的气味还能是什么？她跑到窗前，可是河面上却空空如也。处在她这样半梦半醒并且怅然若失的情况下，她并没有出于健康的好奇心而把多莉叫醒。走廊里有一股烟气，却并非任何普通火焰冒出来的烟气。那股甜丝丝的气味让她很确信地觉得那就是致命的烟尘。她循着那股气味下了楼梯，穿过餐厅，来到了灯火通明的厨房。唐纳德头靠在桌子上睡着了，厨房里满是烟气。“哦，我亲爱的。”她叫道，叫醒了他。

“烤煳了，”当他看到从烤箱里冒出来的烟气时说道，“我把那该死的东西给烤煳了。”

“我还以为是氢弹爆炸了呢。”她说。

“是个蛋糕，”他说，“我把它给烤煳了。你怎么会以为是氢弹爆炸呢？”

“你要是想吃什么东西的话，你该把我叫醒的。”她说。

她关掉烤箱的开关，打开窗户把烟气放出去，把花烟草和其他夜花的气息放进来。她也许稍稍犹豫了一小会儿，因为大门口的那个陌生人——那个留着胡子并拿着一本书的闯入者——究竟会怎么看待这对身穿睡衣，凌晨四点半还待在烟气弥漫的厨房里的夫妇呢？某种对于生活的复杂性的领悟——也许稍纵即逝——一定也曾袭上他们的心头，不过也只是稍纵即逝。并没有进一步的解释。他把那个已经烧成煤渣的蛋糕扔进了垃圾箱，他们把厨房里的灯关掉，爬上了楼梯，前所未有地对于生活感到迷惑不解，也前所未有地对表面的光鲜更感兴趣。

乡居丈夫

还是从头说起吧。弗兰西斯·韦德乘坐的从明尼阿波利斯起飞的班机在东向飞行的途中遇到了恶劣天气。天空原本是一片雾蒙蒙的蓝色，机身下面云层密布，地面上什么都看不到。随后，窗外开始出现一层雾霭，他们飞进一片密实无比的白云当中，密实得都能映出废气燃烧的余烬。云层的颜色加深变为灰色，飞机开始摇晃起来。弗兰西斯不是头一回碰到恶劣天气了，可是从没见过飞机摇晃得这么厉害。他旁边座位上的那个男人从口袋里掏出一个小扁酒瓶来喝了一口。弗兰西斯冲他的邻座微微一笑，可是那人却扭头掉转了目光；他可不想跟任何人分享他的镇痛剂。飞机开始往下跌落，翻腾得厉害。一个孩子哭了起来。机舱里的空气闷热而且恶浊，弗兰西斯的左脚失去了知觉。他看了一小会儿从机场买的一本平装本小说，可是猛烈的风暴不断地让他分心。机舱外已是漆黑一片。废气的余烬燃烧着，在黑暗中放射出火花，而机舱内，那灯罩掩映的灯光、那闷热的空气以及窗帘为机舱平添了一种浓厚而又不合时宜的家庭气氛。接着灯光闪烁了几下就熄灭了。“你知道我一直以来的心愿是什么吗？”坐在弗兰西斯旁边的那个男人突然道，“我一直都想在新罕布什尔买个农场，饲养肉牛。”空姐宣布他们将进行一次紧急迫降。除了孩子们之外，每个人的脑海中都出现了死神展开翅翼的形象。能听到机长微弱的哼唱：“我有个六便士硬币，让我开心、愉快的六便士。我有个六便士硬币，够我用上一辈子……[1]”除此以外，再也没有别的声音。

液压阀的巨大吱嘎声吞没了机长的歌声，高高的空中响起一声汽车刹车般的尖锐巨响，接着飞机就在一片玉米地里肚皮着了地，冲击力把乘客们撞得东倒西歪，一个被从座位上颠起来的老头儿嚎叫道：“我的腰子！我的腰子啊！”空姐砰的一声打开舱门，有人打开了后舱的一道紧急出口，放进来一阵表明他们还活着的甜美声音——大雨的泼溅声，还有雨水的气息。大家争相逃命，从打开的两扇门里鱼贯而出，往玉米地的各个方向四散奔逃，一边暗自祈祷他们那悬于一线的命数还能继续延续下去。他们得偿所愿。结果什么事情都没有发生。等到确定飞机既不会燃烧也不会爆炸后，机组成员和空姐就把全体乘客集合在一起，领着他们到一处谷仓里去避雨。他们距离费城不远，不一会儿，一连串出租车就把大家都送进了城里。“这可真像是马恩河[2]啊。”有人这么说道，可是奇怪的是，很多美国人对于其旅伴所怀有的戒心在这样的时刻竟也绝少有所松懈。

弗兰西斯·韦德从费城乘火车回到纽约。然后他穿越纽约城，刚好赶上了那班正要开出的通勤火车，他每周有五个晚上都要乘坐这班车回到他绿荫山的家里。

他跟特雷斯·比尔登坐在一起。“你知道，我就在费城城外刚

---

1 美国著名音乐制作人米奇·米勒（Mitch Miller，1911—2010）创作的一首广为流传的歌曲《我有个六便士硬币》的歌词。

2 马恩河（Marne），法国东北部河流，第一次世界大战期间分别于一九一四年和一九一八年发生过两次德军与法英及法美联军的大会战，均具有里程碑式的重大意义。

刚失事的那架飞机上，”他说，“我们降落在一块玉米地里……”他移动的速度比报纸和那场大雨还要快，纽约的天气仍旧阳光明媚，风和日丽。时值九月杪，那一天就像一个苹果一样芬芳明丽。特雷斯听着他讲述死里逃生的经历，可是他又怎么可能为此而激动不已呢？弗兰西斯没有能力重现那死亡擦身而过的场景——尤其是置身于一班通勤火车的氛围中，穿行于阳光明媚的乡村间，贫民区的菜园已经秋收在望。特雷斯拿起他的报纸，弗兰西斯就只能一个人沉思不语了。在绿荫山的站台上，他跟特雷斯道了晚安，开着他那辆二手的大众车向布伦豪娄住宅区驶去，他就住在那里。

韦德家那幢荷兰殖民时期风格的房子实际上比从车道那儿看去要大不少。起居室相当宽敞，像高卢人习惯的那样分成了三部分。从门厅进去，左首大约一米处是一张长餐桌，摆放着六个人的餐具，桌子中央摆放着烛台和一碗水果。从敞开的厨房门里传来的响声和气味令人食指大动，因为朱莉娅·韦德是个很棒的厨师。起居室最大的那一部分以壁炉为中心。右首立着几个书架和一架钢琴。整个房间光洁明亮而又沉稳安静，开向西面的几扇窗户中透进些许晚秋的阳光，灿烂明亮而又清澈如水。整个房间内没有一样东西疏于打理，每样东西无不擦得闪闪发亮。这可不是那种家庭：在撬开一个卡住了的香烟盒以后，你会在里面发现一枚旧衬衣纽扣和生了锈的五分钱镍币。在这里，炉床被打扫得干干净净，钢琴上的玫瑰花在锃亮的宽阔顶面上都能映照出自己的影子，架子上搁着一套舒伯特的华尔兹舞曲唱片。路易莎·韦德，一个九岁的漂亮小姑娘，正透过朝西的窗户往外眺望。她弟弟亨利站在她旁边。小幺弟托比则在研究木柴箱那光亮的铜饰上几个喝啤酒的光头僧侣刻像。弗兰西斯摘下帽子，放下报纸，不自觉地对眼前这番景象倍感愉悦；他可不是那种喜欢沉思内省的人。这是属于他的小天地，他的创造物，他满怀轻松愉悦和浑身是劲儿的感觉回到这里，就像任何一种生物回到自己家的感觉一样。“嗨，孩子们，”他说，“从明尼阿波利斯起飞的飞机……”

放在平常，十次中有九次弗兰西斯都会受到家人的热情欢迎，可今晚那几个孩子却深陷于相互敌对的情绪当中。还没等弗兰西斯把飞机失事的话说完，亨利已经朝路易莎的屁股上踹了一脚。路易莎转过身来大骂：“去你妈的！”弗兰西斯错在没有先惩罚亨利就先去斥责路易莎口吐脏话了。于是路易莎就转过头来指责他有偏有向。亨利无论做什么都对，她却总是受到迫害，没有一个人帮她，她的命运真是无可救药啦。弗兰西斯转而去骂儿子，但是儿子又坚称他那一脚踢得有理——是她先打的他；她打了他的耳朵，而打耳朵是很危险的。路易莎愤怒地承认了这一点。她是打了他的耳朵，而且她是成心打他耳朵的，因为他把她的那套瓷器收藏全给弄乱了。亨利说她这是在撒谎。这时候小托比从木柴箱上转过脸来为路易莎作证。亨利抬手在小托比的嘴上打了一巴掌。弗兰西斯想把两个男孩儿拉开，却不小心把托比推进了木柴箱里。托比哭了起来。路易莎已经哭了起来。正在这时，朱莉娅·韦德走进了起居室里摆放餐桌的那个部分。她是个漂亮而又聪颖的女人，头上过早地生出了华发。她像是根本就没注意到这场纷争。“哈啰，亲爱的，”她安详地对弗兰西斯道，“去洗洗手，孩子们。晚饭准备好了。”她划着一根火柴，在泪谷中将那六支蜡烛点燃。

这一简短的通告就像是苏格兰酋长们的战斗呐喊一样，只不过重又激起了战斗者凶残的战斗激情。路易莎又给了亨利的肩膀一拳。亨利虽说平常极少哭鼻子，可是在恶战了九个回合之后已经很累了，这时也大放悲声。小托比发现手掌里扎进了一根木刺，开始直着嗓子嚎叫起来。弗兰西斯大声地说他从一架失事的客机上死里逃生，他已经疲惫不堪。朱莉娅再从厨房里出现在大家面前，对于眼前的这场混乱依旧视而不见，要求弗兰西斯上楼去告诉海伦一声，晚饭都准备好了。弗兰西斯乐于从命；那就像是离开战场，重新回到司令部去。他原本打算把飞机失事的事儿告诉他大女儿的，可是海伦却正躺在床上看一本《真实罗曼司》杂志，弗兰西斯所做的头一桩事就是把那本杂志从她手里夺过来，并且提醒海伦他早就禁止她买这份杂志了。海伦回答说这不是她买的。是她最好的朋友贝西·布莱克给她的。所有的人都在看《真实罗曼司》。贝西·布莱克的父亲就看《真实罗曼司》。他们班上没有一个女孩儿不看《真实罗曼司》的。弗兰西斯表达了一番自己对这份杂志的憎恶，然后告诉她晚饭准备好了——虽说从楼下传来的声音判断好像并非这么回事。海伦跟着他下了楼。朱莉娅已经在烛光下坐好，膝头上也铺好了餐巾。不论是路易莎还是亨利都没有在餐桌旁就座。小托比还在那儿干号，脸朝下趴在地板上。弗兰西斯柔声对他道："爹地乘坐的飞机今天下午失事了，托比。你不想听听是怎么回事吗？"托比继续哭号。"你要是现在不到餐桌前坐好，托比，"弗兰西斯道，"我就只能不让你吃饭就送你上床睡觉啦。"小男孩儿从地上爬起来，恶狠狠地瞪了他一眼，飞奔上楼进入自己的卧室，砰的一声把门关上。"哦，亲爱的。"朱莉娅叫道，站起来准备追上去。弗兰西斯说她会把他给惯坏了的。朱莉娅说托比比正常的体重轻了十磅，一定得鼓励他多吃东西。冬天就要到了，他要是不好好吃饭的话，天冷以后他会病倒在床上的。朱莉娅上了楼。弗兰西斯跟海伦一起在餐桌前就座。海伦因为在一个天气晴好的日子里杂志看得太多感觉有些郁闷，满怀厌倦地看了她父亲和整个房间一眼。她很难理解飞机怎么竟会失事，因为绿荫山连一个雨点儿都没下。

朱莉娅带着托比回来了，大家全都坐下来，分好了饭菜。“我一定要看着那个又肥又大的粗坯笨蛋吗？”亨利说的是路易莎。除了托比以外，大家又全都卷入了这次小型冲突，在餐桌上来回折腾了足有五分钟。到了最后，亨利把餐巾蒙在自己的头上，打算就这么着吃饭，结果把菠菜汁溅得衬衣上到处都是。弗兰西斯问朱莉娅，能不能安排孩子们先吃饭，然后他们再吃。朱莉娅一听马上就炸了。她可不能做两次晚饭并且摆放两次餐桌。她以电闪雷鸣之势描绘出她那繁重枯燥的家务苦差的全景，诉说她的青春、她的美貌以及她的智慧是如何在这些没完没了的苦差中耗尽的。弗兰西斯说他必须得到大家的理解；他差一点就在一次飞机失事中丧命，而且他可不愿意每天晚上回家来就等于跨进一个战场。这么一来朱莉娅可是深深感到了忧虑不安。她的声音都哆嗦起来。他并没有每天晚上回来都像是跨进了一个战场。这种指责既愚蠢又卑鄙。在他到家之前，一切全都风平浪静。她闭口不说了，把手里的刀叉放下，望着自己眼前的盘子，就仿佛那是一道鸿沟似的。她哭了起来。“可怜的妈咪！”托比说道，而当朱莉娅从餐桌前站起来，用餐巾擦干泪水的时候，托比走到她身边。“可怜的妈咪，”他说，“可怜的妈咪！”他们母子俩就一起上了楼。

其他几个孩子也全都慢慢地撤出了战场，弗兰西斯走到外面的后花园里抽了根烟，呼吸了点新鲜空气。

那是个很怡人的花园，有小径、花圃和闲坐的地方。夕阳几乎已经燃尽，不过还是有不少的光线。经过飞机失事和刚才的那场战斗，弗兰西斯不禁心事重重，陷入沉思；他倾听着绿荫山傍晚时分发出的各种声响。“恶棍！无赖！”老尼克松先生在他的喂鸟站里冲着那些松鼠大嚷大叫，“滚开，别再让我看到你们！”一扇门砰的一声关上了。有人在修剪草坪。然后住在街角的唐纳德·戈斯林开始弹奏起了《月光奏鸣曲》。他几乎每天晚上都要来这么一遍。他全然不顾节拍，以自由速度从头弹到尾，全然是在宣泄那种眼泪汪汪的任性、孤寂和自怨自艾——凡是贝多芬的伟大所不曾包括的，无所不有。那乐声响彻树底下的整条街道，像是对于爱情，对于温存的呼唤，目标对准某个漂亮的女仆——某个来自戈尔韦[1]，面带稚气、思乡情切的姑娘，正在她那三楼的小房间里翻看从家乡带来的老照片。“过来，朱庇特，过来，朱庇特。”弗兰西斯冲着默瑟家的那条猎犬叫道。朱庇特磕磕碰碰地从西红柿藤蔓中冲出来，嘴里叼着一顶呢帽的残余部分。

朱庇特是个十足的异类。他那叼回猎物的本能和他那高昂的情绪在绿荫山是完全放错了地方。他像炭一样黑，长了一张机警、聪明、流里流气的大长脸。他眼睛里闪烁着恶作剧的光芒，总是把他的头高高地扬起。这是那种凶猛异常、戴着沉重项圈的狗头，经常

1　戈尔韦（Galway），爱尔兰一郡名。

出现在纹章和挂毯上，过去也经常出现在伞柄和手杖上。朱庇特想去哪儿就去哪儿，废纸篓、晾衣绳、垃圾桶和鞋袋，他无一不去洗劫一番。他闯入花园派对和网球比赛，混入礼拜天基督教堂的列队行进颂歌仪式，冲着那些身穿红衣的男人狂吠不已。他每天都要窜进老尼克松先生的玫瑰园两到三趟，在“金背大红”玫瑰的花丛中踩出一道宽宽的走道来。只要唐纳德·戈斯林在星期四的晚上把烤肉的火点起来，朱庇特马上就能闻出味儿来。戈斯林夫妇不论怎么着都甭想把他给赶走。棍棒、石块和呵斥都只能把他赶到露台边上去，他就在那儿待着，扬起他那堂皇漂亮、标准纹章图像的嘴巴，静候唐纳德·戈斯林背过身去取盐。然后他就以迅雷不及掩耳之势跳上露台，轻松地将烤在火上的肉排叼起来，带着戈斯林家的晚餐逃之夭夭了。朱庇特的日子已经屈指可数。赖特森家的那个德国园丁或是法夸尔森家的厨师很快就要毒死他了。就连老尼克松先生都有可能把一些砒霜掺到朱庇特热爱的垃圾当中。“过来，朱庇特，朱庇特！”弗兰西斯叫道，可那条狗却神气活现地走开了，一边摇晃着雪白的牙齿叼着的那顶呢帽。弗兰西斯看了看自家的窗户，发现朱莉娅已经从楼上下来，正在吹熄蜡烛。

朱莉娅和弗兰西斯·韦德外出交际的次数很多。朱莉娅人缘儿很好又很喜欢交际，她对于派对的热爱源自一种对于混乱和孤寂最为本能的恐惧。她满怀真正的焦虑拆阅早上送到的邮件，从中找寻请柬，而她通常总能找到几份，可她还是贪得无厌，就算她一个礼拜七个晚上全都出去交际，也无法治愈她那副若有所思的神情——那种听到远处渺茫的音乐声时的神情——因为她总是会感觉别的某个地方举行的派对更加精彩绝妙。弗兰西斯将她参加工作日夜晚派对的数量限制在两个以内，周五晚上可以弹性处理，而周末过得就像是狂风大作中的一条小渔船。飞机失事的第二天，韦德夫妇要去跟法夸尔森夫妇共进晚餐。

弗兰西斯从城里回到家的时候已经不早了，朱莉娅趁着他穿衣打扮的时候把临时保姆接了来，然后就一阵风地催他出了门。那个派对规模很小，很令人愉快，弗兰西斯于是就安下心来尽情享受。一个新来的女仆负责递送酒水。她深色头发，圆圆的脸很苍白，弗兰西斯觉得有些面熟。他的记忆还没培养出多愁善感的功能。木料香薰、丁香花以及类似的香味并不会对他有什么刺激作用，他的记忆就像是他的盲肠，是一种退化了的储存器官。他的缺陷绝不在于无法摆脱过去；他的缺陷或许正在于他如此成功地将过去忘记得一干二净。他也许是在其他的派对上见到过这个女仆，他也许是在某个礼拜天的午后见到过她在外头散步，不过不管是哪一种情况，他都决不会为此而搜索枯肠。她那张脸圆得简直就像是一轮满月，不过相当漂亮——诺曼人或是爱尔兰人——不过又并没有漂亮到让他过目不忘的程度，否则的话他应该是能记得起是在什么样的场合下见到她的。他问内莉·法夸尔森她是谁。内莉说那个女仆是中介介绍过来的，她老家在诺曼底[1]的特雷农——一个很小的地方，内莉曾去过那里的一个教堂和一家餐馆。就在内莉叨叨她的国外之旅时，弗兰西斯想起他之前到底是在哪儿见过这个女人的了。那是在大战[2]刚结束的时候。他离开兵员和物资补给站，跟另外几个哥儿

1　诺曼底（Normandy），法国西北部一地区，北临英吉利海峡。

2　第二次世界大战。

们在特雷农度了个三天的小假。第二天的时候，他们曾来到外面的一个十字路口，去观看大家公开惩罚一个在占领期间跟德国指挥官同居的年轻女人。

那是秋天里一个凉爽的早晨。天阴沉沉的，照射在十字路口土路上的光线阴惨惨的。他们处在高原位置，向大海延伸而去的云彩和山峦都能看得很清楚，而且二者之间又是何其相似乃尔。女犯人来了，坐在一辆农用大车上的三脚凳上。镇长宣读她的罪状和判决时，她就站在那辆大车旁。她低着头，脸上一片茫然，似笑非笑，那背后悬置的是一个受到鞭笞的灵魂。镇长宣读完毕后，她解开自己的头发，让它披散到背后。一个蓄着一撮花白小胡子的小个子男人用一把剪刀铰掉她的头发，把它扔到地上。然后，他用一碗肥皂水和一把折叠式剃刀把她的脑袋剃得精光。一个女人走上前去，开始解她衣服上的衣扣，可是那个女犯把她推到一边，自己动手把衣服脱了下来。等她把贴身内衣拉过头顶，扔到地上以后，她就浑身赤裸了。女人们对她肆意嘲笑；男人们木然不动。女犯脸上的那抹笑容并无任何变化，虚假，哀伤。冷风吹得她雪白的皮肤起了一层鸡皮疙瘩，乳房上的两个乳头硬硬地挺了起来。女人们的嘲笑声渐渐消歇了，是被对她们那共同人性的认识给扑灭了。有个女人向她啐了口唾沫，但是在整个受难的过程中，她赤裸的身体上自有某种神圣的庄严，凛然不可侵犯。等到人群安静下来以后，她转过身去——她已经哭了起来——除了脚上一双穿旧了的黑鞋和袜子之外一丝不挂，独自一人沿着那条土路离开了那个村庄。那圆圆的白皙面孔已经上了几岁年纪，但是毫无疑问，那个为弗兰西斯递上鸡尾酒、后来又伺候他用饭的女仆，就是当初在那个十字路口遭受惩罚的女人。

那场战争现在已经显得如此遥远，那个派性斗争要以死亡或是酷刑作为代价的世界已经是多久以前的事了。当初跟他一起在维西待过的那些人，早已是音信渺然。他不能指望朱莉娅的审慎和明智。这件事他谁都不能告诉。如果他现在把这个故事给讲出来，就在这个餐桌上，那将不但是个社交礼仪上的错误，也会是个人性的错误。法夸尔森夫妇客厅里的这帮人似乎有一种默契，全都心照不宣地声称根本就没有过去，没有战争——这个世界上没有危险或是苦痛。在人类行为的历史记录当中，那一非同寻常的集会是会拥有其一席之地的，但绿荫山的整个气氛却使得对于它的记忆显得很不得体、很不礼貌。在给客人们端上饭后的咖啡以后，那个女犯就退了下去，可是这次邂逅却让弗兰西斯感觉倦怠不堪；他打开了他记忆和感官的闸门，并让它们奔腾不息。朱莉娅进屋去了。弗兰西斯留在汽车里，负责把临时照看孩子的保姆送回家去。

弗兰西斯本来以为出来的会是亨莱因太太，平常都是这位老太太负责照看孩子们的，当一位年轻姑娘把门打开，来到外面亮着灯的门廊上时，他不禁吃了一惊。她在灯下站了一会儿，清点了一下手里的课本。她皱着眉头，非常漂亮。现如今这个世界上真是充满了漂亮的年轻姑娘，可是弗兰西斯从中却看到了美丽与完美之间的区别。所有那些讨人喜欢的小瑕疵，像是痣啊，胎记啊以及愈合了的疤痕之类的，一概全无；在他的意识当中，他经历了乐声将玻璃震碎那样的时刻，石破天惊，他感到一阵旧识相认的痛楚，那感觉前所未有地新奇、深刻而又妙不可言。从那姑娘紧蹙的眉间，从她脸上那不可捉摸的暗影中流露出一种神情——他只觉得那种神情就是对于爱情的直接吁请。等她清点好了手里的课本后，她走下台阶，打开了车门。在灯光下，他看到她的两颊是湿润的。她坐上车，把车门关上。

“你是新来的。”弗兰西斯道。

“是的。亨莱因太太病了。我叫安妮·默奇森。”

“是孩子们跟你捣乱了吗？”

“哦，没有，没有。”她转过身来，映着黯淡的仪表板的光亮凄楚地朝他微微一笑。她浅色的头发被上衣的领子勾住了，她摇了摇头把它给松开。

“你哭鼻子来着。”

“是的。”

“希望不是因为我们家里发生的什么事儿。”

“哦，不是，不是你们家里发生的什么事儿。”她的嗓音很凄凉，“这也不是什么秘密了。村子里人人都知道。爹地是个酒鬼，他刚从某个酒吧里打电话给我，狠狠责骂了我一通。他认为我伤风败俗。他就在韦德太太回来前刚刚打来的电话。”

“我很遗憾。”

“哦，天哪！”她喘着气，哭了起来。她转向弗兰西斯，他把她搂在怀里，让她靠在他的肩膀上哭泣。她在他的怀里直哆嗦，这一动作越发使他感觉到她的骨肉是何等纤弱。隔在他们之间的几层衣服感觉很薄，等她的战栗慢慢消失的时候，那感觉真像是一阵突然爆发的爱情，弗兰西斯被冲昏了头脑，粗暴地把她朝自己拉过来。她退缩了回去。“我住在贝尔维尤大街，”她说，“你沿着兰辛街往下，开到铁路桥。”

“好的。”他启动了汽车。

“在那个红绿灯那儿左转……现在就在这儿右转，一直朝铁路的方向开。”

弗兰西斯开车的线路把他带离了他自己居住的社区，穿过铁路，朝河边开去，来到一条接近贫困的住户居住的街道，街道两旁住房的尖顶山墙和木质花边装饰传递出最为纯正的自豪和浪漫感，但是房子本身却无法提供太多的隐私或是舒适，因为全都太小了。街道很暗，因为被这个受难姑娘的风度与美貌迷得神魂颠倒，把车转进这条街道以后，他感觉就像是进入了某种湮没已久的记忆的最深处。远处，他看到有一盏门廊上的灯在亮着。那是唯一一盏亮着的门灯，她说亮灯的那幢房子就是她家。他把车停下的时候，能看到门廊的灯背后是个灯光幽暗的门厅，门厅里竖着一个老式的衣帽架。“呃，咱们到了。”他说，意识到如果换了个年轻的小伙子，肯定会说句截然不同的话。

她并没有把手从书上挪开——她原本双手交叉捧着那几本书——转过脸来对着他。他眼中闪动着欲望的泪花。毅然决然地——而非悲伤难过地——他把自己这一侧的车门打开，绕到另一侧为她打开车门。他握住她空着的那只手，让自己的手指嵌入她的指缝间，陪着她登上两级水泥台阶，沿着一条狭窄的步道穿过一个前庭的小花园，大丽花、万寿菊和玫瑰——这些耐得住轻度霜冻的花卉——仍在绽放，在夜晚的空气中散发出一种苦甜参半的气息。在前门的台阶上，她抽出自己的手，转过脸来迅速地亲了他一下。然后她穿过门廊，把门关上了。门廊上的灯熄了，然后门厅的灯也熄了。一秒钟后，楼上临街这一侧有一盏灯亮了，灯光闪耀在一棵椰子还没落的树上。她只花了几分钟的时间就脱衣上床了，然后整幢房子就全黑了。

弗兰西斯回到家的时候朱莉娅已经睡了。他打开第二扇窗，上了床，把眼睛闭上想睡觉，可是一闭上眼睛——刚坠入梦乡——那姑娘就进入了他的意识，自由自在地四处游荡，哪一扇关闭的房门都挡不住她，每一个房间都充满了她的光芒，她的香气，以及她那音乐般的声响。他跟她正搭乘毛里塔尼亚号老邮船横渡大西洋，然后又跟她一起住在巴黎。他从梦中醒来，从床上爬起来，在开着的窗前抽了根烟。重新回到床上，他在脑子里苦思冥想某种他渴望去做又不会伤害到任何人的事情，他想到了滑雪。透过他幽冥的意识，耸立起一座白雪皑皑的山岭的形象。那是迟暮时分。目力所及，处处都是辽阔而又振奋人心的景色。他背后有一个积满雪的山谷，山谷渐渐隆起，形成一座座树林覆盖的小山，山上的树木遮暗了那一片雪白，就像是一层稀疏的毛发。寒冷减弱了一切声响，只听到升降机上响亮的铁器铿锵。滑雪道上映着蓝色的光亮，现在要想辨别弯道要比一两分钟前更难了，也更难以判断硬硬的雪壳、冰层、光秃的裸露地面和一堆堆的干雪粉了，因为现在的雪原已经全都是深蓝色一片。他往山下滑去，根据那远在第一次冰河时代就已形成了的山坡的弧度调整着滑行的速度，热切地追寻着某种情感以及环境的简单和淳朴。接着夜幕就降临了，他跟某个老朋友在一间肮脏的乡村酒吧里喝了一杯马提尼。

第二天早上，弗兰西斯那白雪皑皑的山岭已经不见了踪影，只留下有关巴黎和那艘毛里塔尼亚号的生动记忆。他的内心大为受伤。他洗了澡，刮了脸，喝了咖啡，没有赶上七点三十一分的火车。他开车来到车站的时候，火车正好从车站开出，而他对于毫不留情地将他抛下的客车车厢的渴望重新唤起了他恋爱的心情。他在现在已经是空荡荡的站台上等八点零二分的那班火车。那是个晴朗的早晨；那个早晨就像是一道熠熠生辉的光之桥，架设在他那喜忧参半的爱情事件之上。他情绪高昂，兴奋不已。那姑娘的形象仿佛使他跟这个世界建立起了一种神秘而又迷人的关系。停车场开始被车辆停满了，他注意到那些从绿荫山上面的高处开来的汽车车身上已经覆盖了一层白霜。秋天的这第一个清楚的迹象令他激动不已。一列客车——从布法罗或是奥尔巴尼开过来的夜车——沿着两个站台之间的轨道驶了过来，他看到最前面几节车厢的顶上覆盖着一层薄冰。他为世间万物那不可思议的物质和实体性所深深打动，他朝餐车上的乘客绽放出微笑，你能看到他们一边旅行一边在吃着鸡蛋，在用餐巾擦着嘴巴。卧铺车厢里铺着在漫长的旅途中睡脏了的卧铺床单，就像是一长串寄宿公寓的窗户，蜿蜒驶过清新的早晨。然后他看到了一幕奇景：在卧铺车厢的一个窗口坐着一位美得出奇的女人，没有穿衣服，正在梳理自己的金发。她就像个魅影般掠过绿荫山，不断地梳理着她的秀发，弗兰西斯目不转睛地望着她，直到她出离了他的视线。这时老赖特森太太来到了站台上，开始跟他说起话来。

“哦，我猜你一连三天早上都在这儿看到我，肯定挺意外的吧，”她道，“就因为我的窗帘，我都快成了个每天上下班的通勤客了。我礼拜一买的窗帘，礼拜二退了回去，而礼拜二买的窗帘，今天又要退回去。礼拜一那天我买到的窗帘可称心啦——是一种织着玫瑰和鸟儿图案的绣帷——可是等我把它们带回家里，却发现尺寸不对。好吧，我昨天就拿去退换了，可是等我把它们带回家里，却发现尺寸还是不对。我真要向苍天祈祷，希望那位设计师能够终于找人把它们的尺寸给改对喽，因为你是知道我的家的，你是知道我起居室里的那些窗户的，你可以想象它们给我带来了多少麻烦。我真不知道该拿它们怎么办。”

“我知道怎么来对付它们。”弗兰西斯道。

“怎么办？”

“从里面把它们漆成黑色，然后闭嘴。”

赖特森太太倒吸了一口冷气，弗兰西斯鄙夷地俯视着她，以确保她知道他就是有意要出言不逊。她转身走到一边去了，精神上大受打击，连走路都一瘸一拐的了。一种奇妙的感觉包裹着他，就仿佛阳光都在他周身跳跃舞动，他又想起火车上的那位维纳斯，驰过布朗克斯的时候不断地梳理着她的秀发。他突然意识到，上一次因为故意怠慢别人而开心不已已经是多少年前的事儿了，这让他如梦方醒。在他的朋友和邻居当中，是有一些才华横溢的出色人物——这一点他心里有数——可是也有很多人纯粹就是讨厌鬼和傻瓜蛋，而他错就错在对他们一视同仁，以同样的注意力去听他们讲话。他是把缺乏辨别力跟基督之爱混为了一谈，而且这种混淆看起来非常普遍而又非常有害。他很感激那位姑娘为他带来了这种神清气爽的独立感觉。鸟儿在歌唱——红衣凤头鸟和最后一批知更鸟。天空精光闪亮，就像是涂了一层釉彩。就连晨报散发出来的油墨气味都加深了他的生之渴望，而铺展在他周围的世界明明就是人间天堂。

如果弗兰西斯相信爱情具有某种等级制度——相信手持猎弓的

精灵，相信维纳斯和厄洛斯[1]的反复无常——甚或相信神药、春药和窑子，相信肩胛骨和月相，那么也许可以解释他何以如此敏感，情绪又何以高昂到近乎狂热的程度。关于中年人的晚秋之爱，坊间一直都广为流传，他猜想他是迎面撞上了这种爱情，可在他的感觉当中并没有一丝一毫秋天的气息啊。他想去绿林中嬉戏，他想搔一搔痒处，他想从生命之杯中开怀畅饮。

他的秘书雷尼小姐那天早上迟到了——她一周有三天早上要去看心理医生——当她走进办公室的时候，弗兰西斯忍不住暗想，心理医生对于他又会有怎样的忠告呢。那个姑娘允诺给他的是要将某种类似音乐之声的美好事物重新带入他的人生。可是继而他又意识到，这种美妙的音乐很有可能会直接导致他因法定强奸罪而在县法院公开受审，他那一腔幸福又不禁烟消云散了。办公桌上，他那四个孩子在快乐岬海滩上面对镜头开心大笑的那张照片在责备他。他公司信笺的抬头上印着一幅拉奥孔的画像，这位祭司和他的两个儿子被巨蛇紧紧缠住的形象在他看来具有了无比深刻的寓意[2]。

他跟平基·特拉伯特一起吃的午饭。在平时闲谈的层面上，他朋友们的道德观念是粗豪而且富有弹性的，可是他也知道，一旦他勾引孩子保姆的事儿被抓了现行，那道德的纸板房屋就会塌下来压在他们全家身上——包括朱莉娅和孩子们在内。回顾一下绿荫山晚

1　维纳斯（Venus）和厄洛斯（Eros）分别为罗马神话和希腊神话中的爱神。

2　拉奥孔（Laocoön），希腊神话中的先知和阿波罗的祭司，他因违反自己保持独身的誓言生儿育女而触怒阿波罗，他以及他的双生子安提法斯和苏姆布莱厄斯被阿波罗派来的两条大海蛇缠死。对他加以惩罚的另一理由是他曾警告特洛伊人不要接受希腊人留下来的木马。表现这一传说最著名的作品是维吉尔的《埃涅阿斯纪》和由罗得岛的雕刻家阿盖桑德尔、波律多洛斯以及雅典诺多罗斯三人合作的拉奥孔雕像，此像现藏梵蒂冈博物馆。此处指的就是这尊著名的雕像。

近的历史，他找不到一个类似的先例。没有过一桩卑鄙奸恶的丑事；自打他住到那儿以来，一桩离婚都没有出现过；甚至就连一丝丑闻的气息都没有。一切安排得比在天国里都要正当和得体。离开平基以后，弗兰西斯去了一家珠宝店，为那姑娘买了一只手镯。这次偷偷摸摸的购物简直让他心里乐开了花，珠宝店里的那些店员显得是多么古板而又好笑，从他身后走过的那些女人身上的香气是多么好闻！在第五大道上走过阿特拉斯的雕像[1]时，看到他被肩上扛着的整个世界的重量压得弯了腰，弗兰西斯也不由得想起，按照自己选择的方式生活的话，他身体的负担也是何其沉重。

他不知道何时才能再次见到那位姑娘。回到家的时候，他把那只手镯放在了西装的内袋里。谁知一打开家里的大门，就发现她在门厅里。她背朝着他，听到关门的声音就转过身来。她的笑容坦荡而又充满爱意。她的完美无瑕令他惊叹不已，就像是一个大好天气——大雷雨后的大晴天。他一把抓住她，用自己的嘴唇紧贴上她的嘴唇，她挣扎着，但并不需要挣扎太久，因为正在这时，小格特鲁德·弗兰纳里不知道从哪里冒了出来，说道："哦，韦德先生……"

格特鲁德整天到处乱跑。她天生喜欢探险，而且并没有让她的这一志趣使她的生活与疼爱她的父母集中在一起。不知道弗兰纳里家底细的人光从格特鲁德的行为上推断，还以为她是一个破裂的家庭的苦孩子，喝得醉醺醺的父母成天争吵个没完呢。这可是大谬不

1　阿特拉斯（Atlas），希腊神话中的提坦神之一，因反抗主神宙斯失败，被罚在世界的极西处用头和手顶住天。肩扛地球、重达两吨的阿特拉斯青铜塑像是第五大道上洛克菲勒中心最大的雕塑作品。

然。小格特鲁德整天穿一身破烂单薄衣服的事实，其实是她一心跟给她穿得暖和而又整洁的母亲斗争并且获胜之后的结果。她多嘴多舌，皮包骨头，脏了吧唧，就这么在布伦豪娄这个住宅区周围瞎转悠，从一家游荡到另一家，根据她对婴儿、动物、跟她同龄的孩子、青少年，有时甚至是成年人的依恋程度，缔结或者打破联盟关系。一大早打开自家的大门，你可能就会发现她坐在你家的门廊上。走进浴室去刮脸，你可能会发现格特鲁德正坐在马桶上。往你儿子的婴儿床上一看，发现竟然是空的，再往远处一看，你会发现格特鲁德已经把他放在婴儿车上推到邻村去了。她乐于助人，无处不在，诚实无欺，忠诚不贰，老是饥肠辘辘。她从不主动回家。到了应该回家的时候，她总是对所有的迹象都视而不见。“回家去吧，格特鲁德。”你会听到大家这么跟她说，家家如此，夜夜如此。“回家去吧，格特鲁德。时候不早了，现在就该回家去了。”“你最好还是回家吃晚饭去吧，格特鲁德。”“二十分钟前我就跟你说过该回家去了，格特鲁德。”“你母亲要为你担心啦，格特鲁德。”“回家去，格特鲁德，回家去吧。”

有的时候，人们眼周的皱纹会像是被侵蚀了的石头上的分层，而瞪大的眼睛本身会像是野兽般凶狠，我们会被惊得不知所措。弗兰西斯投向那个小姑娘的眼神丑陋而又怪异，这眼神把她给吓到了。他伸手到口袋里——他双手都在哆嗦——掏出一枚两毛五分钱的硬币。“回家去，格特鲁德，回家去，不要告诉任何人，格特鲁德。不要——”他噎住了，朝起居室里跑去，因为朱莉娅正在楼上叫他快一点去换衣服。

他老想着当天夜里晚些时候他将开车送安妮·默奇森回家，这个念头就像是一根金线，贯穿了弗兰西斯和朱莉娅去参加的那个派对上的所有活动，面对无聊的笑话他哈哈大笑，当梅布尔·默瑟跟他说她的小猫死了的时候，他竟然擦干了一滴眼泪，他伸懒腰，他打哈欠，他唉声叹气，他无病呻吟，就像其他任何心底里私藏着个约会的男人一样。那只手镯还在他衣袋里藏着。他坐着跟人聊天的时候，鼻翼里闻到了青草的气息，他暗自盘算着该把车停在哪儿为好。老帕克大宅里没有一个人住，宅前的车道已经成为情人幽会的小巷。汤森街是条断头路，他可以把车停在那儿，停到路头上最后一户人家再过去一点的地方。从榆树街拐到河岸的那条老胡同如今已经是杂草丛生，不过他曾经带着孩子们徒步走到过那里，他可以把车开到灌木丛深处隐藏起来。

韦德夫妇是最后离开派对的客人，宾主四人都站在门厅里互道晚安的时候，男女主人说起来他们自己幸福的婚姻生活。“她就是我的姑娘，”他们的主人道，捏了自己妻子一把，“她就是我的蓝天。结婚都十六年了，我还仍旧咬她的肩膀呢。她让我觉得就像是翻越了阿尔卑斯山的汉尼拔[1]。”

韦德夫妇开车回家的路上一言不发。弗兰西斯把车停在自家的车道上以后坐着没动，仍旧开着引擎。“你可以把车开到车库里了，”朱莉娅从车上下来的时候说，“我前面已经跟默奇森家的那个姑娘说过她可以在十一点钟离开。有人开车送她回家。”她把车门关上，弗兰西斯在黑暗中坐着。看起来，他自己就是个十足的傻

---

1 汉尼拔（Hannibal，前 247—前 183 或前 182），迦太基统帅，率大军翻越阿尔卑斯山远征意大利，从而发动第二次布匿战争，曾三次重创罗马军队，终因缺乏后援而撤离意大利，后被罗马军多次击败，服毒自杀。

瓜：贪淫，嫉妒，使他流泪的感情上的伤害，甚至鄙视——因为他能清清楚楚地看到他现在的这副德性：双臂伏在方向盘上，因为为情所伤而把头埋在胳膊中间。

弗兰西斯小时候曾是个很有奉献精神的童子军，想起小时候童子军训诫的他，第二天下午早早地离开办公室，去打了几场壁球循环赛，可是，在他的身体因为运动和淋浴精神焕发以后，他又不由得觉得还不如待在办公室伏案工作的好。晚上回家的时候已经出现霜冻。凛冽的空气中明显地嗅得出物候的变化。他走进家门以后，感觉到一种不同寻常的激动。孩子们都穿着他们最好的衣服，朱莉娅下楼来的时候，也穿了件薰衣草色的长裙，戴着她的镶钻旭日形胸针。她解释了大家这么激动的原因：哈伯先生七点钟要来为他们拍摄用在圣诞卡上的照片。她已经为他准备好了他那套蓝色西装和一条颜色鲜艳些的领带，因为今年要拍的可是彩色照片。一想到为圣诞节拍照，朱莉娅就心情愉快。对于这类仪节她总是乐此不疲。

弗兰西斯上楼去换衣服。这一整天的工作和相思成疾搞得他很疲惫，在床沿上坐下更是有加深疲倦的效果。他思念着安妮·默奇森，想要表达自己真实情感的肉体需要非但没有被朱莉娅梳妆台上的粉红色灯光所抑制，反而将他完全吞噬。他走到朱莉娅的书桌前，拿出一张信纸，开始在上面奋笔疾书。“亲爱的安妮，我爱你，我爱你，我爱你……”这封信谁都不会看到，他也就百无禁忌。他连“飘飘欲仙”和“金屋藏娇”这样的滥调都用上了。他淌着口水，叹息不已，浑身颤抖。当朱莉娅喊他下楼去的时候，他的幻想与现实世界之间裂开了如此不可逾越的鸿沟，他感觉自己心脏的肌肉都受到了影响。

朱莉娅和孩子们站在门廊上，摄影师和他的助手架起了一套两组的泛光灯，以便把他们一家人和他们家大门入口的建筑之美清清楚楚地拍摄下来。乘晚班火车回来的邻居熟人都放慢车速，观看韦德一家为了圣诞卡正在拍摄的全家福。有几位还朝他们挥手致意，跟他们打招呼。就这样不断地摆出笑脸儿、抿湿嘴唇，一直折腾了半个钟头，哈伯先生方始满意。灯光散发出来的热气使严寒的空气闻起来都变得污浊了，强烈的灯光关掉以后，还在弗兰西斯的视网膜上滞留了好长时间。

那天夜里的晚些时候，弗兰西斯和朱莉娅正在起居室喝咖啡的时候，门铃响了。朱莉娅去应门，进来的是克莱顿·托马斯。他是来还戏票钱的——前几天朱莉娅给了他母亲几张戏票，虽然说了不用给钱，海伦·托马斯却执意要给。朱莉娅邀请他进门喝杯咖啡。“咖啡我是不喝了，”克莱顿道，“不过我可以进来坐一会儿。”他跟着她走进了起居室，跟弗兰西斯道了声晚上好，局促不安地在一把椅子上坐了下来。

克莱顿的父亲在战争中阵亡了，于是这个年轻人少年丧父的境遇就像是他的一个组成部分一样整天挥之不去。这在绿荫山是颇为引人注目的，因为托马斯家是当地唯一的一个有了残缺的家庭；除此以外所有其他的人家全都婚姻美满，儿女满堂。克莱顿在读大二或是大三，就他们娘儿俩住在一幢大房子里，他母亲希望把那幢房子给卖了。克莱顿也惹过麻烦。几年前他偷了些钱跑了出来；他一直跑到加利福尼亚才被抓住。他个头很高，其貌不扬，戴一副角质边眼镜，说话声音很低沉。

“你什么时候回学校呀，克莱顿？”弗兰西斯问道。

“我不回去啦，”克莱顿道，“妈妈没这个钱，硬充这个门面毫无意义。我打算去找份工作，而且要是我们把房子卖掉的话，我们就到纽约住公寓去。”

“你不会想念绿荫山吗？”朱莉娅问。

“不，”克莱顿道，“我不喜欢这儿。”

“为什么？”弗兰西斯问。

“呃，这儿有很多东西我并不认同，”克莱顿郑重其事地道，“比如说像是俱乐部的舞会之类的。上周六夜里，舞会接近尾声的时候，我朝里面张望了一下，看到格兰纳先生正一心想把迈诺特太太塞进那个奖杯陈列柜里去。他们俩都喝醉了。我不赞成这么滥饮无度。”

“那是周六夜里呀。”弗兰西斯道。

“还有所有的鸽舍一样和睦的家庭全都是冒充的，”克莱顿道，“还有大家全都把自己的生活过得乱七八糟的那副德性。关于这一点我想过很多，在我看来，绿荫山真正的症结所在是它根本没有任何前途。花了那么多精力想把这个地方建成永久的乐园——千方百计不让那些不受欢迎的人住进来，诸如此类的——可是每个人对于未来的观念无非是多增加几班通勤火车，举办更多的派对而已。我认为这是不健康的。我认为大家对于未来应该怀有伟大的梦想。我认为大家应该有伟大的梦想。”

“你不能继续大学的学业，真是太可惜了。”朱莉娅道。

“我想去读神学院。”克莱顿道。

“你是什么教派的？”弗兰西斯问道。

“我是个一位论派[1]，通神论者，超验主义者和人文主义者。”克莱顿道。

“爱默生不就是个超验主义者吗？”朱莉娅问。

“我说的是英国的超验主义者，”克莱顿道，“美国所有的超验主义者全都是些粗坯。”

“你想找份什么样的工作？”弗兰西斯问。

“呃，我想找个出版社的工作，”克莱顿道，“可是人人都跟我说这一行没什么可干的。可我就是对这类工作感兴趣。我正在写一出探讨善与恶的长篇诗剧。查理叔叔可能会介绍我去一家银行工作，那对我也有好处。我需要纪律性。要最终形成自己的性格，我还有很长的路要走。我颇有些可怕的习惯。我讲得太多。我想我应该起个闭口不言的誓愿。我应该努力尝试一星期不开口说话，借此严以律己。我曾经想过要退引到某个圣公会的修道院里静修，可我又不喜欢三位一体论。”

“你有女朋友吗？”弗兰西斯问道。

“我已经订婚了，”克莱顿道，“当然啦，我年龄还太轻，也太穷，还没办法让我的婚约得以履行或者受到尊重，诸如此类的，不过我用今年夏天修剪草坪打工赚来的钱为安妮·默奇森买了一枚仿制的祖母绿戒指。我们打算一等她完成学业就马上结婚。”

一听到那姑娘的名字，弗兰西斯的身体本能地退缩了一下。然后，就仿佛有一道昏暗的光从他的灵魂中放射出来，使得一切——朱莉娅，那个男孩儿，那些椅子——全都呈现出它们黯淡的本相。

1　一位论派（Unitarian），强调在宗教中自由运用理知，否认基督神性和三位一体教义，强调上帝位格单一的新教派别。

就像是天气骤然间恶化了一样。

“我们将建立一个大家庭，”克莱顿道，“她父亲是个可怕的酒鬼，我也经历过艰难的岁月，我们想生一大帮孩子。哦，她可真是了不起，韦德先生，韦德太太，而我们有那么多的共同点。我们喜欢的东西全都一样。去年我们俩不约而同，寄出的都是一模一样的圣诞卡，我们俩都对西红柿过敏，我们俩的眉毛也都在中间连到了一起。呃，我该告辞了，晚安。”

朱莉娅一路把他送到门口。她回来后，弗兰西斯就跟她说，这个克莱顿好吃懒做，不负责任，而且还臭气烘烘的。朱莉娅说弗兰西斯似乎变得越来越心胸狭窄，真让人受不了啦；她说托马斯这个孩子还年轻，应该再给他一个机会的。朱莉娅也已经注意到了弗兰西斯这段时间脾气格外暴躁的其他一些事例。“赖特森太太邀请了绿荫山所有的住户都去参加她的周年庆典派对，唯独没有邀请咱们。”她道。

“很抱歉，朱莉娅。”

“你知道他们为什么没请咱们吗？”

“为什么？”

“因为你冒犯了赖特森太太。”

“这么说来你知道这件事啦？”

“是琼·马斯特森告诉我的。当时她就站在你后头。”

朱莉娅迈着小碎步在沙发前走来走去，弗兰西斯心知肚明，这表示她很生气。

“我确实冒犯了赖特森太太，朱莉娅，而且我是故意的。我从来就没喜欢过她举办的那些派对，我很高兴她把我们给除名了。”

“那海伦怎么办？”

“这跟海伦有什么关系？”

“决定谁能参加正式的社交舞会的正是赖特森太太。”

“你的意思是说她能不让海伦参加舞会？”

“正是。”

“我没想到过这一层。”

“哦。我就知道你没想到过，”朱莉娅叫道，一刀刺进他铠甲的缝隙，深至刀柄，“就是你这种愚蠢的轻率行径破坏了每个人的幸福，一想起这个我就怒不可遏。”

“我不认为我破坏了任何人的幸福。”

“赖特森太太统治着绿荫山，而且已经统治了整整四十年的时间。我真不知道到底是什么让你认为在绿荫山这样的一个社区里，你居然可以任性胡为，随心所欲地去侮辱和冒犯别人，表现得如此粗鲁下流。”

“我很有礼貌。”弗兰西斯道，试图改变一下话题，缓和一下这个夜晚的气氛。

“去你的，弗兰西斯·韦德！”朱莉娅喊道，唾沫星子直喷到他的脸上，“我历尽艰辛，才终于在这个地方谋得我们今天所享受到的社会地位，我决不会眼睁睁地看着你把它给毁掉而坐视不管。想当初你在这儿安下家来的时候就该明白，你是绝不能像洞穴里的一头熊那样过日子的。”

“我必须得表达我的个人好恶。”

“你完全可以隐藏你的厌恶。你没必要干什么都直来直去的，就像个孩子一样。除非是你巴不得成为一个社交场上的万人嫌。我们收到那么多的社交邀请可绝不是出于偶然！海伦有那么多的朋友也绝不是出于偶然。你要是只能在电影院里消磨礼拜六的晚上，你会觉得怎么样？要是你礼拜天只能待在家里打扫枯死的树叶，你又当如何呢？如果你的女儿在举行盛大社交舞会的夜晚只能干坐在窗前，倾听俱乐部里传来的音乐，你会喜欢吗？如果——”话音未落，他就干了一件毕竟算不上完全不可理喻的事儿，因为她那咄咄逼人的话语就像是在他们之间树立起了一道密不透风的高墙，他差一点都要窒息了。他劈脸给了她一巴掌。她踉跄了一下，过了一会儿，她像是镇定了下来。她上楼去了他们的房间。她并没有砰的一声把门给摔上。几分钟后，当弗兰西斯跟上去的时候，发现她正在收拾一个行李箱。

“朱莉娅，我非常抱歉。”

“没关系。”她道。她在哭。

“你打算去哪儿呀？”

“我不知道。我刚查了一下火车时刻表。十一点十六分有一班去纽约的车。我要去乘那班车。”

“你不能走，朱莉娅。”

“我不能再待下去了。我很清楚。”

“有关赖特森太太的事情我很抱歉，朱莉娅，我很——”

“这跟赖特森太太没什么关系。问题根本不在这里。”

“那问题出在哪儿？”

“你不爱我。”

“我当然爱你，朱莉娅。”

“不，你不爱。”

“朱莉娅，我确实爱你，我希望我们还能像当初那样——甜蜜、下流而又隐秘——可是现在有了那么多的人。”

“你恨我。”

“我不恨你，朱莉娅。”

“你自己都不知道你有多恨我。我想这是下意识的。你都没意识到你干的那些恶毒的事情。”

“什么恶毒的事情，朱莉娅？”

“你的潜意识驱使你做出的那些恶毒的行径，为的是发泄你对我的仇恨。”

“你说什么，朱莉娅？”

“我从来就没有埋怨过。”

“告诉我。”

“你都不知道你在干什么。”

“告诉我。”

“你的衣服。”

“你这什么意思？”

“我的意思是，你把你的脏衣服乱扔一气的方式，就是为了发泄你潜意识里对我的仇恨。”

“我不明白。”

“我说的是你的脏袜子、你的脏睡衣、你的脏内衣和你的脏衬衣！”她原本跪在行李箱旁边，这时霍地站起来，面对着他，眼睛冒火，声音响亮而又激动，“我说的是你从来就没有学会把任何东西给挂起来这个事实。你就把你的衣服一脱，随手往地上一扔，脱哪儿就扔哪儿，为的就是羞辱我。而且你是存心这么做的！”她扑倒在床上，啜泣不已。

“朱莉娅，亲爱的！”他说，可是当她感觉到他放在她肩上的手以后，马上又站了起来。

“离我远点儿，”她说，“我一定得走。”她从他身边擦过去，来到衣橱前，拿了条裙子回来。“你给我的东西我一样都不带，”她说，“我要把我的珍珠首饰和裘皮大衣都留下。”

“哦，朱莉娅！”她那俯身在行李箱上的身形因为自欺欺人而显得如此无助，几乎使他心中充满了怜惜之情。她不懂得要是没有了他，她的生活将变得何等凄惨。她不懂得那些工作的女性每天得做足多少个小时。她不懂得她大部分的朋友都存在于他们婚姻的框架之内，如果婚姻不存在了，她会发现将只剩下她孑然一身。她不懂得旅行、旅馆和金钱。“朱莉娅，我不能让你走！你不明白，你不论什么都得依靠我。”

她把头往后一仰，用双手把脸捂上。“你说我不论什么都依靠你？”她问道，“你是这么说的吗？那么是谁告诉你早上什么时候起床，夜里什么时候睡觉的呢？又是谁给你准备一日三餐，把你的脏衣服捡起来并且请你的朋友们来吃饭的呢？要是没有我，你的领带就会油渍麻花，你的衣服上会全是蛀洞。当初我认识你的时候你是孤家寡人，弗兰西斯·韦德，我离开你以后你仍旧是个孤家寡人。我们结婚的时候妈妈让你列个名单，好发送婚礼的请柬，你一共给她提供了多少个人的名字？十四个！”

“克利夫兰不是我的家乡，朱莉娅。”

“既然我不带那件裘皮大衣了，”她心平气和地道，“你最好还是把它放回去收好吧。那些珍珠首饰有份保单，明年一月份到期。

洗衣店的名字和女佣的电话号码——所有这类东西都在我书桌的抽屉里。我希望你酒不要喝得太多，弗兰西斯。我希望你不会碰到任何倒霉的事儿。如果你碰到了重大的麻烦，陷入了困境，你可以打电话给我。”

“哦，我亲爱的，我不能让你走！”弗兰西斯道，“我不能让你走，朱莉娅！”他伸出臂膀把她搂在了怀里。

“我想我最好还是留下来再照顾你一段时间吧。”她道。

早上乘车去上班，弗兰西斯看见那姑娘沿车厢的过道走过去。他很吃惊；他原来没意识到她读书的学校是在城里的，但她手上拿着书，看样子是去上学的。他的惊讶延缓了他的反应速度，不过他随后也笨拙地站起身来，来到了过道里。他们中间已经夹进来好几个人，不过他看得见她就在他前面，等着有人把车厢门给打开，这时火车突然晃动了一下，她在穿过车厢间的接合部时伸手扶了一下，然后就走进另一个车厢。他跟着她穿过那节车厢，在下一节车厢又走了一半的时候这才开口喊她的名字——“安妮！安妮！”——可她并没有转身。他又跟着她走进下一节车厢，她终于在一个靠过道的座位上坐了下来。向她走去的时候，他整个的感觉都是暖洋洋的，他那颗心已经提前飞了过去，他把手放在她座位的靠背上——就连跟椅背的接触都让他感觉很温暖——然后俯下身来跟她说话，这才发现那根本就不是安妮。那是个戴眼镜的女人，年龄也更大。他假装继续向前，走进下一节车厢，他的脸涨得通红，一是因为窘迫，还有更深得多的受挫感：他那自恃良好的感觉受到了挑战；因为如果连谁是谁都分不清楚，那又有什么证据可以证明，他跟朱莉娅以及孩子们的生活要比私奔到巴黎的罪恶梦想或者情人巷里的垃圾、青草味儿和洞穴形的小树林具有更多的现实性呢?

那天下午临近傍晚的时候，朱莉娅打电话提醒弗兰西斯，他们晚上是要出去吃饭的。几分钟以后，特雷斯·比尔登打来了电话。"听我说，伙计，"特雷斯道，"我是为了托马斯太太给你打这个电话的。你知道吗?克莱顿，她那个儿子，看来找不到差事，不知道你能不能帮他个忙。如果你能给查理·贝尔打个电话——我知道他欠你个人情——为这个孩子说句好话，我想查理是会——"

"特雷斯，这话我很不情愿出口，"弗兰西斯道，"不过我觉得对这个孩子我实在是无能为力。这孩子真是百无一用。我知道这话说出来很不好听，但这是个事实。谁好心好意帮他，非但好心没好报，反而会深受其害。他就是个百无一用的孩子，特雷斯，而且根本就无可救药。就算是我们给他谋到一份工作，他也干不上一个礼拜的时间。我知道这就是事实。说来可怕，特雷斯，的确很可怕，对此我心知肚明，可是这话我还是得说:我非但不能替那个孩子介绍工作，反而感觉责无旁贷要提醒大家都防着他一点——提醒所有认识他父亲，自然而然地想伸手拉他一把的人。我感觉责无旁贷地要提醒他们。他是个贼……"

他刚放下电话，雷尼小姐就走了进来，站在他办公桌旁。"我不能再继续为您工作了，韦德先生，"她说道，"如果您需要的话我可以待到十七号，不过我突然间有了更好的工作机会，我希望能尽快离开这儿开始新的工作。"

她走出办公室，留下他一个人去面对他对托马斯家的男孩儿干下的恶毒勾当。他的几个孩子在照片上笑啊笑，闪耀着夏日全副的明亮色彩，他想起那天他们在沙滩上碰到了一个风笛手，他付了一块钱让那人为他们吹奏了一首苏格兰高地警卫团[1]之歌。他回家的时候那姑娘应该会在他们家了。他将在他那帮善良的邻居中间度过又一个晚上，处心积虑地挑拣着断头路、乡间小路和废弃房屋的车道。无论如何都没办法使他的感情平静下来——无论是孩子们的欢笑还是跟他们一起打一场垒球，全都无济于事——重新回顾那次飞机失事、法夸尔森家的那位新女仆以及安妮·默奇森对她那位酗酒的父亲满怀的苦恼，他忍不住琢磨着究竟有什么办法才能避免他陷入如今的境地。他陷入了困境。在他的有生之年他曾经迷过一次路，那是从北部森林的一条鳟鱼溪钓鱼归来，现在的他也有跟当时同样凄凉的感觉——不管有多少欢乐、希望、勇气或者毅力，全都无法帮他在逐渐苍茫的暮色中找到那条迷失的道路。他闻到了森林的气息。那种凄凉的感觉实在无法忍受，他清楚地看到，他已经到了非做出抉择不可的关节点。

他可以去看心理医生，就像雷尼小姐一样；他可以去教堂，为他的淫欲做出忏悔；他可以去西七十几街的一家丹麦按摩院，那是个推销员向他推荐的；他可以强奸那个姑娘或者确信自己肯定会受到阻挠无法实施强奸；或者他也可以一醉方休。那是他的人生，他的航船，而且他就像别的男人一样，天生就该是成千上万个孩子的父亲，只要能让双方都感觉跟这个世界可以更加友好地相处了，一次幽会又有什么害处呢？他的思路又跑偏了，他重新回到他的第一个想法：看心理医生。他有雷尼小姐那位医生的电话，他打了个电

1　苏格兰高地警卫团（Black Watch），成立于一七二五年，一七五一年编入英国陆军，团丁身着深色方格呢制服。

话，要求马上预约。他坚持要医生的秘书马上就安排——这就是他做生意的一贯风格——当她说医生接下来几个星期之内的日程表都已经排满了时，弗兰西斯就要求当天去就诊，最后那秘书让他五点钟过去。

那位心理医生的诊所设在一幢几乎全被医生和牙医占满了的大楼里，走道里充满了漱口水的糖果味儿以及痛苦的记忆。弗兰西斯的性格是在一系列个人决心的基础上形成的——决心要保持整洁，决心从高高的跳板上跳到泳池里或者一再去完成其他挑战自己勇气的壮举，决心要守时、诚实并且品性正直。他大部分的重大决定都是独自一人以一己之力做出的，如今要放弃这种完美的孤独就等于是粉碎了他原有的个性观念，使他处于一种倍感震惊的境地。他简直有些茫然不知所措了。这个他前来 miserere mei Deus[1] 的地方就跟大多数医生的诊所别无二致，只是为了模仿舒适幸福的家庭生活而做出的一个象征性的粗疏姿态：摆放着古董和盆栽植物，布置了咖啡桌，墙上挂着小桥覆雪和鸿雁南飞的蚀刻画。但这里却没有孩子，没有婚床，没有炉火，而且在这个幸福家庭的滑稽模仿品当中，甚至没有人曾经睡过一晚，它那窗帘齐备的窗户正对着黑漆漆的通风井。弗兰西斯向一个秘书报上自己的姓名和住址，然后就看到有个警察从房间的另一侧向他冲过来。“站住，站住，”那警察说，“不许动。手放在原地不许动。”

“我看没什么问题，警官，”那秘书道，“我想这恐怕是个——”

1　拉丁文：求主怜悯。典出《圣经·旧约·诗篇》第五十一篇：“（大卫与拔示巴同室以后，先知拿单来见他，他作这诗，交与伶长。）神啊，求你按你的慈爱怜恤我，按你丰盛的慈悲涂抹我的过犯。求你将我的罪孽洗除净尽，并洁除我的罪。……”（和合本译文）

“让我们来查个清楚。”那警察道，开始拍打弗兰西斯的衣服，像是要找什么——手枪，匕首，还是碎冰锥？什么也没有找到，他就走开了，那个秘书开始紧张不安地向他道歉：“您打来电话的时候，韦德先生，您显得非常激动，医生已经有个病人威胁要取他的性命了，我们不得不小心行事。您现在想进去吗？”弗兰西斯推开一扇连着个电铃的门，在医生的密室里沉重地一屁股坐下，用一块手帕擤了擤鼻涕，在口袋里摸索着香烟、火柴等等东西，噙着眼泪，嗓音嘶哑地说：“我恋爱了，赫尔措格医生。”

一周或是十天以后的绿荫山。七点十四分的那班火车已经来了又走了，各户人家的晚餐都已吃完，碗碟都放进了洗碗机。整个村子，不论是在道德还是经济上，全都命悬一线；不过在傍晚的灯光中，毕竟还有根线拴着它。唐纳德·戈斯林又开始弹起了《月光奏鸣曲》。Marcato ma sempre pianissimo[1]！他就像是在拧干一条湿浴巾，但那个女仆并没有注意到他。她在给亚瑟·戈德福瑞写信。在他家里的地下室里，弗兰西斯·韦德正在做一张咖啡桌。赫尔措格医生推荐他做些木工活儿作为一种治疗方法，而弗兰西斯确实在木工所涉及的那简单的算术以及新鲜木料的神圣气息当中觅得了一些真正的慰藉。弗兰西斯很快乐。楼上，小托比正在哭鼻子，因为他感到厌烦。他脱掉牛仔帽、手套和流苏夹克，解下镶着黄金和红宝石的皮带，解下银子弹和手枪皮套，拉掉裤子背带，脱下格子衬衣和李维斯牛仔裤，坐在床沿上脱掉他的高筒皮靴。任由这套装备胡

1　意大利语：清晰但始终最为轻柔地（弹奏）。

乱堆成一堆，他走到衣橱前，把他的宇航服从一个钉子上取下来。要想穿上那套紧身衣裤可不是件容易的事儿，不过他还是成功了。他把魔法斗篷披在肩上，爬上床脚的竖板，张开双臂，往地板上飞去，砰的一声摔在地上，除了他自己，家里的每个人都听到了那撞击声。

“回家吧，格特鲁德，回家吧，”马斯特森太太道，“一个钟头前我就跟你说该回家啦，格特鲁德。你吃晚饭的时间早就过了，你妈妈会担心的。回家去！”巴博考克家通往露台的一扇门猛地一下被打开了，巴博考克太太一丝不挂地跑了出来，后面追出来她那赤身裸体的丈夫。（他们的孩子都在寄宿学校上学，他们家的露台前面挡着一道树篱。）通过那道厨房的门，他们夫妻在露台上进进出出，激情洋溢而又健美帅气，就像威尼斯每一堵墙壁上都能看到的宁芙[1]和萨梯[2]的壁画一样。正在花园里修剪她最后几株玫瑰花的朱莉娅，听到老尼克松先生在他的喂鸟站里冲着那些松鼠大喊。“恶棍！无赖！快滚开，别再让我看到你们！”一只可怜的猫咪溜达进了花园，不论是精神还是肉体都显得极不舒服。它的头上系着一顶小草帽——洋娃娃的帽子——身上穿了件洋娃娃的裙子，扣得严丝合缝的，从裙子底下伸出一根毛茸茸的长尾巴。它一边走，一边甩着脚，就像是刚从水里爬上来似的。

“来呀，咪咪，咪咪，咪咪！”朱莉娅叫道。

“来呀，咪咪，来呀，可怜的咪咪！”但是那只猫满腹狐疑地

1　宁芙（Nymph），希腊和罗马神话中居于山林水泽的仙女。

2　萨梯（Satyr），希腊神话中的森林之神，具人形而有羊的尾、耳、角等，性嗜嬉戏，耽于淫欲。

看了她一眼，穿着裙子磕磕绊绊地走开了。最后到来的是朱庇特。他神气活现地穿过西红柿藤蔓，大嘴巴里叼着一只晚礼服鞋的残部。然后天就黑了；那是个国王们身着黄金礼服骑着大象翻越群山的夜晚。

女公爵

如果你碰巧生为一个矿工之子，或是像我一样，自幼在马萨诸塞州一个小镇上长大，那么与女公爵为伴可能会激起某些不值得写进小说的庸俗情愫，可她毕竟是个美人，而美与爵位无关。她纤而不瘦，身材高挑。暗金色的头发，眉目清秀，与她居住的石灰岩和大理石堆砌的罗马式宫殿那宏伟又老旧的环境相互映衬之下，相得益彰。这宫殿式的府邸是她的。即便当她从宫殿的阴影里迈步出来，沿河步行去望早弥撒时，那些石头的光影仿佛依然挥之不去。倘或人们看到她在圣安德肋圣殿的房顶，加入了那些圣人和天使的石像的行列，也只会略感吃惊，而不至受到惊吓。这可不是导游书上的罗马，今天这个城市的魅力不在于月色中的大斗兽场，或是骤雨淋湿的西班牙广场的台阶，而是一座伟大的古城在困惑中屈从于时代变迁的刺痛。在我们生活的世界里，即便在最偏远的溪流，但凡有鲑鱼游过，溪岸就会被渔人的靴底踏平，从那些中世纪的城墙上，飘到我们落座的花园的乐音，是薇薇安·西格尔的歌声，唱着“迷情，迷乱又迷恋”[1]；而唐娜·卡尔拉也如同你我一样地生活着，

1　薇薇安·西格尔（Vivienne Segal，1897—1992），美国女演员和歌手。这首歌出自美国著名的音乐创作搭档罗杰斯（Richard Rogers，1902—1979）和哈特（Lorenz Hart，1895—1943）创作的音乐剧《酒绿花红》（*Pal Poey*，1940）中的著名唱段，由薇薇安·西格尔在百老汇的首轮演出中一唱而红。

一只脚落在过去的时光里。

她叫唐娜·卡尔拉·玛尔沃里奥–帕默多利，维瓦卡–珀尔迪尔–朱斯蒂……女公爵。任凭哪里的标准她都算得上是位美人，但在罗马，她的蓝眼睛、白皮肤还有亮闪闪的发色，都很不寻常，引人注目。她能用同样的派头讲英语，法语还有意大利语，但只有意大利语她能正确书写。她的社交信件都是用似是而非的英文写就："唐娜·卡尔拉射射你的先花"，"唐娜·卡尔拉圣情要请您前来"，[1] 诸如此类。她的宫殿就在台伯河边，一楼已经改作商铺，她住在 piano nobile[2]。楼上还有两层作为公寓出租。这样她还剩下大约四十个房间。

大多数导游书上都会讲到她的家族史，用小字印刷，而且但凡你到意大利去旅行，从威尼斯到卡拉布里亚[3]，总会碰到玛尔沃里奥–帕默多利家族散布各地的那些石头建筑。这个家族出了三位教皇，一位总督，三十六位红衣主教，还有许多贪婪、嗜血、毫无诚信的贵族。堂·卡米洛娶了普莱维斯公主，生了三个孩子之后，他借了个子虚乌有的通奸罪名，将女方逐出了教会，将她全部的封地据为己有。堂·卡米洛跟他的儿子们一起去叔叔马尔坎托尼奥家中做客时，在餐桌上被主人买凶刺杀。马尔坎托尼奥是被柯西莫的手下勒死的，而柯西莫被侄子安东尼奥毒死。罗马的宫殿里曾有座地牢——就在某个房间下方，那里的地板是活动的，跟跷跷板的机械

---

1 此处模拟信中错误，"射射" 应为 "谢谢"，"先花" 应为 "鲜花"，"圣情" 应为 "盛情"，"要请" 应为 "邀请"。

2 意大利语：（带中央客厅和主卧的）主要楼层。

3 卡拉布里亚（Calabria），意大利南部沿海的行政区。

原理相同。如果你迈过或者被推过中轴线，就只好一落到底，在白骨堆里直到永远。这一切都发生在很久以前，后来到了十九世纪，上面的楼层被改造成了公寓。唐娜·卡尔拉的祖父母是典型的罗马贵族，过分保守，甚至请人将大宴会厅里的情色壁画做了修改。在吸烟室有一座他们的大理石纪念雕像。雕像与真人等身，他们两人仿佛走在台伯河的河堤步道上——大理石的帽子，大理石的手套，还有一根大理石手杖。祖父的大理石大衣上甚至还有一条大理石的皮毛领子。即便是最腐败、最没品味的公园管理者，也不可能收受贿赂，接受这样的塑像占据其间。

唐娜·卡尔拉出生在托斯卡纳，他们家族的村庄维瓦卡，她的父母曾在那里居住了很多年，过着流放一般的生活。她父亲是个品味单纯的人，胆大，虔诚，正直，是一份巨大家产的继承人。年轻时候他去英格兰狩猎摔了一跤，手脚都断了，头骨骨折，好几块椎骨都严重受损。他的父母按当时的标准长途跋涉，从罗马到了英格兰，足足等了三天，他们的宝贝儿子才苏醒过来。当时都以为他再也不能走路了。虽然他的恢复能力超强，但过了两年他才迈出了第一步。那时他四肢乏力，靠着两根拐杖，还有一个胸部丰满的护士扶着，名叫温妮弗雷德-梅·波尔顿。他终于跨过了病房的门槛，进到了花园。他高昂着头，闪过一个他特有的笑容，动作犹疑不决，仿佛为园中美景所羁绊，而非病痛所累。又过了六个月他才得以回到罗马，一回去他就发布消息，说要娶温妮弗雷德-梅·波尔顿为妻。毫不夸张地说，是温妮弗雷德-梅给了他新生，一个真正的贵族还能怎么做？唯有托付自己的生命作为回报。此言一出，从罗马到米兰乃至巴黎，震惊无法言喻。他的父母哭了，但对于儿子自幼就表现出的这种一意孤行的刚正性格，他们是坚决反对。他的父亲爱他如同自己的生命，却坚持说只要自己还活着，就坚决不允许温妮弗雷德-梅踏入罗马的大门，她确实没有。

唐娜·卡尔拉的母亲是个快乐的大块头女人，橘红色的头发绾成一个小髻，举止不拘小节。她只学会了两个意大利词儿，一是“不客气”，二是“多谢”，而且她念出来好像是“不阔气”和“多射”。流放在维瓦卡的那些年里，她都在花园里干活。她对于园艺的品味颇受到英格兰火车站花圃的影响，她会用三色堇摆出丈夫的名字柯西莫，放在用朝鲜蓟摆成心形的花圃正中。她喜欢炸鱼和薯条，农民们因此觉得她是个疯子。如果说公爵可能后悔自己的婚事，那么唯一的证据也只有他英俊的面容上偶尔露出的迷惑——又迷人——的神情。他跟妻子在一起的时候，总是很有爱、谦恭而且呵护有加。唐娜·卡尔拉十二岁的时候祖父母过世。过了服丧期之后，她和温妮弗雷德-梅，以及公爵一家从人民圣母教堂的大门进了罗马城。

那时候温妮弗雷德-梅可能已经看惯了公爵家的大排场，台伯河上的宫殿并未引得她啧啧称叹。他们在罗马度过的第一夜，为此后在这里的生活设定了模式。“如今咱又进城了，”她说，“商店啊什么的都有，我这就出去买点鲜鱼，好不好，亲爱的，我给你做炸鱼吃，就跟当初你住院时候那样？”公爵表示赞同的笑容里，洋溢着完满的爱意。在水产市场，她看到鱿鱼和鳗鱼，惊得大叫，却看中了一条很好的鳎目鱼买回家，配了些土豆，亲自下厨房炸了，仆人们满含热泪在旁边，眼睁睁看着这个伟大的家族竟然沦落到这步田地。晚饭之后，按照维瓦卡的习惯，她唱起歌来。她的敌人们说的并不是真的，她没有在英国的音乐厅里踢起衬裙唱过三俗小调。她在当护士之前的确曾在音乐厅里演唱过，但她唱的是《泰伊斯》[1]里的《沉思曲》还有《去曼德勒的路上》[2]等艺术歌曲。可她毫无天分，教人忍无可忍又无处可逃。她仿佛是将自己的才能之匮乏举到灯下细细察看，还要拉开来看看接缝。她放平，拔高，很闹腾地敲着钢琴键，但当她做所有这一切的时候，都诚恳又坦然，满怀自信，以至于她的表演令人耳目一新。听到旁人这样赞扬他的夫人，公爵微微一笑，完全没有想到要将这种娱乐与他年轻时的日子一较高下。那时他跟护士一起站在大宴会厅的包厢里，看一个皇帝，两个国王，三个女皇，还有一百三十六名大公和大公夫人跳四组舞。温妮弗雷德-梅唱了一个钟头，然后他们熄灯上床。那些年里，有只猫头鹰在宫殿的塔楼里做了窝，他们可以听到在喷泉叮咚的乐声里，传来猫头鹰的叫声。这令温妮弗雷德-梅想起了英格兰。

罗马本打算完全无视温妮弗雷德-梅的存在，但一位可爱的公爵夫人，又是亿万富翁，这种好事实在不容错过，而且，唐娜·卡尔拉很可能会是全欧最富有的女人。如果求爱者想要被引见到她面前，就必须得考虑温妮弗雷德-梅的因素，高等贵族都来拜访她。可她仍是烹饪，做针线，唱歌，织毛线；他们得遵从她的习惯。温妮弗雷德-梅成了一桩丑闻。她将贵族访客请进厨房，自顾自地将牛排腰子派推进烤炉。她给 salottino[3] 里的家具做了大花布罩子。她

1　法国作曲家马斯内（Jules Massenet，1842—1912）一八九四年根据法朗士的同名小说改编的著名歌剧。

2　由吉卜林的诗《曼德勒》（1892）改编的著名歌曲。

3　意大利语：起居室。

还极尽细节地抱怨宫殿里老旧的管道系统。她装了部收音机。在她的坚持下，公爵雇用了一个英国青年担任秘书，此人名叫塞西尔·史密斯，甚至连英国人都不喜欢他。当他迎着早晨的阳光从西班牙广场的台阶上走下来时，他会令人想起工业集中的中部地区，身上散发出特伦河畔的斯托克[1]的气息。他个子很高，棕色卷发梳理得很整齐，就像帷帐一样在前额分开。他穿着暗色的不合身的衣服，是从英格兰邮购的。他小心翼翼，怕风又怕失礼，总让人疑心他是被衣物给埋葬了。他戴睡帽，穿背心，裹围巾，套雨鞋，当他跟温妮弗雷德-梅一起喝茶时，他伸手托着杯子去添茶水，这时长内衣的袖口会露出来。他举止彬彬有礼，在公爵的办公室里，他穿硬领，戴遮光眼罩，在自住的公寓里，他会用煤气炉煎香肠和土豆。

但这一切，缝纫，歌唱，炸鱼薯条的气味，还有塞西尔·史密斯都被那些迫切的贵族们完全忽视了。一想到唐娜·卡尔拉的光彩雍容，以及亿万家产能为贵族阶层注入怎样的活力，由不得人心不怦怦跳。她十三四岁的时候，就有跃跃欲试的求爱者开始登门了。她对所有人都笑脸相迎。那时她已具备了一种内在的优雅，后来她长大以后，这种特质使得她特别具有说服力。她并不是个严肃的姑娘，但欢笑嬉闹似乎也不在她的个性范围之内，有位伯爵夫人前来举荐自家公子，过后评论说，她就像童话里的公主——从来不曾开口大笑的公主。这话想必有几分真实性，因为这个说法流传了开来；人们重复着这个断语，言下之意是虽然她眉目如画，脸色明

1 特伦河畔的斯托克（Stoke-on-Trent），英格兰中西部的工业城市，以陶瓷、煤炭采矿以及钢铁产业著称。

媚，却笼罩在忧伤和幽闭的氛围中。

当时是三十年代，那十年中意大利到处都是士兵在大街上行进，无数的逮捕、刺杀事件，原本习以为常的灯光，莫名就消失了。战争爆发之后，塞西尔·史密斯回到了英格兰。那些日子很少有求爱者登门。腿脚不便的公爵是个铁杆反法西斯分子，逢人便说领袖墨索里尼像传染病一样令人厌恶，有些人虽没有他这样仗义执言，却遭到骚扰或被投入监狱，但他却从来没有；这也许是因为他地位不凡，身体不好，再不然就是因为他深受罗马人民爱戴。但当战争一开打，他们家就被迫彻底引退了。他们被错误地当成是盟军的同情者，每天只准离开宫殿一次，到圣乔瓦尼教堂做早上或者晚间的弥撒。一九四三年十月九号夜间，他们早已上床入睡。猫头鹰在咕咕叫，老管家路易吉叫醒他们，说大厅里有个信使。他们赶紧穿衣下楼。信使打扮成农民装束，但公爵一眼就认出他是故人之子。他告诉公爵说德国人正在卡西亚大道上，马上就要进城了。主将给公爵的人头开出了一百万里拉的高价，作为他固执己见的代价。他们必须马上走，徒步走，去往贾尼科洛山上的某个地方。温妮弗雷德-梅还能听到猫头鹰在塔楼上啼叫，她从未像此时这样想家，怀念英格兰。“我不想去，亲爱的，”她说，“如果他们要杀我们，就让他们在我们自己床上杀掉我们吧。”公爵粲然一笑，开门将她送进了罗马最为动荡的一个夜晚中。

街上已经有德国人在巡逻。河边要走的路特别长，他们又非常引人注目——一个哭泣的英国女人，拿手杖的公爵，还有他们优雅的女儿。当时看来，人生是多么神秘莫测！公爵动作很慢，时不时需要停下来歇歇，但是即便他很痛，也决不显露出来。他昂着头，那颗价值连城的头颅，机警地四处打量，仿佛只是停下来检视或赞叹他的老城发生了什么变化。他们分别通过不同的桥过了河，在一家理发店碰头，在那里被人送进地下室，化装易容。他们皮肤抹上脏，头发染上色，天不亮就离开了罗马，藏在一车家具当中，到晚间终于到了山里的一个小村庄，他们就躲在一家农舍的地下室里。

村子遭到两次轰炸，但只有外圈几座房子和谷仓被毁。德国人和法西斯分子把那家农舍搜了十几次，但公爵早已得到警报。在村里，他们以朱斯蒂夫妇的身份生活，可是温妮弗雷德-梅却暴露了他们隐姓埋名的企图。她是玛尔沃里奥-帕默多利公爵夫人，她要让别人知道。唐娜·卡尔拉倒很喜欢当唐娜·朱斯蒂。有天她就以唐娜·朱斯蒂的身份去了洗衣槽，一边洗自己的衣服，一边跟其他的女人嚼舌根，度过了一个愉快的上午。等她回到农场，温妮弗雷德-梅大发雷霆。她是唐娜·卡尔拉，这点她绝对不能忘记。几天过后，温妮弗雷德-梅看到唐娜·卡尔拉在泉水边，一个妇女在教她将铜水罐顶在头上的技巧，她立刻将女儿叫回家，又给她上了一堂严厉的关于身份的大课。唐娜·卡尔拉一直很听话，能适应，虽然她仍未失去新鲜感，却再也没有端过 conca[1]。

罗马解放的时候，一家人返回城中，发现德国人早已将宫殿洗劫一空；于是他们避居到南方一处产业，在那里等待战争结束。公爵受邀帮助成立新政府，但他婉拒了邀请，说自己年事已高；实际

1　意大利语：水盆。

原因是他支持君主制，虽然支持的未必是当朝国王。家族的珍藏油画等等，后来在一座盐矿里被人发现，归还了宫殿。塞西尔·史密斯回来了，戴上他的硬袖口，重新开始管理家族产业，所幸虽经战事，产业并未受损。求婚者开始来拜访唐娜·卡尔拉。

战后第二年里，总共有一百七十个求婚者登门。既有体面清白的，也有狡猾可疑的，有生血友病的，还有很多表兄弟。许婚是唐娜·卡尔拉的特权，她总是将他们送到门口，对此话题不给丝毫暗示。这群男人都损失了大量的遗产。回到怡东酒店，他们躺在床上，梦想着她的财富可以成就些什么。城堡的屋顶要修了。管道终于安装好了。花园里鲜花盛放。驾车的马儿又肥又壮，毛色光亮。当她将这些人送到门口，却绝口不提任何关于结婚的事，她就得罪了他们，伤害了他们的梦想。她将这些人送回到漏雨的城堡和被毁的花园里；如同暴雨天将人撵出门，丢给一贫如洗的银行。许多人很愤怒，但还是继续来。她拒绝了太多的求婚者，到最后梵蒂冈都看不下去了，教皇召见她，提醒她对于家庭还有这个古老的家族的责任。

虽然温妮弗雷德–梅曾经大大扰乱了贵族秩序，此刻却对唐娜·卡尔拉的求婚者家族血统兴趣浓厚，对她相中的求婚者支持有加。在这件事上，母女俩有了些龃龉，温妮弗雷德–梅更是说过一些伤感情的话。越来越多的求婚者前来，比较执着和迫切的会反复登门，但关于婚事，她仍是绝口不提。唐娜·卡尔拉的父亲——她对父亲最坦白——建议她去看心理医生，她也答应。她从来不会拒绝。他为女儿找了个虔诚的在天主教信仰内行医的老大夫。这位大夫曾是克罗齐[1]的朋友，这位哲学家的六英寸巨大照片就挂在他办公室的一面黑乎乎的墙上，但这些对唐娜·卡尔拉可能纯属浪费。大夫请女公爵坐在椅子上，然后，经过一番询问，又邀请她躺在沙发上。这件家具很大，表面覆盖的陈旧皮革可以追溯到弗洛伊德的早期岁月。她步态优雅地走到沙发旁，又回头说道："我不能当着一位绅士的面就这么躺下来。"大夫理解她的意思；这的确是个两难的处境。她仿佛满怀渴望地望着沙发，但她无法改变自己的出身和教养，于是他们只得就此道别。

公爵年岁渐长。他行走越来越困难，但病痛并未改变他的英俊，似乎只是增添了他的活力。当人们见到他时会想：吃块炸肉排多美好，游泳、爬山多美好；生命终究是多么美好。他将自己的正直、对简单而优雅生活的理想传给了唐娜·卡尔拉。他用精致的盘子吃普通的菜品，穿上好的衣服却乘坐三等车厢，还有去往维瓦卡的行程中，他就用最普通的篮子装简单的午餐。他不惜代价地小心收藏他的油画，确保它们清洁并且状况良好，但待客室里，椅子和吊灯上的防尘罩却多年不曾取下。唐娜·卡尔拉也开始对自己将要继承的财产产生了兴趣，花些时间在塞西尔·史密斯的办公室里翻翻账本。一个美丽的罗马贵妇，却坐在书桌前研究账本，这种失仪之举引起了一些流言，也许这就是她声誉的一个转折点。

确实有一个转折点。她的生活并非总是孤独一人，但她略带羞

1　克罗齐（Benedetto Croce，1866—1952），意大利著名哲学家、史学家和文艺批评家、新黑格尔主义者、意大利自由党领袖（1943—1952），创立"精神哲学"体系，强调精神是唯一的实在，主要著作有四卷本《精神哲学》。

涩的优雅气质给人这样的印象，而且在她从前的那些求爱者中，她树敌不少，这些人成了流言的源头。据说公爵的正直其实是吝啬，这家人的简单品味其实是发神经。传言说他们吃面包壳还有沙丁鱼罐头，整幢宫殿里只有一个电灯泡。传言说他们疯了，三个人都疯了，将要把上亿家产留给狗。还有人说唐娜·卡尔拉在民族大道因为在商店里行窃而被捕。有人说亲眼看到她在科尔索拿了件只卖十里拉的东西，放进自己包里了。有天他们的老管家路易吉当街昏倒，被救护车送往医院，有人说诊所里的医生发现他都快饿死了。

共产党采用宣传攻势，开始攻击唐娜·卡尔拉，说她是濒死的封建制度的代表。下议院有个共产党代表发表演讲，说小女公爵要是不死，意大利的苦难就结束不了。在维瓦卡村的当地选举中，共产党获胜了。秋收之后，她到那里去审计账目，因为父亲身体太虚弱，而史密斯太忙。她像父亲教的那样，乘坐三等车厢。老马车和衣衫褴褛的车夫在车站接她。当她坐下去的时候，软皮垫扬起一阵浮尘。当马车走到村子外墙下一片橄榄地里的时候，有人扔了块石头，砸中了唐娜·卡尔拉的肩膀。另一块石头砸中了她的大腿，又有一块砸中了她的胸。车夫的帽子被打飞了，他挥鞭打马，但马过去习惯于耕地，不肯变换步伐。后来一块石头砸到了车夫的额头，血喷涌而出。他的视线被血挡住，只得放松了缰绳。马自顾自走到路边吃起草来。唐娜·卡尔拉从马车里出来。橄榄地里的人都跑掉了。她用围巾帮马夫包起头上的伤口，接过缰绳，赶着老马车进了村，村里到处写着“唐娜·卡尔拉去死！女公爵去死！”。街上一片狼藉。城堡里的用人都很忠诚，为她处理划伤和瘀青，为她倒上热茶，落下泪来。早上当她开始审计时，佃户们一个接一个进来，她并不提起这件事。她以优雅的态度和非凡的耐心，跟那些她认出袭击过自己的人一起处理账目。三天之后，她照样穿过橄榄地，乘火车坐三等车厢，回到了罗马。

但此事并未改善她在罗马的声誉。有人说她将一个挨饿的孩子挡在门外，说她的贪婪是种病态。她将自己的藏画偷偷运到英格兰，在那里敛聚财富。她在卖珠宝。罗马贵族有产业的理应精明，但是有人编造了关于唐娜·卡尔拉狡诈过人的故事，还流传开来。流言还说她失去了美貌。她人老珠黄了。人们争论她的年龄。她二十八。她三十二。她三十六。她三十八。可她的身影仍然时常出现在台伯河边，像往常一样严肃，也一样迷人，发丝闪亮，半含笑意。但真相是什么？一个王宫在漏雨的德国亲王来求婚，他登门喝茶的时候，会发现些什么？

一个周日的下午，伯恩斯特拉瑟-佛尔肯博格亲王从巨大的拱门下穿过，进了一座花园，里面有些橘子树，还有个喷泉。他四十五岁，有三个婚外生的子女，在华丽饭店还有个快活的情妇在等待着他。他举头望着宫殿的高墙，不禁开始想象，唐娜·卡尔拉的钱能做成多少好事。他可以还清债务。他可以为老母亲买个浴缸。他可以修好屋顶。穿黄色制服的门房引他进门，路易吉又打开了第二层对开大门，他进到一座铺着大理石楼梯的厅堂中。在这里，唐娜·卡尔拉就在暮色中等待着。“您能来真是太客气了，”她用英文说道，“这儿真是暗得吓人，是吧？”她脆生生的英语发音在石墙间有轻微的回音。大厅的确很暗，他看出来了，但这只是事实的一半。亲王立刻感觉到，他本不该注意到，这大厅是多么巨大。因为理解她的尴尬，这年轻女子在他眼中颇有几分动人。她不得不在这样的环境里接待他，还希望假装这只是一间普通的大厅，只是两个朋友星期天的下午会面的地方。她将手递过来，向他道歉说父母不能出来待客，因为身体欠安。（这并不完全是事实；温妮弗雷德-梅确实是有点着凉，但老公爵是去电影院看双片连放了。）

亲王很高兴地发现她挺有魅力，穿着丝绒长裙，还用了香水。他疑心她的年龄，在这么近距离看来，她的脸色苍白而憔悴。

“我们要走很长一段路呢，”她说，“咱们出发吧？唯一一个可以坐下来的房间，那个 salottino 在宫殿的另外一头，但我不能走后门，因为那 brutta figura[1]……”他们步出大厅，来到了洞穴般的画廊。房间里光线很暗，有上百把覆盖着麂皮的椅子。亲王犹豫着要不要提起话头谈谈画作，借机探探女公爵的口风。她若有所待，但到底是等他来到身边呢，还是期望他情感有所流露？他碰碰运气，在一幅布龙奇诺[2]的作品前停下来，开口称赞。“他经过清洗之后，现在看起来好多了。”她说。亲王从布龙齐诺又来到一幅丁托列托[3]的作品前。“我说，”她说，“咱们继续走，到个更舒服点的地方可好？”

---

1 意大利语，本意为“丑陋的脸”，此处用作成语，意为：有失体面。

2 布龙齐诺（Agnolo Bronzino，1503—1572），意大利佛罗伦萨画派画家，风格主义的代表，擅长肖像画，代表作为《托列多的埃利诺及其子乔凡尼肖像》。

3 丁托列托（Il Tintoretto，1518—1594），意大利文艺复兴后期威尼斯画派画家，早期作品受米开朗琪罗影响，后转向风格主义，主要作品有《圣马可拯救奴隶》、《最后的审判》及天顶画《铜蛇的奇迹》等。

下一间画廊里都是挂毯，她对这些作品的唯一让步就是嘟囔：“西班牙。麻烦死了。蛾子之类的什么都有。”当亲王停下来欣赏一个橱柜中的展品，她走上前来解释展品时，他第一次察觉到了她的矛盾心情，很显然她希望被人看作一个住在公寓里的普通女子。“这是天青石刻，”她说，“中间的花瓶据说是全世界最大块的天青石。”随后她仿佛有所觉察，后悔自己的立场有所减弱，于是他们步入下一个房间的时候她问道：“你何曾见过这么多的垃圾？”

这里有教皇睡过的摇篮，红衣主教猩红的轿辇，历代帝皇大公的礼节赠品，满满直堆到天花板，她的尴尬令亲王有点不知所措。他该采取什么策略？她的举止不似人们期待中的女继承人，但是否真的有那么古怪，不近人情呢？当一个人背负着排满一英里路的名画，承载着连续四个世纪的财富和权力的明证，这些东西逼得人怎么古怪都有可能。可能在她的少女时代，她在这些冰冷的房间里玩耍时就发觉自己很大程度上不甘心住在一座纪念馆里。无论如何，她都得做出抉择，因为如果她严肃对待这些珍藏，那就意味着每时每刻她都要与过去生活在一起，而其他人只需为一餐一饮生活即可。谁会愿意像她这样生活呢？

他们的目的地是间幽暗的客厅。亲王看着她弯腰蹲身，够到墙底的插座，接上灯光微弱的电灯。

“我把所有灯的插头都拔出来，因为仆人们有时会忘记，罗马的电费可是贵得吓人。好嘞！”她说着站起身，友好地示意亲王在覆盖着破旧天鹅绒布的沙发上落座。上方有一幅提香所绘的玛尔沃里奥-帕默多利家族的第一位教皇的肖像。“我用酒精灯烧茶水，因为如果让人从厨房把茶水端到这里来，送到时水就太凉了……”

他们坐等壶中水沸。她微笑着将水递给他，他心有所动，却不知为何。但这位迷人的女性，跟罗马的许多令他仰慕的东西一样，都面临着荒废的危险。她的客厅略显暗淡。她的鼻子有点太尖。她的优雅，她的口音，都略微有点过头。她还不是那种女人，将左手停在空中，小手指伸着，如同俗人那样举着茶杯；她的气派和优雅不会遭人误会，亲王从中可以感觉到一颗健康心脏跳得很得体。但同时他又觉得，她的一天将无奈地终结于孤单而潮湿的睡床，这样的生活过得太久，她将变成一个荒废的老处女，她音乐般的声音会令男人完全失去性冲动。

“家母很遗憾，不能亲自前来罗马，”亲王说道，“但她要我转达，希望您什么时候来敝国访问。”

“太客气了，”唐娜·卡尔拉说，“请代我向令堂致谢。我想我们还不曾有缘会面，但我记得令表亲奥托多和弗里德里希，当时他们在这里上学，您回去记得代我问候他们。”

“您真该到敝国来看看，唐娜·卡尔拉。”

“哦，我很想去，可眼下这样的情况，我不能离开罗马。要做的事太多了。楼下有二十间店铺，楼上还有租客。下水管动不动就爆裂，鸽子在地砖里面做巢。收获季节我还得去托斯卡纳。简直一分钟都不得闲。”

“我们有很多共同点，唐娜·卡尔拉。”

“是吗？”

“绘画。我喜欢绘画。绘画是我一生的至爱。”

“是这样的吗？”

“我很愿意像您这样生活，在一幢怎么说呢，充满了艺术的华彩的大房子里。”

“您真的愿意吗？我本人倒不敢说很愿意这样。哦，我能欣赏一幅描绘装满鲜花的花瓶的美丽画面，但在这里没有这样的东西。我放眼望去，到处都是血腥的十字架，赤裸和残忍。”她将披肩拉拉紧，“我真的不喜欢。”

“你知道我为什么来的吧，唐娜·卡尔拉？”

“基本上。”

“我出身不差。我年纪不轻了。但我很强壮，我……”

“基本上，”她说，“您要再来点茶吗？”

“谢谢。”

当她将杯子递过来，笑容里透露出的意思，明显是期望将谈话保持在笼统的层面，这时他又想起了他的母亲，那位王妃，在一只桶里沐浴。但同时，她的笑容又很有说服力，有种克敌制胜的智慧，令他怀着羞愧，感到自己的所求是多么愚蠢，多么无礼。为什么她会想给他母亲买浴缸呢？为什么她会甘愿替他修缮房顶？为什么人们曾告诉他关于女公爵的一切，却没有指出她很明智这一点？他看得出她的意思。的确，不只如此，他还看出那些流言是多么无聊。这个“骗子”，这个“吝啬鬼”“小偷小摸的贼”，无非只是一个懂得动脑筋的寻常女子，随和温婉。他了解在自己之前的那些求婚者都是些什么货色——多半酒店里都有情妇在等候他们——这些人如何不教她起疑心？他了解那个被她完全忽视的华丽的社交圈；他了解那些严酷的牌局，那些优雅又充满恶意的晚餐，其乏味无聊绝不会因为穿制服的男管家或是火把照亮的夜花园而有丝毫生气。她留在家里是多么明智的决定。她是个明智的女人——太过明智，根本不会对他产生兴趣——关于她的种种秘闻，究其核心无非是她的头脑。没有人会想到，在古老的罗马，居然会绽放着这样一朵理性之花。

他与她交谈了二十分钟。然后她打铃将路易吉叫进来，麻烦他将亲王送到门口。

老公爵的死非常突然。一天晚上，他在salottino里读约瑟夫·康拉德[1]，起身去拿烟灰缸的时候，他跌倒辞世。在他的心脏停止跳动之后，那根香烟还在地毯上烧了很久。是路易吉发现了他。温妮弗雷德–梅情绪歇斯底里。一位红衣主教带着侍僧匆忙赶到宫殿，却已经来不及了。老公爵被埋在一座宏伟的文艺复兴式坟墓中，就在古阿皮亚大道上，周遭是废园残垣。半个欧洲的贵族都赶来悼念。温妮弗雷德–梅完全崩溃了。她计划着回英格兰，行李都打包好了，却发现自己身体太糟糕，无法成行。她喝金酒治疗消化问题。她对仆从大加责骂，她对唐娜·卡尔拉大加责骂，因为她不肯结婚。后来，寡居三个月之后，她也死了。

母亲去世之后的三十天内，唐娜·卡尔拉每天早晨都离开宫殿去望早弥撒，然后去家族的墓地。有时她开车。有时她搭乘公交。她丧服的面纱如此厚重，几乎遮蔽了她五官的轮廓。无论晴雨她都照样出行，念祷词，还曾有人看到她暴风雨中在花园里游荡。在台伯河边看到她真是令人伤感；她一身丧服仿佛昭告一切的终结。人人看了都会难过——从乞丐到卖栗子的妇人。她曾那么爱她的父

1　康拉德（Joseph Conrad，1857—1924），英国小说家，当过水手、船长，作品多描写航海生活经历，代表作有《水仙号上的黑家伙》《黑暗的心》《吉姆老爷》《诺斯特罗莫》等。

母。情况有些不对了。现在她要这样度过余生——这样想象何其容易——每天在宫殿和墓地之间徘徊。但三十天结束的时候，唐娜·卡尔拉去见她的忏悔神父，请求面圣。几天之后，她到了梵蒂冈。她并没有乘坐豪华轿车穿过圣彼得广场长驱直入，用一张舒洁纸巾擦去唇上的口红。她将自己蒙尘的小车停在喷泉附近，徒步穿过了大门。她亲吻教皇的戒指，优雅地向着地面行屈膝礼，说道："我希望跟塞西尔·史密斯结婚。"

柴火的烟气，抛撒的五彩纸屑，雪和农家肥的气味混着在大风里打转，在他们结婚的那天，在维瓦卡，天气变幻不定。她进教堂的时候是唐娜·卡尔拉·玛尔沃里奥-帕默多利，维瓦卡-珀尔迪尔-朱斯蒂……女公爵，出来的时候是塞西尔·史密斯太太。她光彩照人。他们回到了罗马，她在塞西尔的隔壁也搞了间办公室，两人共同管理家族产业，共同承担将自己的收入分散给修道院、医院和穷人的工作。他们的头生子——小塞西尔·史密斯——降生在他们结婚一年后，又过了一年，他们有了个女儿，乔瑟琳。在欧洲，每个漏雨的城堡里都有人在诅咒唐娜·卡尔拉，但天堂的天使们，笼罩在光辉中的合唱里，却都在歌颂着塞西尔·史密斯太太。

猩红色搬家车

再见吧，要命的无聊差事，往七口之家递送一只皮包骨的小鸡，山间小城净是这样的事儿。我说的并非真正的山间小城——阿西西、佩鲁贾或是萨拉齐内斯科这种，高踞在三千英尺的峭壁上，无精打采的灰色墙壁好像装衬衫的硬纸板，歪歪扭扭的屋顶上长满了黄绿色的苔藓。实际上这里的地面很平，房屋齐整。这里是美国的东部，就像我们大多数人所居住的地方。B 镇是一座偏远小城，人口大约由两百对已婚夫妇构成，他们都有孩子都养狗，很多人家还有人帮佣；只是在某些方面类似山间小城，那些患病的、畸零的、穷困的人绝无机会攀上陡峭的道德小径，冲破上层社会的天然防御，而一旦它的任何居民染上了不幸或是不满，他们就能觉察出在这样一个精神海拔如此之高的地方，自己毫无生存的希望，然后就搬往平原居住去了。生活从来没有这样舒适而安静。B 镇只属于那些适应环境的人。主妇们早晨向丈夫送出温柔一吻，夜间送出热情之吻。几乎每座房子里都充满了爱意，善意，远大的期望。学校都很棒，道路平顺，下水和其他服务设施完美无瑕。一个春天的傍晚，一辆巨大的猩红色搬家车开上了大街，两侧车身上还有金色字母，车子在马普尔家门前停了下来，这幢房子已经空置三个多月了。

车身上明亮的镀金和猩红色，即便在暮色中仍然很醒目，那是种灵机一动的创意，以掩饰漂泊迁徙令人难过的真相。“提供全面及局部搬迁服务，偏远地区可达”，侧面车身上用金字写着。这广告词有种远方传来火车汽笛声的效果。住在隔壁的玛莎·福克斯通透过窗口看着新邻居的手提行李被拎着穿过门廊。“那好像是正宗的齐彭代尔[1]，”她说，“但是这种光线下很难看清楚。他们有两个孩子。看起来人挺不错。哎，希望有点啥东西可以带过去给他们，算是帮他们暖暖房。你觉得他们会喜欢鲜花吗？我猜请他们过来喝一杯也可以。你觉得他们会愿意喝一杯吗？”

后来，等到所有家具都搬进了门，货车开走之后，查理·福克斯通穿过两座房子之间的草坪，向小桃和吉吉做了自我介绍。他看到人如其名：小桃就像颗甜桃儿——金发，温暖，穿件低胸连衣裙，胸前风光无限。吉吉曾经是个英俊小伙，也许现在也称得上帅气，但黄色的发卷已经略有稀疏。他的面容有时柔美似天使，有时看起来又有凶相。他从来没有当过拳击手（后来查理才知道），但他的眼睛略有点斜视，方正而俊美的前额上结着一层层的疤痕。你可能会觉得他的表情若有所思，但早晚你会发现，他不是个善于思考的人。有些人略为耳背，或者有点愚钝，他们诚恳自若的神情就是这个样子。

他们很高兴喝一杯。他们马上就过来。小桃想回去搽点口红，跟孩子们道晚安，然后立刻就来。他们果然马上就来了，然后，一个与众不同的愉快夜晚就此展开。福克斯通夫妇一直担心，不知道新邻居人怎么样，结果发现小桃跟吉吉是这样意气相投的一对，这

1　齐彭代尔（Thomas Chippendale，1718—1779），十八世纪英国著名家具大师，他的名字已成为英国洛可可式家具的同义词。

让他们兴致高昂。跟其他人一样，他们也很爱对邻居们品头论足，对此吉吉和小桃自然是很感兴趣。这是友情的开端，福克斯通夫妇不由放松了对时间和饮酒量的常规限制。有点晚了——已经过了午夜——查理都没有留意总共喝了多少威士忌，也没在意吉吉似乎有点醉态。吉吉变得非常安静——不再参与谈话——然后他突然开口打断了玛莎，话音缓慢，平板，令人不快。

“天哪，你们这些人真无聊。”他说。

“哦，别这样，吉吉！”小桃说，“别第一晚就这样！”

“你喝得太多了，吉吉。”查理说。

“那才见鬼。”吉吉说。他弯下身，开始解鞋带。“我半点都没喝够呢。”

“求你了，吉吉，求你。”小桃说。

“我得教他们，亲爱的，”吉吉说，“他们得学着点。”

然后他站起身，用一种醉汉特有的狡黠和灵巧，不等别人来得及阻止，就将身上大部分衣物都脱掉了。

“出去。”查理说。

“承蒙款待，邻居。”吉吉说。他出门时还踢倒了一个手工制作的铜伞架。

“哦，我实在太抱歉了，”小桃说，“我非常非常难过。”

“别担心，亲爱的，”玛莎说，“他大概只是太累了。我们都喝得有点太多了。”

“哦，不是的，”小桃说，“总是这样。到哪儿都一样。过去八年我们已经搬了八次家，从来没有任何人跟我们说过再见。一个人都没有。哦，我刚认识他的时候，他那么帅！你从没见过那么优美壮实漂亮的人。大学里他们管他叫作希腊神像。他也是因此得名吉吉[1]。他大学时曾经入选全美明星，但他从来不为钱参赛——他总是出于真心热爱。人人都爱他。现在一切都不再了，但我总是对自己说，我曾拥有一个好男人的爱。我觉得很多女人一辈子都不了解这种爱。唉，我希望他能回来。我希望他能变回从前的样子。前天晚上，我们在老房子里收拾盘子打包的时候，他喝醉了，我打了他的脸，对他大喊：'回来！回来！回到我身边来！吉吉！'可他根本不听。他听不到我。他谁的话都听不进去了——甚至亲生小孩的声音都听不到。我每天都问自己，到底做错了什么要受这么残酷的惩罚。"

"我很为你难过，亲爱的。"玛莎说。

"等我们离开的时候，你不会过来跟我们道别的，"小桃说，"我们能撑上一年。你等着瞧。有些人会开告别派对，可是在我们上一个地方，连收垃圾的工人都很高兴看着我们离开。"她的沉着和认命超越了这个被毁掉的夜晚，只见她一件件捡起丈夫散落在地毯上的衣物。"每次我们搬家，我都以为变化会对他有好处，"她说，"今天晚上我们到了这里，一切看起来那么美好，那么安静，我以为他会变的。可你们不必再邀请我们了。你们知道结果会怎么样。"

几天或者一个星期之后，一天早晨，查理在站台上看到了吉吉，看到他这位芳邻在清醒的时候是如何风度翩翩，仪表堂堂。B

1 吉吉音译自 GG，即英文 Greek God：希腊神祇。

镇不是个容易征服的地方，但吉吉似乎已经赢得了邻居的爱戴。看见他跟其他通勤的人一起站在阳光里，查理看得出，什么活动他都能得到邀请。吉吉热诚地跟查理打招呼，那天夜里他暴露出来的丑陋已经毫无踪影。的确，这样一个迷人英俊的男子，居然会那么令人讨厌，实在让人难以置信。在晨光里，被一群新朋友围绕在中间，他似乎在挑战着查理的记忆。看起来他几乎可以将责任转嫁到查理身上了。

为这对新人安排的社交引荐活动来得又快又隆重，先是沃特曼的家宴。吉吉和小桃进来的时候查理已经在里面了，他们就像皇族一样入场，手挽手，看起来光芒四射，美丽动人，进门时仿佛当晚他们已经大获成功。派对来的人很多，直到正式落座用晚餐，查理才再次见到他们俩。他坐得很靠近小桃，但吉吉远在餐桌的另一边。他们甜品吃到一半的时候，吉吉那缓慢、平板、令人不快的话音响起，像游行的指令一样，压过了席间的交谈声。

“真他妈的装啊！”他说，“咱给谈话增加点活力，好不好？”他跳到桌子中间，开始唱淫秽小调，还跳起舞来。女人们尖叫起来。杯盘一片狼藉。好多裙子被毁了。小桃对她任性妄为的丈夫苦苦哀求。这场不像话的表演结束之后，餐厅里除了吉吉和查理之外，空无一人。

“从上面下来，吉吉。”查理说。

“我得教他们，”吉吉说，“我得教教他们。”

“你谁也教不了，啥也教不会，只是让大家看到你这副烂醉德行。”

“他们得学，”吉吉说，“我得教教他们。”他从桌子上下来，又打碎了几只盘子，又游逛着进了厨房，在里面跟厨师拥抱，然后出门走入夜色之中。

你可能以为这样一来，世俗的群体已经得到了足够的警告，但对于吉吉，人们非同一般地宽宏大量。人们喜欢他，也总有他会不乱来的时候。晨光中他的身影总是如此迷人，令敌人都迷惑不已。但是渐渐地，但凡有人请他进家门，他就仿佛受到诱惑，一定要打碎人家的瓷器。他要的不是宽恕，如果他看似没有冒犯到女主人的面子，他会愈演愈烈，花样百出。没人见识过他这样的行径。他在比尔克家脱了衣裳，在莱维家，他凌空踢起一碗软奶酪，直甩到天花板上。他穿着底裤跳苏格兰高地舞，点火烧垃圾桶，在汤森家的大吊灯上荡秋千——那个著名的大吊灯。在六周内，B镇就没有任何一幢房子欢迎他入内了。

福克斯通夫妇还能看到他，当然了，是傍晚在他的花园里，隔着篱笆跟他讲话。看到一个人这么迅速地失去体面，查理很受困扰，他想帮忙。他和玛莎一起跟小桃谈过，但小桃茫然无助。她不理解，她的阿多尼斯美男子到底怎么了，她的智力水平也仅止于此。偶尔隔壁小镇上的无知访客或是新来的人可能会被吉吉所吸引，邀他用餐。总是同一套表演，总是杯盘狼藉碎一地。福克斯通夫妇是邻居——这种古老的纽带——再加上查理可能还以为自己能救得了他。当吉吉和小桃吵架的时候，有时她会打电话给查理寻求保护。一个夏天的傍晚，接了小桃电话之后，查理过去，争吵已经结束了，小桃在起居室看一本漫画书，吉吉坐在餐厅的桌旁，手里拿着一杯酒。查理守着他的这位朋友。

“吉吉。”

“嗯。”

“你愿意戒酒吗？”

“不。”

“如果我戒酒，你愿意戒酒吗？”

“不。”

“你愿意去看心理医生吗？”

“不。”

“你愿意做什么来帮帮自己呢？”

“我得教他们，”说完他仰头哭泣起来，“啊，耶稣啊……”

查理转身走开。似乎在那一刻，从属于他自己的某个荒野之处，吉吉听到了远远传来的号角声，预示着他的死期，他的死法。这个烂醉的男子似乎十分有理。福克斯通感到内心起了风暴。他感到他能理解这醉汉的心声；他一直能感觉到。这就是他们友谊的根基。吉吉代表着老弱病残，他们毫无过错，却将生活消耗在苦痛之中。对那些幸福的人，出身优渥、有钱有势的人，他要指出——尽管他们享受舒适，生活美好，拥有特权，也无法逃过愤怒、欲望以及死亡的煎熬。他只想让他们在打击到来之时做好准备承受打击。但是，难道不让他在你家客厅跳舞，就无法接受这种真相了吗？他能看透人世间的苦痛，但是否必须得亲自受苦才能接受他传达的讯息呢？看来是这样。

“吉吉？”查理问道。

“哎。”

“你想要教他们什么呢？”

“你绝不会知道。你他妈太装了。”

他们甚至没有坚持到一年。十一月，有人给他们的房子出了个好价钱，他们就卖了。那辆猩红色的搬家小货车又回来了，他们穿过了州界，到了Y镇，又在那里买了幢房子。福克斯通夫妇很高兴看着他们离开。一对教养很好的年轻夫妇接手了他们的地方，一切又都跟从前一样了。难得有人想起他们。但第二年冬天，查理通过一连串的朋友，得知吉吉在圣诞节前一两天，打橄榄球的时候摔坏了胯骨。不知为什么，这件事他一直放在心上，一个星期天下午，他没别的事好做，就通过查号台找到了吉吉家的电话，给这位老邻居打电话，说他想过来喝一杯。吉吉兴高采烈地大嚷大叫，告诉查理到他家的路线。

车开了很久，走到半路查理有些怀疑，自己为什么要去。Y镇在B镇下去几个路口之外。那座房子属于一个开发小区，建筑商不仅止于丑陋；他造了一片窗户线条笔直，像牢房一样的社区。街道以大学命名——普林斯顿街，耶鲁大街，罗格斯街，诸如此类。只有寥寥几套房子已售，吉吉的家就被几幢空无人居的房子围在中间。查理按了门铃，听到吉吉喊他进去。家里乱七八糟，他脱大衣的时候，吉吉半靠在一辆童车上，慢慢从客厅里过来，车子靠他推着一根拐杖往前驱动着。他的右臂和右腿都打着石膏，动弹不得。

“小桃哪儿去了？”查理问道。

“她去拿骚了。她跟孩子们去拿骚过圣诞节了。”

“把你一个人扔下了？”

“我让他们去的。我逼他们去的。反正他们做什么也帮不了我。

有这车子我就能行。饿了我就弄个三明治。我让他们去的。我逼他们去的。小桃需要休假，我又喜欢一个人待着。快来，到客厅来，帮我弄杯酒喝。我没法把冰盒取出来——我自己做不了的就这一件事。我能刮脸，能上床睡觉，诸如此类的，但我没法把冰盒取出来。”

查理取了冰。他很高兴有事可做。看到吉吉靠在小车上，这幅情景令他震惊，而且这地方的寂静令他感到惧怕。从厨房窗口看出去，满眼净是一排接一排丑陋不堪的空房子。他仿佛感到一出惨不忍睹的闹剧正在走向高潮。但在客厅里，吉吉又变成了他最迷人的样子，他的笑容，他的话音给这个午后带来片刻的平静。查理问吉吉是否可以找个护士在家里陪护，难道不能找个人在家里陪陪他吗？至少他可以租个轮椅？吉吉对这些建议统统一笑而过。他心满意足。小桃还曾从拿骚给他写信。他们玩得可开心了。

查理相信的确是吉吉让他们离开的。诸事之上，就是这点细节，使得情况尤其显得恐怖。自然了，小桃会希望能够去拿骚，但她绝不会硬要去。她太天真，不会怀着嫉妒，做旅行的梦。吉吉倒是会硬要她走；他会让旅行显得那么诱人，让天真的小桃无法抗拒。他是不是但求一个人待着，烂醉、残疾，困在这幢孤零零的房子里？他是不是需要这种被亏待的感受？看来是这样。房子里这么凌乱，而妻子和孩子们却在某个珊瑚海滩上跑啊，跑啊，这种设计似乎很成功——简直是某种胜利。

吉吉点了根烟又忘记了，随后又点上一根，他那么笨拙地划火柴，查理看在眼里，心想他很容易就会把自己烧死。他跃身从童车挪到椅子上，几乎摔倒，如果他一个人摔倒在地，很可能就在自家地毯上饥渴而亡。但是也许在他跌跌撞撞，笨拙玩火之余，他仍保有醉汉特有的狡猾。看到查理的表情，他羞涩地笑了。“别为我担心，”他说，“我没事的。我有守护天使。”

“人人都会这么想。”查理说。

“嗨，可是我真的有呢。”

外面开始下雪了。冬日天色阴沉，很快天就要黑了。查理说他得走了。“坐下，”吉吉说，“坐下，再喝一杯吧。”查理的良知又绊住他多待了一阵。他怎么可以这么干脆地抛弃一个朋友——至少是邻居——让他承受死亡的威胁呢？可他别无选择；家人在等他，他必须得走了。“别为我担心，”查理穿大衣的时候，吉吉说，“我有天使。”

时间比查理料想得更晚。雪下得很大了，他还有两个小时的车程，回程的小路颇有曲折。出Y镇的路有段上坡，新雪很滑，他驱车爬上去很费事。前面还有更陡的山路。他挡风玻璃上的雨刷只有一侧能用，雪花很快就覆盖了车窗，只留给他一个小小的瞭望口通向外面的世界。雪花纷飞，令人眩晕地密密扑到车灯前，在某个地方道路狭窄，车滑到了路肩位置，他只能发动引擎，挣扎了十分钟才将车子弄回到硬路面上。那片路段绵长而孤独——距离任何房屋都有好几英里之遥——他穿着一双懒汉乐福鞋，要是走路可不跟脚。他就这么打着滑，摇摇晃晃爬上了每个山坡，仿佛纯属难得的幸运，他才得以爬上去的。

开了两个小时之后，他离家还是很远。雪太深了，掌握行车方向就像是最高难度的导航一样。他开了三个小时才回到家，当他终于将车开进自家黑暗平静的车库时，他疲惫不堪——既疲惫，又满怀无限的感激。玛莎和孩子们都已经吃过晚餐，她想要去里瑟姆家，讨论点关于学校董事会的事务。查理对她说开车很难走，因为距离很近，于是她决定走着去。他点上火，弄了杯酒，孩子们坐在桌旁陪他吃了晚餐。星期天晚餐过后，福克斯通一家总会来一场，或者试图来一场三重奏。查理演奏黑管，女儿弹钢琴，大儿子有支次中音竖笛，小宝宝在他们脚边来回跑。这个星期天的夜晚，他们在愉快的家庭氛围中，演奏了简单编曲的十八世纪音乐——特别难的那个乐章好不容易对付过去之后，他们都要自我恭维一番，将家庭关系中最美好的东西延续到音乐中。当他们正演奏一首维瓦尔第的奏鸣曲时，电话铃响了。查理立刻就知道是谁打来的。

“查理，查理，”吉吉说，“耶稣啊，我有麻烦了。你一走我就从那倒霉的车上摔下来了。我花了俩钟头才爬到电话旁。你得过来。没有别人了。你是我唯一的朋友。查理，你听到了吗？”

一定是查理脸上的表情太古怪，把小宝宝吓得惊叫起来。女孩子将他抱起来，跟大儿子一起盯着爸爸看。他们仿佛知道一切，所有的细节，全部的来龙去脉。他们平静地望着他，仿佛期待他做出决定，与待在大雪封路的家中度过一个愉快夜晚毫不相干的决定。但这个决定将产生深刻影响，改变他们对父亲的认识，影响他们最终的幸福。他觉得，他们的神情清澈而带着几分恳求，不论他怎么做，结局都将无可挽回。

“你听到吗，查理？你听到我说话吗？”吉吉问道，“我他妈的爬了足足两个钟头才到电话跟前。你得帮帮我。别人没人能来。”

查理挂了电话。吉吉一定听到了他呼吸的声音，还有婴儿的哭声，但查理什么也没说。他没有向孩子们解释，他们也没问。他们知道。女儿又回到钢琴旁，当电话铃又一次想起，他没有去接，也没人问为什么。当铃声终于停下，他们看起来很开心，如释重负，他们继续演奏维瓦尔第，直到九点，然后他送孩子们上床睡觉。

他又倒了一杯酒，驱散那种情感爆发的感觉，仿佛某种暴力令空气都为之颤动。他不知道自己做了什么，也不知道该如何面对自己的良知。他想，等玛莎回来要跟她说这件事。那将是朝着谅解迈出的一步。但她回来之后，他什么也没说。他害怕玛莎会动用智慧去分析问题，结果只会坐实他的愧疚感。“可你为什么不往里瑟姆家给我打电话呢？”她也许会问，“我可以回家来，你就可以去了。”她是个极富同情心的妇人，绝不会像他那样被动接受，坐视一个朋友，一个邻居，倒在痛苦中。她上楼去了。他往杯里倒了些威士忌。如果他往里瑟姆家打电话，如果她赶回来照顾孩子，让他空下来可以去帮助吉吉，他是否能够冒着大雪返程回去呢？他可以套上链条，但链条在哪儿呢？到底在车里还是在地窖里？他不知道。那年他根本没用过。但也许到这时候道路已经清理过了。也许暴风雪已经过去了。最后一个令人沮丧的可能性让他感到很不舒服。难道老天都背弃了他？他把户外的灯打开，有些犹豫，有些不情愿地朝窗户走去。

干净的雪地闪着迷人的光，灯光照着空无一物、平静安宁的空气。他一进门没几分钟，雪一定就已经停了。可他怎么可能知道呢？怎么能指望他将天气的无常也纳入考虑范围呢？况且，孩子们看他的神情——那么严厉，那么清澈，那么像一纸宣言，说他此刻的位置应该在家里，跟他们在一起，而不是去救助一个令人无法严肃对待的自作孽的醉鬼——难道就该置之不理吗？

随后吉吉的模样又浮上脑海，那痛苦令人心碎，他又记起小桃站在沃特曼家的过道里，大喊“回来！快回来！”的一幕。她在呼唤一个查理从不了解的青年，但很容易想象当时的吉吉是什么样——金发碧眼，兴致高昂，慷慨大方，体魄强壮——为什么这一切都毁灭无踪了？回来，快回来！她仿佛在呼唤某个夏日逝去的芬芳——玫瑰盛放，所有的门窗都打开，朝着花园。她的声音里包含着一切；仿佛最后一缕阳光里一座废宅的幻影。一座大房子，分崩离析，孩子们认为这里闹鬼，当地警方和消防部门对此深感头痛，但当你看到这幢房子，窗户在落日的霞光里映得通红，会以为一切都回来了。厨子在厨房做点心，鸡肉味儿顺着后楼梯直往上蹿。前面的房间都为孩子们和他们众多的朋友预备好了。炉子里炭火熊熊。然后夕阳离开了窗口，房子真实的丑陋加倍地暴露在暮色里，就像那个遥远夏天的音调从小桃的声音里消失不见时，你就会看到她那单纯的面容之中隐藏着的绝望、迷惑和最终定局。回来！快回来！他又给自己倒了更多的威士忌，当他将杯子举到嘴边时，听到风向变了，看到——因为户外的灯依然亮着——雪又开始打着旋儿落下来，暴风雪卷土重来。道路无法通行；他根本不可能去这一趟。天气的转变免除了他的罪责，他带着充满爱意的笑容看着落雪，但他仍然抱着酒瓶，直到三点才上床去睡。

第二天早上，他眼睛发红，站立不稳，十一点就逃出办公室，去喝了两杯马提尼。午饭前他又喝了两杯，下午四点一杯，回程的火车上还有两杯，带着眩晕回家吃了晚饭。酗酒的临床表现我们早已熟悉，在这里我们只关心人性的一面，玛莎终于不得不找他谈一谈了。她讲得非常温柔。

“你喝得太多了，亲爱的，”她道，“你连续三周都喝得太多了。”

“我喝酒，”他说，“他妈的是我自己的事。你管好自己就行，我的事我说了算。”

情况越来越糟，她不得不采取措施了。最终她去找教区牧师寻求帮助——他是个年轻英俊的单身汉，主持礼拜仪式之余，还要充当心理医生。他满怀同情地听着。“我今天下午去教区长家了，”那天晚上回家后，她说，“我跟海明神父谈过。他奇怪你为什么一直没去教堂，他想跟你谈谈。他长得真好看，”她又加了一句，想让自己这番话听起来不那么像早有准备，“我都奇怪他为什么一直没结婚。”查理跟往常一样烂醉，他走到电话机旁，拨通了教区长家的电话。“你瞧，神父，”他说，“我妻子告诉我说你今天下午招待她了。我说，我不喜欢这样。你把手放离我老婆远点儿。听到没有？你他妈别想穿上身黑套装就能赚我便宜。你手离我老婆远点儿，不然我敲断你那个漂亮的小鼻子。”

最终他丢掉了工作，他们只好搬家，开始像吉吉和小桃一样，乘着猩红色漆金字的搬家车四处流浪。

那么吉吉怎么样了——他最终变成什么样了呢？他那个酩酊大醉的守护天使，头发蓬乱，竖琴弦断，却仿佛依然在他倒下的地方盘旋护佑。那天夜里，给查理打完电话之后，他又给消防部门打了电话。他们仅过了八分钟就到了，响着警报拉着警铃。他们护送他上了床，还给他弄了杯新酒，有一个消防员无事可做，一直陪他待到小桃从拿骚回来。他们玩得很开心，把冰箱冷冻室里的牛排吃了个光，每天喝一夸脱波旁威士忌。等到小桃和孩子们回来的时候，吉吉已经能走路了。他又恢复了颠三倒四的生活，这样过日子似乎他比老邻居更擅长，但到了那一年的年末，他们又不得不再次搬家，跟福克斯通家一样，从山间的小镇上消失了。

只要告诉我他是谁

威尔·皮姆是白手起家的，就是说，他的成人生活起步时一毛钱也没有，除了普通人之间那点泛泛的善意，也没什么社会关系。他一路攀升，当上了一家化纤毛毯公司的副总裁。他每年给巴尔的摩的社区文教馆捐很多钱，因为有这种机制才让他走上了正路。关于许多许多年以前他在农场打工的段子，他也能讲几个，但他的穿戴举止完全是中上层阶级成功人士的样子，那曾经焦虑挣扎，不知疲倦地工作才能往银行里存下点钱的日子，在他身上几乎已经毫无踪迹可寻。的确，乞丐，衣着褴褛的老人，衣服单薄的男男女女在咖啡馆的长明灯下吃糟糕的饭菜，贫民区以及肮脏的工业城区，寄宿舍的窗口探出的面孔——甚至仅仅是女儿袜子上的一个破洞——都会令他想起自己的青年时代，让他感觉不快。他从来就不喜欢看到贫穷的迹象。他自己居住的那幢荷兰殖民时期风格的房子就带给他许多快乐——那么多窗口都亮着灯，房顶结实，供热稳定——他的孩子们衣着温暖厚实，还有他能够克服自己卑微的出身，得以创造出合情合理、质量稳定的生活的这一事实。他总是会有意识地、有时还带着点温和的怨愤留意到当初他从公共图书馆借书，学习如何改善语法、扩充词汇量的时候，他的大多数生意伙伴以及他所有的朋友和邻居都是如何在格罗顿、迪尔菲尔德或是类似的什么学校里嬉笑胡闹的。不过他将这种对那些发展路径比自己顺当的人产生的愤恨之情重新理顺，看成是自己个性中有些恶意的成分。如果仅看他膨胀的身材，想到他深埋心底的竟然还是自己年轻时下雨天站在人家灯光明亮的窗外那忍饥挨饿的模样，这真是让人大为惊讶。他是个兴兴头头的大块头，脸圆圆的像极了一块布丁。人人见到他都很高兴，就像大家都很高兴在一餐结束之时，看到用新鲜鸡蛋、肉豆蔻和乡村奶油制成的一道口味清淡芬芳而又营养丰富的甜品一样。

威尔是在过了四十岁，已经搬到纽约之后才结的婚。早先他既没有钱，也没有时间，他早年的穷困也不曾因许多自然的爱情而减少了悲苦。他的继母——穿睡裙图舒服，戴花帽求漂亮——整天坐在巴尔的摩他们家的窗台上，用咖啡杯喝雪利酒。她可不是个快乐的酒鬼，她要是开口，准是难听的话。她所呈现的形象可能让威尔对于人类交流的情感丰富性产生了一定的怀疑。也许这延误了他的婚事。当他终于决定娶妻，他挑了一个比自己年轻许多的女人——一个红头发、绿眼睛、性格甜美的女孩，有时候还会喊他爹地。威尔为之非常骄傲，总是盛赞她的美貌和智慧，以至于人们第一次见到她本人时，常常会感到失望。但威尔曾挨过穷、受过冻、孤单过，当他一天忙完回到家，回到这样一个可爱又有爱的女人身边，当他在前厅里摘下帽子、脱掉大衣，他真的会快乐地哼出声来。在他看来，玛丽亚买的每一件家具都经过了她品味和魅力的洗礼，变得神圣起来。一个脚凳或一套锅子都会带给他那么深的喜悦，他要吻遍她的脸颊和脖颈才能充分表达。她很挥霍，但似乎他想要的就是这样一个任性又孩子气的妻子，她为了购买一些完全不需要又很昂贵的东西而编造的那些荒诞不经的借口，都会激起他最深层的温柔情怀。玛丽亚不擅长烹饪，但当女佣不在家的时候，她端上一盘罐头汤摆到威尔面前时，他都会从桌子这头站起来，给她一个感激的拥抱。

开始的时候，他们在东七十几街有套很大的公寓。他们经常出去。威尔不喜欢派对，但他为了年轻的妻子，隐藏了自己的不喜。在晚宴上，他总是透过烛光，看着桌子对面的她——大笑，聊天，显摆他送的戒指——然后深深叹息。他总是不耐烦地等着派对结束，这样他们就可以单独相处，在出租车上，或是空旷的街道上，他会吻她。当玛丽亚第一次怀孕的时候，他幸福得无法言喻。她身体的每一个发展阶段都令他震惊不已。她为了婴儿的降生所做的那些准备简直让他着迷。当他们第一个孩子降生之后，当乳汁从她乳房里流出来，当他们的女儿激发了母性天然的温柔，他都惊叹不已。

皮姆夫妇生了三个女儿。第三个孩子降生之后，他们搬到了郊区。那时威尔已经五十多岁了，但他还是抱着玛丽亚迈过门槛，给壁炉点上火，遵守了各种关于搬新房的多情示爱仪式。说实在的，有时候关于玛丽亚他的确说得有点太多。他太想展示她的魅力。在聚会上，他会打断泛泛的交谈，宣布说："让玛丽亚给我们讲讲今天下午在妇女俱乐部发生的事吧，简直太好笑了。"在每天乘火车进城的路上，他也会不时提起老婆对于棒球季或消费税的评论。他一个人在罗切斯特或是托莱多的宾馆里吃饭的时候——因为他经常出差——他也会给服务员看玛丽亚的照片。当他应召为大陪审团做陪审员的时候，陪审团的其他成员远在议程结束很长时间以前就都已经对玛丽亚耳熟能详了。他去纽芬兰钓鱼的时候，也会时常想念玛丽亚，不知她是否安好。

一个早春的礼拜六，他们在绿荫山的家里举办了一个派对庆祝结婚十周年。来宾有二十五到三十人左右，大家举杯喝香槟祝他们健康。大多数客人跟玛丽亚差不多年龄。威尔不喜欢她被年轻男子簇拥着，但他用一种类似父亲的眼光监督着她来来去去。当她溜达到露台上，他就在身后不远处。可他还是个好主人，虽然来宾不能使他喜悦，想到他们终将离开，他还是令人钦佩地维持着平衡的心态。他隔着房间眼看着玛丽亚跟亨利·布尔斯特罗德在交谈。他以为十年的婚姻一定会在她面容上留下皱纹，让她体形走样，但他却只看到她的美有增无减。一个年轻的美女在跟他讲话，但他一直在赞赏玛丽亚，难免有点走神。“你得让玛丽亚给你讲讲今天早晨在花店的事儿。”他说。

礼拜天下午的近晚时分，皮姆夫妇带着孩子去散步，天气好的时候他们通常都去。一年到了这个时候，树木依然萧瑟，但在万物变化和腐朽的气息当中却混合着一种无以名状的甜香——几乎像玫瑰那么馥郁的芬芳——可是又没有任何花在开放。孩子们走在前面。威尔跟玛丽亚手挽手走着。黄昏已近。在某些松树的高枝上，乌鸦在粗嗄地彼此呼唤。此时正是春日傍晚那个特别的时刻，树林里暮色四合，从附近的溪流或池洼升起的潮气和寒意突然袭来，这时你才意识到，直到一分钟以前，全世界就只是靠着太阳的火照亮温暖着，而这会儿你身上的衣服就显得太单薄了。

威尔停下来，从兜里掏出一把小刀，开始在一棵树的树皮上雕刻夫妻俩名字的首字母。何苦要指出他头发稀少，年岁渐长的事实？他想要表达的是爱意。是玛丽亚的青春和美貌唤醒了他的感官，打开了他的头脑，让地球如同一帧理性与感性的大幅地图在他眼前延展开来。是因为有她陪伴，乌鸦的歌声才如此动听。前方路上传来孩子们的声音，对于孩子，他怀着切实可行又丰富多彩的希望。他曾经没有机会得到的一切，现在都拥有了。

但玛丽亚却是又冷，又饿，又疲惫。他们直到两点才上床睡觉，他们在林间散步的时候，她费了好大力气才勉强自己睁开眼睛。回到家之后，她还要准备晚饭。冷切肉还是羊排呢，她一边这么想着，一边看着威尔将两人名字的首字母用一颗心圈起来，还刻了个箭头从中穿过。“哦，你真是太可爱了！”他刻完之后，玛丽亚听到他轻声说。“你这么年轻，这么美！”他哀叹着，将她拥进怀里，狂热地吻她。可她仍然在担心着晚餐。

在这之后不久的一个星期一夜里，玛丽亚坐在起居室做手工，将纸做的苹果花系到树枝上。她是苹果花节负责装饰工作的委员会成员，而苹果花节则是乡村俱乐部每年一度举办的慈善化装舞会。威尔一边看杂志，一边等着她做完。他穿着卧室拖鞋，还有一件红色锦缎吸烟服——这是玛丽亚送的礼物——衣服在腹部凸出，形成厚厚的褶裥，显得他体态臃肿。玛丽亚的手动作很快，每当她将一根树枝上缠满花朵，就举起来说一句：“多漂亮啊，是不是？”然后她将树枝立在角落里，那边正在渐渐形成一片花枝的丛林。楼上，三个孩子都睡了。

装饰委员会的工作是玛丽亚最擅长的东西。她不喜欢一早起床去开会讨论小学教育体制改革，不喜欢伸着鼻子去检查脏兮兮的医院厨房，也不喜欢傍晚跟其他女人聚会，讨论现代文学的流行趋势。她曾试过在妇女俱乐部当秘书，但她的记录断章取义，错误不断，人家不得不把她换掉——其过程颇伤感情。她被解除职位的那天晚上，威尔看到她眼含热泪，花了好几个钟头安慰她。他很享受这些挫折。她那么年轻、那么美，有任何事需要找他求援的话，都只会让他的地位更稳固。后来，当玛丽亚被分配负责貂皮披肩的抽奖工作以帮助医院募捐时，她记录工作做得实在太糟糕，威尔只得一天没进办公室，帮她理清账目。她哭泣的时候，他就哄她，若是换个年轻的丈夫，可能就会表现得不耐烦。威尔并不鼓励她低效工作，但他认为这种低效跟她美丽的眼睛和白皙的面容有一定关系。

她一边缠着花朵儿，一边说着这个舞会。他们请了十二个人的大乐队。装饰是前所未有的美。他们希望能募集一万美元。服装店已经将她的裙子送了来。威尔问她的衣服什么样，她说她这就上楼去穿给他看。通常她都是化装成某个法国历史人物去参加这个苹果花舞会，威尔的兴趣不是很浓厚。

半小时之后，她下楼来，走到了钢琴边的镜子旁。她穿着金色的舞鞋，粉色紧身裤，薄丝绒胸衣，裁剪很低，她的乳沟清晰可见。“当然，我的头发不会是这个样子，”她说，“我还没想好戴什么首饰。”

威尔心头好一阵难过。这身紧身的行头——他不得不擦干净眼镜片好好看清楚——展现出了他所崇拜的她全部的美，同时也表现出她与这险恶世界对比鲜明的一派纯真。这场面在可怜的威尔心中激起了欲望与丧气。他无法忍受让妻子失望，但又决不能纵着她这样明目张胆地去挑逗他的左邻右舍——眼下在他不安的脑海里，这些个男人都色胆包天，兽性大发，年轻冲动，欲火中烧。他看着妻子在镜前快乐地摆出各种姿势，他觉得她看上去就像个孩子——至少是个少女——眼看就要堕落深渊。在她甜美温柔的脸蛋和半裸的酥胸上，他能看到生命所有的悲苦。

“你不能穿成这样，妈咪。”他说。

“什么？”她从镜子前面转过身来。

“妈咪，你会被这身衣服给勒死的。”

“别人也都穿紧身裤的，威利[1]。海伦·本森和格蕾丝·海瑟斯通也都要穿紧身裤。”

“她们不同，妈咪，”他忧伤地说，“她们完全不一样。她们很厉害，硬心肠，玩世不恭，是俗气的女人。”

“那我是什么？”

“你很可爱，天真无邪，”他说，“你不明白，男人有多下流，猪狗不如。”

“我不想一直这么可爱，天真无邪。”

“哦，妈咪，你不是真的这样想！你不会真的这样想！你不知道自己在说什么。”

“我只想玩得开心。”

“你跟我一起不开心吗？”

她开始哭起来。她扑到沙发上，把脸埋进去。当威尔弯腰贴近她纤弱而悲痛的身体时，她的泪水就像酸，侵蚀了他的坚决。许多许多年前，他曾疑心娶个年轻的太太会不会给自己招来麻烦。如

---

1 威利，威尔的昵称。

今，当他的眼镜片被水雾遮蔽，锦缎上衣腹部凸出的时候，他却与麻烦迎头碰上，狭路相逢了。他怎么能——哪怕是危险临头的时刻——拒绝天真与美呢？“好吧，妈咪，好吧。”他说。他自己都快哭出来了。“你可以穿。”

第二天早上，威尔出门，要去克利夫兰、芝加哥和托皮卡出差。星期二和星期三晚上，他给玛丽亚打过电话，女佣说她出去了。他想起来玛丽亚要去会场布置装饰。星期四早饭的煎饼他吃下去就不舒服，胃疼得他行李箱里带的好多药都治不好。星期五在堪萨斯，雾很大，他的飞机直到夜里才得以起飞。在机场他吃了一些鸡肉馅饼，感觉更难受了。他星期六一早到了纽约，就直接去了办公室，直到星期六下午才回到绿荫山，舞会就是这一天，玛丽亚还在俱乐部。他花了一个钟头将房前一侧花坛里的枯叶耙干净。当玛丽亚回家的时候，他觉得她看上去美极了。她脸色很好，目光明亮。

她给威尔看自己给他租的道具服装。这是一身锁子甲，还配着头盔。威尔喜欢道具服装，因为这是一种掩饰。他筋疲力尽，心烦意乱，需要掩饰一番才可以去跳舞。当他洗完澡，刮完脸，玛丽亚帮着他捆扎起来，穿上盔甲。她从一顶旧帽子上剪下几根鸵鸟毛，俏皮地插到头盔上。威尔朝镜子走去，要看看自己，但是正当他走到镜前，头盔上的面罩刚好落下，他完全没办法让面罩保持在抬起的状态。他下楼，一路扶着栏杆——锁子甲很重——用一张折起来的日程表把面罩卡住不让它落下来，然后坐下来喝一杯。当玛丽亚穿着那身粉色紧身裤和金色舞鞋下楼来时，他站起来赞叹了一番。她说她无法提前离开舞会，因为她是委员会的成员；如果威尔想先回家，她可以搭别人的车回来。他从来没有不带老婆就离开派对回家过，他讨厌这样。玛丽亚披上披肩，吻别了孩子们，然后他们就出发去比尔登家吃晚餐。

在比尔登家，人很多，吃得很晚。他们一直喝着鸡尾酒，直到九点过后。当他们落座用餐的时候，威尔坐在埃塞尔·沃登旁边。她是位年轻漂亮的女子，但已经喝了两个小时的马提尼酒；她沉着脸，红着眼。她说她爱威尔，说她一直都爱他，但威尔的目光越过长桌，在看玛丽亚。即便隔着这么远的距离，他仿佛也能从她脸上阴影的变化中，发现至关重要的信息。他但愿能坐得近些，能听到她在说些什么。

埃塞尔·沃登不会轻易放过他。“我们可穷了，威尔，”她哀哀地道，“你知道我们很穷吗？没有人知道，像这样一个社区里还有像我们这种穷人。我们早餐连鸡蛋都吃不起。我们雇不起清洁工。买不起洗衣机。我们买不起……”

甜品还没吃完，有几对夫妇就已经起身赶往俱乐部。威尔看到特雷斯·比尔登将披肩递给玛丽亚，突然站起身来。他想要尽快赶到舞会，好跟她跳第一支舞。当他出来的时候，特雷斯和玛丽亚已经不见了。他邀请埃塞尔·沃登搭他的车一起去，她很高兴。当他在乡村俱乐部停车的时候，埃塞尔开始哭了起来。她那么穷，那么孤独，渴望着爱。她把威尔拉到身边，扑在他穿着锁子甲的肩膀上哭泣，可他却朝着车子的后窗玻璃看出去，看能否辨认出特雷斯·比尔登的车。他在想玛丽亚是否已经进了俱乐部，还是说也在一辆停好的车里，惹上了麻烦。他擦干了埃塞尔的眼泪，对她温柔地讲话，然后一起进去。

那时已经晚了——已经过了午夜——舞会已经跳得热火朝天。舞池里很拥挤，昏暗的灯光里，羽毛、皇冠、动物脑袋和各色头巾来回摇摆。到了这个时刻，乐队将演奏的节奏赶到最快，鼓点越发深沉，上了年纪的舞者因为情欲和快乐叫出声来，一把抄住舞伴的裙腰，大肆跳起年轻放纵的招牌舞步——希米舞、查尔斯顿舞、跳跃步和肚皮舞。威尔穿着锁子甲，笨拙地跳着。时不时地他能看到玛丽亚在远处，但一直没能逮到她。他去酒吧喝一杯，却见她出现在房间的另一头，但人群太密他过不去。她身边围了一圈男人。下一次舞曲间小歇的时候，他去休息区找她，却没找到。当音乐重新响起时，他给了乐队十美元，请他们演奏《我可以写一本书》[1]，这是属于他们俩的歌。混乱之中她也会听见。这曲子会让她想起他们的婚姻，她就会丢下舞伴来找他。整首曲子演奏期间，他就在舞池边上，孤单地等待着。

他泄气了，长途旅行的疲惫加上一身锁子甲的重量让他不堪重负，于是他来到休息区，解下头盔，睡着了。醒来已经过了一个半小时，他看到拉里·赫姆斯福德带着埃塞尔·沃登从门廊出去，朝停车场走去。她脚步踉跄。威尔又晃荡回舞厅，被那边传来的兴奋的喊叫声吸引了过去。有人点着了一个带羽毛的头饰。火被香槟扑灭了。时间已经过了三点钟。威尔戴上头盔，折了一个火柴纸盒把面罩支起来，回家去了。

玛丽亚跳到了最后一支舞。她喝到了最后的一瓶酒。那时已是早上。乐队已经离开，但有个钢琴师仍在弹奏，零星几对舞伴在晨

1　音乐剧《酒绿花红》中的著名唱段，参见第552页注释。

光中起舞。人们逐渐三五成群开始约着共进早餐，但她拒绝了这些邀请，为的是搭比尔登夫妇的顺风车回家。威尔可能会担心的。她跟比尔登夫妇道别后，站在自家台阶上透了口气。她的钱包丢了，紧身裤被一条龙的鳞给刮破了。衣服里传出泼溅在上面的酒气。空气的甜香和晨光的美好打动了她。舞会仿佛乱七八糟。她得到了所有想要的舞伴，但没跟该跳的舞伴一起跳。她往树枝上缠的那成百上千的苹果花远看那么像真花儿，却转眼就要扫进垃圾堆了。

绿荫山的树上满是鸟儿——百灵，画眉，知更鸟，乌鸦——这时空气仿佛都随着它们的欢歌开始颤动。这纯洁的晨光和响亮的鸟鸣让她想到某种理想——一种简单的生活，她往围裙上擦干手，威尔出海回到家——她背弃了的理想。她不知道自己是从哪里开始失败的，但这温柔的晨光毫不留情地照亮了她的失败。她开始哭泣。

威尔在睡着，但当她打开大门时他就醒了。“妈咪？”她爬楼梯上楼时，他喊道，“妈咪？你好啊，妈咪，早上好！”可她没有回答。

他看到了她的眼泪，她紧身裤的裂缝，还有衣服前襟的酒渍。她在梳妆台前坐下来，脸贴在玻璃台面上，又哭了起来。“哦，别哭呀，妈咪！”他说，“别哭！我不介意，妈咪。我以为我会介意，但我想这真的不算什么。我提都不会提的，妈咪。来，上床来吧。上床来睡一会儿。”

她哭得更大声了。他起床来到梳妆台前，伸出手臂拥抱她。“我跟你说过你穿成这样会发生什么，对不对？可现在这些都没关系了。我一句都不会问你。我会把整件事都忘掉。但是现在上床来吧，来睡一会儿。”

她头脑发晕，他的话音絮絮叨叨一直在继续，将早晨的那些声音关在外面。后来他那焦虑的爱，责备的热情，终于让她受不了了。“我不介意，我愿意忘记。”他说。

她挣脱了他的怀抱，穿过房间到大厅，进了客房，把门直摔到他脸上。

威尔坐在楼下，面前摆着一杯咖啡，他意识到自己对玛丽亚生活的监督绝对不够完善。如果她想要欺骗他，她的生活安排简直是方便无比。夏天大多数时间，除了周末，她都是一个人。他每个月有一个星期要出差。她随便什么时候想去纽约就去——有时还是晚上。就在舞会前一周，她还曾进城去跟老朋友吃饭。她原本计划搭乘十一点回绿荫山的火车回家。威尔开车去车站接她。那天晚上下雨，他记得自己等在站台上，情绪颇感阴郁。一看到远处火车的灯光，他的情绪就变了，充满了马上要见到她、带她回家的期待。当火车停下来，下来的只有查理·科廷一个人——还有点微醺。威尔既失望，又担心。他回到家没多久，电话响了。是玛丽亚打来的，说她错过了火车，要两点钟才能到家。两点时，威尔又回到了车站。天还在下雨。玛丽亚和亨利·布尔斯特罗德是车上仅有的乘客。她轻快地冒雨走过站台，上前亲吻威尔。他记得她眼睛里有泪痕，但当时他什么也没有多想。现在他开始怀疑她的眼泪了。

那之前的几个晚上，晚饭后她曾说过，想去村里看电影。威尔提出要带她去，尽管他挺累的，但她说她知道威尔多么讨厌电影院。当时他觉得挺奇怪，她要去看九点钟的电影，出门前还要先泡个澡，而且当她下楼来的时候，他听到，貂皮大衣下面有新裙子的窸窣声。她还没回来他就睡着了，据他所知，她可能黎明时才回来。她从不坚持让他陪她前去参加市政改善协会的会议，一直以来威尔都觉得她这么做很大方，但他怎么知道她到底是去讨论水的氟化问题还是去会情人了呢？

他记起二月里的一件事。妇女俱乐部排了部讽刺剧搞慈善募捐。他去之前就知道玛丽亚要在里面跳支舞，表达时事委员会对于关税的态度。她随着《美女好比一支乐曲》的旋律登上舞台，穿着长礼服，戴手套，还披了件皮草——整个儿就是清晰可辨的脱衣舞艺术家造型——令他迷惑的是，她一亮相就赢得了满堂彩。玛丽亚在舞台上走来走去，在一片掌声、喊叫和口哨声中脱了皮草。第二段合唱之中，她又摘掉了手套。威尔假装自得其乐，但他已经开始冒汗了。第三段合唱的时候，她将腰带解了下来。仅此而已，但她得到的如雷的喝彩此时又在威尔耳朵里响了起来，让他身上发热。

几周之前，威尔曾经进城吃午餐——他很少这么干。走在麦迪逊大道上时，他觉得好像看到玛丽亚走在前面，跟另一个男人一起。那身暗红色套装、皮草还有帽子都是她的。他没认出那个男人。他的反应没有鬼鬼祟祟，却是冲动直接，他喊出了她的名字——“玛丽亚！玛丽亚！玛丽亚！”街上很拥挤，他们两人之间隔了半个街区的距离。还没等他赶上，那个女人已经消失不见了。她可能上了一部出租车，或是进了一家商场。那天晚上，他跟玛丽亚讲起来，尽可能兴高采烈地说，他觉得在麦迪逊大道上看到她了，她立刻反驳：“呃，你没有。”晚饭之后，她号称头疼，请求他去客房睡了。

舞会第二天的下午，威尔带孩子们出去散步，玛丽亚没有一起。他跟往常一样，给孩子们讲课，教树木的名字。“那棵是银杏……那棵是垂枝山毛榉……这种苦味儿是那边山洞里的黄杨木发出来的。”也许是因为他本人没有受过教育，所以跟孩子一起的时候，他希望能对他们有所教益。他们在午餐桌上会背诵联邦各州的州名，散步时有时讨论地理，如果在外面待到暮色降临，就认天上的星星。今天下午威尔下定决心要保持好心情，但孩子们走在前面的身影让他很忧伤，他们简直是他麻烦处境的活生生的象征。他从来没想过要离开玛丽亚——他不允许这样的念头浮上脑海——但他仿佛闻到了分手的气息。当他经过那棵他在上面刻过两人名字首字母的树时，不禁感慨世间的邪恶堕落是何其惊人。

当他们散步结束，重又回到自家车道上时，家里很黑——黑又冷。威尔开了几盏灯，热了早餐时他做好的咖啡。电话响了，但他没接。他倒了一杯咖啡拿去客房找玛丽亚。他开始以为她还在睡着，开了灯却看到她靠着枕头坐着。她露出微笑，但他对妻子魅惑的反应很警惕。

“喝点咖啡吧，妈咪。”

“谢谢。你们散步愉快吗？”

“是的。”

“我觉得好些了，”她说，“现在几点了？”

“五点半。”

“我觉得没力气去汤森家了。”

“那我就不去了。”

“哎，我希望你去。威利。拜托你去参加派对，回家来跟我说说。求你了，去吧。”

现在经她一撺掇，去派对似乎是个不错的主意。

“你必须得去，威尔，”玛丽亚说，“肯定会有很多关于舞会的流言蜚语，你都能听到，然后你就可以回家来告诉我。求求你去派对吧，亲爱的。如果你因为我的缘故就待在家里，我会觉得很罪过的。”

在汤森家，车子都停在街道两边，那幢大房子里所有的窗户都映出明亮的灯光。威尔步入灯光，步入炉火的光辉，还有聚会中嬉闹的人声，心里怀着真诚的愿望，想要丢掉自己沉重的精神负担。他上楼去放下大衣。一个上了年纪的爱尔兰妇女，叫布里吉特的，把大衣接了过去。她是个钟点工帮佣，为绿荫山举办的大多数派对服务。她的丈夫是乡村俱乐部的管理员。“这么说您太太没跟您一起，”她用甜腻腻的爱尔兰口音说道，“啊，呃，我倒不敢责怪她。”说完她突然笑了，她把双手支在膝盖上，前后摇晃，“我不该跟您讲，我知道，但是上帝帮忙，今天早晨迈克在清扫停车场的时候，发现了一双金色舞鞋，还有一件蓝色蕾丝紧身褡。”

在楼下，威尔跟女主人聊了起来，她说很遗憾玛丽亚没来。他穿过起居室时，被皮特·帕森斯拦住，拉到壁炉前，给他讲了个笑话。威尔来此就是为了这个，他的精神开始转好。但是，离开皮特·帕森斯朝酒吧间门口走去的时候，他又被比夫·沃登拦住了去路。埃塞尔倾诉他们贫穷的话，她的眼泪，还有她跟拉里·赫姆斯福德一起往停车场走去的情景还历历在目。他不想见到比夫·沃登。他不喜欢看到比夫在老婆被人引诱进了赫姆斯福德的旅行轿车后，还要强自做出一副兴高采烈的快活模样。

“你听说迈克·赖利早上在停车场发现什么了吗？”比夫问道，“一双舞鞋，还有紧身褡。”威尔说他想要喝一杯，于是从比夫身边走开了，但起居室通往吧台的通道又被切斯尼夫妇堵住了。

几乎每个郊区都有一对年轻夫妇，天生就是做大使的材料。是他们去车站接约翰·梅森·布朗[1]，开车送他去讲堂。是他们组织撞球比赛，在募捐活动中处理最棘手的情况，女主人指望他们用幽默活跃沉闷的气氛，传递带馅儿的芹菜，给死气沉沉的谈话激发新的亮点，驱赶醉鬼。他们的社交和亲戚网络都无法形容的富有，并且丰富多彩，从外表看，他们是魅力和时尚的代表——直率，温和，衣着光鲜得体，目光中透露出信任和友好。切斯尼夫妇就是这样的一对璧人。

“真高兴见到你，”马克·切斯尼说着，将烟斗从嘴边拿开，一只手搁到了威尔的肩上，“昨晚舞会上没看到你，不过我看玛丽亚玩得挺开心。但我想要跟你说件严肃的正事儿。给我一分钟可以吗？你也许知道，也许不知道，我今年负责中学里的成人教育项目。我们之前参加的人太少，挺令人失望的，星期四我们有个讲座，我很希望能够吸引到比较多的听众。发言的人叫玛丽·比克沃尔德，她要谈的是家庭问题——婚外情之类的现象。如果星期四你跟玛丽亚有空，我想你会发现这讲座值得一听。”切斯尼夫妇随即进了起居室，威尔则继续朝酒吧走去。

酒吧里人满为患，挺热闹，大家都挺开心，威尔很高兴加入进

---

1 约翰·梅森·布朗（John Mason Brown，1900—1969），美国著名戏剧评论家、作家。

去，喝了一杯。他开始觉得舒适自如的时候，基督会[1]的牧师冲他来了，跟他握手，然后拉着他离开了众人。

牧师个子很大，与他有些也在郊区服务的同事们不同，他并不太强调自己一身黑袍，担任神职。当他和威尔在鸡尾酒派对上碰到的时候，他们通常聊的都是毯子。威尔捐了许多毛毯给教堂。他给布道团发毯子，给庇护所发毯子。在演耶稣诞生的话剧中，当牧羊人们在草垛里跪下来，伏在马利亚膝下时，他们身上披的也是威尔的毯子。他以为对方会跟他要毛毯，所以他很吃惊，听到牧师说的居然是："只要你愿意，随时可以来我的书房，威尔，如果你心里头有烦恼的话，我希望你可以跟我说。"威尔正向牧师表达对他盛情邀请的感激之情时，赫伯特·麦克格拉斯也走了过来。

赫伯特·麦克格拉斯是个银行家，有钱，有脾气。在他的思想深处，似乎有种担忧——噩梦一般——他觉得如果没了他所代表的那种秩序，世界就会灰飞烟灭。他鄙夷那些早上奔跑着去赶火车的男人。在标明"禁止吸烟"的车厢里，火车快要到达中央火车站的时候，人们经常会点起香烟，这种违反秩序的做法让赫伯特很讨厌，他会拍拍邻座人的肩膀，对他们说吸烟车厢在尾部。与他这种遵守秩序的坚持掺和在一起的，还有一种奇怪的迷信。他早上走在火车站台上的时候，会四处张望。如果看到一枚硬币，他就会从通勤的人群中挤到前面，弯腰去捡起来。"好运，你懂的，"他一边将硬币放进口袋，一边解释道，"你需要头脑，也需要运气。"现在他想要谈谈舞会上的不道德现象，而威尔决定回家去了。

1　基督会（Church of Christ，Christ Church），基督教保守派教会，主要存在于美国中西部及西、南部各地，各个地方教会都称基督教会，信徒一律称基督徒。

他把杯子放到吧台上，开始若有所思地沿着过道往起居室走去。他垂着头，迎头碰上了沃尔浦尔太太，一个非常普通的女人。“看来您太太还没恢复好，今天没法出来见人。”她快活地说。

在派对或是旅程的结束时，那些平凡的女子似乎都会被共同的命运所掌控。她们的发卷和丝带都会散开，食物碎屑粘在牙齿上，眼镜上蒙着雾气，试图用于迷魅世人的笑脸终于挂不住了，恢复了常年那心怀不满的酸苦表情。沃尔浦尔太太很有勇气地打起精神来到汤森家的派对，但时间本身——她在喝雪利酒——已经破坏了她想要给人留下的印象。她的帽子仿佛被人坐过，她的嗓音尖锐刺耳，肩膀上别的一朵茶花也已经枯萎。

“可我猜玛丽亚派你来是想听听大家都说她什么吧。”她道。

威尔越过了沃尔浦尔太太，上楼去穿大衣。布里吉特已经走了，海伦·布尔斯特罗德一个人穿着条红裙子坐在大厅里。海伦是个酒鬼。在绿荫山大家对她都不错。她丈夫是个和蔼、富有、宽容的人。现在海伦已经很醉了，不管今天她给自己倒上第一杯酒的时候一心想要忘记什么事，现在也早已抛到九霄云外去了。威尔穿大衣的时候，她在椅子上翻了个身，突然长篇大套地跟威尔讲起法语来。威尔听不懂。她声音越来越响，越来越愤怒，当他来到楼下大厅时，她跑到楼梯口，追着他还在喊。他没有跟任何人道别就跑掉了。

威尔进来的时候，玛丽亚正在起居室看杂志。“你瞧，妈咪，”他说，“你能告诉我吗？你昨天晚上有没有把鞋子弄丢了？”

“我丢了钱包，”玛丽亚说，“可我想我没丢掉鞋子。”

“想想看，”他说，“这不是雨伞或者雨衣之类。一般人要是丢了鞋子会记得的。”

“你怎么了，威利？”

“你有没有丢鞋？”

“我不知道。”

“你有没有穿紧身褡？”

“你说什么呢，威尔？”

“看在上帝的分上，我得搞清楚！”

他上楼进了他们的房间，里面很黑。他开了她橱柜里的一盏灯，打开了她放鞋子的柜子。里面有很多双，其中有金色鞋子，银色鞋子，青铜色鞋子，他正在其中翻来翻去时，却见玛丽亚站在门口。“哦，我的上帝啊，妈咪，原谅我！”他说，“原谅我吧！”

“哦，威利！”她喊道，“看看你把我的鞋子都搞成什么样了！”

早晨威尔感觉不错，他在城里的一天也过得不错。五点钟，他乘地铁往上城区，自动穿过站台换乘火车。在火车上，他坐了个靠过道的位子，翻看晚报上的无聊蠢事。一个老头儿跟他的年轻妻子打离婚，理由是通奸；这件事对威尔没有产生丝毫的影响，这令他不仅开心，简直一身轻松，幸福无忧。火车一路往北，天光还亮着。

威尔踏上绿荫山的站台时，开始下起了小雨。“你好，特雷斯，”他说，“你好，皮特。你好，赫伯[1]。”在他周围，邻居们在跟老婆孩子打招呼。他顺着艾尔维伍思巷往上开到沙德罗克路，路过一排又一排亮着灯的房子。他将车子停在车库里，转到房前，看看他的郁金香，

1　赫伯，赫伯特的昵称。

花儿在雨中，映着门廊的灯显得亮闪闪的。他将邀宠的猫儿放进屋里，免于淋湿，而最小的女儿弗洛拉穿过大厅奔上前来吻了他。他内心深处某个地方似乎对孩子的美好以及灯火通明的房间做出了回应。他有种感觉，他的生活绝不会失去任何东西。很快，他就会头顶六月的艳阳，坐在折叠椅上，参加弗洛拉从史密斯学院毕业的典礼了。

玛丽亚走进大厅，身穿着灰色丝裙——这料子和色彩都很衬她。她眼睛大而明亮，温柔地吻了他。电话铃响起来，在郊区这个时间电话总是频频响起，发布董事会开会通知，传播流言蜚语，号召参加募捐，以及发出各种邀请。玛丽亚接了起来，他听到她说：“好的，伊迪丝。”

威尔进起居室去弄杯鸡尾酒，几分钟后门铃响了。一位好邻居，亲切的伊迪丝·海斯廷斯走进了起居室，玛丽亚跟在身后。她一进来就申明：“我真不该就这么冒失地直接跑到你们家里来。”她边申明边坐下来，并接过了威尔递来的酒杯。他从未见过伊迪丝脸色如此激动，目光如炬。“查理在俄勒冈，”她说，“他这次要去三个星期。他想让我跟你讲，威尔，讲苹果树的事儿。他走之前本来要跟你说的，但没时间了。他能够从新泽西一家苗圃搞到成打的苹果树，他想知道你愿意不愿意买六棵。”

伊迪丝·海斯廷斯是个这样的女性——在绿荫山有很多这样的女人——她们的丈夫每个月都要出差，时间一到三周不等。她们过着大浅滩[1]渔民老婆式的婚姻生活，只不过没有水手和渔船的故事可以讲。这些寡妇中没有一个人——或者几乎没有人——不曾勇敢

1　大浅滩（Grand Banks），北美洲纽芬兰岛东南广阔的大西洋浅滩，曾经是世界著名的大渔场。

地面对生活中的问题，这一点她们无可指摘。她们为癌症、心脏病、残疾、耳聋以及精神疾病募捐。她们在变幻无常的气候里种植热带植物、织布、做陶、温柔地照顾孩子，做能想到的一切，以弥补男人不在身边这一无法避免的缺憾。她们是些孤独的女人，天生喜欢嚼舌根子。

“当然，你不用非得马上决定，”见威尔没有回答她的问题，伊迪丝接着说道，“我猜其实你等查理从俄勒冈回来再决定也不迟。反正也不是说一定得什么时间才能种苹果树，对不对？说起苹果树了，苹果花舞会开得怎么样？”

威尔转过身，开了一扇窗。外面雨下得很匀，可他疑心并不是雨让伊迪丝脸色这么兴奋，眼神这么激动的。他听见玛丽亚回答，然后伊迪丝又问：“你们什么时候走的？”她无法掩饰声音中的兴奋，“我听说有双鞋还有紧身褡——”

威尔转过身来。“你其实是想来谈这事儿的吧？”他直接问道。

“什么？”

“你来是为了谈这事儿的对吧？”

“我真是来说苹果树的事。”

“我半年以前就给了查理一张支票，付这些苹果树的钱了。”

“查理没跟我说。”

“他为什么要跟你说？都搞定了。”

“呃，我看我还是走吧。”

“走吧，您哪，”威尔说，“请回吧。如果有人问我们怎么样，就说我们关系挺好的。”

“哦，威尔，威尔，威尔！”玛丽亚说。

“看来我来的不是时候。”伊迪丝说。

“等你给特伦彻家、法夸尔森家、阿博特家还有比尔登家打电话的时候，跟他们说我他妈的不在乎舞会上发生了什么。让他们嚼别人的舌根子去吧。让他们去琢磨琢磨卖富勒牌刷子的男人，礼拜五送鸡蛋的傻瓜还有斯莱特家的园丁有什么八卦吧，跟他们说别再惦记我们啦。”

她走了。玛丽亚哭泣着，任性地望着他，看得他几乎要背过气去。随后她穿着她灰色的丝绸连衣裙爬上楼梯，关上了他们卧室的门。他跟上去，发现她不开灯躺倒在床上。“是谁？妈咪？”他问，“只要告诉我是谁，我就忘记这件事。”

“谁也不是，”她说，“没有任何人。”

“你看，妈咪，”他沉重地说，“我知道不是这样的。我不想责备你。我问你不是为了这个。我只是想知道，然后才能忘掉这件事。”

“求你让我一个人待着！”她哭道，“求你让我一个人待一会儿。”

清晨他在客房里醒来，威尔觉得他把整件事都看清楚了。他很震惊地发现，自己情感的力量太大，竟然变成了个睁眼瞎。坏人就是亨利·布尔斯特罗德。她在雨夜的凌晨两点乘火车回来时，是亨利跟她一起在车上。她在妇女俱乐部跳舞的时候，吹口哨的是亨利。在麦迪逊大道上，他认出玛丽亚在前方的那次，他看到的是亨利的头和肩膀。这时他记起在汤森家的聚会上，海伦·布尔斯特罗德那憔悴的面容——这是一个可怜的嫁给浪子的女人的面容。她想要忘记的是丈夫的不知改悔。她冲着威尔喊出的那醉醺醺的一串法语，一定是关于玛丽亚和亨利的事。亨利·布尔斯特罗德的脸，带着毫不掩饰的色欲和讥讽的笑容，浮现在客房的中间。只有一件事可以做。

威尔洗澡，更衣，吃早餐。玛丽亚还在睡着。他喝完咖啡时间还早，决定走路去火车站。他迈开步子走在沙德罗克路上，脚下有种跟年龄不符的轻快。当他到达车站的时候，只有零星几个人聚集在站台上，等着八点十九分的火车。特雷斯·比尔登来了，比夫·沃登也来到他身边。这时亨利·布尔斯特罗德从候车室走了出来，微微一笑，露出一口白牙，又朝手里的报纸皱了皱眉头。威尔完全没有任何预警地冲到他面前将他打倒在地。女人们尖叫起来，紧接下来的混战令人摸不着头脑。赫伯特·麦克格拉斯错过了开打的时刻，误以为是亨利挑起的事端，于是站到他面前说："快住手，年轻人！不要这样！"特雷斯和比夫将威尔的双手控制在身体两侧，迅速带他走到了站台末端，问他："你疯了，威尔？你莫不是疯了？"随后八点十九分的火车进了站，吵闹暂停，大家开始忙着找座位，当车站站长冲到站台上，想看看发生了什么的时候，火车已经开走，他们也都不见了。

奇妙的是威尔登上火车之后的感觉。现在他与玛丽亚顺风顺水的生活可以回来了。他们星期天下午可以再次一起散步了，再次围坐在壁炉的明火前玩拼字游戏，再次给玫瑰除草，再次在落雨的声音里彼此相爱，听着乌鸦的歌唱；他下午要给她买件礼物，当作爱与宽恕的表示。他要给她买珍珠、黄金或者蓝宝石——昂贵的东西；也许祖母绿；买件年轻男人无论如何买不起的东西。

布里默

没人对布里默这样的人物感兴趣，那是因为他的故事有失体面，又猥亵淫秽；但是，常常出入博物馆、花园、遗址，你就会发现猥亵淫秽的事随处可见，多得好比楠塔基特的雏菊花。在地中海沿岸密集分布的人像雕塑中，萨梯[1]的形象比神祇英雄还要多见。在秩序的社会里他们越是不受待见，就越是主动出击，随处可见；他们在帕埃斯图姆，在锡拉丘兹，在佛罗伦萨北边落雨的庭院里和门廊上。他们甚至在美国大使馆的花园里。我说的不是那些耳朵长长的漂亮男孩子——尽管布里默最初可能也是他们中的一员。我说的是那些上了年纪的萨梯，脸上有皱纹，尾巴很明显。他们总是拿着葡萄或是竖笛，昂着头，转着脸，做出调笑的姿态。除了长耳朵之外，这些形象的面容毫无动物性——都是男人的脸，有时面容清秀，青春洋溢，但岁月再怎么消磨也不会改变那头颈灵活的角度，还有淫邪的笑意浮现的样子。

我要讲的是个朋友，不管怎么说算是个熟人——有一次从纽约到那不勒斯的颠簸航行中一条船上的相识。在酒吧，我最常见到他的地方，他就是这样的姿态。他的眼睛像山羊一样，瞳仁横向发白。你可能说这是爱笑的眼睛，但有时候，它们就像玻璃珠子一样

1　参见第 550 页注释。

毫无生气。至于笛子，据我所知他不会演奏任何乐器；但葡萄倒是可以得到印证，他手上几乎总是端着一杯酒。那些萨梯的塑像常常是一只脚站立，另一只撑在前方——脚尖向下，足跟朝上——他就是那样站在酒吧里，两腿交叉，脑袋扬着，脸上带着那永远的调笑神情，而葡萄，可以说就端在右手上。他很生动——机灵，客气又精明——但即便他没这些好处，我也将不得不跟他喝酒聊天。除了特鲁瓦扬夫人之外，船上再没别人可以跟我讲话的了。

旅行是多么枯燥！中午哨声一响，乐队奏起，花纸抛出，我们就此受骗上了贼船，成为孤独的、迷失的那些人当中的一员——形形色色感情上的次等公民。哨声再次响起，舷梯和绳索收起，船开始移动了。我们眼看着亲朋好友的面容被距离逐渐模糊，朝左舷甲板走去想跟纽约的天际线做个感情深沉的告别来着，却发现建筑都隐没在了雨雾中。随后钟声响起，我们下去吃了顿大份的午餐。我们在欣赏休息室的优雅以及大海的荒凉时所体验到的那种令人不寒而栗的不安，也许是因为感觉这一切已经都是明日黄花。从现在到茶点的时间，我们该做什么？茶点到晚饭之间呢？晚饭和赛马之间呢？从这里一直到着陆之间，我们该做些什么呢？

她是这条航线上年岁最大的一艘船，那年四月将最后一次横越大西洋。许多资深旅客特地登船，到她著名的船体内来告别，顺走一两个烟灰缸，但他们都是些感情用事的好人，当上岸的铃声响起，他们就都回到岸上，将我们孤单单留在后面。这是个阴郁的下着雨的中午，航道上在涨潮，出了河口就是罡风和大海。她的过时和落伍一眼就可以看出，并非是大理石壁炉或三角钢琴的问题。她根本是个大浴盆。出海的第一天夜里根本无法入睡，早晨我登上甲板，看到一只救生艇已经被大风损毁了。在我下方的二等舱，有些兴致高昂、百折不挠的游客还企图在雨中打乒乓球。那场景看起来真是惨淡，这球打得毫无希望，最终他们还是放弃了。几分钟之后，因为舵手计算失误，浪头像墙一样从船侧砸过来，海水倾倒在船尾甲板上，兀自翻滚着。那乒乓台子浮了起来，在水里游泳，我眼看着它转瞬滑过了船舷，拖在船尾后面起伏飘摇，不禁令人感叹，若是有人失足落水，在他的眼中，世界该是如何的神秘莫测。

在下方，所有可以移动的家具都用绳子圈在一起，仿佛此处代售。所有的过道上都拉起了绳索，所有盆栽的棕榈树也都关进了某种封闭空间。天很热——热得吓人，又潮湿——那些优雅的休息室实际上已经被弃用，而且那种被遗弃的气氛似乎被船上乐队持续演奏的音乐渲染得更加惨淡，如果还有此种可能的话。那天早晨他们开始演奏，整个航程中都在演奏，却不是为了任何人演奏。他们日以继夜地对着那些椅子用螺丝拧在地板上的空房间演奏。他们演奏歌剧。他们演奏古老的舞曲。他们演奏《画舫璇宫》[1]选段。在山崩地裂般的大海之上，空气中始终都飘浮着这种狂野又令人厌烦的音乐声。真的无事可做。你没办法写信，一切都东倒西歪；如果你坐在椅子上读书，椅子会从你身体下方滑走，又突然挤压过来，就像挂在苹果树上的秋千。你也不能打牌，不能下棋，甚至连拼字游戏都没法玩。这一片阴郁灰暗，这强颜欢笑又持续不断的音乐声，还

1 《画舫璇宫》（*Show Boat*），一九二七年首演的两幕音乐剧，由杰罗姆·柯恩（Jerome Kern，1885—1945）作曲、奥斯卡·汉默斯坦因二世（Oscar Hammerstein II，1895—1960）编剧作词，根据埃德娜·费伯（Edna Ferber，1885—1968）的同名畅销小说改编。

有绳索拦起来的家具，让一切显得如同一个不愉快的梦境，而我就像梦游一样，游荡到十二点半，终于进了酒吧。那时酒吧的常客是一家子南方人——妈妈、爸爸、姐姐和弟弟。他们打算出国待上一年。父亲退休了，这是他们的第一趟旅行。还有两个女人，酒保称之为“罗马女商人”和她的秘书。再就是布里默，我，还有刚到的特鲁瓦扬夫人。出海的第二天我就跟布里默一起喝酒了。应该说他跟我年纪相仿，身形苗条，手保养得很好，不知为何，他的手特别引人注意，他语调较轻，却绝不乏味，还有种迷人的急迫感——或者说活力——却跟紧张毫无关联。我们午饭和晚饭都在一起，餐后又一起在酒吧饮酒。我们知道同样的地方，但认识的人物各不相同，但他看来是个极好的伙伴。我们重新回到下面时——他的舱室在我隔壁——我很满意地发现，在接下来的十天里，我找到了一个可以谈天的对象。

第二天中午，布里默在酒吧里，我们在那儿的时候，特鲁瓦扬夫人望了进来，布里默邀请她跟我们一起喝一杯，她答应了。以我这样成熟的年纪看来，特鲁瓦扬夫人的岁数没有什么意义。一个年纪更轻的男人可能会认为她三十五六岁，可能会留意到她眼睛周围的纹路无法根除。而在我看来，这些纹路只是智慧和热情的证明。她是位迷人的女士，好处无法言说。她深色的头发，白皙的面色，纤细的手臂，她的灵动，还有当酒保告诉我们他儿子在热那亚生病的时候，她的哀伤，她模仿船长的样子——她给人的印象是个可爱又充满魅力的女人，历来兴致不错，好处不胜枚举。

我们三个人一起吃了午饭和晚饭，晚餐后又在舞厅跳舞——我们是仅有的舞客——但当音乐停下来的时候，布里默和特鲁瓦扬夫人开始走回到酒吧来时，我告辞回舱上了床。这天晚上我过得很开心，当我关上舱室门的时候还在想，倘或能有特鲁瓦扬夫人的陪伴，那该多么愉悦。当然，那是不可能的，但当我关灯上床的时候，关于她深色头发和白皙手臂的记忆还是很强烈，令人愉快。当我耐心等待着睡眠袭来的时候，突然发觉，原来特鲁瓦扬夫人在布里默的舱房里。

我很愤慨。她跟我说过她的丈夫和三个孩子都在巴黎——我想，那他们怎么办？她和布里默那天上午才刚偶然相逢，倘或所有这样的邂逅都能成其好事，那么肉欲的无政府状态又将怎样毁掉这个世界！如果他们等上那么一两天——时间长到至少表面上他们的情事是建立在某种浪漫或情感的基础之上的——我想我会觉得更容易接受些。在我看来，行动如此迅速既令人生疑，又道德堕落。我听着船上马达的噪声混合着隔壁柔情交汇的微弱声响，终于想清楚我早已将自己的生活方式抛在了船后上千节[1]的地方，以我的身份处境，实在无意去管国际化的闲事。从一定意义上说，毕竟他们俩都是欧洲人。

但隔壁房间里的声响就像某种绊网：我好像被绊倒了，脸朝下摔倒在地，在我的情感和知性空间里，东一处西一处被擦破了皮肤留下了瘀青。没有必要假装我不曾摔倒，当我们瘫倒在尘土中的时候，就必须得自己爬起来，把身上的衣裳拍拍干净。在某种意义上，我接下来就是这样做的，我重新思考自己对于婚姻、忠诚、男人的本性，以及爱的重要这些问题的看法。当我重新捡拾起自己的

1　参见第 458 页注释。

精神财富，修正了自己的面貌之后，我也就睡着了。

*

早晨天很暗，下着雨——现在风很冷了——我在上层甲板上散步，四个来回凑满一英里，没看到任何人。隔壁的不道德行为也许会改变我同布里默以及特鲁瓦扬夫人的关系，但我别无选择，仍期待中午时分在酒吧里能碰到他们。我没办法让这条被遗弃的船只和这片波浪滔天的大海变得令人愉快起来。大约十二点半，我来到酒吧的时候，我这两位堕落的熟人已经在里面了，还替我叫了杯饮料。我跟他们一起心满意足，想也许他们已经后悔自己做过的事了。我们一起友好地共进午餐，但是当我提出再找个人凑四个一起打桥牌的时候，布里默说他得去发几份电报，而特鲁瓦扬夫人则想要休息。午饭之后，休息室和甲板上都没什么人，当乐队莫名其妙开始下午场的演奏时，我下去回到自己的舱室，却发现布里默的电报和特鲁瓦扬夫人的休息都是捏造出来的，我想，为的就是瞒过我。她又到了他的舱室。我上到甲板，跟一个圣公会的牧师一起，散了个很长的步。我发现此人甚是有趣，却没有转换话题，因为在他度假之前服务的教区，酗酒和病态的乱交都很常见。后来我在酒吧跟这位牧师喝了一杯，但布里默和特鲁瓦扬夫人晚餐时也没出现。

第二天午餐前，他们进到酒吧喝鸡尾酒。我觉得他们俩都显得有些疲惫。他们想必是在酒吧吃了三明治或者有其他安排，因为我在餐厅里没看到他们。那天傍晚天空短暂放晴——这是整趟航程中第一次晴天——我跟牧师朋友一起，在船尾甲板上观瞧。从一条旧船上我们看到的光线，远远多过站在山顶上的所见！乌云的裂缝被光彩填满，那高远所及、光华普照都让我想起我亲爱的妻子和孩子们，我们在新罕布什尔的农场以及那里的落日，虽也有光彩，却难比这番绚丽。晚餐之前我走进酒吧，却发现布里默和特鲁瓦扬夫人在里面，但他们竟不知道天已放晴了。

他们没有看到亚速尔群岛，大约两天之后，我们看到葡萄牙的时候他们也不在。当时是下午四点半或五点半。首先是船的颠簸有些减轻。颠簸仍在继续，但你可以从一处走到另一处，而不那么容易摔个大马趴，而乘务员们也开始取下绳索，重新摆放家具。随后在左舷一侧，我们可以看到一些崖壁，而在它们上方，圆形的小山聚拢起来形成山脉，山顶上有些废弃的堡垒——不高，却很美——在这后面是一片非常厚的云朵，直到靠近岸边我们才得以分清，到底哪里是云，哪里是山。我们先是看到几只海鸥，然后就是别墅，随后内海海水那古老的气息扑面而来，简直像我祖父的沐浴拖鞋。这里的海大不相同——独桅船，别墅，渔网，飘着旗帜的沙堡，还有人们呼唤孩子们离开沙滩回家吃饭的叫声。这就是着陆了。当我朝着船头走去的时候，听到做弥撒的颂铃声从舞厅传来，神父在那里做感恩的祈祷，我想这片水域大概已经成百万次地见识过这些弥撒的铃声和蜡烛。大家都在船头，像孩子般兴奋地观看葡萄牙。大家都等到天色渐晚，看着别墅显出轮廓，华灯初上，闻着浅滩的气息。大家都在，只除了布里默和特鲁瓦扬夫人，直到我下到舱里，他们仍然待在布里默的舱室里，什么也不曾看见。

第二天早上在直布罗陀，特鲁瓦扬夫人下了船，她丈夫在这里跟她碰面。我们黎明时到达——四月天还很冷——又冷又荒，非洲的山顶上还覆盖着白雪，雪的气息弥漫在空气中。我没看到布里默，也许他在另一边的甲板上。我看到一个普通水手将包裹搬上小艇，随后特鲁瓦扬夫人脚步轻盈地也迈上了小艇，她肩上披着大衣，还拿着围巾。她走到船尾，开始挥动围巾，许是跟布里默，或者我，再或者是船上的乐师们道别——在整个航程中，她只跟我们这些人讲过话。但小船开动的速度比我情感的形成要快，就在我散乱的温情逐渐凝聚的几分钟里，小艇已经从大船开走，她的面容和身姿就此消失不见了。

离开直布罗陀之后，那些盆栽的棕榈再次收起，绳索拉起来，船上的乐队开始演奏。一切仍然简陋又沉闷。十二点半钟，布里默在酒吧，看起来漫不经心，我想他大概是在想念特鲁瓦扬夫人。我直到晚饭之后才再次见到他，他到酒吧来找我。他有心事，我猜也许他很忧伤吧，但当我谈起我们都曾在那里度过几个夏天的楠塔基特时，他向来客气有加，此时却显得有些勉为其难。他告辞离开了；大约半小时后我看到，他正在休息室和那位神秘的女商人和她的秘书一起在饮酒。

是酒保先把这二位称为“罗马女商人”和她的秘书的。后来当他发现这女人讲的一口西班牙语和意大利语的粗暴融合，酒保认定她是巴西人——尽管乘务长告诉我说她的旅行护照是希腊的。秘书一头金发，板着脸，这个女商人本人就是一个毫无风致的形象——甚至可以说丑恶——没人跟她讲话，连侍者都不。她的头发染成黑色，眼睛的妆化得好似毒蛇的双目，讲话仿佛从喉咙里发声，甭管她做的哪门子生意，总之这生意将她作为人的一切魅力都消耗殆尽了。这两人每天晚上都在酒吧里，喝金酒，讲着杂七杂八的语言。她们从来不跟其他人一起，直到那天晚上，布里默加入她们中间。

这种新局面引发了我最天然、最深切的不以为然。大约一小时后，我正在跟那家南方人交谈时，那个秘书一个人踱进了酒吧，叫了杯威士忌。她看起来心烦意乱，因此我并没有透露对于布里默的下流怀疑，而是假作欢颜，故作乐观，跟南方人专心一意地讨论房地产。但当我下到舱室的时候，我发觉那个女商人在布里默的房间里。他们搞出很大的声响，一度还从床上摔了下来，弄出砰然一声巨响。我本该去敲门——就像卡丽·纳辛[1]一样——命令他们停下来，但那样一来，究竟是谁显得更荒唐？

可我睡不着。凭我的经验，凭我的观察，从这种性滥交中呈现出的个性，多半隐含着某种程度的人为的挫败。我说观察和经验，是因为我不愿接受任何权威教条——任何将生命的体验缩减为一次危险的道德历险的成见。我认为做人很难，但困难并非不可逾越。但是如果我们放松警惕哪怕只有一刻，也要付出昂贵的代价。我见到过像布里默和这个女商人这样的关系，无一不是建立在刻薄、犹疑和懦弱之上——都是爱的对立面——我很确信，若我竟纵容自己这样堕落，一定会片刻白发，目光变成死鱼样，心虚假笑，长出条毛烘烘的尾巴卷起来藏在裤子里。我认识的人没有谁会这样生活，除非因为不得已——震惊厌恶地，不甘愿应对生活中那些无法抗拒的力量。布里默是我的朋友，按说也应该足以认识到自己所作所为的下作并深深感到羞耻的。怀着这样的心理安慰，我睡着了。

第二天十二点半，他在酒吧，但我没跟他讲话。我跟一个从里斯本上船的德国商人一起，喝了金酒。也许是因为我这位德国朋友

---

1 卡丽·纳辛（Carrie Nation，1846—1911），美国著名的禁酒主义者，因使用短柄小斧捣毁酒吧间而闻名于世。

太乏味，所以我一直在观察布里默，想找出他的破绽——语调是否透露出怨恨或无精打采。但是即便我抱着全部的偏见，极大的偏见，也无法如愿从他的身上找到人性的弱点和失败之处。他跟往常一模一样。女商人和她的秘书晚饭后又碰在了一起，布里默跟南方家庭一道，那家人要么太迟钝，要么太天真，什么都没看明白，还毫不介意地让布里默跟他们家姐姐跳舞，在雨中带她散步。

航程的其余部分我都没有再跟他讲话。我们在一个雨天的早上七点钟在那不勒斯进港，当我通过海关，入了国境，带着行李包裹离开港口的时候，布里默叫住了我。他跟一个长腿的金发美女在一起，对方至少比他年轻二十岁，他问我要不要搭他们的车去罗马。我为什么要接受邀请，为什么如此强烈反对他的所作所为还是敏捷地起身上车，现在回头看来，是因为我讨厌孤独。我不想一个人坐火车去罗马。我接受了他们的邀请，乘他们的车子去了罗马，路上在泰拉奇纳停下来吃午饭。他们上午要开车到佛罗伦萨，碰巧那也是我的目的地，因此我就跟他们一道了。

布里默对小动物和小孩子都很有一套，很快就能将他们完全征服，我后来还发现，他很喜欢方济各会模式的祈祷。考虑到上面这些情况，那天我们离开大路、开到阿西西去吃午饭的时候发生的事，或许还值得记上一笔[1]。预兆之类的固然荒唐，但事实上，在意大利，倘或我们旅程开始的时候雷声大作，天色漆黑，燕子低飞，这番壮观景象在我们心中引发的情感反应，总要比在家乡强烈得

1　方济各会的创始人即阿西西的圣方济各（Saint Francis of Assisi，约 1181—1226），他还是意大利的主保圣人。

多。那天早上天气还不错，但当我们从大路转下来朝阿西西去的时候，开始起风了，还不等我们来到小城门口，天就暗了下来。我们在大教堂附近一家可以看到山谷的小客栈吃了午饭，眼看着暴雨沿路而来，冲刷着圣城。黑暗、大风和大雨突如其来，瓢泼而下。我们坐的窗户上面有雨篷，下面花园里还有棵棕榈树，被风吹得东倒西歪。当我们吃完午饭，街上黑得犹如夜晚。一个年轻的修士放我们进了教堂，但太暗了，看不到契马布埃[1]的作品。然后修士带我们去了圣器收藏室，开了门锁。布里默一踏进这个圣洁的所在，房间的窗玻璃就在狂风的力量之下爆裂开来，碎玻璃从存放古物的橱柜旁飞过，我们单纯是运气好，才没有都被切成碎片。门打开的一两小会儿，风窜过教堂，将里面每一盏蜡烛都吹灭了，我和布里默还有那个修士一起用力，才把门重新关了起来。随后修士匆忙跑去求助，我们爬到了教堂的上层。当我们开车离开阿西西的时候，风停了，我回头望去，见乌云从城中飘走，日光倾泻而下，照亮了整个城市。

我们在佛罗伦萨道别，之后我再也没见过布里默。七月或八月里，是那个长腿的金发女郎给我写了信来，那时我已经回到美国，住在新罕布什尔我们的农场上。信是她在苏黎世一家医院里写的，从我在佛罗伦萨的地址转来的。“可怜的布里默要死了，”她写道，“如果您能到这里来见他一面，我想会让他感到非常高兴的。他时

---

1 契马布埃（Giovanni Cimabue，约 1240—约 1302），意大利佛罗伦萨最早的画家之一，在意大利北方小城阿西西留有不少耶稣受难等题材的画作，现在仍保存在当地教堂中。

常谈起您，我知道您是他最好的朋友之一。随信附上几份报纸，也许作为作家，您会感兴趣的。医生认为他可能只有一个星期的生命……”将我称为他的朋友，这暴露了他严重的孤独；而且仿佛我一直就知道他会死的，和他的性滥交联系在一起的，与其说是生命，不如说是死亡。当时是下午——四五点钟——日光西斜，令人安心的寂静弥漫在空气中，带着夜晚初临的迹象，落在这乡村的深处。我没有告诉妻子。为什么要讲呢？她从来不知道布里默，为什么要将死亡的阴影带到这样宁静的场景中来？我记得自己的感觉是愉快。这封信寄自六个礼拜之前。很可能他已经死了。

我想她可能没读过她寄来的那些报纸。那很可能代表着布里默生命中精神崩溃的一段时光。首先是一篇戏谑文字，攻击现代马桶，声称这就迫使人们采取蹲位，结果让本该付诸使用的肌肉群和器官发挥不了应有的作用。随后是一篇激情洋溢的文章，祈祷心灵的清洁。这祈祷似乎并未获得应许，因为接下来一篇是脏话连篇的文字，讲的是性行为管控，接下来是首长诗，名曰《杰里米·福尼库勒盛衰记》。这令人作呕的歌谣记述了杰里米的性爱历险，描述了很多已婚和未婚的女士，还有一个修车技师，一个摔跤手，以及一个灯塔看守。诗歌很长，每一节的末尾，有一句慨叹反复出现，说杰里米从未感到过悔恨——除非是在他对孩子使坏，因为钱犯傻，或者用餐时面包和肉吃过量的时候。最后的手稿是一本日记的零星片段。“Gratissimo Signore[1]，”他写道，“为了吱嘎作响的百叶窗，皮戈特太太的爱情，雨的气息，朋友们的直率，大海中的鱼，

1 意大利语：主啊，我感激涕零。

尤其是为了面包和咖啡的气味，它们意味着早晨和新生。”文字继续下去，既虔诚又猥亵，但我没有往下读。

我妻子很可爱，孩子们很可爱，当时的场景非常可爱，在那夏日的光线里，他和他那些脏话显得死气沉沉。这消息让我感到高兴，他的死仿佛去除了他所代表的混乱。我可以怀着一定的忧伤回忆起他带给我的感受，仿佛生命的盛宴与悲苦是一块玻璃，而他就将鼻子紧紧贴在上面：他仿佛会让生活的紧迫性和生死攸关的严肃性格外戏剧化。我记得他细嫩的双手，轻柔的语音，以及眼睛的阴影，显得瞳仁就像山羊眼睛似的；可我不明白他是如何挫败的，据我看来，他简直一败涂地。我们中哪一个人不是以一线之悬，随时可能堕入性混乱的深渊？而这根线，除了白日之光，还能是什么？生与死的不同，与在里斯本上甲板去看着陆，还是跟特鲁瓦扬夫人一道待在床上之间的差别并无二致。我还记得那次着陆——近海海水那半咸的、令人愉快的气息，就像我祖父洗澡穿的鞋子——海滩上传来远远的话音，别墅，启航的铃声，圣歌的钟声，神父的歌声以及乘客的脸纷纷抬起来、微笑着赞叹陆地的景象，就仿佛从来没有看到过这样的地方一样。

但是我错了，在任何一个能找到一本旧《欧罗巴》或者《时代周刊》[1] 的地方，就能发现我的错误。那是一个星期一，我跟儿子一起，在圣斯特凡诺港口的岩石下面叉鱼。我和儿子不能算是好朋友，在最好的情况下也总是互不买账。但我们在水下是好朋友。我

1 此《时代周刊》（*Epoca*）是出版于米兰的一份意大利语插图时事周刊。

很喜欢看他像电影里的人物一样，头朝下，脚朝上，手持猎鱼叉，用通气管呼吸——他搅动的地方，流沙泛起，像烟一样。在这里，岩石丛立的深水里，我们仿佛逃离了在其他地方给我们父子关系平添烦恼的紧张气氛。这里很迷人。水面上岩石有缺口的地方，阳光直晒进海底，形成一道华丽光线的网。水中有跟口红一样颜色的海星，所有的岩石上都覆盖着白色的花。Festa[1] 过后，或者星期天，海滩上人潮拥挤的时候，那么深的海水里也会有别的东西——包三明治的纸片，《信使报》上的填字游戏版，还有被水泡透了粘在一起的《时代周刊》。就是在这样一份杂志的封底上，布里默从海底抬头望着我。他没有死。他刚刚娶了一位意大利女电影演员。他伸出左臂，搂住她的纤腰，他的右脚叉在左脚之前，右手端着满满一杯酒。他看起来既没有更好，也没有更糟，我不知道他到底是把生机和活力卖给了魔鬼呢，还是说仅仅发现了自我。我上浮到水面，甩掉头发上的水，感到我离家有好几个世界那么遥远。

1 意大利语：节日。

黄金年代

我们对城堡的认识形成于童年时代，是一成不变的，又何必去试图改变呢？何必要指出，在真正的城堡里，蓟草长在院子里，一窝绿色的蝰蛇守卫着正厅废墟的门口？这里是我们出疹子的时候跟锡兵一起攻下的主楼、吊桥、城垛和塔楼。第一座城堡是英国的，而这一座是西班牙国王在占领托斯卡纳的时候建造的。但那想象中的至高无上之感——贵族的高贵的神秘——仍是一样。在这里没有什么是无关紧要的。在城垛里喝马提尼令人激动，在喷泉中洗澡令人激动，甚至晚饭后爬楼梯下来，到村里去买盒火柴都令人激动。吊桥放下来了，双扇门敞开，有天一大早，我们看到一家人带着一整套野餐用具，过了护城河。

他们是美国人。无论他们做什么，都无法隐藏作为旅行者那种可怜的荒诞和笨拙感。父亲是个高个子年轻人，略微驼背，卷头发，一口漂亮的白牙。他的妻子很漂亮，他们有两个儿子。两个孩子都有武装，背着最近祖父母才邮寄过来的塑料机关枪。今天是星期天，钟声响起，到底是谁把这些钟带到意大利来的？不是佛罗伦萨的钟楼[1]，而是那些粗糙的乡下钟，在橄榄树林里，柏树成荫的小

1 “佛罗伦萨的钟楼”原文为 the *vaca* in Florence，遍查无果，或是作者笔误，或系有意杜撰，姑且这样翻译，存疑。

巷里叮叮当当作响，声音古怪刺耳，简直像是匈奴人阿提拉[1]的大车带来的。这急迫的钟声响彻最后一个古老渔村——真的是世上仅存的少数几个之一。城堡的阶梯蜿蜒而下，通向这样一个可爱而偏远的所在。这里没有公交车，也不通火车，没有 pensioni[2] 也没有宾馆，没有艺术学校，没有游客或是纪念品；甚至没有明信片出售。当地人穿着可堪入画的服装，唱着歌干活，收起渔网就能捞到古希腊的罐子。这是世界上最后几个能听到牧羊人短笛的地方之一，这里漂亮的姑娘们穿着宽松的胸衣背心走来走去不会被拍照，她们头上顶着装满鱼的篮子，入夜之后小夜曲的歌声响起。美国人走下阶梯，进到村里来。

女人们穿着一身黑，走在去教堂的路上，点头致意，跟他们道早安。“Il poeta[3]。”他们互相这么说。问诗人早安，问候诗人的妻子，还有诗人的儿子们。他们的礼貌似乎让陌生人很尴尬。“他们为什么叫你诗人？”大儿子问道，但父亲没有回答。在广场上，有些证据显示，村子远非完美。被路途阻难挡在外面的东西，通过广播电影还是进来了。村里的少年在喷泉边上歇息，草帽斜斜地遮在额头上，齿间咬着火柴棍儿，走起路来左右摇摆，仿佛生下来就待在马鞍子上，可是这里根本没有骑用马。咖啡馆里电视机上闪烁的蓝绿光屏已经开始将这些人从水手变为牛仔，从渔民变为流氓，从

1　阿提拉（Attila the Hun），公元五世纪时匈奴人的首领，他统治下的匈奴帝国从乌拉尔河直到莱茵河，从多瑙河直到波罗的海，他曾是东西罗马帝国最恐惧的敌人，入侵意大利，占领了北部省份，但未能拿下罗马。

2　意大利语：膳宿公寓（pensione 的变形）。

3　意大利语：诗人。

牧童变为少年犯和主持人，让他们的膀胱里灌满了可口可乐，这些在美国人看来，非常令人伤感。E colpa mia[1]，塞顿，这个所谓的诗人一边这么想着，一边带领着家人穿过广场，走向码头，他们的小船就停泊在那里。

港湾是正圆形，好像盛汤的盘子，开口位于两道崖壁中间，塞顿一家租下来消夏的城堡就立在最靠外面朝着大海的崖上，上面竖着圆塔。塞顿望着这几乎完美的风景，不禁张开双臂感叹道："耶稣啊，多好的位置！"他抬起雨伞指着船尾，示意妻子坐那边，然后跟两个男孩子吵，谁应该坐哪里。"我让你坐哪里，你就坐哪里，汤米！"他喊道，"我不想听到你再说一个字！"男孩子们嘟囔着，随后传来一阵机枪扫射的声音。他们就这样在一片大声但没有愤怒的喧嚣中出海去了。钟声现在安静下来，他们可以听到古老的教堂管风琴的喘息声，它的肺早被海上的雾气侵蚀坏了。近海海水微温，非常的脏，但防波堤外的海水非常清澈，色彩明丽，仿佛是一种更轻的物质，当塞顿瞥见他们的小船的阴影，映照在十英寻下方海底的沙子和岩石上，感觉他们仿佛是飘浮在蔚蓝色的空中似的。

船桨用皮带拴在桨架上，塞顿站着，腰部靠在船桨上，用身体的重力推动船桨。他自认为能熟练应付此事——简直如同画中人一般——但其实，即便隔着很远的距离，他也不会被看作意大利人。这个可怜的人有种犯罪感和羞愧感。升空的幻象，当日迷人的宁静——层叠的塔楼映衬在简直像是我们意识的一部分的蓝天上——还不足以驱散他的愧疚感，只是将其暂时搁置了。他是个骗子，冒

1 意大利语：是我的错。

名顶替，一个美学的罪犯，妻子觉察到他的感受后，温柔地说：“别担心，亲爱的，没人会知道的，就算知道，他们也不在乎。”他担心是因为他不是个诗人，因为一定意义上来说，这完美的一天就是他的清算日。他根本不是个诗人，他只是希望，在意大利，如果他自称诗人能更容易得到人们的理解。这种冒名顶替完全无害——其实只是灵光乍现。他到意大利来，只是因为他想过一种更显赫的生活，至少发展一下自省的力量。他甚至真的想过要写首诗——关于善恶的诗。

崖壁周遭的水上船只很多。所有的闲人和沙滩少年都出来了，船舷擦碰着，揉捏女朋友，大声唱着一段段的 canzone[1]。他们都向 il poeta 致意。崖壁周围的海岸很陡峭，一层层的梯田上种着葡萄，长满了野生的迷迭香，在这里，海水冲刷着海岸，形成了一连串的沙滩小湾。塞顿朝其中最大的一个划了过去，快要靠近海滩的时候，两个儿子跳水下了船。他靠了岸，将阳伞和其他东西搬下去。

人人都跟他讲话，人人都挥手，村里的每个人，除了海滩上那几个去教堂的人。塞顿一家是这里唯一的生人。沙子是暗金色，海面上闪着光，犹如一道彩虹——碧绿，蓝绿，宝石蓝，深蓝。这风光毫无半点世俗之气，美得无可挑剔，令塞顿深受感动，仿佛胸中充满了某种赞美的液体。这就是单纯，他想，这就是美，这就是人性中最原初的神恩！他在新鲜轻快的海水里游泳，游完之后在日光下舒展身体。但现在他看起来心神不宁，仿佛再次被他不是诗人这一事实所困扰。如果他不是个诗人，那么他是干什么的？

1　意大利语：谣曲，船歌。

他是个电视剧本作家。躺在海湾的沙滩上，在城堡下方的，是一个电视剧本作家的身体。他的罪孽是写了一部臭不可闻的情景喜剧，名叫《最好的家庭》。当他发现在对付平庸之作的时候，他应对的不是实在的血肉之躯，而是整个公国、整个王国的不义之举，于是他丢开了工作，逃到了意大利。但是现在意大利电视台也开始播放《最好的家庭》了——在这边名叫“La Famiglia Tosta”——而他写下的那些蠢话将登上锡耶纳的电视塔，在佛罗伦萨那些古老的街道上也将能听到，并且将从格瑞提皇宫酒店[1]的大堂流出，流到大运河里。这个礼拜天就是他这部剧的首映之夜，但孩子们很为父亲感到骄傲，已经在村里宣扬过了。Poeta!

两个儿子已经开始用机关枪模拟战事了。这让他想起自己悲惨的过往。电视的污染落在他们天真的肩膀上。村里的孩子们在唱歌、跳舞、采野花，他的儿子们却从一块岩石奔到另一块上，假装在杀人。这是个错误，虽然微小，却令他不安，但他没勇气把孩子们喊回来，向他们解释说他们如此精于模仿濒死者的喊声和姿态可能会加深国际误解。他们已经遭人误会，从那些女人大摇其头的样子，他能看出她们的想法：这国家如此残暴，连小孩都给他们枪作为玩具。Mamma mia[2]! 你在电影里曾看过这一切。在纽约一个人不敢在街上行走，因为黑帮在开战，一旦你跨出纽约市，你就进入一片荒野，到处都是赤身裸体的野蛮人。

战斗结束了，他们又去游泳，塞顿带来了叉鱼的工具，他用了一

1　格瑞提皇宫酒店（Gritti Palace），威尼斯著名的奢华酒店。

2　意大利语：我的天哪。

个钟头的时间，在海湾边上一块凸出的礁石上搜索。他潜下水去，游过一群透明的鱼，再往深处，水下更暗，水也更冷了，他看到一条大章鱼，不怀好意地盯着他，收起触手，滑入了一个铺满白花的洞穴。就在这里，在洞穴的边缘，他看到了一只希腊罐子，一个双耳罐。他潜下去捞，手指触摸到陶器粗糙的表面，然后上来透气。他一次又一次地下潜，终于成功地将罐子带到了日光之下。罐体丰满，细颈，有两个小抓手。瓶颈上围绕一圈颜色较深的弧线。罐子几乎断为两截。像这样的瓶瓶罐罐，甚至比这更好的，都经常能在这边海岸附近找到，就跟不值钱似的，摆在咖啡馆、理发店和面包店的架子上，但这一件对塞顿来说，价值无可估量——仿佛一个电视剧本作家能够深入地中海里，带回一个希腊罐子，这一事实是个文化上的好兆头，希望的象征，证明了他自身的价值。他喝了些葡萄酒，以庆祝自己的发现，随后就到了午餐时间。他就着午饭，将一瓶葡萄酒喝光了，随后就像每个到海滩上的人一样，躺在背阴处，睡着了。

塞顿醒来之后，游了个泳清醒一下，之后就看到一家子生人撑着船转到了他们这个湾口——一户罗马家庭，塞顿猜，他们大概是到塔隆尼亚来度周末的，有父亲，母亲，还有一个男孩。父亲笨拙地划着桨。三个人都很苍白，仪态也跟当地村民大有区别。仿佛他们是从另外一块大陆来到这个海湾的。他们靠近之后，听得到女人要求丈夫将船靠岸的话音。

父亲的回答暴躁又大声。他已经耗尽了耐心。划船可不容易，他说。不像看上去那么轻而易举。要在不熟悉的海湾着陆可不容易，要是起了风，船可能就会撞成碎片，然后他就得给船主再买条新船。船可贵了。这番唠叨似乎让母亲感到难堪，孩子觉得厌烦。两人都穿着泳衣，而父亲却没有，他穿着白衬衫，似乎跟这宁静的景色格格不入。紫色的大海和优美的泳者徒然加深了他的怒气，他又是难受又是担心，涨红了脸，对着游泳的人喊出激动而毫无必要的警示，对岸上的人发射各种问题（水有多深？海湾安全吗？），最后终于将小船成功靠岸了。在他这番吵嚷表演的过程中，小男孩偷偷对着母亲露出微笑，妈妈也偷偷笑对儿子。他们忍受这些有那么多年了啊！难道永远没个头吗？父亲一边发脾气，嘟囔，一边将锚落进了两英尺深的海水里。母亲和儿子滑过船舷，游走了。

塞顿望着那个父亲，见他从衣袋里取了一份《时代报》开始读了起来，但光线实在太亮了。然后他又焦虑地伸手去衣袋里掏，看家里的钥匙和车钥匙是否插上翅膀飞走了。之后，他用一只铁罐舀出了船底的一点污水。然后又检查用旧的桨绳，看看表，查查锚，再看看表，看看天，天上只有一片云，作为暴风雨的预兆。最后，他坐了下来，点上一根烟，各种担忧从四面八方飞过来，落在他眉宇之间，几乎肉眼可见。罗马家里的热水器忘记关掉了！他的公寓，还有他所有的值钱物品此时此刻可能正毁于爆炸。车子左前方的轮胎有点气不足，可能已经瘪了，再不然就是车子干脆已经被这些偏远小渔村里常见的土匪给偷走了。严格来说，西天上那朵云很小，但这是那种预示着坏天气的云，他们回去的路上，转过岬角，肯定会被大浪无情地卷走，等他们终于回到 pensione（晚餐费用已付），所有的好肉都被吃光了，酒也喝光了。就他而言，很可能在他缺席期间，总统已经被暗杀了，里拉贬值，政府可能已经倒台。他突然站起身，开始冲着妻儿大嚷。该走了，该走了。天晚了。风暴要来了。他们要赶不上晚饭了。他们要在弗雷杰内遭遇大堵车了。他们要赶不上看所有好看的电视节目了……

他的妻儿掉头朝船这边游过来，但两人都慢悠悠的并不着急。时间不晚，他们知道。天还早着呢，也没有风暴。他们不会错过 pensione 的晚餐。凭经验他们也知道，等他们赶回 pensione 的时候，桌子肯定都还没摆好呢，但他们别无选择。他们爬上船，父亲起了锚，一边对游泳者高喊要他们当心，还征求岸上人的建议。最后他终于将船驶进了海湾，开始往岬口转去。

他们刚刚消失不见，就见一个沙滩少年爬到最高的一块岩石上，挥起一件红衬衫，喊着："Pesce cane！ Pesce cane！[1]"所有的游泳者都返回了，激动地叫着，踢起很大的水花，朝着岸边游过来。就在他们刚才待过的那片海域，防护栏外面，可以看到一条鲨鱼的鳍。警告来得很及时，鲨鱼在这片蓝绿的海水中巡游，显得很阴郁。游泳的人在岸边站成一排，互相指点着危险的来源，一个小孩站在潜滩上喊着："Brutto！ Brutto！ Brutto！[2]"随后大家都欢呼起来，因为村里游泳最好的马里奥沿着小径走了过来，还扛着一根长长的叉鱼枪。马里奥是个石匠，不知道为了什么缘故——也许是因为他太吃苦耐劳——他一直跟周遭的环境不太相融。他的腿太长，又分得太开，肩膀太圆，要不就是太方，头发太稀少，上帝那么慷慨地将华美的肌肉分给其他少年，却绕开了可怜的马里奥。他赤裸的身体看起来怪可怜的，让人同情，就像是个陌生人受到了某种亲

1 意大利语：鲨鱼！鲨鱼！

2 意大利语：糟啦！糟啦！糟啦！

昵行为的惊吓。他穿过人群，接受大家的喝彩和恭维，但他连一个勉强的笑容都做不出来，只是紧紧抿着薄薄的嘴唇，迈进水中，朝着护栏游去。但鲨鱼已经离开，日光也渐渐消逝。海滩暗了下来，游泳的人仿佛酒醒一般，纷纷收拾东西，回家去了。没人等着马里奥；似乎没人在乎。他举着鱼叉站在黑暗的海水里，准备将社区安全和福利担负在自己肩上，但他们对他弃之不顾，爬上山崖时还唱着歌。

让“La Famiglia Tosta”见鬼去吧，塞顿心想。让它滚蛋。这是一天里最可爱的时候。所有的享受——美食，美酒，爱情——都近在眼前，而随着阴影渐渐笼罩上来，似乎他也从电视的责任中，从追寻人生意义的努力中解脱出来。现在一切都被夜晚拥抱在黝黑宽厚的怀抱里，那些论战都暂停了。

他们走的阶梯穿越了他们租住的城堡壁垒，城墙上开满了鲜花，就是在城上这一块，从这里到吊桥和大门的位置，最充分地展现出国王、建筑师以及石匠们了不起的胜利。在这里，你可以一口气感受到军事上的坚不可摧，以及高贵与美的共存。每一个点，每一道弯，每座塔楼，每个城垛，都表现出这些不可分割的力量。所有的城墙都有精美的檐口，在敌人可能会攻上来的每个地方，基督护佑的西班牙国王那重达八吨的伟大顶饰，正在宣扬着守卫者的热血、忠诚以及好品味。在主大门口，这顶饰已从举着三叉戟的海神图案的精美基座上倒了下去，摔进了护城河。但落地处纹章朝上，四等分的盾面、十字架，还有大理石雕的帐幔沉在水中清晰可见。

在墙上，夹杂在其他刻字图案中间，塞顿看到了这样几个字：“美国佬，回家去，回家去。”字迹很模糊，也许战争时期就在那里了，要不然这浅淡的字迹就是因为写的时候太匆忙造成的。他的妻子和孩子们都没看到，他站在一旁，等他们过了吊桥进了院子，然后他才倒回去，用手指去擦掉那些字迹。唉，会是什么人写的呢？他感到很迷惑，又很寂寞。他是受邀来到这个陌生国度的。邀请来得很响亮。旅行社，货运商，航空公司，甚至意大利政府都直接请求他放弃自己舒适的生活，到海外旅行。他接受了邀请，他认真接受他们的服务，遵守承诺，如今却被这面古老的城墙告知，说这里不欢迎他。

他从来没有感到过不受欢迎。从来没人这么说过。他是个受人欢迎的宝宝，受人欢迎的小伙子，受到欢迎的爱人、丈夫和父亲，受欢迎的编剧，受欢迎的聊天对象和好伙伴。若真有问题，那就是他受欢迎的程度有点太过了，他唯一需要操心的就是俭省着自己，谨慎有度地散发自己广受爱戴的魅力，达到最佳效果，对所有人都好。人们愿意跟他打高尔夫、网球、桥牌，玩猜字谜，喝鸡尾酒，开董事会——可是这块无礼又古老的城墙却把他当成贱民一般，一个没有名字的乞丐，一个被放逐的人。他深深受到了伤害。

冰块储存在城堡的地窖里，塞顿带着他的鸡尾酒调酒壶下去，装满了冰，做了些马提尼酒带回到最高的一座塔楼城垛上，妻子在那上面，跟他一起观看光线的瞬息变幻。夜色正在填满塔隆尼亚那些蜂巢似的山崖，尽管岸边的山峰只是勉强与女性的乳峰有些许相似，它们仍让塞顿感到安心，同时激起了他内心深处的柔情。

“晚饭后我可能要去趟咖啡馆，”妻子说，“去看看他们配音做得怎么样。”

她不了解丈夫为电视编剧的情感付出，她从来不能理解。他什么也没说。他想，长远来看，在他的城垛上，可能他会被当成是另外的人——一个诗人，老到的旅行家，埃尔莎·马克斯韦尔[1]，某位王公或公爵的朋友——但如今他周遭这个世界没有力量，不能提升他或者改变他。只有他自己——《最好的家庭》的作者——他费尽心力，不辞麻烦地拖着这一身份穿越国境，越过了大海。布满鲜花的了不起的场景并没有改变事实，他带着日晒的灼伤，带着热情和饥渴，驼着背，坐在一块伟大的西班牙国王亲自安置的岩石上，石头磨着他的屁股。

晚餐的时候，厨娘克莱门蒂娜问她能否到村里去看"La Famiglia Tosta"。当然，两个男孩儿会跟妈妈一起去。晚饭之后，塞顿回到了他的塔楼。渔船的船队已经出发，越过了防波堤，船上点着火把。月亮升上来，照得海上一片光华，海水仿佛在旋转，在月光里旋转。他听到村里传来母亲用 bel canto[2] 呼唤女儿的声音，时不时还有一星半点电视的动静。只要二十分钟，一切就都过去了，但虽不在场却仍做错事的感觉深入骨髓。唉，人如何才能制止野蛮、粗俗和吹毛求疵的侵袭？当他看到家人举着的灯火沿着阶梯上来，他下楼走到护城河去接他们。不只他们自己。跟他们在一起的还有谁？医生？镇长？还有个小女孩捧着一束剑兰。是村民代表——善意的代表，从他们轻快的语气中，他能判断得出。他们是来赞美他的。

"太美了，太有趣了，特别真实！"医生说道。

小女孩将花递给他，镇长轻轻拥抱了他。"哦，先生，我们还以为，"他说，"您就只是位诗人呢。"

---

1 埃尔莎·马克斯韦尔（Elsa Maxwell，1883—1963），美国专栏作家，名媛，她举办的晚会很有名，常常吸引到贵族和上流社会人士。

2 意大利语：美声。

矮脚柜

哦，我讨厌小人，我再也不写他们的故事了，但话说回来，我弟弟理查德就是这样：小人。他小手小脚小腰围，养了一群小小孩，还有个小老婆。他来我们家参加鸡尾酒派对的时候，总是坐在一把小椅子上。如果你拿起一本他的书，会发现他的名字“理查德·诺顿”用他的小字体写在扉页上。在我看来，他周身散发出一种渺小的光环。他还娇生惯养，如果你去他家，吃他的食物，用他的瓷器，使他的银餐具，如果你遵守他那些任性又庸俗的家规，你可能有幸喝到一点他的白兰地，就像三十年前，你得进他的房间，玩他的玩具，陪他开心，才能获得奖励喝上一杯他的姜汁汽水。有些人的热情不在于探险，而更多在于表演。他们似乎并不会爱上谁，或是交上朋友，而是跟各种男女、孩子、狗一起，上演一出闹剧，这可是他们打一出生就立志要参演的剧本。在那些情感预算有限的阵容中，这种表现特别明显。笨拙的表演让我们留意到了戏本身。演无知少女的太成熟。女主角也显老。狗的品种不对，家具不配套，服装简陋陈旧，倒咖啡的时候壶里明显什么都没有。但戏还是坚持演下去，其可悲可怕之处，不输那些豪华大制作。我看着这个弟弟，感觉他带领着一个二流剧组，也许永远都在演出一个惯坏了的孩子形象。

我们家传统如此，对祖上的遗物要表现出最大的情感力量来——在遗嘱得到认证之前就占下几套餐盘，发动几轮拔河战抢夺地毯，为一把旧摇椅不惜破坏骨肉亲情。围绕某件物品——譬如一个汤碗，或是一个矮脚柜——有许多任性妄为的故事段子，似乎着眼到这件物品本身的质地之上，瓷器上的釉面或是木材上的漆色，激发起那么深的挫败感，比如说我，至今听到大键琴演奏还能感受得到。我跟弟弟最后一次打交道，就是为了一个矮脚柜。因为我们的母亲死得突然，她遗嘱中有一条模棱两可，导致部分家族遗物被马蒂尔达表姐抢到了手。当时没人自诩足够强大，竟敢挑战她的所有权。如今她已经九十几岁了，年龄似乎已经治愈了她的贪婪。她写信给我和理查德，说如果她的东西有我们想要的，她会很高兴给我们。我回信说我想要矮脚柜。我记得那是件造型优雅、四脚弯曲的家具，有很厚重的黄铜配件，表面是抛得很光的马革色。我的心愿是有一搭没一搭地提出来的。其实我不当真在乎，但看起来我弟弟却很上心。马蒂尔达表姐写信告诉他说要把矮脚柜给我，他就打电话来说他想要——说他想要的心情远比我迫切，简直毋庸置疑，不容辩驳。他问是否方便星期日来看我——我们两家距离五十英里——当然，我就邀请他过来了。

那天不是在他家，喝的也不是他的威士忌，但是他在散发魅力，我有权沐浴其中。他留意到花园里有些玫瑰，是许多年前他给我太太的，于是说道："看来我的玫瑰长得还不错嘛。"我们在花园里喝酒。那是一个春日——那种金绿色的令人难以置信的星期天。一切都在开花，盛放，发芽。多得眼睛看不过来——丰富的光彩，丰富的气息，充满了令人不由自主喜笑颜开的喜悦——但是阴影最为神秘，最为诱人，那种光影简直难描难画。我们坐在一棵大枫树下，树叶还没长好，但已经可以遮蔽阳光。树美得惊人，看起来不像是孤单单一棵树，倒像是百万大树中的一员，是我们童年起一连串枝繁叶茂的大树组成的长链上的一环。

“那个矮脚柜怎么说？”理查德问道。

“什么怎么说？马蒂尔达表姐写信问我有没有什么想要的，我就只想要这一件东西。”

“你从来都不喜欢这些东西的。”

“要我说不是这么回事。”

“但那是*我的*矮脚柜！”

“一切都是你的，永远是你的，理查德。”

“别吵。”我妻子说，她是对的。我犯糊涂了。

“我很愿意出钱跟你买这个矮脚柜。”理查德说。

“我不要你的钱。”

“你想要什么？”

“我想知道你为什么这么想要这个矮脚柜。”

“很难说，但我就是想要，我非常想要！”他说得饱含感情，非同寻常地诚恳。这似乎超越了他那著名的霸道。“我说不准为什么。我感觉这东西就是我们家的核心，是妈妈去世之前我们生活的核心。如果我有一件看得见、摸得着的家具，一件我可以指着它就能记起咱们曾经如何幸福、过去怎么生活的东西……”

我理解他（谁又不呢？），但我对他的动机表示怀疑。那个矮脚柜是件优美的家具，我疑心他想要不是因为纪念，作为一件家庭象征，而是当作他祖上富有的证据，证明他是十七世纪早期移民中最高贵的贵族嫡系。我仿佛看到他骄傲地站在柜旁，手上举着酒杯。我的矮脚柜。这家具将出现在他们的圣诞卡照片的背景里，因为像这样的橱柜看起来家世背景极为高贵。这将是他为之奋斗终生的地位拼图游戏中的最后一片。我们共同的过往盛衰无常，烦恼众多，有时充满忧伤，理查德却从这些混乱中出头，成就了一番事业，有了令人艳羡的地位，但也许他自身的形象还可以通过这件矮脚柜获得一定的提升；也许没有这件东西，他的形象就不完整了。

我当下就说可以给他，他诚恳地道谢。我写信给马蒂尔达，马蒂尔达回信给我。作为安慰，她将把德兰西外婆的缝纫盒给我，包括里面那些古玩——中国的扇子，威尼斯的海马，还有去白金汉宫的请柬。但送货是个问题。善良的奥斯本先生愿意将矮脚柜送到我家，但再远他就不肯了。他将在星期四送来，然后我可以看何时方便，开我的旅行车把它送到理查德家去。我打电话给理查德，向他解释了这些安排，他一如既往地紧张焦虑。你的旅行车够大吗？车况如何？星期四到星期天这段时间矮脚柜放在哪里？一定不能扔在车库里。

星期四当我回到家时，矮脚柜已经在了，就在车库里。理查德在我们晚餐进行中打电话来问是否已经送到，他讲话时发自肺腑，他那古怪的情感深处由此可以略见一斑。

“当然你一定会把矮脚柜给我的吧？”他问。

“我不明白你什么意思。”

“你不会留下吧？”

说到底这里头有什么呢？我不禁想。为什么他会为了这么一块木头，承受嫉妒和爱的煎熬？我说我星期天就给他送过去，但他信不过我。他将跟他的小老婆威尔玛一起开车过来，星期天一早就来，把我一路护送到他家。

星期六的时候，我的大儿子帮我把这东西从车库搬到了大厅，我好好欣赏了一番。马蒂尔达表姐一直把它照护得很精心，泛红的表面抛得很光，但台面上有个黑圈——透过抛光看起来，它就像是在水下闪烁的一样东西——在我记忆中，那里原来摆放过一个银水罐，里面插满了苹果花、牡丹或者玫瑰，再不然，当夏天结束之后，里面插的就是菊花和多彩的树叶了。我还记得抽屉里的东西，那些零碎就像我们生活的沉淀，聚集在那里：狗绳，圣诞花环的彩带，高尔夫球和扑克牌，德国天使，蒂莫西表哥扎伤自己的那把裁纸刀，水晶墨水台，还有许多不记得是什么门上的钥匙。这是件极具情感色彩的纪念品。

理查德和威尔玛星期天来了，带来了一堆软毛毯，防止漆面被我粗糙的旅行车所伤。理查德和矮脚柜像一对真心相爱的恋人一样重逢了。真爱就意味着可能会有壮丽、有悲怆，那么他迷上一个抽屉柜，这好像是个悲剧。当他看到抛光之下那个闪光的黑圈和有墨水痕迹的抽屉时，估计也跟我回忆起了同样的往事。我曾见过园丁打理他们的草坪，小提琴家侍弄他们的乐器，赌徒拨弄他们的好运符，老太太们抚弄她们的蕾丝花边，理查德当时就沉浸在这样一种情感之中，就像真爱，毫无保留。他焦虑地看着我和儿子将矮脚柜搬上了车，裹上毛毯。确实有点太大。雕花的爪形柜脚伸出车厢门略有几英寸。理查德两只手绞在一起，但也没有别的办法。当矮脚柜总算装上了车，我们就出发了。他虽没有敦促我开车要小心，但我知道他心里是这么想的。

事故发生的时候，我可能从精神上要承担一定的责任，但事实上根本不能赖我。我看不出怎么做才能避免这起事故。我们在收费站被迫停车，当我在等着找钱的时候，一辆载满青少年的敞篷车跟我的车追尾了，撞裂了一只爪形柜脚。

“哎，你们这些疯子，笨蛋！”理查德吼道，“你们这些疯子，没头脑的罪犯！”他下了车，挥舞着双手大声咒骂。在我看来，损坏并不严重，但理查德简直痛不欲生。他双眼含泪，教训那几个困惑的少年。这个矮脚柜价值高得无法估量，有两百年的历史。多少钱，多少保险金，都无法弥补造成的损失。世界上就此少了一件珍稀的美物。就在他大发雷霆的时候，我们身后的车子排起了长龙，有人按响了喇叭，收费站的工作人员喊我们挪地方。“事情很严重！”理查德对人家说。我们把驾驶座上那个罪魁祸首的姓名和驾照号码都记下来之后才继续上路，但他已经大受打击。到了他家，我们将这件受伤的古董小心翼翼地搬进餐厅，连包裹一起放在地板上。他的震惊仿佛略有放松，心头浮上一线希望，当他用手指抚过那裂开的木脚，你能看出他已经在琢磨将来这只脚要如何修理了。他给我倒了一杯像样的酒水，聊起他的花园，就像任何一个有礼数的人，个人遭遇不幸的时候一样，还是得硬撑下去，但你能感觉到他的心其实在隔壁房间，跟那个断了腿的受害者在一起。

我和理查德不大见面，我们有一个月左右没有再见，我们再次见面是在波士顿机场吃饭的时候，当时我们俩碰巧都在等飞机。当时是夏天——我想是仲夏时节，因为我是在去楠塔基特的途中。天很热，天色正要转暗。那天晚上有道特色菜式，跟烈火利剑什么的有点关系。做好的食物——羊肉串、小牛肝或是半只烤鸡——被端到一张小桌上，穿在一把小剑上面。随后服务生会将一块像是脱脂棉一样的东西放到剑梢上，点着火，然后在象征着骑士精神的火光中把菜端上桌。我提起此事倒不是因为它滑稽可笑或者庸俗低级，而是在夏日的黄昏里，这一幕当时看起来很动人，因为波士顿善良而谦逊的人们看到这样的表演，竟然那么开心。就在剑光火影穿梭往来之间，理查德谈到了那个矮脚柜。

简直是桩奇遇！多悬哪！首先他考察了附近所有的细木工匠，终于在韦斯特波特找到一个足堪当此重任的人，能把柜脚修好。但当这位细木工匠看到这个矮脚柜之后，他也爱上了它。他想出钱把它给买下来，遭到理查德拒绝之后，他就想了解这件家具的历史。柜子修好以后，他们为它拍了照片，将照片寄给一位十八世纪家具方面的权威人士过目。原来这是件名作，简直是无人不知无人不晓，这是件巴斯托矮脚柜，是一七八〇年由斯特布里奇的著名细木工匠制成，一直都以为早已毁于火灾了。这件东西原属普尔家族（我们的太外祖母姓普尔），直到一八四〇年前它还一直都登记在从家族的财产目录当中，那年他们的住宅毁于火灾，从此这件家具就不知所踪了。但失去的只是它的行踪，这件东西本身其实安然无恙，终于一代代地传到了我们手上。如今它又得到了正名，如同浪子回头，被最高权威的文物专家认可了。大都会博物馆的馆长向理查德提出，让他将矮脚柜借给博物馆展出。一位藏家出价一万美元想将它买下。对于这些经历他津津乐道，很高兴他所拥有并且爱不释手的东西也被大多数人所珍爱。

他说到一万美元的时候我略有所动，毕竟本来这件家具我可以留下的——但我不想要，我从来没有真心想要过，在那间机场餐厅里，我感觉到理查德陷入了某种险境。我们道了再见，然后飞往不同的方向。秋天里他给我打过电话谈事情，中间他又提到了那个矮脚柜。我还记不记得当初在家里矮脚柜下面铺的那块地毯？我记得。那是块古旧的土耳其地毯，多种色彩，上面分布着神秘的图案。结果他在纽约一个古董商那里找到了一块非常相似的地毯，如今矮脚柜的脚爪重又落足在了同样的棕黄色几何图案之上。你看得出，他正逐渐将一切拼接起来——他即将完成这幅拼图——虽然他没有告诉我接下来发生了什么，但我可以轻而易举地想象出来。他买了一个银质水罐，插满了树叶，在某个秋夜里，一个人喝着威士忌，欣赏着他的创造。

我猜那天夜里很可能下着雨；再没有别的声音能够那么强烈地将理查德带回过去的时光。终于一切都完美无缺了——水罐，沉重的黄铜配饰上面的抛光，地毯。这个抽屉柜仿佛不是被搬到了现代，而是将过去一起带进了这个房间。这不正是他想要的吗？他可以欣赏漆面的暗圈痕，还有空抽屉芬芳的气味，在两种液体的影响之下——雨水和威士忌——那些曾经摸过、擦过这张矮脚柜的手，将饮料留在上面、整理过水罐里的花束、将零碎小东西塞进抽屉的那些手，仿佛都从黑暗中伸了过来。就在他的注视之下，他们晦暗的指纹在漆面上一一显现，仿佛他们用这样的方式贪恋着生命。通过回忆，再进一步，他召回了这些亡灵，他们迫不及待地冲进了房间——他们飞了进来——仿佛许多年来，他们都在痛苦中不耐烦地等待着他的邀约。

第一个从死者中归来的是德兰西外婆，她穿着一身黑，散发出姜粉味儿。她帅气，聪明，胜利地与过去决裂，这种兴奋伴随着一种潮水般的力量，贯穿在她的生命中，据我所知，一直带着她冲进天堂的大门。她曾自嘲说自己受到的教育仅限于如何给手帕缝边儿，再就是说几句法语，但她走出了那个女性不适宜有自己的意见态度的世界，进到了另一个地方，她可以登上讲坛，用拳头敲着讲桌表达自己的意见，一个人在黑暗中行走，当红色救火车啸叫着从街上驶过时，她可以给消防员们鼓劲叫好（她一贯如此）。她仪态坚定，如奉神谕，毕竟她曾远游到克里夫兰宣讲妇女权益。女性可以成就一番事业！做医生！当律师！工程师！女士也可以，就像路易莎姨妈那样，抽雪茄。

路易莎姨妈飞进来参加聚会的时候就抽着一根雪茄。她总是这样，大力冲进来，身后西班牙披肩上的穗子飘在空中，耳环翻飞摇曳。她摸了摸矮脚柜，在蓝色椅子上坐下来。她是个艺术家。她曾在罗马学习，她的生活充满了粗粝，灿烂，激情和灾难。她处理的都是大题材——劫掠萨宾妇女，罗马之劫。她巨大的画布上总是挤满了裸身的男女，但都是线条画出来的，色彩总是暗淡，甚至她描绘的战场上的云朵都很灰头土脸。她发现自己失败的时候已经太晚了，于是将自己的万丈雄心都倾注到了长子蒂莫西身上。蒂莫西阴郁地从坟墓中走了出来，拿着一册贝多芬的奏鸣曲，他黑着脸，满眼怨恨。

蒂莫西将成为一个伟大的钢琴家，路易莎姨妈决定。他被迫经受了痛苦、困顿、羞辱等等天才必经的一切，生活得孤单而苦涩。他七岁举办了第一场独奏会。十二岁跟交响乐团合作演出。第二年就开始巡演。他穿着古怪的衣服，长发卷上抹着油脂，十五岁就自杀了。他的母亲毫不留情地逼迫他。为什么一个如此富有激情、肯于奉献的女人会犯下这样的错误呢？许是出身的问题，或是命运安排，她身边一直没有安心满意的人相伴。她的本意可能是想要治愈或是报复这种缺憾。她也许曾相信成名就可以结束这一切——如果她成了著名画家，或者儿子成了著名钢琴家，他们就将永远无须再品味孤单或是受人轻蔑了。

即便是理查德想要这么干，也无法阻止汤姆姨父前来聚会。他无力阻止。他现在才认识到，对于这只矮脚柜的迷恋，其实是对痛苦的迷恋，但太晚了，他已经深深陷入其中。汤姆姨父带着老运动员的矫健姿态走了进来。他是个情种。没人能数得清他的情事。他的女朋友每周都换——有时候一周换两个。几十，几百，也许有几千个。他手臂里抱着小儿子彼得，彼得腿上戴着支架。他出生之前就有了残疾，当时他父母两人吵架，汤姆姨父将路易莎姨妈从楼梯上推了下去。

米尔德丽德姨妈凭空现身，动作僵硬，坐下时将蓝裙子拉好盖住膝头，不安地望着外婆。老太太将革命精神传给了米尔德丽德，仿佛这精神是一个国家，通过合约和协议，旗帜和国歌就确定了下来。米尔德丽德知道被动顺从、刺绣缝纫和做家务这些都不适合她。若是甘心沦落为家庭主妇，安于日常，那就等于是将母亲仗剑打下的永久版图出让给了暴君。她清楚地知道自己决不能做什么，却从未拿定主意她应该做些什么。她写过戏剧，写过诗。她花了六年时间写一部关于克里斯托弗·哥伦布的戏。她的丈夫西德尼姨父推着婴儿车，有时还要推吸尘器清扫地毯。她满怀怒意地看着他做家务。他篡取了她的权利，剥夺了她的有用之处。她找了个情人，头三四次两人在宾馆约会的时候，她感觉终于找到了自我。这虽然不是母亲传给她的机遇之一，却好过克里斯托弗·哥伦布。她注定要做出的贡献就是秘密的爱情。这场情事很龌龊，结束得也龌龊，秘密泄露，有人写匿名信，还有酸涩的眼泪。她的情人潜逃了，西德尼姨父喝上了酒。

西德尼姨父脚步踉跄地自坟墓中而来，坐在沙发上理查德身边，周身散发出酒气。自从他发现妻子的丑事之后，他就一直长醉不醒。他脸肿着，肚子凸出太多，衬衫的扣子崩掉了一颗。他目光和精神一样涣散。酩酊中将一支点着的香烟掉在了沙发上，天鹅绒面开始冒烟。理查德仿佛只能眼看着一切发生。他无法说话，也动弹不得。西德尼姨父留意到火苗，于是将自己酒杯里的威士忌泼到了软垫上。威士忌和沙发顿时燃烧起来。原本坐在古董立柱式靠背温莎椅子上的外婆立刻跳了起来，但立柱勾住了她的衣服，扯坏了她裙子的下摆。几条狗吠叫起来。小残废彼得开始用细小的声音唱歌——唱得猥亵又嘲讽——“普天同庆！我主降临。让天堂和自然放声高歌。”因为理查德重现的是一场圣诞节的晚宴。

*

在某个时刻——也许是他买下那个银质水罐的时候——理查德把自己交付给了过去的恐怖，而他的人生，就像自然界许多其他事物一样，呈弧形发展。他对威尔玛的感情想必有过一些轻快幸福的时光，但一旦这只矮脚柜在他家里占据了统治地位，他似乎就被拖回到了可怜的童年时代。我们去他家吃饭——一定是感恩节。矮脚柜立在餐厅里，下面铺着有神秘象征的地毯，银水罐里插满了菊花。理查德用一种我已经忘记的恼怒语气对妻儿讲话。他跟所有人吵架，连跟我的孩子他都吵。唉，为什么对有的人来说生活就像是某种至高的礼遇，而有的人却得为人生剧场的座位付出怒火、病痛和噩梦作为代价呢？我们尽快走掉了。

回家之后，我将原本属于米尔德丽德姨妈的绿色玻璃饰盘从餐柜里拿出来，用锤子砸烂了。随后又将外婆的缝纫盒丢进了垃圾箱，将她的蕾丝桌布烧了一个大洞，又把她的锡盘埋进了花园。都走吧——古罗马的钱币，威尼斯的海马，中国的扇子。我们珍惜的不过是对死亡的那点零星认识，以及将彼此维系在一起的那种惊天动地的爱情。楼上大厅的猫头鹰标本，楼梯端柱上的爱马仕雕像全都拿走！红宝石项链送进当铺，扔掉白金汉宫的请柬，在穆拉诺岛的名贵玻璃香水喷瓶还有广州瓷的鱼盘上践踏、跳舞。将那些干扰我们，阻止我们奔向目标、睡眠或清醒的东西统统丢掉。我们的口号是爽洁和勇气。为了穿越武装的岗哨和山间的边境，我们只需要这些。

音乐教师

一切看起来都像安排好的——那天晚上，塞顿推开家门，穿过门廊进到起居室的时候，有这样的感觉。一切看起来都仿佛精心安排，所下的功夫，就像在他生命的早些年里曾认识的有些女孩儿侍弄鲜花、蜡烛和留声机唱片那样全情投入。这场景安排并非是为了取悦于他，也不是单纯为了责备他。“哈啰。”他打起精神，大声招呼。屋里充满了哭泣和呻吟声。小小起居室的中间摆着熨衣板，他的一件衬衫铺在上面，妻子杰西卡一边熨衣服，一边抹去眼泪。钢琴旁边站着小宝宝乔瑟琳。乔瑟琳在哭号，大女儿米丽森特坐在妹妹旁边的椅子上，哭泣着，手里拿着一个破成几块的娃娃。老二菲丽丝手脚着地，正在用一个啤酒开瓶器把沙发的内垫往外挖。厨房门开着，闻起来像是烤焦了的羊腿气味的烟云，正飘进起居室来。

他无法相信一家人就在这样的混乱中度过了一天。这肯定都是布置好、安排好的——连烤箱里的火苗都算在内——就为了他回家进门的那个刹那。他甚至觉得他看到妻子在环视房间、赏鉴场景效果的时候，饱受烦扰的脸上流露出一种内在的沉静。他感到受挫，但不至绝望，站在门口快速估算了自己的力量剩余，然后决定首先以一吻出击；但当他靠近熨衣板时，妻子却挥手赶开他，说：“别靠近我，我会传染你的。我感冒很严重。”于是他把菲丽丝从椅子旁抱起来，跟米丽森特保证帮她修好洋娃娃，然后将小宝宝抱进浴室，替她换了尿布。厨房里传来大声的赌咒，原来杰西卡终于穿过浓烟滚滚，将烤箱里的肉拿了出来。

肉烧焦了。其他东西差不多也都焦了——面包卷，土豆，冷冻苹果挞。当塞顿的目光越过装满做坏的食物的盘子，看到杰西卡面容的时候，他感到嘴里有灰烬，心中很沉重。曾经有情有趣的杰西卡，如今却面色阴沉，让他摸不透。晚饭后，他帮忙洗碗，然后给孩子们读书。她们对于他所做的、所读的一切都抱着单纯的兴趣，她们的爱充满了信任的力量，似乎让那烧焦的肉味儿更加忧伤也更加苦涩了。除了塞顿，其他人都上床睡觉了，可是烧焦的烟气仍久久不散。他一个人坐在起居室里，静静回想自己的问题。他结婚十年了，在他看来，杰西卡无论外貌还是天性，依然非常可爱。但近一两年来，两人之间似乎发生了某种严重而又神秘的问题。这烤坏的羊肉不是什么特例；简直是惯常。她烤焦过排骨，烧焦过汉堡，甚至感恩节的火鸡她都能烤焦，而且她似乎是故意将食物烤焦的，仿佛这是对他表达自己憎恶的一种方式。这并非是对劳作的反抗。清洁工还有各种机械设备——都是为了减轻她的负担——都没有带来任何变化。他觉得，这甚至不是憎恶。这就像海水底层的某种洋流变化，某种性战争或是革命在蠢蠢欲动——也许她还不知道——就在看似正常的美好表面之下。

他不想离开杰西卡，但他还能坚持多久，应付哭泣的孩子，阴郁的目光，冒着烟、乱糟糟的家？他最抗拒的倒还不是混乱，而是这种情况给他最为健康、最受珍视的那部分自尊所带来的威胁。在他看来，长时间在这种境况中受罪是件有失体面的事。他能怎么做呢？改变，变动，开放，看起来他和杰西卡需要的就是这些。尽管他竭力设法延展自己的婚姻生活，所能想到的办法，无非是带杰西卡出去吃饭，去十年以前他们做情人的时候经常去的一家餐厅，也许这点恰恰显示了他的局限。但是他知道，即便这件小事也不容易做到。无端地提出邀请只会让他得到无端的激烈拒绝。他必须得小心。他得出其不意、攻其不备。

时值初秋，天气清爽。到处都有黄叶在飘落。从家里所有的窗户里，还有前门的玻璃窗上，都能看到落叶。塞顿等了两三天。他等到了一个不同寻常的好天，然后从办公室给杰西卡打电话，上午不早不晚的时候。家里这时有位清洁工，他知道。米丽森特和菲丽丝应该在学校，乔瑟琳应该在睡觉。杰西卡大概没有太多事要做。她甚至可能正好闲着，在想事情。他打给她，告诉她——而不是邀请她——进城来跟他一起吃晚饭。她犹豫了；她说可能很难找到人看孩子；最终她让步了。甚至从她答应来的话音里，塞顿仿佛听出了一丝曾令他钟爱的温柔之意。

他们已经有一年多没有做过像一起下馆子这样的事了，那天傍晚当他离开办公室的时候，他已经朝车站的方向走去了，又特地折返回来，这时他意识到，日积月累的习惯力量是多么巨大，日益压迫着他们的关系，使其变得死气沉沉。他想，人生已经画了太多的圈圈框框，但真的要跨出去，其实又何其容易。他先去约好的餐厅等她，这家店低调优质——餐具擦得亮亮的，桌布浆得挺挺的，空气中弥漫着新鲜面包和酱料的气味，当晚他抵达的时候，店家殷勤接待，仿佛就等他赏光。衣帽寄存处的姑娘还记得他，他不由得记起了自己年轻时意气风发下楼梯走进酒吧时的样子。一切都那么好闻。酒保刚刚上班，新刮净的脸，穿着白外套。一切都亲切而不失隆重之感。每个台面都熠熠生辉，此时落到他肩上的灯光，跟十年前落下的一模一样。当领班过来跟他问好的时候，塞顿请他将一瓶酒——他们的酒——冰起来。面向夜晚的那扇大门，就是多年前他曾望眼欲穿，等着杰西卡进来时头发上顶着雪花，穿着新裙子和新鞋子走进来；等着杰西卡带来新消息，讲她的担忧，为迟到道歉的时候所迈进来的那同一扇门。他记起当初她望向酒吧，找他是否在那边的样子；还有她停下来跟管衣帽间的姑娘讲话，然后步履轻盈地走过来，将手递给他，轻快优雅地跟他一起，愉快地度过夜晚剩余时光的样子。

这时他听到有孩子的哭声。他刚一转身朝向门口，就见杰西卡走了进来。她肩上抱着哭泣的婴儿。菲丽丝和米丽森特身穿旧滑雪服跟在后面。晚餐时间还早，餐厅里不太拥挤。这番进场，这幅画面，若是一小时之后出现，将会更加引人注目。但至少对塞顿来说，这已经够狠的了。当杰西卡站在门厅里，怀里抱着个抽抽搭搭的孩子，左右两侧各自还有一个，那种感觉仿佛她并非是来跟丈夫见面，也不是因为安排落空，被迫带孩子一起，而是来公开指责这个男人错待了她。她并没有当面指认他，但连牵带抱的这一家子，要的就是这样戏剧化的控诉效果。

塞顿立刻朝他们走去。这不是那种适合带孩子就餐的地方，但负责衣帽间的女孩很友好地帮米丽森特和菲丽丝脱掉了滑雪衫。塞顿接过乔瑟琳抱在手上，孩子不哭了。

“保姆来不了了。”杰西卡说，但她避免跟他眼神接触，塞顿吻她的时候，她躲开了。他们被引到靠后面的一张桌子上。乔瑟琳打翻了一碗橄榄，这顿饭吃得跟在家里那些烧焦的晚饭一样，阴郁而混乱。回家的路上孩子们都睡着了，塞顿看出来他没有成功——失败了，或者说再次棋输一着。他第一次开始怀疑，他要应对的，不是杰西卡性别的阴影和谜团，而是故意捣乱。

他又试过一次，方法跟这次相似；他邀请汤普森夫妇星期六下午来家里喝鸡尾酒。他看得出他们不愿意来，他们要去卡米诺尔家——人人都要去卡米诺尔家——而塞顿家已经有一年以上没有招待过客人了；他们家仿佛名声在外，没人愿来。汤普森两口子只是出于友情来了一下，只喝了一杯就走了。这是很可爱的一对儿，杰克·汤普森对妻子似乎有种温柔的掌控力，这让塞顿很嫉妒。他跟杰西卡说汤普森夫妇要来。她什么也没说。当他们来的时候，她没在起居室里，但几分钟之后她出现了，还拿着装满了脏衣服的洗衣篮，当塞顿问她要不要喝一杯时，她说没时间。汤普森夫妇看得出来塞顿有麻烦，但他们不能留下来帮他——他们去卡米诺尔家要迟到了。但是当露西·汤普森上车之后，杰克回到门口，很认真地对塞顿说了句话——他说得很用心，显然是出于友谊和同情——让塞顿不由得反复咀嚼。他说他看得出发生了什么事，又说塞顿应该培养点爱好——某种特定的爱好：他应该上个钢琴课。有位老师叫德明小姐的，他应该去见见。她能帮得上忙。然后他就挥手道别，上车走了。这个建议在塞顿看来没有什么奇怪之处。他很绝望，很疲惫，他生活的意义何在？他回到起居室，发现菲丽丝又在拿开瓶器攻击沙发。她的理由是她丢了一枚硬币在垫子里。乔瑟琳和米丽森特都在哭。杰西卡已经开始烧焦晚餐的食物了。

他们星期天吃的是烧煳的小牛肉，星期一是烧煳的肉卷，星期二肉烧煳得太厉害，塞顿都猜不出是什么了。他想到了德明小姐，猜想她大概是个可爱的妓女，以教授音乐课为掩护，给附近的男子提供安慰。但当他打电话过去的时候，她的声音听起来就像个老巫婆。他说自己是杰克·汤普森介绍来的，她让塞顿第二天晚上七点去。星期三晚饭后他离开家的时候，心想，至少这种疗法可以让自己离开家，让自己投身于家庭和工作的担忧之外的其他事情当中。德明小姐住在镇子那头的贝尔维尤大街。房子的门牌号不容易找，塞顿把车停在路边，然后边走边找她家的门牌号。

时值秋天的傍晚。贝尔维尤大街是那种两旁都是木结构房子的边街小路，房子从外形到风范无可指责，但出于某种奇思妙想，装饰着小尖顶和珠状木饰，仿佛是误会，或者至少是对血腥的伊斯兰清真寺和后宫莫名其妙的点头致意。这种矛盾现象让这个地方特别迷人。街道有点萧条，却萧条得很优雅；其衰败掩映在枝繁叶茂之中，后院里玫瑰盛放，杉树间红雀高歌。有几户人家还在收拾草坪。塞顿就是在跟这里差不多的一条街上长大的，这么偶遇自己从前生活的片段，他感到很神奇。太阳马上要落山了——街角有一块红色的光线——看到这个他腹中感到很强烈的悸动，就像饿极了似的，但这不是饥饿感，而是单纯的渴望。哦，要是能活得辉煌该多好！

德明小姐的房子没有门廊，看起来比周遭的房子更需要重新粉刷，但他其实看不太清楚，因为日光已经开始消退了。门上有个标牌，写着：**敲门即可入内**。他迈进了窄小的过道，过道上有楼梯，还有个木质的衣帽架。再往前的房间里，他看到一个跟自己差不多年纪的男人，弯腰伏在钢琴键盘上。“你来早了，”德明小姐朝外喊道，“请坐下来等会儿吧。”

她讲话中带着强烈的疲惫和无奈之感，让塞顿不由感到，自己等到的将会是令人不快而且充满痛苦的遭遇。他在衣帽架下面一张长椅上坐了下来，浑身不自在，手心冒汗，感到对于这房子，这椅子，这处境，自己大而不当，不合时宜。他想，生活是多么神秘莫测，妻子往日的魅力藏到了什么地方？而他居然打算学钢琴。这种不自在的感觉如此强烈，以至于他一时想过要逃走。他可以走出门去，回到贝尔维尤大街上，永远不再回来。可是关于家中混乱场面的一段回忆让他留了下来。随后，他又惊恐地感到，等待简直是一种永恒的状态。人要花多少时间在牙医和大夫的候诊室里等待，等火车，等飞机，在电话亭外面等待，在餐厅里等位。仿佛他一生中最好的时光都在等待中浪费掉了，而他答应等着上钢琴课可能就会白白丢掉余生中仅剩的几个丰富多彩的好年头。他又一次想要逃跑，但这时隔壁房间里的课程结束了。“你练习得还不够，”他听见德明小姐直言不讳地道，“你必须每天练一个小时，不能间断，不然的话你只是在浪费我的时间。”她的学生穿过门厅时将大衣领子竖起，因此塞顿没有看清他的脸。“下一位。”她说。

摆放立式钢琴的小房间比门厅里更加凌乱。他进门的时候德明小姐几乎没怎么看他。她是个身材很小的女人，褐色头发里掺着几缕银发，编成辫子用发卡固定在头上，勉强呈冠式。她坐在一个充气软垫上，双手交叠放在大腿上，时不时表示不屑地动动嘴唇，仿佛什么事触了她的霉头。塞顿笨拙地在小琴凳上坐下来。“我从没上过钢琴课，”他说，“我曾学过短号，我读中学的时候租过一个短号——”

“我们将忘掉那些。”她说。她指着中音C，让他弹一个音阶。在乐谱架上明亮的灯光照射下，他的手指显得巨大无比，赤裸无余。他艰难地弹着音阶。有一两次，她用一根铅笔敲打他的关节；再有一两次，她用自己的手指控制他的手指，他不由得想象她的人生，像噩梦一样充满了各种各样的手，干净的手，脏手，毛发旺盛的手，柔软无力的手，肌肉发达的手，他又觉得，自己大概是她不屑情绪的来源。课上到一半，塞顿垂下双手放到了大腿上。他的优柔寡断只是让她不耐烦，她又将他的手放回到了键盘上。他想抽烟，但在钢琴上方的墙上，有很大的字写着禁止吸烟。课程结束的时候，他衬衫都湿了。

“你下次来的时候，请带数额正好的零钱来。将钱放在桌上的花瓶里，”她说，“下一位。”塞顿和下面一个学生在走廊里擦肩而过，但那个陌生人将脸转开了。

这顿折磨终于结束，塞顿如释重负，当他迈步出来，走在黑暗的贝尔维尤大街上时，他脑海中浮现出了自己成了钢琴家的画面，傻乎乎的，却令人愉快。他想，不知道杰克·汤普森指的是不是就是这些单纯的快乐。他回到家，孩子们都已经睡下，他坐下来练习。德明小姐给了他一份带一小段旋律的双手手指练习曲，于是他一遍又一遍地反复练习了一个小时。他每天都练，星期天也不停，真诚地希望他第二次去上课的时候，老师会留意到他的进步，教他些更有难度的内容，但老师花了整整一个小时批评他的乐句停顿和指法，布置他再回去练同一支曲子一个礼拜。他想至少第三次课之后他就可以换一首了，但他还是带着同一支练习曲回了家。

杰西卡从来没有鼓励过他，也没有抱怨过。发生这样的变化，似乎让她很迷惑。这音乐让她神经紧张，他明白为什么。这首简单练习曲的旋律，甚至连他的女儿们都记下来了。似乎这成了他们生活中的一部分，像感染一样不受欢迎，招人讨厌。塞顿上班的日子里，这乐曲整日在他脑海里盘旋，而当他情绪骤变的时候——惊讶或是吃痛时——这旋律会增大，占据他意识的显著位置。塞顿以前从不了解，要学好钢琴，需要下这么大的苦功，承受这样的精神煎熬。如今的傍晚，晚饭之后当他坐下来练习的时候，杰西卡会匆忙离开房间到楼上去。她似乎对这音乐感到畏惧，或是感觉受到威胁。他本人跟这练习曲的关系颇为沉重，又有些含混不清。有天傍晚他搭乘晚班列车，从车站走回家的路上经过汤普森家，听到从他们家的墙里传出同样一首折磨人的练习曲。一定是杰克在练习。这丝毫没有古怪之处，但当他路过卡米诺尔家时，又一次听到了这个曲子，他想，未必是他个人的记忆作祟，才搞得这旋律在耳朵里响个不停。夜色渐浓，他的现实感有些动摇，他站在自家门口，心想世界的变化之快，超出了个人的感知能力——它死去，又再生——而他从生命中的种种事件中一路走来，像个裸泳的人一样，对一切无从理解。

那天晚上杰西卡没有烧煳晚饭的肉。她在烤箱里给丈夫留了一份像样的晚餐，有些怯生生地将饭端给他，塞顿不由得怀疑，她是不是不打算作为妻子回到他身边了。晚饭后，他给孩子们读书，然后卷起袖子坐到了钢琴前。当杰西卡准备离开房间的时候，她转身跟他讲话。她的仪态表现得一派恳求，这让她的眼睛显得更大、更黑，让她白皙的肤色显得更苍白。“我不想横加干涉，”她柔声道，“我也知道自己对音乐是一无所知，但我想，你是不是可以跟她——你的老师——问问看，能不能给你点别的乐曲来练习。这曲子在我脑子里挥之不去。我整天都听得到。如果她能给你首新曲子——”

“我明白你意思，”他说，“我问问她。”

到他第五次去上课，白昼已经短了不少，贝尔维尤大街上再也没有火红的落日，让他联想到雄心壮志和年少的渴望了。他敲了敲门，迈步进了小房子，立刻注意到有香烟的气味。他摘下帽子脱下大衣，进了起居室，但德明小姐没有坐在她的橡皮坐垫上面。他喊她，老师的声音从厨房里传来，她一开门，那场景吓了他一跳。两个小伙子坐在厨房餐桌上，抽着烟，喝着啤酒。他们的黑头发泛着油光，都朝后梳着，两翼飞翘起来。他们穿着摩托靴，红色猎装衬衫，浑身的举止散发出无法无天的热血青年气派。“我们等着你哦，情儿。”当她出来把门关上的时候，其中一个人大声说道。她朝塞顿走来时，塞顿看到她脸上那明显的愉悦神情——心情畅快，充满自尊——正渐渐消失，她平日里那种看谁都不爽的表情又回来了。

“我的男孩儿们。”她说着叹了口气。

“是邻居吗？”塞顿问道。

“哦，不是。他们是纽约来的。有时候到这里来过夜。我尽我所能帮帮他们，可怜的人，他们就像我的儿子一样。”

“这对他们很好啊。”塞顿说。

“请开始吧。”她说，话音中已经全无感情。

“我太太想问，能不能给我点别的——一支新曲子。”

“她们总是这样。”她不耐烦地道。

"换一首没这么多重复的。"塞顿说。

"到这里来的先生们没有一个人曾抱怨过我的方法。如果你不满意，你可以不必来。当然，珀维斯先生做得太过分了。珀维斯太太现在还在疗养院里呢，但我认为责任不在我。你想让她俯首称臣，对不对？你来这里不就是为了这个吗？请开始吧。"

塞顿开始弹奏，但弹得比平时还要更加笨拙。这个罪恶的老太婆说出的话把他吓到了。他这是惹上什么了？他犯了罪吗？当初他第一次进到这幢房子里，就本能地想逃走，他是不是早该逃走才对？他甘愿忍受这地方的憋闷，是不是就等于把自己主动投身于某种秽亵，某种巫术了？他是否已经同意将一个可爱的女人置于疯狂的威胁之下了？老巫婆现在讲话很温柔了，可在他看来，却充满了恶意。"演奏旋律要轻，轻轻的，轻轻的，"她说，"这样才能起到作用。"

他继续弹奏，不假思索地单凭一股持之以恒的劲头坚持着，因为如果他抗议，他知道自己应该抗议，那么结果只能是让噩梦成真、坐实了。他的头脑和手指都完全不受情感干扰，独立地工作着，尽管一部分的他心中充满了震惊、警惕和自责，他的手指却继续在演奏着这支有毒的旋律。他能听到厨房那边传来低沉的笑声，倒啤酒的声音，还有摩托靴摩擦的声音。也许因为她想尽快跟朋友们会合——她的男孩儿们——她将课时缩短了，塞顿如释重负，简直欣喜若狂。

他不得不一次又一次地问自己，她是否真的说了自己以为听到她讲的那番话，事情实在是不可思议，他甚至想停下来去跟杰克·汤普森谈谈这事儿；他都不知道该如何开口。这种男人和女人之间毫不留情的夺权之争，还有糟老妖婆耍弄巫术的事情，不属于他所生活的这个世界。那个老妇人似乎生活在与世隔绝的意识孤岛上，生活在如同刚醒来时那样尚有几分模糊、得等到天亮才能完全清楚的灰色时间。

他到家的时候，杰西卡就在起居室里，当他将乐谱摆到架子上时，他发现妻子脸上流露出惧色。“她给你换曲子了吗？”她问，“她有没有另外给你一首练习曲？”

“这次没有，”他说，“我猜我大概还不到火候。也许下次吧。”

“你现在要开始练习吗？”

“也许。”

“哦，今晚别练，亲爱的！求你了，今晚别练了！求你，求你，求你今晚别练了，亲爱的！”她果然是双膝跪地，俯首称臣。

塞顿的重获幸福——对夫妻双方，这幸福来得都太突然——让他对其从何处而来有种古怪的自以为是之感，当他想到德明小姐时，浮上心头的情绪是鄙视和厌恶。他身陷于可口的晚餐和情爱旋涡之中，他再也没有靠近过钢琴。他不再理会德明小姐的方法了。他主动选择忘掉这件事。但是，当星期三傍晚再次降临之时，他起身按往常的时间去那里，跟老师道别。他本可以打电话跟她说的。杰西卡不大高兴他又要去那儿，但他解释说他去只是为了把课程给结束，然后吻别妻子出门了。

夜色渐浓。贝尔维尤大街上那些土耳其式轮廓都光线幽暗。有人在烧树叶。他敲了德明小姐的家门，进到了小门厅。房子里很暗，唯一的亮光来自窗口射进来的街灯。“德明小姐，”他喊道，

“德明小姐？”他喊了三遍。钢琴凳旁边的椅子空着，但他能感受到周遭一切都有老太太的气息。她不在家——因为她没有应答他的呼唤——但仿佛她就站在通往厨房的门口，站在楼梯上，在过道尽头的黑影里站着；而他似乎听到楼上传来微弱的声音，仿佛是她的脚步声。

他回了家，到家还没有半个钟头，警察就来了，要求他跟他们走一趟。他来到外面——不想让孩子们听见——犯了个最自然的错误，抗议起来，毕竟他这么一个最遵纪守法的人，晨报的钱总是按时付掉，遵守交通灯的规则，每天洗澡，每周祈祷，按规矩纳税，账目清晰，每月十号付清账单。在他漫长的过往之中，就找不出一丝一毫违法乱纪的踪迹，难道不是这样吗？警察找他要干吗？他们不肯说，但坚持要他跟他们走一趟，最终他跟他们上了巡逻车，开到了城市的另外一头，穿过某些铁路线，到了一个死胡同，垃圾堆，那里还有几个警察。那是一个暴力场景——光秃秃的，丑陋不堪，周围任何房屋都看不见，没有人能听到她喊救命。她倒在交叉路口，就像个巫婆。她的脖子断了，身上的衣服因为跟死亡的巨大力量搏斗，还乱糟糟的。他们问他是否认识她，他说是。他有没有在她家附近见过任何的年轻男子，他们问道，他说没有。他的名字和地址是在她书桌上一本笔记本里找到的，他解释说她是自己的钢琴老师。他们对于这个解释很满意，就放他走了。

没有祖国的女人

我是那年春天在坎皮诺第三或第四场赛马的间隙碰到她的，她跟卡普拉伯爵在一起——就是那个留小胡子的——在舒适宜人的步道上喝着金巴利甜酒，远处是群山，山外一大片堆积云，在我们老家，这样的云就意味着晚饭前一定会有暴雨，雷电能把树都劈开，但在那地方这云根本不算什么。我再次见到她是在基茨比厄尔的滕尼霍夫酒店里，当时有个法国人在演唱美国的牛仔歌曲，在座的观众包括荷兰女王，但我在山里从来没有见到过她，我猜她大概不滑雪，只是跟许多人一样，到那边去是为了趁人多凑热闹。后来我又在利多碰到她，然后在威尼斯又一次，那天上午时候不早了，我搭乘贡多拉要去车站，见她坐在格瑞提酒店的露台上喝咖啡。我在埃尔的耶稣复活剧上碰到她——准确来说不是耶稣复活剧的演出现场，而是在村中的小旅店里，就是剧中休息的时候你去吃个午饭的地方，我在锡耶纳广场的马展上见到她，然后秋天在特雷维索又碰到她，她正准备登机去伦敦。飞机出了毛病。

但一切真的可能发生过。她就是那些不知疲倦的游荡者之一，一夜接一夜，在怀念着生菜培根番茄三明治的梦想中入睡。她老家在北方一座伐木小城，当地的特产是木头勺子，在那种寂寞的地方，所谓的国际社区根本无从谈起，她的漂泊无着与此毫无关系。她父亲是工厂的代理商，厂主是汤金家族——他们资财丰厚，有些县干脆全是他们的，他们家的离婚官司被小报追着报道——年轻的马钱德·汤金正在学习做生意，到那里待了一个月，爱上了安妮。她是个姿色平平的女孩，仪态甜美，举止谦逊——这些品质她始终保留着——他们交往一年结了婚。虽然汤金一家极为富有，却喜欢哭穷，小两口在纽约附近一个小镇上过着简朴的生活，马钱德在家族公司的当地办公室上班。他们有一个孩子，日子过得与世无争，平淡无奇，直到他们婚后第七年，那个湿润的早晨。

马钱德要去纽约开个会，他得赶早班列车。他计划进城再吃早餐。约七点，他亲吻安妮跟她道别。她当时还睡在床上，没穿好衣服，就听到他在发动平常开去车站的那部汽车。然后她听到前门开了，他朝楼上喊她。车子发动不起来了，她能起来开那辆别克车送他去车站吗？没时间换衣服了，于是她拿过一件外衣披在肩上，开车送他去了车站。从车外看到的她的身体局部，都包裹得很严实，但外套之下她的睡裙是透明的。马钱德跟她吻别，叫她快回去穿点衣服，于是她开车离开了车站，但是到了艾尔维伍思巷和希尔街交叉口，她的车没油了。

她在比尔登家门口停了车，她知道他们会给她些汽油，或者至少借件长外套给她穿。她按车喇叭，一遍又一遍，直到她记起，比尔登一家去拿骚度假了。她所能做的，就只有在车里等，周身几乎赤裸，等着某位友好的主妇路过时来帮帮她。先是玛丽·皮姆开车路过，尽管安妮冲她挥手，她却仿佛没有看到。然后朱莉娅·韦德疾驰而过，送弗兰西斯去车站，她开得太快，根本什么都注意不到。最后村中著名的浪子杰克·波顿经过，她并未示意或请他过来，但此人却像被磁力吸引一般，朝她的车子靠拢过来。他停下来问她要不要帮忙。于是安妮上了他的车——不然她还能怎么办——心里念着戈黛娃夫人[1]和贞洁圣女阿格尼斯。这中间最糟糕的是，她仿佛怎么也醒不过来——无法完成睡眠和白日之间的过渡。当天没有太阳，气压低，很闷，就像是苦梦中积郁的天气。他们家的车道与大路之间隔着些灌木遮挡，当她从车上下来，谢过杰克·波顿之后，那家伙跟出来，在过道上非礼了她，却被回来拿公文包的马钱德给撞见了。

马钱德当时离开了家，安妮再也没有见到过他。十天之后，他在纽约的一家酒店里心脏病发作死去。她的公婆打官司争夺独生孙子的抚养权，在审判过程中，安妮出于天真无知犯了个错误，竟然将自己的行为失范归咎于潮湿。小报纷纷拿这点来做文章——“不怪我，怪天气太潮湿”——结果闹得举国皆知。当时有支流行歌，《潮湿的伊莎贝拉》。她仿佛走到哪里都能听到有人唱：

哦，潮湿的伊莎贝拉
从没亲过男人家
除非空气潮湿
但若天有阴云
她就不安分……

审判过程中，她放弃了自己的权利诉求，戴上墨镜，隐姓埋名去了热那亚，成了被驱逐的人，在她看来，放逐她的这个社会对

1　戈黛娃夫人（Lady Godiva），十一世纪初英国贵妇，相传为促其夫减轻人民税负曾裸体骑马通过考文垂闹市。

自己不屈不挠的吹毛求疵所做的唯一调整，只是一点恶趣味的幽默感。

当然了，她资财颇丰——她的痛苦仅是精神上的——但她遭受了磨折，留下了痛苦的记忆。根据她对生活的判断，她认为自己应该得到谅解，但却没有，而她的祖国，虽然远隔大西洋，却给她做了不切实际又粗暴野蛮的道德评价。她被当成了替罪羊，戴枷示众；因为她心地单纯，她就愈发义愤填膺。她的去国离乡不是出于文化考虑，而是道德立场。通过将自己变成欧洲人，她想要表达自己对故国行事作风的不赞同。她在全欧洲飘游不定，最终在塔沃拉-卡尔达买了幢别墅，每年至少一半时间住在那里。她不仅学会了意大利语，还熟练使用这门语言所伴随的那些哼哼唧唧和手势动作。她坐在牙医躺椅上的时候，喊疼发出的不是英语“哦”，而是意大利语的“哎哟”；她可以用精妙的挥手动作将萦绕酒杯的黄蜂赶走。对于自己的侨居海外，她有种专属感——这是她的领地，是她通过不同寻常的痛苦经历才赢得的，别的外国人讲意大利语她听了会感到恼火。她的别墅很迷人——橡树上夜莺歌唱，花园里喷泉舞蹈，而她立在最高的平台上，头发染成罗马正时兴的古铜色，朝着下方她的宾客呼喊：“Bentornati. Quanto piacere![1]”但这形象总有点不对劲，仿佛是人为复制的场景，就像你放大画面，能看到些许微笑的不完美——质感的损失。感觉是她人既不在美国，也不在意大利。

她大部分时间身边的人也跟她相似，都自称是一种严厉压抑的道德环境的牺牲品。他们的心总是在远航的航线上，永远在逃离故

1 意大利语：欢迎欢迎。非常高兴！

国。她为这种自由迁徙付出的代价是孤独。她计划在威斯巴登碰面的一群朋友没有留下地址就搬走了。她到海德堡和慕尼黑继续寻找他们，却始终没找到。婚礼的邀请函，还有天气预报（“大雪锁困美国东北部”）都会勾起她无尽的乡愁。她继续打磨着自己作为欧洲人的形象，虽然她的成就卓著，令人钦佩，但她对于批评却仍是极为敏感，非常厌恶被当作游客。季末有一天在威尼斯，她坐火车南下，在九月一个炎热的午后到了罗马。罗马大多数人都在睡觉，唯一的生命迹象就是旅游大巴，它们不知疲倦地研磨着街道路面，就像某种基础工程设施——譬如下水道，或者照明电缆之类。她将行李票递给一个搬运工，用流利的意大利语向他描述了自己行李箱的特点，但他似乎仍是看穿了她，嘟囔了一句美国人如何。哦，实在是太多了。这让她很恼火，于是打断了他的话：“我不是美国人。”

“抱歉，夫人，”他说，“那么，您是哪国人？”

“我是，”她说，“希腊人。”

她的谎言来得如此恶劣，如此悲剧，自己都不由得有点踉跄。我做了什么？她拼命自问。她的护照像青草一样碧绿[1]，而且她就在美国的国玺护佑之下到处旅行。为什么对于自己身份构成如此重要的一部分，她要撒谎呢？

她搭乘出租车到了威尼托大道上的酒店，将行李差人送上楼，然后去酒吧喝一杯。吧台那儿有一个美国人——一个戴着助听器的白发男子。他一个人，看起来很寂寞，终于，他转过身来朝着她坐

1　美国护照一九四一年至一九七六年间为绿色。

的桌子，非常客气地问她是不是美国人。

“是。”

“你怎么会说这种语言？”

“我住在这里。”

“斯特宾斯，”他自我介绍，“查理·斯特宾斯。费城人士。”

“幸会，”她说，“费城哪里？”

“我生在费城，”他说，“但我已经四十年没回去过了。我真正的家在加利福尼亚州的肖肖尼。他们管那儿叫作死亡谷通道。我妻子来自伦敦，阿肯色州的伦敦。哈哈。加州，华盛顿。内华达，南北达科他，还有路易斯安那。斯特宾斯太太去年过世了，于是我觉得我该出来见识见识外面的世界了。”

星条旗仿佛在他的头顶上骤然浮现，她突然想到，此时在美国，树叶已经开始变色了。

“您都去过哪里？”她问。

“你瞧，说来好笑，可我自己都说不上来。在加州的一个什么旅行社帮我安排的行程，他们告诉我说我会跟一群美国人一起旅行，但是我一到公海上，就发现是我一个人在旅行。我再也不这么干了。有时候一整天我都听不到一句像样的美国话。所以啊，有时候我坐在房间里，自言自语，就为了享受听到美国话的感觉。为什么我竟会坐上大巴从法兰克福到了慕尼黑？你知道吗，整部车上没一个人能讲一句英语。然后我从慕尼黑坐大巴到了因斯布鲁克，那部大巴上也没有人讲英语。然后我从因斯布鲁克坐大巴去了威尼斯，那部车上还是一个能讲英语的人都没有，一直到科尔蒂纳，才上来几个美国人。但对酒店我没什么好抱怨的。通常酒店里他们都说英语，我住过几家相当不错的。”

在罗马的这间地下室里，坐在酒吧凳子上，在安妮看来，眼前的这个陌生人似乎挽回了她的祖国。此人周身散发着害羞与诚恳。收音机调到维罗纳的军队电台，里面正在播放《星尘》的录音。

“《星尘》，”陌生人说，“不过我猜你大概知道。作曲的是我的一个朋友。霍奇·卡迈克尔。单这一首歌的版税，能给他一年带来六七千美元的收入。他是我一个好朋友。我从没见过他本人，但我跟他通过信。我猜你大概觉得这很可笑，我有个从来没见过面的朋友，但霍奇真的是我朋友。”

在安妮看来，这话比音乐本身更富有旋律，有表现力。其不着调，没意义，以及讲这些话的节奏在她看来，就像是故乡的音乐，她记起自己还是小女孩的时候，穿过制勺厂一堆堆的锯末，走着去好朋友家的事。她如果下午走过去，有时得在铁道岔口等一阵，等货运车过去。首先你会听到远处传来的声音，就像山洞里的风声，随后是钢铁雷鸣般的巨响，铁轮铿锵。货运列车全速通过；它们风卷残云呼啸而过。但她曾读着车厢上的字母，心有所动；倒不是说车厢到尾部会有什么华丽的惊喜，只是祖国的广阔和深远总是令她惊叹不已，仿佛联邦的各州——小麦州，石油州，煤炭州，沿海各州——都被铁轨拉到她站立的地方近前，她一个个念出来：南太平洋，巴尔的摩和俄亥俄州，镍牌铁道，纽约中央铁道，大西部，岩石岛，圣达菲，拉克万纳，宾夕法尼亚，[1] 轰隆轰隆，终于消

1 此处列出的都是美国铁道公司的名字，其中的“镍牌铁道”全名是：纽约–芝加哥–圣路易斯铁道公司，俗称镍牌铁道。

失不见。

“别哭啊，小姐，”斯特宾斯先生说，“您别哭啊。”

是时候回家了，她那天晚上乘了一架飞机到奥利[1]，第二天晚上又搭乘另一班飞机到了爱德怀德[2]。在见到陆地之前很久，她就开始激动得浑身颤抖。她回家了；她回家了。她的心跳到了嗓子眼。离开这么多年，大西洋的海水看起来依然幽暗又新鲜。晨光中，那些有印第安名字的低矮小岛从飞机右翼下方滑过，甚至连长岛上那些房屋，排列整齐如同华夫饼锅子的网格一样，看了也让她感到激动。他们绕地面一圈，然后降落。她计划在机场找个地方吃午饭，点个培根生菜番茄三明治。她抓过雨伞（巴黎的）和手袋（产自锡耶纳），排队等着下飞机，但是正当她走下阶梯的时候，甚至不等她的鞋子（罗马产）碰触到祖国的地面，她就听到隔壁大门口，一个机械师在一架 DC-7 飞机上工作，一边唱着歌：

> 哦，潮湿的伊莎贝拉
> 从没亲过男人家……

她根本没有离开机场。她搭乘下一班飞机到了奥利，跟成百上千的美国人一起，流向欧洲，或喜或悲，都像是实实在在失去家园的人。他们冲到因斯布鲁克的某个街角，有三十人之多，然后就消失不见了。他们在威尼斯的某座桥上簇拥着，然后离开。有人听到

1　奥利（Orly Airport），巴黎郊外的一个国际机场。

2　参见第 412 页注释。

他们在大山上的云中旅店里要番茄酱，有人看到他们在圣斯特凡诺港口附近的深水区海蚀洞穴里东戳西碰，头戴面罩和透气管。她在巴黎度过了秋天，去基茨比厄尔待过。她去罗马看马展，去锡耶纳看赛马。她总是跑来跑去，梦想着培根生菜番茄三明治。

贾斯汀娜之死

神啊救我，一切变得越来越荒唐，跟我的记忆、我的期待都越来越不搭界，仿佛生活的驱动是离心力，不断将人从最初的记忆和雄心远远推开；我几乎无法回忆起自己长大的老房子什么样了，只记得隆冬时节帕尔马紫罗兰在厨房门口附近的苗床阳畦里开放着，沿着长长的走廊一直走，经过罗马七景——向上走两级，再往下走三步——就到了藏书室，所有的书籍都排列整齐，灯光明亮，生着炉火，十几瓶上好的波旁威士忌锁在一个饰有玳瑁纹贴片的柜子里，银钥匙就挂在我爸爸的表链子上。小说是一门艺术，而艺术（至少）是对混乱的胜利，我们唯有通过选择最为警醒的练习才能达成这一成就，但在这样一个变化速度快到令人感觉不到的世界上，一直有种危险，即我们的选择能力会用错，而我们凭借、信赖的未来其实空无一物。我们崇尚体面，鄙弃死亡，但在一夜之间，甚至连山岳仿佛都会动摇，也许栗树街和榆树街交叉口的那个暴露狂，要比那位将一片新鲜乌贼骨放进夜莺笼里、头发上有阳光闪亮的可爱女子更为重要。请容我讲一个混乱的例子，如果你不相信我，但请你诚实回望自己的过往，看看你是否就找不到与此相类的经历……

星期六的时候，大夫嘱咐我要戒烟戒酒，我照做了。我就不再赘述那些戒除过程中的常见症状了，但我想指出的是，傍晚时分我站在自家窗前，望着日落后华丽的霞光以及渐渐展开的黑夜，我感到，没有了这些卑微的刺激物，随着夜晚星星月亮的到来，某种原始记忆的力量简直犹如末日将临。我突然想到了山腰上，我那无人祭扫的三个兄弟的坟茔，心想也许死亡是一种极为残酷的孤独，比活人所能体会的任何孤独都要残酷。而灵魂（我觉得）不会离开躯体，而是跟躯体一起，消磨度过每况愈下的腐朽和忽视，熬过严寒，熬过酷暑，熬过漫长的冬日夜晚，没有人带着花环或是一株植物来扫墓，没有人念诵一句祷词。这种不愉快的兆头之后，紧跟着的就是焦虑。我们要出去吃晚饭，于是我想油汀可能在我们离家时爆炸，将房子烧毁。厨师可能会喝醉，举起剔骨刀袭击我的女儿，再不然就是我跟老婆会在主干道上撞车身亡，留下孩子们，成为无依无靠的孤儿，生活毫无指望，未来只剩下悲苦绝望。我发现伴随着这些愚蠢而恐怖的焦虑念头而来的，是我自由选择的能力无疑受到了损害。我感到仿佛被绳索拖住，下降到了童年时代的氛围中。我告诉妻子——在她路过起居室的时候——说我戒烟戒酒了，但她似乎并不关心，那么谁来为我的放弃给我回报？谁会关心我嘴巴里苦涩的味道、脑袋似乎要离开肩头的感受？在我看来，人们会用奖牌、雕像和奖杯来表彰一些远比戒烟戒酒更不足称道的事，禁戒是个社交问题。当我戒除罪孽，更多是出于对丑闻的惧怕，而不是个人的决心，要促进心灵纯净；但我的戒除烟酒行动却没有世俗的人际关系敦促，而死亡的威胁始终没有丢脸那么迫切。到了我们该出门的时间，我头晕得厉害，只得请妻子来开车。星期天，我偷偷在不同的地方藏了七支香烟，又在楼下衣帽间里喝了两杯马提尼。星期一早晨吃早饭的时候，我的玛芬蛋糕从盘子上抬眼盯着我看。我是说我眼睁睁看到它粗糙的、烘烤过的表面上浮现出一张脸。辨认出面容的那个瞬间一闪而过，但印象深刻，我不禁想，那到底是谁。是个朋友，某个姨妈，一个水手，滑雪教练，酒保，还是火车上的售票员？蛋糕上的笑容渐渐消逝，但有一秒钟确实存在过——一种人的感觉，有生命，一种单纯的温柔和责怪之意——我相信那个蛋糕上曾有过灵魂乍现的时刻。你肯定看得出，我太焦虑了。

星期一，我妻子的老表姐贾斯汀娜来访。贾斯汀娜是位很爱热闹的客人，尽管她大概很快就八十岁了。星期二我妻子为她举办了一场午餐派对。最后一位来宾三点钟离开，几分钟后，贾斯汀娜表姐就坐在起居室的沙发上，手里拿着一杯上好的白兰地，咽下了最后一口气。我妻子往我办公室打电话，我说我马上就出来。我正在清理办公桌时，我老板麦克弗森进来了。

"给我一分钟，"他说，"我里外上下都找遍了，就为了找到你。皮尔斯要早走，我要你来写最后一篇艾力仙[1]的广告软文。"

"不行啊，我写不了，麦克[2]，"我说，"我妻子刚打来电话。贾斯汀娜表姐死了。"

"你得写这篇广告。"他说。他的笑容犹如魔鬼撒旦一般。"皮尔斯要早走，因为他祖母从梯子上摔下来了。"

你瞧，我不喜欢虚构办公室生活的故事。在我看来，如果你想写小说，不如写写攀登高山、海上风暴什么的，我就简略讲讲我跟麦克弗森的尴尬处境，情况因为他拒绝尊重和认可亲爱的老贾

1 艾力仙（Elixircol）这种药剂显系作者杜撰。

2 麦克，麦克弗森的昵称。

斯汀娜之死而愈发糟糕。麦克弗森就是这样。他一向就是这样待我，这只是一个典型的例子。他这个人啊，我得承认，很高，仪容非常整洁华丽，大约六十岁，每天换三件衬衫，每天下午两点到两点半之间跟秘书亲热偷情，他惯于连续不断地嚼口香糖，倒赋予这种行为清洁优雅之意。我为他写发言稿，对我来说这可不是份好差事。如果讲话成功，功劳都归麦克弗森。我得承认他的真身、服装裁剪以及他的优美嗓音都是表演的一部分，但让我生气的是，我从来没有因为讲话的内容得到哪怕一点认可。另一方面，如果讲话不成功——如果他的形象和声音没能撑起演出时段——他那咄咄逼人冷嘲热讽的态度简直像手术刀一般锋利，我就得装孙子，承认自己一事无成，尽管我的能言善辩时常会引来一堆的贺信。我必须得假装——我必须得像个演员一样，学习并且精进我的演技——表现得跟他的胜利毫无关系，而当我们俩都失败的时候，我必须得诚恳地低头蒙羞。面对伤害我不得不表现出感激，我不得不撒谎，假笑，扮演一个空洞的角色，就像轻歌剧中的配角王子一样，跟剧情毫不相关，但是如果我实话实说，那么我的妻儿将为我的直言不讳付出生活穷困的代价。现在他拒绝尊重甚至承认我家里有人去世这一沉重的事实，如果我不能反抗，我觉得至少我可以旁敲侧击地表现出来。

他要我写的是一种叫艾力仙的补药的广告软文，将由一个既不美貌也不年轻的女演员在电视上念出来，其外表一看就是放浪无行，但无论如何她是赞助商某位叔叔的情妇。*你是否正在变得衰老？*我写道，*看到镜中的容颜你是否无心爱恋？饮酒和纵欲过度是否让你清晨醒来满脸皱纹，其余部分就像粉红灰暗的一堆，覆盖着斑驳的毛发？漫步*

在秋日林中，你是否感到自己跟树木的烟火气息之间，隔着微妙的距离？你为自己起草过讣闻吗？你动不动就喘不上气来吗？你穿紧身衣吗？你的嗅觉在退化吗？你对园艺的兴趣是不是大不如前，恐高的症状却日益严重，你的情欲冲动是否还像往常那样汹涌强烈？你是否觉得妻子越来越像个两颊干瘪的陌生人，误打误撞晃进你卧室里来？如果我全说对了，或者至少某一句说对了，那么你需要的就是艾力仙，青春的真露。小瓶经济装（带瓶销售）售价七十五美元，大瓶家庭装售价两百五十美元。确实不便宜，上帝知道，但如今这个通胀的时代，谁能给青春标上价格？如果你没有现钱，就去找附近的高利贷，或者打劫当地银行。我敢打赌十成有七成机会，你只需要一把一毛钱的水枪和一张纸条，就可以从随便哪个胆小的柜员那里搞到万把块钱。人人都这么干（音乐起，渐消）。我让跑腿的小弟拉尔菲将这份东西给麦克弗森送去，就搭乘四点十六分的列车回了家，途经一片荒芜破败的风景。

再说我的旅程就偏开话题了，这跟贾斯汀娜的死没有实际关联，但接下来发生的事，就只会出现在我的国家，我这个时代，因为我是美国人，穿行在美国的风景中，如此说的话这段旅程也许要归在这个主题之下了。有些美国人，虽然他们的祖辈在三个世纪之前就从旧世界移民而来，但他们却仿佛从未完成这一漫长的旅程，而我就是这些人之一。打个比方，我就像一只脚湿淋淋地踩在普利茅斯岩石[1]上，带点世故地放眼望去，眼前并非一片令人生畏的挑战性荒野，而是一种半完成的文明，它拥抱玻璃高楼，石油井架，

1　普利茅斯岩石（Plymouth Rock）相传为首批英格兰清教徒一六二〇年乘著名的“五月花号”在美洲大陆的登陆点，是美国历史的一个重要的象征物。

大片的郊区，纵情声色的电影院，你不禁疑心，在这样一个最为繁荣公道、成就卓越的世界上，甚至连清洁女工业余时间都要去练肖邦序曲的地方，为什么人人看起来都那么失望呢？

到了普罗克斯迈尔庄园车站，只有我一个人下车，这班支线慢车漫无目的地曲折行进，完全无利可图，亮着昏暗的灯光，驶进渐暗的夜色中，就像一个腿脚不便的看门人，或者教堂执事，出来奉命巡逻。我走到车站前方等待我妻子，趁机充分享受出行者那种微妙的焦虑之感。我的家，还有我朋友们的家，就在我上方的山上，都亮着灯，散发出香木燃烧的气息，就像圣林中寺庙，敬奉的是彼此忠实的婚姻、没精打采的童年以及幸福的家庭，但这一切就像梦境，让我极为刺痛地感到其空无内容——没有血肉，没有某些欧洲风光让我们感到的那种内在活力。简而言之，我很失望。这是我的祖国，我亲爱的祖国，有些清晨我简直想要亲吻它那覆盖诸多州省的土地。有过幸福的表现；浪漫的，家庭的幸福。我仿佛曾听到雪橇的铃儿响叮当，将我带回到祖母的家里；然而事实是祖母人生的最后几年都在一条跨海邮轮上做服务员，在罗蕾莱号沉船悲剧中失踪了，所以我是在回顾一段我根本没有亲历过的记忆。但满山的灯光渐渐升起，像是回应着某个关于回家的原始的梦想。在最高处的某块草地上，我看到一个残缺不全的雪人，还叼着烟嘴，系着围巾，戴着帽子，但身形已经半融，无烟煤做的眼睛带着吓人的刻毒望着面前的风景。我能察觉这景象中有令人失望的绿意，但在内心深处，过去的一切历历在目，犹如昨日，我的父辈离开了旧世界，来此创建一个新世界；我想到了那些给这一场景带来持久劲能的力量：卡拉布里亚那些残暴的城镇，里面那些残暴的王公，都柏林西北那些不毛之地，犹太人聚居区，暴君，妓院，领救济粮排起的长队，孩童的坟墓，忍无可忍的饥饿，腐败，迫害，以及绝望。正是所有这些才点燃了这些微弱而又温暖的灯火，难道这不就是大移民运动的一部分，人的一生又何尝不是一场大移民？

我吻她的时候，发觉妻子的脸颊被泪水濡湿。当然她很烦躁，也真的非常伤心。她跟贾斯汀娜感情很深。她开车载我回家，贾斯汀娜还坐在我家的沙发上呢。我想绕过那些令人不快的细节，不给你平添烦恼，但我还是得说她的嘴巴、眼睛都大张着。我到餐具室去给亨特大夫打电话。他的线路忙音。我给自己倒了一杯酒——这是星期天以来第一杯——然后点上了一根烟。当我再次给医生打电话时，他接了起来，我将家中发生的事讲给了他。“呃，听到这事我真的非常难过，摩西，”他说，“我六点之前赶不过去，再说我也没什么可以做的。这种事以前也发生过，我就把我所知道的尽量都告诉你。要知道你住的地方是 B 区——两英亩地块，没有商业地产，诸如此类。几年前有个生人买下了普莱维特家的老宅院，原来他是打算在那里开间殡仪馆。当时没有区划条例来保护我们，于是村务委员会半夜匆忙之中通过了一条规定，结果做过了头。现在看来你不光不能在 B 区开殡仪馆——在这儿你什么都不能葬，连死都不能死在这儿。当然这很荒唐，可我们都会犯错误，对不对？现在有两件事你可以做。之前我被迫处理过这一类的事儿。你可以带上老太太，把她放进车里，开车送到栗树街，那边就是 C 区的范围了。边界就是中学旁边的红绿灯。只要你把她弄到 C 区，就没问题了。你可以说她就是在车上死的。你可以照我说的这样做，或者，如果你觉得这样太过分，也可以给镇长打电话，让他在区划管理上给你开个特例。但是除非你将她带出这个地区，否则我不能给你开死亡证明，没有死亡证明自然也就没有殡葬服务人员愿意来碰她。”

“我不明白。”我说，我确实是不明白，但是马上，一个念头像浪头一样击中了我，打倒了我：也许他说的这些，至少有部分是真的。这激起我极大的愤慨。“我这辈子都没听说过这么多见鬼的蠢事，”我说，“你的意思是要命令我，不能在某个区域死，不能在另一个区域恋爱，不能在哪儿吃东西……”

“听我说，冷静，摩西。我不是命令你，只是陈述事实，我还有好多病人在候诊呢。我没有时间听你发脾气。如果你想挪动她，那么一旦带她越过了红绿灯那条线，就给我打电话。不然，我建议你联系镇长或者村务委员会的成员。”他挂断了电话。我气得要死，但这也改变不了贾斯汀娜仍然坐在沙发上的事实。我又倒上一杯酒，点上一根烟。

贾斯汀娜似乎在等着我一样，从静止不动，变成了一个索求无度的人物。我在想象中抱起她，把她搬到旅行轿车上去，但是即便在想象中我也无法完成这项任务，我敢肯定的是，现实中我更是决计无法做到。于是我给镇长打了电话，但在我们镇上，这个职位总的来说只是种荣誉，我早该想到他应该在纽约他的律师事务所里，七点才回到家里来。我可以把她盖起来，我想，这样做至少比较得体，于是我到楼梯下方放床品的橱柜里取了条床单。我回到起居室的时候，天色已经暗下来了，却没有慈悲的暮色之光。黄昏似乎径直落到她手里，随着夜色渐浓，她的力量仿佛增强了，轮廓也越发显著。我用床单将她盖起来，打开了房间另一头的一盏灯，但此地的正气，那些旧家具、鲜花、油画等等构成的祥和正气，都被她那纪念碑一样的身形毁掉了。还有件要担心的事就是孩子们，他们几分钟内就会回来了。对于死亡他们一无所知，除了在我所不知道的梦和直觉里面，而客厅里那个醒目的身形注定要给他们留下痛苦的阴影。我听到门口传来他们的声音，立刻出去告诉他们发生了什么，然后带他们上楼回了自己的房间。七点钟我去了镇长家。

他还没到家，但随时可能回来，于是我跟他太太交谈起来。她给我倒了一杯酒。到这时候我已经烟不离口了。镇长进了家门，我们进了一间小书房或者他的办公室，他在书桌后面落座，让我坐在一张较矮的椅子上，呈现出有事相求的姿态。“我当然同情你，摩西，”他说，“出这种事真是糟糕，但是麻烦在于，没有村务委员会的多数票我们就不能破例给你许可，现在村委会成员偏巧都出去了。皮特在加利福尼亚，杰克在巴黎，拉里要到周末才能从斯托回来。”

我嘲讽地道：“如此说来贾斯汀娜表姐就只能在我的客厅里优雅地腐烂，一直到杰克从巴黎回来了。”

“哦，不，”他说，“哦不。杰克还要再有一个月才能从巴黎回来，但我想你可以等拉里从斯托回来。那时我们就可以凑齐多数票了，当然我们假设他们都同意你的申请。”

“看在上帝分上。”我吼道。

“是，是，”他说，“情况很艰难，但是说到底你得明白，你生活的世界就是这样，区划的重要性是不容忽视的。如果村务委员会的个别成员就可以批准区划破例，那么我现在立马可以给你许可，批准你在自家车库里开美发店，挂起霓虹灯，雇个乐队，毁掉整个社区，以及我们费了那么大力气保护的人文和商业价值。”

“我不想在车库里开美发店，”我怒吼道，“我也不想雇乐队。我只是想埋掉贾斯汀娜。”

“我知道，摩西，我知道，”他说，“我理解。但是事情发生在错误的区划中，如果我为你开了特例，那我就得给每个人开特例，这种破事发生的概率一旦达到不可控的程度，那结果将会不可收拾的。人们不愿意住在一个总是发生这种事情的社区里。”

“你听我说，”我说道，“你给我破例的许可，你现在就给我许可，不然我就回家在花园里挖个坑，亲手埋了贾斯汀娜。”

“但你不能这么做，摩西。在 B 区你什么都不能埋。连只猫都不能下葬。”

“你错了，”我说，“我能，并且我就这么干。我不能取代医生的职责，也不能干殡葬师的活儿，但是我可以在地上挖个坑，如果你不给我破例，我就打算这么干。”

“回来，摩西，回来，”他说，“请你快回来。你瞧，我可以给你破例，但是你得跟我保证谁都不告诉。这是违法，这是假造文书，但是如果你承诺保密，我就帮你。”

我承诺保密，他给了我相关文件，我用他的电话打出去做了相应的安排。我回到家几分钟之后，贾斯汀娜就被移走了，但是那天晚上，我做了个顶顶古怪的梦。我梦到自己在一家拥挤的超市中。当时一定是夜间，因为窗口望出去是黑的。天花板上铺满了荧光灯——明亮闪耀，欢欣鼓舞，但在我们不靠谱的史前记忆中，莫如说这道光的锁链中有一条强硬的连线，将我们同过往捆在了一起。音乐播放着，至少有上千名购物者推着购物车，站在漫长的食品货架间的过道上。我们推着购物车的姿态中，到底有没有什么东西会让我们失去性别呢？有没有可能很英武地推起车？我之所以提起这点，是因为那天晚上众多的购物者推着车的样子显得充满悔恨，又毫无性别特征。有各种各样的人，我可爱的祖国就是这样。有意大利人，芬兰人，犹太人，黑人，什罗普郡[1]人，古巴人——只要听得进自由之声，任何人都欢迎——他们穿着打扮肆无忌惮地不顾体面，就像欧洲的漫画家们怀着鄙夷和刻毒描绘出来的那样。没错，有穿着短裤的老奶奶，穿针织软裤的大屁股女人，有的男人一身搭配如此匪夷所思，看起来仿佛是从一幢着火的大楼里逃命出来，匆忙穿戴起来的。但正如我所说的，这就是我的祖国，在我看来，那些诋毁穿短裤的老太太的漫画家，真正诋毁的是他们自己。我是本地人，身穿鹿皮靴，斜纹布裤子裁剪很紧，性器官的轮廓清晰可见，上身是件人造丝和醋酸纤维的睡衣，上面印着品塔、妮娜和圣马利亚三艘船[2]扬帆起航的图案。场面很古怪——在梦中常常有这样古怪的现象，我们平日那些最熟悉不过的物件，都会呈现出全然陌生的样子——但是当我仔细看时，却发现有些不寻常之处。商品都没有标签。什么都看不出，什么都没有写明。瓶瓶罐罐和盒子都是光秃秃的。冷冻食品柜上都是些棕褐色的包装袋，但形状非常古怪，我完全看不出里面到底是一只冷冻火鸡，还

1　什罗普郡（Shropshire），英国英格兰萨洛普郡（Salop）的旧称。

2　品塔（Pinta）、妮娜（Niña）和圣马利亚（Santa María）是一四九二年哥伦布第一次到达新大陆时所率三条船的名字。

是一道中餐大菜。蔬菜和烘焙柜台的商品都藏在棕褐色袋子里，甚至在售的书籍都没有标题。虽然说一切的内容都一无所知，我梦中的伙伴——我那上千位装束怪诞的同胞们——却都神情严肃地对着这些神秘的容器沉思不已，仿佛他们的选择至关重要。像所有梦中人一样，我是无所不在的，我既是他们中的一员，同时又置身事外，有一会儿我是居高临下望着这场景，我留意到了收银台的那些人。他们是野人。有时候我们在人群中，酒吧里或是大街上，会看到一张这样的脸，顽固地抗拒着爱、理智和体面的吸引，满脸都是下流、粗野、冥顽不化，你看到了会转开脸去。在唯一的出口，就是这样的人在当班，当购物者走上前去时，他们就将包装打开——我还是看不到里面的内容——但每一个顾客，在看到自己所选的商品时，都显示出了最深切的愧疚，种种迹象表明，他们觉得自己罪孽深重，压力之大令我们简直要跪地忏悔。一旦他们的选择被打开来，他们就被推向了羞耻——有时是被一脚踹向——大门口，我看到门外是幽黑的水，听到空中传来吓人的呻吟声和哭泣声。他们成群结队等在门口，等着某种我看不见的交通工具来带他们离开。就在我的注视下，成千上万的人推着购物车，在超市中穿行，认真又神秘地做出选择，承受羞辱，然后被带走。这一切到底意味着什么？

第二天下午我们在雨中埋葬了贾斯汀娜。上帝知道，死者绝不是少数，但在普罗克斯迈尔庄园，属于他们的国王寂寂无闻，远在郊外，简直像是垃圾场，他们被当作无赖流氓一样，被人悄悄地运到这里来，然后就在完全无人理会的气氛中，默默地躺着。贾斯汀娜的一生堪称模范，但她的逝去却仿佛令所有人丢脸。牧师是我的朋友，看到他很令人愉快，但殡葬师和他那些躲在灵车后面的助手却不令人愉快；声称死亡只是一个散发着紫罗兰气息的亲吻的他们，难道不是我们大多数烦恼的根源所在吗？一个不想要理解死亡的民族，怎么可能期望他能理解爱呢？又有谁会敲响警钟呢？

我从墓地回来，去了办公室。那篇广告软文摆在我桌上，麦克弗森用油彩铅笔在上面批道：很好笑，你个不中用的废物。重写。我很疲惫，但毫无悔意，而且仍然无法勉强自己摆出一种实事求是、服从命令的姿态积极效力。我又写了一篇广告。我写道：不要仅仅因为放射性元素过多的缘故就失去你的至爱。在舞会上不要甘当壁花小姐，就因为你骨骼里含有锶90。不要做放射性粉尘的牺牲品。当三十六街的那个站街女向你投来热切的目光，是否你的身体朝一个方向大步撤离，而在想象中却走向完全相反的方向？你的心是否追随着她上楼梯的脚步，令人恶心地细细品尝她的器官，而你的身体却远远走开，进了布克兄弟专卖店，或者大通曼哈顿银行的外币兑换柜台？你是否留意到蕨类植物长得多大，青草多么茂盛，四季豆里有苦味，还有新品种蝴蝶身上的斑纹多么明艳漂亮？你已经呼吸着致命的原子能废气长达二十五年之久，只有艾力仙能够挽救你的生命。我将这篇东西交给拉尔菲，等了大概十分钟，稿子又被退回来了，上面又有油彩铅笔的批示。写，他写道，不然你死定了。我感到非常疲惫。我又往打字机里塞进一张纸，写了起来：耶和华是我的牧者，我必不至缺乏。他使我躺卧在青草地上，领我在可安歇的水边。他使我的灵魂苏醒，为自己的名引导我走义路。我虽然行过死荫的幽谷，也不怕遭害，因为你与我同在；你的杖，你的竿，都安慰我。在我敌人面前，你为我摆设筵席；你用油膏了我的头，使我的福杯满溢。我一生一世必有恩惠慈爱随着我；我且要住在耶和华的殿中，直到永远。[1] 我将这篇文字交给拉尔菲，就回家了。

1 引自《圣经·旧约·诗篇》第二十三篇。

克莱门蒂娜

她出生长大都在纳斯考斯塔，那是相信奇迹的时代——珠宝的奇迹，还有冬天的狼群。她十岁的时候，在圣乔瓦尼教堂的最后一次弥撒之后，有贼闯进了圣母的祭坛，偷走了一位公主献给圣母马利亚的珠宝，因为她在这里治好了肝病。第二天，塞拉菲诺叔叔从田里回来的时候，看到伊特鲁里亚人埋葬死者的墓地那边，墓穴里有个光鲜漂亮的年轻人在召唤着他，但他害怕，就跑开了。后来塞拉菲诺发烧病倒了，他去找神父，对他讲了自己看到的事，神父去了那个洞穴，在那里，曾经站立着天使的地方，一堆枯叶下面，他找到了献给圣母马利亚的珠宝。就在同一年，在农场下方的一条路上，她表姐玛丽亚见到了魔鬼，长着角，尖尾巴，身穿红色紧身套装，就像图片上画的一样。下大雪的那年她十四岁，那天晚上，天黑了以后，她到泉水边，转身朝当时他们居住的塔楼里走的时候，她看到了狼群。一共有六七头，在雪中沿着加富尔大道的台阶逐级上行。她扔掉水罐，跑进了塔楼，虽然吓得舌头都肿得僵住了，但还是透过门上的缝隙看出去，它们比狗更加蓬乱，被毛肮脏有癣，肋骨轮廓可见，嘴巴上还滴着它们杀死的羊身上的血迹。她吓坏了，简直失魂落魄，仿佛在雪地里行动的狼群是死者的幽灵，不然就是她所了解的接近生命核心的神秘力量中其他的组成部分，当狼群过去之后，若不是它们在雪地上留下了足迹，她简直不敢相信自己曾亲眼见到过。她十七岁的时候，去给一个无足轻重的男爵做 donna di servizio[1]，男爵在山上有座别墅。就是在同一年的夏天，在幽暗的田野里，安东尼奥喊她是带露的玫瑰，搞得她脑子晕乎乎的。她向神父忏悔，赎罪，但当这种事重复了六次之后，神父说他们应该订婚，于是安东尼奥成了她的 fidanzato[2]。安东尼奥的妈妈很无情，三年过去了，克莱门蒂娜仍然是他的玫瑰，安东尼奥仍然是她的 fidanzato，不论什么时候一提到结婚，安东尼奥的妈妈就会捧着脑袋开始哭叫。秋天，男爵要她去罗马当女仆，她这一辈子，每天晚上都梦想着亲眼见到教皇，走在入夜之后仍然用电照明的街道上，她怎么能够拒绝呢？

在罗马，她睡在草席上，用一只桶洗身体，但街道很壮观，尽管她工作时间很长，难得有机会在城里散步。男爵承诺每个月付给她一万两千里拉，但第一个月结束时，却什么都没给她，第二个月还是没有，厨子说他经常从乡下带女孩子出来，不付她们工资。有天晚上，她为男爵开门的时候，非常礼貌地问起自己的工资，他说我给了你住房，改变了环境，带你来见识罗马，你居然还这么没有教养，胆敢再提过分要求。她没有大衣可以穿着上街，鞋子里有破洞，吃的食物就只有男爵桌上的剩饭。她明白自己得另找份差事，因为她没有钱可以回纳斯考斯塔。第二个星期，厨子的表亲替她找了个地方，去做女仆和裁缝，在这里，她工作得更加卖力，但一个月到头来，还是没有工资。于是她拒绝为女主人完成一件要求她做

1 意大利语：女仆。

2 意大利语：未婚夫。

好在招待会上穿的裙子。她说除非拿到工资，否则她绝不做完这条裙子。女主人大发雷霆，扯乱了头发，但还是付了工资。后来，那天晚上厨子的表亲说有美国人需要个女仆。她于是将所有的脏盘子都丢进烤炉，假装已经清洗干净，在圣马塞洛教堂做了祈祷，然后飞奔穿过罗马去到那家美国人住的地方，感到仿佛那天晚上街上所有的姑娘都是要去抢同一份工作似的。这家美国人有两个儿子——这是一对教养很好的夫妇，可是她能够看得出，他们不快乐，人又笨。他们提出要付她两万里拉的薪水，领她来到一个相当宽敞的房间，告诉她以后就住在这里，希望她不要感到不舒服，第二天一早，她就把自己的物品搬到了美国人家。

她听说过很多关于美国人的事，听说他们出手大方，单纯无知，有些确实是真的，他们的确很慷慨，待她如同来家里的宾客，总是问她是否有时间做这个那个，再三要求她星期四和星期天到街上逛逛。男主人又瘦又高，在大使馆工作。他的头发剪得很短，像个德国人或是监狱里的犯人，再不然就是做完开颅手术正在康复的病人。他的头发很黑、很茂盛，倘若他留起头发，晃动脑袋让头发飞扬，街上的姑娘们肯定会爱慕不已，但他每个星期都去理发店，给自己毁个容。在其他方面他都非常低调，在海滩上他穿着很保守的遮蔽身体的泳衣，但当他走在罗马的大街上时，却总是光着脑袋，暴露出头型，人人尽可以随意观看。女主人很漂亮，皮肤像大理石一样，衣服很多，他们生活得很宽裕，很丰富多彩。克莱门蒂娜在圣马塞洛教堂祈祷，希望这一切永远都不要结束。他们让所有的灯都亮着，仿佛电不要钱似的，他们在壁炉里烧木头，仅仅为了驱除傍晚的寒意，晚餐之前他们还会喝冰镇的金酒和味美思。他们身上的气味也不同。她觉得他们的气味很苍白——是种虚弱的气息——也许跟他们北方人的血液有关系，不然就是洗了太多热水澡的缘故。他们那么频繁地泡热水澡，以至于她不明白他们为什么没有神经衰弱。他们吃意大利食物，喝葡萄酒，她希望他们吃上足够多的意大利面和油，就能散发出健康和强壮的气息。有时候，在桌旁伺候他们用餐时，她会闻他们身上的气味，但始终都是非常虚弱的味道，有时候什么味儿都没有。他们把孩子都惯坏了，有时候孩子会跟 genitori[1] 顶嘴，或者发脾气，这种事就该抽他们，但他们从来不打孩子，这些陌生人，他们甚至从来不大声发脾气，不用任何方式教给孩子，他们的 genitori 很重要，有一次那个小儿子表现非常不好，应该挨一顿鞭子抽，可他妈妈却带他去了玩具商店，还给他买了艘帆船。还有些时候，他们穿衣打扮准备晚上出门应酬，先生会帮太太系好身上的衣服或者珍珠项链，而不是打铃喊克莱门蒂娜来帮忙，简直像 cafone[2] 一样。还有一次，公寓里停水，她就走下楼梯到喷泉边去打水，先生跟上来帮忙，她说不可能让先生打水，可先生说他不可能舒舒服服坐在火炉边，却让一个年轻女孩扛着沉重的水坛子上下楼。随后他从克莱门蒂娜手里抢过水坛子，下楼去了泉水边，在那边，挑夫和宫殿里所有其他用人都能看得到先生亲自来打水，她从厨房的窗口看到这一切，感到非常愤怒，很羞辱，不得不喝点葡萄酒下去平复心情，因为大家都会说她懒，说她服务的人家庸俗，没有教养。而且他们不相信鬼魂。有一次她在傍

1　意大利语：父母。

2　意大利语：农民。

晚时分穿过 sala[1]，看到眼前出现了一个死者的鬼魂，这个身影太清晰，以至于一开始她还以为是男主人，直到她发现这个人是站在门中间。随后她尖声大叫，盛着玻璃杯和酒瓶的托盘也落到了地上，当先生问她为什么尖叫的时候，她说见到了鬼魂，但他一点都不同情。又一次，在后面的厅里，她见到了另一个鬼魂，那是个戴着法冠的主教的幽灵，当她尖叫着告诉先生她看到了什么时，他还是毫不同情。

但孩子们同情她，晚间当他们上床之后，她就给孩子们讲纳斯考斯塔的故事。他们最喜欢的故事是纳斯考斯塔一个年轻农夫的故事，他娶了一个美丽的妻子，名叫阿桑塔。他们结婚一年之后，生了一个漂亮的男孩，头发黑黑的，卷卷的，皮肤散发着金色的光泽，但从一开始这孩子就病恹恹的，总是哭泣，他们觉得这孩子中了咒，于是带他去康赛利亚诺看医生，他们骑着一头驴一路奔去。大夫说这个孩子都快饿死了。但怎么可能呢，他们问道，因为阿桑塔的乳房胀满了奶水，衣服都沾湿了。但大夫要他们夜间留意观察，于是他们骑着 asino[2] 回了家。吃过晚饭，阿桑塔睡着了，但丈夫醒着，留意观察，半夜时分，他看到夜色中有一条巨大的蟒蛇爬过了农舍的门槛，上了床，从女子的乳房吸食奶水，但丈夫不敢动，他怕自己一动，毒蛇会将牙齿咬进妻子的乳房，毒死她，当这条蛇吸干了她的奶水之后，又回到地上，爬过门槛，潜入月色中去了，这时那农夫才发出警报，附近所有的农民都来了，他们发

1 意大利语：房间，厅堂。

2 意大利语：驴。

现，在农场一堵墙根底下有一个大蛇窝，里面足足有八条大蛇，都喝饱了奶水，养得很肥，都是很毒的毒蛇，连呼出来的气息都足以致命，于是他们用棍子将蛇打死了，这个故事是真实的，因为她曾上百次地路过事情发生的那座农场。这个故事之外，他们第二喜欢的是一个康赛利亚诺的女士爱上美国来的英俊陌生人的故事。但有天晚上，她留意到爱人背上有一块小小的树叶似的痕迹，于是记起来多年前她有个儿子被人带走，身上也有这样的胎记，于是这时她才知道，情人其实是她的亲儿子。她于是跑到教堂去忏悔，请求原谅，但神父——是个肥胖而傲慢的人——说她这样的罪孽是无法原谅的，接着，subito[1]，忏悔室传来很大声的骨头晃动的声音。后来人们来了，打开忏悔室的门，发现那曾经傲慢自大的神父已经不知去向，只剩一堆骨头在里面。她还给孩子们讲了圣母马利亚珠宝的奇迹，还有她亲眼看到狼群沿着加富尔大街上来的那个 tempo infame[2]，还有她表姐玛丽亚见到穿红套装的魔鬼的故事。

七月份她跟着这家美国人去了山里，八月去了威尼斯。秋天回到罗马的时候，她知道他们就要离开意大利了，他们将行李箱从地下室搬了上来，她帮着女主人收拾行李。如今她有五双鞋，八套裙子，银行里还有存款，但一想到要重新找工作，女主人是罗马人，随便什么时候都可能朝着她的眼睛吐口水，她就很泄气，有一天，她正在帮女主人缝补一条裙子，突然感到非常伤心失望，不由得哭了起来。随后她向女主人解释，说替罗马人做女佣的话，生活

1 意大利语：马上，立刻。

2 意大利语：邪恶的时刻，倒霉的时候。

是如何如何艰难，女主人于是说，如果她愿意，他们可以带她到新世界去。他们可以用临时签证带她过去住半年；这样她可以出去散散心，也可以帮到他们。然后所有的事情都安排好了，她去了趟纳斯考斯塔，妈妈哭了，求她不要去，村里人人都要她别去，但这只是出于嫉妒，因为他们从来没有机会去到任何地方——连康赛利亚诺都没去过。这一次，她曾幸福地生活过的地方在她眼里真的成了一个旧世界，习俗和壁垒比所有人的年纪都要老，她感到，在一个墙壁都是新的的世界里，她会更加幸福，哪怕那里住的都是野蛮人呢。

终于到了出发的时候，他们开车到那不勒斯，一路上夫人什么时候想停就停下来，喝点咖啡，喝点白兰地，舒舒服服地像百万富翁一样旅行，在那不勒斯住在一家 di lusso[1] 酒店里，她单独住一间房。但是早上他们登船的时候，她感到一种深深的难过，人若离开自己的祖国，在哪里还能过上好日子？然后她对自己说，这不过是一段旅程——她过半年就回家了——况且若是不去见识见识仁慈的上帝创造出怎样古怪的大千世界，又有什么意义呢？她的护照被盖上了戳，然后她怀着复杂的情感上了船。这是艘美国船，冷得像冬天一样，午饭的时候桌上摆着冰水，不冰的东西都烧得不好吃，寡淡无味。她再次从心底涌上深深的感触，虽然这些人善良慷慨，他们其实很无知，男人会替老婆系珍珠项链，而且虽然他们很有钱，却只知道吃一盘一盘的生牛排，就着味道跟药水一样的咖啡冲下肚去。他们既不美貌，也不优雅，眼睛色彩很浅，但在船上，最让她

1 意大利语：豪华的。

讨厌的是那些老女人，在她的祖国，到了她们这把年纪，她们就应该穿上黑衣服，悼念诸多逝去的亲人，举止要慢，要端庄，要符合自己的年纪和身份。但是在这里，这些老太太尖着嗓门讲话，穿着花哨的衣服，戴的珠宝首饰一样不少，全是假货，就像纳斯考斯塔的圣母身上戴的那些一样，而且她们脸上化着妆，还染头发。但又能骗得过谁呢？透过脸上的粉，你能看到她们两颊多么憔悴干瘪，脖子皮肤松弛、皱纹遍布，简直像乌龟的脖颈，而且虽然她们闻起来就像春天里 campagna[1] 的气息，却像坟墓上的花朵一样萎谢干枯了。她们就像干草，这必然是个野蛮的国度，他们的老人既没有智慧，也没有品位，既不值得、也得不到儿孙晚辈的尊重，而且已经将死了的人全都忘记了。

但是，她想，那里会很美的，因为她曾在杂志和报纸上看过纽约那些高楼的照片，那些金色、银色的塔楼，映在蓝天的底色上，在一座从未被战火损伤的城市中。但当他们沿纽约湾海峡进港的时候，天正在下雨，她放眼去找高楼，却什么也看不到。当她问起那些塔楼的时候，他们说被雨雾挡住了。她很失望，因为据她现在所见，这个新世界很丑陋，所有梦想着这个世界的人都被骗上当了。这就像是战争时代的那不勒斯，她真希望自己没来。海关检查她行李的人很没有教养。他们叫了辆出租车，然后转乘火车去华盛顿，这新世界的首都，然后又乘上出租车，她从车窗向外望，看到所有的建筑都是罗马帝国建筑的翻版，在夜晚的灯火中，她感觉就像鬼城一样，仿佛古罗马广场从废墟中重新起来了。他们的车驶向郊

1 意大利语：平原，旷野。

区，这里的房子都是木质的，很新，洗手池和浴缸很宽敞富丽，早上，女主人指给她看各种机器的位置，然后教她如何使用。

开始她对洗衣机很不信任，因为用的肥皂和热水值好多钱呢，衣服还洗不干净，还让她想起当初在纳斯考斯塔的泉水边，她曾多么快乐，跟朋友聊着天，将一切都洗得清洁如新。但是渐渐地，她觉得机器越来越 carina[1] 了，毕竟它只是个机器，能自己装满、倒空，一遍一遍地转动，一部机器能记住那么多事，随时等着，准备开工，让她觉得很神奇。还有洗盘子的机器，你可以穿上晚上出门的衣服再洗盘子，礼服手套上连一滴水都不会沾到。当女主人出门，男孩子们上学去之后，她就先把脏衣服放进洗衣机里按下启动键，然后将脏盘子放进洗碗机里开动起来，然后将一份美味的 saltimbocca alla romana[2] 放进电煎锅里开始烧，然后她就坐到 salone[3] 里的电视机前，听着各种机器在她身边忙碌地工作，这让她心情愉快，感到大权在握。还有厨房里的 frigidario[4]，会做冰块，将黄油冻得跟石头那么硬，冷冻室里塞满了羊肉、牛肉，跟刚宰杀的时候一样新鲜，还有一个电动打蛋器，有挤橙汁的机器，吸灰尘的机器，她会将所有机器都启动起来，有个烤面包的机器——通身银白色——你把白面包放进去，一转身的工夫，allora[5] 就有两片吐司跳出来，烤到你正好想要的火候，全是机器搞定。

---

1 意大利语：好。

2 意大利语：罗马煎小牛肉火腿卷。

3 意大利语：客厅。

4 意大利语：电冰箱。

5 意大利语：然后，马上。

白天的时候，她的男主人去办公室上班，但女主人，在罗马时候过着像公主一样的日子，来到新世界倒仿佛成了个秘书，她心想，也许他们穷了，太太不得不工作。她总是在讲电话，做估算，写信，就像个秘书一样。她白天总是行色匆匆，晚上总是很疲倦，就像个秘书一样。因为他们两人晚上都很累，家里就不像从前在罗马的时候那样和睦宁静了。最终，她问太太，为什么要当秘书，太太说她不是秘书，但她很忙，要为穷苦人、病人和疯子募捐筹钱。在克莱门蒂娜看来，这颇为古怪。她觉得气候也很古怪，很潮湿，对肺和肝都不好，但这个季节，树木可真是色彩丰富——她以前从来没见过这样的；有金色的，红色的，黄色的，树叶飘在空中，就像在罗马或者威尼斯，有些华丽的大厅里，天顶画的颜料剥落下来一样。

有个同胞，一个大家唤作老乔的老头子，来自意大利南部，是送牛奶的。他有六十岁了，也许还要老，因为背负沉重的奶瓶，背都驼了。她跟老乔去看电影，老乔用意大利语把故事讲给她听，在影院里还捏她，求她嫁给他。在克莱门蒂娜看来，这只是开玩笑。在新世界，有些古怪的 feste[1]——其中一个要有火鸡，却没有圣徒[2]——紧接着就是Natale[3]，她本人从来也没有见到过对圣母、圣婴如此不敬的事。首先他们买回来一棵绿树，然后将树立在 salone 里，在上面挂上亮闪闪的项链，仿佛这就是拥有战胜邪恶、让人祝

---

1 意大利语：节日。

2 美国和加拿大特有的感恩节，美国的感恩节是每年十一月的第四个星期四。

3 意大利语：圣诞节。

祷成真的法力的圣人。Mamma mia[1]! 一棵树啊！她没有坚持每个礼拜天都去教堂，就被严厉的忏悔神父给了个恶魔的尾巴。当她去做弥撒的时候，他们收三次献仪。她想着等回到罗马她要给报纸写篇文章，讲讲新世界的教堂，里面甚至没有圣徒的腕骨可以亲吻，他们还供奉一棵绿树，完全将圣母的苦难置于脑后，还收取三次献仪。还有雪，但这里的雪比纳斯考斯塔要 carina——没有狼，先生、太太会到山里去滑雪，孩子们在雪地里玩，屋里总是很暖和。

她每个星期天还是跟老乔去电影院，他将故事讲给她听，并且求她嫁给他，还捏她。有一次，在看电影之前，他在一座完全由木头建造，漆得很漂亮的好房子门口停了下来。他开了门锁，带她上楼，进到了一套贴着墙纸的上好公寓里，地板打着蜡，亮亮的，一共有五个房间，有间现代的浴室，他说如果她肯嫁给他，所有这些将都是她的。他将给她买个洗盘子的机器，打鸡蛋的机器，还有像太太用的那种电煎锅，做 saltimbocca alla romana 的时候知道什么时候自动关火。当她问起去哪里搞这么多钱来做这些事的时候，他说他已经攒了一万七千美元了，他从口袋里掏出一个小本子，是个银行的存折，上面印的数字有一万七千两百三十美元十七美分。如果她愿意来做他的太太，这些将都是她的。她说不要，但是电影结束之后，当她躺在床上的时候，想到所有那些机器，她感到很伤心，她想自己要是没有来到新世界就好了。一切都变了。当她回到纳斯考斯塔，跟大家说有个男人——不是什么俊俏的男人，却是个诚实温柔的好人——曾要给她一万七千美元，还有一套有五个房间的房

1 意大利语：我的老天爷。

子时，他们肯定不会相信她的话。他们会觉得她莫不是疯了，她怎么能够满足于再次躺在草席上，睡在冰冷的房间里呢？到四月她的临时签证到期，那时候她就得回家去，但先生说如果她愿意的话，他可以帮她申请延期，于是她恳求先生帮忙。有天晚上在厨房里，她听到他们低声讲话，于是猜测他们是不是在说自己的事，但直到过了很久先生才跟她谈，那时候其他人都已经上楼去了，她进房间来道晚安。

“我很抱歉，克莱门蒂娜，”他说，“但他们不肯给我延期。”

“没关系，”她说，“如果这个国家不想留我，我就回家去。”

“不是这样的，克莱门蒂娜，这是法律规定。我很抱歉。你的签证到十二号到期。我给你买张这之前的船票。”

“谢谢你，先生，”她说，“晚安。”

她要回去，她想。她要坐上船，她要在那不勒斯下船，在莫吉利纳乘上火车，到罗马换上普尔曼式客车，从第波提尔纳换乘大巴，在蒂沃利爬上山坡的时候，车上会窗帘飘飘，尾部扬起紫色的尾气和烟尘。一想到要亲吻妈妈，送给她特地从伍尔沃思商场买的镶着银框的达纳·安德鲁斯[1]相片，她的眼中就充满了泪水。然后，她将坐在广场上，一大群人围着她，仿佛出了事故之后的围观人群，大家用她的母语讲话，喝自家酿的葡萄酒，讲讲新世界，那里连煎锅都很有头脑，连清洗 gabinetti[2] 的清洁粉都散发着玫瑰香。她仿佛清楚地看到了这一场景，喷泉在风中摇曳喷洒，但随即，在她

1 达纳·安德鲁斯（Dana Andrews，1909—1992），美国男演员，以影片《劳拉秘史》（1944）和《黄金时代》（1946）里的角色著称于世。

2 意大利语：抽水马桶。

想象中故乡人的脸上，渐渐浮现出不可置信的表情。谁会相信她的故事？谁愿意倾听？倘若她见过恶魔，就像玛丽亚表姐那样，也许他们会钦佩她，但她见识过天堂一样的生活，这就没人理会了。她离开一个世界，来到另一个，结果却把两个世界都丢失了。

随后她打开了叔叔塞巴斯蒂亚诺从纳斯考斯塔写给她的信，重新开始读。那天夜里，他的来信都显得很忧伤。秋天来得太早，他写道；天冷了，尽管才九月份，许多橄榄和葡萄都没了收成，la bomba atomica[1] 已经毁掉了意大利的四季。如今城镇的阴影很早就落进山谷里，她记起自己在刚一入冬的时候——霜冻突降，葡萄和野花上结起了白霜，天黑的时候 contadini[2] 骑着 asini[3] 回来，驮着树根还有各种零碎木头，因为在这片地方，木头很难找到，为了一捆绿橄榄枝，人们可以骑驴赶上十 kilometri[4] 路，她记起了深入骨髓的寒意，仿佛看到黄昏的暮色中 asini 的身影，听到石子跌落陡峭的山路发出的冷清声音，那是驴蹄子踢落下去的。十二月里，塞巴斯蒂亚诺写道，又到了狼出没的时候。纳斯考斯塔又到了这个出了名的 tempo infame[5]，狼已经咬死了主人家养的六只羊，没有 abbacchio[6]，也没有鸡蛋，意大利面里什么都没得吃，广场被雪覆盖着，一直到泉边，他们懂得饥寒交迫的感受，她两样都记得很

1 意大利语：原子弹。

2 意大利语：农民。

3 意大利语：驴。

4 意大利语：公里。

5 意大利语：倒霉的时候。

6 意大利语：小羊羔。

清楚。

她读这些信的时候，待的房间里很暖和。灯光是粉色的。她像个太太一样，有个银的烟灰缸，如果她愿意，也可以在属于自己的私人浴室里给浴缸接满热水，泡到脖颈。难道圣母马利亚要她居住在荒野里，死于饥饿吗？难道收下这垂手可得的舒适生活，竟会是错了？故乡人的面容再次浮上心头，他们的皮肤、头发，还有眼睛，都是那么黑，她想道，仿佛跟金发碧眼的人一起生活得久了，她也传染上了他们的偏见和态度。那些面容望着她，仿佛带着谴责，他们如同大地一般沉静耐心，甜蜜端庄，无比绝望，可是她为什么就得回去，在黑乎乎的山里头喝酸葡萄酒呢？在这个新世界里，他们已经找到了青春的奥秘，如果这就是上帝的旨意，难道天堂的圣徒们会拒绝这样青春的生活？她记得在纳斯考斯塔，即便是最漂亮的美人，很快也会随着阴暗的时间被消磨掉，就像是没人照顾的鲜花；即便是最美的人也会变得弯腰驼背，牙齿脱落，身上的黑衣服有味儿，就像她妈妈，散发出烟尘和粪肥的气味。但是在这个国度，她可以永远拥有雪白的牙齿，光亮的头发。直到她死的那天，脚上都会穿着有后跟的鞋子，手指上戴着戒指，得到男人的倾慕，因为在这个新世界，人可以活十辈子，都完全感觉不到岁月的刺痛；不，永不。她要嫁给老乔。她要留在这里，过上十辈子，皮肤要像大理石一样光洁，一口好牙随时可以吃肉。

第二天晚上，男主人告诉她船的出发时间，但等他说完之后，她回答说："我不回去了。"

"我不明白。"

"我要嫁给老乔。"

“可老乔比你年纪大太多了，克莱门蒂娜。”

“老乔六十三。”

“你呢？”

“我二十四。”

“你爱老乔吗？”

“哦，不，先生。我怎么会爱他呢，看他那大肚子，就跟揣着一兜苹果似的，脖子后面那么多皱纹，都可以用来算命了。不可能的。”

“克莱门蒂娜，我很钦佩老乔，”先生说，“他是个诚实可靠的人。如果你嫁给他，你就得照顾他。”

“哦，我会照顾他的，先生。我会给他铺床叠被烧晚饭，但我不会让他碰我的。”

他想了又想，低头看着地板，终于说：“我不会让你嫁给老乔的，克莱门蒂娜。”

“可是为什么呀？”

“我不让你嫁给老乔，除非你真心要给他做妻子。你得爱他。”

“可是，先生，在纳斯考斯塔，如果一个男人的土地跟你家的并不相接，那么就没道理要跟他结婚，这样说来是不是就意味着你的心就飞出去找他呢？”

“这里不是纳斯考斯塔。”

“但是所有的婚姻都是这样，先生。如果人们为了爱情才结婚，那么这个世界就不是人生活的地方，而是个疯人院了。太太嫁给您难道不是为了您的金钱和优越的生活吗？”他没有回答，但她看得出，先生的脸色充血，阴沉下来。“哦，先生啊，我的好先生，”她说，“您讲起话来就像个小男孩，眼睛里闪着星星，就像喷泉边上瘦瘦的小男孩，满脑子都是诗情画意。我只不过想让您明白，我之所以要嫁给老乔，只是为了能够留在这个国家，可您讲话就像个孩子似的。”

“我讲话不像孩子，”他说，说完他从椅子上站起身来，“我讲话不像个孩子。你以为自己是谁？当初在罗马你来我们家的时候，连双鞋、连件外套都没有。”

“先生，您不理解我。也许我会爱他，但我只是想让您明白，我不是为了爱情结婚的。”

“这正是我想要跟你解释的。我不会容忍这样的事。”

“我会离开您家的，先生。”

“我对你负有责任。”

“不，先生。现在老乔对我负责了。”

“那就从我家里滚出去。”

她上楼回到自己房间，哭啊，哭啊，对这个长这么大还犯傻的男主人既生气，又可怜他，但她还是收拾好了自己的东西。早晨她做好了早餐，但她一直待在厨房里，直到先生离开去上班，然后太太下来了，她哭了，孩子们也哭了，中午的时候，老乔开车来接她，带她去佩鲁奇家，这家人是他们的同胞，她要暂时跟他们一起住，直到跟老乔举行婚礼的日子。玛丽亚·佩鲁奇向她解释说，在新世界，女人结婚要像公主一样，实际果然如此。整整三个星期，她都跟着玛丽亚在各种商场进进出出——先为自己买婚纱，要全白的，最新款式，背后有缎子裙摆拖曳在地上，却还很经济合算，因为裙摆可以调节，那样婚纱就可以作为一件出席盛大晚宴的礼服来穿。然后还要为玛丽亚和她的姐妹们买礼服，她们是伴娘，衣服是黄色和薰衣草紫色的，都可以作为晚礼服再次穿着。然后还有鞋子，鲜花，还有旅行的衣服和行李箱，没有一件是租的。终于到了婚礼的日子，她实在太疲惫了，就像双膝浸到牛奶里，做梦一样走完全程，中间的大半她全都不记得了。婚礼的招待会上有很多同胞，很多葡萄酒，很多吃的，有音乐，然后她跟老乔坐上火车到了纽约，那里的楼房太高，让她想家，觉得自己很渺小。在纽约，他们在酒店住了一个晚上，第二天搭乘一辆驶向大西洋城的 di lusso[1] 专列，车上每位乘客都有自己的专门座椅，有侍者端上饮料和食物供乘客享用。她将老乔当作礼物送给她的貂皮披肩搭在椅子后面，让大家都看得见，赞叹一番，把她看作富有的太太。老乔喊侍者过来，吩咐他送点威士忌酒和苏打水，但侍者假装听不明白老乔的话，假装正在忙着伺候别的客人，他们得排在最后，发现这点之后，她又一次感到羞辱和愤怒，因为他们不能优雅流利地讲这个新国家的语言，就得遭受这样不礼貌的对待，简直把人当猪猡一样。整个旅程他们受到的就是这样的对待，侍者再也没有靠近过他们，仿佛他们的钱就不是钱，不如别人的好用。他们先是经过了一条长长的、黑暗的galleria[2]，然后进入了一片丑陋的地域，到处都竖着烟囱，仿佛随时可能会发生火灾爆炸，然后还有树木，河流，还有划船的地方。她从窗口望出去，看着风景就像流水一般飞快又轻柔地闪过，想看看这个国家是否跟意大利一样美，但她看到的却

1 意大利语：豪华。

2 意大利语：隧道。

是，这不是她的祖国，不是她的土地。在靠近城市的地方，他们经过了那些穷苦人居住的地方，绳子上挂着洗好的衣物，她想道这一切都一样——全世界晾晒衣物的方式都一样。而穷人的房子也都一样，房子也是一样你挨着我、我挨着你，也有花园，只不过没有那么宽敞，但也有人收拾，看得出主人是怀着爱与温柔打理着院子。他们离开的时候是正午或者晚一些，当他们疾驰而过，到下午的时候，她看到学校放学了，街道上有很多孩子，他们拿着书，骑着自行车，玩着游戏，当火车经过的时候，许多孩子朝这边挥手，她就挥手朝他们回礼。她还主动向几个走在田野草丛里的孩子挥手，向两个过桥的男孩挥手，向老人挥手，他们都回礼了，她朝三个姑娘挥手，朝一个推着婴儿车的夫人挥手，向一个穿黄外套、拎着旅行箱的小男孩挥手，他也挥手回礼。他们全都挥手还礼。再往后她看得出他们距离大海越来越近了，空气中有种裸露感，树木没有那么多，竖着很多木质广告牌，上面画着各色酒店，写着它们有几百个房间，有多少种花样百出的地方可以喝鸡尾酒，她很高兴看到他们的酒店也有广告牌，确信酒店够 di lusso。后来火车停下，旅程到了终点，这时她感到害羞、胆怯，但老乔说 andiamo[1]，随后那个曾对他们极端无礼的侍者拎起他们的行李，又去拿她的裘皮披肩，但她说“不用，谢谢”，把披肩拿得离那人远远的，那猪猡。随后，面前出现了她这一辈子见过的最大的黑汽车，上面有个标志，写着他们酒店的名字，于是他们跟另外几个人一起上了这辆车，但行程中谁也没讲话，因为她不想让其他人知道，她不会讲这个国家的

1　意大利语：我们走。

语言。

酒店非常 di lusso，他们乘着电梯上楼，经过一个铺着厚厚地毯的大厅，进了一间漂亮的房间，也是到处都铺着很厚的地毯，有卫生间——只是没有坐浴盆——等侍者走了之后，老乔从行李箱中取出一瓶威士忌，喝了一杯，然后请她过来，坐到他大腿上，她回答说等会儿，等会儿，因为青天白日的，晦气，等月亮上来的时候比较好，她想下去看看餐厅和咖啡厅。她还担心盐分很高的湿气会不会对裘皮不好，老乔又喝了一杯，窗外她能看见大海，海浪呈一道白色的线，朝这边推进，因为窗户关着，她听不见海浪打过来发出的声音，感觉就像做梦一样。他们再次下楼，还是没有讲话，因为她清楚地感觉到，在这样一个豪华的地方，还是不要讲自己那 bella lingua[1] 比较好，他们去酒吧和餐厅看看，果然都很华丽，然后出来，到了海边一条宽阔的步道，空气中满是咸咸的气息，这里看起来就像威尼斯，闻起来也像威尼斯，空气中还有油炸食品的味道，这又让她想起在罗马，圣约瑟节的盛宴。他们一侧是绿色的、冰冷的海水，她就是渡过了这片大洋，才来到这个新世界的，在他们另一侧，是许多丰富有趣的东西。他们一路向前走，直到碰到吉卜赛人的摊子，那边有个窗户，上面画着一个人的手，说是可以看手相，当她问他们能否讲意大利语的时候，他们回答说：“Sì, sì, sì, non c'è dubbio![2]”于是老乔给了她一块钱，她跟着吉卜赛人来到一块布帘子后面，那人看着她的手，开始讲她的命运，但她讲的不是意

---

1 意大利语：美丽的语言。

2 意大利语：可以，可以，可以，完全没问题！

大利语，而是混合了一点西班牙语，还有一种克莱门蒂娜从未听过的语言拼在一起的混合语言，她只能偶尔听懂一个半个的单词，比如“大海”，还有“航程”，但她不明白到底是说她将要出海航行呢，还是指她曾经出海远航过，于是她对吉卜赛人开始显得很不耐烦，因为她撒谎说自己会讲意大利语，她要把钱要回来，但吉卜赛人说如果钱拿回来，上面会带有诅咒。她知道吉卜赛人的诅咒有多厉害，所以就没有再吵闹，退身出来，老乔正在木头的栈道上等着她，他们继续前行，一边是绿色的大海，一边是油炸食品，还有各种招徕生意的人，喊他们进去花钱，他们面带狡猾的微笑打招呼，就像地狱里的天使。然后是 tramonto[1] 时分，光彩华丽得像珍珠一样，回头望去，她能看到酒店粉色的窗户，那是他们熟悉的地方，有属于他们的房间，高兴了随时都可以回去，大海的喧嚣听起来就像是遥远的山里传来的轰鸣。

她是个好太太，早晨老乔满心欢喜，给她买了个盛黄油的银盘子，熨衣板的盖布，还有一条红裤子，上面有金色蕾丝。她知道，若是妈妈看到她穿上裤子，肯定会给她魔鬼的尾巴，要是在罗马，看到有女人居然如此没教养，胆敢穿裤子，她也要亲自朝她眼睛里吐口水，但是这里是新世界，在这里，这不是罪孽。下午，她披着裘皮披肩，穿着红裤子，跟老乔一起在海水上方的木栈道上散步。星期六他们回了家，星期一他们买了家具，星期二家具送到了，星期五，她穿上红裤子跟玛丽亚·佩鲁奇一起去超级市场，玛丽亚给她解释了盒子上那些商标的意思，她看起来非常像美国人，以至于

1 意大利语：日落。

人们发现她居然不会讲英语，深感惊讶。

除了不能讲这门语言之外，她别的什么事都会做了，她甚至学会了喝威士忌而不咳嗽，也不吐出来。早上她将所有机器开动起来，看电视，学里面的歌词，下午，玛丽亚·佩鲁奇来到她家里，她们一起看电视，晚上，她跟老乔一起看电视。她想着要给妈妈写封信，写写自己都买了些什么——比教皇拥有的东西都好——但她又想道，这封信只会让妈妈感到迷惑，最终她除了几张明信片，什么也没给妈妈寄。没有人能够描绘清楚她如今的生活变得多么丰富，多么宽裕。夏天的傍晚，老乔带她去巴尔的摩看赛马，她从未见过像这样 carina 的地方——小马驹，灯光，鲜花，还有司仪的红军装和喇叭。那年夏天，他们每个星期五都去赛马场，一天晚上，就是在那里，她穿着红裤子，喝着威士忌，看到了从前的男主人，自从那次他们吵过架之后，这是她第一次见到他。

她问先生过得怎么样，家里人都好吗，他回答说："我们没有在一起。我们离婚了。"那时，她望着他的脸，看到的并非他婚姻的终点，而是他幸福的结束。应该说是她赢了，因为当初她何尝没有对先生解释，说他就像个眼睛里有星星在闪烁的小男孩，但是从某方面讲，仿佛先生的失落也是她的失落。然后他就离开了，再然后，比赛就开始了，但她眼里看到的却是纳斯考斯塔漫天的白雪，还有狼群，它们沿着加富尔大道走来，穿过广场，仿佛是在完成什么黑暗差事的路上，而她知道，这种黑暗就藏在生活最核心的内里，她还清晰地记得皮肤上存留过的那凛寒的感觉，雪的白色，还有狼群鬼鬼祟祟的姿态，她不禁怀疑，为什么仁慈的上帝放开了那么多的选择，让生活变得如此古怪又变幻多端。

罗马男孩

罗马在下雨（男孩写道），我们住在一座金色天花板的宫殿里，紫藤正在开花，但在罗马，你听不到落雨的声音。开始的时候，我们总是在楠塔基特过夏天，冬天住在罗马，在楠塔基特你就能听到雨声，我很喜欢夜里躺在床上，听着雨水从草叶间穿过，就像火焰，因为这时通过人们所谓的意念之眼，你可以看到在深海的牧场里，也会有像石南、苜蓿还有蕨类等等，生长着各色不同的东西。我们过去总是秋天到纽约，十月里出海，这些旅程最好的记录就是船上的摄影师拍的照片，喧闹过后，贴在图书室里的那些：就是那些男人戴着女式帽子，老人们玩抢椅子游戏，一切在闪光灯的强光之下，看上去就像是森林雷电。我曾经跟老人家打乒乓球，在东渡的邮轮上，我总是能够赢得乒乓球锦标赛的冠军。在意大利邮轮上，我赢得了一个猪皮钱包，在美国出口航运公司的船上，我得过一支钢笔和一支铅笔；在家园邮轮上，我赢过三块手绢，有一次我们搭乘一艘希腊船旅行，我赢了一个打火机。我把打火机给了我父亲，因为那时候我还不喝酒，不抽烟，不讲脏话，也不会说意大利语。

父亲对我很好，我小的时候，他带我去动物园，让我骑在马背上，每次都在咖啡馆帮我买点心和橘子汁，当我在喝橘子汁的时候，他总是会喝一杯味美思酒，加上双份的金酒，后来，罗马的美国人实在太多，他就喝马提尼，但我不是要写一个男孩子看着爸爸偷偷酗酒的故事。那时候我唯一讲意大利语的机会就是我跟父亲去波各赛公园看乌鸦，喂它吃花生。乌鸦看到我们的时候，会说buon giorno[1]，我也说buon giorno，然后我把花生喂给它，它会说grazie[2]，然后我们离开的时候它还会说ciao[3]。我父亲三年前去世，埋葬在罗马的新教墓地。当时很多人到场，最后，我妈妈伸出一只手臂抱着我，她说："我们决不能留他一个人孤单单在这里，对不对，彼得罗？我们绝对，绝对不会，留他一个人孤单单在这里，对不对，亲爱的？"于是，有些美国人住在罗马是因为所得税，有些美国人住在罗马是因为离婚，或者性生活过度，或者诗意等等，再不然就是有别的原因让他们觉得在祖国他们可能受到迫害，有些美国人住在罗马是因为他们在这里工作，但我们住在罗马是因为我父亲的尸骨躺在新教的墓地里。

我祖父是个大亨，我想这就是我父亲喜欢住在罗马的原因所在。祖父白手起家，赚下很大一份家业，他就期望别人个个都能像他那样，虽然那是不可能的。我仅有的一段总跟祖父见面的日子，是从前我们去他在科罗拉多的消夏住宅探望他的时候。我记得最清楚的是星期天的晚饭，那个时间女仆和厨师都放假了，祖父亲自烧菜。他总是做牛排，甚至他还没点上火，大家就开始紧张，吓得都没胃口了。他点火总是很不顺利，大家都围坐在四周看着他，但谁

1 意大利语：早上好。

2 意大利语：谢谢。

3 意大利语：再见。

也没胆子说一句话。不能喝酒，因为他反对饮酒，但我父母经常跑到浴室里去大喝猛灌。总之，等他费上半个钟头，总算把火点着之后，他把牛排放到烤架上，我们都得继续坐等。让每个人都紧张的是，大家知道他会把我们挨个儿评判一番。如果这一周里，我们曾做过任何祖父不喜欢的错事，那么现在我们就会知道了。他曾经为了烧顿牛排就大发雷霆。当肉上的脂肪着了火时，他会气得脸发紫，上蹿下跳，跑来跑去。当牛排烤好之后，我们每个人都要拿上个餐盘，排着队等待评判。如果爷爷喜欢你，他会给你一块好肉，但如果他觉得，或者仅仅是怀疑你做了错事，他就会只给你一小块咬不动的肉筋。呃，当你发现自己捧着老大一个餐盘，上面却只有一小块筋的时候，那感觉多丢人，你会很意外的。那感觉糟透了。

有一个星期，我尽量地好好表现，希望不要得到一块筋。我洗了汽车，帮奶奶干花园里的活儿，还拾来了家里烧火用的木柴，但星期天我得到的，却只有一小块筋。这时我说话了，爷爷，我说，我不明白你为什么每个星期天都要给我们烧牛排呢，既然这让你那么不开心。妈妈会做饭的，她至少可以炒点鸡蛋什么的，我也会做三明治。我可以做三明治。我是说如果你愿意帮我们烧菜，那很好啊，但是我觉得你不喜欢，我觉得与其每次经受这样的折磨，还不如我们就在厨房里炒点鸡蛋吃，那样更好些。我是说，我不明白你为什么要请人吃饭呢，既然这样让你这么生气。这时，他放下了刀叉，我曾见过脂肪着火的时候他脸色发紫，但从没见过紫成那天晚上的样子。他妈的你这个不中用的寄生虫，他冲我嚷道，说完就进屋，上楼回了自己的卧室，路过的每道门都被他摔得山响，妈妈于是带我来到花园里，对我说我犯了很严重的错误，可我看不出自己哪里做错了。但没过多久，我就听到父亲和祖父在相互咒骂，大喊大叫，早晨我们就离开了，再也没回来过，他死了以后，只留给我一美元。

第二年我父亲就去世了，我很想念他。这样的想法违背了我所信仰的一切，甚至不是我感兴趣的那种事情，但我常常觉得，他会从死者的国度回来，给我一些帮助。我有头脑，有体力，能胜任男人的工作，但有的时候，我对自己长大成人感到很失望，我的这种失望之感，总是在一天结束之时，我在一个不熟悉的城市里，譬如佛罗伦萨，下火车的时候最为强烈，tramontana[1]凛冽地劲吹，站前广场上，被这无情的冷风吹着的，都是些为生活所迫才会当此情境的人。然后我就感到我仿佛不是我自己了，平生所学不知去向，tramontana，这一时刻和这陌生的地方仿佛剥除了我的情感储备，我不知道该朝哪个方向转去，只知道要背朝风来的方向。当时就是这样，我一个人乘火车去佛罗伦萨，tramontana 凛冽地劲吹，广场上空无一人。我感到孤独，这时有人碰碰我的肩膀，于是我感到是我父亲从死者的国度归来了，我们可以再次找到幸福，互相帮助。碰我的是个衣衫褴褛的老人，要向我推销一些旅游纪念品钥匙串，当我看到他脸上的冻疮，我感到比以往任何时候都难过，好像我生命中有一个巨大的空洞，我再也无法得到我需要的那些爱，那年秋天在罗马，我在学校待到很晚，然后搭乘有轨电车回家，当时七点多，所有的商店和办公室都在关门，人人都在回家的路上，步履匆匆，有人碰了我的肩膀，又一次，我以为是父亲从死者的王国回来

1　意大利语：屈拉蒙塔那风（从阿尔卑斯山和西地中海向南或西南狂吹的干冷北风）。

了。这次我甚至没有回头望，因为什么人都有可能——神父，或是妓女，再不就是一个脚步踉跄、失去平衡的老人——但我又产生了同样的感觉。我们重新聚首。会很幸福。然后我就知道，我永远都无法得到我需要的全部的爱了，永远，不能。

我父亲去世之后，我们放弃了去楠塔基特旅行的安排，全部时间都住在奥维艾塔宫殿里。这是一幢非常美、非常忧郁的房子，它的楼梯很著名，但这楼梯的照明只有一只十瓦的灯泡，傍晚就鬼影憧憧。热水总是不够用，时时有穿堂冷风，因为尽管罗马有那么多赤身裸体的雕像，冬天有时候却很冷，雨水又多。你若是在黑暗的街头巷尾听到男人的声音，唱着歌颂永恒春天的玫瑰以及阳光明媚的地中海天空的歌谣，你可能会感到愤怒。我猜，你可以唱首歌，讲讲冰冷的 trattorie[1]，冰冷的教堂，冰冷的卖酒店铺，还有冰冷的酒吧，讲讲爆裂的管道，回水的厕所，还有白雪覆盖的城市如何像一个中风的老头，街上人人都在咳嗽——连大公和主教都在咳嗽——但这歌只怕是不堪入耳。我上的是圣安吉洛·迪帕多瓦天主教国际学校，但我不是天主教徒，我每个礼拜天早上去大门内的圣保罗教堂领圣餐。冬天教堂里通常只有我们两个人，如果不算上神父和教士的话，另外那个人是男的，我不喜欢坐在他旁边，因为他身上有股中国寺庙里烧香的气息。但我也曾想到，有时候因为宫殿里热水匮乏，我三四天不能洗澡，可能他也不愿意坐在我旁边。三月份游客们拥来的时候，教堂里的人会比较多。

开始的时候，我母亲的朋友多半是些美国人，每年圣诞节她

---

1 意大利语：餐馆。

总是举办一个盛大的美式派对。有香槟，有蛋糕，我母亲的朋友蒂比弹钢琴，大家都围着钢琴站成一圈，齐唱《平安夜》《三博士歌》《听天使歌唱》，还有故乡其他的圣诞颂歌。我从来都不喜欢这些派对，因为所有那些离婚的人都会哭。在罗马足足有好几百号离了婚的美国人，他们全都是我妈妈的朋友。唱完《平安夜》第二段歌词，他们就开始嚎了，但有一次我圣诞夜在街上，走在我家宫殿前面的大街上，那时窗户开着，也许是天气暖和，也许是为了让高层的窗户出出烟气，于是我听到这些人歌唱《平安夜》的声音。在这样遍布着历史遗迹和喷泉的异国城市里，这让我起了一身鸡皮疙瘩。我妈妈结识了很多有爵位的意大利人之后，就不再举办这种派对了。我妈妈喜欢贵族，她不在乎其人相貌如何。有时候老公主塔沃拉-卡尔达会到我们家来喝茶。她要么是个侏儒，再不就是因为年纪太老，身材萎缩了。她的衣服太瘦，经过织补勉强保持完整，她总是解释说，自己的好衣服，那些朝服礼服等等，都在一个大箱子里，可她把钥匙丢了。她下巴上有胡子，还养了只杂种狗叫津巴，用根晾衣绳拴着。她到我们家来，把配茶的蛋糕吃个饱，但我妈妈不介意，因为她是位真正的公主，血管里流淌着恺撒们的血液。

我母亲最好的朋友是个住在罗马的美国作家，名叫蒂比。这样的人很多，但我觉得他们其实不大写作。蒂比通常总是很疲倦。他想去那不勒斯看歌剧，但他太疲倦了不想出行。蒂比想到乡下去待一个月，写完一部长篇小说，但乡下能吃的就只有烤羊肉，而烤羊肉搞得蒂比怪累的。蒂比从未见过圣天使城堡，因为一想到要走过河，蒂比就觉得要累死了。蒂比总是想去这里，想去那里，但他最终哪儿都去不了，因为他总是太累。一开始你可能会想，应该有人把他扔进冷水里去洗个澡，或者在他坐的椅子下面点个炮仗，但是后来你就明白，蒂比真的是很累，不然就是这种疲倦能帮他得到生活中想要的东西，比如我妈妈的关心，而且他在我们家大房子里随处倒头便睡，是有所图的，正如我在街上到处乱逛，仿佛我赢了一场拳赛或是网球比赛似的，是对生活有所企图一样。

那年秋天，我们计划着跟蒂比一起开车去趟那不勒斯，跟一些要坐船回国的朋友道别，但那天早上，蒂比来到宫殿，说他太累，去不了。我母亲只要蒂比不去，她就哪儿都不想去，起初她跟蒂比好言相劝，说我们一起乘火车去，但即便如此，蒂比也嫌太累。然后他们进了另一个房间，我可以听到妈妈讲话的声音，等她出来的时候，我看得出她哭过了，后来我跟妈妈单独乘火车去了那不勒斯。我们打算住两个晚上，跟一个女侯爵一道，送那条船离港，然后去圣卡罗歌剧院看戏。那天我们就按计划去了，船是第二天起锚，我们道了别，眼看着船开动起来，缆绳落进水中。

到如今，那不勒斯港一定满满都是眼泪，因为每当一艘船满载侨民出发的时候，都会有那么多的眼泪流淌，我不禁心想，要是能再次离开会是怎样的感受，因为在我妈妈的朋友们中间，你会听到那么多人说起他们如何热爱意大利，你可能会以为这块半岛的形状会更像个裸女，而不是一只靴子。我会想念这里吗？我想道，还是说一切都会像纸牌堆起的房子一样，转瞬就消失无踪，忘诸脑后？在码头上，我旁边有个穿黑衣服的意大利老妇人，她一直在隔着海水呼喊：“你有福了，你有福了，你就要看到新世界了。”但她喊话的对象是个很老很老的男人，他哭得像个孩子一样。

午饭之后无事可做，于是我买了张观光票去维苏威。大巴车上有些德国人，瑞士人，还有两个美国女孩，有一个大概是在某间宾馆的面盆里染的头发，颜色红得有点古怪，虽然天气这么热，她还是穿着一件皮草披肩，另一个完全没有染发，一看到她我的这个心啊，就像是只大猫头鹰，或者其他什么夜行鸟，扑开翅膀就飞走了。她很美。单纯是看着她身体的不同部位，她的鼻子，脖颈，等等，都让她显得更加美好。她反复用手指梳理黑色的头发——拍拍弄弄——单是看着她做这些就让我感到非常幸福。我简直要跳起来，我真的是，单单看着她理头发就让我兴奋得要跳起来。我知道自己在犯傻，所以我向窗外望去，看着那不勒斯南面那些冒烟的烟囱，还有那边的 Autostrada[1]，心里想，我下次再看，她就不会那么美了，于是我就一直等着，直到我们到达 Autostrada 的尽头才再次看她，可她还是一如既往地美丽。

她们在一起，所以在排队等着坐上山缆车的时候，我没有办法夹到她们俩中间，但等到我们上了山顶，结果那个红头发的姑娘走不了路，因为她穿着凉鞋，火山灼热的灰烬会烫到她的脚，于是我提出陪她的朋友看看景点，这里有什么名胜，远处的索伦托和卡普里，近些的火山口，诸如此类。她名叫伊娃，她是美国人，出门旅行来的，当我问起她朋友的时候，她回答说那个红头发的根本不是她朋友，她们刚刚在大巴上才碰到的，她们坐在一起是因为两人都讲英语，仅此而已。她告诉我说她是个演员，二十二岁了，拍过一些电视广告，多数是卖女用剃刀的，但她只负责讲话的那部分演出，另外一个姑娘演刮毛的戏份，就这样，她靠做这个行当攒够了

1　意大利语：公路。

钱，来了欧洲。

在回那不勒斯的路上，我在大巴上跟伊娃坐在一起，一路都在交谈。她说她喜欢意大利菜，说她父亲本不想让她一个人到欧洲来。她跟父亲争吵过。我把能想到的一切都告诉了她，甚至包括我父亲埋在新教墓地里的事。我想，在桑塔露琪亚我要开口邀请她共进晚餐等等，但快到加里波第站的某个地方，大巴撞上了一辆小菲亚特，在意大利擦碰事故之后的惯常现象发生了。司机下车去发表一番演说，大家都下车去听他讲，等我们重新回到车上的时候，伊娃却没在那里。当时天色已晚，我们就在车站附近，人又多，但我看到过那么多电影里面那些男人在火车站的人群里寻找爱人的场面，因此我感觉很笃定，一切都会以大团圆结尾，于是我在街上找了她大概足足有一个小时，却再也没有见到过她。我回到了我们当时住的地方，但那时候谁也没回去，感谢上帝，于是我上楼去了自己房间。那是一间有家具的房间——我忘记说了，女侯爵出租的房间——我躺在床上，将脸埋在双臂间，又一次想到我永远无法得到我所需要的爱，永远不行。

后来我妈妈进来，说我这么躺着要把身上的衣服都弄皱了。随后她在我窗户边一把椅子上坐了下来，问我这风景是不是人间仙境，尽管我知道她所能看到的无非是一个潟湖，几垛萧，还有码头上那些渔民。我有点顶撞妈妈，并且我是有理的，因为她总是教导我要尊重那些看不见的东西，我也是个好学生，但那天夜里我清楚地感到，没有任何一种看不见的力量能够让我变得好受些。她总是教导我说，生活中最强有力的道德力量是看不见的，我也一直跟随着她的思路，认为星空和雨水是阻止这个世界分崩离析的关键要素。我一直都遵从她的教诲，直到最终明白她所教我的一切都是错的那一刻为止——这一套根本是胆小怯懦，令人厌恶，就像教堂里那个人身上散发出的中国寺庙里的香火气息。满天的星光跟我的需求有什么相关？我常常很仰慕我的母亲，尤其是她安歇的时候，她这时候应该很美丽，但那天晚上在我看来她简直是大错特错，南辕北辙。我坐在床边上，盯着她看，心想她简直是愚昧无知。随后我产生了一种可怕的冲动。我想做的是给她一脚，飞快地踢过去，我想象着——我纵容自己去想象这样一个完整的场景——她脸上的神情，她拉拉自己的裙裾，然后说我是个多么没良心的儿子；说我从来都不懂得珍惜生活中的一切：到基茨比厄尔去过圣诞节之类的。她又说了些别的，关于这里华丽的风光，还有迷人的渔民什么的，我来到窗边，看看她所说到的这一切。

渔民有什么好迷人的？他们很脏，这点你尽可以放心，而且不老实，又笨，其中有一个很可能还喝醉了，因为他时不时举起酒瓶往肚里猛灌。就在他们这些人在码头上虚度光阴的时候，他们的妻儿很可能在家里等着他们赚钱回来，这一切有什么迷人的呢？天空是金色的，但这只不过是煤气和火焰的幻象而已，海水是碧蓝的，但这里的港口满是污水，山上的许多灯光闪亮的窗口，那些房子丑陋冰冷，房间里散发出 parmigiano[1] 皮，还有脏衣服的气味。灯光是金色的，但随后金色的灯火就变成了另外一种色彩，更深，更加泛着玫瑰红，于是我不禁想，我在哪里曾见过这种色彩，我想，我大概是在某种玫瑰的花瓣外缘看到过，这种花长在山里，直到霜降

1　意大利语：帕尔马干酪。

才开花。随后色彩变得苍白，那么苍白，你都能看到城市中炊烟四起，升到空中，然后在烟雾中，黄昏的星星亮起，就像街灯一样闪亮，其他的星星也出现了，我开始数星星，但很快就数不过来了。这时，突然间，我母亲哭了起来，我知道她哭是因为她一个人孤单单在这世上，我感到非常非常抱歉，我竟然还曾想要踢她。随后她说我们干吗不去圣卡罗，然后坐夜班列车去罗马，于是我们就这么做了，我们回来的时候，她很高兴地看到蒂比躺在沙发上。

那天晚上，我躺在床上，想着伊娃和其他的一切，在那座听不到雨声的城市里，我想我该回家了。意大利没有人真正理解我。如果我对挑夫说早上好，他根本不会明白我在说什么。如果我出去站到露台上，大喊救命或者着火了之类的什么话，也不会有人明白。我想我要回到楠塔基特，那里人们能明白我说的话，那里会有许多像伊娃那样的姑娘散步在海滩上。还有，在我看来，一个人应该住在自己的祖国；而那些选择住到外国去的人，总归有点滑稽，或者古怪。如今我母亲有许多美国朋友，他们讲流利的意大利语，穿意大利衣服——她们的一切都是意大利的，有时连丈夫也是——但是在我看来，她们总是有些滑稽，仿佛她们的裤袜穿歪了，内衣露出来了，我认为那些选择到外国居住的人，都是这样的。我想要回家。第二天我跟母亲谈起这件事，她说绝对不可能，我不能一个人回去，而她已经谁都不认识了。然后我问，我能不能回去过暑假，她说她没钱帮我付旅费，她准备在圣马利奈拉租幢别墅，于是我问她，如果我自己能搞到钱，能不能去，她回答说那当然。

于是我开始四处寻找打零工的兼职，这种活很难找，但我去问蒂比，他很帮忙。他这人没什么大用处，但人总是挺好。他说会帮我记在心上，于是有一天我回到家，他问我愿不愿意帮龙卡里旅游公司做事，周六、周日当导游。这对我简直太合适了，接下来的周六，他们让我在去往哈德良行宫和蒂沃利的大巴车上试工，那些美国人很喜欢我，我猜是因为我让他们想起故乡的缘故，于是星期天我就上工了。工资不少，工作时间又跟我上学不冲突，何况我还想，也许这份工作能让我有机会结识一些富裕的美国工商界人士，他们会愿意带我回美国，教我学做钢铁生意，但从没有这等好事发生。只是在我工作的过程中，看到了许多的美国人在游荡。许多美国人有舒适可爱的家庭，内心却充满那样强烈的饥渴，想要满世界游荡，看遍风光。有时候，星期六和星期天，我看着他们一群群登上大巴，会突然感觉我们就是一个游荡的族群，就像游牧民族。旅程中我们先到行宫，他们有半小时的时间看看风光，拍拍照片，然后我数齐人数，我们开车上山，游览蒂沃利和埃斯特别墅[1]。他们接着拍更多的照片，我带他们找地方买最便宜的明信片，然后我们开车下山去堤布迪纳，途径许多新建的工厂，然后进入罗马。冬天的日子，我们回到城里的时候天都黑了，大巴会在城里兜圈子，途经游客们住的酒店宾馆，或者就近的地点。在回程路上，游客们总是非常安静，我想这是因为在旅游大巴上，他们能感到陌生的罗马，流光溢彩，步履匆忙地在他们身边旋转不休，还有烧菜的气味，他们在这里没有亲友，没有任何真正的业务，只是来看各种遗址。最

1 埃斯特别墅（Villa d'Este），又称千泉宫，是联合国教科文组织在列的文化遗址。

后一站就在宾西亚城门，冬天那地方总是风很大，我不禁疑心，生活难道只是这样，像这些饥饿的游客，有些还腿脚酸疼，在这样一座本不该承受寒冬却饱受其苦的城市里，人人都说着另外一种语言的地方，寻找着昏暗的酒店灯光，除此之外，生活到底有没有真正的意义。

我在圣灵银行里开了一个银行账户，复活节假期里，我全职在罗马和佛罗伦萨旅游线工作。

在这个行当里，有三种行程：衬衣点、尿点和做头点。衬衣点一般为期两天，你可以将衬衣洗净晾干，做头点为期三天，女士们可以去弄弄头发。我一般星期一早晨接上客人，跟司机一起坐在车前面，告诉他们路过的各个城堡、道路、河流和村庄都叫什么名字。我们在阿韦扎诺和阿西西停车。佩鲁贾是尿点，我们大约晚上七点抵达佛罗伦萨。早晨我会接上另一批从威尼斯回来的客人。威尼斯算是做头点。

假期结束之后，我回到学校，但过了一个礼拜左右，龙卡里的人给我打电话，说有个导游病了，问我能不能接去蒂沃利的大巴。于是我做了件糟糕的事，我做了至今为止最糟糕的决定。没有人听我说话，于是我说我去。我心里想着楠塔基特，想着回国，去到一个我说话别人能懂的地方。第二天我逃学了，当我回家的时候，没人留意到任何不同。我以为自己会感到愧疚，但我完全没有愧疚感。我感到的是孤独。后来龙卡里又打过来，我又翘课一天，后来他们就提出让我干全职，于是我就干脆没有回去上学。我赚到了钱，但一直感到很孤独。我失去了所有的朋友，世上也没有了我的位置，在我看来，我的生活一无所有，只是个谎言。后来有个意大利导游投诉了，因为我没有执照。他们这方面很严格，只好解雇我，这样一来我就无处可去了。我不能回去上学，也不能在宫殿里待着。我就早上起床，带上我的书——我总是带着书——然后就在大街上或者广场上晃荡，吃掉我的三明治，有时候下午去看场电影。然后等到了放学时间，足球训练也该结束的时候，我就回家去，通常蒂比跟我母亲这时候都在家里。

我逃课这些事蒂比都知道，我猜是他在龙卡里公司的朋友告诉他的，但他保证不告诉我妈妈。有天晚上我们长谈了一次，当时我妈妈在换衣服准备出门。他先是说我竟然想回国，这太奇怪了，他完全不想回国。蒂比不想回国是因为他有很麻烦的家庭问题。他父亲是个商人，跟他处不来，他有个继母名叫维尔娜，他恨死了这个维尔娜。他永远都不想回家。后来他问我已经攒了多少钱，我告诉他说钱够回家，但不够生活下去，不够做别的，也回不来，他说他可能有办法帮我，我很信任他，毕竟是他帮我找到龙卡里公司的工作的。

第二天是礼拜六，我母亲告诉我不要做任何安排，因为我们要去拜访老公主塔沃拉-卡尔达。我说我不大想去，但她说我必须去，不容否决。我们大约四点钟到了那边，在午睡之后。她的宫殿在罗马旧城，那边的街道萧索冷清，有一片破败的地段，跟任何破败地区一样，这里卖二手床垫，旧衣服，杀跳蚤和臭虫的药粉，有治疗皮肤瘙痒以及其他穷人常见的皮肤病的方子。我们能看出哪幢宫殿是她的，因为老公主的脑袋就从一个窗口探了出来，正在跟一个胖女人吵架，胖女人拿着柄扫帚正在扫楼梯。我们在街角停下了脚步，因为我母亲认为公主可能不希望我们看到她跟人吵架。公主想要扫帚，胖女人说如果她想要扫帚，可以去买把扫帚。就是这个胖女人，她已经为公主工作了四十八年，薪水少得可怜，每天晚上她跟老公两个人坐下来吃晚饭，可吃的就只有白开水和空气。虽说公主年事已高，身体孱弱，还是还击说她已经被政府抢劫一空，她自己同样腹中空空，一肚子气，又说她需要扫帚打扫 salone[1]。于是胖女人说如果她把扫帚给她，就要她吃一扫帚。然后公主反唇相讥，管胖女人叫 cara[2]，cara，说她就像疼爱婴儿一样照顾了她四十八年，她病了给她柠檬，可她却连个扫帚都不肯借给自己用一下下。然后胖女人抬头看了看公主，抬起右手，嘬起双唇用拇指和食指捏在中间，搞出了我平生听过最响亮的呸呸怪声。然后公主说，cara，cara，非常感谢你我亲爱的，我温柔的老朋友，说完从窗口离开了，又端着一壶水回来，本来是想浇到胖女人头上，却没击中，只是淋湿了台阶。然后胖女人说，谢谢你，殿下，谢谢你，公主殿下，说完继续扫地去了，公主猛地关上窗户，走掉了。

与此同时，时不时有人从宫殿门口进进出出，拿着些旧汽车轮胎，搬到卡车上去，我后来才发现，整幢宫殿，除了公主居住的地方，都租出去作仓库用了。大门的右边是门房的公寓，门房拦住我们，问我们要干什么。我母亲说我们要去跟公主喝茶，他说我们是白费功夫。公主疯了——matta[3]——如果我们以为她会给我们什么

1 意大利语：客厅。

2 意大利语：亲爱的。

3 意大利语：疯了。

东西，那我们就错了，因为公主所有的一切都是属于他和他老婆的，他们已经不拿工钱，白为公主干了四十八年。然后他又说他不喜欢美国人，因为我们炮轰了弗拉斯卡蒂、蒂沃利还有其他各地。最后我推开他这个拦路虎才进去，我们爬上三楼，公主在这一层有几个房间。我们按门铃的时候，津巴叫了起来，她将门打开一条缝，然后才让我们进去。

我猜到现在大家都已经知道罗马老城是个什么样子了，但是她真的需要那柄扫帚。她先是为自己破旧的衣服道歉，可她所有的好衣服，朝服之类的，都锁在一个箱子里，但是她把钥匙弄丢了。她讲话的样子很气派，你一听就知道，她一定是个公主，不然至少是某种贵族，哪怕她穿得很破烂。据说她是个著名的吝啬鬼，我觉得这是真的，因为虽然她有时候讲话疯疯癫癫，但你时刻都能感觉到她的狡猾和贪婪。她谢谢我们前来，但是她说她不能给我们上茶或者咖啡，蛋糕或者酒，因为她的生活简直太不幸了。战后的土地再分配政策把她农场上的好农民都赶走了，她找不到人耕种她的土地。政府收她那么重的税，她哪怕一小把茶叶也买不起了，剩下的就只有她的画儿了，虽然这些画儿价值百万，但政府却宣称它们都是属于国家的，不允许她出售这些画作。然后她说她要送我件礼物，一个德国皇帝送给她的贝壳，一九一二年德皇来罗马访问，曾拜访她亲爱的父王，即亲王殿下。她走出了房间，过了好长时间才回来，然后说哎呀，她不能给我贝壳了，因为贝壳也跟她的朝服一起锁在箱子里，钥匙丢了。我们道了再见，出来，但门房还在等着我们，要确信我们什么都没得到，然后我们就穿过拥挤的车流和阴郁的街道，走回家去了。

我们回去的时候蒂比在家，他跟我们一起吃了晚餐，后来那天晚上，当我在读书的时候，有人敲我卧室的房门，原来是蒂比。他看起来出去过，因为他按罗马人的穿法，把外套披在肩头，像斗篷似的。他还戴着毛料帽子，穿着紧身裤和饰有金扣子的漂亮鞋子，他看起来就像个信使。我想他大概也觉得自己是个信使，因为他很兴奋地用轻声的耳语跟我讲话。他说一切都安排好了。老公主有幅画想要卖到美国去，他已经说服了公主，说我能私带进去。是幅小画，平图里乔[1]的作品，比一件衬衫大不了多少。我要做的就只是像个学生娃一样，没有人会去搜我的包。他把自己所有的钱都给了那个老女人，作为保证金，他说已经有别人买进了，我疑心他说的是不是我母亲，但我想这不可能。等我把画送到纽约后，我将收到五百美元。他星期六上午将开车送我到那不勒斯。那里有个小航空公司，在那不勒斯和马德里之间往返，运送旅客和货物，我可以搭乘他们的航班，然后在马德里转机去纽约，星期一早上就可以领取我的五百美元了。然后他就走了。当时已经是午夜过后了，但我还是跳下床来，开始整理行李。我还要一个星期才能走，但我已经忙不迭要上路了。

我记得我离开的那个早晨，那是个星期六。我大约七点钟起床，喝了点咖啡，然后再次检视我的行李箱。后来我听见女佣将我母亲的早餐用托盘送进房间去。我没有别的事可做，只能干等着蒂比，于是我出来到了露台上，在街上找寻他的身影。我知道他得把

1　平图里乔（Pinturicchio，1452—1513），意大利文艺复兴早期温布里亚画派画家，最著名的作品是他在罗马各教堂中留下的壁画，包括在西斯廷教堂与佩鲁吉诺共同创作的作品。

车停在piazzale[1]上，街对面宫殿前面的地方。星期六的罗马跟其他日子没什么不同，街上车辆拥堵，人行道上人流如织——罗马人、朝圣者和各种教会的信徒，还有带着相机的游客。美好的一天，虽然我没有资格说罗马是世界上最美的城市，但我的确经常这样想。它那些修成平顶的松树，泛着熟透了似的色彩的房屋，都掩映在山脉之间，像骨骼折在纸张中间，还有那些大团大团的云彩，要是在楠塔基特，这就意味着不到晚饭工夫，就会有雷阵雨袭来，但在罗马，什么事都没有，只是天空会变成紫色，布满了星星，所有快乐的人们让这里变得活色生香；在我之前，至少有上千名游客，至少有上千人，曾说过这里的流光溢彩简直醇厚如酒，就是那种来自castelli[2]的金黄色葡萄酒，秋天喝的那种。然后在人群中，我留意到有人穿着圣安吉洛学校里他们穿的那种棕色制服，然后我发现那是我的班主任，安东尼尼神父。他正在找我们家的门牌。门铃响了，女佣去应门，我听见神父问起我的母亲。随后女佣走到我母亲的房间，我听到母亲走到门廊，说道："哦，安东尼尼神父，见到您真高兴。"

"彼得[3]生病了吗？"他问。

"您为什么这么说？"

"他已经六个星期没上学了。"

"对。"她说，但你能听得出，她根本无心圆谎。听到我母亲撒这样的谎，让我很难受；难受是因为我看得出她根本不关心我，或

1 意大利语：广场。

2 意大利语：卡斯泰利——罗马附近以产葡萄酒著称的几个山丘小镇。

3 彼得，彼得罗的昵称。

者我是否接受到教育什么的，她想要的，无非是我将蒂比那幅古董画儿带过边界，好让他赚点钱。“没错，他病得很厉害。”

“我能见见他吗？”

“哦，不。我已经送他回家，回美国了。”

这时我离开了露台，穿过salone，来到门厅，又穿过门厅，回到我的房间，在那里等着她。“你最好下来等着蒂比，”她说，“跟我吻别，然后就走吧。快点。快点。我讨厌小题大做。”如果她讨厌小题大做，那我倒想知道她为什么总是没事找事让人难受，但自打我记事以来，我们就是以这样的方式告别的，于是我拿上行李箱，出了门，在院子里等着蒂比。

直到九点半，或许还要更晚他才出现，甚至没等他开口我就猜到他要说什么了。他太疲倦了，不能开车送我去那不勒斯。他将那张平图里乔用牛皮纸包好，用麻绳扎好，于是我打开行李箱，将它放进去，跟我的衬衫摆在一起。我没有跟他说再见——那时我打定了主意，以后再也不跟他讲话了——然后我就出发去了车站。

我曾多次去过那不勒斯，但那天我感到很陌生。我进到火车站的第一件事，就是觉得好像塔沃拉-卡尔达宫殿里的那个门房在跟踪我。我两度四处张望，但这个生人将面孔埋在报纸后面，我拿不准，但无论如何我还是感觉很古怪，甚至怀疑是不是我想象出来这样一个人来的。后来，当我在售票窗口排队的时候，有人碰了碰我的肩膀，我又产生了那种糟糕的感觉，仿佛我父亲回来帮我了。结果是个老人，跟我借火，我帮他点上了香烟，可我还是能感到肩膀上他的触碰留下的暖意，于是我再次想到我们重新在一起该有多幸福，可以互相帮助，然后那种感觉再次浮上心头，我将永远得不到我需要的全部的爱，不能，永远不能。

我上了火车，看着其他旅客步履匆匆走在站台上，这次我看到了那个门房。绝对不会错。我只见过他一次，但我记得他的脸，我猜他是在找我。他似乎没有看到我，又继续往前走到三等车厢去了，然后我心想，莫非这就是所谓的大世界，如果真实的世界就是这样的话——女人主动献身，扑到蒂比这样的半吊子身上，有被盗的名画，还有追踪者。我倒是不担心这门房，但我担心的是生活原来就是这样一场紧张的竞赛。

（但我如今不是那个罗马的男孩，而是一个成年男人，在河边小镇奥西宁的老监狱里，拿着一份卷起的报纸，拍打着大黄蜂。从我的窗口望出去，我能看到哈得孙河。一只死老鼠顺流而下，两个男人划着一条渐渐沉没的小船逆流而上。其中一个人绝望地用船上的座椅使劲划着，我不知道他们是从监狱里逃出去的，还是只是在钓鲈鱼，也不知道自己为什么要拿这样的景致去换掉万神殿周围那些幽暗的街道。从我的父母那里，我得到的就只有关爱和理解，那么为什么，我要编造出一个古怪的老人，异国的坟墓，还有愚蠢的母亲？到底是怎样无法排解的孤独，会让我想要装作是个凄风冷雨中丧父的孤儿，难道欺诈造假不比蒂比和平图里乔的故事更好？但是我父亲曾教导我，就在当初我们锄地种豆子的时候，说不论结果好坏，我得把自己开始的事做到底，那么就让我们回到当初的场景，就是他在那不勒斯下火车的那一刻。）

在那不勒斯，我在莫吉利纳下了火车，希望能躲过那门房。只有四五个人从这一站下车，我想那门房不在其列，但我说不准。车站附近的小街上有家旅馆，我进去要了个房间，将装着画儿的行李箱放在了床下，然后锁上了门。然后我出去寻找那家航空公司的办公地点，去买机票，那地方在那不勒斯的另外一边。那是家很小的航空公司，办公室也很小，我觉得那个卖票给我的人也就是飞行员。飞机当晚十一点起程，于是我步行回到了旅馆，正当我一脚踏进旅馆的大厅，前台的小姐就告诉我说我朋友在等我了，果然他就在那里，那个门房，还有两个 carabinieri[1]。他开始大喊大叫——都是那老一套。说我轰炸了弗拉斯卡蒂还有蒂沃利，发明了氢弹，现在又来偷他们的画，这些画可是意大利人民不可估量的历史财富。两位 carabinieri 非常客气，但是我不喜欢跟配着刀剑的人讲话，但后来我问能不能打电话给领事馆，他们说可以，于是我就打了。当时大约四点钟，他们说会派一个官员过来，很快来了个大块头很和气的美国人，他总是说“对头”。我告诉他说我是替朋友带了个包裹，我不知道里面装的什么，他说：“对头，对头。”他穿着件宽大的双排扣西装，仿佛腰带或者内衣有点不合适，因为他时不时就抓住裤腰，使劲拽一把。然后大家都一致认为，要想打开我的包裹，需要法官在场，于是我拿上行李，我们都上了这位领馆官员的车，开到某个 questura[2] 或是法庭，在那里我们不得不等上半个小时，等法官披挂上垂着金穗子的制服肩带。然后我打开了行李箱，他将包裹递给一个下属，那人解开了绳结。然后法官打开了包裹，里面什么都没有，

1 意大利语：警察。

2 意大利语：警局。

只有一块纸板。一见此景，那门房发出愤怒和失望的吼声，所以我觉得他不可能是同伙，我猜是老太太一个人想出来的主意。他们绝对无法拿回付给她的那些钱，谁也休想，我简直能想象她像狐狸雷迪那样，心满意足地舔着她的肉排。我甚至替蒂比感到难过。

早上我试图去退掉机票，但那办公室关着，于是我走到莫吉利纳，搭乘早班火车回罗马。有条船进港。甲班上有二十五到三十名游客在等待。你能看得出他们疲惫又兴奋，对着做浓缩咖啡的机器指指点点，问为什么他们不能要大杯子，加奶油，但是那天早上我一点都不觉得他们可笑——他们看起来很友好，很令人钦佩，在我看来，他们的四处游荡，究其根本，有非常严肃的理由。我自己没有太过失望，一些不太重要的事反倒曾让我更为难过，我甚至感到有点高兴，因为我知道自己迟早会回到楠塔基特，即便不回楠塔基特，也要回到某个别人能明白我的地方。然后我记起了那不勒斯的那个老太太，很久以前，她隔着海水大喊："你有福了，你有福了，你要见到美国了，你就要见到新世界了。"我知道她所说的并非大汽车、冷冻食品和热水供应。"你有福了，你有福了。"她朝着水面的方向，反复地喊，我知道她想到的地方没有警察佩剑，没有贪婪的贵族，没有欺诈，没有贿赂，没有延误，没有对饥寒交迫和战争的恐惧，如果她想象的一切都不真实，这想法也很可贵，这才是最主要的。

稍纵即逝的人物杂记

一、普林斯顿对达特茅斯英式橄榄球赛上那个漂亮女孩。

她在罚球线周边围绕的人群之后游荡。看起来没人跟她一起来，她没有一个特定的伴儿，但人人都认识她。大家都对她直呼其名（弗洛丽），大家看到她都很高兴，当她停下来跟朋友聊天的时候，一个男人将手整个贴到了她背上，这样的亲密接触（尽管天气美好，绿草茵茵）给他脸上带来一层阴郁和沉思的神情，仿佛他体会到了某种永恒的渴求。她的头发是漂亮的暗金色，她将一绺卷发拉到眼睛前面，透过发丝向外窥视。她的鼻子有点太尖，却越发显得她感性又贵气，她胳膊和腿都很圆润白皙，却完全没有妇人之态，她眯着眼，紫罗兰色的眼仁若隐若现。比赛是上半场，还没有进球，达特茅斯队将球踢出了边界。这是个失误球，球直接飞到了她怀里。她优雅地接住了球；仿佛冥冥之中她被选中接住这个球，她原地站了一秒钟，微笑，鞠躬，承受众人瞩目，然后迷人又笨拙地将球扔回场内，让比赛继续。有人鼓掌。然后大家的注意力都从弗洛丽身上转开，重新回到赛场上，一秒钟过后，她跪下身来，举起双手捂住了脸，短暂的喧闹和瞩目引起她强烈的畏缩。她看起来非常地羞涩。有人开了一罐啤酒递给她，她站起来，又开始沿着罚球线游荡，就这样走出了我小说的页面，因为我再也没有见过她。

二、马龙·白兰度的所有角色。

三、一切对美国风光的讽刺性描写：破败的租屋，报废的车场，污染的河流，潦草建起的牧场式平房，弃用的小型高尔夫球场，煤渣场，丑陋的囤积物，刺眼的油井架，染病的榆树，水土流失的农田，俗艳花哨的加油站，不洁的汽车旅馆，点蜡烛的茶室，漂满啤酒罐的溪流，诸如此类。因为这些虽然看似我们文明的遗迹，但实际不是，这些只是我们——你我——将要创建的文明暂时的营地和前哨。

四、所有以下的场景："克拉丽莎走进房间，然后……"将这样的句子拿掉，还有所有性交的露骨描写，因为我们怎么可以描绘我们肉身最为兴奋的体验，就像——千斤顶，扳手，轮毂罩，还有螺丝钉——描写换轮胎那样？

五、所有的酒鬼。例如：场景拉开，这是麦迪逊大道上一家广告公司的文案室，我们的主角X正在为一个新品牌的麦芽威士忌设计推广方案。在他的果木办公桌右侧，是张绘图桌，上面有一沓艺术部的建议。商标推荐用帝王将相的纹饰徽章图案。有的建议广告采用种植园场景，让那些早已消失的棉花贵族在华丽的门廊处喝威士忌。X对此并不满意，接着往下看，那是一幅水彩画，画面是拓荒时代的美国。山林间流出的溪水是多么清冽又如音乐般悦耳。溪流仿佛在对着迷失的荒野那忧郁的静默喁喁絮语，碧蓝的天空一角，不是其他，而是一羽信鸽在飞翔。前方一块岩石上有个精瘦小伙，身穿天然的皮革服装，戴顶浣熊皮帽子，就着一个石头罐子喝酒。这景色似乎让X感到难过，他又翻到下一份推荐方案，这一版是关于酒的娱乐功效；某人邀请了一个过气的文学名流，一个失业女演员，某位美国总统的侄孙女，一个不中用的烦人精，还有一个愠怒刻薄的文学评论家。这群人围绕一个特别巨大的酒瓶，站成一圈。这幅画面让X大倒胃口，他转看最后一个，这是一对漂亮的年轻夫妇，穿着晚装，傍晚时分站在一处中世纪古战场遗址（那远处莫不是锡耶纳的灯火和塔楼？）举杯相庆，喝的黑麦威士忌想必是拥有难以形容之超凡技术与保存期限的魅惑之物，且不至让你太破费。

X并不满意。他转身离开绘图桌，走向自己的办公桌。他体型纤瘦，看不出年纪，但岁月仿佛已经从他眼眶和脖颈处有所流露。他的脖颈皱纹累累，痕迹多多，就像散乱的测地学报告。他的脖子上有一道刀伤样的疤痕，从左向右斜划过来，上面有许多又深又乱的分枝和细纹，看起来有点令人不快。但他的眼睛才是光阴流逝最显著的证据。就像在海岬的沙滩上，能看到两股浪头的作用那样，我们分别能看到他的欢欣与悲苦，他的贪欲和激情，都在他晦暗浮肿的皮肤上打上了凌乱的皱痕。也许他是透过望远镜观测织女星累坏了眼睛，或者是在昏暗灯光下读济慈的结果，总之他的眼神看起来不纯，有些鬼鬼祟祟的。这些细节会让你感到这个人有些年纪了，但突然，他非常优雅地甩动左肩，将丝绸衬衫的袖口甩上来，动作轻快得就像十八岁——最多十九。他瞥一眼腕上带日历的意大利手表。时间是上午十点。他的办公室隔音很好，静得简直超自然。城市的噪声从他高高的窗口传进来，变得微弱模糊。他盯着自己的公文包，这包曾经过英格兰、法兰西、意大利和西班牙的雨水冲刷，已经有些黑旧。他正苦苦挣扎在抑郁之中，筋疲力尽，感到办公室墙面的色彩（浅黄和淡蓝色）就像是纸糊的伪饰，挂在那里遮盖他内心的火山和洪水，遮盖那一波一波的痛苦折磨。他仿佛在逼近死亡的时刻，又或是开始的时刻，总之是某个关键的时刻。他打开公文包，取出一瓶酒，跪倒在地上，如饥似渴地一饮而尽。

当然，他每况愈下。我们只需再多看一个场景即可。自从上次我们在办公室见到他，他被解雇之后，克利夫兰有个工作机会给他，看来他的弱点还没有通过流言蜚语传到那边。他去了克利夫兰，做好各种安排，为家人租下了房子。如今他们在火车站等着他凯旋。他漂亮的妻子，三个孩子，还有两条狗都来欢迎爸爸了。在他们居住的郊区，现在是黄昏时分。到现在，他们这家人已经承受了远超过他们该得的失望，但经过最近的挫败，未能获得他们的生活方式中常见的承诺和奖励——新汽车，新自行车——之后，他们发现了一种忧郁却又平稳的情感，跟物质的获得毫无关系。在他们对爸爸那令人烦恼的爱意之中，他们发现一种宿命的震颤。火车轰隆隆地驶入，列车减速停车的过程中，闸箱有金色火花轻轻溅起来。他们怀着紧张的心情，满怀期待，几乎感觉不到自己的身体。车上下来七男两女，但爸爸在哪儿呢？要两个列车员才将他从梯级上架了下来。他的帽子丢了，领带没了，外套也不见了，还有人一拳给他右眼打了个黑眼圈。他仍旧将公文包夹在一边胳膊下面。没有人讲话，没有人哭泣，他们就这样将他架到车上，开着离开了我们的视线，离开了我们的辖区，我们的关注范围。就这样一去不返，男男女女，所有的酒徒；对于我们的生活方式，他们几乎毫无意义。

六、既然说到这里，那么在近年来的小说里占据了显著位置的同性恋也该出局了。难道还没到我们拥抱肉体的不检点和反复无常，让生活继续的时候吗？这次的场景是在七月四号下午的休伊特海滩上。州长夫人狄特马太太和儿子兰德尔将做午餐的野餐食物拿到海滩的一处没什么人的小海湾位置，但远处沙丘之外，他们还能看到美国的国旗在俱乐部房顶高高飘扬。这男孩十六岁，发育得很好，皮肤泛着青春特有的金色光泽，在他孤独的母亲看来，他是那么地美，她仰慕不已，自己都感到恐惧。过去的十年以来，她的丈夫，即州长先生，一直无视她，而去宠爱智慧与美貌兼备的秘书。狄特马太太以人性特有的宽宏大量，几乎每天都在细数着伤害。当然她爱儿子。在儿子的长相之中，她找不到丈夫的踪迹。儿子拥有她的家族最好的特质，她认为，况且她已经足够年长，会认定纤细的脚型以及金色的头发等等这些，都标志着人的出身，也可能的确如此。他的肩膀很宽，身体很结实。他朝海里扔了块石头时，她注意到的并非是儿子投掷的力度，而是一旦石头脱手之后，他的手臂画出的完美曲线，动作之优雅、优美——仿佛他的每个手势都是相连接的，环环相扣。就像任何一个恋人一样，她纵情投入，希望跟儿子共度的这个下午不要结束。她不敢奢求永远，但她希望一天的光阴能多几个钟头，尽管这不可能。她用衰老的手指抚弄着自己的珍珠项链，欣赏它们海水般的光泽，想着若是映衬在儿子金色的肌肤之上，这些珠子会是怎么一副模样。

他有点无聊。他宁愿跟同龄人在一起，但母亲养育他，保护他，因此妈妈陪在身边让他有安全感。她可是个坚定强大的保护者。她能够并且也的确曾吓退过他的校长，以及大部分学校老师。他看到，海面上船队群帆飞驰而过，一时希望自己也在其列，但他拒绝了做船员的邀请，又没有足够的信心当船长，所以一方面来看，他是主动选择一个人待在岸上，跟母亲在一起的。对于竞技性体育，他有些胆怯，有组织的社会活动他也怕，仿佛其中隐藏着某种力量，可能会将他撕成碎片；可是为什么会这样？莫非他是个懦夫？有这回事吗？有人天生就胆怯，就像有人生来黑皮肤，有人白皮肤一样？莫非是他母亲管得太宽？她对儿子太过保护，结果让儿子变得脆弱而病态？但是，他那么深切地懂得母亲的不幸，除非母亲找到另外的朋友，否则他怎么可以抛下她呢？

他怀着痛苦想到父亲。他曾试着去了解，去爱他的父亲，但他们所有的计划都落空了。去钓鱼的行程被马萨诸塞州州长的突然造访干扰，不得不取消。在棒球场里，一个信使递给他一张纸条，说他父亲来不了了。那次他从梨树上掉下来，摔断了胳膊，父亲无疑会到医院来探望他的，如果他不是在华盛顿的话。他学会了用假蝇钓鱼竿钓鱼，感到这样一竿接一竿，他可能就能够努力靠近父亲，赢得父亲的喜爱和认可，但父亲从未找到时间来赞赏他。他可以牢牢握住自己失望的力量。这种情绪围绕着他，就像一个巨大的能量团，但这能量既无巨轮可驱动，也无巨石可推起。这些伤心的念头从他的仪态中可见一斑。他总是垂着肩膀，看起来很幼稚，又孤单，这时妈妈喊他过去。

他坐在妈妈脚边的沙滩上，她将手指穿插在儿子金色的头发里拨弄。然后她做了件糟糕的事。你想转移视线，却已经来不及了，只能看着她解下自己的珍珠项链，系到儿子金色的脖颈上。“看，光泽多好。”她说，不容置疑地将扣子系上，就像将镣铐在囚犯的小腿上焊死。

让他们走；他们出局了，因为就像克拉丽莎和那个酒鬼一样，他们已经黯淡无光。

七、结尾——当然，只是今天下午的结尾（我要去看牙医，然后去理发），我要考虑简洁派老朋友罗伊顿·布莱克的事业。为了方便起见，我们可以将他的作品按四个时期划分。先是尖刻的道德轶事——他写了足有一百个。这些故事证明我们绝大多数的行为都是有罪的。接下来，你记得没错，就是长达十年之久的势利眼时期，其间他笔下的角色年收入全部都六万五千美元起。他背得出格罗顿中学[1]教员名录，还有“21”俱乐部[2]酒保的名字。他笔下的人物全都由一丝不苟的仆人不遗余力地小心伺候着，但是当你受邀去他家吃饭的时候，你就会发现椅子用挂画的铁丝捆在一起，要用裂了口的盘子吃煎蛋，门把手一拉就掉下来，去冲厕所的时候，得把水箱盖子掀起来，卷起衣袖，把手伸到又冷又满是锈渍的深水里去，才能操作水阀。他结束了势利眼阶段之后，就犯下了我第四条里写到的错误，进入了他的浪漫主义时期，其间他写了《玛尔维奥·达尔菲的项链》（里面在山间小路产子的情景令人难忘），《罗蕾莱号沉船》，《特洛伊国王》，还有《维纳斯遗落的腰带》，这只是试举其一二。当时他已经病得很重了，状态更是每况愈下。我提到的这些足以概括他作品的要点。在他的行文间，有酒徒，有对美国风光犀利的描写，还有马龙·白兰度式的重头人物。你可能会说他失去了唤起生活中美好事物的天分：海水，杉木燃烧的烟气，还有女性的乳房。你可以说，是他内耳最深处受了损伤，就是我们听到

1 美国东部一所供上层社会子弟入学的中学，罗斯福、艾奇逊等都曾就读于该校。

2 纽约曼哈顿一家著名的地标性餐厅兼酒吧。

龙尾巴扫过枯叶的巨大声音的那个部分。我从来没有喜欢过他，但我跟他共过事，还是一起喝酒的酒友，当我在基茨比厄尔的家中听说他快要死的时候，我开车去了因斯布鲁克，然后坐特快去了威尼斯，当时他就住在那里。时值深秋，清冷明亮。大运河上那些木板拦起来的宫殿憔悴又俗艳，充满皇族贵气——看起来就像是黑森林区举办的皇家婚礼上出席仪式的各级贵族那些干瘦的面容。他住在运河支流上一个 pensione[1] 里。当时潮水上涌，前台被淹了，我沿着临时安放的木板走到了楼梯上。我给他带了瓶都灵出的金酒，还有一包奥地利产的香烟，但他已经无福消受这些东西了，当我在他床边一张油漆过的椅子（坏的）上坐下来时，就看出来了。“我在工作，”他宣布，“我在工作。我看得清清楚楚。听我说！”

“好。”我说。

“开头是这样的，”他说着，将话音一转，我猜是为了配合叙述的分量，“午夜时分，阿尔卑斯列车在基希巴赫站停了下来。”他说着，朝我的方向看过来，以确认我能够完全感受到这一富有诗意的事实中所蕴含的力量。

“对。”我说。

“在这里，去维也纳的乘客将继续前行，”他朗声道，“但是到帕多瓦的乘客需要原地等待一个钟头。为了乘客方便，车站一直开放，持续供暖，还有个酒吧，可以买咖啡和葡萄酒。三月份一个下雪的夜晚，三个陌生人在这间酒吧开始交谈起来。第一个人是个高个儿秃头的男子，他穿着饰有貂皮的大衣，长度直达脚踝。第二个

---

1 意大利语：膳宿公寓。

是个美貌的美国女子，她是要到伊兹维亚去参加独生子的葬礼，孩子死于登山事故。第三个是个白头发、胖胖的意大利女人，她身披黑纱，侍者对她毕恭毕敬，给她倒上一杯廉价葡萄酒的时候，也要从腰部开始深鞠一躬，称呼她为‘陛下’。当天早些时候曾发布过雪崩警报……”说到这里，他脑袋落到枕头上，咽气了——这真的就是他的临终遗言，在我看来，也是一代又一代小说家的临终遗言，因为怎么能够指望这样一个下着雪的虚构的站台上的三个旅行者去欢庆我们的世界呢？它就像一个令人迷惑不解又体量惊人的梦一样，在我们周围延展开来。

喀迈拉[1]

我年轻的时候常常去看马戏，当初有场演出叫作“特雷维索双胞胎——玛丽亚和罗茜塔”。罗茜塔在上，玛丽亚在下，两人头对头顶着表演平衡，绕场巡游。玛丽亚因为这样的负重训练，变得腿短而粗壮，走路姿态滑稽，每当我看到妻子从我身边走远的背影，我就会想到玛丽亚·特雷维索。我妻子是个身材高大的女子。她是博伊森上校的五个女儿之一。博伊森上校是佐治亚州的一个政客，是卡尔文·柯立芝[2]的朋友。他曾七次进过白宫，我妻子有个心形的枕头，上面绣着“爱”字，据说要么是柯立芝夫人亲手所做，要么当初是属于她的东西。我妻子跟我在一起极为不开心，但我们生了三个漂亮的孩子，我们尽力想维持下去。我该做什么就去做，就像所有人一样，我不得不做的事情之一，就是把早餐给我老婆送到床上去。我尽力给她准备一份像样的早餐，因为有的时候，这能让她情绪好些，因为她的情绪一般都很糟糕。不久前的一天早上，我给她端上餐盘时，她双手捂住脸，开始哭起来。我看了看托盘，看是不是食物不对。那是顿很不错的早餐——两个白煮蛋，一片丹麦

1　参见第183页注释。

2　约翰·卡尔文·柯立芝（John Calvin Coolidge，1872—1933），美国第三十任总统（1923—1929），共和党人，对内实行不干涉工商业政策，一面减税，一面坚持高额保护关税，对外推行孤立主义，任内美国经济繁荣。

面包，一杯加了金酒的可口可乐。都是她喜欢的。我从来没学会煎培根。蛋看起来不错，盘子也干净，于是我问她到底怎么了。她将手从眼睛上挪开——她满脸濡湿，都是眼泪，眼睛都哭肿了——然后，操着博伊森家族的腔调说道："我再也无法忍受在床上让一个毛烘烘穿底裤的男人给我把早餐端来了。"

我洗了个澡，穿上衣服，去上班，但那天晚上我回家的时候，可以看得出情况并无好转，她还在为我早上的模样感到受伤。

大多数时候，我都是在后院里一个烧炭的烤炉上做晚饭。泽娜不喜欢烹饪，我也不喜欢，但待在户外总是很愉快，加上我喜欢烧火。我们的邻居利沃摩尔先生，还有科瓦克斯先生，也总是在外面烧饭。利沃摩尔先生戴着厨师的高帽，还有印着"报酒名"的围裙，他还有块牌子写着：危险，男人下厨。我和科瓦克斯先生都不刻意打扮，但我认为我们俩态度更严肃。科瓦克斯曾烤过一条羊腿，还有一次烤过一只小火鸡。那天晚上我们吃的汉堡，我注意到泽娜看起来没什么胃口。孩子们吃得很尽兴，但他们一吃完——也许他们感到会有争吵——就溜进电视房，到那里去观看争吵了。关于争吵他们是对的。泽娜挑了头。

"你太不体贴，"她怒道，"你从来都不会想到我。"

"我很抱歉，亲爱的，"我说，"汉堡做得不好吗？"她在喝纯的金酒，我可不想吵架。

"不是汉堡的事——你做的那些垃圾食物我已经习惯了。晚饭吃什么对我来说已经毫不重要了。我早就学会了给什么我都受着。只是你的态度实在是太不体贴。"

"我做了什么，亲爱的？"我始终称呼她亲爱的，希望能打动她。

“你做了什么？你做了什么？”她提高了声音，脸也涨红了，她站了起来，居高临下对着我，她喊道，“你毁了我的生活，这就是你做的事。”

“我不明白，我怎么就毁了你的生活，”我说，“我猜你很失望——很多人都是——可我认为你把一切都归咎于婚姻，这样不公道。有很多事我都想去做——我想去攀登马特峰——但我不能因为没去成就责怪别人。”

“就你。攀登马特峰。哈。你连华盛顿纪念碑都爬不上去。至少这条我做到了。我有过雄心壮志。我本可以做个商界女性，电视剧本作家，政治家，演员。我本可以做个女议员！”

“我倒不知道你想当女议员。”我说。

“这就是你的毛病。你从来不会想到我。你从来不会想，我能成就什么。你毁了我的生活！”说完她就上楼，进了自己的卧室，锁上了门。

我了解她的失望非常真切，令人痛苦，但我认为我已经给了她我承诺的一切。那些虚妄的承诺，没有实现而搞得她这么痛苦的，想必是博伊森上校许下的，但他已经死去了。她的姐妹们没有一个婚姻幸福的，直到那天晚上，我才看明白她们是多么不幸，简直如同灾难。我是说，之前我从没把这些事都联系起来看过。最大的莉拉，跟丈夫一起在哈得孙河上一块很高的山崖上散步的时候，丈夫失足丧命。警察曾经讯问过她，全家人，包括我在内，都曾对他们的怀疑表示过愤慨，但会不会是她轻轻推了他一把？老二斯黛拉嫁了个酒鬼，此人一步步喝下去，有目的地从生活场景中消失了。但斯黛拉本就任性且不忠，难道不是她的所作所为，加速了丈夫的死亡？杰西卡的丈夫莫名其妙淹死在乔治湖里，当晚他们住在一家汽车旅馆，是去那里游夜泳的。劳拉的丈夫死于一起可怕的交通事故，当时开车的是劳拉。我想，莫非她们都是谋杀犯——我难道是跟一家子杀人惯犯结了亲？泽娜对于自己没能当上女议员的失望是不是足够强大，能让她设计弄死我？我想不会。与其说我担心自己的性命安全，倒不如说是我迫切需要温柔、爱情以及善意有爱的鼓舞——所有那些我知道可能存在于这个世上的美好和体面的东西。

第二天午饭的时候，我办公室一个男的对我说他在聚会中碰到一个女孩，名叫莱尔·斯迈思，是个妓女。这其实并非我想要的，但我需要重新结识更温柔的异性，这需求让我备受煎熬。我们在餐厅门前道别，然后我就回到里面，去电话簿里查莱尔·斯迈思的号码，看能不能约她见面。照亮电话本的灯里面有个灯泡坏了，我觉得印刷又模糊，字体不清楚。我找到了她的名字，但那位于书页上最暗的部分，靠近书的装订线和搭扣的位置，我看不清楚具体的数字。难道是我眼睛坏了？莫非我需要戴眼镜？还是说只是因为光线太暗的缘故？一个男人连电话本都看不清楚，还想找个情妇，这是不是很讽刺？我上下晃脑袋，像只鸭子似的，发现我能看清汇率栏，于是我划了根火柴，想去看清数字。火柴点着后失手掉落，将书页点着了，我只好徒手去灭火。我第一个本能是扭头去看有没有人看到我，果然，一个高瘦男子，戴着塑料护帽，穿着透明雨衣，就在那里。他的身影吓了我一跳。仿佛他代表着某种东西——良心，或者恶意——于是我回到办公室，始终没有去拨打那个电话。

那天晚上，当我洗盘子的时候，我听到泽娜从厨房里对我说话。我转过身，看到她站在那里，手上举着我的剃刀。（我胡须茂密，要用锋利的大剃刀才能刮干净。）“你最好不要把这种东西随便放，”她喊道，“但凡你知道好歹，就不该把这种东西随便乱放。世界上有的是女人，为了我受的这种苦头，会把你碎尸万段……”我没有害怕。我到底什么感觉？我不知道。迷惑，刻骨的迷惑，还对可怜的泽娜产生了某种莫名其妙的柔情。

她上楼去了，我接着洗盘子，一边想在我居住的这条街上，不知道这样的场景是不是很常见。但是上帝啊，哦，上帝啊，那时我多么渴望能有点可爱、温柔、幽默、甜蜜、善意的存在。洗完杯盘之后，我走出家门，来到了后门位置。暮色中看到利沃摩尔先生用一支喷枪，在将自家草坪上枯黄的部分染绿。科瓦克斯先生在烤两只芦花鸡。这个充满悖论的世界不是我发明的，可我从来没有那样的幸运，可以到处去旅行，可能我这辈子，见到最多的就是像这样的后院了，于是我认真打量——包括危险，男人下厨的标志——有意识地、带着感情地打量。空气中有乐声——始终都有——这更加强化了我想要见到一个美貌女子的欲望。突然起了一阵风，带着雨气的风，夹带着大森林的气息——尽管在世界上我们这个角落里，根本没有什么森林——风就从这几个小院儿里起来了。这气息让我兴奋，我记起了年轻和幸福的感受是怎样的：穿着毛衫和干净的棉布裤子，漫步在我长大成人的家里凉爽的大厅里。夏天的时候，那里所有打开的门窗上，都有树叶遮阴，仿佛挂着金色、绿色的帐子。我不是回忆起青春的时光——我仿佛重新抓住了那个时刻。不止于此——自省中，我回看当时，仿佛享有并且得到了那些年轻才有的放肆的特权。从利沃摩尔家的电视里传来了华尔兹的音乐声。

一定是除臭剂、女士束腰或者剃刀的广告配乐，空气很美好，又有些忧郁。然后，当乐声渐歇——空气中森林的气息依然显著——我看到她沿着草地走了过来，她步入我的怀中。

她名叫奥尔加。我无法改变她的名字，正如我无法改变她其他的特质。她并不存在，我明白，只是一个闲时幻象。这点我从未欺骗过自己。我曾幻想自己撞了大运，登上了马特峰，搭乘头等舱去了欧洲，我猜也是出于同样的需求，渴望温柔，想要逃脱，才让我凭空想出了奥尔加，但她跟我之前所有的幻象都不同，她有背景，有信息。当然，她很美。在这样的情况下，什么人会梦想出一个泼妇妖婆来呢？她头发是黑色的，香香的直发，鹅蛋脸，皮肤是橄榄色，虽然暮色中我很难看清楚她五官的轮廓。她刚刚乘火车从加利福尼亚来。她不是来帮我忙，而是来找我帮忙的。她丈夫威胁要跟着她，她需要人保护，防着他。她需要爱、力量和建议。我将她拥在怀中，尽情享受有她在的美好和温暖。谈到她丈夫的时候她哭了，我知道他长什么样。我现在就能看到他的模样。他是个陆军中士。他脖子很粗，上面有疤痕，是从前生痤疮留下的。他脸很红，头发是黄色的。他穿着紧身制服，披挂着双排军功绶带。他的口气里有威士忌酒和牙膏的味儿。她的陪伴，她的依赖，都让我非常快乐，我不禁怀疑——当然不是认真的——我是不是忘了什么事。染草坪的利沃摩尔先生是不是也有一个像我这位一样漂亮的朋友？科瓦克斯先生呢？私底下我们是不是都有同样的失望感受？宇宙中是否存在这样隐秘的平衡和仁慈，让我们所有的需求都获得满足？然后下起雨来。她该走了，但我们花了漫长而甜蜜的整整一个小时来告别，当我重新回到厨房的时候，我全身都湿透了。

星期三晚上，我总是带妻子到村里的中国餐厅吃饭，然后我们去看电影。我们都会点两人份家庭套餐，但我妻子会吃掉其中的大半。她是个大胃王。她直接将手伸过桌子，拿走我的蛋卷，将烤鸭全都倒进自己盘里，还拿走我的幸运饼，她吃完之后，就长叹一口气，说："唉，你肯定吃撑了。"星期三我总是在城里多吃点午餐，以防挨饿。我总是吃牛肝、培根或者类似的菜，把自己塞饱点。

那天晚上，我刚一踏进餐厅，就觉得我会见到奥尔加。我不知道她会回来——我没想到过这一点——但是，在梦境中我曾不止一次见到马特峰的山顶，那么也许她会再次出现呢？我感到快乐，心怀期待。我很高兴自己穿着新西装，也记得去修剪了头发。我希望她能看到我最好的样子，我也希望能看到她比她第一次出现的那个雨夜更加明媚快乐。然后我留意到背景音乐演奏的正是我当时听到的利沃摩尔家的电视里传来的同一首伤感而优美的华尔兹，于是我想，也许这只不过是音乐营造出的一种骗局——某种简单的记忆扭转愚弄了我，就像是雨水的气息骗我感觉自己重新年轻了一样。

奥尔加没有出现。我丝毫没有得到安慰。然后我感到绝望，凄凉，被压垮了一般。我留意到泽娜舔着嘴唇，挑衅地望着我，仿佛是激我去碰那盆芙蓉虾。可我想要奥尔加，这种需求的强度再次确认了她的真实感。我如此渴望的东西，怎么可能是完全不真实的？音乐只是巧合而已。我再次整理思绪，提起兴致四处打量，希望她随时会出现，但她始终没有出现。

我认为她不会出现在电影院——我知道她不喜欢电影——但我

还是有种感觉，当天晚上能见到她。我不是自欺欺人——这点我得说清楚；我知道她是虚构的，但是她似乎一定程度上应该守时，遵守某种规则和时间安排，最重要的是我需要她。当我妻子上床之后，我坐在浴缸边缘读报纸。妻子不喜欢我坐在厨房或者起居室里，所以我就在浴室里看报纸，那里灯光明亮。我读着报纸的时候奥尔加进来了。没有华尔兹音乐，没有雨水，什么也无法解释她为什么会出现，只有我的孤独。“哦，我亲爱的，”我说，“我以为你会在餐厅跟我见面呢。”她说了句不想让我妻子看到什么的，然后就在我身边的浴缸上坐了下来，我伸手去搂住她，我们聊起她下一步的计划。她正在找房子。当时她住在一家廉价宾馆里，她找工作不太顺利。“很遗憾你不会打字，也不会速记，”我记得自己这样对她说，“可能你最好是去上个学……我会帮你留意，看能不能找到合适的。有时候有前台接待的差事招人……这活儿你能干，对不对？我不会让你去做寄存处管理员或者餐厅服务员之类工作的。不，我不让你去。我宁肯付你份薪水，直到你找到更好的工作为止……”

我妻子撞开了浴室的门。女人的卷发器就像草地喷漆和滑稽标示一样，在我看来只是用以提醒我们必须找到更为严肃高雅的事物去加以评论，我只需说我妻子戴了太多卷发器，显得骁勇好斗，任何人想要跟她亲热定会丢掉一只眼睛。“你自言自语呢，”她吼道，“整条街都听见你说话了。人家会以为你疯了。你把我吵醒了。我本来睡得好好的，你把我给吵醒了，你明知道我要是睡眠被打断，就再也没法入睡了。”她去放药的柜子取了一片安眠药。“如果你想自言自语，”她说，“就到阁楼上去。”说完她就进了自己的卧室，还锁上了门。

几个晚上之后，当我在后院里烤汉堡肉饼的时候，我看到南边升起来一些像是带雨的云彩。我觉得这是个好兆头。我希望得到奥尔加的消息。当我洗干净盘子之后，我出门来到后门廊上，等待着。这算不上真正意义上的门廊——只是一小块铺着木板的平台，几步台阶下去就是垃圾桶。利沃摩尔先生待在他家的门廊上，科瓦克斯先生在他家的门廊上，我疑心他们是不是也像我一样，在等待一个喀迈拉。假如我过去问问利沃摩尔先生，他的那个是金发还是黑头发，他能理解吗？有那么一分钟，我迫切地想要跟人倾诉。然后华尔兹音乐响起，就在音乐渐渐消逝的时候，她沿着台阶跑了上来。

哦，那天晚上她多开心啊！她找到了工作。当然我早就知道这些了，因为工作就是我帮她找的。她就在我工作的大楼里当前台。但我不知道的是，她还找到了房子——不是一套公寓，只是一间装修好的房间，带独立厨卫。这样正好，因为她自己的家具都在加州呢。她问我要不要去看看她的房子，现在就去好不好。我们可以搭晚班火车进城，在那边过夜。我说好的，但我得先回家，看看孩子们是不是都好好的。我上楼到了孩子的房间。他们都睡了。泽娜已经将自己锁在了卧室里。我进了浴室去洗手，在洗手台上看到一张纸条，是我们的大女儿贝蒂-安写的。“亲爱的爸爸，”她写道，“别离开我们。”

现实跟幻想世界这样的合拢实在是毫无意义。孩子们不可能知道我脑海中的幻象。在他们明亮的眼睛看来，后门廊上空无一人。

这张纸条只是反映出我的不幸福，无论如何逃不过他们的眼睛。但是奥尔加还等在后门廊上呢。我仿佛能感觉到她的不耐烦，看到她晃荡着两条长腿，扫一眼手上的腕表（毕业礼物），然后点上一根香烟，可是我仿佛被孩子们的请求钉在了家里。我完全动不了了。我记起来不久前我曾带最小的男孩去村里看过一场游行，那是某个地方兄弟会组织每年一度的活动。有两支穿着道具服装的乐队，还有兄弟会的六个军团。游行的人，那兄弟会的成员，看起来都是些社会边缘的工人——邮局职员、剃头匠之类的，我猜。我态度不好大概不能怪在天气头上，因为我清楚记得当天天气很好，很凉爽，但那场游行让我非常阴郁，仿佛置身于执行绞刑的山上。在队列中，我看到饮酒导致的早衰显示在脸上的皱纹里，辛苦劳作的疲惫，整日担忧的苦相，还有所有人都一样的，如同印戳一样的失望表情，仿佛这巡演和游行只是为了证明生活是一种足以压垮人的妥协的力量。音乐很喧闹，但这些面孔和身体却是些不断妥协的人的面孔和身体，我记得我曾站起身，一直往队列的末尾看去，想寻找一个面容清澈的人，以驱散我那些阴郁的感受。一个都没有。我坐在浴室里，仿佛是跟那些人一起游行。我仿佛人生第一次体会到了他们一定早已熟知的感觉——被想要逃离的欲望强烈地撕扯着，折磨着，却又被一个请求钉住了心脏，动弹不得。我跑下楼去，但她已经不见了。漂亮女人不会长时间等待。她是虚构的，但我也无法召唤她回来，就像我无法改变其他的事实：她的手表是件毕业礼物，她的名字叫奥尔加。

她足足一个礼拜都没回来。泽娜状态非常不好，她的脾气发作在某种程度上似乎跟我制造出一个幻影有些许关联。每天晚上八点，利沃摩尔家的电视就会播放那首忧伤又优美的华尔兹，我每天晚上都待在外面。十天过去了，她这才终于回来了。科瓦克斯先生在做饭，利沃摩尔先生在染草坪。就在乐声刚刚转弱的时候，她出现了。什么东西不一样了。她头垂得很低。出了什么事？当她上台阶的时候，我看出她喝过酒。她醉了。我一把她搂进怀里，她就哭了起来。我抚摸着她柔软的乌发，无论发生了什么，我都为自己能够抚慰她、拥抱她而感到极为幸福。她把一切都告诉了我。她跟办公室里一个男人出去约会了。那人灌醉了她，引诱了她。她羞愧不已，第二天早上没办法去上班，而是在一个酒吧里待了一阵。然后在半醉的状态中，她跑到办公室，去跟引诱她的男人当面对质，场面一度非常混乱，在这个过程中她被解雇了。她说是她背叛了我，她不在乎自己。我给了她机会过崭新的生活，而她却让我失望了。我发现自己露出满足的笑容，因为她这样深深地依赖我，狂热地靠着我。我告诉她说一切都会好起来的，我会再给她找份工作，同时替她付着房租。我原谅她，然后她保证说第二天傍晚再来。

第二天傍晚我冲出房门——离八点钟还很久我就出来了，但她一直没有来。她并不是没良心，这我知道。她不会故意让我失望。她一定是又碰到麻烦了，可是我怎么才能帮她呢？我怎么能传话给她？我似乎知道她住在哪里。我了解那里的气息、光线，还有凡·高的复制品，以及桌角香烟燃烧的样子，但即便如此，那个房间并不真实存在，我也无法去寻找。我想到要去附近的酒吧里找她，但我还没有疯狂到这样的地步。第二天傍晚，我又在等她。她不来我很担心，而不是生气，因为毕竟她是个毫无防备能力的孩子。第三天傍晚天下雨了，我知道她来不了了，因为她没有雨衣。她曾跟我说起过这件事。第四天是星期六，我想也许她会推迟到星期一才来，毕竟周末火车和公交的行车时间很乱。在我看来这很合理，但我坚信她星期一会来，因此当她没有出现的时候，我感到非常失望，怅然若失。她星期二回来了。还是一天中同样的时段：我听到了那首优美的华尔兹。尽管隔着长长的院子，她还没走到门廊，我就看出她脚步踉跄。她的头发散乱，衣衫褴褛，手表也不见了。不知为什么，我问起她的手表，可她记不起丢在哪里了。我将她揽入怀中，她将发生的事说给我听。引诱她的那个男人回来了，她放他进门；她让他搬了进来。他待了三天，然后他们为他的一些朋友举办了个派对。派对很闹，进行到很晚，房东太太喊了警察，警察扫荡了房间，逮捕了奥尔加，在监狱里，她被控将房间用作不道德用途。她在女子拘留室待了三天，才轮到她的案子听证。法官很宽厚地判了她缓刑。现在她得回加利福尼亚，回到她丈夫身边。她并不比丈夫好多少，她一再坚持；他们是一丘之貉。他已经把钱给她汇来了，她要乘夜班火车走。我试着劝她留下，开始新生活。我愿意继续帮助她；不论什么条件我都答应她。我抓住她的双肩——我记得这个。我记得冲她大喊："你不能走！你不能走！你是我的一切。如果你走了，只能证明哪怕我想象中最空无一物的产物也会受制于情欲和年纪。你不能走！你不能丢下我一个人！"

"别自言自语啦！"我妻子从电视房里冲着我喊道，就在那个时候，一个念头浮上脑海：既然奥尔加是我发明的，为什么我不能发明其他人呢——黑眼睛金发的，富有活力的、皮肤像大理石一样光滑的红发女郎，忧郁的棕发女孩，舞女，唱歌的女人，孤独的主妇？高个子女人，矮个子女人，忧伤的女人，头发光洁直飘到后腰的女郎，黑李子一样大眼睛的姑娘，眯眯眼的姑娘，紫罗兰色眼睛的，各种各样，各种年纪的美人都可以为我所有。难道奥尔加的离去仅仅是为了让位给其他人吗？

海边住宅

每年，我们都会在海边租一套房子，然后夏天一到就开车过去——带着狗和猫，带着孩子，还有厨师——在天黑之前到达一个陌生的地方。去海边的旅行有种仪式感，令人兴奋，这习惯已经持续了很多年，有一种感觉，就像我们在梦中总是知道的，我们都是移民和流浪者——至少是旅行者，有着旅行者特有的敏锐感觉。我从不对租下的房子进行调查，因此无论碰到的是带塔楼的木质城堡，是一组建筑群，是屋外种满玫瑰的斯塔福德郡式样的小屋，还是南方式的大宅院，它们全都在海边的暮色中隐隐浮现，带有那些未知的东西产生出的巨大吸引力。你从隔壁人家拿到被海水浸湿生锈的钥匙。你打开锁，步入一个或幽暗或明亮的过道，假期就此开始——一个月的时光里，保证不会有任何形式的担忧。但跟这种假期开始的愉快心情一样强烈，甚至更加强烈的是，我就这样步入了别人的生活当中的感觉。我所有的交易都是通过中介完成的，我从来都不认识那些租借房子给我们的人，但神奇的是，这些人都有能力在离开之后，留下一种实体和情绪的存在感。我们的生活当然不会写在空气和流水之中，却的确会被磨损的护壁板、家具和画的气息与味道一一记录下来，当我们步入这些租来的房子独有的气氛当中，那感受跟海滨天气的变化一样明显。有时候在长长的过道里就有一种友好的善意，一种纯洁清爽之感，对此我们都有所反应。有人在这里生活得非常幸福，我们租到了他们的幸福，正如租到他们的海滨、他们的小帆船一样。有时候房子里的气氛很神秘，到八月我们离开的时候，它仍然神秘莫测。我们很想知道楼上大厅里那张女士画像画的到底是谁，那个潜水用的水肺是谁的，那套弗吉妮娅·伍尔夫作品集又是谁的。是谁将一本《范妮·希尔》[1]藏在碗橱里面的？谁会弹奏齐特琴？是谁睡在摇篮里？又是哪个女子在浴缸的爪型脚上涂了红色的指甲油？在她的生活中，那是个怎样的时刻？

孩子们和狗都跑到海滨去了，我们将自己的东西搬进来，仿佛在陌生人留下的浓厚历史遗迹之中徜徉浏览。那是谁的Lederhosen[2]？谁将墨水（或血迹）溅在了地毯上，谁打碎了餐具室的窗玻璃？从堆满了《婚姻幸福》《插图版幸福婚姻》《性爱的权利》《夫妇性爱快乐指南》这种书的卧室书架上，你能得出什么样的结论？但我们听到窗外传来海浪拍击的声音，浪花冲击着这幢房子所在的崖壁，透过建筑用的灰泥木料将节奏传达上来，最终我们都去了海边——毕竟这才是我们来这里的目的——崖壁上这座租来的房子，里面现在亮起的是我们的灯火，这是依然迫切、依然适宜的形象之一。在小树林里钓鱼的时候，你会踩到一丛野生的薄荷，那释放出来的香气就像是当天的精粹。走在帕拉蒂尼山[3]中，那些

---

1 《范妮·希尔》（*Fanny Hill*）是最早出版于一七四八年的英国色情小说，被认为是第一本采取小说这种艺术形式的英文色情文学作品，作者是约翰·克莱兰（John Cleland，1709—1789）。这也是历史上遭受控告和被禁次数最多的一本书，常常被当作淫秽文学作品的代称。

2 德语：（欧洲阿尔卑斯山民所穿的）皮短裤。

3 参见第489页注释。

古代的遗迹以及生活本身都令人感到厌烦，这时你看到一只猫头鹰从塞普蒂磨斯·塞维鲁[1]的宫殿中飞了出来，突然就在那一天，那座轻浮俗艳、噪声喧天的城市突然有了意义。你躺在床上，吸一口香烟，红红的火光照亮了一只手臂，一个乳房，一条大腿，世界仿佛就以此为核心在转个不停。这些意象就像是我们最美好情感的余烬，站在沙滩上，在那第一个小时中，好像我们可以将它们点成一堆篝火。入夜之后，我们做好一份鸡尾酒，安排孩子上床去睡，然后在一间散发着别人肥皂气息的陌生房间里做爱——所有这些做法都是为了驱散房主的影子，保证我们对这地方的所有权。但半夜时分，露台上的门突然轰的一声打开来，但好像却没有风，我妻子半梦半醒中说："哦，他们为什么回来了？他们回来干吗呀？他们忘记什么啦？"

布罗德米尔是所有那些租来的房子里我记忆最深的一幢，我们在跟往常一样的时间到达那里。那是幢巨大的白房子，立在一块朝南的崖壁上，那边也是海滩上朝着大海的方向。我从隔着花园的房子里住着的一位南方太太那里接过了钥匙，打开房门，走进有一道弧形楼梯的门厅里。房主格林伍德一家似乎当天才离开，实际上，他们仿佛一分钟前才走。花瓶里插着花，烟灰缸里有香烟屁股，桌上还有个脏杯子。我们将行李搬了进来，让孩子们去海滩上玩，然后我站在起居室里，等着我妻子。空气中仿佛还充满着格林伍德一家骤然离开造成的骚乱和嘈杂。我感到他们走得很匆忙，不情愿，

1　塞维鲁（Lucius Septimius Severus，145—211），古罗马皇帝（193—211）。

他们根本不想将自家的避暑住宅出租出去。这个房间有个飘窗面朝大海，但在暮色之中，这座房子显得死气沉沉，我感到很压抑。我打开一盏灯，但灯泡太暗，我想格林伍德先生一定很抠门，心眼不好。不管他实际人品如何，我仿佛特别强烈地感觉到他的存在。在书架上，有个小小的帆船奖杯，是他十年前赢得的。架上的书多半是文学协会[1]版的选集本。我从书架上拿下一本维多利亚女王的传记，但书脊感觉硬邦邦的，我想应该没有人读过这本书。这本书后面藏着一个空的威士忌酒瓶。这些家具都很有质感，品味也不错，但我在房间里既不感到开心，也不能放松。屋角处有架立式钢琴，我弹了几个音阶，试试看音准（不准），然后打开琴凳找乐谱。里面有几份乐谱，还有两个空威士忌酒瓶。为什么他不能像我们其他人一样，把空瓶子扔出去呢？他是偷偷喝酒的吗？家里如此死气沉沉是这个原因造成的吗？他是不是已经学会了完全不出声音地将酒瓶打开，甚至掌握了更为高难的技巧，将酒杯酒瓶倾斜一定的角度，倒酒的时候一滴都不会溅出来？我妻子进来了，拿着一个空的行李箱，我将箱子搬上了阁楼。房子的这个部分很整洁干净。所有的工具和油漆都做好标记，各就其位，所有这些整洁跟起居室截然不同，传达出一种诚恳和正直的气息。他想必曾在阁楼上度过了大把的时间，我想。天色渐暗，我跟妻子一起，到海滩上跟孩子们团聚了。

海水涨起来了，涨潮的海浪形成一条延绵的白线，就像动脉一样，一直延伸到我们视线范围之所及的最远处。我们站在那里，我

---

1 美国文学协会（Literary Guild）是一个专门向其会员出售廉价版图书的邮购图书俱乐部。

和妻子，手臂松松地挽着彼此——说来我们不都是作为爱人来到海边的吗？看那个穿孕妇泳衣的漂亮女子跟她帅气的丈夫，那些来用海水浴舒缓他们关节炎双腿的老夫妇，还有那些少男少女，在大海和海洋的气息中，寻找某种肆无忌惮、令人兴奋的浪漫故事的承诺。天黑了，到了上床睡觉的时间，我给最小的儿子讲了个故事。他睡的房间朝东，很宜人，那边的岬角上有个灯塔，塔上的灯光从窗口照进来。这时我留意到护壁板的角落里有东西——要么是根线绳，要么是只蜘蛛，我想着，就势蹲下去看看到底是什么。有人在那里写了字，小小的："我父亲是老鼠。重复，我父亲是老鼠。"我亲吻儿子，道了晚安，然后我们就睡着了。

星期天天气很好，我醒来的时候情绪高昂，但是趁早餐前绕着这地方转了一圈之后，我又发现了一堆威士忌酒瓶，藏在一棵紫杉后面，我感到那种死气沉沉又回来了——几乎就像是绝望的一种感觉——就是我刚进到那间起居室时的感受。我对格林伍德先生既感到担忧，又很好奇。看来他的麻烦是躲不掉了。我想要进到村里去，跟别人打听打听他，但是我又觉得这种好奇心终究不大体面。当天晚些时候，我在一个放衬衫的抽屉里发现了一张他的照片。照片上覆盖的玻璃裂了。他身穿空军少校制服，容长脸，显得很浪漫多情。看到他长相英俊，我感到很开心，就像很高兴看到他的帆船奖杯一样，但是拥有这两样并没有完全去除掉这房子里的死气。我不喜欢这地方，这似乎影响到了我的情绪。后来，我试着教大儿子用加铅的鱼钩在海边垂钓，但他总是把钓鱼线缠得乱七八糟，把沙子搞进线轴里去，于是我们吵了一架。午餐之后，我们开车去船坞，跟房子一起租下的船就在那里。当我问起那条船的时候，经理笑了起来。那条船已经五年没有下过水了，都快分崩离析了。这可太令人失望了，但我倒是没有愤怒地认为格林伍德先生是有意撒谎，尽管就是这么回事，我带着同情地想到一个男人因为收入迅速减少，而不得不采取这样令人尴尬的权宜之计应付了事。那天晚上在起居室里，我读着他的书，发现沙发的靠垫有些不够软。我伸手去下面够，找出了三本杂志，都是关于日光浴的。里面有很多插图，都是男男女女一丝不挂，只穿着鞋子。我将杂志放进壁炉，划了根火柴点着了，但因为都是铜版纸，烧得很慢。为什么我会这么愤怒呢，我不禁想；为什么我对这个孤独、醉酒的男人形象如此着迷？在楼上过道里有种糟糕的气味，可能是乱撒尿的猫留下的，要么就是下水道阻塞，但在我看来，这就像是一场很糟糕的争吵凝聚起来的气息。我睡得很差。

星期一下雨了。孩子们上午烤了饼干。我在海滩上漫步。下午我们去当地博物馆参观，里面有一只孔雀标本，有个带穗的德国头盔，各种弹片一组，各色蝴蝶标本一组，还有些古董照片。你可以听到雨水落在博物馆屋顶上的声音。星期一晚上，我做了个奇怪的梦。我梦到我乘坐着克里斯托弗·哥伦布号游轮驶往那不勒斯，跟我同舱房的是个老人。老人始终没有出现，但他的物品都堆在下铺上。有一顶油乎乎的软呢帽，一把旧雨伞，还有一本平装本小说，以及一瓶泻药。我想喝一杯。我不贪杯，但在梦里我感受到了酒徒经受的身体和精神的所有折磨。我去了酒吧。吧台关着，酒保在那里，正准备锁上收银机，所有的酒瓶都盖在纱布幔帐下面。我求他重开酒吧，可他说他已经连续十个小时都在打扫头等舱，现在要上床睡觉去。我问他能否卖给我一瓶酒，他说不行。然后——这是个意大利人——我狡猾地解释说这瓶酒不是我要的，而是给我小女儿买的。他的态度立刻就变了。如果是为了我的小女儿，他将很愿意给我一瓶，但一定得是瓶漂亮的酒，他在酒吧里找了半天，终于拿出一个天鹅形状的瓶子，里面装满了甜利口酒。我对他说我女儿根本不喜欢这个，她想要的是金酒，最后他终于拿出一瓶金酒，要了我一万里拉。我醒来之后，感觉我像是做了格林伍德先生的一个梦。

我们星期三迎来了第一位访客。怀特赛德太太，就是给我们钥匙的那位南方淑女。她五点钟按响了门铃，带了一盒草莓做礼物。她女儿玛丽-李大约十二岁，也跟她一起来了。怀特赛德太太端庄可敬，但玛丽-李进来的时候却是浓妆艳抹。她眉毛拔得细细的，眼皮上着眼影，脸上其余部分也都色彩鲜明。我猜她大概没别的事情可做。我热情邀请怀特赛德太太进来，因为我想跟她打听格林伍德家的事。“这楼梯可真是漂亮，是不是？”她一跨进大厅，就问道，“他们当初是为了女儿的婚礼建的这楼梯。多洛雷斯当时才四岁，可他们喜欢想象女儿穿着白裙子站在窗边上，把捧花向后扔给来宾的样子。”我恭请怀特赛德太太进了起居室，给她递上一杯雪利酒。“我们很高兴您到这里来，奥格登先生，”她说，“再次看到孩子们在海滩上奔跑，真让人高兴。但说句公道话，我们也都想念格林伍德一家。他们是很迷人的一家，以前从来没有出租过住房。今年是他们头一年没在海滨避暑。哦，他可真是爱布罗德米尔。这是他的骄傲，他的快乐源泉。我想象不出来没了这里他该怎么办。”如果格林伍德一家如此迷人，那我倒想不出偷偷喝酒的到底是什么人了。“格林伍德先生是做什么的？”我问道，为了让问题显得不那么直白，我故意走过房间，再次给她满上一杯酒。“他是做化纤生意的，”她说，“可我相信他准备换工作，做点更有趣的事。”这似乎有所暗示，也许是朝正确方向迈进的一步。“您是说他在找工作吗？”我立刻问道。“我说不上来。”她回答道。

她属于那样一种老太太，旁人可能觉得她静水流深，但我总觉得她如磐石强踞，她就是这个社区里咬人的牙齿，也许还分泌出部分毒液。她仿佛在经历了各种痛苦失望之后（怀特赛德先生去世，遗产微薄），被冲刷到生活的河流之外，于是坐在岸上慢慢咀嚼自己的痛苦，眼睁睁看着我们其他人顺流而下，奔向大海。我想表达的意思是，我从她软语喁喁的表层之下，觉察出一道刻毒的暗流。她总共喝掉了五杯雪利酒。

她要走了，叹了口气，开始起身。“我很高兴有这个机会欢迎你们到来，”她说道，“能够再次有孩子在海滨奔跑真是太好了，虽然说格林伍德一家很可爱，他们也有他们的为难之处。我说我想念他们，但我一点都不怀念他们争吵的声音，去年夏天他们每天晚上都要吵架。哦，他嘴里说出的那些话哦！我猜他们这种就是所谓的性格不合。”她朝玛丽-李的方向翻了个白眼，暗示她有更多话不方便说出口。“有时候傍晚暑气下去了之后，我喜欢在花园里干点活儿，可是碰到他们吵架，我就不方便到外面去了，有时候我都得把门窗关上。我猜我不该告诉您这些，但真相总归会暴露出来的，您说是不是？”她终于站起身，走到了门厅，“我前面说，他们为了女儿的婚礼造了这楼梯，但是可怜的多洛雷斯是在怀孕八个月的时候才在市政厅跟一个汽车技师结的婚。很高兴你们来这里。走吧，玛丽-李。”

一方面来说，我听到了自己想了解的东西。她坐实了这房子死气沉沉的事实。可是这个可怜的男人期望看到女儿幸福地出嫁，这为什么令我深受触动？仿佛我能够看到楼梯建好的那天，他们站在门厅里的样子。多洛雷斯可能就在地板上玩耍。他们相互搂着对方的肩膀，微笑着抬头望着窗户的拱顶，眼前是快乐、光明和永远幸福的期许。但是所有这一切都哪儿去了，为什么这样一个简单的愿望会以灾难告终？

早上又下雨了，厨师突然宣布说她姐姐在纽约快要死了，她得回家。据我所知她既没有收到过信，也没有电话打来，但我还是开车送她去机场，放她走了。我不情愿地回到了那幢房子。我开始讨厌这地方了。我找到了一副塑料棋子，试着教儿子下棋，却以吵架告终。其他的孩子们躺在床上看连环画。我对谁都没好气，最终决定为了他们好，我还是应该回纽约待上一两天。我对妻子撒谎说有紧急业务需要处理，于是第二天早上她送我去乘飞机。登机之后，离开了布罗德米尔的那种沉沉的死气，我感觉不错。纽约很热，烈日炎炎——气息和感觉都像是仲夏。我在办公室待到很晚，又在中央车站附近的一间酒吧停下来坐坐。我刚进去没有几分钟，格林伍德就进来了。他那副多情的面容已经走样了，但我还是凭借抽屉里那张照片一眼就认出了他。他要了一杯马提尼还有一杯水，将水一饮而尽，仿佛他就是为此而来的。

你一眼就能看得出，他是曼哈顿城中拿薪水的幽灵大军中的一员，梦想着去马德里、都柏林或者克利夫兰找份新工作。他的头发向下梳，脸色黑红，看起来像是在棒球场或者田径场上活动晒出来的，可是看他双手颤抖的样子，你才知道那潮红是因为酗酒的缘故。酒保认得他，他们聊了一会儿，但是随后酒保就到收银机那边算账去了，于是格林伍德先生就只剩一个人了。他感觉得到。你从他脸上就能看出。他感觉得到只剩下了自己一个人。天很晚了，所有特快列车的班次应该都已经开走了，他们中更多的人——我是说幽灵——渐渐飘了进来。上帝知道他们从哪儿来，要到哪儿去，这样一群衣冠楚楚、体面像样的寄生者，虽然说他们营造出一种共同进退的团队气氛，却彼此不言不语。他们都有一瓶酒，藏在文学协会版的选集后面，还有一瓶在钢琴的琴凳里。我想要不要向格林伍德做个自我介绍，后来决定还是不要。我把他心爱的房子抢走了，他一定会对我怀有敌意。我猜不透他会如何讲述自己人生的种种经历，但我能猜得到其氛围和方向。他大约幼年丧父，或是被父亲遗弃。男性家长的缺位是一种生活的印记，从我们的脸上不难分辨出来。他可能是由母亲和姨妈带大的，读的州立大学，专业（我猜）是普通商科。他可能在战时曾负责 PX[1] 供应。战后什么都不行了。他失去了女儿，房子，妻子的爱，还有他对于商业的兴趣，但所有这些失落都不足以解释他的痛苦和迷惑。真实的缘由将始终不为他所知，我也无从知晓，谁都不知道。这就是为什么这个时间段，火车站酒吧如此神秘的原因。“蠢货，”他对酒保说，“哦，你这个蠢货。你什么时候能抽空来给我添酒？”

这是丑态初次露峥嵘，但是接下来别无他事，就尽是丑态了。他变得很刻薄。不论胖瘦，坏脾气还是好心情，年纪老幼，所有这

1　由政府资助的军人服务社，军营小卖部。

些幽灵都一样。最终他们都会飘飘忽忽回家去，指责门卫没素质，骂妻子乱花钱，冲着迷惑不解的孩子大谈他们如何不知感激，然后就在客房的床上和衣而眠。但让我感到困扰的并不是这副形象，而是他站在崭新的门厅里，在想象中看着女儿站在楼梯尽头，披着婚纱。我们没有讲过话，我不了解他，他的损失跟我毫不相干，可我却那么强烈地感受到了这一点，这让我不愿孤单一人过夜，于是我跟办公室一个很随便的女人睡了一夜。早上，我乘飞机回到了海边，那边还在下雨，我发现妻子在厨房的水槽边洗锅子。我还带着宿醉，为自己的堕落感到痛苦、愧疚、不洁。我想如果我去游个泳，可能会感觉好一些，于是我问妻子，我的泳裤在哪里。

"就在这里的什么地方，"她没好气地说，"刚才还看到，碍手碍脚的被我踢来踢去。你把泳裤湿着扔在卧室地毯上了，我给拿到浴室挂起来了。"

"没在浴室。"我说。

"呃，反正就在这里，"她说，"你去餐厅桌上找过没有？"

"听着，"我说，"我不明白你为什么说得好像我的游泳裤长了脚一样，满屋子溜达，喝威士忌，放屁，跟男女来宾讲荤段子。我只是要找一条无辜的游泳裤而已。"说完我打了个喷嚏，我等着她像平常那样说祝我健康，可是她什么也没说。"还有件东西我找不到，"我说，"我的手绢。"

"用纸巾擤鼻涕呗。"她说。

"我不想用纸巾擤鼻涕。"我说。想必我是提高了声音，因为我听到怀特赛德太太喊玛丽-李进屋去，并且关上了一扇窗户。

"哦，上帝啊，你今天早上烦死我了。"我妻子说。

“我都烦了足足有六年了。”我说。

我搭了部出租车去机场，乘下午的航班又回了城里。我们结婚十二年了，婚前做了两年恋人，两人在一起的时间加起来一共十四年，自此我再也没有见过她。

这是在另外一幢海边住宅里，跟另一个妻子在一起的时候写下来的。我坐在一把看不出年代或者风格的椅子上。椅子的软垫有发霉的气味。烟灰缸是从罗马的怡东酒店顺回来的。我的威士忌酒杯曾经盛过果冻。我写稿所用的桌子有条腿是坏的。灯光昏暗。我妻子玛格达正在染头发。她把头发染成橘色，这活儿得每周一次。有雾，我们附近是一条用浮标标记的航道，我可以听到很多钟声响起，就像是星期天的早晨，在任何一个虔诚的村落里那样。钟声有高有低，还有的钟声仿佛从海底传来。玛格达让我把她的眼镜拿来，我默默地来到了门廊上。房中的灯光映在雾气中，仿佛拥有了实体的质感，好像我会踉跄撞上一道光束。海岸是弯曲的弧线，我能看到其他房屋鬼影憧憧似的灯光，在那些房子里，人们聚集起日渐增加的幸福或是痛苦，留给八月份住进来的租客，或者是明年的住客。我们彼此之间真的有这么亲近吗？必须得将我们的负担施加给陌生人？痛苦无所不在，这样一种感觉真的是无可逃避吗？“我的眼镜，我的眼镜！”玛格达喊道，“我说了多少遍了，让你拿给我？”我给她拿了眼镜。当她弄完头发之后，我们上了床。夜半时分，后门咣的一声开了，但我那第一位妻子，温柔的那个，已经不在身边了，不会再追问：“他们回来干吗呀？他们忘记什么了？”

桥上天使

你可能曾经见到过我母亲在洛克菲勒中心的溜冰场上跳华尔兹。她今年已经七十五岁了，但身材修长紧实。她穿着红丝绒上衣，配小短裙，肉色紧身裤袜。她戴眼镜，一头银发上系着红丝带。我不知道为什么她在冰上舞蹈的事会让我感到不安，但事实就是这样。冬天那几个月，但凡有办法，我总是避开那片区域，我也从来不在冰场边的那些餐馆里吃饭。有一次我路过那边的时候，一个完全陌生的人拉着我的胳膊，指着我妈，说道："你瞧这位疯老太太。"我感到很尴尬。我猜想我应该懂得感恩，她还能自娱自乐，不成为子女的负担，但我真心地希望，她能选一种不那么令人瞩目的娱乐方式。每当我看到优雅的老太太插菊花，摆茶道什么的，我就会想起自己的母亲，在全世界第三大城市的市中心，穿得像个衣帽间的女服务生似的，将冰场的服务人员推着在冰面上一圈一圈地转。

我母亲是在新英格兰一个名叫圣博托尔夫斯的小村子里学会花样滑冰的，我们就是那里出来的，她的冰上华尔兹是在表达自己对过去的依依不舍。随着她年龄渐长，她越来越怀念年轻时代那些逐渐消失的小地方的世界。她是个坚强的女性，你大概可以想见，但她不喜欢变化。有一年夏天，我安排她乘飞机去托莱多探望朋友。我开车送她去了纽瓦克机场。候机大厅似乎让她很烦心，那些亮闪闪的广告牌，穹顶的天花板，还有在闹哄哄连续不断的探戈音乐中上演的动人又伤心的告别场面。她似乎丝毫没有感到这一切有任何趣味或者美好，比起圣博托尔夫斯的火车站，从这里开始一段旅程，背景的确够古怪的。航班延误了一个钟头，我们在候机室坐着。母亲看起来疲惫又衰老。当我们等了半小时之后，她开始表现出明显的呼吸困难的症状。她将一只手捂在裙子上面，开始深呼吸，仿佛承受着痛苦。她的脸色一阵红一阵白的。我假装没有留意。当广播到她的航班时，她站起身决然道："我要回家！要是我非得死于非命，那我也不想死在一个飞起来的机器里。"我把她的票退掉，开车送她回了她住的公寓，之后我再也没有跟她或者任何人提过她的这次发作，但是她这种突如其来，也许是神经过敏的对于空难死亡的恐惧，第一次让我有所洞察，随着她年龄增长，她的道路上是如何遍布着肉眼看不到的巨石猛兽，她又走上了哪些歧路弯道，因为这世界仿佛在改变其疆域，变得越来越难以理解。

就在我写这篇故事的时候，我本人经常飞行。我的业务遍及罗马、纽约、旧金山和洛杉矶，有时候我频繁出差，平均一个月就得在这些城市穿梭一遍。我喜欢飞行。我喜欢高海拔的天空中那亮白的色彩。我喜欢所有朝东飞的航班，海天之间你可以看到夜晚的边缘一点点越过洲际，在这里，当你的加州手表显示的时间是四点钟的时候，花园城里主妇们已经在清洗晚餐的杯盘，而机上的空姐们正在分发第二轮饮料。航行临近尾声的时候，机内空气憋闷，你很疲惫，椅垫上装饰的金线搔着你的脸颊，有一个短暂的时段，孤独感弥漫，一种阴郁又孩子气的隔绝之感。当然，有时候你会碰到很好的旅伴，有时候很烦人，但在这样的高空中，我们处理的琐事大都微不足道，脚踏实地。那位飞越北极的老太太，正拿着一罐牛蹄冻，打算带给她在巴黎的姐姐，她旁边的男人是销售仿皮鞋垫的。一个黑夜里我乘着西行航班——我们已经越过了落基山脉，但我们距离洛杉矶还有一个小时的航程，尚未开始降落，在这个高度，所有对于下方的房屋、城市和人群的认识都是一种迷失的状态——这时我看到一个形象，一道光，就像是在海岸上点起的那些灯火。但是在这片地区根本没有海岸线，我知道自己将永远无从得知，到底是沙漠还是山岳的边缘，或是一道断崖形成了这样光的弧线，但是在这样高的高度与速度中，它若隐若现，就像一个新世界在诞生，悄然提醒我自身的衰退、我余生之不多，且对于常见之事物无能为力、无法理解。深陷于某种明白可见的通道的中途，这种感觉令人愉快，毫不遗憾，毕竟那更遥远的地方可能会由我们的子孙后代去了解。

正如我前面提过的，我喜欢飞行，丝毫没有我母亲的那些焦虑恐慌。我大哥——母亲最宠的宝贝儿——遗传了她的决绝，她的固执，她收藏的银器，还有她的一些怪癖。有天傍晚我哥哥——我已经一年多没见到过他了——打电话来，问他能否来我家吃个饭。我很高兴地请他过来。我们住在一幢公寓楼的十一楼上，七点半钟他从大堂打电话给我，要我下去。我以为他有什么事要单独跟我说，可是当我们在大堂见面之后，他就跟着我走进了自动电梯，然后我们就开始上行。电梯门一关闭，他就开始表现出我曾在母亲身上见到过的那些恐惧的症状了。他前额上开始冒汗，像个跑步的人一样气喘吁吁。

“这到底是怎么回事？”我问。

“我怕电梯。”他痛苦道。

“可是你怕啥呢？”

“我怕楼会倒下去。”

我哈哈大笑——这很残忍，我猜。可是这好像非常滑稽，在他的脑海里，纽约的大楼就像九柱戏一样，你碰我我撞你，纷纷倒地。我们两人的感情中，总是夹杂了一丝彼此之间的嫉妒，虽然没有具体数字，但我知道他收入比我高，一切条件都比我更好，看到他颜面扫地——尊严尽失——让我很难过，但同时却又情不自禁地感到在争夺荣誉的竞赛中，我已经占得了大大的先机，在我们俩的关系中，这种竞争一直是潜藏的暗流。他是老大，他是最得宠的宝贝儿，但是在电梯里，我眼看着他受罪，感到他只是我可怜的哥哥，被担忧压垮了。他在过道里停下脚步，整理情绪，然后解释说一年多以来，他都遭受着这种惊恐的折磨。他说他打算去找个心理医生。我看这没有起到任何作用。一出电梯他就没事了，但我留意到他一直离窗口远远的。到了该走的时候，我送他到走廊。我很好奇。当电梯到达我的楼层时，他朝我转身，说道：“恐怕我得走楼梯了。”于是我带他到了楼梯间，我们慢慢地走了十一段楼梯下去。他紧握着扶手。我们在大堂道别，然后我乘电梯上楼，跟妻子说起他的恐惧，他怕楼房会倒掉。她觉得这古怪又令人难过，我也有同感，但这又让我觉得极为可笑。

一个月之后，这事不再止于极为可笑了，他所就职的公司搬到了一座新办公楼的五十二层，他只好辞职。我不知道他给出的理由是什么。又过了六个月，他才在一个办公地点位于三楼的公司找到差事。有一次在冬天，暮色苍茫的时分我在麦迪逊大道和五十九街的交叉口看到他在等红灯。他看起来像是一个睿智、文明、衣冠楚楚的男士，我不禁想，那些跟他一起等着过马路的人里，有多少也像他一样，看似平稳的步伐之下，内心在荒诞的幻觉中备受折磨，在幻觉中，街道也许是狂奔的激流，而那逐渐驶近的出租车可能是死亡天使开过来的。

他在地面上完全没事。我和妻子、孩子一起到新泽西州他的家去拜访，度周末，他看起来健康平安。我没有问起他的恐惧症。我们星期天下午开车回纽约。当靠近乔治·华盛顿大桥的时候，我看到城区正在聚集起大片带来雷雨的乌云。我们一上桥，大风就击中了车身，几乎要将方向盘从我手上掀走。我仿佛觉得自己能感到巨大的桥身在摇摆。走到桥中央的时候，我觉得我都能感到脚下的路开始变软。我看不出坍塌的迹象，然而我确信一分钟之内，大桥就会一分为二，将星期天的堵车长龙都扔进下方黝黑的河水中去。这种想象中的灾难太可怕了。我的双腿发软，几乎没把握万一需要踩刹车的话，我能否刹得住。随后我开始出现呼吸困难。仿佛我只能张开嘴巴，深吸气，才能得到一点氧气。我的血压也受到影响，我开始感到视线变暗，眼前发黑。我一直觉得恐惧有个过程，达到峰值的时候，身体和精神都会汲取某种新的能量，来保卫自己。一过了桥的中央，我的痛苦和恐惧就开始减弱了。我妻子和孩子们在感叹暴雨，好像没有留意到我的发作。我怕大桥会塌，也怕他们发现我的恐慌。

我回想那个周末，是否有什么事件会导致我这荒诞不经的恐慌，认为乔治·华盛顿大桥可能会在暴风雨中坍塌，但整个周末都过得非常愉快，即便是经过我最为吹毛求疵的检视，也找不到任何严重焦虑或是紧张情绪的源头。那个星期晚些时候，我需要开车去趟奥尔巴尼，虽然当日天气晴朗无风，但是我第一次发作的记忆太深刻了，于是我沿着河东岸一直往北开，直到特洛伊，我才找到一座小小的老式桥梁，终于还算舒服地过去了。这就意味着我得多绕出十五到二十英里的路程，而且为了这样毫无道理、肉眼又不可见的障碍导致旅程受阻，实在是很丢人。我沿着同样的路径从奥尔巴尼开车回来，第二天早晨我就去看家庭医生，告诉他说我害怕桥。

他笑了。“没想到轮到你闹这事儿，”他语带讥讽道，“你得增强自控力。”

“可是我妈怕飞机，”我说，“我哥恨电梯。”

“你母亲已经七十岁高龄，”他说，“她是我平生认识的最了不起的女性之一。我不愿意将她扯进来。你只是需要多一点点骨气而已。”

他要说的就只有这些了，我请他推荐一位分析师。他认为心理分析根本不属于医学范畴，他对我说那纯属浪费时间、浪费钱，但是他最终屈从于要帮我忙的义务，给了我一位心理医生的姓名和地址，这位心理医生告诉我，我对桥梁的恐惧是一种深层焦虑的表面呈现，我得经过全面分析，才能解决这种深层焦虑。我没有这么多时间，也没这么多钱，最主要的是，对于这位医生的方法，我没有那么大的信心将自己交到他手里，于是我说我会努力尝试看看自己能否应付过去。

真实和虚假的痛苦显然都是存在的，而我的痛苦又来得如此花哨，可是我要怎样才能说服我的身体器官和理智相信这一点呢？我的青年和童年时代都曾有过非常苦恼、也有过非常快乐的时光，那么是不是过去的某种阴影反弹回来，造成了我怕高的现象？一想到我的生活将会被一些看不见的障碍所决定，我就觉得不能接受，于是我决定接受家庭医生的建议，对自己提高要求。那周晚些时候我要去爱德怀德[1]，于是我选择不乘公交，不搭出租，而是亲自开车去。在三区大桥上，我差点晕过去。当我到达机场之后，我叫了杯咖啡，但我的手抖得厉害，都把咖啡洒到柜台上了。我旁边一个男人看我有趣，说我大概是夜里闹得太厉害了。我怎么能跟他说昨晚我很早就上了床，一滴酒都没喝，其实我害怕桥？

那天下午我飞到了洛杉矶。我们落地的时候，我手表的时间是一点钟，当时加州时间才十点。我很疲倦，于是叫了出租车去我惯常住的酒店，但我睡不着。我的酒店窗口外是一个年轻女子的塑像，它是给拉斯维加斯的夜总会做广告宣传的。在一道光线照射之下，她慢慢地旋转。凌晨两点钟，那道光熄灭了，但是她还是整夜不停地在旋转。我从未看到她停止转动。那天晚上，我不禁想，他们什么时候才会给她的转轴上油？或者擦洗她的肩头？我对她怀有温情，因为我们俩都不能歇息，我在想不知道她有没有家人——她也许有个教条刻板的母亲，还有个不中用的精神不济的父亲在西皮科线上开公交车？街对面有家餐厅，我眼看着一个醉醺醺的女人，身穿貂皮斗篷，被人扶上车去。她有两次都差点摔倒。从敞开的大门射出来的交叉的光线，这么深的夜，那个酩酊大醉的女人，还有她身边那个男人的关切，让整个场景显得令人忧心而又备感孤独。

---

1 参见第 412 页注释。

随后两辆车仿佛飙车一般，从日落大道疾驰而过，到我窗下的红灯这里停了下来。从每辆车上下来三个男人，开始殴斗。你能听到击打声落在骨头和关节上。当红灯转绿，他们又钻进车中，继续狂奔。这场斗殴如同我在飞机上看到的光圈一样，就像是某个新世界的标志，但是这里新出现的是暴力和混乱。随后我又记起，我星期四要去旧金山，计划去伯克利吃午餐。这就意味着我要穿过连接旧金山和奥克兰之间的海湾大桥，我提醒自己来回都要搭乘出租车，将租来的车停在旧金山的酒店车库里。我又一次试图跟自己讲道理，我担心桥会塌，这种恐惧毫无道理。难道我是某种性倒错的受害者？我生活得纵情声色，无忧无虑，追逐极致的快乐，但是这里面会不会有某种秘密，只有专业人士才能挖掘出来？我的那些快乐难道都是假装的，是逃避之计？我真的爱上了我那位身穿滑冰服的老母亲吗？

凌晨三点钟，我望着日落大道，感到其实我是对于这个世界的变迁感到惧怕，又笨拙地加以掩饰，终究还是以我惧怕桥梁的方式表现出来。我可以从容地开车穿过克利夫兰和托莱多的郊区——穿过波兰扁鼻犬的诞生地，水牛肉汉堡摊贩，二手车场，还有那些一模一样的建筑。我号称喜欢在周日下午走过好莱坞大道。我曾欢欣快乐地赞美多西尼人道上颇具异域风情的棕榈树斑驳的身影映衬下的傍晚的天空，棕榈树一棵棵地戳在炽热的街边，就像一排又一排的湿拖把。德卢斯和东塞内加都很迷人，如果不好看，你只需转开视线。从旧金山到帕洛阿尔托之间的那段行程虽然讨厌，也无非是老实男女想要寻找一个体面地方安身罢了。圣佩德罗以及整个那片沿海地区也都一样。但是，在这假惺惺的接受链条当中，桥梁的高度似乎是唯一脱节的一环，对这一环我是既无法锻造，又没办法加固的。事实上，我讨厌高速公路，讨厌水牛汉堡。异国棕榈树还有单调乏味的住宅群都让我情绪低落。特价车次上持续不断的音乐听得我心头火起。我讨厌熟悉的地标被拆除，我发现朋友中有人过得非常痛苦，有人借酒浇愁，这都让我深深难过。我痛恨看到的不诚信的现象。只是在一座桥拱的最高点，我才突然认识到，对于现代生活我竟然怀有这么深的恶感，以及我的内心深处，原来如此渴望着一个更加富有活力的简单平静的世界。

可是我无法改造日落大道，除非我已经做到，否则我没办法穿过旧金山到奥克兰之间的海湾大桥。我能怎么办呢？难道要回到圣博托尔夫斯，穿上诺福克夹克衫，然后去消防站玩克里比奇扑克牌吗？村里总共就一座桥，站在这边扔块石头就能落到河对面去。

*

我星期六从旧金山回到家，发现我女儿从学校回家度周末来了。星期天早上，她央求我开车送她去泽西她读书的女校。她得在九点之前赶到，参加晨间弥撒，于是我们七点刚过就从城里出了家门。我们一路说笑着，我没有记起自己的症状，就靠近然后上了乔治·华盛顿大桥。这次毫无预兆，发作突如其来。我双腿变得瘫软无力，我使劲喘息，非常惊恐地感到自己眼前发黑，什么也看不见了。但同时我又下定决心要把这些症状瞒着女儿。我终于过了桥，但我几乎耗尽了全身力气。我女儿似乎没有注意到。我及时送她到了学校，跟她吻别，然后往回开。我无论如何是没办法走乔治·华盛顿大桥回去了，于是我决定朝北开到奈阿克，从塔潘齐桥过河。在我的记忆中，这座桥更为和缓，似乎与河岸的连接更为牢靠。我顺着西岸的沿河公路一直开，我认为此时自己需要氧气，于是我将所有车窗都打开，新鲜空气似乎有所帮助，但效用很短。我的现实感仿佛在逐渐消退。路边的一切，还有我的车本身，都越来越没有实质感，比梦里还虚幻。我在这一带有几个朋友，于是我想要不要停下来，找他们喝一杯，但这才早上九点刚过一点点，我实在不好意思这么早就跑到人家里去讨酒喝，还得解释说我害怕大桥。我想如果能够找到人聊两句，我可能会感觉好一些，于是我在加油站停下来，买了些汽油，但店员懒洋洋的，昏昏欲睡，我也没办法跟他解释，他是否跟我聊天，可能会是个性命攸关的重大决策。这时候我已经上了高速路，我不禁想，如果我无法穿过大桥，还有其他什么选择。我可以给妻子打电话，请她想办法安排人来把我送回去，但是夫妻相处，自尊和颜面非常重要，若是敞开心扉承认自己如此愚蠢，可能会破坏我们的婚姻幸福。我可以给常用的修车公司打电话，麻烦他们派个代驾的人把我送回家。我可以将车停好，等到一点钟酒吧开门，灌上一肚子威士忌，可惜我把身上所有的钱都用来加油了。我决定碰碰运气，于是掉转车头，朝桥上驶去。

所有的症状都回来了，这次比从前任何一次都要强烈。我就像当胸被揍了一拳一样，完全喘不过气来。我的平衡感尽失，车子从一条车道直晃到另一条。我开到边上，拉下了手刹。如此孤身一人身陷困境，实在是苦不堪言。如果我是因为浪漫爱情而痛苦，或是身染恶疾，甚至烂醉如泥，也会比现在这样更有尊严。我记起了电梯里哥哥憔悴而油汗的脸，还有我母亲身穿红色短裙，一条腿优雅地抬起，在冰场工作人员的臂弯里向后滑行的样子，在我看来，我们三个都像是某部刻毒龌龊的悲剧中的角色，背负着不可能的重担，不幸使得我们跟其余的人类分隔开来。我这辈子算完了，再也无法重来，我爱过的一切——壮志凌云的勇气，情欲的冲动，唾手可得的一切。所有这些都回不来了。我的下场是在郊区医院的精神病房里，尖声地大叫说大桥，全世界的大桥都要塌了。

这时一个年轻女子打开了车门，坐了进来。“我以为上桥肯定没人肯搭我了。”她说。女孩拿着一个硬纸板行李箱，还有——信不信由你——一个装在带裂缝的防水袋里的小竖琴。她一头浅棕色直发，梳得很直很直，透出金色的光泽，就像斗篷一样披在肩上。她面容丰润，看起来很快乐。

“你是在搭车旅行吗？”我问。

“是。”

“但是你这样年纪的姑娘，这么做不危险吗？”

“一点也不。”

“你经常旅行吗？”

“我总在旅行。我能唱点儿歌。在咖啡馆表演。”

“你都唱什么？”

“哦，大部分都是民谣。还有些老歌——珀塞尔，道兰德[1]等等。但大多数是民谣音乐……‘我送给爱人一颗没有籽的樱桃’，”她唱了起来，歌声淳朴动人，“‘我送给爱人一块没有骨头的鸡肉/我讲给爱人一个没有结尾的故事/我送给爱人一个不哭不闹的宝宝’。”

她唱着歌陪我过了桥，这时大桥简直是一种极为合理、耐用甚

1　亨利·珀塞尔（Henry Purcell，1659—1695）和约翰·道兰德（John Dowland，1563—1626）均为英国谣曲和宫廷音乐的作曲家。

至精美的建筑结构，设计者充满智慧，让旅途变得方便简短，真是令人称奇，我们下方的哈得孙河也显得宁静迷人。所有的一切又都回来了——壮志凌云的勇气，充沛的情欲，还有一种令人惊喜的宁静喜悦。当我们来到东岸的收费站时，她的歌声停了下来，她向我道谢，跟我道了再见，然后就下了车。我问她想去哪里，说我都可以送她去，但是她摇摇头走掉了，于是我继续朝城里的方向开去，在我看来，路过的世界仿佛也重新变得公平而美好。回到家之后，我想过要不要给哥哥打电话，把发生的事情讲给他听，万一电梯里面也有一位天使呢，但是那竖琴——就这一条细节——很可能就足以让我显得荒诞不经，甚至疯癫莫名，所以我也就没打电话。

真希望我可以说我就此相信，每当我担忧的时候，都会有仁慈的助力从天而降，但我不可以透支幸运，所以我会继续避开乔治·华盛顿大桥，但是我已经可以轻松地驶过三区大桥和塔潘齐桥了。我哥哥仍然惧怕电梯，而我的母亲，尽管她已经有些力不从心，却仍然在冰场上，转了一圈一圈，又一圈。

准将和高尔夫寡妇

我不想当那样的作家，一大早就长吁短叹：“哦，果戈理，哦，契诃夫，哦，萨克雷和狄更斯啊，若是你们看到一座装饰着四只石膏鸭子、一个喂鸟盆，还有三个长胡子、红帽子的塑料地精的防空洞，不知会作何感想？”就像我说的，我不想像这样开始一天的生活，但我常常会琢磨，那些逝去的作家对此会如何应对。但这座防空洞就跟悬崖上生长的山毛榉和七叶树一样，已经是我日常景观的一部分。我从现在写作的这个窗口望出去就能看到它。防空洞是帕斯腾家建的，所处的地面跟我家地界紧紧相连。防空洞在地面上隆起一个包，上面覆盖着薄薄的一层新草坪，如同身体上长出来的某种令人尴尬的赘疣，我想帕斯腾太太摆出来的这些塑像什么的，大概是希望能将它存在的意味柔化一些。这像是她做的事。这位妇人脸色苍白，无论她坐在门廊上，坐在客厅里，还是坐在任何地方，都仿佛是在打磨一柄妄自尊大的利斧。你请她喝杯茶，她会说：“哎哟，这茶杯真像我去年送给救世军的那套瓷器。”带她参观你的新游泳池，她会拍着脚踝说：“看来你家那些大蚊子就是这里养殖的。”给她递上一把椅子，她会说：“哎哟，这是仿的安妮女王时代的家具，我家德兰西奶奶遗赠给我一套正宗的。”她这些辉煌的战绩别的不说，倒是让人觉得可怜，似乎她家的夜晚漫长难熬，她家的孩子忘恩负义，她的婚姻生活莫名其妙地陈腐乏味。若是二十年前，她这样的可能会被人叫作高尔夫寡妇[1]，她的这种行为举止说到底可能都是因为缺爱。她总是穿着丧服，若是陌生人看到她登上火车的样子，可能会猜想帕斯腾先生过世了，但其实帕斯腾先生活得好好的。他在青草坡高尔夫俱乐部的更衣室里大跨步地走来走去，高声嚷嚷着："轰炸古巴！轰炸柏林！给他们扔点核武器，让他们看看谁说了算。"他就是俱乐部更衣室里的轻步兵团的准将，不止一次向俄罗斯、捷克斯洛伐克、南斯拉夫还有中国宣战。

一切始于一个秋天的下午——几百年以来，有谁能够形容出秋日之美？你可以假装从来没有见到过，再不然，也许假装这样美的秋日不会再有会更有说服力。阳光明媚地照在草坪上，仿佛将一年最亮的光都从这里扫过。某处有人烧树叶，烟火的气味充满氨酸，闻起来像是某种开端。天蓝得无边无际，像鼓上的皮面，笼罩四野。帕斯腾太太傍晚出了门。这天是为传染性肝炎募捐的日子。帕斯腾太太拿到了十六户人家的姓名，一堆文案，还有一本印刷好的收据。她的工作是要到邻居们中间，找他们收款。她家的房子建在一块高地上，上车之前，她看了看下方的房屋。据她所知，慈善是很复杂的工作，讲究相互支持，互惠互利，放眼望去，她触目所及几乎所有的人家都代表了某项慈善。巴尔康姆太太为大脑工作，坦恩·艾克太太主攻精神健康。特伦查德人人为盲人效力，霍洛维茨太太负责的是耳鼻喉病症。特伦普勒太太管肺结核，瑟克里夫太太为出生缺陷基金会[2]募捐，克雷文太太管癌症，吉尔克森太太管

1　指因丈夫迷恋高尔夫球而常独自在家的妇女。

2　参见第261页注释。

肾病。休利特太太领导着计划生育团队，莱尔森太太负责关节炎，远远地可以看到艾塞尔·利特尔顿家的石板房顶，他们家代表的是痛风。

帕斯腾太太满怀一个诚实而又传统的苦力那种不假思索的坚决，一家接一家地开始了她的工作。这就是她的宿命，这就是她的生活。在她之前，她母亲做过这样的工作，甚至她的老祖母也曾为天花和未婚妈妈募捐过钱。帕斯腾太太预先给大部分的邻居都打过电话，因此大多数人都为她的到来做好了准备。她完全没有感到那些可怜的陌生人兜售百科全书的那种忐忑心情。她在这家停一会儿，那家喝一杯。募捐到的钱数比她前一年收到的要多，当然这钱不归她，但荷包里装着一大笔钱，渐渐饱满，还是让她很兴奋。日暮之后，她到了瑟克里夫家，在他们家喝了一杯苏格兰威士忌加苏打水。她待得有点晚，离开的时候天都黑了，该是回家为丈夫做饭的时间了。“我为肝炎基金筹到了一百六十美元，”丈夫进门的时候，她兴奋地说，“我名单上的所有人家都去过了，就剩布莱文和弗兰纳根家。我想明天早上就把钱交上去——可不可以麻烦你，趁我做饭的时间，代我去一下这两家？”

“可我不认识弗兰纳根家的人。”查理·帕斯腾说。

“谁也不认识，但他们去年给了我十美元。”

他很累了，生意上的事让他操心，看到妻子将猪排往烤箱里摆的样子，他只感到烦闷的一天仍在继续。他很高兴将敞篷车开出来，飞速开到山顶的布莱文家，以为他们可能会给他杯酒。但布莱文夫妇出去了，他们的用人直接给了他一个装着支票的信封，然后关了门。转向弗兰纳根家车道的时候，他试图想自己到底有没有见过这家的人。这姓名给了他一定的信心，因为他一直觉得自己能对付爱尔兰人。这家的大门是玻璃的，透过玻璃他能看到门厅，一个红头发的丰满女子正在那里整理花束。

“传染性肝炎。”他大喊一声。

她揽镜自照，看了好一会儿才转过身来，迈着小碎步，朝门口走来。“哦，您请进。”她说。语音少女一般，轻得如同耳语。她可不是什么少女，这他看得出。她的头发是染色的，姿色渐衰，看起来快要四十岁的样子，但她似乎属于那种女人，做派姿态始终都保持着漂漂亮亮八岁小孩的样子。“您妻子刚刚打电话来了，”她说，讲话时一字一句分得很清楚，就像小孩子，“我拿不准我有没有现金——有没有钱——但是如果您愿意等一分钟，我这就给您写张支票，如果我能找到支票簿的话。您不如移步到客厅来，这里舒服些。”

炉火刚刚点着，他发现，饮酒用的器具都摆了出来，就像任何一个流浪在外的人一样，对于种种舒适的安排，他立刻有了反应。弗兰纳根先生去哪里了？他想。搭乘晚班列车在回家的路上？在楼上换衣服？冲澡？房间远端有张书桌，上面堆满了纸张，她开始在里面翻拣，一边发出少女般任性的叹气和咕哝声。“非常抱歉害您久等，”她说，“您不如先坐会儿，给自己倒杯酒喝如何？东西都摆在桌上了。”

“弗兰纳根先生乘哪班火车回来？”

“弗兰纳根先生不在家，”她说着，声音也降低了，“弗兰纳根先生出门有六个星期了。”

“那我就喝一杯，如果你陪我的话。”

“你得保证帮我弄杯淡点的。”

“坐下，”他说，“好好喝酒，等会再找你的支票簿。要想找到东西，首先得放松才行。”

前前后后他们一共喝了六杯。她毫不犹豫地将自己和自家的处境和盘托出。弗兰纳根先生生产的是塑料压舌板。他到世界各地旅行。她不喜欢旅行。她晕机，那年夏天她去了东京，早饭居然给她吃生鱼，于是她立刻就飞回家来了。她跟丈夫从前在纽约住过，在纽约她有很多朋友，但弗兰纳根先生认为万一发生战争的话，乡下会更安全。可她宁可生活在危险之中，也好过死于孤单和烦闷。她没有小孩，也没交到什么朋友。“可我见过你，”她无限娇羞地说，一边拍拍他的膝盖，“我看到你星期天出来遛狗，有时候开着敞篷车路过……”

他被这个孤单的女子坐在窗前的景象打动了，可其实更加打动他的是她丰满的身段。他知道，纯粹的丰满并非是身体的关键部分，也不具备任何生殖方面的功能。它仅仅是为躯体提供更为丰腴的软垫而已。既然明知其价值和意义之微小，那么为什么在他人生的这一刻，他几乎会甘愿为了这丰满出卖自己的灵魂？开始她说的那些孤单女人如何受罪的话听起来太宽泛，他不知道该如何理解，如何应对，但喝了六杯酒之后，他终于伸手搂住她，提议两人上楼去找她的支票簿了。

“我从来没干过这种事。”后来她说，那时他已经在整理衣装准备离开了。她的话音颤抖，饱含情感，他觉得很可爱。对于她的真情，他没有半点疑心，虽然说他曾上百次听过这样的说法。“我从来没干过这种事。”她们总是这么说，一边将裙摆从雪白的肩头甩下来。“我从来没干过这种事。”她们总是这么说，在酒店走廊里等电梯的时候。“我从来没干过这种事。”她们总是这么说，然后又倒上一杯威士忌。“我从没干过这种事。”她们总是这么说，一边穿上长袜。在出海的船上，在行驶的列车上，在窗外就是山景的避暑酒店里，她们总是说：“我从来没干过这种事。”

“你去哪儿了？”他进门的时候，帕斯腾太太伤心地问道，“都十一点多了。”

“我跟弗兰纳根两口子喝了一杯。”

“她跟我说丈夫去德国了。”

“他突然回家来了。”

查理在厨房吃了晚餐，然后去电视房看新闻。“轰了他们！”他喊道，“给他们扔点核武器！让他们知道谁是老大！”但上床之后，他却睡不着了。他先想到了离家读大学的一儿一女。他爱他们，“爱”这个字对于他来说，只有这一个意义。然后他又在想象中开始打九洞高尔夫，选择自己的差点[1]，挑选要用的铁杆、站位以及对手和具体的天气状况，但球场的一片翠绿被他对生意的忧心忡忡所遮蔽，变得没了光彩。他的钱都被套在了拿骚的一家酒店、俄亥俄州的一家陶瓷工厂，还有一家生产擦玻璃清洁剂的厂子里，他运气也越来越糟糕。这些忧虑烦扰着他，他终于下了床，点上一根烟，走向窗边。在星光点亮的夜色中，他看到落光了叶子的树

1 差点（handicap），高尔夫运动的专业术语，通俗说来就是高尔夫球手的水平与标准杆之间的差距，例如某球手的平均水平一般是八十五杆，标准杆是七十二杆，那么差点就是十三。

木。夏天的时候，他曾试图在马场上找补回部分损失，那些光秃秃的树木让他联想起他买的那些赌马彩票，此刻想必也像落叶一样，飘落在贝尔蒙特和萨拉托加附近的水沟里吧。枫树，水曲柳，山毛榉，还有榆树，押三号马第四场胜可以赢一百块，押六号马第三场胜可以赢五十块，押二号马第八场胜可以赢一百块。孩子们放学回家走在路上，可能会像踩树叶一样，从他那些马票上踏过。然后他回到床上，毫不羞愧地想起了弗兰纳根太太，计划起他们下次要在哪里见面，见面要做些什么。他想，人这一生难得有办法真正忘记烦恼，那么为什么要拒绝这忘忧药呢，仅仅因为这药稍稍有点粗鄙？

一次新的征服总是能带给查理极佳的疗效。一夜之间他变得慷慨大方，善解人意，拥有了似乎无穷无尽的幽默感，态度松弛，对猫猫、狗狗、生人统统很友好，豪爽又富有同情心。当然，每天傍晚还是会有帕斯腾太太那充满责怪的身影在等待着他，但他认为自己已经好好服侍老婆二十五年了，如今这些天，倘若他温柔地抚摸她，她很可能会说，“哎哟。这就是我在院子里碰伤的地方。”他们一起度过的那些夜晚，她似乎有意选择展现自己个性中那些最生硬的角度，打磨她的利斧。“你知道的，”她说，“玛丽·奎斯特打牌出老千。”她的话音仿佛落在距离他很远的地方。如果这是失望的一种比较委婉的表达方式，那么这种失望已经无法对他产生任何触动了。

他在城中跟弗兰纳根太太见面，一起吃午饭，两人一起度过了一个下午。离开酒店的时候，弗兰纳根太太在展示香水的橱窗前停下了脚步。她说她喜欢香水，扭着肩膀撒娇，还管他叫“猴子”。他想到对方少女般的举止、声称自己忠诚的态度，不禁觉得她这做派未免太过熟练，但他还是买了一瓶香水给她。他们第二次见面时，她喜欢上了一家商场橱窗里的浴衣，他买了。第三次见面，她得到了一把丝绸阳伞。他在餐厅里等着他们第四次会面，希望这次她不会跟自己要珠宝，因为他的储备金不足了。她答应了一点钟跟他会面，于是他笃笃悠悠等着，享受着周边酱汁的气息，美味的金酒，还有红色的地毯。她总是迟到，一点半钟，他又叫了第二杯酒。一点三刻，他发现服务生在跟同事窃窃私语——咬耳朵，大笑，还朝查理的方向点头。他第一次想到，自己可能被放鸽子了。可她是谁啊——她以为自己是谁啊，居然敢这么对他？她什么都不是，只是一个寂寞的家庭妇女；除此之外，她屁都不算。两点钟，他点了自己的午餐。他简直崩溃了。过去几年里，他的感情生活一无所成，只有一系列的有时还很猥琐的一夜情，但是没了这些，他的生活又不堪忍耐。

一点到两点之间，在城中餐厅里被人放鸽子，这种体验中有些共通的东西——这种精神的无人区，树木枯萎、沟壑纵横、鼠穴遍地的去处，我们都曾体会过，因为心软上当，失去了防备。服务生了解这一切，查理身边的餐桌传来各种嬉笑闲聊的声音，更加磨折他的感受。他仿佛无助地被自己的失望之情高悬在空中，好像坐在旗杆顶端表演耐力的人，在这拥挤的餐厅里，他的孤独感越来越大，越来越强。后来他看到了镜子里映出来自己浮肿的形象，头发花白紧贴在头皮上，就像艳事过后狼藉的现场，他沉重的身材有点像圣诞老人穿上了消防员制服，肚子里还塞进了凯利太太家次好的沙发靠垫，又加大了一两号。他将桌子推开，朝大厅的电话亭走去。

“您的午餐有什么问题吗，monsieur[1]？”服务生问道。

她接了电话，用她最为小女孩气的腔调说道：“我们不能再这样继续下去了。我仔细想过，我们不能再继续下去了。不是因为我不想，因为你是个非常刚猛的男人，但是我的良心不允许。”

“我可以今天晚上过来，跟你谈谈吗？”

“这个……”她说。

“我从车站直接过来。”

“如果你愿意帮我个忙的话。”

“什么？”

“今天晚上我见到你再跟你说。但是请你将车子停在房子后面，走后门进来。我不想让这里那些碎嘴婆娘有话说。你一定得记住，我以前从没干过这种事。”

当然她是对的，他想。她要维持自尊。他想到，她的骄傲都是那么的孩子气，那么单纯！有时候，他傍晚时分开着车子经过新罕布什尔州的某座工业城市，就会看到某条巷子里、车道上，或是河边，有个孩子身披一块桌布，坐在一个破凳子上，向着他的王国挥动权杖，国中所有尽是些杂草、煤渣，还有几只瘦骨伶仃的鸡。这种单纯和他们骄傲的荒唐可笑恰是这场景的动人之处，他对弗兰纳根太太的感觉就是这样。

那天晚上，她放他从后门进来，但起居室里的场景依旧。炉火

1　法语：先生。

在燃烧，她给他弄了一杯酒，在她的陪伴中，他感到自己仿佛放下了所有重负。但她欲拒还迎，娇羞扭捏，勾得他心头火起，自己却又跑开了，到房间对面去欣赏镜中自己的身影。“我想先要你帮我个忙。”她说。

“到底是什么？”

“猜。”

“我不能给你钱。我没钱，你知道的。”

“哦，我才不想要钱呢。”她很愤慨。

“那是什么？”

“你戴的一样东西。”

“可是我的手表不值钱，我的袖扣是黄铜的。”

“别的东西。”

“到底是什么？”

“我不跟你讲，除非你答应给我。”

这时，他将女人从身边推开，知道自己很容易就会陷入傻蛋的境地。“我不能答应，除非我知道你要什么。”

“是件非常小的东西。”

“有多小？”

“一丁点大。”

“请你告诉我到底是什么。”说完他一把将妇人揽入怀中，就是这种时刻他感觉最为自在：郑重威严，雄风犹在，沉着冷静。

“除非你答应，否则我不说。”

“可我不能答应。”

“那就走吧，”她说，“走吧，再也别、永远也别回来了。”

她简直太孩子气，居然这样发狠下令，但他倒是真吃这套。难道他要回到自己的家，空洞冷寂，只有那么个老婆，永远磨刀霍霍，利斧在握？回去，等在那里，等着时间和机遇转变，新朋友出现？

“请你告诉我吧。”

“保证。”

“我保证。”

“我想要，”她说，“一把你家防空洞的钥匙。”

这要求如同大锤从天而降，一下子击中了他，突然他仿佛全身都感到巨大的懊悔沉重地压下来。所有那些他对这妇人的温柔想象——工业城镇中小女孩统治着鸡群的场景——现在看来简直是愚不可及的自作孽。大概从一开始她想的就是这个，当她第一次点上炉火，找不到支票簿，给他递上一杯酒的时候。这要求浇灭了他的欲火，但只持续了一小会，因为现在妇人又回到了他的怀中，将手指在他肋骨间穿梭轻搔，一边说：“鬼鬼祟祟小耗子，住进查理家屋子。”他需要她，这种需求导致了严重后果，仿佛膝盖后方承受了残酷一击。但在他那糨糊一般的脑袋里的某个地方，他看得出自己肤浅的渴望之愚蠢和陈旧老套。但是他又怎么能改造自己的筋肉骨骼，去适应这样一个新世界；引导着他那三心二意、贪欲甚多的肉体去投身政治、地理、大屠杀、大灾难？她胸前浑圆，芬芳，柔软，于是他将那枚钥匙摘了下来——一块一英寸半长的小金属片，承接着他双手的温度——丢进了她连衣裙的领口中。

帕斯腾家的防空洞是那年春天完工的。他们想要保密；至少想对其存在稍加掩饰；但是那些大卡车、推土机在他们家车道上进进出出，搞得所有人都知道了。一共花了三万两千美元，建有两间化学厕所，一套供氧装置，还有一间图书室，由一位哥伦比亚大学教授选定书目，这些书是为了激发希望、幽默以及宁静之感。里面有可供三个月的生存食物，还有几箱烈酒。帕斯腾太太买了那些石膏鸭子、喂鸟器以及地精矮人的雕像，是为了让自家花园里这个鼓起来的大包显得人畜无害；显得可以接受——至少自己看得下去。毕竟这样一个庞然大物在优美的家居环境中显得很突兀，而且它要是投入使用，就必然意味着至少世界上一半的人口要死亡，她发现，尽管顶上覆盖着茵茵绿草，这东西仍然无法与蓝天白云和谐映衬。她喜欢将家里朝着那个方向的窗帘拉起来，第二天下午，当她为主教大人呈上金酒的时候，那窗帘就是拉着的。

主教大人是位不速之客。她的牧师打电话来，说主教就在这附近，想过来跟她道谢，谢谢她对教堂的奉献，他是否方便现在带主教大人过来。她赶紧准备上茶，换上裙子，然后门铃响起的时候，她刚刚下楼走进门厅。

"您好，主教大人，"她说，"您请进可好？大人？您要来杯茶吗，大人——还是给您上杯酒呢，大人？"

"我想要来一杯马提尼。"主教说。

他天生一副清亮有力的好嗓子，身材优美，头发黑得就像染的，皮肤紧致晦暗，宽大的嘴巴周围一圈皱纹，他的眼睛很亮，却显得憔悴，她觉得，就像吸毒的人那样。"请您稍等，大人……"

主教要一杯鸡尾酒，这让她很迷惑；总是由查理来调酒。她将冰块失手掉到了厨房地板上，足足将一品脱的金酒倒进了摇酒器，她觉得这下做出来的酒简直要命，于是矫枉过正，往其中兑了更多的味美思。

“这位路德盖特先生跟我讲过，您可是教区生活不可或缺的人物。”主教说着，接过了他的酒。

“我尽力而为。”帕斯腾太太说。

“你有两个孩子。”

“对，萨莉在史密斯，卡尔基在柯尔盖特大学。现在家里显得空荡荡的。他们都是老主教给主持的坚信礼。汤姆林森主教。”

“啊，没错，”主教说，“哦，对。”

主教的出现搞得她很紧张。她希望自己能让这次拜访显得更自然些；她希望至少自己在自家的客厅里可以表现得真实些。有时候社区集会的时候，她会感到强烈的不适，那种议会式的气氛仿佛会让她的个性土崩瓦解。这时这种不适又出现了。她坐在折叠椅上，却仿佛是四脚着地，满屋子爬行，将破碎一地的自我一块块收敛起来，用某种道德力量再聚合在一起，比如说，我是个好母亲，再比如，我是个宽容的妻子。

“你们二位是老朋友吗？”她问主教。

“不！”主教叫道。

“主教只是开车路过。”牧师无力地解释。

“可以看看您的花园吗？”主教问道。

他手持马提尼酒杯，跟着她走侧门来到了露台上。帕斯腾太太是个勤奋的园丁，但花园的景象令人失望。鲜花盛放的周期快要结束了，园中无甚可观，只有菊花。“真希望您能春天来看，尤其是暮春时节，”她说，“星花木兰是最先开花的。然后就是樱花和李子。这些花刚败，我们的杜鹃就开了，然后是月桂，杂交杜鹃。我们这棵紫藤底下种着青铜色的郁金香。丁香开白花。”

“我听说您有个防空洞。”主教说。

“是的，”她的鸭子和地精矮人背叛了她，“是的，我们的确有，但其实没什么可看的。这边种的全都是幽谷百合，这一片都是。我觉得玫瑰做鲜切花比种在花园里装饰效果更好，所以我把玫瑰种在房子后面了。篱笆是 fraises des bois[1]。非常甜美，充满酒香。”

“你们的防空洞建了有多久了？”

“我们春天才建的，”帕斯腾太太说，“那片篱笆是海棠。那边是我们的色拉小菜园。种的生菜和香草，这一类东西。”

“我想去看看防空洞。”主教说。

她感到很受伤——这种伤痛仿佛一直能追溯到她的童年时光，那时她曾发现她的朋友们之所以雨天来访并非是喜欢她，而是来吃她的饼干、搞坏她的玩具的。她从来都不擅长掩饰自私，她沉着脸，跟他们一起穿过喂鸟器和彩绘鸭子。头戴睡帽的矮人们鄙夷地望着他们三个，她就这样从脖子上取下钥匙，打开了防火门。

“很迷人啊，”主教说，“真迷人。哇，你这里连图书室都有。”

“是，”她说，“挑选这些书是因为它们幽默，宁静，令人心生希望。”

“教会建筑有个很不幸的特点，”主教说，“圣坛下方的地下室，或者地窖，都非常狭小。这样一来，我们就极少有空间可以救活那些虔诚的人——可能我还得补充一句，这也是我们教派的一个特

---

1 法语：欧洲草莓。

点。有些教堂的地下室很宽敞。可是我就不占用您更多时间了。”他大踏步穿过草坪，朝屋子走去，将鸡尾酒杯放在了露台的矮壁上，给她做了祝福。

她心情沉重地在露台的台阶上坐了下来，目送着车子开走。他不是为了赞扬她才来的，这点她知道。她疑心主教是在辖区内探访，选择可用的避难所，这样想是不是不够虔诚呢？有没有可能，他这样做就是想利用自己的神职身份为自己谋利呢？现代生活的负担，即便散发出塑料味儿——真是这样——也残酷地压垮了上帝、家庭还有国家的根基和信念。这负担头重脚轻，她仿佛能听到地基松动的声音。她这一辈子都对神职人员的神圣身份毫不怀疑，如果她的信仰是真诚的，那么为什么她没有第一时间向主教提出，许他到自家的防空洞避难呢？但是，如果他相信死者会复活，相信未来世界的新生，那么他何必还需要什么防空洞呢？

电话铃响了，她勉强做出轻松愉快的语气接了起来。打电话的是个女人，名叫比阿特丽斯，她每周两次到帕斯腾太太家来打扫卫生。

“我是比阿特丽斯啊，帕斯腾太太，”她说，“有件事我想应该告诉您知道。您知道，我不是那种碎嘴的人。我可不像那个阿黛尔，从一个太太家跑到另一家，不是说谁跟谁没有同床睡，就是谁家的垃圾桶里藏着六个空威士忌酒瓶，要么就是谁家举办的鸡尾酒派对根本没人来。我可不像那个阿黛尔。我不是个碎嘴的八婆，您是知道的，帕斯腾太太。但是有件事我觉得您应该知道。我今天去弗兰纳根太太家干活，她给我看了一把钥匙，说是你们家的防空洞的钥匙，还说是您丈夫给她的。我不知道她说的是真是假，但我觉得应该让您知道。”

“谢谢你，比阿特丽斯。”

他曾上百次地出轨，污了她的好名声，坏了她的好德行，将她的爱弃之不顾，可是她绝对没想到，他居然在两人为世界末日做的准备中背叛她。她将为主教做的鸡尾酒的剩余部分倒进杯里。她讨厌金酒的味道，但烦恼越积越多，就像某种病痛，而金酒可以让痛苦减弱，却更加让她心头火起。外面天色暗了下来，风也转了方向，开始下起雨来。她该怎么做？她不能回娘家。娘家没有防空洞。她不能去祈祷，求上帝指引。主教显然凡心未了，大大降低了天堂的抚慰作用。不再多喝些金酒，她简直无法思考丈夫愚蠢放荡的事。后来，她记起了那天夜里——那个大审判之夜——他们一致同意，任由艾达姨妈和拉尔夫叔叔活活烧死，她牺牲了自己三岁的侄女，他放弃了五岁的外甥；他们就像杀人犯一样谋划着，甚至决定对他年老的母亲也毫不留情。

查理进门的时候她已经喝得很醉了。“我绝对不会跟那个弗兰纳根太太在任何一个地洞里待上两个礼拜的。”她说。

“你说什么呢？”

“我带主教下去，领他去看防空洞，他还——”

“什么主教？主教到这里来干吗？”

“别打岔，听我把话说完。弗兰纳根太太有咱家防空洞的钥匙，还是你给她的。”

“谁告诉你的？”

“弗兰纳根太太，”她说，“有我们家防空洞的钥匙，还是你给她的。”

他冒雨冲到外面，去了车库，开门时还挤伤了手指。他又气又急，将车停下，等待化油器启动，他在车库里集聚起来的那些家居生活的废品直接暴露在车前大灯的映照之下。这里堆满了坏掉的露天桌椅家具，还有各种电动工具。车子终于启动，他立刻冲出车道，在第一个路口就闯了红灯，在那个片刻，他曾命悬一线。他才不管。他横冲上山，他紧紧抓着方向盘，仿佛已经将双手勒在了她那丰润愚蠢的脖颈上。她破坏的是他孩子们的名誉，是他心灵的平静。她伤害的是他的孩子，他最爱的孩子们。

他在门口停下了车。房子亮着灯，他能闻到木柴的烟火气，但那里很安静，从玻璃门窗望进去，他看不到任何生命迹象，除了雨声也什么都听不到。他试着推门，门锁上了。随后他用拳头猛击门框。她过了很久才从起居室的方向出现，他猜想她一定是睡着了。她身上穿着查理买给她的浴袍。她理了理头发。她一把门打开，查理就冲进了大厅，大叫起来："你为什么这么干？你为什么会干出这样的蠢事？"

"我不知道你在说什么。"

"你为什么要跟我老婆说你有钥匙？"

"我没告诉你老婆。"

"那你告诉谁了？"

"我谁也没说。"

她扭着肩膀，低头看着鞋尖。就像许多无可救药的撒谎精一样，她把真相的作用看得太夸张，于是身体就释放出一些信号，透露出她在撒谎。他这时候看出来，从她嘴里是听不到实话的，任凭他用尽双臂的力气去摇她，也晃不出任何真相，而且即便得到她的坦白，对他也不会有任何好处。

“给我弄杯喝的。”他说。

“我觉得你最好还是走吧，过些时候再来，等你感觉好些的时候。”她说。

“我很累了，”他说，“我累了。哦，上帝啊，我累了。我一整天都没坐下来过。”

他进了起居室，给自己倒了一杯威士忌。他看到自己的双手，因为一整天的操劳，乘火车、拉楼梯扶手、门把手和摸纸张而灰黑染尘，他看到镜中自己的头发被雨水打湿。他走出起居室，穿过书房，去了楼下的浴室。她发出很轻的一声，几乎算不得哀叫。他一打开浴室的门，就发现自己跟一个全身赤裸的陌生人迎面而立。

他关上了门，接下来就是冲突爆发之前，那几乎节奏分明的沉默。是她先打破了沉默。“我不知道他是谁，我一直想打发他走……我知道你在想什么，我不在乎。毕竟这是我家，我没有邀请你进来，而且我不需要把发生的一切解释给你听。”

“滚开，”他说，“从我这里滚开，不然我拧断你的脖子。”

他冒着雨驱车回家。他进门的时候，留意到厨房里传来烧饭的气味与声音。他想这些气味和迹象大约是这个星球上最早的，也是最后的生命迹象之一。晚报摆在起居室里，他抖开报纸，喊道：“给他们扔点核武器！让他们知道谁是老大！”然后，他跌坐在椅子上，轻轻问道：“耶稣啊，到底什么时候是个头啊？”

“我一直等着你说这话呢，”帕斯腾太太说着，悄悄地从餐具室走了出来，“我足足等了有三个月，就等你说这个话。我一开始担心，是发现你卖掉了袖扣和饰钮。那时候我就想，到底发生了什么。后来，你签了造防空洞的合同，却一分钱都拿不出来，我就看明白你的计划了。你想要世界末日，对不对？对不对，查理，是不是？我一直都知道，可我不能面对自己，这太残酷了——可是人每天都有新认识。”她走过他身边，进了门厅，开始上楼梯。“煎锅里有汉堡，”她说，“烤箱里有些土豆。如果你想吃绿色蔬菜，可以热热剩下的西兰花。我要给孩子们打电话了。”

如今我们旅行的速度如此之快，大多数人只能记住寥寥几个地名而已。那些形而上的臆想和猜测只能搭乘慢车跟上我们的脚步，也许根本就无法跟上来。故事的其余部分是我母亲讲出来的，她的信寄到基茨比厄尔，才交到我手上，我有段时间就住在那里。“过去的六个星期里，发生了许多的变化，”她写道，“我几乎不知从何说起。首先是帕斯腾一家走了，我的意思是消失不见了。他进了县监狱，他因为严重盗窃被判入狱两年。萨莉从大学退学，去梅西百货工作了，我听说那男孩子还在找工作。他跟母亲一起住在布朗克斯的什么地方。有人说他们现在靠家庭救济过日子。好像大约一年前，查理就把他母亲留下的钱都用光了，原来他们一直是靠借贷生活。银行把一切都收走了，他们搬到了坦斯福德一家汽车旅馆去住。后来他们从一家旅馆搬到另一家，开着辆租来的车到处旅行，欠了好多账还不上。旅馆和租车行是最先追上他们的。有家姓威洛比的好人从银行买下了那幢房子。还有，弗兰纳根两口子离婚了。你记得她吗？她从前经常撑着丝绸阳伞在花园里溜达。男的不需要给女方赡养费什么的，还有人在一个很冷的夜里，在中央公园西大道上看到过穿着件很薄的外套的她。但是她还真回来过。可古怪了。她上礼拜四回来的。天刚开始下雪。当时是午饭时间刚过。你妈妈确实是个老傻瓜，但我老归老，看到暴风雪这种罕见的奇迹，还是难免会激动。我有很多事要做，但是我决定不去管它，我就在窗前站着，欣赏雪景。天色很暗。雪很细、很干燥，如同洒下一层光，很快就将一切都覆盖起来。然后我就看到弗兰纳根太太从街上走过来。她肯定是乘两点三十三分那趟车过来，然后从车站走过来的。我猜她连出租车都雇不起了，大概是没什么钱了吧，你说对不对？她穿得不算暖和，还踩着高跟鞋，而不是雨靴。然后她沿着街道走过来，一路穿过了帕斯腾家的草坪，到了他们的防空洞，就站在那里看着。她在想什么我可没处猜去，但是你知道，那防空洞看起来有点像个坟堆，她站在那里，看起来就像在悼念死者，雪落在她头上、肩上，我想到她几乎跟帕斯腾两口子都不认识，这让我挺伤心的。然后威洛比太太给我打来了电话，说有个陌生女人站在她家的防空洞前面，问我认不认识她，我说我认识，这是弗兰纳根太太，原先住在山上的，然后她问我，她该怎么办，我说，我猜唯一的办法就是撵她走。于是威洛比太太就打发女佣下去了，我看到女佣让弗兰纳根太太离开，过了没一会儿，弗兰纳根太太就冒着雪又走回车站去了。”

梦境世界

这一篇写于另一个海边的另一幢小屋里。在我坐的地方，金酒和威士忌在桌面上留下了永久的印痕。灯光很暗。墙上有一幅上色的版画，印的是一只小猫戴着花帽，穿件丝绸裙子，还戴着白手套。空气中有霉味儿，但我觉得这气息挺宜人——令人振奋，富有情欲，就像是舱底水，或是大陆风。浪头很高，崖壁下方的大海冲击着堤岸，撞击着大门，猛力晃动着上面的锁链，震得我桌上的台灯都跳动起来。我一个人待在这里，因为自从某个周六下午，我在花园里铲土的时候开始，发生了一系列的事，我需要好好休息一阵，才能恢复过来。那天在泥土下面大约一两英尺深的地方，我发现了一个小圆盒子，可能原先是盛鞋油的。我用小刀将盒子撬开，发现里面有块油布，油布里裹着张横格纸，上面有字。字条上写着："本人尼尔斯·约戈斯特朗姆对自己许下诺言，如果到二十五岁，我还没有成为格利布鲁克乡村俱乐部会员，我将自缢身亡。"我知道二十年前我现在居住的社区曾经是一片农田，我猜想，大约是某个农民的儿子，远远望见格利布鲁克那绿幽幽的球道，于是发下了这样的誓言，而后又埋进了土里。我很感动，这样一些表达我们最剧烈情感的、断线的交流总是让我感动。这张字条就像某种浪漫爱情的冲动，让我越发深深陷入午后的情绪。

天空蔚蓝，简直像音乐。我刚刚剪过草坪，空气中还飘散着剪草的气味。这让我想起年轻时我们了解的那些爱的序曲和承诺。竞走比赛结束后，我们飞身扑倒在煤渣跑道旁边的草地上，使劲喘气，我们曾那么热忱地拥抱那片校园草坪，承诺一生都将保有同样的情怀。那时我想着这些平静温和的事情，却留意到黑蚂蚁已经征服了红蚂蚁，正在将敌军尸体搬离战场。一只知更鸟飞过，身后追着两只松鸡。猫藏在醋栗篱笆里，盯着一只麻雀。一对金莺路过，你啄我、我啄你的，这时我又看到，就在我立足的一英尺之外，一条蝮蛇正在蜕皮，马上就要从冬天那暗色的皮肤中脱身而出。我当时感受到的并非恐惧或惊吓，而是惊诧于自己对死神的这一分支毫无准备。这是一剂致命的毒液，跟溪流中的潺潺流水一样，是地球的一部分，可我却从未将其纳入考虑的范畴。我回到屋内去取枪，但很不幸，我当时遭遇了家中两狗之中较年长的那只，她是条母狗，惧怕枪声。她一看到枪就开始吼叫，呜咽，遭到本能和焦虑毫不留情的折磨。她的叫声招来了第二只狗，这只是天生的猎犬，连跑带跳地下楼，准备去叼回一只兔子或是一只鸟，我身后跟着两条狗，一只兴奋地叫个不停，另一只惊恐地叫着，我又回到园中，只看到那条蛇躲进一道石壁里去了。

这之后，我开车进了村镇，买了些草籽，然后又去了趟二十七号公路上的超市，取我妻子预订的奶油蛋卷。我觉得，现如今你得用相机才能记录下星期六下午超市的盛况。我们的语言受限于传统，是几个世纪以来话语累积的结果。在我等候的面包房柜台，除了面点的形状之外，触目所及，一点传统之处都没有。我们一共有六七个人，因为一个老人特别长的购物单耽搁住了。我从他肩膀后面探头去看：

六只鸡蛋

hors d’oeuvres[1]

他看到我在读他的记录，就像一个特别谨慎的扑克牌玩家一样，把购物单小心地放到胸口位置压住。然后，突然间，商场里播放的音乐从一首情歌变成了恰恰舞曲，我旁边的女人开始羞涩地晃动肩膀，迈出几个舞步。“您愿意赏光跳个舞吗，女士？”我问道。她相貌实在平平，但是当我伸出手臂时，她欣然入怀，于是我们共舞了一两分钟。你看得出她很喜欢跳舞，但生得那样一张面孔，怕是难得有机会跳。随后她面色通红，从我怀中离开，到玻璃柜旁，开始研究那边的波士顿奶油派。我感到我们朝正确的方向迈进了一步，因此，在我拿到奶油蛋卷开车回家的路上，心情非常愉快。在艾尔维伍思巷路口，一个警察拦住了我，给游行队伍让路。首先登场的是一个穿靴子和短裤的少女，这一身衬得她大腿雪白。她鼻子特别大，戴着顶皮毛高帽，上下挥动着一根铝制的指挥棒。她身后是另一个姑娘，大腿更白、更丰润，前进中骨盆比身体其余的部分前突很多，以至于脊柱形成一道奇怪的弯弧。她戴着副双光眼镜，似乎骨盆这样前突搞得她很烦躁。一支男孩乐队跟在后面，中间偶尔夹杂着一两个头发花白的人摇着铃，他们演奏着《弹药车滚滚向前》。他们没有举旗子，看不出任何的目标或是诉求，我只觉得这非常非常滑稽。我一路大笑着回了家。

可是我妻子正难过呢。

---

1 法语：开胃小吃。

“怎么了，亲爱的？”我问。

“我突然有种特别可怕的感觉，好像自己是个电视情景喜剧里的人物，”她说，“我是说，我长得挺好，我穿得挺好，我的孩子很可爱，又幽默，但我有种可怕的感觉，好像我是黑白的，任凭什么人都可以把我关掉。我有种可怕的感觉，任何人都可以把我关掉。”我妻子经常会难过，因为她的难过并非是真正的难过，经常会悲伤，因为她的悲伤并非痛苦的悲伤。她伤心，因为她的伤心并不是剧痛的伤心，我告诉她说，她的这种因为自己的难过不够格而产生的难过，可能是人类痛苦的一种新形态，但这丝毫没有给她带来安慰。哦，有时候我想过要离开她，我很容易能够想见没有她、没有孩子们的生活，没有朋友相伴我也可以过下去，但我不能离开自己的草坪和花园，我不能离开自己亲手修好、漆好的门廊上的纱门，我不能抛下自己在侧门和玫瑰园之间亲手垒起的曲折的砖石走道；因此，虽然说捆住我的锁链是由草皮和油漆做成的，它们还是牢牢地将我拴住，至死方休。但我当时很感激妻子说的话，她说自己生活的外在表象具有梦的特质。想象力具有桀骜不驯的能量，创造出了超市、毒蛇，以及鞋油盒子里的字条。跟这些相比，我那些最为狂野的幻想也显得呆板乏味，如同复式记账簿。想到我们外在的生活具有梦境的特质，并且在我们的梦境中，能够找到传统旧式的美德，这让我感到高兴。然后我进到家里，却看到打扫卫生的女佣在偷吸一根埃及香烟，还从废纸篓里将撕碎的纸张拼起来翻看。

那天晚上我们去格利布鲁克吃饭。我查阅会员的名单，在其中搜寻尼尔斯·约戈斯特朗姆的名字，但他不在名单上，我不禁疑心，他有没有上吊自杀。这有什么意义呢？一切照常。格蕾茜·马斯特斯，百万富翁殡仪馆老板的独生女儿，正在跟平基·汤森跳舞。平基因为操纵股市吃了官司，身上背着五万美元的保释金。保释金一确定，他立刻从钱包里掏了五万块出来。我跟米莉·瑟克里夫跳了一轮舞。音乐是《雨》《恒河月影》《红红罗宾跳跳向前进》《五尺两寸，蓝眼睛》《早晨的卡洛琳娜》，以及《阿拉伯的酋长》。我们仿佛在社会和谐的坟墓上舞蹈。这真是具有革命性的一幕，但那崭新的一天，崭新的世界，要从何而来呢？接下来的组曲是《帕莱斯蒂纳的莱娜》《我将一直吹泡泡》《路易斯维尔·露》《微笑》，然后再次演奏《红红罗宾》。这最后一曲真的让大家都跳跃了起来，但是当乐队以吐口水的动作结束演奏的时候，我看到他们摇着头，对我们的滑稽动作表示深深的道德谴责。米莉回到了她的桌边，我站在门口，心想为什么我看到人们在组曲结束的时候离开舞池，心会波动起伏——就像是当我看到山崖的阴影渐移，落到水面和沙滩上，人群开始收拾东西离开海边的时候，也会心有所动，仿佛在这些细微的告别中，我能看到生命本身的能量以及轻率粗疏。

我想，是时间粗鲁地剥夺了我们作为旁观者的特权，最终那对在雅典的布列塔尼大酒店大堂里用糟糕的法语大声交谈的夫妇不是别人，正是我们自己。别人占据了我们在棕榈树盆栽后面的位子，那是酒吧里我们的秘密角落，我们暴露在外，只能四处寻找其他的观察点。我当时想要确定的并非一连串的事实，而是某种实质，就像某些偶然事件莫名其妙地碰到一起，会产生惊喜或者导致绝望。我想要的，是在这样一个不合逻辑的世界中，赋予我的梦想以合法的地位。这一切并没有使我闷闷不乐，我在酒吧跳舞，畅饮，讲段子，直到一点钟左右我们才回家。我打开电视，调到一个广告，就像我当天所见的其他许多事一样，这广告看起来也极为滑稽。一个满口寄宿学校口音的年轻女子在问："湿皮草的气味会不会让你难堪？一件五万美元的黑貂披肩遭了雷雨，气味堪比穿过沼泽追逐狐狸的一只老猎犬，甚至还要糟糕。什么都臭不过湿貂皮。即便是蒙蒙细雨也能让羊皮、负鼠、灵猫，还有其他没有那么昂贵又结实耐用的皮草变得臭气熏人，就像动物园里通风不足的狮子窝。做好防护，不要让自己遭遇这样的尴尬和烦恼，你只需在穿上皮草之前，轻喷一点衣丽泽……"她属于梦想的世界，我将她关掉之前，这样告诉她说。我在月色中睡着了，梦到一个岛。

我跟其他几个男人一道，仿佛是乘着帆船到达的。我晒伤了，我记得，而且摸摸下巴上，我感到胡须大概已经有三四天没刮过了。这座岛在太平洋上。空气中有味道很冲的食用油的气味——这标志着这是个中国的海岸。我们着陆时是午后时分，我们好像没有什么事可做。我们在街上游荡。这地方要么是曾经被军队占领过，要么就是曾被当作军队的中途站，因为许多橱窗的招牌都是用洋泾浜英文写的。"专理平头"，我读着一家东方理发店的招牌。许多商店里摆着山寨的美国威士忌，威士忌的拼写是"威士几"。因为我们没别的事好做，我们就进了一座当地的博物馆。里面有弓，原始的钓鱼钩、面具，还有鼓。我们从博物馆去了一家餐厅，点了菜。当地的语言害我费了一番折腾，但令我意外的是，这似乎是一种有备而来的折腾。我似乎在上岸之前，曾学过当地的语言。我清楚记得，当服务生来到桌前的时候，我组成了一个完整的句子，我说：

“Porpozec ciebie nie prosze dorzanin albo zyolpocz ciwego[1].”侍者面带微笑，恭维了我一番，然后，当我从梦中醒来的时候，这句实在的语言让这座阳光中的岛屿、它的人口和博物馆等等，都显得真实、生动，让人久久无法忘怀。我怀着向往之情，想起了那些当地人的友好和宁静，以及不急不忙的生活步伐。

星期天在一轮鸡尾酒派对中很快地过去，也很开心，但那天夜里，我又做了一个梦。我梦到自己站在楠塔基特我们时常租住的那幢房屋卧室的窗边。我沿着海岸优美的弧线朝南方望去。我曾见过更为优美、更为雪白、更为壮观的海滩，但是当我看到黄色的沙子，还有弧线的拱形时，总是产生这样的感觉：如果我凝望这片海湾的时间足够长，它就会透露一点什么给我。天空多云，海水是灰色的。时间是星期天——虽然我说不出自己是如何知道这点的。天色渐晚，小旅店中传来非常令人愉快的盘盏传递的声音，很多人家都在旧隔板搭出的饭厅里用晚餐。这时我看到海滩上走来一个人影。看起来像是一个神父或者主教。他手持一根牧杖，头戴法冠，身穿长袍，外罩法衣、十字褡，还有特为做大许愿弥撒而穿的白麻布圣衣。他这身衣服上缀满了金饰，时不时被海风吹起。他的脸刮得很干净。天色渐渐暗了，我难以看清他的身形。他看到我在窗口，于是举起手喊道：“Porpozec ciebie nie prosze dorzanin albo zyolpocz ciwego.”说完，他加快步伐在沙滩上前行，将牧杖当成拐棍一样拄着，但步伐因为服装繁复而颇受妨碍。他从我站立的窗前经过，消失在了海岸的弧线被山崖的弧线所取代的地方。

1　作者所杜撰的一种类似斯拉夫语的语言。

我星期一去工作，星期二的凌晨大约四点钟，我从梦中醒来，梦中我在打触身式橄榄球。我所在的那支队伍要赢了。分数是六比十八。我们的妻儿在草坪边上观看，那里摆着桌椅饮料。最后的制胜分是个长距离短线外侧迂回进攻球，当最后触地得分的时候，一个名叫海伦妮·法默的大个子金发女子站起身，组织女眷们进行了一圈啦啦队表演。“啦啦啦，”她们说，“Porpozec ciebie nie prosze dorzanin albo zyolpocz ciwego. 啦啦啦。”

这一切我完全没有感到不对劲。这正是我所要的，某种意义上说。对新发现的热爱难道不是人类无法压制的动力吗？这句话的反复出现让我有种新发现的兴奋。我所在的球队赢了，这件事让我很开心，于是我兴高采烈地下场吃早餐，但我们的厨房，哎呀，也是梦境的一部分。粉红的墙壁可以水洗，灯光清冷，电视是嵌入式（里面念着祷词），还有假盆栽，这让我对梦境产生了怀念之感，当妻子递给我写早餐点菜用的触针笔和魔力板时，我写道：“Porpozec ciebie nie prosze dorzanin albo zyolpocz ciwego.”她笑出声来，问我是什么意思。我重复了一遍这句话——好像我想说的确实就只有这一句话而已——她开始哭起来，我看到她眼泪中的悲苦，明白我最好休息一下。霍兰德大夫来给我打了针镇定剂，当天下午我就乘上飞机去了佛罗里达。

现在天晚了，我喝了一杯牛奶，吃了片安眠药。我梦里看到一个美丽的女子跪在一片麦田里。她浅棕色的头发丰盈饱满，裙摆很大。她的衣服好像很古老——好像是我这个时代之前的衣服——我疑心自己如何会认识一个穿的衣服像我祖母一样的陌生人，并且对她怀有那么温柔的情感。然而她看起来很真实——比东面四英里的塔米阿密公路更真实，比史矛格拉玛和巨无霸汉堡[1]摊头，以及萨拉索塔的那些后街边巷更真实。我没有问她是谁。我知道她要说什么。“Porpozec ciebie...”她开口说道。随后我要么是在绝望中惊醒，要么就是被雨打芭蕉的声音惊醒了。我想到某个农民听到雨声，会伸伸他僵痛的骨头，露出微笑，感到雨水落在他的生菜和圆白菜上，他的草料和他的燕麦上，他的牛蒡和玉米上。我想到某个管道工，被雨声吵醒后，不禁微笑着想象世界上所有的下水道都奇迹般地被清理干净，水流通畅。右转排水道，弯曲排水道，底部阻塞的以及生锈的排水道全都汩汩作响，将废水排入海洋。我想雨水会唤醒某位老太太，她会疑心自己是否将那本《董贝父子》[2]落在花园里了。披肩呢？她有没有把椅子盖起来？我知道雨声会惊醒某些情侣，这声音就像某种力量的组成部分，将他们推向彼此的怀抱。然后我坐起身来，对自己大声慨叹：“英勇！爱！美德！同情！光荣！善良！智慧！美！”这些词语仿佛拥有土地的颜色，诵读的时候我感到满怀希望，直到心满意足，与夜晚达成和解。

1 这两个都是作者杜撰的餐厅品牌。

2 狄更斯的长篇小说代表作之一。

重　聚

我最后一次见到我父亲是在中央车站。那时我从阿迪朗达克山中的祖母家离开，准备去科德角我母亲租下的一幢房子，我给父亲写信说，我要在纽约倒火车，停留大约一个半小时，问我们是否可以一起吃个午饭。他的秘书回信说他将在正午时分在问讯处跟我会面，就在十二点整，我看到他穿过人群走了过来。他对我来说就是个陌生人——我母亲三年前跟他离婚了，打那以后我就没有跟他在一起过——但是我一看到他，就感觉到他是我父亲，我的血肉，我的未来和我的宿命。我知道等我长大会跟他很是相像；我将不得不在他的局限之内规划我的奋斗。他很高大，相貌英俊，再次见到他让我非常高兴。他拍拍我的背，跟我握手。“嗨，查理，”他说，“嗨，孩子。我想带你去我的会所，但那地方在六十几街，如果你需要赶早班火车，我看我们还是就在这附近找点东西吃吧。”他伸出手臂揽着我，我就像妈妈嗅一朵玫瑰那样，使劲闻父亲的气息。这是一种综合了威士忌、须后水、鞋油、羊毛料，以及成年男性体味的馥郁味道。我希望有人看到我们在一起。我希望我们可以合张影。我想要我们在一起的某种记录。

我们出了车站，沿着一条小路去了一家餐厅。时间还早，那里很空。酒保正在跟一个送货的少年吵架，只有一个穿红色外套的老年侍者站在厨房门口。我们坐了下来，我父亲很大声地招呼侍者。

“Kellner!”他喊道，“Garçon! Cameriere[1]! 你！”他的喧哗闹腾在空荡荡的餐厅里显得不合时宜。“能不能给我们来点服务！”他叫道，“快，快。”随后他拍了拍手。这才招来了那位老侍者的注意，他挪着步子来到我们桌前。

“您刚才是朝我拍手吗？”他问道。

“冷静，冷静，sommelier[2]，”我父亲说，“如果这样的要求对你来说不算过分——不超过你的职责范围的话——我们想要两杯必富达马提尼酒。”

“我不喜欢人家冲我拍手。”侍者说。

“我真该带个哨子来，”我父亲说道，“我有个哨子，只有老年侍者的耳朵才能听到。现在，拿出你的小本本、小铅笔，看看能不能把这点东西搞清楚：两杯必富达马提尼酒。跟着我再说一遍：两杯必富达马提尼酒。”

“我想你最好去别的地方吧。”侍者平静地说。

“这，”我父亲说，“真是我听过的最佳建议之一。来吧，查理，我们赶紧离开这个倒霉地方。”

我跟着父亲从餐厅出来，进了另外一家。这次他没有那么喧闹。我们的饮料送上来，他盘问了我一番这个棒球赛季的情况。后来他用餐刀敲击着空酒杯的边缘，又开始喊叫起来。“Garçon! Kellner! Cameriere! 你！能不能麻烦你再给我们拿两杯同样的酒。”

“这孩子几岁？”侍者问道。

---

1 这三个词分别是德语、法语和意大利语的“侍者”或“服务生”。

2 法语：酒务总管。

“这，”我父亲说道，“关你屁事。”

“我很抱歉，先生，”侍者说，“但我不能再给这孩子酒喝了。”

“那么，我有个消息要告诉你，”我父亲说道，“我有个非常有趣的消息要告诉你。不凑巧这可不是全纽约唯一一家餐厅。街角还开了一家呢。咱们走，查理。”

他付了账单，我跟着他出了餐厅，又进了一家。这家店的侍者穿着猎装式的粉色夹克，墙上有很多马具。我们坐下来，我父亲再次开始大喊大叫。“猎犬大总管！猎狐大作战，呦呵嚯！我们想要点上马的践行酒。换句话说，也就是两杯必富达马提尼。”

“两杯必富达马提尼对吗？”侍者面带微笑，问道。

“你他妈知道我要的什么，”我父亲怒道，“我要两杯必富达马提尼酒，搞得脆生些。快乐的老英格兰已经今非昔比了。我的公爵老朋友跟我这么说。咱们倒要瞧瞧英格兰能做出啥样的鸡尾酒。”

“这里不是英格兰。”侍者说。

“别跟我争，”我父亲说，“让你干吗就干吗。”

“我想您也许愿意知道自己是在什么地方。”侍者说。

“如果说有一件事我受不了，”我父亲说，“那就是下人无礼。走吧，查理。”

我们去的第四家是个意大利餐厅。“Buon giorno，”我父亲说，“Per favore, possiamo avere due cocktail americani, forti, forti. Molto gin, poco vermut.[1]”

1　意大利语：你好，麻烦给我们来两杯美式鸡尾酒，要烈，要烈。很多金酒，一点点味美思。

“我不懂意大利语。”侍者说。

“哦，别装蒜了，”我父亲说，“你懂意大利语，你他妈绝对知道你懂。Vogliamo due cocktail americani. Subito.[1]”

侍者走开了，去跟领班讲话，领班来到我们桌前，说道：“很抱歉，先生，但这张桌子已经有人预订了。”

“那好吧，”我父亲说，“给我们换一张。”

“所有的位子都订掉了。”领班说。

“我明白了，”我父亲说，“你不想我们光顾。是不是？那好，滚你的去吧。Vada all'inferno.[2] 我们走，查理。”

“我得赶火车去了。”我说。

“很抱歉，儿子，”我父亲说，“我真的很抱歉。”他伸出手臂揽住我，将我搂到身边。“我送你回车站。要是有时间去我的会所就好了。”

“没事的，爸爸。”我说。

“我给你买份报纸，”他说，“我给你买份报纸在车上看。”

于是他走到一个报摊前面，说道：“好心的先生，可否烦劳你帮我个忙，给我一份你们他妈的屁玩意一毛钱晚报？”卖报人转头不看他，盯着一份杂志封面。“我的要求过分吗，好心的先生，”我父亲说，“我求你卖给我一份你家这恶心人的黄色小报，这过分吗？”

“我得走了，爸爸，”我说，“来不及了。”

---

1 意大利语：我们要两杯美式鸡尾酒，马上。

2 意大利语：下地狱去吧。

“你等一下，儿子，”他说，“等一秒钟。我要逗逗这家伙让他发火。”

“再见了，爸爸。”我说，然后我就下了楼梯去乘火车了，这是我最后一次见到我父亲。

一位教养良好的美国女性

报道一则：通过神圣婚姻的纽带，我与我那愚钝的、体重一百九十磅的橄榄球前卫丈夫仍然在一起，我忙于开车接送我的儿子比伯上学和放学，他上的那所本地的私立学校就是由我本人参与创办的。我不时担任社区里各民间组织的主席，好像所有组织的主席都担任过了，去年我还负责了九个月当地旅行社的运营。一位纽约出版商对我写的居斯塔夫·福楼拜的评传很有兴趣（敲敲木头祝我好运），去年，我代表民主党参加了镇长的竞选，获得了全村有史以来民主党的最大得数票。四二年，波丽·库尔特·梅洛斯在从巴黎到明尼阿波利斯的回家途中，跟我们待了一个礼拜，在她来访期间，我们交谈，吃饭，饮酒，甚至思考都用法语。宛若重新置身于德·格拉斯小姐的荫庇下！我还能挤出时间来给鸟儿绑上识别带以及手织菱格纹的短袜。

这是一篇写给大学校友杂志的报道，可能让人觉得作者是个咄咄逼人的女性，但其实大谬不然。吉尔·契德切斯特·麦迪逊靠着自己的能力、魅力和智慧在许多职责中间转圜自如，事实上她为人挺腼腆的。在我写作的当下，她浅棕色的头发很简单地梳起，不禁让人想起二十年前她在寄宿学校的时候就正是这个样子。寄宿学校可能也对她的着装风格起了决定性的影响；她胸部很小，对有些女人来说，这个事实简直比失去一条腿还要不幸。综合她对生活的态度，如果她对这样的小事感到烦恼的话那会显得很奇怪的，但实际上，这确实令她万分苦恼。她的腿很漂亮。她的肤色鲜明亮泽，眼睛是棕色的，双眼有点靠得太近，因此，当她不那么生气勃勃的时候，就看上去相貌平平，并不出色。

她的母亲阿梅莉亚·法克森·契德切斯特是个结实而富有活力的妇人，一头华丽的白发，脸色红润，讲话重音很明显，这口音不像是某地特色，倒更像是脾性使然。契德切斯特太太的言谈话语是为了表达她无尽的活力，战胜痛苦的胜利，对文化的热情，以及对人性的信赖。她著有十七部未发表的作品。吉尔出生六天父亲就去世了。她生于旧金山，她父亲在当地经营着一间小出版社，管理着一份不大的产业。他给妻子和女儿留下的钱足够保护她们免遭困苦或是任何财政忧虑，但比她们的亲戚要穷得多。吉尔似乎很早熟，她三岁的时候，母亲带她去了慕尼黑，她在那里进了施托克博士为了观察天才儿童开办的儿童学校。竞争很激烈，她的反应测试只达到中等水平，但她是个聪明可爱的小姑娘。五岁的时候，她们转学到了潘图拉学校，佛罗伦萨的一所类似机构。从那里她们又搬到了英国，就读于肯特郡著名的塔山学校。这时阿梅莉亚——别人常喊她梅莉——决定女儿应该扎根稳定下来，于是她在楠塔基特租了套房子，吉尔在那里进了公立学校。

我不知道为什么寄居海外的孩子经常看起来好像吃不饱一样，但真的是这样，吉尔呢，她穿着杂七杂八的衣服，说着杂七杂八的语言，光着两条腿，踩着凉鞋，给人的印象仿佛受到良好教育的优势反映到她身上，反而成了种痛苦。她是个蹦蹦跳跳的孩子。她蹦蹦跳跳去上学，蹦蹦跳跳回家。她很羞涩，她不太实际，而她的母亲也鼓励她这样。“你不要洗碗，亲爱的，”她说，“像你这样有智慧的女孩子不应该浪费时间去洗碗。”他们有个忠心的仆人——梅莉所有的仆从都会崇拜她走过的地面——吉尔对于家务事的唯一概念就是这是不该她来做的工作。在她大约十岁的时候，她学会了织菱格纹短袜，这成了她被允许的娱乐方式。她很浪漫。她的笔记本里有这样的句子：“阿梅莉亚·法克森·契德切斯特太太诚邀您出席爱女吉尔与勒德雷-亨廷顿子爵、阿什米德伯爵的婚礼。地点：西敏寺；着装要求：白领结，佩勋章。”她们在楠塔基特的家很令人愉快，吉尔学会了驾驶帆船。在楠塔基特，她的母亲跟她谈过一次，其话题在我们英语语言中并没有相对应的词语——那是关于爱情的问题。当时是傍晚时分，炉火点燃着，桌上有鲜花。吉尔正在看书，她母亲正在写作。她停下笔，回头说道：“我想我应该告诉你，亲爱的，在战争中，我曾在旧金山的海湾码头负责管理一个食堂，我曾献身给许多孤单的战士。”

这句话简直像是当头一棒。女儿从情感上、理智上都无法理解。她想哭。她无法想象母亲献身给，用她的话说，一连串孤单的战士。她母亲仪态坚决，不容置疑地表示，自己对这方面的事完全无动于衷。似乎绝无任何办法可以绕过母亲所说的这些，做到充耳不闻、视而不见。这就像是陨石一样，砸在少女的良知之上。也许这一切都只是谎言，但她的母亲从不撒谎。就这一次，她要面对单身母亲的局限。她母亲不是个撒谎精，但她是个冒牌货。她的口音是学来的，她的品味是装出来的，听音乐的时候她脸上做出天使般的表情，其实是怎么也记不起某个老电话号码的模样。她的高昂兴致和永不气馁，她的常年病痛缠身，她那无可救药的势利，她对文化当仁不让的占有，她那些高高在上的朋友们，以及她咄咄逼人又毫无意义的话语，一时间在她看来就是天生缺乏判断的终极表现。但是吉尔是不是单方面故意虚构出某种爱与智慧的纽带，将这个给予她生命的陌生人和生命本身联系起来的呢？而她所认识的生命，如窗外的大地和森林一般延伸着，神奇又美妙。她能否不这么做呢——但她觉得自己太年轻，太瘦弱，毫无防护，无法脱离父母生活，因此她决定，母亲并没有对她说过她说的那番话，然后将这否认以轻轻一吻作为封缄。

吉尔十二岁的时候离家去读寄宿学校，她赢得了所有的奖项。她的学业成绩、社交和运动记录都前所未有地好。她读大学的第二年，去旧金山看望亲戚，在那里碰到了乔吉·麦迪逊，爱上了他。以她的智力水平来说，他不是人们会期待她选中的对象，但是选一个兴趣截然不同的男人，也许对她来说不失为明智之举。他是个大块头，一头黑发，性格安静，他那种饱含温情的样子，足以打动各个年纪缺乏父爱的心灵；而她毕竟没有父亲。他在旧金山一座船厂担任基层管理职位。他是耶鲁毕业的，但有次梅莉问他是否喜欢萨克雷的时候，他真诚而礼貌地回答说，他从来没吃过这个。这渐渐变成了他们家的一个笑话。她大三的时候两人订了婚，她大学毕业一个礼拜之后他们就结了婚，她把所有的毕业生奖项都拿到了。他被调到了布鲁克林的船厂，于是他们搬到了纽约，她在一家百货商店里找了份公关工作。

他们婚后两三年上，她生了个儿子，他们给孩子起名叫比伯。生产过程很艰难，她没办法再次生育了。孩子还小的时候，他们搬到了戈登韦尔。在乡下她比在城里的时候更快乐，因为乡下似乎给她的天分提供了更多的施展机会。各种民间组织的领导工作一个接一个，当经营当地旅行社的那个寡妇生病之后，吉尔就接手过来，并且经营得很成功。他们唯一的问题是，在乡下要找到人照看比伯。一群无法令人满意的老太太走马灯一样到家里来了又去，再加上一群高中女生和清洁工人。乔吉毫无保留地爱孩子。这孩子是够机灵，但父亲觉得孩子简直聪明绝顶。他带着儿子散步，跟他玩耍，晚上给他洗澡，讲故事哄他睡觉。只要他在家，乔吉就会为孩子做一切事，这样正好，因为吉尔经常回家比他晚。

当吉尔卸下旅行社的差事以后，她决定组织一次欧洲游。自从结婚以后，她就再没有出过国，如果她自己也报名参团，就可以把这次旅行的费用在旅游团的盈利中开支。至少她是这样声称的。乔吉的船厂运营不错，其实她没必要那么费劲地去搞一趟免费旅游，但他能看得出，亲自带旅游团出行，这主意让她感到很刺激，有挑战，最终他给了妻子首肯和鼓励。一共有二十八名客人报名，七月初，吉尔和她要放牧的羔羊一起登上了去往哥本哈根的航班，她就是这样称呼他们的，乔吉去机场送行。据行程安排，他们要一路向南直到那不勒斯，在那里吉尔将这些仰仗她照顾的客人送上回家的飞机。然后乔吉就到威尼斯跟她会合，两人共度一个星期。吉尔每天都给丈夫寄明信片，有几位客户对吉尔的领导赞不绝口，甚至亲自写卡片给乔吉，赞他娶了个多么迷人、能干而又博学的妻子。他的邻居都很友好，大多数时间他都跟他们吃饭。当时比伯还不到四岁，就被送去夏令营了。

乔吉出发去欧洲之前，他开车到新罕布什尔，去看看比伯。他非常想念这个孩子，想得心都痛，在梦境中他更常见到儿子，而不是妻子那富有生气的面容。为了哄自己入睡，他想象着，等比伯长大一些，他们俩一起去多洛米蒂山，来一次不可思议的攀登旅行。夜复一夜，他想象着如何带着儿子登上了一段又一段崖壁。他们头顶上方，山顶的薄雪在夏日的阳光下闪闪发光。想象着他们背着背包和绳索，在天刚刚黑的时候下山，进入科尔蒂纳。他此次北上旅行所经历的那些赤裸裸的事实，跟这番阿尔卑斯山中的梦境形成了鲜明的对比。

他几乎开了一天的车。他在一家汽车旅馆睡了很糟糕的一夜，第二天一早就出发去侦察营地。天气瞬息万变，他不觉已经进入山中。一阵大雨，一阵天色又白了——气氛虽说不上阴郁，却依然十分惨淡。他路过的那些农庄多半都已废弃。他靠近营地时，感觉周边的乡野如同某种久远的造物，不然也许是因为他自己对于暑假和夏令营的记忆是片段性的，跟其他的时间接续不起来。突然，脚下出现一片高地，他看到营地就在下方。有个小湖——其实是个小池塘；就是那种圆形的池子，池水跟茶水一色，周边松树成排，让人产生一种山疲水惫的印象。他自己对于夏令营的回忆是阳光灿烂、快乐明媚的，而这个可怜的小水坑，以及周围一圈几乎腐败的棚屋，跟他那生机勃勃的记忆产生了强烈的冲突。他猜想——他硬对自己说——等太阳升起来，一切看起来就会焕然一新了。有箭头指向管理中心，营地的女主管就在那里等他。她是个蓝眼睛的年轻女子，高效率的工作尚未完全抹去她的美貌。“你儿子给我们带来一点麻烦，”她说道，“他在这里待得不是很好。这不大寻常。我们很少、几乎从来没有过这种想家的先例。除非孩子是来自单亲家庭，我们也尽量不接受单亲家庭的孩子。普通的问题我们能解决，但是如果孩子身上带着超过自己能够承受的苦痛，那么我们是对付不了的。所以我们制定了规则，不接受离婚家庭的孩子。”

“可是我跟麦迪逊太太并没有离婚啊。”乔吉说道。

“哦，我不知道。你们分居了？”

“不，”乔吉说，“我们没有分居。麦迪逊太太在欧洲旅行，可我明天就要去跟她团聚了。”

“哦，我明白了。这样的话，我就不理解为什么比伯适应得这么慢了。但是，比伯来了，让他亲自来告诉我们吧！”

男孩甩开那个女人拉着他的手，朝父亲跑过去。他在哭泣。

“好了，好了，”主管说，“爸爸大老远跑来不是为了看咱们哭鼻子的，对不对，比伯？”

乔吉觉得自己心里充满了爱与困惑。他吻掉孩子脸上的泪水，将孩子紧紧抱在胸前。

“也许你愿意跟比伯一起去散个步？”主管提议说，“也许比伯可以带你到处看看。”

虽然儿子紧紧拉住他的手，乔吉还是得面对某些责任，这些责任超越了他对儿子爱的感受。按照本能的话，他此时就想带孩子离开。可他的责任是要鼓励孩子，让他打起精神，承受生活的重担。“你最喜欢什么地方，比伯？”他很有兴趣地问道，一边强烈地感觉到这种故作姿态的口吻愚不可及，一边又坚信这样做很有必要，“我想让你领我去看看整个营地里你最喜欢的地方。”

“我没有喜欢的地方。”比伯说。他努力并且成功止住了哭泣。“那边是杂物厅。”他说着，抬手指着一间长长的很难看的棚子。有些木板已经烂掉，换上了新的黄木板。

“你们就是在这里做游戏的吗？”乔吉问道。

“我们不玩游戏，”比伯说，“管游戏的老师生病回家了。”

“那你们在这边唱歌吗？”

“求求你，带我回家吧，爸爸。”比伯说。

“可是不行啊，比伯。妈妈在欧洲，我明天下午就要飞去跟她会合。”

“那我什么时候才能回家？”

“得到营期结束才行。”乔吉自己也感到了这话的沉重。他听到孩子因为痛苦而呼吸局促的声音。不知哪里传来了喇叭声。乔吉努力着将自己的责任跟本能交融在一起，他弯下身，将孩子搂在怀里。“你瞧，我不能给妈妈发封电报，跟她说我不去了。她在那边等着我呢。再说了，要是妈妈没有跟我们在一起，我们也不能算是真的有家。我晚饭都不在家里吃，一整天都不在家。家里没有人能照顾你。”

“我每项活动都参加了。”男孩饱含希望地说。这就是他最后的乞求，当他明白这没有效果之后，他说：“我得走了。这是我第三节课。”他沿着松树下一条踩出来的小道走了。

乔吉回到了管理中心，一路上回忆着自己曾经热爱夏令营的事实，想起自己曾是营地里最受欢迎的男孩之一，当初从来都不想家。

“我认为情况会好转的，”女主管说，“他一旦度过这段适应期，肯定会比其他小孩更加享受这段生活。但是我建议，你不要待太久。他现在要上骑马课。你何不看看他骑马，然后在下课前离开呢？他很为自己能骑马感到自豪，这样你也可以避免分别的痛苦。今天晚上，我们要点篝火，一起唱歌直到深夜。我敢肯定，无论他为什么难过，跟小伙伴们一起围着篝火好好唱唱歌，就一定能好起来。”

在乔吉听来一切都很合理，他本人就很喜欢围着营火歌唱。早年的生活里，有什么不能够被《共和国战歌》的激昂表演所治愈的呢？他朝马术练习场走去，边走边唱：“冒着夜露和湿寒，他们为他建起了祭坛……”天又下起了雨，乔吉看不出孩子的脸到底是哭湿的，还是雨水打湿的。他骑在马背上，在马夫的牵引下，绕着场地转圈。比伯朝父亲挥了挥手，差点从马背上掉下来，当孩子转身背朝这边的时候，乔吉已经离开了。

他先飞到特雷维索，然后乘火车去了威尼斯，吉尔在运河某条支流上的一家瑞士宾馆里等着他。他们小别胜新婚，他无比怜爱地留意到妻子又瘦又疲倦。赶着她的羔羊们穿越欧洲的确是一件需要严谨精准、令人筋疲力尽的任务。他想做的是从他们住的三流旅馆搬到奇普里亚尼大饭店，再在利多租一幢海边小屋，然后就在海滨待上一个礼拜。吉尔拒绝搬到奇普里亚尼去——那里肯定到处都是游客——他们在威尼斯的第二天，她七点钟就起床，用刷牙的玻璃杯冲了速溶咖啡，赶着他去圣马可大教堂参加晨间弥撒。乔吉了解威尼斯，吉尔知道——至少她应该知道——他对油画、马赛克镶嵌画等等都不感兴趣，但她几乎是牵着丈夫的鼻子，从一处古迹走向另一处古迹。他猜想，妻子这样不知疲倦地参观游览大概已经成了习惯，他最合适的应对方式应该是等待这习惯自己退却。他提议两人去哈利餐厅吃午饭，可是她却说：“你究竟到底在想些什么啊，乔吉？”他们在一家意大利式小食店吃了午餐，然后游览教堂和博物馆直到关门时间。早上他提议他们去利多的海滩，但她已经安排好了去马塞尔看那里的别墅。

他们在威尼斯的日子里，吉尔将自己作为旅游团领队的聪明能干都表现了出来，可是乔吉根本不明白她何必如此。大多数人喜欢展现我们对世界的熟知，但他从妻子的攻击性行为中，觉察不到任何一点她乐在其中的迹象。有些人热爱油画和建筑，但她对待威尼斯珍宝的方式中，毫无爱意可言。乔吉觉得对美的尊崇是件很神秘的事，但美的存在难道就是为了粉碎人的幽默感吗？一个炎热的下午，她站在一座教堂的前面，向他宣讲导游书里的内容。她背诵着年代、海战，诸如此类，为他讲述共和国的简史，仿佛帮他补习备考一样。她站的地方光线很亮，照得人不好看，在威尼斯过节一样的氛围映衬之下，她掉书袋的博学，一本正经满腔热情的样子，都很不讨人喜欢。她想让丈夫认识到，威尼斯需要严肃对待。而他不禁怀疑，所有这些华丽的大理石、迷宫、古旧的城堡，到处都是等级印记和陈年舱底污水味儿的一切，其意义难道仅止于此吗？他伸出手臂揽住妻子，说道：“算了吧，亲爱的。”她甩开丈夫，说道：“我真不明白你在说些什么。”

就算是她弄丢了某个地址，丢了孩子、笔记本、一串珠子或者其他任何贵重的物品，她也没办法更殚精竭虑地将威尼斯翻个底朝天了。他们在威尼斯的剩余时间里，他一直在妻子身边，陪她完成这神秘莫测的搜寻。他时常会想起比伯和他的夏令营。他们从特雷维索飞回家，在戈登韦尔那更为柔和、更为熟悉的光线中，她重又恢复了往日的风采。他们又成了幸福的一对儿，等比伯夏令营结束，一起欢迎儿子归来。

“简直是神妙，这难道不是美国家居建筑史中最为神妙的一个阶段？”吉尔带着客人们参观他们宽敞的木架构房屋时，总是这样问。这座房子建于一八七〇年代，有很高的窗户、一间椭圆形餐厅，还有一间圆塔顶的马厩。这房子一定很难打理，但这些难处——至少在聚会时——人们丝毫感觉不到。房间的天花板很高，光线很足，有种独特的端庄——朴素，阴郁，精妙平衡。那些显著的社交责任都是她的分内事；他的谈话仅限于造船业，但他调配酒饮，切菜备餐，还给大家倒酒。壁炉里生着火，房间里摆着花，家具和银器闪闪发亮，没有人知道，谁也猜不到，是他将家具和刀叉擦得这样亮的。

“家务活儿真不是我的风格。”她曾这样说过，他的智慧足以明白她这话的真实性；足以认清现实，绝不指望她重塑自己作为一位教养良好的美国女性形象。这恰是她大部分活力和快乐的源泉所在。

一个风雪交加的冬天，他们完全雇不到用人。家里请客的时候，只有个不可靠的厨师临时来一下，但其余的工作都落在了乔吉身上。吉尔在哥伦比亚大学研读法国文学就是这一年，试着完成她关于福楼拜的著作。典型的家居之夜是这样的，吉尔坐在卧室书桌前写她的书。比伯已经入睡，乔吉可能在厨房里，擦洗银餐具和铜器。他戴着围裙。他喝着威士忌。他身边围绕着香烟盒子，壁炉架子，锅碗瓢盆，还有一大柜子的银餐具。他并非喜欢擦银器，但是如果他不干，银器就会发黑。就像她说的，干这种活不是她的风格。这也不是他的风格，也不属于他的任何教育背景。但是，如果如妻子所言，他毫无文化素养，但他也不至于如此没素质，将那些涉及性别平等和斗争的俗人庸见统统接受下来。他明白这种斗争是近年才出现的；是真实存在的；是无法改变的；虽然她逃避家务劳动，但他能感觉到，虽然不情愿，她也可能会去做。她是被当成知识分子养育成人的，可她的解放依然在很多方面承受着挑战，而既然他好像自由范围更大，占据传统上更强的地位，那么在家务这种事上，他就理应让步。他知道，不是她主动选择被培养成知识分子，但这种由别人做出的选择却似乎是不可改变的。他骚动不安的男性本能想当然地认为他的妻子应该是温柔、热情以及完全盲目地献身于爱情的，但是，他一边擦着那些刀叉一边不禁在想，为什么在这些特质与拥有清楚的头脑之间，却似乎存在某种矛盾呢？他知道，聪明才智并不是一种男性特有的素质，尽管许多世纪以来，在传统上大都将决策大权交到男人的手上，想来他们自古以来的优越地位肯定会带来一定程度的不学无术。但是为什么他的本能又会驱使他去期望，他夜夜枕臂而眠的女人，至少要隐藏自己的素养学识呢？为什么在他对妻子那无边无际的爱意与她懂得量子理论之间，会存在着摩擦呢？

她漫步下得楼来，站在厨房过道里，看着他干活。她满怀柔情。她嫁了一个多么体贴、温柔、意志坚强又英俊潇洒的丈夫。他多么为自己的家而感到自豪。但是，当她继续望着丈夫的时候，却突然在精神上打了个寒战，她不禁突然间满腹狐疑。这个俯身在厨房桌前，做着女人活计的男人，他真的算是个男人吗？她是不是嫁了个半截男人，一个不正常的人？他是不是喜欢穿围裙？他是不是异装癖？那她本人也是反常的吗？但这种念头是不能承认的，同样不能承认的还有理性分析，因为这会让她明白，他之所以去擦银器，是因为他不得不这么做。突然在她想象力的边缘，隐约浮现了某个模糊而粗野的邪念，一个毛烘烘的醉鬼水手在星期六的晚上打她，以他那令人恶心的淫欲逼她堕落，还逼她四肢着地擦洗地板。这才是她应该嫁的男人。那本该是她的宿命。他抬起头，温柔一笑，然后问她工作进行得怎么样了。“Ça marche, ça marche.[1]”她疲惫地说，随后转身上楼回到了书桌前。“小居斯塔夫跟学校里的小伙伴根本处不来，”她写道，“简直没有一个人喜欢他……”

他干完自己的活计之后，走进他们的房间。他抬手轻轻抚弄她的头发。“先让我写完这一段。”她说。她听到丈夫去冲澡，听到他穿过房间时光脚踩在地毯上，然后快乐地倒在床上的声音。在责任和欲望同等力量的驱使之下，她尽管仍在想着福楼拜的荣光，还是去洗了个澡，喷上香水，跟丈夫一起躺到了宽阔的大床上。床上铺着清洁芬芳的被单，舒适如同巢穴。Bosquet，她想道，brume，bruit。[2] 随后，她从丈夫怀中直起身子，喊道：“Elle avait lu ‘Paul et Virginie’ et elle avait rêvè la maisonnette de bambous, le nègre Domingo, le chien Fidèle, mais surtout l’amitié douce de quelque bon petit frère, qui va chercher pour vous des fruits rouges dans des grands arbres plus hauts que des clochers, ou qui court pieds nus sur le sable, vous apportant un

---

1 法语：进行中，进行中。

2 法语：小树林，轻雾，喧闹。

nid d'oiseau...[1]"

“你他妈有完没完！”他说道，言语中充满酸楚和痛苦。他跳下床，从衣橱里拿了条毛毯，然后到起居室睡下了。

她哭了。他是嫉妒妻子的才智——这一点她看出来了。但是她是否应该装痴卖傻才能显得有魅力？就因为她说了几句法语，为什么他就那么暴怒？认为智慧、知识以及教育的益处都是属于男性的特质，这种看法早在一个世纪之前就过时了。而后她又感到，这种残酷对待令她心上十分沉痛，无法承受。她仿佛感到一根心弦在断掉，仿佛心脏是一只木桶，装满了沉重的伤痛，就像童年时代裂缝的藏宝箱，边上爆裂开来。“才智”是她的归宿之词——才智已经危如累卵。然而这个词应该跟她正承受的这些痛苦毫不相干，秋毫无犯。智慧是一个值得讨论的话题，但在那个时刻，它有了血肉之躯的感受力。她面临的是血淋淋的痛苦，如同久煮脱肉的森森白骨，又被猎犬的利齿撕咬干净；这才智散发出死亡的气息。她在哭泣中入眠。

后来，她被一声巨响惊醒了。她很害怕。他会不会伤害她？是不是这幢老房子里什么复杂的构造出了故障？有贼？着火了？那响声来自浴室。她发现丈夫赤身裸体，四肢着地趴在浴室的地板上。他的脑袋在洗脸池下面。她立刻上前去，扶他站起来。“我没事，”他说，“我只是喝多了。”她扶他回到床上，他立刻就睡过去了。

1　法语，引自福楼拜《包法利夫人》第一部第六章的第一段：她读过《保尔与维吉妮》，梦见小竹房子、黑人多明戈、名叫“忠心”的狗，特别是，一个好心的小哥哥，情意缠绵，爬上比钟楼还高的大树，给你摘红果子，或者赤脚在沙地上跑，给你带来一个鸟窠。

几天之后，他们在家里开了场派对，他擦干净的那些银器都派上了用场。派对进展顺利，没出岔子。来宾之一是位律师，他描述了一起当地的丑闻。州和本地政府批准建造一条连接附近两条主干道的公路，四英里长。造价三百万美元，一个姓菲利希的承包商中标。这条路将毁掉一个带花园的大公园，这公园自从半个世纪前建成，就一直对公众开放。其主人已经八十多岁了，住在旧金山，要么是无能为力，要么是漠不关心，再不然就是气愤难当，无法行动了。这条连接的公路根本没有用；对车流模式的研究表明根本不需要这样一条路。一个美丽的公园，还有很大一块税收都要被这个寡廉鲜耻、贪得无厌的承包商拿走了。

这种故事吉尔最喜欢了。她双眼闪闪放光，容光焕发。乔吉怀着既自豪又迷惑的复杂情绪望着她。她的公民热情被激发起来了，他知道她肯定会把这个丑闻追查到底的。她很高兴遇到这样的挑战，但是那天晚上，幸福笼罩着她的家、她的丈夫、她的生活方式。星期一上午，她火速联络了公路建设的诸多相关管理部门，确认了这一丑闻的真实性。随后她组织了一个委员会，传阅了一份请愿书。一位姓汉尼的老太太被找了来照看比伯，下午的时候，有个中学女生会来给比伯念书。吉尔全情投入于工作当中，精神饱满，热血沸腾。

时值十二月间。有天傍晚，乔吉离开位于布鲁克林的办公室，去纽约买东西。城中的高楼大厦都被乌云遮挡起来，但他对于头顶的乌云仿佛已经习以为常，对他而言，它们就像是熟悉的山岭。他双脚都打湿了，咽喉疼痛。街上人潮拥挤，各家店面的装饰大都呈现出一种奇怪的角度，他实在是不明其意。他能够看到洛德与泰勒百货公司的顶灯装饰，但对面萨克斯百货前面陈设的合唱团塑像，他却只能看到它们的下巴和法衣。雨中飘来阵阵圣诞颂歌的声音。他一脚踩进了水洼。天色暗得如同夜晚；周遭灯火闪烁，照得仿佛这是最黑的黑夜。他走进萨克斯百货。里面，那些包装精美、明亮炫目的战利品令他止住了脚步。他靠边站着，免得被忙碌地进进出出的人群推倒。他明显感觉到自己有了着凉的症状。站在他旁边的一个女人掉了几个购物袋。他帮忙捡了起来。她面容可亲，身穿黑色貂皮大衣，他留意到，她的脚比自己的还要湿。她道了谢，他问她是否要去各大柜台劫掠一番。“我是想去来着，”她说，“但是现在我不想了。我脚都湿了，而且我觉得很难受，肯定要感冒了。”

“我也是这种感觉，”他说，“我们找个安静地方喝一杯吧。”

“哦，可我不能这么干。”她说。

“干吗不？”他问道，“过节嘛，对不对？”

那个阴暗的午后似乎因为这一个词就此扭转。本该是节庆的时刻。这才是那些歌唱，那些灯火的意义所在。

“我倒是从没这样想过。”她说。

“来吧。”他说。他挽起她的胳膊，牵着她沿着大街走到了一家安静的酒吧。他点了酒，然后开始打喷嚏。“你该洗个热水澡然后上床去。”她说。她的关切之情似乎纯粹是出于母性。他做了自我介绍。她名叫贝蒂·兰德斯。她丈夫是位医生。她女儿已经出嫁了，儿子在康奈尔大学，明年就毕业了。她大多数时间都是一个人，但她最近开始学画画了。她每个星期去三次艺术学生联盟，在格林尼治村有间画室。他们喝了三四杯，然后就乘坐出租车到下城去看她的画室。

这跟他想象中的画室很不一样。这是华盛顿广场附近一座新建筑中的一套两居室公寓，看起来有点像是个老处女的居所。她一样样向他指点自己的宝贝。这是她对那些东西的称呼。书桌是她从英国买来的，椅子是法国买的，还有画家签名的马蒂斯的蚀版画。她头发和眉毛颜色很深，脸型很瘦，她可能就是个老处女。她给他调了一杯酒，当他请求看看她的画作的时候，她谦虚地拒绝了，但过后他还是看到了，画都堆放在浴室里，她的画架和其他工具都整整齐齐储存在里面。为什么他们会成为情人，为什么在这个陌生人面前，他突然发现自己脱去了衣服和所有的压抑，他从头到尾都不得而知。她不年轻了。她的手肘和膝盖都略有些粗大，仿佛她是达佛涅[1]的远方亲戚，随时可能变身，不是变成一株开花的灌木，而是一棵普通的、硬邦邦的树。

这次之后，他们每个星期见两三次面。对于这个女人，他的了解仅限于她住在公园大道，经常是孤身一人。她对于他的衣服打扮很有兴趣，不停告诉他各种百货商店打折的消息。这是她谈话的很大部分内容。她坐在他大腿上，告诉他说萨克斯百货领带在打折，布克兄弟店里鞋子在打折，奥尔特曼公司衬衫在打折。而在这些时间里，吉尔专注于自己的活动，几乎没有留意到他什么时候离家和进门，但傍晚时分，当他坐在起居室里，吉尔在楼上忙着讲电话的时候，他感觉自己的行为非常糟糕。他感到是时候结束这场圣诞节前那个阴郁的午后开始的情事了。他拿了一沓便笺纸，写信给贝蒂："亲爱的，我今晚要去旧金山，要待六周之久。我想，我相信

1　达佛涅（Daphne），希腊神话中河神的女儿，她拒绝了所有人的求爱，当太阳神阿波罗追求她时，她向大地女神或她父亲求援，于是被变为月桂树。

你也一定赞同我的看法，我们最好还是不要再见面了。”他又将信写了第二遍，将旧金山改成了罗马，然后将收信地址写为格林尼治村她的画室。

第二天晚上，他回家的时候吉尔还在电话上游说。高中女生玛蒂尔德正在给比伯读书。他跟儿子讲了几句，然后就去餐具室给自己倒酒。在厨房的时候，他听到楼上传来吉尔高跟鞋的脚步声，似乎敲击出一种快捷又报复性的调子，当她来到厨房时，脸色苍白，很难看。她双手在颤抖，其中一只手上拿着两张纸条中他先写下的那一张。

“这是什么意思？”她问道。

“你在哪里找到的？”

“在废纸篓里。”

“那么我来解释下，”他说，“请你坐下来。坐一分钟，我把整件事解释给你听。”

“我一定得坐下来吗？我忙得要死。”

“不，你不一定非得坐下来，可你能不能把门关上？玛蒂尔德能听到我们的说话声。”

“我不相信你有什么事非得关起门来才能说。”

“我有话说，”他说着，关上了门，“十二月里，就在圣诞节前，我找了个情人，一个孤独的女人。我解释不了自己为什么会做出这样的事来。可能是因为她有套自己的公寓。她不年轻了，她也不美，孩子都成年了。她丈夫是位医生。他们住在公园大道。”

“哦，我的上帝，”她说，“公园大道！”说完她笑了起来。“这点我喜欢。我应该猜得到，你如果要虚构个情妇的话，她就会住在公园大道上。你想来就是这种乡巴佬品味。”

“你认为这都是我编的？”

“对，是这样。我认为整件事都是你编出来的，就是为了要伤害我。你这个人从来就不是很有想象力。要是你尝过萨克雷的滋味，可能还会编得更好一些。真的。住公园大道的家庭主妇。你就不能编个更可爱的吗？瓦萨学院大三的女生，长着一头炽热的红发？一个黑人夜总会女歌手，一个意大利公主？”

“你真的认为都是我编出来的？”

“是的，是的。我觉得这都是捏造的，还编得很差，但你还是多说说吧，再给我讲讲你这位公园大道上的家庭主妇情人。”

“我没有别的可以告诉你的了。”

“你没有别的可以告诉我的了，是因为你的虚构能力只能到此为止，对不对？老伙计，听我一句吧，绝不要从事任何需要强大想象力的工作。那不是你的强项。”

“你不相信我。”

“我不信。就算是我信，我也不会嫉妒。像我这样的女人永远不会嫉妒。我有更重要的事要做。”

在他们婚姻的这个阶段，吉尔对于公路委员会的攻击一定意义上成了一座吊桥，他们借此安全地越过情感上的动荡，在上面旅行，相遇，交谈，共进晚餐。她正在努力为此事举办一场公众听证会，她要在委员会面前陈述请愿的内容，通过文件证明她的案子分量之重，以及她凭一己之力，争取到多少有影响力的人物的公开支持。不幸的是此时比伯患了重感冒，很难找到人来照看他。时不时地汉尼太太会来，守在他床边坐着，下午的时候，玛蒂尔德来给他读书。当吉尔需要去奥尔巴尼的时候，乔吉就从公司请假一天在家待着，以便妻子可以成行。有一天她有个重要约会，汉尼太太又来不了，于是他又在家里待着。她诚恳地感激丈夫做出的牺牲，而他对于妻子的智慧和执着唯有敬佩有加。作为组织者和宣传者，她比丈夫强多了。她要在礼拜五的时候在委员会面前陈情，他期待着此事能尽快搞定，让他们的这场斗争告一段落。礼拜五他大约六点钟到家。他喊道："吉尔？玛蒂尔德？汉尼太太？"但是没有人回答。他甩掉帽子和大衣，冲到楼上去了比伯的房间。房间亮着灯，但孩子一个人待着，似乎是睡着了。他枕头上放着张字条："亲爱的麦迪逊太太，我姨妈、姨父来做客，我不得不回家给妈妈做个帮手。比伯睡着了，所以他不会觉得有任何不同。我很抱歉。玛蒂尔德。"字条旁边的枕头上有一块暗色的血迹。他轻轻摸了摸儿子，立刻感觉到了高烧的热度。随后他试图叫醒孩子，但比伯不是睡着了；他陷入了昏迷。

乔吉用水濡湿了孩子的嘴唇，比伯恢复了片刻知觉，伸开双臂搂住了爸爸。看到这样无辜又年幼的孩子承受着重病的折磨，乔吉心痛地哭了起来。一阵狂暴的爱意扫过这个小房间，他不得不压抑自己的情感，免得抱得太紧弄伤了孩子。他们紧紧拥抱在一起。随后乔吉给医生打电话。他打了十次，每次都听到白痴一样令人沮丧的忙音。然后他打给了医院，叫了一部救护车。他用毛毯将孩子包裹起来，抱着他下楼，因为自己总算可以做到这些而谢天谢地。救护车几分钟就到了。

吉尔多停了一会儿，跟一个助理喝了一杯，半小时后到家。

“来为英雄的征服者喝彩吧！”她步入空荡荡的家中时，口中喊道，“我们要举行听证会，那些卑鄙的流氓要跑路了。连菲利希都要被我的雄辩打动了，卡特说我应该去当律师。我简直是万众瞩目。”

电文：佛罗伦萨国际电讯，转自美国无线电公司 22 23 9:35 阿梅利亚·法克森·契德切斯特收：比伯周四死于肺炎。你可否归国或我五月来找你爱你的吉尔。

阿梅利亚·法克森·契德切斯特正跟她的老朋友路易莎·特雷法尔蒂一起待在菲耶索莱。一月二十三号那天下午的晚些时候，她骑单车进了佛罗伦萨城。她的自行车是辆老旧的迪泰伊牌，座椅很高，使她比周边的小汽车高出了一点。她在这世界上最拥堵的车流之一中穿梭自如。每隔几分钟，她的生命安全就遭到一辆黄蜂小摩托或是电车的威胁，但她决不避让任何一辆，她红润的脸上表情泰然自若。她高高在上，踩着骑车人特有的那种梦游似的步伐，向每个路口都露出威胁的死神报以温柔的微笑，她看起来几乎是超自然的存在，也许她真的认为自己是超自然的。她的笑容甜美、神秘而坚定，你感觉仿佛她就算是被撞飞了，从自行车上摔下来，当她在半空滑翔的时候都不会失去耐心。她加力骑上一座桥，优雅地下了桥，然后沿着河边步行走到了美国运通公司[1]的办公室。在这里，她用意大利语打招呼，忙不迭地跟那些没有骑马的美国牛仔划

1 美国运通公司（American Express Company），一八五〇年三月创立时原为快速运输的公司，现为世界规模的商业组织，主要从事旅游、保险和国际银行业务，总部设在纽约。

清界限，尤其要跟像她这样的人划清界限，那些实实在在迷失了家园、不被需要的人，他们像树叶一样在世界的边缘漂流，聚起来的工夫仅够排队等着看看有没有自己的信件。那里面很拥挤，她就在人群之中读了那封悲伤的电报。从她的表情中你无法猜出电报的内容。她深深叹息，然后抬起了脸。她看起来非常高贵。她立刻写了回电："NON POSSO TORNARE TANTI BACI FERVIDI. MELEE.[1]"

"我最亲爱的，"那天晚上，她写道，"得知你悲伤的消息我非常非常难过。我只能感谢上帝，幸亏我对他了解不多，但在这方面我的经验尚算丰富，我已经到了人生的这样一个阶段，尤其不喜欢在辞世这话题上过多费神。我路过的每一条街道，每一幢房屋，我看到的每一幅画，无不令我想到贝伦森，我亲爱的贝伦森。我最后一次见到他的时候，我坐在他脚边，问他如果他有一条魔毯的话，大千世界，他会要求飞到哪幅画的面前。他完全没有妇人的犹疑，立刻选择了艾尔米塔什博物馆[2]里拉斐尔的圣母像。我是不可能回去的。真相会暴露出来，真相就是我不喜欢我的同胞。至于说你来看我，我现在跟亲爱的路易莎住在一起，你是知道的，她认为两人为伴，三人嫌多。也许到秋天，你的丧子之痛没有那么厉害的时候，我们可以在巴黎碰面，待上几天重游我们去过的旧地。"

儿子的夭亡压垮了乔吉。他归咎于吉尔，这既残忍又不讲道

1　意大利语：无法回去，致以热情的吻。梅莉。

2　艾尔米塔什博物馆（The Hermitage），位于俄罗斯圣彼得堡，一七六四年由俄国女皇叶卡捷琳娜二世创立，为宫廷艺术博物馆，一八五二年开放。艾尔米塔什是世界四大博物馆之一，与巴黎的卢浮宫、伦敦的大英博物馆、纽约的大都会艺术博物馆齐名。

理，最终看来他就是这样，既残忍又不讲理。吉尔应他的要求去了趟里诺[1]，两人协议离婚。乔吉把这一切搞得就像是种惩罚。后来，她在克利夫兰一家教科书出版社找了份工作。她的聪慧迷人很快得到了认可，她非常成功，但她没有再婚，至少就我所知没有再婚。我最新的消息来自乔吉，一天晚上，他给我打电话，说我们一定得一起吃个午饭。当时是十一点钟，我觉得他是喝醉了。他也没有再婚，根据那天晚上他谈起女人时话中的酸楚，我猜想他是绝对不会再婚了。他跟我讲了吉尔在克利夫兰的新工作，说契德切斯特太太正在骑自行车环游苏格兰。我当时想，他多么配不上吉尔，多么不成熟。在我答应再给他打电话约定午餐的时间以后，他给了我他在船厂的电话，他的分机号，他公寓的电话，他在康涅狄格州一座小别墅的电话，还有他平日吃午饭打牌的俱乐部的电话。我把所有这些号码写在一张纸上，随后我们道了再见，然后我就把那张纸丢进了垃圾桶。

1　参见第 37 页注释。

变形记

一

拉里·阿克特翁[1]生就一副古典派头：卷曲的头发，线条硬朗的鼻子，身材高大柔韧，他对于创新有着堪称伯里克利[2]式的兴趣。他设计了自家的帆船（左舷侧倾），参选市长（落败），用一头芬兰母狼跟德国牧羊犬交配（美国名犬协会拒绝收入他培育出的新品种），他还在子弹公园组织了一场臭迹追踪比赛。他跟迷人的妻子和三个孩子就住在子弹公园。他是一家名叫罗特哈德和威廉斯的投资银行公司合伙人之一，在公司里，他的精明以及喧闹性格都深受爱戴。

罗特哈德和威廉斯是一家极为保守的公司，声誉清白无可指摘，但它有一点不合传统。合伙人之一是位女性。这是位寡妇，唤作威登太太。她的丈夫曾是位高级合伙人，在他死后，她就要求进入公司。她的优势是才智过人，又生得美貌，还有一点，倘或她将

1　阿克特翁（Actaeon），希腊神话中阿里斯塔俄斯和奥托诺耶（底比斯王卡德摩斯的女儿）的儿子，维奥蒂亚的英雄和猎人；据奥维德《变形记》，他在基塞龙山上偶然看到阿耳忒弥斯在沐浴，女神把他变成了一只鹿，这只鹿被他自己的五十只猎犬追逐并撕成碎块。

2　伯里克利（Pericles，前 495—前 429），古代雅典政治家、民主派领导人，后成为雅典国家的实际统治者，其统治时期成为雅典文化和军事上的全盛时期。

丈夫的股份抽走的话，会造成很大的资金缺口。他们中最为保守的罗特哈德对她的加入表示支持，于是她就进来了。她的聪明才智令人敬畏，再加上她同样令人敬畏的无懈可击的美貌。她是个绝色女子，年纪三十多岁，为公司带来了远超过个人份额的业务量。拉里倒不是不喜欢她——他不大敢——但是对于银行业务，她的好相貌和她音乐般的话音比自己的精明和喧闹性格都更为有利，这点至少让他挺不自在。

罗特哈德和威廉斯共有七名合伙人，每个人的办公室都围绕着罗特哈德先生的中心办公室。它们装修得很普通，很老派——胡桃木办公桌，去世的合伙人的肖像，暗色墙面和地毯。六位男性合伙人都戴配链子的怀表，领带夹，还有高顶帽。有天下午，就在这样一种精心设计的阴暗气氛中，拉里坐在那儿，思考公司一直销售不太好的一个长期债券案子，突然想到他们或许可以全额卖给一家养老金客户。他很兴奋，加上天性欢腾，于是立刻行动起来，大踏步穿过了罗特哈德先生的外间办公室，冲动地推开了里间的门。迎面赫然是威登太太，周身只戴着一串珠子。罗特哈德先生就在她身边，戴着一只腕表。“哦，非常抱歉！”拉里说着，关上门回到了自己的办公桌。

威登太太的形象仿佛镌刻在了他的记忆之中，烙在其上。他曾见过上千名裸女，却从未见过如此的绝色人物。她的皮肤有着珍珠般泛着光彩的洁白，令他无法忘怀。这个裸体女子的美和哀婉动人在他的记忆中扎下了根，如同一串乐曲。他看到了不该看的东西，威登太太瞪了他一眼，眼神充满恶意和邪火。他无法摆脱，或是合理化解这样一种感觉，即自己这一冒失举动会造成灾难性后果，他无意中越过了雷池，需要付出代价，遭到报复。是单纯的兴奋激动让他没有敲门就打开了那扇门；单纯的激动，在他看来是种无可指摘的冲动。为什么他会感到自己周边围绕着麻烦、不幸，还有灾难呢？男人天性即好色；同样的事情成千上万的办公室里可能都在发生。他所看到的只是司空见惯的寻常事物，他对自己说。然而她那洁白的肌肤、凝神凶悍的目光却绝没有任何寻常之处。他又对自己重复了一遍，自己没有做错任何事，然而潜伏在他全部的是非赏罚观念之下的，是凡事那固执而令人痛苦的本来面目，他知道自己看到了不是自己分内该见到的东西。

他口述了几封信件，电话响了就接起来，但那天下午剩余的时间里，他没有做任何像样的工作。他花了些时间试图处理掉自家的芬兰母狼生下的一窝崽子。布朗克斯动物园没有兴趣接收。美国名犬协会说他不是引入了一个新品种，而是生产出了一种怪胎。有人跟他讲，说珠宝店、百货公司和博物馆都是由猛犬把守的，于是他致电梅西百货、卡地亚珠宝和现代艺术博物馆，但他们都已经有看门的狗了。这天下午剩余的时间里，他就站在窗边，加入到众多的冒失鬼和无聊人中间——两手空空的剃头匠，空无一人的古玩店店员，没有业务的保险代理，落魄的男子服饰用品商——这种人成千上万，站在城市的窗边，眼看着午后的时光流逝。某种无可名状的宿命似乎在威胁到他的安危，他再也无法恢复他喧闹的好性情，恢复他的常识和常态了。

他七点钟在东城有个董事会晚宴。他将晚宴正装用西装盒装好带在身边，并且获得了主人邀请，去主人家里沐浴更衣。于是他五点钟离开办公室，为了消磨时间，如果可能的话也为了让自己开心点，他步行了两三英里，来到了第五十七街。尽管如此，他还是到得太早，于是他在一家酒吧住了住脚，先去喝一杯。这是个附近的单身女人喜欢碰面的地方，店家也有心逢迎这些女客；她们一天里多半时间都在灌雪利酒，现在又聚在一起，享受鸡尾酒时间。其中一个女人有条狗。拉里一进到店里来，那条腊肠犬就朝他扑过来。拴狗的绳子系在一根桌腿上，狗使出全力扑向拉里，拽得桌子都挪动了一两英尺，翻倒了两杯酒。狗没攻击到拉里，但引起一阵纷乱喧闹，拉里赶紧走到吧台尽头，尽量远离那些女客。狗还是很兴奋，它尖厉凶猛的吠叫声充满了店堂。“你想什么哪，烟仔？”狗主人问道，“你到底在琢磨什么呢？我的小狗狗这是怎么了？这可不像我家小烟仔。肯定是另外一条狗……”可狗还是冲着拉里叫个不停。

“您不招狗喜欢吗？”酒保问道。

“我养狗的，”拉里说，“我跟狗相处没问题。”

“这倒好玩了，”酒保说，“可我从来没听见这狗叫过。她每天下午都来，一周七天，狗总跟在身边，但这是破天荒头一遭这条狗出声儿。也许您可以拿着酒到餐厅里坐会儿。”

“你意思说我打扰了烟仔喽？”

“这个，人家毕竟是常客。我可从没见过您。”

“好吧。”拉里说着，尽可能在表达同意的语言中传达出真实感受。他拿着酒杯穿过一道门，进了空荡荡的餐厅，在一张餐桌旁坐了下来。他一走那狗就不叫了。他喝完了酒，四下打量，想看看有没有其他出口可以离开这里，但是没有。当他通过吧台朝外走的时候，烟仔再次朝他扑过来，大家都很高兴地目送这位惹事鬼终于离开了。

他要去的那套公寓房子之前已经来过多次，但他还是忘记了地址。他指望自己能认得出正门和大堂的样子，但等他站到大堂里，却发现这些地方都是一模一样。地面是黑白镶拼的，墙上有个假壁炉，两张英式椅子，挂着幅带框的风景画。一切都非常熟悉，但他意识到可能十个大堂有八个都这样，于是他问开电梯的工人，这里是不是富尔默的府上。那人说是，于是拉里迈步进了电梯。随后电梯并没有上行到十楼富尔默的家，而是下行了。拉里脑袋里浮上的第一个念头是富尔默家大概在粉刷他们的前厅，因为这个或者其他的不便以及调整，需要他改乘货梯。工人打开门，外面是脏乱差的地下世界，到处堆满了烟灰缸，破童车，还有外套破裂石棉管罩的蒸汽管道。“走那边门，然后换乘另外一部电梯。”工人说。

“但为什么我要乘货梯？”拉里问道。

“这是规定。”工人说。

“我不明白。”拉里说。

“听着，”那人说，“别跟我吵吵。乘货梯上去。你们这些送货的总是要从前门走，就跟这是自己家似的。不行，反正这栋楼你们不能走。经理说所有的送货员必须得走后门，经理说了算。”

“可我不是送货的，”拉里说，“我是客人。”

“盒子里是什么？”

“盒子里，”拉里说道，“是我的晚宴正装。现在就送我上十楼富尔默家。”

“很抱歉，先生，但您看起来真像是个送货员。”

“我是个投资银行家，”拉里说，“我是来开董事会的，我们要讨论的是要不要签下价值四千四百万美元的债券项目。我身价有九十万美元。我在子弹公园有套二十二个房间的房子，有犬舍，两匹骏马，三个上大学的孩子，一条二十二英尺的帆船，还有五辆车。”

“耶稣啊。”那人道。

洗完澡之后，拉里望着镜中的自己，看外貌有无任何变化，然而镜中的面容实在太过熟悉了；他曾无数次净面刮脸，这张脸已经无法暴露任何秘密。他顺利应对了晚宴和会议，后来又跟其他董事们一起喝了杯威士忌。虽然难以言喻，他仍然因为曾被错当成送货员而感到有些困扰，希望能够调节一下这种不安的情绪，于是他对旁边的人说道：“你知道吗？今天晚上我乘电梯上楼的时候，被当成送货员了。”他这位倾诉对象要么是没听见，没听明白，要么就是压根不在乎。房间对面有人讲了句什么，他应声大笑起来，而习惯于抢夺别人注意力的拉里，感到他又承受了一番失落。

他乘坐出租车去了中央车站，登上一班支线慢车回了家。这种慢车仿佛集结了各种精神偏执者、醉鬼和迷失的人。列车员是个胖子，面孔粉红，西装扣眼里插着朵新鲜玫瑰花。他几乎跟每个乘客都要搭几句话。

“你还在老地方工作呢？”他问拉里。

“是。”

“你是往约克城送啤酒的，对不对？”

“不是。”拉里说着，抬手摸自己的脸，看过去的几个小时内，有没有长出纹路、褶皱或是有其他变化。

“那你肯定在饭馆工作，对不对？”列车员问道。

“不对。”拉里平静地回答。

“这倒好笑了，”列车员说，“我看到你这身正经礼服，还以为你是服务生呢。”

他从列车上下来的时候已经一点多了。车站和出租车停靠处都已经关掉了，停车场上只剩下零星几辆车。当他拧亮那部用于来往车站通勤的小型欧洲车时，发现车灯勉强闪烁，等他一旦按下启动按钮，灯光跟发动机就全都灭掉了。就在几分钟之内，电池彻底歇菜了。这里距离他家只有不到一英里的路程，他其实不介意步行。于是他步伐轻快地走在空荡荡的街道上，打开了自家车道的院门。他正在锁门的时候，听到有跑动和喘息的声音，然后看到狗放出来了。

喧闹声惊醒了他妻子，她以为丈夫已经回来了，于是向他求助。“拉里！拉里，狗跑出来了！狗出来了！拉里，快来，狗放出来了！它们好像在追什么人！”他倒下的时候听到妻子的喊叫，看到窗户里黄色的灯光亮起来，但那是他看到的最后一幕场景。

二

奥维尔·贝特曼一个人在纽约度过了夏天的三个月，自从他结婚以来就一直是这样。他有套很大的公寓房子，有个好管家，还有一群好朋友；但他没有妻子。如今有些男人对待性始终兴致勃勃，不挑不拣，需求旺盛得好似消化道一般，要为这种欲望投入浪漫爱情的苦痛挣扎，其悲剧性简直不啻为树状的支气管分支发明一套仪式并谱出乐曲。这些人，当他们吃馅饼的时候，不会认为自己签下了一纸神圣的契约；同样，在做爱做的事时，也不会如此。但贝特曼不是这样的人。他爱他妻子，全世界别的女人他谁都不爱。他爱她讲话的声音，她的品味，她的面容，她的优雅，她的出现，她的记忆。他是个相貌堂堂的男子，当他一个人的时候，其他女人会来追求他。她们邀请他上楼去她们家，她们试图硬闯进他家，她们在走廊和花园的小径上堵他，其中一个人，在东汉普顿的海滩上，还曾脱掉了他的游泳裤，虽受此扰乱，他唯一爱的仍是维多利亚。

贝特曼是位歌手。他声音的特色不在于音域宽、音色美，而是特别地循循善诱。在他事业的起步阶段，他曾举办过一场十八世纪音乐的演唱会，却遭到评论家的冷嘲热讽。他转到电视行业做了一段时间，给动画片配音。后来一个偶然机会，有人请他去做一个香烟广告。一共只有四句台词。效果简直是爆炸性的。香烟销售足足增加了百分之八百，就这一支广告，粗略估算他至少赚到了五万美元。他声音里的劝诱能力无法被分离出来，别人也模仿不来，但这力量百发百中。无论他唱歌赞颂什么——鞋油，牙膏，地板蜡——成千上万的男男女女都会发觉他的称颂令人无法抗拒。甚至小孩都会留意到他的歌声。当然他非常非常富有，而且工作很轻松。

他第一次见到妻子是在一个雨夜，在第五大道上的一辆大巴里。那时候她是个年轻苗条的女子，一头黄发，他一看到她就感到一种以前从没有过、将来也证明再也不会体验到的吸引力或者是激情。这种情感的强大力量使得他在女子在上城第五大道某处下车后跟着也下去了。就像任何一个陷入爱情的人一样，在内心冲动的驱使下，他承受着煎熬，知道自己的关注无论如何单纯真诚，还是会被错当成骚扰，通常还很令人反感。她朝着一幢公寓楼门口走去，在门口的天篷下稍作停留，甩掉伞上的雨滴。

“小姐？”他试问。

“怎么？”

“我可以跟你说句话吗？”

“讲什么？”

“我名叫奥维尔·贝特曼，”他说，“我给电视广告配唱。你可能听过我的声音。我……”她的注意力开始从他身上转移到明亮的大堂，这时他开口唱了起来，歌声真诚优美，富有男性魅力，唱的是当天下午他录的一支广告：

格里姆让洗盘子
变得轻松无比。

他的歌声打动了她，正如打动世上所有人一样，然而只是瞬间的触动。“我不看电视，”她说，“你要干什么？”

“我想跟你结婚。”他诚恳地说。

她哈哈一笑，走进大堂，又进了电梯。门卫收了他给的五美元之后，告诉了他女子的名字和大致的背景。她叫维多利亚·海瑟斯通，跟病弱的父亲一起住在十四楼的 B 单元。只消一上午的工夫，他工作的电视台的调研部门就汇报说，她当年春天刚从瓦萨学院毕业，现在东区的一家医院里做义工。一个实习编剧曾经跟她同班，跟她的室友关系很密切。几天之内，贝特曼就去了一场鸡尾酒派对，如愿碰到了她，后来又带她一起去吃晚饭。他在公交车上第一次看到她时的本能反应是准确无误的。这就是他注定要拥有的女人；她就是他的归宿。她抗拒着他的追求，坚持了一两个星期，随后就接受了。但是有一个问题。她的老父亲——是个研究特罗洛普[1]的学者——真的是病弱残疾，而她觉得倘或离开父亲，他就会死去。哪怕这意味着限制了自己的生活，她也不能够让自己的良心背上导致父亲死去的重担。他余日无多了，等父亲去世，她就跟贝特曼结婚；为了表示自己承诺的真诚，她做了他的情人。贝特曼感到无比幸福。但老人并没有死。

贝特曼想结婚；想让两人的结合得到祝福、欢庆和宣布。他不满足于像现在这样每星期让维多利亚到他公寓来两三次。后来老人发了一次中风，医生下令要他离开纽约。他搬到了奥尔巴尼一幢自己的房子里，于是这就让维多利亚解放了——至少每年有九个月她是自由的。她跟贝特曼结了婚，他们在一起非常幸福，尽管两人没有孩子。然而一到六月一日，她就应老人召唤，去了圣弗朗西斯湖的一座岛上，直到九月份才回到丈夫身边。老人家还以为女儿没结婚，也不允许贝特曼去看她。他每星期给妻子写三封信，寄到一个邮政信箱，可她回信很少，因为就像她解释的，没什么可报告的，只有她父亲的血压、体温、消化和夜间出汗的情况。他总是好像奄奄一息。因为他既没见过那座岛，也没见过老岳父，在贝特曼心里，那座岛占据了巨大的空间，每年他单独度过的那三个月简直是痛苦煎熬。

一个夏日星期天的早上，他醒来，感到对妻子那么强烈的爱

1　特罗洛普（Anthony Trollope，1815—1882），英国维多利亚时代的著名小说家，以虚构的巴塞特郡系列小说著称，包括《养老院院长》《巴塞特寺院》《索恩医生》等，其他重要作品还有政治小说《首相》《你能原谅她吗》等。

意，不禁冲口喊出她的名字："维多利亚！维多利亚！"他去了教堂，午饭后就打发管家离开了，傍晚时分又出去散步。天气热得让人受不了，高温似乎将城市拉得与时间的核心贴得更紧密了；热柏油的气息似乎属于历史的一部分。从敞开的车窗里，他听到传来自己关于花生酱的歌声。东区河滨大道上车流拥挤，这忧郁的和着呼吸的歌声传到他散步的地方。所有进城的路上，交通都非常拥堵——一想到在星期天的结束时分，到处都是车辆的长龙，让人就觉得仿佛一天天的日子都是严格按照剧本安排的，其中包括交通，包括撒向城中那些平行街道的金色灯光，包括远处传来的模糊的雷声——仿佛大块的声音之中，有叶片被剥除了——还包括他单独度过的那几个月里精神上无法忍耐的寒冬。对唯一的挚爱的需求将他整个吞噬了。天一黑，他就上了车，朝北开去。

他在奥尔巴尼过了夜，第二天上午到了圣弗朗西斯湖所在的那个镇子。这是一座令人愉快的小镇，既不热闹，也不算死寂。在船只管理处，他打听要怎么到庙岛去。"她一个星期来一次，"船夫说，"她来买杂货和药品，但据我所知今天她不会过来。"他指着隔水相望的岛的方向，大约有一英里远的地方，这一英里显得如此遥远。贝特曼租了一艘小快艇，开始穿越湖水。他绕岛而行，终于在一处峡湾找到了码头，于是他在那里停了船。他上方的房屋是一幢荒谬可笑的老式乡间住宅，非常易燃，木板因为浸过杂酚油防腐而发黑，满布简直不堪入目的过时的装饰细部。有个圆顶木亭子，还有木栅栏，单薄得连点二二口径的火力都挡不住。这座木质城堡周围都是高大的杉树，将其笼罩在暗处。在这个明亮的早上，这里是如此阴暗，映衬之下，大部分的房间里亮得如同着了火一般。

他穿过门廊，透过门上的玻璃看到里面一道长长的门厅，尽头是带两根立柱的楼梯。一根柱上立着维纳斯，那是尊毫无光泽的青铜雕塑。她一只手里擎着一座双头电烛台，烛光亮着，抗拒着杉树的阴影。她的姿态绝对不能算端庄，双腿分开显得毫无防备，甚至有几分可怜，有时候维纳斯本就如此。另一边的立柱上是赫尔墨斯；飞行中的赫尔墨斯。他也擎着两根点亮的电蜡烛。楼梯上铺着墨绿地毯，直通往一面彩绘玻璃窗。那窗户的色彩，即便在这样阴暗的环境中，仍显得绚丽以及不和谐到令人震惊的程度。他按响门铃之后，一个上了年纪的女佣走下楼梯，一只手扶在栏杆上。她跛脚。她走到门口，透过玻璃看了他一眼，直接摇了摇头。

他推门，门很容易地就开了。“我是贝特曼先生，”他柔声道，“我要见我妻子。”

“你现在不能见她。谁都不能见。她跟他在一起。”

“我必须得见她。”

“不行。请你走吧。请你离开这里。”她似乎饱含恐惧地哀求。

他看到杉树之外的湖面，平静如玻璃，但树梢传来的风声给人的感觉就像是在海边，倘或将他的眼睛蒙起来，他一定会猜想这幢房子是建在海岬之上的。随后他想到，或者说感觉到，这就是死亡闯入爱的领域的那种瞬间。这不是光秃秃的现实，而是生命中那些古老的看不见的风暴，就像水流的重量簇拥着他。于是他唱了起来：

不管你去到哪里
总有凉风吹过大地；
不论你在哪里停歇

总有大树成荫……

那年老的女佣也许是太客气，不便打断他，再不然就是被韩德尔[1]的气氛和歌词所打动，她什么也没说。他听到楼上传来一扇门关闭的声音，地毯上传来脚步声。她经过那面丑陋艳丽的窗，加快了脚步，下来到了他等待的地方。对他而言，世上再没有什么比妻子的吻更为甜美的了。

"现在就跟我回去吧。"他说。

"不行，亲爱的，我亲爱的。他要死了。"

"这种事你曾想过多少遍了？"

"哦，我知道，但是现在他*真的*要死了。"

"跟我走吧。"

"不行。他要死了。"

"来吧。"

他牵住妻子的手，领她出了门，沿着那不牢靠的、有刺激气味的松针铺就的地毯，直到码头。他们没有说话，静静地穿过湖面，感觉如此苍凉，仿佛空气、时间以及光线全部都固化了。他付了船资，为她打开车门，然后他们一路向南。直到他们上了干线公路，他才转头去看她，此刻他尽情沉浸在妻子的青春和魅力之中。正是因为他太爱妻子了，于是她雪白的手臂，头发的颜色，还有她的笑容，都让他

1 韩德尔（George Frederick Handel，1685—1759），英籍德国作曲家，一生创作歌剧、清唱剧七十余部及康塔塔、声乐曲和器乐曲等，代表作有清唱剧《弥赛亚》、管弦乐曲《水上音乐》等。以上唱段出自韩德尔的"音乐戏剧"（musical drama）《塞墨勒》第二幕中最著名的咏叹调。

分心。他从一条车道骤然转向另一边，小车被一辆卡车撞毁了。

她死了，当然。他住了八个月医院，但等到他重新能够行走的时候，他发现自己歌声中循循善诱的力量并没有受损。你仍然可以听到他的歌唱，关于桌面抛光剂、漂白粉，还有吸尘器。他总是歌唱那些可有可无的一切，从不涉及爱与痛苦的普遍存在，但成千上万的男男女女都会冲进店铺，仿佛他唱到了自己心里，仿佛他的歌声从内心发出。

三

看着裴兰杰太太走进会所，有点像在业余球赛上猜哪边赢面大；颇有悬念，令人激动。通往餐厅的路上，她会朝跟她同在医院委员会共事过的贝比太太微微一笑，显得有点心不在焉。她对朝她挥手并且高声喊自己名字的宾格太太完全不理不睬。她会在埃文斯太太两颊上轻轻吻过，却又会仿佛忘记了可怜的巴德太太，她有时候还在人家家里吃饭呢。她似乎同样也会忘记赖特一家、哈金斯夫妇、弗雷姆夫妇、洛根一家，还有霍尔斯特德两口子。她一头白发，衣着华美，如此精妙地挥舞着粗鲁无礼的特权，甚至从未被人捉到现行，在人们彼此询问为什么她可以免于指责的时候，却徒然更增添了她的优势。她曾是个美人，二十年代帕克斯顿[1]曾为她画过肖像。她站在镜前。墙面明亮，这是模仿弗美尔[2]的风格，也正

1　帕克斯顿（William McGregor Paxton，1869—1941），以肖像画著称的美国画家，曾为美国总统克利夫兰、柯立芝以及众多名流画过肖像。

2　弗美尔（Jan Vermeer，1632—1675），荷兰风俗画家，亦作肖像及风景画，以善用色彩表现空间感及光的效果著称，作品有《挤奶女工》《情书》《站在维吉那琴前的少妇》等。

如弗美尔的画作中一样，光线的来源在画中并没有显示。画面上有那些惯常的家什——姜黄色的罐子，镀金色的椅子，还有远处房间里透过镜面反射看到的地毯上摆着的一座竖琴。她的头发曾经是烈火一样的颜色。但这幅静态的肖像画只展示了世界的一半而已。是她将马克西舞步[1]引介到了纽波特，还曾与鲍比·琼斯[2]打过高尔夫，是她清晨时分才关闭非法经营的酒吧[3]，并在巴尔的摩一家人家的派对上打“脱光猪”扑克[4]，即便到了如今——她已经成了老太太——倘若夏日芬芳的空气中传来查尔斯顿舞曲的乐声，她还是会从沙发上一跃而起，劲头十足地跳起旋转舞步来，先将一条腿踢向身体前方，而后换另一条腿，还一边打着响指唱着歌：“查尔斯顿！查尔斯顿！”

裴兰杰先生跟她的独生子帕特里克都已经过世。她只有一个女儿叫奈丽莎[5]，就像林间仙女一般的姑娘，她总是说：“奈丽莎特地为我腾出几天时间。我觉得不能跟她要求更多了。她可忙了，有时候我觉得她一直没结婚是因为她没时间。她上礼拜带着狗去旧金山参展，还希望能去罗马参加那里的狗展。人人都爱奈丽莎。大家都特别喜欢她。她简直魅力超群，无以言表。”

1　马克西舞（maxixe），一种起源于巴西类似两步舞式的交际舞，一九一四年在美国大为流行。

2　鲍比·琼斯（Bobby Jones，1902—1971），美国高尔夫球员，曾多次赢得美国和英国公开赛冠军。

3　一九二〇年直到一九三三年，美国国内曾实施禁酒令。

4　“脱光猪”扑克（strip poker），谁输一把就脱一件衣服，直到脱光为止的牌戏。

5　奈丽莎（Nerissa），希腊神话中的宁芙（山林水泽的仙女）之一，海之仙子，是涅瑞伊得斯（海神涅柔斯和俄刻阿诺斯的女儿多里斯所生的女儿，有五十或一百位之多，她们被描绘为住在任何水域的少女，对人类是仁慈的）中的一位。

这时奈丽莎进了母亲的客厅。这是个消瘦憔悴的三十岁老处女。她头发已经灰白。她的内衣隐约可见，鞋上沾满了泥。显然她属于那种孩子，没有怨恨敌意，只是承受着生活毫不优雅的真相之重压。他们的宿命就是要指出，其母曾如此擅长的那个极尽优雅时髦的世界，并不能像表面显示的那样，终结惶惑和痛苦。他们是真正纯真无辜的一个族群，绝不会动这样的心思或脑筋，竟然要去打乱或者抵触长辈替他们安排的那些计划、梦想，以及世俗的成功。看起来，的确是上帝之手，才让他们在初登社交舞台的场合一亮相就当众摔个屁股墩。在威尼斯的某座宫殿，他们要去赴宴的地方，从贡多拉小船上迈步下来，走上通水道的楼梯时，他们会失去平衡，跌进大运河里。他们会将食物和酒泼洒出来，撞倒花瓶，踩上狗屎，跟管家握手，听室内音乐会会爆发性咳嗽个不停，会准确地选中最声名狼藉的人交朋友，然而他们就像方济各会的修士一样，善良单纯。就这样，奈丽莎进来了。就在介绍她给大家认识的时候，她胯骨撞翻了一张茶几，将泥巴带到了地毯上，还将一根点着的香烟掉到了椅子上。等到终于将火灭掉，她似乎已经成功搅乱了母亲创造的女儿静水流深的形象。但这不是有意使坏，甚至不是难免尴尬。这是她近乎神圣的召唤，要重塑人类可悲与笨拙的处境。

仙女一般的奈丽莎是饲养汤森氏猎犬的。她母亲对于她的时间是如何被占用的描述当然是明白无误而又可怜可悲的。奈丽莎是个害羞又孤单的女人，主要精力都放在她的狗身上。她倒不是心思活络，但总是会爱上园丁、快递员、服务生或者门卫这样的人。有天晚上，她最好的一条母狗（盖恩斯-克兰斯曼谱系）马上要生产了，于是她向一位兽医求助，这位兽医刚刚在十四号公路上开了一家犬猫病院。他立刻就到了犬舍，到达几分钟内，那头母犬就生出了第一只小狗。他打开包袋，让狗吸上奶嘴。奈丽莎觉得他对待动物的手法利索又自然，当他跪在母狗生产的窝边时，奈丽莎在旁边站着俯视他，感到一种强烈的冲动，想去抚摸他的黑头发。她问兽医是否已婚，当他回答说没有的时候，她不禁纵容自己再次陷入了爱情。奈丽莎从来不会预测到母亲的责备。当她宣布跟一个修车技师或是树木整形专家订婚的时候，母亲的暴怒总是令她非常吃惊。她从未想到过母亲可能也不会喜欢她的新选择。她朝兽医露出明媚的笑容，为他倒水，取来毛巾、威士忌和三明治。产仔过程持续了大半夜，直到清晨他们才算收工。小狗们都吃上了奶；狗妈妈骄傲地得到了奖励。一窝所有的狗崽都经过仔细赏鉴，并且做好了标记。当奈丽莎和兽医离开犬舍的时候，一道白色的寒光正从宅院里黑色树梢的上方照射过来。“你想要喝杯咖啡吗？”奈丽莎问道，然后当听到远处传来流水声的时候，她又问：“要不，你想游泳吗？我有时候就早晨起来游泳。”

“那敢情好，”他说，“我想试试。我想游个泳。我必须得回医院去，游个泳能让我清醒过来。”

游泳池是她祖父建的，池子是大理石的，边缘很高，线条优美，弧线状如镜框。水面澄澈，偶尔有一两片落叶投下阴影，边上闪着色谱中最强烈的色彩。她母亲的地产中，唯有这里——超过任何一个房间或是花园——能让奈丽莎有家的感觉。当她在外面的时候，最想念的就是游泳池，当她回来的时候，回归之地也是游泳池——这水汪汪的家，甜蜜的家。她在浴室中找到一条泳裤，于是他们俩就一起天真无邪地游了个泳。他们穿好衣服，穿过草坪走到他的汽车旁。“你这人心地实在太好了，”他说，“有人跟你说过这话吗？”说完他轻轻吻了她，然后开车离开了。

奈丽莎直到第二天下午四点才见到母亲，当时她穿着两只左脚的鞋下楼来喝茶，一只棕色，一只黑色。“哦，妈妈，妈妈，”她说，“我找到我要嫁的人了。”

“真的吗？”裴兰杰太太说，“是谁这么千好万好？”

“他叫约翰逊大夫，”奈丽莎说，“他在十四号公路上新开了一家犬猫病院。”

“但是你不能嫁给个兽医，亲爱的。”裴兰杰太太说。

“他说自己是动物保健师。”奈丽莎说。

“真烦人！”裴兰杰太太说。

“可是我爱他，妈妈。我爱他。我要跟他结婚。”

“见鬼去吧！”裴兰杰太太说。

那天晚上，裴兰杰太太往市长家打电话，要跟市长夫人谈一谈。“我是路易莎·裴兰杰，”她说，“今年秋天我要为蒂尔顿俱乐部推荐新人，于是我想到了您。”市长夫人那边传来了兴奋的叹息声。她这会儿肯定头昏脑涨，脑袋里可以游泳了。但是为什么？为什么啊？俱乐部房间旧得很，服务生总板着脸，食品又糟糕。为什么还有好几千号人迫不及待等着加入呢？“我费尽心机地帮你争取，”裴兰杰太太说，“大家都知道的。十四号公路上有家犬猫病院，我希望能把它关掉。你丈夫肯定能找出个理由，区划违规之类的。肯定妨碍什么人了。如果你愿意跟丈夫谈谈这家犬猫病院的事，我就把俱乐部会员名单给你，你从里面挑挑还能找谁帮你申请。我九月中旬会安排一场午餐派对。再会。”

奈丽莎日渐憔悴，去世了，埋在圣公会的小教堂里，那间教堂的窗户还是为了纪念她祖父捐建的。裴兰杰太太在女儿的悼念会上，显得傲慢而高贵，离开教堂的时候，有人听到她大声哭泣：“她是多么动人——她迷人得简直吓人。”

裴兰杰太太从丧失爱女的悲恸中平复过来，继续工作。在一年中的这个光景，她的工作就是挑选社交新秀舞会上的新进名媛。奈丽莎的葬礼过去三个星期，有一位彭塔森太太和女儿在客厅里被引见给了她。

裴兰杰太太知道彭塔森太太为了这次面试做了多么辛苦的准备。她为医院做过义工，组织过戏剧晚会、草莓节，还有古董市集。但裴兰杰太太还是很严厉地看着她。她们的礼仪肯定是从书上学来的。她们肯定学习过如何饮茶的章节。他们这种人，总是梦想着那些收不到的邀请函。威廉·佩利先生和夫人诚邀您……然而他们的信箱里总是塞满了特卖会通知、每月一书俱乐部的试订单，以及住在得克萨斯州韦科的米妮姨妈令人尴尬的来信，她还用痰盂呢。诺拉将茶壶递过来，裴兰杰太太严厉地盯着那姑娘。游泳池的水声听起来很响，裴兰杰太太请诺拉去将窗户关上。

“如今我们收到参加正式舞会的申请太多了，所以我们比往年稍稍提高了一点要求，”裴兰杰太太说，“我们不仅需要年轻女士有魅力，有教养，我们更需要年轻女士有趣。”即便是窗户已经关闭，她依然能够听到水声。这似乎令她陷入了某种不利地位。“你唱歌吗？”她问。

“不。”女孩说。

“你会演奏任何一种乐器吗？”

“我能弹一点钢琴。”

“一点是多少？”

“我能弹肖邦的某些曲子。我是说，过去能弹。还有‘Für Elise’[1]。但我弹的大多数是流行音乐。”

“你夏天在哪里度假？”

“丹尼斯港。”女孩回答。

“啊，是呀，”裴兰杰太太道，“丹尼斯港，可怜的丹尼斯港。真是没别的地方可去了，对不对？亚得里亚海滨总是挤满了人。卡普里、伊斯基亚和阿马尔菲都已经毁了。荷兰公主搞坏了阿真塔里奥。里维埃拉人山人海。布列塔尼太冷，又老下雨。我喜欢斯凯岛，但那里的食物太糟糕。吧港，科德角，群岛——统统都变得太寒酸。”她再次听到游泳池传来水流声，仿佛有清风将这声音直送进关闭的窗口。“跟我讲讲，你喜欢戏剧吗？”

“哦，是的，非常喜欢。”

“上一季你都看过什么戏？”

“没有。”

“你骑马、打网球，诸如此类的吗？”

“是的。”

“纽约城里你最喜欢的博物馆是哪一家？”

“我不知道。”

“你最近看过什么书？”

“我看了《泡泡纱瘟疫》。是畅销榜上的书。他们把电影的版权

---

1 德语：《致爱丽丝》。

买走了。还有《通往天堂的七条路》。也是畅销书排行榜上的。”

“劳驾把这些东西拿走吧，诺拉。”裴兰杰太太说着，做了个泛泛的表达反感的手势，仿佛期望女佣将彭塔森母女连同脏杯子和污水桶一起扔出去。茶会结束了，她送来宾走到房间尽头。如果她有意残忍，那么最残忍的方式就是把她们晾在一边让她们干等着；攻击俗世男女最普通的弱点：他们期待在信箱里收到好消息。她将彭塔森太太拉到一边，说道：“我非常非常抱歉……”

“呃，还是要多谢您。”彭塔森太太说着，哭了起来。女儿伸出一只手臂搂住情绪崩溃的母亲，引她出了门口。

裴兰杰太太再次留意到游泳池里传来的水声。为什么会有这么大的声音，为什么水声仿佛在说：妈妈，妈妈，我找到我想嫁的人了……为什么这声音如此真实，使她拒绝彭塔森母女的职责变得如此严厉而又毫无道理？她走下楼梯，到了草坪，又穿越草坪到了游泳池。她站在池边，喊道：“奈丽莎！奈丽莎！奈丽莎！”但池水就只是说，妈妈，妈妈，我找到我想嫁的人了。

她唯一的女儿已经变成了一个游泳池。

四

布拉迪什先生想要改变。这并不意味着他想要彻底改变自己——只是换个风景，换个步伐，换个环境，并且只在十八到二十天之内完成转变。他只能离开办公室这么多天。布拉迪什是个烟抽得很凶的人，体检报告使得他开始对自己的烟瘾有点介意了。他仿佛觉得街上的陌生人看到他手上夹着卷烟，都会显出不赞同、有时是怜悯的表情。这显然太荒唐了，他需要离开。他要去旅行。当时他已经离婚了，所以一个人出行。

有天午餐之后，他顺路进了公园大道上一家旅行社，想看看时下的有效报价。接待员引他来到办公室后方的一张桌前，一个年轻女子请他入座，然后用一盒印着柯林斯游艇俱乐部旗标的火柴给他点上了香烟。他留意到，这女职员笑容迷人，然而当使命达成之后，她会闭嘴将笑容收起，动作就像裁缝咬断线头一样。他脑子里想到的是英格兰。他可以在伦敦住上十天，然后还有十天去乡下跟朋友们一起度过。当他一提起英格兰，职员就说她本人最近刚刚从英格兰回来。去的考文垂。她露出微笑，又咬断收起。他不想去考文垂，但她这样的年轻女子，总是容易执着一念，坚持到底，于是他明白自己必须得听她讲完考文垂的美景：就是在那里，她获得了审美和性灵的重生。她从自己抽屉里掏出一本带插图的杂志，翻出其中大教堂的图片给他看。然而不巧，他却一眼看到了杂志中一条直率的广告，说香烟会导致肺癌。他从头脑中去除了英格兰这个选择——女职员仍然在推荐考文垂——然后想他可以去法国。他可以去巴黎。法国政府还没有禁烟，他大可以吸着高卢牌香烟，丝毫不用感觉自己像个危险分子。然而，关于高卢烟的记忆又阻止了他。高卢，蓝牌和黄牌。他记起这些烟仿佛从天而降，直落到他的肺里，带给他双份额的咳嗽发作。在他的想象中，这浓郁的法国烟草形成一片乌云，仿佛一片雾霾笼罩在巴黎这座光明之城上方，让他感到这地方令人沮丧，毫无吸引力。那么去蒂罗尔[1]吧，他想。他正要开口询问蒂罗尔相关的信息，突然记起在奥地利香烟是国家专

1 蒂罗尔（Tyrol或Tirol），奥地利西部一州，北与德国接壤，南与意大利相连，自然环境属阿尔卑斯山区。

卖，他在那里能抽的就只有那些淡而无味的椭圆形烟卷，外有华丽的盒子包装，散发着香水的气息。那就意大利。他将穿过布伦纳山口，直到威尼斯。但他又记起了意大利的香烟——出口品牌和乔派克，记起那些粗糙的烟草如何滞留在舌头上，其烟味如同冬天的冷风，令他直哆嗦，不禁想到死亡。那么他就去希腊吧；他要乘坐轮船穿越那些岛屿，他想——直到他回忆起埃及烟草的气味，在希腊你能抽到的就只有埃及烟。俄国，土耳其，印度，日本。他的目光扫过职员头顶上的一张世界地图，看到的只是一连串的香烟铺子。根本无处可逃。“我想我还是哪儿都不去了。”他说。职员闪出笑容，像线头一样咬断，然后望着他走出了大门。

自律的品质如同一道光，照进人的生活以及全部的工作，赋予其正直和美好，防止发生混乱，至少布拉迪什是这样想的。终于到了他自律的时候。他将最后一根香烟熄灭，然后迈着老运动员那种紧凑轻快、略显活泼的步伐走上了公园大道。这位老运动员的西装、鞋子还都是在英格兰定做的。作为他这一决策的后果，这个下午快结束的时候，他开始感到有点类似轻微减压病[1]的症状。他的循环系统有点被打乱，毛细血管似乎有损伤，嘴唇发肿，时不时地右脚会针刺似的痛一下。他嘴巴里明显有不新鲜的气息，成分复杂，劲道太大，这么小小的一个器官似乎无法容纳。这劲道，这复杂性，似乎都扩大了他的嘴巴，使其具有了某个像霍华德剧场[2]那

1　减压病（the bends），潜水员浮出水面动作过急时形成的症状。

2　霍华德剧场（Howard Athenaeum，1845—1953），波士顿历史上最著名的剧场之一。

样古旧下流的表演场所才会有的大小和恶臭。嘴巴里发出的气息似乎直冲大脑，使他感到严重的头重脚轻。因为他下定决心要严格自律，于是决定从跟旅行相关的角度来想象这些症状。当症状表现出来时，他会观测自己的感觉，就像人们望向火车车窗之外，看到陌生国度里地形和植被的变化那样。

随着白日变成黑夜，他旅行的国度似乎变得高山林立，贫瘠荒芜。他仿佛置身于一条窄轨火车道上，穿过一个净是岩石的山口。石缝中只有荆棘和狗根草。他推断，一旦穿过了这个山口，他们就会进入一片肥沃的平原，有树有水的，然而列车转弯上了山顶，他发现前方是一片盐碱地荒漠，上面只有一道道干涸的河床。他知道如果自己一吸烟，烟草就会灌溉这片无人的荒地，地上就会开出花朵，溪中充满河水，但是既然他选择了这样一段特定的旅程，既然这真真切切就是为了要逃离一种无法忍耐的处境，他决定安顿下来，研究这无法缓解的干旱。那天晚上，在他的公寓里，他给自己调了杯鸡尾酒以后，他笑了——他真的竟然笑了——看到烟灰缸里空无一物，只有一点点灰尘，还有他从鞋子上摘下来的一片树叶。

他正在改变，他正在改变，正如大部分男人一样，看来他是想要改变的。在短短几个小时之内，他变得更为睿智，更有理解力，也更为成熟了。他仿佛觉得过往所有的生活如同一件羊毛斗篷，落在了自己肩上。他感到自己对于生命中变化的力量所蕴含的诗意，有了某些理解，感到自己参与进了某种私密的、看不见的却又折磨人的竞赛之中，这些竞赛正是一个人灵魂故事的构成。如果他能戒烟，他可能就可以戒酒。他甚至可能克制情欲冲动。他离婚的原因就在于不节制。这种放纵使他离开了钟爱的孩子们。如果他们现在看到他，看到他房间里干净的烟灰缸，难道他们不会邀请他回家去吗？他可以包下一条帆船，跟他们一起去缅因州沿海扬帆航行。那天晚上迟些时候，当他去会情妇的时候，她气息中烟草的味道让他感到她是那么地堕落，不清洁，他甚至懒得脱掉衣服，索性提前走了，回家躺到自己床上，和自家干净的烟灰缸在一起。

布拉迪什平生体验过的自以为是，都不过只是罪人的自以为是。从前他看不惯的是那些喝蛤蜊汁以及努力克制欲望的人。第二天早上，他走路去上班的时候，发觉自己竟然粗暴地越界到了天使那一边。他发觉自己必然地成了节制和节欲的倡导者，发现这一转变中包含着一种不由自主的冲动，想要评判他人的所作所为——对他而言这是种全新的刺激，跟他习以为常的观点如此不同，以至于他觉得这很刺激。他满怀强烈的反对态度，望着一个陌生人在街角点烟。这个人显然完全没有意志力。他这是在伤害自己的健康，折损自己的寿限，背叛那些仰仗他的人，因为他的这种自我放纵，他们可能就得承受饥寒的交迫。更何况，这个男人衣衫褴褛，鞋子也没擦，如果他都没钱把自己打扮得体面一些，那他就更加负担不起烟草的罪恶享受了。布拉迪什是不是应该把他手里的香烟夺下来？教训他一通？将他唤醒？这似乎还为期尚早，有所不妥，但这种冲动确实存在，以前他可从未有过这样的感受。现如今他怀着新获得的道德感走在第五大道上，眼睛既不看天空，也不看漂亮女人，而是像被请来抓坏人的道德监察组长一样，在众人中搜索。哦，真是太多了！一位衣冠不整的老太太，灰头土脸，只有嘴上抹着油腻腻的艳红唇彩，站在四十四街口，用一根烟点着另一根。门廊里的几个男人，图书馆台阶上的姑娘们，还有公园里的那些男孩儿，似乎全都下定决心要毁掉自己。

他头重脚轻的感觉整个上午都在持续，因此他感到自己很难做出业务上的决策，而且他的视力也明显受损。他感到双眼似乎经受了一场沙尘暴。他去了一场工作午餐会，现场提供酒水。当有人递给他一根香烟的时候，他说："不，现在不要，谢谢你。"内心的正义之火烧得他脸上泛红，但他决不要向任何人倾吐真相，那会贬低了他的抗争。在秉持戒律上胜利地坚持了近二十四小时之后，他认为自己值得领受奖赏，于是每次侍者来倒鸡尾酒，他都接受了。最终他喝得太多了，当他回到办公室的时候，脚步有些踉跄。加上他被扰乱的循环系统，发胀的嘴唇，视线模糊的眼睛，时不时刺痛的右脚，还有脑子里充斥着的浓烟，以及陈旧的下流剧院的恶臭气息，所有这一切使得他完全无法工作，于是这一天剩下的时光，他都在徒然的挣扎中度过。他极少参加鸡尾酒派对，但那天傍晚他去了一场，希望这能让他分分心。他明显感到不知所措。身体上的不良影响到此时已经达到了平衡点，他发现过马路很困难，有危险，就仿佛是在艰难地横越一道高空的窄桥。

酒会规模很大，他多次前往吧台取酒。他以为金酒能够浇熄他的渴望。这不能算是种渴望，他留意到——完全不像是饥饿、口渴，或是对爱的渴求。这感觉像是血流中某种固执又愠怒的消沉。头重脚轻的感觉更严重了。他大笑，讲话，尽量做到在一定程度上表现得比较正常，然而一切都只是机械行为。酒会上的晚些时候，一位年轻女士进了门，她穿着件浅色的直身裁剪的筒状长裙，长头发是弗吉尼亚烟草的颜色。布拉迪什迫不及待地朝她扑过去，仓皇中带倒了一张桌子，打碎了几个玻璃杯。到此为止，这一直都是个彬彬有礼的派对，但玻璃打碎的声音，以及紧接着他双腿缠住人家、将鼻子埋进那位陌生女人烟草色的头发中时她爆发出的尖叫声，真是野蛮之极。两位来宾硬把他扳开。他站住，然后用力下蹲，鼻孔涨大使劲喷气。随后他挣脱了拽住他的两个人，跑出了房间。

他跟一个陌生人一道乘电梯下楼，这人穿着棕色套装，看上去、闻起来都像是哈瓦那乌普曼雪茄，但布拉迪什将眼光死盯着电梯的地面，克制自己只是呼吸那人身上的香气。电梯工人发出一种廉价的淡烟草味儿，这种配方五十年代曾经流行过。他留意到看门人看起来、闻上去都像是一种石南烟斗配上细丝烟草。在五十七街，他看到一个女人，头发的色彩是他最爱的一种烟草配方，身后似乎还在散发着这种诱人堕落的芬芳。他只有咬紧牙关、肌肉紧绷，才忍住了不去捉住她，但他认识到自己在派对上那样的行为倘或在大街上重现，他就会坐牢的，而据他所知，监狱里是没有香烟的。他变了——他变了，他的世界也变了，看到暮色中人们在身边穿梭来去，他把这些人都看作是温斯顿、切斯特菲尔德、万宝路、沙龙牌、水烟袋、海泡石烟斗、迷你雪茄、科罗娜雪茄、骆驼牌，还有普雷尔，各色各样的烟草。一个年轻女子——其实还只是个孩子——被他看成了好彩牌香烟，令他彻底崩溃了。他攻击她的时候，女子尖叫起来，两个陌生人将他打倒在地，怀着正义的愤慨揍他，踢他。人群聚集过来。现场一片混乱，警车的笛声及时响起，将他带走了。

墙上的字迹[1]

那年我从欧洲回国，登上了一架老旧的 DC–7 式客机，飞越大西洋的中途，一个引擎烧坏了。大多数的乘客好像要么睡着了，要么是被人下了药而昏睡不醒，在机舱前部，除了我、一个小女孩和一个老人之外，没人看到火苗。当火熄灭之后，飞机剧烈翻转，乘务舱门陡然打开了，我看到乘务员和两个空中小姐都穿上了充气的救生衣。其中一个空姐关上了舱门，但几分钟后，机长出来，用父亲式的轻言细语安抚说，我们失去了一个引擎，现在要前往冰岛或是香农机场[2]。过了一段时间，他过来说我们将于一个半小时后降落伦敦。过了两个小时之后，我们在奥利[3]降落，令所有那些一直昏睡的乘客大吃一惊。我们重新换了一架 DC–7 登机，重新飞越大西洋，等我们终于在爱德怀德机场降落的时候，我们已经在狭窄逼仄的环境中航行了大约二十七个小时。

1　典出《圣经 · 旧约 · 但以理书》第五章。古巴比伦最后一任国王伯沙撒傲慢狂妄，用耶路撒冷圣殿中所掠的器皿饮酒举宴，亵渎真神。此时凭空出现一只手在墙上写字。但以理应国王要求，前来解读这神秘的字迹：弥尼、弥尼、提客勒、乌法珥新。这几个词可以粗略解释为"数算，数算，称，分裂"，意指国王的日子被数算，已耗尽，将被称在天平里，并发现亏欠，他的国要分裂，归与玛代和波斯人。后人因此用"墙上的字"喻指大灾难之前兆。

2　在爱尔兰。

3　参见第 665 页注释。

我乘坐大巴进了纽约，然后换出租车到中央车站。当时是非拥挤时段——大约傍晚七点半到八点之间。书报亭已经关门了，街上只有零星几个人，形单影只，看起来十分落寞。我要去的地方最快的一班列车要一小时后才到，于是我就在车站附近找了家餐厅，点了 plat du jour[1]。对于久居海外的美国人回国之后第一次下馆子的矛盾心情，已经有过许多描述，这里我就不重复了。付过账之后，我下了几级台阶，去找地方方便。我进去之后，发现此地有大理石隔断——我猜这是为了让此领域显得高贵些。大理石是浅棕色的——也许是 giallo antico[2] 黄，但随后，我留意到在高度抛光的表层以下，是有古生代化石，于是我猜想这应该是石珊瑚。抛光面上有字迹。字体清晰可辨，但既没有个性，也不讲究对称。不寻常之处在于文字长篇大套，一块一块排列有序，就像书里的页面似的。我以前从未见过这样的东西。我最深层的本能是要忽略这些字迹，去细看下面的化石，然而人类的书写毕竟比古生代的珊瑚更为持久，也更神奇，不是吗？我读道：

> 这是卡普阿胜利的一天。伦图鲁斯带着胜利的雄鹰归来，为圆形剧场的观众带来了即便是在这华丽的都市中也从未体会过的娱乐。欢宴的喧闹声渐渐消歇，狮子的吼声也已停息；最后一个闲荡的人也从宴席上告退，胜利者的宫殿中灯火已经熄灭。月亮穿过羊毛絮一般的云层，给罗马卫兵盔甲上的露水撒

1　法语：当日特色菜。

2　意大利语，字面意思是“古黄色”，是一种特别的黄色花岗石。

上银光，为沃尔图诺幽暗的河水添上摇曳颤动的流光。这是个如获神佑的宁静夜晚，西风拂动春天新发的绿叶，在空洞的芦苇间低吟着梦幻般的乐曲。偶有疲倦的浪花发出一声最后的呜咽，向海滩上的卵石讲述自己的故事，此外再无别的声响，一切都是一片死寂，如同灵魂告别时，胸口再无气息……

我无须继续，虽然还有更多的字可以读下去。我累了，因为多年旅居海外，我似乎对某些方面毫无防备。到底是怎样的复杂情形会促使一个人去抄下大理石上的这些胡言乱语，这简直让人无从想象。这是不是某种社交气候转变的标志、某种新压力作用的结果？再不然就是单纯显示出人类对于华丽文字怀有无可抗拒的热爱？这文字朗朗上口，就像糟糕的乐曲挥之不去，令人很难遗忘。难道在我离家的这些年里，国人的心理发生了某种深刻的变化？普通的交流是否已经有所崩溃，导致了人们对于浪漫主义过往的过度热爱？

*

接下来的一个礼拜到十天里，我都在中西部旅行。有天下午，我在印第安纳波利斯的联合车站等待去纽约的列车。火车晚点了。那里的车站——构造就像大教堂一样，光线从圆花窗照进来——是一个阴郁而绝赞的例证，表明自己是属于那种意在表现旅行与分别之神秘和戏剧性特质的建筑。那些圆花窗，色彩澄澈如同万花筒一般，将大理石的墙面和等车的乘客们染上了颜色。一个拎着购物袋的女人站在一块淡紫色的色板中。一个老人睡在一摊黄色的光影里。随后我看到一个标志，指向通往男卫生间的方向，我疑心，自己会不会像刚回国的头几个钟头那样，再次找到奇怪文字的例证。我下了几级台阶，到了一处洞穴般的地下室，里面有个擦鞋工睡在一把椅子上。墙壁又是大理石的。这是普通的石灰岩——钙和镁的硅酸盐结晶，掺着金属矿石颗粒。我的猜测是准确的。石面上覆盖着字迹，乍一看简直恰如其分，再适宜不过了，因为这字迹提醒大家，人类最早的书写和预言都是出现在这样的墙面上的。这里的书法清晰对称，出自一位头脑清醒、下手沉稳之人。诸君请试着想象，我阅读的时候，那地方害眼的光线、骚烂的气息，以及流水的声音：

瓦洛维克庄园大宅坐落在烟雾弥漫的工业城镇X堡山顶上，房子有无数的窗户仿佛吹毛求疵地探望着下方那些贫民区幽暗逼仄的弄堂，贫民聚居的街巷从公园门口开始，一直延伸到河边那些冒烟的工厂。就是在这大树参天的公园周边，我瞒着瓦洛先生，度过了年少时期好多无忧无虑的光阴，我带着弹弓，还有一个袋子，装我收集的岩石标本。这座山以及那些令人生畏的装饰横亘于我就读的学校和我家之间，我跟病弱的母亲和醉鬼父亲一起，住在一座小破房子里。我所有的朋友都会走小路从山边绕过，只有我一个人会翻过瓦洛公园的高墙，在这片禁林中度过我的下午时光。

那些草坪、大树、喷泉的声响，还有那种庄严的王朝气氛，至今都让我深深感怀。当然瓦洛家并没有武装，但他们雇用的那些雕塑家创作了无数的徽章纹饰，远看的确令人产生皇族贵胄的联想。但仔细检视以后却发现，那无非是些无甚深意的几何造型而已。他们的烟囱、大门、塔楼和花园长椅上都有这样的纹饰。雕塑家们还有一项任务，就是要为瓦洛先生的独生女艾米莉塑像。有青铜的艾米莉，大理石的艾米莉，作为四季女神的艾米莉，东南西北四大风向的艾米莉，一日四时的艾米莉，还有代表四大美德的艾米莉。从某种意义上说，艾米莉就是我唯一的玩伴。秋天的时候我在那里漫步，看着树梢上金色的叶子落到草坪上。在严冬雪天里我在那里漫步，找寻春天到来的第一丝踪迹，闻着我的上方，那许多带纹饰的烟囱里冒出来的木料燃烧的芬芳烟气。一个春日，我就是在那里漫步的时候，听到一个女孩呼救的声音。我循声到了一条小溪边，看到了艾米莉。她可爱的双足赤裸着，其中一只脚上，如同被邪恶的镣铐锁住一般，缠绕着一条毒蛇。

我将毒蛇从她脚上扯下，用小刀将伤口划开，然后将毒液从她血管中吸掉。随后我脱下身上寒酸的衬衫，那是我亲爱的母亲在每天捡破烂的过程中，用一位建筑师的垃圾箱里找到的废弃的绘图用麻布亲手为我缝制的。当伤口清洗干净并且包扎好之后，我将艾米莉抱在怀里，沿着草地跑到瓦洛维克的大门前，我揿下门铃，大门应声而开。一位管家站在门口，眼前的场面惊得他脸色苍白。

“你把我们的艾米莉怎么样了？”他喝道。

“他什么也没干，只是救了我一命。”艾米莉说。

随后从大厅里幽暗的地方走出了残酷无情、满面胡须的瓦洛先生。“谢谢你救了我女儿的性命。”他粗声道。随后他更为仔细地盯着我看了一会，我看到他眼睛里泛着泪光。“总有一天你会得到酬报的，”他说，“这一天会来的。”

因为我的麻布衬衫毁坏了，所以当天晚上，我不得不告诉双亲，将我的历险讲给他们听。我父亲一如既往喝得醉醺醺。“那个禽兽才不会报答你！”他咆哮道，“无论在这个世上，上天堂还是下地狱。”

“求你了，厄内斯特。”我母亲叹息道。我走到她身边，握住她那因为发烧而灼热干燥的双手。

我父亲虽然整日醉醺醺的，却似乎看透了真相，因为在接下来的几年里，完全没有任何感激的表示，没有礼貌的致意，些微的感念，山上的大宅里没有一点对我感到亏欠的意思。

在一九某某年苦寒的冬天里，瓦洛先生将工厂都关停了，这是对我组织工会进行抗争所做的反击。工厂的寂静——那些死寂无烟的烟囱——犹如打到X堡心窝里的重重一击。我母亲倒在床上奄奄一息。我父亲坐在厨房里喝斯特诺[1]。疾病、饥饿、寒冷和病痛占据了每一间茅舍。街上的积雪，没了工厂的灰烟污染，雪白得仿佛在控诉。在圣诞节的前一天，我带领着工会代表——其中许多人几乎无力行走——来到瓦洛维克的大门前，按响了门铃。大门打开时，是艾米莉站在那里。“是你！”她惊叫道，“你曾救过我的性命，如今为何要杀害我的父亲？”随后大门轰隆隆地关闭了。

那天晚上，我尽量收拢了一点点谷粒，用来给我母亲煮了

1　斯特诺（Sterno），一种方便燃料，硝化纤维甲醇的商标名。

点粥。我正用小勺一口口将粥喂进母亲消瘦的嘴唇中，此时房门开了，来人是杰弗里·阿什米德，瓦洛先生的律师。

“如果你来，”我说，“是为了下午我去瓦洛维克抗议的事而迫害我，那你恐怕要无功而返了。世上再无别的痛苦比我此刻承受的更重了，我正眼看着母亲死去。”

“我来此另有他事，”他说，“瓦洛先生死了。”

“瓦洛先生万岁！”厨房里传来我父亲的喊声。

“请你跟我来。”阿什米德先生说道。

“我跟您去所为何事呢，先生？”

“你是瓦洛维克的继承人——所有那些矿山、工厂、钱财的继承人。”

“我不明白。”

我母亲发出刺耳的哭泣声。她抓过我的手，握住，然后说道：“过去的真相再没有比我们的生活更悲惨了！这么多年以来，我一直想保护着，不让你知道真相，但你是他唯一的儿子。我当姑娘的时候，曾经在那座大宅子里当过帮佣，一个夏夜里被人占了便宜。这也是毁掉你父亲的因素之一。”

“我跟你去，先生，”我对阿什米德先生说，“艾米莉小姐知道这些吗？”

“艾米莉小姐，”他说，“已经逃跑了。”

那天晚上我回去了，作为主人踏进了瓦洛维克的大门。但是我找不到艾米莉小姐。还没等新年到来，我就掩埋了父母双亲，在利润共享的基础上重开工厂，将繁华带到了X堡，但是我一个人居住在瓦洛维克，对于我从未品尝过的孤独，有了新的了解……

当然，我感到震惊，我觉得恶心。我身处的环境非常现实，衬得这故事幼稚无比、令人反胃。我匆忙回到了有着透明光色板块的华丽候车室，在一排平装书旁边坐了下来。这些书的封面俗艳不堪，还保证会有对于性交易的生动描写，这些似乎与我刚刚读到的文字紧密连接起来。我想，刚刚发生的事，大概是因为色情已经侵入了公众领域，于是远古时代曾是此类内容之宝库的那些大理石墙面，出于自卫，倒被迫担负起了更为讲究的文学之职责。我觉得这种想法具有革命意义，令人不安，心想不知一两年之后，自己是否有望在公厕中读到莎拉·蒂斯代尔[1]的诗歌，而瑞典国王是否要表彰[2]某个满脑子下流念头的畜生。后来我的车到了，我很高兴能离开印第安纳波利斯，如我所愿地告别了我对于中西部的新发现。

我去到休息车厢，要了一杯酒。我们蜿蜒东进，穿过印第安纳，沿路惊动了奶牛和鸡群，马还有猪。列车经过的时候，人们朝车上挥手——一个小女孩倒拿着洋娃娃，一个老人坐在轮椅上，一个女人戴着满头发卷站在厨房门口，一个年轻人坐在大货车上。你能感觉到列车径直向前跃进，鸣着笛，路过交叉道口时，警报铃声响起，仿佛动脉血栓堵塞了，铁轨的接头处奏出爵士低音吉他的节

1　莎拉·蒂斯代尔（Sara Teasdale，1884—1933），美国女诗人，其抒情诗具有古典质朴风格，主要诗作有《江河归大海》《恋歌》等，后者获一九一八年度普利策诗歌奖，自杀身死。

2　诺贝尔奖由瑞典国王亲自颁发。

奏，百搭，昂扬，迅捷，就像随着心跳的节奏即兴演奏的华彩乐章，制动箱里传来的声音，仿佛是可怜的比莉·郝乐迪最后录制的一张很糙的唱片。我又喝了两杯酒。当我打开卧铺车厢厕所的门时，迎来了在我看来非常糟糕的消息。

我不想再阅读了——至少当时不想了。瓦洛维克够我消受一整天了。我只想要回到休息车厢，再喝一杯，对陌生人的性幻想充分表达我最为健康的漠不关心。但那里有文字，令人无法抗拒——这简直是我的宿命之一——更何况，虽然我满心不甘，怀着怨毒，却也读完了第一段。这次的书法最为刚劲有力。

> 倘或承受得起，何不人人都在窗口摆上一盆天竺葵？其价格非常便宜。如果你从种子或者幼苗开始种植，其价格几乎可以完全忽略不计。花既美，且可以为伴。花香室雅，赏心悦目，令人憧憬自然与纯真，令人动情。虽说花无法报君以爱意，却也绝不会心生怨恨。即便你忽略它，花儿也不会产生丝毫的恨意，因为花虽美，不虚荣，因此，其生存仅仅是为了你好，带给你快乐，你如何能够无视它的存在呢？然而，倘或你选择一株天竺葵，请你……

回到休息车厢，天色已经转暗，我被乡间傍晚那种阴郁的气氛所感染，这些温柔的情愫又让我心神不宁。我所读到的莫非某种对奇趣和纯真不可抑制的热爱之表达吗？不管怎样，我感到有责任公开宣布我所发现的这一现象。我们对于自己以及彼此的认识，在这样一个变幻莫测的历史时期，是始终处在摸索中的。要用漠不关心来阻碍我们的观察、好奇心和反思，完全是鲁莽之举。我的三次偶遇证明这种文学形式广泛存在。如果这些幻想被记录下来，并且加以诊断分析，它们可能会照亮我们的心理世界，带领我们走近真理的神秘世界。我的搜寻具有一些不合传统的因素，但是倘或我们面对自己时做不到精明、勇敢和诚实，那么我们就是卑鄙的。我有六个朋友在基金会工作，于是我决定提请他们注意公厕里写满文字这一现象。我知道他们曾经资助过诗歌、动物学研究、彩绘玻璃考古，以及高跟鞋的社会学意义研究，而在眼下，公厕里的文字看起来就像一条真理的大道，迫切需要人们前去一探究竟。

当我回到纽约之后，我约了朋友们一起吃午饭，挑选了六十街上一家有包间的馆子。就餐结束的时候，我发表了演说。我在座的朋友中最知心的那位首先开口回应。"你出国太久了，"他说，"我们跟你失去了联系。在这边，我们不搞这种事。当然，我只能代表我自己，但我认为这个想法令人厌恶。"我低头扫视，发觉自己穿着锦缎面料的双排扣马甲，黄色尖头鞋，猜想自己讲话时，口音想必跟许多久居海外的人一样，死板古怪。他指责我的想法荒诞、古怪而见不得人，说得不容他人辩驳。不仅当时，我现在依然感到，并非我这一发现不合时宜，而是其爆炸性让他感到不安，因为他在我离开的期间，已经加入了那些新人的行列，他们感到，无法再用真相去解决我们的困境。他道了再见，人们一个接一个离开，说的都是同样的意思——我离开得太久了；我已经跟体面和常识失去了联系。

几天之后，我重返欧洲。飞往奥利的航班延误，我在酒吧消耗了些时间，随后四处找男厕所。这次的文字写在了瓷砖上。“明亮的星！”我读道，“我乞求如汝般坚定——但我不愿高悬夜空，独自辉映[1]……”仅此而已。我的航班来了，我从天国的屋檐下扬帆起航，又回到了光明之城[2]。

---

1 出自英国诗人约翰·济慈的诗作《明亮的星》。

2 “光明之城”是巴黎的绰号。

蒙特拉尔多

我第一次抢劫蒂芙尼店的时候，天在下雨。我从四十几街上一个卖仿冒珠宝的地方买了个假钻戒。然后我就冒着雨去了蒂芙尼，要店里拿戒指给我看看。店员仪态很是傲慢。我看了六到八个钻戒。起价八百元，最贵的要上万元。有一只标价三千块的，我觉得跟我口袋里那只假的很相似。我正在盯着戒指仔细看呢，一个上了年纪的女人——我猜是熟客——出现在了柜台的另外一边。店员立刻冲过去迎接她，于是我就调换了戒指。然后我开口喊他："非常感谢。我会好好考虑的。""好的。"店员傲慢地说，我就走出了店门。简直易如反掌。我一路走到四十几街上的钻石市场，把这枚戒指卖了一千八。没人多问一句。随后我去了托马斯·库克旅行社，发现有艘萨尔维尼伯爵号五点钟就要起航驶往热那亚。当时是八月，朝东航行渡海的船上有的是空位。我买了一等舱的票，船出海的时候，我就站在吧台旁。当然，酒吧还没有正式开放，但酒保用喝水的玻璃杯给我倒了杯马提尼稳住我，一直等到我们进入国际海域。萨尔维尼号的汽笛有独特的敲击声，如果你在中城附近，大概曾听到过，可八月天的下午五点钟怎么会有人在那儿？

那天夜里，我在赛马场上遇到了温沃尔太太和她年长的丈夫。他一上船就开始晕，于是我们就尽情投入到偷情那美妙无比的欺骗当中了。偷偷递纸条，装模作样地打电话，假装漠不关心，而实际上，我偷盗戒指的那点事儿跟在我的舱室里关上门之后发生的那些事比较起来，简直不算什么事儿了。到了直布罗陀，温沃尔先生恢复了正常，但这只是给我们增加了挑战性，我们就在他鼻子底下继续勾搭。我们在热那亚道了再见，我在那里买了辆二手的菲亚特，沿着海岸开始旅行。

一天傍晚，我来到了蒙特拉尔多。我在那儿停下是因为我开车开得累了。那里有道半圆形的海湾，周遭是高高的石头山崖，还有一片遍布着咖啡馆和浴场的海滩。那里有两家宾馆，一家叫大酒店，一家叫国宾馆，两个我都不怎么喜欢，咖啡馆里有个服务生告诉我说，我可以在山崖上的别墅里租个房间。他说，那边可以通过一条陡峭蜿蜒的公路上去，要么也可以走从后花园通村子里的石头台阶——后来我发现，足有一百二十七级。我沿着蜿蜒的公路将车子开上去了。山崖上长满了迷迭香，迷迭香上盖满了村里人洗净的衣物，它们就这样摊在日光里晾晒。门上有五种语言的标识，说有房间可供出租。我按了门铃，一个身材粗壮、模样很凶的用人开了门。我了解到她名叫阿桑塔。我始终没有看到她的凶相有一点点减弱。在教堂里，她扑到过道上领圣餐的时候，看起来仿佛要将牧师撞倒，搞砸其助手的活计。她说如果我预付一个星期的房租，就可以租下一个房间，而且我必须得先把钱交给她，才能迈进门槛。

那地方一团糟，但她带我参观的那个墙刷得雪白的房间在一座小塔里面，透过一面坏了的窗玻璃，房间面朝大海，视野很宽。唯一的奢侈品是一个小煤气炉。里面没有厕所，也没有自来水。我要洗漱的话，需要用一个漏水的橘子果酱罐子从井里打水上来。我显然是唯一的住客。那第一天的下午，就在阿桑塔夸赞海边空气如何有益健康的时候，我听到院子里传来一个易怒而优雅的声音在喊我们。我抢在用人前面下了楼，向一位站在井边的老妇人做了自我介绍。她身材矮小，弱不禁风又富有生气，讲一口华美的罗马腔调，令我不禁怀疑，是不是有某种文化或者社交的障眼法，让人看不到她衣衫褴褛又满身灰尘的现实。“我看到您戴着只金表，”她说，“我倒也有块金表。我们在这点上是一致的。”

用人转向她，说道：“见鬼去吧！”

“但这是事实。我和这位先生都有金表，”老太太说，“这会让我们彼此同情。”

“烦人精，”用人说，“去死。”

“谢谢你，谢谢你，你可是我的家宅至宝，生命之光。”老太太说着，朝着一扇打开的门走去。

用人将双手撑在臀部，尖声叫起来：“巫婆！蛤蟆！猪！”

“谢谢你，谢谢你，感激不尽。”老太太说着，进了门。

那天夜里，在咖啡馆里，我打听起了夫人和用人的事，服务生知无不言。他说，夫人来自一个罗马的贵族家庭，但她为了一桩浪漫又不合适的恋情，被家族驱逐了。她已经在蒙特拉尔多隐居了五十年。阿桑塔是她从罗马带来这里，做 donna di servizio[1] 的，但如今这些日子，她为老太太所做的，就只有去村里，替她买些面包和酒回来。她将老太太所有的财产都抢走了——连她房间里的床都搬走了——如今将她当成犯人关在别墅里。大酒店和国宾馆都很豪

1 意大利语：女仆。

华，很宽敞，为什么我要住在这样的地方？

我住下是因为这里风景好，因为我预先付掉了房租，还因为我对这古怪的老处女和坏脾气的用人感到好奇。第二天一早她们就开始吵架。阿桑塔开口就是一串诅咒和脏话。夫人报之以华丽的讽刺。这是一场令人难过的表演。我疑心老太太是否真的是囚犯，那天上午晚些时候，我见她一个人在院子里，于是我问她，愿意不愿意跟着我沿着海边开车去隔壁的村庄坦布拉。她开口，用花儿一般的罗马口音说道，她非常愿意跟我一起去。她想要拿她的表，她的金表，去修理一下。那只表很贵重，非常美，只有一个人她信得过，敢把表交给他修。那个人就在坦布拉。我们聊天的时候，阿桑塔也加入进来。

“你干吗要去坦布拉？”她问老太太。

“我要去把我的金表修好。”老太太回答。

“你没有金表了。”阿桑塔说。

“是真的，”老太太说，“我已经没有金表了，但我过去有块金表。我过去曾经有过一块金表，我还曾有过一支金铅笔呢。”

“你不能去坦布拉修金表，如果你没有了金表的话。”阿桑塔说。

“真是这样，你可真是我的生命之光，家宅至宝。”老太太说着，走进了自己的房门。

*

我大多数时间都待在海滩上或者咖啡馆里。这个度假区的生意很一般。服务生抱怨生意不好，可他们总归是这样。大海的气味咸湿而不新鲜，有时候我会想念故乡那野性而壮阔的海滨。据我所知，快乐岬正在陷入海底，但蒙特拉尔多的陷落是精神上的——仿佛海浪在侵蚀着此地的生机。大海闪着炽热的光，光线清透，但不明亮。在我的记忆中，蒙特拉尔多的味道是不变的，私密的，废墟一般的——是我所厌恶的一切；难道人的灵魂不应该像钻石一样透彻而犀利？海浪讲的是法语或者意大利语——偶尔还会有一两句方言——但它们的言语似乎缺乏力度。

有天下午，海滩上来了一个绝色的美人，身边跟着一个我猜有八岁左右的男孩，还有个一身黑衣的意大利女人——那是女佣。他们拿着大酒店的三明治盒子，我猜这男孩大概多半时间都住在宾馆里。真是可怜。女佣从随身带的网袋装的一堆东西里取出几件玩具。玩具跟孩子的年龄完全不相称。有个装沙的桶，一把铲子，几个模具，一个塑料球，还有一副老式的浮水圈。他妈妈拿着本美国小说躺在一块毯子上，我疑心她离婚了，猜想她会不会马上就跟我去咖啡馆里喝上一杯。想到这里，我站起身来，主动要跟那小男孩玩塑料球。他很高兴有人一起玩，但他既不会抛球，也不会接球，我一只眼睛瞄着他的母亲，一边猜测他的兴趣，问要不要我帮他建一座沙堡。他说好的。我挖了护城河，搭起了带曲折楼梯的陡崖，还挖了一道干的壕沟，建起了凿着枪孔和炮位的城墙，还有一堆带有女墙的塔楼。我全力以赴，仿佛这堡垒真的是攻不可破，当建造完成后，我在每座塔顶都插上了糖纸做的旗帜。我天真地觉得这很美，男孩也这么觉得，但当我喊他妈妈来关注我的作品时，她却说："Andiamo[1]."女佣收起了玩具，然后他们就走了，剩下我一个

1 意大利语：我们走吧。

成年男人，身在异国，守着一座沙堡。

在蒙特拉尔多，一天的高潮是四点钟，这时候有一场音乐会。这是市政当局的慷慨之举。演奏台是木质的，受土耳其风格影响，历经海风洗礼。音乐家们有时穿着制服，有时穿着游泳衣，乐曲每天都不一样，但他们总会演奏迪克西兰爵士乐[1]。我认为他们并非是对爵士乐的历史感兴趣。我猜他们大概是在某个箱子底找到了一些旧乐谱，于是就一直用下来了。音乐很喜感，加速演奏——他们仿佛是在为古代的舞会伴奏。《单簧管橘子酱》《中国少年》《老虎拉格泰姆》《无心之爱》——听着这样非常古老的爵士乐在泛着盐味的空气中炸裂开来，让人很是兴奋。音乐会五点钟结束，大多数的音乐家都收起乐器，跟着沙丁鱼船出海了，洗海澡的人重新回到咖啡馆和村庄里。海滩上的男女老少，乐队的演奏，海草，还有装着三明治的篮子，这些都比经典的风光更加让我想起我们与天堂之间那传说中的纽带。于是我会跟其他人一起去咖啡馆，有一天在那里，我认识了洛克威尔勋爵和勋爵夫人，他们邀请我去参加鸡尾酒派对。你大概会奇怪，我为什么能够大气不喘地念出这些头衔，其实是因为我父亲干过侍应生。

他不是普通的服务员；他曾在个大酒店的晚宴餐厅工作过。有天晚上，他因为一个醉鬼莽汉发了脾气，将这人的脸按到一盘意大利肉卷里去了，然后他就离开了现场。工会罚他三个月暂停工作，但此事令他一战成名，当他回去干活之后，他们将我父亲安排去宴会值班，在那里，他要将蘑菇递给国王总统之流。他见识了很多世

1　迪克西兰爵士乐（Dixieland），源自美国南部各州，以新奥尔良城为代表，特点为强烈的快节奏和活泼的即兴演奏。

事，但有时候我不禁想，除了烛光映照之下他那张英俊而儒雅的面孔，以及红外套的袖子之外，世界对他的认识到底有多少？这样想必很像是生活在被单侧透光的玻璃一分为二的世界里。有时候，莎士比亚戏剧里那些侍童和卫兵常常令我想到父亲，他们从左侧登台，站在门口，通过他们的服装道具来证明此地是威尼斯或者阿登。你极少看到他们的面孔，他们从来也没有一句台词；我父亲也没有。当餐后演讲开始的时候，他就会像那些侍童和卫兵一样，从舞台上消失。我总是告诉人们，说他是酒店管理行业的，但其实他是个服务员，宴会侍应生。

洛克威尔勋爵夫妇的酒会规模盛大，我大约十点离开。海上正吹来热风，后来别人告诉我说那是西罗科风[1]。这是一种沙漠吹来的风，令人如此压抑，以至于夜间我好几次起床喝矿泉水。一条出海的船上响起了雾角。早上天气雾气沼沼，让人喘不过气来。我在做咖啡的时候，阿桑塔和夫人开始了她们早晨的争吵。阿桑塔用老一套开篇："猪猡！狗！巫婆！烂泥不如！"老太太从敞开的窗口探出身子，报之以华丽的辞藻："我亲爱的。挚爱的。天保佑你。多亏了你，我谢谢你。"我端着咖啡站在门口，真希望她们能更换个别的吵架时间。夫人下楼来取她的面包和酒时，争吵暂停了，随后又重新开始："巫婆！蛤蟆！蛤蟆里头的癞蛤蟆！巫婆里头你最毒！"诸如此类。老太太还嘴："宝贝！光彩着哪！你就是我的家宅至宝！我的生命之光！"等等。随后两人就打起来了——为了争夺一个面包扭打起来。我看到阿桑塔用手掌边狠狠地打了老妇人。

---

1 西罗科风（sirocco），从非洲北海岸吹经地中海和欧洲南部的干热风。

她在楼梯上摔倒，痛苦地哀叫“哎哟，哎哟！”，哪怕她喊痛的声音听起来都很华丽。我跑过院子，来到她身边，她躺倒在地，几乎碎成一堆。阿桑塔开始朝我大喊：“不怪我！这不怪我！”老太太吃不住痛。“求你了，先生，”她说，“请替我把神父找来！”我抱起她，她比一个孩子重不了多少，身上的衣服散发出泥土气味。我抱着她上楼梯，进了一个天花板很高、结满蛛网的房间，将她放在了沙发上。阿桑塔跟在我脚后面，喊着：“不怪我！这不怪我！”随后，我开始沿着那一百二十七级台阶走下去到了村里。

空气中雾气缭绕，来自非洲的热风感觉就像是火炉里吹出来的。神父家里没有人应门，但我在教堂里找到了他，他正在用树枝做的笤帚扫地呢。我很激动，没什么耐心，我越是激动，神父动作就越慢。他先将笤帚放进柜子里。柜门歪了关不上，他花了不可理喻的漫长时间，试图关上那扇门。最终我出了门，到门廊上等着他。他又花了半小时才收拾整齐，然后呢，他也没有动身去别墅那里，我们去了村里，找个助手。很快，一个少年披上件沾满灰土的蕾丝法衣，加入了我们的行列。我们开始上台阶。神父艰难地上了十级台阶，就坐下来休息。我有足够长时间吸了一根烟。然后再来十级台阶，再休息。当我们走了一半的时候，我开始疑心，他到底能不能到得了。他的脸色已经由红转紫，呼吸道传来的噪声剧烈又绝望。我们终于到了别墅的门口。助手点燃了香炉。随后我们进了那座破败的宅子。窗户都开着。空气中都是海雾氤氲。老妇人承受着巨大的痛苦，但她讲话的口音依然优雅，正如我料想的一样，她本就是这样讲话的。“她是我的女儿，”她说，“阿桑塔。她是我的女儿，我的孩子。”

这时阿桑塔叫了起来：“撒谎！骗人！”

“不，不，不，”老太太说道，“你是我的孩子，我唯一的孩子。所以我才一辈子都照顾着你。”

阿桑塔哭了起来，跺着脚冲下楼去。我从窗口看到她穿过了院子。当神父开始做临终祷告的仪式时，我出去了。

我在咖啡馆里算是行了守灵之礼。三点钟教堂的钟声响起，稍后别墅传来消息，说夫人去世了。咖啡馆里似乎没有人疑心，这只是一个古怪的老处女和一个坏脾气的用人。四点钟乐队开始演奏《老虎拉格泰姆》。那天晚上，我从别墅里搬到了国宾馆，早上就离开了蒙特拉尔多。

海　洋

我坚持写这本日记是因为我相信自己正处于某种危险的境地，除了以此记录我的恐惧之外，别无他法。我不能去报警，正如你将看到的，我也不能对朋友倾诉。我最近遭遇的自信心、理性和善心等各方面的丧失非常显著，至于是谁的错造成了这一切，却始终含混不清，令人痛苦。很可能是我自己的错。让我来举个例子。昨天晚上六点半，我坐下来跟妻子科拉共进晚餐。我们唯一的女儿已经离开了家，如今我们在厨房里吃饭，饭桌上摆着一个金鱼缸。食物是冷火腿、色拉和土豆。我吃了一口色拉，马上又不得不吐了出来。“啊，对了，”我妻子说，“我就怕会这样。你把打火机液放在餐具室里，被我错当成醋了。”

正如我所说的，这该怪谁呢？我一直很小心，留意物归其位，如果她故意要给我下毒的话，也不会这么笨拙，居然将打火机液放到色拉调料里。如果我没把机液放在餐具室里，这事就不会发生。可是，让我再多讲一分钟。吃饭的时候，来了一阵暴雨。天色黑了下来。瓢泼大雨骤然落下。晚饭刚吃完，科拉就穿上雨衣，戴上顶绿色浴帽，出去浇草坪了。我隔着窗户望着她。她似乎对周遭滂沱的雨幕浑然不觉，认认真真地浇着草坪，还特地在干枯的部分多浇了一会儿。我担心她这样邻居看了会觉得不正常。隔壁住家的女人会打电话给拐角那边的女人，说科拉·福莱下大雨天在给草坪浇水。我希望她不至于被流言嘲弄，出于这样的愿望，我来到了她身边，然而当我举着伞走近她的时候，我认识到，我没有办法巧妙地处理这种情况。我该怎么说？我该说有朋友打电话来了？她没有朋友。“进来吧，亲爱的，”我说，“你可能会被雷劈到。”

“哦，对此我很怀疑。”她用最为悦耳的嗓音道。如今这些天里，她都用比中音C高八度的调门讲话。

“你不能等到雨停吗？”我问。

“下不了很久的，”她很快地说，“雷雨从来下不长。”

我撑着伞回到屋里，给自己倒了杯酒。她说得对。一分钟以后，雷雨过去了，她就继续给草坪浇水。就这两件事而言，她都有一定的道理，但这不足以改变我的感觉，即我处境危险。

哦，世界，世界，世界啊，神奇又令人迷惑的世界啊，我的问题是从何而起的呢？我现在是在子弹公园的家中写日记。时间是星期二上午十点。你可能要问，工作日大上午的，我在子弹公园干什么。此时周遭仅有的男人包括三个神职人员，两个残废，还有特纳街上的一个老怪人，弄丢了他的弹珠。居民区宁静，死寂，仿佛这片领地上一切的性张力都暂停了，当然除了我的，还有那三位神职人员。我是干哪行的？我是干什么的？为什么我没有去赶火车？我四十六岁，身体健壮，衣着得体，对于戴纳福产品的生产和销售，懂得比世界上任何人都多。我的困境之一在于我模样太年轻。我腰围大约三十英寸，头发黑又亮，当我告诉人们，说我曾在戴纳福公司做过负责营销的副总裁以及公司总裁的行政助理时——当我在酒吧里、火车上把这些讲给陌生人听时，他们从来都不信我的话，因为我看起来太年轻了。

戴纳福的总裁埃斯塔布鲁克先生从某种意义上来说，是我的保护人，他热衷园艺。一天下午，他正在欣赏自己培育的鲜花时，被黄蜂蜇伤，不等人们将他送到医院，就死去了。我本可以得到总裁的位子，但我想要留在销售和生产部门。这时管理层——当然，也包括我本人——投票决定跟米林通有限公司的并购，并且将帅印交给了米林通的总裁埃里克·彭南布拉。我投票同意并购是有些疑虑的，但我将这些想法隐瞒了下来，为顺利实现交接打下了最重要的基础。是我说服了那些保守而不情愿的股东同意并购，我将他们一个又一个地说动了。我从大学一毕业就开始在戴纳福工作，我从未替其他人工作过，这一点赢得了他们的信任。并购成功之后过了几天，彭南布拉喊我进了他的办公室。“那么，”他说，“你完事了。”

“是，我完事了。”我说。我以为他是在表扬我争取到了股东的赞同票。我为此全美国都跑遍了，还去了两趟欧洲。换其他任何人都做不到。

“你完事了，”彭南布拉严厉地说，“你需要多少时间离开这里？”

“我不明白。”我说。

“见鬼，你到底需要多少时间才能离开这里？”他喊道，“你报废了。我们的店里雇不起你这样的人。我在问，你需要多少时间离开这里。”

“大概一个小时足矣。”我说。

“那好，我宽限你到本周末，”他说，“如果你愿意派你的秘书上来，我也要解雇她。你真的很走运。能拿退休金，遣散费，还有你拥有的公司股份，你他妈赚的钱跟我拿回家的数目差不多，可你连手指头都不用抬一下。”说完，他离开了办公桌，站到我面前。他伸出一只胳膊搂住我肩膀。他抱了我一下。“别担心，”彭南布拉说，“报废这种事我们都得面对。等轮到我的时候，我希望能像你这么冷静沉着。”

“我当然希望你可以。”我说，然后就离开了他的办公室。

我去了男厕所。我将自己锁在隔间里，哭了出来。我哭彭南布拉的背信弃义，哭戴纳福的下场，哭我秘书的命运——她是位很有智慧的老处女，业余时间写写短篇小说——为我自己的天真幼稚和心无城府而痛哭流涕，为我竟不堪生活简单真相的重负而哭泣。过了半个小时之后，我擦干眼泪，洗干净了脸。我将办公室中所有的私人物品取出，然后搭火车回家，将消息告诉了科拉。当然，我很愤怒，而她似乎吓坏了。她开始哭起来。她退回到了自己的梳妆台前，在我们婚姻生活的许多年里，这里一直被当作哭墙来用。

“可是这没什么可哭的，”我说，“我是说，我们钱是够用的。我们有很多钱。我们可以去日本。我们可以去印度。我们可以去英国看大教堂。”她还是哭个不停，晚饭之后，我打电话给女儿弗洛拉，她住在纽约。“我很难过，爹地，”当我把消息告诉她后，她说，“我真的很难过。我懂得你现在的感受，我很想能够见见你，但不是现在。记得你跟我保证过——你保证不来烦我。”

接下来登场的人物是我的岳母，她叫米妮。米妮大约七十岁，是个粗嗓门的金发女人，她脸侧有四道疤痕，是整容手术留下的。你很可能曾经见到过米妮在尼曼·马库斯百货商店或是随便哪家大酒店的大堂里喋喋不休地讲个不停。米妮喜欢说“时髦”这个词，什么场合都能用到。说起她丈夫一九三二年自杀的事，她说：“那时候跳楼还蛮时髦的。”她唯一的儿子因为行为失当被中学解雇之后，就搬去巴黎，跟一个年长的同居了，对此米妮表示：“我知道这让人反感，但好像这事还时髦得很呢。”对于她本人那惊世骇俗的着装打扮，她是这么说的：“非常非常不舒服，但绝对时髦。”米妮冷酷又懒惰，科拉是她唯一的女儿，但她痛恨母亲。科拉有意将自己的天性朝米妮相反的方向发展。她有爱，严肃，不喝酒，心地善良。我觉得，为了保卫自己的道德——她的希望所系——科拉不得不培养出某种幻想，好像米妮不是她真正的母亲，她真正的妈妈是位圣洁亲切的夫人，整天拿着个绣圈箍干活。大家都知道幻想能有多大的力量，它能打动人心、指鹿为马。

被彭南布拉解雇了之后，我花了一天时间在家里晃荡。戴纳福的办公室不再对我开放，我很意外地发现，我几乎没有别的地方可去。我的俱乐部是大学附属的，那边提供自助午餐，实在算不上是个避难所。我一直想读几本好书，眼下似乎机会来了。我拿了一本乔叟带到花园里，读了半页，但这书对于一个商务人士来说实在太难了。那天上午的其余时间我都在给生菜松土，结果只是让园丁不开心。跟科拉一起吃午饭不知为何很不自然。午饭之后科拉去午休。我去厨房倒杯水喝，却发现原来女佣也午休，她将脑袋搁在桌上，睡得正香。那个时段家中极为安静，让我感觉很古怪。但五光十色的世界和丰富多彩的娱乐还是向我开放的。我往纽约打了几个电话，订了几张当天晚上的戏票。科拉不太喜欢看戏，但她还是跟我去了。从剧院出来之后，我们去瑞吉酒店吃晚饭。我们一进门的时候，乐队正在演奏一组音乐的最后一曲——喇叭飞扬，旗帜飞舞，鼓手咧着嘴，疯狂敲击着够得到的一切。舞池中间赫然正是米妮，电臀摇摆，跺脚响指。跟她一道的舞男气喘吁吁，不断地扭头绝望地望向后方，仿佛期望教练员把海绵扔进场内[1]。米妮的服饰尤其闪亮，面容尤其憔悴，许多人在笑她。正如我前面所言，科拉似乎为自己塑造了一位高贵的母亲，跟米妮的这次偶遇非常残酷。我们转身离开了。在开车回家的漫长路途中，科拉什么也没说。

许多年以前，米妮一定很美。科拉就是从米妮那里继承了一双大眼睛和漂亮的鼻子。米妮一年来看我们两到三次。毫无疑问，倘或她宣布自己要来，我们一定会锁上家门，落荒而逃。她在折磨女儿方面拥有至高的能力，并且永不餍足，因此，她很狡猾地、总是出其不意地造访我们家。第二天下午我在自家花园里，试着读亨利·詹姆斯的小说。大约五点钟，我听到一辆汽车在房前停下。稍后天开始下雨了，于是我进起居室，看到米妮靠窗站着。当时屋里挺黑的，但没有人费心去开灯。“哎哟，米妮，”我喊了一声，“见到你真高兴，真是意外之喜啊。让我给你倒杯酒……”我打开一盏灯，这才发现站在那边的是科拉。

她缓缓转过身来，平静而又意味深长地看了我一眼，目光中满怀疑虑不安。要不是我知道自己深深伤害了她，要不是我能感觉得到她身上奔涌而出的情绪就如同伤口流出的鲜血，我也许还会以为她是在冲我微笑呢。“哦，我非常非常抱歉，亲爱的，”我说，“我非常非常抱歉。我没看清楚。”她出了房间。“光线太暗了，”我说，“一开始下雨，天色突然间就暗了。我真的非常抱歉，但这只是因为天色和下雨的关系。”我听见她爬上幽暗的楼梯，然后关上了我

---

1 拳击比赛中有教练往场内扔白毛巾认输的惯例。

们房间的门。

早上我见到科拉的时候——我直到第二天早上才再次见到她——从她脸上痛苦的表情我就知道，她一定是认为我是恶意假装将她误认为米妮的。我猜，她受伤的程度和持久度，跟彭南布拉说我报废时的我应该是一样的。就是从这一刻起，她讲话的声音提高了一个八度，并且对我讲话的时候——前提是她肯跟我讲话——话音就跟唱歌似的，挺烦人，她看人的眼神带着指责，很阴郁。话说回来，如果我一心投入在工作上，晚上回家很疲倦了，那么我可能就留意不到这些。如今我行动的机会骤然减少，想要在行动和观察之间达到健康的平衡几乎是不可能的。我继续坚持自己的严肃阅读计划，但我的时间多半花在了观察科拉的伤心和家庭事务的日益失序上。一个钟点工每星期来四次，当我看到她将灰尘扫到地毯下，将猫薄荷带进厨房里时，我有点恼了。我没说什么，但我们之间的关系很快变得令人不快。跟园丁也是一样。如果我坐在门口的露台上读书，他就来剪我椅子下面的草，他要花一整天，每小时四美元，来修剪草坪，可我凭经验就知道，这活用不了这么长时间。至于科拉，我看到了她的生活是多么空洞，她有多么缺少朋友。她从来不出去吃午饭。她从来不打牌。她插花，去做头发，跟女佣交流八卦，还有就是休息。那些最微小的事也开始让我不快、感觉受到冒犯，我这种毫无道理的易怒更是让我加倍受到冒犯。当科拉漫无目的地在家里游荡时，她那轻巧而无辜的脚步声会让我恼火。甚至她讲话的方式都让我心烦。“我必须得*试着*把花儿摆好，”她会说，“我必须得*试着*去买顶帽子。我得*试着*去把头发做做。我得*试着*找本黄色笔记本。”吃完午餐的时候她会说：“现在我必须得*试着*躺下晒晒太阳。”但是这有什么好试的？阳光从天空倾泻而下，洒在露台上，那里摆着各式各样舒适的家具。她摊开身子，倒在一张长椅上，不出几分钟就睡着了。她小憩醒来的时候，会说：“我必须得试着不要晒坏了。”进房门的时候，她会说：“现在我得试着去洗个澡。”

一天下午，我开车去了车站，去看六点三十二分的火车进站。我从前就是乘这班车回家的。我将汽车停在一排车子之中，大多数开车的都是家庭主妇。我非常兴奋。我谁也不等，而周围的女人们仅仅是等着接丈夫下班，但在我看来，我们大家却仿佛都在等待重要得多的东西。仿佛舞台已经搭好，两个出租车司机皮特和哈利站在自己的车辆旁边。跟他们一起的是布鲁克斯顿家的艾尔代尔，他在闲逛。车站站长温特斯先生在跟邮局的女局长路易莎·巴尔康姆讲话，她住得离这儿有两站地。这些就是跑龙套的角色，是为大场面打基础的搬运工和小道消息。我将眼睛盯着腕表。然后列车进站了，片刻之后高潮爆发，一群人从车站门口喷涌而出——那么多人，那么迫切，那么像是出海归来的水手，那么匆忙，那么满怀爱意，看得我快乐地笑出声来。他们都在这里了，有高有矮，有穷有富，有圣贤也有傻蛋，有我的仇敌，也有我的朋友，所有的人都踩着轻松的步伐，眼睛放光地走出车站，我明白了，自己必须得重新加入他们的行列。我只要回去工作就好了。这决策让我感到快乐，宽宏大量，当我回到家时，我的快乐似乎有片刻时间具有了传染性。几天以来，科拉第一次用饱满温暖的声音讲话，但是当我回答的时候，她又回到了那种音乐一般的调子：“我在跟金鱼讲话呢。”的确她是在跟金鱼讲话。她见到我之后收起来的笑容是对着金鱼缸的。我都疑心她是否为了这个玻璃鱼缸和里面傻乎乎的城堡已经放弃了整个世界，放弃了其中的光明、城市以及冲突的一切。看着她满怀爱意地俯身朝着金鱼缸时，我有种本能的印象，觉得她是满怀渴望在看着另一个世界。

我早上去了纽约，打电话给一个一直对我在戴纳福的工作赞不绝口的朋友。他让我大约中午去他的办公室——我猜是要跟我共进午餐。“我想回去工作，”我告诉他说，“我希望你能帮我。”

“这个，没那么简单，”他说，“不像看起来那么简单。首先一点，你不能期待得到太多的同情。业内人人都知道彭南布拉对你有多么慷慨。我们中的大多数人都会很高兴跟你交换位置。我是说，自然有一定程度的嫉妒心。人们不愿意帮助那些身处的环境比自己更舒适的人。还有一件事，就是彭南布拉希望你维持退休状态。我不知道为什么，但我知道这是实情，任何人要是雇了你，就会跟米林通结下梁子。再者，说到那些不开心的事实，你确实太他妈老了。我们的总裁二十七。我们最大的竞争对手的头儿才三十来岁。所以你干吗不好好享享福呢？你干吗不轻轻松松地过你的舒服日子呢？你干吗不去环游世界呢？”随后我非常小心地问，如果我给他的公司投资——比如投个五万美元——他能否给我一个负责的位置。他露出一个很大的笑容。一切看起来非常容易。“我很高兴接受你的五万美元，”他轻松地说，“但是要给你找点事做，我就恐怕……”这时他的秘书进来，说他午饭要迟到了。

我站在街角，仿佛等着交通灯变绿，但其实我只是在等。我步履蹒跚。我想要做一张广告牌，将我所有的委屈写出来。我要描述彭南布拉的背信弃义，科拉的忧伤，我在女佣和园丁那里承受的屈辱，还有我是怎样因为经验匮乏的毛头小子当道而被残酷地逐出了世界的洪流。我要把这牌子扛在肩头，然后在公共图书馆前面朝九晚五地游行，向感兴趣的听众分发更详细的说明。掀起暴雪、狂风、雷霆万钧，我想要万众瞩目。

随后我走到一家小胡同的餐厅里去喝一杯，吃午餐。这是那种孤身男子吃海鲜、读晚报的地方，尽管沐浴在斑斓的灯光和飘摇的音乐声中，这地方的气氛却很反叛。领班是个罗马大道上出来的脆生角色。他双足呈外八字，将脚上的意大利皮鞋脚跟相撞，耸肩驼背，仿佛被西装上衣给束缚住了。他对酒保讲话很严厉，酒保后来悄悄对一个服务生说："我要干掉他！总有一天我要弄死他！""咱俩一起，"服务生也悄声说，"我们俩联手把他干掉。"衣帽间的姑娘也加入了悄悄话的群体。她想杀掉的是经理。当领班回来的时候，这些同谋犯就解散了，但气氛依然充满反抗气息。我喝了杯鸡尾酒，叫了盘色拉，然后我听到隔壁卡座上一个男人饱含激情的话音。我没别的事好做，于是侧耳倾听起来。"我不得不去了趟明尼阿波利斯，我刚刚在宾馆登记入住，电话就响了。她想跟我说热水器坏了。我身在明尼阿波利斯，她远在长岛，非得打长途电话跟我说热水器坏了。然后我就问，她为什么不打电话给管子工，然后她就开始哭。她在长途电话上哭了大约十五分钟，仅仅是因为我建议她打给管子工。总之，不管怎么说，明尼阿波利斯有家非常好的珠宝店，于是我给她买了副耳环。蓝宝石的。八百美元。我真是负担不了这种消费，但我更加承受不了不买礼物给她的后果。我是说，我可以十分钟就赚八百美元，但是正如税法律师说的，我赚到的钱落到自己手里的还不足三分之一，所以说八百美元买副耳环等于我实际花了两千美元。总之，我买了耳环，回到家就给了她，然后我们出门去巴恩斯特布尔家参加一个派对。我们回到家，发现她掉了一个耳环。她不知道什么时候丢的。她不在乎。她甚至不愿意给巴恩斯特布尔家打个电话，问耳环是不是落在他们家地板上了。她不想打扰人家。所以这时候我说，这好比把钱扔进火里去，她就哭起来了，说蓝宝石是冷冰冰的石头——表达了我对她发自内心的冷酷。她说礼物里完全没有爱——这不是件爱的礼物。我所做的，只是走进一家珠宝店，把它买回来，她说。我完全没有花费心思，没有投入感情。于是我问她，是不是要我亲手给她做一副耳环——她是不是要我去读夜校，学习制作他们搞的那些寒酸丑陋的银手镯？锤制的。你知道的，每一次锤击都是爱与情感的表达。看在基督的分上，难道她要的是这样？那天晚上我又睡在客房里了……”

我继续吃，一边听着。我等待这陌生人的伙伴加入到谈话中来，发出同情或者赞同的声音，但完全没有，有一瞬间我都疑心他是不是在自言自语。我伸长了脖子朝邻座那边望去，但他在角落太远的地方，我看不到。“她有笔自己的钱，”他接着说道，“我得为这钱交税，她把钱全花来买衣服。她有好几百套裙子，好几百双鞋，三件皮草大衣，四顶假发。*四顶*。但是如果我要买套西装，她就说我浪费。我偶尔也总得买套衣服吧。我是说，你不能穿得跟个要饭的一样去办公室。我买什么都是浪费。去年，我买了把伞，就是为了不要淋湿嘛。浪费。前年，我买了件薄大衣，浪费。我连张留声机唱片都不能买，因为我知道这样浪费肯定要挨顿臭骂。凭我的薪水——想想看，就凭我的薪水，除非是星期天，我们早饭都吃不起培根。培根是浪费。可你看看她的电话费账单。她有个朋友，大学时候的室友。我猜她们大概很亲密。她住在罗马。我不喜欢这个人。她嫁了个很不错的家伙，那人是我的好朋友，她弃之如敝屣，把他一甩了之，他彻底毁了。可她住在罗马，薇拉总是打电话给她。上个月我打到罗马去的电话费账单超过了八百美元。于是我说：'薇拉，'我说，'如果你这么想跟闺蜜聊天，那你为什么不搭上飞机飞去罗马呢？那要便宜多了。''我不想去罗马，'她说，'我讨厌罗马。又吵又脏。'

"但是你要知道，当我回想过去，我的过往以及她的过往，我觉得这种情况究其根源由来已久。我外婆是个思想非常解放的女性，她坚决地捍卫妇女权益。当我母亲三十二岁的时候，她去读法学院，并且拿到了学位。她从来没有执业过。她说她去读法学院是为了跟父亲有更多的共同语言，但她实际所做的却只是破坏，真真切切地毁了他们之间仅存的那点温情。她几乎从来不在家，当她在家的时候，却总是在复习考试。总是这样：'嘘！你妈妈在攻读法律呢……'我父亲是个寂寞的男人，但世上总是有许多寂寞的男人。当然，他们不会明说。谁会讲出真相呢？你在大街上碰到个老朋友。他看起来很糟糕。简直吓人。他脸色死灰，头发脱落得厉害，而且手脚颤抖。于是你说：'查理，查理，你看起来棒极了。'然后他浑身哆嗦着说：'我这辈子感觉都没有这么好过，从来没有。'然后你们就分道扬镳，各走各路了。

"我明白，这对薇拉也不容易，可我能怎么做呢？上帝做证，有时候我真怕她会伤害我——趁我睡着的时候拿锤子敲烂我的脑袋。并非因为我有什么不好，而只是因为我是男人。有时候我觉得如今的女人是整个世界历史上最可悲的一群。我是说，她们正处在茫茫大海的中央。比如说，我撞到她在餐具室跟皮特·巴恩斯特布尔亲嘴。就在她弄丢耳环的那天晚上，我从明尼阿波利斯回来的那天。所以，当我一到家，还没来得及留意到耳环不见了，我就说这是什么意思，跟皮特·巴恩斯特布尔亲嘴？于是她说——非常解放地说——不该期望任何一个女人仅满足于一个男人的关爱。然后我说，那我呢？这规则对我也同样适用吗？我是说，如果她可以跟皮特·巴恩斯特布尔亲嘴，据此推论难道我就不能带米尔德丽德·伦尼去停车场亲热亲热了吗？然后她就说，我曲解她的话，故意往脏里解释。她说我打心眼里下流，她不愿意再跟我讲话了。在那之后，我留意到，她弄丢了耳环，再然后我们才闹了那么一出蓝宝石是冷冰冰的石头如何如何，再然后……”

他的话音渐低，悄声细语，同时我另外一边的卡座里，几个女人开始大声凶狠地攻击一个她们共同的朋友。我迫切想看看我后面那个男人的脸，于是我喊人结账，但是当我离开座位的时候，他已经走了，我永远都没办法知道他长什么样子了。

我回到家，把车子停入车库，从厨房门进入屋内。科拉坐在桌旁，弯腰收拾一盘炸肉饼。她一只手拿着一罐有毒的杀虫剂。我拿不准，因为我近视得厉害，但我想她是在往肉上喷洒杀虫剂。我进来她吓了一跳，等到我戴上眼镜时，她已经将杀虫剂放回了桌上。因为我之前已经因为视力不济的缘故犯过一次打错，我很不愿意再犯一次，但就在桌上，摆在菜盘旁边的的确是一罐杀虫剂。这东西不该在这里，里面含有很高比例的神经毒素。“我的天哪，你在干吗？”我问。

“你以为我在干吗？”她说，话音依然是比中音C高八度的调门。

“你看起来像是在往炸肉饼里洒杀虫剂。”我说。

“我知道你觉得我不大聪明，”她说，“但是拜托，你得承认我还不至于蠢到这个地步。”

“可你拿着杀虫剂干吗呢？”我问。

“我刚刚给玫瑰除虫来着。”她说。

我败下阵来，从某种意义上说，我不但惨遭失败而且胆战心惊。我猜想洒了大剂量的杀虫剂的肉饼是会毒死人的。如果我吃了那些肉饼，我是有可能会死的。这其中最不寻常的一点似乎在于，经历了二十年的婚姻生活之后，我还是对科拉不够了解，看不出她是否真打算谋害我。我会信任一个陌生的送货员、打扫卫生的女人，但我信不过科拉。时下的风向似乎并没有驱散我们婚姻中战斗的硝烟。我调了一杯马提尼酒，进了起居室。我并没有处于任何无法立即逃离的危险境地。我可以去乡村俱乐部吃晚饭。为什么我还犹豫不决呢，回想起来，似乎是因为我站在里面的那个房间的蓝色墙面。房间很漂亮，高窗外面对着草坪、儿棵树，还有一片蓝天。房间井井有条，似乎要求置身其中的我行为也要中规中矩——仿佛我要是在自家的餐桌上缺席，就在一定程度上违反了事物的秩序。如果我去俱乐部吃晚餐，那就是屈从于自己的多疑，妨害了我心里保有的希望，而我是下定决心要怀有希望的。房间的蓝色墙面似乎是生存的链条之一环，我若是开车去俱乐部，一个人在吧台吃牛排三明治，就会破坏了这一环节。

吃饭的时候，我吃了一个肉饼。有种古怪的味道，但到了这个时候，我已经无从分辨这到底是客观现实，还是我的焦虑导致的了。当晚我难受得厉害，但也可能纯粹是我臆想所致。我因为严重的消化不良在浴室里待了足足有一个钟头。科拉似乎睡着了，但我从浴室出来的时候，却留意到她眼睛是睁着的。我很担心，早上我自己做了早餐。午饭是女佣做的，我不大相信她会毒死我。我在花园里继续阅读亨利·詹姆斯，但当晚餐时间临近时，我发觉自己非常恐惧。我去餐具室调杯酒喝。科拉刚刚在做晚餐，现在去了家中别的地方。厨房里有个杂物柜，我就钻进去，关上了门。很快我就听到科拉回来的脚步声。我们把喷洒玫瑰花用的杀虫剂放在厨房里一个柜子里。我听到她打开了那个柜子。随后她走出去，到了花园，我听到她往玫瑰花上喷药。随后她回到了厨房，但她没有将杀虫剂放回柜子里。透过钥匙孔，我的视线受到很大的局限。她往肉里加调料的时候背朝着我，我无法分辨她到底是在撒盐、胡椒还是神经毒素。后来她又回到花园里，这时我从杂物柜里走了出来。杀虫剂并没在桌上。我进了起居室，从那儿又进了餐厅，发现晚餐已经做好了。“天真热啊。”我坐下来的时候感叹道。

“这个嘛，”科拉说，“我们是不能指望太舒服的，对不对，如果我们藏身在杂物柜里的话？”

我硬着头皮坚持坐在椅子上，翻弄我的食物，说了些无关紧要的话，终于吃完了这顿饭。她时不时朝我露出一个富有深意又带有恶意的笑容。晚饭后，我去了花园。我迫切需要别人的帮助，这时我想到了女儿。我应该解释下，弗洛拉毕业于佛罗伦萨的米莫萨别墅，然后在史密斯学院大一读了一半的时候辍学，去下东区的出租屋跟一个性变态同居去了。我每个月给她寄一笔津贴，保证过绝不去找她，但是考虑到我处境危险，我觉得自己应该可以违背承诺。于是我打电话给她，说我必须得见她。她表现得很友好，请我去喝茶。

第二天，我进城吃午饭，在我的俱乐部度过了下午的时光，打牌喝威士忌。弗洛拉给我讲清了路线，这是我不知道多少年以来第一次乘坐地铁到市中心。一切显得非常陌生。我时常想要去看看我的独生女和她的真爱，如今终于上路了。在我的想象中，这次会面的地点应该是某个俱乐部。他应该来自一个好家庭。弗洛拉会很幸福，她脸庞放光，就像初堕情网的少女那样。那个男孩子应该很严肃，但又不至于过分严肃；聪明，英俊，通身的赢家风范，一望而知其事业必将前程无限。我知道这些幻想不切实际，但也不至于如此无聊，如此庸俗，以至于其中每一点都跟现实相抵触——场景从俱乐部换到了城中最差的贫民区，诚恳青年变成了一个留胡子的怪胎。我有不少朋友的女儿嫁给了门当户对、才貌匹配的青年男子。在拥挤的地铁上，嫉妒涌上心头，怒火随后上升。为什么单挑我一个人遭受这番苦难？我很爱我女儿。我对她的爱的力量似乎是纯洁、强大而又自然的。突然我很想哭。在她的人生中，所有的大门都向她敞开着，她见识过最美的风光，我想，她也享受过跟那些可以尽情地发挥自己天赋的俊彦翘楚相伴交往的乐趣。

我下地铁的时候天在下雨。我遵照她的指引，穿过一片贫民区，到了一座廉租公寓。我猜那幢楼大概有八十年的岁数了。两根光滑的大理石柱支撑着罗马式的拱门。这楼甚至还有个名字。它叫伊甸园。我看到一位高举着烈焰之剑的天使，一对赤身裸体的男女弓着身子，手遮着私处。马萨乔[1]？那是我们去佛罗伦萨看她的那一次。于是我像复仇天使一样进入了伊甸园，但是我一旦站在那罗马拱门下面，只发现一条窄得好像潜水艇的升降口扶梯一样的走廊，我的灵性守护光——我始终很看重这个——此时变得非常压抑。门厅里的灯光是如此地简陋而又昏暗。我的梦境中经常会出现一段段的楼梯，我开始攀爬的这段楼梯有种骇人的不真实感。我听到西班牙语的讲话声，抽水马桶轰鸣的水声，音乐声，还有狗吠声。

或许是被怒气所驱策，再不然就是我在俱乐部喝的那些酒的关系，我轻快地一步跨过三四级台阶，但突然间就觉得喘不上气来了；不得不中途停下来，丢人地开始拼命喘息。又过了好几分钟，我才能重新迈开步子，剩下的楼梯我爬得很慢。弗洛拉将她的一张名片钉在门上。我敲了敲门。“嗨，爹地。”她高兴地说，我亲了亲她的额头。哦，迄今为止一切都好，给我的感觉新鲜而又强烈。我感到记忆一下子涌上心头，我们共同拥有的那些幸福回忆。开门就是厨房，再往里是另一个房间。“我想让您见见彼得。”她说。

“嗨。”彼得说。

“初次见面。”我说。

1　马萨乔（Masaccio，1401—约1428），意大利文艺复兴时期佛罗伦萨画家，首次运用单一光源及革新的透视法，创作宗教题材世俗化的人物画。这里是说公寓楼内的装饰画模仿的是马萨乔的代表作，即他为佛罗伦萨卡尔米内圣母教堂的布朗卡奇礼拜堂绘制的大型壁画《逐出乐园》，描绘天使长奉命将亚当和夏娃逐出伊甸园的场景。

“看我们做的，”弗洛拉说，“了不起吧？我们刚刚完成。这是彼得的主意。”

他们所做的，他们所完成的，就是从医疗用品商店买了具带支架的骷髅，给骨头上光，然后这里那里粘上些蝴蝶。我认出其中一些蝴蝶标本我年轻时认识，记得那时候我买不起那么贵的标本。肩胛骨上有只八八纹阿斯塔蒂蝶，一边的眼眶里有只思飞蝶，腹股沟部位有一大片东方橘蝶。“真壮观，”我说，“壮观。”竭力隐藏住我的反感之情。比较起生活中那些有实际用途的职责，这两个成年人在某个可怜的陌生人上了光的骨头上粘贵重蝴蝶的做法，让我极为烦躁。我在一把帆布折叠椅上坐下，朝着弗洛拉微笑。“你怎么样，亲爱的？”

“哦，我很好，爹地，”她说，“我很好。”

我克制自己，不去评价她的衣着和发型。她通身都是黑色，头发直直的。她穿这种服装或者说制服的目的是什么，我是百思不得其解。既不合适，也没有任何美感。这似乎反映出她的自信心；这看起来像是丧服或者修行穿的衣服，我喜欢女性穿丝绸，她这好比是公开的宣言，她对此不屑一顾。可她有什么理由鄙视华服呢？他的服装更加令我迷惑不解。是源自意大利吗？我疑心。鞋子很女气，夹克衫太短，可他看起来更像是十九世纪伦敦的街头小子，而不是来自米兰的精品街。这评价不包括他的发型。他留着胡子，上唇也有，一头黑发很长，打着卷儿，让我想起三流的耶稣受难剧里的配角信徒。他的脸倒不女气，却也非常纤弱，在我看来，明显不是个可靠的伴侣。

“爹地，你要不要喝杯咖啡？”弗洛拉问道。

"不用，谢谢你，亲爱的，"我说，"有酒水可以喝吗？"

"我们没有呢。"她说。

"能不能拜托彼得出去帮我买点回来？"我问。

"可以啊。"彼得闷闷不乐地说。我对自己说，他未必是有意无礼。我给了他一张十美元的钞票，请他帮我买些波旁威士忌。

"我不知道他们有没有波旁。"他说。

"那就买苏格兰威士忌。"我说。

"这片他们都喝葡萄酒。"彼得说。

这时，我沉静而友好地盯住他，看了一会儿，心想我大可以找人把他做掉。据我所知，世上还是有杀手可以雇用的，那我就给点钱，找个人往他背上捅一刀，或者把他从哪幢楼顶上推下去。我的笑容很开朗，明媚，发自内心地想弄死他，于是这男孩子钻进了一件绿大衣——又是一场好戏——出了门。

"你不喜欢他？"弗洛拉问。

"我鄙视他。"我说。

"可是，爸爸，你不了解他。"弗洛拉说。

"我亲爱的，要是我了解他再多一点的话，我就该拧断他的脖子了。"

"他很善良，又敏感——还非常慷慨。"

"我看得出他确实非常敏感。"我说。

"他是我认识的人里面最善良的一个。"弗洛拉说。

"很高兴听到你这么说，"我说，"但是现在我们来谈谈你吧，好不好？我来这里不是为了谈彼得。"

"可我们住在一起啊，爹地。"

“我听说了。但是我来这里的原因，弗洛拉，是为了来看看你——看看你计划怎么生活之类的。我不会反对你的计划，不管你打算干什么。我只是想知道你的计划是什么。你不能一辈子就往骷髅上粘蝴蝶啊。我只是想知道你打算怎么度过你的人生。”

“我不知道，爹地。”她抬起面孔，“我这个年纪没人知道。”

“我又不是给你们这一代总结共同点。我是在问你。我是问你想要怎么度过你的人生。我是问你有什么想法，你有什么梦想，对自己有什么期望。”

“我不知道，爹地。我这个年纪没人知道。”

“我希望你能排除掉你这一代的其他人。我认识至少五十个跟你一样年纪的姑娘，人家全都明确知道自己想要什么。她们想当历史学家，编辑，医生，主妇，母亲。人家想干点有用的事。”

彼得拿着一瓶波旁威士忌回来了，但他没有把找零还给我。我疑心他到底是贪财，还是心不在焉？我什么也没说。弗洛拉给我拿了个杯子，倒了点水，我问他们要不要跟我一起喝一点。

“我们不大喝酒。”彼得说。

“好啊，这话我乐意听，”我说，“你出去的时候，我跟弗洛拉谈了她的计划。结果我发现她根本一点打算都没有，既然她没有安排，那么我就要带她跟我回子弹公园，等到她拿定主意再说。”

“我要跟彼得在一起。”弗洛拉说。

“可是如果彼得要离开呢？”我问，“假如彼得得到一个很不错的机会，比如去国外待上个一年半载——那你会怎么办呢？”

“哦，爹地，”她说，“你不会那么做吧，对不对？”

“哦，我会的，我一定会的，”我说，“我会想尽一切办法让你恢复理智。你愿意出国吗，彼得？”

“我不知道。”他说。倒不能说他的脸色为之明亮了起来，但是有那么一会儿，他似乎在认真考虑这件事。“我想去东柏林。”他说。

“为什么？”

“我想去东柏林，把我的美国护照给一个很有创造力的了不起的人，”他说，“作家，音乐家什么的，让他逃到自由世界里来。”

“乖乖，”我说，“你干吗不在屁股上写上‘和平’二字，然后从十二楼上跳下去呢？”

这是个错误，大错特错，灾难性的，于是我又给自己倒了更多的波旁威士忌。“我很抱歉，”我说，“我累了。但是，我的邀请还是算数的。如果你想去欧洲，彼得，我会很乐意替你出钱。”

“哦，我不知道，”彼得说，“我已经，我是说，见识过其中的一大半了。”

“总之，你记在心里，”我说，“至于你，弗洛拉，我希望你跟我回家。至少回家待一两个礼拜。我的要求仅此而已。十年以后你会恨我没有引导你走出这破地方。十年之后你会问我：‘爹地，爹地，哦，爹地，你为什么没有教导我不要把一生中最好的岁月都浪费在贫民区里？’一想到十年之后你来找我，责怪我没有逼你接受我的建议，我就无法忍受。”

“我不回家。”

“你不能待在这里。”

“我愿意我就能。”

“我停了你的津贴。”

“我可以找份工作。”

“什么工作？你不会打字，不会速记，任何一种生意你都一窍不通，你连电话接线员都干不了。”

“我可以当档案管理员。”

“哦我的上帝！”我怒号道，“哦我的上帝！你学驾船，学滑雪，去社交，去舞会，去佛罗伦萨待上一整年，每年都在海边度那么长的暑假——在所有这些之后，原来你真正想要的，只是当个老处女档案管理员啊，拿着低级公务员那点薪水，一年到头最大的刺激就是跟十来个别的老处女档案管理员一起，找个四流中餐馆，喝上两杯甜兮兮的曼哈顿鸡尾酒，就醉醺醺飘飘然了。”

我跌坐回椅子上，又给自己倒上了更多的威士忌。我心头一阵剧痛，仿佛这粗笨的器官承受了所有的苦痛，白白被折磨残了。这痛如此刺骨，我想我会死的——不是立刻就死，死在这帆布椅子上，而是几天之后，也许在子弹公园的家里，或是在舒适的医院病床上。这念头并未令我受到惊吓，相反，却是某种安慰。随着我的死亡，我所代表的那些紧张不安之处终于随之而去，我唯一的女儿也就终将直面人生，承担起生活的责任了。我从场景中突然消失，悲恸和忧虑将使她冷静下来。我的死将让她变得成熟。她将重回史密斯学院，加入合唱团，编辑报纸，跟同一阶层的姑娘们交朋友，跟一个聪明而且有远见的年轻人结婚，眼下看来，此人大约得戴着眼镜，然后两人一起养育三四个结实健康的孩子。她将感到难过。就是这样，彻夜的伤恸将会让她看清楚，跟一个流浪汉一起生活在贫民区里，是没有意义的。

“回家吧，爹地，”她说，她哭了起来，“回家吧，爹地，别管我们了！求你回家去，爹地！”

“我一直都想要理解你，”我说，“从前在子弹公园，你总是往唱机上放上四五张唱片，而当音乐一响起来，你就出门往外走。我一直不明白你为什么这样，可是有一天晚上，我出门去找你，走在草坪上，听着所有那些敞开的窗户里传出的音乐声，我觉得我明白了。我是说，我觉得你打开唱机播放音乐，是因为你喜欢听到音乐从窗口流出的声音。我是说，我觉得你喜欢散步结束，回到一个有音乐在播放的家里。我说对了，是不是？至少这点我理解了对不对？”

“回家去，爹地，”她说，“求你，回家去吧。”

“况且这也不仅仅是为了你，弗洛拉，”我说，“我需要你。我非常需要你。”

“回家去吧，爹地。”她说，于是我回去了。

我在城里吃了些晚餐，十点左右回到家。我能听到科拉在楼上接洗澡水，于是我在厨房边的浴室冲了淋浴。我上楼时，看到科拉坐在梳妆台前梳头发。话说，我一直忘了说科拉有多美，我有多爱她。她一头灰金色秀发，眉如墨画，嘴唇丰润，一双眼睛更是大得惊人，眼神变幻莫测，勾人魂魄，这双眼睛如此动人，有时候我不禁想，她可以将眼珠子拿出来，夹在书页中间；摆在桌面上。眼白是淡淡的蓝色，而眸子的蓝色幽深得不同寻常。她是个优雅的女子，身材不高。她烟不离口，大半辈子都是如此，然而她拿烟的样子有种可爱的笨拙之感，仿佛这根深蒂固的习惯是她才刚刚染上的。她的手臂，双腿，正面，一切都比例完美。我爱她，正因为我爱她，我知道爱不是一个理性的过程。当我第一次在一个乡间婚礼上见到她时，我完全没料到，也没有想要爱上谁。当时科拉是伴娘之一。婚礼在花园里举行。有五位穿无尾礼服的乐手组成的乐队半隐藏在杜鹃花丛里。从山顶的帐篷里，你可以听见宴会承办商的人在用水桶冰葡萄酒。她是第二个登场的，穿着那种为新婚典礼特地设计的古怪服装，仿佛神圣的婚礼在限制铺张浪费的历史上，特地为自己划定了一块独特而神秘的位置。我记得她的裙子是蓝色的，上面有东西垂下来，她浅色的头发上戴着一顶宽檐帽，可帽顶却是完全空的。她踩着高跟鞋在草坪上走得摇摇摆摆，羞涩又难受地盯着一簇蓝花看，当她走到自己的位置时，她抬起脸羞涩地朝来宾们露出微笑，这是我第一次看到她眼睛的深邃和巨大；第一次感到，她可以将眼珠子摘出来，放进衣服口袋里。“她是谁？”我大声问道，“她到底是谁？”“嘘。”有人说。我着了迷。我的心在跳，灵魂也在跳。婚礼的其余部分我什么都没看到。当典礼一结束，我就冲到草坪上，向她做自我介绍。直到一年之后，她答应嫁给我，我才终于心满意足。

现在，我望着她梳头发，我的心在跳，灵魂也在跳。几天之前，我曾感到她隐退到了金鱼缸的水中。我还曾疑心她企图谋杀我。我怎么能够坦然地、用尽身心之热诚地去拥抱一个我疑心要谋杀我的人？我拥抱的难道是绝望，这激情难道只是猥亵，多年以前在那个婚礼上，我见到的她那双大眼睛所象征的莫非不是美，而是残酷？我在想象中将她变成了金鱼，杀人犯，如今我将她揽入怀中，她就像天鹅，像一段楼梯、一泓清泉，像那片无人看守、无人巡视的天堂的领地。

可我在三点钟醒了过来，感到非常难过，有种叛逆的感觉，心想我不愿意去研究痛苦、疯狂、忧郁和绝望，我想去研究胜利，重新发掘爱，以及我所知道的世上所有的那些体面、光鲜和明澈的东西。随后“爱”这个字眼，爱的冲动，从我身体上方的某个地方由内而外地开始井喷。爱从我体内向每个方向喷涌而出，像水一样充沛不绝——爱科拉，爱弗洛拉，爱我所有的朋友和邻居，爱彭南布拉。这种强烈的冲动无法被“爱”这简单的字眼所限定，我似乎抓过一支洗衣标记笔，在墙上写下一个另一种字形的“愛”[1]。我在楼梯上写下“愛”，在餐具柜上写下“愛”，在烤箱上、洗衣机上还有咖啡壶上写下“愛”，早晨当科拉下来的时候（她将哪儿都找不到我），目光所及，到处都会看到“愛”“愛”“愛”的字样。然后我看到一片绿色的草地，还有一泓清澈的小溪。在山脊上有许多顶上覆盖着茅草的小屋，还有座方方的教堂塔楼，于是我知道，这一定是英格兰。我从草地上爬起来，走到村中的街上，寻找科拉和弗洛拉在等着我的那座小屋。似乎什么东西搞错了。没有人认识她们。我到邮局打听，但在这里听到的答案还是一样。这时我突然想到，她们一定在庄园里。我怎么会这么蠢呢！我离开村子，沿着山坡上的草坪走到了一座乔治王式样的大宅，管家给我开了门。主人正在宴客。大厅里有二十五到三十人，在饮雪利酒。我从托盘上取了一杯，目光透过人群搜寻弗洛拉和我的妻子，但她们也不在这里。然后我谢过主人，沿着宽阔的草坪走下山坡，重新回到草地和溪水边，我躺倒在草地上，陷入了甜甜的睡梦之中。

---

1 原文中“love”写作了“luve”。

Marito in Città[1]

几年以前，意大利有首流行歌，叫作“Marito in Città”，调子简单，容易上口，大街小巷耳熟能详。歌词大意是“La moglie ce ne va, marito poverino, solo in cittadina[2]”，说的是一个男人孤独的境遇，曲风仿佛是传统的轻快喜感，仿佛孤独是一种从根本上讲挺滑稽的遭遇，就像被钓鱼线缠住一样。埃斯塔布鲁克先生跟妻子去欧洲旅行的时候听到了这首歌（十四天，十座城市），记忆中枢某块莫名其妙的组织对这首歌的词曲留下了不可磨灭的印记。他再也没有忘掉这首歌，真的，他仿佛无法将它从记忆中抹去，尽管这歌与他对于孤独的诸多可能性之认识大相径庭。

他的妻子和四个孩子离家要到山里去的那一幕似乎有着旧式的杂志封面那种具有欺骗性的简单韵味，看起来秩序井然。旁人一见便能猜个十之八九——夏日清晨，家庭轿车，大包小包，目光澄澈的孩子们，搁板上放满零钱以备路过收费站，还要仪式性地观察季节的变换，地球的年轮又增加了一圈。他跟儿子们握手，吻了妻子和女儿，目送车子开出了自家车道，感到仿佛这一刻至关重要，如果他能有权力去细察这其中涉及的各种力量，他很可能会达到某

1　意大利语：城里的丈夫。

2　意大利语：妻子走了，可怜的丈夫，孤单一人落在城中。

种顿悟的境界。他知道，无论罗马、巴黎、伦敦还是纽约的妇女儿童，都已出发去往高原或者海边。这是一个工作日，因此他将家中名叫蹦蹦的狗锁到了厨房，然后唱着“Marito in Città, la moglie ce ne va”等等，开车去了车站。

当然了，我们都懂得，情况不大会超越一首街头流行小调的嬉笑怒骂，但埃斯塔布鲁克先生的激情是诚恳的、新鲜的，值得我们关注。对于描写孤独的那些浩如烟海又福音书一般的文学作品，他是熟悉的，他有心利用自己独处的这几个星期。他可以清理望远镜，观察星空。他可以读书。他可以练习钢琴，演奏巴赫的两段变奏曲。他可以——就像久居海外的人所宣称的，久别故国的疏远以及有时因此而产生的痛苦，意味着他可以在更高的层次上实现自我发现——对自己达到更深的了解。他可以观察鸟类的迁徙习惯，花园中的景色变换，天空的云彩。他对于自己的形象有点模糊的认识，因为孤独的冒险，他的观察能力大为提高。第一天晚上，他回家的时候，发现蹦蹦从厨房里跑出来了，睡到了起居室的沙发上，把沙发搞得都是泥巴和狗毛。蹦蹦是只杂种狗，是孩子们的宠物。埃斯塔布鲁克先生训斥了狗几句，随即将沙发坐垫掀了起来。他面临的下一个问题，在关于孤独的文学作品中鲜有提及——这个问题就是他胃口极差。虽然他不愿承认，然而这听起来确实很像是低俗喜剧的调调，O, marito in città。他能想象自己身穿干净的卡其裤，傍晚时分在花园里装设望远镜，但是他无法想象要由谁来喂饱这具泰然自若的躯体。

他给自己煎了几个蛋，却发觉自己吃不下。他特别精心地为自己调配了一杯古典鸡尾酒，喝了下去。然后他再回头吃鸡蛋，却还是觉得毫无胃口。他又喝了一杯鸡尾酒，然后换个角度再次尝试吃鸡蛋，可鸡蛋还是令人生厌。他将鸡蛋给了蹦蹦，然后开车出门，上了州立公路，那里有家餐厅。当他进到店内的时候，音乐响得好像游行活动一样，一个服务生正站在椅子上，将窗帘穿到横杆上。“我马上来，”她说，“您随便坐。”他在大约四十个空桌子中选了个地方。其实他倒没有对自己的境遇感到特别失望，他自己选择在一大群男女老少的围绕之中生活，那么，他虽不孤单，却时常感到孤独，这也是自然而然的事。考虑到这一境遇所带来的生理和心理反应，他觉得古怪之处在于，居然只有一个词来形容。他很孤独，而且痛苦。食物不仅仅是不好，简直糟糕得令人难以置信。他完全失去了一切的回忆，这使得一切都索然无味。他什么也吃不下。他翻搅了几下筋肉难嚼的黑椒牛排，又要了份冰激凌，只是为了不要伤害服务生的感情。这些食物让他想到了所有那些笨拙或者倒霉的人，不知怎么把生活搞到这样孤单的地步，每天晚上都得吃这样的东西。这太吓人了，于是他去看了场电影。

漫长的夏日黄昏，空气中依然充满柔光。许愿星挂在巨大的屏幕上方，朝着观众的方向稍微倾斜，隐约有厄运笼罩的气息。天色渐暗，动画片中的人物和动物你追我赶，从银幕这边跑到那边，爆炸，跳舞，歌唱，摔个屁股蹲儿，转暗淡出。他要看的长片片头和字幕开始放映的时候，傍晚最后的日光也消散殆尽，这时，夜晚降临，蠢不可及的剧情开始展开。他既饿且烦，又孤独，加上愤慨的道德感一起作祟，这感觉非常强烈，他伤心地想到那些被迫写电影剧本的人，辛苦工作的演员，为了薪水只得重复这样粗糙的台词。他想象这些人在一天的工作结束时，在贝佛利山上，从敞篷车上下来，垂头丧气的样子。他最多坚持了十五分钟，然后就回家去了。

蹦蹦从拆散的沙发上转战到一把椅子上，让椅子上浅色的丝绸垫子沾满了泥巴和狗毛。“坏蹦蹦。”埃斯塔布鲁克先生说，然后他采取每天晚上例行的预防措施，保护家具。他将一张脚凳底朝天放到沙发上，将丝绸椅子反过来倒放，在门厅里的双人小沙发上面摆上垃圾桶，然后将餐厅里饰有软垫的椅子都倒放在桌子上，就像餐厅里擦地板的时候那样。当灯光熄灭，一切都搬了个底朝天之后，这房子作为他永久住宅的性质遭到了挑战，有那么一会儿，他感到自己就像一个鬼魂，穿越时光来看看过去的废墟。

他躺在床上，心里自然地想到了他的妻子。根据往日的经验，他知道小别更添热情，这样才合理，在他们出行的前两天，他向妻子求欢，但埃斯塔布鲁克太太太疲倦了。第二天，他再次求欢。埃斯塔布鲁克太太看似默许，可她当时的做法却是到了厨房，将四条厚重的毯子丢进了洗衣机，结果熔断了一根保险丝，水把地板给淹了。他站在厨房的门口无所适从，不明白妻子为什么这样做。她只是有意要让人捉摸不透！他看着妻子，一个体面而颇有些分量的妇人，在用拖把擦厨房的地板，他想，妻子就像所有那些山林水泽的仙女一样，只想从林中逃逸——背上有斑纹，脚下水花四溅——如今有些气喘，也没什么树林，因此她被迫降低水准，只是将毯子放进了洗衣机。他从前绝没有想到过，她的性别中想要逃逸的冲动跟他这个性别追逐的冲动一样强烈。这一瞥之见令他有所触动，有所满足，在某种意义上；然而事情的结果却是，那天晚上他所获得的满足仅止于此。

一个衣着整洁、举止自若的男子在发掘自己的孤独，这是很难得做到的，可是他也不曾期望能容易地做到。第二天晚上，他练习两段变奏曲直到十一点。再后面一天晚上，他将望远镜取了出来。他始终没有解决吃饱饭的问题，一周之内体重已经减轻了十五磅还多。他系腰带的时候，发现裤子像衬衫一样，褶皱很多。他拿着三条裤子，去了村里的干洗店。当时已经过了关门时间，但店主还在，那人显然是被生活压垮了。他曾将黑兹尔顿太太的蕾丝枕套撕坏，还弄丢过菲奇先生的真丝衬衫。他的设备都已经抵押了，工会还要求他给雇员买医疗保险，而他吃进去的一切——连酸奶在内——都仿佛在他的食道内变成了火焰。他自暴自弃地对埃斯塔布鲁克先生说："我们店里现在不雇裁缝了，但是枫树大街上有个女人给人改衣服。她叫扎格雷伯太太。就在枫树大街和克林顿街的路口。窗户上有招牌。"

这是一年中萤火虫很多的季节，一个很黑的夜晚。枫树大街名副其实，那浓密的树叶更加加重了街道的暗度。街角的那幢房子是木框架结构，有个前门廊。枫树实在太浓密，门前的草坪上根本长不出草。窗户上有块牌子，写着改衣服。他按了门铃。"稍等。"有人喊道，声音有力而快乐。一个女人单手开了门，另一只手举着毛巾，在擦黑色的头发。她看到来人似乎很吃惊。"进来吧，"她说，"进来吧。我刚刚洗了头发。"里面有间小堂屋，然后他跟着女主人穿过堂屋进了起居室。"我有几条裤子要改小，"他说，"这种事你做吗？"

"我什么事都做，"她大笑起来，"可你为什么瘦了？你在节食吗？"

她将毛巾放了下来，可还是继续摇晃头发，用手指梳理着。她一边讲话，一边在房间里走来走去，仿佛让房间里充满一种不安定的气氛——这种个性若是换在别人身上，大概会让他反感，但在她，这一点却显得优雅迷人，仿佛激发出某种内在的紧迫感。

“我没有节食。”他说。

“你没生病吧？”她的关怀来得既迅速，又真诚，他简直好像是这女人的多年老友似的。

“哦，没有。只是我最近一直是自己给自己做饭吃。”

“哦，你这可怜的小男孩，”她说，“你知道自己的尺寸吗？”

“不。”

“那好，我们就得量一量了。”

她一刻不停，搅动了空气，晃动头发，穿过房间，从抽屉里拿出一卷黄色软尺。为了要量他的腰围，她就得将手伸到他外衣里面去——这动作显得有些暧昧。当尺子围住他腰部的时候，他敞开双臂搂住了她的腰，然后将自己全身都朝她贴了上去。对此她只是呵呵一笑，晃晃头发。随后她轻轻将他推开，动作与其说是拒绝，不如说是某种承诺。“哦，不，”她说，“今晚不行，今晚不行，亲爱的。”她走过房间，在屋子另一边望着他。她的面容温柔，因为拿不定主意而显得阴郁，但当他朝这边走过来的时候，她却垂下头，用力地摇了摇。“不，不，不行，”她说，“今晚不行，拜托。”

“但是我可以再见你吗？”

“当然，但今晚不行。”她走过房间，将手掌托住他的脸。“现在你该走了，”她说，“我会打电话给你。你人很好，但是你该走了。”

他踉跄出了门，不知所措，却又感觉美妙，认为自己很了不起。他在那间房里只待了三分钟，最多四分钟，但他们之间到底发生了什么，刹那之间就认定彼此是一对般配的爱侣？他乍见到她的时候挺兴奋——被她那有力而快乐的嗓音所挑逗。为什么他们可以这样毫不费力地前进，如此直接地奔向彼此？还有他的善恶观哪里去了，他那充满热情的向往，要无愧于心，要有男人的气概，要坚守誓言，要捍卫婚姻的纯洁？他是基督会[1]的成员，是教区委员会的成员，这是一个虔诚而且常设的教友会，真诚宣誓要捍卫信仰的条款。他已经犯下了一桩不可饶恕的大罪过。但是，当他从枫树下开着车子驶过夏日的夜晚时，即便经过最为严苛的自省，从他的本能之中，除了善良、慷慨以及对世界更为强化的感受力之外，他找不到任何东西。他勉强吃了些炒蛋，练习了变奏曲，然后试着上床睡觉。“O, marito in città!”

对于扎格雷伯太太酥胸的记忆始终折磨着他。当他等待睡眠降临的时候，其柔软芬芳似乎绵延在空气中，久久不散，继而追到他的梦里，而当他醒来的时候，他的脸仿佛还埋在扎格雷伯太太的胸前。那酥胸像大理石一样熠熠生辉，他饥渴的唇上品尝出了夏日夜晚一般变幻莫测而又温煦的气息。

早上，他冲了个凉水澡，然而扎格雷伯太太的酥胸似乎就在浴帘外等着。当他开车去火车站的时候，那酥胸就贴在他的脸颊上；当他乘坐八点三十三分的火车时，它们贴着他肩头倾身过来偷看他

1　参见第 601 页注释。

的读物；在接驳车和城区地铁上，它们也跟着他轻轻摇曳起伏，整整一个工作日都让他不得安宁。他觉得自己都要发疯了。他一回到家，就在妻子放在电话旁的社交登记册上查找她的电话号码。当然这是个错误，但他还是在本地栏目中找到了她的电话，并且打通了。“你的裤子改好了，”她说，“只要你愿意，随时都可以过来拿。要是你愿意，现在来也行。”

她喊他进门。他在起居室找到了她，她将裤子递给他。这时他却害羞了，疑心前一天晚上是他臆想出来的。而现在他这样羞赧，才是真相，其余一切都是他的想象。这里只有一个寡居的女裁缝，将几条裤子递给一个孤单的男人，早已不年轻了，就在枫树大街上这幢木框架结构的房子里，房子也该重新漆一下了。这世界是靠常识、合法的激情以及信仰的条款统治的。她甩了甩头。如此说来这是她的习惯动作，跟洗头毫无关系。她将头发从额头推开，将手指伸进黑色的发卷里梳理。“如果你有时间喝一杯的话，”她说，“厨房里什么都有。”

“我很乐意喝一杯，”他说，“你会陪我一起吗？”

“我要威士忌加苏打水。”她说。

他觉得难过，心情沉重，又觉得自己很重要，这些情感在内心深处纠缠着他，又始终不肯浮上表面。他进了厨房，调了两人的酒饮。他回到房间的时候，见她坐在沙发上，于是他也坐了进去；仿佛她的嘴唇是个大漩涡，将他吸了进去，旋转三圈，然后迅速下沉，跌入某种宏大的永恒之中。突如其来的恋爱，其对话各国之间并无多少不同。不论在哪种语言里，我们在枕边所说的，都是“哦啊，哦啊，哦啊，哦啊，哦啊”，仿佛我们是在进行某种温柔而漫无止境的越洋电话交谈，而当淫妇将奸夫揽入怀中时，总会哭泣：“啊，我的爱人，为什么你这样悲苦？”她赞美他的头发，他的脖颈，他背部的弧度。她隐约散发出肥皂的香气——没有香水——当他说到这一点时，她温柔答道：“可是我要做爱的时候从来不抹香水。”他们肩并肩沿着狭窄的楼梯进了她的房间——这套小房子里最大的房间，但还是很小，而且几乎没什么家具，就像消夏小屋里的一个房间，里面都是刷了白漆的旧家具，地上铺着白色的旧地毯。她的顺从，她的诱惑，在他看来，都是令人惊异的纯真之来源。他觉得自己从未见过如此纯洁、英勇、有胆识又自由的灵魂。于是他们一直说着“哦啊，哦啊，哦啊，哦啊”直到三点，她才命他回家去。

三点半或者四点钟，他在花园里散步。天上一弦弯月，空气温婉，光线氤氲，云层堆积得像沙滩一样，星星点缀其中，就像是贝壳和碎石。有些七月开花的植物——福禄考和花烟草——芬芳了空气，而氤氲的光线所代表的含义，自从他青春期以来并没有什么改变；无论当时还是现在，这流动的光雾似乎都暗示着浪漫爱情的来临。可是来自他信仰的责难呢？他违背了一条神圣的戒律，再三违背，欢欣无比，一旦有机会还将再犯；因此他是犯下了不可饶恕的罪孽，没资格领教堂的圣餐了。但是他无法改变自己对于扎格雷伯太太的感受，觉得她具有真知灼见，代表了不同寻常的高洁品格。但如果这就是他的真情实感，那么他就必须从教区委员会辞职，退出教会，从头开创一套自己的善恶体系，在信仰的规则之外，寻找另一种不同的生活。他知道还有别的什么人搞了外遇还去领圣餐的吗？有的。教会对于他来说是不是为了方便社交？是流俗从众和伪善矫饰的象征，是出人头地的途径？婚丧大事上说的那些令人动情的话语，是否只是客套习俗，就像在布克兄弟专卖店里搭乘电梯，有女士进入时要脱帽致意一样，并没有什么宗教意义？从小在教会的规矩中接受洗礼、教养和训导，现在要他放弃信仰，这是无法想象的。他对于生命的奇迹最好的理解，就是接受到全能全知的上帝之爱，那爱如同白日的光线一样遍布各地，炽热光明。他是否应该去找副主教，请他重新评价十诫，让他们在祷词中特地提到，在性放纵之后会有慷慨和爱的情感涌上心头呢？

他在花园中散步，清楚地认识到，她至少给了他这样的幻觉，仿佛他在扮演一次浪漫爱情中的重要角色，比起那些忠于婚姻的各种信差、搬运工和小丑们来说，这是令人激动的进步，而且毫无疑问，她的那些赞美搅乱了他的思绪。他背部的线条令她感到兴奋，这是不是她的狡猾奸诈之处，无情地利用男性那巨大而深藏不露的虚荣心呢？天色渐渐亮起来，他脱衣上床的时候，看着镜中的自己。没错，她的夸奖都是假话。他的腹部松弛下垂，没精打采。然而，真是这样吗？他深吸一口气，又呼出来，正面、侧面地检验自己的肚腩，然后上床睡下了。

第二天是星期六，他给自己定了日程。剪草坪，修篱笆，砍木柴，给窗户刷油漆。他兴致勃勃地干到五点钟，然后冲澡，弄了杯酒。他计划要炒几个蛋，然后趁天空晴朗，架起望远镜，但当他喝完一杯之后，他低声下气地走到电话机旁，拨打了扎格雷伯太太的电话。他每隔十五分钟打一遍，直到天黑，然后他跳上汽车，开到了枫树大街。她的卧室里亮着灯。房子其余部分都黑着。枫树下停着一辆大车，车牌旁边有州标，驾驶员在前座上睡着了。

圣餐仪式上，他应邀上前接圣餐，于是他去了，但是当他跪下来做例行忏悔的时候，他却不能坦白说自己的所作所为是对上主的冒犯；他罪孽的重负并非无可忍耐；回忆起来绝对没有丝毫的痛苦。他临时杜撰了一篇离经叛道的感谢信，称颂妻子的智慧和坚贞、孩子澄澈的目光以及情人的柔顺。他并没有接受圣餐，当神父朝他的方向投来质疑的目光时，他很想清楚地讲出来："我毫不羞愧地在通奸。"他看报纸看到十一点，然后打电话给扎格雷伯太太，她说只要他愿意，什么时候来都可以。他十分钟就到了，一进门就搞得她背都要断了。"我昨晚来过。"他说。

"我猜到你会来，"她说，"我认识很多男人。你介意吗？"

"完全不会。"他说。

"总有一天，"她说，"我要拿一张纸，把我知道的关于男人的一切都写下来。然后就扔到壁炉里烧掉。"

"你没有壁炉。"他说。

"的确。"她说，但那天下午的其余时间一直到半夜，他们都没再说什么，就只有"啊哦，啊哦，啊哦，啊哦"。

第二天晚上他回家的时候，门厅的桌上有一封妻子的来信。他仿佛一眼看穿了信封，看清了里面的内容。在信中，她将冷静而智慧地解释，说自己的老情人奥尔尼·普拉特从沙特阿拉伯回来了，求她嫁给他。她想要获得自由，希望能获得他的理解。她跟奥尔尼之间的爱从未停止过，哪怕再有一天，他们不承认这爱，那就是对他们最深层自我的不诚实。她肯定两人可以就孩子的监护权达成一致。他一直负责养家，也很有耐心，但她再也不想看到他了。

他将信捏在手里，想到妻子的字体显示出女性特征，她的智慧，她的深度；这是一个追求自由的女性之手笔。他拆开了信封，充分准备好要读到奥尔尼·普拉特的名字，然而他看到的却是："亲爱的亲亲熊，这里的夜晚太冷了，我想念……"就这样继续了两页纸。门铃响的时候，他还在读信。来的是邻居多丽丝·汉密尔顿。"我知道你不接电话，也知道你不喜欢出去吃饭，"她说，"但是我决定了，你这个月至少应该吃上一顿好的，所以呢，我来绑架你了。"

"呃。"他说。

"现在你马上上楼，冲个澡，我给自己弄杯酒喝，"她说，"我们要吃鲜煮龙虾。今天上午莫莉姨妈送了一蒲式耳，你得帮我们吃掉它们。吃完饭之后，埃迪得去看大夫，你愿意什么时候回家都可以。"

他上楼，照她说的做了。当他换好衣服下楼来的时候，她正在起居室里，端着一杯酒，他们分别开车去了她家。他们在花园里就着烛光吃晚餐。他刚刚沐浴过，穿着一身干净西装，对于自己最近如此满怀激情地予以弃绝的身份角色感到心满意足。这里没有什么浪漫前景，却有些微妙的优越感。晚餐之后，埃迪告辞，去看心理医生了，他每周三个晚上都要去。"我猜你这段时间谁都没见过，"多丽丝说，"我猜你也没听过什么小道消息。"

"我真是谁都没见过。"

"我就知道。我听到你练琴了。总之，洛伊丝·斯平纳把弗兰克告了，要告得他倾家荡产。”

“为什么？”

“因为他跟一个特别恶心的贱人，真的是特别贱的一个烂人私通。他的大儿子拉尔夫——那孩子真棒——看到他们一起下馆子。两人还互相喂饭呢。他的孩子都不想再看到他了。”

“男人嘛，总有过情妇的。”他试探性地说。

“通奸是不可饶恕的罪孽，”她兴高采烈地说，“很多社会里都要处以死刑的。”

“你对离婚意见这么大？”

“哦，他才不想跟那头猪结婚呢。他只是觉得自己能够玩得了这套龌龊把戏，羞辱家人，丢他们的脸，伤害他们，等他玩腻了再回到他们身边满足情感需求。离婚不是他的主意。他求着洛伊丝不要离婚呢。我听说他还威胁要自杀呢。”

“男人我是了解的，”他说，“他们把注意力分别放在妻子和情妇两边。”

“我敢说你从没见过把这种双重关系处理得很成功的人。”她说。

这话千真万确，可他却从没想到过。“通奸很普通，”他说，“这是我们大多数文学作品、大多数戏剧和电影的题材。还有流行歌是说这个的呢。”

“你不会愿意让自己的生活跟一出法式闹剧搅和在一起，对不对？”

她言之凿凿，令他大受惊吓。这就是合法的世界、校队成员、最好的俱乐部那不容反驳的一面。突然之间，扎格雷伯太太卧室的形象在他眼里变得令人生厌了，尽管当初他曾觉得那陋室自有其深刻的含义。他记起破旧的窗帘，还有那双曾经对他极尽赞美的手是多么粗硬笨拙。他曾感到情人的多情滥交是她纯洁的源泉，但现在他却认为那是种无法治愈的疾病。她对他表现出的善意显得变态，让人恶心。她曾面对他的裸体卑躬屈膝。穿着干净的衣服坐在夏日的傍晚，他不禁想起了埃斯塔布鲁克太太，沉静、清爽，领着她那四个聪明漂亮的孩子从他脑海中某个长廊走过。通奸是粗俗闹剧、流行小调、疯狂和自毁的原始材料。

“多谢你此番盛情招待，”他说，“现在我得赶紧走了。我上床睡觉前还得练练琴。”

“我会听着的，”多丽丝说，“我能挺清楚地听到花园里传过来的琴声。”

他进门的时候电话铃在响。“我一个人，”扎格雷伯太太说，“我猜你可能愿意来喝一杯。”几分钟后他就到了，再次沉入海底，沉入抵御生之苦楚的漫无边际的时间之海。但是，等到了离开的时候，他说他不能再见她了。“完全没问题。”她说。然后，她又说：“有没有人曾经爱上过你？”

“有，”他说，“一次。那是几年前了。我去印第安纳波利斯开设培训课程，需要跟一群人一起合作——工作需要——其中有个非常好心的女人，每次她一看到我，就开始哭泣。她早餐哭，在鸡尾酒会上哭，一直哭到晚宴结束。太糟糕了。我不得不搬到酒店去住了。自然，我也没有告诉任何人。”

“晚安，”她说，“晚安，再见。”

“晚安，我亲爱的，”他说，“晚安，再见。”

第二天晚上，他正在架设望远镜的时候，接到了妻子的来电。哎呀，太让人激动了。他们第二天就要开车回来了。他女儿要宣布跟弗兰克·埃米特订婚的消息。他们想在圣诞节前结婚。得拍照，登报发消息，租帐篷，订葡萄酒，等等等等。他的儿子赢了礼拜一、礼拜二和礼拜三的帆船比赛。“晚安，亲爱的。”他妻子说完，他跌坐在椅子上，打心眼里充满了感激，因为自己所求的一切都得到了回报。他爱女儿，他喜欢弗兰克·埃米特，他连弗兰克·埃米特的父母都挺喜欢，他们很有钱；一想到他的宝贝儿子掌着舵，将自己的小船驶过最后一段航程，朝着启航点前进的样子，他心中就充满了振奋之情。可扎格雷伯太太呢？她才不懂得如何驾驶帆船呢。她一定会把主帆和操纵索绞成一团，她会迎风呕吐，一旦受不了了，她一定会晕倒在船舱里。她肯定不会打网球。哎呀，她连滑雪都不会！随后，在蹦蹦的注视之下，他将起居室翻了个个儿。在门厅里，他将垃圾桶放在了双人小沙发上。在餐厅里，他将椅子倒过来放在桌子上，然后熄了灯。他漫步在掀翻乱套的家里，再次感到了一个人返回时间的废墟的那种心悸和迷惑感。随后他上了床，一边哼唱着：“Marito in città, la moglie ce ne va, o povero marito[1]！”

1　意大利语：城里的丈夫，妻子走了，哦可怜的丈夫。

爱情几何学

在雨天的傍晚，第五大道上伍尔沃思商场的玩具柜台上挤满了好像是刚刚通奸出轨的女人，现在来买件礼物，带回去给最小的孩子。具体到这一天的傍晚，里面有八到十个这样的女人——宜人，芬芳，穿着漂亮——但都带着一种令人痛心的气氛，仿佛她们都刚在中城的某间宾馆里被某个流氓小子占尽了便宜，现在正急着要赶回家去拥抱一个温柔的孩子。得出上述结论的人是查理·马洛里，他刚刚在五金柜台买了把螺丝刀，才从那边离开。这其中没有道德判断。他只是为了给这样一个懒散的阴雨天下午制造一些专注和色彩。他办公室里的工作节奏很慢。吃过午餐以后，他就把时间全都花在修理一个档案柜上了。螺丝刀就是派这个用场的。一旦他形成了这样一种猜想，他就更加认真地去关注那些女人的脸，似乎为他的幻想找到了某种确证。若不是出轨的纵情声色和懊悔，还有什么能让她们显得灵魂出窍一般，还眼泪汪汪？她们在抚弄那些天真的玩具时，为什么会深深地叹息？其中一个女人穿着一件毛皮大衣，跟他为妻子玛蒂尔达买的圣诞节礼物很像。他定睛仔细一看，发现这不仅仅是玛蒂尔达的大衣，这正是玛蒂尔达本人。“哎呀，玛蒂尔达，”他叫道，“奇怪，你在这里干什么呢？”

她从正在细细查看的木头鸭子上抬起头来。慢慢地，慢慢地，她脸上懊恼的神情渐渐消失，变成了愤怒和不屑。“我讨厌被人跟踪。”她说。她声音很响，别的女顾客们都抬起头来，等着看热闹。

马洛里感到迷惑。“可是我没有跟踪你呀，亲爱的，”他说，“我只是——”

“居然在大街上跟踪别人，”她说，“我想不出还有什么比这种行为更可鄙的了。”她义正词严，像在表演，五金部和园艺部的顾客们也聚拢过来，她的观众群迅速扩大，大家都看得很认真。“像狗一样，跟踪一个无辜的女人走街串巷，这种职业最下作，最病态，最恶劣。”

“可是，亲爱的，我只是碰巧来到了这里。”

她毫不留情地笑了：“你只是碰巧在伍尔沃思的玩具柜闲逛？你真指望我会相信你吗？”

“我刚刚在五金部，”他说，“但这不相干。我们何不一起喝一杯，然后提前乘火车一起回家呢？”

“我不跟间谍一起喝酒坐车，”她说，“我现在就离开这家商场，如果你跟踪我，或者以其他任何方式骚扰我，我就报警，让警察把你抓去坐牢。”她拿起木鸭子，付了钱，然后就大模大样地上楼走了。马洛里又等了几分钟，才走回自己的办公室。

马洛里是个自由职业的工程师，这天下午，他的办公室空空如也——他的秘书去了卡布里。电话答录机里也没有留给他的语音消息。没有邮件。他孤单一人，与其说是不开心，不如说是惊诧。倒不是说他失去了对现实的感受，而是他所观察到的现实，失去了适度和对称性。他该如何理智地看待伍尔沃思商场这场闹剧式的偶遇？可是他又怎么能安于这种不合理性的行为呢？他曾经尝试过忘却，但他无法忘记玛蒂尔达锐利的声音，还有玩具柜台那古怪的一幕。跟玛蒂尔达之间发生这种戏剧化的误会是很常见的，通常他会主动去处理，尽力去解读那一连串的偶然性是如何将现场引爆的。今天下午他却很泄气。这次偶遇似乎在抗拒他的诊断。他能怎么做？他该去咨询心理医生、婚姻问题专家，还是牧师？他该从窗口跳出去吗？带着这样的念头，他来到了窗边。

天气依然阴沉，下着雨，但天还没黑。车流的速度很慢。他看着楼底下有一辆客货两用车开过，然后是一辆敞篷车，一辆搬家货车，还有一辆小卡车，上面印着广告：欧几里得干洗染色店。这位伟人的名字让他想到直角三角形，解析几何原理，以及可通约与不可通约数的比例学说。他所需要的是一种新的推论形式，欧几里得或许有用。如果他能对自己的问题做出几何式的分析，也许他就能将其解决，或者至少创造出一种解决问题的气氛？他拿出一根计算尺，采用“若三角形的两条边相等，则其相对的两个角的度数相等”的简单定理以及其逆定理“若三角形的两个角的度数相等，则相对的边长相等”。他画了一条线来代表玛蒂尔达，以及他所了解的与她相关的情况。三角形的底边是他的两个孩子，兰迪和普莉希拉。当然他本人就是第三条边。影响玛蒂尔达那条边的最关键的因素就是她最近有了个幻影情人的事实，而这将有可能导致她的角的度数跟兰迪和普莉希拉的角的度数不相等。

在他们所居住的莱姆森公园，这算是家庭主妇们很普遍的一种欺诈行为。每周有一两次，玛蒂尔德会盛装打扮，喷上法国香水，披上皮草大衣，然后乘坐上午较晚的一班火车进城去。她有时候会跟朋友共进午餐，但更多的时候是一个人到六十几街上那些专门接待单身女客的法国餐厅去吃饭。通常她会喝杯鸡尾酒，或者半瓶红酒。这是为了让自己增添几分浪荡和神秘感——犹如情爱之苦恼谜团的受害者——但是倘若有陌生人有意看她时，她又会突然变得非常害羞，怀着一种类似惊恐的感觉，回忆起她可爱的家、面容娇嫩的孩子们，还有她花圃里的秋海棠。下午的时候，她或者去看日场演出，或者去看部外国电影。她喜欢那种沉重的题材，看完后会让她的情感精疲力竭——或者用她自己的话说，感觉就像被“掏空”了一般。她乘晚班火车回家时，会显得平静而又忧伤。她经常在做晚饭的时候哭泣，如果马洛里问她到底怎么了，她就只是叹一口气。他曾短暂地产生过怀疑，但是有天下午，他走在麦迪逊大道上的时候看到他妻子身披皮草，正在一个午餐柜台边吃三明治，他由此而得出结论，原来她瞳孔之所以放大并非是因为情爱，而是因为电影院里光线太暗的缘故。这是一种非常常见而又无害的欺诈，若是硬要充大方的话，还可以认为是不无益处呢。

于是，这些因素构成的一条边跟代表他孩子的那条边形成一个角度，在这里，唯一的事实就是他爱他们。他爱他们！无论怎样的耻辱或是怨恨，都无法使他跟他们分开。当他想到孩子们的时候，他们仿佛就是他灵魂之屋的家具、门楣和顶梁。

他知道，代表自己的那条边是最容易算错的。他认为自己诚恳、健康、有学问（换了别人，谁还懂这么多欧几里得？），但是早上当他醒来，感觉自己清白无辜、积极有益的时候，他只需要跟玛蒂尔达讲话，就会发现自己的积极和清白全都耗费殆尽。为什么他对人生真诚的承诺却似乎带给他最大的困扰？为什么他顺路溜达到玩具柜台，竟会遭到毁谤，被称为恶意跟踪？他想，也许三角几何可以告诉他答案，从某种意义上说，的确如此。根据已知的有关信息所决定，三角形的边是相等的，与之相对的角度也是相等的。突然他感到迷惑减少了几分，心情好了几分，心头又有了希望，胸襟格外宽广。正如普通人一年里头总有两三次会发生的现象，他感到自己又获得了新生。

乘火车回家的路上，他琢磨着，是否可以用几何去类比换算通勤者所处之地有多无聊，晚报上的新闻有多蠢，以及赶往停车场的路上是何等匆忙。他回去的时候，玛蒂尔达正在小餐厅里布置餐桌上菜。她一开口就想让他丢盔卸甲。“平克顿的奸细[1]，”她说，“探子。”然而他虽听到这些词句，却没有感到丝毫的愤怒、焦虑或者挫败。这些夹枪带棒的话语仿佛近不得他身旁。他多么平静，多么愉快。甚至玛蒂尔达的生硬似乎都显出几分动人和可爱，她简直是这个男人的世界里一个任性的孩子。“为什么你这么开心啊？”孩子们问他，“爸爸，你为什么这么开心啊？”眼下几乎人人见到他都会说同样的话。“马洛里变了好多。马洛里气色真好。幸运的家伙，这个马洛里！”

第二天晚上，马洛里在阁楼上找到一本几何课本，于是更新了自己的知识储备。学习欧几里得将他带入了一种充满同情和宁静的心绪之中，让他看清了许多事，其中一点就是，他的思想和情感近

1　平克顿私人侦探社（Pinkerton）成立于一八五〇年，该机构在十九世纪末二十世纪初的罢工潮中受雇于商人，渗入工会内部，提供保安服务，将罢工首领和工会成员拦在厂外。

来是被困惑和绝望所削弱了。他知道，自认为是新发现的东西，可能只是幻觉，但给他带来的益处却是实实在在的。他感觉好多了。他感到自己已经成功地校准了真实的自己与那些敲击着他内心的现实之间的距离长度。如果他笃信宗教，或是研究哲学，也许他就不会需要几何学了，然而他觉得社区的宗教气氛乏味而俗套，对哲学，他也没什么兴趣。对于他来讲，几何学是一种美妙的隐喻，帮他理解痛苦。最主要的好处在于，他一旦用线性来理解玛蒂尔达的情绪和怨气，就充满了同情与炽爱。他不是胜者，但他神奇地免于成为牺牲者。他的研究和实验仍在继续，他发现餐厅领班的粗鲁，值班柜员的一脸晦气，交警的骂骂咧咧，所有这些都无法触及他的平和心境，相反，这些施压者在感受到他的力量以后，就没有那么粗鲁、晦气以及骂骂咧咧了。他就这样每天早上清白无辜地醒来，带着周身的清净洁白走进新的一天。他想过要不要写本书，讲讲自己的新发现：《欧几里得式情感：情绪几何学》。

到了他该去芝加哥的日子。天气很阴沉，他乘火车去的。天蒙蒙亮他就醒来了，感到大有可为，清白爽利。他朝卧室窗外望去，看到一座造棺材的工厂，废旧汽车处理场，棚户区，还有荒草遍地的游戏场，猪吃着橡子养脂肪，远处是邻近的城市加里所带来的一片昏暗。这单调忧伤的景象给他的精神带来的影响力，相当于一场人类愚蠢的表演。他从未将自己的原理应用于风景，但他发现，当他将构成此刻的要素理解成一个平行四边形时，他就可以将这令人泄气的乡下景象赶出脑海，使之变得无害、实用，甚至有几分迷人。他吃了一顿丰盛的早餐，一天的工作也进展顺利。这是一个不需要几何的日子。他在芝加哥的一个下属请他吃晚饭。他感到这是一个无法拒绝的邀约，于是六点半钟，他来到了不熟悉的城市一角。没等主人开门，他就感到今天他需要欧几里得。

女主人来开的门，看得出她刚哭过。她手里拿着一杯酒。“他在地下室。”她抽泣着说完，就跑进了一间小小的起居室，既没告诉马洛里地下室在哪儿，也没指给他怎么走。他跟着女主人进了起居室。她双手双膝着地，正在往一条椅子腿上系标签。马洛里留意到，几乎所有家具上都系着标签。标签上印着：芝加哥存储仓。在这行字下面她写上了“海伦·菲尔斯·麦克高文财产所有”。他朋友姓麦克高文。“我什么都不会留给这孙子，”她抽泣着，“棍子都不会留下一根。”

“嗨，马洛里，”麦克高文说着，穿过厨房里走进来，“别管她。一年里总有一两次她要发脾气，把所有家具系上标签，号称要送去仓储，然后租个拎包入住的房间，去马歇尔·菲尔德商场工作。”

“你什么都不知道。”她说。

“还有什么新鲜事儿吗？”麦克高文问道。

“洛伊丝·米切尔刚刚打电话来。哈利喝多了，把小猫放到搅拌器里去了。”

“她要过来吗？”

“当然。”

门铃响了。一个衣衫不整的女子两颊濡湿地走了进来。“哦，太可怕了，”她说，“孩子们眼睁睁看着。那是他们的小猫咪，他们爱得不得了。要不是孩子们看着，我还没那么受不了。”

“我们出去吧。”麦克高文说着，又回到了厨房。马洛里跟着他穿过厨房，发现那里完全没有晚餐的迹象，走下楼梯，到了一间地下室，里面有乒乓球台、电视机，还有个吧台。他给马洛里弄了杯酒。“说起来，海伦过去很有钱，”麦克高文说，“这是她比较难搞的一点。她出身大富之家。她父亲是开自助洗衣店的，连锁生意从这里一路开到丹佛。他将现场娱乐带入了自助洗衣业。民谣歌手，小乐队。后来音乐工会联合起来抵制，于是他一夜之间失去了所有的一切。她知道我在乱搞，但如果我不滥交，马洛里，我就对不起自己。我说，楼上那位米切尔太太，我跟她搞过，就是养小猫的那个。她很棒。你想要她的话，我可以帮你安排。她为了我干什么都愿意。我通常都给她点东西。十块钱，或者一瓶威士忌。有年圣诞节，我给了她一个手镯。要知道，她丈夫有自杀倾向。他反复吃安眠药，但他们总能够及时把他救回来。有一次他想上吊——”

“我得走了。”马洛里说。

“别走，别走，”麦克高文说，“我帮你把酒调成甜的。”

“我真得走了，”马洛里说，“我有好多工作要处理。”

“可你还什么都没吃呢，”麦克高文说，“你多待会儿，我去热点鱼的下水。”

“没时间了，”马洛里说，“我有好多事要做。”他没有道别就上了楼。米切尔太太已经走了，但女主人依然在往家具上系标签。他自己出了门，乘出租车回了酒店。

他取出计算尺，开始测算一个圆锥体体积和外切棱柱的关系，同时试图用线性去理解麦克高文太太的醉态，以及米切尔家猫咪的遭遇。哦，欧几里得，请与我同在！马洛里要什么？他想要光辉、美和秩序，差不多这个意思；他想要理性地看待米切尔先生上吊寻死的形象。马洛里对于龌龊事如此强烈的反感，算不算吹毛求疵、不够爷们儿？他努力寻找善与恶的定义，去相信悔恨那不可剥夺的力量以及愧疚之美，难道这有错吗？画面中有许多不可计量的数据，然而他努力将方程式局限在当晚发生的事上，他一直忙到午夜过后才上床去睡觉。他睡得很好。

就麦克高文一家而言，这趟芝加哥之旅简直是一场灾难，但从经济上来看，还是有利可图的，于是马洛里一家决定去旅行，通常他们手头宽裕了就出去玩一趟。他们飞到了意大利，在斯佩隆加附近一家从前住过的小旅馆里入住。马洛里很开心，他们在海边的那十天里，他完全不需要欧几里得。回家之前，他们又去了罗马，在最后一天，他们到人民广场吃午餐。他们点了龙虾，笑着饮酒，用牙齿奋力咬破硬壳，这时玛蒂尔达突然变得忧郁起来。她一开始抽泣，马洛里就意识到他需要欧几里得了。

虽说玛蒂尔达在闹情绪，不过那天下午，马洛里却似乎觉得他可以运用几何学和基本原理将妻子的情绪构成逐条分解出来。餐厅似乎是个绝佳的研究场所。此地气味芬芳而又秩序井然。其他的就餐者都是很体面的意大利人，全都素不相识。他觉得其中任凭哪一个也没有那样的力量，能让妻子比眼下更加难过。她吃龙虾吃得挺开心。桌布雪白，餐具光洁，侍者很客气。马洛里认真审视这个地方——摆花，水果盘，窗外广场上的车流——哪儿都找不出她脸上悲苦的来源。“你要来点冰激凌呢，还是水果？”他问道。

“我要是想吃，我自己会点。”她说完，果然照此办理。她喊来了侍者，为自己点了冰激凌和咖啡，只给马洛里丢了个阴沉的眼色。马洛里付了账单，问她要不要乘出租车。“真是个蠢主意。”她说着，满脸厌恶地皱起了眉头，仿佛他是提议要把存款全部浪费掉，或者把孩子们赶上舞台。

他们走路回到宾馆，两人呈一路纵队。日光炫目，天很热，仿佛罗马的街道一直都很热，他们要一直这样走到天荒地老。是不是暑热让她改变了情绪？“亲爱的，你热得难受吗？”他问道，她转过身回答说：“你才让我难受。”他在宾馆大堂离开了妻子，独自一人去了咖啡馆。

他用计算尺，在一张菜单的背面完成了演算。当他回到宾馆时，妻子已经出门了，但她七点左右回来了，一进门就开始哭。当天下午的几何学向他证明了，妻子的快乐，连同他和孩子的幸福，都受困于她天性中所具备的某种复杂多变、神秘莫测的潜藏情绪，那情绪毫无规律且毫无缘由地猛烈爆发了。“我很抱歉，亲爱的，”他说，“发生什么事了？”

“这城里没有一个人懂英语，”她说，“一个人都没有。我迷路了，一路上至少问了十五个人怎么回酒店，没有一个人能听明白。”她进了浴室，砰地关上门，他坐在窗口——平静，愉快——望着一片形状恰如其分的浮云飘过，随后，天空出现了那种黄铜般的颜色，有时罗马傍晚漫天都是这样的颜色。

他们从意大利回来之后，马洛里需要去芝加哥待几天。他一天之内就办完了公事——还得躲着麦克高文——然后搭上了四点钟的火车。四点半左右，他到休息车厢去喝杯酒。看到远处的加里延伸出来的那一大片，他又重念了一遍那个曾经帮助他修正了自己与印第安纳风光关系的公式。他叫了一杯酒，朝窗外望去，看着加里城。外面一无可观。他的运算出了差错，不但使加里变得无能为力，而且失去了加里。没有雨，没有雾，也没有突然天黑，他无法解释，何以在他的眼里，餐车的窗外会突然变得空无一物。印第安纳州消失不见了。他转向左边一个女人，问道："这是加里，对不对？"

"没错，"她说，"怎么了？你看不到吗？"

一个等腰三角形祛除了她话音里的刺痛，但之后也没有任何市镇的踪迹。他回到了自己的卧铺车厢，一个人，孤单又恐惧。他将脸埋在双手之中，等到终于抬起头来的时候，他可以清楚看到交叉道口的灯火，还有小城小镇，但他再没有将几何学试用到它们头上。

大约一个星期以后，马洛里病倒了。他的秘书——从卡普里回来了——发现他倒在办公室地板上人事不省。她叫了救护车。他动了手术，病况危重。他手术过去十天之后，才获准接待访客，第一个来看望的当然就是玛蒂尔达。他失去了十英寸的肠道，两边手臂上都插着管子。"哎呀，你看上去棒极了，"玛蒂尔达喊道，将满脸的震惊和沮丧收敛起来，换上一副漫不经心的表情，"这病房真不错。看这黄颜色的墙壁。要是非得生病，我猜还是在纽约生病最好。还记得我生孩子的那个差劲的乡下医院吗？"她开始休息，但并不是在椅子上，而是坐到了窗台上。他提醒自己，据他所知，从来没有一种爱足以平息撕裂般的痛感，在病弱者和康复者之间搭起桥梁。"家里一切都好，好得不得了，"她说，"好像没人想念你。"

他以前从没有生过重病，对于妻子做护士的天分之欠缺也无从预料。她仿佛对于丈夫生病感到很嫌恶，但他觉得，妻子的嫌恶其实是种爱的笨拙表现。她从来不擅长掩饰，她从来也无法掩饰自己的想法，即她认为丈夫一病不起是种自私行为。“你真幸运，”她说，“我说啊，你运气真好，碰巧在纽约病倒。这里的大夫最好，护士也最好。这么好的医院在全世界也排得上号。你没什么需要担心的，真的。一切都替你做好了。我倒希望自己这辈子也能在床上躺一两个礼拜，让别人伺候着。”

他的玛蒂尔达就是这样讲话，他心爱的玛蒂尔达会毫不掩饰地展现出生硬的棱角，理直气壮地自私自利，任凭哪一种爱的力量也无法将其归诸理性，或是软化一二。她就是这样，马洛里很赞赏她丝毫没有多愁善感的样子。一个护士走进来，用托盘端着一碗清汤。她将餐巾垫在他下巴下面，准备喂他喝汤，因为他的胳膊都动不了。“哦，让我来吧，让我来，”玛蒂尔达说道，“至少这一点我还可以做。”这是她头一次暴露真相，即自己跟这个虽有黄色墙壁映衬、依然是令人伤心的场景其实是有关联的。她从护士手上接过了汤碗和调羹。“哦，闻起来真香，”她说，“我都有点想吃呢。医院里的伙食应该很差劲啊，可是这个地方不一样呢。”她将一勺汤汁举到丈夫唇边，而后，虽然她没有做错什么，但整碗汤却都翻倒在了丈夫的胸前和床单上。

她跑去找护士，然后用力地擦着自己裙子上的一个污渍。当护士开始大费周章地替他换床单时，玛蒂尔达看了看手表，发现时间到了，她该走了。“我明天再来，”她说，“我会跟孩子们说，你看起来有多好。”

这是他的玛蒂尔达，这点他能理解，但等她走了之后，他明白，理解也无法让他受得了再来一次这样的探访。他明确地感到，自己的内脏康复遭遇了阻碍。她甚至可能会加速自己的死亡。当护士替他换好衣服，又给他喂了一碗汤之后，马洛里请她从自己的外衣口袋里拿来了计算尺和笔记本。他做了一个几何模型，计算自己对于玛蒂尔达的爱与对于死亡的恐惧之间的关系。

这似乎有用。第二天十一点钟，当玛蒂尔达来的时候，他能看到她，听到她，但她失去了扰乱他的力量。他已经纠正了妻子的角度。她穿着跟幻影情人约会的衣服，喋喋不休地说着丈夫看起来有多好，他有多幸运。她倒是指出了一点，马洛里需要刮脸了。当她离开之后，马洛里问护士能否请个理发师来。她解释说理发师只有星期三和星期五才来，而男护士全都罢工了。她为他拿来一面镜子，一把剃刀，一块肥皂，这是他自晕倒以来，第一次在镜中看到自己的模样。眼看自己是何等的瘦削憔悴，他不得不再次求助于几何，他试着在自己贪婪的食量、无尽的希望和孱弱的躯体之间做一个平衡。他仔细分析，因为他深知，一旦计算出错，正如他对加里所犯的错误一样，就将会终结一切，自从那辆欧几里得干洗染色公司的卡车从他窗下经过以来所有的一切。玛蒂尔达从医院去了一家餐厅，然后去看了一场电影，等她回家以后，是打扫卫生的女工告诉她，说她丈夫去世了。

游泳的人

这是一个盛夏季节的星期天，大家都闲坐着，纷纷说："我昨晚上喝多了。"很可能你已经听到，教友们从教堂出来的时候，就在交头接耳说着这样的话；或是 vestiarium[1] 里，牧师一边奋力脱掉教袍，一边也这么说；高尔夫草地，网球场上，野生动物保护区里，到处传来这样的话音，在保护区，那个奥杜邦小组[2]的组长还在承受宿醉的痛苦。"我喝得太多了。"唐纳德·韦斯特赫泽说。"我们都喝得太多了。"露辛达·梅瑞尔说。"一定是那酒的缘故，"海伦·韦斯特赫泽说，"昨天那瓶干红我喝得太多。"

这是在韦斯特赫泽家的游泳池边上。池水出自一口自流井，井水铁含量较高，呈淡绿色。天气很好，西边有一片巨大的堆积云，远看好像是一座城市——仿佛是在正在驶近的船头上，朝岸上张望——这情景如此逼真，你几乎叫得出这城市的名字。里斯本，哈肯萨克。阳光热辣。奈迪·梅瑞尔坐在一池碧水边上，一只手伸进水里，另一只手捧着一杯金酒。这是个苗条的男子——他苗条的身

---

1 拉丁语：法衣室。

2 约翰·詹姆斯·奥杜邦（John James Audubon，1785—1851），美国著名鸟类研究专家、博物学者，也是位画家。他对美洲鸟类做了详尽深入的研究和记录，并且绘制了它们在自然环境中的生存状态，编成七卷本《美洲鸟类图谱》。后美国成立了以他的姓氏命名的致力于保护野生动物及其他自然资源的奥杜邦协会，这里的奥杜邦小组应是协会的下设或分支机构。

材就像是年轻人所特有的样子——虽然他早已不再青春年少，可是早上他从楼梯扶手上滑行而下，朝大厅桌上摆的青铜爱神像屁股上拍了一掌，然后一路小跑，朝着散发出咖啡香的餐厅奔去。可以将他比作夏日，尤其是夏日的最后几个钟头，虽说他缺少一把网球拍或是帆船包，但他给人的印象绝对是青春、运动和好天气。他刚刚游完泳，正在大口呼吸，咻咻有声，仿佛要将这一刻的构成成分，一股脑吸进肺里去。阳光的炽热，身心的至乐，一切仿佛都朝他的胸口涌去。他自己的家在子弹公园，距离此处往南八英里，他的四个漂亮女儿在家里，现在大概已经吃完了午餐，可能在打网球。这时他突然想到，如果他朝西南方向转弯，就可以走水路回家。

他的生活无拘无束，这想法让他感到如此快乐，仅仅因为有着逃离的暗示，是无法解释清楚的。他就像地图测绘员一样，仿佛看到了一连串的游泳池连缀成地中海一样的水流，蜿蜒穿过整个县城。这是他的新发现，是他对于现代地理做出的贡献；他要用妻子的名字为这条水流命名，就叫它露辛达河。他不是个喜欢恶作剧的人，也不傻，但他下定决心要与众不同，脑海中有个模糊而不过分的念头，把自己想成个传奇人物。天气很好，他觉得，长长地游个泳能够放大并且纪念这种美好。

他将搭在肩头的汗衫脱掉，一个猛子扎进了水里。对于那些不肯跳进泳池的男人，他有种说不出的鄙夷。他游不标准的爬泳，要么每一次打水呼吸，要么每到第四次打水呼吸，在脑海深处某个地方，默默数着打水的拍子，一二,一二。这种泳姿可应付不了长距离，但随着游泳运动在家庭普及，这种运动演化出了一些习俗，在他所生活的这片世界里，爬泳是最为大家所接受的。他所感受到的快感，与其说是被淡绿的水拥着、托举着，不如说是回归到了一种自然的状态。他倒是希望可以不穿泳裤游，但考虑到他的计划，这不可能。到了泳池尽头，他纵身出水——他从来不走扶梯——起步穿过草坪。露辛达问他要去哪里的时候，他说他要游泳回家。

所有他要参照的地图或是路线都仅存于记忆或是想象中，但这些已经足够清晰。首先是格雷厄姆家，哈默家，利尔家，霍兰德家，还有克罗斯卡普家。然后他穿过狄特马大街，到邦克家，再走一小段陆路，到莱维家，韦尔彻家，然后到兰卡斯特的公共泳池。然后是哈洛伦家，萨克斯家，比斯万格家，雪莉·亚当斯家，吉尔马丁家，还有克莱德家。天气很美好，他所生活的这个世界供水如此充足，简直像天赐福祉。他兴致高昂，跑过草地。不走寻常路回家，这让他产生一种感觉，仿佛自己是个朝圣者，探险家，一个有使命的人，并且他知道一路上他都会遇到朋友，他的朋友遍布露辛达河的两岸。

他穿过了将韦斯特赫泽和格雷厄姆家分隔开来的一道树篱，走过开花的苹果树下，还经过了他们存放抽水机和过滤器的棚屋，然后就到了格雷厄姆家的泳池。“哎哟，奈迪，”格雷厄姆太太说，“什么风把你吹来了。我一上午都在打电话找你。快来，我给你倒杯喝的。”就像所有的探险家一样，他明白，要想最终到达目的地，他就得遵循当地土著的待客习俗和传统，遵守外交礼仪。他不想故弄玄虚，不想对格雷厄姆夫妇失礼，但他也没有时间在这里多逗留。他游完这家的泳池，跟他们一起在阳光下坐了一会儿，几分钟之后，两车朋友从康涅狄格州抵达，他终于得救了。在他们喧闹的欢聚中，他得以悄悄溜走。他从格雷厄姆家的前门出去，跨过一片长刺的树篱，穿过一片空地，来到了哈默家。哈默太太从玫瑰花丛里抬起头来，看到他游泳路过，但她拿不准这人是谁。利尔夫妇在起居室，从开着的窗口听到他拍打着池水经过。霍兰德一家，还有克罗斯卡普夫妇都出门了。离开霍兰德家之后，他穿过狄特马大街，朝邦克家走去，老远就听到传来派对的喧闹声。

池水将派对上说笑的声音折射过来，仿佛这些嘈杂声就停在半空中。邦克家的游泳池建在高地上，他爬了几级台阶，来到一片露台，那里有二十五到三十名男男女女在饮酒。水里唯一的一个人是拉斯蒂·托尔斯，正躺在橡皮筏子上，在水上漂着。哦，露辛达河两岸是多么美丽丰饶！华丽光鲜的男男女女围绕着一池碧水欢聚在一起，身穿白色外衣的侍者为他们斟上冰凉的金酒。头顶上空一架红色的德哈维兰训练机在空中一圈一圈又一圈地盘旋，仿佛荡秋千的孩子一样，透露出满心的欢喜。这场景瞬间让奈德心有所动，这聚会让他感到一种温柔，仿佛那是某种能够触碰的东西。他听到远处传来雷声。伊妮德·邦克一看到他就喊了起来：“哎呀，看看谁来了！什么风把你吹来了！露辛达说你来不了的时候，我都快难过死啦！”她穿过人群朝他走来，两人亲吻致意，然后她领着奈迪来到吧台，一路上他停下来又亲吻了八到十个女人，跟同样数量的男人握手，脚步因而迟缓了许多。一个他曾在派对上见过不下百次的酒保面带微笑递给他一杯金酒，于是他在吧台边上站了一会儿，焦虑着可不要因为谈话耽搁了行程。当他感到人群正在围上来的时候，他跳进泳池，贴着边游，免得撞上拉斯蒂的筏子。到了泳池尽头，他闪过了汤姆林森两口子，灿烂一笑，然后沿着花园小径跑过。脚踩到砂砾有些刺痛，但这是仅有的不快。派对仅限于泳池边，当他走近房子时，那些华丽、泛着水意的交谈声渐渐消散，邦克家的厨房里传来了收音机的声音，里面有人在听球赛解说。星期天的下午。他穿过许多停着的车辆，沿着他家的车道边界，走上了艾尔维伍思巷。他不想让人们看到他只穿着泳裤走在路上，但街上没人，他没走几步就到了莱维家的车道上，这里树着**私家宅院**的牌子，还有个派送《纽约时报》的绿管子。大房子所有的门窗都敞开着，但没有人声；连狗都不叫一声。他绕着房子侧面走到泳池，发现莱维夫妇才刚刚离开。水深的那头有个凉亭，或者冲凉房，挂着日本灯笼。那边有张桌子，上面摆着玻璃杯、酒瓶和盛坚果的盘子。他游完泳之后，给自己找杯子倒了杯酒。这是他喝的第四或者第五杯了，他已经游了露辛达河将近一半的河道距离。此刻他感到疲倦，清洁，很享受能一个人独处，一切都让他心满意足。

暴风雨要来了。那片堆积云——那座城市——升高了，变得更阴暗，他坐在那边的时候，又一次听到了炸裂的雷声。那架德哈维兰训练机还在头顶盘旋，奈德仿佛能听到飞行员下午时分畅快大笑的声音；但是当雷声再次响起的时候，他转头回家去了。火车汽笛响起，他心想不知道现在几点钟了。四点？五点？他想起这个时间的当地车站，一个侍者的无尾礼服外面套了件雨衣，一个侏儒手里拿着一卷报纸裹着的花束，还有一个面带泪痕的女人，在等待着支线慢车。突然天色就暗了下来。仿佛就是这样的时刻，那些傻头傻脑的鸟儿会将歌声变成急迫又明确的通知，说暴风雨正在逼近。随后他身后一棵橡树的树冠上传来细微的水声，仿佛那里有个水龙头拧开了。随即喷泉的声音仿佛从所有大树的顶端传来。为什么他会喜欢暴雨？当房门骤然敞开，风雨粗暴地打到楼梯上，他那么兴奋是为什么？为什么将一幢老房子的窗子关闭这样一项简单的差事，看起来如此迫切而恰如其分？为什么暴风雨到来的第一阵雨声在他听来，毫无疑问就代表着好消息，代表着欢庆和快乐的浪潮？随后有爆炸的声音，还有火药的气味，雨水敲打着莱维太太前年去京都买回的日本灯笼，或者那是大前年的事儿啦？

他在莱维家的凉亭里一直待到暴风雨过去。雨后天凉了下来，他不禁打了个寒战。大风将一棵枫树红红黄黄的叶子吹落，散在草坪上、池水里。现在是仲夏季节，因此这棵树想必是有病患，然而看到这秋日的标志，他感到一种莫名的伤感。他抱住肩膀，喝干杯中酒，开始朝韦尔彻家的泳池走去。这就意味着他要穿过林德利家的骑马场，他很惊讶地发现场地上长满了杂草，所有的跳马障也都拆掉了。他奇怪林德利家是把马卖掉了，还是出去度假，把马送去寄养了。他仿佛记起听到谁说起林德利和他们家马的情况，但他记不清楚了。他继续往前走，光着脚穿过湿漉漉的草地，来到了韦尔彻家，却发现他们的泳池没有水。

在他的水连环中，这一节缺失令他感到出奇地失望。他感觉自己就像个探险家，立志要找到波涛汹涌的大河源头，结果却发现一条干死的河床。他既失望，又迷惑不解。夏天出门顶正常不过了，但是没人会放干泳池里的水。韦尔彻一家绝对是离开了。泳池边的家具都折起来，收好，用油布盖了起来。冲凉房上了锁。房子里所有的窗户都关着，当他绕路走到门口车道时，看到树上钉着吉屋出售的牌子。他最近一次听到韦尔彻夫妇的消息是什么时候——他和露辛达最后一次婉言辞谢他们的晚餐邀请？好像才一星期前后。到底是他的记忆模糊了呢，还是他特意要求自己压抑记忆中那些不愉快的事，因而损坏了他对真实的感知力？这时，他听到远处传来打网球的声音。这让他打起精神，抛下了所有的忧虑，让他可以面对满天的乌云和冷空气而无动于衷。今天是奈迪·梅瑞尔游泳穿过全县的日子。就是今天！于是他动身出发，走上了一段最艰难的陆上行程。

如果你那个周日下午出门兜过风，可能曾见到过他，几乎赤裸着身体，站在四二四号公路的路肩上伺机穿行。你可能奇怪，他到底是玩游戏被人整，汽车抛锚，还是单纯只是傻而已？光脚站在公路的沉积地带——啤酒罐，破衣烂布，轴圈等等——任人嘲笑，他看起来很可怜。他出发的时候就知道，旅途中会经过这一段——他脑海中的地图里有这一段，但真的面对夏日光线里那些缓慢前行的车流时，他发现自己毫无准备。他被人嘲笑，讥讽，有人朝他扔了个啤酒罐，此刻他没有幽默的兴致，也挺不起尊严的腰杆以应对这些情况。他本可以回去，回到韦斯特赫泽家，露辛达还在那里，沐浴在阳光里坐着。他没有签字，没有发誓，没有做出任何承诺，即便是对自己也没有过。尽管他相信，人类所有的固执都要屈从于常识，但为什么，他却依然无法掉头返回？为什么他下定决心要完成这旅程，哪怕这意味着将自己的性命置于险境？从哪里开始，这个游戏，这个玩笑，这起恶作剧，变成认真的呢？他不能回去，他甚至无法清楚地记起韦斯特赫泽家那一池碧水的样子，记起将当天的各个组成部分一股脑儿吸进去的感觉，记起那些纷纷说他们喝得太多的友好而悠闲的声音。仅仅一个小时的时间里，或多或少，他已经走了那么远的距离，失去了回归的可能。

一个老人家，以每小时十五英里的龟速开车行驶在路上，让他来到了路中央的绿化隔离带上。在这里，他又要面对北上车辆的讥讽，但十或十五分钟之后，他得以穿过。从这里，他只需走很短的路程就能到达兰卡斯特村边的娱乐中心，那边有几块手球场地，还有一个公共泳池。

在这里，水对声音的效果，那种闪烁而漂浮的错觉，跟在邦克家一样，但这边的声音更大，更尖利，更刺耳，他一走进那片拥挤的泳池区，就遭遇了种种戒律。“所有泳客进入泳池前必须冲凉。所有泳客必须走过足浴区。所有泳客必须佩戴身份牌。”他冲了凉，在一盆散发着苦味的混汤水里洗了脚，然后朝水边走去。水发出刺鼻的氯味儿，他感觉这里就像个污水池。两个救生员分别待在高台上，冲着泳客以貌似有规律的频率大吹警笛，并且通过扩音器辱骂泳客。奈迪满心怀念地想起了邦克家那蓝宝石色的池水，心想他可能会因为在这片脏水里游泳遭到感染——伤害到他的华丽光鲜和迷人魅力，然而他提醒自己：你是个探险家，朝圣者，这只是露辛达河上一处弯道中淤积的死水。他跳进氯水中，倒胃口地紧皱着眉，为了避免撞到其他人，他只能将头部保持在水面上方，但尽管如此，他还是被人撞，被水溅，被推挤。等他来到浅水那头，两个救生员都在朝他喊：“嘿，你，没带身份牌的，赶紧从水里出来。”他照做了，但他们没有办法追究他，于是他穿过氯和日晒油混合的刺鼻气味，穿过防风障，走过了手球场。一过马路，他就进入了哈洛伦家的林地。树下没有清扫，很难走，踩下去可能会伤到脚，一直到草坪和围绕泳池的修剪整齐的山毛榉树篱处，他才算是安全了。

哈洛伦夫妇是朋友，这对上了年纪的夫妇非常有钱，别人怀疑他们是共产党，他们似乎还挺得意。他们热衷于改革，但他们并不是共产党，然而有时候他们遭到指责，说他们企图颠覆政府，反倒教他们很兴奋，很满足。他们山毛榉树篱的叶子都黄了，他猜测这树篱是不是跟莱维家的枫树一样，患了枯萎病。他喊道哈啰，哈啰，想让哈洛伦夫妇知道他来了，以安抚他们对于他侵犯隐私的反应。哈洛伦夫妇没有穿泳衣，其缘故他们从来没有做出解释。其实也完全无须解释。他们赤裸的身体只是热衷变革的一个细节表现而已。于是他出于礼貌，脱了泳裤，然后才进入了篱笆内侧。

哈洛伦太太是个矮胖妇人，满头白发，面容安详，正在读《纽约时报》。哈洛伦先生正用勺子从水中捞榉树叶子。他们看到他似乎既不吃惊，也不难过。他们的泳池可能在全国都算得上最古老的：粗石垒的长方形，通过一条小溪供水。既没有水过滤，也没有抽水机，水是溪流一样浑浊的金色。

“我要游泳穿过县城。”奈德说。

“是吗，我还不知道这都可以做到。”哈洛伦太太惊叹道。

“反正，我从韦斯特赫泽家已经游到这里了，”奈德说，“那得有四英里吧。”

他将泳裤留在水深的那头，然后走到浅水边，游完了全长。他挺身出水的时候，听到哈洛伦太太说：“我们非常难过，听到你的那些不幸，奈迪。”

“我的不幸？”奈德问道，“我不知道您指的什么。”

“是吗，我们听说你把房子卖了，还有你可怜的孩子们……”

“我不记得卖过房子，”奈德说，“我女儿都在家呢。”

“是啊，”哈洛伦太太叹气，“是啊……”她的话音让空气中充满了不可理喻的伤感气氛。奈德赶紧说：“谢谢您让我游泳。”

“好吧，祝你旅途愉快。”哈洛伦太太说。

一穿过树篱，他就穿上了泳裤，把带子系紧。裤带很松，他疑心是不是经过短短一下午的时间，他的体重已经有所减轻。他很冷，又疲倦，哈洛伦夫妇赤裸的身体、他们那池乌水都让他感到忧郁。这样游太累了，他体力不支，但早上他从扶手上滑下来，沐浴着阳光坐在韦斯特赫泽家的时候，怎么会猜到这些呢？他双臂无力，两条腿像橡皮一样，关节都在痛。最糟糕的是，他冷入骨髓，感到仿佛再也不会暖和起来了。树叶在他身边飘落，他闻到风中传来木材燃烧的气味。谁会在一年中这个时候烧木头呢？

他需要喝一杯。威士忌能暖身，振奋精神，给他勇气完成其余的行程，让他重拾信念，游泳穿过全县城，这是个独一无二的勇敢计划。那些游泳穿越海峡的人会喝白兰地。他也需要某种刺激。他穿过了哈洛伦家门前的草坪，走了一段小路，到了他们为独生女儿海伦和她丈夫埃里克·萨克斯造的房子。萨克斯家的泳池很小，他看到海伦跟丈夫就在那里。

“哦，奈迪，”海伦说，“你在妈妈那边吃的午饭吗？”

“不完全是，”奈德说，“我确实进去看了看你父母。”似乎这样解释就足够了，“我非常抱歉，这样冒失地闯到你家里来，但是我有点冷，不知道你是不是能给我杯酒喝。”

“哎呀，乐意之至，”海伦说，“可是我们家自从埃里克动手术以来就一点酒都没了。那都是三年前的事儿啦。”

他是失忆了，还是隐藏痛苦事件的天赋让他忘记了自己已经卖掉了房子，孩子们麻烦缠身，他的朋友还身患疾病？他的目光从埃里克的脸上滑到腹部，他看到那里有三道苍白的缝合伤口，其中两条至少有一英尺长。他的肚脐没有了，奈德不禁想，凌晨三点躺在床上，一只手漫无目的地摸查自己天赋身体上的各个部位时，发觉肚子上没有了肚脐，这与生育相关联的器官，发现生生不息的循环中缺失了这一点，他会作何感想呢？

“我肯定你到比斯万格家能喝上一杯，”海伦说，“他们正在搞个大型活动。从这里你都能听见。你听！”

她抬起头，从路对面，草坪上，花园里，树林里，田园上，他再次听到那种水上传来的带有波光粼粼的话音。“好吧，那我把身上打湿一下。”他说着，仍然感到自己没有选择旅行方式的自由。他跳进了萨克斯家的冷水中，上气不接下气，差一点淹死，终于从泳池的一头游到了另一头。“我和露辛达都非常想见到你们，”他朝身后说道，脸已经朝向比斯万格家的方向去了，“很抱歉这么长时间都没有见过面，我们很快就打电话来。”

他穿过几块田园，到了比斯万格家，那欢宴的声音就是从那里传出来的。他们应该很荣幸地请他喝酒，他们会很高兴请他喝一杯。比斯万格家一年四次邀请他和露辛达去他们家吃饭，每次都提前六周通知。他们总是拒绝，然而他们仍然持续不断地发出邀请，就是不肯接受刻板和不民主的社会现实。他们是那种在鸡尾酒派对上讨论东西价钱的人，在晚宴上他们会交流股市情报，饭后还会在男女都有的场合讲荤段子。他们不属于奈迪的圈子——他们甚至不在露辛达圣诞寄送贺卡的名单上。他怀着无所谓和做善事的感觉，还有些许的不自在，朝他们的泳池走去，天色渐渐暗了下来，这又是一年当中白天最长的几天之一。他加入进去的时候，派对很闹腾，人很多。格蕾丝·比斯万格是那种女主人，她能把验光师、兽医、房产中介和牙医全都请了来。没人游泳，暮光反射在池水上，发出冬天的寒光。现场搭了个吧台，于是他向吧台走去。格蕾丝·比斯万格看到他，朝他走了过来，但他并没有如他理直气壮满心料想的那样得到热情的招呼，反而很凶、很冲。

“哎哟，今儿这派对可算是齐活儿啦，”她大声说，“连不速之客都有了。”

她可没办法让他当众出丑——她决计办不到，对此他毫无怯意。“作为不速之客，”他客气地问道，“我可趁得上一杯酒水？”

“请自便吧，”她说道，“你对人家的邀请似乎从来都不大上心。”

她扭头给他个冷淡的背影，去跟其他客人交谈去了，于是他走到吧台，要了杯威士忌。酒保给他倒了酒，但态度有些粗鲁。在他生活的世界里，餐饮服务人士掌握着社交地位的记分牌，被一个兼职酒保粗暴地回绝，这就意味着他遭受了社会地位的损失。要么这个人就是新来的，不知道轻重。随后他听到格蕾丝背着他说：“他们一夜之间就破了产——除了点收入，什么都没了——有个星期天他突然醉醺醺地跑来，跟我们借五千美元……”她总是在谈钱。这比用刀子吃豆子还糟糕。他一头扎进泳池里，游完全程就走掉了。

他列表上的下一个泳池，倒数第三个，属于他的旧情人，雪莉·亚当斯。倘或说他在比斯万格家里遭受过任何伤害，在这里都能够得到治愈。爱——事实上，痛快的性爱——是终极的万灵丹、止痛药，这色彩明亮的小药丸能将弹簧重新装到他的脚步上，将生命的喜悦重新灌注到他心里面。他们有过一段情，上周，上个月，去年。他不记得了。是他叫停了这段关系，他是占上风的那个。他从她家泳池围墙上的那扇门进去，丝毫无须考虑自信心的问题。某种意义上来说，这几乎算是他的游泳池。作为情人，尤其是婚外恋的情人，他以某种合法伴侣无法理解的权威力量，享受着他对情妇财产的占有权。她就在那里，金铜般的发色，但她那在亮着灯的蔚蓝色泳池边的身体，却并未激起他任何强烈的记忆。他想，毕竟是场露水情缘，虽说在他斩断情丝的时候她还是哭了。看到他，她似乎很困惑，他疑心，她的伤痛是不是仍然没有平复。看在上帝分上，她不会又哭起来吧?

“你想干吗？”她问道。

“我要游泳穿过全县。”

“善良的耶稣啊。你就永远长不大吗？”

“怎么了？”

“如果你是来要钱的，”她说，“我一分钱也不会再给你了。”

“你可以给我杯酒喝。”

“我可以，但我不给。我有客人。”

“好，我这就走。”

他跳进去，游完了泳池的距离，当他试图在池边上撑起身体的时候，发现肩膀和手臂已经没了力气，于是他打着水游到梯子边，爬了上来。他回头望去，看到亮灯的冲凉房里有个小伙子。出来走到草坪上，天色已暗，他闻到有菊花或者金盏花的香气——一种固执的秋天的气息——飘散在夜晚的空气中，简直像煤气一样强烈。他抬起头，发现星星已经亮了起来。可是为什么他看到的似乎是仙女座、仙王座和仙后座呢？那些仲夏夜的星座都哪儿去了？他哭了起来。

这可能是他进入成年以来第一次哭泣，无疑也是他这一生中第一次感到如此痛苦、寒冷、疲倦而且困惑。他无法理解那个兼职酒保的粗鲁对待，也不明白为什么当初跪倒在地上、将眼泪洒满他裤脚的旧情人，怎么会这么粗暴地对他。他游得太久，浸在水里太久，鼻子和喉咙都被水淹得有些痛。此时他需要的是一杯酒，一个伴儿，还有干净整洁的衣服，虽然说他可以径直穿过大路回家去，他还是往前去了吉尔马丁家的泳池。在这里，他生平第一次没有跳进水中，而是沿着梯子下到了冰冷的水里，侧泳的泳姿游得跌跌撞撞，好像当初年轻时候初学的样子。去克莱德家的路上，他疲惫不堪，蹒跚而行，用狗刨式游完了他们家的泳池，中间一次次停下来，把手搭在泳池边上休息。他爬梯子上来，疑心自己还有没有力气走回家。他做到了自己想做的，他游完了全县城，然而他疲惫不堪，昏昏沉沉，因此他的胜利显得暧昧不明。他弯下腰，扶着门柱支撑身体，终于来到了自家的车道上。

里面很黑。难道已经太晚了，大家都上床睡觉了？露辛达是留在韦斯特赫泽家吃的晚饭吗？女儿们是去那边跟她会合了，还是去了别的地方？他们不是都同意的吗，星期天总是这样，推掉所有邀请，待在家里？他试着去推车库的门，想看看哪辆车在，但门都锁着，把手上有铁锈，粘到他手上。他朝房子走去，留意到暴风雨冲坏了一条雨水槽。坏管道就像雨伞的伞骨一样横倒在房门前面，但这个早上就可以修好。房门锁着，他想，那个蠢厨子，或者是蠢女佣一定是把家里锁起来了，可他终于记起，他们已经很长时间没有雇过女佣或是厨子了。他大喊大叫，砸门，试图用肩膀把门撞开，后来，他朝窗户里面望去，发现里面空无一物。

苹果世界

老桂冠诗人阿萨·巴斯科姆在他的工作间或称书房里——诗人写诗的房子应该叫什么，他一直没有拿定主意——走来走去，举着一份 *La Stampa*[1] 打黄蜂，一边奇怪，为什么他始终没得诺贝尔奖。除此之外所有的荣誉他几乎全都得过了。在角落的一个箱子里，放着那些奖章、荣誉证书、花环、花束、绶带和徽章。他书房取暖用的暖炉是奥斯陆国际笔会所赠，书桌是来自基辅作家协会的礼物，书房本身是一个他的崇拜者组建的国际组织建造的。当他接到这座房子的钥匙那天，美国和意大利的总统分别发电报表达了祝贺。为什么没有诺贝尔奖呢？啪！啪！书房是座谷仓式的建筑，椽架露在外面，朝北有个大窗户，正对着阿布鲁奇。他倒宁可要一座没这么大、窗户也小一点的书房，但没人问过他的想法。仿佛山脉的海拔跟诗歌的规则有些冲突。我在写这篇文章的时候，他已经八十二岁，住在罗马以南，蒙特卡邦小镇山脚下的一幢别墅里。

他留着一头浓密的白发，一绺绺垂在额头上。通常头上总有一两撮头发桀骜不驯，总是乱蓬蓬地立着。在正式招待会的场合，他会用肥皂打湿头发，把翘起来的几撮压下去，但是通常到了倒香槟

1 意大利语：《新闻报》——意大利都灵出版的日报。

的时候，这几撮头发就又会竖起来了。这一点常常给人留下深刻的印象。就像是人们会记得某人鼻子特别长，某人的笑容、胎记或是一道疤痕的样子，人们记忆中的巴斯科姆有一头桀骜不驯的卷发。他常常会被称为诗人中的塞尚[1]。他的作品有种直线式的精准，可能有人会认为这点跟塞尚相似，但塞尚油画里那种潜藏的想象力是他所没有的。这种错误的类比可能来源于他最受欢迎的一部作品题目，叫作《苹果世界》——这是一本诗集，崇拜者们在其中发现了新英格兰北部苹果的刺激性口感、丰富的色彩和怀旧之情，而他已经四十年不曾回过故乡了。

为什么他这样一个出身乡野、以朴实著称的人，会选择离开佛蒙特州，到了意大利呢？是不是他深爱的阿梅莉亚做出的选择？阿梅莉亚死于十年之前，他们的许多决定都是她拿的主意。莫非他作为一个农民的儿子竟如此天真，以为出国生活能够给他寒微的出身增光添彩？再不然，这仅仅是为了实际需要，为了躲开公众视线？倘或他留在祖国，太多的关注会让他不胜其扰。有崇拜者到蒙特卡邦来找他，几乎每天都有人来，但好在人数并不多。每年有一两次，《竞赛画报》或《时代周刊》[2]会来给他拍照——通常是他生日的时候——但通常他都能过得比较安静，而在美国，这是不可能做到的。他最后一次回国的时候，走在第五大道上，有人拦住他，让他在几张小纸片上签名。而在罗马街头没有人知道他是谁，也没人关心，这正是他想要的生活。

1　塞尚（Paul Cézanne，1839—1906），法国后期印象派代表画家，认为自然物体均与简洁的几何体相似，对运用色彩和造型有新的创造，被称为“现代绘画之父”。

2　意大利的周刊，参见第620页注释。

蒙特卡邦是座撒拉森人[1]的城镇，建在一块面包形状、阴沉沉的花岗岩山顶上。镇子的顶端有三口纯净丰沛的山泉，水流到池塘里，或是沿着沟渠从山坡流下去。他的别墅在城镇下方，他的花园里有许多喷泉，源头都是山顶的泉水。水流哗哗的声音很响，又毫无乐感——啪啪或者哗哗的嘈杂声响。水冰凉，甚至仲夏时节也一样。他总是将金酒、葡萄酒和味美思都放在露台上的一个水池里。他上午在书房工作，午饭后小憩一会，然后就拾级而上到村里去。

石灰岩，辣香肠，还有布满墙壁房顶的苔藓那苦兮兮的色彩，都不属于美国人意识范畴的一部分，哪怕此人——就像巴斯科姆——已经在这种苦兮兮的色彩围绕之中生活了许多年。爬了许多向上的台阶，他累得气喘吁吁。他一次又一次停下来平复喘息。人人都跟他讲话。Salve, maestro, salve[2]! 他看到那座建于十二世纪的教堂那砖结构的十字形翼部时，总是自言自语地讲出其年代，仿佛他是在向某位同伴解释当地的美景。这里的美各有不同，却都有些忧郁。在这里，他始终都是个陌生人，然而在他看来，这种陌生像是一个关于时间的隐喻，当他攀着陌生的台阶，翻过陌生的城墙时，他仿佛是穿越了时辰、岁月，几年甚至几十年。在广场上，他喝了一杯葡萄酒，取走他的信件。他任何一天收到的信件都比全村人加起来的还多。有的来自崇拜者，有邀请他去演讲、朗读，甚至只是露个面的，仿佛西方世界里所有的荣誉社团邀请名单上都有他，当

1　撒拉森人（Saracen），古希腊后期及罗马帝国时代叙利亚和阿拉伯沙漠之间诸游牧民族的一支。

2　意大利语：您好啊，大师，您好。

然，除了诺贝尔奖得主的社团。他的信件都装在一个袋子里，如果太重他拿不了，那么 postina[1] 的儿子安东尼奥就会陪他走回别墅去。他忙着回信，一直要忙到五六点钟。每周有两三次，那些朝圣者都会找到他的别墅里来，如果他看他们比较顺眼，他就会请他们喝杯酒，给他们带来的《苹果世界》签上名字。他们几乎从不会带他其余的著作，虽然他已经出版了十几部作品。每周有两三回，他会跟当地的黑手党老大卡邦玩双陆棋。两人都觉得对方会作弊，游戏进行期间坚决不肯离开棋盘，哪怕膀胱充盈，几乎要爆掉。他睡得很好。

有四个诗人经常与巴斯科姆被归在一起，其中一个人开枪自尽，一个投水而死，一个上吊身亡，第四个死于震颤性谵妄。每一个巴斯科姆都曾与之相识，大多他都心怀热爱，其中两人病重时，他还曾亲自照顾过他们，然而他激烈地反抗这种俗见，即仿佛他选择以写诗为生，就意味着选择自我毁灭。他了解自杀的诱惑，就像了解其他所有罪孽的诱惑一样，因此他很小心地不让别墅里有任何武器：长度适宜的绳索、毒药以及安眠药。在 Z 君身上——这是四人中跟他关系最近的一个——他曾看到天才的想象力与自毁的天赋奇才无法分割的结合，但巴斯科姆头脑简单，固执己见，下定决心要打破或者无视这种结合——要摆脱玛息阿[2] 和俄耳甫

1 意大利语：邮差。

2 玛息阿（Marsyas），希腊神话人物，他找到雅典娜女神发明的双簧管并能熟练吹奏后，要同太阳神阿波罗演奏的竖琴比赛。佛律癸亚国王弥达斯判定玛息阿获胜，阿波罗使弥达斯长出一对驴耳以示惩罚。一说担任裁判的是缪斯女神，她们判定阿波罗获胜，于是阿波罗将玛息阿绑到树上，剥了他的皮。

斯[1]的宿命。诗歌的荣耀经久不衰，他下定决心，诗人的生命最后一幕不应该——像Z君那样——在一个脏兮兮的堆着二十三个空酒瓶的房间里上演。既然他无法否认天才与悲剧之间的联系，那么他下定决心要跟它奋争到底。

巴斯科姆相信，科克托[2]说得对，写诗是对记忆的底层那未获正确理解的部分进行发掘。他的作品似乎是回忆的重现。他写作的时候，并没有为记忆做出任何实际的任务规划，但他所调动使用的，无疑是他的记忆——他对于刺激、风景、面容以及自己的语言和丰富语汇的记忆。他可以花整整一个月，甚至更久的时间去写一首短诗，但他的工作方式绝不能称为勤奋或是自律。他好像完全没有挑选辞藻，而是从他初初开始听懂人话算起，听到的那数以亿计的声音中寻回这些印记。因为他要依赖记忆去赋予他的人生以意义，因此他有时会疑心，记忆会不会衰退。他在跟朋友和崇拜者们讲话的时候，会特别留心不讲重复的话。凌晨两三点，当他午夜梦回，听到喷泉那毫无乐感的哗哗水声时，他会花上一个小时的时间，绞尽脑汁想一些人名和年份。巴拉克拉瓦战役[3]中，卡迪根勋

1 俄耳甫斯（Orpheus），希腊神话中的诗人和歌手，善弹竖琴，弹奏时猛兽俯首，顽石点头。妻子欧律狄刻死后，他追到阴间，冥后普西芬尼为其音乐感动，答应他把妻子带回人间，条件是他在路上不得回顾；将近地面时，他回看妻子是否跟着，致使欧律狄刻重坠阴间。后因拒绝参加酒神的狂欢而被杀，有关其死因尚有其他说法。

2 科克托（Jean Cocteau，1889—1963），法国艺术家，能诗善画，又能创作小说、戏剧、舞剧和电影，作品有诗集《好望角》、小说《调皮捣蛋的孩子们》、剧本《爆炸装置》等。

3 巴拉克拉瓦战役（Battle of Balaklava，1854年10月25日），俄国与英法为争夺小亚细亚地区的权力而进行的克里米亚战争中的一次著名战役。

爵[1]的对头是谁？过了一分钟，卢肯勋爵[2]的名字挣扎着从混沌中浮现，但终究还是出现了。他把动词esse[3]变形为远过去时，用俄语数到五十，背诵了多恩[4]、艾略特、托马斯[5]和华兹华斯的诗作，细数了从一八一二年米兰暴乱直到维克托·伊曼纽尔[6]加冕称王这段意大利复兴运动[7]时期的重要事件，列举了史前的各个时代、一英里相当于多少公里、太阳系几大行星分别是什么，以及光速到底是多快。他的记忆反应无疑是有所减慢，但保持得还算可以，他想。唯一的损伤是焦虑。他眼看着时光摧毁了许多东西，不禁怀疑，老人的记忆是否能够比橡树更强韧，更持久；然而，三十年前他亲手在露台

---

1 卡迪根伯爵（七世）（James Thomas Brudenell, 7th Earl of Cardigan，1797—1868），英国将军。克里米亚战争期间，他在巴拉克拉瓦战役中率轻骑兵向俄国人冲锋。这次战斗因丁尼生的诗作《轻骑兵的进击》（1855）而流传千古。

2 卢肯伯爵（三世）（George Charles Bingham, 3rd Earl of Lucan，1800—1888），英国军人。曾参加一八二八年对俄军作战的巴尔干战争，一八五四年克里米亚战争爆发后请求参军，任骑兵师长，在巴拉克拉瓦战役中因向俄国防守坚固的阵地进攻而造成大批伤亡，他本人腿部受伤。此后没有担任任何军职，却在一八六五年晋升为上将，一八八七年又成为陆军元帅。卡迪根和卢肯长期不和，在克里米亚战争期间经常争吵，据信，两人相互之间的恶感妨碍他们有效地质疑英军总司令拉格伦勋爵（FitzRoy James Henry Somerset, 1st Baron Raglan，1788—1855）下达的那些混淆不清的命令，从而最终导致丁尼生在《轻骑兵的进击》中所描述的向“死亡谷”的进军。

3 意大利语：是，成为，存在。

4 多恩（John Donne，1572—1631），英国诗人，玄学派诗歌的代表人物，伦敦圣保罗大教堂堂长，写有爱情诗、讽刺诗、宗教诗、布道文等，著名作品有诗集《歌与短歌》、宗教长诗《灵魂的进程》等。

5 托马斯（Dylan Thomas，1914—1953），英国诗人，作品多探索生与死、爱情与信仰的主题，著有诗集《死亡和出场》和《诗集》、自传体短篇小说集《作为一条小狗的艺术家肖像》及广播剧《奶树林下》。

6 维克托·伊曼纽尔二世（Vittorio Emanuele II，1820—1878），撒丁-皮埃蒙特国王，意大利统一后的第一位国王。

7 复兴运动（Risorgimento），十九世纪以统一意大利为目标的思想文化运动。它曾唤起意大利人民的民族觉悟，鼓舞一系列的政治斗争，终于使意大利从外国统治下解放出来。

上栽下的那棵橡树已经快要死掉了，而他依然能够清楚地记得他跟亲爱的阿梅莉亚第一次见面时，她身上裙子的裁剪细节和色彩。他在自己的记忆中搜寻，穿过一个又一个城市。在想象中，他从印第安纳波利斯的火车站走到了纪念喷泉，从列宁格勒的欧洲大饭店走到了冬宫，从罗马的伊甸园酒店穿过台伯河岸区，走到圣彼得大教堂。他身体虚弱，对自己身体的机能充满怀疑，是孤独，才使得他的这种探究和追问显得尤为艰苦而挣扎。

一天夜晚或是清晨，记忆似乎将他唤醒，请他报出拜伦勋爵的教名。他做不到。他决定暂时从自己的记忆中抽离，等拜伦勋爵的名字浮上心头时，要让记忆大吃一惊。可是等他小心翼翼地回到这个信息接收点查看时，依然空无一物。西德尼？珀西？詹姆斯？他下了床——天挺冷的——穿上鞋，披上外套，爬上台阶穿过花园，到了书房。他抓过一本《曼弗雷德》[1]，然而作者名字只是简单列为拜伦勋爵。《恰尔德·哈洛尔德》[2]也是一样。最终他在百科全书里才查到，拜伦勋爵的教名是乔治。他认为自己这次记忆失灵情有可原，于是回到了温暖的床上。跟大多数老人一样，他也可开始偷偷摸摸地开列那些似乎可以壮阳补肾的食物。活鳟鱼。黑橄榄。百里香烧的羊仔肉。野蘑菇，熊肉，鹿肉，还有兔肉。与之相对的一栏里则包括一切冷冻食品、人工培育的蔬菜、煮过头的意面，还有罐头汤。

春天的时候，一个斯堪的纳维亚的崇拜者写信来，问巴斯科姆

---

1 《曼弗雷德》（*Manfred*），拜伦的著名诗剧。

2 全名《恰尔德·哈洛尔德游记》（*Childe Harold's Pilgrimage*），拜伦的著名长诗。

是否愿意赏光跟他去山中诸镇旅游一日。巴斯科姆当时自己没有车，于是愉快地接受了邀请。那个斯堪的纳维亚人是个令人愉快的小伙子，于是他们高高兴兴地朝蒙特费里奇出发了。十四、十五世纪的时候，为小镇供水的山泉干枯了，于是居民从山顶搬下来，到了山腰位置居住。山顶的废城只留下了两座壮美不同凡响的大教堂。巴斯科姆非常喜欢这两座教堂。它们矗立在开花的杂草丛中，壁画依然艳丽，正面装饰着石雕的狮鹫、天鹅、人面狮身像、被刺穿的恶龙、带翅翼的巨蛇，以及其他变形的异象。这些神的居所巨大华美，由此巴斯科姆不禁想到人类的想象力简直无边无界，他感到兴致勃勃，心情愉快。他们从蒙特费里奇又去了圣乔治，那里有些彩绘墓地，还有一个小型的罗马式剧场。他们在城下方一片果园中停下来野餐。巴斯科姆进到树林里去解手，却撞上了一对正在做爱的恋人。他们不曾宽衣解带，唯一暴露在外的肉体只是这陌生人赤裸长毛的背部。Tanti, scusi[1]，巴斯科姆嗫嚅着离开，到了林中另一区域，但当他重新跟斯堪的纳维亚人碰面的时候，却很不安。那缠斗的一对似乎黯淡了他对于教堂的记忆。他回到别墅的时候，几个来自罗马修道院的修女在等着他，请他在她们带来的《苹果世界》上签名。他照做了，然后请管家玛丽亚给了她们些葡萄酒。她们说了常见的赞美和恭维话——他创造了一个宇宙，似乎适宜人类居留；他春风化雨般，领悟并且讲出了道德之美——然而他所能想到的，就只有那个陌生人的后背。似乎其中的热情和意义，超过了他最为人们称道的对真理的孜孜追求。那天他所见到的一切都似乎被

1　意大利语：非常，抱歉。

这一景象所主宰——城堡，云彩，大教堂，山峦，遍地的鲜花。当修女们离开之后，他举头望山峦，想要提振精神，然而山的轮廓却好像女人的胸脯。他的头脑变得不干净了。他仿佛从思想的冥顽不化中跳脱了出来，观察其进展。他听到远处传来火车的汽笛声，他那任性的头脑会联想到什么呢？旅行的兴奋，餐车上提供的定价套餐，火车上供应的酒？一切看起来纯洁无辜，直到他发觉自己的头脑已经偷偷地离开了餐车，溜到了性病肆虐的卧铺车厢，满脑子恶心下流的念头。他认为他知道自己需要什么，于是晚饭之后他跟玛丽亚讲了。她总是很乐意满足他，可他总是坚持要她去洗个澡。这事儿，再加上洗盘子，造成了一些延迟，但当她离开的时候，他绝对感觉好了些，但他绝对没有痊愈。

夜里，他的梦很下流，他醒了好几次，想要将性爱的念头当成一件碍事的罩布抛到脑后。早晨的阳光并没让情况好转。猥亵——下流猥亵——似乎成了生活中唯一具有色彩、值得欢庆的因素。早餐之后，他拾级而上去了书房，坐到书桌前。适宜人类居留的宇宙，传遍《苹果世界》的化雨春风，都消失无踪。污秽就是他的宿命、他最大的自我，于是他开始乐在其中地杜撰一首歌谣，题为《一屁救雅典》。当天上午他就写完了，然后在奥斯陆笔会赠送的暖炉中付之一炬。这首歌谣存世时间仅到他将其焚毁为止，诗中对于屎尿屁做出了令人恶心而详尽的描述。他下楼朝露台走去的时候，发自内心地感到了悔恨。下午的时间他都用来写一篇令人恶心的告罪文，题为《提比略[1]的最爱》。两个崇拜者——一对

---

1 提比略（Tiberius 或 Tiberio，前 42—37），古罗马皇帝。

年轻夫妇——五点钟来访，对他大加称颂。他们是在火车上碰到的，各自拿着一本他的《苹果》。随着他那描写纯洁忠贞爱情的诗行，他们相爱了。巴斯科姆想到了自己白天的所作所为，不禁低下了头。

第二天，他写了《小学校长忏悔录》，中午又将手稿烧毁。当他心怀沉痛地走下台阶去露台时，他发现有十四名罗马大学的学生在场，他一出现，他们就开始吟唱《天堂果园》——就是《苹果世界》中开篇第一首十四行诗。他颤抖起来，眼中充满了泪水。他请玛丽亚给他们倒酒，然后亲自给他们的书签名。随后他们排成一列，挨个儿跟他那不纯洁的脏手相握，然后就上了从罗马载他们过来的同一部大巴。他瞥了一眼远处的山峦，可那山却没有了振奋精神的力量，他又徒然地抬头望着碧蓝而毫无意义的天空。正派体面的力量都哪儿去了？到底跟现实有没有一点关系？始终困扰着他的那下流的兽性，莫非才是不容置疑的真理？未到周末，他已发觉，原来猥亵下流最令人难过之处在于其粗野蛮横。他满怀狂热地应对自己那些见不得人的创作冲动，写完后，却满心的厌倦与羞愧。色情作者的历程似乎很少变化，他发现自己在重复流传于半大孩子和嗜性成瘾者中间的那些糟糕作品。他写了《贵妇侍女忏悔录》《棒球手的蜜月》，还有《公园一夜》。十天之内，他就穷尽了色情写作的套路；他开始写下流诗。他一口气写了六十首，都烧了。第二天早上，他乘上大巴去了罗马。

他到惯常去住的密涅瓦大酒店登记入住，给一系列朋友打了电话，但他深知，临时造访一座大城市是找不到朋友的，果然没有人在家。他在街上徘徊，走进了一间公厕，发现自己跟一个男妓迎头碰上，那人正在展示他的家伙。他盯着那人看，带着老年人所特有的那种天真或者迟钝的表情。那人显得很蠢——吸毒，麻醉，丑陋——然而当他站在那里，念着那倒人胃口的祷词时，在老巴斯科姆看来，他却显得像天使一样，手握烈焰腾腾的利剑，仿佛足以征服一切陈词滥调，将世俗的玻璃击得粉碎。他匆忙离开了。天色暗了，车声嘈杂得好似从地狱里喷薄而出，回荡在罗马的城墙之间，黄昏时分达到了喧闹的顶峰。他踱步进了西斯廷大道上的一家画廊。那位画家或是摄影家——他身兼二职——似乎跟巴斯科姆感染了同样的病痛，只是表现得更为强烈。他又回到街头，疑心这盘踞在他心头的淫性大发的黄昏症状，是否具有广泛性。莫非整个世界都像他一样，迷失了方向？他路过一座音乐厅，看到有音乐会的曲目广告，心想音乐或许能够洗净他思想的污浊，于是他买票进了场。音乐会观众寥寥。伴奏员登台时，才只有三分之一的座位上有人。随后女高音出场，一头华丽的灰金色头发，身穿猩红色长裙。当她演唱 *Die Liebhaber der Brücken*[1] 的时候，老巴斯科姆那不幸又恶心的习惯又来了，他开始在想象中为歌手宽衣解带。到底是钩眼扣呢，他想，还是拉链式的？当她唱到 *Die Feldspar*[2]，又唱到“Le Temps des lilas et le temps des roses ne reviendra plus”[3] 时，他决定应该是拉链式，于是他想象着从背后解开她的衣裙，轻轻从她肩头脱

1　德语：《桥上恋人》。

2　德语：《长石》。

3　法语：丁香与玫瑰的日子一去不返。这是法国浪漫主义音乐家埃内斯特·肖松（Ernest Chausson，1855—1899）创作的歌曲《丁香的日子》中的第一句。

掉。当她演唱 *L'Amore Nascondere*[1] 时，他将肩带绕过她头顶解下；当她唱 *Les Réves de Pierrot*[2] 时，他解开了歌手胸罩的搭扣。当她走到舞台侧翼去漱口时，他的幻想暂停下来，然而等她一回到钢琴边，他就开始忙着解她的吊袜带以及其他的一切。当中场休息，她鞠躬谢幕的时候，他猛烈鼓掌喝彩，却不是为了歌手的音乐知识渊博，或是嗓音天赋超群。随后，羞耻感如同任何一种激情一样，毫不留情地直袭而来，仿佛将他裹挟起来，于是他离开了音乐厅，回到密涅瓦酒店，但他的发作还没有结束。他坐在酒店房间的书桌前，写了一首献给女教皇[3]的十四行诗。就技术层面上，这比他早前写的那些打油诗有进步，然而道德上却没有提高。早上他乘坐大巴回到了蒙特卡邦，又在露台上接待了一些满怀感激的崇拜者。第二天，他拾级而上来到书房，写了几首打油诗，随后从书架上取下几本佩特罗尼乌斯[4]和尤维纳利斯[5]的作品，想看看在这一领域前人曾有何建树。

这里面充满了对于性爱之欢愉诚挚而天真的描写。完全找不到他每天下午在火炉里把自己的作品烧掉时所感受到的那种罪恶感。

---

1 法语:《隐秘的爱》。

2 法语:《小丑的梦》。以上的几首德语和法语的歌名都是作者杜撰的。

3 女教皇若安（Pope Joan），据流行的传说，一个女性曾在九世纪短暂担任过教皇。关于她的故事最早出现在十三世纪的编年史中，后传遍欧洲。传说她为了追随爱人女扮男装进入教会，因为学识和能力超群倍受赏识，乃至当选教皇。一次仪式中她产下一子，因此暴露，后不久身故。

4 佩特罗尼乌斯（Gaius Petronius，？—66），古罗马作家，著有欧洲第一部喜剧式传奇小说《萨蒂利孔》，描写当时罗马社会的享乐生活和习俗，现仅存部分残篇。

5 尤维纳利斯（Juvenal，约 60—约 140），或译玉外纳，古罗马讽刺诗人，传世讽刺诗十六首，抨击皇帝的暴政，讽刺贵族的荒淫和道德败坏。

难道仅仅因为他所生存的这个世界已经太过衰老，社会职责太过沉重，因此只能用下流放荡来回应日益增长的焦虑吗？他到底丢失了什么？此时看来，他失去的应该是一种自豪感，是一轮光明和勇气的光环，就像是一顶皇冠。他仿佛举起这顶皇冠细细察看，那么他发现了什么？难道仅仅是面对爸爸磨剃刀的皮带、妈妈的愁容所感到的那已经久远的惧怕，一种孩子气的、对这个恃强凌弱世界的谄媚？他深知自己天性喧闹、旺盛、冒失，他是否就容许这个世界和它的万千口舌将某种透明的价值结构强加给他，仅仅是为了维护保守的经济、正统的教会、穷兵黩武的海陆军队之便？他仿佛举着皇冠，朝着光线高高举起，这皇冠仿佛就是光所构成的，似乎就意味着至悲至喜的真正况味。他刚刚写就的打油诗一派天真，实事求是，很欢乐，也很猥亵，可是从什么时候开始，生命的真实就变成了猥亵？他每天早上费劲气力从自身剥离出去的这种德行，真相到底是什么？仿佛是爱与焦虑的真相：阿梅莉亚站在光线的斜角中，儿子出生的那个暴风骤雨的夜晚，女儿结婚的那一天。有人或许会不屑地认为这些太家常，但这就是他了解最深的生命的真相——爱与焦虑——跟书桌上那首打油诗大相径庭。诗的开头是“年轻的执政官名叫恺撒 / 他的肛裂超级大”。他将诗扔进炉火，走下楼梯。

第二天最为糟糕。他仅仅是重复写一个“肏”字，写满了六七页纸。中午时分，他将这些也扔进了炉火。午饭的时候，玛丽亚灼伤了手指，赌咒发誓地骂了半天，然后说道：“我应该到蒙特焦尔达诺朝拜神圣天使去。”“神圣天使是什么？”他问。“天使可以洗净人心里的念头，”玛丽亚说，“他就在蒙特焦尔达诺的老教堂里。他是用橄榄山上的橄榄木雕的，雕刻家本身就是圣徒之一。如果你去朝圣，他就会洗清你的思想。”对于朝圣，巴斯科姆所知道的，就只是你要徒步，并且不知什么缘故，还要带个贝壳。当玛丽亚起来去睡午觉的时候，他在阿梅莉亚的遗物中翻检，找到了一个贝壳。大概得给天使带件礼物，他猜想，于是他从书房的箱子里选了苏联政府在莱蒙托夫诞辰庆典活动中颁给他的金质奖章。他没有叫醒玛丽亚，也没给她留字条。这似乎显而易见是衰老的表征。他以前从未像其他老人那样故意神出鬼没，他本该告诉玛丽亚他要去哪儿，但他没有。他出发，沿着葡萄园走到了山谷底部的大路上。

他走近河边的时候，发现一辆小型菲亚特离开主路，在树丛中间停了下来。一个男人、他的妻子和三个精心打扮的女儿下了车，巴斯科姆停下来望着他们，发现那男人拿着一杆猎枪。他要干什么？要谋杀吗？还是自杀？难道巴斯科姆要亲眼见证一场人命献祭？他坐下来，藏在深深的草丛里看着。妈妈和三个女孩子都很兴奋。父亲似乎很享受大权在握的样子。他们讲的是方言，巴斯科姆几乎一句都听不懂他们的话。男人将猎枪从匣中取出，仅将一颗子弹上膛。随后他令妻子和三个女儿排成一列，让她们用手捂住耳朵。她们尖声叫喊着。当一切都安排好之后，他背对她们站着，把枪瞄向空中，射击。三个孩子为声音之响和亲爱的父亲之勇敢鼓掌喝彩。父亲将枪重新放回匣中，她们重又回到菲亚特车里，开走了，巴斯科姆猜想，大概是回他们在罗马的公寓。

巴斯科姆在草地上舒展身体，睡着了。他梦到自己又回到了祖国。他看到一辆老旧的福特卡车，四个轮胎都瘪了，停在一片毛茛花丛中。一个孩子头戴纸王冠，身披浴袍当斗篷，急匆匆转过一座白房子的屋角。一个老人从纸袋中取出一块骨头，递给一只流浪狗。秋叶在一个有狮子脚爪的浴缸里闷烧冒烟。雷声惊醒了他，他感到声音很远，仿佛有形有状，像个葫芦。他走到大路上，有只狗跟了上来。狗在颤抖，他疑心狗是不是病了，狂犬病，很危险，随后他发觉其实狗是怕打雷。每次雷声炸裂，这畜生的颤抖总会发作一阵，巴斯科姆就摸摸它的头。他以前从来不知道动物竟会惧怕自然。随后风刮起树枝，他抬高了老鼻子去闻雨的气息，几分钟后雨就要落下来。这是潮湿的乡村教堂的气息，老房子空房间的味儿，土厕所、拿出去晾晒的游泳衣的气味——如此强烈的快乐的气味，他贪婪地深吸进去。然而这些快乐并未阻止他看清自己寻求遮蔽的现实需求。路边有个做公交站头的小雨棚，于是他跟那只吓坏了的狗走了进去。棚内墙壁上沾满各种污渍，让他想逃离，于是他又走了出去。路前方有个农家宅院——这种精神分裂症式的突发奇想的建筑，在意大利时常可以见到。这地方仿佛被炮轰过，活杀现煮，再拼凑起来，倒不是随意组合，而是对逻辑的刻意攻击。一侧有间披屋，里面坐着个老人。巴斯科姆问他能否好心容他避避雨，老人请他进去。

老人看起来跟巴斯科姆年纪差不多大，但在巴斯科姆看来，他无忧无虑，令他嫉妒。他笑容温和，面容清朗。显然他从未碰到过想写下流打油诗的困扰。他绝不会被迫口袋里揣个贝壳，走上朝圣的路。他腿上放着本书——是本集邮册——披屋里摆满了盆栽。他不曾请求灵魂拍手作歌，却似乎已达到了一种自然而然的精神平和，让巴斯科姆感到艳羡。巴斯科姆是否应该去集邮，或者种花弄草？不管怎么说，现在也太晚了。然后下雨了，雷声震撼着大地，那只狗哀哀地叫了几声，抖个不停，巴斯科姆赶紧抚慰它。几分钟后，暴风雨就过去了。巴斯科姆向主人致谢，然后继续上路。

对于他这样年纪的老人家来说，他走得相当不错，跟我们其他人一样，边走，时常脑海中一边浮现出当年勇的记忆——爱情，橄榄球，阿梅莉亚，或是一脚漂亮的回旋踢——可是走了一两英里之后，他意识到，要直到深夜他才有望抵达蒙特焦尔达诺。当有车停下来，请他搭车到村里去的时候，他接受了，希望这不至于有碍他康复。他到达蒙特焦尔达诺的时候，天还没黑。村庄跟他自己住的那个差不多大，也有同样的石灰墙和苦兮兮的苔藓。老教堂就在广场正中，但门锁着。他跟人打听神父在哪里，后来在葡萄园里找到了他，他正在烧剪下来的枝条。他解释说，他想向神圣天使献礼，并且将金质奖章拿给神父看。神父问是不是真金的，巴斯科姆不禁后悔自己选了这个奖章。他干吗不选法国政府给他颁的那个呢，或者牛津的那个？俄国人没有在奖章上打出成色证明，他没办法证明其价值。随后神父留意到上面的铭文是俄语字母。这不光是假金子，还是共产主义的金子，非常不适合作为礼物献给神圣天使。这时乌云散去，一线阳光照到了葡萄园里，照亮了奖章。这是个预兆。神父向空中画了个十字，于是他们抬脚走回教堂。

这是座非常古老、又穷又小的乡村教堂。天使在左侧一间圣堂中，神父点亮了里面的灯光。圣像被珠宝所包围，立在一个铁笼子里，外面上着锁。神父将锁打开，巴斯科姆将他的莱蒙托夫奖章摆到了天使的脚边。随后他双膝跪地，大声说："愿上帝保佑沃尔特·惠特曼。上帝保佑哈特·克莱恩[1]。上帝保佑狄兰·托马斯。上帝保佑威廉·福克纳、司各特·菲茨杰拉德，尤其要保佑厄内斯特·海明威。"神父将这一圣迹上了锁，于是他们一起离开了教堂。广场上有个咖啡馆，他在那里吃了晚饭，并且租到个床位。这床有个古怪的黄铜装置，四角还有黄铜天使，但似乎它们具有黄铜的护佑力量，因为他睡梦安然，午夜梦回时，发觉自己又像年轻时那样容光焕发。似乎从他的头脑到四肢，都有光在闪，充满光明和活力，他再次入眠，一觉睡到天亮。

第二天，他从蒙特焦尔达诺走到大路上的途中，听到了瀑布的轰鸣声。他进树林，找到了瀑布的所在。那是个天然的瀑布，岩石立崖，碧水垂幕，让他想起他长大的地方。佛蒙特州那个农场边上也有个瀑布。他童年的时候，有个星期天的下午曾经去过，坐在山上，池塘上方的地方。在那里的时候，他曾见到过一个老人从林中走来，头发就像他现在这样花白浓密。他看着那个老人像急色的恋人那样，解开鞋带，脱掉衣服。他先是打湿了双手和双臂和肩膀，随后他双脚迈进激流之中，开心得大吼大叫。随后他用内裤擦干了身体，穿上衣服，又走回了林中，直到他消失了之后，巴斯科姆才意识到，那老人就是他父亲。

现在他做了跟父亲当年一样的事——解开鞋带，解开衬衫的扣

1 哈特·克莱恩（Harold Hart Crane，1899—1932），美国诗人，认为诗应歌颂机器时代，体现诗的现代功能，主要作品有诗集《白色的建筑物》、长诗《桥》等，因未实现创作目标苦闷失望，投海自杀。

子，他深知石头上的苔藓，或是水流本身的力量，就足以要了他的性命，可他还是赤身裸体走进了激流，像父亲一样大吼大叫。水太冷，他只待了一分钟就受不了了，但当他从水中离开的时候，终于感到周身自如自在。他继续走，到了大路，被路上遇到的骑警接走了，因为玛丽亚报了警，全省都在寻找这位大师。他胜利返回了蒙特卡邦，早上的时候，他开始写一首长诗，关于光与气之不可剥夺的高贵，虽然这作品不能为他赢得诺贝尔奖，却将为他生命的最后几个月增添荣光。

另一个故事

在维罗纳为我粉刷一面墙，然后在一道门上方画一幅湿壁画。前景是一片鲜花盛开的田野，几幢黄色的宅第或是宫殿，远处是城里教堂的塔楼。一位身披猩红色斗篷的信使正从右侧的台阶上跑下来。透过一扇敞开的大门，能看到床上躺着一个老女人。床边簇拥着宫廷侍从。高处的台阶上有两个男人在决斗。在田野的正中间，一位公主正用鲜花为一位圣徒或是英雄加冕。一圈猎犬和其他动物，包括一头狮子，满怀敬畏地在旁边观礼。在左边的远处，有一大片绿色的水域，一队大型帆船——有五艘——正朝港口驶来。高处，在天空的映衬下，是两个身着朝服吊在绞刑架上的人。我的朋友是位王孙公子，维罗纳就是他的家，但通勤火车、紫杉环绕的白色住房，以及纽约的街道和办公楼才是属于他的风景，他戴一顶绿色长毛绒帽子，穿一件腰带系得紧紧的破旧雨衣，一只袖子上还有一个香烟烫出来的小洞。

马尔坎托尼奥·帕尔拉皮亚诺——或者照大家对他的称呼：波比——是个很穷的王孙。他为一家米兰的公司卖缝纫机。他父亲在威尼斯的赌场里输掉了他最后的祖传遗产，原本他是有很多遗产可以输的。维罗纳城外有一座帕尔拉皮亚诺城堡，但这个家族保留下来的唯一的特权就是他们死后可以葬在这座城堡的地下墓室里。尽管老爷子把巨万的家产挥霍一空，波比还是很爱他父亲。有一天，他带我去维罗纳跟老爷子一起喝茶，他对待这位老赌徒的态度是恭敬而又安详的。波比的奶奶或者姥姥是个英国人，所以他有浅色的头发和蓝色的眼睛。他个头很高，身材修长，有个巨大的鼻子，他举手投足就像是一身文艺复兴时期的盛装一样。他戴手套的时候一个指头一个指头地往里套，把雨衣的腰带系得就像腰悬一把宝剑一样，那顶长毛绒帽子歪戴在头上就像上面插满羽饰一样。我刚认识他的时候，他有个情妇——一个绝色而又聪明的法国女人。他为了他的公司到处出差，有次去罗马的时候，他认识并爱上了格蕾丝·奥斯本，美国领事馆的一个职员。她是个美女。在她的性格中有一种丝毫不妥协的劲头儿，对此，一个稍微精明一点的女人是会宁肯加以隐藏的。她的政治观是极端保守的，而且她酷爱整洁。她的一个喝醉了的对头有一次说，她是那种对她们而言，汽车旅店和酒店里的水杯和马桶圈都贴了封条的女人。波比爱上她是出于好几个不同的理由，不过他尤其热爱的是她是个美国人这个事实。他热爱美国，他是我认识的人当中最喜欢的罗马酒店居然是希尔顿的唯一一个意大利人。他们在坎比多里奥宫[1]结的婚，在希尔顿度的蜜月。一段时间以后，他被派驻到了美国，他写信问我能否帮他找个住的地方。我们附近正好有幢房子要出租，帕尔拉皮亚诺夫妇就决定租了下来。

波比和格蕾丝从意大利来到美国的那段时间我刚巧不在。我们

---

1 坎比多里奥宫（Campidoglio），即元老宫（Palazzo Senatorio），位于罗马坎比多里奥广场（Piazza del Campidoglio），现在是罗马市政府所在地。

重逢的地点是在子弹公园的火车站站台上，时间是一个周二早上的七点四十。那场面的阵仗可是够大的。大约一百位通勤者，大部分是男性，构成了整个的演员阵容。现场有铁轨，有领带，还有机车的轰鸣，不过那感觉倒更像是一个典礼，而非旅行和分离。我们扮演的角色似乎定格在早晨的阳光里，既然天黑前我们都会原路返回的，也就没有了旅行的感觉。正是这一场景的固定不变、纯正无欺，使得波比那头戴绿色长毛绒帽、身穿腰带系紧的雨衣的亮相显得极为另类。他大喊我的名字，俯身给我一个骨头都快被挤裂了的拥抱，并且响亮地在我两颊上各亲吻了一次。我可以想象得出，这样的问候和致意在七点四十分的站台上会显得多么怪异、狂热和不成体统。那场面可真是耸动视听。我想没有人笑场。有几个人把脸扭了过去。有位朋友脸都白了。我们那用非英语的一门语言的高声谈笑同样也是耸动视听。我想人家会认为我们矫揉造作、粗鲁失礼而且缺乏爱国心，但是我没办法让波比闭嘴，或是向他解释，在美国如果两个人一大早见面寒暄的话，我们只会讲几句礼节性的陈词滥调。当我的朋友和邻居们在谈论旋刀式草坪剪草机和化学肥料时，波比却在大赞这里风景之优美、美国女人的完美无瑕以及美国政治的求真务实，并且谈起跟中国打的一场战争的种种恐怖之处。他在麦迪逊大道上跟我吻别。我想我认识的人当中应该没有人看见。

此后不久，我们请帕尔拉皮亚诺夫妇吃饭，为的是把他们介绍给我们的朋友们。波比的英语非常糟糕。“我能落到你身上为了待在一起吗？”他会这么问一个女人，其实只不过是想在她身边坐下。不过，他却很有魅力，而且他举止的自然和相貌的漂亮都让他大受欢迎。我们没办法把他介绍给任何一位意大利人，因为我们一位都不认识。在子弹公园附近，那个意大利人的小族群大部分都是劳工和用人。处于这一族群顶端的是德卡尔洛家族，他们是成功而又兴旺的承包商，但是要么出于不得已，要么就是事出偶然，他们貌似从来都不跨出意大利族群聚居的边界一步。波比的地位因此颇有些“妾身未分明”。

有个礼拜六的早上，他打电话给我，问我能否帮他买点东西。他想买几条牛仔裤。他说成了“流窄裤”，我愣了一会儿才明白他的意思。几分钟以后，他的车就停在了我的家门口，然后载着我去了格林尼治村的军用物品商店。他开的是一辆巨大的有空调设备的汽车，车体镀满亮晃晃的铬，他开起来就像罗马人那么不管不顾。我们走进商店的时候讲的是意大利语。一听到这种语言，店里的伙计就对我们侧目而视，就像是感觉到我们要入店行窃或是拿空头支票诈骗一样。

“我们想买几条牛仔裤。”我说。

“流窄裤。”波比说。

“多大的？”

波比和我合计了一下我们并不知道他的裤腰和裤长到底多少英寸这个事实。伙计从抽屉里取出一把卷尺递给我。“你自己给他量一下。”他说。我实际量了一下波比的尺寸，告诉了伙计。伙计把一条牛仔裤扔在柜台上，但并非波比想要的那一种。他详细地连打手势带解释，说他想要面料更软、颜色更浅的那种。这时，店主从商店后面工装靴的鞋盒和牛仔衬衫堆成的峡谷里大声喊道：“告诉他们我们就只有这一种。他们在老家就只有山羊皮穿，还在这儿挑三拣四！”

波比听明白了。他的鼻子似乎变得更长了，每逢情感危机，他都会有这种变化。他叹了口气。之前我还从没想到过在美国，一位至高无上的王子还有可能因为他外国人的特性而受到不公正的对待。在意大利我是见到过某种反美的情绪，但从没有这么粗暴无礼的，当然啦，我也不是一位王子。在美国，帕尔拉皮亚诺王子就是个意大利佬。

“非常感谢。”我说，然后朝门口走去。

“您是从哪儿来的，先生？”那伙计问我。

“我住在奇尔马克巷。”我说。

“我不是指这个，”他道，“我是问您从意大利的什么地方来的。”

我们离开那家商店，在另一个地方找到了波比想要的牛仔裤，但我看出他身为一个外国人的生活还是挺危险的。他在像广场饭店这样的地方也许是帕尔拉皮亚诺王子，但在“塞满了坚果”咖啡店[1]里不知道该点什么才好的时候，他就成了不可接触的贱民了。

我有大约一个月的时间没有见到帕尔拉皮亚诺夫妇，等我终于又在火车站的站台上见到波比时，他貌似已经交上了很多朋友，尽管他的英语并没有表现出任何的进步。然后格蕾丝打电话过来，说

1 “塞满了坚果”咖啡店（Chock Full O'Nuts），纽约的廉价咖啡连锁店。之所以起这么不同寻常的店名，是源自其创立者威廉·布莱克（William Black，1902—1983）一九二六年在纽约创立的十八家带壳坚果店；大萧条时期，他将坚果店转型为只需五分钱就可以买一杯咖啡和一个三明治的午餐柜台。现在它已经归本行业最大的私人控股公司、咖啡业巨头 Massimo Zanetti Beverage Group 所有。

她父母要来探亲，问我们愿不愿意参加他们的鸡尾酒派对。那是个星期六的下午，我们到的时候发现已经有十几位邻居很不舒服地围坐在一起了。波比还没弄明白美国的鸡尾酒派对到底是怎么搞的。他给大家上的是温乎乎的金巴利和橡皮软糖[1]。当我用英语问他能不能给我一杯苏格兰威士忌时，他问我想要哪一种苏格兰威士忌。我说哪种都行。“很好！”他叫道，“那我就给你黑麦威士忌吧。黑麦是最好的苏格兰威士忌，对不对？[2]”我提这个茬儿只是为了说明，他对于我们的语言和习俗的掌握是何等参差不齐。

格蕾丝的父母是来自印第安纳的一对拙手笨脚的中年夫妇。“我们来自印第安纳，”奥斯本太太说，“但我们是十七世纪就在弗吉尼亚州威廉斯堡定居的奥斯本家族的直系后裔。我的外曾祖父是南部联军的军官，李将军[3]曾亲自为他授勋。我们在佛罗里达有个俱乐部。我们都是科学家。”

“是在肯尼迪角[4]吗？”我问。

“是基督教科学家[5]。”

我转向奥斯本先生，他是个退休的二手车经销商。他继续谈

---

1 按照美俗，像金巴利这样的开胃酒只在饭前喝，酒会应该喝鸡尾酒或威士忌，以咸点佐酒，不吃糖果。

2 黑麦威士忌（rye）是美国产的威士忌。

3 李将军（Robert Edward Lee，1807—1870），美国内战时期南军统帅，原为北军将领，参加南军后受命任南军总司令，以出色的战略战术多次击败北军，最终失利投降，战后致力于教育事业。

4 肯尼迪角（Cape Kennedy），位于佛罗里达东海岸的航天与导弹发射基地，现称卡纳维拉尔角（Cape Canaveral）。

5 即基督教科学派信徒。基督教科学派（Christian Science），十九世纪后半期出现的基督教派别，认为病与罪一样，都出自人的必死意识，故都须依靠上帝的永恒意识才能治愈，全称为 Church of Christ, Scientist。

他们的俱乐部。俱乐部的成员里面有很多百万富翁呢。那个俱乐部有一个十八洞的高尔夫球场，有个游艇码头，有个拥有大学文凭的营养师，还有一个异常严苛的入会审核委员会。他压低嗓音，并且用一只手捂住嘴巴道："我们尽量想把犹太人和意大利人挡在外头。"

波比站在我妻子面前问道："我能落到你身上为了待在一起吗？"

他的岳母隔着整个房间问他："你刚才说什么，安东尼？"

波比垂下了头。他看起来很无助。"我在问杜克罗斯太太，"他腼腆地说，"我能不能落到她身上。"

"如果你不会说英语，"奥斯本太太道，"就最好不要开口。你这话听起来活像个水果贩子。"

"对不起。"波比说。

"请坐。"我妻子说。他坐下了，可是他的鼻子看起来变得非常之长。他受到了伤害。那个尴尬的派对只持续了一个钟头多一点。

然后波比有天夜里给我打来了电话，一个深秋的夜晚，说他必须得见我一面，我就请他过来了。他戴着他的手套和他那顶绿色的长毛绒帽子。我妻子在楼上，因为她并不是特别喜欢波比，我就没叫她下来。我调了些喝的，我们就坐在了花园里。

"你听！"波比说。他用的是祈使语气的ascolta[1]。"你听我说。格蕾丝疯了……今晚上，晚饭做晚了。我很饿，要是我不能准时吃

---

1 意大利语：听。

上晚饭的话，我就会失去食欲。格蕾丝知道得很清楚，可是我回到家里的时候却没有晚饭可吃。没有任何可吃的东西。她在厨房里用一个煎锅在烧什么东西。我很有礼貌地跟她解释，我必须准时吃上晚饭。然后你知道发生了什么吗？”

我知道，可是我如果说我知道的话就会显得不通世故了。我就说：“不知道。”

“你根本想象不到。”他说。他用一只手捂住胸口。“你听，”他说，“她哭啦。”

“女人是很容易哭的，波比。”我说。

“欧洲女人可不是这样。”

“你娶的可不是个欧洲女人。”

“这还不是全部。现在又发起疯来了。她哭个不停，当我问她为什么要哭时，她解释说她之所以哭，是因为她做了我的妻子，就放弃了成为一个歌剧女高音的伟大事业。”

我并不认为一个夏日之夜——一个夏末之夜——的各种声响在我的国家和意大利之间会有多大的不同，可是当时的情况却似乎确实如此。夜晚的空气中的那些柔声细语——萤火虫和喃喃的晚风全都无影无踪了，我周围草丛中的昆虫发出如同窃贼的工具般刺耳而又掠夺成性的鸣叫声。这使得他那远方的故乡维罗纳显得无比地美好。“歌剧！”他叫道，“斯卡拉[1]！就是因为我她今晚才没有在斯卡拉演出的。她之前是上过声乐课，是有这么回事，可是她从来就没有得到过演出的邀请。现在她却执迷于这种疯狂的念头不能自

1　斯卡拉（La Scala），一七七八年正式启用的意大利米兰的著名歌剧院。

拔了。”

“波比，有很多美国女人都觉得她们为了婚姻而放弃了自己的事业。”

“发疯，”他道，他根本就没有听我说的话，“完全是发疯。可是我该怎么办？你能跟她谈谈吗？”

“我不知道这能有什么好处，波比，不过我会试试。”

“那就明天。已经很晚啦。你明天能跟她谈谈吗？”

“好吧。”

他站起身来，戴上手套，一个指头一个指头地往里套。然后，他戴上那顶有着想象中的羽饰的长毛绒帽，问道：“我的魅力——我那令人难以置信的奔放热情的秘密何在？”

“我不知道，波比。”我说，但一种对于格蕾丝不胜同情的温暖感情充溢了我的胸膛。

“那是因为我的人生哲学中包括了一种对于因果关系和限制条件的理解和领会。她就没有这样的哲学。”

他坐进自己的汽车，猛地把车发动起来，把车道上铺的砾石飞溅得满草坪上都是。

我把房间底层的灯都关掉，上楼来到我们的卧室，我妻子正在看一本书。“波比来过了，”我说，“我没叫你。”

“我知道。我听见你们在花园里说话了。”她声音微微发颤，这时我才看到她脸上满是泪痕。

“出什么事了，亲爱的？”

“哦，我感觉我浪费了自己的生命，”她说，“我有那种最糟糕的把生命虚掷了的感觉。我知道这不是你的错儿，但我真的为了你和孩子们付出了太多啦。我想重新回到剧院。”

我应该解释一下我妻子的戏剧生涯。几年前，我们社区的一个业余剧团演出了萧伯纳的《圣女贞德》。玛格丽特担纲主角。我当时在克利夫兰出差，这是没办法的事儿，不过我坚信演出非常精彩。一共有两场演出，第一场演出大幕落下的时候，赢得了观众长时间的起立鼓掌。人家将玛格丽特的表演向我描述为精彩绝伦、光芒四射、令人难忘。演出引起了极大轰动，纽约的好几位导演和制作人都被人敦促一定要赶过来观看第二天晚上的演出。有好几位都表示要来了。我已经说过我当时不在场了，不过玛格丽特把事情的经过都详细告诉了我。第二天早上的阳光亮得刺眼，很冷。她开车把孩子们送到学校，然后回到家想再排练一下她的台词，但是家里的电话响个不停。每个人都感觉一个伟大的女演员已经诞生了。十点钟的时候乌云蔽日，北风开始刮了起来。十点半开始下雪，到了中午，大雪已经发展成暴风雪。学校一点钟关闭，孩子们都被送回家中。四点钟的时候有超过半数的道路已经关闭。火车要么晚点，要么干脆停运。玛格丽特没办法把车从车库里开出来，所以她就走了两英里来到剧院。那些导演和制作人当然没有一个人能赶过来，演员们也只有一半到场，于是演出也不得不取消了。当时的计划是稍后重新上演，但扮演王太子的那个演员不得不前往旧金山，剧院又被预订去派别的用场了，而那些原本同意赶过来的制片人和导演貌似转念一想之后，都开始怀疑跑这么大老远是不是值得了。玛格丽特以后再也没有演过贞德。她满怀遗憾是再自然也不过的了。灌进她耳朵里的那些赞美在那里面回响了有好几个月。一个令人无比激动的希望就此破灭，她感觉她的失望是理所应当而且是无比深切的，这也是人之常情。

第二天，我给格蕾丝·帕尔拉皮亚诺打了电话，下班后去了他们的家。她面色苍白，看起来很不高兴。我说我已经跟波比谈过了。“安东尼一直都很难伺候，”她说，“我正认真地考虑跟他离婚，或至少法定分居。我碰巧天生有副好嗓子，可是他却似乎觉得我是出于泄愤凭空捏造出来的，为的就是羞辱他。他声称我被惯坏了，我是个贪婪的女人。要知道，这可是这个社区里唯一一幢墙与墙之间没有铺满地毯的房子，可是当我叫人上门来给我估算一下铺地毯的费用时，安东尼却发起了脾气。他简直是勃然大怒。我知道他们拉丁人都是很情绪化的——我嫁给他之前所有的人都这么跟我说——可是在波比发起脾气来的时候，那真的是很吓人。”

“波比是爱你。”我说。

“安东尼心胸非常狭窄，”她说，“我有时候觉得他结婚可能太晚了。比如说我建议我们应该加入乡村俱乐部。他可以学着打打高尔夫，你知道高尔夫在生意中是多么重要。如果我们加入乡村俱乐部的话，他就能建立很多很多很有益的生意关系，可他却觉得我这么想是不可理喻的。他不会跳舞，可是当我建议他去上个跳舞班时，他却认为我是不可理喻的。我不抱怨，我真的不抱怨。比如说，我没有毛皮大衣，也从没有要他给我买过，你知道得很清楚，我是这个社区里面唯一一个没有毛皮大衣的女人。”

我拙手笨脚地结束了这次面谈，我的那番话也只是给朋友们夫妻关系的困境带来了精神上的矫饰。我的话当然毫无用处，情况也没有任何好转。我碰巧知道这些情况，是因为波比每天早上在火车上都把即时的信息通报给我。他不懂得美国的男人是不跟别人抱怨他们的妻子的，这是个巨大而又痛苦的误解。有一天早上，他在站台上走到我跟前说：“你错了。你大错特错了。那天夜里，当我告诉你她疯了的时候，你跟我说根本没事儿。现在你听着！她买了一架三角大钢琴，她还请了一位声乐老师。她这么做完全是出于恶意。现在你相信她是疯了吧？”

“格蕾丝没有疯，”我说，“她喜欢唱歌这件事没有任何问题。你必须得理解她渴望追求自己的事业，这并不是心怀恶意。这个社区里几乎每一个女人都怀有这种渴望。玛格丽特现在每周有三天都到纽约去跟一位戏剧老师一起工作，我就并不认为她是心怀恶意或是发了疯。”

“美国男人都没有种，”他说，“他们唯利是图而且庸俗无比。”

当时我本该给他一拳的，可是他转过身去走开了。我们的交情显然也就到此为止了，我真是长出了一口气，因为他对于格蕾丝如何发疯的絮叨已经令人烦不胜烦，而且看来并没有能够改变或是证明他的观点的希望。他让我清静了两个礼拜或者更长一点的时间，然后有一天早上，他又来到我身边。他面色阴沉，他的鼻子拉得老长，他的举止极不友好。他是用英语跟我说的。“现在你该同意我的说法啦，”他道，“我这就告诉你她正在干什么。现在你就该看明白她内心的恶意真是没有个尽头。”他叹了口气；他透过牙缝吹了个口哨。“她准备举行一个演唱会！”他叫喊道，然后转身离去。

几天后，我们收到了去阿波林家去听格蕾丝演唱的请柬。现在，阿波林太太可是我们这个地区的缪斯。通过她的哥哥、小说家 W. H. 托尔斯的关系，她有一些文学方面的人脉，而通过她丈夫——一个成功的牙科医生——的慷慨大方，她拥有了大量的藏画。在她家里的四壁上，你会看到杜飞[1]、马蒂斯、毕加索和布拉克[2]的大名，但这些签名出现于其上的那些画作却非常糟糕，而阿波林太太又是个具有惊人的嫉妒心的缪斯。社区里面任何一个女人如果胆敢有类似的爱好，就要被认为是低俗的篡位者。那些画儿当然都是她的画儿，可是如果有位诗人来到阿波林家度个周末，他就变成了她的诗人。她可以向你展示他，督促他朗诵自己的诗，并且让你跟他握手，但如果你跟他距离太近或者跟他说话的时间超过了一分或者两分钟，她就会带着贪婪的占有欲，带着一种怒气插进来，就好像她当场捉住你往衣兜里揣银餐具一样。我猜想格蕾丝已经变成了她宠爱的公主。演唱会在一个礼拜六的下午举行，天气极好，我悻悻地去了。这可能会影响我对格蕾丝演唱的判断，但所有的人都说她唱得很糟糕。她总共演唱了十几首歌，大部分是英文歌，大部分都带点谐趣，而且是关于爱情的。在歌曲的间歇都能听到波比沮丧的叹气声，而且我知道他是在想，是她那极度的恶意虚构出了这整个儿的场景——那些折叠椅，那一瓶瓶的鲜花，那端茶倒水的女仆。演唱会结束的时候，他仍保持着足够的礼貌，但他的鼻子看起来巨大无比。

我有段时间没有见到他，然后有天晚上，我在当地的报纸上看

---

1 杜飞（Raoul Dufy，1887—1953），法国画家，由印象派转为野兽派，将物体夸张变形，求得装饰效果，名作有《三把伞》、风景画《尼斯》等。

2 布拉克（George Braque，1882—1963），法国画家，立体主义画派代表人物之一，曾参加野兽派绘画运动，后又创作拼贴画，代表作有《弹吉他的男人》《圆桌》等。

到说，马尔坎托尼奥·帕尔拉皮亚诺在六十七号公路的一次汽车事故中受了伤，目前正在普拉特纳纪念医院养伤。我马上就跑去看他。当我问他那个楼层的护士他住哪间病房时，她喜气洋洋地说："哦，你想见托尼？可怜的老托尼。托尼讲不来英语。"

他跟其他两个病人住在一个病房里，他断了一条腿，看起来糟透了，眼睛里含着泪水。我问他什么时候允许他回家。"回格蕾丝那儿？"他问，"决不。我决不再回去了。她父母跟她住在一起呢。他们正在申请法定分居。我要回维罗纳去。我二十七号乘坐科伦坡号起程。"他呜咽道。"你知道她要求我干什么吗？"他问。

"不知道，波比。她要求你干什么？"

"她要求我把我的名字改掉。"他失声痛哭。

*

我为波比送行，看着他登上科伦坡号，更多的是因为我喜欢轮船和航海，而不是我们的交情有多深，以后我就再也没有见到他。这最后一部分并不比维罗纳的城墙跟我的故事有更多的相关性，不过我碰到这件事的时候，不由得想起了波比，所以我还是想把它给写下来。当时我正在一个叫作阿德里亚纳波利斯的小镇，位于克里米亚山脉的陆地一侧，距雅尔塔大约有六十英里。我是乘坐一辆出租车来到这里的，正在等一个飞往莫斯科的航班的时候，碰上了另一个美国人。我们自然都很高兴能偶遇一个能讲英语的人，我们就去了一家餐厅，要了一瓶伏特加。他在位于山间的一家化肥厂里当工程师，正要返回美国度个为期六周的假期。我们占了个靠窗的桌子，可以俯瞰停机坪，那里极少有飞机起落。要是在美国的话，这里会被误认为郊区的那种私人机场，主要用于包机的起落。机场里有个公共广播系统，一个拥有非常纯正而又悦耳嗓音的年轻女子正在用俄语进行广播。我听不懂她说的是什么，不过我猜想她是在请伊戈尔·瓦西里耶维奇·克留科夫尽快前往俄罗斯国际航空公司的检票口检票登机。

“这让我想起了我的妻子，”我那位朋友道，“这种声音。我现在离婚了，不过五年前我娶了那个姑娘。她真是堪称完美。漂亮，性感，聪明，钟情，擅长烹饪——甚至还有些钱。她本来想当个演员的，不过在事有不谐之后，她也并没有愤愤不平或者大失所望或者这一类的剧烈反应。她意识到她无法胜任这种竞争，她也就放弃了，就这样简单。我是说，她可不是那种声称自己放弃了一项伟大事业的女人。我们在贝赛德有一个小公寓，她开始找工作，因为她所受的训练——我是说她知道怎么运用她的嗓音——他们录用她在纽瓦克机场做了一个广播员。她嗓音非常漂亮，一点都不做作，非常沉着、幽默而又悦耳动听。她的工作四小时一倒班，广播的内容类似：‘乘坐美联航喷气机航班前往西雅图的乘客请到十六号登机口登机；亨利·塔维斯托克先生请到美国航空公司的检票口检票，亨利·塔维斯托克先生请尽快前往美国航空公司的检票口检票登机。’我猜想那姑娘播报的应该是同样的内容。”他朝那个扩音器点了一下头，“那是个很棒的工作，一天只工作四小时，她赚的钱比我还多，她还有很多时间用于购物、烹饪，做一个贤妻，在这方面她非常擅长。呃，等我们的储蓄账户里有了五千块钱左右，我们开始考虑要一个孩子并且搬到乡下去住。那时候她已经在纽瓦克机场做了大约五年时间的广播员。呃，有天晚上在晚饭前，我正喝着威士忌看报纸的时候，我听到她在厨房里说：‘请你上桌吧，晚饭已经准备好了。请你快点上桌吧。’她跟我说话用的是跟她在机场里广播时同样悦耳的嗓音，这让我很生气，我就说：‘宝贝儿，别这个样子跟我说话——别用那种嗓音跟我说话。’然后她说：‘请你上桌来吃饭吧。’就跟她播报‘亨利·塔维斯托克先生请尽快前往美国航空公司的检票口’一模一样。于是我就说：‘宝贝儿，你让我感觉就像在等飞机似的。我是说，你的嗓音非常美，但你听起来很没有人情味儿。’这时候她用非常柔和悦耳的嗓音说：‘我觉得我这是不由自主的。’然后冲我勉强而又甜蜜地一笑，就像你的航班晚了四个钟头，你已经错过了转机的航班，不得不在哥本哈根待上一个礼拜时，那些机场的工作人员向你致歉时的笑容一模一样。于是我们坐下来吃饭，在饭桌上，她一直都用这种平和而又悦耳的嗓音跟我说话。那感觉就像跟一张唱片一起吃饭一样。就像跟一盘磁带一起吃饭一样。吃完晚饭以后，我们一起看了一会儿电视，她先上了床，然后她叫我：‘请你到床上来吧，请你到床上来好吗？’那感觉就跟她告诉我前往旧金山的乘客在七号登机口登机一样。我上床睡觉，以为到第二天早上情况就会有所好转的。

“总之，第二天晚上我一回到家，我就大喊了一声：‘哈啰，宝贝儿！’反正就类似的吧，而我听到从厨房里传来那个一点人情味儿都没有的声音，说：‘请你去路口的那家药房给我买一管白速得牙膏好吗，请你去路口的那家药房给我买一管白速得牙膏好吗？’于是我走进厨房，伸出双手把她抱住，给了她一个大大的、糟糕的吻，说：‘别这么说话了，宝贝儿，别再这么说话啦。’这时她哭了起来，我原本还以为这也许是朝正确的方向迈出的一步，可是她哭了又哭，说我没有感情，刻毒伤人，平白无故地指责她的嗓音中根本就没有的东西，为的就是故意找碴儿。呃，我们又在一起生活了六个月，但也确实是到了头。我真心爱她。她是个了不起的姑娘，直到她开始让我感觉我只不过是个愚蠢的乘客，某个候机室里几百个人当中的一个，正在等着被指明正确的登机口和正确的航班号。那个时候我们总是争吵不休，我终于还是离开了，她在里诺[1]得到了一纸离婚协议。她仍旧在纽瓦克机场工作，我自然是更乐意走肯尼迪机场，不过有时候也不得不走纽瓦克，我就能听到她告诉亨利·塔维斯托克先生，请他尽快前往美国航空公司的检票口检票登机……但是我不光是在纽瓦克能听到她的声音，到处都能听到。奥利[2]，伦敦，莫斯科，新德里。我不得不乘坐飞机旅行，在整个儿这个广阔世界的每个机场，我都能听到她的或是听起来跟她一样的声音在请亨利·塔维斯托克先生尽快前往检票口检票登机。内罗毕，列宁格勒，东京，全都是一个样，即使我听不懂他们的语言，这会让我想起我们共同生活的那五年是何等幸福，想起她是个多么可爱的姑娘，真的可爱，想起在爱情当中会发生何等神秘的事情。咱们再喝一瓶伏特加如何？我来买单。他们给我的卢布旅途中根本花不掉，而剩下的我又必须在出境时上交。”

---

1 参见第 37 页注释。

2 参见第 665 页注释。

珀 西

回忆，连同干酪板[1]和有时候送给新娘们的丑陋的陶器，似乎具有一种跟大海联系在一起的昭昭宿命。而回忆录就是在这样的一张桌子上写成的，修正、出版、阅读，然后它们就开始了它们那通往人们租来消夏的那些住宅和小屋里的书架的必然旅程。在我们上次租住的那幢房子里，我们的床头上放着《女大公回忆录》[2]《一个扬基捕鲸人的回忆》，还有一本平装本的《向所有那一切告别》[3]，不过这在全世界各地都是一样的。在陶尔米纳[4]我住的那个旅馆房间里，唯一的一本书就是*Recordi d'un Soldato Garibaldino*[5]，而在雅尔塔的旅馆房间里我找到的是«Повесть о Жизни»[6]。这种朝向咸水的流动，注定有一部分特质是不得人心的，但既然大海是我们赋予记忆的最为通用的象征，也许在这些已经出版的回忆录和海浪的轰鸣之间确

---

1 干酪放在餐桌上的盛器。

2 应是俄国末代沙皇尼古拉二世的孙女玛利亚·帕夫洛夫娜女大公（Grand Duchess Maria Pavlovna of Russia，1890—1958）所著的回忆录。女大公在移民美国以后，出版过两部回忆录：《一位公主的教育》（1930）和《流亡中的公主》（1932）。

3 英国诗人、小说家格雷夫斯（Robert Ranke Graves，1895—1985）著名的参加第一次世界大战的回忆录。

4 陶尔米纳（Taormina），意大利西西里岛上的一个小镇。

5 意大利语：《一个加里波第的士兵的回忆》。应系作者杜撰。

6 俄语：《一生的故事》。本书是苏联小说家、戏剧家帕乌斯托夫斯基（Konstantin Georgiyevich Paustovsky，1892—1968）所著的多卷本自传性回忆录。

实存在着某种神秘的亲和力吧？所以我在写下接下来的这些回忆时是怀着一种愉快的信念的，我相信它们自会找到途径，最终来到某个能对狂风暴雨的海岸景观一览无余的书架上的。我甚至都能看到那个房间——看到那块草编地毯，看到蒙着一层盐霜的窗玻璃，感觉到那幢房子正和着巨浪的轰鸣声轻轻地晃动。

我的叔祖父埃比尼泽因为他废奴主义的言行在纽伯里波特[1]的大街上被人扔石头砸。他那端庄娴静的妻子乔治安娜（一位钢琴艺人）曾经一个月里有一两次把羽毛编到她的头发里，蹲坐在地板上，点上一支烟斗，因为被通灵的力量赋予了一个印第安女人的人格，能够从死人那儿接收信息。我父亲的堂姐安娜·博因顿曾在拉德克利夫学院教授希腊语，在亚美尼亚的大饥荒中活活把自己给饿死了。她跟她妹妹南妮全都长着古铜色的皮肤，高颧骨，以及像内蒂克印第安人那样的黑头发。我父亲很喜欢回忆他在纽约至波士顿的火车上一直大喝香槟的那个夜晚。晚饭前他就开始跟某个朋友一起喝起了小瓶装的酒，喝完那小瓶装的以后，他们又喝光了好几瓶一夸脱装和两夸脱装的，当火车抵达波士顿的时候，他们正在对付一大瓶一百零四盎司装的香槟。他觉得这种纵酒豪饮还挺英勇壮烈的。我的叔叔哈姆雷特——一个黑嘴巴的老废物，年轻时曾是纽伯里波特志愿消防队舞会上的明星——临死前把我叫到他的床前，大喊道："我已经拥有了这个国家历史上最好的五十年。你可以拥有剩下的。"他像是把它放在一个大盘子里就这么端给了我——那些旱灾、萧条，各种自然灾变、瘟疫和战争。他当然是大谬不然，

1　纽伯里波特（Newburyport），美国马萨诸塞州东北部城市。

但这个想法让他很惬意。这些都发生在“雅典人的波士顿”的周边，但是相较于菲利普斯·布鲁克斯[1]的布道，这个家族看起来倒是更接近于源自威尔士、都柏林以及各个酗酒成性的公国的虚诞夸饰和巧言令色。

这个家族里我母系那边最最活跃的成员之一是我的一位阿姨，她管自己叫珀西，平常她抽的是雪茄。这里面倒并没有什么性别的模棱两可。她人很可爱，很漂亮，而且非常女性化。我们的关系从来都不是很亲近。我父亲可能不是很喜欢她，不过我也没有这方面的明确记忆。我外祖父母是一八九〇年代带着六个孩子从英格兰移民过来的。我的外祖父霍林斯赫德被描述为一介莽夫——这个词儿总是让我想起在猎枪射出的弹药前一个奋力跳过一道树篱的男人的形象[2]。我不知道他在英格兰到底犯了什么错，不过他的移民新世界是由他岳父珀西·德维尔爵士出钱资助的，而且还另外付给他一小笔款子，前提是他绝不再返回英格兰。他讨厌美国，到了这儿没几年就一命呜呼了。在他葬礼的那一天，外祖母向她的孩子们宣布晚上将举行一次家庭会议。他们应该准备好讨论一下各自的人生计划了。家庭会议开始后，外祖母逐一询问她的几个孩子，他们打算怎样度过自己的人生。汤姆舅舅想当兵。哈利舅舅想当水手。比尔舅舅想经商。艾米莉阿姨想嫁人。妈妈想当个护士救死扶伤。弗洛伦斯阿姨——后来管自己叫珀西——大声说：“我想成为一个伟大的画家，就像意大利文艺复兴的那些大师一样！”外祖母于是道：

1　菲利普斯·布鲁克斯（Phillips Brooks，1835—1893），美国基督教圣公会主教，笃信自由神学和美国文明，曾长期担任波士顿圣三一教堂牧师。

2　“莽夫”这里用的是“bounder”这个词，另有“跳跃的人”“越界者”之意。

“既然你们当中至少有一个对自己的天命有了清楚的概念，你们其余的就都去工作，弗洛伦斯去上艺术学校。”他们也就是这么做的，据我所知没有一个人怨恨过这个决定。

这一切看起来是多么顺利，而想来肯定又是多么与众不同。他们坐在一起开会的那张饭桌应该是由鲸油或是煤油照亮的。他们住在多切斯特的一幢农场住宅里。晚餐吃的想必就是小扁豆或者麦片粥，最好的也就是炖菜了。他们非常穷。如果是冬天的话，他们会很冷，家庭会议开过以后，当外祖母——威严的外祖母——沿着屋后的小径前往恶臭熏天的室外厕所时，风就会吹熄她手里的蜡烛。他们一个礼拜最多洗一次澡，我猜想应该也就是在室外的木桶里洗的。珀西那句简明扼要的叫喊似乎已经模糊了一个拖拉着六个孩子的穷苦寡妇的事实。肯定得有人负责清洗所有的碗碟，在油腻腻的水里清洗，而这水是用水泵抽上来、在火炉上烧热的。

在这样的回忆当中，良好的教养、贵族的出身都是岌岌可危、朝不保夕的，不过他们也都是毫不装模作样、虚伪矫饰的，当外祖母在饭桌上说法语的时候——她经常这么做——她只不过是想把她所受的教育派点实际的用场。当然，那也是个简单得多的世界。比如说，外祖母有一天在报纸上看到一则报道，说是一个喝醉了的屠户，四个孩子的父亲，用一把切肉刀把他妻子给砍死了。看完后，她直接就乘坐马拉街车或是双座小马车去了波士顿——有什么交通工具就乘坐什么。谋杀发生的那户廉租房周围围着一大群人，有两个警察把着门。外祖母说服那两个警察让她进去，在一个血迹斑斑的公寓里找到了屠户那四个丧魂失魄的孩子。她把孩子们的衣服收拾了一下，就带着四个孩子回了家，留他们住了一个月或是更长的时间，一直等找到其他收养的人家。安娜堂姑决定把自己饿死，以及珀西希望成为一个画家也都是以同样斩截的方式做出的。那是珀西觉得她自己最擅长的事情——那是她能够实现的最高的人生意义。

在艺术学校里，她开始管自己叫珀西，因为她感觉在人文艺术领域存在着针对女性的某种偏见。在艺术学校的最后一年，她创作了一幅六乘十四英尺俄耳甫斯[1]驯服野兽的油画。这为她赢得了一枚金质奖章和一次前往欧洲的旅行，借此机会她在巴黎高等美术学院学习了几个月。她回来以后，接到了创作三幅肖像的委约，但她对于在这方面能否成功持过于自我怀疑的态度。结果她的肖像画变成了一种形象化的控诉，所有的三幅都没有被接受。她并不是个咄咄逼人的女人，但她容易走极端，爱挑剔。

她从法国回来后，在北部海岸的某个游艇俱乐部里认识了一个叫阿博特·特雷西的年轻医生。我说的可不是那些富有的游艇运动员，我说的是那些周末出来把一堆海上的漂流木钉在一起下海的航海爱好者。台球的毛毡里都有蛾子。家具都是回收的旧家具。两个靠撒土来掩埋排泄物的厕所，标上“男”和“女”，也就是十几艘那种按我父亲的说法驾驶起来活像是不动产的宽腰独桅船的集中停泊处。珀西和阿博特·特雷西就是在某个这样的地方认识的，她对他一见倾心。那时候他已经开始了他那难以克服的临床猎艳生涯，而且似乎丝毫不知道情感为何物，虽然我记得他倒是很喜欢看着孩子们做祷告。珀西时刻倾听着他的脚步声，只要见不到他，她就毫

1　参见第946页注释。

无活力，他抽雪茄的咳嗽声在她听来都像是音乐，她用铅笔画了一画夹的他的脸、他的眼、他的手的速写，结婚以后又补全了他身体的其他部位。

他们在西罗克斯伯里买了一幢旧房子。天花板很低，房间里很暗，窗户很小，壁炉直往外冒烟。珀西对这一切都很喜欢，她跟我母亲一样都对那些透风撒气的废墟有种格外的喜好，这在像她们这样格调高雅的女人当中显得煞是奇怪。她把一间多余的卧室改造成一间画室，又创作了一幅巨幅油画——普罗米修斯盗火给人类。这幅画在波士顿展出，但没有人买。她又画了一幅宁芙和马人。这幅画过去一直放在阁楼上的，那个马人看起来活脱脱就是阿博特姨父。阿博特姨父的行医并不是很来钱，我猜他是太懒了。我记得曾见过他在下午一点钟的时候穿着睡衣吃早饭。他们当时肯定很穷，我想日常的家务、食品杂货的采购、洗晒衣服等等都是珀西干的。有天深夜，我都已经上了床了，我听到我父亲叫道："我不能再供养你那位抽雪茄的妹妹啦。"珀西把一部分时间用于在芬威大院[1]里临摹名画。这给她带来一点收入，但显然入不敷出。她艺术学校的一个朋友力劝她试试画杂志的封面。这本来是完全违背她的抱负和天性的，但当时的情况肯定是她也别无选择了，她于是开始刻意地为各杂志创作那种多愁善感的画作。她在这方面还变得相当著名了。

她从来就没有自命不凡过，但她无法忘记她并没有将她可能拥有的那些天赋特质发挥出最大的能力，而且她对于绘画的热情是真

1　芬威大院（Fenway Court），位于美国马萨诸塞州波士顿市芬威-肯莫尔街区（Fenway-Kenmore neighborhood）的伊莎贝拉·斯图尔特·加德纳博物馆（Isabella Stewart Gardner Museum）的别称。

诚无欺的。当她有能力雇用一个厨子的时候，她会给那个厨子上绘画课。我记得她曾说过，那是在临近她生命终点的时候："我死之前，我一定要回到波士顿美术博物馆，去看看萨金特[1]的水彩画。"我十六或是十七岁的时候，跟我哥哥一起去德国进行过一次徒步的旅行，在慕尼黑给珀西买了几幅凡·高的复制品。为此她感到非常兴奋。绘画，她感觉，具有某种有机的活力——它是对于意识的大陆的探索，而这里是个全新的世界。她大部分作品中那刻意的天真稚气损害了她的绘画技艺，有一段时间她开始在周六上午雇一位模特儿，专门进行人体素描。有一次到她那儿执行某次简单的差使时——还一本书或是剪报簿——我走进了她的画室，发现地板上坐着一位裸体的年轻女人。"内莉·凯西，"珀西介绍道，"这是我的外甥拉尔夫·沃伦。"她继续画她的素描。那位模特儿甜甜地微微一笑——几乎就是礼节性的一笑，不过也在一定程度上缓和了她那纪念碑式的裸体状态。她的乳房非常漂亮，乳头很放松，微微有点颜色，比银圆都大。画室的气氛一点都不色情或是嬉闹，我很快就离开了。有好几年我做梦都梦到内莉·凯西。珀西画的杂志封面为她赚了不少的钱，她就在科德角和缅因各买了一幢房子，买了一辆大轿车，还有惠斯勒[2]的一小幅油画，这幅画过去就挂在起居室里她临摹的提香的《欧罗巴》旁边。

---

1 萨金特（John Singer Sargent，1856—1925），美国画家，长期侨居伦敦，以肖像画著称，后致力于壁画和水彩画，作品有《某夫人》《康乃馨、百合、蔷薇》及波士顿美术博物馆的壁画等。

2 惠斯勒（James Abbott McNeill Whistler，1834—1903），美国画家，长期侨居英国，主张"为艺术而艺术"，以夜景画、肖像画和版画闻名，作品有油画《白衣少女》《艺术家的母亲》、铜版画《威尼斯风景》等。

婚后的第三年，她生下了长子洛威尔。洛威尔四岁或是五岁的时候就被认定是个音乐天才，他手指的灵巧程度确实非同寻常。他很擅长解开打结的风筝线和渔具。他半途从学校里辍学，由家庭教师负责教育，把大部分时间都花在弹钢琴上。我出于好几个原因很讨厌他。他满脑子肮脏到极点，还在头发上抹油。他如果用鲜花给自己扎个花冠戴在头上的话，我弟弟跟我就会尴尬狼狈到了极点。他不仅在头发上抹油，他来我们家做客的时候还把他的头油瓶子放在我们的药品柜里。他八岁或是九岁的时候就在斯坦威[1]音乐厅里举行了他的第一次独奏音乐会，在家庭聚会的时候他总会弹奏一首贝多芬的奏鸣曲。

珀西一定是在她结婚的早期就觉察到她丈夫的淫荡好色是欲罢不能、无可救药的了，不过她还是决定——就像任何一位情人一样——去验证她的疑心。一个她衷心爱慕的男人怎么可能是个负心汉呢？她雇了个私家侦探，他们一直跟踪他来到火车站旁边的一幢叫作俄耳甫斯的廉租公寓楼里。珀西去到那里，把他跟一个失业的电话接线员捉奸在床。他还在抽雪茄，喝威士忌。“你瞧，珀西，”他应该会这么说，“你又何必跑过来做出这等事来呢？”这之后她跑到我们家里来，跟我们住了一个星期左右。她当时有孕在身，等她的儿子博福特生下来以后，发现他的大脑或者神经系统受到了严重的损伤。阿博特总是宣称他的儿子一点毛病都没有，但是到博福特五岁或是六岁的时候，他被送到了康涅狄格的某个学校或是社会福利机构。假期的时候，他会回到家里，已经学会了耐着性子坚持

1　斯坦威（Steinway），顶级的钢琴品牌。

到吃完一顿成年人的正餐，不过也就仅此而已了。他是个纵火犯，有一次当洛威尔正在演奏《华伦斯坦》奏鸣曲的时候，他还在楼上的窗户前裸露出自己的性器官。尽管如此，珀西却从来都不满腹牢骚或者百结愁肠，而且继续对阿博特姨父顶礼膜拜。

回想起来，我们这个家族几乎每个礼拜天都会聚在一起。我不知道他们为什么要花这么多的时间用以相互陪伴。也许是他们没几个朋友，也许是他们将家族的纽带置于朋友关系之上。在雨中站在珀西那幢旧宅子的门外，将我们联系在一起的似乎并不是血缘，也不是关爱，而是这个世界及其运作充满了敌意的这样一种感觉。那幢房子黑沉沉的。有着一股子焦躁易怒的气息。

客人中经常包括了外祖母和老南妮·博因顿，活活把自己给饿死的就是她姐姐。南妮退休前一直在波士顿的公立学校里教音乐，退休后就搬到了南部海岸的一个农场里。她在那儿养蜜蜂、种蘑菇，还有就是读乐谱——普契尼，莫扎特，德彪西，勃拉姆斯，等等——乐谱都是一位在公共图书馆的朋友寄给她的。我记得她非常蔼然可亲。之前我已经说过，她看起来很像个内蒂克印第安人。她长了个鹰钩鼻，她去蜂房的时候就用包干酪的罩布把自己蒙起来，一路唱着 Vissi d'arte[1]。有一次我无意中听到有人说她经常喝得醉醺醺的，但我并不相信。在冬天天气很恶劣的时候，她会跟珀西待在一起，她无论到哪里总是随身带着一套《不列颠百科全书》，这套大书就竖立在餐厅里她的座位背后，随时用以查疑解惑，消除争议。

---

1 意大利语：为艺术。这是普契尼歌剧《托斯卡》中一个著名唱段的起始。

珀西家里的餐食是油腻重口的。刮起风来的时候，壁炉就会冒烟。窗外的树叶和冷雨纷纷落下。等我们饭后来到黑暗的起居室里休息时，大家全都会感觉很不舒服。这时候洛威尔就被请求弹一曲钢琴给我们听。贝多芬奏鸣曲的最初几个音符一响起，那个黑暗、闷气、臭烘烘的房间就会一变而为风景绝美的瑶池仙境。一幢小木屋矗立在葱茏的绿野中，旁边有一条小河潺潺流过。一个亚麻色头发的女人步出房门，用围裙把手擦干。她呼唤她的爱人。她呼唤着，呼唤着，但是有什么东西感觉不对劲儿。一场暴风雨即将来临。河水将会泛滥。桥梁将被冲毁。低音厚重、阴沉而且预兆着不祥。当心，当心啊！交通事故的伤亡人数简直是史无前例。暴风雨鞭打着佛罗里达的西海岸。匹兹堡已经因断电而瘫痪。饥荒扼住了费城的咽喉，任何人都不再有任何希望。然后抒情的最高声部唱出了一首长长的爱与美的赞歌。抒情的最高音部结束后，再度降到低音部，带着更多坏消息的报道卷土重来。暴风雨正向北方肆虐，席卷佐治亚和弗吉尼亚。交通事故的伤亡人数直线上升。内布拉斯加出现了霍乱。密西西比河漫过了河岸。阿巴拉契亚山脉的一个活火山已经喷发。哎呀呀，哎呀呀！最高音部重新开始在这场角力中粉墨登场，循循善诱，满怀希望，比我之前听到的任何人声都更为纯净。然后高低两个音部开始了复调对位，继续，继续直到结束。

有一天下午，音乐结束以后，洛威尔、阿博特姨父和我钻进一辆汽车，开进了多切斯特的贫民区。那是在初冬，天已经黑了下来，还下着雨，波士顿的雨下起来派头极大。阿博特姨父在一幢框架式廉租公寓楼前停下车，说他要去看个病人。

“你以为他是去看个病人吗？”洛威尔问。

“是呀。”我说。

“他是去看他的女朋友。”洛威尔道。然后他就哭了起来。

我并不喜欢他。我对他并没有什么同情。我只希望我能有些更得体一些的亲戚。他擦干泪水，我们就一言不发地坐在车里，直到阿博特姨父回来。他吹着口哨，心满意足，散发着香水的气味。他带我们去了一家药房吃冰激凌，然后就回去了，珀西正把起居室的窗户打开通风透气。她看起来有些疲惫，不过兴致勃勃的，虽然我猜想她以及这个房间里所有的人都知道阿博特刚刚干什么去了。我们也该告辞回家了。

洛威尔十五岁上进入伊士曼音乐学院，他毕业的那年跟波士顿交响乐团一起演奏了贝多芬的《G大调协奏曲》。一直教育我们千万不能提钱，但奇怪的是他首次登台演出财务方面的细节我却记得清清楚楚。他的燕尾服花了一百美元，他的排练指导要价五百，交响乐团为两场演出付给他三百。我们这个家族的成员散布在整个音乐厅，所以我们没办法将我们的兴奋之情集中到一起，不过我们全都兴奋得要命。音乐会结束后我们都去绿厅喝香槟庆祝。库塞维茨基[1]没有出现，不过乐队首席伯金是在场的。《波士顿先驱报》和《波士顿晚报》上的乐评还是相当褒扬的，不过它们都指出洛威尔的演奏缺乏情感。那年冬天，洛威尔和珀西进行了一次巡演，足迹远至芝加哥，结果出了问题。或许是出门在外，他们相互间都是很

---

1 库塞维茨基（Serge Koussevitzky，1874—1951），俄国指挥家、低音提琴家，一九二〇年移居国外，后入美国籍，曾任波士顿交响乐团常任指挥，创立伯克郡音乐中心。

糟糕的游伴；或许是他的演出反应很差或是观众寥寥；虽然什么都没有明说，我记得他们那次巡演却算不上成功。他们回来后，珀西卖掉了跟他们的房子毗邻的一块地产，只身去欧洲度过了那个夏天。洛威尔原本肯定可以作为一个音乐家自食其力的，但他却在某个电气仪表公司找了个体力劳动者的工作。他在珀西从欧洲回来前来看过我们一趟，跟我说了那年夏天发生的事情。

“妈妈走后爹地就不怎么着家了，”他说，“大部分的晚上只有我一个人。我常常都是自己弄点晚饭，我把很多时间都花在了电影院里。我也试着跟女孩儿搭讪，但我这么皮包骨的身板儿，实在没什么自信。呃，有个礼拜天，我开着那辆旧别克去了海滩。爹地把那辆旧别克车给了我。我看到海滩上有一对很胖的夫妇带着个年轻的女儿。他们看起来很孤单。赫什曼太太非常胖，她把自己捯饬得就跟个小丑一样，她还有条小狗。有一种胖女人是都会养一条小狗的。于是我就跟他们搭讪了几句，说我多么喜欢狗狗，他们像是很高兴能跟我说说话，然后我就跑进海浪当中，炫耀了一下我的爬泳技术，上得岸来我跟他们坐在了一起。他们是德国人，讲起话来带着一种很滑稽的口音，我想是他们那口滑稽的英语和他们的肥胖把他们搞得这么孤单的。呃，他们的女儿叫唐娜-梅，她全身都裹在一件浴袍里，她还戴了顶帽子，他们跟我说，是她的皮肤过于白皙，一定不能让太阳给晒到。然后他们又告诉我她有一头漂亮的头发，她把帽子摘下来给我看，那是我第一次看到她的头发。确实很漂亮。是蜂蜜的颜色，留得很长，她的皮肤就像珍珠一样。你看得出来，太阳一晒就会把它给灼伤的。我们就聊起了家常，我买了些热狗和汤力水，还跟唐娜-梅一起沿着沙滩散了会儿步，我真是非常开心。后来，太阳落山的时候，我主动提议开车送他们回家——他们是乘大巴来的——而他们说他们很乐意搭我的车，但前提是我要答应跟他们一起吃晚饭。他们住在那种有点像贫民区的地方，他是个房屋油漆工。他们的房子在另一幢房子后面。赫什曼太太说在她做晚饭的时候，我何不用水管给唐娜-梅冲洗一下？那一幕我记得非常清楚，因为我就是在那个时候爱上了她。她再次穿上泳衣，我也换上泳衣，我用水管很温柔地往她身上洒水。她微微尖叫了一声，叫得很自然，因为水是凉的，那时候天色越来越暗，隔壁的房子里有人在弹奏肖邦的升C小调，作品第二十八。钢琴弹得都走调了，弹的人也不知道该如何弹奏，但那音乐，那水管，唐娜-梅那珍珠色的皮肤和金色的头发，还有厨房里传来的饭菜香以及薄暮的天色，感觉全都像是天堂一样美好。我跟他们一起吃了晚饭就回家去了，第二天晚上我又带唐娜-梅去看电影。然后我又跟他们一起吃了晚饭，当我告诉赫什曼太太我母亲不在家，而且我也几乎都见不到我父亲的时候，她说他们有一间空房，我何不跟他们一起住呢？于是第二天晚上，我打点了一些衣物，就搬进了他们那间空房，打那以后我就一直住在那儿。”

珀西从欧洲回来以后不太可能给我母亲写过什么信，即便是真的写过，那信应该也已经销毁了，因为这个家族对于各种纪念物品具有一种圣战般的厌恨。信件，照片，文凭——任何证明过去是真实的东西总是被一把火给烧掉。我想这并非如他们宣称的那样是因为不喜欢杂乱无章，而是因为害怕死亡。回顾过去就是一种死亡，他们不想留下一丝一毫的痕迹。没有这样一封信，但就算是曾经有过的吧，依据我被告知的情况判断，这封信应该是类似这样的：

亲爱的波丽：

周四的时候洛威尔到船上来接我。我在罗马给他买了一份贝多芬的手稿，但我还没来得及给他，他就宣布他已经订婚了。他当然没钱结婚，当我问他打算怎么来养家糊口时，他说他已经在某个电气仪表公司找了份工作。我问起他的音乐时，他说他会在晚上坚持练琴。我不想操纵他的生活，我希望他能幸福快乐，但我忘不了为了他的音乐教育花的那些钱。我原本很期待回到家里的，可是一下船就得到这么个消息让我非常沮丧。然后他又告诉我，他已经不跟他父亲和我住在一起了。他跟他未来的岳父岳母一起住。

我忙于安顿下来，为了找工作我还不得不去了几趟波士顿，所以一直到一两个礼拜之后我才腾出工夫来招待他的未婚妻。我请她来喝茶。洛威尔请求我在见面的时候不要抽雪茄，我也同意了。我能明白他的顾虑。他对于我那他称之为“波希米亚的做派”感觉非常惴惴不安，我也想给他们留下个好印象。他们四点钟过来。她名叫唐娜–梅·赫什曼。她的父母是德国移民。她二十一岁，在某个保险公司做个小职员。她声音很高。她咯咯直笑。她身上可以说说的一样优点是她有一头引人注目的黄头发。我猜洛威尔可能就是被她的白肤金发给吸引住的，但这也不成其要跟她结婚的充分理由。洛威尔为我们引见的时候她咯咯直笑。她在那把红沙发上落座，一看见那幅《欧罗巴》，她又咯咯地笑了起来。洛威尔的眼睛一刻都离不开她。我给她倒了茶，问她是想加柠檬还是奶油。她说她不知道。我就很有礼貌地问她通常她喝茶的时候加什么，她说她在这之前从来没喝过茶。我就问她通常都喝什么，她说大多数时候喝的是汤力水，有时候喝啤酒。我给她的茶里加了牛奶和糖，竭力想找个闲聊的话题。洛威尔打破僵局，问我觉不觉得她的头发很漂亮。我说非常漂亮。哎哟，这可费功夫啦，她说。我一个礼拜得用蛋清洗它两回。哦，有好多次我都想把它给剪掉算啦。人们不理解。人们都觉得既然上帝赐给你这么一头漂亮的头发，你就该珍惜它，可是伺候它花的功夫不啻洗干净一水槽的盘子。你得洗它，晾干它，梳它，刷它，在夜里把它盘起来。我知道这很难理解，不过说老实话，有时候我真想把它给剪掉，但妈咪让我手按着《圣经》发誓绝不这么做。你要是喜欢，我就把它放下来好好让你看看。

我这是跟你实话实说，波丽。我一点儿都没有夸张。她走到镜子面前，从头发上取下一大把发夹，把头发放了下来。她的头发真多。我想她都能坐在上头，不过我没提这种要求。我说了好几遍真是漂亮。然后她说她就知道我会表示赞赏的，因为洛威尔跟她说我是个艺术家，对美的事物肯定会感兴趣的。就这么着，她颇花了些时间展示她的头发，然后又费了九牛二虎之力重新把头发整理好。那可真是件苦差事。然后她又继续说有人以为她的头发是染的，这让她很生气，因为她认为染头发的女人都是不道德的。我问她想不想再要一杯茶，她说不了。然后我问她有没有听过洛威尔弹钢琴，她说没有，他们家没有钢琴。然后她就看了看洛威尔，说他们该走了。洛威尔开车把她送回家，然后又回来，我想是期望我表个态赞同他们的婚事。我的心已经裂成了两瓣儿，当然啦。一个伟大的音乐生涯就这样被一头黄头发毁于一旦。我告诉他，我再也不想见到她。他说他打算娶她，我跟他说，他爱怎么着都随便他。

洛威尔娶了唐娜-梅。阿博特姨父出席了婚礼，但珀西说到做到，再也没见她儿媳一面。洛威尔每年回来四趟，礼节性地看望一下他母亲。他再也不肯靠近那架钢琴一步。他不仅是放弃了音乐，他简直是讨厌音乐。他对于淫秽那一根筋的嗜好，看来已经一变而成了一根筋的虔诚。他的宗教信仰已经从美国新教圣公会转变成赫什曼一家信奉的路德宗，而且一个礼拜天参加两次会众的礼拜。上次我跟他闲聊几句的时候，他们正在募资兴建一个新的教堂。他详尽地说起上帝的神性。“祂在我们挣扎的时候帮助我们，一次又一次。当所有的一切都似乎毫无希望的时候，祂给了我们鼓励和力量。真希望我能让你理解祂有多么奇妙，能够爱祂是一种何等的幸福……”洛威尔年未满三十就去世了，而既然一切想必都已经被焚毁，我想他当初的音乐生涯应该一丁点蛛丝马迹都不会留下了。

但我们每次到那儿去，那幢老宅子里的黑暗都似乎越来越深重。阿博特继续他的猎艳，但当他春天去钓鱼、秋天去打猎的时候，没有他在身边，珀西又极度地不快乐。洛威尔去世还不到一年，珀西就开始饱受心血管疾病的折磨。我记得她有一次在我们礼拜天的晚餐聚会上发病。她渐渐面无人色，呼吸声变得急促而又刺耳。她从餐桌上告退，还不忘有礼貌地说她忘了什么东西。她走进起居室，把门关上，但她越来越急促的呼吸声和痛苦的呻吟还是能够听到。等她回来的时候，她一侧的脸颊上有很大的红色斑块。“你要是不去找个医生看看，你会死的。”阿博特姨父说。

“你是我的丈夫而且你就是我的医生。”她说。

“我已经跟你说过多少次啦，我是不会把你当作我的病人的。”

“你就是我的医生。”

“你要是不恢复理智，你会死的。”

他当然是对的，她也知道。现在，当她看到树叶落下，雪花飘落，当她在火车站和门廊上跟朋友们道别，总有一种她将不会再经历一次的感觉。她死于凌晨三点钟，死在起居室里，她是去那儿倒一杯金酒来着，我们这个家族在她的葬礼上最后团聚了一次。

还有一个小插曲。我去洛根机场乘飞机。在我穿过候机室的时候，有个在地板上哭泣的男人拦住了我。

“认识你，”他口齿不清地说，“我认识你是谁。”

“我不记得你了。”我说。

“我是博福特表弟，”他说，“我是你的表弟博福特。”

我掏出钱包，取出一张十美元的钞票。

“我不要钱，”他说，“我是你的表弟。我是你的表弟博福特。我有工作。我不要钱。”

“你好吗，博福特？”我问他。

“洛威尔和珀西死了，”他说，“他们把他们埋在了土里。”

“我来不及了，博福特，”我说，“我要误机了。很高兴能见到你。再见。”然后我就飞去了海边。

第四声警报

我坐在阳光里喝金酒。时间是上午十点钟。礼拜天。厄克斯布里奇太太带着孩子们去了某个地方。厄克斯布里奇太太是我们的管家。她负责做饭以及照顾彼得和露易丝。

时值秋令。树叶已经变了颜色。上午并没有风，不过树叶却还是不断掉落。我认为，为了能将任何东西看个真切——一片树叶或是草叶——你就必须懂得爱的浓烈。厄克斯布里奇太太六十三岁，我妻子不在家，史密斯索尼安太太（她住在城市的另一边）这些天里又总是没什么兴致，所以我感觉就像是错过了这个上午的某个时段，就仿佛那个时段有一道或是一系列我跨不过去的门槛。扔扔橄榄球也许能够奏效，可是彼得年龄太小，而那个唯一也打橄榄球的邻居又去了教堂。

我妻子伯莎星期一回来。她星期一从纽约回来，星期二就再回去。伯莎年轻漂亮，体形绝佳。只不过她的两只眼睛，我觉得长得有些太靠近了些，而且她有时候脾气有些急躁。孩子们小的时候，她管教他们的时候总有些急躁。“我数到三，你要是还不吃妈咪给你做的美味早餐的话，”她会这么说，“我就打发你上床睡觉。一。二。三……”晚饭的时候又会听她说一遍：“我数到三，你要是还不吃妈咪给你做的美味晚餐的话，我就不让你吃晚饭直接打发你上床睡觉。一。二。三……”然后又听她说一遍：“你要是在妈咪数到三之前不把玩具收拾好，妈咪就把它们统统扔掉。一。二。三……”如此这般，一直贯穿到给孩子们洗澡和哄他们睡觉，这一二三都成了他们的摇篮曲了。我有时候想，她肯定很小的时候就学会了数这一二三，等到她临终的时候，她也会倒数着数字去见死亡天使的。对不起，我要再去倒一杯金酒了。

等孩子们到了上学的年龄，伯莎找了份教六年级社会学的教职。这工作让她整天都忙忙碌碌而且高高兴兴的，她说她一直就想当一名教师。她有了对学生要求严格的名声。她穿一身深色衣服，梳一个简单的发型，希望学生们对她满怀歉疚、言听计从。为了丰富自己的生活，她加入了一家业余剧团。她在《天使街》[1]中扮演女仆，在《戴斯蒙兹·阿克斯》[2]中扮演那位干瘪的老丑婆。她在戏剧圈里结识的朋友都很讨人喜欢，我也很乐意带她去参加他们的派对。要知道伯莎可是滴酒不沾。她会很有礼貌地拿起一杯杜本内[3]，但并不喜欢喝下去。

通过她戏剧圈里的朋友，她得知一部叫作《奥扎曼尼迪斯二世[4]》的裸体剧正在选角。她把这件事以及后续的一切都告诉了我。

---

1 《天使街》（*Angel Street*），英国剧作家、小说家帕特里克·汉密尔顿（Patrick Hamilton，1904—1962）一九三八年创作的名剧《煤气灯下》（*Gas Light*）在美国上演时的剧名。不论是舞台演出还是电影改编均轰动一时。

2 此剧应为作者杜撰。

3 杜本内（Dubonnet），一种法国开胃甜酒。

4 奥扎曼尼迪斯二世（Ozamanides II）应是作者对古埃及法老奥兹曼迪亚斯（Ozymandias）的化用。奥兹曼迪亚斯即公元前十三世纪的古埃及王拉美西斯二世，他在位六十七年，多次与邻国交战，以武功著称，被称为“王者之王”。在他统治期间兴建了不少大型建筑，主要为庙宇。他自己的陵墓位于尼罗河上的古都底比斯，形如一庞大的狮身人面像。英国诗人雪莱在一八一七年时曾有一首同名诗作，借其陵墓的残破讥讽世人眼中的不朽。

她跟学校签的教学合同允许她有十天的病假，于是有一天她就谎称生病，去了纽约。《奥扎曼尼迪斯》当时在中城一位制作人的办公室里选角，到了那里，她发现足有一百多个男男女女排着长队在等待面试。她从钱包里取出一张还没付的账单，拿在手里当作一封信一样挥舞着，冲进排队的人群，一边说："请让一下，让一下，我是事先约好的……"没人抗议，她很快就挤到了最前头，那里有个秘书记下了她的姓名、社会保险号等身份信息。告诉她到一个小隔间里把衣服脱掉。然后她被领进一个办公室，里面坐着四个男人。考虑到当时的情形，面试还是非常小心慎重的。她被告知在整个演出过程中她都要全裸。在演出期间她将模仿或实际性交两次，并要参加有观众参与的一场性爱群交。

我记得她把这一切都告诉我的那个晚上。当时是在我们的起居室。孩子们已经都被送上床睡觉了。她非常高兴。对此没有任何的疑问。"当时我全身赤裸，"她说，"不过我没感到任何的局促不安。唯一让我有些担心的是我的脚可能会被弄脏。那是一个很老式的地方，墙上挂着镶了框的剧院节目单和埃塞尔·巴里莫尔[1]的大照片。在那儿，我赤身裸体地坐在那些陌生人面前，我有生以来第一次感觉终于找到了自我。我找到了赤裸裸的自我。我感觉自己是个全新的女人，一个更美好的女人。在陌生人面前赤身裸体而且丝毫不觉得羞愧，是我这一生当中最激动人心的经历之一……"

我当时不知道该如何是好。现在，在这个礼拜天的上午，我还是不知道我当时应该怎么做才好。我猜我本该揍她一顿的。我说她

1　埃塞尔·巴里莫尔（Ethel Barrymore，1879—1959），美国女演员，著名的巴里莫尔戏剧世家成员，因拍摄影片《寂寞芳心》（1944）而荣获奥斯卡最佳女配角奖。

不能这么做。她说我阻挡不了她。我说我们可是有孩子的人，她说这样的经历会使她成为一个更好的母亲。“当我脱掉衣服的时候，”她说，“我感觉就像是褪掉了我身上所有卑鄙和渺小的东西。”然后我说她永远都别想得到那份工作，因为她有一道阑尾手术留下的疤。几分钟后电话铃响了。是那位制作人打来的，跟她说她已经得到了一个角色。“哦，我真是太高兴啦，”她说，“哦，当你不再扮演你的父母和他们的朋友们专为你写的那些角色时，你的生活将会变得多么美妙、丰富而又新奇啊。我感觉自己就像是个探险家一样。”

我当时做出的以及没有做出的反应到底恰当与否，至今我都一直没有理清头绪。她撕毁了她教书的合同，加入了演员公会，开始了排练。《奥扎曼尼迪斯》一开始上演，她就雇下了厄克斯布里奇太太，并在剧院附近租了套酒店式公寓。我提出离婚。她说她不明白为什么要离婚。通奸和虐待都是显而易见的诉讼理由，可是当他的妻子想要赤身裸体出现在舞台上的时候，一个男人到底能怎么做呢？我年轻的时候认识几个表演滑稽歌舞杂剧的脱衣舞娘，有几位也都结婚生子了。可是，伯莎打算做的是她们只在礼拜六的午夜表演中才会做的，而且如果我记错的话，她们的丈夫也都是些三流喜剧演员，而且她们的孩子总是一副看起来没吃饱的样子。

一两天后，我去咨询一位离婚案的律师。他说我唯一的希望就是夫妻双方都认可的“同意判决”。以模拟宣淫作为离婚的理由在纽约州尚无先例，而没有一个律师会接手一个尚无先例可循的离婚案。对于伯莎的全新生活，我大部分的朋友表现得都很婉转圆通。

我想他们大部分都去看了她的演出，而我是在推迟了一个多月后才去看的。票价很贵，还很难买到。我去看戏的那个晚上下着雪。舞台台口的拱顶已经被拆除，布景就是一堆旧轮胎，唯一熟悉的特征就只剩下观众的座位和过道了。对于剧院的观众，我一直都搞不太懂。我想着大概是因为在一个基本上类似家庭、内部又装饰得过于华丽的地方，却挤满了各色令人无法理解的人群的缘故。那天晚上，那里可是各色人等无不具备。我进去的时候，正在播放摇滚乐。是在亚瑟剧院那种地方常放的那种震耳欲聋的老式摇滚。八点半，观众席上的灯光暗了下来，演员们——一共有十四位——沿着过道走了进来。当然啦，除了奥扎曼尼迪斯头戴一顶王冠以外，他们全都赤身裸体。

我无法描述他们的表演。奥扎曼尼迪斯有两个儿子，我想是他把他们全都谋杀了，但我不能确定。性爱俯拾皆是。男男女女相互搂抱，奥扎曼尼迪斯还跟好几个男人搂抱在一起。一度，坐在我右边的一个陌生人把手放在了我的膝盖上。我不想因为七情六欲的正常反应而责怪他，但我也不想纵容他。我把他的手从我的膝盖上挪开，并深深怀恋起我年少时期的那些天真无邪的电影院。在我被抚养长大的那个小镇上就有一家——阿尔罕布拉宫[1]。我最喜欢的一部影片叫作《第四声警报》。星期二放学后，我看了第一遍，然后就一直待在电影院里看完了夜场。我因为没有回家吃晚饭，父母很担心，为此我狠狠地挨了一顿骂。星期三我逃了学，这样我就能连看两遍电影，还能准时回家吃晚饭了。星期四我去了学校，不过一放

1　阿尔罕布拉宫（Alhambra），西班牙南部城市格拉纳达的著名古迹，是十三至十四世纪时的摩尔人宫殿。

学我就去了电影院，又一直待到夜场的中途。我父母肯定是报了警，因为有个巡警来到电影院我把给押送回了家。星期五我被严禁走进电影院，不过星期六我一整天都泡在里面，那部影片也就是在那一天结束了它的放映期。那部电影讲的是用机动消防车取代马拉的消防车的故事。有四家消防队，其中三家都已经换成了机动消防车，那些可怜的马都卖给了没有人性的家伙。只有一个消防队还保留了马拉消防车，但那日子也屈指可数了。不论是消防员还是那些马全都很难过。然后突然间着了一场大火。但见第一辆、第二辆、第三辆消防车风驰电掣地驶向火场。再看那个保留了马拉消防车的消防队，情况就非常令人沮丧。然后第四声警报响了起来——那是对他们的召唤——他们马上行动起来，套上马车，疾驰过城市。他们扑灭了大火，拯救了城市，那些马匹得到了市长的大赦。而现在的舞台上，奥扎曼尼迪斯正在我妻子的屁股上涂写着淫秽的字句。

赤身裸体——它所带来的那种兴奋——已经湮灭了她对往事的怀恋了吗？而恋旧——尽管她两只眼睛靠得太近——正是她最重要的魅力之一。她有一种能将对于某种经历的记忆优美地带入另一种时态的天赋。如今，在大庭广众之下被一个赤身裸体的陌生人压在下面的她，还记得我们曾经做过爱的任何一个地方吗——那些靠近海边的租来的房屋，我们曾在夏日的雨声中倾听洪荒时代对于爱、和平与美的许诺的那些地方？我应该在剧院里站起来，大声向她呼喊，以爱、幽默与平和安宁的名义呼唤她回来、回来、回来吗？派对结束后在雪夜开车回家的感觉非常好，我想。雪花在前灯的照耀下翩翩飞舞，让我们感觉就像是在以一百英里的时速飞驰。派对结束后雪夜开车回家的感觉非常好。这时，舞台上的演员们站成一排，敦促我们——实际上是在命令我们——脱掉衣服加入他们的行列。

这看来是我的职责所在。要不然我又能有别的什么方式理解伯莎呢？我脱衣服的速度一直都很快。我三下五除二就脱光了。可是，还有一个问题。我该拿我的钱包、手表和车钥匙怎么办呢？我没办法安全地把它们放在我脱下来的衣服里。于是我就全身赤裸地沿着过道走过去，右手拿着我那几样贵重物品。我就要开始加入他们的性交行动时，一个裸体的年轻人拦住了我，大声喊道——唱道——“放下你的身外之物。身外之物是不洁之物。”

“可这是我的钱包、手表和车钥匙啊。”我说道。

“放下你的身外之物。”他唱道。

“可是我得从车站开车回家呀，”我说，“而且我钱包里还有六七十块钱的现金呢。”

“放下你的身外之物。”

“不行，真的不行。我得吃喝，还得回家呀。”

“放下你的身外之物。”

于是，一个接着一个，包括伯莎在内，他们全都念起了这句咒语。所有的演员都开始吟诵：“放下你的身外之物，放下你的身外之物。”

这种遭人嫌弃的感觉一直都让我痛苦不堪。我想某一位临床医生可能会对此做出某种解释。这感觉不绝如缕，挥之不去，就像是在由所有类似的经验所组成的链条上构成了最后的一环。演员们的声音高亢而又轻蔑，而我则一丝不挂地站在那里，在纽约中心的某个地方，没人需要，遭人嫌弃，脑海里不禁浮现出橄榄球场上未能成功的阻截战术，打架时吃的败仗，陌生人的蔑视，以及从紧闭的门后传来的笑声。我的右手拿着那几样贵重物品，我不折不扣的身份证明。虽然没有一样是无可替代的，但把它扔掉却像是威胁到了我存在的本质，威胁到我能看到的我留在地面上的影子，我的名字。

我走回座位，穿上衣服。在这样一个逼仄的地方并不容易做到。演员们仍在喊叫。沿着这个破败剧院那有坡度的过道往外走时，种种往事的回忆不禁纷至沓来。想当初，在看完《李尔王》和《樱桃园》[1]后，我也是沿着同样的缓坡往上走的。我走出了剧院。

雪仍在下。看来就要演变成一场暴风雪了。一辆出租车陷在剧院前的雪地上动弹不得，这时我想起我的车上备有防滑的雪地轮胎。这给了我一种安全和成就感，这肯定又会为奥扎曼尼迪斯和他那个赤身裸体的宫廷所不齿；不过我似乎并没有暴露出我内心的禁忌，只是偶然发现了我自己身上某个极端务实和冥顽不化的部分。风卷着雪花扑到我的脸上，于是我边唱着歌边叮叮当当地摇晃着车钥匙，朝火车站走去。

1　分别为莎士比亚和契诃夫的经典名剧。

阿耳忒弥斯，诚实的打井工

阿耳忒弥斯喜欢下雨、溪流、沟渠、喷嘴、瀑布、水龙头——所有流动的水——所发出的那种简直具有治愈效果的声音。春汛的时候，他会开车一百英里特地前去倾听瓦库沙水库那汹涌澎湃的泄水声。这爱好其实也没那么奇怪，因为他是个打井工，水就是他的本职工作，是他的生计所系，也是他的热情所在。水，他认为，就是人类文明的源头。他曾见过一组照片，显示的就是翁布里亚[1]的一个城市在井水枯竭以后不得不被遗弃的故实。大教堂、宫殿和农舍全都因为干旱而渺无人迹——其威力远甚于瘟疫、饥荒或者战争。人类找寻水源，水源也在找寻相称的人类。对于水源的追逐，造就了划时代的人类大迁徙。人的身体的大部分也是水。水就是人。水就是爱。水就是水。

事实是这样的：阿耳忒弥斯用一款老式的史密斯与马修森牌链式冲击钻机来打井，每分钟在这个星球上钻六十下。机器开动起来发出可怕的喧闹声，曾引发了两次投诉。一次来自一个非常神经质的家庭主妇，另一次来自一个同性恋诗人，他说这冲击钻把他的格律全都给毁了。阿耳忒弥斯则相当喜欢这噪声。他跟他守寡的母亲一起住在城镇边上互助会的那些小小的白房子里，这家与那家的区

1　翁布里亚（Umbria），意大利中部至北部的一个地区，以其悠久的历史和文化著称。

别仅限于他们悬挂美国国旗的方式不同。你会发现它们坐落于僻远的路边——六七幢小房子聚在一起，并无任何特别的缘由。没有商店，没有教堂，没有任何具有中枢意义的建筑。狗狗睡在上头的草坪修剪得非常整齐，一切全都整洁干净，不过每幢房子上都飘扬着光荣的星条旗。这种爱国热情并不能追溯到这些居民得到了他们祖国的财富这一事实。他们并没有。他们都是些工作辛苦的穷人，过着节俭朴素的生活，唯恐入不敷出。那些从我们的经济体系中获益丰厚的富人反倒不大会对星条旗怀有这样的激情。比如说，阿耳忒弥斯的母亲——一位辛苦工作的女人——就拥有一根旗杆，窗台上的花盆箱里插着五面小旗，第七面国旗则挂在门廊上。

他的名字是父亲给他起的，原本还以为指的是自流井[1]呢。一直到他长大成人，他才发现他的名字其实是希腊神话中贞洁的狩猎女神。他也并没怎么放在心上，反正大家都叫他阿耳忒。他一身工作服，冬天的时候戴一顶渔夫的针织帽。他对陌生人的态度朴厚、羞涩而又热情，因为他读过很多书，具有一种机灵而又好奇的智能。他父亲当初是从学徒入行的，连高中都没毕业。他对自己没怎么受过教育深感遗憾，一心想让他儿子能够读大学。阿耳忒弥斯上了一所位于本州北部名叫雷克顿的小型大学，拿到了工程学位。在一位非常鼓舞人心的教授的影响下，他还有机会接触到了文学。这位教授叫莱特尔，从外形上来看，莱特尔并无任何突出之处，可他就是那种学生们多年不遇的老师，只要是一上他的课，大家就都会感到一种不可抗拒的欲望，一心想读书、写论文，并且分享和讨论

1 “自流井”的英文 artesian well 跟 Artemis（阿耳忒弥斯）貌似同根，其实不然。

他们对人类历史所秉持的最私密的情感。莱特尔对阿耳忒弥斯青眼有加，鼓励他阅读斯威夫特[1]、多恩和康拉德。他为这门课写了四篇论文，莱特尔慷慨地给了他A的成绩。他对于散文的听觉被一种对于像“不和谐音”、“敲击”、“悸动地”和“怦怦地”之类词汇无可救药的迷恋给毁了。这也许跟他的职业不无关系。

莱特尔建议他在一家工程学杂志找个编辑的工作，他也认真考虑过这个建议，不过他最终还是选择了当一名打井工。他是在某一个星期六拿定主意的，那天他跟他父亲带着他们的打井设备去了他们那个县的南边，那儿有幢大房子——一个大庄园——已经造了起来。庄园里有一个游泳池和七个浴室，而他们的井一分钟只能提供三加仑的水。阿耳忒弥斯签了合同再往下打一百英尺，可是即便如此，一分钟的出水量也只有六加仑。那幢庞然大物、造价高昂而又毫无用处的房子使他深切地认识到他这门职业的重要性。水，水。（最后那幢大房子的主人只得拆除了楼上的六个卧室，腾出空来建了个储水罐，当地的消防队每周两次负责把储水罐给灌满。）

阿耳忒弥斯对生态学的知识只限于水。四月一号去钓鱼的时候，他发现南溪的几条瀑布咕嘟嘟地冒着肥皂泡。部分水源肯定会向下滤到他工作的地方。那个月的晚些时候，他在湖滨的那条溪流里钓到一条五磅重的鳟鱼。鳟鱼在那个地方出现是桩挺意外的事，他特意把那条鱼拿给渔猎监督员看，请教他这种鱼该怎么做来吃。“不用费那个心思啦，”监督员道，“它体内滴滴涕的含量足以把你

1　斯威夫特（Jonathan Swift，1667—1745），爱尔兰作家，讽刺文学大师，曾任都柏林圣帕特里克大教堂主持牧师，主要作品有讽刺散文《一只澡盆的故事》、寓言小说《格列佛游记》等。

给放倒的。这些鱼再也不能吃了。大约四年前，政府在湖岸四周喷洒了不少滴滴涕，而这些杀虫剂全都被冲进了那条小溪里。”阿耳忒弥斯曾经打过一眼井，结果在井里发现了滴滴涕，另一眼井里发现了燃油的微量遗留。他对于环境日益恶化的感觉是强烈而又极其务实的。他跟人家签约找寻饮用水，如果他找不到可以饮用的水，他就连饭都吃不上了。环境污染对他而言不但意味着对于人类愚蠢和贪婪的悲痛之情，也同样意味着入不敷出。他的打井工作只失败过两次，可是这个概率不论是对他还是别人而言都大为不利。

还有就是：阿耳忒弥斯不信任那些探测水源的占卜人，他们那个县里有几个男人和两个女人靠用分叉的果树嫩枝占卜地下水的存在与否赖以谋生。果树的果实一定得是有核的。譬如说，苹果树的嫩枝就起不到作用。在果树的嫩枝和占卜者的心灵已经确定了一个水源地之后，阿耳忒弥斯才被雇了来在那儿打井。以他的切身经验，那些探测水源的占卜人成功率很低，他们很少能占卜到一处还说得过去的水源地，不过因为这其中包含了某些魔法的因素，结果使他们具有了一种不可抗拒的吸引力。在寻找水源的时候，有些人宁肯相信一个魔术师而非一位工程师。如果魔法真能胜过知识，所有的一切都将变得何其简单：水，水。

阿耳忒弥斯是那种经常谈婚论嫁的人，可是人到三十了仍旧是光棍儿一条。他跟麦克林家的姑娘出双入对了一年多的时间。他们是情人，可是当他求婚的时候，她却把他甩了，嫁给了杰克·巴斯科姆，因为他有钱。至少这是她的说法。阿耳忒弥斯忧郁了一个月左右，然后他就开始跟一个叫玛丽亚·佩特罗尼的离了婚的女人出双入对，那女人住在枫树大街，是个银行的出纳。他并不确知，不过他感觉玛丽亚的年龄比他要大。他对于婚姻的观念是罗曼蒂克的，而且有点幼稚，他希望自己的妻子是个面带稚气的处女。玛丽亚可不是。她是个精力充沛、滥饮无度的女人，他们大部分的时间都是一起在床上度过的。有天深夜或是一大早，他在她身边醒了过来，仔细思考了一下自己的人生。他已经三十了，仍旧没有个新娘。他跟玛丽亚约会了已经将近两年的时间。他在朝她靠过去把她叫醒之前，他想到她一直以来都是多么幽默、好心、热情而又柔顺。他在轻抚她的后背时，他觉得他是爱她的。她的后背显得如此完美，几乎都不像是真的。就像植物黄油包装上的姑娘那样一个纯洁而又清新的姑娘形象，仍旧残存于他头脑中的某个部分，可是她到底在哪儿呢，她又何时才能出现？为了某个他从没见过的姑娘而小看了玛丽亚，他是否正在铸成大错？等她醒了以后，他就求她嫁给他。

“我不能嫁给你，亲爱的。”她说。

“为什么？你想要个更年轻的男人？”

“是的，亲爱的，但不是一个。我想要七个，一个接着一个。”

“哦。”他道。

“我必须告诉你。我已经这么做过了。那是在认识你之前。我邀请了我认识的七个最好看的男人来吃饭。没有一个是结了婚的。有两个是离了婚的。我做了香煎小牛肉片。我们都喝了很多，然后全都脱光了衣服。我就是想这么着。等他们全都完事以后，我并不觉得肮脏、堕落或者可耻。我完全没有任何不好的感觉。这让你觉得恶心吗？”

“不尽然。你是我认识的人里面最干净的之一。我就是这么看你的。”

“你疯了，亲爱的。”她道。

他从床上起来，穿好衣服，亲了她一下跟她道了晚安，但也就这么着了。他继续跟她约会了一段时间，但她保持忠诚的阶段像是已经过去了，他猜她又开始跟别的男人约会了。他又开始继续寻找一个就像植物黄油包装上的姑娘一样纯洁而又清新的姑娘了。

时值初秋时分，他正为奥姆斯特德路上的一幢老房子打井。第一口井就要枯竭了。那户人家姓菲勒，他们付给他每英尺三十美元的打井费用，当时就是这个标准。他很确信能在他打井的那个位置找到水源。他的钻探设备在工作的时候，他就安坐在他那辆卡车的驾驶室里看书。菲勒太太从屋里来到他的卡车旁，问他想不想来一杯咖啡。他尽可能礼貌地婉拒了。她颇有风韵，可是他进入这个行业之初就下定了决心，决不招惹那些家庭主妇们。他想迎娶植物黄油包装上的那个姑娘。中午的时候，他打开他的午餐盒，一个三明治吃到一半的时候，菲勒太太又来到了他的驾驶室旁。“我刚给你做了个美味的汉堡包。”她说。

“哦，不，谢谢您，夫人，”他说，“我这儿有三个三明治呢。”他说的确实是“夫人”，而有时候他说的却是“啊呸”，虽然他正在读的，而且读得津津有味的，是奥尔德斯·赫胥黎[1]的书。

---

1 奥尔德斯·赫胥黎（Aldous Leonard Huxley，1894—1963），英国小说家、诗人、散文家、批评家和剧作家，著名的人道主义者。二十世纪二十年代初开始文学创作，发表反映知识分子精神危机的小说，如《滑稽环舞》《针锋相对》等，一九三二年发表反乌托邦的寓言体小说《美丽新世界》，一九三七年移居美国，后入美国籍。三十年代后期相继写出小说《加萨的盲人》《许多个夏天之后》《猿与本质》等，悲观色彩更浓，晚年沉湎于神秘主义，写有《感觉之门》。

“你必须跟我进屋去，”她说，“我不会拿你的拒绝当回事的。”她把驾驶室的门打开，他只得跟在她身旁，来到了宅子的后门。

她胸大屁股也大，一张愉快的脸，头发肯定染过，因为是一种灰色和蓝色的混杂。她已经在厨房的餐桌旁为他安排好了座位，他在吃她做的汉堡包时她就坐在他对面。她直言不讳地把她一生的经历都告诉了他，这也是当时美国的风俗。她出生在印第安纳州的埃文斯维尔，毕业于埃文斯维尔北部高中，高三的时候当选为苹果花皇后。高中毕业后进了布卢明顿的大学，菲勒先生比她年长不少，当时是大学里的一位教授。他们从布卢明顿搬到了锡拉丘兹，然后又搬到了巴黎，在那儿他一举成名。

“他是因为什么成名的？”阿耳忒弥斯问道。

“你是说你从没听说过我丈夫？”她道，“J. P. 菲勒。他是个著名的作家。”

“他都写了什么？”阿耳忒弥斯问。

“哦，他写了很多作品，”她说，“不过他最著名的是那本《屎》。”

阿耳忒弥斯笑了，阿耳忒弥斯涨红了脸。“那本书叫什么名字？”他问。

“《屎》，”她说，“这就是书名。我很惊讶你居然从没听说过。它卖了大约有五十万册呢。”

“你是开玩笑吧。”阿耳忒弥斯道。

“不，这可不是玩笑，”她道，“跟我来。我拿给你看。”

他跟着她走出厨房，穿过几个房间，房间里的布置比他熟悉的任何人家都更富丽和舒适。她从书架上取下一本书名叫《屎》的书。“我的上帝，”阿耳忒弥斯道，“他是怎么会想到写这么一本书的？”

“呃，”她说，“他在锡拉丘兹的时候，他得到了一笔基金的资助，用以调查文学中的无政府主义。他请了一年的假。也正是在那时，我们去了巴黎。他想写一本跟每一个人都息息相关的书，就像是性一样，只不过在他得到资助的时候，有关性的所有内容都已经被写尽了。后来他想到了这个主意。毕竟，这也是放之四海而皆然的。这就是他的说法。它跟每个人都息息相关。不论是国王，是总统，还是海上的水手。他就像火、水、泥土和空气一样重要。有些人也许认为这并非一个写作的文雅话题，但他痛恨温文尔雅，再者说了，相较于那个时代你能买到的那些书，《屎》其实还是相当纯洁的。我很惊讶你居然从来都没听说过它。它被译成了十二种语言。你瞧。”她朝一个书架上一指，阿耳忒弥斯看到有法语、意大利语、日语和俄语的《屎》，“你要是有兴趣，我可以送你一本平装本。”

“我很愿意拜读一下。”阿耳忒弥斯道。

她从一个壁橱里取出一本平装本。“他不在这儿太遗憾了。他会很高兴为你亲笔签名的，可是他在英国呢。他喜欢到处旅行。”

“哦，谢谢您，夫人，”阿耳忒弥斯道，“谢谢您的午餐，还有这本书。我必须回去工作了。”

他检查了一下钻探机，爬进驾驶舱，放下赫胥黎，拿起了J. P. 菲勒。他以相当的兴趣读着那本书，不过他的怀疑仍旧很顽固。除了去上大学和从那儿回来，阿耳忒弥斯从来没有外出旅行过，然而他又经常觉得自己是个旅行者，置身于陌生人当中。就算是走在中国的一条大街上，他也不会像此时此刻感觉更加格格不入了，因为他正努力想去理解居住的这个世界上，为什么有一个既富有又受人尊敬的人，会去写一本关于粪便的书。

那本书写的就是：粪便。各种形状、大小、颜色的粪便无所不包，同时还有对于厕所的众多描述。菲勒的足迹几乎踏遍了全世界。既有新德里和开罗的厕所，他还亲眼看见或是想象出了教皇在梵蒂冈的便器以及日本天皇在东京皇宫里的如厕设施。颇有几段对于人之本性的抒情描述——在西班牙一个柠檬果园的腹泻，在尼泊尔一个高山隘口的便秘，在希腊群岛上的急性痢疾。那本书写得丝毫都不枯燥，而且正如菲勒太太所说，它具有一种显而易见的普适性，但是阿耳忒弥斯继续感觉他就像是迷失在了某个像是中国的国度里。他并不是个假正经，不过他日常使用的语汇确实有些一本正经。当一口井靠一个化粪池太近了时候，他将这种危险称作“排泄物问题”。他曾有好多次“怨恨”（他的语汇）玛丽亚，可是在历数他们的做爱并回忆起具体的技巧时，又似乎削弱了这种体验。他想，确实有一种性爱的心醉神迷，凭借其达到的广度和深度看来是能够超越于评头品足之上的。五点稍过的时候，他看完了那本书。看来像是要下雨了。他关掉钻探机，给它蒙上一层防水布，然后就开车回家了。经过一片泥塘的时候，他把那本《屎》扔了进去。他不想把它藏起来，他也很难跟她母亲描述这本书是怎么回事，而且反正他也根本就不想再读一遍了。

第二天下雨了，阿耳忒弥斯弄得浑身湿淋淋的。钻探机有螺丝松了，一上午的大部分时间他都花在修理机器上。菲勒太太很担心他的健康。她先是给他拿了条毛巾出来。“你会得重感冒的，你这个亲爱的男孩儿，”她道，“哦，你看看你的头发卷得多么厉害。”

然后，打了把伞，她又给他端了杯茶过来。她强劝他进屋里去换上身干衣服。他说他不能离开他的钻探机。

“再者说了，”他道，“我从来都不感冒的。”话音刚落，他就开始打喷嚏了。菲勒太太坚持要他要么到她屋里，要么就回家去。他感觉很不舒服，终于在大约两点钟的时候不再硬撑了。菲勒太太的话一点儿都没错。到吃晚饭的时候，他的喉咙就开始疼了。他的脑袋昏昏沉沉。他吃了两片阿司匹林，九点左右就上了床。午夜过后他发起了高烧，一阵阵的寒热。高烧的结果匪夷所思地使他仿佛重新回到了孩童时期的情感状态。他把自己蜷成一种尚在母腹中的姿势，两手夹在膝盖中间，间歇性地一会儿大汗淋漓，一会儿又直打寒战。他感觉自己孤独无依而又备受呵护，不负责任而又舒适惬意。他父亲仿佛重新又活了过来，下班的时候为他的电动火车带回一个新的开关或是为他的钓具箱带回一个带钩的鱼饵。他母亲给他端来了早饭并给他量了一下体温。他烧到了一百零三度[1]，上午的大部分时间里都迷迷瞪瞪地在打瞌睡。

中午的时候，他母亲进屋里来说楼下有位夫人要见他。她还带了些汤来。他说他什么人都不想见，可是他母亲却显得有些生疑。那位夫人是位客户。她满怀善意。就这么把人家拒之门外会显得很无礼的。他感觉太过虚弱，实在也是无力表示反对了，几分钟后，菲勒太太端着满满一罐头瓶的肉汤站在了他的门前。“我跟他说过他会生病的。我昨天跟他说过的。”

“我去隔壁的邻居家里看看他们是不是还有阿司匹林，”他母

1 这里指华氏度，一百零三华氏度相当于三十九点四摄氏度。

亲道，“我们的全都吃光了。”她离开了房间，菲勒太太把门给关上了。

“哦，你这个可怜的男孩儿，”她道，“你这个可怜的男孩儿。”

“只是感冒而已，”他道，“我从来都不生病的。”

“可你是病了呀，”她道，“你病了，而我告诉过你你会生病的，你这个傻孩子。”她的声音发颤，在他的床沿上坐下，开始抚摸他的额头。“你要是听话到我屋里去的话，现在你就能在那儿挥舞你的大锤了。”她把自己的爱抚延伸到他的胸膛和肩膀，然后，探到他的被单底下，由于阿耳忒弥斯从来都不穿睡衣，她直捣黄龙。“哦，你这个亲爱的男孩儿，”菲勒太太道，“你总是这么快就能硬起来吗？它真是好硬啊。”阿耳忒弥斯呻吟起来，菲勒太太动起手来。然后他弓起背来，发出一声压抑住的低沉喊叫。他喷射的轨迹有点像是罗马焰火筒喷发出来的一颗颗小火球，这也就可以解释我们为什么会如此痴迷于各种烟花和焰火了。这时他们听到楼下的房门开了，菲勒太太赶紧离开他的床铺，坐到了窗前的一把椅子上。她面色绯红，呼吸急促。

“他们家的阿司匹林全都是婴幼儿用的，”他母亲说，“是粉红色的，不过我猜，只要你多吃上几片，它还是能照样管用的。”

“你干吗不去趟药房买点阿司匹林呢？”菲勒太太说，“你放心去就是啦，我留下来陪他。”

“我不会开车，”阿耳忒弥斯的母亲说，“这是不是挺滑稽的？在当今这个时代。我从来就没学会怎么开车。”菲勒太太差一点就建议她步行前去药房了，不过她意识到这很可能会暴露她的意图。“我这就给药房打个电话，看他们是不是肯把药给送过来。”他母亲道，出去的时候没有关房门。电话在过道里，菲勒太太坐在那把椅子里没动。她又多待了几分钟，然后假装高兴地跟他道别。

“你赶快好起来，”她说，“回头给我打一眼好井。”

三天后，他重新回去工作。菲勒太太当时不在家，不过她在十一点左右带着一大堆日用杂货回来了。正午时分，他正要打开饭盒的时候，她端着个小托盘从屋里出来，上面是两杯冒着热气的棕色饮料。“我给你做了杯香甜热酒[1]喝。”她说。他把驾驶室的车门打开，她爬进来，挨着他坐下。

“里面有威士忌吗？”阿耳忒弥斯问。

“就加了一小滴，”她说，“大部分就是茶和柠檬汁。这会让你快点好起来的。”阿耳忒弥斯尝了一口他的香甜热酒，感觉他之前还从没尝过劲头这么大的甜酒。“你读过我丈夫的书了？”她问道。

“我翻了翻，”阿耳忒弥斯羞赧地道，“我看不太懂。我是说，我不明白他干吗非得写这个。我没读多少，不过我想它比有些书要好。我真正讨厌的那种书里面的人物就只是走来走去，点燃香烟，扯那些类似‘早上好’的闲篇。他们就只会走来走去的。我读一本书的时候，我想读到的是写地震、探险和海啸的那种书。我不想读那些人们只会走来走去、开门关门的书。”

“哦，你这个傻孩子，”她道，“你什么都不知道。”

“我都三十啦，”阿耳忒弥斯道，“我知道怎么打井。”

“可你不知道我想要什么。”她说。

“你想要一眼井，我猜想，”他说，“一分钟能出一百加仑水。

---

1 香甜热酒（toddy），白兰地或威士忌等加糖和香料用热水冲饮的热饮。

上好的饮用水。”

“我说的不是这个。我说的是我现在想要什么。”

他在座位上稍稍往后一靠，解开了裤带。她把头一低，那姿态相当奇特，就像是一只鸟儿在啄食种子或是喝水一样。“嘿，感觉很棒啊，”阿耳忒弥斯道，“真的棒极啦。我要射的时候，你想让我跟你说一声吗？”她只是摇了摇头。“我就要射啦，”阿耳忒弥斯道，“我就要大射特射啦。你想让我憋住不射吗？”她摇了摇头。“哎呀，”阿耳忒弥斯喊道，“哎呀。”他作为一个情人的局限之一就是在那最高潮的一刻，他总是会大声喊叫：“哎呀，哎呀，哎呀。”玛丽亚就曾经经常抱怨他这个毛病。“哎呀，”阿耳忒弥斯吼道，“哎呀，哎呀，哎呀。”就仿佛他受到巨大高潮的痛苦折磨似的。“嘿，那感觉真棒，”他说，“真的棒极啦，可是我敢打赌这是不健康的。我是说，我敢打赌，你要是一直都这么干的话，你就会变得拱背屈腰了。”

她温柔地吻了吻他道：“你疯了。”他觉得他们俩彼此彼此。他给了她一个他带来的三明治。

钻探机这时候已经打到了三百英尺的深度。第二天，阿耳忒弥斯把大锤拖了上来，把量筒放下去测量水质。井水浑浊不清，但并没有肥皂泡，他猜测出水量在一分钟二十加仑左右。菲勒太太从屋里出来的时候，他把这个消息告诉了她。她看起来并不高兴。她面容浮肿，两只眼睛红红的。“我要再往下打个十五到二十英尺，”阿耳忒弥斯道，“我想你就要有一眼好井啦。”

“然后你就会走了，”她道，“而且再也不回来啦。”她哭了起来。

“别哭，”阿耳忒弥斯道，“请别哭啊，菲勒太太。我可不喜欢看到女人哭啦。”

“我恋爱了。”她大声地呜咽道。

“哦，我猜像你这样的一个好女人肯定会经常恋爱的。”阿耳忒弥斯道。

“我爱上你了，”她呜咽道，“这种事情还从来没在我身上发生过。我早上五点就在床上醒来，然后就开始等你来。六点，七点，八点。太痛苦了。没有你我就没法活啦。”

“那你丈夫呢？”阿耳忒弥斯高高兴兴地问。

“他知道，”她呜咽道，“他在伦敦。我昨晚上给他打了电话。我告诉了他。我觉得不该瞒着他：他回家来的时候原本期待见到一个爱他的妻子，结果他妻子却爱上了别人，这有失公道。”

“他是怎么说的？”

“他什么也没说。他把电话给挂了。他原定今晚上回来的。我必须五点钟去接机。我爱你。我爱你。我爱你。”

“呃，我得回去干活儿啦，夫人，”他以其最亲切质朴的态度道，“您先回屋去休息一下吧。”她转过身朝家里走去。他原本还想再安慰她一下的——任何种类的悲伤苦痛都让他心有戚戚——可他也知道他这方面所做出的任何姿态，其结果都会是有很大危害的。他重新启动钻机，又向下打了有二十英尺，到了这儿他估计出水量会达到一分钟三十加仑。三点半的时候，菲勒太太离开了家。开车从他身边经过的时候，怒冲冲地瞪了他一眼。一等她离开，他立刻匆匆忙忙地行动起来。他把井口盖好，把钻机放回到卡车上，开车回了家。当天晚上大约九点钟的时候，电话响了。他本想不去接或者请他母亲去接的，可他母亲正在看电视，而且身为一位打井工，他也有随时接听电话的责任。“你们已经有一分钟三十五加仑左右的出水量了，”他说，“哈弗沙姆会为你们安装水泵的。我不知道你们是不是还需要再建个蓄水池。问问哈弗沙姆吧。再见。”

第二天，他带上自己的猎枪和一袋三明治，去了城镇北面的林地。他算不上什么飞射的能手，那儿也没多少鸟可打，不过徒步穿越林地和牧场，爬上那些石头墙，却让他感觉相当愉快。他回到家的时候，他母亲说：“她来过了。那位夫人。她给你带了件礼物。”她递给他一个盒子，里面有三件丝质衬衣和一封情书。那天傍晚的晚些时候，电话铃响起来的时候，他让他母亲去说他不在家。果不其然，那正是菲勒太太。阿耳忒弥斯已经有好几年没有休假，他明白是到了该外出旅行一趟的时候了。第二天早上，他就去了村子里的一家旅行社。

那家旅行社设在一条黑暗的街道上一个黑暗、逼仄的房间里，四壁五颜六色地贴满海滩、大教堂和情侣的海报。旅行社的代办是个头发灰白的女人。她办公桌上方悬一标牌，上书：唯有疯子才干得了旅游代理。她看起来面色憔悴，因为年老、威士忌或是烟草而嗓音嘶哑。她一支接一支地抽着烟。烟灰缸里前一支香烟还没掐灭，手上已经又点燃了一支。阿耳忒弥斯说他有五百美金可以花，想外出旅行两周左右的时间。“好的，我想你已经去过巴黎、伦敦和迪士尼乐园了，”她说道，“每个人都去过了。当然还有东京，不过人家告诉我飞行的过程非常累人。在一架七〇七上飞十七个小时，中途在费尔班克斯[1]停一下加油补给。目前我有几位感觉最满

1　费尔班克斯（Fairbanks），美国阿拉斯加州中东部城市。

意的顾客都是去俄罗斯旅游的。这是一份全包的旅游项目表。”她手拿一个文件夹在他眼前晃了晃，“三百二十八美金的费用，包你飞莫斯科的往返经济舱机票，十二天一流宾馆的住宿及全部餐费，观看冰球、芭蕾、歌剧、戏剧的赠票以及公共游泳池的通行证。还有列宁格勒和基辅的顺带游程可供自选。”他问她还有什么别的建议。“呃，还有爱尔兰，”她道，“不过现在那儿整天在下雨。已经有将近十天没有一架飞机在伦敦降落了。它们只能在利物浦上空盘旋，等着降落，然后再乘火车南下。罗马很冷。巴黎也一样。去埃及的话，路上就要花三天时间。对于两周的旅程来说，太平洋就别考虑了，不过你可以去加勒比海，但预订的名额很难弄到。我猜你会想买些纪念品的，不过在俄罗斯可买的东西并不多。”

“我什么都不想买，”阿耳忒弥斯道，“我只想出去玩玩。”

“听我的建议，”她说，“去俄罗斯吧。”

那看来正是他能在他自己与菲勒先生和太太之间拉开的最大距离。他母亲的表现非常冷静。大多数拥有七面美国国旗的女人对此都会表示反对的，可她却说了句：“你想去哪儿就去哪儿，宝贝儿。你需要改变一下。”他办理签证和护照花了一个礼拜的时间，在一个晴朗的傍晚，他登上了俄罗斯国际航空公司八点整由肯尼迪机场飞往莫斯科的航班。其他大多数的乘客都是日本人，都不会讲英语，那真是个漫长而又孤寂的旅程。

莫斯科正在下雨，所以阿耳忒弥斯听到了他喜欢的声音——雨声。那些日本人都讲俄语，他跟在他们后头穿过停机坪来到了机场的主楼，在那里排成了一个长队。队伍移动得很慢，他等了足足有一个多钟头的时间，这时一个漂亮的年轻女人来到他身边，问道：

“您是阿耳忒弥斯·巴克林先生吗？我有个很好的消息要告诉您。请随我来。”她找到了他的行李，强行穿过一个个等待入关和入境的队伍。一辆巨大的黑色汽车正等着他们。“我们先去您的旅馆，”她说，她讲话带着明显的英国口音，“然后我们就去莫斯科大剧院，我们伟大的领导人尼基塔·谢尔盖耶维奇·赫鲁晓夫希望在那儿欢迎您这位美国无产阶级的一员。各行各业的人民都来参观我们美丽的祖国，但您是第一位打井工。”她的声音轻快悦耳，而且显然为她带来的消息兴奋不已。阿耳忒弥斯则是一头雾水，舟车劳顿，而且灰头土脸。他朝车窗外望去，正看到那位领导人钉在树上的巨幅肖像。他感觉心惊胆战。

他为什么会感觉心惊胆战呢？他一直都是为有钱有势的人打井，对待他们的态度不卑不亢，既不害怕也不害羞。赫鲁晓夫只不过是个农民，依靠精明狡诈、精力非凡和红运齐天，竟然摇身一变，成了两亿多人的主宰。问题就在于此；当他乘坐的那辆大轿车驶近城市的时候，赫鲁晓夫的无数幅肖像就开始从面包店、百货店和路灯柱上看着阿耳忒弥斯。印着赫鲁晓夫肖像的旗帜在横跨莫斯科的一座大桥上迎风招展。在马雅可夫斯基[1]广场上，一幅赫鲁晓夫巨大的、被灯光照得雪亮的肖像，满面笑容地俯视着朝地铁入口冲去的他的孩子们。

阿耳忒弥斯被带到一个叫作乌克兰的宾馆。“我们已经迟了。”那年轻女人道。

“我先得洗个澡、刮个脸，否则我哪儿都不能去，”阿耳忒弥斯

1 马雅可夫斯基（Vladimir Mayakovsky，1893—1930），苏联诗人，俄国未来派主要代表人物，主要作品有长诗《列宁》《好》，剧本《臭虫》《澡堂》等，自杀身亡。

道，“我这个样子哪儿都不能去。而且我还想吃点东西。”

“你上去换衣服，”她说，“我跟你在餐厅碰头。你喜欢鸡肉吗？”

阿耳忒弥斯上楼来到他的房间，拧开了浴缸里的热水龙头。不用说大家也都猜得到，没有一滴热水流出来。他用冷水刮了脸，已经开始穿衣服的时候，那热水的出水口发出火山爆发般的喧嚣，开始喷射出铁锈色的滚烫热水。他就在那种水里洗了个澡，穿好衣服，下得楼来。她坐在餐厅的一张桌子前，他的晚饭已经摆好了。她很客气地点了一瓶伏特加，他在吃他的鸡肉之前一饮而尽。“我不想催你，”她说，“但我们要迟到了。我会尽力做些解释。今天是斯塔维茨基战役[1]的五十周年纪念。我们要前往莫斯科大剧院，你要跟苏共中央主席团坐在一起。我是不能跟你一起坐的，所以你几乎什么都听不懂。纪念大会上会有几次讲话。然后，等讲话结束后，在舞台后面会有一次接见，我们伟大的领导人尼基塔·谢尔盖耶维奇·赫鲁晓夫会亲自欢迎你这位美国无产阶级的一员来到苏维埃社会主义共和国联盟。我想我们该走了。”

那同一辆汽车和同一位司机在等着他们，从乌克兰宾馆去莫斯科大剧院的路上，阿耳忒弥斯数了一下，共有他要见到的那个人的七十幅肖像。他们从一道后门进入莫斯科大剧院。他被带到舞台上去，致辞和讲话已经开始了。这次纪念仪式由电视台实况转播，灯光照明使得舞台热得就像是沙漠，这种错觉又因为舞台的两侧装饰有塑料的棕榈树而进一步得到了强化。阿耳忒弥斯对讲话的内容一

1 斯塔维茨基战役（Battle of Stavitsky），应系作者杜撰。

个字都听不懂，不过他四顾寻找着那位领导人。他并没有坐在主席包厢里。那里坐了两个很老的女人。讲话临近一个小时的时候，他的痛苦已经转变为厌烦以及因膀胱充盈而引起的不安。讲话马上就要到两个小时的时候，他就只剩下昏昏欲睡了。后来纪念仪式终于结束了。后台安排了自助餐，他按照指示去了那里，等着赫鲁晓夫声势浩大地现身，可是这位领导人却并没有出现，当阿耳忒弥斯主动询问他会不会来的时候，并没有得到任何答复。他吃了个三明治，喝了杯葡萄酒。没有人跟他讲话。他决定从大剧院走回旅馆，为的是活动活动腿脚。他一离开剧院，就有一位警察拦住了他。他不断地重复他住的旅馆的名字，并且指着他的鞋子，等那个警察终于明白以后，就给他指明了方向。阿耳忒弥斯于是就上了路。那看来像是他乘坐那辆大轿车所走的同一条路线，但是赫鲁晓夫所有的肖像却全都消失不见了。所有那些从面包店、路灯杆和墙面上朝他俯视微笑的肖像全都不见了。他以为自己是迷路了，一直到他过了一座莫斯科河上的桥，他记得桥上本来是有旗帜招展的。那些旗帜也都不再迎风招展了。当他到达旅馆的时候，他四顾寻找原本挂在大堂里的赫鲁晓夫的那幅巨大的肖像。也没了。于是，就像在他之前那么多其他的游客一样，他哼唱着非现实的布鲁斯在一个陌生的国家里上楼进入一个陌生的房间。他又怎么能猜得到赫鲁晓夫已经被废黜了呢?

阿耳忒弥斯跟一个英国人一起在餐厅里吃早饭的时候，才从此人口中听说了这一内情。那人还建议阿耳忒弥斯，如果他需要一位翻译的话，他应该前往中央政府机关而非苏联国际旅行社。他在一张卡片上用西里尔字母为他写下了具体的地址。他过分殷勤地用俄语向周围的侍者要这要那，阿耳忒弥斯对于他讲俄语的流利程度大为钦佩；但事实上，他只不过是那种能用七国语言点个煎蛋和烈酒的游客之一，你要是让他用任何一门外语从一数到十，他都做不到。

旅馆门前有好几辆出租车在等着，阿耳忒弥斯把地址给了司机。他们走的路线跟昨天去莫斯科大剧院的路线相同，阿耳忒弥斯有机会能够复核了一遍赫鲁晓夫的肖像在最多两三个小时之内就全部被撤下的这一事实。那肯定得有好几百人才能做得到。那个地址是幢阴暗肮脏的办公楼，门前挂着块英俄双语的牌子。阿耳忒弥斯爬上几段寒碜的楼梯后，来到一扇包有衬垫的门前。为什么要包衬垫？为了隔音？还是发疯？他打开那扇门，走进一个灯光明亮的办公室，跟一个引人注目的年轻的女人说他想请一位翻译带他游览莫斯科。

俄国人对于照明貌似没有多大的热情。要么是光线太强，要么就是太弱，照在那个年轻女人身上的灯光显得没精打采的。然而，她的美貌却足以克服这一不利的情况，至少他是这么认为的。如果赫鲁晓夫的上千幅肖像在三个钟头之内就能消失得无影无踪，他怎么就不能在三分钟之内坠入情网呢？看来就是这么回事。她大约有五英尺五英寸高[1]。他身高六英尺[2]，也就是说她身高正合适，这方面的考虑是他一直都很重视的。她的额头和她脑袋的形状非常秀雅，她站着的时候，头微微上扬，就仿佛她习惯于跟比她高的人讲话一

1 合一米六五点一。

2 合一米八二点八八。

样。她穿了件紧身的毛衣，显出她那漂亮的胸部，她的裙子也很紧身。这个部门貌似归她掌管，不过尽管她明白无误地展示出她身为管理者的职权，她的举止中却丝毫没有咄咄逼人的架势。她的女性气质非常浓厚。她的精髓似乎体现在两个方面：少女的气质以及她摆动头颅的迅捷。她看起来完全能够胜任比她年轻得多的女性的变化多端与喜怒无常。（他后来才知道，她已经三十二了。）她头颅摆动起来就仿佛她的视野很狭窄似的，就仿佛她是从一样目标转移到另一样身上，而非将全景尽收眼底。她的视野并不狭窄，但他得到的印象却是这样。她的相貌中隐含着某种乡愁，某种怀恋过去的迷人的女性意识。“克西耶娃太太会带您四处游览的，”她说，“刨除出租车费，费用是二十三卢布。”她讲英语的口音就跟那位去机场接他的女人一模一样。（他永远都不会知道，她们俩都是通过列宁格勒大学一位皈依了共产主义的英国女家庭教师录制的磁带学的英语。）

他对于这个陌生国度的风俗习惯一无所知，但他仍旧决定碰碰运气。“您愿意跟我共进晚餐吗？”他问。

她以充满审视而又愉快的目光看了他一眼。“我要去参加一个诗歌朗诵会。”她道。

“我能跟您一起去吗？”他问道。

“哎呀，可以，”她道，“当然可以。六点在这儿跟我碰头吧。”然后她把克西耶娃太太叫了来。这是位肩膀宽阔的女人，很有男子气概地跟他握了握手，但没有微笑。“就请您带领我们这位来自美利坚的游客进行二十三卢布的莫斯科一日游吧。”他数出二十三个卢布，把它们放到他刚刚爱上的那个女人的桌上。

走下楼梯的时候，克西耶娃太太说："那就是曾经的娜塔莎·丰纳罗娃。她是丰纳罗夫元帅的女儿。他们之前生活在西伯利亚……"

提供了这一信息之后，克西耶娃太太就开始赞颂起了苏维埃社会主义共和国联盟，并在剩余的一整天里继续赞颂个没完。他们从办公室出来，没走几步路就到了克里姆林宫，她先领他去参观宫里的军械库。门前排了很长的队伍，不过他们强行挤了进去。到了里面，他们在鞋上罩上一层毡布袋，导游领他看了沙皇的皇冠御宝，皇家马具，以及一些皇家服饰。阿耳忒弥斯看得很厌烦，开始感觉累得要命。他们在克里姆林宫里参观了三个教堂。在他看来，它们全都富丽堂皇、高耸巍峨，而且神秘莫测。然后，他们叫了辆出租，去了特列季亚科夫美术馆[1]。阿耳忒弥斯开始注意到了莫斯科的气味——虽然远离任何耕地——是粪肥、酸凝乳、酸乳清以及沾满泥土的工作服的气味。这气味在乌克兰宾馆那巨大的大堂里徘徊不去。克里姆林宫的那几个金色的教堂，香烟缭绕，闻着就像是谷仓，而在这个美术馆里，凝乳与乳清的气味被一种神秘而又明显的牛粪味儿大大加强。一点钟的时候，阿耳忒弥斯说他饿了，两个人就一起吃了顿午饭。饭后他们去了列宁图书馆[2]，之后，又去了一个改为俗用的修道院，已经改建成一个民俗博物馆。阿耳忒弥斯实在是已经看够了，参观完那个修道院以后，他就说他想回宾馆休

1　特列季亚科夫美术馆（Tretyakov Gallery），莫斯科著名的国家艺术博物馆，一八五六年由特列季亚科夫（Pavel M. Tretyakov）创立，拥有世界第一流的十七和十八世纪俄罗斯圣像画藏品，为数达四万余件。还藏有十八世纪的肖像画、十九世纪的历史画和苏维埃时期的作品。

2　列宁图书馆（Lenin Library），即苏联国家图书馆，全世界最大的图书馆之一。

息了。克西耶娃太太说，他们的游览尚未结束，已经收了的游览费是不会返还的。他说他不在乎这个，就叫了辆出租回到了乌克兰宾馆。

他六点钟又回到了那个办公楼。她正在街上等他，站在大门前。“今天的游览开心吗？”她问他。

“哦，是的，”阿耳忒弥斯道，“哦，是的。我不像是喜欢博物馆的那种人，不过说起来了，我以前也从来没有进过任何一家博物馆，谁知道呢，我也许能学着欣赏它们的。”

“我讨厌博物馆。”她说。她轻轻地挽起他的胳膊，轻轻地把自己的肩膀靠在他的肩膀上。她的头发是一种非常浅的棕色——也并非金色——不过在街灯的照耀下闪着光。她是直发，在脑后简单地编了条短辫儿，用一根橡皮筋扎着。空气潮湿而又寒冷，有一股子柴油废气的味儿。“我们去听卢恩察沃斯基的朗诵，”她说，“地方不远。我们走过去就行。”

哦，莫斯科，莫斯科，所有匿名的城市里面最为匿名的城市！在夏里亚宾[1]的胸像上有几朵枯死的鲜花，但是貌似这就是城里唯一的花儿了。一个真正伟大的城市在秋日夜晚的不协调之处，部分就在于烘焙咖啡、红酒（在罗马）、新鲜面包，以及男男女女捧着鲜花朝情人、配偶或是并无、绝无任何特别之处的什么人家里走去的气息。随着天色越来越暗，华灯初上，阿耳忒弥斯像是没有发现一天结束时的任何令人兴奋之处。透过一扇窗，他看到一个孩子在

1 夏里亚宾（Fyodor Ivanovich Chaliapin，1873—1938），俄罗斯著名男低音歌唱家，出演过许多歌剧中的重要角色，尤以演唱歌剧《鲍里斯·戈东诺夫》和《堂吉诃德》闻名于世，一九二二年移居国外。

读一本书，一个女人在煎土豆。是因为所有的公爵都已烟消云散而所有的宫殿却仍旧矗立在眼前，才让你觉得——且不管是好还是歹——这个城市生活中一组至关重要的光谱已经消逝不见了吗？他们路过一个用绳编篮子装着三条新鲜面包的男人。那个男人边走边唱着歌。这让阿耳忒弥斯很高兴。“我爱你，娜塔莎·丰纳罗娃。”他说。

“你怎么知道我的名字的？”

“克西耶娃太太把你的情况都跟我说了。”

他们看到前方矗立的马雅可夫斯基的雕像，虽然阿耳忒弥斯当时对这位诗人一无所知（现在也一样）。那雕像是个庞然大物而又格调低俗，是斯大林时代重塑整个俄罗斯文学万神殿的一个遗迹。（就连可怜的契诃夫都在身后被追加了英雄气概十足的宽肩和饱满的额头。）天越来越黑，越来越多的灯光亮起。然后，当他们看到那群人的时候，阿耳忒弥斯也看到他们抽烟喷出的烟雾，已经在三十或是四十英尺高的空中形成了平平的一层浓厚的、不自然的烟云。他猜想这就是某种反演过程吧。他们还没走到广场，他就听到了卢恩察沃斯基的声音。俄语相对于英语而言，是一种更富有冲击力的语言，更少音乐性但更多变化，也许是这一点使它听起来更铿锵有力。那声音很有力量，不但在于其音量，而且更在于其情感的力度。它听起来既令人忧郁惆怅又血脉偾张。阿耳忒弥斯除了那音色以外什么都听不懂。卢恩察沃斯基站在马雅可夫斯基雕像底下的一个平台上，面向站在他们那怪异的云层或者烟雾的华盖下的一千或者两千名观众朗诵爱情的诗篇。他并非在歌唱，但他声音的力量堪比歌唱的力量。娜塔莎做了个手势，就像是在向他展示世界的一项伟大的奇迹，而他也感觉或许确实是这样。

他是个游客，是个陌生人，他不远万里就是为了见识陌生的事物而来的。黄昏已经颇冷，但卢恩察沃斯基只穿了件衬衣。他肩膀很宽——是肩膀的骨架很宽。他手臂很长。他的双手很大，当他将手握成一个拳头——每隔几分钟他就要握紧一次——那拳头显得巨大无比。他个头很高。他一头金发，头发既没剪短又没梳理。他的目光具有光明正大的正人君子那种出人意表而又令人信服的顾盼神采。阿耳忒弥斯觉得他不仅掌控了所有人的注意力，而且在场的任何人哪怕有顷刻之间的漫不经心，他都会心到神知。朗诵结束的时候，有人递给他一束即将枯萎的菊花和他的西装外衣[1]。“我饿了。”阿耳忒弥斯道。

“我们去一家格鲁吉亚的馆子，”她说，“格鲁吉亚人的烹饪水平在我们当中是最高的。”

他们去了一个非常喧闹的地方，在那儿，阿耳忒弥斯第三次吃了鸡肉。离开餐馆后，她再次挽起他的胳膊，把肩膀靠在他的肩膀上，领着他沿着一条街道走下去。他不知道她是不是会把他带回家，如果真把他带回家，他又会见到什么人？年迈的父母，兄弟姐妹，或者也许是位室友？“我们去哪儿？”他问。

“去公园。可以吗？”

“很好。”阿耳忒弥斯道。等他们到了以后，他发现那个公园跟

1　卢恩察沃斯基是个虚构的人物，但其原型几乎可以肯定就是热情洋溢、光彩夺目的俄罗斯诗人叶夫图申科（Yevgeny Aleksandrovich Yevtushenko，1933—2017），一九六四年在契弗访苏期间跟他成为朋友。

别的公园并没有什么两样。有树木（在这个季节叶子全都落光了），有长椅和混凝土的步道。还有一个混凝土的、肩上扛着个孩子的男人的塑像。那孩子手里拿着一只鸟。阿耳忒弥斯猜想它们是意在象征进步或是希望。他们俩在一条长椅上坐下，他伸出一只胳膊搂住她，吻了她。她温存而又娴熟地予以回应，于是在接下来的半个钟头里，他们就相互地吻个不停。阿耳忒弥斯感觉很自在，很钟情，多情善感得都感觉有些蠢了。当他站起来把他裤裆处的突起整理一下时，她拉起他的手，领着他去了差不多一个街区之外的一个公寓。一个武装的警察站在门口。她从手提包里取出一张（据阿耳忒弥斯猜想）身份证。那警察以一种似乎要故意显得无礼的态度仔仔细细地端详个没完。他像是毫不掩饰地在故意挑衅。他冷笑，他怒视，他好几次指着阿耳忒弥斯，跟她说话的口气就好像她的行为令人鄙夷一样。换了另外的环境——换了是在另一个国家——阿耳忒弥斯就要给他一拳了。最后，他们终于获准进入公寓，他们乘坐电梯——就像是个笼子——来到了另外一层。就连这幢公寓楼，阿耳忒弥斯闻着也像是一个农场。她用两把钥匙打开一道门，领他进入一个湫隘的房间。角落里有一张床。有根绳子上挂着要晾干的衣服。桌子上有半个长面包和一些吃剩的碎肉。阿耳忒弥斯迅速地脱光衣服，她也一样，他们就（他选择的说法）做爱。她用一块布把狼藉的战场清理了一下，把一根点燃的香烟塞到他唇间，还给他倒了一杯伏特加。“我希望这永远都不要结束，”阿耳忒弥斯道，“我希望这永远都不要结束。”用自己的双臂搂着她躺在那里，他深切地体验到一种两个人的密不可分，如同电流般战栗地传遍他的全身，虽然他们俩都还是完全的陌生人。他懒散地想着两年前他打的一口井，而只有上帝才知道她在想什么。“西伯利亚是什么样的？”他问。

“可好啦。”她道。

“你父亲是什么样的？”

“他喜欢黄瓜，”她说，“我们被发配西伯利亚前他是个元帅。我们回来以后，他们在国防部给了他个办公室。是个很小的办公室。里面没有椅子，没有办公桌，没有任何桌子，没有电话，什么都没有。他早上去到那里，就坐在地板上。然后他就死了。现在你必须得走了。”

“为什么？”

“因为很晚了，我要为你担心了。”

“明天能见你吗？”

“当然。”

“你能来我的宾馆吗？”

“不，我不能那么做。在一家旅游宾馆里被人看到，对我是不安全的，再者说，我反正也都讨厌他们。我们可以在那个公园里碰面。我给你把地址写下来。”她从床上起来，走到房间那头。她的体形真是令人叹为观止——完美得几乎都显得有些反常了。她胸部坚挺，她腰肢纤细，她臀部丰满。她走起路来风摆杨柳，就仿佛装了满满一袋大号铅弹似的。阿耳忒弥斯穿上衣服，跟她吻别，从楼上下来。那个警察将他拦住，但因为他们俩谁都听不懂对方在说什么，最后还是放他走了。阿耳忒弥斯在他宾馆的前台要房门钥匙的时候，经过了一番拖延。然后一个身穿制服的人出现了，拿着阿耳忒弥斯的护照，把签证抽出来。

“明天早上你就离开莫斯科，”他说，“你搭乘斯堪的纳维亚航空公司的七六九航班到哥本哈根，然后换机飞纽约。”

“可是我想看看你们伟大的国家，”阿耳忒弥斯道，“我想去看看列宁格勒和基辅。”

“机场的大巴九点半开车。”

第二天一早，阿耳忒弥斯请宾馆大堂苏联国际旅行社的代理打电话给翻译局。当他在电话里请娜塔莎·丰纳罗娃接听时，他被告知没有这么个人，从来就没有过。在他抵达莫斯科四十八小时后，他就打道回府了。飞机上的其他乘客都是美国游客，他还能跟他们说说话、交交朋友，把时间给打发掉。

几天后，阿耳忒弥斯就开始工作，到布鲁斯特村外的硬盘地上打井去了。那个地方是由一个探测水源的占卜人选定的，那人自己都半信半疑的很没把握，但是他错了。打到四百英尺的时候，他碰到了石灰岩，一股甜水以每分钟一百加仑的水量涌了出来。从莫斯科回来十六天以后，他收到了娜塔莎写给他的第一封信。信封上他的地址是用英语写的，但有很多西里尔字母，贴的几张邮票色彩都绚丽已极。这封信让他母亲惊慌失措，而且她还告诉他，这信也引起了邮递员的警觉。去一趟俄罗斯是一回事，但从那个陌生而又遥远的国度收到信件可就是另一回事了。“我亲爱的，”娜塔莎在信上写道，“昨天夜里我梦到你和我是雅尔塔黑海上的一朵浪花。我知道你从没到过我的祖国的那个部分，但如果你是一朵浪花，而且正朝海岸涌去，你就能看到积雪皑皑的克里米亚山脉。在雅尔塔，有时候就在玫瑰绽放的时节，你都能看到山上在下雪。当我从梦中醒来时，我感觉欢欣鼓舞而又轻松愉快，我嘴巴里真的有咸咸的味道。我必须在这封信上签上菲菲的名字啦，因为这么荒唐怪诞的内容是不可能由你钟情的娜塔莎写出来的。”

他当晚就给她写了回信。“最亲爱的娜塔莎，我爱你。你要是能来这个国家，我就娶你。我无时无刻不在想你，我会很高兴带你看看我们是怎么生活的——那些道路、树木和城市里的灯光。跟你们的生活方式是很不一样的。我说的这番话句句真心，你要是需要机票费用的话，我会寄给你的。如果你决定你并不想嫁给我，你可以再回家去嘛。今晚是万圣节。我想你们在俄罗斯没有这样的节日。这是个大家认为死人会重新出现的夜晚，当然了，他们肯定不会出现的，但孩子们都会装扮成鬼魂、骷髅和恶魔，在大街小巷四处游荡，你要给他们糖果和零钱的。请你到我的祖国来，嫁给我吧。”

这部分还简单，可是用俄语字母照抄她的地址却花了他长得多的时间。他一直写到第十个信封，才算是有了个自我感觉满意的结果。第二天早上，他在去上工前，先把他那封信送到了邮局。那邮局的柜员是他的一个朋友。“你这究竟是在干吗呢，阿耳忒，给共产党写这种鬼画符的玩意儿？”

阿耳忒弥斯为人朴厚。“呃，你瞧，萨姆，我去过那儿一两天，在那儿认识了这个姑娘。”寄那封信需要一张二十五美分的邮票，是亚伯拉罕·林肯的一张阴沉沉的版画。阿耳忒弥斯想起娜塔莎那封信上那些漂亮的邮票，就问有没有活泼一点的邮票，他那个朋友说没有。

十天后，他收到了她的回信。“我喜欢想象我们的信件相互错过了，我喜欢想象它们拍打着翅膀在大西洋上空的某个地方擦肩而过。我很愿意来到你的祖国嫁给你，或者让你在这儿娶我，可是在这个世界终于获得和平之前，我们是做不到的。真希望我们的爱不必一定要依靠和平。星期六的时候我去了乡下，鸟儿、白桦和松树都令人心里感到宽慰。真希望你能跟我在一起。一个一位论派[1]的神学博士昨天来我们办公室想找个翻译。他看起来颇有智慧，我就亲自带他转了一遍莫斯科。他跟我说，要想成为一个一位论者，我不必一定要相信上帝。上帝，他告诉我，就是从混乱走向秩序、走向人类责任的发展过程。我总是把上帝想象成坐在云端里，被一群群的天使所簇拥，但也许祂其实是住在一个潜水艇里，被人鱼的大军所簇拥呢。请寄我一张你的快照，再给我写信。你的信件让我感到非常快乐。”

“随信附上一张快照，”他写道，“那是三年前在瓦库沙水库拍的。这是东北分水岭的中心。我每时每刻都在想你。今天凌晨三点钟我就醒了，想着你。那种感觉很奇妙。我喜欢黑暗。黑暗在我看来就像是一幢有很多房间的大房子。有六十或是七十间。现在，下班以后的夜里，我就去滑冰。我猜想在俄罗斯，每个人肯定都会滑冰。我知道俄国人打冰球，因为他们通常都能在奥运会上打败美国队。三比二，七比二，八比一。开始下雪了。爱你，阿耳忒弥斯。”写地址的时候，他又大费了一番周章。

“你上一封信走了十八天才到，”她写道，“我发现自己都是在你的信到来前就开始写回信了，不过这也没有什么神秘的，真的，

1　参见第 539 页注释。

因为在邮局里有个巨大的钟，一边是黑色，另一边是白色，显示着世界上不同地域的时间。在你那儿的黎明刚刚破晓的时候，我们的白天已经过了一半。他们刚刚油漆了我的楼梯。用的颜色是所有市政油漆工都喜欢的颜色——浅棕色，带深棕色的边框。他们干活儿的时候，在我的邮箱的底部溅上了一点白漆。现在，当我乘坐电梯下来的时候，那点白漆给了我一个错觉，我还以为里面有了一封你写来的信。我无法摆脱这一错觉。我的心怦怦直跳，我奔向邮箱，却只发现那一小块白漆。现在我转过身来又上了电梯，那一滴油漆让人如此痛苦不堪。”

有天晚上他下班回家的时候，他母亲告诉他有人曾从县政府的所在地打电话过来，说是有急事找他。阿耳忒弥斯猜想肯定是国内收入署打来的。他一直都没法跟他们解释清楚在寻找水源上的盈亏情况。他是个尽职尽责的公民，就主动拨打了那个号码。接电话的是一个自称为库柏先生的陌生人，听起来他可不像是国内收入署的人。库柏想马上跟阿耳忒弥斯见一面。“呃，你瞧，”阿耳忒弥斯道，“今晚是我的保龄球之夜。我们那队获得并列第一，我可决不想错过下面的比赛，我们最好能另找个时间。”库柏很善解人意，阿耳忒弥斯告诉他他具体在哪儿工作以及怎么到哪儿去。库柏说他十点钟会到，阿耳忒弥斯就打保龄球去了。

早上开始下雪。看起来像是有暴风雪。库柏准十点的时候出现了。他并没有从车上下来，不过他显得非常蔼然可亲，阿耳忒弥斯猜想他是个推销员。卖保险的。

“据我所知你去了一趟俄罗斯。”

“呃，我只在那儿待了四十八小时。他们取消了我的签证。我也不知道为什么。”

“可是你一直都跟俄罗斯有通信往来。”

“是的，我认识了个姑娘。我跟她约会过一次。我们相互通信。”

“国务院对你的经历非常感兴趣。赫娄副国务卿会很想跟你聊一聊。”

“但我实际上并没有什么切实的经历。我看了几个教堂，吃了三顿鸡肉餐，然后他们就把我送回了家。”

“呃，副国务卿很感兴趣。他昨天打电话给我，今天早上又打了过来。你介意去一趟华盛顿吗？”

“我在工作。”

“也就花费你一天的时间。你早上搭乘飞机过去，下午就能回来。花不了多长时间。我想他们会支付你的花销的，虽然这还没有最后决定。我这里有给你的正式通知。”他递给打井工一张印有国务院抬头的信纸，上面要求阿耳忒弥斯·巴克林次日上午九点钟去往国务院的新办公大楼。“如果你能按时赶到的话，”库柏说道，“你的政府为此会非常感激的。其实也不必太担心九点钟这个时间，十点前是没有几个人去上班的。很高兴跟你见面。如果你有任何问题的话，就打这个电话找我。”然后他就走了，一眨眼就不见了，因为雪下得很大。打井的那个地方在偏僻的林区，路上是没有扫雪机扫雪的，阿耳忒弥斯午饭前就把卡车开回了家。

某种乡下习气——某种对于并非令人不愉快的生活常轨的依恋——使阿耳忒弥斯对这趟华盛顿之行心怀抗拒。他不想去，但是他们能强迫他一定要去吗？这里面唯一的强制力就是那句他的政府为此会非常感激的措辞。除了对国内收入署以外，他对他的政府并无特别的怨言，他还是挺喜欢能得到——也许有些幼稚——政府的感激的。那天夜里，他给自己打了个包，查了一下航班时刻表，第二天上午九点钟的时候，他已经来到了国务院的新办公大楼。

库柏对于他们上班时间的说法一点都没错。阿耳忒弥斯在一个等待室里的冷板凳上一直坐到十点以后。然后他被带到两层楼上面，去见的却并不是副国务卿，而是一个叫谢尔盖·别林斯基的人。别林斯基的办公室又小又寒酸，他的秘书是个脾气暴躁的南方女人，穿了双卧室里穿的拖鞋。别林斯基让阿耳忒弥斯填了几个简单的官样文章的表格。他是什么时候抵达莫斯科的？什么时候离开莫斯科的？他都在什么地方有过停留？等等。他填完这些表格以后，别林斯基又分别复印了一份，然后就带阿耳忒弥斯又上了一层楼，来到一个叫莫斯的人的办公室。这里的情况就大为不同了。秘书很漂亮，喜欢卖弄风情，穿了双鞋子。家具说不上奢侈，不过比别林斯基办公室的陈设整整高了一个档次。办公桌上有鲜花，墙上还挂了一幅画儿。阿耳忒弥斯把他还记得住的那些东西又重复了一遍，应该记住的那点东西。当他描述赫鲁晓夫打算接见他的那种种安排时，莫斯哈哈大笑；莫斯大喊大叫。他是个非常高雅的年轻人，衣冠楚楚，风度翩翩，阿耳忒弥斯不禁有些自惭形秽，感觉自己粗俗、不洁而又寒酸。他其实够整洁、够彬彬有礼的，但他身上的衣服在肩部和胯部都绷得太紧。“我想副国务卿现在应该愿意见见我们了。”莫斯道，然后他们又往上走了一段楼梯。

那里完全是另外一个世界。地板上铺满了地毯，四壁都装着护壁板，那位秘书穿着一双黄铜搭扣的长靴，靴筒一直伸到裙子里面，上帝才知道一直延伸到什么部位。这么短短的一段距离，从那位脾气暴躁、脚蹬拖鞋的秘书那儿，他们已经跨越了多大的距离！阿耳忒弥斯真是想念他的钻机，他的工作服和他的午餐盒。先是给他们端上了咖啡，然后那位秘书——穿长靴的那位——就遣散了莫斯，带他去晋见副国务卿。

副国务卿的办公室里除了一个很小的办公桌之外，完全没有办公的样子。里面到处是各种颜色的小地毯、沙发、绘画和鲜花。赫娄先生个头很高，看起来面色疲惫，要么也许是身体欠安。“你能赶过来真是太好了，巴克林先生。我就不绕圈子，直奔主题啦。我十一点钟得去国会山。你认识娜塔莎·丰纳罗娃。”

“我跟她约会过一次。我们一起吃了个饭，在一个公园里坐了坐。”

“你跟她通信。”

“是的。”

“当然啦，我们已经监视了你们的通信。他们的政府也是一样。我们的情报部门感觉你们的通信当中包含了某些情报。她，身为一位元帅的女儿，跟政府的关系是很近的。她家庭当中的其他成员都被枪毙了。她那次写到上帝也许坐在一个潜水艇里，被人鱼的大军所簇拥。那同一天正是我们最近这次潜水艇危机发生的日子。据我理解她是个很聪明的女人，我无法相信她会写出如此愚蠢的话语而不带有深层含义的。之前她还在信上说她就是黑海里的一朵浪花。那一天跟苏联的黑海演习正相吻合。你送过她一张你在瓦库沙水库边拍的照片，指出这就是东北分水岭的中心。这个，当然啦，并非什么机密的情报，不过都还是很有帮助的。后来你又写道，黑暗在你看来就像是一幢分成七十个房间的大房子。这句话写于我们正式启动第七十师的十天前。你愿意费心对这其中的任何一条做点解释吗？”

“没什么好解释的。我爱她。”

“这太荒唐了。你自己说你只跟她约会过一次。你怎么可能爱上一个你只约会过一次的女人呢？我并不是吓唬你，巴克林先生。我可以把你带到一个委员会面前，但除非你愿意采取更加合作的态度，否则这都等于是在浪费我们的时间。我相当肯定的是你和你那位朋友已经制定出了一套密码。我当然不能禁止你写信，但我们可以截留你的信件。我所希望的是你能有出于爱国精神的合作态度。库柏先生，相信你已经见过了，他将每周左右去见你一次，交给你我们希望你能传递给苏联的情报，或者不如说假情报，当然，是埋伏在你们的密码当中的，就像你将黑暗描述为一幢房子那样。”

“我不能这么做，赫娄先生。这将是对你以及娜塔莎的双重不忠。”

副国务卿嘿嘿一笑，肩膀像个少女一样微微翘了翘。“呃，好好想想，等你拿定了主意以后就给库柏先生打个电话。当然啦，美国的命运并不仰赖你的决定。我要迟到了。”他并没有起身，也没有向他伸出手。阿耳忒弥斯的感觉比在莫斯科时还要糟糕，他唱着非现实的布鲁斯，经过那个穿靴子的秘书，乘上一台电梯，经过那个穿鞋子和穿卧室拖鞋的秘书下得楼来。他回到家的时候正好赶上吃晚饭。

他再也没有从国务院得到过任何消息。是他们犯了个错误吗？他们是傻瓜，还是太闲了？他永远都不会知道了。他又给娜塔莎写了四封小心周详的信，省去了他打冰球和保龄球的具体比分。没有收到回信。他等她的回信等了一个月左右的时间。他经常想到她信箱上的那一小块白漆。当天气渐渐向暖以后，就能听到具有治愈效果的雨声了，至少还有这个。水，水。

三故事

一

我们今天的主题将是肥胖的形而上学，而我就是一个名叫劳伦斯·法恩斯沃斯的男人的肚子。我是他横膈膜和骨盆底之间的那部分体腔，而且我拥有他的内脏。我知道你不会相信我的话，但既然你能接受 cri de coeur[1] 这种说法，为什么就不相信 cri de ventre[2] 呢？我在他的人生事务中起到的作用就跟他的心肝肺一样重要，而正如我无法单独行动一样，他同样也要任凭他的环境中诸如金钱和星光这样迥然不同的力量摆布。我们出生于中西部，他在芝加哥读的大学。他先是在田径队（撑竿跳），后来加入了跳水队，这两项运动使我的存在变得危险而又不为人知。我一直到他四十岁以后才具有了自我意识，我是被他的医生和裁缝认出来的。他顽固地拒不承认我的权利，差不多有一年的时间继续穿那种严厉地束缚我、使我备受苦痛的衣服。我的一个补救办法就是随心所欲地把他裤子前襟的拉链撑开。

我经常听他这么说：在一根难以驾驭的船首斜桁后面东奔西走

1 法语：内心的呼喊。

2 法语：肚子的呼喊。

地度过了前半生以后，看来他后半辈子不论到哪儿都得带着一个就跟他的生殖器一样不受约束而且反复无常的肚子了，真是该死。我当然是一直处在一个能够观察他的肉体运动的位置上，但我想我不会去描述我参与其中的那成千上万——或是数以百万次的实际表现。我尽管背负粗俗的骂名，我却极富洞察和远见，我想略过他的那些体操动作，直接说说它们的结果如何，而从我所听到的来看，那结果经常是令人欣喜若狂的。他似乎觉得他的性爱生活是进入一个真正的美妙世界的入境许可。在大雷雨中交媾——雨大雨小都成——就是他对于男女关系的全部认识。女方也一直都有埋怨。有一次我听到一个女人问他：“你就从来都不能理解生活中除了性和自然崇拜以外还有更多的东西吗？”有一次，当他面对满天星斗的美丽而大声惊叹时，他的 belle amie[1] 忍不住咯咯一笑。我对于这个世界的开放性认识都局限在有限的赤身裸体的发生概率当中：卧室里，浴室里，沙滩上，泳池里，幽会时，以及在安的列斯群岛日光浴的时候。我余下的人生就都在他的裤子和衬衣之间那类似深闺幽闭的地方度过的。

在拒绝承认我的存在长达一年多以后，他终于将他的裤腰从三十扩展到了三十四英寸。当我已经达到三十四、正为三十六而努力奋斗时，他对于我的存在的感情变得过分偏执起来。存在于他曾经的、希望成为的模样以及已经真正成为的模样之间的冲突是非常严重的。当人们用手指戳戳我，对他的那个凸窗开几句玩笑的时候，他那硬装出来的笑声都没法遮掩他的狂怒。他不再以聪明才智

1 法语：女友。

来评判他的朋友们，开始以他们的腰带做出评判。为什么X的腹部如此平坦，为什么Z有这么个至少四十英寸的大肚子，却对现状心满意足？他的朋友们只要站起来，他的眼睛就会从他们脸上的微笑迅速地降落到他们的中段。有天晚上，我们去扬基体育馆看一场球赛。当他注意到那个右翼外野手足足有三十六英尺的腰围时，他就开始感觉很高兴了。另外那几个外野手和一垒手他都视而不见，但那位投手——一个年长几岁的人——却无疑挺着个大肚子——还有两个裁判——当脱下他们的防护服时——也都面目可憎。那个投手也是一样。等他意识到他看的根本就不是球赛以后——意识到因为我的影响，他都没办法看一场球赛了——我们就退场了。这是在第四层顶上。一两天以后，他就开始了将持续一年或是一年半的地狱般的生活。

我们开始了节食计划，主要就靠喝水和吃白煮蛋。他在一个礼拜里减了十磅，但都减在了不该减的地方，当我的存在已经陷入危险处境时，我还是幸存了下来。这个节食计划造成了一些代谢紊乱，损害了他的牙齿，他遵医嘱放弃了节食，加入了一个健康俱乐部。每周三次，我都得承受一辆电动自行车和一个划船机的折磨，然后一个按摩师还会对我进行揉捏，并用他的手掌大声而又残忍地拍打我。然后他还买了各式各样的弹力内裤或是束腰带，目的就是为了掩饰或是除掉我，而它们在给我施加了巨大痛苦的同时，也只是挑战了一下我的不可战胜。当它们在晚上被去除以后，我就在这个我如此热爱的世界上重新大模大样地完全恢复了原样。这之后不久，他又买了一样据信能够保证将我一举摧毁的奇技淫巧的玩意儿。这是一款金色的弹力短裤，可以用一个手泵给它充气。我不得不加以提纯的那些酸性分泌物告诉我，他会感觉多么痛苦和荒唐。等那条短裤重启以后，他仔细阅读一本说明书，然后又做了一些体操动作。这是迄今为止强加给我的最大的痛苦，等他那套运动做完以后，我的各个部位全都如此反常地痉挛和扭结在一起，结果我们度过了一个不眠之夜。

到了这个时候，我已经逐渐认识到能保证我幸存下去的两个事实。首先就是他对于独自一人健身运动的憎恶。他是很喜欢体育比赛的，但他不喜欢健身运动。每天早上他都会来到卫生间，俯身触碰他的大脚趾十次。他的屁股（这是另外一个故事了）刮着洗脸池，他的前额擦着马桶盖。我从发生在我身上的分泌物知道，这种体验对他而言是种精神上的压榨。后来他搬到乡下去消夏，开始了慢跑和举重运动。在做举重运动时，他学会了用日语和俄语来数数，希望能以此给他的这一运动增加一点庄严感，但结果并不成功。不管是慢跑还是举重，都让他感觉非常不自在。第二个对我有利的因素则是他确信自己过的是一种很简单的生活。“我过的真的是一种非常简单的生活。”他经常这么说。如果情况果真如此的话，我也就没有机会出人头地了。正相反，我想，不论是欧洲、亚洲还是非洲抑或英伦诸岛，可以说没有任何一家第一流的餐厅是我没有被带进去或是没有被要求好好表现过的。他经常跟我这么说。在东京，他在终于弄到一盘蟋蟀[1]以后，友好地轻拍了我一下说：“尽你所能哦，兄弟。”只要他把这个当作是一种简单的生活，那我在这个世界上的地位就是稳固可靠的。就算是有时候我让他感到失

1 原文如此（a dish of crickets）。

望，那也绝对不是出于恶意或是成心。有一次在南俄，享用过一顿有十四道主菜的荷马式大餐[1]以后，我们一起在一个浴室里度过了一个夜晚。那是在第比利斯。我像是威胁到了他的生命。那是在凌晨三点。他哭得痛不欲生。他哭个不停，而也许我比他肉体上的任何一部分都更能了解这个男人那真正的孤独。"走开，"他冲着我大喊，"走开。"还有什么比一个赤身裸体的男人半夜三更在一个陌生国度里，要跟他的命脉要害一刀两断更可怜又复可笑的呢？！我们走到窗前去听林间的风声。"哦，我真该更加注重精神生活才对。"他喊道。

感觉如果我是个特工或是王子的肚子，我在与时间发生的冲突中间所扮演的角色也不会有任何不同。我比任何拿着把镰刀的稻草人[2]都更能简洁明地代表了时间的概念。为什么就像时间这样如此简单的一种力量——他房子里的每只钟表都能精准地将其标识出来——会让他发出呻吟和诅咒呢？是他感觉那华而不实的青春岁月才是他的资本、他唯一的魅力所在吗？我知道我使他想起了他在跟他父亲的关系当中所承受的痛苦。他父亲在五十五岁上退了休，然后就把余生都花在石材打磨和园艺花卉，以及想通过唱片学会日常会话用的法语上了。他之前是个身体灵活、体格健壮的人，但就跟他儿子一样，他在人到中年的时候就被一个独立不羁的腹部给压倒了。他像是不具备优雅地老去和变胖的能力，就跟他儿子一样。他的大肚子，他的腹部似乎击垮了他的精神。他的腹部使他腰弯背

---

1 像《荷马史诗》中描写的英雄们大碗喝酒、大块吃肉的丰盛宴席。

2 死神的形象。

驼，使他步履蹒跚，使他唉声叹气，使他的裤腰越来越大。他的腹部就像是死亡天使就要到来的前兆，如此说来，法恩斯沃斯每天早上在浴室里俯身触碰他的大脚趾时，是否也是在跟同一位天使作斗争呢？

然后就是我们外出旅行的那一年了。我不知道到底是什么促使他这么做的，不过我们在十二个月的时间内三次环游了世界。他原本可能觉得旅游会加快他的新陈代谢，会降低我的重要性。我就不再详述安全带和混乱的饮食时间带来的艰难困苦了。我们除了游览了所有那些大家常去的地方之外，还去了内罗毕、马达加斯加、毛里求斯、巴厘岛、新几内亚、新喀里多尼亚和新西兰。我们观光了马当、戈罗卡、莱、拉包尔、斐济、雷克雅未克、辛格维利尔、阿克雷里、纳萨尔苏阿克、卡厄西阿劳克、布哈拉、伊尔库茨克、乌兰巴托和戈壁沙漠。然后还有加拉帕戈斯、巴塔哥尼亚、马托格罗索丛林，当然还有塞舌尔和阿米兰特群岛。

事情最后是在梵蒂冈通道那儿的一家餐馆里结束或者说解决的。他那顿饭先吃了一道鱼和帕尔马火腿，配着这两样吃了两个面包卷和黄油。之后他又吃了一份奶油培根意大利面、一份牛排配炸薯条、一份田鸡腿、一整条纸包烤海鲈、一些鸡胸肉、一份油调色拉、三种奶酪和一份浓厚的酒香蛋黄羹。这顿饕餮大餐吃到一半的时候，他就不得不给了我一点自由的空间，但他并没有心怀怨愤，我感觉自己是胜利在望了。当他又点了那份酒香蛋黄羹的时候，我知道我已经大获全胜，或者说我们已经达成了明智的休战协议。他并没有努力想隐藏、无视或是遗忘我的存在，而他的分泌物是温和无刺激的。离开餐桌的时候，他不得不又多给了我两英寸的空间，所以在走过广场的时候，我能感到晚风的吹拂和喷泉的呢喃。打那以后，我们就幸福地生活在了一起。

二

在那早已成为过去的弗洛伊德式术语满天飞的时代，玛吉·利特尔顿原本应该被认为是很有母性气质的，虽然她实际上并不比你或者是你具有更强的母性。之所以这么说是因为她的嗓音中带有一种迷人的温柔，以及她的气息闻起来就像是夏日，或者也许是夏日的气息闻起来就像这样一个女人一样。她经常去教堂，但我总感觉她的虔诚比大部分人都更严肃和深切，虽说你是不可能对任何如此私密性的东西进行揣测的。她是礼仪派神学那一阵营的，严格遵循《公祷书》的规定，只要有可能就避开牧师的布道。她不是本地人，当然啦——最后一个本地人二十年前跟最后一头奶牛一起死翘翘了——我也不记得她或者她丈夫是从哪儿来的了。她丈夫秃顶，他们有三个孩子，过着小心翼翼、平平常常的生活，一直到那年秋天的一个上午。

那是在劳动节[1]过后，有点小风。可以看到窗外的树叶正在往下落。他们一家已经在厨房里吃过了早饭。玛吉做的玉米烤饼。“早上好，利特尔顿太太。”她丈夫一边说一边吻着她的前额，并且轻拍她的后背。无论是他的声音还是他的姿态，都显得具有爱的完美均衡。我不知道那些恶毒的家庭批评者对于这个场景会怎么说。是利特尔顿夫妇通过将他们的激情扭曲成一种可以为人接受的社会

1　参见第128页注释。

形象，为自己制造了一种家庭的囚笼；抑或他们居然碰巧成为一对两情相悦的男女，相互间的感情当真是温柔、健康而又坚定不移的呢？据我所知，他们的婚姻真是极不寻常、难能可贵的。我自己因为从来就没结过婚的缘故，对于神圣婚姻当中的滑稽因素未免有些过于敏感，但是有些夫妇在庆祝他们婚姻的十或十五周年时显得远非得意扬扬，那岂不也是事实吗？事实上，他们看起来活像是受骗上当了，而下流的哈利叔叔，那个浪子，却像是戴上了桂冠。但利特尔顿夫妇的情形又自不同，你会感觉他们就像是凭借智慧和热情生活在一起一样——相互扶持、互通有无，直到死亡将他们彻底分开。

在那个特别的星期六的早上，他计划出去买趟东西。吃过早饭后，他列了一张需要从五金店里采购的物品的清单。一加仑白色的丙烯酸涂料，一把四英寸的刷子，挂画钩若干，一把翻土叉，还有剪草机的润滑油。孩子们跟他一起去。他们去的并不是村里，就像很多坐吃等死的其他人那样，而是去了六十四号公路上一个人头攒动、相当有节日气氛的购物中心。他给了孩子们零钱，让他们自己去买可乐喝。他们往回走的时候，南向的交通非常拥挤。就像我已经说过的，那是在劳动节过后，有很多汽车拖着活动房屋、野营车、小型帆船、摩托艇和拖车在往回赶。这一长列车辆和家用活动房屋所构成的图景看起来并不像是一国人民度假归来的壮观景象，反而很像是从某个巨大的城市或是国家的悲剧性大逃亡。一辆运载汽车的大卡车因为一心想超过一辆极为庞大笨重的拖车式活动住房，结果撞上了利特尔顿家的汽车，父子四人全被撞死，无一幸免。我没有去参加葬礼，不过我们的一位邻居跟我说了葬礼的情况。“她站在坟墓边上。她没有哭。她看起来非常美，非常平静。她必须得照看着四口棺材，一口接着一口地被放到墓穴里。四口啊。”

她并没有搬走。大家都请她去吃饭，当然啦，但在这样一个极为习惯家庭生活的社区里，孤家寡人是不可避免地会被忽视的。事故发生大约一个月后，当地的报纸宣布州公路委员会将把六十四号公路从四车道拓宽为八车道。我们为了保护我们这个社区组织了一个委员会，并筹集了一万美元的诉讼费。玛吉·利特尔顿非常积极。我们几乎每周都要开会商讨。我们在各个教区办公所，在各个法庭，在各个高中以及个人家里碰头。一开始的时候，这些会开得非常情绪化。平克厄姆太太有一次都哭了，哭得泣不成声。“我在我那间粉红色的房间里已经工作了十六年，而现在他们却要把它给扒掉了。”她被人领出了那次会议，一个真正如丧考妣的女人。我们包下了一辆大巴车，去了一趟州政府。在一个下着雨的星期天，我们在摩托车的护送下沿着六十四号公路游行抗议。我估计我们最多不会超过三十个人，而且还走得零零落落，一点都不整齐。我们举着装有木杆的标语。我记得玛吉的样子。有些人天生就有抗议的天赋，有高举大字标语的天分，但玛吉的情况却不是这样。她举这个巨大的标语，上书：停建汽油巷。她看起来非常局促不安。在我们的游行解散之后，我站在一个高出公路的小土墩上跟她道别。我清楚地记得她凝视车流的那平视的眼神，我猜想应该很像楠塔基特岛上那些渔民的寡妇凝视大海的目光。

等我们花光了我们那一万美元又没有任何结果之后，我们开会的频率就越来越少，也没有几个人参加了。最后一次只有三个人露面，包括我们的发言人。公路已经被拓宽了，拆毁了六幢房子并使两幢无法居住，而房主又并没有得到任何补偿。爆破还毁坏了好几口井。我们的委员会被解散后，我就极少再见到玛吉了。有人告诉我她已经到国外去了。等她回来的时候，后面跟着一个迷人的年轻罗马人，名叫彼得罗·蒙塔尼。他们结婚了。

玛吉跟彼得罗再次展现出她婚姻幸福的天赋，虽然他跟她第一位丈夫千差万别。他英俊、风趣而又富有——他是一个生产鞋子内底的公司的代表——可是他的英语真是我听到的讲得最烂的。你可以跟他说说话，喝喝酒，乐和乐和，但再进一步的交流就几乎不可能了。其实这也没什么大不了。她看起来非常幸福，去她家里坐坐感觉也很愉快。他们结婚还没超过两个月的时候，彼得罗开着一辆敞篷车在六十四号公路上被一辆大吊车削去了脑袋。

她把彼得罗跟前夫和孩子们埋葬在一起，但她仍旧继续住在她那幢“双子石”路上的房子里，在里面能听到工业交通那宛如战场一样的喧嚣。我想她应该是找了份工作。有人在火车上看到过她。彼得罗死后三个礼拜的时候，一辆二十四轮、载重八十吨的卡车在六十四号公路上北向行驶的时候，因为无法查明的原因突然转向南向车道，撞毁了两辆汽车并撞死了车上的四名乘客。然后那辆卡车又撞上了那里的一座花岗岩的桥墩，朝一侧翻倒并起了火。警方和消防部门马上就赶到了现场，但车上的货物是易燃品，大火一直到凌晨三点才扑灭。六十四号公路上的所有车辆都改道行驶了。消防队的后备女队员们给大家端来了咖啡。

两个星期后，晚上八点钟的时候，另一辆满载着水泥砖的二十四轮大卡车在同样的位置失去控制，横扫过南向车道，在撞倒了四棵完全成材的大树后，最后撞向那座桥墩。撞击的力道是如此猛烈，两英尺的花岗岩壁都被撞得脱落下来。这次没有起火，但两位司机几乎被撞成了肉饼，最后不得不调用他们的牙医档案才终于确认了他们的身份。

十一月三号晚上八点半的时候，多米尼克·德希斯托警督报告说有个穿工作服的男人跑进了警察局的前厅。他像是发了歇斯底里、吸了毒或是喝醉了，声称有人向他开枪。按照德希斯托警督的说法，他简直语无伦次，过了好长一段时间才能解释清楚到底发生了什么事。他开车沿六十四号公路北向行驶时，就在差不多另外两辆卡车失控出事的同样位置，一颗来复枪的子弹击碎了驾驶室左边的车窗，没有打到司机，又击碎右面的车窗飞了出去。这位预期的受害人是南卡罗来纳州鲍德温的乔·兰斯顿。警督检查了那辆卡车，核实了那两扇被打破的车窗。他和兰斯顿开着辆巡逻警车回到了开枪的地方。在道路的右侧，有一座花岗岩的小山包，部分有土壤覆盖。公路拓宽的时候，这座小山被一劈为二，右边的那个小土墩跟害死了其他那几位司机的桥墩互为呼应。德希斯托检查了那个小山包。土墩子上的杂草被踩倒了，地上还有两个香烟屁股。兰斯顿被送去了医院，患了休克症。那个小山包在接下来的一个月里都被置于严密的监控之下，但是警员人手不足，而且一个人坐在小山包上从黄昏一直待到午夜也实在是个乏味之极的工作。警方的监控刚一停止，第四辆超大型卡车就又出了事。这次这辆卡车拐向了右侧，撞倒了十几棵树后，开进了一条狭窄却陡峭的山谷。警方找到司机的时候，他已经死了。他是被枪打死的。

十二月，玛吉嫁了个有钱的鳏夫，搬去了北萨勒姆，那里只有一条两车道的公路，交通的噪声听起来就跟贝壳里的涛声一样渺不可闻。

三

他在飞往罗马的波音七〇七上他靠走道的座位——三十二号——上落座。飞机上坐得并不太满，在他和舷窗边那个座位的乘客之间有一个空座。他高兴地看到，那个座位上坐的是个极为漂亮的女人——并不年轻了，不过他也是一样。她身上洒了香水，一条黑色长裙，戴着首饰，看起来她正属于那个他在其中最如鱼得水的世界。“晚上好。”他说道，把自己安顿下来。她没有搭腔。她令人气馁地哼了一声，然后就把一本平装书举到了面前。他想找到书名，但是她用双手挡得严严实实。以前他在飞机上也碰到过腼腆的女人——并不经常，不过确实碰到过。他猜想她们是出于谨防酒鬼、流氓和厌物的考虑，这也是完全可以理解的。他抖开一份《曼彻斯特卫报》。他之前就注意到，保守主义的报纸有时候能在腼腆的女人身上激发出信任感。如果你读的是社论、体育，尤其是金融版的话，腼腆的陌生人有时候可能都会准备主动跟你搭话了。飞机起飞了，吸烟的标志灯暗了下去，他取出一个金质烟盒和一个金质打火机。它们并不招摇，但是金质的。“我抽根烟你介意吗？”他问道。“我干吗要介意？”她问道。她并没有朝他的方向看。“有人是介意的。”他说着，把烟点上。她的冷漠差不多跟她的美丽程度相当，可是她为什么这么冷冰冰的？他们要肩并肩地待上九个钟头，他们至少要稍稍交谈几句才算得上明智之举吧。是他令她想起了她讨厌的某个人，曾经伤害过她的某个人？他洗了澡、刮了脸、衣冠齐楚，习惯于广交朋友。也许她是个厌世的女人，天性就不开心，可是空姐过来收他们点的酒水单时，她向那个年轻的陌生人绽放的微笑却是灿烂而又坦率的。这不禁让他大为高兴，他自己也绽放出了笑容，可是当她看出他正想擅闯一个针对他人的人际交流时，她马上转过头去，怒容满面，重新回到她的书上去了。空姐给他端来了双份马提尼，给他的旅伴送上了一杯雪利酒。他猜想他点的这杯烈性酒没准儿会增加她的紧张不安，但是他也只能去碰碰运气了。她继续看她的书。只要他能知道那本书的书名，他想，他就算是一只脚踏进门里了。哈罗德·罗宾斯[1]，陀思妥耶夫斯基，菲利普·罗斯[2]，艾米莉·狄金森[3]——不管是谁，都会大有帮助。“我能请问你读的是什么书吗？”他彬彬有礼地问道。“不能。”她道。

空姐把他们的正餐送了来，他通过那个空座将她的托盘递给她。她并没有谢他。他在座位上安顿下来开始吃，开始进食，开始享受他的这一简单的习惯。餐食的质量异乎寻常地糟糕，他把这话说了出来。“在这种环境下，你也不能过于挑剔。”她说。他感觉他在她的声音中听出了一丝暖意。“加点盐也许会有帮助，”她道，“可是他们一点盐都没给我。能用一下你的吗？”“哦，当然啦。”他道。情况肯定是在好转了。他打开他的小盐罐，在递给她的时候

1　罗宾斯（Harold Robbins，1916—1997），美国小说家，有史以来最为畅销的作家之一，著有超过二十五部畅销小说，以三十二种语言总销量超过七十五亿册。

2　罗斯（Philip Roth，1933—2018），美国小说家，作品描写犹太人和性主题，成名作为短篇小说集《再见，哥伦布》，长篇小说代表作有《波特诺伊的抱怨》《美国牧歌》《人性的污秽》等。

3　狄金森（Emily Elizabeth Dickinson，1830—1886），美国著名女诗人，美国现代诗的先驱者之一，一八五八年后开始隐居，留有诗稿一千七百余首及大量信件，内容均写爱情、死亡与自然美景。

撒了一点在地毯上。“恐怕是该你倒霉了[1]。”她道。她这话说的时候，口气可是一点都不轻松。她在她的肉排上撒了点盐，把托盘里的东西吃得一点都不剩。然后她就继续看那本挡住书名的书。她迟早得去卫生间的，他知道，到了那个时候他就能看看那到底是本什么书了，可是在她终于朝舱尾走去的时候，她把那本书也一起带去了。

放电影的幕布放了下来。除非一部影片超乎寻常地有意思，否则他是从来不租用音响设备的。他已经发现读唇语外加自己的猜测，反而会给影片增加一个额外的维度，反正对白也通常都是令人反感的陈腐旧套。他的芳邻租了设备而且看起来真心很享受的样子。她的笑声富有音乐性，很是可爱，而且跟银幕上的演员们交流起来就跟她和空姐交流，以及拒绝跟邻座交流一样。他们飞到阿尔卑斯山上空的时候，太阳升了起来，虽然电影那时候还没放完。透过拉下来的遮光板的缝隙，这里那里地透进来阿尔卑斯黎明的光辉，不过当他们飞越勃朗峰和马特峰的时候，银幕上的那些角色却仍旧不屈不挠地在卖力出演。有一场游行，一场追捕，一场和解，一个大结局。他的那位旅伴仍旧带着她那本神秘的书又去了一趟舱尾，回来的时候戴上了一顶睡帽，她的脸被某种厚厚的白色油膏遮了个严实。她调整了一下枕头和毛毯，准备好要睡觉了。“做个好梦。”他不管不顾地道。她叹了口气。

他在飞机上从来都睡不着。他起身去配膳室喝了杯威士忌。空姐人很漂亮又很健谈，她跟他说了她的出身，她的排班，她的未婚

1 英国的迷信认为把盐撒了是一种不吉利的征兆。

夫，以及她跟那些遭受飞行恐惧折磨的乘客之间的摩擦。飞过阿尔卑斯山以后，他们就开始下降，他看到了地中海的海港，然后又喝了一杯威士忌。他看到了厄尔巴岛、吉廖岛以及停泊在埃尔科莱港的游艇，他都能看到他的朋友们的别墅了。他还记得多年前进入楠塔基特岛的情形。他们经常沿着港口的栏杆排成一行，大声喊着："哎，佩里兄弟在此，萨尔顿兄弟在此，格里诺兄弟在此。"那部分是当真，部分是作秀。等他回到他的座位上时，他那位旅伴已经摘掉了睡帽，去除了油膏。在清晨的阳光下，她的美真是光彩照人。他无法断定到底是什么让他感觉如此勾魂摄魄——也许是乡愁吧——但她五官的轮廓，她苍白的肤色，她眼睛的模样，在在跟他对于美的感受完全吻合。"早上好，"他说，"睡得好吗？"她皱了一下眉，仿佛觉得这话问得很没礼貌。"真有人在飞机上睡得好吗？"她用一种升调问道。她把那本神秘的书放回一个带拉链的手提包里，开始收拾自己的东西。他们在菲乌米奇诺机场降落，他站在一边让她先过，然后跟在她后面走过走道。他跟着她通过护照检验、外国人入境口和健康检查，然后跟她一起来到托运行李提取处。

可是看呀，看呀。为什么他向搬运工指明她的行李；为什么他们拿到各自的行李后，他跟在她后面一起来到出租车叫车处，又跟一个司机讲到罗马市区的价钱呢？为什么他跟她一起上了同一辆出租车？他是她害怕的那种百折不挠、一心只想调戏妇女的流氓吗？不，不是。他是她的丈夫，她是他的妻子，是他孩子们的母亲，是一个他满怀热情爱慕了将近三十年之久的女人。

卡伯特家的珠宝

被谋杀者的葬礼在圣博托尔夫斯这个小村庄的一位论派[1]教堂中举行。教堂的建筑是布尔芬奇[2]式的，以一排排的柱子和一个轻盈飘逸的尖塔著称，一个世纪以前这种风格肯定主导了整个儿的建筑景观。葬仪主要就是由《圣经》经文的随意摘引杂凑而成的，最后以这样的一句作结："阿莫斯·卡伯特，安息吧 / 你在人世的试炼已经结束……"教堂里人满为患。卡伯特先生生前是我们这个社区的杰出成员。他有一次曾竞选过州长。有一个月左右，在他竞选期间，谷仓、墙上、建筑物和电话线杆上到处都能看到他的照片。我猜想，那种不断走过一面面镜子的感觉——每次转身都能看到他自己——对他造成的影响跟我应该是大为不同的，他并不会像我那样感到心神不宁。（有一次，譬如说，我在巴黎走进一个电梯时注意到有个女人拿着一本我的书。书的护封上有一张照片，于是我的一个形象就隔着她的胳膊跟另一个面面相觑。我真想要回那张照片，想要回来的目的我想是要销毁它。一想到她会把我的脸夹在胳肢窝底下就这么走掉，这简直像是要威胁到我的自尊了。她在四楼下了

1　参见第 539 页注释。

2　布尔芬奇（Charles Bulfinch，1763—1844），美国建筑师，以设计政府机关建筑闻名，主要作品有波士顿的马萨诸塞州议会大厦、奥古斯塔的缅因州议会堂等。契弗在小说中将他的名字拼成了 Bullfinch（红腹灰雀），不知是疏忽还是故意。

电梯，而我那两个形象的分离真让人有些晕头转向。我本想跟着她下去的，但我又怎么能用法语——或是用任何一种其他的语言——解释清楚我的感受呢？）阿莫斯·卡伯特可不像我这样。他貌似很高兴看到自己的形象，而当他在选举中失利，他的照片消失不见了的时候（除了偏远山区的几个谷仓以外，他的照片在那些地方足足张贴了一个月左右的时间），他似乎也并没有因此而心烦意乱。

当然啦，世上有倒霉的洛威尔，倒霉的哈洛威尔，倒霉的艾略特、契弗、考德曼和英格利希，但今天我们要说的是倒霉的卡伯特。阿莫斯来自南部海岸，或许听都没听说过他们这个家族在北部海岸的分支。他父亲曾是个拍卖商，也就意味着他在当时那些日子里他是个艺人，是个马贩子，有时候还得是个骗子手。阿莫斯拥有房地产、五金店、公共事业，还是个银行的董事。他在卡特赖特大厦有自己的办公室，正对着公共绿地。他的妻子是康涅狄格人氏，在当时的我们这帮人眼里，那就是个偏远的荒野，在它的东部边界上矗立着纽约城。纽约城里挤满了饱受折磨、神经紧张而又贪得无厌的外国人，他们可没有一大早六点钟从床上爬起来洗冷水澡的性格，又不肯泰然自若地过那种繁重而又累人的乏味生活。我认识卡伯特太太的时候，她大约四十岁出头。她个头矮小，一张酒鬼那样的大红脸，而其实她倒是个精力充沛的禁酒工作者。她头发的颜色白得像雪。她的后背和前胸都很突出，她的脊柱有一个显著的弯曲，可能是残酷的紧身褡造成的，或者是脊柱前凸的初期症状。没人知道卡伯特先生为什么要娶这么个来自遥远的康涅狄格的怪女人——毕竟，这也跟任何人都无关——不过她确实拥有哈得孙河东岸大部分的框架式廉租公寓楼，银餐具工厂的工人就住在那里面。

她的那些廉租公寓是很赚钱的，不过如果由此就推断他娶她是为了她的房地产，那却未免是简单化的妄加臆断了。她亲自去收房租。我猜想家务也都是她自己动手做的，而且她衣着简朴，但她的右手上却戴着七个巨大的钻戒。她显然是从什么地方看到说钻石是一种很可靠的投资方式，那些闪亮的石头就像银行的存折一样炫人眼目。这些钻石有圆形的，有方形的，有三角的，还有的是爪镶的。每到周四的上午，她都会用某种清洗珠宝的溶液来洗她的钻石，然后把它们挂在晾衣服的院子里晾干。她从来没有解释过为什么要这么做，不过村子里出的奇闻怪事也实在是太多，她的这种行为大家也都见怪不怪了。

卡伯特太太每年都要在圣博托尔夫斯学院做一两次讲演，我们当中有很多人都是在那儿上的学。她的讲演有三个主题：我的阿拉斯加之行（放幻灯片），喝酒的罪恶，烟草的罪恶。喝酒对她而言是一种不可想象的罪恶，她都没办法怀着太多的激情对它加以攻击，但只要一想到烟草，她可就怒不可遏了。你能想象耶稣会在十字架上抽烟吗？她会这么问我们。你能想象童贞马利亚抽烟吗？训练有素的实验室技师只要给一头猪喂上一滴尼古丁，那畜生就会丧命。诸如此类。这么一来，她反而把抽烟弄得令人无法抗拒了，如果我最终死于肺癌的话，这都得怪卡伯特太太。她的这些讲演都是在我们称之为大学堂的地方进行的。这是二层楼上的一个很大的房间，能容得下我们所有的人。学院是在一八五〇年代建成的，具有那个时代的美国建筑所特有的高耸、宽敞而又美丽的窗户。在春秋时节，这幢建筑就宛如优美地空悬在地基上一样，但在冬天，刺骨的凉气就会透过巨大的窗玻璃钻进来。在这间大学堂里，我们是允许穿着大衣、戴着帽子和手套上课的。这一状况又因我的姑奶奶当初从雅典买来的一大批石膏像而变本加厉：如此一来，我们就得在至少十几位一丝不挂的男神和女神的陪伴下打着哆嗦背诵意欲动词了。所以，卡伯特太太既是对着我们，同时也是对着赫尔墨斯和维纳斯破口大骂烟草的毒害作用的。她是个具有强烈而又丑陋的偏见的女人，我猜想，她会巴不得把黑人和犹太人也包括在她痛骂的范围之内的，只不过我们那个村子里就只有一户黑人和犹太人，而他们又都是模范家庭。我一直都没意识到这个村子里的偏执和褊狭可能达到怎样的程度，直到很久以后我母亲来到我韦斯切斯特的家里过感恩节为止。

这是好几年前的事儿啦，那时候新英格兰地区的高速公路还没有建成，从纽约或是韦斯切斯特到圣博托尔夫斯要花四个多钟头的时间。我一大早就动身了，先驱车前往黑弗里尔，在皮科克小姐的学校停一下接上我的侄女儿。然后我继续往圣博托尔夫斯开，到了以后发现我母亲坐在门厅里一把助祭坐的椅子上。那把椅子有个陡直的靠背，椅背顶上有一个木雕的百合花饰[1]。这玩意儿到底是从哪个阴湿破败的教堂里偷了来的？她穿了件大衣，她的行李就在她脚下放着。“我准备好了。”她说。她一定已经准备好一个礼拜了。她看起来孤单得可怕。“你想喝一杯吗？”她问道。对此我有足够的了解，不会上她这个当的。如果我说想喝一杯的话，她就会跑去餐具室一趟，然后面带忧伤的微笑回来说：“你哥哥把所有的威士忌都给喝光啦。”于是我们就出发返回韦斯切斯特。那天又阴又冷，

---

1 百合花饰（fleur-de-lis）长久以来一直被采用为法国王室的纹章。

我发觉开车很容易疲劳，尽管我并不认为这种疲惫跟接下来发生的那些事情有任何关系。我把侄女儿送到康涅狄格我哥哥的家里，然后往我自己的家里开。到家的时候天已经黑了。我妻子已经为热情欢迎母亲的到来做好了一切准备。壁炉里的火烧得很旺，钢琴上摆着插满玫瑰的花瓶，还有凤尾鱼酱三明治的茶点。“有花儿真是太好啦，”母亲道，“我太爱花儿了。没有它们我就没法儿活。我要是经济上遭受了什么困难，必须要在花儿和食品杂货之间做出选择的话，我相信我会选择花儿的……”

我可不想给大家一种我母亲是那种多么优雅的老夫人的感觉，因为她的表演中是有不少失误之处的。在此我举出一个事实，尽管我其实是勉为其难，这是我母亲去世后我姨妈告诉我的。貌似她曾经前往波士顿警察局去申请过工作。那时候她是很有钱的，我实在搞不懂她为什么要这么做。我想她是想成为一个女警。我不知道她当初想加入警局当中的哪个部门，不过我一直都在想象她身穿深蓝色警服、腰上挂着一串钥匙、右手握着警棍的样子。我外祖母阻止了她的这一举动，但是她在壁炉旁边啜饮香茗的做派当中就总是带着点女警的架势。她一心想让这个夜晚具有她所谓的贵族气派。关于这一点，她经常这么说：“在我们这个家族中肯定至少也有那么一滴平民的血液的。要不然的话又怎么解释你对破旧寒酸的着装的偏爱呢？你一直都有很多衣服，但你一直都特意选那些破衣烂衫往身上穿。”

我调了一杯酒，说我见到侄女儿有多高兴。

“皮科克小姐的学校也变了样啦。”母亲悲哀地道。

“我倒不知道，”我说，“您这话是什么意思？”

“他们取消了限制。”

“我还是不明白。”

“他们把犹太人放了进去。”她说，她愤愤地喷出“犹太人”那三个字。

“我们能换个话题吗？”我说。

“我不明白为什么，”她道，“是你挑起的话头。”

“我妻子就是个犹太人，妈妈。”我说。我妻子正在厨房里忙活。

“这不可能，”我母亲道，“她父亲是个意大利人。”

“她父亲，”我说，“是个波兰犹太人。”

“那好吧，”母亲道，“我出身于马萨诸塞的故家旧族，尽管我不喜欢被人称为北方佬，但我也并不会为此而感到羞耻。”

“这不是一回事。”

“你父亲曾经说过只有死了的犹太人才是唯一好的犹太人，不过我确实认为布兰代斯法官[1]还是挺有魅力的。”

“我想天要下雨了。”我说。这是我们终止谈话时常用的一种表述方式，用以表达愤怒、饥饿、爱意以及对于死亡的恐惧。我妻子加入了我们的谈话，母亲又捡起了那个老话儿。“冷得都够下雪的啦，”她说，“你小的时候经常祈祷下雪或是结冰。取决于你是想滑雪还是溜冰。你那时候可真是特别。你会跪在你的床边，高声地请求上帝按照你的心愿来操控天气的诸要素。你从来不为别的任何东西祈祷上帝。我从没听到过你为你的父母祈福。到了夏天，你就压

1　布兰代斯法官（Louis Dembitz Brandeis，1856—1941），美国最高法院第一位犹太人法官。

根儿不做任何祷告了。”

卡伯特夫妇有两个女儿——杰尼瓦和莫莉。杰尼瓦是老大，大家也都觉得她更漂亮。莫莉当了我一年左右的女朋友。她是个很可爱的姑娘，一副睡眼惺忪的样子，不过只要一个灿烂的微笑马上就像换了一个人一样。她的头发是浅棕色，很有光泽。在她劳累或是兴奋的时候，上唇上面就有汗珠儿沁出来。傍晚时分，我会走到她们家，在最严密的监视下跟她在客厅里坐在一起。卡伯特太太当然以极大的恐慌看待两性关系。她从餐厅里观察着我们的一举一动。楼上会传来响亮而有规律的重击声。那是阿莫斯·卡伯特在划船机上锻炼。我们有时候会被允许到外面去散散步，但只能在大路上转悠转悠，我到了可以开车的年龄以后，我就带她到俱乐部去跳舞。我有强烈的——甚至病态的——嫉妒心，每当看到她似乎很高兴跟别的什么人待在一起，我就会杵在角落里一心想着要去自杀。我记得有天夜里开车把她送回河滨路她们家的情形。

世纪之交的时候，有人认定圣博托尔夫斯具有成为一个度假胜地的前景，于是有五幢堂皇的大厦或者说是五幢大而无当的怪异建筑在河滨路头上兴建了起来。卡伯特家就住了其中的一幢。这五幢大厦全都有塔楼。塔楼是圆形的，带有圆锥形的塔顶，比其他的框架建筑高出个一层左右。这些塔楼当然并非用于军事目的，所以我猜想应该是用以表现浪漫情怀的。那它们里面都装了些什么呢？我猜想应该有些小房间，用作女仆的下房，用来放放破家具、箱笼什么的，而且它们肯定是大黄蜂特别喜欢光顾的地方。我把车在卡伯特宅前停下，关掉了车灯。高耸在我们面前的宅子里面一片漆黑。

那是很久以前的事儿了，已经如此久远，那时候橡树的绿叶还是夏日夜晚的一部分。（已经如此久远，那时候你要想左转弯的话，你得摇下车窗，用手指向那个方向。而除此以外，却又不允许你随便乱指。不要乱指，人家告诉你。我想象不出这是为了什么，除非是这个姿势被认为带有色情意味。）我们参加的舞会——聚会——很正式，我身上穿的是一件无尾礼服，这件礼服是由我父亲传给我哥哥，又由我哥哥传给我的，就像是饰有家族纹章的盾牌或者禁止奢侈浪费的火炬一般。我把莫莉拥入怀中。她非常积极地迎合响应。我个头儿并不高（有时候我还老习惯性地驼着个背），但那种我正在爱着一个人而且也被人爱着的坚定信念，就像军队的尚武精神一样令我无比振奋。我昂首挺胸，我脊背挺直。我一下子蹿到了六英尺七英寸[1]，全靠某种大喊大叫的情绪上的喧嚣支撑着。有时候我都会耳鸣。这种耳鸣有可能在任何地方发生——譬如在首尔的一家高丽参店里——但那天晚上，在河滨路卡伯特家前面我又开始了耳鸣。莫莉说她得走了。她妈妈可能正趴在窗户上往外看呢。她叫我不用把她一直送到门前了。我肯定是根本就没有听到。我跟她一起走上通往大门的步道，走上几级台阶来到门廊下，她推了一下门，发现门锁上了。她再次让我先走，但是我不能就这样把她给撇在那儿，对不对？这时里面亮起了一盏灯，大门被一个侏儒给打开了。他真是一个彻头彻尾的畸形怪物。脑积水，五官肿胀，两条腿很粗，而且弯曲得厉害。我想起了马戏团里的怪胎秀。可爱的姑娘哭了起来。她迈步进去，把门关上，我就被留给了夏夜，留给了橡

---

1 将近一米八三。

树和东风的气息。这件事以后，她有一个礼拜左右的时间都一直故意躲着我，后来还是玛吉——我们的老厨娘——告诉了我事实真相。

不过我还是先来讲点别的事实吧。那是个夏天的事儿，每到夏天，我们大部分人都会去参加由圣博托尔夫斯学院的校长组织的海角夏令营。那几个月过得真是太没劲、太沮丧了，我一点都不记得是怎么过的了。我隔壁床上睡的是个叫德瓦雷纳的男孩儿，我跟他熟得是不能再熟了。我们大部分时间都在一起。我们一起弹玻璃球，一起睡，在同一片守卫区打橄榄球，有一回我们进行了一次为期十天的独木舟出海环游，差一点就一起淹死了。我哥哥断言我们俩都开始越长越像啦。那是我这辈子经历过的最令人满意而且最不装腔作势的朋友关系。（他每年仍旧从旧金山给我打一两次电话，他跟妻子和三个尚未出嫁的女儿在那儿生活得并不快乐。他听起来像是喝醉了。“我们当时很快乐，是不是？”他问我。）有一天，另外一个男孩儿，一个叫华莱士的陌生人问我想不想从湖这边游到对岸。我可以声称我对于华莱士的情况一无所知，事实上我对他真是所知甚少，但我却的确知道或是感觉到他很孤单。这就跟他的任何一样特征一样显而易见——或许更加显而易见。人家期望他做什么他就做什么。他打球，整理床铺，上航帆课，并且拿到了他的救生员的资格证书，但这都更像是一种小心的冒名顶替，而非真正的参与其中。他很悲惨，他很孤单，或早或晚，不管是下雨还是晴天，他都会这么说，而且在这种倾诉衷肠的行动中，对你的忠诚提出了不可能做得到的要求。大家都知道这些情况，但大家都假装不知道。我们得到了游泳教练的允许，游到了湖的对岸。我们采用的是一种笨拙的侧泳姿势，直到现在我都觉得这比大力拨水的爬泳更加实用，尽管在我整天泡在里面的那些游泳池里，都强制要求我们一定要采用这种标准泳姿。侧泳是下等阶层用的。我有一次曾在一个游泳池里看到有人在侧泳，当我问他们游泳的人是谁时，人家告诉我那人是个管家。当客轮沉没，当飞机在水上迫降时，我将以标准的爬泳姿势去追赶救生筏，然后姿态优雅地淹死在海里，反之，如果我采用下等阶层的侧泳的话，我就能永远地活下去了。

我们游到了湖对岸，在太阳地里休息——也并没有相互交心，说什么体己话——然后就游了回来。我走到我们住的小木屋门口时，德瓦雷纳把我拉到了一边。“不要再让我看到你跟华莱士在一起。”他说。我问他为什么。他告诉了我。“华莱士是阿莫斯·卡伯特的私生子。他妈妈是个妓女。他们住在河对岸的一家廉租公寓里。”

第二天是个炎热响晴的天儿，华莱士问我想不想再去湖里游一遭。我说当然，当然想，我们就又去游了一遭。我们回到营地以后，德瓦雷纳就不理我了。那天晚上刮起了东北风暴[1]，连下了三天的大雨。德瓦雷纳像是已经原谅了我，我也不记得曾再次跟华莱士一起游到湖对岸去了。至于那个侏儒，玛吉告诉我他是卡伯特太太上一次婚姻留下来的儿子。他在银餐具厂里工作，不过他一大早就去上班，天黑以后才回家来。这是有意要使他的存在成为一个秘密的。这有些不同寻常，不过在我写到的那个时代也算不得什么前所未有。特朗布尔家就把特朗布尔太太的疯妹妹藏在阁楼上，而小

1　参见第124页注释。

鸡鸡马什马洛大叔——一个露阴癖——也经常被一连藏起来好几个月。

那是一个冬天的午后，一个初冬的下午。卡伯特太太把她的钻石清洗了以后挂出去晾干。然后她就上楼午睡去了。她声称她这辈子从来没有睡过午觉，她睡得越香，她就越发言辞激越地宣称她根本就不睡。这与其说是她自身的一种怪癖，莫如说是她那个阶层普遍存在的一种小心翼翼地遮掩事实的方式。她四点钟的时候睡醒，下楼去收她的钻石。钻石不见了。她喊杰尼瓦，但是没人答应。她拿了个耙子，把晾衣绳底下的草梗残根仔细扒拉了一遍。什么都没找到。她报了警。

如我之前所说，那是个冬天的午后，我们那儿的冬天非常冷。我们就指望烧点木柴和经常指望不上的大煤炉子取暖——有时候只是为了不至于被冻死。一个冬天的夜晚简直就是一种危险的存在，这或许能够部分地解释我们眼看着——在十一月底和十二月份——西边的霞光渐渐隐没时为什么会如此地多愁善感。（比如说，我父亲的日记当中就充满了对于冬日暮光的描写，这压根儿就不是因为他有多么喜欢黄昏日暮，而是因为即将来临的夜晚或许就意味着危险和苦痛。）杰尼瓦早就收拾好了随身的行李，她收好那几块钻石以后就乘上了四点三十七分那最后一班从城里开出来的火车。想想那该是多么惊心动魄。那些钻石迟早是要被偷掉的。它们就是个明目张胆的圈套，她不过是做了她一直都想做的事儿。当天夜里她乘火车去了纽约，三天后搭乘一艘冠达邮轮——塞拉匹斯[1]号去了

1 塞拉匹斯（Serapis 或 Sarapis），埃及-希腊宗教所奉祀的神，原是冥神，后被奉为太阳神。

亚历山大。她又从亚历山大乘坐一艘小船去了卢克索[1]，在那儿，在不过两个月的时间里她就改宗了伊斯兰教，并且嫁给了一位埃及贵族。

我是第二天在晚报上看到钻石失窃这个消息的。我那时候负责送报纸。一开始是靠两条腿走的，后来有了自行车，到我十六岁那年分派给我一辆旧福特卡车。我居然成了个卡车司机！我在排字房里消磨时间，等着报纸印好，然后就开车送到四个周边的村子，一捆捆地扔在糖果和文具店门口。在世界职业棒球联赛期间，每天还出登载参赛球员个人技术统计的第二版，天黑以后，我还得再去特拉沃廷和海岸周边的其他地方送一趟。路上漆黑一片，车辆稀少，那时候烧树叶的做法还没被禁止，所以空气中弥漫着一股酸溜溜的气息，既令人伤感，又让人兴奋。人们可以赋予某些简单的行程某种神秘气息以及不相称的重要意义，分送球员技术统计的这第二次出行让我感到非常高兴。我就像人们担心任何一种赏心乐事的结束一样地担心棒球联赛的结束，我要是年龄再小一点的话，我就会向上帝祈祷它永远不要结束了。那天的大字标题就是卡伯特珠宝被盗，但之后报纸上却再也不提这件事了。这件事在我们家则压根儿就没被提起，不过这也没什么奇怪的。就连阿博特先生在隔壁那棵梨树上上吊自杀，我们家都没有任何人提起。

那个礼拜天下午，我和莫莉到特拉沃廷的海滩上走了一遭。我心绪不宁，而莫莉更是忧心忡忡。她忧心的倒不是杰尼瓦偷了钻石，她只想知道她姐姐到底怎么样了，而这要到六个星期以后才有

1 卢克索（Luxor），埃及南部上埃及城镇，位于尼罗河畔。

分晓。不过，前一天晚上她们家又出了事儿：她父母大吵了一场，然后她父亲就离开了家。她把这其中的经过说给我听。我们当时赤脚在沙滩上走着，她哭了。我真想一等她说完就把她父母吵架的事儿马上忘掉。

孩子们溺水而亡，美女们在车祸中被碾得血肉模糊，游轮沉没，男人们在矿井和潜水艇中因缺氧慢慢被憋死，不过在我的记述中，这些你一样都找不到。在最后一章，轮船会驶进港湾，孩子们会得救，矿工们也会被营救出来。这是上流社会天生的弱点呢，还是对于天理昭彰、世间终有道义真理的确信？X先生在他妻子五斗橱的最上层抽屉里拉屎。这是个事实，但我要声明这并非真理。在描述圣博托尔夫斯的过程中，我宁可一直待在河西岸，那里的房子雪雪白，那里教堂的钟声响叮当，但是过了桥以后就是银餐具厂、廉租公寓（归卡伯特太太所有）和商务旅馆了。在海水的低潮期，你在特拉沃廷就能闻到海湾传来的海洋煤气的气息。下午报纸上的大字标题报道的都是一起汽车后备厢里的谋杀案。街上的女人都很丑陋。就连一家商店橱窗里的衣服模特儿看起来都弓腰缩背，一脸的沮丧，身上的衣服既不合身也不合适。就连光彩照人的新娘子都像是得到了什么坏消息。政治上搞的是新法西斯主义，那家工厂根本没有加入工会组织，食物难吃得要死，就连夜里的风都格外严寒刺骨。这是个褊狭而又固守传统的世界，却又享受不到地方小和崇尚传统所带来的好处，当我说起所有那些小地方所具有的得天独厚之处时，我说的都是西岸地区。而在东岸，则是商务旅馆，是多里斯的地盘。多里斯是个男妓，白天是工厂里的监工，晚上则在酒吧里拉客卖淫，充分利用当地那非同寻常的道德疲态。每个人都认识多里斯，很多顾客都曾在这样或那样的时间使用过他的服务。这其中既没有丑闻也没有快乐。多里斯对那些旅行的推销员是能捞多少就捞多少，但是对于常客又分文不取。他这么做与其说是出于宽容，还不如说是因为不幸的漠不关心、缺乏眼光、道德上的坚忍以及对于浪漫爱情的辉煌野心。在实战之夜，多里斯就会在酒吧里随波逐流。给他买杯喝的，他就会把手放在你的胳膊、你的肩膀、你的腰上，稍稍朝他的方向挪动那么一英寸，他就会直接朝关键部位摸去。锅炉装配工会给他买酒喝，辍学的高中生、手表修理匠都会买酒给他喝。（有一次，一个陌生人冲着酒保喊道："告诉那狗娘养的，把他的舌头从我的耳朵里拿出来！"——不过他是个陌生人。）这不是个转瞬即逝的无常世界，这些人也都不是这个世界的漂泊者，他们当中的半数以上都绝不会到别的任何地方去生活，然而这却就像是精神流浪的本质。电话铃响了，酒保向多里斯示意。八号房里有个客人。我为什么宁肯待在西岸？我的父母正在巨大的煤气枝型吊灯的金色灯光下跟艾略特·平克厄姆先生和太太打桥牌呢。

我要怪罪那块烤肉，那块烤肉，那块从硬草帽的帽圈上别了根雉鸡羽毛的肉贩子那儿买来、预备礼拜天烤来吃的肉。那块肉是包在一张血淋淋的纸里，在周四或是周五放在自行车的后座上来到我们家的。如果我说那块肉具有一个地雷那样的爆炸威力，能够把你的眼睛和生殖器全都炸掉，那就未免有些过于夸张了，但是它的威力确实是不成比例的巨大。从教堂回来后，我们坐下来吃晚饭。（我哥哥住在奥马哈，所以就只有我们仨。）我父亲会把切肉刀磨一下，然后把肉切开。我父亲用起斧子和横锯来非常得心应手，三下五除二就能把一棵大树给砍倒，但礼拜天的烤肉可就另当别论了。

他那第一刀下去，我母亲就会一声叹息。这是一次非同寻常的表演，如此响亮，如此深沉，简直就像是她的生命都危在旦夕了。简直就好像她的灵魂都会出窍，都会从张开的嘴巴里飘出来啦。“你就永远都学不会吗，利安德，羊肉必须得逆着纹理来切？”她会这么问。烤肉的战役一旦打响，交战双方唇枪舌剑，你来我往，各种招式完全在意料之中而且乏味冗长，完全没有必要一一记录在案了。在身中五六记伤人的话语之后，我父亲就会在空中挥舞着那把切肉刀大喊大叫：“你能行行好少管点闲事吗，你能行行好把嘴闭上吗？”而她则会再度一声长叹，并且做西子捧心状。这绝对就是她的最后一口气啦。然后，细细审视了一番饭桌上面的空气以后，她会说：“感受一下那沁人心脾的微风吧。”

当然，怎么可能有什么微风。有可能闷不透风，有可能是寒冬腊月，有可能是淫雨霏霏，什么都有可能，就是不可能有什么微风。她这句名言四季皆宜。那到底是对于希望、对于爱之静美（我想她从来未曾体验过）的一种难能可贵的隐喻呢，还是对于我们满怀爱意和谅解、心满意足地坐在河岸草坪上的某个夏日夜晚的怀想呢？那就像是一个已经完全绝望的人面对黄昏时分的长庚星绽放出的那种笑容吗？那是个预言，预示着如此习惯于躲躲闪闪，以至于将永远无缘体验那种激情对抗之壮美荣光的一代人的到来吗？

场景切换到罗马。时值春日，狡猾的燕子成群地飞进城里，躲避奥斯蒂亚[1]那些飞射打鸟的能手们。当白日的阳光失去它的光芒以后，这些鸟儿发出的噪声感觉就像是阳光一样。这时候，你听

1　奥斯蒂亚（Ostia），意大利古城，共和时期为罗马的港口，帝国时期为商业中心，二世纪初人口五万人，臻于全盛，五世纪后不断被蛮族劫掠，九世纪废弃。

到庭院对面传来一个美国女人的声音。她在尖声喊叫。“你是个混账的该死的一无是处的臭狗屎。你一个小钱都挣不到，你在这个世上一个朋友都没有，你在床上就像具死尸一样发臭……”没有人搭腔，你会忍不住怀疑她是不是在对着黑夜破口大骂。这时，你才听到一个男人的咳嗽声。你也就只能听到他的咳嗽声。“哦，我知道我已经跟你一起过了八年啦，但是你要是真以为我喜欢这样的日子，哪怕是只有一天的话，那就只是因为你是个大笨蛋，就算是摆在你面前你也不知道到底是怎么回事。我如果真是高潮了的话，墙上的画都能掉下来。跟你在一起，就一直都是演戏罢了……”罗马每天在那个时候都会响起的钟声已经在一声高一声低地敲响。我不禁冲着这钟声微笑，尽管它对于我的生活、对于我的信仰没有丝毫的影响，没有真正的和谐共鸣，一点都不像庭院对面传来的话语声那么令人感觉醍醐灌顶。为什么我宁肯来描写什么教堂的钟声和一群群的燕子呢？这是一种愚蠢和幼稚，一种避重就轻的贺卡式心理，一种异想天开、缺乏勇气的拒绝面对现实吗？那个女人还在喋喋不休地数落个没完，但我已经不想再听下去了。她攻击他的头发，他的头脑，以及他的精神，而我则注意到细雨已经开始落下，沙沙的雨声使科尔索大街[1]上往来川流的车声更加响亮了。现在她已经歇斯底里大发作了——她的嗓音都变了——我想，也许等她的咒骂达到顶点后，她会开始哭泣并请求他的原谅的。当然，她不会这么做。她会拿着把切肉刀追着他到处跑，最后他会在医院的急诊室里接受治

1 科尔索大街（Via del Corso），罗马最重要的主干道。

疗，声称是他自己伤到了自己，但是当我出去吃晚饭时，我一边冲着那些乞丐、喷泉、孩子以及黄昏中最先出现的星星微笑，一边向自己保证一切都终将会好起来的。感受一下那沁人心脾的微风吧。

我对于卡伯特家的回忆只是对于我的主业的一个注脚，在这些冬天的早上，我很早就要去上班。天还挺黑的。这儿那儿，站在街角等候大巴的都是些白衣女人。她们穿着白鞋白袜，冬天的大衣底下能看出里面穿的是白色制服。她们是护士，是美容院的美容师，还是牙医的助手？我永远都不得而知。她们通常都拎着个棕色的纸袋子，我猜里面装的是火腿黑麦面包三明治和一保温瓶的酪乳。一天当中的这个时候车辆稀少。一辆洗衣店的卡车将制服送到“炸鸡小屋”，在阿斯本广场上停着一辆送奶的卡车——硕果仅存的一辆了。还要再过半个钟头，黄色的校车才开始它们的行程。

我在一幢叫作普雷斯特威克的公寓楼里工作。楼高七层，我想应该是建于二十年代后半期。是幢都铎式风格的建筑。垒墙用的砖头大小不一，楼顶上有一圈矮矮的护墙，空房招租的广告实际上就是个挂在铁链子上的小招牌，在风中颇为浪漫地吱嘎作响。大门的右手边足有差不多二十五位医生的名号，不过他们可不是挂着听诊器、手拿橡胶锤的温柔的疗救者，他们都是些心理医生，这是个塑料椅外加烟灰缸里满满都是烟头的世界。我不知道他们为什么都会选这么个地方，不过他们的数量确实超过了其他的租客。你在等电梯的时候，时不时地会看到一个女人推着辆购物车带着个孩子，不过你大部分时间看到的都是那些麻烦缠身的男男女女备受折磨的面孔。他们有时候也会面带微笑；他们有时候也会自言自语。这些天里，他们的业务像是进展得很慢，那位办公室就在我隔壁的医生就经常站在走廊里，眼睛盯着窗外。一个心理医生会想些什么呢？他是在琢磨那些中途放弃了治疗、那些拒绝集体心理治疗[1]、那些罔顾他的劝诫和警告的病人后来都怎么样了吗？他们的秘密他全都会知道。我试图杀了我丈夫。我试图杀了我妻子。三年前我曾过量服用过安眠药。四年前我曾割过腕。我母亲希望我是个女孩儿。我母亲希望我是个男孩儿。我母亲希望我是个同性恋。他们都去了哪儿，他们现在在干什么？他们的婚姻还在维系吗，他们还在餐桌上争吵，还在装饰圣诞树吗？他们离婚了吗，再婚了吗，跳河了吗，开始吃速可眠了吗，已经达成某种程度的停火协议了吗，已经变成同性恋了吗，或者搬到佛蒙特的某个农场里，开始种植草莓，终于过上了他们早就向往的简单生活了吗？那个医生有时候在窗前一站就是一个钟头。

这些天里我真正的工作是为《纽约时报》写一个专版，要能给人们的内心带来欢愉的版面。除此以外，还有更值得忙活的东西吗？《时报》是我与现实之间关键的（即使是过时的）纽带，不过在最近这几年中，它的资讯已经变得千篇一律了。末世论者们已经失了业。你所能做的也不过就是收拾残局。头条新闻是《总统的心脏移植被认为是成功的》。左下方有一段加框的报道《J. 埃德加·胡佛[2]纪念馆的造价受到质疑》：“纪念馆的下属委员会威胁将为建造

1　集体心理治疗（group therapy），一种用指导、启发、教育、分析等方法使一组病人发生有利的性格变化的心理治疗方法，尤指在医生引导下，一组病人共同讨论各自的问题，从而纾解感情上的矛盾和紧张、促进自我与社会的协调。

2　胡佛（John Edgar Hoover，1895—1972），美国联邦调查局第一任局长，建立指纹档案，对美国公务人员进行“忠诚”调查，招致进步舆论抨击。

一座正义殿堂用以纪念已故的J. 埃德加·胡佛而划拨的七百万美元资金削减一半……”第三栏《引发争议的立法被参议院废除》：“最近颁布的法案——将对于政府怀有恶意视为重罪——在今天下午的参议院例会中以四十三票对七票得以废除。”如此这般，持续不断。也有稳健和令人鼓舞的社论，激动人心的体育新闻，天气预报当然一直都是阳光明媚、温暖如春，除非是在我们需要下雨的时候。我们就会有雨。空气污染的梯度变化曲线是零，就连在东京，戴医用口罩的人也是越来越少。所有的公路、高速公路、快速干道在这个假日的周末都将被关闭。普世欢腾！

不过还是回到卡伯特家吧。我宁肯忽略或者忘记的那一幕发生在杰尼瓦偷走钻石之后的那个晚上。这跟卫生管道设施有关。村子里大部分住宅的卫生管道设施都很简陋。通常是地下室里有个水箱供厨师和除灰工之用，二楼只有一个卫生间，供全家其余的所有人使用。有些人家的卫生间相当宽敞，恩迪科特家的卫生间里还有个壁炉。也不知出于什么原因，卡伯特太太突然认定卫生间是她专属的私有领地。她叫了个锁匠来把卫生间的门给上了锁。卡伯特先生被允许每天早上到卫生间里用海绵蘸着水擦洗一次，但是完了以后卫生间的门就会被锁起来，卡伯特太太把钥匙揣在自己兜里。卡伯特先生无奈之下只能使用便壶，不过他既然是来自南部海岸的，我想这对于他来说也算不上多大的不便。对他而言甚至还会有点怀旧的味道也未可知。那天夜里已经很晚了，他正在使用那把便壶的时候卡伯特太太来到了他的房门口。（他们是分房睡的。）“你能把门关上吗？”她尖叫道，“你能把门关上吗？我这下半辈子都非得听你那可怕的声音不可了吗？”他们俩应该都穿着睡袍，她那雪白的头发编成了一根根的小辫子。她抄起那把便壶，把里面的内容朝他身上泼去。他踹开上了锁的浴室门，洗了洗，穿上衣服，收拾了点行李，过了桥，到东岸华莱士太太家住去了。

他在那儿住了三天，然后又回来了。他是为莫莉着想，在那么一个小地方还是要顾及颜面的——华莱士太太的和他自己的。他在西岸住几天，然后又到东岸去住几天，这样子过了一周左右的时间，他病倒了。他感觉倦怠无力。他在床上一直待到中午。他终于穿好衣服去了公司，但只待了一个钟头左右就又回来了。医生给他做了检查，没发现有什么问题。

有一天傍晚的时候，华莱士太太看到卡伯特太太从东岸的一家药房里出来。她眼看着自己的情敌过了桥，长了个心眼儿走进药房问那个店员卡伯特太太是不是经常过来买药。“我自己也一直这么琢磨来着，”那店员道，“她当然是过来收房租的，不过我一直都觉得她还去别的药房买药的。她来这儿说要买灭蚂蚁的药——也就是砒霜。她说她们河滨路的那幢房子里蚂蚁简直成了灾，而砒霜是唯一能把它们消灭掉的办法。从她买砒霜的量来看，她们家的蚂蚁肯定是成了灾啦。”华莱士太太本可以提醒卡伯特先生一声的，但她再也没有能见到他。

葬礼后，她去见西蒙斯法官，说她想控告卡伯特太太谋杀亲夫。药房的伙计应该有她购买砒霜的记录，那就是她的罪证。“他也许有这些记录，”法官道，“但是他不会给你看的。你要是当真提起诉讼，就意味着要把尸体再掘出来，意味着要在巴恩斯特布尔进行旷日持久的庭审，而你既没有钱，也没有支持你这么做的名分。

你是他的朋友，这个我知道，是他十六年的朋友。他是个出色的好人，你为什么不想想你跟他在一起已经有了这么多年，以此来安慰自己呢？还有一件事。他给你和华莱士留下了一笔可观的遗产。要是你把卡伯特太太给惹火了，导致她对遗嘱提出质疑的话，你有可能就会失去这笔财产了。”

我特意前往卢克索去看望杰尼瓦。我先是乘坐一架波音七四七飞往伦敦。机上只有三名乘客；不过正如我之前说过的，末世论者们已经失了业。我从开罗乘坐一架低空飞行的双螺旋桨飞机溯尼罗河而上。从飞机上看去，风蚀和水蚀造成的结果完全一样，使得那里的撒哈拉沙漠看起来就像是被洪水、河水、河道、溪水等等给掏空了内脏一样，这就是这番自然探索的要旨。沙漠上留下的那些刻痕是水流状和树木状的，当一道已经干涸的河床伸展开去的时候，它的形状就像是一棵树，在努力追寻着阳光。我们在黎明前离开开罗的时候还冷得要命，在卢克索下飞机的时候却很热。杰尼瓦到机场来接我。

见到她我非常高兴，高兴得我观察力都迟钝了，不过我确实注意到她胖了。我不是说她有多笨重；我是说她大约有三百磅。她是个胖女人了。她的头发原来是一种粗刺刺的黄，现在成了金黄色，不过她那马萨诸塞的口音仍一如既往地浓重。在上尼罗河地区听来就像音乐一样悦耳。她丈夫——现在是个上校了——是个身材修长的中年男人，是埃及末代国王的亲戚。他在那个城市边上开了一家餐馆，他们就住在餐厅楼上一套舒适的公寓里。上校既幽默又机智——我猜他是个浪荡子——还是个酒鬼。我们前往凯尔奈克的神庙观光时，我们的译员兼导游带着冰块、汤力水和劲酒。我跟他们一起待了一周，大部分时间都在神庙和陵墓中转悠。晚上就在他的酒吧间里消磨时光。战争迫在眉睫——空中到处都是俄国人的飞机——唯一的另外一位游客是个英国人，坐在酒吧里细读他的护照。最后一天，我去了尼罗河游泳——用的是优雅的爬泳姿势——他们开车把我送到机场，我在那里吻别了杰尼瓦——和卡伯特一家。

我为什么写短篇小说

在年近七旬的时候出版一部总结性的短篇小说集，对我——一个美国作家——而言，是个传统而又庄严的时刻，虽然我这部小说集里有很多、很多篇事实上都是穿着内衣写成的，但这个事实丝毫不能贬损这一时刻的重要意义。

这并不是说我曾是个放浪不羁的波希米亚人。还记得当初哈罗德·罗斯主编《纽约客》的情形的人当中，现在已经没有几个还在世了，而我就是其中之一。罗斯在文稿上提出的编辑质疑真是非常、非常古怪的。在我的一个短篇小说里，我创造了一个角色，他下班回到家里在吃晚饭前会换一身衣服。罗斯就在长条校样的页边写道："呃？这是什么意思？在我看来，契弗就像是个只容一套衣服的小衣箱。"他这话一点都没错儿。照他付给我的稿酬标准，我正好能买得起一套正装。早上，我穿上这身正装，乘坐电梯来到地下室一个没有窗户的房间，那就是我工作的地方。到了那儿，我把那套正装挂在一个衣架上，一直写到夜幕降临，然后我再把那套正装穿上，返回我的公寓。我的很多篇短篇小说都是穿着平角短裤写成的。

当今的各色小说门类的确是个由情爱、色情闹剧以及淫荡而又古老的家族史所构成的大花园，而一部短篇小说集就像是园中的一棵柠檬树；但只要我们还拥有因其强度以及插曲式的性质而倍显突出的经验，我们的文学当中就会有短篇小说这一体裁存在，而如果没有了文学，我们当然也将枯萎灭亡。是利维斯[1]曾经说过：文学是一个文明人的首要特征。

短篇小说的读者是谁？人们会问，我乐于认为是那些在牙医诊所里等着被叫上治疗椅的男男女女；是那些乘坐洲际航班，在长途飞行中不想看一部陈腐庸俗的影片来消磨时间的乘客；是那些似乎觉得叙事性虚构作品能够有益于人与人之间的相互理解、有益于理解我们周围这个有时候令人感到困惑的世界的那些独具慧眼而又博识多闻的男男女女。

长篇小说，因其题材和篇幅的重大和厚重，对于古典的一致性至少要求倾注短暂的注意力，要求在美学和道德的合度之间维持那种神秘的关联；但为了得到这种不可妥协的古代遗物而拒绝接纳我们的生活方式中那些新鲜元素则是令人遗憾的。这种新鲜元素，我们有些人是通过《星球大战》获得的，而对有些人来说，则是通过一场棒球比赛末尾几局外野手的一个失误所带来的忧郁获得的。在对这种新鲜元素的追求中，当代的绘画似乎已经丧失了其表现风景、静物以及最为重要的裸体的语汇。现代音乐也已经被从深深根植于我们记忆中的那些节奏和音调中剥离出来，但文学却仍旧拥有

1 利维斯（Frank Raymond Leavis，1895—1978），英国文学评论家，长期在剑桥大学教授英国文学，主要评论著作有《英国诗歌的新方向》和《伟大的传统》。

人们的生活赖以建基于其上的那个叙事——那个故事。

在我那些可敬的同行们的——以及我自己的少量几部——短篇小说中，我能找到那些租来的避暑房屋，那些一夜情，以及那些丢失的钥匙串，它们使得传统的审美观变得一片混乱了。我们并非一个游牧民族，但是在我们这个伟大国家的精神当中却有不止一点点的游牧血统——而短篇小说就是游牧者的文学。

我乐于认为我站在窗前想象出来的一条郊区街道的风景，会引起一个流浪者或是熟悉孤独的况味的某个人的兴趣。这里有对于乡愁，对于憧憬和爱情的深刻而又感人的展示，而其中没有一样东西超过了三十岁，包括大部分的树木。这里有来自庄园制的南方那白色的石柱，有来自伊丽莎白时代的英格兰的砖木结构的墙壁，有来自我们伟大的航海历史的坡盖盐盒式楼房[1]，还有响应弗兰克·劳埃德·赖特[2]的审美以及他那有朝一日我们都能享受到太阳能供热、宁静宽敞的内部空间以及世界和平的憧憬的平顶式住房。

每户人家占地都有一英亩半，前后院子里种着鲜花和蔬菜，这儿那儿的你也会发现住户种的并不是西红柿，而是一片片长势茁壮的印度大麻，伸展着柔若羽毛的叶子。这儿，在这种天遂人愿的家庭生活中，首要的作物是有害的毒品。而我在哈特绍尔家晾衣绳上看到的是足以麻醉一个军团的风干大麻。

---

1 坡盖盐盒式楼房（saltbox house），十八世纪美国新英格兰等地的一种前为两层、后为一层的双坡屋顶住房，其后坡较长。

2 弗兰克·劳埃德·赖特（Frank Lloyd Wright，1867—1959），美国建筑师，草原式建筑风格的主要代表，重要作品有东京帝国饭店、纽约拉金大厦、古根海姆博物馆等，著有《消逝的城市》《有机建筑》等。

遗忘也是生活之神秘的一个部分吗？如果我跟哈特绍尔先生说起他印度大麻的收成，他会告诉我中华文明的伟大就直接建立在鸦片引发的幻觉之上吗？不过要去跟哈特绍尔先生理论的并不是我，而将是查理·狄尔沃斯——一个跟他住隔壁的生活极有节制的人。他房前的草坪上竖着一个“禁止吸烟”的招牌，而且他对于大麻的狂热感情已经被明智地引导成一种逆向的敲诈。

有个星期六的黄昏，我在跟我的几个儿子打了一场触身式橄榄球回来的时候，听到他们俩正在争讼不已。天正在黑下来。那是在秋天。查理的声音高亢清晰，任何有兴趣的人都能听得很清楚。“你把你那几条狗从我的草坪上弄走，你在自己家里烤你的肉排，你把你的电唱机的音量调低，你晚上的时候把你泳池里的过滤器关掉，你把你们的百叶窗拉上。否则的话，我就向警方告发你种植毒品，而且我妻子的叔叔这个月正好做轮值法官，你至少会因为非法持有管制毒品蹲上六个月的牢。”

他们俩分开。夜幕降临。这儿那儿的都有某位家庭主妇因为担心初霜侵害，正把她的盆栽植物往屋里搬。与此同时，从伊丽莎白式、楠塔基特式和弗兰克·劳埃德·赖特式的烟囱里冒出了木柴烟的香气。你没办法把这样的场景放进一部长篇小说里去。

一九七八年

约翰·契弗年表

约翰·威廉·契弗（John William Cheever，1912.5.27—1982.6.18），美国小说大师，尤以短篇小说著称，被誉为（美国）“城郊的契诃夫”，被公认为“二十世纪最重要的短篇小说家之一”。除闻名于世的短篇小说之外，契弗还创作了五部长篇小说：《沃普萧纪事》（获一九五八年度美国国家图书奖）、《沃普萧丑闻》（获一九六五年度威廉·迪恩·豪厄尔斯奖）、《子弹公园》（又译《欢迎来到弹园村》）、《猎鹰者监狱》以及《恰似天堂》。

契弗小说的背景大都设置于纽约曼哈顿的上东区、韦斯切斯特郊区、以他的出生地马萨诸塞州昆西附近的南部海岸城镇为原型的古老的新英格兰村庄，以及意大利的罗马。契弗的创作主题探讨的主要就是人性的二元对立：有时由一个人物端庄得体的社会角色与腐化堕落的内心世界的不一致加以呈现；有时则表现为两个人物之间的冲突，两人分别代表了光明与黑暗、灵与肉。他很多作品也表达了对于一种正在消失的生活方式的乡愁：体现为持久不变的文化传统、强烈深厚的社群意识与现代城郊居民之间那种相互疏远的流浪生活与游牧气质之间的矛盾。

契弗的短篇小说创作在他生前曾先后出版过七部小说集，分别为《某些人的生活方式》(1943)、《巨型收音机与其他故事》(1953)、《绿荫山盗贼与其他故事》(1958)、《不会出现在我下一部小说中的某些人、某些地方和某些事》(1961)、《重聚》(1962)、《准将和高尔夫寡妇》(1964) 以及《苹果世界》(1973)。一九七八年出版的具有总结意味的《约翰·契弗短篇小说集》荣获一九七九年度普利策小说奖和全美书评人协会奖，它的第一个平装版再度荣获一九八一年度美国国家图书奖。

一九八二年四月二十七日，就在他逝世七个星期前，美国国家艺术与文学学会授予契弗国家文学奖章，以表彰其一生的文学成就。

* * * * * * *

1912 约翰·威廉·契弗出生在马萨诸塞州昆西市，是父亲弗里德里克·林肯·契弗（Frederick Lincoln Cheever）和母亲玛丽·利利·契弗（Mary Liley Cheever）的第二个孩子。[母亲是三个孩子中的老小，一八七三年生于英格兰的谢菲尔德，父母是威廉和萨拉·利利（William and Sarah Liley），于一八八一年移民美国。对威廉·利利的情况所知甚少，只知道他在来到美国后不久在一次乘坐马拉街车时因心力衰竭去世。萨拉·利利是位妇女权利的提倡者，她和小说家玛格丽特·德兰（Margaret Deland）一起致力于将未婚母亲们培训为女管家，以期她们不再需要依靠卖淫谋生。她女儿玛丽在一九〇一年九月二十八日嫁给弗里德里克·契弗时刚刚成为马

萨诸塞综合医院的护士长，婚后致力于社会公益事业，比如为图书馆筹集资金、推广文化活动；她儿子约翰将她描述为“女总统”那样的类型。父亲是阿伦和萨拉·契弗（Aaron and Sarah Cheever）两个儿子中的幼子，一八六五年出生于马萨诸塞州纽伯里波特市。阿伦是个鞋匠，几年后抛弃自己的家庭，一八八二年死于酒精和鸦片滥用。他的儿子弗里德里克成为一个成功的旅行鞋类推销商，在沃拉斯顿时髦的郊区建立了自己的家庭。他和玛丽的长子小弗里德里克出生于一九〇五年；到约翰出生的时候，两人的婚姻已经日趋恶化。约翰的母亲后来有一次跟他说，他是在一次促销宴会之后意外怀上的。“那天晚上她喝了两杯曼哈顿鸡尾酒，”他说，“否则的话我现在还在一颗星星上待着，没有出生呢。”她还告诉约翰，在怀上他以后，他父亲曾邀请一个非法堕胎者上门吃饭，但他母亲还是颇不情愿地决定把她这个幼子生下来。]

1920 契弗入沃拉斯顿文法学校（Wollaston Grammar School），在那儿他开始以会讲故事而为人所知。他的老师弗洛伦斯·瓦利（Florence Varley）小姐对于他当着全班的面即兴朗诵的本事大为叹服，一开始的时候怎么都无法相信一个孩子能编出这样的故事来。契弗回忆自己童年时期讲的那些故事都编得“无比夸张”，而且“虚假到荒谬的程度”，他把它们编得情节悬疑紧张到极点，老师都忘了继续把课讲下去了。

1921 契弗一家搬到沃拉斯顿温斯洛普大道（Winthrop Avenue）一二三号一幢维多利亚式的大房子里。

1922　安娜·博因顿·汤普森（Anna Boynton Thompson），一位年长的表亲和著名的古典学者，怒冲冲地从契弗家的感恩节宴会中离场。汤普森认为“所有的纵欲都是一种无知”，她站在世界范围都在爆发饥荒的立场上指责契弗一家的贪吃是一种罪恶。在接下来的六个星期当中——契弗后来这样声称——汤普森通过把自己活活饿死的方式以表达她跟亚美尼亚难民的休戚与共。（她实际的死因是大脑出血和动脉硬化。）汤普森将她位于南布伦特里的房产塞耶田园（Thayerlands）捐赠出去，作为一个实行进步教育[1]法的新学校的校址（契弗一九二四年作为一个七年级生进入该学校就读）。

1923　患肺结核。他母亲因为刚刚改宗基督教科学派[2]不久，相信可以通过信仰的力量治病，于是把他一个人留在家里，在他身边放了一堆破布以备他咳嗽吐血。“身为一个健康的人，”契弗后来评论道，“我想我该为我能活下来以及有这么一位尽职尽责的母亲而心怀感激；但我真想忘记的是那幢空无一人的房子和对于死亡的恐惧。”

1924—1926　入读塞耶田园学校，在那儿，他以诗人和拼写差为人所知；他说总有一天他会有个秘书为他负责拼写的工作。“约翰·契弗跟任何人都没有积怨，”他们的纪念册上这么写道，“而且是个输得起的好汉。”在学校里的一次《圣诞颂歌》的演出中，八

1　参见第243页注释。

2　参见第965页注释。

年级生契弗出演老吝啬鬼斯克鲁奇的侄子弗雷德，老吝啬鬼由他最好的朋友法克斯·奥格登（Fax Ogden）饰演。据契弗的日记，他们俩的友谊并非柏拉图式的。从塞耶田园毕业的时候，契弗得到一幅枞树的画作为毕业证书的替代品。画上的题词是："约翰，忠实于你自己。"

1927 随着新英格兰地区制鞋和纺织工业开始衰落，弗里德里克·契弗丧失了大部分收入，开始酗酒。为了支付账单，玛丽·契弗在昆西的市中心开了一家礼品店——在她儿子眼中，这是对这个家族的"极端的羞辱"。不过玛丽·契弗很为她辛苦得来的独立自主感到自豪，对待自己的儿子和丈夫也就变得愈发专横跋扈。"我是个女商人。"她经常这么宣称。夫妻二人的婚姻关系变得愈发恶劣，直到有一天，弗里德里克给妻子留下一封很长的控诉书，然后前往楠塔基特海滩，威胁要投海自杀。契弗后来回忆这个插曲："我跑到那儿去认领尸体，结果却发现他喝得烂醉，正在乘坐云霄飞车。一大帮人簇拥过来观看这位老绅士的表演。"入读塞耶学院（Thayer Academy），一家私立走读学校，但发现里面的气氛令人窒息，再加之功课不佳，转学昆西高中（Quincy High）。

1929—1931 赢得由波士顿《先驱报》（*Herald*）赞助的一次短篇小说比赛，受邀作为"特别生"回到塞耶试读。他的导师是一位为人谦和、受人爱戴的英语老师，名叫哈丽雅特·格默尔（Harriet Gemmel），她在自己家里请契弗喝茶，契弗则以朗读自己的小说和剧作来回报她。不过他的成绩还是很差，到了一九三〇

年三月份，他要么因为抽烟而被学校开除，要么（更有可能）在接到校长斯泰西·索思沃斯（Stacy Southworth）“如再不努力就走人”的最后通牒后自愿选择离开。离校后去波士顿的一家百货商店谢泼德公司工作，同时写了一篇自己被塞耶开除的记述。《新共和》（*The New Republic*）杂志的副主编马尔科姆·考利（Malcolm Cowley）认为尚属青少年的契弗代表了“新一代的声音”，将他的《开除》（“Expelled”）发表在一九三〇年十月一日的那一期上。这个短篇在契弗的母校引起了巨大的轰动。年轻的作者尤其因为他对哈丽雅特·格默尔不留情面的描写而遭到痛斥。在小说中，她以好性儿的庸人玛格丽特·考特赖特的形象出现：“她稍稍有些秃顶，就把烫过的头发往下拉，把前额遮住……当我跟她说大家现在都在笑话高尔斯华绥的时候，她说，大家过去还笑话过华兹华斯呢。”契弗的哥哥弗雷德（即弗里德里克）——一九二六年因家庭的财务危机被从达特茅斯召回——“在情况最为痛苦和危急之时”重新进入约翰的生活。契弗后来在日记中这样写道：“他是我生活的中心，是我的德行，我的善恶观。”兄弟俩把时间花在开车沿着马萨诸塞的南部海岸兜风、上雕塑课、去波士顿霍华德街上的夜店和看滑稽歌舞表演上。一九三一年夏，哥俩去欧洲进行了一次徒步旅行，主要在德国，因为弗雷德深为国家社会主义的兴起所吸引，约翰却很不喜欢那种军国主义思潮，他的这种清醒的态度导致了兄弟关系最早的裂痕。回到美国后，弗雷德找了份工作，为佩珀雷尔制造公司做广告代理，约翰则在两份小型文学杂志《左翼》（*The Left*）和《异教》（*Pagany*）上发表了两个短篇小说。

1932—1933 因为在林肯·柯尔斯坦（Lincoln Kirstein）的《猎犬和号角》（*Hound & Horn*）同一期（一九三二年四月至六月号）发表短篇小说，得以结识作家黑泽尔·霍桑（Hazel Hawthorne）。霍桑将契弗引见给纽约文坛的重要人物，如艾德蒙·威尔逊（Edmund Wilson）、约翰·多斯·帕索斯（John Dos Passos）、舍伍德·安德森（Sherwood Anderson）以及最重要的E. E. 卡明斯（E. E. Cummings），卡明斯成为契弗的终生挚友，并给他提了个关键性的建议："一定要离开波士顿，乔伊（"约翰"的昵称）！这是个没有跳板的城市，为不会跳水的人而设。"随着弗里德里克·契弗投资的工厂宣告破产，温斯洛普大道上的契弗家的房子也丧失了抵押品的赎回权，然后被拆除。契弗的父母分居，约翰和哥哥弗雷德一起在灯塔山（Beacon Hill）上租了一个公寓。约翰的女朋友艾丽丝·格兰德温（Iris Gladwin）因为希望过上更安稳的婚姻生活而最终弃弟从兄，导致兄弟俩的感情也愈发紧张。经考利推荐，约翰写信给雅渡艺术家聚居区[1]的主管伊丽莎白·埃姆斯（Elizabeth Ames），埃姆斯拒绝了他的入住申请。

1934 埃姆斯接受了契弗第二年春天提出的第二次申请，于是契弗决定断绝他对哥哥那"丑陋的依恋"——这一决定在他的整个余生都让他无法释怀。"不管我在多少芳草地上嬉戏游乐，"他后来在日记上写道，"看来我都将一直为离开我亲爱的老哥哥而感到遗憾。"六月份前往雅渡，在那儿结识了詹姆斯·T. 法雷尔（James T.

1 雅渡艺术家聚居区（Yaddo artist colony），位于纽约州萨拉托加矿泉城的一处占地四百英亩的著名的艺术家社区。

Farrell)、缪丽尔·卢凯泽（Muriel Rukeyser），尤其是鲁埃尔·丹尼（Reuel Denney），并与他们成为朋友——鲁埃尔·丹尼是位诗人、将来的社会学经典著作《孤独的大众》（*The Lonely Crowd*，1950）的作者之一［另两位作者是大卫·利斯曼（David Riesman）和内森·格拉泽（Nathan Glazer）］。因为他的好酒贪杯和高昂的情绪，契弗与令人敬畏的伊丽莎白·埃姆斯之间的关系有些紧张，尽管他跟埃姆斯最后成为类似母子的关系，在雅渡的工作人员中也大受欢迎，大家都叫他“小公子”[1]。（在契弗一生当中的大部分时间里，雅渡都是他的第二家园。）八月份搬到格林尼治村（Greenwich Village）哈得孙街（Hudson Street）上的一处寄宿舍里，住户大都是失业的码头工人。摄影家沃克·埃文斯（Walker Evans）特意拍摄过他住的那个小房间，认为那是大萧条时期悲惨居住环境的缩影。就靠一点不新鲜的面包、葡萄干和酪乳存活，依靠为米高梅电影公司以五美金一本书的单价写长篇小说的故事梗概养活自己。

1935　住在哈得孙河附近贝休恩街（Bethune Street）二十三号沃克·埃文斯的地下工作室里，后来声称跟埃文斯有过一段短暂的情事。向考利抱怨无法卖出自己的作品，考利建议他把自己的短篇小说压缩成一千个单词左右，在接下来的四天里写四个这样的短篇。契弗照做了，考利为《新共和》买了一篇，把其余的送到了《纽约客》（*The New Yorker*）杂志的凯瑟琳·怀特（Katharine White）

1　“小公子”（Lord Fauntleroy），典出英裔美国女作家伯内特（Frances Hodgson Burnett，1849—1924）的小说《方特勒罗伊小爵爷》（*Little Lord Fauntleroy*）中的少年主人公，用以称呼彬彬有礼、衣着华丽的小公子。

手上，她以四十五美元的价格买下了《布法罗》（“Buffalo”）。这是契弗一生中在这个杂志上发表的一百二十一个短篇小说中的第一篇。几周以后，他把《布鲁克林寄宿舍》（“Brooklyn Rooming House”）也卖了出去（正式发表的时间比《布法罗》还早几周），雇用经纪人马克西姆·利伯（Maxim Lieber）。西蒙和舒斯特出版社（Simon and Schuster）为一部标题暂定为《坐在妓院的台阶上及空床蓝调》（*Sitting on the Whorehouse Steps and Empty Bed Blues*）的长篇小说付给契弗四百美元的预付金。小说于次年夏天完成，但被退稿。契弗短期以每周二十美元的报酬为沃克·埃文斯做暗房助手，主要是为将在现代艺术博物馆举办的非洲黑人艺术展冲洗照片。

1936—1937 在距萨拉托加四十英里，归雅渡所有的乔治湖（Lake George）上的特里乌纳岛（Triuna）做夏日管理员和船夫。跟俄国艺术家安东·雷弗里吉尔（Anton Refregier）的妻子莱拉（Lila）有过一段情事。（“乔伊真是个好人，”五十年后她回忆道，“基本上是个正派君子，但他身上又有些东西使他不能成为一个彻头彻尾的正派君子。”）契弗将他的时间分为两半，一半分配给曼哈顿、萨拉托加和乔治湖，另一半分配给昆西——在那儿，他继续探望自己的父母。他们已经和解，搬到了矛街（Spear Street）六十号的一个公寓里。开着一辆摇摇晃晃的A型敞篷跑车从一个地方跑到另一个地方，连个常住的地址都没有。跟他哥哥弗雷德的关系日渐疏远，弗雷德已经跟艾丽丝结婚，不久将在诺韦尔（Norwell）的南岸镇（South Shore town）建造一幢瑞士农舍式住房。一九三七年大部分时间都在雅渡度过，跟几位作家，如约瑟芬·赫伯斯特

(Josephine Herbst)、丹尼尔·福克斯（Daniel Fuchs)、莱昂纳多·埃利希（Leonard Ehrlich）和劳埃德·(皮特·）柯林斯［Loyd (Pete) Collins］同住。将一篇题为《他年轻的妻子》(“His Young Wife”)的短篇以五百美元的价格卖给了《科利尔》(*Collier's*）杂志，这价格简直高得离谱；在杂志把唯一一份手稿弄丢以后，契弗（他极少保留副本）用一个下午的时间凭记忆又把这个短篇重写了一遍。拿到支票后，请福克斯夫妇吃了一顿奢侈的晚餐，为伊丽莎白·埃姆斯买了一瓶顶级香槟，一九三七年剩余的几个星期在开心地挥霍《科利尔》那笔高额稿费中度过。

1938—1939 五月份移居华盛顿，开始为联邦作家计划(Federal Writers' Project）工作，他认为这个项目纯属一种令人尴尬的无事忙。跟其他的政府雇员住在一幢寄宿公寓里，很看不上华盛顿。十一月心怀感激地返回纽约，住在切尔西旅馆（Chelsea Hotel)，为《WPA[1] 纽约导游》(*WPA Guide to New York City*）做编辑。“我把时间都花在将某个懒得出奇的狗杂种写的狗屁不通的句子改写得文从字顺上。”他在一月份写道。几周后向联邦作家计划请辞，前往雅渡。在特里乌纳岛上度过夏季和初秋，跟朋友皮特·柯林斯一起担任管理员。十一月初回到纽约，在第五大道五四五号他经纪人所在的那幢大楼的电梯里结识了未来的妻子、二十一岁的玛丽·温特尼茨（Mary Winternitz)。

---

1 WPA（Works Progress Administration)，美国公共事业振兴署（1935—1943)。

1940 向玛丽求婚。玛丽父亲是耶鲁医药学院前院长弥尔顿·温特尼茨（Milton Winternitz），外祖父是电话的共同发明者托马斯·A. 沃森（Thomas A. Watson）。两个人在格林尼治村西十一街的莱茵兰德花园（Rhinelander Gardens）租了几个紧邻的房间，直到玛丽有一次迎面碰到她的继母波丽（“你们现在是生活在罪恶中吗？”）。那之后，她返回纽黑文，契弗返回雅渡。夏天的晚些时候，他搬到缪丽尔·卢凯泽位于河岸街（Bank Street）上的公寓，那里臭虫成灾。开始创作另一部长篇小说《圣树》（*The Holly Tree*）——将以各种不同的形式占用他多年创作时间的长篇《沃普萧纪事》（*The Wapshot Chronicle*）的最初版本；在《纽约客》发表十一个短篇小说，在销量巨大的“华而不实的”杂志《时尚芭莎》（*Harper's Bazaar*）、《科利尔》和《小姐》（*Mademoiselle*）上发表了四个短篇。

1941 在纽黑文景色街（Prospect Street）玛丽父亲的家里以一个私人仪式的形式和玛丽·温特尼茨结婚。在宾夕法尼亚州欧文维纳约瑟芬·赫伯斯特的农场度蜜月（契弗称那儿为“纵欲谷”）。在他们婚姻生活的早期，夫妻俩经常来到这里。返回纽约，搬进第五大道附近第八街上的一套两居室公寓。

1942 五月七日正式从军，被派往南卡罗来纳州斯帕坦堡的克罗夫特营（Camp Croft）接受基本训练，在那里被他的操练教官德拉姆中士（Sergeant Durham）大施恐怖统治。八月中旬被转到佐治亚州奥古斯塔的戈登营（Camp Gordon），在那里他是第二十二步

兵团E连的上等兵。那年九月在纽约休一个为期十天的假期时结识了兰登书屋的贝内特·瑟夫（Bennett Cerf），跟他签了一部短篇小说集的出版合同。在陆军综合分类测试中得分低于一百一十分，未能通过后备军官学校的入学资格；第二年得分再次低于一百一十分，服役的军衔就到陆军上士为止了。

1943 契弗的第一部短篇小说集《某些人的生活方式》（*The Way Some People Live*）三月八日出版，评价褒贬不一。很多评论家将这些作品作为《纽约客》小说的典型样本而不予认真对待［“在人物的生活中捕捉到的情绪，风格独特，但结果不能令人信服。”如罗丝·菲尔德（Rose Feld）在《纽约先驱论坛报》上撰文评价］，不过斯特拉瑟斯·伯特（Struthers Burt）的评论则颇具前瞻性：“除非我大错特错，等这场战争打完以后，约翰·契弗……必将成为最杰出的作家之一，不但是在短篇小说领域，在长篇小说领域也同样如此。”契弗本人也开始轻视这部小说集，认为它“幼稚得令人难堪”，终其一生，只要找到一本就毁掉一本。不过，这本书差不多可以说救了契弗一命：米高梅的执行董事、陆军通讯部队的莱昂纳德·施皮格尔格斯少校（Leonard Spigelgass）得到了一本，深为契弗那“孩子般的惊奇感”所打动。在施皮格尔格斯的授意下，契弗被转到纽约皇后区阿斯托利亚（Astoria）的前派拉蒙电影公司，他每天乘第八大道的地铁前去上班；而他原本所属的第二十二步兵团则将在诺曼底登陆和一九四五年五月纳粹德国投降之间的战役中遭受严重伤亡。为《陆海军电影杂志》（*Army-Navy Screen Magazine*）编写教学影片，结交通讯部队的其他作家，如欧文·肖（Irwin Shaw）、

唐·埃特林格（Don Ettlinger）和约翰·韦弗（John Weaver）。女儿苏珊·利利·契弗（Susan Liley Cheever）七月三十一日出生。

1944—1945 与其他两对夫妇一起搬往东九十二街八号一幢五层的连栋房屋——这一公社生活的实验因其中一位的妻子养成了在厨房水槽里洗头以及（遵循抚养孩子的“进步”原则）允许她三岁大的儿子向其他房客吐口水而失败。契弗为《纽约客》写了一系列共六个《连栋房屋》（“Town House”）的故事讽刺他们的这种公社生活。一九四五年四月与通讯部队前往太平洋战场，为马尼拉的毁坏程度而大感震惊，在那里，他发现“高于腰部以上就什么都不剩了”。六月份返回纽约，把家搬到东五十九街四百号的一套公寓，近萨顿广场（Sutton Place）；在接下来的五年时间里，几乎每天一早都穿上他仅有的一套正装，乘电梯来到地下室的一个储藏室，然后把衣服脱得只剩一条平角短裤，一直写到午饭时间。

1946—1947 接受兰登书屋的四千八百美元预付金，重启因战争而搁置一旁的长篇小说《圣树》的创作。一九四六年的大部分时间在新罕布什尔州温特尼茨的树顶庄园（Treetops）度过。在那儿，他跟一位园丁学会了如何使用镰刀（成为他终生的慰藉），这位名叫彼得·韦苏尔（Peter Wesul）的园丁是个信仰共产主义的拉脱维亚人。短篇小说《巨型收音机》（“The Enormous Radio”）发表于《纽约客》一九四七年五月十七日那一期——一个卡夫卡式的故事，讲述一台不祥的收音机将曼哈顿一幢公寓大楼住户的私生活

全都广播了出来。相比契弗早期更加自然主义的作品，这是一个令人惊讶的进步，这个短篇引来《纽约客》杂志性情暴戾的主编哈罗德·罗斯（Harold Ross）的一封大表赞赏的信："它将成为一个令人难忘的名篇，否则我就是个白痴。"

1948—1949 儿子本杰明·黑尔·契弗（Benjamin Hale Cheever，名字取自契弗的曾曾祖父，据说是一位从事对华贸易的商船船长）于一九四八年五月四日出生，正好是他母亲玛丽三十岁的生日。制作人马克斯·戈登（Max Gordon）获得了将《连栋房屋》系列故事改编为百老汇舞台剧的版权，该剧以大制作的方式于九月二十二日在国家剧院（National Theatre）上演，导演和共同编剧［与格特鲁德·通柯诺吉（Gertrude Tonkonogy）合作］为乔治·S. 考夫曼（George S. Kaufman）。《纽约时报》的剧评称其为："一个单薄、松散、机械的大爆竹，爆炸的威力都没超过脚灯的范围。"这部舞台剧演出十二场以后下档。"我们仍旧跟以前一样穷。"契弗在日记中悲叹，并很快写了个描写一部糟糕的舞台剧在费城演出五场后就被迫下档的短篇小说《机会》（"The Opportunity"），将此小说以一千七百五十美元的价格卖给了《时尚 Cosmopolitan》，这是他短篇小说卖出的最高价。契弗的小说变得更长也更复杂了，跟《纽约客》在那些年间典型的"生活片段"式的小说模式背道而驰。篇幅很长的小说《猪掉进井里的那一天》（"The Day the Pig Fell into the Well"）的一个早期的草稿完成于一九四九年年末，这部小说带有煞费苦心的契诃夫式的微妙况味，契弗写信给《纽约客》的编辑威廉·马克斯韦尔（William Maxwell）解释说，他有意"创作一部

类似回旋曲的作品”（小说直到一九五四年才在《纽约客》上正式发表）。

1950—1951 在玛莎的葡萄园[1]度过一个阴郁的夏天后，写出他最好的短篇小说之一《再见了，我的兄弟》（“Goodbye, My Brother”）。一九五一年获得三千美元的古根海姆研究基金（Guggenheim fellowship）。五月二十八日举家搬到“山毛榉木”（Beechwood）——弗兰克·A. 范德里普（Frank A. Vanderlip）位于韦斯切斯特县哈得孙河上的斯卡伯勒（Scarborough-on-Hudson）的乡间庄园，他在那里租了个很小的翻新过的金工车间，叫作“山毛榉嫩枝”。“上一周的一个温暖的夜晚，”他给一个朋友的信上写道，“我沿着那些绿树成荫的街道散步，透过一扇窗户看到一个只穿了件衬衣的男人在对着正在打毛衣的妻子排练一次商务演讲。”《那罐金子》（“The Pot of Gold”）和《离婚的季节》（“The Season of Divorce”）分别入选一九五一年版的《欧·亨利奖短篇小说》（*O. Henry Prize Stories*）和《美国最佳短篇小说》（*Best American Short Stories*）。

1952 在经过长达十二年数易其稿之后，终于将长篇小说的一百页片段提交给他兰登书屋的编辑罗伯特·林斯科特（Robert Linscott）。几个礼拜音讯渺无之后，与林斯科特约好共进午餐。“等我来到他的办公室，他们却说他出去了。”契弗在一九六五年回忆道，“我等了将近一个钟头。他快步滑下楼梯，把左手伸给我，领

1 玛莎的葡萄园（Martha’s Vineyard），经常仅被叫作“葡萄园”（the Vineyard），是个位于马萨诸塞州科德角以南的一个小岛，著名的富人消夏地。

我来到地下室的一家餐厅……他说他认为（我的小说）一文不值，我应该放弃写作，尝试采取其他的方式来谋生。”当契弗琢磨着该怎么偿还那四千八百美元的预付金时，林斯科特向他指出是兰登书屋通过那份出版合同保证了他的生活的，契弗将此解读为林斯科特这是在严正地建议他应该自杀。同一天他参加了一个派对，派对上结识了索尔·贝娄（Saul Bellow），这位大作家将成为他的终生挚友和仰慕者。弗雷德·契弗把家搬到距离约翰家几个街区之遥的一幢都铎式住房里，约翰深为自己离他这个为人粗鲁、酗酒成性的哥哥这么近而感到丢脸。哥伦比亚广播公司（CBS）雇他和约翰·惠登（John Whedon）以克拉伦斯·戴（Clarence Day）的《和父亲在一起的生活》（*Life with Father*）、《和母亲在一起的生活》（*Life with Mother*）为基础，为一部系列剧集写一出试播集，在六易其稿后，他们的脚本被拒，这个项目移师到了西海岸。

1953—1954 第二部短篇小说集《巨型收音机》（*The Enormous Radio*）一九五三年四月由芬克和瓦格纳斯出版社（Funk & Wagnalls）出版。评论大多是正面的，不过契弗的声誉继续因为他与《纽约客》（被认为集中代表了中产阶级趣味）的关系而受到影响，而且他尤其因为大家普遍更偏爱J. D. 塞林格（J. D. Salinger）同月出版的《九故事》（*Nine Stories*）而倍感痛苦。比如说，阿瑟·迈兹纳（Arthur Mizener）就将塞林格概括为《纽约客》作家中好的那一类——一位了不起的工匠，超越了这一文学体裁的局限——因此做出结论，认为塞林格出现在畅销书作家榜单之上是“实至名归”之结果；然而契弗（“不是一个

具有任何了不起的才华的作家”）却是坏的那一种。“康格里夫[1]曾说过，他先选择一种道德寓意，然后再构思一个寓言以适应它，”迈兹纳写道，“这就是契弗先生的小说最明显的问题所在，它们都像是用这种方式创作出来的。”一九五四年四月，契弗因为“对酗酒和同性恋倾向的忧虑”开始找一位心理医生伯纳德·C. 格卢克（Bernard C. Glueck）就诊，但一个月以后就终止了。

1955 林斯科特要求契弗要么创作一部达到出版水平的长篇，要么就退还之前的预付金，契弗因此而写信给哈珀兄弟出版社（Harper and Brothers）的西蒙·迈克尔·贝西（Simon Michael Bessie）：“我这把老骨头都要拿来卖钱啦。”在几乎长达九年的时间里，他只要碰到贝内特·瑟夫，后者（经过一番因为没有认出他是谁的支支吾吾以后）总是会说：“哦没错，当然啦——契弗。你那部长篇写得怎么样啦？”因此契弗同意让贝西买断他这部长篇的合同，前提是他绝不打听这部长篇的进度。十月份在纽约布赖尔克利夫马诺（Briarcliff Manor）的圣公会诸圣教堂（All Saints' Episcopal Church）举行坚信礼。“我反复跟教区长说，我重新加入教会不是因为我备受煎熬和不堪重负，”他写道，“而是因为我感到幸福。”

1956 《乡居丈夫》（“The Country Husband”）获欧·亨利奖头奖。母亲在经历数年日益恶化的糖尿病和其他病痛的折磨后，买

1 康格里夫（William Congreve，1670—1729），英国王政复辟时期的风俗喜剧作家，擅长使用喜剧对话和讽刺手法，刻画并讽刺当时的英国上流社会，主要剧作有《老光棍》《如此世道》等。

了一整箱苏格兰威士忌，持续滥饮几个星期后酗酒致死。“我已经做了我一切该做的事，还有很多不该做的也做了。”她对自己的儿子如是说。契弗后来在长篇小说《沃普萧丑闻》（*The Wapshot Scandal*）中以霍诺拉·沃普萧之死的情节再现了这一场景。加入斯卡伯勒消防队（“由二十九个雄壮、海量、无畏的男子汉组成的兄弟会”），短期成为消防队的秘书。希望获得罗马大奖（Prix de Rome），只收到国家艺术与文学学会（National Institute of Arts and Letters）一千美元的津贴，不过在米高梅出价两万五千美元购买《绿荫山盗贼》（“The Housebreaker of Shady Hill”）的版权后，他终究还是能够前往意大利一游了。当年夏天在缅因州弗伦德希普度假期间完成长篇小说《沃普萧纪事》，收到威廉·马克斯韦尔发来的祝贺电报：“仰天咆哮的雄狮。”十月份携全家乘坐**比安卡曼诺伯爵号**（*Conte Biancamano*）的头等舱起程前往意大利，下一年在意大利度过。

1957 儿子费德里科（Federico）三月九日出生于罗马的萨尔瓦托·蒙蒂医院（Salvator Mundi Hospital）。“我们本想叫他弗里德里克（Frederick）的，”契弗写道，“可是这里当然是没有K这个字母的，一两个小时以后我放弃了这个念头。”《沃普萧纪事》也于当月出版，赢得广泛的好评，虽然也有评论对于小说松散、插话式的结构有些微词。正式加入国家艺术与文学学会，马上就提名贝娄（“美国最具原创性的作家”）入会。

1958 《沃普萧纪事》获国家图书奖，淘汰了众多热门作品，

如詹姆斯·古尔德·柯曾斯（James Gould Cozzens）的《情铸》（*By Love Possessed*）和詹姆斯·阿吉（James Agee）的《家中丧事》（*A Death in the Family*）（当年的普利策奖得主）。第三部短篇小说集《绿荫山盗贼》（*The Housebreaker of Shady Hill*）九月份出版，大部分评论都是积极的，不过契弗因为欧文·肖在《党派评论》（*Partisan Review*）上称他为"没牙的瑟伯[1]"而大为不快。

1959 在哥哥弗雷德在一次酗酒引发的精神崩溃后，开车将其送入纽黑文医院（New Haven Hospital）；约翰也开始考虑为自己的酗酒问题寻求帮助。岳父弥尔顿·温特尼茨十月三日去世，在持续多年的翁婿不和（"我已经将他认作地狱之王，而玛丽必须将她也许一半的时间在他那个地狱里度过"）之后，契弗拒绝去见他最后一面。

1960 得到第二笔古根海姆研究基金三千六百美元。九月，史密斯学院（Smith College）的教授、文学评论家纽顿·阿尔文（Newton Arvin）因持有同性色情影像和文字作品而被捕；契弗拒绝取代他出任雅渡执行委员会的主任，并因此感到极大的痛苦（或许深藏不露）。在纽约州奥西宁（Ossining）购入一幢宏伟的荷兰殖民时期风格的农场住宅，尽管《纽约客》的副总裁弥尔顿·格林斯坦（Milton Greenstein）曾有过"自由作家不该拥有房产"的名

1 瑟伯（James Grover Thurber，1894—1961），美国幽默作家、漫画家，《纽约客》杂志编辑和撰稿人，作品有小说《沃尔特·米蒂的秘密生活》、幻想小说《十三座钟》、画集《瑟伯画册》等。

言。接受好莱坞为期一个月的工作邀约，为制片人杰瑞·瓦尔德（Jerry Wald）将 D. H. 劳伦斯的小说《迷失的女孩》（*The Lost Girl*）改编为一部电影脚本。“（好莱坞是）我们所有的恶习、大部分的缺点以及某些生命力的放大镜。”他从马尔蒙城堡饭店（Chateau Marmont）自己的房间里写信给马克斯韦尔如是说。孤单寂寞、过量饮酒，跟作家卡尔文·肯特菲尔德（Calvin Kentfield）有过一段短暂情事，等他回到纽约的时候，精神沮丧得都快要自杀了。跟家里人说他曾“亲吻”过歌手佩吉·李（Peggy Lee），并在听她的唱片时假装沉浸在浪漫的怀想中。

1961 一月份搬到奥西宁的新居。认为他们的新居是“哈得孙河谷最漂亮的住宅之一”，但仍旧情绪低落了好几个月。又一部短篇小说集《不会出现在我下一部小说中的某些人、某些地方和某些事》（*Some People, Places, and Things That Will Not Appear in My Next Novel*）四月份出版；好几个书评人论及契弗越来越灰暗的世界观（“就像已经跟卡夫卡杂交过的马昆德[1]”）。妻子玛丽开始在布赖尔克利夫学院（Briarcliff College）任教，这又成了他们婚姻冲突的一个新源头，因为契弗感觉自己受到了忽视，悻悻地想起当初他妈妈因为自己开的小礼品店而表现出来的“自大和自负”。去《纽约客》编辑部拜访马克斯韦尔，看《准将和高尔夫寡妇》（“The Brigadier and the Golf Widow”）的长条校样；发现马克斯韦尔已经自作主张

1　马昆德（John Phillips Marquand，1893—1960），美国小说家，其作品反映二十世纪中期美国中上层阶级的社会生活变化，主要有长篇小说《已故的乔治·阿普利》《普尔哈姆先生》。

将故事结束时一个挺长的尾声部分给删去了。原本决定听其自然发展，不予深究的，但在回家的火车上读到《生活》（*Life*）杂志上登的一篇写塞林格的人物稿，将塞林格（契弗是这样说的）跟"威廉·布莱克、路德维希·冯·贝多芬和威廉·莎士比亚"相提并论。在家里喝了几杯以后，打电话责骂马克斯韦尔："你尽可以去请那位该死的六流作家塞林格为你们写那该死的短篇小说，但别再指望我还会为你们写一个字啦！"他那篇小说因此而恢复了原形。

1963 五月份完成《沃普萧丑闻》的初稿。担心这部长篇"太过贫乏"，根本出版不了，以酗酒和体力劳动（主要是用镰刀割草）来暂时拖延和逃避。要求马克斯韦尔提高他的稿酬标准，后者声称这已经是《纽约客》的最高标准了，无法再提，建议契弗另找他家。给经纪人坎迪达·多纳迪奥（Candida Donadio）打电话，后者帮他跟《星期六晚邮报》（*The Saturday Evening Post*）商定了一个为每年至少四个短篇支付两万四千美元稿酬的第一优先合作合同——比《纽约客》的标准高出一大截。契弗将这一报价告知马克斯韦尔，《纽约客》提出的对应政策是（用契弗的话说）再奖励"他男厕所的钥匙以及（他）能吃得掉的面包和奶酪"。继续留在《纽约客》。

1964 《沃普萧丑闻》一月出版。这部长篇获得了契弗的职业生涯迄至当时为止或许是最好的评价（其间也有些针对小说插话式结构的吹毛求疵的反对意见）。登上三月二十七日那一期的《时代周刊》（*Time*）封面，同期包括一篇大表赞赏的专题人物稿《奥

西宁的奥维德[1]》，由契弗嗜酒成性的韦斯切斯特的邻居阿尔文·李（Alwyn Lee）撰写。将两部"沃普萧"小说的电影改编权卖给艾伦·帕库拉（Alan Pakula）和罗伯特·马利根（Robert Mulligan）的导演–制作人团队；在好莱坞协商电影改编期间迷上了帕库拉的妻子、女演员霍普·兰格（Hope Lange）。作为由国务院发起的一个文化交流项目的一部分，赴苏联访问，在苏联度过十月份；深为作家在苏联受到的高度尊重感到高兴，终其一生都对俄罗斯以及其他苏联集团的国家深为着迷。第五部短篇小说集《准将和高尔夫寡妇》（*The Brigadier and the Golf Widow*）在契弗仍在俄罗斯期间出版。

1965 《沃普萧丑闻》获国家艺术与文学学会为过去五年间出版的最佳美国长篇小说而颁发的威廉·迪恩·豪厄尔斯奖（William Dean Howells Medal）。契弗曾考虑要拒领这个荣誉，因为他仍旧不喜欢这本书。九月份写了他一年多以来的首个短篇小说《爱情几何学》（"The Geometry of Love"），写的是一个工程师将欧几里得的定理应用于解决他的婚姻问题，最终因妻子的残忍而死去的带有超现实意味的故事。马克斯韦尔特意赶往奥西宁，亲自登门表示拒绝这个故事，巧妙地暗示契弗的滥饮已经开始损害到他的小说创作了。已经喝醉了的契弗提醒马克斯韦尔"这些年来（他）所忍受的所有这些来自编辑的狗屁"。几天后，经纪人多纳迪奥将这个短篇以三千美元的价格卖给了《星期六晚邮报》。出席美国语言协会在芝加哥召开的大会，同时与会的作家还有诺曼·梅勒（Norman

---

1　奥维德（Ovid，前 43—17），古罗马诗人，代表作为长诗《变形记》，其他重要作品还有《爱的艺术》《岁时记》《哀歌》等。这里是把契弗比作写《变形记》的奥维德。

Mailer）和拉尔夫·艾利森（Ralph Ellison）。契弗的发言《勤勉的小说家的寓言》（“The Parable of the Diligent Novelist”），取笑了当代小说中［尤其是梅勒的《美国梦》（*An American Dream*）］那些耸人听闻的性爱与暴力描写，讲述了一个假想的小说家为了寻找素材，不惜变成一个战地记者、间谍、色情文学作家和瘾君子，直到最后在莫斯科被一辆出租车给撞死的故事。梅勒勃然大怒。

1966 因为婚姻的不幸福，向心理医生大卫·C. 海斯（David C. Hays）咨询有关他妻子的敌对态度以及“不必要的阴暗心理”的问题。经过对玛丽·契弗的一次治疗后，海斯要求一起见见他们夫妻两人；契弗满心高兴地相信他妻子那些难以相处的行为终于要得到处理了。在共同的治疗中，海斯宣布（契弗这样在日记中记录）契弗本人才是问题之所在：“一个神经质的男人，极度自恋，自我中心，极不合群，并且极端沉浸在（他）自己那防御性的幻觉当中，以至于（他）凭空捏造出了一个躁狂并兼抑郁症患者的妻子。”又继续忍耐了几次海斯对他的治疗，但因反对那个男人“似是而非、华而不实的行话术语”而终止了治疗。那年夏天，一部改编自《游泳的人》（“The Swimmer”）的影片在韦斯特波特拍摄，由伯特·兰卡斯特（Burt Lancaster）主演。契弗经常前往片场，终于在影片中客串了一个配角：他在一个泳池边的鸡尾酒派对上出现，迎接兰卡斯特和“那个秀色可餐，名叫珍妮特·兰德嘉德（Janet Landgard）的十八岁的尤物”。

1967 女儿苏珊嫁给马尔科姆·考利的儿子罗伯特（Robert），

婚礼五月六日在纽约鲍厄里（Bowery）的圣马可教堂（St. Mark's）举行。众多老友齐聚在邻近的墓园举行的招待会，契弗兴高采烈，不断地感叹这是个多么“美丽的”派对，直到他妻子跟他说他就是“宴会上的鬼怪”。七月携妻子和儿子费德里科去那不勒斯旅行，为《星期六晚邮报》采访索菲娅·罗兰（Sophia Loren）。为罗兰神魂颠倒，以记录他和她吻别作为《邮报》文章的结尾，为此他足足扬扬自得了好几个月。十月份深受前列腺炎的折磨，猜测（在写给一位医生的信上）这一疾病是由“酗酒以及其他由我的急切而又贪婪的欲望驱使、从而大大超过了粗俗逸乐范畴的过分荒淫的行为”所造成的。

1968　影片《游泳的人》在历经不少麻烦之后在五月份上映：制片人萨姆·施皮格尔（Sam Spiegel）解雇了原来的导演弗兰克·佩里（Frank Perry），雇用年轻的悉尼·波拉克（Sydney Pollack）重拍了不少贝佛利山（Beverly Hills）的镜头。对于完成的影片，契弗基本上的感觉是惊骇万分——尤其是马文·哈姆利希（Marvin Hamlisch）创作的过于讲究的配乐［“弗兰克和我本想请迈尔斯·戴维斯（Miles Davis）负责音乐制作的，但结果我们得到的却是一个由六十五人组成的纯女子的弦乐团”］，同样还有兰卡斯特在影片结尾必须蹒跚着穿过的“美国卡车司机、汽车司机、仓库工人和佣工国际工人兄弟会水龙带式的暴风雨”。七月份完成《子弹公园》（*Bullet Park*）的初稿，突然决定带玛丽和费德里科前往爱尔兰。十二月份将剩余的牙齿全都拔光。带全家前往加勒比海的库拉索岛（Curaçao），在那儿，他闭紧嘴巴在海里游泳，“以免（他的）微笑

沉入海底”。

1969 一月和霍普·兰格一起去洛克菲勒中心滑冰，由此开始了持续终生（尽管非常零星）的情事。《子弹公园》四月份出版，遭到本杰明·德莫特（Benjamin DeMott）发表于《纽约时报书评》周刊（*New York Times Book Review*）头版毁灭性的评论。“约翰·契弗的短篇小说是并将依然是可爱的鸟儿——难以言说的妙处俯拾皆是，而且剪裁合度、美不胜收，”德莫特如此作结，“但是在《子弹公园》那缠绵感伤的气氛中，却没有鸟儿在歌唱。”契弗的酗酒性抑郁在加深，五月份他重新开始找J. 威廉·希尔弗伯格（J. William Silverberg）进行心理治疗。详细讨论了霍普·兰格的问题，同时也着重提到他妻子因“不明”原因“相当排斥”。

1970—1971 六月份作为国际笔会的代表赴韩国首尔（时称“汉城”）参加他们的大会。一年后开始在纽约州新新监狱（Sing Sing Prison）教授写作。在九月份阿提卡监狱（Attica Prison）的骚乱中，契弗的学生们曾考虑在蔓延到新新监狱的骚乱事件中，他将成为一个上好的人质；因为他临危不乱、镇定如常而赢得了相当的尊重（事后他谈到，如果在骚乱中被抓，他会“完全支持那些囚犯的”）。他的学生唐纳德·兰（Donald Lang）十二月得到假释，在接下来的两年间成为契弗形影不离的伙伴。因为陀思妥耶夫斯基逝世一百五十周年的纪念活动，携十四岁的费德里科前往俄罗斯；这个孩子实际上要充当看管人的角色，因为契弗的滥饮无度已经越发严重，几乎到不可收拾的地步。

1972 写作进度极慢，到了一年只有一个短篇的程度。在写给考利的信中给出了两个理由："一、我酒喝得太多。二、我已经写得太多。"完成《卡伯特家的珠宝》（"The Jewels of the Cabots"）：一个纪德式离题漫笔的创作实验，契弗希望这能预示着他的艺术发展的一个新阶段。《纽约客》拒绝了这个短篇。"上帝作证，"据说马克斯韦尔说道，"这根本就不是个短篇小说。"刊载于五月号的《花花公子》（*Playboy*）。应作家弗里德里克·埃克斯利（Frederick Exley）之请前往艾奥瓦，在作家工作坊（Writers' Workshop）朗读自己的作品。跟埃克斯利一起，把工作坊附近的酒馆挨个儿喝了个遍。

1973 五月十二日醒来时咳嗽不止，在医院才知道他几乎死于"扩张型心肌病"，此病经常与过量饮酒有关，左心室无法以正常的速率将血液输送出来。三天后开始饱受震颤性谵妄折磨，他将身处的加护病房当作了苏联的监狱。与此同时（五月二十日），第六部短篇小说集《苹果世界》（*The World of Apples*）在《纽约时报书评》周刊的头版赢得一片喝彩声（"美不胜收……处于最佳状态的契弗"），但产生了幻觉的契弗却愤怒地将这本新书扔到一边，竟然以为人家是让他在一份口供记录上签字画押。六月初出院，发誓从此戒酒；八月又开始喝。尽管健康状况堪忧，仍旧在艾奥瓦的作家工作坊教了一学期课，他在那里的学生包括 T. C. 博伊尔（T. C. Boyle）、艾伦·格甘诺斯（Allan Gurganus）和罗恩·汉森（Ron Hansen）。十二月份返回家中，向家人吹嘘在艾奥瓦跟一个二十二岁的女学生有过情事。

1974—1975 随着婚姻关系日趋恶化，接受了波士顿大学的教授职位（“这似乎是把事情做个归结的体面方式”）。在动身前一个礼拜又犯了一次心肌病，重新住进医院；医生强烈建议他戒酒。搬入波士顿海湾州路（Bay State Road）七十一号一幢没有电梯的公寓的四楼。滥饮无度。三月底辞职，在失去意识的情况下由哥哥弗雷德开车送回家，弗雷德已经穷困潦倒，不过却并没有喝醉。四月九日进入纽约东九十三街五十六号的史密瑟斯酗酒治疗和训练中心（Smithers Alcoholism Treatment and Training Center），在那儿跟另外四个人同住一间卧室、共用一个浴室。“一号是个不成功的骗子；”他写道，“二号是个不成功的德国人，熟食店主；三号是个失业的水手，一张巨怪一样的面孔，身上的文身已经褪色；四号则是美国芭蕾舞团的首席舞者。”五月七日离开史密瑟斯，彻底戒了酒。《一套折叠椅》（“The Folding-Chair Set”）发表于《纽约客》十月十三日那一期，这是契弗七年来在《纽约客》上的首次亮相。

1976 在耶稣受难日（复活节前的那个星期五）完成《猎鹰者监狱》（*Falconer*）的初稿。一个月后，哥哥弗雷德去世。“去年五月我在这儿跟我哥哥道别时，”契弗在给一位朋友的信上写道，“我说我已经在我的长篇小说中杀死了他。‘好极啦，乔伊，’他说，‘那真是好极啦。’我们就这样分了手。”

1977 在犹他大学公费旅游式的教学中认识了一个叫马克斯（Max）的写作课学生，之后的五年间成为契弗临时的伴侣、秘书

和（殊非情愿的）情人。登上三月十四日《新闻周刊》（*Newsweek*）的封面，标题为：“一部伟大的美国小说：约翰·契弗的《猎鹰者监狱》”。“在读完《猎鹰者监狱》最后几页的那二十分钟左右的时间内，”沃尔特·克莱蒙斯（Walter Clemons）写道，“你会怀有一种读完了一部杰作的欣喜若狂的自信。”小说连续三周雄踞《纽约时报》畅销书排行榜的榜首位置。夏天不顾国际特赦组织（Amnesty International）和众多同行对保加利亚国内肆意侵犯人权的抗议，参加在索菲亚举行的作家大会。“我不代表任何阶级、任何党派、任何族群、任何少数族裔以及任何联盟和协会，”契弗说，“我只是约翰·契弗，我高兴说什么就说什么。”

1978 获得哈佛的荣誉学位。“先是因为抽烟而被塞耶学院开除，”契弗在日记中反思道，“现在又被哈佛授予荣誉学位，在我看来这真是个至高无上的完美例证，证明我所生活于其中以及我祈祷世世代代仍将继续生活下去的这个世界具有不可估量的机会。”《约翰·契弗短篇小说集》（*The Stories of John Cheever*，即本书）十月份出版，立刻成为有史以来最为成功的文集类作品，精装本的销量达到十二万五千册，赢得众口一词的普遍赞誉。“如果赞扬不仅仅是‘本季’出版业的重大事件，而且是英语文学史上的一大盛举的本卷小说集中的这一篇或那一篇小说，那将是没有意义和放肆无礼的。”约翰·莱昂纳德（John Leonard）在《纽约时报》上写道。

1979 一月获全美书评人协会奖（National Book Critics Circle Award），其他被提名者包括约翰·厄普代克（John Updike）和约

翰·欧文（John Irving）等［“你母亲当然认为应该获奖的是（欧文的）《盖普（眼中的世界）》。”契弗在给女儿的信中写道］。四月获普利策奖，几个月后因“对于文学艺术的杰出贡献”获爱德华·麦克道威尔奖（Edward MacDowell Medal）。改编自契弗三个短篇——《金酒之恸》（“The Sorrows of Gin”）、《哦，青春和美！》（“O Youth and Beauty!”）和《五点四十八分的慢车》（“The Five-Forty-Eight”）——的电视剧集十月份由美国公共广播公司（PBS）播放。年末在日记中反思道：“今天早上醒来后，感觉我的人生是多么令人痛苦，可是随即我又想到，我想不出有任何一个人的人生过得没有这么多苦痛。”

1980—1981 十月十四日，正在雅渡观看世界职业棒球联赛（the World Series）的时候癫痫大发作，起因是长期酗酒导致的器质性脑综合征。第二年的夏天，又一次癫痫发作后，在右肾中发现肿瘤。用契弗自己的话说，两个肾和那个肿瘤都“被扔出了窗外”，尽管医生偷偷地“修改了”诊断书，表明有一个残余的“很难加以辨认的癌变”。有四个月的时间没有对癌症进行任何治疗。一九八一年十一月三十日，因左腿疼痛重新住院，得知癌细胞已经转移到股骨、骨盆和膀胱。

1982 一月十二日，美国公共广播公司一部全新的剧集《美国戏院》（*American Playhouse*）开始播放，第一集就是契弗亲自改编的《绿荫山盗贼》。这部剧集是公共广播公司历史上最受好评的剧集之一。最后一部长篇《恰似天堂》（*Oh What a Paradise It Seems*）三月

份出版：只有一百页的篇幅，相对来说质量较次（契弗本人也不得不承认），这本书得到了恭敬有礼的评价，部分是因为众所周知作者已经身患癌症，将不久于人世。四月二十七日，在卡耐基音乐厅，契弗被授予国家文学奖章（National Medal for Literature），出席颁奖现场的同行们都因为他经过数月癌症治疗而被折磨得面目全非的模样深感震惊。“一页好的散文，”他在致辞中谈到，“就能立于不败之地。”约翰·厄普代克（John Updike）记得，“所有集聚一堂的文学同道们都安静下来，深为这样的信念而大为惊讶”。六月十八日逝世于奥西宁的家中，安葬于马萨诸塞的诺威尔，紧挨着父母的墓地。